东北农林蚜虫志

昆虫纲　半翅目　蚜虫类

姜立云　乔格侠　张广学　钟铁森　著

公益性行业（农业）科研专项经费项目（201103022）
国家自然科学基金重点项目（30830017）
国家杰出青年科学基金项目（31025024）
（农业部　国家自然科学基金委员会　资助）

科学出版社

北　京

内 容 简 介

本志共记述中国东北地区蚜虫类 13 科 111 属 297 种昆虫，详细描述了所有物种，绘制形态特征图 330 幅，提供了亚科、属、亚属、种、亚种的检索表及东北农林蚜虫的所有物种的寄主植物信息，部分种类有简单的生物学记载。

本志较为详尽地介绍了蚜总科昆虫的分类地位和分类系统沿革；研究了蚜虫的比较形态学和生物学特性；对东北地区蚜虫的物种多样性、区系组成和地理分布格局进行了深入的研究；同时提供了主要参考文献、中文学名索引、学名索引和寄主植物与蚜虫的对应名录，便于读者查阅。

本书可供昆虫研究者、植物保护工作者和高等院校有关专业师生参考。

图书在版编目（CIP）数据

东北农林蚜虫志/姜立云等著. —北京：科学出版社，2011
ISBN 978-7-03-030991-4

Ⅰ.①东… Ⅱ.①姜… Ⅲ.①蚜科-昆虫志-东北地区 Ⅳ.①Q969.360.8

中国版本图书馆 CIP 数据核字（2011）第 082587 号

责任编辑：李晶晶　霍春雁/责任校对：鲁　素
责任印制：钱玉芬/封面设计：耕者设计工作室

科学出版社 出版
北京东黄城根北街16号
邮政编码：100717
http://www.sciencep.com

北京佳信达欣艺术印刷有限公司 印刷
科学出版社发行　各地新华书店经销

*

2011年6月第　一　版　　开本：787×1092　1/16
2011年6月第一次印刷　　印张：45 3/4　　插页：2
印数：1—800　　　　　　字数：1 051 000

定价：198.00 元
（如有印装质量问题，我社负责调换）

Fauna of Agricultural and Forestry Aphids in Northeast China

Aphidinea Hemiptera Insecta

By

Jiang Liyun   Qiao Gexia   Zhang Guangxue and Zhong Tiesen

**Public Welfare Project from Ministry of Agriculture
of the People's Republic of China**(No. 201103022)
A Major Project of the National Natural Science Foundation of China(No. 30830017)
National Science Funds for Distinguished Young Scientists(No. 31025024)
(Supported by the Ministry of Agriculture of China and the National
Natural Science Foundation of China)

Science Press
Beijing, China

前　言

蚜虫是半翅目 Hemiptera 中一类型体微小，危害较大的寄生性昆虫，仅有倍蚜类少数几种蚜虫对人类有益。蚜虫广布于世界各地，目前世界已知 4700 余种，中国已知约 1000 种，其中绝大部分是农林生产中的有害种类，给人类生产活动带来较大的经济损失。常见的麦二叉蚜 *Schizaphis graminum* (Rondani)、棉蚜 *Aphis gossypii* Glover、大豆蚜 *Aphis glycines* Matsmura 和桃蚜 *Myzus persicae* (Sulzer) 等数十种为害较严重，并传播多种植物病毒病。苹果绵蚜 *Eriosoma lanigerum* (Hausmann) 和葡萄根瘤蚜 *Viteus vitifoliae* (Fitch) 等物种更是广布于世界各个相关作物产区，严重为害后可造成植株绝产甚至枯死，因此成为世界性害虫，是海关部门重要的检疫对象。世界上几乎很少有植物不受蚜虫为害，但在蚜虫为害初期，因植物被害状不明显或受到天敌及其他自然因素的控制，蚜虫的为害常常被人们忽视。同时，有相当数量的蚜虫在自然状态下并未造成明显危害，但是随着自然植被大面积减少以及植被组成成分的单调化，这类蚜虫的为害状况目前已有加剧的趋势。

中国东北地区位于欧亚大陆东缘，地域辽阔，广义上包括黑龙江、吉林、辽宁三省以及内蒙古东部呼伦贝尔盟、兴安盟、通辽市和赤峰市。地理位置为北纬 $38°40'\sim 53°30'$，东经 $115°05'\sim 135°02'$。该地区地势起伏较大，由平原、高平原、丘陵、低山和中山组成，以山地和平原为主，面积大体相等，但缺少巍峨峻拔的高山，其中西有大兴安岭山地及辽西山地，东有长白山山地，北有小兴安岭山地，三列山地环抱着我国最大的平原——东北平原；黑龙江、松花江、嫩江等水系流经该地区。东北地区独特的地形地貌及其气候环境使气温变化和水分变化显著，植物种类丰富，数量多，是我国最北部植物区系植物种类较为丰富的地区，也是我国北方植物起源演变发展的重要地区，其相应的植被类型也十分丰富，植被的分布格局受水热条件限制具有明显的南北差异和东西变化。在植被区划上，包括全国 8 个植被区域中的 4 个，其中寒温带针叶林区域和温带针叶阔叶混交林区域为国内特有。

东北地区丰富的植物资源、气候、地形地貌等环境因素为蚜虫的生存和发展提供了有利的自然条件，蚜虫种群数量大，物种多样性较丰富，对植物的为害也较严重。中国东北地区北连西伯利亚与北方欧亚大陆，东通俄罗斯远东地区以至北美洲，南接朝鲜及我国华北地区直至南方热带区域，西连蒙古草原直至荒漠地带，是多个北方动植物区系的汇集之地，因而该地区蚜虫区系和地理成分颇为丰富而且复杂多样。而且该地区还有漫长的海、陆边境线，这成为大量外来物种入侵的便利通道。为了尽可能解决掌握蚜虫特性、减少蚜害暴发、及时阻止入侵害虫等问题，迫切需要掌握中国东北地区的蚜虫种类、分布、寄主植物等本底资料，系统编著该地区的蚜虫志，不仅是我国基础研究的需要，也是开展蚜虫生物学与生态学研究及其防治的前提。

张广学院士致力于蚜虫学研究半个多世纪，从 20 世纪 50 年代中期开始采集和研究中国东北地区的蚜虫，在 20 世纪 80 年代还与辽宁省农业科学院植物保护研究所的何富刚、刘丽娟等同志在该地区合作采集了大量蚜虫标本，并发表了一系列有关的分类学论文。何富刚先生和刘丽娟女士在全面调查采集工作中积累了丰富的基础资料和蚜虫标本，为本志的完成奠定了坚实的物质基础我们向他们表示诚挚的谢意。

本志中，作者利用 GIS 技术制作了各类群在中国东北地区的分布图，并详细分析了区系特点；从种类组成、特有物种多样性、寄主植物多样性等角度，系统研究了本地区的蚜虫物种多样性；探讨了该地区蚜虫的分布格局和动物地理区划。每个分类单元都提供了较为详尽的形态记述和形态特征图，种级分类单元提供了主要文献引证和异名、地理分布、寄主植物和生物学资料。分类单元下方的引证基本遵循如下原则：①各分类单元的原始出处尽可能引出；②除世界广布种外，均提供了所有异名；③凡记载东北地区的文献均列出；④国内外有关类群的综合性评述均列出。

研究所用标本都是作者们半个世纪以来在中国东北地区采集的。同时感谢何富刚、刘丽娟、白建军、白九维、暴致祥、陈晓社、陈秀莲、方三阳、方燕、高乐芳、桂承明、郭昆、郭元朝、韩运发、何喜田、黄溪水、黄晓磊、贾友焕、蒋玉才、雷富民、李本珍、李慧、李亚杰、李永祥、梁梦元、梁兴善、刘海波、刘铭雅、刘世栋、吕九维、马桂春、马立名、孟广翔、牛爱国、乔宁、任国栋、宋桂兰、宋桂芝、宋士美、宋新元、孙慧敏、谭维嘉、田士波、汪贵、王承纶、王明福、王荣荣、王淑贤、王素芝、王维斗、王兴亚、王艳琴、王永伦、徐公天、徐庆丰、徐思倍、许永全、薛立仗、杨桂芳、杨晋宇、杨立铭、杨树栋、杨秀兰、尹祚华、张保林、张东、张合彩、张时敏、张晓菊、张雅杰、张有为、张志升、张卓、章荷生、赵成本、郑国、钟兆康、朱弘复、朱志强等同志，美国 Susan Halbert 博士及辽宁省农业科学院植物保护研究所、辽宁省朝阳市农业科学研究所、内蒙古自治区赤峰市农业试验站、黑龙江省科学院自然资源研究所、吉林省农业科学院、东北科学院林业所、东北林业科学院昆虫教研组、东北林学院、东北农业科学研究所和中国科学院林业土壤研究所多年来采集的大量标本。在此谨对上述同志及兄弟单位致以衷心的感谢。

本项工作主要得到公益性行业（农业）科研专项经费项目——作物蚜虫综合防控技术研究与示范推广项目（201103022）、国家自然科学基金重点项目（30830017）、国家杰出青年科学基金项目（31025024）的资助，部分工作还得到国家自然科学基金面上项目（30970391）、国家自然科学基金特殊学科点项目（J0930004）、中国科学院动物进化与系统学重点实验室开放课题（O529YX5105）、公益性行业（农业）科研专项经费项目——蚜虫防控技术研究与示范项目（200803002）和院长奖获得者科研启动专项资金的资助。

作　者

目　录

总　论

一、东北地区概况

中国东北地区位于欧亚大陆东部边缘，地域辽阔，广义上包括黑龙江、吉林、辽宁三省以及内蒙古自治区东部的呼伦贝尔盟、兴安盟、通辽市和赤峰市，地理位置在北纬 $38°40'\sim53°30'$，东经 $115°05'\sim135°02'$。该地区地域广阔，总面积 126.08 万 km^2（辽宁省 14.59 万 km^2、吉林省 18.74 万 km^2、黑龙江省 45.39 万 km^2、内蒙古自治区东部 47.36 万 km^2），约占全国总面积的 13.13%，北连俄罗斯西伯利亚地区，东通俄罗斯远东地区以至北美洲，南接朝鲜半岛及我国华北地区，西连蒙古国。该地区地势起伏较大，由平原、高平原、丘陵、低山和中山组成，分别占全区面积的 29%、8.3%、26.9%、21.4% 和 14.4%。其中以山地和平原为主，山地海拔一般为 $1000\sim2000m$，缺少险峻的高山，主要的山地有西部的大兴安岭山地及辽西山地，东部的长白山山地，北部小兴安岭山地，三列山地环抱着我国最大的平原——东北平原，其从北向南又可分为三江平原、松嫩平原和辽河平原。主要的水系有黑龙江、松花江、乌苏里江、嫩江、辽河、大凌河、小凌河及其支流。

东北地区独特的地形地貌及其气候环境致使气温和降水变化显著，出现了北南过渡的寒温带、温带和暖温带，以及东西过渡的湿润区、半湿润区和半干旱区。与此相对应，植被的分布格局受水热条件限制具有明显的南北差异和东西变化，从北到南有寒温带针叶林、温带针叶阔叶混交林和暖温带落叶阔叶林，从东到西有森林、草甸草原（森林草原）和典型草原。该地区植被区划以温带区系成分为主，包括了全国 8 个植被区域中的 4 个，其中寒温带针叶林区域和温带针叶阔叶混交林区域为国内特有。在长白山山地（海拔 2100m 以上）还分布着我国仅有的两处高山冻原之一，也是分布在欧亚大陆最南缘的高山冻原。这里还有我国最东端的温带草原和最北端的暖温带落叶阔叶林。因此该地区植物种类多，数量大，植被类型复杂，是我国最北部植物区系植物种类较为丰富的地区，也是我国北方植物起源演变发展的重要地区，占有十分重要的位置（周以良，1997）。

人类对中国东北地区的开发历史悠久，早在 $2000\sim3000$ 年前就已开始，随后又经历了辽、金朝的战火，明、清朝的移民，俄、日帝国主义的入侵掠夺，及长期以来的乱砍滥伐、毁林开荒和过度放牧等。目前，该地区保留的原生植被已经相对较少，大面积原始森林演替成次生阔叶混交林和以山杨、白桦、蒙古栎为优势的次生阔叶林，甚至衍生成以各类灌木或禾本科植物为优势的灌丛或灌草丛。仅大兴安岭和长白山地区还分别存在以兴安落叶松、白桦为主和以中国东北特有的红松为主的原始森林。而在松辽平原、内蒙古东部草原、辽东半岛南端和辽西山地等地区都不存在原始森林，以人工植被为主，除农田、果园和人工林外，仅在个别地区存有以椴树为主的天然次生林，包括椴树、山杨、柞树和榆树等。随着自然植被的破坏，该地区的生态条件日趋恶化，年平均降水量减少，大风日数增多，地表径流量、水土冲刷量增加，主要内河通航距离缩短或不能通航，洪水泛滥次数增加，农田土地盐碱化程度日趋严重，沙漠化面积不断扩大，一些珍稀野生动植物种濒于灭绝（周以良，1997）。

二、蚜虫分类地位及分类系统

（一）分　类　地　位

蚜虫类隶属于半翅目 Hemiptera 胸喙亚目 Sternorrhyncha，该亚目通常包括 5 个总科：木虱总科 Chermidea、粉虱总科 Aleyrodoidea、球蚜总科 Adelgoidea、蚜总科 Aphidoidea 和蚧总科 Coccoidea。另有许多学者将球蚜总科和蚜总科两个总科统称为蚜虫类 Aphidinea（Börner and Heinze，1957；Shaposhnikov，1964）。

（二）分类系统的研究简史

自林奈 1758 年发表《自然系统》起，蚜虫分类学经历了 250 余年，由最初林奈命名的 25 种已经发展到现在的 4700 余种，目前仍有越来越多的蚜虫物种被发现。随着蚜虫分类研究的发展，不断有新的分类系统被建立，旧的分类系统被修订甚至被推翻，现在已对大多数类群的系统关系达成共识，在少数类群中仍然存在一些争议。

纵观蚜虫分类学和系统发育研究的历史，可将其划分为 4 个时期，即萌芽期、探索期、争鸣期和成熟期。图 1 显示了各时期的代表性分类系统。

1. 分类系统发展的萌芽期（18 世纪 50 年代末至 19 世纪 40 年代末）

这一时期跨越了近一个世纪，主要成果是新物种的发现和描述。Linnaeus 于 1758 年建立蚜属 *Aphis*，在 1761 年及 1767 年又陆续记载了一些种类。De Geer（1773）和 Fabricius（1775）也分别记述了蚜属 *Aphis* 的一些物种。随后，在 1835～1837 年先后建立了绵蚜属 *Eriosoma*、大蚜属 *Lachnus*，五节根蚜属 *Forda*、拟根蚜属 *Paracletus* 及盲长跗蚜属 *Trama* 等分类单元。此阶段对种类的划分仅限于属级阶元，当时建立的属大约有 15 个沿用至今。分类系统的建立工作刚刚起步。例如，1841 年 Hartig 首次尝试建立了第一个蚜虫分类系统，即根据前翅中脉分叉与否把当时的已知属分为两大类。Kaltenbach（1843）则根据触角节数的多少和是否有翅把蚜虫分为两大类，并将额瘤、额沟和缘瘤等特征用于分类研究。虽然该阶段系统学研究结果十分简单，没有被广泛接受，但仍是蚜虫分类系统研究历史上迈出的重要的第一步。而且当时分类研究中关注的触角、翅脉及生殖方式等特征一直沿用至今。

2. 分类系统发展的探索期（19 世纪 50 年代至 20 世纪初）

这一阶段有更多的属被建立和描述，现今沿用的有 70 余个。Koch（1854～1857）对当时已知的 213 种蚜虫加以总结记述，建立了 20 余个新属。Passerini（1860，1861，1863）建

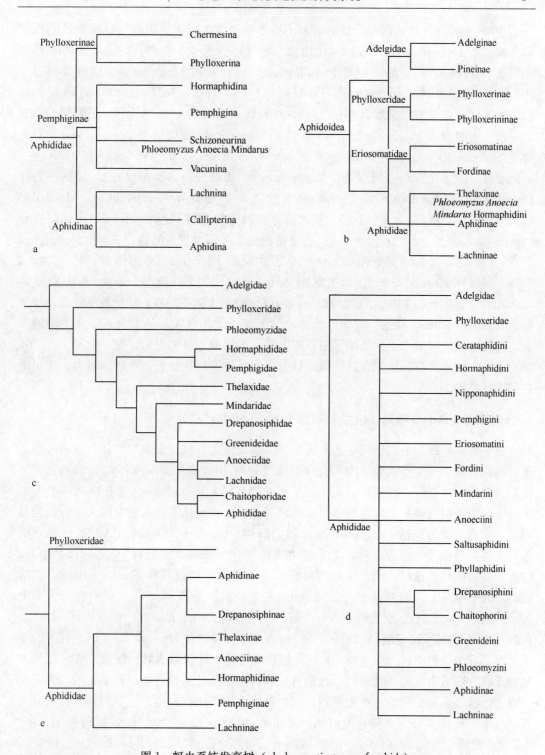

图1　蚜虫系统发育树（phylogenetic trees of aphids）

a. Mordvilko（1908）；b. Börner（1930）；c. Zhang *et al*.（1999）；d. von Dolhen 和 Moran（2000）；

e. Benjamïn *et al*.（2004）

立了 10 多个新属。与此同时，蚜虫学家还从各个角度进行了更多建立分类系统的探索和尝试，如 Passerini（1860，1861，1863）把蚜科分为 6 个亚科：蚜亚科 Aphidinae、大蚜亚科 Lachininae、绵蚜亚科 Pemphiginae、根蚜亚科 Rhizobiinae、虫蚜亚科 Tycheinae 及球蚜亚科 Chermesinae。Buckton（1876，1879，1881，1883）的研究支持 Passerini 建立的亚科级系统，并建立了一些新属。Lichtenstien（1885）把蚜科分为 6 个类群：根瘤蚜类 Phylloxeriens、球蚜类 Chermesiens、瘿绵蚜类 Pemphigiens、裂绵蚜类 Schizoneuriens、大蚜类 Lachiniens 及蚜类 Aphidiens。del Guercio（1900），进一步把蚜科分为 3 个亚科：球蚜亚科 Chermesinae、绵蚜亚科 Myzoxylinae（包括过去的 Pemphiginae、Rhizobiinae 和 Tycheinae 3 个亚科）和蚜亚科 Aphidinae。Mordvilko（1908）同样把蚜科分为 3 个亚科，依次改称为根瘤蚜亚科 Phylloxerinae、瘿绵蚜亚科 Pemphiginae 及蚜亚科 Aphidinae，并在亚科内建立了多个重要的族：在蚜亚科内建立 3 个族：蚜族 Aphidina、斑蚜族 Callipterina 及大蚜族 Lachnina；在瘿绵蚜亚科内建立 4 个族：扁蚜族 Hormaphidina、瘿绵蚜族 Pemphigina、裂绵蚜族 Schizoneuria 及空蚜族 Vacunia。Tullgren（1909）在瘿绵蚜亚科内又增建 2 个重要的族：矿蚜族 Mindarina 及短痣蚜族 Anoeciina。在这一时期形成的分类系统变动非常大，基本没有形成主流的观点。在此阶段，对形态学特征的运用更加丰富，类群的划分也更为详细。截至 1909 年，蚜虫的许多独立类群仍然没有被准确地划分，却已被发现和命名，包括球蚜类、瘿绵蚜类和大蚜类等。

3. 分类系统发展的争鸣期（20 世纪初至 20 世纪 60 年代初）

这一时期是蚜虫分类研究史上发展最快、争议最大、修订最多的时期，发表并沿用至今的新属有 250 余个，建立的各式分类系统超过 10 个。van der Goot（1913，1915）把蚜科分为 2 个亚科：蚜亚科 Aphidinae 和球蚜亚科 Chermesinae，又首次把卵生类蚜虫——球蚜亚科明确划分为球蚜和根瘤蚜两部分，并在确认了前人建立的大部分族的基础上又增建了镰管蚜族 Drepanosiphina 和毛蚜族 Chaitophoria。Baker（1920）建立的新系统中把蚜虫类处理为总科，下分根瘤蚜科 Phylloxeridae 和蚜科 Aphididae 2 个科，前者包括根瘤蚜和球蚜 2 类，又把蚜科分为 4 个亚科：绵蚜亚科 Eriosomatinae、矿蚜亚科 Mindarinae、扁蚜亚科 Hormaphidinae 和蚜亚科 Aphidinae；把蚜亚科再分为 6 个族：大蚜族 Lachinini、刚毛蚜族 Setaphidini、毛管蚜族 Greenideini、群蚜族 Thelaxini、斑蚜族 Callipterini 及蚜族 Aphidini。Baker 的系统对矿蚜类与扁蚜类给予了空前的重视，都提升为亚科。Börner（1930）认为以往的分类系统仅以翅脉、触角节数、尾片和尾板形状、腹管有无和形状以及蜡腺的有无和构造等特征为分类依据是不足的，还应重视喙的形状、爪间毛构造、背毛排列、初生若蚜毛序等特征，由此在其创立的蚜虫分类新系统中把蚜虫类分为 4 科：蚜科 Aphididae、绵蚜科 Eriosomatidae、球蚜科 Adelgidae 及根瘤蚜科 Phylloxeridae；把蚜科再分为 3 亚科：大蚜亚科 Lachninae、蚜亚科 Aphidinae 和群蚜亚科 Thelaxinae；又把大蚜亚科再分为 3 族：大蚜族 Lachnini、长足大蚜族 Cinarini 及长跗蚜族 Tramini；蚜亚科再分为 3 族：毛蚜族 Chaitophorini、斑蚜族 Callipetrini 和蚜族 Aphidini；群蚜亚科分为 2 族：群蚜族 Thelaxini 及扁蚜族 Hormaphidini；把绵蚜科分为 2 亚科：五节根蚜亚科 Fordinae 及绵蚜亚科 Eriosomatinae，再把绵蚜亚科分为 2 族：瘿绵蚜族 Pemphigini 及绵蚜族 Eriosomatini。显然，Börner 对绵蚜类和球蚜类给予充分重视，都提升至科级。Mordvilko（1948）则仍把蚜虫类分为 2 科：球蚜科 Adelgidae 及蚜科 Aphididae，再把前者分为 2 亚科：球蚜亚科 Adelginae 及根瘤蚜亚科 Phylloxerinae；把后者分为 8 亚科：平翅绵蚜亚科 Phloeomyzinae、瘿绵蚜亚科 Pemphiginae、大蚜亚科 Cinarinae、短痣蚜亚科 Anoeciinae、叶蚜亚科 Phyllaphidinae、毛蚜亚科 Chaitophorinae、粉毛蚜亚科 Pterocommatinae 和蚜亚科 Aphidinae；瘿绵蚜亚科再分为 3 族：瘿绵蚜族 Pemphigini、绵蚜族 Eriosomini 和五节根蚜族 Fordini；大蚜亚科分为 3 族：长足大蚜族 Cinarini、长喙大蚜族 Stomaphidini 和大蚜族 Lachnini；短痣蚜亚科仅短痣蚜属 *Anoecia* Koch，1857 1 属；将叶蚜亚科分为 3 族：纩蚜族 Mindarini、群蚜族 Thelaxini 和叶蚜族 Phyllaphidini；蚜亚科分为 2 族：长管蚜族 Macrosiphini 和蚜族 Aphidini。Mordvilko 对平翅绵蚜类、短痣蚜类、毛蚜类、粉毛蚜类给以较大的重视，都提升为亚科。Börner（1952）和 Heinze（1957）等把蚜总科分为 2 类：卵生蚜类及卵胎生蚜类，卵生蚜类再分为 2 科：球蚜科 Adelgidae 和根瘤蚜科 Phylloxeridae；卵胎生蚜类再分为 6 科：裂绵蚜科 Schizoneuridae、群蚜科 Thelaxidae、大蚜科 Lachnidae、蚜科 Aphididae、毛蚜科 Chaitophoridae 及斑蚜科 Callaphididae。他们较合理地把蚜总科分为卵生和卵胎生两大类，并把过去的一些亚科甚至族独立为科也较容易被接受；但把过去曾被列为亚科的纩蚜亚科 Mindarinae、平翅绵蚜亚科 Phloeomyzinae、短痣蚜亚科 Anoeciinae、扁蚜亚科 Hormaphidinae 以及毛管蚜族 Greenideini 等一些显著异质的类群全部归入群蚜科 Thelaxidae，则使其分类系统显得杂乱。尽管这一时期建立的分类系统没有被完全沿用，但是每个分类系统都具有其合理之处，提供了很多有价值的观点，并被现代分类系统所采用。

4. 分类系统发展的成熟期（20 世纪 60 年代初至今）

蚜虫的分类系统在这个时期趋于稳定，一部分争论的焦点随着形态学和古生物学研究的发展已经逐步达成共识。Shaposhnikov（1964）发展了 Mordvilko 的系统，把 Börner 的群蚜类分为 5 科：纩蚜科 Mindaridae、短痣蚜科 Anoeciidae、平翅绵蚜科 Phloeomyzidae、群蚜科 Thelaxidae 和毛管蚜科 Greenideidae；同时继承 Börner 的系统把蚜虫类分为 12 个科；把卵生类蚜虫提升为球蚜总科 Adelgoidea，把卵胎生类蚜虫提升为蚜总科 Aphidoidea。Ilharco（1966）新建立以色列亚科 Israelaphidinae，仅以色列蚜属 *Israelaphis* Essig，1953 1 属。Eastop（1972）把蚜虫类分为 3 科，分别为根瘤蚜科 Phylloxeridae、球蚜科 Adelgidae 和蚜科 Aphididae；蚜科又分为 9 亚科；Eastop（1977）又将蚜科 Aphididae 中亚科的划分修订为 12 个亚科：大蚜亚科 Lachninae、毛蚜亚科 Chaitophorinae、斑蚜亚科 Drepanosiphinae、新叶蚜亚科 Neophyllaphidinae、以色列蚜亚科 Israelaphidinae、粉毛蚜亚科 Pterocommatinae、蚜亚科 Aphidinae、毛管蚜亚科 Greenideinae、平翅绵蚜亚科 Phloeomyzinae、短痣蚜亚科 Anoeciinae、扁蚜亚科 Hormaphidinae 及瘿绵蚜亚科 Pemphiginae。Heie（1980）把蚜总科分成 10 科：纩蚜科 Mindaridae、扁蚜科 Hormaphididae、平翅绵蚜科 Phloeomyzidae、群蚜科 Thelaxidae、

短痣蚜科 Anoeciidae、瘿绵蚜科 Pemphigidae、斑蚜科 Drepanosiphidae、毛管蚜科 Greenideidae、蚜科 Aphididae 及大蚜科 Lachnidae。张广学和钟铁森（1983）建立了蚜虫类 13 科分类系统：包括 2 总科 13 科，球蚜总科 Adelgoidea 分为球蚜科 Adelgidae 和根瘤蚜科 Phylloxeridae；蚜总科 Aphidoidea 分为瘿绵蚜科 Pemphigidae、纩蚜科 Mindaridae、扁蚜科 Hormaphididae、平翅绵蚜科 Phloeomyzidae、群蚜科 Thelaxidae、毛管蚜科 Greenideidae、短痣蚜科 Anoeciidae、大蚜科 Lachnidae、斑蚜科 Drepanosiphidae、毛蚜科 Chaitophoridae 和蚜科 Aphididae。Remaudière 和 Stroyan（1984）把蚜总科作为科处理，增加了 2 个新亚科，塔叶蚜亚科 Tamaliinae（模式属：*Tamalia* Baker, 1920）和拟毛蚜亚科 Parachaitophorinae（模式属：*Parachaitophorus* Takahashi, 1937）而分为 21 个亚科，并修订了几个亚科的位置；其分类系统为：瘿绵蚜亚科 Pemphiginae、纩蚜亚科 Mindarinae、扁蚜亚科 Hormaphidinae、塔叶蚜亚科 Tamaliinae、新叶蚜亚科 Neophyllaphidinae、平翅绵蚜亚科 Phloeomyzinae、蜥蜴斑蚜亚科 Lizeriinae、毛管蚜亚科 Greenideinae、伪短痣蚜亚科 Aiceoniinae、短痣蚜亚科 Anoeciinae、群蚜亚科 Thelaxinae、根瘤蚜亚科 Phylloxerinae、跳蚜亚科 Saltusaphidinae、粗腿蚜亚科 Macropodaphidinae、镰管蚜亚科 Drepanosiphidinae、以色列蚜亚科 Israelaphidinae、毛蚜亚科 Chaitophorinae、大蚜亚科 Lachininae、粉毛蚜亚科 Pterocommatinae、拟毛蚜亚科 Parachaitophorinae 及蚜亚科 Aphidinae。Remaudière 和 Quednau（1988）建立一新亚科翅斑蚜亚科 Pterastheniinae，它包括 *Neoantalus* Remaudière, 1985 和 *Pterasthenia* Stroyan, 1952 2 个属。Quednau 和 Remaudière（1994）又增加了 2 个新亚科，内乌肯蚜亚科 Neuquenaphidinae 和台斑蚜亚科 Taiwanaphidinae，将斑蚜科 Callaphididae Börner, 1952 更名为角斑蚜亚科 Myzocallidinae，变更了叶蚜亚科 Phyllaphidinae 的位置。Remaudière 和 Remaudière（1997）在《世界蚜虫名录》（*Catalogue of the World's Aphididae*）中系统整理其上述研究后，将其分类系统按字母排列顺序列出，共包括 25 个亚科。Remaudière 等 1984～1997 年的分类系统主要集中在原斑蚜科内的各类群位置的调整。张广学等（1999）在张广学和钟铁森（1983）的 13 科分类系统的基础上，进一步研究 13 科之间相互关系的支序分析，认为扁蚜科与瘿绵蚜科、短痣蚜科与大蚜科、毛蚜科与蚜科分别为姊妹群，毛管蚜科、斑蚜科、短痣蚜科、大蚜科、毛蚜科、蚜科间有较近的亲缘关系并共同组成蚜虫类中一个较进化的单系群，球蚜科、根瘤蚜科为最原始的类群。这一时期，分类系统逐渐稳定，并在较大范围内得到蚜虫学者的认同，但在斑蚜科内部关系等问题中还存在一些争议。

　　目前，系统发育研究中存在的争议主要是由在形态学研究领域遇到的问题引发的。随着分子生物学技术的发展，近期在蚜虫分子系统学领域也进行了一些尝试，获得了不同的结果，但是都没有完全解决蚜虫类高级阶元系统发育关系问题。von Dohlen 和 Moran（2000）使用线粒体核糖体基因构建了分子系统树，但是结果并不理想，卵胎生蚜虫各亚科内部亲缘关系纷纷瓦解，仅有蚜亚科和大蚜亚科分别形成单系群，其他亚科间关系在拓扑树上呈现为梳状结构，没能得到重建。因此他们提出了一个快速辐射的进化假说来解释线粒体系统树的拓扑结构，但是传统形态学支持的亚科关系几乎被全面推翻仍然为这一假说留下了疑点。Ortiz-Rivas 等（2004）利用核视长蛋白基因构建的系统发育树，卵胎生蚜虫被分为大蚜亚科、（群蚜亚科＋短痣蚜亚科＋扁蚜亚科＋瘿绵蚜亚科）以及（蚜亚科＋斑蚜亚科）3 个主要的支系。但是这项研究的取样存在较大的偏好性，所能覆盖的亚科和族都明显不足，分析结果的可信度较低。此外，瘿绵蚜亚科和斑蚜亚科都存在并系，这也使得结果不够清晰（任珊珊等，2006）。

综上所述，世界蚜虫类形态学研究较为深入，对类群形态的了解非常详细，分类系统也基本成熟稳定，利用形态学和生物学特征构建蚜虫系统发育关系的研究也因此相当丰富。但是由于不同学者对特征的理解存在一定的差异，从而产生了很多的分歧，目前仅依靠形态学手段已经难以解决蚜虫系统发育关系。分子生物学技术以及分析方法的飞速发展为解决这些矛盾提供了新的手段和机会，但是初步的分子研究尝试也提示我们，蚜虫类可能存在着快速成种的进化模式，要得到理想的系统发育关系目前还存在较大的困难。

（三）本书采用的分类系统简介

本书采用张广学和钟铁森（1983）的蚜虫分类系统，在斑蚜科部分采用 Remaudière 和 Remaudière（1997）的蚜虫分类系统。

1. 球蚜总科 Adelgoidea
   1) 球蚜科 Adelgidae
   2) 根瘤蚜科 Phylloxeridae
2. 蚜总科 Aphidoidea
   1) 纩蚜科 Mindaridae
   2) 平翅绵蚜科 Phyloeomyzidae
   3) 扁蚜科 Hormaphididae
      (1) 日本扁蚜亚科 Nipponaphidinae
      (2) 扁蚜亚科 Hormaphidinae
      (3) 坚蚜亚科 Cerataphidinae
   4) 瘿绵蚜科 Pemphigidae
      (1) 绵蚜亚科 Eriosomatinae
      (2) 瘿绵蚜亚科 Pemphiginae
      (3) 五节根蚜亚科 Fordinae
   5) 群蚜科 Thelaxidae
   6) 毛管蚜科 Greenideidae
      (1) 刺蚜亚科 Cervaphidinae
      (2) 毛管蚜亚科 Greenideinae
      (3) 刚毛蚜亚科 Schoutedeninae
   7) 斑蚜科 Drepanosiphidae
      (1) 镰管蚜亚科 Drepanosiphinae
      (2) 以色列蚜亚科 Israelaphidinae
      (3) 蜥蜴斑蚜亚科 Lizeriinae

　　　　（4）粗腿蚜亚科 Macropodaphidinae

　　　　（5）角斑蚜亚科 Myzocallidinae

　　　　　　①长角斑蚜族 Calaphidini

　　　　　　②角斑蚜族 Myzocallidini

　　　　（6）新叶蚜亚科 Neophyllaphidinae

　　　　（7）内乌肯蚜亚科 Neuquenaphidinae

　　　　（8）拟毛蚜亚科 Parachaitophorinae

　　　　（9）叶蚜亚科 Phyllaphidinae

　　　　（10）翅斑蚜亚科 Pterastheniinae

　　　　（11）跳蚜亚科 Saltusaphidinae

　　　　（12）台斑蚜亚科 Taiwanaphidinae

　　8）毛蚜科 Chaitophoridae

　　　　（1）五节毛蚜亚科 Atheroidinae

　　　　（2）毛蚜亚科 Chaitophorinae

　　9）大蚜科 Lachnidae

　　　　（1）长足大蚜亚科 Cinarinae

　　　　（2）大蚜亚科 Lachninae

　　　　（3）长跗大蚜亚科 Traminae

　　10）短痣蚜科 Anoeciidae

　　　　（1）伪短痣蚜亚科 Aiceoninae

　　　　（2）短痣蚜亚科 Anoeciinae

　　11）蚜科 Aphididae

　　　　（1）粉毛蚜亚科 Pterocommatinae

　　　　（2）蚜亚科 Aphidinae

　　　　（3）长管蚜亚科 Macrosiphinae

三、蚜虫生物学

（一）经 济 价 值

　　蚜虫是昆虫纲半翅目中较大的一类寄生性昆虫，分布于世界各地。蚜虫绝大部分是有害种类，世界上几乎很少有植物不受蚜虫的为害，是农林经济植物上一类重要的害虫，常可造成植物变形，生长缓慢或停滞，严重时可致植株死亡，影响经济作物的产量。在粮食作物如麦类上有麦二叉蚜 *Schizaphis graminum*（Rondani）、荻草谷网蚜 *Sitobion miscanthi*（Takahashi）、禾谷缢管蚜 *Rhopalosiphum padi*（Linnaeus）等多种蚜虫为害，禾谷类有玉米蚜 *Rhopalosiphum maidis*（Fitch）为害心叶，高粱叶上有高粱蚜 *Melanaphis sacchari*（Zehntner）为害，严重时被害作物叶片变色，不能拔节抽穗，产量明显下降；在经济作物上有棉蚜 *Aphis gossypii* Glover 为害棉苗、桃蚜 *Myzus persicae*（Sulzer）为害多种蔬菜，大豆蚜 *Aphis glycines* Matsumura 为害油料作物，红花指管蚜 *Uroleucon gobonis*（Matsumura）等多种蚜虫为害中草药植物，苹果蚜 *Aphis pomi* de Geer、桃粉大尾蚜 *Hyalopterus pruni* Geoffroy、橘蚜 *Toxoptera citricidus*（Kirkaldy）、梨二叉蚜 *Schizaphis piricola*（Matsumura）等为害果树，使叶片和幼茎变形，生长停滞，根系发育缓慢，成熟期延迟，质量和产量下降。苹果绵蚜 *Eriosoma lanigerum*（Hausmann）和葡萄根瘤蚜 *Viteus vitifoliae*（Fitch）不仅是地方性重要害虫，也是国际上的重要检疫对象。林业上的蚜虫为害情况也很严重，如黑龙江带岭地区人工落叶松林内落叶松球蚜 *Adelges laricis* 为害时可使落叶松当年生长高度降低40%；有些行道树如杨树、柳树、栾树等受多种粉毛蚜的严重为害，个别树木甚至因蚜虫为害而枯死。

通常情况下，由于蚜虫个体较小，为害初期受害状不明显或受到天敌及自然界其他因素的控制，蚜虫对植物的为害作用常常被人们忽视。

除部分蚜虫种类是农林及其他经济作物上的大害虫外，大多数对寄主植物无明显益害，是自然生态群落中食物链上的一环，充当许多寄生性天敌和捕食性天敌的食物来源，为维护整个生态系统平衡发挥重要作用。少数几种蚜虫对人类明显有益，其中主要的一类是角倍蚜，它们在盐肤木的叶反面形成多角形虫瘿，虫瘿成熟后，采摘下来俗称"五倍子"。五倍子内含丰富的单宁，是一种重要的化工原料，在金属提取、纺织印染、食品加工、医药卫生、环境保护等诸多方面都有重要的经济价值。

（二）生物学特性

蚜虫是昆虫中生活周期及多型现象最为复杂的类群之一，存在孤雌生殖与两性生殖世代交替的现象，同时还有孤雌卵生型、有翅型、无翅型，性母蚜、性蚜等多种型的划分。

1. 生活周期

蚜虫的生活周期可按有性世代的有无分为全生活周期型与不全生活周期型。

全周期型在1～2年内，一般在1年内存在孤雌生殖与两性生殖世代交替现象。大多数蚜虫属于全周期型。

不全周期型全年营孤雌生殖，不发生有性世代，常以孤雌成虫或若虫在寄主植物上越冬。常见的不全周期型蚜虫有玉米蚜、荻草谷网蚜等；这种持续孤雌生殖的不全周期型常是由全周期型衍生而成。

有些种类在一定地区是全周期型，在另一地区则为不全周期型。如棉蚜在我国为全周期型，在欧洲则为不全周期型。在同一地区不同条件下，甚至同一地区同一条件下，同一种蚜虫可以既有营不全周期的种群，又有营全周期的种群。例如，桃蚜在华北大都有不全周期型与全周期型同时发生，即一部分以卵在桃树上越冬，另一部分则在田野或风障蔬菜上以孤雌蚜越冬，不发生两性世代。不全周期型蚜虫可能是对全周期型蚜虫的补充与延伸，也可能是对多样化自然环境的一种适应。

蚜虫的各种生活周期型及其相互之间的关系如图2所示。

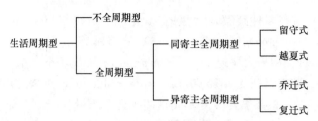

图 2　蚜虫各种生活周期型及其相互关系示意图

(Types of life styles on aphis and their relationships)

　　全周期型根据有无寄主植物交替分为同寄主全周期与异寄主全周期。同寄主全周期是指该蚜虫的孤雌世代与两性世代均在一种或几种近缘的寄主植物上发生。异寄主全周期是指该蚜虫的孤雌世代与两性世代发生在两类亲缘关系较远的寄主植物上，一类是蚜虫在其上发生两性蚜，交配产卵越冬并繁殖春季世代的寄主植物，另一类是蚜虫只在其上营孤雌生殖的寄主植物，前者称为该蚜虫的原生寄主，后者称为该蚜虫的次生寄主。

　　同寄主全周期型可分为留守式与越夏式两类。留守式终年在一种或几种近缘寄主上发生，盛夏可在位于凉爽处的寄主植物上度过，每年发生很多世代。属于留守式的蚜虫种类有斑蚜科、毛蚜科、大蚜科和根瘤蚜科的多数种类，群蚜科和蚜科的部分种类及瘿绵蚜科的少数种类。例如，豆蚜的孤雌世代和两性世代都发生在豆类植物上。越夏式终年也仅在一种或几种近缘寄主上发生，但在夏季发生形态异常的第 1 龄越夏型，其身体扁平，表皮被有玻璃质厚蜡，体周缘毛变成叶状、桨状或长毛状，与植物表面密切接触，不食不动可达 4~5 个月，到秋末继续发育，成为无翅性母，产生两性蚜，交配产卵越冬，每年发生世代较少。典型的越夏式蚜虫主要为毛蚜科 Chaitophoridae 多态毛蚜属 Periphyllus、群蚜科 Thelaxidae 刻蚜属 Kurisakia 种类。

　　异寄主全周期型可分为乔迁式与复迁式。乔迁式一般在 1 年内完成一个生活周期的循环。重要害虫中的禾谷缢管蚜、高粱蚜、棉蚜、桃蚜、大豆蚜等，以及蚜科、瘿绵蚜科的很多种和群蚜科的部分种都属于此类型。复迁式与乔迁式相似，但世代交替更为复杂，常需 2 年以上才能完成一个生活周期的循环。例如，东北带岭地区的落叶松球蚜，6 月间在云杉上产生雌雄两性蚜，7 月初雌雄交配产受精卵，8 月初孵出干母若虫，以干母第 1 龄若虫在云杉冬芽上越冬。翌年在云杉上形成虫瘿，8 月中旬虫瘿开裂，有翅迁移蚜迁移到落叶松上产卵，从 9 月中旬开始以第 1 龄若蚜在落叶松上越冬。第 3 年 5 月初发育为无翅孤雌蚜，其下代产生有翅性母迁回云杉上。如此经 2 年以上方才完成其生活周期。

2. 取食习性

(1) 寄主范围

　　蚜虫有的食性范围很广，取食许多亲缘关系较远的植物，往往包括几个科的植物，称为多食性，如棉蚜、桃蚜；有的食性范围较狭窄，取食一种或几种近缘植物称为单食性或寡食性。在蚜虫中寡食性的种类很多，但几乎没有严格的单食性的种，只食一种植物的蚜虫是不多的，虽有文献记载，但尚有待研究证明。

（2）为害部位

寄主植物各器官均可受到蚜虫为害，大多数蚜虫喜食植物的嫩叶、嫩梢；有些种类或类型为害老叶、茎、枝或树干，如柳粉毛蚜 *Pterocomma salicis*（Linnaeus）喜在二年生的枝条上取食；有些种类为害蕾、花、果，如梨黄粉蚜 *Aphanostigma jakusuiensis* 为害果实，月季长管蚜 *Sitobion rosivorum*（Zhang）在花和花蕾等处取食；另有许多种类在根部为害，如葡萄根瘤蚜使被害须根肿胀为根瘤，影响水分和养料的吸收；瘿绵蚜科中的菜豆根蚜 *Smynthurodes betae* Westwood 多集中在棉花主根附近。

蚜虫在植物上的为害部位常因类群及种类的不同而存在差异，在同一类群及同一种类中也可以有一定的变化。例如，在瘿绵蚜科中常存在着"在原生寄主叶上为害，使之形成虫瘿，然后虫瘿开裂，迁移蚜飞往次生寄主禾本科植物根部为害，秋末性母蚜迁回原生寄主植物产生性蚜，性蚜交配产卵于原生寄主植物"这样一个由为害叶到为害根，再由为害根到为害叶的周期性循环过程。

（3）为害状

蚜虫以刺吸式口器从植物组织中吸取汁液，且取食量很大，最少的每小时取食量为其体重的 1.00%，最多的达 133.00%，致使植物损失大量的养分和水分。因此，蚜虫的为害必定引起植物养分缺乏，运输的能耗增长，使得植物营养恶化，根、茎、叶、蕾、花生长停滞或延迟，植物组织早衰，最终使作物产量降低。由于蚜虫唾液中含有某些氨基酸或植物生长激素，常引起植物出现斑点、缩叶、卷叶、虫瘿、肿瘤、小枝节间缩短等多种为害状。例如，大豆蚜为害大豆嫩叶，使叶面发生凹凸不平的皱缩；被杏瘤蚜 *Myzus mumecola*（Matsumura）为害的杏叶沿叶缘向反面纵卷；被豆蚜 *Aphis craccivora* Koch 为害的洋槐树嫩梢上幼叶停止生长，幼枝弯曲，节间缩短；被梨二叉蚜为害的梨叶沿中脉向正面折叠呈饺子状；榆绵蚜 *Eriosoma lanuginosum dilanuginosum* Zhang 使榆叶向下弯曲并向上肿大呈泡状大型伪虫瘿；早螺瘿绵蚜 *Pemphigus protospirae* Lichtenstein 在杨树叶柄形成螺旋状旋卷肿胀虫瘿；小瘿无管根蚜 *Asiphonella dactylonii* Theobald 在黄连木叶片上沿主脉形成鸡冠状虫瘿；苹果绵蚜在苹果枝或根部为害，可形成肿瘤；麦双尾蚜可使麦叶卷曲成筒，使叶片变干枯死。

不同种的蚜虫在不同植物上的为害状一般各不相同，对于有些蚜虫种类，尤其是瘿绵蚜科形成独特虫瘿的类群可根据寄主植物类型及独特为害状在野外将其直接鉴定至种。

蚜虫种群密度一般很大，其排泄物蜜露常盖满植物表面，直接影响植物的呼吸和光合作用，还因其含有丰富的营养物质，易滋生霉菌，诱发植物黑霉病等，从而使植物表面具有明显的油腻或黑浊外表，这是大部分群居型蚜虫都具有的一个明显为害状，也是野外观察采集蚜虫的重要标志之一。蚜虫尚可传带上百种植物病毒及其他病害，使植物呈现复杂的蚜害、病害复合为害状。

3. 多型现象

昆虫中普遍存在多型现象，蚜虫同种内的多型现象则更为复杂且与其生活周期复杂性有密切的关系。一般每个种至少有 2 个型，即有翅孤雌型和无翅孤雌型。有些种类有很多型，一般全周期蚜虫有 5 或 6 型：干母、干雌、有翅孤雌型、无翅孤雌型、性母（雌性母和雄性母）、性蚜（雌性蚜和雄性蚜）、卵。有些种类的一个或多个型本身又有不同颜色型等多态现象。一般每型又有 4 个若虫龄期，不同型的同龄期蚜虫可以有不同的形态。

典型的蚜虫各型间关系可以表示为：

|←──────原生寄主──────→|←────── 次生寄主────→|

雌性蚜和雄性蚜→卵→干母→干雌→迁移蚜→侨蚜→回迁蚜（有翅性母、有翅雌性母和有翅雄蚜）

（1）干母（fundatrix）

干母是直接由受精卵发育而成的第 1 代，有翅或无翅；若无翅，则与其后代无翅孤雌蚜常在形态上有较大差异，如触角较短，触角节数较少，触角末节端部、足、腹管、尾片均较短，身体常常更圆等；若干母有翅，则与后代有翅蚜差别不大，常常仅触角末节端部较短，次生感觉圈较少，毛较长较多。

（2）干雌（fundatrigenia）

干雌是干母所产的第 1 代，触角、附肢、腹管等均较干母长，但与其后代孤雌蚜相比，触角、附肢、腹管等则较短。

（3）有翅孤雌蚜（alate viviparous female or gallicola（球蚜科）or alate ovipara（根瘤蚜科））

在无寄主转移的种类中，各有翅孤雌蚜在形态上无大的差别。在有寄主转移的种类中，迁移蚜（从原生寄主向次生寄主迁移）与回迁蚜（从次生寄主向原生寄主回迁）腹中胚胎不同，形态也有一定差异。在蚜科等多数科中，二者形态差异很小，大都仅限于触角感觉圈和腹管形状，但在扁蚜科及瘿绵蚜科五节根蚜亚科中，迁移蚜及回迁蚜在触角、翅、足、毛序、腹管、尾片及体表蜡腺形状、数量等形态特征上常有显著差异。

（4）无翅孤雌蚜（apterous viviparous female or exulis（球蚜科）or apterous ovipara（根瘤蚜科））

干母所产无翅孤雌蚜的后代间也有多态现象。例如，蚜科中的许多种，第 2 代与第 3 代相比，附肢稍短，次生感觉圈较少。棉蚜和大豆蚜等蚜属种类在 7~8 月，常在次生寄主上产生小型蚜，体黄白色，触角 5 节，分散于中下部叶片反面为害；而非常见的体黄色到绿色，触角 6 节，聚集于幼嫩部分的蚜型。在瘿绵蚜科中，在原生寄主上发生的第 2 代孤雌蚜常与次生寄主上的无翅孤雌蚜的形态结构不相同。扁蚜科的一些种类在其次生寄主上可产生蚧型或粉虱型蚜虫。

（5）性母蚜（sexupara）

性母蚜是产生雌性蚜和雄性蚜的一个有翅孤雌蚜世代，可以从次生寄主回迁到原生寄主植物上孤雌繁殖雌雄性蚜。瘿绵蚜科的许多种，其性母蚜均为有翅型，所产雌性蚜与雄性蚜均为无翅型。

蚜科中有些异寄主全周期型种类中尚有有翅雌性母，可从次生寄主迁飞到原生寄主上孤雌繁殖出无翅的雌性蚜；在次生寄主上可发生无翅雄性母，孤雌繁殖出有翅雄性蚜，迁飞到原生寄主，与雌性蚜交配。有翅性母蚜、有翅雌性母蚜和有翅孤雌蚜形态相似，其间差异即为迁移蚜与回迁蚜的区别。

（6）雌性蚜（oviparous female）

一般与无翅孤雌蚜相似，但繁殖方式不同。仅球蚜科有产卵器，根瘤蚜科罕见，其他科均退化。但根瘤蚜科和瘿绵蚜科中雌性蚜与孤雌蚜差别较大，雌性蚜无有功能的喙，不取食。瘿绵蚜科雌性蚜通过脱皮负生长，在与同样小型的雄性蚜交配后，仅产一越冬卵。五节根蚜亚科卵不产出体外，雌性蚜死亡。雌性蚜大都无翅，只有少数例外，如毛管蚜属、新叶蚜属、平翅绵蚜属的种类与孤雌蚜的区别常仅限于外生殖器稍不同。另外雌性蚜附肢往往较短，后足胫节膨大并出现蜡腺状构造，常称伪感觉圈，实为雌性信息素腺，可与孤雌蚜区别。

（7）雄性蚜（male）

常是最活泼，运动和感觉器官最发达的型。多数体窄长，有翅，附肢延长，次生感觉圈增多。腹部窄小弯曲，背面常有背中横带，外生殖器明显。

（8）卵（egg）

大都长椭圆形，初生时黄色，后变为绿色，最后为光亮黑色。大都单个产于原生寄主植物芽苞附近，如桃蚜、棉蚜及苹果蚜的卵；或产卵于榆树皮裂隙中，如秋四脉绵蚜 Tetraneura akinire Sasaki；或产卵于植物根部。球蚜总科孤雌蚜和性蚜均卵生。

（9）若蚜（nymph）

一般尾片发育不完全，无生殖突及生殖板，无中胸腹岔，体内无成熟胚胎，大都无次生感觉圈，与成蚜有明显区别。蚜虫一般有 4 个若虫期，每脱 1 次皮增加 1 龄。第 1 龄若蚜触角 4 或 5 节，第 2 龄大都 5 节，第 3 龄 5 或 6 节，第 4 龄及成蚜 6 节。如果成蚜触角 5 节，则除第 1 龄外，其他龄全为 5 节。第 1 龄若虫触角节Ⅲ往往无毛。触角各节、胫节及腹管的长度与相对长度在各龄期常不同。有翅若蚜前、后翅翅芽到第 4 龄才分离。腹部背片、尾片及尾板毛数随龄期增加而增多。

刻蚜属及多态毛蚜属可产生形态差异很大的 2 种类型的第 1 龄若虫，但最终发育成繁殖及形态相似的成蚜。

（10）颜色型（color morph）

蚜虫的许多种都存在不同体色的颜色型。例如，苹果蚜有黄色、黄绿色和绿色等颜色变化。蔷薇长管蚜 *Macrosiphum rosae*（Linnaeus）及长管蚜属的其他种常有绿色和红色两型。柏大蚜 *Cinara tuja filina*（del Guercio）孤雌蚜和雌性蚜黄褐色到深褐色，雄性蚜绿色。指网管蚜属有些种类有翅蚜第 1 龄为绿色，孤雌蚜红色到褐色。

4. 与蚂蚁的共栖关系

蚜虫除与寄主植物之间存在寄生关系外，还与许多其他昆虫，如蚂蚁、苍蝇以及姬蜂、寄生蜂、瓢虫、花蝽和食蚜蝇等天敌昆虫之间存在共栖、被寄生或捕食关系。

经过长期的历史演变，蚜虫与蚂蚁之间形成了互惠互利的共栖关系。蚜虫可排出蜜露供蚂蚁取食，使其获得丰富的食物供应；蚁访既可清除蚜虫蜜露对栖息地的污染，又可增进蚜虫的取食力和繁殖力；同时在一定程度上对蚜虫还起保护作用，使其免遭天敌危害。

并非所有蚜虫都有蚜蚁造访也不是所有蚂蚁种类都造访蚜虫。蚜虫与蚂蚁的共栖关系经过漫长的历史演变，也有专化现象：一种蚜虫常与数种固定的蚁种共栖，一种蚁常访数种或十多种固定的蚜虫。

四、蚜虫比较形态学

（一）基本外部形态（图 3）

1. 体形和体色（shape and color of body）

蚜虫体形较小，体长 0.60～7.50mm，以 1.50～2.00mm 者居多。身体柔软，体多呈卵圆形，少数长纺锤形或扁平椭圆形，如斑蚜科的扁平蚜属 *Platyaphis*，身体非常扁平，扁蚜科的一些种类则扁平似粉虱或似蚧壳虫。一般生活在叶上的蚜虫体色多绿色、黄绿色或黄色，也有黄白色、赭红色、褐色甚至黑色的；虫瘿中的蚜虫常淡绿色、黄绿色至黄白色；树枝、树干上的蚜虫体多褐色、黑褐色；根上的蚜虫多为乳白色、黄白色或土黄色。还有一些种类体表覆有蜡粉、蜡丝或蜡束。

蚜虫的头部、胸部和腹部界限明显，球蚜总科头部和胸部之和大于腹部。扁蚜科某些种类头部与前胸愈合，腹部所占比例较大，有时亦与头胸部愈合，仅腹部节 Ⅷ 分离。

2. 体表斑纹（sclerotized parts and stripes on surface of body）

蚜虫体表常有斑纹，骨化淡褐色到黑色，可分为中斑、侧斑、缘斑、腹管前斑和腹管后斑，每节中斑与侧斑可愈合为中侧横带，或再与缘斑愈合为全节横带，部分节或各节横带又可愈合为背中大斑，甚至全面骨化或仅在缘片间有程度不同的淡色部分。体背毛附着处还常有暗色毛基斑。表皮膜质或有网纹、弓形纹、瓦纹、皱纹及其他不规则形

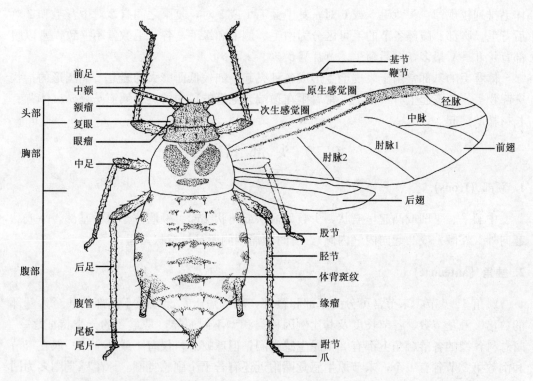

图 3　蚜虫外部形态特征示意图（common morphological features of aphid）

纹。体表还可见由多角形颗粒组成的节间斑，是肌肉固着的地方。

3. 蜡腺（wax glands）

蜡腺散布于真皮细胞间，可分泌蜡粉、蜡丝。常由数个到数十个大小相近或相差悬殊的蜡腺细胞组成蜡片。体背蜡片常有 6 纵列：中、侧、缘蜡片各 2 列，以缘蜡片与中蜡片为常见。球蚜科、根瘤蚜科、瘿绵蚜科、矿蚜科、扁蚜科、平翅绵蚜科及斑蚜科大部分种类都有发达或较发达的蜡片。扁蚜科一些种类中，具一系列卵圆形蜡胞排列成链条状围绕在身体的边缘。有些种类在若虫期具成群的圆形乳突。

4. 体背突起（processes of body）

蚜虫体表常有各种突起，各体节均可发生，以缘域为主，中、侧区常成对存在。缘瘤仅限于腹部前 7 节背片，胸部缘瘤常位于前胸和中胸，中瘤自头部至腹部背片Ⅷ常有分布。蚜科蚜亚科腹部节Ⅰ、Ⅶ有缘瘤，且常显著大于其他节缘瘤。

5. 体背毛（dorsal hairs of body）

蚜虫类体表毛的形状多样，可区分为：尖毛、钝毛、分叉毛、扇状毛、头状毛、棒状毛、鹿角状毛、叶状毛等；其长度可短于触角节Ⅲ最宽直径之半，或长至数倍。在多毛的种类中，体毛分布均匀，无特定规律，如大蚜科和其他科的某些单元；少毛的种类体毛排列较规律：头背毛 5 或 6 对，其中额毛 1 或 2 对，复眼之间有 2 对中背毛和 2 对后背毛。胸部、腹部各节的毛可区分为中毛、侧毛和缘毛，各节毛数常不一致，常以腹部背片 Ⅱ～Ⅴ 最多，向后渐少，背片Ⅷ最少。

体背毛的基部常由于表皮增生形成各种突起，如较低而膨大的隆起、椭圆形的指状突起物等。若突起上有一根毛，常着生在顶端。毛管蚜科中的刺蚜属 *Cervaphis* 体背有长树枝状突起。

（二）头 部 特 征

1. 额部 （frons）

中额平、下凹或凸起呈瘤状，少数呈冠状或角状突起。额瘤位于触角基部，平或凸起向外（外倾）或凸起向内（内倾），有时额瘤内侧还具长指状突起。

2. 触角 （antennae）

触角 3～6 节，末节常可分为基部和鞭部，鞭部短于基部或长于基部，甚至为基部的数倍。触角节数、各节长度及其比例因种类和型不同而异，是重要的分类特征之一。蚜总科各型的各龄触角上都有 2 个原生感觉圈，但球蚜总科仅有 1 或 2 个；一般在末节和倒数第 2 节各有 1 个，末节原生感觉圈附近还有若干个副感觉圈。原生感觉圈多为圆形，周围常有骨化的几丁质环或睫毛，是一种嗅觉感受器。有翅蚜和一些种类的无翅蚜通常还具次生感觉圈，次生感觉圈一般仅在成虫期出现，边缘有或无睫毛，分布于除基部两节外其他各节。各节次生感觉圈的有无、数目和形状都是种类区分的重要特征。触角表面还常着生有长短、粗细、形状和数量不同的毛。

3. 复眼及单眼 （compound eyes and ocelii）

蚜虫的眼大都由许多小眼面构成，一般还具有由 3 个小眼面构成的眼瘤，有些种类无眼瘤。但球蚜科、根瘤蚜科、瘿绵蚜科、扁蚜科、平翅绵蚜科和群蚜科的若虫和无翅型的眼仅由 3 个小眼面组成。有些蚜虫具发达的复眼，但眼瘤极小或消失，如斑蚜科叶蚜属；有些蚜虫复眼不发达，但眼瘤存在，如扁蚜科新胸蚜属。有翅型一般还有 3 个单眼，2 个位于复眼的内侧，1 个位于中额。

4. 喙 （rostrum）

喙一般呈圆筒形，有槽，内含 4 根口针，外面为上颚口针，里面为下颚口针。下颚口针靠其内表面相互交错紧密固定在一起，形成食物道和唾液道。上颚口针位于下颚口针的两侧，当刺入植物组织时，可独立运动。喙节 Ⅰ 短，不显著，节 Ⅱ 最窄长，节 Ⅲ 宽短，节 Ⅳ 与节 Ⅴ 通常愈合，呈三角形或剑形，最尖端有微感觉器。大蚜科及其他科少数种类的节 Ⅳ 与节 Ⅴ 分离，但节 Ⅴ 很短。喙的长度变化较大，最长可为体长的 2 倍，如长喙大蚜属 *Stomaphis*；喙短者只达前足、中足或后足基节。一般而言，害叶种类喙比较短，取食禾本科植物叶片的种类喙更短，害枝或树干的种类喙较长。喙节 Ⅳ＋Ⅴ 靠近端部处大都有 2~3 对原生毛，而靠近基部处常无或有不同数目的次生毛。由于取食的寄主植物不同，喙末端的形状、长度和感觉毛的数量、喙末节长宽比例以及与后足跗节Ⅱ间的比例等都有较大差异，常用来区分种类，作为分类的重要特征。有些类群性蚜的喙退化，如根瘤蚜科、瘿绵蚜科。

（三）胸 部 特 征

1. 胸部结构 （structure of thorax）

胸部由前胸、中胸和后胸组成。无翅蚜胸部背板通常不完整，有中缝。有翅蚜中胸背板由前盾片、盾片和小盾片组成，前盾片三角形，位于背板的中央，盾片发达，常为椭圆形，小盾片位于盾片之后，长方形或新月形。无翅型中胸腹叉（岔），是胸节腹板向内的突起，用来着生肌肉；根据形态可分为长柄、短柄、无柄、两臂一丝相连或两臂分离。

2. 足 （leg）

足通常由基节、转节、股节、胫节、跗节及爪组成。跗节一般 2 节，罕见 1 节或缺，大蚜科长跗蚜亚科跗节Ⅱ很长，有的可与胫节同长，跗节Ⅰ常很短。跗节Ⅰ腹面常有数量不同的毛，可用来区分种类，跗节Ⅰ毛序常表示为：x、y、z，依次为前、中、后足跗节Ⅰ毛数。跗节Ⅱ端部有爪 2 个，有时退化或消失，两爪间有爪间毛，毛蚜科爪间毛大都棒状，斑蚜科爪间毛大都叶状，其他科大都毛状。胫节端部腹面的膜质突起为足囊，可使蚜虫在光滑表面行走自如，避免滑落，在蚜科和其他科某些属很发达。

许多种类雌性蚜后足胫节膨大并具伪感觉圈，即为雌性信息素腺。

斑蚜科中一些适于跳跃的种，基节或腿节加宽、加粗，前者如凸唇斑蚜属和长斑蚜属 *Tinocallis*，后者如长镰管蚜属 *Drepanosiphum*、粗腿蚜属 *Macropodaphis*，跳蚜亚科部分属。

扁蚜科和瘿绵蚜科的某些属的第 1 龄若蚜有两种类型，一种为正常型，另一种的前足腿节粗壮，爪强大，适于捕捉天敌和猎物，并用口器将其刺杀，称为兵蚜。

某些蚜虫后足胫节具发音器，如蚜科声蚜属 *Toxoptera*，后足胫节后方有成排的钉状毛，与腹部的骨化脊相摩擦发声；毛管蚜科声毛管蚜属 *Molltrichosiphum*，后足胫节具成排的横脊，与腹部侧腹区的小齿摩擦发声。

3. 翅 （wing）

翅 2 对，前翅大，后翅窄小。静止时大多类群放置体背呈屋脊状，少数种类平放于体背。前翅有前缘脉、径分脉、中脉和肘脉，前缘脉弱，其余各脉均位于其后。翅痣位于翅的端部，一般为长椭圆形，不到达翅顶端；矿蚜科翅痣狭长，直达翅顶。中脉不分叉、一次分叉或二次分叉；肘脉分两支，有时共柄，大多数分开。球蚜科及根瘤蚜科前翅无径分脉。中脉的基部通常不清晰，在长足大蚜族中中脉比其他脉弱。

后翅小，飞行时以翅轭和前翅的后缘相连。一般有 1 条纵脉和 2 条斜脉，斜脉通常远离，有些种类仅有 1 条斜脉，根瘤蚜科缺斜脉；瘿绵蚜亚科 2 条斜脉基部彼此靠近，与纵脉呈灌丛状分开。少数种类后翅退化。前翅与后翅上的各脉有时镶有或多或少的晕，翅脉颜色、粗细也不同。

（四）腹 部 特 征

腹部由 9 节组成，一般可见 8 节。

1. 气门 （spiracles）

气门一般圆形，位于骨化的气门片上；胸气门一般 2 对，大于腹部气门，较少用作鉴别特征；腹部通常有 7 对气门，但球蚜科及根瘤蚜科腹部仅 5 或 6 对气门。长管蚜亚科腹部节Ⅰ与节Ⅱ气门十分接近是该亚科与蚜亚科的重要区别之一。扁蚜科腹节Ⅰ和Ⅶ或仅节Ⅰ气门未发育或外观上不明显。

2. 腹管 （siphunculus）

腹管是腹部后方 1 对管状的构造，位于腹部背片Ⅴ或Ⅵ，或二者之间；形状多样，有圆筒形、棒形、截短形、锥形至环形等，从基部向端部渐细或渐宽，或端部缢缩，或基部、端部都缢缩，或全长同宽，或中部极膨大；端部有缘突和切迹或仅有其一或均无；开口通常在顶端，个别在侧面；腹管长度变异很大，短的为环形或长不及宽，长的可与体长相比；表面光滑或有瓦纹，端部有时有网纹，表面大多无毛，有些有短毛，在毛管蚜科中有较长的毛；个别种类腹管孔状，有毛环绕。除球蚜科及根瘤蚜科外大都有腹管。

腹管顶端有膜质盖，中央有新月形骨化板，可控制开口排出分泌物。分泌物为黏性蜡质物，遇空气即凝固，涂抹在进攻性天敌体表可阻止其捕食活动。腹管分泌物中还含有数种报警信息素，用来警告同种其他个体。

3. 尾片 （cauda）

腹部末节背片延长成尾片，有圆锥形、长圆锥形、舌形、五边形、半圆形、三角形、瘤状等多种形状，其上有由微刺突组成的瓦纹，常有数根到数十根或长或短的毛。个别种类尾片瘤状部的端半部为膜质，无任何附着物。尾片可阻止肛门排出的蜜露覆盖在蚜体上。因虫瘿内蜜露可由蜡粉包裹，营虫瘿生活的蚜虫尾片不发达。

4. 尾板 （anal plate）

腹部末节腹片称为尾板。尾板大都半球形，但有些类群末端平直、浅凹或深凹甚至分为两叶，其上有长短毛数根到数十根。有些种类尾板两裂片分裂处有 "T" 形骨化斑。

5. 生殖突 （gonapophyses）

尾板的腹面前方产卵器退化生殖突 2 或 3 个，部分种类 4 个，其上有短毛。球蚜科有三瓣的产卵器，根瘤蚜科无或罕见有退化的产卵器。

6. 雌性外生殖器（ovipositor）

蚜虫雌性外生殖器不显著，生殖孔位于生殖板后。生殖板较孤雌蚜发达。仅球蚜科有明显产卵器，根瘤蚜科罕见产卵器，其他各科无产卵器。尾板前方有未发育的生殖突，通常为1～4个低的突起，每一突起上有生殖毛数根。

7. 雄性外生殖器（genitalia）

雄性外生殖器明显，抱器和阳茎骨化程度高，肉眼可见。阳茎位于节Ⅸ腹板中央，顶端膜质，可收入骨化的基部。抱器位于阳茎两侧。

（五）量　　度

蚜虫的量度主要是在显微镜下以目镜测微尺测量蚜虫身体各部分，全部换算为毫米（mm）。体长，指从额的前缘至尾片顶端；体宽，指腹部最宽处的宽度；触角全长与各节长度可用毫米表示，常换算为长度比例，以节Ⅲ为100，换算其他节的相对长度；节Ⅵ分基部和鞭部测量，基部长度指从该节着生处至原生感觉圈外缘，鞭部长度指从原生感觉圈外缘至顶端；触角节Ⅲ直径常指最大直径，或指明为基部直径。喙末节包括节Ⅳ和节Ⅴ，长度沿中沟测量，不包括微感觉器；宽度指基部最大宽度。股节及胫节长度，都指全长，胫节直径除指明者外，均指中部宽度。后足跗节Ⅱ长度，指从其基部到爪的基部。尾片长度，只测量平直标本。各毛长度，常包括基部很小的毛瘤在内，但不包括中、侧、缘瘤。各长度常用对比关系表示。

五、东北地区蚜虫物种多样性

（一）物种多样性

1. 数量比较

东北地区已知有蚜虫类昆虫2总科13科111属297种，分别占中国已知科、属、种的100％、40.81％和28.67％（表1）。

表1　东北地区已知各科蚜虫属种数量及其在中国各科蚜虫和本地区已知蚜虫中的比例

Table 1　Number of the aphid genera and species in Northeast China and their percentage in each aphid family of China and in known species from the region

科 Family	属数 Number of genera		种数 Number of species	
	中国 China	东北地区（占全国的比例/％，占东北地区的比例/％）Northeast China (China ％, the region ％)	中国 China	东北地区（占全国的比例/％，占东北地区的比例/％）Northeast China (China ％, the region ％)
球蚜科 Adelgidae	6	2(33.33, 1.80)	20	3(15.00, 1.01)
根瘤蚜科 Phylloxeridae	6	3(50.00, 2.70)	6	3(50.00, 1.01)
瘿绵蚜科 Pemphigidae	31	7(22.58, 6.31)	130	29(22.31, 9.76)

续表

科 Family	属数 Number of genera		种数 Number of species	
	中国 China	东北地区(占全国的比例/%，占东北地区的比例/%) Northeast China (China %, the region %)	中国 China	东北地区(占全国的比例/%，占东北地区的比例/%) Northeast China (China %, the region %)
矿蚜科 Mindaridae	1	1(100.00, 0.90)	5	3(60.00, 1.01)
扁蚜科 Hormaphididae	28	2(7.14, 1.80)	96	2(2.08, 0.67)
平翅绵蚜科 Phloeomyzidae	1	1(100.00, 0.90)	1	1(100.00, 0.34)
群蚜科 Thelaxidae	6	2(33.33, 1.80)	11	3(27.27, 1.01)
毛管蚜科 Greenideidae	6	2(33.33, 1.80)	28	4(14.29, 1.35)
短痣蚜科 Anoeciidae	3	1(33.33, 0.90)	14	3(21.43, 1.01)
大蚜科 Lachnidae	13	6(46.15, 5.41)	85	36(42.35, 12.12)
斑蚜科 Drepanosiphidae	47	30(63.83, 27.03)	137	58(42.34, 19.53)
毛蚜科 Chaitophoridae	6	5(83.33, 4.50)	30	13(43.33, 4.38)
蚜科 Aphididae	118	49(41.53, 44.14)	473	139(29.39, 46.80)
总计 Total	272	111(40.81, 100.00)	1036	297(28.67, 100.00)

　　该地区分布的 2 总科为球蚜总科 Adelgoidea 和蚜总科 Aphidoidea，13 科分别为球蚜科 Adelgidae、根瘤蚜科 Phylloxeridae、瘿绵蚜科 Pemphigidae、矿蚜科 Mindaridae、扁蚜科 Hormaphididae、平翅绵蚜科 Phloeomyzidae、群蚜科 Thelaxidae、毛管蚜科 Greenideidae、短痣蚜科 Anoeciidae、大蚜科 Lachnidae、斑蚜科 Drepanosiphidae、毛蚜科 Chaitophoridae 和蚜科 Aphididae。

　　从各科已知的属数量与地区已知属数量比较结果可知，蚜科多样性最高，已知 49 属，占地区已知属总数的 44.14%；其次为斑蚜科，已知 30 属，占地区已知属总数的 27.03%；再次为瘿绵蚜科，已知 7 属，占地区已知属总数的 6.31%。多样性较低的科是球蚜科、群蚜科、毛管蚜科和扁蚜科，各已知 2 属，分别各占地区已知属总数的 1.80%；矿蚜科、平翅绵蚜科和短痣蚜科是多样性最低的科，都仅有 1 属，分别占地区已知属总数的 0.90%。从各科已知的种级数量比较结果可知，蚜科种类最丰富，已知 139 种，占地区已知种总数的 46.80%；其次为斑蚜科，已知 58 种，占地区已知种总数的 19.53%；再次为大蚜科，已知 36 种，占地区已知种总数的 12.12%。平翅绵蚜科仅已知 1 种，占地区已知种总数的 0.34%。

　　通过比较各科已知属数量在该科中国已知属数量中所占的比例可以看出，矿蚜科和平翅绵蚜科的比值最高，均占各科中国已知属总数的 100.00%；其次是毛蚜科和斑蚜科，分别占各科中国已知属总数的 83.33% 和 63.83%；而扁蚜科仅占该科中国已知属总数的 7.14%。在种级数量比较中，仍然是平翅绵蚜科和矿蚜科最高，分别占各科中国已知种总数的 100.00% 和 60.00%；球蚜科和毛管蚜科较少，分别占各科中国已知种总数的 15.00% 和 14.29%，扁蚜科最少，仅占该科中国已知种总数的 2.08%。

2. 结果分析

　　东北地区总面积约占全国总面积的 13.13%，却已知蚜虫类 111 属 297 种，占中国已知属种总数的 40.81％和 28.67％，是蚜虫物种较丰富的地区。

　　东北地区已知的 13 科蚜虫中，蚜科在属级和种级阶元都是数量最多的类群，在地区已知蚜虫类群中多样性最高，且在数量上占有绝对优势。但是该地区蚜科已知属种在中国已知属种中所占的比例并不高，分别为 41.53％和 29.39％。这主要是因为蚜科是蚜虫中最大的一个类群，属种数量占世界已知蚜虫属种的一半以上，而且对气候等环境因子适应性强，寄主范围广泛，是大多数地区蚜虫类群的主要组成部分，在东北地区也不例外，成为该地区的优势类群。但是该地区已知蚜科物种多样性仍受到寒冷恶劣的气候和相对单一的植被的影响，已知种数量不足中国已知种的 30％。

　　斑蚜科、瘿绵蚜科和大蚜科是东北地区属种多样性仅次于蚜科的类群。这 3 科都是适宜温带气候环境和植被的类群，世界广泛分布，但相对集中于北半球，因此也成为东北地区多样性较丰富的类群。其中，东北地区是斑蚜科物种的主要寄主——桦木科 Betulaceae 植物在我国的分布中心之一，不仅分布广泛、种类丰富，而且在该地区成林面积大，是斑蚜科的物种演化和发展的充要条件，因此该科的物种数量大，多样性较高。

　　大蚜科和瘿绵蚜科在世界范围内的物种数量相差不大，是仅次于蚜科和斑蚜科的类群，但是相比而言，虽然上述 2 科在东北地区属级数量相差不大，但瘿绵蚜科种级数量却少于大蚜科。造成这一差异的主要原因是上述 2 科的类群规模和生物学特性不同。大蚜科世界已知 18 属 339 种，而瘿绵蚜科世界已知 96 属 303 种，其数量差异显而易见。瘿绵蚜科虽然在东北地区有 7 属 29 种分布，但仅为其中国已知属种的 1/5 左右，而且该科物种生活周期中具有转主寄生现象，必须在同时有原生寄主和次生寄主分布的地区生活，虽然其主要的次生寄主禾本科 Gramineae 和菊科 Compositae 等植物在东北地区广布，但其原生寄主以杨柳科 Salicaceae 和榆科 Ulmaceae 阔叶落叶植物为主，在东北地区的分布状况受高纬度和高海拔等条件的限制，相对的华北地区比东北地区更适宜其生存，多样性也更高。大蚜科相对于瘿绵蚜科而言，生活周期较单一，不存在转主寄生现象，而且大蚜科中的长足大蚜属 Cinara 更是蚜虫中少有的几个多于 200 种的大型属之一，物种数量多，分布广，其寄主以松科 Pinaceae 和柏科 Cupressaceae 的针叶植物为主，在东北地区是天然林和人工林的主要建群植物，许多种类还是重要的绿化树种，其栽培和引种都有助于大蚜科物种多样性的提高。

　　平翅绵蚜科和纩蚜科都是单型科，是蚜虫中的古老类群，虽然在东北地区分布的属种数量不多，但在其已知物种中所占比例很高，其成因却各不相同。其中，平翅绵蚜科是蚜虫中较早分化的类群，广泛分布于欧亚大陆和北美洲，寄主也为古老却常见的杨属 Populus 植物。而同为活化石的纩蚜科物种却仅分布于欧亚大陆东部和北美洲，我国的辽东半岛和横断山区是其著名的避难所，物种多样性远高于其他地区，在东北地区已知 3 种，占中国已知种总数的 60.00％，占世界已知种数的 42.86％。

　　毛蚜科也是一类主要分布在北温带地区取食杨柳科植物的蚜虫，其在东北地区已知的属种数量不多，但该科在中国已知属种中的比例较高。然而我国的该科蚜虫分布广泛，但相对该科世界已知种数而言，却仅占 1/8，除了研究基础相对其他几科较弱外，其毛蚜属 Chaitophorus 和多态毛蚜属 Periphyllus 种类形态差异小且数量丰富也是造成许多物种难以准确鉴定的主要原因。

在已知属种多样性较低的科中，短痣蚜科、扁蚜科、毛管蚜科和群蚜科都是主要分布于亚热带和热带的类群。其中，短痣蚜科物种虽然是北半球分布，但在我国主要分布在华北和华中地区，群蚜科物种在南北半球间断分布，但也主要集中于我国的东南部地区，而且短痣蚜科和群蚜科都是较小的类群，包含的物种较少，多样性较低。毛管蚜科和扁蚜科都是重要的热带和亚热带分布类群，在我国以华南地区为分布中心，是南方地区的优势类群，在东北地区的少量分布可能是其长期以来向北方地区扩散的结果。球蚜科和根瘤蚜科都是较古老的科，属种数量较少，在东北地区属种多样性不丰富的原因还与其体型微小和生活习性独特相关。球蚜科生活史复杂，大多需要转主生活，2年才能完成一个生活周期，而且每年发生的世代较少，不易采得或采集时不易获得成虫，给鉴定工作带来很大困难。而根瘤蚜科寄生部位特殊，多寄生在寄主植物的根部，通常在其种群数量较小、危害不明显时不易被观察发现。

（二）特有种多样性

1. 数量比较

东北地区无特有科和特有属；东北地区特有种有 13 种，占中国已知物种总数的 1.25%，占东北地区已知物种总数的 4.38%；有中国特有种 40 种，占中国已知物种总数的 3.86%，占东北地区已知物种总数的 13.47%；另有世界范围分布但中国仅东北地区分布的物种 57 种，占中国已知物种总数的 5.50%，占东北地区已知物种总数的 19.19%（表2）。

表 2　东北地区蚜虫特有种数量及其在中国各科蚜虫和本地区已知蚜虫中的比例

Table 2　Aphid species endemic to Northeast China and their percentage in each aphid family of China and in known species from the region

科 Family	东北地区特有种（占全国的比例/%，占东北地区的比例/%）Endemic species of Northeast China (China %, the region %)	中国特有种（占全国的比例/%，占东北地区的比例/%）Chinese endemic species (China %, the region %)	世界分布但中国仅在东北地区分布种（占全国的比例/%，占东北地区的比例/%）Widely-distributed species not in China except Northeast China (China %, the region %)
球蚜科 Adelgidae	0(0.00, 0.00)	1(5.00, 0.34)	1(5.00, 0.34)
根瘤蚜科 Phylloxeridae	0(0.00, 0.00)	0(0.00, 0.00)	0(0.00, 0.00)
瘿绵蚜科 Pemphigidae	1(0.77, 0.34)	6(4.62, 2.02)	2(1.54, 0.67)
纩蚜科 Mindaridae	0(0.00, 0.00)	1(20.00, 0.34)	0(0.00, 0.00)
扁蚜科 Hormaphididae	0(0.00, 0.00)	0(0.00, 0.00)	2(2.08, 0.67)
平翅绵蚜科 Phloeomyzidae	0(0.00, 0.00)	1(100.00, 0.34)	0(0.00, 0.00)
群蚜科 Thelaxidae	0(0.00, 0.00)	0(0.00, 0.00)	1(9.09, 0.34)
毛管蚜科 Greenideidae	0(0.00, 0.00)	1(3.57, 0.34)	1(3.57, 0.34)
短痣蚜科 Anoeciidae	0(0.00, 0.00)	1(7.14, 0.34)	1(7.14, 0.34)
大蚜科 Lachnidae	1(1.18, 0.34)	11(12.94, 3.70)	2(2.35, 0.67)

科 Family	东北地区特有种 （占全国的比例/％， 占东北地区的比例/％） Endemic species of Northeast China (China ％, the region ％)	中国特有种 （占全国的比例/％， 占东北地区的比例/％） Chinese endemic species (China ％, the region ％)	世界分布但中国仅在东北地区 分布种（占全国的比例/％， 占东北地区的比例/％） Widely-distributed species not in China except Northeast China (China ％, the region ％)
斑蚜科 Drepanosiphidae	3(2.19, 1.01)	5(3.65, 1.68)	11(8.03, 3.70)
毛蚜科 Chaitophoridae	1(3.33, 0.34)	1(3.33, 0.34)	4(13.33, 1.35)
蚜科 Aphididae	7(1.48, 2.36)	12(2.54, 4.04)	32(6.77, 10.77)
总计 Total	13(1.25, 4.38)	40(3.86, 13.47)	57(5.50, 19.19)

在东北地区已知 13 科蚜虫中，有 5 科包含东北地区特有种，即蚜科、斑蚜科、大蚜科、瘿绵蚜科和毛蚜科；有 10 科包含中国特有种，除上述 5 科外，还有球蚜科、毛管蚜科、短痣蚜科、纩蚜科和平翅绵蚜科；13 科中仅纩蚜科、平翅绵蚜科和根瘤蚜科未包含世界分布但在中国仅在东北地区分布的物种。

东北地区 13 科中多数仅有特有种 1 种，蚜科是东北地区特有物种数量最多的 1 科，已知特有种 19 种；其次是大蚜科，有 12 种；斑蚜科有 8 种；瘿绵蚜科有 7 种；扁蚜科、群蚜科和根瘤蚜科在该地区无特有种。在中国仅分布于东北地区的物种最多的仍然是蚜科，共 32 种；其次是斑蚜科和毛蚜科，分别有 11 种和 4 种。根瘤蚜科是该地区唯一没有任何特有化物种分布的类群。

从各科东北地区蚜虫特有种在其中国已知种总数中的比值中可以看出，相对在东北地区特有化程度最高的是毛蚜科，虽仅知该地区特有种 1 种，但占该科中国已知种总数的 3.33％，其次是斑蚜科，已知东北地区特有种 3 种，占该科中国已知种总数的 2.19％。从各科中国特有种在其中国已知种总数中的比值可以看出，平翅绵蚜科是特有化程度最高的 1 科，虽仅知中国特有种 1 种，达到该科中国已知种总数的 100.00％，其次是纩蚜科和大蚜科，分别已知中国特有种 1 种和 11 种，占各科中国已知种总数的 20.00％和 12.94％。各科中国仅分布于东北地区的物种在其中国已知种总数中比值最高的是毛蚜科，已知 4 种，为该科中国已知种总数的 13.33％；群蚜科虽仅有 1 种，却占该科中国已知种总数的 9.09％；斑蚜科有 11 种，占该科中国已知种总数的 8.03％。

2. 结果分析

对东北地区特有化物种统计比较可以看出，该地区总体上特有化程度不高，不存在特有属，且特有种少于地区已知种总数的 1/5。

在已知的 13 科中，特有化物种丰富程度与各科物种多样性相对应，在东北地区已知物种数量较大的蚜科、斑蚜科、大蚜科等和已知物种数量较少的扁蚜科、群蚜科和根瘤蚜科等都分别成为该地区特有化程度较高和较低的类群。

其中，蚜科虽然在该地区具有的特有化物种数量最多，但相对其已知种总数而言，其在东北地区的特有化程度并不高。相反地，偏好于北温带地区分布的较小类群中，虽然特有物种数量有限，但其在东北地区的特有化程度却相对较高，如平翅绵蚜科、纩蚜科。在东北地区常见的斑蚜科、大蚜科和瘿绵蚜科中，各类群的特有化特点也不尽相同。斑蚜科的特点是具有丰富的中国东北地区分布物种，地区特有种和中国特有种在数量和比值上都仅处于该地区的中等水平。大蚜科的特有化体现在中国特有种数量仅次于蚜科，位列第二，而地区特有种和在中国东北地区分布物种数量不多。瘿绵蚜科的特点与大蚜科相似，但特有化程度低于大蚜科。

造成东北地区蚜虫物种特有化程度低，而各科间特有化程度不同的原因除了与决定物种多样性程度的气候和植被等因素有关外，更多地受到地质历史、地形地貌和人类活动的影响。东北地区地处欧亚大陆东缘，形成陆地的历史较古老，地层发育比较完整有序，虽然在元古代以前经历了多次海陆变迁，但在近期的历次大规模地质历史事件发生时没有遭遇过于剧烈的影响，因此有现生蚜虫类中的所有科级分类阶元，尤以具有活化石——矿蚜科物种为代表。东北地区的地质历史相对较简单，地势平坦，地形之间起伏过渡都较缓和，地区内部及与周边地区都不存在较大的水系等自然阻隔，因此在蚜虫属级阶元形成的漫长历史时期中，该地区与周边地区有着广泛的物种交流，没有形成该地区特有属，甚至没有中国特有属分布。随着东北自然生境片段化等原因导致的小范围环境的改变或特化，局部地区的物种交流通道被阻断，逐渐演化出了一定数量的特有物种，但总体的特有化程度不高。而且人类对东北地区的开发历史悠久，早在 2000～3000 年前就已开始，人类的农、林、牧业等活动加速了物种的传播和交流。特有类群适宜的生境通常较特殊，覆盖范围较小，而且种群数量不大，在遭受长期人为对自然环境的改造和破坏下很可能未被人类认识就已绝灭。

由此可见，一个地区的地质历史形成事件、地形地貌复杂性、气候条件及人类活动对该地区物种多样性及其特有化程度都有十分重要的影响。

（三）寄主植物多样性

蚜虫寄主植物的种类很丰富，从乔木、灌木到草本，从苔藓植物、蕨类植物、裸子植物到被子植物，都有蚜虫取食。蚜虫的食性有的很广，取食亲缘关系很远的几个科的植物；有的较窄，只取食一种或几种近缘植物。蚜虫的属级和种级单元一般相应取食植物特定的科级和属级（或种级）单元。在长期的历史演变和生态适应过程中，蚜虫与寄主植物之间形成了密切的关系。不同的蚜虫取食不同的寄主植物，不同的寄主植物上寄生着不同的蚜虫。因此蚜虫寄主植物的多样性也体现出蚜虫的物种多样性情况，而且是影响蚜虫物种多样性状况的决定性因素之一。

本书以科、属为单位，统计了东北地区蚜虫类群与其对应的该地区的寄主植物（温室栽培植物除外）多样性。

东北地区蚜虫的寄主植物包括 50 科 150 属。其中，蚜科的寄主植物最丰富，有 41 科 121 属，分别占该地区已知寄主植物科属的 82.00％和 80.67％；其次为斑蚜科，其寄主植物有 9 科 19 属，分别占 18.00％和 12.67％；瘿绵蚜科的寄主植物有 8 科 15 属，分别占 16.00％和 10.00％。寄主植物最贫乏的是扁蚜科、毛管蚜科和平翅绵蚜科，都仅有 1 科 1 属，分别占 2.00％和 0.67％（表 3）。

表 3 东北地区蚜虫寄主植物种类

Table 3 List of host plants of aphids in Northeast China

蚜虫种类（科）Aphids (families)	寄主数量（科、属）Number of hostplants (families and genera)		寄主植物（科、属）Hostplants (families and genera)	
球蚜科 Adelgidae	1	3	松科 Pinaceae	落叶松属 *Larix*、云杉属 *Picea*、松属 *Pinus*
根瘤蚜科 Phylloxeridae	3	3	壳斗科 Fagaceae	栗属 *Castanea*
			杨柳科 Salicaceae	柳属 *Salix*
			葡萄科 Vitaceae	葡萄属 *Vitis*
瘿绵蚜科 Pemphigidae	8	15	菊科 Compositae	蒿属 *Artemisia*
			豆科 Fabaceae	大豆属 *Glycine*
			禾本科 Gramineae	虎尾草属 *Chloris*、稗属 *Echinochloa*、马唐属 *Digitaria*、芦苇属 *Phragmites*、高粱属 *Sorghum*、大油芒属 *Spodiopogon*
			蓼科 Polygonaceae	蓼属 *Polygonum*
			蔷薇科 Rosaceae	苹果属 *Malus*、梨属 *Pyrus*
			杨柳科 Salicaceae	杨属 *Populus*
			虎耳草科 Saxifragaceae	茶藨子属 *Ribes*
			榆科 Ulmaceae	朴属 *Celtis*、榆属 *Ulmus*
纩蚜科 Mindaridae	1	2	松科 Pinaceae	冷杉属 *Abies*、云杉属 *Picea*
扁蚜科 Hormaphididae	1	1	桦木科 Betulaceae	桦木属 *Betula*
平翅绵蚜科 Phloeomyzidae	1	1	杨柳科 Salicaceae	杨属 *Populus*
群蚜科 Thelaxidae	3	3	桦木科 Betulaceae	桦木属 *Betula*
			壳斗科 Fagaceae	栎属 *Quercus*
			胡桃科 Juglandaceae	枫杨属 *Pterocarya*
毛管蚜科 Greenideidae	1	1	壳斗科 Fagaceae	栎属 *Quercus*
短痣蚜科 Anoeciidae	2	3	禾本科 Gramineae	狗尾草属 *Setaria*、小麦属 *Triticum*
			蔷薇科 Rosaceae	绣线菊属 *Spiraea*
大蚜科 Lachnidae	5	13	松科 Pinaceae	冷杉属 *Abies*、落叶松属 *Larix*、云杉属 *Picea*、松属 *Pinus*
			壳斗科 Fagaceae	栗属 *Castanea*、锥属 *Castanopsis*、栎属 *Quercus*
			柏科 Cupressaceae	柏木属 *Cupressus*、刺柏属 *Juniperus*、崖柏属 *Thuja*
			杨柳科 Salicaceae	杨属 *Populus*、柳属 *Salix*
			榆科 Ulmaceae	朴属 *Celtis*

续表

蚜虫种类（科） Aphids (families)	寄主数量（科、属） Number of hostplants (families and genera)		寄主植物（科、属） Hostplants (families and genera)	
斑蚜科 Drepanosiphidae	9	19	槭树科 Aceraceae	槭属 Acer
			桦木科 Betulaceae	桤木属 Alnus、桦木属 Betula、榛属 Corylus
			莎草科 Cyperaceae	薹草属 Carex、莎草属 Cyperus
			豆科 Fabaceae	苜蓿属 Medicago、草木犀属 Melilotus
			壳斗科 Fagaceae	栗属 Castanea、栎属 Quercus
			胡桃科 Juglandaceae	胡桃属 Juglans
			罗汉松科 Podocarpaceae	罗汉松属 Podocarpus
			蔷薇科 Rosaceae	委陵菜属 Potentilla
			椴树科 Tiliaceae	扁担杆属 Grewia、椴树属 Tilia
			榆科 Ulmaceae	朴属 Celtis、刺榆属 Hemiptelea、榆属 Ulmus、榉属 Zelkova
毛蚜科 Chaitophoridae	4	5	槭树科 Aceraceae	槭属 Acer
			禾本科 Gramineae	赖草属 Leymus
			杨柳科 Salicaceae	杨属 Populus、柳属 Salix
			无患子科 Sapindaceae	栾树属 Koelreuteria
蚜科 Aphididae	41	121	泽泻科 Alismataceae	慈姑属 Sagittaria
			苋科 Amaranthaceae	苋属 Amaranthus、青葙属 Celosia
			伞形科 Apiaceae	芹属 Apium、胡萝卜属 Daucus
			夹竹桃科 Apocynaceae	夹竹桃属 Nerium
			五加科 Araliaceae	五加属 Acanthopanax、人参属 Panax
			萝藦科 Asclepiadaceae	萝藦属 Metaplexis、杠柳属 Periploca、夜来香属 Telosma
			凤仙花科 Balsaminaceae	凤仙花属 Impatiens
			十字花科 Brassicaceae	芸薹属 Brassica、独行菜属 Lepidium、菘蓝属 Isatis、白芥属 Sinapis
			忍冬科 Caprifoliaceae	忍冬属 Lonicera、接骨木属 Sambucus、荚蒾属 Viburnum
			藜科 Chenopodiaceae	藜属 Chenopodium、菠菜属 Spinacia
			半日花科 Cistaceae	半日花属 Helianthemum
			菊科 Compositae	藿香蓟属 Ageratum、牛蒡属 Arctium、蒿属 Artemisia、苍术属 Atractylodes、飞廉属 Carduus、红花属 Carthamus、茼蒿属 Chrysanthemum、蓟属 Cirsium、大丽花属 Dahlia、菊属 Dendranthema、向日葵属 Helianthus、苦荬菜属 Ixeris、莴苣属 Lactuca、千里光属 Senecio、水飞蓟属 Silybum、苦苣菜属 Sonchus、兔儿伞属 Syneilesis、蒲公英属 Taraxacum

蚜虫种类（科） Aphids (families)	寄主数量（科、属） Number of hostplants (families and genera)		寄主植物（科、属） Hostplants（families and genera）	
蚜科 Aphididae	41	121	旋花科 Convolvulaceae	番薯属 *Ipomoea*
			山茱萸科 Cornaceae	山茱萸属 *Cornus*
			葫芦科 Cucurbitaceae	西瓜属 *Citrullus*、香瓜属 *Cucumis*、南瓜属 *Cucurbita*
			胡颓子科 Elaeagnaceae	胡颓子属 *Elaeagnus*
			大戟科 Euphorbiaceae	铁苋菜属 *Acalypha*、大戟属 *Euphorbia*
			豆科 Fabaceae	落花生属 *Arachis*、黄芪属 *Astragalus*、锦鸡儿属 *Caragana*、大豆属 *Glycine*、胡枝子属 *Lespedeza*、草木犀属 *Melilotus*、豌豆属 *Pisum*、刺槐属 *Robinia*、槐属 *Sophora*、野豌豆属 *Vicia*
			禾本科 Gramineae	燕麦属 *Avena*、荩草属 *Arthraxon*、孔颖草属 *Bothriochloa*、马唐属 *Digitaria*、稗属 *Echinochloa*、披碱草属 *Elymus*、画眉草属 *Eragrostis*、大麦属 *Hordeum*、蛇尾草属 *Ophiuros*、芦苇属 *Phragmites*、高粱属 *Sorghum*、狗尾草属 *Setaria*、荻属 *Triarrhena*、小麦属 *Triticum*、玉蜀黍属 *Zea*
			金缕梅科 Hamamelidaceae	蜡瓣花属 *Corylopsis*
			胡桃科 Juglandaceae	胡桃属 *Juglans*
			唇形科 Labiatae	香薷属 *Elsholtzia*、夏至草属 *Lagopsis*、益母草属 *Leonurus*、紫苏属 *Perilla*
			百合科 Liliaceae	葱属 *Allium*、菝葜属 *Smilax*
			木兰科 Magnoliaceae	木兰属 *Magnolia*、含笑属 *Michelia*
			桑科 Moraceae	大麻属 *Cannabis*、葎草属 *Humulus*
			木犀科 Oleaceae	丁香属 *Syringa*
			胡麻科 Pedaliaceae	胡麻属 *Sesamum*
			蓼科 Polygonaceae	蓼属 *Polygonum*、酸模属 *Rumex*
			毛茛科 Ranunculaceae	乌头属 *Aconitum*、银莲花属 *Anemone*、铁线莲属 *Clematis*、唐松草属 *Thalictrum*
			鼠李科 Rhamnaceae	鼠李属 *Rhamnus*
			蔷薇科 Rosaceae	桃属 *Amygdalus*、杏属 *Armeniaca*、樱属 *Cerasus*、木瓜属 *Chaenomeles*、山楂属 *Crataegus*、苹果属 *Malus*、李属 *Prunus*、梨属 *Pyrus*、蔷薇属 *Rosa*、悬钩子属 *Rubus*、地榆属 *Sanguisorba*、珍珠梅属 *Sorbaria*
			芸香科 Rutaceae	花椒属 *Zanthoxylum*
			杨柳科 Salicaceae	杨属 *Populus*、柳属 *Salix*
			无患子科 Sapindaceae	栾树属 *Koelreuteria*
			虎耳草科 Saxifragaceae	茶藨子属 *Ribes*
			玄参科 Scrophulariaceae	玄参属 *Scrophularia*
			茄科 Solanaceae	辣椒属 *Capsicum*、曼陀罗属 *Datura*、番茄属 *Lycopersicon*、茄属 *Solanum*
			瑞香科 Thymelaeaceae	狼毒属 *Stellera*
			榆科 Ulmaceae	刺榆属 *Hemiptelea*、榆属 *Ulmus*
			荨麻科 Urticaceae	荨麻属 *Urtica*
			败酱科 Valerianaceae	败酱属 *Patrinia*

　　目前东北地区寄生蚜虫科级类群最多的几科植物分别为：杨柳科（6 科）、壳斗科（5 科）和蔷薇科、禾本科及榆科（各 4 科）；寄生蚜虫属级类群最多的 3 科植物是：蔷薇科（19 属）、菊科（17 属）和桦木科（16 属）。另外，有 15 科植物上仅有 1 科 1 属蚜虫寄生（表 4）。

表 4　东北地区已知蚜虫寄主植物上寄生蚜虫类群统计

Table 4　Number of aphids on different host plants in Northeast China

寄主植物科（属） Family(Genus)of host plants			蚜虫科（属） Family(Genus)of aphids	
槭树科 Aceraceae	1	2(3)	毛蚜科 Chaitophoridae	多态毛蚜属 *Periphyllus*、三毛蚜属 *Trichaitophorus*
			斑蚜科 Drepanosiphidae	桠镰管蚜属 *Yamatocallis*
泽泻科 Alismataceae	1	1(1)	蚜科 Aphididae	缢管蚜属 *Rhopalosiphum*
苋科 Amaranthaceae	2	1(2)	蚜科 Aphididae	蚜属 *Aphis*、瘤蚜属 *Myzus*
伞形科 Apiaceae	2	1(2)	蚜科 Aphididae	二尾蚜属 *Cavariella*、半蚜属 *Semiaphis*
夹竹桃科 Apocynaceae	1	1(1)	蚜科 Aphididae	蚜属 *Aphis*
五加科 Araliaceae	2	1(2)	蚜科 Aphididae	瘤蚜属 *Myzus*、声蚜属 *Toxoptera*
萝藦科 Asclepiadaceae	3	1(4)	蚜科 Aphididae	蚜属 *Aphis*、西圆尾蚜属 *Dysaphis*、瘤蚜属 *Myzus*、缢管蚜属 *Rhopalosiphum*
凤仙花科 Balsaminaceae	1	1(2)	蚜科 Aphididae	凤蚜属 *Impatientinum*、瘤蚜属 *Myzus*
桦木科 Betulaceae	3	3(16)	斑蚜科 Drepanosiphidae	桦斑蚜属 *Betacallis*、桦蚜属 *Betulaphis*、长角斑蚜属 *Calaphis*、带斑蚜属 *Callipterinella*、绵斑蚜属 *Euceraphis*、单斑蚜属 *Monaphis*、新黑斑蚜属 *Neochromaphis*、副长斑蚜属 *Paratinocallis*、翅斑蚜属 *Pterocallis*、直斑蚜属 *Recticallis*、毛斑蚜属 *Symydobius*、椴斑蚜属 *Tiliaphis*、侧棘斑蚜属 *Tuberculatus*
			扁蚜科 Hormaphididae	五节扁蚜属 *Hamamelistes*、扁蚜属 *Hormaphis*
			群蚜科 Thelaxidae	雕蚜属 *Glyphina*
十字花科 Brassicaceae	3	1(4)	蚜科 Aphididae	短棒蚜属 *Brevicoryne*、十蚜属 *Lipaphis*、瘤蚜属 *Myzus*、缢管蚜属 *Rhopalosiphum*
忍冬科 Caprifoliaceae	3	1(6)	蚜科 Aphididae	蚜属 *Aphis*、忍冬圆尾蚜属 *Amphicercidus*、粗额蚜属 *Aulacorthum*、瘤蚜属 *Myzus*、半蚜属 *Semiaphis*、皱背蚜属 *Trichosiphonaphis*

续表

寄主植物科（属） Family(Genus)of host plants			蚜虫科（属） Family(Genus)of aphids	
藜科 Chenopodiaceae	2	1(4)	蚜科 Aphididae	钉毛蚜属 *Capitophorus*、藜蚜属 *Hayhurstia*、瘤蚜属 *Myzus*、指网管蚜属 *Uroleucon*
半日花科 Cistaceae	1	1(1)	蚜科 Aphididae	蚜属 *Aphis*
菊科 Compositae	18	2(17)	蚜科 Aphididae	蚜属 *Aphis*、无网长管蚜属 *Acyrthosiphon*、粗额蚜属 *Aulacorthum*、短尾蚜属 *Brachycaudus*、钉毛蚜属 *Capitophorus*、卡蚜属 *Coloradoa*、隐管蚜属 *Cryptosiphum*、超瘤蚜属 *Hyperomyzus*、小长管蚜属 *Macrosiphoniella*、瘤蚜属 *Myzus*、稠钉毛蚜属 *Pleotrichophorus*、缢管蚜属 *Rhopalosiphum*、扎圆尾蚜属 *Sappaphis*、四蚜属 *Szelegiewicziella*、泰无网蚜属 *Titanosiphon*、指网管蚜属 *Uroleucon*
			瘿绵蚜科 Pemphigidae	四脉绵蚜属 *Tetraneura*
山茱萸科 Cornaceae	1	1(1)	蚜科 Aphididae	缢管蚜属 *Rhopalosiphum*
旋花科 Convolvulaceae	1	1(1)	蚜科 Aphididae	瘤蚜属 *Myzus*
葫芦科 Cucurbitaceae	3	1(1)	蚜科 Aphididae	蚜属 *Aphis*
松科 Pinaceae	4	3(6)	球蚜科 Adelgidae	球蚜属 *Adelges*、松球蚜属 *Pineus*
			大蚜科 Lachnidae	长足大蚜属 *Cinara*、长大蚜属 *Eulachnus*、钝喙大蚜属 *Schizolachnus*
			矿蚜科 Mindaridae	矿蚜属 *Mindarus*
莎草科 Cyperaceae	2	1(4)	斑蚜科 Drepanosiphidae	依跳蚜属 *Iziphya*、聂跳蚜属 *Nevskyella*、跳蚜属 *Saltusaphis*、蓟马蚜属 *Thripsaphis*
胡颓子科 Elaeagnaceae	1	1(1)	蚜科 Aphididae	钉毛蚜属 *Capitophorus*
大戟科 Euphorbiaceae	2	1(3)	蚜科 Aphididae	蚜属 *Aphis*、无网长管蚜属 *Acyrthosiphon*、藜蚜属 *Hayhurstia*
豆科 Fabaceae	11	3(6)	蚜科 Aphididae	蚜属 *Aphis*、无网长管蚜属 *Acyrthosiphon*、修尾蚜属 *Megoura*、瘤蚜属 *Myzus*
			斑蚜科 Drepanosiphidae	彩斑蚜属 *Therioaphis*
			瘿绵蚜科 Pemphigidae	四脉绵蚜属 *Tetraneura*
壳斗科 Fagaceae	3	5(8)	斑蚜科 Drepanosiphidae	迪叶蚜属 *Diphyllaphis*、毛斑蚜属 *Symydobius*、侧棘斑蚜属 *Tuberculatus*
			毛管蚜科 Greenideidae	刺蚜属 *Cervaphis*、毛管蚜属 *Greenidea*
			大蚜科 Lachnidae	大蚜属 *Lachnus*
			根瘤蚜科 Phylloxeridae	摹矮蚜属 *Moritziella*
			群蚜科 Thelaxidae	刻蚜属 *Kurisakia*

寄主植物科(属) Family(Genus)of host plants			蚜虫科(属) Family(Genus)of aphids	
禾本科 Gramineae	18	4(15)	短痣蚜科 Anoeciidae	短痣蚜属 *Anoecia*
			蚜科 Aphididae	蚜属 *Aphis*、短尾蚜属 *Brachycaudus*、双尾蚜属 *Diuraphis*、大尾蚜属 *Hyalopterus*、依阿华蚜属 *Iowana*、色蚜属 *Melanaphis*、瘤蚜属 *Myzus*、缢管蚜属 *Rhopalosiphum*、二叉蚜属 *Schizaphis*、谷网蚜属 *Sitobion*
			毛蚜科 Chaitophoridae	五节毛蚜属 *Atheroides*、伪毛蚜属 *Sipha*
			瘿绵蚜科 Pemphigidae	五节根蚜属 *Forda*、四脉绵蚜属 *Tetraneura*
金缕梅科 Hamamelidaceae	1	1(1)	蚜科 Aphididae	瘤蚜属 *Myzus*
胡桃科 Juglandaceae	2	3(5)	蚜科 Aphididae	蚜属 *Aphis*、缢管蚜属 *Rhopalosiphum*
			斑蚜科 Drepanosiphidae	黑斑蚜属 *Chromaphis*、肉刺斑蚜属 *Dasyaphis*
			群蚜科 Thelaxidae	刻蚜属 *Kurisakia*
唇形科 Labiatae	4	1(4)	蚜科 Aphididae	蚜属 *Aphis*、隐瘤蚜属 *Cryptomyzus*、谷网蚜属 *Sitobion*、指网管蚜属 *Uroleucon*
百合科 Liliaceae	2	1(2)	蚜科 Aphididae	菝葜蚜属 *Aleurosiphon*、新弓翅蚜属 *Neotoxoptera*
木兰科 Magnoliaceae	2	1(1)	蚜科 Aphididae	瘤蚜属 *Myzus*
桑科 Moraceae	2	1(1)	蚜科 Aphididae	疣蚜属 *Phorodon*
木犀科 Oleaceae	1	1(2)	蚜科 Aphididae	蚜属 *Aphis*、瘤蚜属 *Myzus*
胡麻科 Pedaliaceae	1	1(1)	蚜科 Aphididae	瘤蚜属 *Myzus*
柏科 Cupressaceae	3	1(1)	大蚜科 Lachnidae	长足大蚜属 *Cinara*
罗汉松科 Podocarpaceae	1	1(1)	斑蚜科 Drepanosiphidae	新叶蚜属 *Neophyllaphis*
蓼科 Polygonaceae	2	2(8)	蚜科 Aphididae	蚜属 *Aphis*、粗额蚜属 *Aulacorthum*、钉毛蚜属 *Capitophorus*、西圆尾蚜属 *Dysaphis*、蓼圈尾蚜属 *Macchiatiella*、谷网蚜属 *Sitobion*、皱背蚜属 *Trichosiphonaphis*
			瘿绵蚜科 Pemphigidae	四脉绵蚜属 *Tetraneura*
毛茛科 Ranunculaceae	4	1(3)	蚜科 Aphididae	翠雀蚜属 *Delphiniobium*、长尾蚜属 *Longicaudus*、瘤蚜属 *Myzus*
鼠李科 Rhamnaceae	1	1(1)	蚜科 Aphididae	蚜属 *Aphis*

续表

寄主植物科(属) Family(Genus)of host plants			蚜虫科(属) Family(Genus)of aphids	
蔷薇科 Rosaceae	14	4(19)	短痣蚜科 Anoeciidae	短痣蚜属 Anoecia
			蚜科 Aphididae	蚜属 Aphis、短尾蚜属 Brachycaudus、大尾蚜属 Hyalopterus、长尾蚜属 Longicaudus、长管蚜属 Macrosiphum、指瘤蚜属 Matsumuraja、冠蚜属 Myzaphis、瘤蚜属 Myzus、圆瘤蚜属 Ovatus、缢管蚜属 Rhopalosiphum、扎圆尾蚜属 Sappaphis、二叉蚜属 Schizaphis、谷网蚜属 Sitobion、花楸蚜属 Sorbaphis、瘤头蚜属 Tuberocephalus
			斑蚜科 Drepanosiphidae	粗腿蚜属 Macropodaphis
			瘿绵蚜科 Pemphigidae	绵蚜属 Eriosoma、卷叶绵蚜属 Prociphilus
芸香科 Rutaceae	1	1(2)	蚜科 Aphididae	蚜属 Aphis、二尾蚜属 Cavariella
无患子科 Sapindaceae	1	2(2)	蚜科 Aphididae	粗额蚜属 Aulacorthum
			毛蚜科 Chaitophoridae	多态毛蚜属 Periphyllus
杨柳科 Salicaceae	2	6(12)	蚜科 Aphididae	蚜属 Aphis、二尾蚜属 Cavariella、新粉毛蚜属 Neopterocomma、粉毛蚜属 Pterocomma
			平翅绵蚜科 Phloeomyzidae	平翅绵蚜属 Phloeomyzus
			大蚜科 Lachnidae	长喙大蚜属 Stomaphis、瘤大蚜属 Tuberolachnus
			毛蚜科 Chaitophoridae	毛蚜属 Chaitophorus
			瘿绵蚜科 Pemphigidae	粗毛绵蚜属 Pachypappa、瘿绵蚜属 Pemphigus、伪卷叶绵蚜属 Thecabius
			根瘤蚜科 Phylloxeridae	倭蚜属 Phylloxerina
虎耳草科 Saxifragaceae	1	2(3)	蚜科 Aphididae	隐瘤蚜属 Cryptomyzus、指瘤蚜属 Matsumuraja
			瘿绵蚜科 Pemphigidae	绵蚜属 Eriosoma
玄参科 Scrophulariaceae	1	1(1)	蚜科 Aphididae	蚜属 Aphis
茄科 Solanaceae	4	1(3)	蚜科 Aphididae	蚜属 Aphis、瘤蚜属 Myzus、缢管蚜属 Rhopalosiphum
瑞香科 Thymelaeaceae	1	1(1)	蚜科 Aphididae	谷网蚜属 Sitobion
椴树科 Tiliaceae	2	1(3)	斑蚜科 Drepanosiphidae	绵叶蚜属 Shivaphis、椴斑蚜属 Tiliaphis、侧棘斑蚜属 Tuberculatus

续表

寄主植物科(属) Family(Genus)of host plants			蚜虫科(属) Family(Genus)of aphids	
榆科 Ulmaceae	4	4(12)	蚜科 Aphididae	瘤蚜属 *Myzus*、疣蚜属 *Phorodon*、缢管蚜属 *Rhopalosiphum*
			斑蚜科 Drepanosiphidae	绿斑蚜属 *Chromocallis*、角斑蚜属 *Myzocallis*、伪黑斑蚜属 *Pseudochromaphis*、绵叶蚜属 *Shivaphis*、中华毛蚜属 *Sinochaitophorus*、长斑蚜属 *Tinocallis*
			大蚜科 Lachnidae	长喙大蚜属 *Stomaphis*
			瘿绵蚜科 Pemphigidae	绵蚜属 *Eriosoma*、四脉绵蚜属 *Tetraneura*
荨麻科 Urticaceae	1	1(1)	蚜科 Aphididae	小微网蚜属 *Microlophium*
败酱科 Valerianaceae	1	1(1)	蚜科 Aphididae	指网管蚜属 *Uroleucon*
葡萄科 Vitaceae	1	1(1)	根瘤蚜科 Phylloxeridae	葡萄根瘤蚜属 *Viteus*

1. 蚜虫寄主植物多样性

　　蚜虫类群的寄主植物多样性与其物种多样性、食性及生活周期密切相关。

　　蚜科是世界蚜虫类中最大的一科，不仅包含的蚜虫物种多，而且绝大部分多食性物种都隶属于该科，因此是蚜虫类中寄主植物最丰富的类群，相应的也是东北地区寄主植物最丰富的类群。该科在东北地区的寄主植物多为该地区常见类群，如菊科、禾本科和蔷薇科，属种丰富，数量多，分布广泛。而且蚜虫中许多害虫种类也主要来自于该科，其成为害虫的最主要原因就是食性广，食量大，如桃蚜 *Myzus persicae*（Sulzer，1776）、豆蚜 *Aphis craccivora*（Koch，1854）、甘蓝蚜 *Brevicoryne brassicae*（Linnaeus，1758）和禾谷缢管蚜 *Rhopalosiphum padi*（Linnaeus，1758）可为害几乎所有东北地区栽培的小麦、玉米、大豆等粮食作物和辣椒、白菜等经济作物；荻草谷网蚜 *Sitobion miscanthi*（Takahashi，1921）和莴苣指管蚜 *Uroleucon formosanum*（Takahashi，1921）除了危害粮食和蔬菜外，还可取食多种禾本科和菊科杂草；桃瘤头蚜 *Tuberocephalus momonis*（Matsumura，1917）是多种蔷薇科果树上的害虫。这些有害种类对寄主植物广泛适应性在很大程度上提高了蚜科寄主植物的多样性。斑蚜科寄主植物种类虽然远少于蚜科，仍为东北地区寄主植物多样性丰富程度第2的类群，与其物种多样性相一致。虽然该科的寄主植物涉及9个科，但主要集中在桦木科、壳斗科和榆科，而且包含了各科的很多种类。

　　虽然瘿绵蚜科属种数量都与斑蚜科相差较多，而且少于大蚜科，但其寄主植物多样性却与斑蚜科相近且多于大蚜科。该科丰富的寄主植物是其复杂的生活周期决定的。瘿绵蚜科物种完整的生活周期必须包含原生寄主和次生寄主，而且分属于亲缘关系较远的科，通常在木本的原生寄主枝、叶和草本的次生寄主根部之间转移。在东北地区，该科主要的原生寄主是杨柳科和榆科的乔木或灌木，次生寄主是禾本科和菊科的杂草，都是该地区常见类群，也是植被的重要组成部分。大蚜科的物种数量多于瘿绵蚜科，而寄主植物数量却少于瘿绵蚜科的原因是大蚜科物种主要集中于长足大蚜属，与多数蚜虫取食特点一致，蚜虫的属级单元和种级单元分别对应植物的科级和属级单元，该属物种主要局限于取食松科植物，而科内其他属包含的物种较少，因此对应的寄主植物多样性也不高。毛蚜科与大蚜科的情况类似，虽然包含的属种多样性和特有化程度中等，但半数以上物种都为毛蚜属种类，集中取食杨柳科植物，寄主植物多样性不高。

根瘤蚜科、群蚜科和短痣蚜科已知物种数量有限，其寄主植物多样性也不高，但短痣蚜科仅包含1属蚜虫却涉及2科3属寄主植物，相对于其他2科多样性稍高。球蚜科、矿蚜科和平翅绵蚜科都是古老的蚜虫类群，对环境的适应能力较差，其中平翅绵蚜科仅有1属1种，取食杨属植物；而球蚜科和矿蚜科的寄主仅限于较原始的松科植物，因此寄主植物多样性都不丰富。扁蚜科和毛管蚜科是东北地区寄主植物多样性最低的类群，扁蚜科的主要寄主植物都为亚热带、热带种类，如安息香科、金缕梅科、樟科、棕榈科、禾本科等，毛管蚜的寄主——杨梅科、大戟科、桃金娘科、番石榴科、樟科、壳斗科等植物也主要分布于东南亚地区，因此在东北地区上述2科物种仅分别取食常见的桦木科和壳斗科植物，且仅涉及1属植物。

2. 寄主植物上蚜虫的多样性

东北地区的植被在遭受历史上的战乱和长期的过度开发之后仅在局部地区保留有小面积原生植被，山区的大面积原始森林演替成次生阔叶混交林和以山杨、白桦、蒙古栎为优势的次生阔叶林，甚至衍生成以各类灌木或禾本科植物为优势的灌丛或灌草丛。在平原地区则以人工植被为主，除农田、果园和人工林外，仅在个别地区存在有以椴树为主的天然次生林，包括椴树、山杨、柞树和榆树等。因此蚜虫的寄主植物也主要集中于该地区的常见种类和优势类群，如桦木科、杨柳科、壳斗科、禾本科、松科、蔷薇科、菊科和榆科。这些类群不仅种类丰富，而且分布较广，其上寄生的蚜虫属种也往往较多。

杨柳科是被子植物中较古老的一科，泛温带广布，但主要分布于东亚和北温带，东亚是杨柳科第一个分布中心，原生属种多有分布，也是演化中心。该科世界已知仅2或3属，中国均有分布，且包含的物种众多，形成东亚，特别是中国植物区系的特点之一。该科物种的生态适应较广，是温带及热带、亚热带高山植被和生态系统中的重要组成部分，常为温带、寒带次生林的先锋树种和造林树种（如三北防护林），也常形成河岸或其他冲击地的单优势植被，还是北半球高山灌丛和垫状植被中的建群种，该科的杨属植物更是北方和东亚山地的针叶林的次生桦杨林的优势种之一，参与共建，因此也成为东北地区次生植被的重要组成部分，还是各个城市和乡镇的主要绿化树木（吴征镒等，2003）。杨柳科的物种多为高大乔木，生物量大，不仅为蚜虫提供了充足的食源，还有大量供蚜虫栖息的小生境，因此一种甚至一株杨柳科植物上通常可同时寄生多科多属的蚜虫，在东北地区成为寄生蚜虫属种最多的类群。

壳斗科主要分布于北半球亚热带至温带地区，虽然包含的类群不多，但在北半球被子植物森林中通常占据优势地位，具有重要的价值，也是中国植物区系特点之一，而且是东北平原天然次生林的主要组成成分。该科的板栗 *Castanea mollissima* 等还是当地重要的经济树种，在丘陵地区种植面积较广，被斑蚜科、大蚜科、根瘤蚜科和毛管蚜科多种蚜虫为害。

蔷薇科是我国被子植物中的第 5 大科，南北温带广布至世界广布，还是中国北温带植被主体，也是中国植物区系的东亚特色的体现。虽然在东北地区蔷薇科植物上寄生的蚜虫仅 4 科，却是寄生蚜虫属数最多的 1 科，有 19 属，其中绝大部分为蚜科物种。该科寄生蚜虫多样性高的主要原因是该科以木本种类为主，还包括大量草本和灌木种类，有的是温带森林和草原的伴生种，成为东北地区灌丛和灌草丛的重要组成部分。而且该地区有蚜虫寄生的蔷薇科植物还有一大部分为苹果 *Malus pumila*、桃 *Amygdalus persica* 等果树和月季 *Rosa chinensis* 等观赏性植物，通常单调种植，而且受蚜害后易于引起人类发现和重视。

禾本科在温带地区广泛分布，虽是世界第 4 大科，却成为中国第 2 大科，这与中国大部分处于温带地区且森林长期遭到破坏有关，也因此成为东北地区寄生蚜虫较多的 1 科，不仅是短瘤蚜科和毛蚜科中部分物种的专性寄主，还是瘿绵蚜科和蚜科中多种转主寄生蚜虫的次生寄主。禾本科很多物种是粮食作物、草甸和草原的重要牧草，以及常见杂草，还有一些种类源于森林和森林草原，出现向温带草甸、草原荒漠和高山高原等生境扩散的趋势，因此易于成为多种蚜虫的寄主植物。

菊科是现生被子植物中最大的 1 科，主要分布于北温带至亚热带，其中欧亚大陆最多，在中国广泛分布，尤其在东北、华北、西北和西南地区最多，在东亚和中国分布的大属主要有风毛菊属 *Saussurea* 和蒿属 *Artemisia* 等。该科物种可在南、北半球各类型生态环境中生长，在北半球甚至成为群落建群种、优势种或重要的伴生种。其中，起源于东北亚至东亚和东南亚森林带的蒿属植物在草原、荒漠、高山、亚高山草原等生态系统中起着重要的作用，也是东北地区菊科植物中寄生蚜虫最多的一属。大多数菊科物种是常见杂草，随人类活动而分布多年，因此是野外观察到最易有蚜虫寄生的一类植物，其上寄生的蚜虫种类繁多，种群数量大。虽然在东北地区仅包含蚜科和瘿绵蚜科 2 科，却达 17 属，仅次于蔷薇科。这可能是因为菊科起源相对较晚（吴征镒等，2003），是一个比较年轻的科，大量古老的蚜虫类群还未成功转换寄主植物至该科物种，除相对原始的瘿绵蚜科有 1 属蚜虫将其作为次生寄主外，其上寄生的蚜虫多为较进化的蚜科物种，属种多样性较高。

桦木科在南北温带广布，以北温带至热带山区为主，许多属种是温带次生林和灌丛的先锋树种，常可占据广大林区面积，在现代区系和植被中的地位和作用都十分重要，还是东北山区次生阔叶林中的优势类群，其上寄生的蚜虫也较多。而且该科是早期北太平洋扩张过程中在中国古陆沿东北到西南分布的古森林区系中起源和分化的，中国有桦木科所有属及其 60%～80% 的种，其中半数以上为特有种，与之相应的取食该科的蚜虫，以斑蚜科为代表，其物种多样性和特有化程度也较高，仅 3 属植物上就寄生有 16 属蚜虫，其蚜虫科属和寄主植物属的比值在东北地区仅次于杨柳科。

榆科世界已知仅 15 或 16 属 175～200 种，在温带至热带广布，以北温带的欧亚大陆分布为主，中国已知物种中许多为东亚的中国、俄罗斯、朝鲜半岛、日本等地区的共有种。榆科物种也是东北地区广大次生林的重要成林物种，而且与人类活动密切相关，杨、柳、榆、桑同为三北地区的主要“四旁”（村旁、宅旁、路旁、水旁）造林绿化树种，也为大量蚜虫物种的寄生创造了适宜的生境。

虽然松科植物在东北林区的分布面积广，数量多，而且寄生的蚜虫种类丰富，但主要集中于大蚜科长足大蚜属，而且在高纬度和高海拔地区的次生林和人工针叶林中的松科物种也仅以松属 *Pinus* 和落叶松属 *Larix* 植物为主，相对比较单一，从蚜虫科、属水平比较分析而言并非寄生蚜虫多样性很高的科。豆科 Fabaceae 植物上寄生的蚜虫以蚜科常见的广食性害虫为主，如豆蚜和桃蚜，因此在东北地区的 11 属植物上仅有 3 科 6 属蚜虫取食，多样性不高。

另外，在东北地区有一些科植物上寄生的蚜虫科属较少，有的甚至仅 1 科 1 属蚜虫寄生，除了与寄生的蚜虫类群物种多样性状况有关外，主要还受到寄主植物分布特点和物种多样性的影响。例如，莎草科 Cyperaceae 虽然也主要分布在北半球温带或寒温带地区，但在东北地区，其上寄生的都为斑蚜科中较小的类群——跳蚜亚科 Saltusaphidinae 的物种，而且善于跳跃难以采集，所以多样性不高；而大戟科 Euphorbiaceae 则是热带、亚热带地区的优势类群，东南亚是其主要的分布地，在东北地区物种多样性不高，分布范围也十分有限，其上也仅有适应性广的蚜科物种寄生。

了解和掌握同类植物上的蚜虫物种多样性，尤其是蔷薇科、杨柳科和禾本科等对人类有较高经济价值的类群上蚜虫物种多样性，必将为我们开展蚜害防治、农业增产等工作提供重要的理论支持。

六、东北地区蚜虫区系

（一）区系组成

在世界动物地理区划中，中国位于古北界和东洋界。东北地区地处古北界，区系成分以古北界和东洋界共同分布物种为主，共计 132 种，占该地区已知种总数的 44.44%，主要为蚜科、斑蚜科和大蚜科物种，其次是仅在古北界分布的物种，有 65 种，占该地区已知种总数的 21.89%，主要为蚜科、斑蚜科和瘿绵蚜科物种；而东洋界分布物种最少，仅有 12 种，占该地区已知种总数的 4.04%，涉及蚜科、矿蚜科、大蚜科和毛管蚜科 4 科；同时分布于 4 界以上的广布种虽然累计有 44 种，占该地区已知种总数的 14.81%，但其组成情况各不相同，每种成分具有的物种数量都较少，因此作为一个整体，不再逐一比较分析（表5）。

表 5 东北地区蚜虫区系组成

Table 5 Aphid fauna of Northeast China

科名 Family	古北 Pal	东洋 Ori	古北＋东洋 Pal＋Ori	古北＋新北 Pal＋Nea	古北＋东洋＋ 新北 Pal＋Ori＋Nea	广布种 Wide distributed species
球蚜科 Adelgidae	2	0	1	0	0	0
根瘤蚜科 Phylloxeridae	0	0	2	0	0	1
瘿绵蚜科 Pemphigidae	10	0	9	1	2	7

续表

科名 Family	古北 Pal	东洋 Ori	古北+东洋 Pal+Ori	古北+新北 Pal+Nea	古北+东洋+新北 Pal+Ori+Nea	广布种 Wide distributed species
纩蚜科 Mindaridae	0	1	1	0	1	0
扁蚜科 Hormaphididae	1	0	1	0	0	0
平翅绵蚜科 Phloeomyzidae	1	0	0	0	0	0
群蚜科 Thelaxidae	1	0	2	0	0	0
毛管蚜科 Greenideidae	0	1	3	0	0	0
短痣蚜科 Anoeciidae	1	0	2	0	0	0
大蚜科 Lachnidae	6	1	18	3	6	2
斑蚜科 Drepanosiphidae	15	0	32	4	2	5
毛蚜科 Chaitophoridae	5	0	5	3	0	0
蚜科 Aphididae	23	9	56	9	13	29
总计 Total/%	65(21.89)	12(4.04)	132(44.44)	20(6.73)	24(8.08)	44(14.81)

注：本研究中以"a+b"表示同时分布于2界以上的种类，如古北+东洋；广布种指同时分布于4界以上的种类。

Note：Nea, Nearctic；Ori, Oriental；Pal, Palearctic. "+" is using to show the species distributing in more than two regions, such as "Pal +Ori". Species living in more than four regions are called wide distributed species here.

（二）区 系 分 析

东北地区东连俄罗斯远东地区以至北美，南邻朝鲜半岛及华北直至南方热带区域，西通蒙古国，北接西伯利亚与欧亚大陆北部，是多个动物区系成分互相渗透的交汇地带。

现有数据显示，在东北地区现有蚜虫物种中，古北界和东洋界共同分布物种占有绝对优势，除平翅绵蚜科外，其他12科均有物种参与其组成，以蚜科为多，斑蚜科和大蚜科次之。除18种中国特有种之外，有89种都为亚洲东北部特有种，8种为亚洲东部特有种，还有17种欧亚大陆共同分布物种。蚜科物种所占比例较高的原因是该科物种多样性高，而且其食性广，具有更强的扩散能力，能很快适应新的生境，因而能够同时广泛分布于古北界和东洋界。斑蚜科虽然是以古北界分布为主的类群，但其中有很多物种为中国、朝鲜半岛、俄罗斯和日本共有，这与其主要寄主桦木科植物的分布相吻合，也体现出多数物种同时分布于古北界和东洋界的特点。东北地区分布的大蚜科中国特有种也成为该区系成分的重要组成部分。

仅分布于古北界的物种较多，其中1/2以上的物种为中国特有种，另有十余种为中国仅在东北地区分布的物种，而且除蚜科特有种较多外，其他特有种较平均的分布于各科中，特有化程度远高于在古北界和东洋界共同分布物种，形成了东北地区蚜虫区系的特色之一。

同时分布于古北界和新北界的全北种由来自于5个科的物种组成，除蚜科物种为世界广泛分布之外，大蚜科、斑蚜科、瘿绵蚜科和毛蚜科物种都是北半球蚜虫区系的重要组成部分，而且是蚜虫中演化历史较长、属种数量较丰富的类群，其寄主植物在欧亚大陆和北美洲大陆也都广泛分布。在已知的 19 种中，大部分物种为欧亚大陆和北美洲分布，仅瓦氏长足大蚜 *Cinara watsoni* Tissot，1939、柏木长足大蚜 *Cinara cupressi* (Buckton，1881) 和萝藦蚜 *Aphis asclepiadis* Fitch，1851 在中国与北美洲间断分布，其中又只有瓦氏长足大蚜 1 种是在东北地区和北美洲间断分布。同时分布于古北界、东洋界和新北界的蚜虫物种数量略多于全北种，主要来源与全北种相近，新增了矿蚜科 1 科 1 种，而大蚜科和瘿绵蚜科所占比例稍有提高。其中，日本忍冬圆尾蚜 *Amphicercidus japonicus* (Hori，1927)、大戟长管蚜 *Macrosiphum euphorbiae* (Thomas，1878) 和葱蚜 *Neotoxoptera formosana* (Takahashi，1921) 为亚洲东北部和北美洲种共同分布物种，其他 21 种都为欧洲大陆和北美洲共同分布物种。形成欧亚大陆和北美洲共同分布物种的一个可能的原因是这些物种都起源于劳亚古陆分裂之前，后因板块漂移而间断分布到相离的两个大陆；另一个可能的原因是在冰期等特殊气候环境和地质事件作用下，两个大陆在短期内通过陆桥相连，少数物种在大陆间相互扩散，随后又各自在新生境中不断发展演化而产生现有分布状态。

虽然东洋界分布物种在已知种总数中的比例很小，而且以蚜科物种为主，但多数在中国仅分布于东北地区，仍可将其认作东洋界物种向古北界侵入的有力证据。同时分布于 4 界以上的广布种也是东北地区蚜虫区系的主要组成成分，共有 6 种不同的共有类型，其中以同时分布于古北界、东洋界、澳洲界和新北界的物种（12 种）为主，其他类型的广布种分别有 1～6 种。

从东北地区的地理位置及其现有蚜虫区系特点可以看出，该地区成为古北界种类向南扩散和东洋界成分向北延伸的通道，其东南部的辽东半岛丘陵和低山地带是一些典型的古北界物种保存及形成中心，具有以矿蚜科物种为代表的许多古北区东亚特有成分，蚜虫区系组成颇为复杂多样。

七、东北地区蚜虫地理分布

（一）研　究　方　法

本书利用 GIS（地理信息系统）技术的精确制图功能绘制物种分布图。

首先根据东北地区所有蚜虫种类可靠标本采集记录，利用 ACCESS 软件建立该地区各物种的地理分布（采集地点的经度和纬度）、寄主植物、采集记录等有关信息的数据库，转换为 GIS 默认数据库后导入地理信息系统，按坐标系统对数据进行叠加分析，通过地理坐标的转换，将分布点层数据叠加至中国行政图及动物地理区划图上，主要以科和亚科为单位获得各类群物种在动物地理区划中的分布图（图 4～图 33）。

研究中使用的 GIS 资料库来源于中国科学院地理科学与资源研究所资源与环境信息系统国家重点实验室的中国资源环境数据库。动物地理区划图来源于国家地图集编撰委员会编的《国家自然地图集》。该地图通过数字化后导入 GIS 系统。

（二）总体分布格局

东北地区已知蚜虫物种地理分布图（图 4）显示，东北地区蚜虫物种分布格局是：大量蚜虫物种在该地区广泛分布，相对集中于该地区的主要山脉及其周边，在地区南部物种分布点较集中且多样性高，西南部地区最高，中部偏西部地区最低，自南向北分布点逐渐减少，多样性降低。

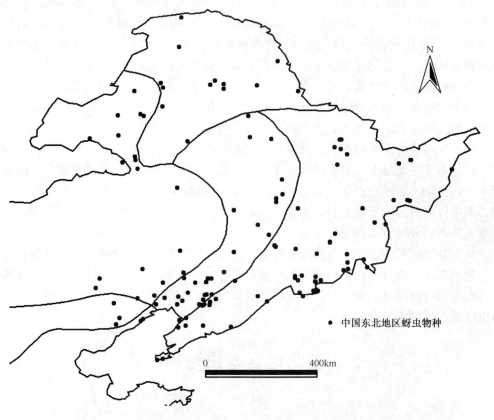

图 4　东北地区已知蚜虫物种地理分布（distribution of aphids in Northeast China）

东北地区虽然没有险峻的高山，但地势起伏变化明显，包括平原、高平原、丘陵、低山和中山等多种地形地貌，其中 2/3 以上面积都为山地，另 1/3 以平原为主。千山、长白山、张广才岭、小兴安岭和大兴安岭几个主要的山地自东南至西南环绕着东北大平原。

东北地区的气候环境也较独特，南北部地区之间的气温和东西部地区之间的降水都存在显著的差异，自南向北依次为暖温带、温带和寒温带，自东向西依次为湿润区、半湿润区和半干旱区。与此相应，植被的分布格局受水热条件限制具有明显的南北差异和东西变化。

东北地区已知蚜虫物种分布状况与该地区自然植被和农业植被共同叠加分析（图5）结果表明，东北地区绝大部分物种都集中分布于自然植被条件较好的山区，而形成

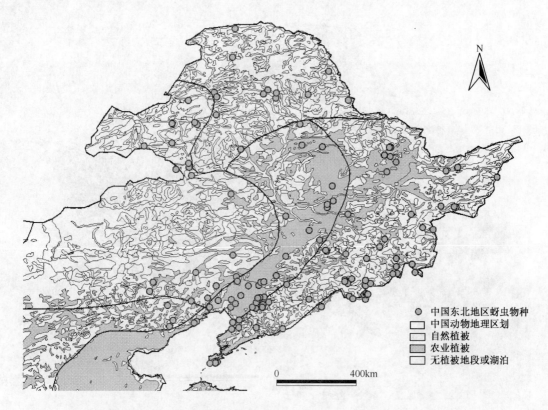

图 5　东北地区蚜虫物种地理分布与农业植被、自然植被状况

（natural and agricultural vegetation and distribution of aphids in Northeast China）

沿山脉环绕东北平原分布的格局。因为在东北平原，大部分地区的植被为一年一熟粮食作物和耐寒的经济作物，如春小麦、大豆、玉米、高粱、甜菜、亚麻、李、杏和小苹果等，只在南端接近华北地区的平原地带种植一年两熟或两年三熟旱作（局部为水稻）、暖温带落叶果树园和经济林，如冬小麦、杂粮（高粱、大豆、玉米、谷子）、棉花、枣、苹果、梨、葡萄、柿子、板栗和核桃等。平原地区不仅植物种类单调，而且大面积地区在较长的非耕作季节都不存在地表植被，不具备适宜蚜虫越冬的条件。因此在东北平原上分布的蚜虫物种数量少，而且分布点较稀疏，只在南端栽培品种相对丰富多样的地区分布量稍大，且分布状况随气温降低和栽培作物种类减少而自西南向东北方向逐渐减少。然而在环绕东北平原具有良好自然植被的山地之间，蚜虫分布状况也存在明显的差异，主要集中分布在相对温暖湿润的南部地区，而且在自然植被与农业植被交界处分布最密集。

　　蚜虫物种的生物学特性及其在东北地区分布状况与该地区所有植被类型共同叠加分析（图 6）的结果很好地解释了在自然植被条件下蚜虫分布特点的成因。蚜虫的生境通常是"背风向阳"的地方，也就是偏好相对温暖湿润的环境。例如，一般寄生在处于林缘的植株，甚至在同一株寄主植物上也相对集中于向阳一侧取食，在阴冷潮湿的密林中少有分布。而且蚜虫的分布与人类活动十分密切，除人为活动协助其扩散外，人类在生产和生活中

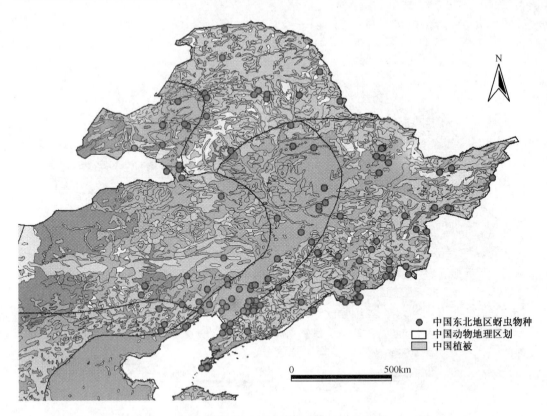

图 6　东北地区蚜虫物种地理分布与所有植被类型

（all types of vegetation and distribution of aphids in Northeast China）

还不断为其创造良好的适生环境——天然次生林。天然次生林与原始林相比，具有更丰富的植物物种，能满足大多数蚜虫物种对寄主植物的需求，而且森林盖度小，林下阳光充足，可生活一年生草本到多年生灌木、乔木等几乎所有类型植物，为瘿绵蚜科等营异寄主全周期生活的类群同时提供了原生寄主和次生寄主。次生林在与农业植被交界的林缘地带还因具有生态学上典型的边缘效应而更适宜蚜虫生存。

　　东北地区大面积的原生植被随着人类数千年的随意开发逐渐消失，取而代之的是次生阔叶针叶混交林、次生阔叶林及灌丛、灌草丛。在自然植被中，温带、亚热带落叶灌丛和矮林成为该地区分布最广的植被类型，寒温带、温带山地落叶针叶林分布面积最大的植被类型。

　　东北区蚜虫分布最集中、多样性最高的是西南部的千山地区。这里的植被几乎全部为次生植被，包括以榛子、胡枝子和蒙古栎灌丛为主的温带、亚热带落叶灌丛，夹杂有以落叶栎林为主的温带落叶阔叶树和常绿针叶树混交林，与以椴、榆、桦杂木林为主的温带、亚热带落叶阔叶林。此外，千山地区有较好的气候环境，与东北地区其他部分相比最温暖湿润，也是人类活动最频繁的地区，最适宜蚜虫繁衍，多样性远高于该地区其他部分。

　　东南部的长白山山地是东北地区原生自然植被类型最丰富、保护最完整的地区，这里植被以落叶阔叶树-红松混交林代表的温带落叶阔叶树-常绿针叶树混交林为主，还有以云杉、冷杉林为主的温带山地常绿针叶林，以桦、杨林为主的温带、亚热带山地落叶小叶林，以及广布的椴、榆、桦杂木林，此外还有我国仅有的两处高山冻原之一（海拔 2100m 以上），因此是仅次于千山地区的蚜虫集中分布地。

小兴安岭山地地势平缓，西南坡几乎不存在自然植被，东北坡的植被也以椴、榆、桦杂木林和榛子、胡枝子、蒙古栎灌丛为主，没有独特之处，因此仅有少量物种分布，而在西南端自然植被和人工植被过渡地带蚜虫物种分布略多。大兴安岭山地和小兴安岭山地北端相交的地区是国内仅分布于东北地区的寒温带、温带山地落叶针叶林，以落叶松林和黄花松林为主，但植物种类相对单一，而且气候条件恶劣，是我国最寒冷的地区，因此成为山地自然植被中蚜虫分布最少的地区。大兴安岭的西坡气候和植被环境稍有好转，出现了桦、杨林，而且是森林植被与草原植被的过渡地带，蚜虫分布量和物种多样性也逐渐增多。大兴安岭以西的植被逐渐过渡为呼伦贝尔高原植被，即温带禾草、杂草草原和温带丛生禾草草原组成，在局部地区具有以樟子松疏林为代表的温带草原沙地常绿针叶疏林，植物多样性明显下降，蚜虫分布也相应减少。

东北地区最东端的三江平原是东北平原上自然植被覆盖面积最多的部分，但是地形起伏不大，海拔低，大部分面积是湿地和沼泽，植被仅有禾草、莎草类温带草本沼泽和香草、杂草类温带草甸，植被单一，且湿度大，不利于大多数蚜虫生存。

蚜虫分布最少的是中西部地区，因为该地区土壤和草原沙化严重，部分地区已经成为沙地，而植被也主要是单调的温带禾草、杂草草原，夹杂有小面积的温带、亚热带落叶灌丛和矮林草原。

（三）各科蚜虫分布特点

所有蚜虫物种的分布都是其对不同气候、地形和植被等环境因子适应的结果，但是各类群又根据自身生物学特性而形成了不同的分布格局。

球蚜科的寄主植物都为松科植物，在东北地区广泛分布，而且在南部虽然自然分布较少但作物绿化树种也较为常见，因此球蚜科物种数量不多却能广泛分布（图 7）。但是在北部大面积针叶林分布地区却少有记录，主要是因为其生活史复杂，以云杉属 *Picea* 植物为原生寄主，而云杉属植物多限于温带分布，很少在寒温带落叶针叶林中出现，因而限制了球蚜科物种的分布。

东北地区的根瘤蚜科属种数量虽然与球蚜科差别不大，寄主植物范围也较广，但是采集记录少，而且分布信息不够详尽准确，因此有效记录仅集中在西南部（图 8）。

瘿绵蚜科是东北地区主要的大科之一，主要自西南向东北方向分布（图 9）。其中，五节根蚜亚科 Fordinae 物种的寄主为禾本科植物，在东北地区广泛分布，但已知的 2 种都在寄主植物根部取食，不易采集，分布记录也很有限（图 11）。绵蚜亚科 Eriosomatinae（图 10）和瘿绵蚜亚科 Pemphiginae（图 12）分布范围较一致，但是绵蚜亚科物种最北仅分布到小兴安岭北部，而瘿绵蚜亚科物种可分布于我国最北部的大兴安岭北端，这是因为绵蚜亚科的原生寄主多为榆属植物 *Ulmus* spp.，在其叶片卷曲形成的伪虫瘿中生活，而瘿绵蚜亚科物种的原生寄主是杨属植物 *Populus* spp.，而且在叶片或枝

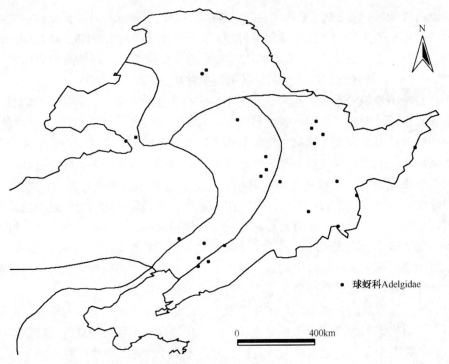

图 7　东北地区球蚜科物种地理分布（distribution of Adelgidae in Northeast China）

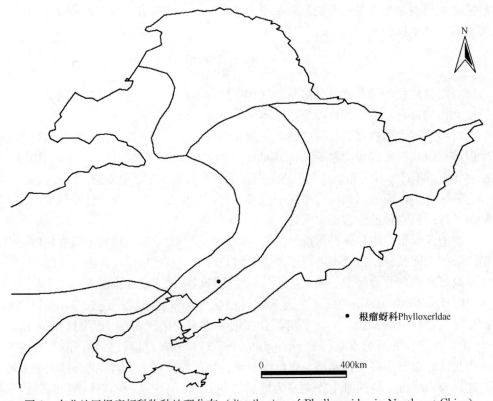

图 8　东北地区根瘤蚜科物种地理分布（distribution of Phylloxeridae in Northeast China）

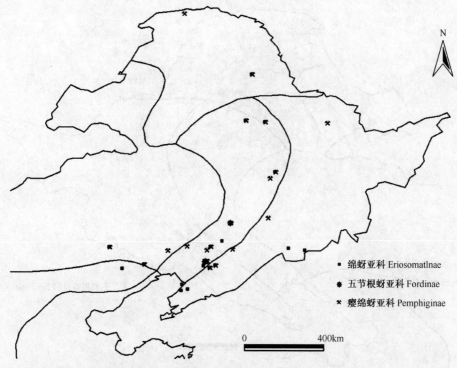

图 9　东北地区瘿绵蚜科物种地理分布（distribution of Pemphigidae in Northeast China）

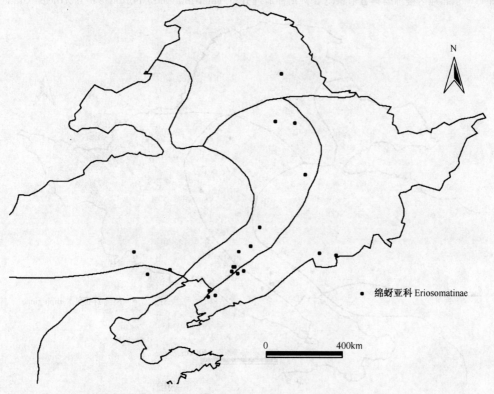

图 10　东北地区瘿绵蚜科绵蚜亚科物种地理分布（distribution of Eriosomatinae in Northeast China）

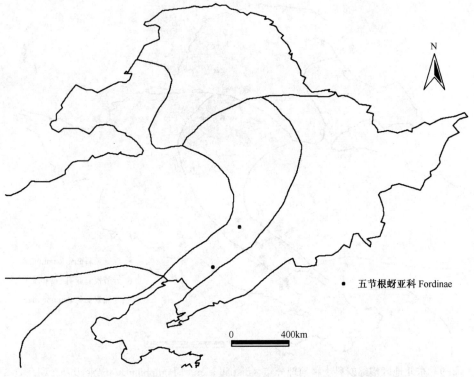

图 11　东北地区瘿绵蚜科五节根蚜亚科物种地理分布（distribution of Fordinae in Northeast China）

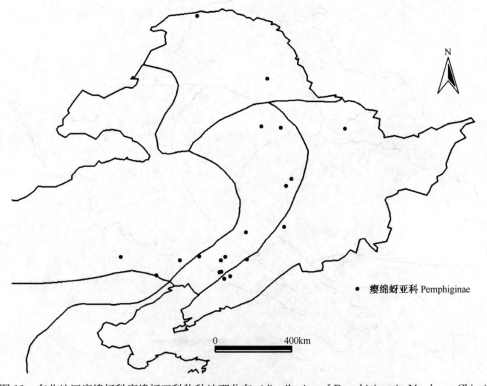

图 12　东北地区瘿绵蚜科瘿绵蚜亚科物种地理分布（distribution of Pemphiginae in Northeast China）

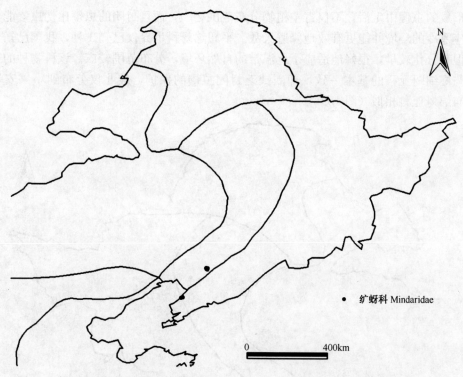

图 13　东北地区纩蚜科物种地理分布（distribution of Mindaridae in Northeast China）

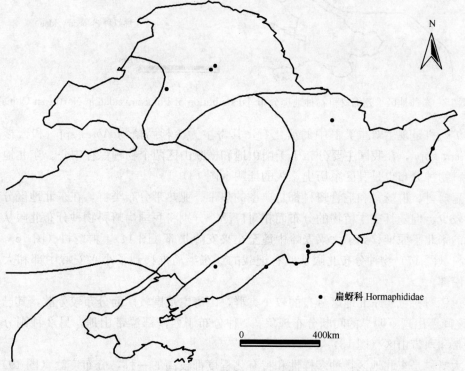

图 14　东北地区扁蚜科物种地理分布（distribution of Hormaphididae in Northeast China）

条上形成的虫瘿中生活，不仅寄主植物分布范围更广，而且封闭的虫瘿比伪虫瘿能更好地适应寒冷的环境并能更有效地躲避天敌。平翅绵蚜科世界仅已知 1 种，我国已知 1 亚种，但其分化较早，很好地适应了北温带的自然环境，分布范围较广。该科物种的寄主植物与瘿绵蚜亚科的基本一致，却因缺乏封闭虫瘿的保护，最北仅分布到小兴安岭北部，与绵蚜亚科相似（图 15）。

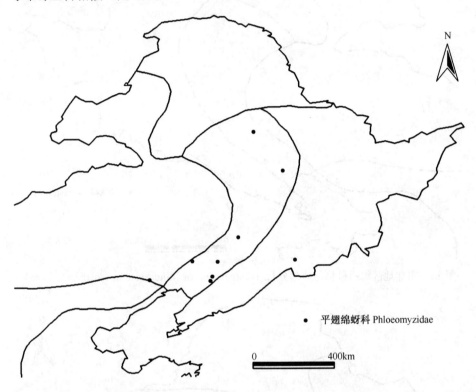

图 15　东北地区平翅绵蚜科物种地理分布（distribution of Phloeomyzidae in Northeast China）

　　矿蚜科是现生蚜虫类群中的活化石，其寄主为冷杉属植物 *Abies* spp. 和云杉属植物 *Picea* spp.，在我国主要分布于千山山地和横断山区两个物种保存中心。东北地区有矿蚜科物种分布也是其区系历史悠久的证明（图 13）。

　　扁蚜科、群蚜科和毛管蚜科都是典型的热带、亚热带分布类群，在东北地区分布的物种较少，但随其寄主植物的分布而相对广泛，分别将我国扁蚜科物种分布北限从原有记载的华北平原推移到了大兴安岭中麓至小兴安岭北部（图 14），群蚜科（图 16）和毛管蚜科（图 17）物种分布北限从原有记载的辽东半岛推移到了小兴安岭中部和大兴安岭中南部。

　　短痣蚜科也属东北地区分布的较小类群，因寄主范围较广而分布较分散，其已知的 3 种之间还出现了明显的间断分布现象，1 种分布于西南部温带山地，另 2 种则分布于寒温带和寒带山区（图 18）。

　　大蚜科是东北地区物种多样性和特有化程度都较高的一科，分布广泛（图 19），根据寄主植物和相关形态特征被分为长足大蚜亚科 Cinarinae 和大蚜亚科 Lachninae。长足

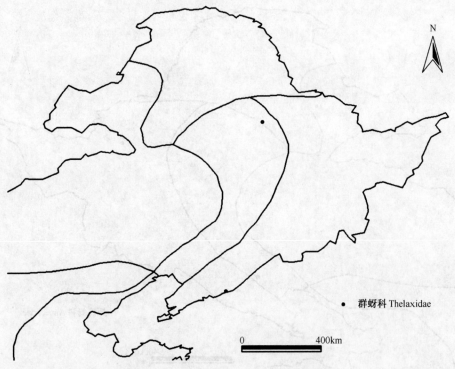

图 16　东北地区群蚜科物种地理分布（distribution of Thelaxidae in Northeast China）

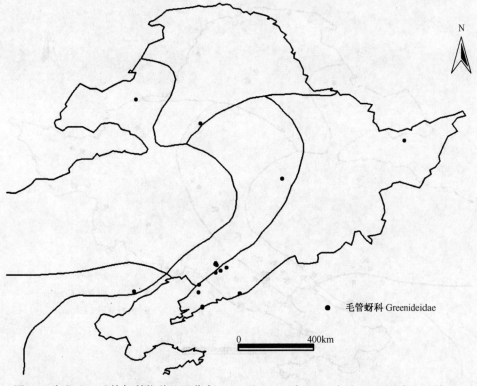

图 17　东北地区毛管蚜科物种地理分布（distribution of Greenideidae in Northeast China）

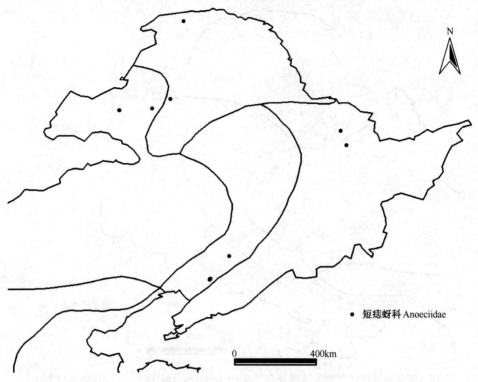

图 18　东北地区短痣蚜科物种地理分布（distribution of Anoeciidae in Northeast China）

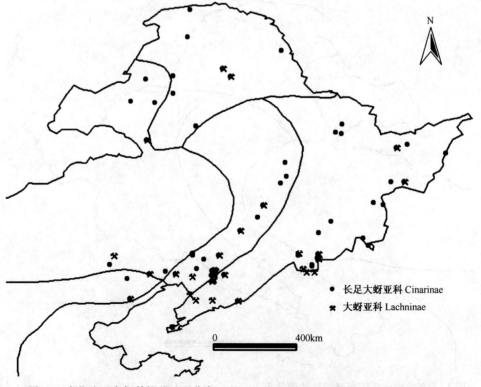

图 19　东北地区大蚜科物种地理分布（distribution of Lachnidae in Northeast China）

大蚜亚科取食多种针叶植物，常绿针叶植物和落叶针叶植物都在其寄主范围内，因此广泛分布于东北地区（图20）。大蚜亚科因仅取食温带阔叶植物，而集中分布在该地区的南部，东部和北部分布物种仅为取食相对较耐寒的杨柳科和壳斗科的植物（图21）。虽然长足大蚜亚科物种分布范围大于大蚜亚科，但两者的特有物种都仅分布于该地区的西南部和南部，个别种可分布到北部或广泛分布。

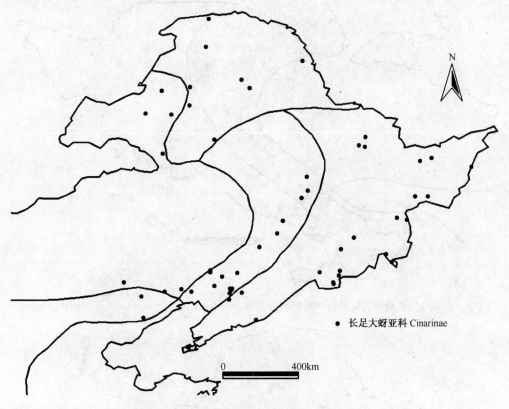

　　　　● 长足大蚜亚科 Cinarinae

　　　　0　　　　400km

图20　东北地区大蚜科长足大蚜亚科物种地理分布（distribution of Cinarinae in Northeast China）

　　东北地区的斑蚜科物种分布主要集中在千山、长白山和大兴安岭、小兴安岭，在中部、北部和西部都少有分布（图22）。该科物种绝大部分集中于角斑蚜亚科 Myzocallidinae、镰管蚜亚科 Drepanosiphinae、粗腿蚜亚科 Macropodaphidinae、新叶蚜亚科 Neophyllaphidinae 和叶蚜亚科 Phyllaphidinae，但各亚科都仅记录1属1种，跳蚜亚科 Saltusaphidinae 属种略多。除角斑蚜亚科外的5亚科中，有3亚科都集中分布于西南部山地，跳蚜亚科因其寄主为莎草科而成为该科唯一分布于西北呼伦贝尔高原的类群（图23）。由于角斑蚜亚科包含物种较多，又根据其寄主植物等特征划分为长角斑蚜族 Calaphidini（图24）和角斑蚜族 Myzocallidini（图25），前者以取食桦木科植物为主，后者可取食胡桃科、豆科、椴树科等多科植物，但都是东北地区次生林的组成成分，因此这两族在东北地区的分布格局基本一致，即存在4个相对集中的分布区域。角斑蚜族还因物种多样性高，寄主植物适应性强而分布范围稍广于长角斑蚜族。

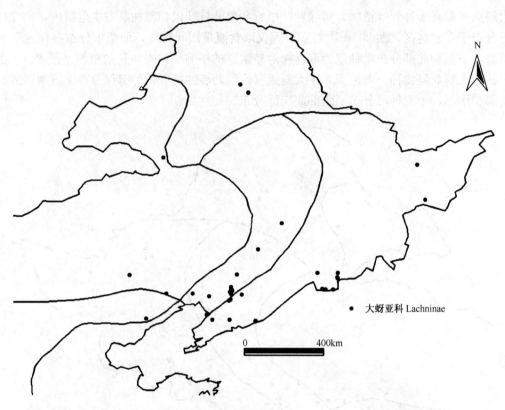

图 21　东北地区大蚜科大蚜亚科物种地理分布（distribution of Lachninae in Northeast China）

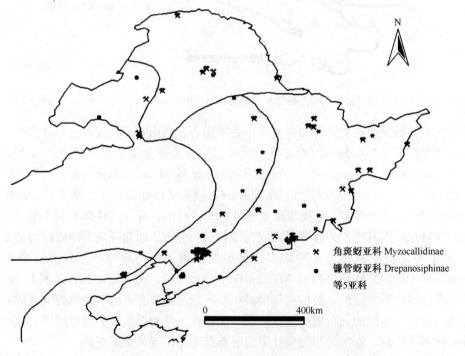

图 22　东北地区斑蚜科物种地理分布（distribution of Drepanosiphidae in Northeast China）

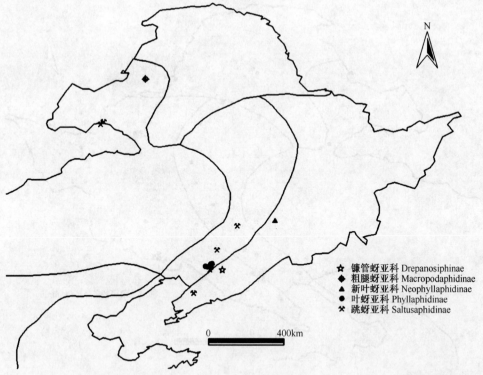

图23　东北地区斑蚜科镰管蚜亚科、粗腿蚜亚科、新叶蚜亚科、叶蚜亚科及跳蚜亚科物种地理分布（distribution of Drepanosiphinae，Macropodaphidinae，Neophyllaphidinae，Phyllaphidinae and Saltusaphidinae in Northeast China）

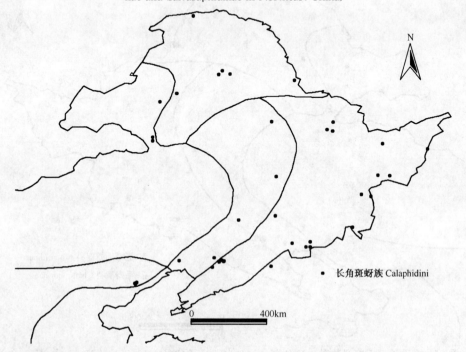

图24　东北地区斑蚜科角斑蚜亚科长角斑蚜族科物种地理分布（distribution of Calaphidini in Northeast China）

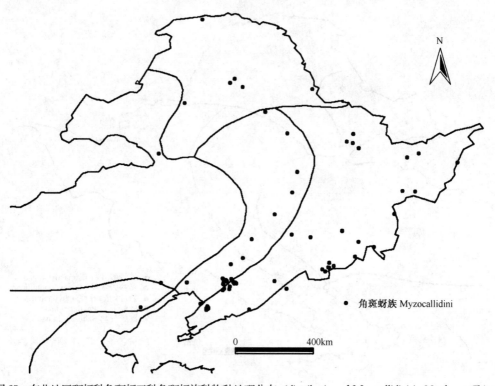

图 25 东北地区斑蚜科角斑蚜亚科角斑蚜族科物种地理分布（distribution of Myzocallidini in Northeast China）

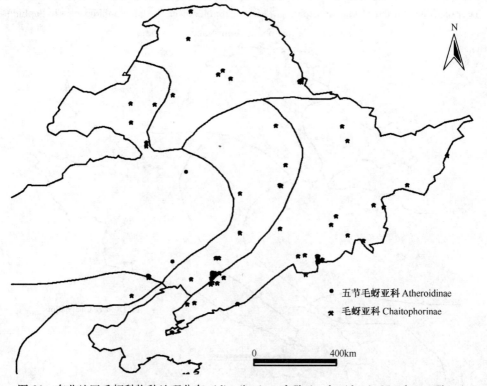

图 26 东北地区毛蚜科物种地理分布（distribution of Chaitophoridae in Northeast China）

　　毛蚜科虽然包含的物种数量不多，却分布广泛（图 26）。其中，毛蚜亚科 Chaito-phorinae 的大部分物种是寄生于造林绿化树种——杨树的常见害虫，因此在许多地区都有采集记录（图 28）。该科的另一亚科，五节毛蚜亚科 Atheroidinae 则以取食禾本科杂草为主，成为少数几个在中西部地区温带草原分布的类群之一（图 27）。

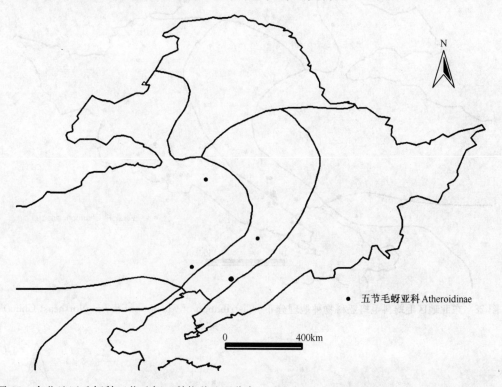

图 27　东北地区毛蚜科五节毛蚜亚科物种地理分布（distribution of Atheroidinae in Northeast China）

　　蚜科是东北地区物种最多、分布最广的科（图 29）。其中粉毛蚜亚科 Pterocomma-tinae 物种较少，除取食柳属植物 *Salix* spp. 的物种广泛分布外，大部分都是取食杨属植物 *Populus* spp. 的物种，而且相对集中分布在南部地区，呈现出南北间断分布的特点（图 30）。同为取食杨柳科植物的类群，粉毛蚜亚科的分布范围却远小于瘿绵蚜科、毛蚜科甚至平翅绵蚜科，可能是因为该类群分化相对较晚，是个年轻的类群，仍处于种群扩张的过程中，而且直接暴露在外界环境中取食，缺乏虫瘿的保护，对高纬度和高海拔地区的适应及抵挡天敌进攻的能力都有限。蚜亚科 Aphidinae 大部分物种都属于蚜族 Aphidini 的蚜属 *Aphis*，不仅分布点多，而且每个分布点的物种多样性都较高，种群数量也较大，该类群中棉蚜、豆蚜的有害种类更是随着栽培作物广布于整个地区（图31）；而缢管蚜族 Rhopalosiphini 虽然物种数量明显少于蚜族，但是食性广于蚜族多数物种，而且有害种类的比例远高于蚜族，如主要为害禾本科作物和杂草的禾谷缢管蚜、为害多种果树的梨二叉蚜等，因此分布范围也较广泛，仅稍小于蚜族的分布（图 32）。东北地区有近半数蚜虫都为长管蚜亚科 Macrosiphinae 的物种，其分布数量和范围都占有绝对优势，只是该亚科多数物种取食双子叶植物，在以单子叶禾本科杂草为主的草原

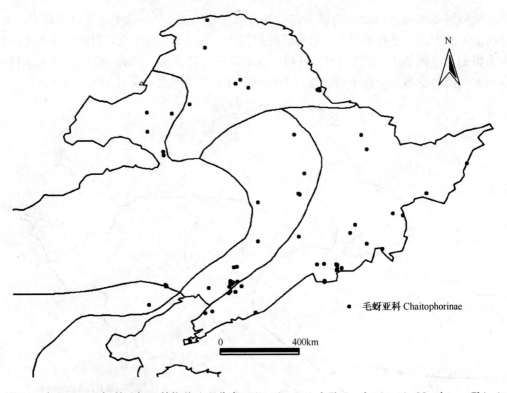

图 28　东北地区毛蚜科毛蚜亚科物种地理分布（distribution of Chaitophorinae in Northeast China）

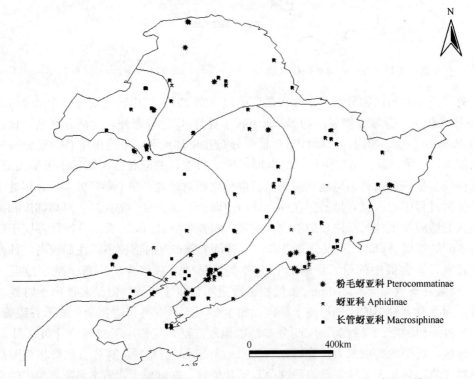

图 29　东北地区蚜科物种地理分布（distribution of Aphididae in Northeast China）

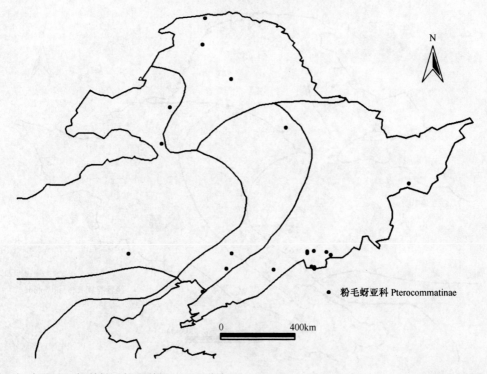

图 30　东北地区蚜科粉毛蚜亚科物种地理分布（distribution of Pterocommatinae in Northeast China）

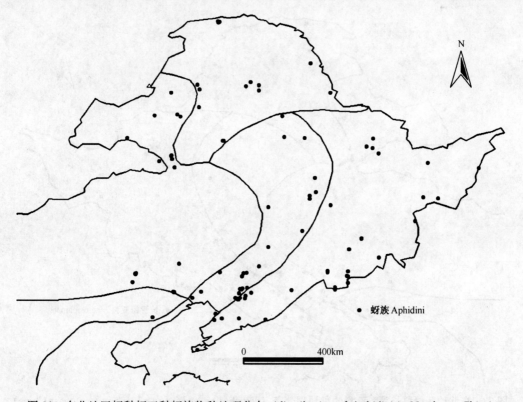

图 31　东北地区蚜科蚜亚科蚜族物种地理分布（distribution of Aphidini in Northeast China）

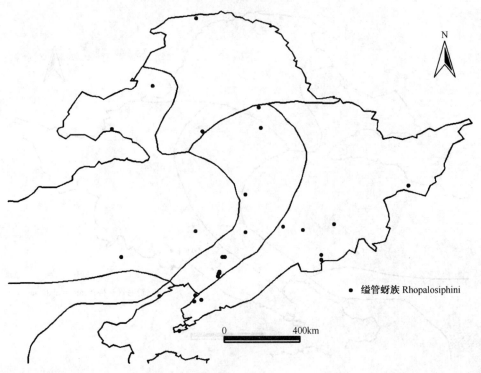

图 32　东北地区蚜科蚜亚科缢管蚜族物种地理分布（distribution of Rhopalosiphini in Northeast China）

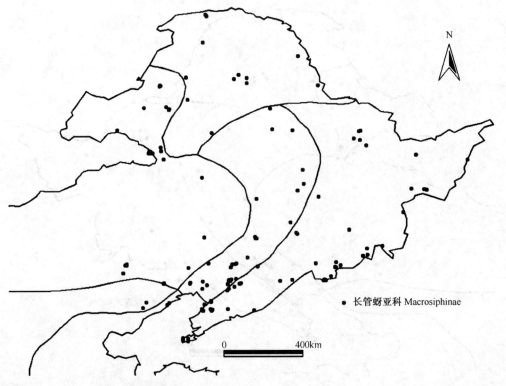

图 33　东北地区蚜科长管蚜亚科物种地理分布（distribution of Macrosiphinae in Northeast China）

植被和以裸子植物为主的寒温带针叶林中分布稍有下降（图 33）。

东北地区已知蚜虫物种，尤其是特有物种的多样性、区系组成及分布格局的相关分析结果都显示出千山山地和长白山山地在东北地区蚜虫区系和地理分布中的重要性。由此可以认为，上述山地不仅是东北地区蚜虫物种的分布中心，更是保存中心和分化中心。

八、材料来源和研究方法

（一）标本和文献来源

蚜虫体形微小，常易被昆虫采集者忽略，只有专门采集才能对其进行全面详细的考察，所以一般的昆虫标本馆收藏量少，都仅为常见类群，因此本志研究用标本都来源于中国科学院动物研究所昆虫标本馆馆藏的东北地区蚜虫标本，主要为张广学先生和钟铁森先生 50 多年来的采集积累，作者 2004～2006 年的全面补充采集，还有历年的科学考察队和许多同行学者在该地区的采集，以及各相关单位送鉴标本，尤其是辽宁省农业科学院植物保护研究所何富刚先生和刘丽娟女士在 20 世纪 80 年代近 10 年的采集贡献。

本志所参阅的文献资料主要是中国科学院动物研究研究组蚜虫系统进化研究组老师们多年的收集积累和国外同行的赠送，另有一部分是从图书馆或网络查阅或直接向作者索取获得。

（二）标本的采集和整理

1. 野外采集

在东北地区已有采集记录数据的基础上，通过比较分析，找出原有采集未涉及的地区及采集不充分的地区开展补充采集，并根据中国东北地区的自然地理特点，就不同生态环境和不同植被类型，制订野外考察计划，在蚜虫发生季节开展考察工作，详细记录标本采集生境、寄主植物种类、危害状况、采集时间和地点等信息，为室内分析提供尽可能全面的第一手资料。

每号标本的所有采集信息均记录在一张 12.5cm×8cm 的卡片上（表 6），以保证蚜虫野外采集、记录、制片等工作的准确对应，完善的观察记录也利于实验室鉴定、生物学研究等后续工作的顺利进行。

表 6 野外采集记录卡
Table 6 Information card of aphid using in the fields

片号_____	瓶号 _____
学名_____	
寄主_____	害状 _____
地点_____	体色 _____
采集人_____	数量 _____
时间_____年_____月_____日	虫态 _____
附记	

　　野外采集的编号为"瓶号"，实验室制片的编号为"片号"，片号与瓶号统一，利于查找。除"学名"一项需要在实验室经鉴定后填入外，其他各项均要在野外由采集人填写。

　　"寄主"信息必须准确记录，若不能在野外及时鉴定，可简单压制为蜡叶标本保存，随后鉴定或请专家鉴定。因为蚜虫是寄生性昆虫，多数种类专化性很强，可利用其寄主信息快速有效地将其鉴定到相应的科属，在个别类群中该项内容还是鉴定物种的重要信息。

　　"害状"是寄主植物受到蚜虫为害后的症状。蚜虫取食的部位和为害的症状是物种重要的生物学特征和鉴别特征。在野外，必须准确记载蚜虫的寄生部位。例如，寄生于叶片（正面或反面，老叶或嫩叶）、叶柄、枝条还是茎秆，是否形成造成寄主植物形态改变，例如，形成虫瘿或卷叶，以及虫瘿或卷叶的颜色、形状和着生的部位等；可在野外将"害状"的草图绘制在卡片的背面，或将受害状较特殊的寄主植物器官或组织用乙醇溶液浸泡保存，并与其上寄生的蚜虫标本编号一致。

　　"体色"是蚜虫生活状态的重要特征之一，经乙醇浸泡后这一特征随即丧失，必须在野外准确清楚地记载。

　　"数量"不仅能表明物种是散居或群居等生活习性，也反映其发生的状态及对寄主植物的危害，即使同种蚜虫在不同时期和不同寄主上的种群大小也各不相同。

　　"虫态"反映了蚜虫的多型现象，清楚记录一个种群中有翅孤雌蚜、无翅孤雌蚜、若蚜等不同类型，不仅有利于鉴定工作的开展，还为后期的种群动态研究提供了基本信息。

　　采集"时间"、"采集人"、采集"地点"是采集任何标本时都必须记录的。如果具备测量仪器，在采集"地点"一栏中通常还需记录海拔（m）和经纬度。

　　"附记"记载所观察到的相关生物学现象和采集点的基本生态情况，如蚜虫种群中有无蚂蚁伴生、有无寄生性天敌或捕食性天敌活动，采集点为灌木林、荒漠或草原等。

　　另外，初检时在显微镜下观察测量的数据和特征以及与近似属、种的区别可以简要记录在卡片背面，在后期鉴定等工作中用作参考。

2. 保存与整理

　　早期采集的蚜虫标本长期保存于75％乙醇溶液中，将其中的一部分，通过软化、透明等一系列处理，用阿拉伯胶混合液封闭法制成玻片标本，为防止水溶性的阿拉伯胶在潮湿季节吸水变软，发生流胶、漏胶现象，在标本制作完成并完全干燥以后，用加拿大胶进行环封。2000年至今野外采集的标本全部保存在95％～100％乙醇溶液中，经过95％乙醇、70％乙醇、0.1 mol/L KOH、冰醋酸、冰醋酸与丁香油等比例混合液、丁香油溶液一系列处理后，用加拿大胶制片。

（三）标本的鉴定和描述

　　运用显微镜观察鉴定标本，对选择的40个以上的形态特征进行测量（表7）。每种至少测量10头个体，不足10头的全部测量，测量方式与国际惯例一致，以毫米（mm）

为计量单位。主要特征包括体长度、体宽度，触角全长、各节长度、节Ⅲ最宽直径和毛的长度、各节感觉圈和毛的数量；喙末节（节Ⅳ＋Ⅴ）的长度、宽度、原生感觉毛和次生感觉毛的数量；各足的形状，后足股节的长度，后足胫节长度和中宽及毛的长度，后足跗节Ⅱ长度，跗节Ⅰ的腹毛毛序；腹部背片突起的长度和宽度；腹管的长度、基部和端部宽度；尾片的长度、基部宽度、中部宽度、毛的数量；尾板和生殖板的毛数。

表 7　蚜虫形态数据

Table 7　Form of aphid morphological characters

特征＼项目		编　　　　号										合计	平均	折合/mm	标准差
		1	2	3	4	5	6	7	8	9	10				
体　　长/mm															
体　　宽/mm															
触角全长/mm															
触角长度/mm	Ⅰ														
	Ⅱ														
	Ⅲ														
	Ⅳ														
	Ⅴ														
	Ⅵ基														
	Ⅵ鞭														
	Ⅲ直径														
	Ⅲ毛长														
感觉圈个	Ⅲ														
	Ⅳ														
	Ⅴ														
	Ⅵ														
腹管/mm	长　　度														
	基　　宽														
	膨大部宽														
	端　　宽														
尾片/mm	长　　度														
	基　　宽														
	中　　宽														
尾片毛数/根															
尾板毛数/根															
缘毛/mm	腹Ⅰ（长）														
	头顶（长）														

续表

特征 \ 项目		编　　号										合计	平均	折合 /mm	标准差
		1	2	3	4	5	6	7	8	9	10				
后胫 /mm	直　径														
	毛　长														
后跗	节Ⅱ（长）/mm														
	节Ⅰ（毛数）（根）														
腹片	Ⅷ毛长/mm														
	Ⅷ毛数（根）														
足 /mm	后股节长														
	后股节宽														
	后胫节长														
喙	总长度/mm														
	节Ⅳ＋Ⅴ长/mm														
	Ⅳ＋Ⅴ毛数（根）														
中胸腹岔长/mm															
体背瘤 /mm	腹Ⅰ中（长宽）														
	腹Ⅲ中（长宽）														
	腹Ⅵ缘（长宽）														

采用国际上广泛使用的形态特征名称和术语进行描述（张广学和钟铁森，1983；乔格侠等，2005；Heie，1980）。

按照传统分类学研究方法，观察、核对、鉴定标本；编制各分类阶元（亚科、族、属、亚属和种）相应的检索表。利用绘图仪和显微镜绘制各物种主要形态特征图。

各　论

Ⅰ　球蚜总科 ADELGOIDEA

一、球蚜科 Adelgidae

体小型，体长 1.00～2.00mm。头部、胸部、腹部背面蜡片发达，常分泌白色蜡粉、蜡丝覆盖身体，有时体腹面及足基节也有蜡片，在冬型中尤其明显。头部与胸部之和长于腹部。复眼由 3 个小眼面组成。无翅孤雌蚜及若蚜触角 3 节，冬型触角较退化，触角上有 2 个感觉圈。气门位于中胸、后胸、腹部节Ⅰ～Ⅵ或节Ⅰ～Ⅴ，但腹部节Ⅰ气门常不明显。腹管缺。尾片半月形。有翅孤雌蚜触角 5 节，有宽带状感觉圈 3 或 4 个。前翅仅 3 条斜脉：中脉 1 根，肘脉 2 根，互相分离；后翅仅有 1 条斜脉；静止时翅呈屋脊状。中胸盾片分为左右两片。性蚜有喙，活泼，雌性蚜触角 4 节，有产卵器。孤雌蚜和性蚜均卵生。

该科蚜虫大都营异寄主全周期生活，原生寄主为云杉属植物 Picea spp.，由生长芽形成虫瘿，虫瘿形同云杉嫩球果。干母生活在虫瘿中，第 2 代完全或不完全迁移。次生寄主为落叶松 Larix gmelini、冷杉 Abies fabri、铁杉 Tsuga chinensis、黄杉 Pseudotsuga sinensis 及松属植物 Pinus spp. 等，在次生寄主上不形成虫瘿。大多 2 年完成一个生活周期。每年发生 2 或 3 代或 4 或 5 代。大都以 1 龄干母（在原生寄主上）或冬停育型若蚜（在次生寄主上）越冬，罕见以 2 龄若蚜越冬。有些种类在次生寄主上营不全周期生活，不发生性蚜世代。球蚜是松、杉类植物的重要害虫。

世界已知 8 属 59 种，中国已知 6 属 20 种，本志记述 3 种。

属 检 索 表

1. 无翅成蚜腹部节Ⅵ气门存在；在原生寄主上形成多室虫瘿 ⋯⋯⋯⋯⋯⋯⋯ **球蚜属 Adelges**
   无翅成蚜腹部节Ⅵ气门缺失；在原生寄主上形成单室虫瘿 ⋯⋯⋯⋯⋯⋯⋯ **松球蚜属 Pineus**

1. 球蚜属 Adelges Vallot, 1836

Adelges Vallot, 1836：224. **Type species**：*Adelges laricis* Vallot, 1836.

Adelges Vallot：Zhang et Zhong, 1983：72；Blackman et Eastop, 1994：541；Zhang, 1999：116.

属征　腹部有 6 对气门，其中 1 对不明显。干母若蚜或干母及冬型蚜蜡腺正常，可分泌空圆柱形蜡丝，冬型及夏型若蚜无体背蜡腺。在云杉上的瘿鳞部分或全部愈合，瘿室相互分开。分布于亚洲、欧洲及北美洲。

世界已知 7 种，中国已知 2 种，本志记述 2 种。

(1) 鱼鳞云杉球蚜 Adelges japonicus (Monzen, 1929)（图 34）

Chermes japonicus Monzen, 1929：71.

Chermes abietis Sasaki，1902：163.

Adelges japonicus（Monzen）：Zhang，1999：116.

特征记述

有翅性母蚜 体椭圆形，体长 2.14mm，体宽 0.86mm。玻片标本头部、胸部黑色，腹部淡色，无斑纹。触角、喙及生殖器黑色，足淡褐色，尾片及尾板淡色。体表光滑，体背蜡片发达，有明显深色大型蜡片，各蜡片由圆形蜡孔组成。头顶腹面至头背后缘有大型纵向蜡片 1 对；前胸背板后缘蜡片愈合，缘域有大型蜡片；中、后胸背板各有大型蜡片 1 对；腹部背片 I～VIII 各有中蜡片 1 对，背片 I～VII 各有独立大型缘蜡片 1 对。头部蜡片由 250 余个蜡孔组成；前胸背板后缘蜡片由 300 余个蜡孔组成，缘域蜡片由 500 余个蜡孔组成；腹部背片中蜡片各由 20～100 个蜡孔组成，背片 I～IV 各缘蜡片由 200～250 个蜡孔组成，背片 V～VII 各缘蜡片各由 80～150 个蜡孔组成。气门 5 对，圆形关闭，有时开放。体背毛尖锐，极短小，不长于毛基直径，腹部腹面毛长；头部背毛多，腹部背毛少，各毛均位于蜡片上；头顶毛长 0.007mm，为触角节 III 端部直径的 0.25 倍；腹部腹面毛长 0.034mm，为头顶毛长的 5.00 倍。中额不隆，头盖缝不伸达头部后缘。触角 5 节，有明显横瓦纹，全长 0.38mm，为体长的 0.18 倍；节 III 长 0.10mm，节 I～V 长度比例：57：54：100：90：90；节 III 缺毛，其他节各有长毛 1 根，毛长为节 III 端部直径的 0.25 倍，末节顶端有长毛 3 或 4 根；节 III～V 端部背向各

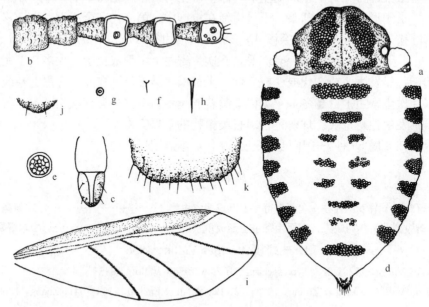

图 34 鱼鳞云杉球蚜 *Adelges japonicus*（Monzen）
有翅性母蚜（alate sexupara）

a. 头部背面观（dorsal view of head）；b. 触角（antenna）；c. 喙节 IV＋V（ultimate rostral segment）；d. 腹部背面观（dorsal view of abdomen）；e. 体背蜡孔（dorsal wax pore of body）；f. 头顶毛（cephalic hair）；g. 体背毛基（base of dorsal hair on body）；h. 体腹面毛（ventral hair of body）；i. 前翅（fore wing）；j. 尾片（cauda）；k. 尾板（anal plate）。

有大型感觉圈 1 个，占各节长度的 1/2。喙短小，端部不达中足基节，节 Ⅳ + Ⅴ 盾状，长 0.07mm，为基宽的 1.40 倍，为后足跗节 Ⅱ 的 0.70 倍；有原生毛 2 对，次生毛 1 对。足粗短，光滑；后足股节长 0.29mm，为触角节 Ⅲ 的 0.29 倍；后足胫节长 0.41mm，为体长的 0.19 倍；后足胫节毛少，毛长 0.037mm，为该直径的 0.73 倍；跗节 Ⅰ 毛序：2，2，2。前翅有 1 条中脉，2 条肘脉，后翅有 1 条斜脉。无腹管。尾片月牙形，光滑，有毛 1 对。尾板末端平圆形，光滑，有长毛 8～12 根。

生物学 寄主植物为鱼鳞云杉 *Picea jezoensis* 和落叶松 *Larix gmelini*。

分布 辽宁（本溪）、黑龙江（带岭、伊春）；俄罗斯，日本。

（2）落叶松球蚜 *Adelges laricis* Vallot，1836（图 35）

Adelges laricis Vallot，1836：224.

Adelges laricis Vallot：Blackman *et* Eastop，1994：544.

特征记述

无翅孤雌蚜 体椭圆形，体长 0.90mm，体宽 0.48mm。活体黑褐色，被长蜡丝。玻片标本体背膜质，蜡片褐色；触角、复眼、喙、足及尾片黑褐色，尾板淡色，产卵器黑色。体表光滑，有明显大型蜡片，头顶及头背部有 3 对，有时愈合呈蜡孔群，有 160 个密布头背；前胸背板有中、侧蜡片各 2 对，缘蜡片 1 对，位于缘域后方；中、后胸背板及腹部背片 Ⅰ～Ⅵ 各有大型蜡片 5 个，背片 Ⅶ 有中、缘蜡片各 1 对，背片 Ⅷ 有中蜡片

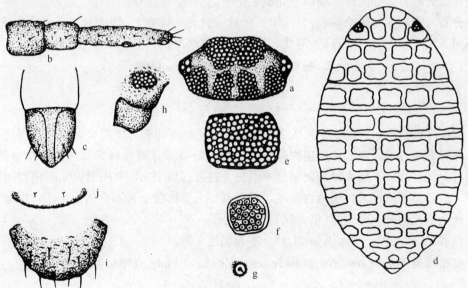

图 35 落叶松球蚜 *Adelges laricis* Vallot

无翅孤雌蚜（exulis）

a. 头部背面观（dorsal view of head）；b. 触角（antenna）；c. 喙节 Ⅳ + Ⅴ（ultimate rostral segment）；d. 整体背面观（dorsal view of body）；e. 体背蜡孔（dorsal wax pore of body）；f. 体背蜡片（dorsal wax gland of body）；g. 体背毛基（base of dorsal hair on body）；h. 足基节窝蜡片（wax gland of coxae）；i. 尾片（cauda）；j. 尾板（anal plate）．

1 个，缘蜡片 1 对；各蜡片由 30～80 个蜡孔组成，腹部后几节背蜡片小型。各足基节有明显蜡孔群，腹部腹面有零星小圆蜡孔。胸部有气门 1 对；腹部有气门 5 对，气门小圆形关闭，气门片黑色。节间斑不显。体背毛极短，各蜡片中有毛基孔 6～10 个，位于蜡孔群中，毛不长于毛基孔，腹部腹面毛长，长于背毛数倍。头顶圆形。触角 3 节，节 Ⅲ、Ⅳ 愈合，有皱纹，长 0.11mm，为体长的 0.12 倍；节 Ⅲ 长 0.06mm，节 Ⅰ～Ⅲ 长度比例：38：34：100；各节有毛 1 或 2 根，末节鞭部顶端有毛 4 根，节 Ⅲ 毛极短，长为该节端部最宽直径的 1/5；原生感觉圈小型，节 Ⅲ 中部及端部各有 1 个，有时中部缺。喙端部达后足基节，节 Ⅳ＋Ⅴ 盾状，长 0.04mm，为基宽的 1.20 倍，为后足跗节 Ⅱ 的 0.85 倍，有毛 2～3 对。足粗短，光滑。后足股节长 0.08mm，为该节中宽的 2.50 倍，为触角节 Ⅲ 的 1.30 倍；后足胫节长 0.10mm，为体长的 0.11 倍；足毛少，后足胫节毛长为该节端部最宽直径的 1/4。无腹管。尾片舟形，有短毛 1 对。尾板末端平圆形，有长毛 12～16 根。

生物学　原生寄主为云杉 Picea asperata、红皮云杉 P. koraiensis，次生寄主为落叶松 Larix gmelini。生活周期为异寄主全周期复迁式，世代交替复杂，在云杉上产生雌雄两性蚜，交配后产卵，受精卵孵出干母若蚜后，以干母 1 龄若虫在云杉冬芽上越冬。次年在云杉上形成虫瘿，8 月中旬虫瘿开裂，有翅迁移蚜迁飞到落叶松上产卵，以 1 龄若蚜在 9 月中旬开始越冬。第 3 年 5 月初发育为无翅孤雌侨蚜，其下代产生有翅性母蚜迁回云杉上。如此经两年以上完成一个生活周期。

分布　内蒙古（鄂伦春旗）、辽宁、吉林（敦化、珲春）、黑龙江（带岭、牡丹江、绥芬河、绥化、五营、伊春）、河北；俄罗斯，加拿大。

2. 松球蚜属 *Pineus* Shimer, 1869

Pineus Shime, 1869：383.

Pineus Shimer：Carter, 1971：32；Blackman *et* Eastop, 1994：834.

属征　体型小，体长 0.70～1.50mm。无翅成蚜腹部节 Ⅵ 气门缺失，若蚜气门不明显。体背蜡片发达，在云杉属植物越冬的 1 龄若蚜头部背面和胸部背面有多边形蜡孔，边缘有双线环绕。有翅成蚜后翅斜脉不明显。在云杉属 Picea 和松属 Pinus 植物间转主寄生，以 1 龄若蚜在云杉属植物越冬，或在其中一类植物上营不全周期生活。虫瘿纺锤形，长为直径的 3.00～4.00 倍，仅有 1 室。

世界已知 24 种，中国已知 11 种，本志记述 1 种。

(3) 红松球蚜 *Pineus cembrae pinikoreanus* Zhang *et* Fang, 1981（图 36）

Pineus cembrae pinikoreanus Zhang *et* Fang, 1981：15.

Pineus cembrae pinikoreanus Zhang *et* Fang：Zhang *et* Zhong, 1983：72.

特征记述

无翅孤雌蚜　体卵圆形，体长 1.30mm，体宽 1.00mm。玻片标本头部与前胸愈合，深色骨化；腹部分节明显。触角、足、喙、产卵器骨化深色，尾片、尾板淡色。体表微显横纹，头部有皱纹。中、后胸背板及腹部背片 Ⅰ 中、侧、缘斑明显，从胸部到腹部背斑逐渐变小，其他节淡色无斑纹。蜡片明显，由葡萄状蜡孔组成。头部背面和前胸

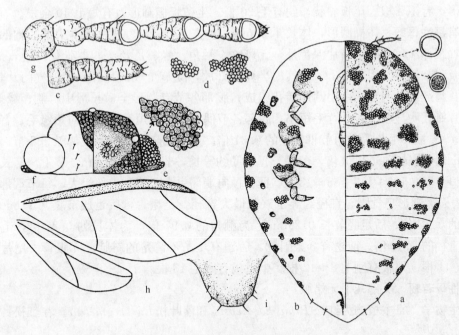

图 36　红松球蚜 *Pineus cembrae pinikoreanus* Zhang *et* Fang

无翅孤雌蚜（exulis）

a. 整体背面观（右侧）（dorsal view（right）of body）；b. 整体腹面观（左侧）（ventral view
（left）of body）；c. 触角（antenna）；d. 胸部蜡片（wax plate of thorax）。

有翅孤雌蚜（gallicola）

e. 头部背面观（右侧）（dorsal view（right）of head）；f. 头部腹面观（左侧）（ventral view
（left）of head）；g. 触角（antenna）；h. 前、后翅（wings）；i. 尾片（cauda）。

背板共有 16～20 个蜡片，每片一般由 40 个左右的蜡孔组成；中额、缘域上方和后缘各
有 1 对蜡片，由 70 余个小圆形蜡孔组成，各蜡孔有双层边缘，最大的蜡孔直径约等于
小眼面直径；中、后胸背板、腹部背片 I、II 各有 3 对蜡片，由 7～40 余个蜡孔组成；
腹部背片 III～VII 各有 1 对侧蜡片；中、后胸背板各有 1 个 70 余孔缘蜡片，腹部各节背
片各有 1 个由 40 余个蜡孔组成的缘蜡片；腹部背片 VIII 缺蜡片。头部和前胸腹面各有 1
对蜡片，中、后胸及腹部各节腹面有多孔的侧、缘蜡片各 1 对。腹部节 I～V 气门圆形
关闭，节 I～IV 气门片骨化深色。中胸腹岔两臂分离。体背毛短，腹部背片 I～VII 有
中、侧毛各 1 对，缘毛 1 或 2 对，背片 VIII 有毛 2 对。头顶毛、腹部背片 I 缘毛、背片 VIII
毛长分别为触角节 III 直径的 0.30 倍、0.30 倍、0.36 倍。头顶圆形。复眼由 3 个小眼面
组成。触角 3 节，短粗，各节有透明圆形孔纹，全长 0.12mm，节 I、II 之和约与节 III
等长，各节有短毛 1～3 根。喙粗大，端部超过中足基节，节 IV＋V 圆锥形，长
0.07mm，约等于或稍长于基宽，为后足跗节 II 的 1.50 倍，顶端有 1 排长毛，另有短刚
毛 3～5 对。足短粗，后足股节长 0.11mm，约与触角等长或稍短，长为宽的 1.20 倍；
后足胫节长 0.10mm，短于股节，为体长的 0.08 倍；跗节 I 短小，长为跗节 II 的 0.10
倍。足毛少，后足胫毛长为该节直径的 0.20 倍；跗节 I 毛序：2，2，2。无腹管。尾片

宽圆形，有毛 4 根。尾板瘤状，约有毛 20 根。生殖板椭圆形，有短毛 40 余根。

有翅性母蚜　体椭圆形，体长 1.30mm，体宽 0.64mm。玻片标本头部、胸部骨化黑色，腹部淡色，除缘蜡片深色外，无斑纹。触角、喙、足及产卵器骨化深色，尾片、尾板及跗节淡色。腹部节Ⅰ～Ⅴ气门半环形开放，除节Ⅰ气门片外，其他气门片骨化。头部、胸部蜡片明显，由小圆形蜡孔组成；腹部各节有圆形至横长形中、侧、缘蜡片，缘蜡片蜡孔明显较多。体背毛短小，腹部各节偶有中、侧短毛，有 1 对短缘毛；背片Ⅷ有毛 4～6 根，毛长为触角节Ⅲ直径的 0.31 倍。中额稍隆，额瘤不显。触角 5 节，全长 0.30mm，为体长的 0.23 倍，节Ⅲ、Ⅳ、Ⅴ约等长，节Ⅲ长 0.07mm，节Ⅰ～Ⅴ长度比例：51：58：100：116：85+18，节Ⅲ、Ⅳ向端部粗大，节Ⅴ中部粗大，每节端部均有 1 个大横椭圆形感觉圈，直径约等于该节最大直径。足粗大，后足股节长 0.21mm，为触角的 0.70 倍；后足胫节长 0.29mm，为触角的 0.97 倍，为体长的 0.22 倍，毛长为该节直径的 0.43 倍。前翅有 3 条斜脉，后翅有 1 条不清楚的斜脉。无腹管。尾片有刚毛 9～11 根。尾板有刚毛 8～12 根。生殖板有刚毛 15 根。

性母若蚜　头部几乎无蜡腺。

生物学　寄主植物为红松 *Pinus koraiensis* 和落叶松 *Larix gmelini*。在红松针叶取食。

分布　辽宁（沈阳、铁岭）、黑龙江（带岭、凉水）。

二、根瘤蚜科 Phylloxeridae

体小型。体表无或有时有蜡粉。无翅孤雌蚜及若蚜触角 3 节，仅有 1 个感觉圈。复眼由 3 个小眼面组成。头部和胸部之和长于腹部。腹管缺。尾片半月形。罕见有产卵器。有翅孤雌蚜触角仅 3 节，仅有 2 个纵长感觉圈。前翅仅有 3 条斜脉：1 根中脉和 2 根共柄的肘脉；后翅缺斜脉；静止时翅平叠于体背。中胸盾片不分为两片。性蚜无喙；不活泼。孤雌蚜和性蚜均卵生。

该科蚜虫大多营同寄主周期生活，仅有时营异寄主全周期生活。寄主植物为栗属植物 *Castanea* spp.、栎属植物 *Quercus* spp.、山核桃属植物 *Carya* spp.、梨属植物 *Pyrus* spp.、柳属植物 *Salix* spp. 和葡萄 *Vitis vinifera* 等。

世界已知 13 属 60 种，中国已知 6 属 6 种，本志记述 3 属 3 种。

属　检　索　表

（无翅孤雌蚜）

1. 体表有蜡片，活体被白色蜡质绒毛；寄主为杨柳科及紫树科植物 …………… **倭蚜属 Phylloxerina**
　体表无蜡片，活体不被蜡质 ……………………………………………………………… 2
2. 体表有发达的背瘤；寄主植物为板栗 ………………………………………… **摹矮蚜属 Moritziella**
　体表无发达的背瘤；寄主植物为葡萄 ……………………………………… **葡萄根瘤蚜属 Viteus**

3. 摹矮蚜属 *Moritziella* Börner, 1908

Moritziella Börner, 1908：600. **Type species**：*Phylloxera corticalis* Kaltenbach, 1867：44.

Moritziella Börner：Blackman *et* Eastop, 1994：756；Jiang *et al*., 2006：272.

属征 体型小。触角短。体背瘤骨化发达。腹部节Ⅱ～Ⅴ无气门。有产卵器。寄主为壳斗科 Fagaceae 栗属植物 *Castanea* spp. 和栎属植物 *Quercus* spp. 。

世界已知2种，中国已知1种，分布于亚洲东部。模式种分布于欧洲，后被传入澳大利亚和新西兰。

(4) 栗苞蚜 *Moritziella castaneivora* Miyazaki，1966（图37）

Moritziella castaneivora Miyazaki，1966：400.

Moritziella castaneivora Miyazaki：Blackman *et* Eastop，1994：756；Jiang *et al*.，2006：272.

特征记述

无翅孤雌蚜 体型小，体长0.87～1.02mm，体宽0.53～0.62mm。活体黄褐色，体背瘤灰黑色。玻片标本黑褐色，头部和胸部分节不明显，头胸部宽大，长度之和大于腹部，且向腹部渐细，呈倒梨形。触角、喙、体背瘤、足、尾片、尾板、外生殖器及生殖板黑色。腹部背片Ⅵ～Ⅷ背斑黑色；背片Ⅵ背斑小，不连续；背片Ⅶ、Ⅷ背斑连接为宽横带。体表布满鳞片状突起和发达的背瘤。背瘤分布于头部、胸部和腹部节Ⅰ～Ⅵ，头部有背瘤5或6对，前胸有中、侧、缘瘤各2对，中胸和后胸分别有中、侧瘤各1对、缘瘤2对，腹部背片Ⅰ有中、侧、缘瘤各1对，腹部背片Ⅱ～Ⅵ有中、缘瘤各1对；背瘤在头胸部为短棒状，长0.05～0.07mm，宽0.02mm，长为触角节Ⅲ最宽直径的2.50～3.50倍，在腹部逐渐缩小过渡到半球状；背瘤表面有粗刺突。仅前胸和中胸

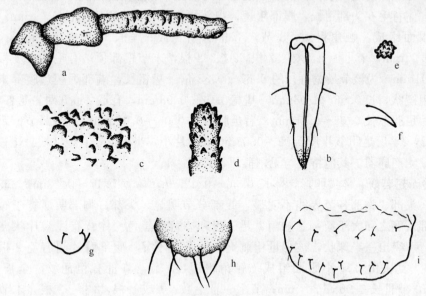

图37 栗苞蚜 *Moritziella castaneivora* Miyazaki
无翅孤雌蚜（apterous ovipara）

a. 触角（antenna）；b. 喙节Ⅳ＋Ⅴ（ultimate rostral segment）；c. 体表突起（dorsal sculptures of body）；d. 头部背瘤（dorsal tubercle on head）e. 腹部背瘤（dorsal tubercle on abdomen）；f. 爪间毛（setae between claws）；g. 尾片（cauda）；h. 尾板（anal plate）；i. 生殖板（genital plate）。

各有 1 对圆形或卵圆形气门，关闭，气门片黑色隆起，表面有鳞片状突起。体背毛少，短小，不明显；腹部背片 Ⅷ 有毛 6～8 根，毛长 0.03～0.04mm。复眼由 3 个小眼面组成。触角粗短，3 节，各节表面粗糙，节 Ⅲ 有粗瓦纹；全长 0.18～0.22mm，为体长的 0.18～0.24 倍，节 Ⅲ 长 0.10～0.12mm，节 Ⅰ～Ⅲ 长度比例：36∶41∶100；触角毛短，节 Ⅰ～Ⅲ 毛数：0 或 1 根，0 或 1 根，0～2 根，末节鞭部顶端有极短毛 2 或 3 根；节 Ⅲ 毛长 0.03～0.05mm，为该节最宽直径的 1.50～2.50 倍；节 Ⅲ 端部有原生感觉圈 1 个。喙粗长，端部达腹部节 Ⅰ～Ⅲ，喙节 Ⅳ＋Ⅴ 粗楔状，长 0.10～0.12mm，为基宽的 3.17～4.00 倍，为后足跗节 Ⅱ 的 2.11～3.14 倍；有毛 2 对。足各节正常，粗短；后足股节长 0.08～0.11mm，为触角节 Ⅲ 的 0.80～1.00 倍；后足胫节长 0.10～0.12mm，为体长的 0.11～0.14 倍；跗节 2 节，跗节 Ⅰ 毛序：2，2，2。爪间毛锤状，细长。无腹管。尾片小，半圆形，有毛 2 根。尾板半月形，有毛 6～9 根，生殖板宽椭圆形，有毛 13～17 根。有产卵器。

卵　宽卵圆形，长 0.33～0.40mm，宽 0.17～0.23mm，长为宽的 1.75～2.23 倍。初产卵为淡绿色，后逐渐变为黄色，有光泽。胚胎发育在卵内进行，发育后期可透过卵壳观察到红色复眼。

1 龄无翅若蚜　体尖卵形，体长 0.30～0.33mm，体宽 0.14～0.16mm。玻片标本黑褐色，身体分节明显，头部、胸部略宽于腹部，头部、胸部长度之和大于腹部。触角、足、喙及体背瘤黑色。体背有皱纹。体背瘤扁平，自头部向腹部渐短，每瘤有粗长毛 1 根。体背毛在头部粗长，腹部粗短；腹部背片 Ⅷ 有毛 2 根，毛长 0.01mm。复眼由 3 个小眼面组成。触角粗短，3 节，节 Ⅲ 有粗瓦纹；全长 0.10～0.12mm，节 Ⅲ 长 0.06～0.07mm；节 Ⅰ～Ⅲ 毛数：2 根，2 根，2 根，末节鞭部顶端有毛 2 或 3 根；节 Ⅲ 毛长 0.01mm，为该节最宽直径的 0.67～0.83 倍。喙粗长，端部远超过腹部末端；节 Ⅳ＋Ⅴ 粗楔状，长 0.06～0.08mm，基宽 0.02～0.03mm，有毛 2 或 3 对。足各节正常，粗短；后足股节长 0.05～0.06mm，后足胫节长 0.05～0.06mm；跗节 2 节，跗节 Ⅰ 毛序：2，2，2，后足跗节 Ⅱ 长 0.02～0.03mm。尾片小，半圆形，有毛 2 根。尾板和生殖板不显。无产卵器。其他特征与无翅孤雌蚜相似。

2 龄无翅若蚜　体尖卵形，体长 0.36～0.42mm，体宽 0.17～0.22mm。玻片标本黑褐色，头部、胸部各节界线不明显，腹部分节明显。头部、胸部明显宽于腹部，头部、胸部长度之和大于腹部。触角、足、喙和体背瘤黑色。体背有浅鳞片状突起和皱纹。体背瘤突出呈半球状，被少量粗刺突。体背毛不显；腹部背片 Ⅷ 有毛 2 根，毛长 0.01mm。复眼由 3 个小眼面组成。触角粗短，3 节，节 Ⅲ 有粗瓦纹；全长 0.11～0.12mm，节 Ⅲ 长 0.06～0.07mm；节 Ⅰ～Ⅲ 毛数：1 或 2 根，2 根，2 根，末节鞭部顶端有毛 2 或 3 根；节 Ⅲ 毛长 0.01mm，为该节最宽直径的 0.43～0.57 倍。喙粗长，端部达腹部节 Ⅲ 至超过腹部末端；节 Ⅳ＋Ⅴ 粗楔状，长 0.06～0.08mm，基宽 0.02mm，有毛 2 对。足各节正常，粗短；后足股节长 0.05～0.06mm，后足胫节长 0.06mm；跗节 2 节，跗节 Ⅰ 毛序：2，2，2，后足跗节 Ⅱ 长 0.03mm。尾片小，半圆形，有毛 2 根。有尾板和生殖板，轮廓不清晰。无产卵器。其他特征与无翅孤雌蚜相似。

3 龄或 4 龄无翅若蚜　（3 龄和 4 龄若蚜形态特征十分接近，难以区分，在此一并描记）体宽卵形，体长 0.73～0.77mm，体宽 0.38～0.49mm。玻片标本黑褐色，各体节界线不明显，头部、胸部明显宽于腹部，头部、胸部长度之和大于腹部。触角、足、喙和体背瘤黑色。体背有小型鳞片状突起。体背瘤在头部、胸部突出，呈小短棒状，在腹部呈半球状，被粗刺突。体背毛不显；腹部背片Ⅷ有毛 4～6 根，毛长 0.01～0.02mm。复眼由 3 个小眼面组成。触角粗短，3 节，节Ⅲ有粗瓦纹；全长 0.14～0.16mm，节Ⅲ长 0.08～0.09mm；节Ⅰ～Ⅲ毛数：2 根，2～4 根，2 根，末节鞭部顶端有毛 2 或 3 根；节Ⅲ毛长 0.01mm，为该节最宽直径的 0.30～0.38 倍。喙粗长，端部至少达腹部节Ⅲ，一般不超过腹部末端；节Ⅳ＋Ⅴ粗楔状，长 0.10～0.11mm，基宽 0.03mm，有毛 2～4 对。足各节正常，粗短；后足股节长 0.08～0.09mm，后足胫节长 0.08～0.10mm；跗节 2 节，跗节Ⅰ毛序：2，2，2，后足跗节Ⅱ长 0.04～0.05mm。尾板和生殖板明显，生殖板有毛 9～11 根。无产卵器。其他特征与无翅孤雌蚜相似。

生物学 寄主植物为日本栗 *Castanea crenata* 和板栗 *C. mollissima*。目前记载在日本、韩国及我国辽宁为害日本栗，在浙江为害板栗，在山东同时为害日本栗和板栗。栗苞蚜为害初期主要在当年生枝叶和雌花取食，在栗苞形成后转到苞刺基部群居，受害苞刺和栗苞表面变黄，直至褐色干枯。部分受害栗苞在果实未成熟时就提前开裂，栗苞蚜随即迅速转入栗苞，在其内壁和坚果上为害。受害坚果表面变为褐色，果皮干枯开裂，种子易发霉腐烂。前期造成受害植株栗苞脱落或发育迟缓，推迟成熟开裂，品质下降；后期造成大量栗苞和栗果提前开裂，种子脱落或腐烂，严重者整株颗粒无收。栗苞蚜世代重叠现象显著，每年发生 10～15 代，一个世代约 30 天。根据不同环境分别以卵或以卵和成虫越冬，如在辽宁以卵在苞刺束和树皮裂缝处越冬，在浙江以卵和成虫在栗苞内越冬。每年 4 月下旬至 5 月中旬越冬卵开始孵化，若蚜孵出后 7 天左右成熟，在苞刺基部或分叉处产卵，15～25 天即可孵化。栗苞蚜的扩散主要在若虫阶段进行，2 龄、3 龄若蚜善于爬行，活动能力比成蚜强，每分钟可爬行 3.00～4.00cm，成虫仅 1.00～2.00cm。随树龄的增长虫口密度增加，传播蔓延的速度增快。已观察到栗苞蚜的天敌有瓢虫、猎蝽和草蛉等。

分布 辽宁（凤城）、山东、浙江；日本，韩国。

4. 倭蚜属 *Phylloxerina* Börner，1908

Phylloxerina Börner，1908：94. **Type species**：*Pemphigus salicis* Lichtenstein，1884.

Phylloxerina Börner：Blackman *et* Eastop，1994：832；Zhang，1999：117.

属征 活体被白色蜡质绒毛。体背蜡片发达。腹部有气门 5 或 6 对，节Ⅰ气门不退化，与其他各节气门相同；产卵器及生殖毛缺。寄主为杨柳科 Salicaceae 及蓝果树科 Nyssaceae 植物。分布于欧亚大陆及北美洲。

世界已知 7 种，中国已知 1 种，本志记述 1 种。

(5) 柳倭蚜 *Phylloxerina salicis* (Lichtenstein，1884) (图 38)

Pemphigus salicis Lichtenstein，1884：47.

Phylloxera salicis Bodenheimr *et* Swirski，1951：330.

Phylloxerina salicis (Lichtenstein)：Zhang *et al.*，1985：287；Blackman *et* Eastop，1994：833；
  Zhang，1999：117.

特征记述

无翅孤雌蚜　体卵圆形，体长 0.62mm，体宽 0.43mm。活体灰白色，分泌长蜡丝。玻片标本淡色，无斑纹。头部与前胸背板愈合，头胸部之和长于腹部，腹部各节分节明显。体表有皱曲纹，各蜡片周围更明显。体表蜡片发达，大型蜡片由 20～30 个蜡孔组成，小型蜡片由 6～15 个蜡孔组成；头部有头顶蜡片 2 对，头背蜡片 4 对，前胸背板有中侧蜡片 5 或 6 对，缘蜡片 2 对；中胸背板有中侧蜡片 4 对，缘蜡片 2 对；后胸背板有中侧蜡片 3 对，缘蜡片 1 对，有时 2 对；腹部背片Ⅰ～Ⅲ各有中侧蜡片 3 对，背片Ⅳ～Ⅵ各有中侧蜡片 2 对，背片Ⅶ有中侧蜡片 1 对，背片Ⅰ～Ⅶ各有缘蜡片 1 对，背片Ⅷ蜡片不明显。复眼由 3 个小眼面组成。体背毛短小尖锐，各蜡片上有短毛 1 根，腹部背片Ⅷ有毛 2 对。头顶弧形。触角 3 节，光滑，全长 0.07mm，为体长的 0.12 倍，节Ⅲ长 0.04mm，节Ⅰ～Ⅲ长度比例：45：55：100；各节有不明显的短毛 1 或 2 根，末节端部有毛 4 或 5 根；节Ⅲ顶端有原生感觉圈，有副感觉圈围绕。喙长大，端部伸达腹部节Ⅵ，节Ⅳ＋Ⅴ长茅状，长 0.09mm，为基宽的 4.00 倍，为后足跗节Ⅱ的 4.80 倍，有原生刚毛 2 对，次生刚毛 1 对。足短粗，光滑，少毛；后足股节长 0.05mm，为该节中宽的 1.80 倍，为触角节Ⅲ的 1.20 倍；后足胫节长 0.04mm，为该节中宽的 2.40 倍，为体长的 0.07 倍，后足跗节分节不明显，长 0.02mm，节Ⅰ毛不明显。无腹管。尾片半圆形，长 0.02mm，基宽 0.05mm，有毛 2 根。尾板末端圆形，有毛 18～20 根。

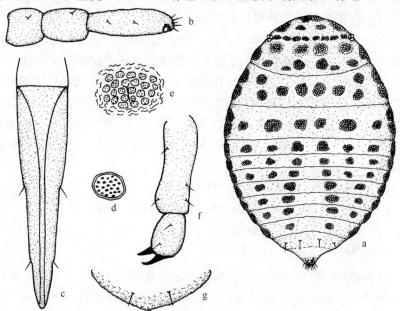

图 38　柳倭蚜 *Phylloxerina salicis* (Lichtenstein)

无翅孤雌蚜（apterous ovipara）

a. 整体背面观示体背蜡片（dorsal view of body, shown dorsal wax plate）；b. 触角（antenna）；c. 喙节Ⅳ＋Ⅴ（ultimate rostral segment）；d. 体背蜡腺（dorsal wax gland of body）；e. 体背蜡片（dorsal wax plate of body）；f. 后足胫节、跗节及爪（hind tibia, hind tarsi and claws）；g. 尾片（cauda）。

生物学 寄主植物为旱柳 *Salix matsudana* 等柳属植物。

分布 辽宁（沈阳）、山西；俄罗斯，蒙古国，日本；欧洲。

5. 葡萄根瘤蚜属 *Viteus* Shimer，1867

Viteus Shimer，1867：283：6. **Type species**：*Pemphigus vitifoliae* Fitch，1855.

Pergandea Börner：1009 nec Ashmead，1905：49.

Rhizaphis Planchon，1868：333.

Viteus Shimer：Zhang *et* Zhong，1983：76；Blackman *et* Eastop，2006：1347；Zhang，1999：117.

属征 无翅孤雌蚜活体鲜黄色至污黄色，有时淡黄绿色。体表及腹面有暗色突起棱形纹。复眼由 3 个小眼面组成。体毛短小。触角 3 节，粗短。喙粗大，端部达后足基节。无腹管。尾片末端圆形。有翅蚜触角 3 节，节Ⅲ有稍纵长圆形感觉圈 2 个。前翅翅痣很大，仅有 3 根斜脉，其中肘脉 1 与肘脉 2 共柄。

可在葡萄根部及叶片危害，在根部可形成根瘤，在叶片上可形成虫瘿。

世界已知 1 种，本志记述 1 种。

(6) 葡萄根瘤蚜 *Viteus vitifoliae*（Fitch，1855）（图 39）

Pemphigus vitifoliae Fitch，1855：705.

Viteus vitifoliae（Fitch，1855）：Zhang *et* Zhong，1983：76；Blackman *et* Eastop，2006：1347.

特征记述

无翅孤雌蚜 体卵圆形，末端狭长，体长 1.15～1.50mm，体宽 0.75～0.90mm。活体鲜黄色至污黄色，有时淡黄绿色。玻片标本淡色至褐色。触角及足深褐色。体表明显有暗色鳞形纹至棱形纹隆起，体缘（包括头顶）有圆形微突起，胸部、腹部各节背面各有 1 个深色横向大型瘤状突起。气门 6 对，大圆形，明显开放，气门片深色。中胸腹岔两臂分离。体毛短小，不甚明显，毛长为触角节Ⅲ直径的 0.20 倍。头顶弧形。复眼由 3 个小眼面组成。触角 3 节，粗短，有瓦纹，全长 0.16mm，为体长的 0.14 倍，节Ⅰ、Ⅱ约等长，节Ⅲ长 0.09mm，节Ⅰ～Ⅲ长度比例：33：33：100；节Ⅲ基部顶端有 1 个圆形感觉圈；节Ⅰ～Ⅲ各有毛 1 或 2 根，节Ⅲ顶端有毛 3 或 4 根。喙粗大，端部伸达后足基节，节Ⅳ＋Ⅴ长锥形，长约为基宽的 3.00 倍，为后足跗节Ⅱ的 2.20 倍，有 2 或 3 对极短刚毛。足短粗，胫节短于股节，后足股节长 0.10mm，为触角的 0.65 倍，为该节直径的 2.30 倍；后足胫节长 0.08mm，为触角的 0.50 倍，为体长的 0.07 倍，毛长为该节直径的 0.16 倍，后足跗节Ⅱ端部有 1 对棒状长毛从爪间伸出；跗节Ⅰ毛长，尖锐，毛序：2，2，2。无腹管。尾片末端圆形，有毛 6～12 根。尾板圆形，有毛 9～14 根。

有翅孤雌蚜 体长 0.90mm，体宽 0.45mm。初羽化时体淡黄色，翅乳白色，随后变为橙黄色，触角及足黑褐色，中、后胸深赤褐色，翅无色透明。触角 3 节，节Ⅲ有 2 个感觉圈，基部 1 个近圆形，端部 1 个近长圆形。中胸盾片中部不分开。静止时翅平叠于体背。前翅翅痣大，仅有 3 根斜脉，其肘脉 1 与 2 共柄。后翅缺斜脉。

孤雌卵 长椭圆形，长 0.30mm，宽 0.15mm，淡黄色，有光泽，后渐加深至暗黄绿色。

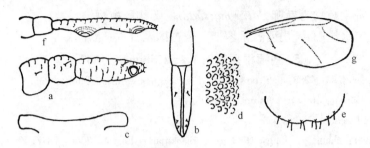

图 39　葡萄根瘤蚜 *Viteus vitifoliae* Fitch

无翅孤雌蚜（apterous ovipara）

a. 触角（antenna）；b. 喙节Ⅳ＋Ⅴ（ultimate rostral segment）；c. 中胸腹岔（mesosternal furca）；

d. 腹部背纹（dorsal scleroites on abdomen）e. 尾片（cauda）。

有翅孤雌蚜（alate ovipara）

f. 触角（antenna）；g. 前翅（fore wing）。

雄性卵　长 0.27mm，宽 0.14mm。

雄性蚜　体长宽与雄性卵相同，无翅，喙退化。

雌性卵　长 0.36mm，宽 0.18mm。

雌性蚜　体褐黄色，触角及足灰黑色。体长宽与雌性卵相同，无翅，喙退化；触角 3 节，节Ⅲ长约为节Ⅰ、Ⅱ之和的 2.00 倍，端部有 1 个圆形感觉圈。跗节 1 节。

生物学　寄主为葡萄 *Vitis vinifera* 等葡萄属植物。通常可为害美洲系葡萄和野生葡萄的根和叶，但只为害欧洲系葡萄根部；在美洲系葡萄品种上为全周期型，为害后叶片萎缩，形成豌豆状虫瘿，根部形成根瘤；在欧洲系葡萄品种上通常为不完全周期型，不在叶片上形成虫瘿。根部被害后肿胀形成根瘤，随后变色腐烂，受害根枯死，严重阻碍水分和养分的吸收和输送，造成植株发育不良，生长迟缓，树势衰弱，影响开花结果，严重时可造成部分根系甚至植株死亡。

国外记载葡萄根瘤蚜以卵在枝条或以各龄若蚜在根部越冬，每年可发生 5～8 代。春季在美洲品种枝上的越冬卵孵化，孵出的干母在叶片正面取食，形成虫瘿，并在虫瘿内产卵；8～10 天后孵化为干雌，营孤雌生殖 4 或 5 代后迁移至根部；夏、秋两季发生有翅性母蚜，从根部回迁到枝叶上，产生大小两类卵，分别孵化为无翅的雌、雄性蚜，交配后每头雌性蚜在二至三年生枝条上产越冬卵 1 枚。

传播途径：葡萄根瘤蚜原产于美洲，19 世纪中叶自美国传入欧洲和大洋洲，现已传播到各大洲 40 多个国家和地区。我国于 1895 年在烟台引种法国葡萄苗时被引入。葡萄根瘤蚜主要随带根的葡萄苗木调运而传播。在营全周期生活的地区，通常都有越冬卵附着在枝条上，会因将其用作插条而传播。此外还可借装运和耕作工具传播，在山区及灌溉区可由水传播。还可由若虫爬行进行近距离传播或有翅蚜借风力传播。

分布　辽宁、上海、山东、甘肃、云南、陕西、台湾；阿拉伯联合酋长国，阿塞拜疆，朝鲜，黎巴嫩，日本，塞浦路斯，土耳其，叙利亚，伊朗，伊拉克，以色列，约旦，爱尔兰，奥地利，保加利亚，波兰，德国，俄罗斯，法国，前捷克斯洛伐克，克罗地亚，罗马尼亚，马耳他，摩尔多瓦，葡萄牙，前南斯拉夫，瑞士，乌克兰，西班牙，希腊，匈牙利，亚美尼亚，意大利，阿尔及利亚，埃及，摩洛哥，南非，突尼斯，澳大利亚，新西兰，加拿大，美国，墨西哥，哥伦比亚，秘鲁，巴西，阿根廷。

Ⅱ　蚜总科 APHIDOIDEA

三、瘿绵蚜科 Pemphigidae

体表大都有蜡粉或蜡丝，一般有发达的蜡片。无翅孤雌蚜和若蚜复眼由 3 个小眼面组成。头部与前胸分离。喙节Ⅳ＋Ⅴ分节不明显。触角 5 或 6 节，末节鞭部很短，次生感觉圈条形、环形或片形。翅脉正常，前翅中脉一分叉或不分叉。后翅有 1 或 2 条斜脉。腹管孔状、圆锥状或缺。尾片、尾板宽半圆形。

性蚜无翅，体短小，与矿蚜科和短痣蚜科相近，但瘿绵蚜科性蚜无喙，这是该科的主要区分特征。性母蚜体内的胚胎无喙，在玻片标本中很容易观察其胚胎，由此来决定其成蚜是性母蚜还是孤雌蚜型。卵生性蚜仅产 1 粒卵，大小与性蚜本身相近。该科大都为异寄主全周期生活。其原生寄主为木本植物，次生寄主为草本植物或木本植物的根部。

世界已知 96 属 303 种，中国已知 31 属 130 种，本志记述 7 属 29 种。

亚科检索表
（在次生寄主上的无翅孤雌蚜）

1. 大都有腹管，环状，有时隆起，或有少数毛围绕；蜡腺中心有 1 或数个蜡胞，周围有一环大小相同的蜡胞；寄生在苹果、梨、榅桲、茶藨子、薹草，禾本科或唇形科植物根部，有时在枝或干上
　·· 绵蚜亚科 Eriosomatinae
　无腹管或腹管不明显，无毛围绕；蜡腺有或缺，若有，则由若干蜡胞组成但无中心区 ············ 2
2. 腹部背片Ⅲ～Ⅶ有 2～4 纵行蜡片，每片有毛 1 根；喙节Ⅳ＋Ⅴ有少数或无次生毛；转节与股节分离；后足跗节Ⅰ大都有毛 2 根；原生感觉圈大都有睫；寄生在松柏科、菊科、藜科、毛茛科、报春花科、豆科、伞形科，柳、榆等根部·················· 瘿绵蚜亚科 Pemphiginae
　缺蜡片或腹部背片Ⅲ～Ⅶ有 6 纵行蜡片，其上无毛或仅背片Ⅷ蜡片上有毛；喙节Ⅳ＋Ⅴ大都有次生毛 2～20 根；转节与股节大都愈合；后足跗节Ⅰ大都有毛 4 根或 4 根以上；仅少数种类原生感觉圈有睫；寄生在苔藓植物上，或在禾本科、莎草科、菊科及其他双子叶植物根部··················
　·· 五节根蚜亚科 Fordinae

（有翅孤雌蚜）

1. 触角次生感觉圈环状；前翅中脉一分叉或不分叉；后翅 2 条斜脉，其基部分离或仅 1 条斜脉；蜡片中心有 1 个或更多蜡胞，外有一环大小相同蜡胞环绕；有 2 个退化的生殖突或生殖毛不位于明显的生殖突上；原生寄主为榆科植物 ·················· 绵蚜亚科 Eriosomatinae
　触角次生感觉圈卵圆形、横椭圆形或亚环状；前翅中脉通常不分叉；蜡腺非上述特征或缺；有退化的生殖突 2 或 3 个 ··· 2
2. 次生感觉圈横窄亚环形；后翅 2 条斜脉基部彼此靠近，而 1 条纵脉 Rs 在此转折，三脉宛如灌丛状分开；蜡片蜂窝状；有 3 个退化的生殖突；原生寄主为杨属，忍冬科、木犀科、槭树科、苹果亚科等植物·· 瘿绵蚜亚科 Pemphiginae
　次生感觉圈圆形、卵圆形、横卵圆形、斧形或不规则形；后翅 2 条斜脉基部分开或靠近，但 1 条纵

脉 Rs 直，三脉不形成灌丛状；蜡片通常缺；有 2 个退化的生殖突；原生寄主为漆树科黄连木属及盐肤木属植物 ·· **五节根蚜亚科 Fordinae**

（一）绵蚜亚科 Eriosomatinae

有翅孤雌蚜触角 6 节，次生感觉圈窄条状，环形。前翅中脉一分叉或不分叉。后翅有 1 或 2 条斜脉。各足跗节 I 毛序在有翅孤雌蚜中为 3，3，3，无翅孤雌蚜为 2，2，2，有时跗节仅 1 节。蜡片通常有 1 个或多个蜡胞，围有一环小蜡胞。腹管存在或消失，在次生寄主上的成蚜一般有腹管。尾片末端圆形，较小，尾板末端圆形，较大。

大多数种类为异寄主全周期生活，榆属植物 *Ulmus* spp. 为原生寄主，次生寄主为各种树木、灌木或禾本科杂草。

属 检 索 表
（有翅孤雌蚜）

1. 触角节 III 明显长于节 IV＋V；前翅中脉分叉；腹管环状；原生寄主榆叶受害后紧紧向反面一侧或两侧卷起，旋转肿胀形成螺状伪虫瘿，或向反面卷缩肿胀为伪虫瘿，或向反面卷缩向正面胀大为直径 3.00～10.00cm 的伪虫瘿；可在次生寄主蔷薇科、杨柳科、虎耳草科、景天科、柳叶菜科、车前科、伞形科、唇形科和菊科植物根部生活 ······························· **绵蚜属 Eriosoma**
   触角节 III 与节 IV＋V 等长或较短；前翅中脉不分叉；腹管环状或缺；在原生寄主榆叶上营头状、尖椒形、鸡头形、三角形、多角形、七角八棱形有柄虫瘿，薄壁、厚壁甚至木质，表面光滑或有稀疏短毛，有次生开口，每叶有 1～5 个虫瘿，多的达 30 个；可在次生寄主禾本科根、菊科及百合科根部生活 ·· **四脉绵蚜属 Tetraneura**

6. 绵蚜属 *Eriosoma* Leach，1818

Eriosoma Leach，1818：60. **Type species**：*Aphis lanigerum* Hausmann，1802 ＝ *Eriosoma mali* Leach，1818.

Myzuoxylus Blot，1831：332.

Schizoneura Hartig，1839：645.

Mimaphidus Rondani，1848：35.

Afghanaphis Takahashi，1966：263.

Eriosoma Leach：Theobald，1929：273；Shinji，1941：536；Zhang *et* Zhong，1983：81；Remaudière *et* Remaudière，1997：233；Zhang，Qiao，Zhong *et* Zhang，1999：86；Zhang，1999：122.

属征 额瘤不显。复眼有眼瘤，突出。有翅孤雌蚜触角 6 节，触角节 III 明显长于节 IV＋V＋VI，次生感觉圈环状。前翅翅痣大，中脉一分叉。无翅孤雌蚜（次生寄主型）有 4 列蜡片。成蚜跗节 2 节。腹管环状。尾片圆形，小。尾板圆形，大。

世界已知 33 种，中国已知 13 种。本志记述 6 种。

种 检 索 表
（有翅孤雌蚜）

2. 触角全长短于 1.00mm；喙节Ⅳ＋Ⅴ长约为后足跗节Ⅱ的 1.00 倍；尾板有毛 31～37 根 ………… …………………………………………………………………………… **安绵蚜 *E. anncharlotteae***

触角全长 1.23mm；喙节Ⅳ＋Ⅴ长为后足跗节Ⅱ的 0.79 倍；尾板有毛 18～28 根 ……… **山榆绵蚜 *E. ulmi***

3. 触角节Ⅴ、Ⅵ分别有次生感觉圈 3～7 个，1 或 2 个 ………………………………………………… 4

触角节Ⅴ、Ⅵ分别有次生感觉圈 0～3 个，0 或 1 个 ………………………………………………… 5

4. 触角节Ⅲ～Ⅵ各有窄环形次生感觉圈 22～24 个，5 个，5～7 个，1 或 2 个；喙节Ⅳ＋Ⅴ长为后足 跗节Ⅱ的 1.10 倍；有次生毛 10～12 根；跗节Ⅰ毛序：3，3，3 ………………………………… …………………………………………………………… **榆绵蚜 *E. lanuginosum dilanuginosum***

触角节Ⅲ～Ⅵ各有环形次生感觉圈 17～18 个，3～5 个，3 或 4 个，2 个；喙节Ⅳ＋Ⅴ长为后足跗 节Ⅱ的 1.40 倍，有次生刚毛 6～8 根 ………………………………… **苹果绵蚜 *E. lanigerum***

5. 触角节Ⅴ＋Ⅵ长为节Ⅲ的 0.80 倍，节Ⅲ～Ⅵ分别有半环形次生感觉圈 12～18 个，2～4 个，1～3 个，1 个 ………………………………………………………………… **日本绵蚜 *E. japonicum***

触角节Ⅴ＋Ⅵ与节Ⅲ等长或稍长，节Ⅲ～Ⅵ分别有条状次生感觉圈 11～13 个，2 个，0 或 1 个，0 个 ………………………………………………………………………… **杨氏绵蚜 *E. yangi***

(7) 安绵蚜 *Eriosoma anncharlotteae* Danielsson，1979（图 40）

Eriosoma anncharlotteae Danielsson，1979：195.

Eriosoma anmcharlotteae Danielsson：Zhang *et al.*，1985：287；Blackman *et* Eastop，1994：676； Remaudière *et* Remaudière，1997：233；Zhang，Qiao，Zhong *et* Zhang，1999：87；Zhang，1999：123.

特征记述

有翅干雌蚜 体椭圆形，体长 1.49mm，体宽 0.56mm。活体褐色。玻片标本头 部、胸部黑色，腹部淡色，腹部背片Ⅰ～Ⅵ各有暗淡色横带；触角节Ⅰ、Ⅱ黑色，节 Ⅲ～Ⅳ、喙、足股节端部 2/3、胫节端部及跗节褐色；腹管黑色；尾片淡色；尾板及生 殖板灰黑色。体表光滑，无蜡片。气门圆形开放，气门片淡色。体背毛尖锐；头部有头 顶毛 2 对，头背毛 7 对；腹部背片Ⅰ～Ⅶ各有中侧毛 2 或 3 对，缘毛 2 或 3 对；背片Ⅷ 有中、缘毛各 1 对。头顶毛长 0.01mm，为触角节Ⅲ最宽直径的 0.21 倍；腹部背片Ⅰ 缘毛长 0.01mm，背片Ⅷ毛长 0.03mm。头顶呈弧形。触角 6 节，粗大，节Ⅴ、Ⅵ有小 刺突横纹；全长 0.70mm，为体长的 0.47 倍；节Ⅲ长 0.38mm，节Ⅰ～Ⅵ长度比例： 12：12：100：21：19：13＋6；触角毛极短，顶端毛长，节Ⅰ～Ⅵ毛数：2 或 3 根，3 或 4 根，12～15 根，2 或 3 根，3 或 4 根，2＋5 根，节Ⅲ毛长为该节最宽直径的 1/10， 顶端长毛长为其 1/3；次生感觉圈环状，节Ⅲ有 24～27 个，节Ⅳ有 4 或 5 个；原生感 觉圈椭圆形，有长睫。喙端部达中足基节，节Ⅳ＋Ⅴ长楔状，长 0.12mm，为基宽的 2.90 倍，短于或至多为后足跗节Ⅱ的 1.10 倍，有原生短毛 2 对，其中次生短毛 3 或 4 对。足有皱褶纹，但跗节光滑。后足股节长 0.29mm，为触角节Ⅲ的 0.75 倍；后足胫 节长 0.53mm，为体长的 0.36 倍，长毛为该节最宽直径的 0.71 倍；跗节Ⅰ毛序：3， 3，2。前翅中脉一分叉，后翅 2 条斜脉。腹管短环状，端径周围有短毛 6～9 根，端径 0.05mm，与触角节Ⅲ最宽直径约相等。尾片馒头形，光滑，长 0.04mm，为基宽的 0.39 倍，有毛 1 对。尾板末端平圆形，有长短粗毛 31～37 根。生殖板有毛 16 或 17 根，其中有前部毛 4 根。

生物学 原生寄主为榆树 *Ulmus pumila*；次生寄主为高山茶藨子 *Ribes alpinum*（根部）。在高纬度或高海拔地区于6～7月，在榆幼叶反面取食，使叶从边缘向反面纵卷，肿胀皱缩，成为伪虫瘿变红。

分布 黑龙江（克东）、河北；瑞典。

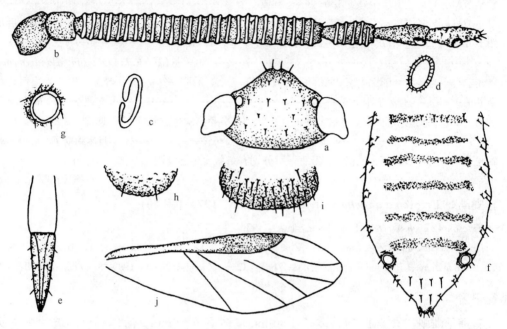

图 40 安绵蚜 *Eriosoma anncharlotteae* Danielsson

有翅干雌蚜（alate fundatrigenia）

a. 头部背面观（dorsal view of head）；b. 触角（antenna）；c. 次生感觉圈（secondary rhinarium）；d. 原生感觉圈（primary rhinarium）；e. 喙节Ⅳ＋Ⅴ（ultimate rostral segment）；f. 腹部背面观（背片Ⅱ～Ⅵ中侧毛省略）（dorsal view of abdomen, not showing spinal and pleural hairs on abdominal tergites Ⅱ～Ⅵ）；g. 腹管（siphunculus）；h. 尾片（cauda）；i. 尾板（anal plate）；j. 前翅（fore wing）.

(8) 日本绵蚜 *Eriosoma japonicum* (Matsumura, 1917)（图41）

Schizoneura japonicum Matsumura, 1917：82.

Eriosoma japonicum（Matsumura）：Akimoto, 1983：51；Remaudière *et* Remaudière, 1997：233；Zhang, Qiao, Zhong *et* Zhang, 1999：94.

特征记述

无翅干母蚜 体卵圆形，体长2.33mm，体宽1.74mm。活体褐色，被白粉。玻片标本头部与前胸褐色，中、后胸及腹部淡色膜质，腹部背片Ⅶ、Ⅷ暗色。各附肢黑褐色。体表光滑，有明显深色大型蜡片，头部背面前部有1对圆形蜡片，中部有1对大型肾状蜡片；各胸节背板有圆形中、侧、缘蜡片各1对；腹部背片Ⅰ～Ⅶ各有缘蜡片1对，中侧蜡片2或3对，背片Ⅷ有带状蜡片；各蜡片均含百个圆形蜡胞。气门圆形开放，气门片黑色。节间斑不显。体背毛尖锐；头部有头顶毛2对，头背毛6对；前胸背板有中毛5对，侧、缘毛各2对；腹部背片Ⅰ有中侧毛15对，缘毛5对，背片Ⅱ～Ⅵ

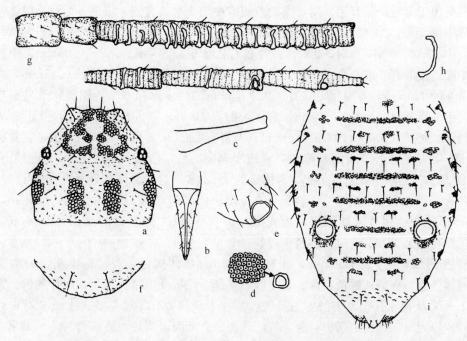

图 41　日本绵蚜 *Eriosoma japonicum*（Matsumura）

无翅干母蚜（fundatrix）

a. 头部与前胸背面观（dorsal view of head and pronotum）；b. 喙节Ⅳ＋Ⅴ（ultimate rostral segment）；c. 中胸腹岔（右侧）（right part of mesosternal furca）；d. 背蜡片及蜡孔（dorsal wax plate and wax pores of body）；e. 尾片（cauda）。无翅干雌蚜（apterous fundatrigenia）；f. 腹管（siphunculus）。

有翅干雌蚜（alate fundatrigenia）

g. 触角（antenna）；h. 次生感觉圈（secondary rhinaria）；i. 腹部背面观（dorsal view of abdomen）。

各有中侧毛 20～22 对，缘毛 7 或 8 对，背片Ⅶ有中侧毛 3 对，缘毛 2 对，背片Ⅷ有毛 2 对。头顶毛长 0.06mm，为触角节Ⅲ最宽直径的 1.60 倍，背片Ⅰ毛长 0.02～0.05mm，背片Ⅷ长毛长 0.05mm。中额及额瘤不隆。触角 5 节，粗糙，节Ⅲ～Ⅴ有小刺突组成横瓦纹；全长 0.41mm，为体长的 0.18 倍；节Ⅲ长 0.19mm，节Ⅰ～Ⅴ长度比例：22：23：100：39：30；节Ⅰ～Ⅴ毛数：6 或 7 根，4 或 5 根，13～15 根，7～9 根，（5 或 6）＋（4 或 5）根，节Ⅲ毛长为该节最宽直径的 0.62 倍；节Ⅳ、Ⅴ原生感觉圈位于顶端，有长睫。喙短小，端部不达中足基节，总长 0.29mm。足各节有皱曲纹；后足股节长 0.34mm，为触角节Ⅲ的 1.70 倍；后足胫节长 0.44mm，为体长的 0.19 倍，毛长为该节最宽直径的 0.67 倍；跗节Ⅰ毛序：3，3，3，各跗节Ⅱ背面有 1 对长毛，顶端球状。无腹管。尾片末端圆形，长 0.06mm，为基宽的 0.39 倍，有长毛 1 对。尾板多毛，密布蜡孔。

无翅干雌蚜　体椭圆形，体长 2.05mm，体宽 1.10mm。玻片标本体淡色，无斑纹，各附肢淡褐色。体表膜质，有明显细横瓦纹及网纹；有圆形及多棱形蜡胞组成的蜡片；头顶及头背布满蜡胞，胸部各节背板中、侧、缘蜡片不甚明显；腹部背片Ⅷ有带状蜡片；各足基节有 1 个圆形蜡片。气门圆形开放，气门片淡色。节间斑不显。中胸腹岔淡色，两臂分离，各臂横长 0.12mm，为触角节Ⅴ的 0.92 倍。体背毛尖锐，长短不等；

头部有头顶毛2对，头背毛6对；前胸背板有中毛3对，有侧、缘毛各2对；腹部背片
Ⅰ～Ⅷ中侧毛数：14根，20根，22根，14根，10根，4根，3根，缘毛数：4对，7
对，8对，7对，5对，2对，2对，背片Ⅷ有毛2根；各毛长0.02～0.06mm。中额及
额瘤不隆。复眼有5或6个小眼面。喙端部不达中足基节，节Ⅳ＋Ⅴ长0.15mm，为后
足跗节Ⅱ的1.15倍，有原生毛3对，次生毛5或6对。触角6节，粗糙，节Ⅲ～Ⅵ有
粗刺突组成横瓦纹；全长0.82mm，为体长的0.40倍；节Ⅲ长0.34mm，节Ⅰ～Ⅵ长
度比例：17：17：100：32：39：26＋11；节Ⅲ有毛21～26根，毛长为该节最宽直径的
0.74倍。足股节、胫节端部及跗节有稀疏小刺突。后足股节长0.43mm，为触角节Ⅲ
的1.30倍；后足胫节长0.57mm，为体长的0.28倍，毛长为该节最宽直径的1/2；跗
节Ⅰ各有1对长毛及1根短毛。腹管呈有毛圆锥体，基宽0.21mm，端径0.08mm，有
长毛10～21根。尾片末端圆形，较光滑，长0.04mm，为基宽的0.31倍，有长毛1
对。尾板有长毛11或12根。生殖板馒状，有长毛15或16根。

有翅干雌蚜　体长1.92mm，体宽0.81mm。活体褐色。玻片标本头部、胸部黑
色，腹部淡色，有斑；触角、喙、足、腹管基部、尾板及生殖板黑色，尾片灰色。腹部
背片Ⅰ～Ⅴ及Ⅷ各有1个小型缘毛基斑，背片Ⅰ～Ⅷ各有零星毛基斑1或2对，有时
缺，背片Ⅷ无斑。气门小圆形开放，气门片黑色。节间斑明显，腹部背片Ⅰ～Ⅶ各有1
个窄带状，两侧各有1个块状节间斑。体背毛尖锐，背片Ⅰ～Ⅶ各有缘毛3～7对，背
片Ⅰ、Ⅷ大多有缘毛2对；背片Ⅰ、Ⅵ各有中侧毛5或6根，背片Ⅱ～Ⅳ各有中侧毛
8～12根，背片Ⅴ、Ⅵ各有中侧毛5或6根，背片Ⅶ有中侧毛2或3根，背片Ⅷ有毛2
根。头顶毛长0.03mm；为触角节Ⅲ最宽直径的0.61倍；背片Ⅰ毛长0.02mm，背片
Ⅷ毛长0.04mm。头顶平。触角6节，粗糙，节Ⅰ、Ⅱ有皱褶纹，节Ⅲ～Ⅵ有小刺突组
成横纹；全长0.82mm，为体长的0.43倍；节Ⅲ长0.32mm，节Ⅰ～Ⅵ长度比例：
16：15：100：31：40：28＋12；节Ⅲ有毛11～16根，毛长为该节直径的0.31倍；节
Ⅲ～Ⅵ分别有半环形次生感觉圈12～18个，2～4个，1～3个，1个，节Ⅲ次生感觉圈
分布于全长；节Ⅴ、Ⅵ原生感觉圈条状，下端附加圆形，有睫。喙端部不达中足基节，
节Ⅳ＋Ⅴ长楔状，长0.14mm，为基宽的2.70倍，为后足跗节Ⅱ的0.97倍，有原生毛
3对，次生毛5～7对。后足股节长0.45mm，后足胫节长0.72mm，后足跗节Ⅱ长
0.15mm。腹管大型孔状，呈半环形，下半环呈黑斑，无缘突和切迹；端径0.07mm，
为触角节Ⅲ直径的1.80倍，周围有短尖毛10～12根，毛长为端径的1/4。尾片半球
形，光滑，有长毛2根。尾板末端平圆形，有毛10根。生殖板馒状，长毛16～18根，
生殖突有短毛10～12根。

生物学　原生寄主为榆树 *Ulmus pumila* 和裂叶榆 *U. laciniata*，日本记载为春榆
U. davidiana var. *japonica*；次生寄主为龙芽草 *Agrimonia pilosa* 及日本路边青 *Geum
japonicu*m（均在根部）。被害榆叶向反面卷缩肿胀为伪虫瘿。

分布　黑龙江（克山）、河北、宁夏；朝鲜，俄罗斯，日本。

(9) 苹果绵蚜 *Eriosoma lanigerum* (Hausmann, 1802) (图42)

　　Aphis lanigerum Hausmann, 1802：426.

　　Coccus mali Bingley, 1803：200.

Myzoxylus mali Blot，1831：332.

Eriosoma lanigerum（Hausmann）：Zhang *et* Zhong，1983：82；Remaudière *et* Remaudière，1997：233；Zhang，Qiao，Zhong *et* Zhang，1999：96.

特征记述

无翅孤雌蚜 体卵圆形，体长 1.70～2.10mm，体宽 0.93～1.30mm。活体黄褐色至红褐色，体背有大量白色长蜡毛。玻片标本淡色，头部顶端稍骨化，无斑纹。触角、足、尾片及生殖板灰黑色，腹管黑色。体表光滑，头顶部有圆突纹；腹部背片Ⅷ有微瓦纹。体背蜡腺明显，呈花瓣形，每蜡片含 5～15 个蜡胞，头部有 6～10 片，胸部、腹部各背片有中蜡片及缘蜡片各 1 对，背片Ⅷ只有侧蜡片，侧蜡片含 3～6 个蜡胞。复眼有 3 个小眼面。气门不规则圆形关闭，气门片突起，骨化黑褐色。中胸腹岔两臂分离。体背毛尖，长为腹面毛的 2.00～3.00 倍。头部有头顶毛 3 对，头背中、后部毛各 2 对；前、中、后胸背板各有中侧毛 4 对、10 对、7 对，缘毛 1 对、4 对、3 对；腹部背片Ⅰ～Ⅷ毛数：12 根，18 根，16 根，18 根，12 根，8 根，6 根，4 根，各排为 1 行，毛长稍长于触角节Ⅲ直径。中额呈弧形。触角 6 节，粗短，有微瓦纹；全长 0.31mm，为体长的 0.16 倍，节Ⅲ长 0.07mm，节Ⅰ～Ⅵ长度比例：50：54：100：53：78：78＋15；各节有短毛 2～4 根，节Ⅲ毛长为该节直径的 0.39 倍。喙粗，端部达后足基节，节Ⅵ＋Ⅴ长为基宽的 1.90 倍，为后足跗节Ⅱ的 1.70 倍，有次生刚毛 3 或 4 对，端部有短毛 2 对。足短粗，光滑，毛少，后足股节长 0.21mm，长为该节直径的 3.50 倍，为触角全长的 0.68 倍；后足胫节长 0.26mm，为体长的 0.14 倍，毛长为该节直径的 0.90 倍。跗节Ⅰ毛序：3，3，2。腹管半环形，围绕腹管有 11～16 根短毛。尾片馒状，小于

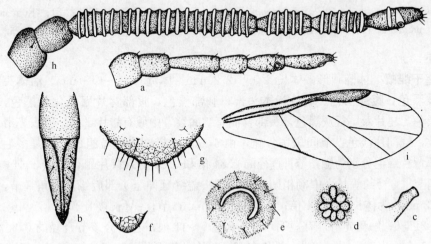

图 42 苹果绵蚜 *Eriosoma lanigerum*（Hausmann）

无翅孤雌蚜（apterous viviparous female）

a. 触角（antenna）；b. 喙节Ⅳ＋Ⅴ（ultimate rostral segment）；c. 中胸腹岔（mesosternal furca）；d. 蜡片（wax plate）；e. 腹管（siphunculus）；f. 尾片（cauda）；g. 尾板（anal plate）.

有翅孤雌蚜（alate viviparous female）

h. 触角（antenna）；i. 前翅（fore wing）.

尾板，有微刺突瓦纹，有 1 对短刚毛。尾板末端圆形，有短刚毛 38～48 根。生殖突骨化，有毛 12～16 根。

有翅孤雌蚜　体椭圆形，体长 2.30～2.50mm，体宽 0.90～0.97mm，活体头部、胸部黑色，腹部橄榄绿色，全身被白粉，腹部有白色长蜡丝。玻片标本头部、胸部黑色，腹部淡色；触角、足、腹管、尾片及尾板黑色。腹部背片 I～VII 有深色中、侧、缘小蜡片，背片 VIII 有 1 对中蜡片。腹部背面毛稍长于腹面毛。节间斑不显。触角 6 节，全长 0.75mm，为体长的 0.31 倍，有小刺突横纹，节 III 长 0.35mm，节 I～VI 长度比例：13：14：100：30：30：19+5；节 III 有短毛 7～10 根，其他各节有毛 3 或 4 根，节 III 毛长为该节直径的 1/6；节 V、VI 各有圆形原生感觉圈 1 个，节 III～VI 各有环形次生感觉圈 17 或 18 个，3～5 个，3 或 4 个，2 个。喙端部不达后足基节，节 IV＋V 尖细，长为基宽的 2.20 倍，为后足跗节 II 的 1.40 倍。后足股节长 0.41mm，为触角节 III 的 1.20 倍；后足胫节长 0.70mm，为体长的 0.29 倍，毛长为该节直径的 0.68 倍。前翅中脉 2 分叉。腹管环形，黑色，环基稍骨化，端径与尾片约等长，围绕腹管有短毛 11～15 根。尾片有短硬毛 1 对。尾板有毛 32～34 根。其他特征与无翅孤雌蚜相似。

生物学　寄主植物有苹果 *Malus pumila*、山荆子 *M. baccata*、花红 *M. asiatica*、楸子 *M. prunifolia* 等，大鲜果 *M. soulardi* 对之有抗性。该种是世界著名的检疫害虫，原产北美洲，现已被传播到世界各国。

分布　辽宁（大连、旅顺）、山东、云南、西藏；世界各洲广布。

（10）榆绵蚜 *Eriosoma lanuginosum dilanuginosum* **Zhang，1980**（图 43）

Eriosoma dilanuginosum Zhang，1980：392.

Eriosoma lanuginosum (Hartig)：Zhang *et al*.，1993：45.

Eriosoma lanuginosum dilanuginosum Zhang：Zhang *et* Zhong，1983：81；Remaudière *et* Remaudière，1997：233；Zhang，Qiao，Zhong *et* Zhang，1999：91；Zhang，1999：125.

特征记述

有翅干雌蚜　体椭圆形，体长 2.00～2.20mm，体宽 0.82～0.97mm。活体头部、胸部及附肢黑色，腹部褐色。玻片标本头部、胸部黑色，腹部背片 VIII 骨化灰黑色，触角、喙、足黑色，尾片及尾板灰黑色。头部背面有皱曲纹，中域有蜡片 1 对。体表光滑。气门圆形开放，气门片淡色。节间斑稍骨化，由 4 或 5 个椭圆形颗粒组成。体背多毛。头顶毛、腹部背片缘毛分别为触角节 III 直径的 0.34 倍和 0.23 倍；背片 VIII 有长毛 3 或 4 根，毛长与触角节 III 直径约等长。中额稍凹，有 1 条头盖缝延伸至头部后缘。触角 6 节，短粗，全长 0.72mm，为体长的 0.34 倍；节 III 长 0.32mm，节 I～VI 长度比例：15：16：100：32：34：21+6；触角光滑，有短毛，节 III 有毛 9～11 根，毛长为该节直径的 0.20 倍；节 V、VI 有 1 个原生感觉圈，节 III～VI 各有窄环形次生感觉圈 22～24 个，5 个，5～7 个，1 或 2 个。喙短，端部不达中足基节，节 IV＋V 长 0.16mm，为后足跗节 II 的 1.10 倍；有原生短毛 4 根，次生短毛 10～12 根。后足股节长 0.40mm，长为该节中宽的 7.70 倍，为触角节 III 的 1.30 倍；后足胫节长 0.70mm，为体长的 0.33 倍，毛长为该节直径的 0.57 倍；跗节 I 毛序：3，3，3。前翅中脉 2 分叉，后翅 2 条斜脉。腹管环状，有 12～16 根刚毛围绕，毛长为端径的 1/2，端径与尾片约等长。尾片淡色，有皱褶纹，呈半圆形，长为基宽的 0.37 倍，有粗短毛 2～4 根，毛长为尾片的 1/2。尾板末端圆形或平直，有短粗毛 20～32 根。生殖板稍骨化，有刚毛 20～22 根，其中有前部毛 6 根。

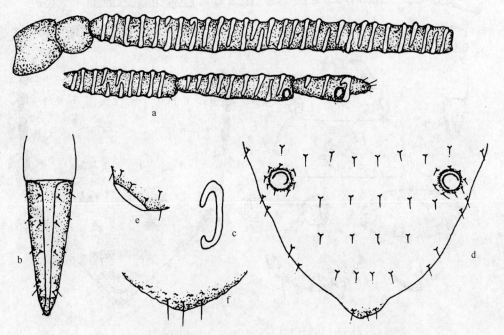

图 43 榆绵蚜 *Eriosoma lanuginosum dilanuginosum* Zhang
有翅干雌蚜（alate fundatrigenia）

a. 触角（antenna）；b. 喙节Ⅳ＋Ⅴ（ultimate rostral segment）；c. 次生感觉圈（secondary rhinarium）；
d. 腹部背片Ⅴ～Ⅷ（abdominal tergites Ⅴ～Ⅷ）；e. 腹管（siphunculus）；f. 尾片（cauda）。

生物学 原生寄主为榆树 *Ulmus pumila* 和糙枝榆 *U. fulva*。在榆嫩叶反面为害，叶向反面弯曲肿胀膨大为伪虫瘿，瘿叶凹凸不平，形同拳头，瘿深绿色、褐绿色，常带红色或黄色。老熟后硬化叶变褐枯死。瘿直径 3～5cm。

分布 辽宁（本溪、沈阳）、北京、河北、浙江、山东。

(11) 山榆绵蚜 *Eriosoma ulmi*（Linnaeus, 1758）（图 44）

Chermes ulmi Linnaeus，1758：455.

Aphis foliorum ulmi de Geer，1773：81.

Aphis ulmicampestris de Geer，1773：89.

Schizoneura fodiens Buckton，1881：94.

Schizoneura grossulariae Taschenberg，1887：80.

Schizoneura ampelorrhiza del Guercio，1900：104.

Eriosoma soror Börner *et* Blunck，1916：30.

Eriosoma ulmi（Linnaeus）：Eastop *et* Hille Ris Lambers，1976：390；Remaudière *et* Remaudière，1997：234；Zhang，Qiao，Zhong *et* Zhang，1999：104；Zhang，1999：129.

特征记述

无翅干母蚜 体椭圆形，体长 2.11mm，体宽 1.11mm。活体深绿色，被白粉。玻

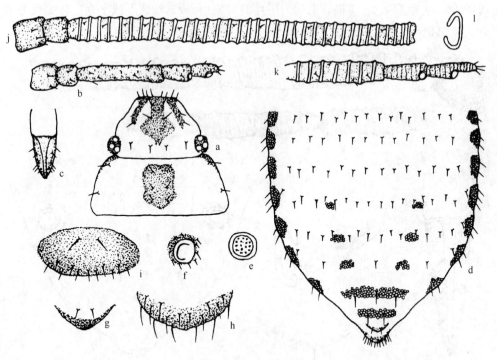

图 44　山榆绵蚜 *Eriosoma ulmi*（Linnaeus）

无翅干母蚜（fundatrix）

a. 头部与前胸背面观（dorsal view of head and pronotum）；b. 触角（antenna）；c. 喙节Ⅳ＋Ⅴ（ultimate rostral segment）；d. 腹部背面观（dorsal view of abdomen）；e. 蜡胞（wax cells）；f. 腹管（siphunculus）；g. 尾片（cauda）；h. 尾板（anal plate）；i. 生殖板（genital plate）。

有翅干雌蚜（alate fundatrigenia）

j. 触角节Ⅰ～Ⅲ（antennal segments Ⅰ～Ⅲ）；k. 触角节Ⅳ～Ⅵ（antennal segments Ⅳ～Ⅵ）；l. 次生感觉圈（secondary rhinarium）。

片标本体淡色，头背黑斑呈"口"形，前胸背板中域有 1 个大方形黑斑；触角、喙、足黑色，尾片及尾板淡色，生殖板褐色。体表光滑。头背有 1 对淡色蜡胞群，有明显皱纹；胸部、腹部背板各有不甚明显蜡胞群，腹部背片Ⅰ～Ⅶ有缘蜡片，背片Ⅶ、Ⅷ有明显中蜡片。气门圆形关闭，气门片褐色。中胸腹岔淡色，两臂分离，臂长 0.10mm，为触角节Ⅲ的 0.53 倍。体背毛尖锐，腹部腹面毛不长于背毛；头部有头顶毛 4 对，头背毛 6 对；前胸背板有中毛 2 或 3 对，缘毛 2 对；腹部背片Ⅰ、Ⅱ各有中侧毛 6 或 7 对，背片Ⅲ～Ⅴ各有中侧毛 8 或 9 对，背片Ⅵ有中侧毛 5 或 6 根，背片Ⅶ有中侧毛 3 根；背片Ⅰ、Ⅶ各有缘毛 1 或 2 对，背片Ⅱ、Ⅲ、Ⅵ各有缘毛 2 对，背片Ⅳ和Ⅴ各有缘毛 3～5 对，背片Ⅷ有毛 1 对。头顶毛长 0.04mm，为触角节Ⅲ最宽直径的 1.30 倍；腹部背片Ⅰ缘毛长 0.02mm，背片Ⅷ毛长 0.03mm。中额及额瘤不隆。触角 5 节，节Ⅰ、Ⅱ光滑，其他节有微刺突横瓦纹；全长 0.40mm，为体长的 0.19 倍；节Ⅲ长 0.19mm，节Ⅰ～Ⅴ长度比例：23：21：100：33：34；节Ⅰ～Ⅴ毛数：3 或 4 根，3 根，5～10 根，4 根，6～8 根，节Ⅲ毛长 0.02mm，为该节端部最宽直径的 0.58 倍。喙粗短，节Ⅳ＋

V楔状，长0.09mm，为基宽的1.70倍，为后足跗节Ⅱ的1.50倍；有原生毛3对，次生毛2对。足粗，股节两缘有粗颗粒突起，其他光滑。后足股节长0.30mm，为触角节Ⅲ的1.60倍；后足胫节长0.36mm，为体长的0.17倍，毛长为该节最宽直径的0.78倍；跗节Ⅰ毛序：2，2，2。无腹管（仅3龄有翅若蚜有腹管）。尾片月牙形，光滑，长0.06mm，为基宽的0.43倍，有短毛1对。尾板宽圆形，有长毛14～16根。生殖板椭圆形，有毛14～16根，有前部毛1对，甚长。

有翅干雌蚜 体长1.63mm，体宽0.69mm。玻片标本头部、胸部黑色，腹部淡色，无斑纹。各附肢黑褐色。体表光滑。腹部背片各缘域有褐色圆形蜡胞群。触角6节，节Ⅰ～Ⅳ光滑，节Ⅴ、Ⅵ有小刺突横纹；全长1.23mm，为体长的0.75倍；节Ⅲ长0.77mm，节Ⅰ～Ⅵ长度比例：6：6：100：25：11：7+4；节Ⅲ有毛20～35根，毛长为该节最宽直径的1/6；节Ⅲ、Ⅳ各有开环状次生感觉圈：30～39个、5～9个，分布于全节，有睫毛。喙端部不达中足基节；节Ⅳ+Ⅴ楔状，长0.13mm，为基宽的2.20倍，为后足跗节Ⅱ的0.79倍；有原生毛3对，次生毛2对。后足股节长0.46mm，后足胫节长0.80mm，后足跗节Ⅱ长0.14mm；跗节Ⅰ毛序：3，3，2。前翅中脉2分叉，2肘脉基部共柄。腹管短截状，内半环形缺，周围有尖锐毛12～15根，端径与触角节Ⅲ直径约相等。尾片有长毛1对。尾板有毛18～28根。

生物学 原生寄主为榆树Ulmus pumila；次生寄主为沙梨Pyrus pyrifolia，国外记载为茶藨子属植物Ribes spp.。被害榆叶面向反面卷缩肿胀。

分布 黑龙江（克山）、河北、浙江、四川、贵州；俄罗斯，蒙古国，土耳其，黎巴嫩，伊拉克、欧洲。

(12) 杨氏绵蚜 *Eriosoma yangi* Takahashi, 1939（图45）

Eriosoma yangi Takahashi, 1939：142.

Eriosoma yangi Takahashi：Blackman *et* Eastop, 1994：681；Remaudière *et* Remaudière, 1997：234；Zhang, Qiao, Zhong *et* Zhang, 1999：108；Zhang, 1999：130.

特征记述

有翅孤雌蚜 体椭圆形，体长1.37mm，体宽0.56mm。活体头部、胸部黑色，腹部淡色，无斑纹。玻片标本触角、喙、足黑褐色；腹管、尾片及尾板褐色或淡褐色，生殖板黑褐色。体表光滑，头背有皱纹，无蜡片。气门圆形开放，气门片淡褐色。节间斑不明显。体背毛尖锐，腹部腹面毛短于背面毛；头部有头顶毛2对，头背毛7或8对；腹部背片Ⅰ～Ⅶ各有中侧毛5～7对，背片Ⅰ、Ⅵ、Ⅶ各有缘毛2或3对，背片Ⅱ～Ⅴ各有缘毛6～8对，背片Ⅷ共有毛2对；各毛长0.018～0.022mm，为触角节Ⅲ直径的0.52～0.61倍。中额隆起，呈弧状。触角6节，节Ⅲ～Ⅵ边缘有小刺，节Ⅳ～Ⅵ有小刺突组成的横瓦纹；全长0.60mm，为体长的0.44倍，节Ⅲ长0.22mm，节Ⅰ～Ⅵ长度比例：19：19：100：36：50：35+17；触角毛极短，节Ⅰ～Ⅵ毛数：2或3根，5根，11～13根，2根，4或5根，(1～3)+5根；节Ⅲ毛长为该节直径的1/10；节Ⅲ～Ⅴ分别有条状次生感觉圈：11～13个，2个，0或1个，节Ⅲ次生感觉圈分布于全长；原生感觉圈不规则条状，无睫。喙端部达中足基节，节Ⅳ+Ⅴ长楔状，长0.11mm，长为基宽的3.10倍，为后足跗节Ⅱ的0.92倍，有原生毛2对，次生毛3对。足光滑，胫节顶端及跗节有小刺突组成的横纹；后足股节长 0.29mm，为触角节Ⅲ的 1.30 倍；后足胫节长 0.53mm，为体长的 0.39 倍；后足跗节Ⅱ长 0.13mm。跗节Ⅰ毛序：3，3，3，有时 2 根。翅脉正常，前翅中脉分叉。腹管位于黑色有毛圆锥体上，端径 0.04mm，基宽 0.07mm，有长毛 9～12 根，毛长短于端径。尾片半圆形，有微刺突，长 0.04mm，有毛 2 根。尾板末端平圆形，有毛 10 根。生殖板馒状，有长毛 12 根。生殖突 3 个，各有毛 4～6 根。

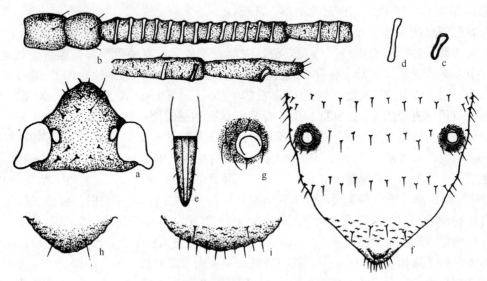

图 45　杨氏绵蚜 *Eriosoma yangi* Takahashi

有翅孤雌蚜（alate viviparous female）

a. 头部背面观（dorsal view of head）；b. 触角（antenna）；c. 原生感觉圈（primary rhinarium）；d. 次生感觉圈（secondary rhinarium）；e. 喙节Ⅳ＋Ⅴ（ultimate rostral segment）；f. 腹部背片Ⅴ～Ⅷ（abdominal tergites Ⅴ～Ⅷ）；g. 腹管（siphunculus）；h. 尾片（cauda）；i. 生殖板（genital plate）。

生物学　原生寄主植物为榆树 *Ulmus pumila* 和榔榆 *U. parvifolia*。日本报道该种的次生寄主植物为柳 *Salix* sp.（幼树根）及松草莓（根部）。被害榆叶向反面卷、扭曲肿胀呈螺形伪虫瘿，长 5.00cm，宽 2.00cm。

分布　辽宁（千山）、甘肃、福建；韩国、日本。

7. 四脉绵蚜属 *Tetraneura* Hartig, 1841

Tetraneura Hartig, 1841：359. **Type species**：*Aphis ulmi* Linnaeus, 1758.

Byrsocrypta Haliday, 1838：189.

Tetranevra Agassiz（1846）1847：366.

Amycla Koch, 1857：301.

Endeis Koch, 1857, nec Philippi, 1847：312.

Dryopeia Kirkaldy, 1904：279.

Tetraneura Hartig：Zhang *et* Zhong, 1983：84；Blackman *et* Eastop, 1994：896；Remaudière *et* Remaudière, 1997：235；Zhang, Qiao, Zhong *et* Zhang, 1999：112；Zhang, 1999：132.

属征　头部通常光滑，少有刻纹，额瘤不显，头背毛形状和数量多变。无翅孤雌蚜触角 4 或 5 节，很少 3 或 6 节，无次生感觉圈；有翅孤雌蚜触角通常 6 节，很少 5 节，节Ⅵ鞭部很短，次生感觉圈环形或条状，横向排列于节Ⅲ～Ⅴ，排列有序；原生感觉圈有密睫，无突起。无翅孤雌蚜有 3 个单眼，有翅孤雌蚜复眼有突出眼瘤。喙端部通常达中足基节，节Ⅳ＋Ⅴ短钝，通常有端刺，长度约为后足跗节Ⅱ（无翅孤雌蚜为后足跗节Ⅰ）的 0.25～1.50 倍。腹部淡色，常光滑，背片Ⅶ、Ⅷ有明显褐色带。头部及腹部蜡片在各种间变异大，有翅性母蚜蜡片在同种内较有翅瘿蚜发达、明显。腹管有或无，若有则为圆锥体，有几丁化的褐色边缘。尾片钝、圆锥形。尾板钝圆形，黑褐色。生殖板宽，有 2 个明显侧叶，有密毛。足粗壮，短至中等大小，转节常不清晰，有时与股节愈合；股节及胫节端部常有刻纹；跗节有脊纹或微刺，无翅孤雌蚜跗节仅 1 节，有翅孤雌蚜跗节 2 节，有翅孤雌蚜跗节Ⅰ毛序：3，2，2 或 4，2，2。有翅孤雌蚜前翅中脉简单，仅一分支，后翅翅脉直，仅 1 条斜脉（肘脉）。

该属多数种类在榆科 Ulmaceae 和禾本科 Gramineae 之间转主寄生，营全周期型生活；有些种类营不全周期型生活，可在禾本科杂草（次生寄主植物）上终年繁殖。

世界已知 32 种，中国已知 21 种，本志记述 12 种。

种 检 索 表
（无翅孤雌蚜）

1. 腹部背片Ⅰ～Ⅴ有细毛均匀覆盖；蜡片由圆形至卵圆形单胞组成 ………………………… 2
   腹部背片毛常单一成行，缘毛粗大；蜡片由大小不等的蜡胞混合组成或同等大小的蜡胞组成 … 5
2. 触角毛及体背毛（除腹部背片Ⅷ外）均极短，长度不超过 0.01mm ……………………………
   ………………………………………………………… 短毛四脉绵蚜 *T. brachytricha*
   触角毛及体背毛长，长度均超过 0.01mm ………………………………………………… 3
3. 腹部背片Ⅶ毛数多于 150 根；背片Ⅷ有毛 38～48 根 …………… 角四脉绵蚜 *T. triangular*
   腹部背片Ⅶ毛数少于 50 根；背片Ⅷ毛数少于 10 根毛 …………………………………… 4
4. 触角节Ⅳ有毛 18～27 根；腹部背片Ⅶ有中侧毛 4～8 根，长缘毛 2 根，短缘毛 12～16 根，背片Ⅷ长毛间有 2 根附属短毛 ……………………………………… 瑕夷四脉绵蚜 *T. yezoensis*
   触角节Ⅳ有毛 37～60 根；腹部背片Ⅶ有长中侧毛 8～14 根，缘毛 14～26 根，无短毛 ………
   ………………………………………………………… 根四脉绵蚜 *T. radicicola*
5. 腹部背片Ⅷ通常有粗长毛 2 根及很多小短毛 …………………… 秋四脉绵蚜 *T. akinire*
   腹部背片Ⅷ仅有粗长毛 2 根，无小短毛 …………………………………………………… 6
6. 喙节Ⅳ＋Ⅴ有次生毛 10～12 根 …………………………………… 榆四脉绵蚜 *T. ulmi*
   喙节Ⅳ＋Ⅴ有次生毛 6 根 ………………………………… 黑腹四脉绵蚜 *T. nigriabdominalis*

（有翅性母蚜）

1. 尾板仅有长毛 4～6 根 …………………………………………… 宗林四脉绵蚜 *T. sorini*
   尾板毛数多于 6 根 ………………………………………………………………………… 2
2. 腹部背片Ⅶ约有短毛 50 根，背片Ⅷ有毛 8～12 根；尾片有毛 6～10 根 …………………
   ………………………………………………………… 短毛四脉绵蚜 *T. brachytricha*
   腹部背片Ⅶ毛少于 50 根，背片Ⅷ毛少于 6 根；尾片毛少于 5 根 ……………………… 3
3. 触角节Ⅴ有毛 38～44 根；喙节Ⅳ＋Ⅴ有毛 32～36 根 ………… 根四脉绵蚜 *T. radicicola*
   触角节Ⅴ有毛 28～32 根；喙节Ⅳ＋Ⅴ有毛 22～24 根 ………… 瑕夷四脉绵蚜 *T. yezoensis*

（13）秋四脉绵蚜 *Tetraneura akinire* Sasaki, 1904 （图 46）

Tetraneura akinire Sasaki, 1904: 403.

Tetraneura akinire Sasaki: Zhang *et* Zhong, 1983: 87; Remaudière *et* Remaudière, 1997: 237;
　　Zhang, Qiao, Zhong *et* Zhang, 1999: 119; Zhang, 1999: 133.

特征记述

无翅孤雌蚜 体卵圆形，体长 2.30mm，体宽 1.00mm。活体淡黄色，被薄蜡粉。玻片标本头部淡色，胸部、腹部背面稍骨化，尾片及尾板淡色。体表光滑，头部有皱曲纹，腹管后几节有微瓦纹。气门明显圆形半开放，气门片骨化。节间斑稍显。中胸腹岔有短柄或两臂分离。腹部腹面侧蜡片由多个大小相近的小蜡胞组成。体毛尖锐，头部有头顶长毛 6~8 根，头背短毛 10~12 根；胸部背板共有长缘毛 16 根，腹部背片共有长缘毛 24~26 根，位于气门外侧；腹部背片 I～Ⅶ 各有中侧短毛 4~8 根，背片Ⅷ有长毛 2 根。头顶毛、腹部背片 I 及背片Ⅷ缘毛长分别为触角节Ⅲ直径的 2.10 倍、4.10 倍。中额及额瘤不隆，额呈平顶状，有微圆突起。触角 5 节，短粗，光滑，节Ⅴ基部顶端及鞭部有微刺突；全长 0.40mm，为体长的 0.17 倍；节 I～Ⅴ长度比例：85:81:100:229:53+24；节 I～Ⅴ毛数：1 或 2 根，4 根，0 根，21~26 根，2 或 3 根；节Ⅱ毛集中于上缘，节Ⅲ毛长为该节直径的 0.93 倍；原生感觉圈有睫。喙粗短，端部超过中足

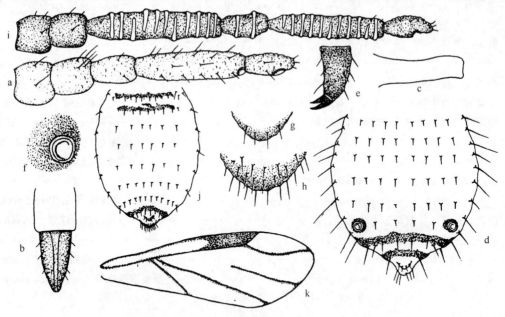

图 46　秋四脉绵蚜 *Tetraneura akinire* Sasaki

无翅孤雌蚜 （apterous viviparous female）

a. 触角 （antenna）；b. 喙节Ⅳ＋Ⅴ （ultimate rostral segment）；c. 中胸腹岔 （右侧） （right part of mesosternal furca）；d. 腹部背面观 （dorsal view of abdomen）；e. 后足跗节及爪 （hind tarsus and claws）；f. 腹管 （siphunculus）；g. 尾片 （cauda）；h. 尾板 （anal plate）。

有翅孤雌蚜 （alate viviparous female）

i. 触角 （antenna）；j. 腹部背面观 （dorsal view of abdomen）；k. 前翅 （fore wing）。

基节，节Ⅳ＋Ⅴ长为基宽的 1.50 倍，为后足跗节的 1.70 倍，有刚毛12～16 根。足短粗，跗节 1 节；股节与胫节约等长；后足股节长与触角节Ⅲ～Ⅴ之和约等长，后足胫节长为体长的 0.13 倍，毛长为该节中宽的 0.58 倍。腹管截断状，有褶瓦纹，有明显缘突及切迹；长约为基宽的 1/3，与触角节Ⅰ等长，为体长的 0.02 倍。尾片小，半圆形，有小刺突横纹，长为尾板的 1/2，有 4～6 根刚毛。尾板大，半圆形，有长曲毛 2～4 根，短毛 29～50 根。生殖突末端中央向内陷凹呈锐角，有短毛 57～79 根。

有翅孤雌蚜 体长卵形，体长 2.00mm，体宽 0.90mm。活体头部、胸部黑色，腹部绿色。玻片标本头部、胸部、触角、喙、足、尾片、尾板及气门片黑色。腹部淡色，腹部背片Ⅰ、Ⅱ各有 1 个不规则黑色中横带，背片Ⅷ黑色横带有时中断。头部和胸部背侧片有不规则曲纹，腹部背面光滑，背片Ⅶ、Ⅷ有微刺突瓦纹。气门圆形骨化开放，气门片隆起骨化黑色。体背毛尖锐，头部有头顶毛 4 根，头背毛 10 根，排列为 4、2、4 三横行；腹部背片Ⅰ～Ⅱ各有中侧毛 10～14 根，背片Ⅲ～Ⅶ各有中侧毛 6～10 根，排为一横行，背片Ⅰ～Ⅶ各有缘毛 1 对，有时 2 对，背片Ⅷ有毛 8～10 根，排为一横行。头顶毛、腹部背片Ⅰ毛、背片Ⅷ毛长分别为触角节Ⅲ直径的 0.61 倍、0.59 倍、1.20 倍。中额稍隆，额瘤不显。触角 6 节，短粗，节Ⅰ、Ⅱ光滑，其他各节有瓦纹，节Ⅴ、Ⅵ边缘多刺突，有小刺突构成横纹；全长 0.62mm，为体长的 0.31 倍；节Ⅰ～Ⅵ长度比例：20：27：100：35：86：26＋7；节Ⅰ～Ⅵ毛数：4 根，3 或 4 根，11 根，2 根，11 或 12 根，0～2 根；节Ⅲ毛长为该节直径的 0.32 倍；节Ⅲ～Ⅴ各有环形次生感觉圈：9～14 个，2～4 个，8～11 个。喙短粗，端部超过前足基节，节Ⅳ＋Ⅴ长为基宽的 1.70 倍，为后足跗节Ⅱ的 0.59 倍，有原生刚毛 4 根，次生刚毛 6 根。足胫节端部有小刺突，后足跗节Ⅱ有小刺突横纹；后足股节长为触角节Ⅲ的 2.00 倍；后足胫节长为体长的 0.31 倍，毛长为该节中宽的 0.32 倍；跗节Ⅰ毛序：3，3，2。前翅中脉不分叉，基部 1/3 不显，翅脉镶粗黑边；后翅 1 条斜脉。无腹管。尾片半圆形，小于尾板，有 2～4 根刚毛。尾板有长短刚毛 32～38 根。生殖突末端圆形或稍凹，有较长粗刚毛 50～60 根。生殖板骨化灰黑色，有毛 45 根。

胚胎 跗节光滑，后足跗节的爪甚长，可达 0.08mm。

生物学 原生寄主为榆树 *Ulmus pumila*、榔榆 *U. parvifolia*、糙枝榆 *U. fulva*、大果榆 *U. macrocarpa*、光榆（山榆）*U. glabra*、裂叶榆 *U. laciniata*、春榆 *U. davidiana* var. *japonica*。次生寄主为小獐毛 *Aeluropus pungens*、野燕麦 *Avena fotua*、虎尾草 *Chloris virgata*、狗牙根 *Cynodon dactylon*、马唐 *Digitaria sanguinalis*、稗 *Echinochloa crusgalli*、水稗（水稗草）*Echinochloa phyllopogon*、牛筋草 *Eleusine indica*、画眉草 *Eragrostis pilosa*、羊茅 *Festuca* sp. 和狗尾草 *Setaria viridis* 等禾本科杂草；有小米 *Setaria italica*、高粱 *Sorghum bicolor* 和普通小麦 *Triticum aestivum* 等禾本科和百合科藠头 *Allium chinense* 等农作物；此外，曾在蒙古蒿 *Artemisia mongolica* 等蒿属植物、臭牡丹 *Clerodendron bungei*、大豆 *Glycine max*、柑橘 *Citrus reticulata* 根部偶见。国外记载有冰草属植物 *Agropyron* spp.、早熟禾属植物 *Poa* spp.、黍属植物 *Panicum* spp. 和毛地黄属植物 *Digitalis* spp. 。

该种蚜虫在多种榆属植物 *Ulmus* spp. 叶正面中脉两侧营虫瘿，每叶营 1～30 个虫瘿，虫瘿表面有短毛，有柄，大都尖辣椒形，两端细，长 1.00～2.00cm，最宽直径 0.50～0.80cm；或头状，或不规则袋形，一般 1.20cm×0.80cm，最小为（0.40～0.60)cm×（0.40～0.60)cm，最大可达 2.50cm×1.50cm。虫瘿黄绿色至叶绿色，老熟时渐黄色至红色，在基部及中下部侧面裂开成为蚜虫出口。每瘿有 1 头干母蚜，每瘿可羽化 12～150 头有翅干雌蚜。在华北、东北和西北地区以受精卵在榆树树干及老枝缝隙中越冬，翌年 3 月中旬至 4 月间孵化为干母蚜，在叶背面取食，使叶正面拱起，最后形成闭口虫瘿。一般在 5～7 月有翅干雌蚜从虫瘿的次生开口迁出，转到次生寄主根部繁殖为害。有翅性母蚜可在 8 月下旬至 11 月上旬出现（从北向南），迁回原生寄主榆树表皮缝隙间，每头性母蚜可孤雌胎生 7～10 头雌性蚜和雄性蚜，2 或 3 日后，成为无翅成虫，雌雄性蚜交配，每头雌性蚜只产 1 枚卵。该种蚜虫通常营异寄主全周期生活。部分无翅孤雌蚜可在次生寄主根部全年营不全周期生活。

分布 辽宁（本溪、朝阳、凌源、沈阳、铁岭、营口）、吉林（敦化）、黑龙江（哈尔滨；克山）、内蒙古、北京、天津、河北、山西、上海、江苏、浙江、福建、山东、河南、湖北、湖南、广西、云南、甘肃、宁夏、新疆、台湾；朝鲜，俄罗斯，蒙古国，日本，匈牙利，意大利，北美洲。

(14) 异爪四脉绵蚜 *Tetraneura asymmachia* Zhang et Zhang, 1991（图 47）

Tetraneura asymmachia Zhang et Zhang, 1991：213.

Tetraneura asymmachia Zhang et Zhang：Blackman et Eastop, 1994：896；Remaudière et Remaudière, 1997：237；Zhang, Qiao, Zhong et Zhang, 1999：124.

特征记述

有翅干雌蚜 体椭圆形，体长 2.03mm，体宽 0.90mm。活体灰黑色。腹部背片 I、II 有不明显中斑，背片 VIII 有窄横带。体表光滑，无蜡片。体背毛短尖，头部有头顶毛 2 对，长 0.02～0.03mm，头背毛 12～20 根；腹部背片 I 有中侧毛 10 根，缘毛 2 对，背片 II～VI 有中侧毛 12～14 根，缘毛 1 对，背片 VII 有中侧长毛 8 根，背片 VIII 有粗长毛 2 根，短柔毛 5～8 根，长毛长 0.05mm，短毛长 0.02mm。触角 6 节，节 V 和 VI 有微刺突横纹；全长 0.62mm，节 III 长 0.21mm，节 I～VI 长度比例：20：23：100：31：89：21＋10；触角毛短尖，节 I～VI 毛数：3 或 4 根，5～9 根，7～10 根，2～4 根，13～16 根，（2 或 3）＋（3 或 4）根，节 III 毛长为该节直径的 1/7；节 III～V 各有次生感觉圈：10～14 个，2 或 3 个，9 或 10 个。喙短小，端部不达中足基节，节 IV＋V 短锥状，长 0.12mm，为基宽的 1.80 倍，为后足跗节 II 的 0.86 倍，有次生毛 6～8 根。足胫节有皱纹，端部有小刺突，跗节有微刺，后足股节、胫节、跗节 II 长度分别为 0.41mm、0.62mm、0.14mm。腹管不显。尾片半圆形，有 2 根长毛。尾板有毛 24 根，生殖突有毛 60 余根，生殖板有毛 76～85 根。

胚胎 体毛尖锐，头部有头顶毛 1 对，毛长 0.04～0.05mm，有头背毛 6 根；胸部背片有缘毛 2 对，腹部背片 I～VII 各有缘毛 1 对，毛长 0.11mm，背片 I～VI 各有中侧毛 15～18 根，背片 VII 有中侧毛 6 根，毛长 0.04～0.05mm，均匀排列成 1 横行，背片 VIII 有长毛 2 根，毛长 0.09～0.10mm。头顶腹面有 1 对由 3 或 4 个蜡胞组成的蜡片，前胸背板有 2 对由 5～7 个相近的小蜡胞组成的蜡片。触角 5 节，节 IV＋V 有微刺；全长

0.21～0.25mm，节Ⅰ～Ⅴ长度分别为 0.02mm，0.03mm，0.01mm，0.09mm，0.04mm；节Ⅰ～Ⅴ毛数：4根，6根，0或1根，18～20根，8根，节Ⅲ毛长 0.043～0.045mm。喙节Ⅳ＋Ⅴ有次生毛6根。尾片有毛4根。各足跗节光滑无刺，前、中足爪长分别为0.04mm，0.05mm；后足爪加厚，2爪长度不等，长者 0.11mm，短者 0.08mm。

生物学　原生寄主为榆树（白榆）*Ulmus pumila*、小叶榆 *Ulmus* sp.；次生寄主不明。虫瘿有柄、光滑袋状，2.00cm×1.00cm，有时鸡头状或七角八棱不规则形。虫瘿侧面有次生开口。

分布　辽宁（朝阳、凌源、沈阳）。

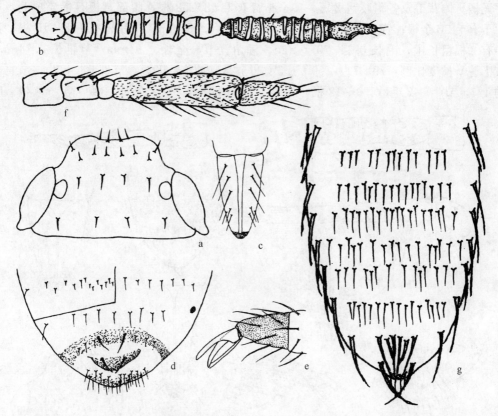

图 47　异爪四脉绵蚜 *Tetraneura asymmachia* Zhang et Zhang

有翅干雌蚜（alate fundatrigenia）

a. 头部背面观（dorsal view of head）；b. 触角（antenna）；c. 喙节Ⅳ＋Ⅴ（ultimate rostral segment）；

d. 腹部背片Ⅴ～Ⅷ（abdominal tergites Ⅴ～Ⅷ）；e. 跗节及爪（tarsus and claws）。

胚胎（embryo）

f. 触角（antenna）；g. 腹部背面观（dorsal view of abdomen）。

（15）短毛四脉绵蚜 *Tetraneura brachytricha* Zhang et Zhang，1991（图48）

Tetraneura brachytricha Zhang et Zhang，1991：213.

Tetraneura brachytricha Zhang et Zhang：Remaudière et Remaudière，1997：236；Zhang, Qiao, Zhong et Zhang，1999：125；Zhang，1999：134.

特征记述

　　无翅孤雌蚜　体卵圆形，体长 2.69mm，体宽 2.10mm。腹部背片Ⅷ有骨化褐色带和皱瓦纹。蜡片单胞，圆形或不规则形，头顶前缘有蜡片 1 对，直径 0.03～0.04mm；头背有蜡片 1 对，直径 0.02～0.03mm；腹面有大型蜡片 1 对，长椭圆形，长×宽为 0.08mm×0.04mm；胸部背板及腹部背片Ⅰ～Ⅶ各有中、侧及缘腹蜡片各 1 对，中蜡片直径 0.028～0.03mm，侧蜡片直径 0.021～0.024mm，背片Ⅰ～Ⅴ缘腹蜡片圆形或亚圆形，与头部腹蜡片相近，背片Ⅵ、Ⅶ缘腹蜡片呈亚长方形，横向排列，背片Ⅵ缘腹蜡片长×宽为 0.09mm×0.02mm，背片Ⅶ缘腹蜡片长×宽为 0.13mm×0.03mm。中胸腹岔无柄。体背毛及各附肢毛极短、尖；头背有毛 48～52 根，腹部背板有稀疏短毛，背片Ⅰ有毛 50 余根；背片Ⅶ有毛 25～30 根，毛长 0.004mm；背片Ⅷ有毛 8～10 根，其中有 2 根粗长毛，毛长 0.11～0.14mm。触角 5 节，全长 0.64mm；节Ⅲ长 0.14mm，节Ⅰ～Ⅴ长度比例：79∶71∶100∶155∶36＋21；触角毛极短，节Ⅲ毛长仅为该节直径的 1/7，节Ⅰ～Ⅴ毛数：9～12 根，17 根，26～32 根，37～39 根，（4～7）＋4 根。喙

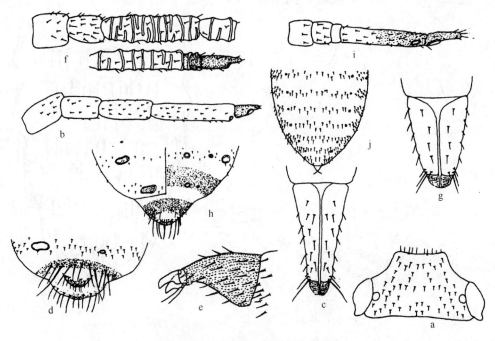

图 48　短毛四脉绵蚜 *Tetraneura brachytricha* Zhang et Zhang

无翅孤雌蚜（apterous viviparous female）

a. 头部背面观（dorsal view of head）; b. 触角（antenna）; c. 喙节Ⅳ＋Ⅴ（ultimate rostral segment）;

d. 腹部背片Ⅶ～Ⅷ（abdominal tergites Ⅶ～Ⅷ）; e. 后足跗节及爪（hind tarus and claws）.

有翅性母蚜（alate sexupara）

f. 触角（antenna）; g. 喙节Ⅳ＋Ⅴ（ultimate rostral segment）; h. 腹部背面观（右侧）及腹面观（左侧）

（dorsal view（right）and ventral view（left）of abdomen）.

胚胎（embryo）

i. 触角（antenna）; j. 腹部背面观（dorsal view of abdomen）.

端部达中足基节，节Ⅳ＋Ⅴ长 0.19mm，为基宽的 1.60 倍，为后足跗节Ⅱ的 2.40 倍；有原生毛 6 根，长 0.05mm，有次生毛 18 根，长仅 0.01mm。后足股节长 0.38mm，后足胫节长 0.40mm；后足胫节除顶端有几根长毛外，其他均为短毛。腹管端径 0.05mm。尾片光滑、月牙形，有毛 6～8 根。尾板有毛 14～17 根。生殖突有长毛 36～38 根。

胚胎 体背毛极短，长 0.01mm，腹部背片Ⅰ～Ⅵ共有缘毛 10 对，中侧毛 12～16 根；背片Ⅶ有毛 11 根，毛长 0.008～0.013mm；背片Ⅷ有毛 2 根，长 0.11mm。触角 5 节，触角毛短尖，节Ⅳ末端数根毛和节Ⅴ毛稍长，其他毛均不超过 0.01mm；节Ⅰ～Ⅴ毛数：3 根，6 根，0 根，26 根，8～10 根。头顶有蜡片 1 对，单胞圆形；腹部背片Ⅰ～Ⅵ有背侧蜡片、缘腹蜡片各 1 对，缘腹蜡片大型，远大于背蜡片。喙节Ⅳ＋Ⅴ长 0.13～0.17mm，有原生毛 6 根，次生短毛 8 根。足跗节有微刺，后爪不加厚，长 0.04mm。尾片有毛 4 根。

有翅性母蚜 体长 3.22mm，体宽 1.47mm。头顶前缘有蜡片 1 对，单胞圆形，直径 0.05mm；中胸背板有 3 个小型蜡片排列呈"▽"形，后胸背板有蜡片 1 对；腹部背片Ⅰ～Ⅲ有圆形或半圆形腹侧蜡片，直径 0.07～0.08mm；背片Ⅳ～Ⅵ腹侧蜡片直径 0.02～0.03mm，背片Ⅶ腹侧蜡片为长椭圆形，长×宽为 0.08mm×0.03mm；背片Ⅰ～Ⅵ有缘蜡片各 1 对；背片Ⅰ～Ⅶ有中蜡片各 1 对，背片Ⅰ～Ⅲ中蜡片大于背片Ⅳ～Ⅵ中蜡片；背片Ⅶ中蜡片呈椭圆形，长×宽为 0.02mm×0.01mm。腹部背片Ⅰ～Ⅵ背毛稀疏，极短，背片Ⅶ有短毛 50 根以上，长 0.01～0.02mm；背片Ⅷ有长毛 8～12 根，长 0.165～0.168mm。触角 6 节，节Ⅴ端部及节Ⅵ有微瓦纹；全长 1.01mm，节Ⅲ长 0.29mm；节Ⅰ～Ⅵ长度比例：37：35：100：36：111：21＋12；节Ⅰ～Ⅵ毛数：10 或 11 根，18～26 根，18～30 根，5～9 根，22～30 根，（2～5）＋（3 或 4）根；节Ⅲ毛长 0.01～0.02mm，节Ⅴ毛长 0.03mm。节Ⅲ～Ⅴ分别有次生感觉圈：15 或 16 个，3 或 4 个，11～16 个。喙端部达前中足基节之间，节Ⅳ＋Ⅴ长 0.21mm，为后足跗节Ⅱ的 1.14～1.30 倍；有次生毛 28～30 根。足胫节光滑，无刺，毛尖。腹管存在，骨化呈褐色。尾片有毛 6～10 根。尾板有毛 16～21 根。

生物学 寄主植物为榆树 *Ulmus pumila* 和芦苇 *Phragmites australis*。该种可能在榆树与芦苇间营异寄主全周期生活，虫瘿形状不明，有翅性母蚜在 9 月底至 10 月间在榆树皮缝隙间活动。该种可在芦苇根部为害。

分布 辽宁（营口）、天津、新疆。

(16) 暗色四脉绵蚜 *Tetraneura caerulescens* （Passerini，1856） （图 49）

Pemphigus caerulescens Passerini, 1856：262.

Tetraneura rubra Lichtenstein, 1880：125.

Tetraneura aegyptiaca Theobald, 1923：70.

Tetraneura caerulescens (Passerini)：Hille Ris Lambers, 1970：45；Zhang *et al.*，1985：287；
　　Remaudière *et* Remaudière, 1997：236；Zhang, Qiao, Zhong *et* Zhang, 1999：127.

特征记述

无翅干母蚜 体卵圆形，体长 1.92mm，体宽 1.41mm。活体灰褐色。玻片标本头部黑褐色，胸部、腹部淡色，无斑纹。触角、喙、足各节黑褐色；尾片、尾板及生殖板淡色。体表光滑,腹部背片Ⅷ及腹部腹面有微细瓦纹。气门小圆形关闭,气门片淡色,胸部各节两侧各有 2 个大型气门。头部背面有 1 对斑。中胸腹岔淡色,无柄,横长 0.36mm,为触角全长的 1.50 倍。体背毛粗长尖锐,腹部腹面毛长为背毛的 1/2,头部有头顶长毛 1 对,头背长毛 4 对,短毛 1 对;腹部背片Ⅰ~Ⅴ各有中侧长毛 5 或 6 对,背片Ⅵ有中侧毛 3 对,背片Ⅶ有中侧毛 3 根,背片Ⅰ~Ⅶ各有缘毛 2 对,背片Ⅰ、Ⅶ有时仅有 1 对,背片Ⅷ有长毛 1 对。头顶毛长 0.09mm,为触角节Ⅲ最宽直径的 2.30 倍,背片Ⅰ毛长 0.08mm,背片Ⅷ毛长 0.08mm。中额不隆,背中缝淡色。复眼由 3 个小眼面组成。触角 4 节,节Ⅲ、Ⅳ有刺突瓦纹,全长 0.24mm,为体长的 0.13 倍;节Ⅲ端部膨大,呈棒状,长 0.10mm,节Ⅰ~Ⅳ长度比例:43:43:100:45+14;触角毛尖锐,节Ⅰ~Ⅳ毛数:2 根,2 根,3 或 4 根,4+3 根;节Ⅲ毛长 0.03mm,为该节最宽直径的 0.74 倍;节Ⅲ、Ⅳ原生感觉圈小圆形,有睫。喙端部达中足基节,节Ⅳ+Ⅴ盾状,长 0.09mm,为该节基宽的 1.40 倍,为后足跗节的 1.70 倍,有原生长毛 2 对,次生毛 3 对。足各节粗大光滑,跗节不分节。后足股节长 0.24mm,与触角约等长;后足胫节长 0.27mm,为体长的 0.14 倍,胫节毛少,长毛长 0.04mm,为该节直径的 0.56 倍,短毛长 0.01mm;后足跗节Ⅱ长 0.06mm。腹管缺。尾片末端圆形,有微小刺突横瓦纹,有短毛 1 对。尾板末端平,有粗长毛 7 或 8 根。生殖突有长毛 21 或 22 根。

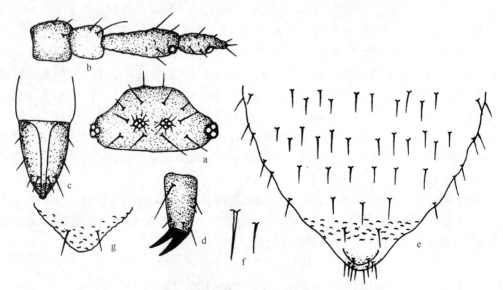

图 49　暗色四脉绵蚜 *Tetraneura caerulescens*(Passerini)
无翅干母蚜(fundatrix)

a. 头部背面观(dorsal view of head);b. 触角(antenna);c. 喙节Ⅳ+Ⅴ(ultimate rostral segment);d. 后足跗节及爪(hind tarsus and claws);e. 腹部背片Ⅳ~Ⅷ(abdominal tergites Ⅳ~Ⅷ);f. 体背毛(dorsal hair of body);g. 尾片(cauda)。

胚胎　腹部背片Ⅰ~Ⅴ缘毛单一,与侧毛相似。腹部背片Ⅰ~Ⅴ腹面侧蜡腺含 1 个大中胞,周围有 1 圈直径相等的封闭小胞围绕,背中及侧蜡腺与腹面侧蜡腺相似。后足跗节爪短于该跗节。

生物学 原生寄主为裂叶榆 *Ulmus laciniata*，欧洲记载为榆树 *U. pumila*；欧洲记载次生寄主为大画眉草 *Eragrostis cilianensis* 及早熟禾 *Poa annua*（均在根部）。

在裂叶榆叶尖端主脉附近营圆形木质虫瘿，约豌豆粒大小，瘿绿色带赤褐色，光滑无毛。

分布 辽宁（沈阳）、北京、河北；伊朗，俄罗斯，前南斯拉夫，奥地利，匈牙利，意大利，德国，瑞士，法国，埃及。

(17) 中国四脉绵蚜 *Tetraneura chinensis* Mordvilko，1924（图50）

Tetraneura chinensis Mordvilko，1924：153.

Tetraneura chinensis Mordvilko：Hille Ris Lambers，1973：253；Remaudière *et* Remaudière，1997：237；Zhang，Qiao，Zhong *et* Zhang，1999：132；Zhang，1999：135.

特征记述

有翅瘿蚜 体椭圆形，体长 2.09mm，体宽 0.99mm。活体灰黑色。玻片标本头部、胸部黑色，腹部淡色；触角、喙顶端、足、尾片、尾板、生殖突及生殖板黑色；足股节基部稍淡。腹部背片Ⅰ、Ⅱ各有宽横带，背片Ⅷ有窄横带，有时为断续横带。体表

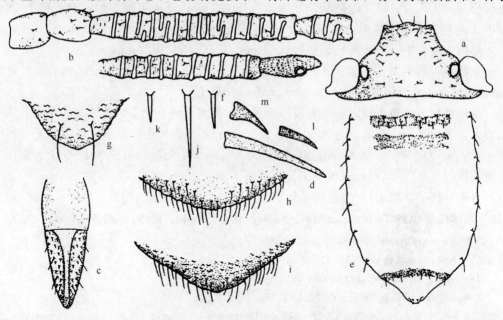

图 50 中国四脉绵蚜 *Tetraneura chinensis* Mordvilko

有翅瘿蚜（alate viviparous female in gall）

a. 头部背面观（dorsal view of head）；b. 触角（antenna）；c. 喙节Ⅳ＋Ⅴ（ultimate rostral segment）；d. 后足爪（hind claw）；e. 腹部背面观（背片Ⅲ～Ⅷ中侧毛省略）（dorsal view of abdomen, not showing spinal and pleural hairs on abdominal tergites Ⅲ～Ⅷ）；f. 腹部背毛（dorsal hair of abdomen）；g. 尾片（cauda）；h. 尾板（anal plate）；i. 生殖板（genital plate）。

胚胎（embryo）

j. 体缘毛（marginal hair of body）；k. 体背中毛（dorsal spinal hair of body）；l. 前、中足爪（fore and middle claw）；m. 后足爪（hind claw）。

光滑，无蜡片。气门圆形开放，气门片黑色。节间斑不显。体背毛尖锐，头部有头顶毛2对，头背毛6或7对；腹部背片Ⅰ有中侧毛7~13对；背片Ⅰ~Ⅶ各有长缘毛1或2对；背片Ⅷ有毛4对。头顶毛长0.02mm，为触角节Ⅲ最宽直径的0.49倍，背片Ⅰ缘毛长0.03mm，背片Ⅷ毛长0.04mm。胚胎体背毛长，背片Ⅰ~Ⅵ各有中侧毛10或11根，缘毛单一，长为背毛的1.50倍。中额平。触角6节，粗大，节Ⅴ、Ⅵ有小刺突横纹；全长0.64mm，为体长的0.31倍；节Ⅲ长0.24mm，节Ⅰ~Ⅵ长度比例：18：20：100：28：77：21+8；毛细，短小尖锐，节Ⅰ~Ⅵ毛数：3或4根，5~7根，6~9根，2或3根，10~17根，（2~4）+（3~4）根；节Ⅲ毛长为该节最宽直径的1/5；次生感觉圈条状或开环状，节Ⅲ~Ⅴ分别有14~20个、2~4个、8~12个。喙端部不达中足基节，节Ⅳ+Ⅴ楔状，有小刺突零星分布，长0.08mm，为基宽的1.80倍，为后足跗节Ⅱ的0.63倍；有原生毛2对，次生毛2或3对。足股节外缘有皱纹，胫节端部有稀疏小刺突，跗节有小刺突横纹。后足股节长0.39mm，为触角节Ⅲ的1.70倍，为触角全长的0.61倍；后足胫节长0.61mm，为体长的0.29倍，毛长为该节最宽直径的0.63倍；跗节Ⅰ毛序：3，2，2。后足跗节Ⅱ长0.13mm。翅脉正常，前翅2条肘脉基部靠近。无腹管。尾片馒头状，光滑，有长毛2根。尾板末端圆形，有长短毛18~32根。生殖突末端平圆形，有短毛32~42根。生殖板大，有毛56~60根。

胚胎　前、中、后足爪长分别为0.04mm，0.05mm，0.11mm。

生物学　原生寄主为榆树 *Ulmus pumila*；次生寄主为小米 *Setaria italica*、高粱 *Sorghum bicolor* 及狼尾草 *Pennisetum alopecuroides*。

虫瘿袋状至多角不规则形，表面凹凸不平，有细短柄，无毛。在良好的环境条件下虫瘿大，表面平坦，长2.50~3.00cm，宽1.20cm；在逆境中虫瘿多数很小，呈不规则形，长×宽为0.60cm×0.50cm，有的0.20或0.30cm，每叶可有虫瘿1~5个。常在次生寄主根际3.00~10.00mm处为害。有蚁访。

分布　辽宁（朝阳）、内蒙古、北京、河北、山西、山东、河南、新疆；蒙古国。

(18) 黑腹四脉绵蚜 *Tetraneura nigriabdominalis* (Sasaki, 1899) (图51)

Schizoneura nigriabdominalis Sasaki, 1899：435.

Dryopeia hirsuta Baker, 1921：159.

Tetraneura oryzae van der Goot ex van Heurn, 1923：41.

Pemphigus argrimoniae Shinji, 1924：343.

Tetraneura nigriabdominalis (Sasaki)：Hille Ris Lambers, 1970：258；Remaudière *et* Remaudière, 1997：237；Zhang, Qiao, Zhong *et* Zhang, 1999：135；Zhang, 1999：137.

特征记述

无翅孤雌蚜（根部）　体卵圆形，体长2.48mm，体宽1.90mm。玻片标本头部淡褐色，胸部、腹部淡色，背片Ⅵ有模糊中斑，腹部背片Ⅶ、Ⅷ褐色。触角、喙、足黑褐色，腹管、尾片及生殖突淡色，生殖板褐色。体表光滑，头部背面有皱曲纹。腹部背片Ⅰ~Ⅵ各有中、侧蜡片1对；背片Ⅶ有蜡片1对，各由2~10个圆形蜡胞组成，缘周褐色；背片Ⅷ无蜡片。气门圆形开放，呈月牙形，气门片褐色。节间斑明显，淡棕色，由单粒椭圆形的块状及条状颗粒组成。中胸腹岔淡色无柄，有时分离，横长0.37mm，为

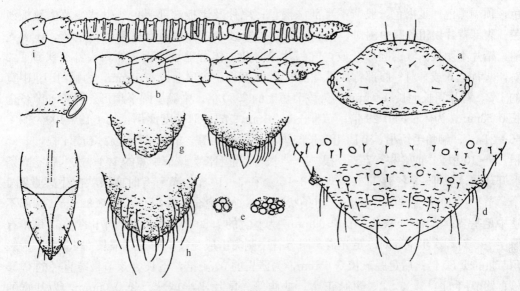

图 51　黑腹四脉绵蚜 *Tetraneura nigriabdominalis*（Sasaki）

无翅孤雌蚜（apterous viviparous female）

a. 头部背面观（dorsal view of head）；b. 触角（antenna）；c. 喙节Ⅳ＋Ⅴ（ultimate rostral segment）；d. 腹部背片Ⅴ～Ⅷ（abdominal tergites Ⅴ～Ⅷ）；e. 节间斑（muskelplatten）；f. 腹管（siphunculus）；g. 尾片（cauda）；h. 尾板（anal plate）。

有翅瘿蚜（alate viviparous female in gall）

i. 触角（antenna）；j. 尾板（anal plate）。

触角节Ⅲ的 0.80 倍，为触角全长的 0.85 倍。体背毛长短不等，尖锐；头部有头顶毛 2 对，头背毛 8～10 对；腹部背片Ⅰ～Ⅳ毛短而少，背片Ⅴ有毛 10 对；背片Ⅶ有毛 4 或 5 对，缘毛 2 或 3 对；背片Ⅷ有 1 对粗长毛。头顶粗毛长 0.06～0.09mm，为触角节Ⅲ最宽直径的 1.20 倍，腹部背片Ⅰ背毛长 0.01mm，长缘毛长 0.12～0.15mm，背片Ⅷ长毛长 0.18mm。中额平顶状。复眼淡色，由 3 个小眼面组成。触角 5 节光滑，全长 0.43mm，为体长的 0.17 倍；节Ⅲ长 0.08mm，节Ⅰ～Ⅴ长度比例：94：80：100：184：40＋28；节Ⅰ、Ⅱ毛粗长，节Ⅲ～Ⅴ毛细尖锐，节Ⅰ～Ⅴ毛数：2 根，3 或 4 根，0 或 1 根，16～19 根，（2～5）＋（3 或 4）根；节Ⅰ长毛长 0.04mm，节Ⅲ长毛长 0.01mm，节Ⅳ长毛长 0.04mm。喙端部达后足基节，长 0.57mm；节Ⅳ＋Ⅴ宽楔状，长 0.13mm，为基宽的 1.30 倍，为后足跗节的 1.70 倍；有原生毛 2 或 3 对，次生毛 2～4 对。足光滑粗大。后足股节长 0.29mm，为该节最宽直径的 2.70 倍；后足胫节长 0.32mm，为体长的 0.13 倍，毛长为该节最宽直径的 0.46 倍；跗节 1 节，后足跗节长 0.08mm，有毛 6 或 7 根。腹管截断圆锥状，有明显缘突，长 0.07mm，为基宽的 0.45 倍，为尾片的 0.91 倍。尾片半球形，顶端平圆，有长粗毛 2 根，短毛 1 或 2 根。尾板半球状，有长粗毛 4 根，短细毛 20～26 根。生殖突末端圆形，内凹，分裂为片状，有短毛 38～50 根。生殖板条形，有毛 22～26 根。

有翅瘿蚜　体椭圆形，体长 2.15mm，体宽 0.92mm。玻片标本头部腹面前部两缘黑色，呈带状，胸部黑色，腹部淡色；触角深褐色，节Ⅰ、Ⅱ及Ⅵ深色；喙淡色或淡褐色，顶端黑色；足褐色，股节端半部深褐色；尾片及尾板端部黑色；生殖突及生殖板淡色。腹部背片 I、II 各有中侧斑，带状，有时为断续斑，背片Ⅷ有横带横贯全节。体表光滑，蜡片不明显。气门圆形开放，气门片微骨化。体背毛少，短尖锐，头部有头顶毛 2 对，头背毛 6 或 7 对；腹部背片Ⅷ有长短毛 7~9 根。头顶毛长 0.02mm，为触角节Ⅲ中宽的 1/2，背片Ⅷ长毛长 0.04mm，为该节短毛的 2.50 倍。中额呈圆平顶形。触角 6 节，全长 0.63mm，为体长的 0.29 倍；节Ⅲ长 0.24mm，节 I~Ⅵ长度比例：18：19：100：33：66：21+9；触角毛短小，节 I、II 毛长与该节长度约相等，节 I~Ⅵ毛数：3 或 4 根，3~5 根，6~10 根，2 或 3 根，7 或 8 根，2+4 根，节Ⅲ毛长为该节中宽的 1/4；次生感觉圈条形开环状，节Ⅲ~Ⅴ各有 11~15 个，3~5 个和 7~10 个，节Ⅵ有时有条状次生感觉圈 1 个，节Ⅴ、Ⅵ原生感觉圆小圆形，与条状次生感觉圈愈合。喙短小，长 0.32mm，端部不达中足基节；节Ⅳ+Ⅴ楔状，长 0.09mm，为基宽的 1.80 倍，为后足跗节Ⅱ的 0.62 倍；有原生毛 3 对，次生毛 3 对。足光滑，跗节有小刺突组成瓦纹。后足股节长 0.43mm，为触角节Ⅲ的 1.80 倍；后足胫节长 0.65mm，为体长的 0.31 倍，毛长为该节最宽直径的 0.55 倍；跗节 I 毛序：3，3，3。翅脉正常。缺腹管。尾片小半球状，长 0.05mm，为基宽的 0.47 倍，有毛 2 对。尾板末端圆形，有毛 18~24 根，其中有 4 根粗长毛。生殖突末端圆形，中央内凹，有毛 28~38 根。生殖板有毛 38~51 根。

胚胎（有翅孤雌蚜体内）　体椭圆形，头背有蜡片，由 3~11 个蜡孔组成。腹部背片 I~Ⅷ各有中侧毛数：6~8 根，8 根，8 根，8 根，6 根，6 根，4 根，2 根，背片 I~Ⅷ各有长缘毛 1 对；背片 I~Ⅵ毛长 0.025~0.034mm，背片Ⅶ毛长 0.06mm，背片Ⅷ毛长 0.08mm，背片 I~Ⅷ缘毛长 0.07mm。后足跗节爪长 0.06mm。

1 龄无翅干母若蚜　体椭圆形，体长 0.67mm，体宽 0.33mm，玻片标本头部黑色，胸部、腹部分节明显，背片深褐色，各附肢黑色。体表光滑，头盖缝明显。体缘域有隆起蜡片，位于中胸背板至腹部背片 I~Ⅷ，端顶各有 1 根粗短毛。体背毛端顶钝，头部有毛 3 对；胸部各节背板有中毛 2 对，缘毛 2 对；腹部背片 I 有短毛 2 对，背片 II~Ⅷ各有毛 1 对，背片 I~Ⅶ各有粗长缘毛 1 对，长为背毛的 2.50 倍。触角 5 节，全长 0.14mm；节Ⅲ长 0.01mm，节 I~Ⅴ长度比例：264：264：100：327：318；节Ⅴ有 1 根极长毛，长为短毛的 6.00 倍；节Ⅲ短小，无毛。喙端部达后足基节，节Ⅳ+Ⅴ长尖锥状，长 0.13mm，有原生刚毛 3 根，次生刚毛 3 根。足光滑。后足股节长 0.19mm，后足胫节长 0.26mm。足跗节不分节，后足跗节长 0.06mm，有长短毛 10 根，端部背面有 1 对长毛，顶钝，其他为尖锐毛；后足跗节爪长 0.04mm。无腹管。尾片有短毛 1 对。尾板有毛 2 对。

生物学　原生寄主为榆树 *Ulmus pumila*，日本记载为春榆 *U. davidiana* var. *japonica*；次生寄主为虎尾草 *Chloris virgata*、马唐 *Digitaria sanguinalis*、稗 *Echinochloa crusgalli*、稻 *Oryza sativa*、高粱 *Sorghum bicolor*、普通小麦 *Triticum aestivum* 等，国外记载有地毯草属植物 *Axonopus* spp.、臂形草属植物 *Brachiaria* spp.、狗牙根属植物 *Cynodon* spp.、䅟属（蟋蟀草属）植物 *Eleusine* spp.、白茅属植物 *Imperata* spp.、求米草属植物 *Oplismenus* spp.、雀稗属植物 *Paspalum* spp.、棒头草属植物 *Polypogon* spp. 和狗尾草属植物 *Setaria* spp. 等。一般在次生寄主植物根部取食。

该种在榆树叶正面营三角多棱形有柄、多毛虫瘿。在山东沾化县 4 月中下旬观察到初龄干母，5 月上旬至 6 月初可观察到干母在虫瘿内繁殖。6 月初有翅干雌蚜大量迁向次生寄主。5～7 月人为向高粱和稗草根部接种，生活良好，并与蚁共生，直到 9 月间产生性母。该蚜是高粱根部害虫，亦为害陆稻。分布较广，但在欧洲无记载。

　　分布　辽宁（沈阳）、吉林（安图）、黑龙江（九站）、北京、天津、河北、山西、福建、山东、湖北、湖南、四川、贵州、云南、台湾；朝鲜，俄罗斯，日本，印度，斯里兰卡，马来西亚，巴基斯坦，菲律宾，几内亚，澳大利亚，美国，加拿大，古巴。

(19) 桃形四脉绵蚜 *Tetraneura persicina* Zhang *et* Zhang, 1991 （图 52）

Tetraneura persicina Zhang *et* Zhang, 1991: 221.

Tetraneura persicina Zhang *et* Zhang: Remaudière *et* Remaudière, 1997: 236；Zhang, Qiao, Zhong *et* Zhang, 1999, 139.

特征记述

　　有翅孤雌蚜　体长 2.59mm，体宽 1.13mm。活体黑绿色。玻片标本头部、胸部黑色，腹部淡色。触角、喙、足、尾片、尾板及生殖突黑色，生殖板淡色。体表光滑，中胸盾片有粗刻背纹；腹部背片Ⅰ有背中斑，背片Ⅱ有零星小斑，腹背片Ⅷ有 1 个断续窄横带。体表有蜡片，由 3～8 个蜡胞群组成；腹部背片Ⅰ～Ⅵ各有 1 对蜡片，各缘域有小圆形蜡片，有时小于眼瘤。气门圆形开放，气门片骨化。体背毛尖锐，头部有头顶毛 4 或 5 对，头背毛 13～20 对；腹部背片Ⅰ～Ⅵ各有中侧毛 3～6 对，有时 10 对，缘毛 4～6 对，背片Ⅶ有毛 12 根，背片Ⅷ有毛 9～13 根。头顶毛、腹部背片Ⅰ毛长 0.05mm，为触角节Ⅲ最宽直径的 0.90 倍，背片Ⅷ毛长 0.08mm。中额内凹，额瘤两侧隆起，呈弧形中央内凹。触角 6 节，粗大，节Ⅰ～Ⅳ有皱纹，节Ⅴ、Ⅵ有小刺突组成横纹；全长 0.69mm，为体长的 0.27 倍；节Ⅲ长 0.21mm，节Ⅰ～Ⅵ长度比例：24：31：100：45：80：31＋12；触角毛尖锐，节Ⅰ～Ⅵ毛数：6～8 根，14～19 根，12～17 根，4 或 5 根，9～16 根，（3～6）＋（4～5）根，节Ⅲ毛长为该节直径的 1/4；节Ⅲ～Ⅴ各有条状次生感觉圈：8～12 个，2～4 个，6～8 个。喙粗短，端部不达中足基节，节Ⅳ＋Ⅴ楔状，长 0.10mm，为基宽的 1.40 倍，为后足跗节Ⅱ的 0.72 倍，有毛 8 或 9 对。足光滑、跗节密被小刺突；后足股节长 0.46mm，为触角节Ⅲ的 2.10 倍；后足胫节长 0.71mm，为体长的 0.28 倍，毛长为该节最宽直径的 0.46 倍；跗节Ⅰ毛序：3，2，2。翅脉正常，前翅 2 条肘脉基部远离。无腹管。尾片椭圆形，有皱纹，有粗尖毛 5 或 6 根。尾板末端圆形，有毛 8～10 根。生殖突末端平圆形，有粗毛 30～38 根。生殖板末端大圆形，布满小刺突，有长粗毛 60 余根。

　　胚胎　体表有蜡片。头顶前部和后部各有腹蜡片 1 对，单胞圆形至不规则形，直径 0.03～0.05mm；中胸、后胸及腹部节Ⅰ～Ⅵ各有腹蜡片 1 对。前胸背板有中蜡片 1 对，直径 0.02～0.03mm；中、后胸及腹部背片Ⅰ～Ⅵ各有背中、侧蜡片 2 对，直径 0.005～0.008mm。腹部节Ⅶ有背蜡片和腹蜡片各 1 对，腹蜡片椭圆形至长方形。头背有毛 22 根，毛长 0.06mm；腹部背片Ⅰ～Ⅵ有中侧毛 12～15 根，其中有 2 根长毛，毛长 0.07～0.09mm，有缘毛 10～12 对，其中有 2 根长毛；背片Ⅶ有缘毛 5 对，其中有 1 对长毛；背片Ⅷ有短中侧毛 4 根，有长毛 2 根，毛长 0.12～0.14mm，有缘毛 1 对。触

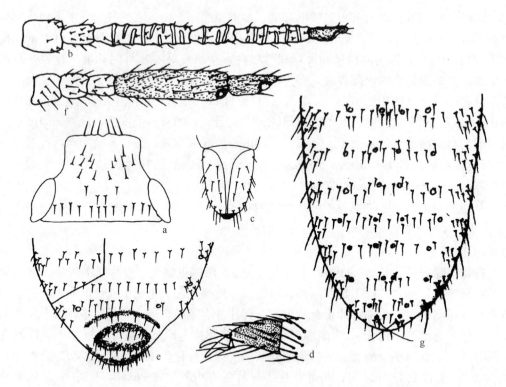

图 52　桃形四脉绵蚜 *Tetraneura persicina* Zhang *et* Zhang

有翅孤雌蚜（alate viviparous female）

a. 头部背面观（dorsal view of head）；b. 触角（antenna）；c. 喙节Ⅳ＋Ⅴ（ultimate rostral segment）；

d. 跗节及爪（tarsus and claws）；e. 腹部背片Ⅴ～Ⅷ（abdominal tergites Ⅴ～Ⅷ）。

胚胎（embryo）

f. 触角（antenna）；g. 腹部背面观（dorsal view of abdomen）。

角 5 节，节Ⅳ、Ⅴ有微刺，节Ⅰ～Ⅴ长度：0.055mm，0.051mm，0.043mm，0.142mm，（0.030＋0.029）mm；节Ⅰ～Ⅴ毛数：6 根，8～12 根，6 根，20～22 根，（6～8）＋4 根，节Ⅳ毛长 0.05mm，稍长于该节直径。喙节Ⅳ＋Ⅴ长 0.22mm，有次生毛 24 根。尾片有毛 4 根。足跗节有刺。

生物学　原生寄主为榆树 *Ulmus pumila*，次生寄主不明。虫瘿有短柄，尖顶桃形，直径 0.50cm。

分布　辽宁（营口）、山东。

(20) 根四脉绵蚜 *Tetraneura radicicola* Strand, 1929（图 53）

Tetraneura radicicola Strand, 1929：22.

Tetraneura takahashii Mordvilko, 1930：279.

Tetraneura heterohirsuta Carver *et* Basu（Partim），1961：83.

Tetraneura radicicola Strand；Blackman *et* Eastop, 1994：897；Remaudière *et* Remaudière, 1997：236；Zhang, Qiao, Zhong *et* Zhang, 1999：145；Zhang, 1999：138.

特征记述

无翅孤雌蚜　体卵圆形，体长 2.33mm，体宽 1.59mm。活体淡黄色，稍被薄粉。

玻片标本头部背面稍褐色，胸部、腹部淡色；复眼、触角、喙节Ⅱ端部及喙顶端、足、腹管、尾片、尾板黑色，生殖板淡色。腹部背片Ⅶ、Ⅷ有宽横带，背片Ⅷ横带横贯全节。体表及腹部腹面光滑，有褐色环状或卵圆形淡色单室蜡片，有时有不完全的扇状亚分割；头部背面前部有蜡片1对，前、中胸背板各有蜡片1对，后胸背板有蜡片2对；腹部背片Ⅰ～Ⅵ各有中、侧、缘蜡片各1对，缘蜡片大，背片Ⅶ有中、缘蜡片各1对。中侧蜡片小于复眼，缘蜡片大于或等于复眼。气门圆形开放，气门片褐色。节间斑淡褐色。中胸腹岔淡色无柄，横长0.22mm，为触角节Ⅲ的2.00倍。体背密被细尖锐毛，腹面少毛，整齐排列，与背毛约等长；头部背面有毛40余对；前胸背板有中毛20对，侧缘毛40对；腹部背片Ⅶ有中侧毛5对，缘毛多，背片Ⅷ有粗长毛3对。头顶及腹部背片Ⅰ～Ⅶ毛长0.06～0.08mm，与触角节Ⅲ最宽直径约等长或稍长；背片Ⅷ毛长0.20mm，为触角节Ⅲ最宽直径的3.40倍。额呈弧形，头盖缝明显，淡色。复眼由3个小眼面组成。触角5节，粗短，全长0.46mm，为体长的1/5；节Ⅲ长0.11mm，节Ⅰ～Ⅴ长度比例：55：66：100：157：39＋15；触角毛尖锐，节Ⅰ～Ⅴ毛数：5根，14根，23根，39根，3＋4根，节Ⅲ毛长为该节最宽直径的0.86倍；节Ⅳ、节Ⅴ原生感

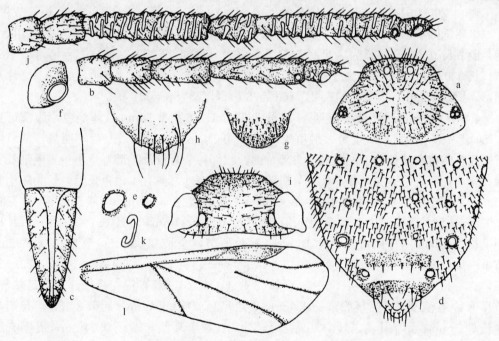

图53　根四脉绵蚜 *Tetraneura radicicola* Strand

无翅孤雌蚜（apterous viviparous female）

a. 头部背面观（dorsal view of head）；b. 触角（antenna）；c. 喙节Ⅳ＋Ⅴ（ultimate rostral segment）；d. 腹部背片Ⅳ～Ⅷ（abdominal tergites Ⅳ～Ⅷ）；e. 体背蜡片（dorsal wax plate of body）；f. 腹管（siphunculus）；g. 尾片（cauda）；h. 尾板（anal plate）。

有翅性母蚜（alate sexupara）

i. 头部背面观（dorsal view of head）；j. 触角（antenna）；k. 次生感觉圈（secondary rhinarium）；l. 前翅（fore wing）。

觉圈小圆形，有长睫。喙端部伸达后足基节，节Ⅳ＋Ⅴ长楔状，长 0.30mm，为基宽的 2.40 倍；有原生毛 3 对，次生毛 14 对。足光滑粗短。后足股节长 0.36mm，为该节最宽直径的 5.60 倍，为触角节Ⅲ的 3.40 倍，为触角全长的 0.78 倍；后足胫节长 0.38mm，为体长的 0.16 倍，毛长为该节最宽直径的 0.61 倍；跗节 1 节，长 0.09mm，各有毛 8～10 根。腹管短桩状，有明显缘突，长 0.03mm，为基宽的 1/3，为尾片的 1/2。尾片宽圆形，较光滑，长 0.07mm，为基宽的 0.53 倍，有细长毛 1 对。尾板有粗长毛 10 根。生殖突有长毛 14 对。

4 龄无翅孤雌若蚜　体卵圆形，体长 2.07mm，体宽 1.54mm。玻片标本体淡色，腹部可见 7 节；腹部背片Ⅶ有宽带横贯全节；各附肢黑色。腹内胚胎已形成，呈卵状，附肢不见。气门小圆形半开放，气门片淡色。体表光滑，腹部背片Ⅰ～Ⅵ各有中、侧、缘蜡片各 1 对，缘蜡片大；背片Ⅶ有中、缘蜡片各 1 对。体背密被尖锐毛，腹面毛长于背毛。头部有背毛 60 余对；腹部背片Ⅶ有细尖毛 7 对。头顶及腹部背片Ⅰ～Ⅵ毛长 0.06～0.07mm，与触角节Ⅲ中宽约等长或稍长，背片Ⅶ毛长 0.08mm，为触角节Ⅲ中宽的 1.20 倍。触角 5 节，全长 0.42mm；节Ⅲ长 0.08mm，节Ⅰ～Ⅴ长度比例：74：95：100：200：31＋2；节Ⅰ～Ⅴ毛数：10 根，29 根，21 根，58 根，6＋4 根；节Ⅳ、Ⅴ原生感觉圈小圆形，不甚明显。喙端部达后足基节，节Ⅳ＋Ⅴ有毛 17 对。足粗大。后足股节长 0.40mm，长为后足胫节的 1.10 倍；后足胫节长 0.35mm；后足跗节不分节，长 0.07mm，有毛 12 或 13 根。腹管短桩状，端径 0.04mm，有明显缘突。尾片宽圆形，长 0.06mm，为基宽的 1/2，有短毛 8 根。尾板有长毛 26 根。

4 龄有翅性母若蚜　体卵圆形，体长 2.38mm，体宽 1.38mm。体淡色，腹部可见 8 节，背片Ⅷ有横带横贯全节。触角淡色，各附肢均带褐色。体表蜡片不明显，侧域偶有蜡片。体背密被长、短尖锐毛；头部背面、胸部各节背板及腹部背片Ⅰ～Ⅲ毛细长尖锐；背片Ⅳ～Ⅵ毛短尖；背片Ⅴ～Ⅵ缘域除密被短毛外，各有 1 根粗长毛，长为短毛的 15.00 倍；背片Ⅶ有背中长粗毛 4～20 根。头顶毛长 0.06mm，腹部背片Ⅰ毛长 0.05mm；背片Ⅳ～Ⅵ中毛长 0.01mm，缘域长毛长 0.17mm，短毛长 0.07mm；背片Ⅶ中毛长 0.20mm；背片Ⅷ毛长 0.16mm。触角 6 节，全长 0.68mm；节Ⅲ长 0.19mm，节Ⅰ～Ⅵ长度比例：43：56：100：45：148：31＋14；节Ⅰ～Ⅵ毛数：14 根，22～27 根，21～23 根，11～16 根，56～59 根，（3 或 4）＋（4 或 5）根。喙端部达后足基节，节Ⅳ＋Ⅴ有毛 19 对。后足股节长 0.48mm，后足胫节长 0.61mm；跗节 2 节，后足跗节Ⅱ长 0.10mm；跗节Ⅰ有长毛，毛序：3，3，3。腹管环状，端径 0.04mm，周围有腹部背片Ⅴ缘毛密被。尾片宽圆形，有长毛 1 对。尾板有毛 13 根。

有翅性母蚜　体卵圆形，体长 2.29mm，体宽 1.27mm。玻片标本头部、胸部黑色，腹部淡色，无斑纹；触角、喙顶端黑色；足淡色，跗节灰黑色；尾片黑褐色；腹管及尾板淡色。体表光滑，腹部背片Ⅰ～Ⅶ缘域各有 1 个小圆形蜡片，小于眼瘤，各包含 1 组不清楚分割的小圆形室，其外有不清楚的扇状缘。气门圆形关闭，气门片淡色。体背多长短尖锐毛；头部背面有毛 42～46 对；腹部背片Ⅰ有毛 150 余根；背片Ⅶ有长中毛 4 对，缘毛 15 对；背片Ⅷ有粗长毛 3 对。头顶及腹部背片Ⅰ～Ⅲ毛长 0.06mm，与触角节Ⅲ中宽约等长；背片Ⅳ～Ⅵ中毛长 0.01～0.03mm，缘毛长 0.08mm；背片Ⅶ毛长 0.10~0.13mm；背片Ⅷ毛长 0.13mm。中额平。触角 6 节，节Ⅰ~Ⅴ光滑，节Ⅵ有小刺突组成横纹，全长 0.75mm，为体长的 1/3；节Ⅲ长 0.23mm，节Ⅰ~Ⅵ长度比例：28：34：100：37：105：18＋4；触角有细尖锐毛，节Ⅰ~Ⅵ毛数：7~11 根，19~22 根，29~36 根，17~21 根，38~44 根，8~10 根，节Ⅲ毛长为该节中宽的 0.59 倍；触角次生感觉圈条形半环状，节Ⅲ~Ⅴ分别有 16~26 个，4~6 个，12~16 个，各围绕触角半圈，节Ⅴ、Ⅵ原生感觉圈小圆形，有长睫。喙端部达中足基节或稍超出，节Ⅳ＋Ⅴ长楔状，长 0.15mm，为基宽的 3.00 倍，为后足跗节Ⅱ的 1.70 倍；有长毛 16~18 对。足光滑，跗节密被小刺突组成横纹。后足股节长 0.54mm，为触角节Ⅲ的 2.30 倍；后足胫节长 0.92mm，为体长的 0.40 倍，毛长为该节最宽直径的 0.81 倍；跗节Ⅰ毛序：3，2，2。前翅有 4 条斜脉，各脉隐约镶黑边，肘脉基部共柄。腹管环状，有缘毛围绕腹管周围，端径 0.04mm，为尾片长度的 1/2。尾片末端圆形，光滑，有长毛 1 对。尾板有长毛 14~18 根。生殖突有毛 60 余根。

生物学 原生寄主为春榆 *Ulmus davidiana* var. *japonica*；次生寄主为荻（荻草）*Triarrhena sacchariflora*、芒 *Miscanthus sinensis* 和大油芒 *Spodiopogon sibiricus*；国外记载有斑茅 *Saccharum arundinaceum*。

分布 辽宁（沈阳）、北京、天津、河北、四川、甘肃、宁夏、台湾；朝鲜，日本，印度，马来西亚，尼泊尔，菲律宾，澳大利亚，斯里兰卡，美国。

(21) 宗林四脉绵蚜 *Tetraneura sorini* Hille Ris Lambers，1970（图 54）

Tetraneura sorini Hille Ris Lambers，1970：73.

Tetraneura sorini Hille Ris Lambers：Zhang *et al.*，1985：287；Blackman *et* Eastop，1994：897；
　　Remaudière *et* Remaudière，1997：237；Zhang，Qiao，Zhong *et* Zhang，1999：147；Zhang，
　　1999：139.

特征记述

有翅孤雌蚜（虫瘿内） 体椭圆形，体长 2.36mm，体宽 1.07mm。活体灰黑色。玻片标本头部、胸部黑色，腹部淡色；触角、喙、足、尾片、尾板、生殖突及生殖板黑色。腹部背片Ⅰ、Ⅱ各有 1 个背中斑，背片Ⅷ有 1 个明显横带，横贯全节。体表光滑，腹部背片Ⅷ斑上有分散小刺突。气门圆形关闭，有时半开放，气门片淡褐色。体背毛尖锐；头部有头顶毛 2 对，头背毛 5 或 6 对；腹部背片毛少而短，各背片缘域有毛 1 或 2 对，有时 3 对，背片Ⅷ有粗毛 8 或 9 根。头顶毛长 0.04mm，为触角节Ⅲ直径的 0.63 倍；腹部背片Ⅰ缘毛长 0.03mm，背片Ⅶ缘毛长 0.06mm，背片Ⅷ背毛长 0.07mm。额呈平顶。触角 6 节，粗大，节Ⅵ有小刺突组成横纹，其他各节光滑；全长 0.67mm，为体长的 0.28 倍；节Ⅲ长 0.21mm，节Ⅰ~Ⅵ长度比例：23：29：100：42：87：25＋8；触角毛细短尖锐，节Ⅰ~Ⅵ毛数：3 或 4 根，6 或 7 根，5~8 根，2 根，14~22 根，2＋4 根，节Ⅲ毛长为该节直径的 1/5；触角次生感觉圈开环状，节Ⅲ~Ⅵ各有 8~12 个，3~5 个，8~11 个，1 个，节Ⅵ次生感觉圈与原生感觉圈愈合；节Ⅴ、Ⅵ原生感觉圈小圆形，有睫。喙粗短，端部不达中足基节，节Ⅳ＋Ⅴ盾状，长 0.08mm，为基宽的 1.20 倍，为后足跗节Ⅱ的 0.58 倍；有毛 5 对，其中次生毛 2 对。足各节有皱曲纹，跗节有小刺突组成横纹。后足股节长 0.41mm，为触角节Ⅲ的 1.90 倍；后足胫节长

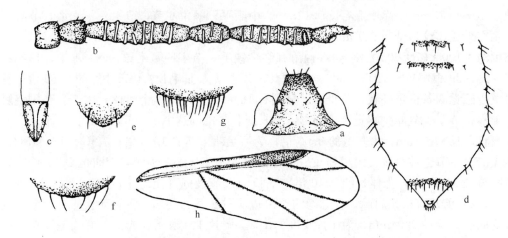

图 54 宗林四脉绵蚜 *Tetraneura sorini* Hille Ris Lambers

有翅孤雌蚜（虫瘿内）（alate viviparous female in gall）

a. 头部背面观（dorsal view of head）；b. 触角（antenna）；c. 喙节Ⅳ＋Ⅴ（ultimate rostral segment）；d. 腹部背面观（背片Ⅲ～Ⅶ背毛省略）（dorsal view of abdomen, not showing dorsal hairs on abdominal tergites Ⅲ～Ⅶ）；e. 尾片（cauda）；f. 尾板（anal plate）；g. 生殖板（genital plate）；h. 前翅（fore wing）。

0.64mm，为体长的 0.27 倍，毛长为该节最宽直径的 0.46 倍；跗节Ⅰ毛序：3，2，2。翅脉正常，前翅 2 条肘脉基部靠近或共柄。无腹管。尾片半球形，有长毛 1 对；尾板末端圆形，有长毛 9～13 根。生殖突末端平圆形，有长短粗毛 27 或 28 根；生殖板大型，有粗毛 50 余根。

有翅性母蚜 体椭圆形，体长 2.18mm，体宽 1.34mm。活体黑绿色。玻片标本头部、胸部黑色，腹部淡色；触角、喙、足、腹管、尾片黑色，尾板淡色，生殖突及生殖板褐色。腹部背片Ⅶ有时有 1 对背中斑，背片Ⅷ有宽横带，横贯全节。体表光滑，有淡色蜡片，头部腹面 1 对，中胸背板有 1 对小圆蜡片；背片Ⅰ～Ⅷ各有中蜡片 1 对，其中背片Ⅰ～Ⅲ中蜡片大型，各含 30～40 个蜡胞，其他蜡片各含 10 余个蜡胞，背片Ⅰ～Ⅶ各有大缘蜡片，大于腹管端径，均含上百个大小蜡胞，有时有侧蜡片。气门圆形开放，气门片骨化。体背毛尖锐，长短不等，腹面毛长于背毛，整齐排列。头部有头顶毛 1 对，头背毛 4 对；腹部背片Ⅰ～Ⅵ各有中侧毛 12 对，背片Ⅶ有中侧毛 2 或 3 对，其中有 1 对长毛；背片Ⅰ～Ⅶ各有缘毛 2 或 3 对，有时 4 对；背片Ⅷ有 1 对长毛。头顶及腹部背片Ⅰ缘毛长 0.06～0.07mm，与触角节Ⅲ最宽直径约等长或稍长，背片Ⅶ长毛长 0.11mm，短毛长 0.03mm；背片Ⅷ毛长 0.11mm。额平。触角 6 节，粗大，节Ⅴ、Ⅵ有小刺突组成横纹，全长 0.82mm，为体长的 0.35 倍；节Ⅲ长 0.30mm，节Ⅰ～Ⅵ长度比例：15：18：100：27：83：19＋8；触角毛短尖锐，节Ⅰ～Ⅵ毛数：3 根，4～8 根，7～15 根，2 根，11～18 根，（2 或 3）＋（3 或 4）根，节Ⅲ毛长为该节直径的 1/4；触角次生感觉圈半环形或开环形，节Ⅲ～Ⅴ分别有 14～17 个，2～4 个，13～15 个。喙短，端部不达中足基节；节Ⅳ＋Ⅴ长楔形，有小刺突布满，长 0.13mm，为基宽的 2.50 倍；有原生毛 2 对，次生毛 2 对。足股节光滑，各胫节有淡色纹。后足股节长 0.55mm，为触角节Ⅲ的 1.80 倍；后足胫节长 0.92mm，为体长的 0.42 倍，毛长为该节最宽直径的 0.57 倍；跗节Ⅰ毛序：3，2，2。翅脉正常。腹管环状，端径 0.07mm，大于尾片长度。尾片宽舌形，长 0.06mm，为基宽的 0.47 倍，有长毛 1 对。尾板末端长圆形，有长毛 4 根。生殖突有长毛 18～26 根。生殖板有毛 45 根。

胚胎　体背毛少，长，各附肢多毛；腹部背片Ⅰ～Ⅵ有中、侧毛各 1 对，胸部背板、腹部各节背片各有长缘毛 1 对，长为背毛的 1.50～2.00 倍。后足跗节爪长 0.07mm，为前、中足爪长的 1.50 倍。

生物学　原生寄主为榆树 *Ulmus pumila*、榔榆 *U. parvifolia*。朝鲜尚有裂叶榆 *U. laciniata*；次生寄主为大丽花 *Dahlia pinnata*、稗 *Echinochloa crusgalli* 及野麦 *Triticum* sp.（均在根部）。

该种在榆叶正面营厚壁小椭圆形短柄红色光滑虫瘿，高 0.50～0.70cm，宽 0.50cm。在次生寄主 3.00～10.00cm 根部生活。

分布　辽宁（沈阳、熊岳）、吉林（公主岭）、北京、河北、天津、浙江、山东、甘肃、宁夏、新疆；朝鲜，日本。

（22）角四脉绵蚜 *Tetraneura triangula* Zhang et Zhang, 1991 （图 55）

Tetraneura triangula Zhang et Zhang, 1991：222.

Tetraneura triangula Zhang et Zhang：Blackman et Eastop, 1994：899；Remaudière et Remaudière, 1997：236；Zhang, Qiao, Zhong et Zhang, 1999：149.

特征记述

无翅孤雌蚜　体卵圆形，体长 2.48mm，体宽 1.94mm。活体乳白色。玻片标本头部黑褐色，胸部、腹部淡色；触角、足黑色；喙淡褐色；腹管、尾片、尾板褐色，生殖突、生殖板淡色。腹部背片Ⅷ有宽横带，横贯全节。复眼淡色，由 3 个小眼面组成。体表光滑，腹管后方几节背板及体腹面有微细瓦纹。体背有多胞状蜡片，头部背面有 2 或 3 对小圆形蜡片，头部前部腹面有 1 对大型蜡片；胸部各节背板有中、侧、缘蜡片各 1 对，缘蜡片大型，侧蜡片有时缺；腹部背片Ⅰ～Ⅶ各有大型缘蜡片 1 对，背片Ⅰ～Ⅷ各有 1 对中蜡片；背片Ⅷ背蜡片位于侧缘域，背片Ⅰ～Ⅲ有时各有 1 对侧蜡片，有时伴有 1～3 个小蜡胞。头部背面蜡片及腹部背蜡片与复眼约等或稍小，缘蜡片均大于复眼。气门圆形关闭，气门片黑色。节间斑淡褐色。中胸腹岔褐色，无柄，长 0.31mm，为触角节Ⅲ的 4.00 倍，为节Ⅴ的 1.60 倍。体背密被短尖锐毛，腹部腹面多毛，不长于背毛；头部有毛 220～280 根，前胸背板有中毛 65～102 根，侧缘毛 100～145 根；腹部背片Ⅷ有毛 38～48 根，包括 2 或 3 对粗长毛；头顶及腹部背片Ⅰ毛长 0.04～0.05mm，为触角节Ⅲ最宽直径的 0.75～0.92 倍；背片Ⅷ粗长毛长 0.11mm，短毛长 0.04mm。头顶不隆，呈弧形。触角 6 节，粗大，光滑，全长 0.58mm，为体长的 0.24 倍；节Ⅲ长 0.08mm，节Ⅰ～Ⅵ长度比例：98：145：100：85：253：47+27；触角毛短尖锐，节Ⅰ～Ⅵ毛数：11～22 根，31～58 根，25～32 根，21～30 根，41～95 根，（5～8）+（4 或 5）根；节Ⅲ毛长为该节最宽直径的 0.58 倍。喙粗大，端部达后足基节；节Ⅳ+Ⅴ长楔状，长 0.24mm，为基宽的 2.80 倍，为后足跗节Ⅱ的 1.30 倍；有毛 20～21 对。足粗，光滑，密被短尖毛。后足股节长 0.46mm，为该节直径的 3.10 倍；为触角节Ⅲ的 6.00 倍，为触角全长的 0.79 倍；后足胫节基部粗大，渐向端部细小，长 0.44mm，为体长的 0.18 倍，短于后足股节；后足胫节毛长为该节最宽直径的 0.52 倍；后足跗节 Ⅱ 长 0.09mm，有毛18～24 根，腹面顶端有长毛 1 对，长为其他毛长的 2.00～2.50 倍。腹管截断状，有明显缘突，端径 0.05mm，与复眼约相等。尾片小半球状，长 0.06mm，为基宽的 0.44 倍；有短毛 4～7 根。尾板末端椭圆形，有长毛 29～39 根。生殖突呈双瘤状，有长毛 35 或 36 根。生殖板有短毛约 60 根。

胚胎（无翅孤雌蚜体内）　　体蜡片单胞，圆形至卵圆形；头部前部有蜡片 1 对，头顶有背中蜡片 1 个；腹部节 Ⅰ～Ⅵ 有背中、侧蜡片，单胞圆形，直径 0.008～0.013mm；节 Ⅶ 仅有背中蜡片；胸部、腹部节 Ⅰ～Ⅶ 各有腹面缘蜡片 1 对，圆形至卵圆形大胞，周缘偶有 1～3 个极小伴胞。体毛尖，腹部背片 Ⅰ～Ⅵ 有中侧毛 50～60 根，缘毛 24～30 对；背片 Ⅶ 有毛 30 根，背片 Ⅷ 有毛 8 根。触角 5 节，节 Ⅳ 顶端及节 Ⅴ 有微刺，节 Ⅰ～Ⅴ 毛数：12 根长＋1 根短，20 根，10 根，40～48 根，10＋4 根，毛长 0.03～0.38mm。喙总长达 0.67mm，节 Ⅳ＋Ⅴ 长 0.21mm，共有毛 26～30 根。胫节端部及跗节多微刺。后足爪长 0.05mm。尾片有毛 2 或 3 根。

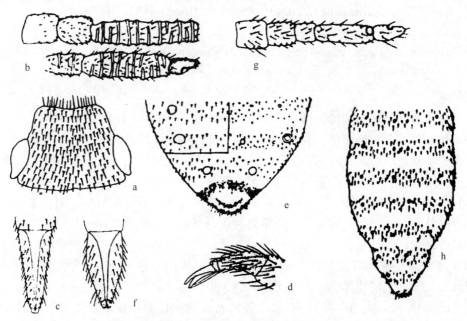

图 55　角四脉绵蚜 *Tetraneura triangula* Zhang *et* Zhang

无翅孤雌蚜 (apterous viviparous female)

a. 头部背面观 (dorsal view of head)；b. 触角 (antenna)；c. 喙节 Ⅳ＋Ⅴ (ultimate rostral segment)；d. 跗节及爪 (tarsus and claws)；e. 腹部背片 Ⅴ～Ⅷ (abdominal tergites Ⅴ～Ⅷ)。

有翅孤雌蚜 (alate viviparous female)

f. 喙节 Ⅳ＋Ⅴ (ultimate rostral segment)。

胚胎 (embryo)

g. 触角 (antenna)；h. 腹部背面观 (dorsal view of abdomen)。

有翅孤雌蚜　体长 2.74mm，体宽 1.18mm。玻片标本头部、胸部黑色，腹部淡色，无斑纹。触角、喙、足、尾片及尾板黑色，腹管、生殖突及生殖板淡色。体表光滑，体背有小圆形多胞组成的蜡片，前、后胸背板各有 1 对，中胸背板有 3 个；腹部背片 I～VII 各有中蜡片 1 对，但背片 IV～VI 中蜡片极小；背片 I～IV 各有侧蜡片 1 对，背片 I～VII 各有缘蜡片 1 对，有时缺。体背密被整齐短尖毛，每节含 9 或 10 横列呈带状毛带；头部有毛约 90 对；腹部背片 VIII 有毛 19～23 根。触角 6 节，粗大，全长 0.71mm；节 III 长 0.22mm，节 I～VI 长度比例：29：37：100：34：93：20＋7；节 I～VI 毛数：15～18 根，41～44 根，39～51 根，22～30 根，79～85 根，（6～9）＋（3 或 4）根；节 III 毛长 0.03mm；节 III～V 各有环状次生感觉圈数：12～18 个，2 或 3 个，9～12 个。喙端部不达后足基节，节 IV＋V 长楔状，长 0.22mm，为基宽的 2.30 倍，为后足跗节 II 的 1.80 倍，有毛 24～27 对。足股节端部微有瓦纹，跗节密被小刺突；后足股节长 0.52mm，为触角节 III 的 2.40 倍；后足胫节长 0.79mm，为体长的 0.29 倍。跗节 I 毛序：3，3，2，有时 3，3，3。翅脉粗黑，前翅有翅脉 4 支，镶黑边。腹管截断状或环状，有缘突，端径 0.05mm，为触角节 III 直径的 0.89 倍。尾片有毛 5～7 根。尾板有毛 35～44 根。生殖突末端圆形，有毛 40～48 根，生殖板有毛 70 余根。

胚胎（有翅孤雌蚜体内） 各体节有毛 18～26 根。后足跗节爪长 0.03mm。

生物学 原生寄主植物为榆树 Ulmus pumila；次生寄主为稗 Echinochloa crusgalli、白茅根 Imperata koenigii、芦苇 Phragmites australis 和高粱 Sorghum bicolor。

该种在榆叶正面营七角八棱不规则形虫瘿，人为移植到高粱及白茅根部后，可与蚂蚁共同生活，昌盛繁殖，生活到秋末。

分布 辽宁（营口）、北京、天津、河北、山西、山东。

(23) 榆四脉绵蚜 *Tetraneura ulmi* (Linnaeus, 1758) (图 56)

Aphis ulmi Linnaeus, 1758：451.

Aphis gallarum ulmi de Geer, 1773：89.

Aphis gallarum Gmelin, 1790：2210.

Coccus zeaemaydis Dufour, 1824：203.

Tetraneura boyeri Passerini, 1856：262.

Amycla fuscifrons Koch, 1857：301.

Endeis bella Koch, 1857：312.

Endeis rosea Koch, 1857：313.

Pemphigus fuscifrons saccharata der Guercio, 1895：88.

Tetraneura ulmisacculi Patch, 1910：216.

Tetraneura ulmifoliae Baker, 1920：68.

Brysocrypta personata Börner, 1950：17.

Tetraneura ulmi (Linnaeus)：Blackman *et* Eastop, 1994：899；Remaudière *et* Remaudière, 1997：236；Zhang, Qiao, Zhong *et* Zhang, 1999：152；Zhang, 1999：140.

特征记述

无翅孤雌蚜 体卵圆形，体长 2.46mm，体宽 1.70mm。活体黄色，腹部腹面有薄粉。玻片标本头部与前胸分节明显，黑色，中、后胸及腹部淡色，腹部背片 VI 有中斑，背片 VII 有中侧斑，背片 VIII 有宽横带，横贯全节。触角、喙、足、腹管、尾片、尾板、生殖板及生殖突黑褐色。体表光滑，头部背面有皱纹，腹部腹面有横瓦纹。蜡片明显，由同等大小蜡胞排列为大小不等的空心环状；头部有头顶蜡片 1 对，头背前方蜡片 1 对，中部蜡片 1 对，背后方蜡片 1 或 2 对；前胸背板有中蜡片 1 对，缘蜡片 1 对；中、后胸背板及腹部背片 Ⅰ～Ⅵ 分别有中、侧、缘蜡片各 1 对，背片 Ⅶ 有中蜡片 1 对，缘蜡片 1 对；背片 Ⅷ 缺蜡片。气门圆形开放，气门片黑色。节间斑明显，呈葡萄状。中胸腹岔黑色，两臂相近，分离，单臂横长 0.14mm，为触角节 Ⅲ 的 1.50 倍。体背毛长短不等，尖锐；头部有头顶短毛 1 对，头背短毛 4 或 5 对；前胸背板有中毛 2 对，侧缘毛 2 对；腹部背片 Ⅰ～Ⅴ 各有中侧短毛 10～12 对，缘毛 5 或 6 对；背片 Ⅵ 有中侧短毛 5 或 6 对，缘毛 4 或 5 对；背片 Ⅶ 有中长毛 1 对，侧缘毛 2 或 3 对；背片 Ⅷ 有粗长曲毛 1 对；头部背毛长 0.01mm，为触角节 Ⅲ 直径的 1/5；背片 Ⅰ～Ⅴ 毛长 0.006～0.008mm，背片 Ⅶ 中毛长 0.03mm，背片 Ⅷ 毛长 0.14mm，为触角节 Ⅲ 直径的 3.40 倍。中额不隆，额瘤隆起，各呈乳头状，有淡色背中缝。复眼由 3 个小眼面组成。触角 5 节，光滑，全长 0.41mm，为体长的 0.17 倍；节 Ⅲ 长 0.10mm，节 Ⅰ～Ⅴ 长度比例：62：64：100：124：60+20；触角毛尖锐，节 Ⅰ～Ⅴ 毛数：2 根，2 根，2 根，7～10 根，3+3 根；节 Ⅲ 毛长 0.01mm，为该节直径的 0.31 倍；节 Ⅳ、Ⅴ 原生感觉圈大型，有长睫。喙粗壮，粗糙，有小刺突组成纵纹，端部超过中足基节，节 Ⅳ+Ⅴ 楔状，长 0.20mm，为基宽的

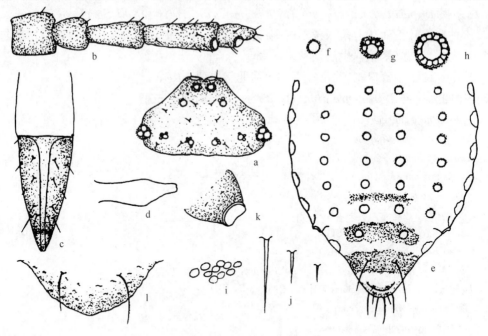

图 56　榆四脉绵蚜 *Tetraneura ulmi* (Linnaeus)

无翅孤雌蚜（apterous viviparous female）

a. 头部背面观 (dorsal view of head)；b. 触角 (antenna)；c. 喙节 Ⅳ+Ⅴ (ultimate rostral segment)；d. 中胸腹岔（右侧）(right part of mesosternal furca)；e. 腹部背面观（背片 Ⅰ～Ⅶ 背毛省略）(dorsal view of abdomen, not showing dorsal hairs on abdominal tergites Ⅰ～Ⅶ)；f. 头部背后方蜡片 (posterior dorsal wax plate of head)；g. 体背中蜡片 (spinal dorsal wax plate of body)；h. 体背缘蜡片 (marginal wax plate of body)；i. 节间斑 (muskelplatten)；j. 体背毛 (dorsal hairs of body)；k. 腹管 (siphunculus)；l. 尾片 (cauda)。

2.20 倍，为后足跗节的 2.90 倍；有原生毛 3 对，次生毛 5 或 6 对。足股节有小刺突组成横纹，胫节、跗节光滑；后足股节长 0.33mm，为触角节Ⅲ的 3.50 倍，为触角全长的 0.81 倍；后足胫节长 0.37mm，为体长的 0.15 倍；毛长 0.01mm，为该节直径的 0.21 倍；跗节不分节，长 0.07mm，有毛 9 或 10 根，爪间有长尖毛 1 对。腹管截断短筒形，光滑，有缘突和切迹，长 0.06mm，为基宽的 0.57 倍，与尾片约等长。尾片宽舌状，有小刺突分布，有长毛 1 对。尾板高馒状，光滑，有粗长曲毛 6 根。生殖板半月状，有尖锐短毛 16～20 根。生殖突 2 个相连，各有长曲毛 9 或 10 根。

生物学　寄主植物为榆 *Ulmus* sp.，高粱 *Sorghum bicolor*、大豆 *Glycine max* 和苦豆子 *Sophora alpecuroides*（根部）。欧洲记录原生寄主为榆树 *U. pumila*；次生寄主为波状须草 *Deschampsia flexuosa*、偃麦草 *Elytrigia repens*、玉蜀黍 *Zea mays*、鼠大麦 *Hordeum murinum* 及早熟禾 *Poa annua* 等禾本科杂草（根部）。

分布　内蒙古（赤峰）、辽宁（昌图、营口）、黑龙江（哈尔滨）、北京、天津、河北、新疆；俄罗斯，中亚，中东，丹麦，瑞典，挪威，芬兰及欧洲其他地区。原产于古北区，传播到美国和加拿大。

(24) 瑕夷四脉绵蚜 *Tetraneura yezoensis* Matsumura, 1917 （图 57）

Tetraneura yezoensis Matsumura, 1917：73.

Tetraneura heterohirsuta Carver *et* Basu, 1961：83.

Tetraneura yezoensis Matsumura：Blackman *et* Eastop, 1994：899；Remaudière *et* Remaudière, 1997：237；Zhang, Qiao, Zhong *et* Zhang, 1999：155.

特征记述

无翅孤雌蚜（秋季型）　体卵圆形，体长 3.01mm，体宽 2.26mm。活体杏黄色。玻片标本头部褐色，胸部、腹部淡色；触角、喙、足黑褐色；腹管和尾片端部黑色，尾板淡褐色，生殖突及生殖板淡色。腹部背片Ⅶ、Ⅷ各有宽横带。体表光滑，头部、胸部及腹部各节均有单胞蜡片，周围深褐色；头部背前方及腹面各有 1 对圆形蜡片，背面蜡片小型；前胸背板有背中蜡片 1 对，腹部背片Ⅰ～Ⅶ分别有中、侧蜡片各 1 对，背片Ⅷ有蜡片 1 对；胸部各节背板及腹部背片Ⅰ～Ⅶ有大型缘蜡片各 1 对，大于腹管端径，约为中侧蜡片的 10.00 倍。气门圆形开放，气门片大型黑色。节间斑明显，淡褐色。中胸腹岔淡色，无柄，横长 0.37mm，为触角节Ⅲ的 2.20 倍。体毛粗，尖锐，头部背面有毛 37～50 对；前胸背板有毛 31～34 对；腹部背片Ⅰ～Ⅵ多毛，背片Ⅴ～Ⅶ每侧各有 1 根粗长缘毛，毛顶端球状；背片Ⅶ有中毛 3～5 对，包括 1 对粗长毛；背片Ⅷ有粗长毛 2 或 3 根，缘域有时有短尖毛 2 根。头顶及腹部背片Ⅰ毛长 0.05mm，为触角节Ⅲ最宽直径的 0.74 倍；背片Ⅶ缘毛长 0.24mm，背片Ⅷ毛长 0.16mm。头顶呈弧形，头盖缝不甚明显。触角 5 节，粗大、光滑，节Ⅲ、Ⅳ有愈合痕迹，全长 0.70mm，为体长的 0.23 倍；节Ⅲ长 0.17mm，节Ⅰ～Ⅴ长度比例：52∶57∶100∶167∶29＋16；触角各节有粗尖锐毛，节Ⅰ～Ⅴ毛数：7～10 根，19～26 根，26～31 根，29～31 根，（2 或 3）＋5 根；节Ⅲ毛长为该节直径的 0.49 倍。喙粗大，端部超过中足基节，节Ⅳ＋Ⅴ长楔状，长 0.19mm，为基宽的 1.90 倍，有粗尖毛 12～14 对。足粗大光滑。后足股节长 0.72mm，与触角约等长；后足胫节基部宽大，逐渐向端部变细，长 0.64mm，为后足股节长的 0.88 倍，为体长的 0.21 倍，毛长为该节基宽的 1/2。跗节Ⅰ长 0.10mm，有毛 9～11 根。腹管截断状，有缘突，端宽 0.05mm，为基宽的 0.53 倍。尾片半球状，有皱纹，长 0.06mm，为基宽的 0.39 倍，有毛 2 或 3 根。尾板末端圆形，有粗长尖毛 12 或 13 根。生殖突分裂两片，有细短毛 46 根。

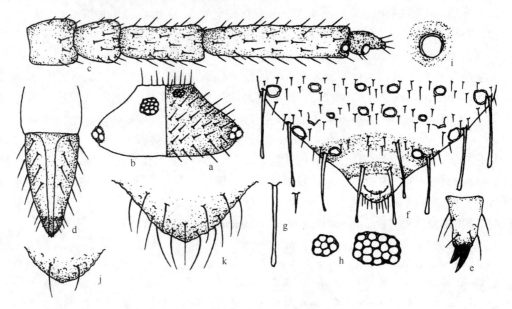

图 57 瑕夷四脉绵蚜 *Tetraneura yezoensis* Matsumura

无翅孤雌蚜（apterous viviparous female）

a. 头部背面观 (dorsal view of head)；b. 头部腹面蜡片 (ventral wax plate of head)；c. 触角 (antenna)；d. 喙节Ⅳ＋Ⅴ (ultimate rostral segment)；e. 足跗节及爪 (tarsus and claws)；f. 腹部背片Ⅴ～Ⅷ (abdominal tergites Ⅴ～Ⅷ)；g. 体缘毛 (marginal hair of body)；h. 腹部蜡片 (wax plate of abdomen)；i. 腹管 (siphunculus)；j. 尾片 (cauda)；k. 尾板 (anal plate)。

有翅性母蚜 体椭圆形，体长 2.24mm，体宽 1.31mm。活体深绿色。玻片标本头部、胸部黑色、腹部淡色；触角、喙、足、腹管、尾片、尾板及生殖板黑褐色。腹部背片Ⅶ有褐斑，背片Ⅷ有横带横贯全节。体表光滑。体背有单胞蜡片；头部有背蜡片 1 对，大型腹蜡片 1 对；腹部背片Ⅰ～Ⅶ各有缘蜡片，中侧偶有小型蜡片。气门圆形开放，气门片淡色。体背毛多，尖锐，头部有毛 88～116 根；腹部密被毛，排列整齐，背片Ⅰ～Ⅵ各有毛 120～140 根，其中背片Ⅵ各有 1 对粗长尖锐毛，背片Ⅶ有 4～8 根粗长中侧毛及若干根短中侧毛，背片Ⅷ有粗长毛 2～4 根。头顶及腹部背片Ⅰ～Ⅶ背毛长 0.06mm，为触角节Ⅲ最宽直径的 0.88 倍；背片Ⅷ毛长 0.13mm，长毛约为短毛的 3.00 倍。额平或弧形。触角 6 节，光滑，节Ⅵ有小刺突；全长 0.75mm，为体长的 1/3；节Ⅲ长 0.24mm，节Ⅰ～Ⅵ长度比例：24：28：100：37：100：21＋8，触角多毛，节Ⅰ～Ⅵ毛数：7 或 8 根，11～13 根，22～24 根，10～12 根，28～32 根，（3 或 4）＋4 根；次生感觉圈条形开环状，节Ⅲ～Ⅴ分别有 11～17 个，3 或 4 个，8～15 个，分布于各节全长；原生感觉圈小圆形，有睫。喙端部达中足基节，节Ⅳ＋Ⅴ长楔状，长 0.21mm，为基宽的 2.50 倍，为后足跗节Ⅱ的 1.40 倍；有原生长毛 3 对，次生长毛 8

或 9 对。足光滑，跗节密被小刺突横纹。后足股节长 0.58mm，为触角节Ⅲ的 0.77 倍；后足胫节长 0.92mm，为体长的 0.41 倍；毛长为该节最宽直径的 0.80 倍；跗节Ⅰ毛序：3，2，2。翅脉正常。腹管截断状，光滑，端宽 0.05mm，为基宽的 1/2，有明显缘突。尾片半球状，有皱纹，长 0.07mm，为基宽的 0.61 倍，有长毛 2 或 3 根。尾板半球状，有长毛 8～13 根。生殖突淡色，末端平圆形，有毛 26～29 根。生殖板有毛 60 余根。

胚胎　体背有毛 5 或 6 对。腹部各节有明显缘蜡片。爪长 0.03mm。

生物学　原生寄主植物为榆树 *Ulmus pumila*、春榆 *U. davidiana* var. *japonica*；次生寄主植物为蒙古蒿 *Artemisia mongolica*、红蓼（红草）*Polygonum orientale*、香附子 *Cyperus rotundus*、稗 *Echinochloa crusgalli*、荻 *Triarrhena sacchariflora* 和羊草 *Leymus chinensis*。印度记载尚有臂形草属植物 *Brachiaria* spp.、穆属，（龙爪稷属）植物 *Eleusine* spp.、画眉草属植物 *Eragrostis* spp.、白茅属植物 *Imperata* spp.、棒头草属植物 *Polypogon* spp.、狗尾草属植物 *Setaria* spp. 及普通小麦 *Triticum aestivum*。一般在次生寄主根部取食。

分布　辽宁（沈阳、营口）、内蒙古、北京、湖南、贵州、台湾；朝鲜，日本，尼泊尔，印度，斯里兰卡，马来西亚，菲律宾，澳大利亚，美国。

（二）五节根蚜亚科 Fordinae

触角 5 或 6 节，次生感觉圈圆形、近圆形、卵圆形或大型片状。前翅中脉通常不分叉，后翅有 2 条斜脉。各足跗节Ⅰ毛在有翅孤雌蚜中为 4 根或更多。在各型中腹管消失。蜡片有或无。

大多数种类可以营全周期型和不全周期型生活，可以在杂草等根部或苔藓类植物上终年孤雌繁殖。异寄主全周期的类群全部以漆树科 Anacardiaceae 中的盐肤木属植物 *Rhus* spp. 或黄连木属植物 *Pistacia* spp. 为原生寄主，以苔藓植物或禾本科（根部）或其他植物（根部）为其冬季的次生寄主。

8. 五节根蚜属 *Forda* von Heyden，1837

Forda von Heyden，1837：291. **Type species**：*Forda formicaria* von Heyden，1837.

Rhizoterus Hartig，1841：363.

Pentaphis Horvath，1896：2.

Fordona Mordvilko，1935：198.

Forda von Heyden：Blackman *et* Eastop，1994：698；Remaudière *et* Remaudière，1997：239；
　　Zhang，Qiao，Zhong *et* Zhang，1999：274；Zhang，1999：162.

属征　无翅成蚜额平直。触角 5 节。复眼由 3 个小眼面组成。腹管无。尾片、尾板圆形。有翅成蚜触角 5 或 6 节，节Ⅱ短于节Ⅲ，原生感觉圈及次生感觉圈无睫，也无厚的、骨化的几丁质环；前翅中脉不分叉，后翅有 2 条斜脉，基部分离。生殖突 2 个或 3 个。

世界已知 8 种，中国已知 5 种，本志记述 2 种。

种 检 索 表

（无翅孤雌型）

1. 触角节Ⅲ～Ⅴ分别有椭圆形次生感觉圈 48～51 个，1 个，0 个；腹部背片Ⅰ～Ⅷ各有宽横带；腹部背片Ⅷ有毛 10 对；尾片有毛 34 根 ·· **蚁五节根蚜 *F. formicaria***
触角节Ⅲ～Ⅴ分别有大小不规则形次生感觉圈 11～16 个，2 个，0 或 1 个；腹部背片Ⅰ～Ⅳ各有零
星中侧斑或融合为带状，背片Ⅴ～Ⅷ各斑呈宽带；腹部背片Ⅷ有毛 6 对；尾片有毛 27 根 ········
·· **缘五节根蚜 *F. marginata***

(25) 蚁五节根蚜 *Forda formicaria* von Heyden，1837 （图 58）

Forda formicaria von Heyden，1837：292.

Rhizoterus vacca Hartig，1841：359.

Pemphigus semilunaria Passerini，1856：258.

Pemphigus semilunoides Lichtenstein，1880：178.

Forda viridana Buckton，1883：85.

Pentaphis viridescens del Guercio，1920：107.

Forda formicaria viridis Mordvilko，1935：419.

Forda meridionalis Mordvilko，1935：419.

Forda formicaria intermixta Börner，1952：259.

Forda formicaria subnuda Börner，1952：259.

Forda formicaria von Heyden：Blackman *et* Eastop，1994：698；Remaudière *et* Remaudière，
1997：239；Zhang，Qiao，Zhong *et* Zhang，1999：276；Zhang，1999：164.

特征记述

　　无翅孤雌蚜　体卵圆形，体长 2.43，体宽 1.73mm。成蚜活体蓝绿色，无粉；若蚜乳
白色。玻片标本头部淡褐色，胸部、腹部淡色；触角、喙、足、尾片、尾板及生殖板褐
色。腹部背片Ⅵ、Ⅶ各有淡褐色宽横带，背片Ⅷ有深色横带，各横带横贯全节。体背有微
刺突瓦纹。头部背面布满小颗粒刺突，但不形成网纹；腹部背片Ⅵ～Ⅷ有明显刺突瓦纹。
无蜡片。气门圆形开放，气门片褐色。无节间斑。中胸腹岔不明显，淡色，两臂分离，各
臂横长 0.11mm，为触角节Ⅲ的 1/3。体背毛尖锐，腹部腹面多尖锐长毛，长为背毛的
3.00～4.00 倍。头部有毛 34～42 对，头背前方毛为长毛；腹部背片Ⅵ有中侧毛 31～32
对，缘毛 14～20 对，背片Ⅶ有中侧毛 22～25 对，缘毛 11 或 12 对，背片Ⅷ有毛 16～18
对；头顶毛长 0.05mm，为触角节Ⅲ直径的 0.84 倍，腹部背片Ⅰ毛长 0.03mm，背片Ⅷ毛长
0.02mm。额平。触角 5 节，光滑，全长 0.81mm，为体长的 0.33 倍，节Ⅲ长 0.33mm，节
Ⅲ长为节Ⅳ＋Ⅴ 的 1.10 倍，节Ⅰ～Ⅴ长度比例：24：31：100：41：38＋13；触角毛尖锐，
节Ⅰ～Ⅴ毛数：7 或 8 根，18～20 根，40～49 根，16 或 17 根，14＋5 根，节Ⅲ毛长
0.04mm，为该节直径的 0.61 倍；原生感觉圈无睫。喙端部达后足基节，节Ⅳ＋Ⅴ楔状，
长 0.26mm，为该节基宽的 2.70 倍，为后足跗节Ⅱ的 1.50 倍，有原生毛 3 对，次生毛 5～
7 对。足各节有皱曲纹；后足股节长 0.45mm，为触角节Ⅲ的 1.40 倍；后足胫节长
0.70mm，为体长的 0.29 倍；跗节Ⅱ长 0.16mm；跗节Ⅰ毛序：7，7，7，有时 7，7，3。无
腹管。尾片末端圆形，长 0.07mm，为基宽的 1/3，有毛 30～32 根。尾板有毛 80 余根。
生殖板椭圆形，有毛 50～80 根。

　　有翅孤雌蚜　体椭圆形，体长 2.16，体宽 0.95mm。玻片标本头部、胸部黑色，腹
部淡色，有黑斑；触角、喙、足、尾片、尾板及生殖板黑褐色。腹部背片Ⅰ～Ⅷ各有宽
横带，背片Ⅰ～Ⅶ各有独立淡褐色缘斑，背片Ⅷ有横带横贯全节。头部背面有皱纹；腹

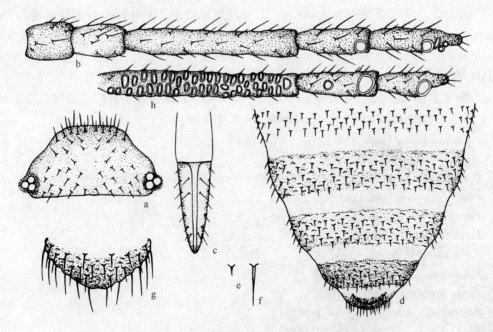

图 58 蚁五节根蚜 *Forda formicaria* von Heyden

无翅孤雌蚜（apterous viviparous female）

a. 头部背面观（dorsal view of head）；b. 触角（antenna）；c. 喙节Ⅳ＋Ⅴ（ultimate rostral segment）；
d. 腹部背片Ⅴ～Ⅷ（abdominal tergites Ⅴ～Ⅷ）；e. 腹部背面毛（dorsal hair of abdomen）；f. 腹部腹
面毛（ventral hair of abdomen）；g. 尾片（cauda）。

有翅孤雌蚜（alate viviparous female）

h. 触角节Ⅲ～Ⅴ（antennal segments Ⅲ～Ⅴ）。

部背面光滑，背片Ⅷ有微瓦纹。无蜡片。气门圆形开放，气门片黑色。无节间斑。体背
毛极短小，尖锐，腹部腹面有长毛，长为背毛的 5.00～6.00 倍；头部有毛 45 对；腹部
背片Ⅰ～Ⅶ各有中侧毛 20～28 对，缘毛 10～12 对，背片Ⅷ有毛 10 对；头顶毛长
0.01mm，为触角节Ⅲ直径的 0.25 倍，头背毛及腹部背片Ⅰ毛长 0.004mm，背片Ⅷ毛
长 0.008mm。中额平，头盖缝明显。触角 5 节，光滑，全长 0.84mm。为体长的 0.39
倍，节Ⅲ长 0.40mm，节Ⅰ～Ⅴ长度比例：17：25：100：37：28＋6；节Ⅲ有椭圆形次
生感觉圈 48～51 个，分布于全长，节Ⅳ有次生感觉圈 1 个；原生感觉圈圆形，无睫；
触角毛细，尖锐，节Ⅰ～Ⅴ毛数：8 或 9 根，16 或 17 根，48～52 根，17～24 根，（9
或 10）＋4 根，节Ⅲ毛长 0.02mm，为该节直径的 0.36 倍。喙端部达后足基节，节
Ⅳ＋Ⅴ楔状，长 0.21mm，为该节基宽的 3.60 倍，为后足跗节Ⅱ的 1.50 倍，有原生毛
3 对，次生毛 9 对。足有皱纹，后足股节长 0.45mm，为触角节Ⅲ的 1.10 倍；后足胫节
长 0.88mm，为体长的 0.41 倍，毛长 0.04mm，为该节直径的 0.70 倍；跗节Ⅱ长
0.14mm，跗节Ⅰ各有毛 5～7 根。前翅 2 肘脉基部合并，中脉不分叉；后翅翅脉淡色。
尾片末端圆形，有毛 34 根。尾板有毛 66 根。生殖板大型，有长毛 90 余根。

生物学 寄生在禾本科植物（根部）。国外记载原生寄主为黄连木属 *Pistacia tere-
binthus*；次生寄主为禾本科（根部）的冰草属植物 *Agropyron* spp.、剪股颖属植物

Agrostis spp.、雀麦属植物 *Bromus* spp.、鸭茅属植物 *Dactylis* spp.、发草属植物 *Deschampsia* spp.、大麦属植物 *Hordeum* spp.、早熟禾属植物 *Poa* spp.、黑麦属植物 *Secale* spp.、小麦属植物 *Triticum* spp. 等。该种在原生寄主叶片反面边缘取食，叶片卷曲成半月形虫瘿。

分布　吉林（公主岭）、甘肃；中东，中亚，北非，欧洲，俄罗斯，美国，加拿大。

(26) 缘五节根蚜 *Forda marginata* Koch，1857 （图59）

Forda marginata Koch, 1857：311.

Tychea trivialis Passerini, 1860：40.

Pemphigus follicularius Passerini, 1861：400.

Pemphigus retroflexus Courchet, 1879：25.

Pemphigus folliculoides Lichtenstein, 1880：178.

Forda interjecta Cockerell, 1903：167.

Forda kingii Cockerell, 1903：167.

Forda olivacea Rohwer, 1908：68.

Forda hexagona Theobald, 1915：53.

Pentaphis apuliae del Guercio, 1920：118.

Forda mokrzeckyi Mordvilko, 1921：66.

Forda polonica Mordvilko, 1921：67.

Forda proximalis Mordvilko, 1921：66.

Forda pskovensis Mordvilko, 1921：67.

Forda wilsoni Mordvilko, 1921：67.

Forda follicularioides Mordvilko, 1935：165.

Forda marginata Koch：Zhang *et al*., 1985：287；Blackman *et* Eastop, 1994：699；Remaudière *et* Remaudière, 1997：239；Zhang, Qiao, Zhong *et* Zhang, 1999：278；Zhang, 1999：165.

特征记述

有翅孤雌蚜　体椭圆形，体长 1.79mm，体宽 1.25mm。玻片标本头部、胸部黑色，腹部淡色，有明显黑色斑；触角、喙、足、尾片、尾板、生殖突及生殖板黑色。体表光滑，各背斑有细瓦纹；腹部背片Ⅰ～Ⅳ各有零星中侧斑或融合为带状，背片Ⅴ～Ⅷ各斑呈宽带，背片Ⅰ～Ⅵ各有独立小缘斑，背片Ⅶ、Ⅷ有横带横贯全节。气门圆形开放，气门片大型黑色。缺节间斑。腹节Ⅰ有尖形小缘瘤，长于缘毛。体背毛短小尖锐，腹部腹面毛少，不长于背毛；头部有毛36对；腹部背片Ⅰ～Ⅵ各有中侧毛20～30对，缘毛15或16对，有时18对，背片Ⅶ有中侧毛10或11对，缘毛9对，背片Ⅷ有毛6对，各毛长 0.010～0.013mm，为触角节Ⅲ最宽直径的1/5。中额弧形。头盖缝明显，粗黑，背中部有1对深黑色圆形斑突。触角5节，各节均有皱纹，长 0.69mm，为体长的0.38倍，节Ⅲ长 0.31mm，节Ⅰ～Ⅴ长度比例：20：20：100：41：31＋9；触角毛短尖锐，节Ⅰ～Ⅴ毛数：8根，13根，53根，17根，12＋4根，节Ⅲ毛长为该节最宽直径的1/3；节Ⅲ～Ⅴ分别有大小不规则形次生感觉圈：11～16个，2个，0或1个；原生感觉圈大圆形，无睫。喙端部达中足基节，节Ⅳ＋Ⅴ长楔状，长 0.19mm，为基宽的3.10倍，为后足跗节Ⅱ的1.40倍，有原生长毛3对，次生毛7对。足粗糙，有皱曲

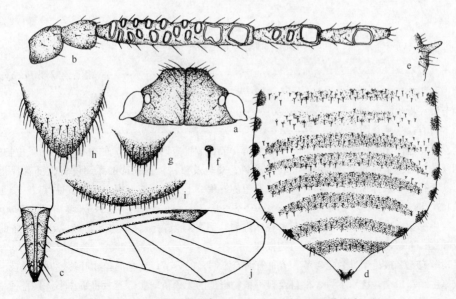

图 59　缘五节根蚜 *Forda marginata* Koch

有翅孤雌蚜（alate viviparous female）

a. 头部背面观（dorsal view of head）；b. 触角（antenna）；c. 喙节Ⅳ＋Ⅴ（ultimate rostral segment）；d. 腹部背面观（dorsal view of abdomen）；e. 腹部背片Ⅰ缘瘤（marginal tubercle on abdominal tergite Ⅰ）；f. 体背毛（dorsal hair of body）；g. 尾片（cauda）；h. 尾板（anal plate）；i. 生殖板（genital plate）；j. 前翅（fore wing）。

纹；后足股节长 0.31mm，为触角节Ⅲ的 1.20 倍；后足胫节长 0.67mm，为体长的 0.38 倍，毛长为该节最宽直径的 0.83 倍；跗节Ⅰ毛序：5，5，5。前翅翅痣长，长为宽的 3.00 倍，翅脉 4 支，中脉不分叉，2 肘脉基部共柄，后翅 2 条斜脉。缺腹管。尾片馒圆形，长 0.07mm，为基宽的 0.48 倍，有毛 27 根。尾板漏斗形，有毛约 60 根。生殖突椭圆形，有长毛 80 余根。生殖板月牙形，有短毛 40 余根。

生物学　寄主植物为稗 *Echinochloa crusgalli*；国外记载以黄连木属植物（笃蓐香 *Pistacia terehinthus*，钝黄连木 *P. mutica*）为原生寄主（在叶缘卷曲成袋形虫瘿）；次生寄主有禾本科的剪股颖属植物 *Agrostis* spp.、雀麦属植物 *Bromus* spp.、拂子茅属植物 *Calamagrostis* spp.、棒芒草属植物 *Corynephorus* spp.、羊茅属植物 *Festuca* spp.、大麦属植物 *Hordeum* spp.、早熟禾属植物 *Poa* spp.、黑麦属植物 *Secale* spp.、小麦属植物 *Triticum* spp. 等。我国通过色盘诱得。

分布　辽宁（沈阳）、台湾；俄罗斯，印度，中东，欧洲，北非，北美。

（三）瘿绵蚜亚科 Pemphiginae

有翅孤雌蚜触角 5 或 6 节，次生感觉圈窄条状，常呈带状，占该节圆周的 1/2。前翅中脉一分叉或不分叉，后翅 2 条斜脉，基部不远离。足跗节 2 节。蜡片通常为蜂窝状小室。腹管存在或消失，在次生寄主上的成蚜一般有腹管。尾片圆形，小；尾板圆形，大。

大多数种类营异寄主全周期型生活，原生寄主为杨属植物 *Populus* spp.，次生寄主为针叶植物或双子叶植物（均在根部或高湿环境的地上部分）。

属 检 索 表
（有翅干雌蚜，其他型则指明）

1. 前翅中脉一分叉 ·· 粗毛绵蚜属 *Pachypappa*
   前翅中脉不分叉 ··· 2
2. 触角节Ⅵ无次生感觉圈 ··· 3
   触角节Ⅵ有次生感觉圈 ··· 4
3. 触角次生感觉圈无睫；头部无蜡片；干母触角 4 节，节Ⅲ有时有不明显的分节；在杨属植物叶片、
   叶柄及枝上营次生或原生开口虫瘿；在禾本科、菊科及蓼科植物根部的无翅侨蚜腹部背片Ⅲ蜡片
   小，其直径小于该背片中、侧蜡片间距；有翅侨蚜跗节Ⅰ有毛 2 或 3 根，触角节Ⅲ有 3～10 个无睫
   的条状次生感觉圈 ··· 瘿绵蚜属 *Pemphigus*
   触角次生感觉圈有睫；干母触角 5 节；在木犀科、忍冬科及蔷薇科植物叶片形成卷缩肿胀的伪虫
   瘿或叶巢；侨蚜在冷杉属和云杉属植物根部 ································· 卷叶绵蚜属 *Prociphilus*
4. 各足跗节有毛 2 根；干母触角 4 节，节Ⅲ有时有不明显的分节；在杨属植物叶片、叶柄及枝上营次
   生或原生开口虫瘿；在禾本科、菊科及蓼科植物根部的无翅侨蚜腹部背片Ⅲ蜡片小，其直径小于该
   背片中、侧蜡片间距；有翅侨蚜跗节Ⅰ有毛 2 或 3 根，触角节Ⅲ有 3～10 个无睫次生感觉圈··········
   ··· 瘿绵蚜属 *Pemphigus*（部分）
   各足跗节有毛 2～5 根，至少在部分跗节有毛 3 根以上；干母触角 5 或 6 节；在杨属植物向反面对
   折卷起肿胀的伪虫瘿中；侨蚜在旋花科、报春花科及禾本科根部 ········ 伪卷叶绵蚜属 *Thecabius*

9. 粗毛绵蚜属 *Pachypappa* Koch, 1856

Pachypappa Koch, 1856: 269. **Type species**: *Pachypappa marsupialis* Koch, 1856.

Asiphum Koch, 1856: 246.

Pemphiglachnus Knowlton, 1928: 264.

Rhizomaria Hartig, 1857: 52.

Sigmacallis Zhang, 1981: 233.

Pachypappa Koch: Blackman *et* Eastop, 1994: 790; Remaudière *et* Remaudière, 1997: 244;
　　Zhang, Qiao, Zhong *et* Zhang, 1999: 169; Zhang, 1999: 141.

属征　干母体背无蜡片，有长毛；原生感觉圈有睫。有翅干雌蚜前翅中脉通常分为
2 支，有翅性母蚜前翅中脉不分支。

该属原生寄主为杨属植物 *Populus* spp.，在嫩叶反面吸食，受害叶片向反面对折，
正面膨大肿胀为饺子状虫瘿，叶片向正面有自然开口，虫瘿常肿大为正常叶片的 2.00
倍。有时受害叶片相聚为巢，有时形成不规则泡状或袋状虫瘿。次生寄主为云杉属植物
Picea spp.，在根部取食。

世界已知 12 种，中国已知 5 种，本志记述 1 种。

（27）囊粗毛绵蚜兰氏亚种 *Pachypappa marsupialis lambesi* Aoki, 1976（图 60）

Pachypappa marsupialis lambesi Aoki, 1976: 259.

Pachypappa marsupialis lambesi Aoki: Zhang *et al.*, 1985: 287; Blackman *et* Eastop, 1994:
　　790; Remaudière *et* Remaudière, 1997: 244; Zhang, Qiao, Zhong *et* Zhang, 1999: 171.

特征记述

有翅孤雌蚜　体椭圆形，体长 4.15mm，体宽 1.83mm。玻片标本头部及中、后胸

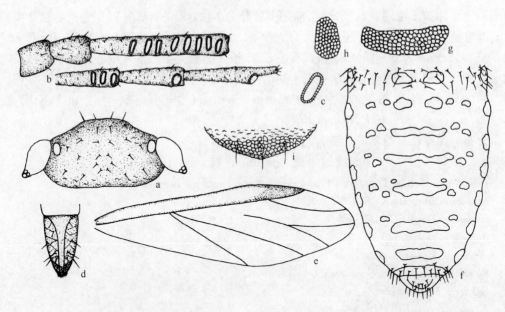

图 60 囊粗毛绵蚜兰氏亚种 *Pachypappa marsupialis lambesi* Aoki

有翅孤雌蚜 （alate viviparous female）

a. 头部背面观 （dorsal view of head）；b. 触角 （antenna）；c. 次生感觉圈 （secondary rhinarium）；d. 喙节 Ⅳ＋Ⅴ （ultimate rostral segment）；e. 前翅 （fore wing）；f. 腹部背面观 （背片Ⅱ～Ⅶ背毛省略）（dorsal view of abdomen, not showing dorsal hairs on abdominal tergites Ⅱ～Ⅶ）；g. 腹部中蜡片 （spinal wax gland of abdomen）；h. 腹部缘蜡片 （marginal wax gland of abdomen）；i. 尾片 （cauda）。

黑色，前胸淡褐色，腹部淡色，无斑纹；触角黑褐色；喙淡色，端节褐色，顶端黑色；足褐色，股节、胫节各端部及跗节深褐色；尾片、尾板淡褐色；生殖板黑色，下方两侧各有 1 个粗糙的黑斑。体表光滑，腹部腹面微有瓦纹。体背有明显淡色大蜡片，均由上百个小圆蜡胞组成；头部无蜡片；中胸背板内侧有条状蜡片 1 对；腹部背片 Ⅰ～Ⅷ各有带状中蜡片并附有小圆形蜡片多个，背片 Ⅰ～Ⅶ各有大缘蜡片 1 对，背片Ⅷ蜡片横贯全节。气门圆形关闭，气门片黑色。体背多尖锐毛；头部有毛 13 或 14 对；前胸背板有中侧毛 5 对，缘毛 22 对；腹部背片 Ⅰ～Ⅴ各有中侧毛 20～23 对，背片Ⅵ 有中侧毛 9 或 10 对，背片Ⅶ有中侧毛 6 对，背片 Ⅰ～Ⅶ各有缘毛 12～15 对；背片Ⅷ有毛 8～14 对，集中于缘域较多。头顶长毛长 0.06mm，为触角节Ⅲ最宽直径的 1.20 倍，背片Ⅰ长毛长 0.08mm，短毛长 0.03mm，背片Ⅷ长毛长 0.10mm；腹部腹面毛短于背毛。中额弧形。触角 6 节，粗糙，节 Ⅰ～Ⅲ有皱纹，节 Ⅳ～Ⅵ有小刺突组成瓦纹；全长 1.18mm，为体长的 0.28 倍，节Ⅲ长 0.38mm，节 Ⅰ～Ⅵ长度比例：21∶28∶100∶46∶48∶53＋14；节 Ⅰ～Ⅵ毛数：3～5 根，7～9 根，9～11 根，2～4 根，2 根，（1～3）＋（4 或 5）根，节Ⅲ毛长为该节最宽直径的 0.67 倍；次生感觉圈椭圆形，有短睫，节Ⅲ有 9 或 10个，分布于端部 2/3，节Ⅳ有 2 或 3 个。喙端部不达中足基节，节Ⅳ＋Ⅴ楔状，内向粗糙有小刺纹，长 0.14mm，为基宽的 1.70 倍，为后足跗节Ⅱ的 0.67 倍，有原生毛 4对，次生短毛 1 对。足粗糙，股节有圆形纹，胫节有皱曲纹；后足股节长 0.78mm，为触角节Ⅲ的 2.10 倍；后足胫节长 1.20mm，为体长的 0.29 倍，长毛与该节最宽直径约等或稍短；跗节Ⅰ毛序：2，2，2。前翅中脉分叉1次，2条肘脉基部相合；后翅2条斜脉基部与径分脉弯处相接，宛如3叉。无腹管。尾片半圆形，端部有网状纹，后部有瓦纹，长0.12mm，为基宽的0.33倍，有毛3～5根。尾板大半圆形，中心深褐色，有长毛21～28根。生殖突淡色，有3丛短毛，共12～17根。生殖板呈带状，有长毛23～33根。

生物学 寄主植物为香杨 *Populus koreana*；国外记载寄主植物有辽杨 *P. maximowiczii* 和苦杨 *P. laurifolia*。

分布 黑龙江（哈尔滨、五营）；蒙古国，日本。

10. 瘿绵蚜属 *Pemphigus* Hartig, 1839

Pemphigus Hartig, 1839：645. **Type species**：*Aphis bursarius* Linnaeus, 1758.

Rhizobius Burmeister, 1835：87.

Aphioides Rondani, 1848：439.

Rhizobius Passerini, 1860：1.

Rhyzoicus Passerini, 1860：30.

Rhyzobius Ferrari, 1872 nec Stephens, 1829：84.

Kessleria Lichtenstein, 1885：16.

Hamadryaphis Kirkaldy, 1904：279.

Pempiginus Börner, 1930：153.

Baizongiella Blanchard, 1944：44.

Pemphigus Hartig：Blackman *et* Eastop, 1994：801；Remaudière *et* Remaudière, 1997：245；Zhang *et* Zhong, 1983：90；Zhang, Qiao, Zhong *et* Zhang, 1999：180；Zhang, 1999：142.

属征 干母触角4节（有时节Ⅲ有不明显的分界）；其他型触角5或6节。干母大多数体节背面有中、侧、缘蜡片；无翅孤雌蚜有中、侧蜡片；有翅性母蚜仅在少数体节有背中蜡片，但有时也在大多数体节有缘蜡片，同时有少数中、侧蜡片；有翅迁移蚜中胸缺蜡片；头部蜡片消失（除个别例外）。有翅胎生蚜触角节Ⅲ～Ⅵ大多有相当窄的长条形次生感觉圈，有翅性母蚜次生感觉圈位于节Ⅲ和Ⅳ（杨枝瘿绵蚜 *P. immunis* 的有翅孤雌蚜次生感觉圈位于节Ⅲ～Ⅳ或Ⅲ～Ⅴ）。有翅迁移蚜触角末节原生感觉圈有睫，亚末节的原生感觉圈宽，通常宽为次生感觉圈的2.00～3.00倍，无睫；性母蚜和无翅成蚜触角亚末节的原生感觉圈有睫，不加宽。喙节Ⅳ＋Ⅴ一般无次生毛。跗节Ⅰ毛序：2（3），2，2。腹管小孔状或无，在干母、无翅孤雌蚜和性母蚜中通常消失。有翅孤雌蚜前翅中脉不分叉，后翅2肘脉基部与径分脉弯曲处连合，宛如分叉成3支。尾片、尾板半月形。生殖突3个。

本属蚜虫大多数营异寄主全周期生活，春、夏季寄生于杨柳科 Salicaceae 的杨属植物 *Populus* spp.，并在其叶片、叶柄或枝等不同部位上营不同形状的虫瘿；次生寄主为禾本科 Gramineae 或菊科 Compositae 植物，在其根部取食，并分泌蜡丝。该属蚜虫整个生活史中无蚂蚁参与。

世界已知81种，中国已知20种。本志记述6种。

种 检 索 表
（虫瘿和有翅干雌蚜）

1. 虫瘿在叶柄中部，梨形或袋状，有原生开口 ·································· **囊柄瘿绵蚜 *P. bursarius***

(28) 远东枝瘿绵蚜 *Pemphigus borealis* Tullgren, 1909 〔图 61〕

Pemphigus borealis Tullgren, 1909：142.

Pemphigus borealis Tullgren：Zhang *et* Zhong, 1983：97；Blackman *et* Eastop, 1994：803；Remaudière *et* Remaudière, 1997：246；Zhang, Qiao, Zhong *et* Zhang, 1999：183；Zhang, 1999：143.

特征记述

无翅干母蚜 体卵圆形，体长 2.95mm，体宽 2.69mm。活体黄白色。玻片标本头部黑色，前胸两缘褐色，胸部、腹部淡色，无斑纹；触角灰褐色，喙、足黑褐色；尾片、尾板及生殖板淡色。体表光滑，头部背面有皱曲纹。复眼黑褐色，由 3 个小眼面组成。头盖缝淡色。体背有明显大型蜡片，各蜡片由几百个小蜡胞组成；头部背面缺蜡片；前胸背板有中蜡片 2 对，缘蜡片 2 对；中、后胸背板及腹部背片Ⅰ～Ⅶ分别有中、侧、缘蜡片各 1 对，背片Ⅷ有蜡片 1 对。气门半月形开放，气门片骨化黑褐色。体背毛短小，顶钝。头部有头顶长毛 2 对，头背毛 5 对；前胸背板有中侧毛 7 或 8 对，缘毛 2 对；腹部各节背片有缘毛 2 或 3 对，背片Ⅷ有毛 5 或 6 对。体背毛长 0.03mm，为触角节Ⅲ端部直径的 1/2。触角 4 节，全长 0.47mm，为体长的 0.16 倍；节Ⅲ长 0.20mm，节Ⅰ～Ⅳ长度比例：32：40：100：55＋12；节Ⅲ有短毛 2 或 3 根，分布在端部，毛长为该节直径的 1/10；节Ⅳ原生感觉圈有睫。喙短粗，端部不达中足基节，节Ⅳ＋Ⅴ楔状，长 0.08mm，为基宽的 1.40 倍，为后足跗节Ⅱ的 0.48 倍；有原生刚毛 3 对，次生短刚毛 1 对，位于基部。足光滑。后足股节长 0.45mm，后足胫节长 0.66mm，后足跗节Ⅱ长 0.18mm；跗节Ⅰ毛序：2，2，2。无腹管。尾片半球形，有毛 11 或 12 根，尾板末端平圆形，有毛 23 根。

有翅孤雌蚜 体椭圆形，体长 2.50～2.70mm，体宽 1.00～1.30mm。活体头部、中胸黑色，前、后胸及腹部黄绿色；若蚜分泌长蜡丝。玻片标本头部、胸部黑色，腹部淡色，无斑纹；触角、喙节Ⅲ～Ⅴ、足及腹管黑色；尾片、尾板及生殖板灰色。体表光滑，腹管后几节微有刺突横纹。气门椭圆形关闭或开放，气门片骨化突起黑色。腹部背片Ⅰ～Ⅳ各有大型中蜡片1对，背片Ⅰ有小侧蜡片1对，背片Ⅴ～Ⅶ有缘蜡片，背片Ⅷ有1对椭圆形蜡片，由 35～40 个菱形小蜡胞组成。体背毛短小，腹部各背片有缘毛2 或 3 对，背片Ⅷ有 2 或 3 根稍长刚毛；各背片有中侧毛 2～4 根。头顶毛、腹部背片Ⅰ毛及背片Ⅷ毛长分别为触角节Ⅲ直径的 0.50 倍、0.40 倍、0.68 倍。中额隆起呈圆弧形。触角 6 节，短粗，全长 0.95mm，为体长的 0.36 倍；节Ⅲ长 0.31mm，节Ⅰ～Ⅵ长度比例：19：20：100：43：50：65＋10；节Ⅲ有毛 5 或 6 根，毛长为该节直径的 0.19倍；节Ⅲ～Ⅵ分别有开口环形次生感觉圈：11～15 个，5 或 6 个，5～7 个，8～10 个，节Ⅴ、Ⅵ原生感觉圈与次生感觉圈愈合，环形。喙短粗，端部达前中足基节之间，节Ⅳ＋Ⅴ长 0.09mm，为基宽的 1.60 倍，为后足跗节Ⅱ的 0.46 倍；有端毛 2 对，中毛 1对。后足股节长 0.49mm，为触角节Ⅲ、Ⅳ之和的 1.10 倍；后足胫节长 0.85mm，为体长的 0.33 倍；毛长为该节端宽的 0.64 倍，与中宽约等长；跗节Ⅰ毛序：2，2，2。前翅有 4 条斜脉，中脉不分叉，偶有中脉分叉。腹管微环状，位于体缘，直径为触角节Ⅲ直径的 1/2。尾片有微刺突瓦纹，有毛 3 根。尾板帽盔形，有毛 12～18 根。生殖板骨化，有长毛 20 余根。生殖突 3 个，共有短毛 20 余根。

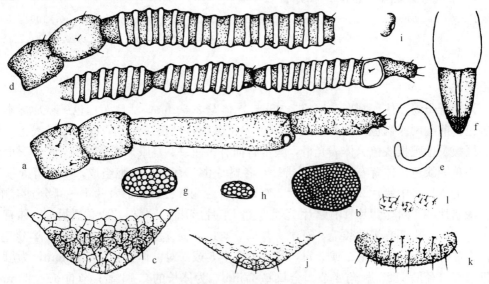

图 61 远东枝瘿绵蚜 *Pemphigus borealis* Tullgren

无翅干母蚜 （fundatrix）

a. 触角 （antenna）；b. 体背蜡片 （dorsal wax plate of body）；c. 尾片 （cauda）。

有翅孤雌蚜 （alate viviparous female）

d. 触角 （antenna）；e. 次生感觉圈 （secondary rhinarium）；f. 喙节Ⅳ＋Ⅴ （ultimate rostral segment）；

g. 体背蜡片 （dorsal wax plate of body）；h. 腹部背片Ⅷ蜡片 （wax plate on abdominal tergite Ⅷ）；i. 腹管 （siphunculus）；j. 尾片 （cauda）；k. 生殖板 （genital plate）；l. 生殖突 （gonapophyses）。

生物学 寄主植物为青杨 *Populus cathayana*、苦杨 *P. laurifolia*、滇杨 *P. yunnanensis* 及小叶杨 *P. simonii*；国外记载有毛果杨 *P. trichocarpa* 和脂杨 *P. baloamifera*；次生寄主为狼杷草 *Bidens tripartita* 和柳叶鬼针草 *B. cernua*。

分布 辽宁（朝阳）、吉林、黑龙江（哈尔滨、克山）、北京、河北、云南、新疆；俄罗斯，波兰，德国，芬兰，瑞士，英国，北美。

(29) 囊柄瘿绵蚜 *Pemphigus bursarius* (Linnaeus, 1758) (图 62)

Aphis bursarius Linnaeus, 1758: 453.

Rhizobius pilosellae Burmeister, 1835: 87.

Eriosoma lactucae Mosley, 1841: 827.

Eriosoma populi Mosley, 1841: 1054.

Pemphigus lactucae Westwood, 1849: 548.

Pemphigus lactucarius Passerini, 1856: 34.

Rhyzobius sonchi Passerini, 1860: 39.

Rhizobius lactucae Fitch, 1871: 355.

Pemphigus glandiformis Rudow, 1875: 247.

Pemphigus pyriformis Lichtenstein, 1885: 29.

Pemphigus bursarius (Linnaeus): Blackman *et* Eastop, 1994: 803; Remaudière *et* Remaudière, 1997: 246; Zhang, Qiao, Zhong *et* Zhang, 1999: 185; Zhang, 1999: 144.

特征记述

无翅干母 体卵圆形，体长 2.89mm，体宽 2.10mm。活体黑绿色。玻片标本头部黑色，胸部、腹部淡色，无斑纹；足黑色，各节基部各有 1 个角状大黑斑；触角端节褐色，尾片及尾板淡褐色，生殖板褐色。体表光滑，头顶有皱纹，腹部背片 Ⅷ 有鱼鳞状纹。复眼由 3 个小眼面组成。头盖缝明显，延伸至头部后缘。气门圆形开放，气门片黑色。体背蜡片明显，大圆形，各含 120～160 个小圆形蜡胞；前胸背板有中、缘蜡片各 1 对，中胸背板、后胸背板、腹部背片 Ⅰ～Ⅵ 各有中、侧、缘蜡片各 1 对，背片 Ⅶ 有中、缘蜡片各 1 对，背片 Ⅷ 缺蜡片。中胸腹岔不显。体背毛尖锐，腹部腹面少毛，短于背毛；头部有头顶毛 1 对，头背毛 9 对；前胸背板有中毛 3 对，侧、缘毛各 1 对；腹部背片 Ⅰ～Ⅵ 各有中侧毛 10～12 对，缘毛 4 对，有时 5 对，背片 Ⅶ 有中侧毛 4 对，缘毛 4 对；背片 Ⅷ 有毛 5 对，长毛长 0.05mm，为触角节 Ⅲ 最宽直径的 0.89 倍，头顶及腹部背片 Ⅰ 毛长 0.008～0.010mm。额瘤不显，中额平。触角 4 节，各节有皱纹，节 Ⅳ 微有瓦纹；全长 0.33mm，为体长的 0.11 倍，节 Ⅲ 长 0.12mm，节 Ⅰ～Ⅳ 长度比例：39，45，100，75+9；触角毛极短，节 Ⅰ～Ⅳ 毛数：3 根，2 根，2 或 3 根，3+5 根，节 Ⅲ 毛长 0.007mm，为该节最宽直径的 0.13 倍；节 Ⅲ、Ⅳ 原生感觉圈小圆形，有睫。喙端部不达中足基节，节 Ⅳ＋Ⅴ 楔状，长 0.08mm，为该节最宽直径的 1.60 倍，为后足跗节 Ⅱ 的 0.64 倍，有毛 3 对，位于端部。足粗短，各节外缘有皱纹；后足股节与后足胫节等长，长 0.39mm，为触角的 1.20 倍，为体长的 0.13 倍；跗节 Ⅰ 毛序：2，2，2。无腹管。尾片半圆形，有瓦纹，有毛 12 根。尾板末端圆形，有毛 24 根，位于尾片及尾板之间呈 1 个骨化片。生殖板带状，有骨化瓦纹，有毛 18 根。生殖突 3 个，各有短尖

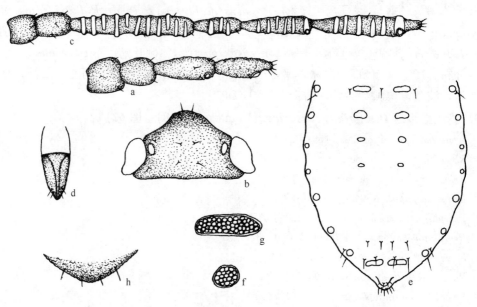

图 62　囊柄瘿绵蚜 *Pemphigus bursarius*（Linnaeus）

无翅干母（fundatrix）

a. 触角（antenna）。

有翅干雌蚜（alate fundatrigenia）

b. 头部背面观（dorsal view of head）；c. 触角（antenna）；d. 喙节Ⅳ＋Ⅴ（ultimate rostral segment）；
e. 腹部背面观（背片Ⅱ～Ⅵ背毛省略）（dorsal view of abdomen, not showing dorsal hairs on abdominal
tergites Ⅱ～Ⅵ）；f. 腹部缘蜡片（marginal wax gland of abdomen）；g. 腹部背片Ⅷ背蜡片（dorsal wax
gland o abdominal tergite Ⅷ）；h. 尾片（cauda）。

毛 4 或 5 根。

有翅干雌蚜　体椭圆形，体长 2.05mm，体宽 0.84mm。活体黑绿色。玻片标本头部、胸部黑色，腹部淡色，无斑纹；触角、足黑色，喙、尾片、尾板淡褐色，生殖板褐色。体表光滑。气门圆形开放，气门片黑褐色。体背有圆形蜡片；前胸背板和后胸背板各有 1 对，由 3～10 个蜡胞组成；腹部背片Ⅰ、Ⅳ各有中蜡片 1 对，背片Ⅳ～Ⅵ蜡片有时不显，背片Ⅶ有大椭圆形蜡片 1 对，各含 20～25 个蜡胞。体背毛尖锐；头部有头顶毛 1 对，头背毛 5～7 对；前胸背板有中毛 5 对，侧缘毛 5 对；腹部背片Ⅰ有中侧毛 3 对，背片Ⅰ～Ⅶ各有缘毛 2～3 对，背片Ⅷ有毛 1 或 2 对；头顶毛长 0.014mm，腹部背片Ⅰ毛长 0.011mm；背片Ⅷ毛长 0.04mm，为触角节Ⅲ直径的 0.75 倍。中额不隆，呈圆头状。触角 6 节，光滑，全长 0.74mm，为体长的 0.36 倍，节Ⅲ长 0.23mm，节Ⅰ～Ⅵ长度比例：22：27：100：42：52：72＋11；触角毛极短，节Ⅰ～Ⅵ毛数：4～6 根，6～8 根，2～4 根，2 或 3 根，2 根，（2＋4）或 5 根。节Ⅲ毛长 0.004mm，为该节直径的 1/11；节Ⅲ～Ⅵ各有宽环形次生感觉圈：10～12 个，4 或 5 个，4 或 5 个，5～7 个，均匀分布于各节全长；原生感觉圈小圆形，有睫。喙端部不达中足基节，节Ⅳ＋Ⅴ楔状，长 0.09mm，为该节基宽的 1.80 倍，为后足跗节Ⅱ的 0.50 倍，有毛 3 对。足股节外缘及胫节端部有皱纹；后足股节长 0.47mm，为触角节Ⅲ的 2.10 倍，约等于节Ⅲ～

Ⅴ之和；后足胫节长 0.75mm，为体长的 0.37 倍，胫节毛长短不等，长毛长 0.02mm，为短毛的 4.00 倍，为该节最宽直径的 0.56 倍。跗节Ⅰ毛序：2，2，2。腹管环状，端径 0.03mm，为触角节Ⅲ直径的 0.56 倍。尾片有长毛 3 或 4 根。尾板有毛 18～24 根。生殖板有毛 22～24 根。生殖突黑色，3 个，各有毛 5～7 根。

生物学　寄主植物为小叶杨 *Populus simonii*。国外记载的原生寄主为几种杨属植物 *Populus* spp.；次生寄主为多种草本植物（根部），主要是菊科，如还阳参属 *Crepis*、莴苣属 *Lactuca*、稻槎菜属 *Lapsana*、苦苣菜属 *Sonchus* 和蒲公英属 *Taraxacum* 等（Heie，1980）。该种在叶柄上形成虫瘿，黄色或红色，梨形或袋状，有原生开口。7 月上旬有翅干雌成熟并从虫瘿迁走。

分布　黑龙江（克山）、甘肃、新疆；蒙古国，俄罗斯，伊朗，伊拉克，叙利亚，黎巴嫩，埃及，阿尔及利亚，摩洛哥，突尼斯，澳大利亚，新西兰北部，欧洲广布，北美洲及南美洲。

(30) 杨枝瘿绵蚜 *Pemphigus immunis* Buckton，1896　（图 63）

Pemphigus immunis Buckton，1896：51.

Pemphigus lichtensteini Tullgren，1909：148.

Pemphigus globulosus Theobald，1915：147.

Pemphigus paghmanensis Ghulamullah，1941：233.

Pemphigus immunis Buckton：Doncaster，1969：158；Zhang *et* Zhong，1983：96；Blackman *et* Eastop，1994：805；Remaudière *et* Remaudière，1997：246；Zhang，Qiao，Zhong *et* Zhang，1999：191；Zhang，1999：147.

特征记述

有翅孤雌蚜　体长卵形，体长 2.30mm，体宽 0.91mm。活体灰绿色，被白粉。玻片标本头部、胸部黑色，腹部淡色，无斑纹；触角、喙节Ⅲ及节Ⅳ＋Ⅴ、足黑色，腹管、气门片、尾片、尾板及生殖板灰黑色。体表光滑。气门圆形关闭，腹部节Ⅴ、Ⅵ气门靠近。腹部节间斑不显。体表有蜡片；腹部背中蜡片圆形至椭圆形，位于背片Ⅰ～Ⅴ，向后渐小；背片Ⅷ有 1 对中蜡片，互相融合为带状，蜡孔亚圆形；各蜡片有时不显。体毛短，尖锐；头部有头顶毛 2 根，头背中域毛 4 根，头背后部短毛 4 根；前胸背板狭窄，有缘毛 8 根；中胸背板宽大，有毛 30 根，缘毛可见到 4 根；腹部背片Ⅰ～Ⅶ中侧毛短小，各有 20～30 根；背片Ⅱ～Ⅵ各有缘毛 6 根，背片Ⅰ、Ⅶ各有缘毛 4 根；背片Ⅷ有毛 4 根；头顶毛、腹部背片Ⅰ缘毛、背片Ⅷ背毛长分别为触角节Ⅲ直径的 0.36 倍、0.21 倍、0.69 倍。中额隆起，额瘤不显，头顶呈馒形。触角 6 节，短粗，节Ⅲ～Ⅵ有瓦纹；全长 0.67mm，为体长的 0.29 倍；节Ⅲ长 0.20mm，节Ⅰ～Ⅵ长度比例：26：29：100：43：57：67＋17；节Ⅲ～Ⅴ分别有横条环状次生感觉圈：7 个、2～4 个、1 或 2 个，分布节Ⅲ、Ⅳ全节；节Ⅴ原生感觉圈大方形，约占该节的 2/5，内有卵形构造，节Ⅵ原生感觉圈有睫；触角毛短而少，节Ⅰ～Ⅵ毛数：4 根，4 根，5～8 根，2 根，3 根，2＋0 根，节Ⅲ毛长为该节直径的 0.10 倍。喙短粗，端部超过前足基节，节Ⅳ＋Ⅴ短粗，长为基宽的 1.10 倍，为后足跗节Ⅱ的 0.57 倍，有原生刚毛 3 对。足粗短，后足股节长 0.43mm，为触角节Ⅲ～Ⅴ之和的 1.10 倍；后足胫节长 0.68mm，为体长的 0.29 倍；后足胫节毛长为该节中宽的 0.68 倍，为端宽的 0.45 倍；跗节 I 毛序：2，2，2。前翅有 4 条斜脉，中脉不分叉，后翅翅脉正常。腹管环状，端径与后足胫节中宽等长，为触角节 III 直径的 0.60 倍。尾片盔形，长为基宽的 0.43 倍，有短毛 6 或 7 根。尾板末端圆形，有短毛 12 根。生殖板肾形，明显骨化，有毛 22～24 根。

生物学　寄主植物为青杨 *Populus cathayana*、小叶杨 *P. simonii*，国外记载有黑杨 *P. nigra*、胡杨 *P. euphratica* 和钻天杨 *Populus nigra* var. *italica*；次生寄主为牛膝菊 *Galinsoga parviflora*（根部）。

虫瘿呈球形或梨形，直径 2.00cm，厚壁，常单个出现在杨树嫩枝条的基部，虫瘿表面有不均匀的裂缝，原生开口向下。

分布　内蒙古（赤峰）、辽宁（朝阳、阜新、沈阳、彰武）、吉林（公主岭）、黑龙江（哈尔滨、九站）、北京、河北、河南、云南、宁夏；俄罗斯，伊朗，伊拉克，约旦，土耳其，埃及，摩洛哥，北美洲。

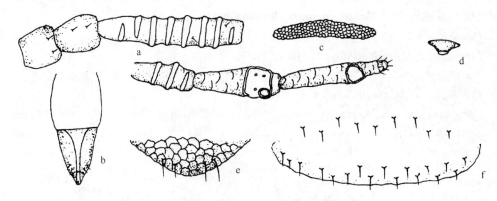

图 63　杨枝瘿绵蚜 *Pemphigus immunis* Buckton
有翅孤雌蚜（alate viviparous female）

a. 触角（antenna）；b. 喙节 IV + V（ultimate rostral segment）；c. 腹部背片 VIII 蜡片（wax plate on abdominal tergite VIII）；d. 腹管（siphunculus）；e. 尾片（cauda）；f. 生殖板（genital plate）。

(31) 杨柄叶瘿绵蚜 *Pemphigus matsumurai* Monzen，1929（图 64）

Pemphigus matsumurai Monzen，1929：30.

Pemphigus montanus Narzikulov，1957：671.

Pemphigus matsumurai Monzen：Zhang *et* Zhong，1983：93；Blackman *et* Eastop，1994：806；
　　Remaudière *et* Remaudière，1997：247；Zhang，Qiao，Zhong *et* Zhang，1999：194；Zhang，
　　1999：147.

特征记述

有翅孤雌蚜　体椭圆形，体长 2.40～2.60mm，体宽 1.00～1.20mm。玻片标本头部、胸部黑色，腹部淡色；触角、喙节 III～V、足黑色；尾片、尾板及生殖板灰褐色。体表光滑，头背除中央外有褶纹。气门椭圆形关闭，气门片突起骨化黑色。蜡片淡色，腹部背片 I、II 各有中蜡片 1 对，背片 I～VII 各有大圆形缘蜡片，背片 VIII 蜡片呈横带形，各由小多角形蜡胞构成。体毛尖锐；头顶有毛 2 对；腹部各节背片有缘毛 3 或 4

对；背片Ⅷ有毛4～6根；头背毛、腹部背片Ⅰ缘毛、背片Ⅷ毛长分别为触角节Ⅲ直径的0.33倍、0.23倍、0.69倍。头顶弧形。触角6节，粗短，节Ⅵ有瓦纹；全长0.80mm，为体长的0.32倍；节Ⅲ长0.28mm，节Ⅰ～Ⅵ长度比例：18：25：100：37：39：50+9；节Ⅲ～Ⅴ各有环形次生感觉圈：10～12个、3～5个、2～4个；节Ⅴ、Ⅵ各有圆形原生感觉圈1个，节Ⅵ原生感觉圈有睫。喙短粗，端部达前、中足基节之间；节Ⅳ+Ⅴ长0.11mm，约为基宽的2.00倍，为后足跗节Ⅱ的0.52倍；端部有刚毛2对。后足股节长0.54mm，为触角节Ⅲ、Ⅳ之和的1.40倍；后足胫节长0.88mm，为体长的0.35倍，端部比中部宽1/3，毛长为该节端宽的0.58倍；跗节Ⅰ毛序：2，2，2。翅脉镶淡褐色边；前翅有4条斜脉，不分叉，2肘脉基部愈合；后翅2肘脉基部分离。无腹管。尾片半圆形，有微刺突构成横瓦纹，长为基宽的0.45倍，有短刚毛2或3根。尾板有短毛14或15根。生殖板有长短刚毛30余根，横排成3行。生殖突3个，有3丛短毛，共22～24根。

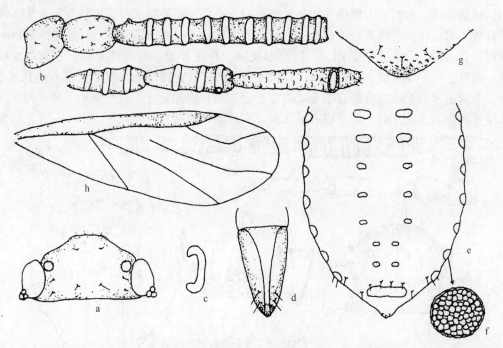

图64　杨柄叶瘿绵蚜 *Pemphigus matsumurai* Monzen
有翅孤雌蚜（alate viviparous female）

a. 头部背面观（dorsal view of head）；b. 触角（antenna）；c. 次生感觉圈（secondary rhinarium）；d. 喙节Ⅳ+Ⅴ（ultimate rostral segment）；e. 腹部背面观（示背蜡片）（dorsal view of abdomen, showing wax plates）；f. 腹部背面缘蜡片（marginal wax plate on abdominal tergite）；g. 尾片（cauda）；h. 前翅（fore wing）。

生物学　寄主植物为青杨 *Populus cathayana*、小叶杨 *P. simonii*、云南白杨 *P. yunnanensis*，国外记载有黑杨 *P. nigra*、辽杨 *P. maximowiczii* 和 *P. monilifera*。虫瘿球形，直径1.50～2.00cm，位于叶正面叶柄基部，瘿表粗糙不光滑，一般与叶片同色或稍带红色，当虫瘿成熟时，顶部表皮有自然裂缝，有翅迁移蚜由次生开口飞出。

　　分布　辽宁（本溪、朝阳）、黑龙江（九站）、内蒙古、北京、河北、贵州、云南、西藏、宁夏；俄罗斯，韩国，日本。

（32）杨叶红瘿绵蚜 *Pemphigus populinigrae*（Schrank，1801）（图65）

Aphis populinigrae Schrank，1801：113.

Aphis filaginis Boyer de Fonscolombe，1841：188.

Pemphigus gnaphalii Kaltenbach，1843：180.

Pemphigus ovatooblongus Kessler，1881：61.

Pemphigus populinigrae（Schrank）：Blackman *et* Eastop，1994：809；Remaudière *et* Remaudière，1997：247；Zhang，Qiao，Zhong *et* Zhang，1999：196.

特征记述

　　无翅干母　体卵圆形，体长2.15mm，体宽1.56mm。活体黑绿色，被白粉。玻片标本头部黑色，前胸缘域上部及背中蜡片周围黑色，中胸至腹部各节淡色，各附肢黑色。体表光滑，有明显大型蜡片，每片由百余个小圆形蜡胞组成；前胸背板有背中、缘蜡片各1对，中胸背板至腹部背片Ⅰ～Ⅵ分别有中、侧、缘蜡片各1对，背片Ⅶ有中、缘蜡片各1对，背板Ⅷ缺蜡片。气门圆形关闭，有时开放，气门片黑色。中胸腹岔淡色，两臂分离，各臂横长0.19mm，与触角节Ⅲ约等长。体背毛尖锐，头部有头顶毛2对，头背毛8对；前胸背板有中毛2对，缘毛3对；腹部背片Ⅰ有中侧毛3或4对，位于蜡片两侧，缘毛1对，背片Ⅷ有毛2对；头顶毛及腹部背片Ⅰ缘毛长0.02mm，为触

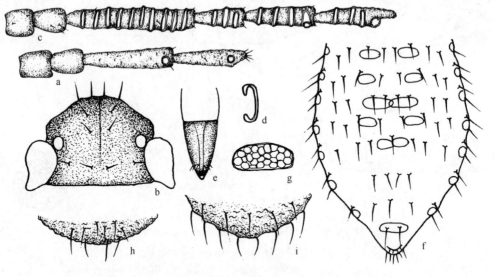

图65　杨叶红瘿绵蚜 *Pemphigus populinigrae*（Schrank）

干母（fundatrix）

a. 触角（antenna）。

有翅孤雌蚜（alate viviparous female）

b. 头部背面观（dorsal view of head）；c. 触角（antenna）；d. 次生感觉圈（secondary rhinarium）；e. 喙节Ⅳ＋Ⅴ（ultimate rostral segment）；f. 腹部背面观（dorsal view of abdomen）；g. 腹部背中蜡片（spinal dorsal wax plate on abdomen）；h. 尾片（cauda）；i. 尾板（anal plate）。

角节Ⅲ最宽直径的 0.39 倍，背片Ⅷ毛长 0.05mm。额呈平顶状。头背断续淡色。触角 4 节，节Ⅲ、Ⅳ有小刺突瓦纹；长 0.40mm，为体长的 1/5，节Ⅲ长 0.16mm，节Ⅰ～Ⅳ 长度比例：33：38：100：66＋13；节Ⅰ～Ⅳ毛数：3 或 4 根，2 或 3 根，3 或 4 根，2＋(4 或 5) 根，节Ⅲ毛长为该节最宽直径的 1/3；节Ⅲ、Ⅳ端部各有小圆形原生感觉圈 1 个，有睫。喙端部不达中足基节，节Ⅳ＋Ⅴ楔状，长 0.10mm，为基宽的 1.70 倍，与后足跗节Ⅱ约等长或稍长，有原生毛 2 对。足粗大光滑，后足股节长 0.37mm，为该节最宽直径的 3.70 倍，为触角的 0.93 倍；后足胫节长 0.39mm，为体长的 0.18 倍，毛长为该节基宽的 0.29 倍；跗节Ⅰ毛序：2，2，2。无腹管。尾片末端圆形，长为最宽直径的 1/4，有毛 7 根。尾板有毛 18 根。

有翅干雌蚜　体椭圆形，体长 2.02mm，体宽 0.83mm。活体黄绿色。玻片标本头背黑色，腹面有"∧"形黑带；前胸褐色，有 1 个深色横带；中、后胸黑色，腹部淡色，无斑纹；各附肢全黑色。体表光滑，有明显蜡片；腹部背片Ⅰ～Ⅵ各有中蜡片 1 对，有时融合呈 1 个横带，背片Ⅶ、Ⅷ缺蜡片，有时背片Ⅷ有 1 个横带状蜡片；背片Ⅰ～Ⅶ各有小型缘蜡片 1 对，各蜡片由多个小蜡胞组成。体背毛尖锐，头部有头顶毛 2 对，头背毛 4 对；前胸背板有中毛 3 对，缘毛 2 对；腹部背片Ⅷ有毛 1 对。触角 6 节，光滑，全长 0.67mm，为体长的 1/3，节Ⅲ长 0.22mm，节Ⅰ～Ⅵ长度比例：22：24：100：38：54：54＋14；节Ⅲ有毛 3～7 根，毛长为该节最宽直径的 1/5；节Ⅲ～Ⅵ分别有开环状次生感觉圈：9～11 个，3～5 个，3～5 个，2～4 个。喙端部不达中足基节，节Ⅳ＋Ⅴ长 0.01mm，为后足跗节Ⅱ的 0.67 倍，有原生毛 3 对，缺次生毛。足光滑，后足股节长 0.33mm，后足胫节长 0.57mm；跗节Ⅰ毛序：2，2，2，有时后足跗节Ⅰ另有短毛 1 根。前翅翅脉 4 支，中脉不分叉。无腹管。尾片半球形，有毛 5 根。尾板末端圆形，稍大于尾片，位于尾片后向，有毛 12 根。

生物学　寄主植物为青杨 *Populus cathayana*；国外记载有黑杨 *P. nigra*、甜杨 *P. suaveolens*、加杨 *P. canadensis*，次生寄主为菊科的鼠麹草属植物 *Gnaphalium* spp. 和絮菊属植物 *Filago* spp.。

分布　黑龙江（克山）；俄罗斯，黎巴嫩，土耳其，波兰，德国，芬兰，瑞士，丹麦，英国，北非。

(33) 柄脉叶瘿绵蚜 *Pemphigus sinobursarius* Zhang，1979 （图 66）

Pemphigus sinobursarius Zhang，1979：324.

Pemphigus sinobursarius Zhang：Blackman *et* Eastop，1994：811；Remaudière *et* Remaudière，1997：248；Zhang，Qiao，Zhong *et* Zhang，1999：199；Zhang，1999：149.

特征记述

有翅孤雌蚜　体长卵圆形，体长 2.10，体宽 0.59mm。活体绿色，被白粉。玻片标本头部、胸部黑色，腹部淡色，无斑纹；触角、喙节Ⅲ～Ⅴ、足及腹管黑色，尾片、尾板及生殖板灰色。体表光滑。气门圆形开放，气门片稍骨化。体表蜡片淡色，由小圆形或多角形蜡胞组成；腹部背片Ⅰ～Ⅲ各有中蜡片 1 对，背片Ⅷ中蜡片呈横带状。体背毛尖锐，腹部背片Ⅰ～Ⅳ各有中侧毛 7 或 8 根，背片Ⅴ～Ⅶ各有中侧毛 3 或 4 根，背片Ⅰ、Ⅶ各有缘毛 1 对，背片Ⅱ～Ⅵ各有缘毛 2 对，背片Ⅷ有毛 2 或 3 根；头顶毛、腹部

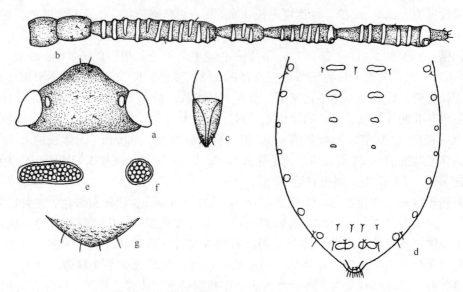

图 66　柄脉叶瘿绵蚜 *Pemphigus sinobursarius* Zhang

有翅孤雌蚜（alate viviparous female）

a. 头部背面观（dorsal view of head）；b. 触角（antenna）；c. 喙节Ⅳ＋Ⅴ（ultimate rostral segment）；d. 腹部背面观（背片Ⅱ～Ⅵ背毛省略）（dorsal view of abdomen，not showing dorsal hairs on abdominal tergites Ⅱ～Ⅵ）；e. 腹部背片Ⅷ蜡片（dorsal wax plate on abdominal tergite Ⅷ）；

f. 腹部缘蜡片（marginal wax plate on abdomen）；g. 尾片（cauda）。

背片Ⅰ缘毛及背片Ⅷ毛长分别为触角节Ⅲ直径的 0.46 倍、0.46 倍、0.74 倍。触角 6 节，粗短，光滑，节Ⅵ鞭部有小刺突横纹；全长 0.60mm，为体长的 0.29 倍，节Ⅲ长 0.19mm，节Ⅰ～Ⅵ长度比例：22：29：100：40：44：73＋13；触角有短毛，节Ⅰ～Ⅵ毛数：4 或 5 根，4～7 根，3～5 根，2 或 3 根，2 或 3 根，2＋0 根，顶端有 4 根稍长刚毛，节Ⅲ毛长为该节直径的 0.12 倍；节Ⅲ～Ⅵ分别有开环形次生感觉圈：7～15 个、2～4 个、1～4 个、3～6 个；节Ⅴ原生感觉圈与次生环形感觉圈合并，节Ⅵ基部顶端有 1 个大型原生感觉圈，直径大于鞭部长度。喙短，端部不达中足基节；节Ⅳ＋Ⅴ短锥形，长 0.07mm，为基宽的 1.80 倍，为后足跗节Ⅱ的 0.54 倍，有原生刚毛 2 对，有时在基部有次生短刚毛 1 对。足光滑，后足股节长 0.32mm，为触角节Ⅲ、Ⅳ之和的 1.20 倍；后足胫节长 0.51mm，为体长的 0.24 倍；跗节Ⅰ毛序：2，2，2。前翅斜脉 4 条，中脉不分叉；后翅 2 条斜脉。腹管极短，端径短于触角节Ⅲ直径。尾片末端尖圆形，有毛 3 根。尾板末端圆形，有毛 13 或 14 根。生殖板骨化，有毛 20 余根。

生物学　寄主植物为青杨 *Populus cathayana* 和小叶杨 *P. simonii*。

分布　辽宁（沈阳）、黑龙江（克山）、内蒙古、云南、宁夏。

11. 卷叶绵蚜属 *Prociphilus* Koch，1857

Prociphilus Koch，1857：279. **Type species**：*Aphis bumeliae* Schrank，1801.

Holzneria Lichtenstein，1875：76.

Nishiyana Matsumura，1917：90.

Anocaudus Ghosh *et al*.，1969：328.

Prociphilus Koch：Zhang *et* Zhong，1983：87；Blackman *et* Eastop，1994：841；Remaudière *et* Remaudière，1997：248；Zhang，Qiao，Zhong *et* Zhang，1999：206；Zhang，1999：151.

属征 干母等各型成蚜头部、胸部、腹部均有蜡片。触角原生感觉圈有睫。足跗节和爪相当长。腹管小孔状或无。有翅孤雌蚜前翅中脉不分叉，后翅2条斜脉基部与径分脉弯曲处连合，宛如一脉分叉成3支。尾片、尾板末端圆形。生殖突3个。

该属蚜虫春、夏季大多数在木犀科 Oleaceae、忍冬科 Caprifoliaceae、槭树科 Aceraceae 和蔷薇科 Rosaceae 植物上取食，随后在次生寄主植物的根部越冬。该属蚜虫整个生活史没有与蚂蚁共生现象。

世界已知46种，中国已知12种，本志记述1种。

(34) 梨卷叶绵蚜 *Prociphilus kuwanai* Monzen, 1927 （图67）

Prociphilus kuwanai Monzen，1927：1.

Prociphilus takahashii Maxson *et* Knowlton，1937：24.

Prociphilus kuwanai Monzen：Blackman *et* Eastop，1994：845；Remaudière *et* Remaudière，1997：249；Zhang，Qiao，Zhong *et* Zhang，1999：214；Zhang，1999：152.

特征记述

无翅干母 体卵圆形，体长3.33mm，体宽2.30mm。活体灰褐色，被白粉。玻片标本头部黑色，胸部、腹部淡色，无斑；触角、喙、足、尾片、尾板及生殖板黑褐色。体表光滑，腹部背片Ⅷ微有瓦纹。体表有大蜡片；头部背面有2对，前部1对长形，各含80余个蜡胞，后部1对大圆形，各含150余个蜡胞；前胸背板有中、缘大蜡片各1对；腹部背片Ⅵ、Ⅶ各有明显缘蜡片1对，其他节蜡片不明显。气门圆形关闭，气门片黑色。无节间斑。中胸腹岔淡色，两臂分离，单臂横长0.27mm，为触角节Ⅲ的1.30倍。体背毛少，尖锐，头部有头顶毛1对，头背毛6对；腹部背片Ⅷ有毛3对；头顶毛长0.03mm，为触角节Ⅲ直径的0.78倍，腹部背片Ⅷ毛长0.02mm。额平，有头背中缝。触角5节，有小刺突组成瓦纹；全长0.58mm，为体长的0.17倍，节Ⅲ长0.21mm，节Ⅰ～Ⅴ长度比例：30：32：100：38：40+12；触角毛少，细软尖锐，节Ⅰ～Ⅴ毛数：4根，3根，1根，2根，1+4根。节Ⅲ毛长0.02mm，为该节直径的0.55倍；原生感觉圈小圆形，有短睫。喙短小，端部不达中足基节，节Ⅳ＋Ⅴ楔状，长0.08mm，为该节基宽的1.60倍，为后足跗节Ⅱ的0.69倍，有原生毛2对，次生毛1对。足粗，光滑，后足股节长0.44mm，为触角节Ⅲ的2.10倍，为触角全长的0.75倍；后足胫节长0.53mm，为体长的0.16倍，毛长0.03mm，为该节直径的0.54倍；后足跗节Ⅱ长0.11mm；跗节Ⅰ毛序：2，2，2。无腹管。尾片末端圆形，有粗网纹，有毛1对。尾板末端圆形，有毛15根。生殖板有长毛28根。生殖突3个，各有毛4或5根。

有翅干雌蚜 体椭圆形，体长2.40mm，体宽1.00mm。活体黄绿色。玻片标本头部和中胸黑褐色，前、后胸及腹部淡色，无斑纹；触角、喙、足黑褐色，尾片及尾板灰色。体表光滑，腹部背片Ⅱ～Ⅷ缘斑突起，有条状纹。体表蜡片明显；头部背后方有大蜡片1对，由120～150个小圆蜡胞组成，周围有放射状斑纹；前胸背板有大缘蜡片1对；中胸背板有小中蜡片1对，各含40～50个蜡胞；后胸背板及腹部背片Ⅰ、Ⅱ各有中蜡片1对，各含140～160个蜡胞，背片Ⅰ～Ⅷ各有大缘蜡片1对，各含180～250个

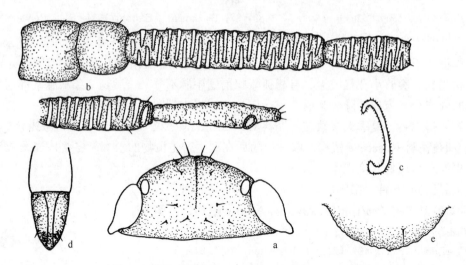

图 67 梨卷叶绵蚜 *Prociphilus kuwanai* Monzen

有翅干雌蚜 （alate fundatrigenia）

a. 头部背面观 （dorsal view of head）；b. 触角 （antenna）；c. 次生感觉圈 （secondary rhinarium）；

d. 喙节Ⅳ＋Ⅴ （ultimate rostral segment）；e. 尾片 （cauda）。

小圆形蜡胞。气门不规则圆形关闭，气门片黑褐色。腹部背片Ⅰ～Ⅷ中侧毛不显，各有缘毛 1 或 2 对。中额不显，头顶中央有 1 个头盖缝，延伸至头背中部。触角 6 节，短粗，光滑，节Ⅵ端部有小刺突横纹；全长 0.91mm，为体长的 0.42 倍，节Ⅲ长 0.29mm；节Ⅰ～Ⅵ长度比例：23：23：100：44：55：50＋13；触角毛短，节Ⅲ有 20 余根，毛长为该节直径的 1/4；触角节Ⅲ～Ⅵ分别有半环形条状次生感觉圈：25～32 个，11～13 个，9～14 个，0～4 个，分布各节全长。喙粗短，端部不达中足基节，节Ⅳ＋Ⅴ长为基宽的 1.40 倍，为后足跗节Ⅱ的 0.44 倍，有原生毛 2 对根，次生毛 1 对。足短，光滑，后足股节长 0.48mm，为触角节Ⅲ、Ⅳ之和的 1.10 倍；后足胫节长 0.75mm，为体长的 0.31 倍；跗节Ⅰ毛序：2，2，2。前翅透明，有斜脉 4 支。无腹管。尾片末端圆形，有短刚毛 1 对。尾板末端圆形，有刚毛 8～14 根。生殖板有毛 20～34 根。生殖突 3 个，各有毛 5～7 根。

生物学 寄主植物为西洋梨 *Pyrus communis*、川梨 *P. pashia* 和花盖梨 *P. ussuriensis* 等多种梨属植物。

分布 辽宁（沈阳）、山西、四川、云南；朝鲜，俄罗斯，日本。

12. 伪卷叶绵蚜属 *Thecabius* Koth，1857

Thecabius Koth, 1857：294. **Type species**：*Pemphigus affinis* Kaltenbach, 1843 ＝ *Thecabius populneus* Koth, 1857.

Bucktonia Lichtenstein, 1896：16.

Thecabius Koth：Blackman *et* Eastop, 1994：899；Remaudière *et* Remaudière, 1997：251；Zhang, Qiao, Zhong *et* Zhang, 1999：221；Zhang, 1999：154.

属征 干母触角 5 或 6 节，其他型成蚜触角通常 6 节。体表有发达的蜡片。触角原生感觉圈有睫。跗节Ⅰ有毛 2～5 根。腹管孔状或缺。尾片、尾板末端圆形。生殖突 3

个。有翅孤雌蚜前翅中脉单一，后翅 2 条斜脉，基部与径分脉弯曲处相连，宛如一脉分成 3 支。本属蚜虫春、夏季大多在杨属植物 *Populus* spp. 叶片上取食，受害叶片向反面对折并肿胀皱缩，形成红色饺子状伪虫瘿；次生寄主为草本植物（根部）。

世界已知 17 种，中国已知 10 种，本志记述 1 种。

(35) 北京伪卷叶绵蚜 *Thecabius beijingensis* Zhang, 1995（图 68）

Thecabius beijingensis Zhang, 1995: 203.

Thecabius beijingensis Zhang: Remaudière *et* Remaudière, 1997: 251; Zhang, Qiao, Zhong *et* Zhang, 1999: 231.

特征记述

有翅孤雌蚜　体长卵形，体长 2.82mm，体宽 1.22mm。活体黄色，被厚蜡粉并分泌长蜡丝。玻片标本头部、胸部黑色，腹部淡色，无斑纹；触角、喙节 II～V、足、尾板及生殖板黑色，尾片淡褐色。头部背面有皱纹，中胸盾片内下角有 1 对小椭圆形蜡片，腹部背片光滑。腹部背片 I～VII 各有大小不规则的中、侧、缘蜡片，背片 VIII 有横带状蜡片。气门圆形关闭或半开放，气门片黑色。体背毛尖锐；头部有头顶毛 2 对，头背毛 4 或 5 对；前胸背板有中毛 6 或 7 对，缘毛 5 或 6 对；腹部背片 I～VII 各有中侧毛 3～5 对，缘毛 3 或 4 对，有时 2 对，背片 VIII 有中毛 2 或 3 根，有时 4 根；头顶毛及腹部背片 I 缘毛长 0.02nm，为触角节 III 最宽直径的 0.30 倍；背片 VIII 毛长 0.05mm。中额隆起，额瘤微隆。触角 6 节，节 IV～VI 有小刺突组成横瓦纹；全长 1.45mm，为体长的

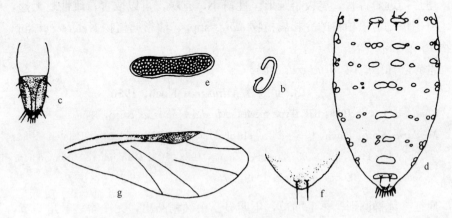

图 68　北京伪卷叶绵蚜 *Thecabius beijingensis* Zhang
有翅孤雌蚜（alate viviparous female）

a. 触角（antenna）；b. 次生感觉圈（secondary rhinarium）；c. 喙节 IV + V（ultimate rostral segment）；d. 腹部背面观，示蜡片（dorsal view of abdomen, showing wax plates）；e. 腹部背片 VIII 蜡片（wax plate on abdominal tergite VIII）；f. 尾片（cauda）；g. 前翅（fore wing）。

$\frac{1}{2}$；节Ⅲ长 0.48mm，节Ⅰ～Ⅵ长度比例：15：19：100：42：57：56+10；触角毛极短，节Ⅰ～Ⅵ毛数：7 或 8 根，9～13 根，8～10 根，3 或 4 根，2 或 3 根，（3 或 4）+ 5 根，节Ⅲ毛长为该节直径的 1/6；节Ⅲ基部内缘有 1 个明显深褐色角突，长于触角毛；节Ⅲ～Ⅵ分别有半环形次生感觉圈：22～31 个，8～10 个，10～12 个，7～10 个，分布于各节全长；原生感觉圈肾形，有睫。喙端部不达中足基节，节Ⅳ+Ⅴ楔状，长 0.10mm，为基宽的 1.40 倍，为后足跗节Ⅱ的 0.38 倍；有原生毛 2 或 3 对，次生毛 1 或 2 对。足粗糙，前、后足股节长 0.66mm，为触角节Ⅲ的 1.40 倍，中足股节长为其 0.87 倍；后足胫节端部膨大，长 1.01mm，为体长的 0.36 倍，毛长为该节端宽的 0.64 倍，为中宽的 0.87 倍；后足跗节Ⅱ长 0.27mm；跗节Ⅰ毛序：5，5，5。前翅中脉不分叉，后翅 2 条斜脉，基部相合。无腹管。尾片末端尖圆形，有小刺突组成瓦纹，有毛 1 对。尾板末端圆形或平圆形，有毛 14～19 根。生殖板有毛 20～25 根。

生物学　寄主植物为北京杨 *Populus beijingensis* 和青杨 *P. cathayana*。该种蚜虫在叶背面取食，被害叶沿中脉向反面卷折肿胀成饺子状虫瘿，稍扭曲，表面凸凹不平，由绿色变为红色或黄色。

分布　辽宁（本溪、沈阳）、黑龙江（漠河）、北京、山西。

四、纩蚜科 Mindaridae

体表有 6 纵列完全或不完全的蜡腺片，可分泌蜡丝蜡粉；无翅孤雌蚜复眼有 3 个小眼面；有翅孤雌蚜触角 6 节，次生感觉圈卵圆形，原生感觉圈有睫，触角节Ⅵ原生感觉圈附近有 4 个副感觉圈围绕，节Ⅵ鞭部短于基部。前翅中脉一分叉，翅痣直达翅顶，径分脉始于翅痣基部，肘脉 1 和肘脉 2 区域小，且两者靠近；后翅 2 条斜脉。腹管细小孔状；尾片接近短舌状，尾板半圆形。性蚜小，有喙，可以取食；雌性蚜无翅，可产数粒卵。寄主植物为松柏科的冷杉属植物 *Abies* spp.、油杉属植物 *Keteleeria* spp. 及云杉属植物 *Picea* spp. 等。

世界已知纩蚜属 *Mindarus* 1 属。

13. 纩蚜属 *Mindarus* Koch，1956

Mindarus Koch，1956：277. **Type species**：*Mindarus abietius* Koch，1956.

Mindarus Koch：Patch，1910：242；Theobald，1929：318；Gillette *et* Palmer，1934：243；Heie，
　　1967：33；Heie，1980：83；Zhang *et* Zhong，1983：101；Remaudière *et* Remaudière，1997：209；
　　Zhang，Qiao，Zhong *et* Zhang，1999：67.

属征　体椭圆形。体毛简单，不明显。中额稍凸出，无额瘤。触角 6 节，节Ⅵ鞭部短于基部，次生感觉圈横窄卵圆形。喙钝，节Ⅳ与节Ⅴ分节不明显。前翅中脉常一分叉，径分脉从翅痣基部伸出，翅痣较狭，伸达翅顶；后翅有 2 条斜脉。腹管孔状。尾片短，舌状。性蚜小而无翅，有喙，可取食；1 个雌性蚜可产卵多达 9 枚。生活在寄主植物的小枝上。

世界已知 7 种，中国已知 5 种，本志记述 3 种。

种 检 索 表

（有翅孤雌蚜）

1. 体背毛较少，每节有 3～6 对；触角节Ⅲ～Ⅵ长度比例：100：44：50：48＋9，节Ⅴ原生感觉圈无睫，节Ⅲ毛长为该节最宽直径的 0.38 倍以上；尾板有毛 5～11 根 ·· 2

   体背毛较多，每节有 7～10 对；触角节Ⅲ～Ⅵ长度比例：100：36：38：39＋8，节Ⅴ原生感觉圈有睫，节Ⅲ毛长为该节最宽直径的 0.36 倍以下；尾板有毛 17～29 根 ················ **云杉纩蚜 M. piceasuctus**

2. 头部有头顶毛 2 对，头背毛 6 或 7 对；喙端部有次生毛 1 对；触角节Ⅲ有次生感觉圈 17～21 个，毛长不达该节最宽直径的 0.47 倍；腹部背片Ⅷ有毛 3～8 根；生殖板有毛 17 或 18 根 ················

   ·· **冷杉纩蚜指名亚种 M. abietinus abietinus**

   头部有头顶毛 1 对，头背毛 5 对；喙端部有次生毛 2 对；触角节Ⅲ有次生感觉圈 23～29 个，毛长为该节最宽直径的 0.69 倍；腹部背片Ⅷ有毛 2 根；生殖板有毛 13～15 根 ················

   ·· **日本纩蚜 M. japonicus**

(36) 冷杉纩蚜指名亚种 *Mindarus abietinus abietinus* Koch，1856 （图 69）

Mindarus abietinus abietinus Koch, 1856：278.

Schizoneura pinicola Thomas, 1879：137.

Mindarus abietinus abietinus Koch：Theobald, 1929：318；Patch, 1910：242；Gillette *et* Palmer, 1934：243；Remaudière *et* Remaudière, 1997：209；Zhang, Qiao, Zhong *et* Zhang, 1999：67.

特征记述

有翅孤雌蚜 体长椭圆形，体长 2.43mm，体宽 1.00mm。玻片标本体表光滑，头部、胸部、触角、喙端部、足、尾片、尾板和生殖板褐色。腹部背片Ⅰ～Ⅷ有淡褐色横带，背片Ⅰ、Ⅱ、Ⅷ横带较窄，背片Ⅷ横带位于中侧域。腹部蜡胞卵圆形，背片Ⅰ～Ⅵ各有 1 个大型中侧蜡片，含 30～40 余个蜡胞，有 1 对小圆形的侧蜡片，含 6～15 个蜡胞；背片Ⅰ～Ⅲ中侧蜡片相连。体背毛短而尖锐；头部有头顶毛 2 对，头背中侧毛 3 或 4 对，缘毛 3 对；腹部背片Ⅰ～Ⅶ各有缘毛 1 对，背片Ⅰ～Ⅲ、Ⅶ各有中毛 1 对，背片Ⅳ有中毛 3 根，背片Ⅴ～Ⅵ各有中毛 2 对；背片Ⅰ、Ⅱ、Ⅳ、Ⅴ、Ⅶ各有侧毛 1 对，背片Ⅲ、Ⅵ有侧毛 2 对；背片Ⅷ有毛 3 根。头顶毛长 0.026mm，腹部背片Ⅰ毛长 0.016mm，背片Ⅷ毛长 0.021mm，分别为触角节Ⅲ最宽直径的 0.63、0.38、0.50 倍。中额不隆，中缝微凹。触角 6 节，细长，全长 1.31mm，为体长的 0.54 倍；节Ⅳ～Ⅵ有小细刺组成的瓦纹；节Ⅲ长 0.44mm，节Ⅰ～Ⅵ长度比例：16：15：100：50：56：48＋9；节Ⅰ～Ⅵ毛数：4 或 5 根，5 根，7～12 根，3 根，3 或 4 根，（2～4）＋6 根；节Ⅲ毛长 0.02mm，为该节最宽直径的 0.38 倍；节Ⅲ有长肾形次生感觉圈 17～21 个，分布于全长，节Ⅳ有卵圆形次生感觉圈 1 个，位于端部；原生感觉圈位于节Ⅴ和Ⅵ，节Ⅵ原生感觉圈无睫，大而不规则形。喙细长，端部达后足基节，节Ⅳ＋Ⅴ楔状，长 0.09mm，为基宽的 1.55 倍，为后足跗节Ⅱ的 0.39 倍；有原生毛 3 对，次生毛 1 对。足光滑，细长；后足股节长 0.55mm，为触角节Ⅲ的 1.24 倍；后足胫节长 0.95mm，为体长的 0.39 倍；后足胫节毛长 0.03mm，为该节中宽的 0.69 倍；后足跗节Ⅱ长 0.22mm；跗节Ⅰ毛序：3，3，3。腹管环形，位于腹部背片Ⅵ，端径为触角节Ⅲ最宽直径的 0.50 倍。前翅长 3.50mm，为体长的 1.44 倍；中脉一分叉；后翅 2 条斜脉。尾片近短舌形，有细网纹，有毛2根。尾板宽圆形，有细网纹，有毛7根。生殖突3个，有小刻纹，共有毛18根。生殖板有毛16根，包括前部毛2根。

生物学　寄主植物为杉松（沙松）*Abies holophylla*、冷杉 *A. fabri* 和杉木属植物 *Cunninghamia* spp. 国外记载本种寄生在冷杉属植物幼嫩枝条的针叶上（欧洲冷杉（银枞）*Abies alba*，高加索冷杉 *A. nordmanniana*，偶尔也为害其他冷杉属植物）。一年仅发生3代：①无翅干母；②有翅和无翅孤雌蚜（性母）；③性蚜。该种为害冷杉属植物，致使针叶变短，变淡，扭曲，小枝上的针叶脱落，树皮裂缝，枝顶坏死。性蚜在初夏或仲夏孵出。因此，该种蚜虫只以卵度过一年夏天到第二年春天的大部分时间；卵黑色，有白色的短小蜡丝覆盖，看似灰色。该种在丹麦、瑞典、挪威、芬兰等整个欧洲扩散，包括波罗的海沿岸的所有国家，但很少在法国北部和英国发现；亚洲已知在西西伯利亚和中东地区（土耳其、黎巴嫩）。起源于古北区，但被引入北美洲，现扩散到美国和加拿大。

分布　辽宁（沈阳）、四川、西藏；俄罗斯，土耳其，黎巴嫩，丹麦，瑞典，挪威，芬兰，美国，加拿大。

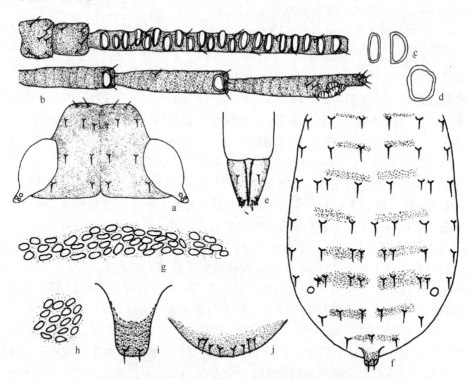

图 69　冷杉纩蚜指名亚种 *Mindarus abietinus abietinus* Koch
有翅孤雌蚜（alate viviparous female）

a. 头部背面观（dorsal view of head）；b. 触角（antenna）；c. 次生感觉圈（secondary rhinarium）；d. 原生感觉圈（primary rhinarium）；e. 喙节 Ⅳ＋Ⅴ（ultimate rostral segment）；f. 腹部背面观（dorsal view of abdomen）；g. 腹部背片Ⅰ～Ⅲ中侧蜡片（spinal and pleural wax glands of abdominal tergite Ⅰ～Ⅲ）；h. 腹部侧蜡片（marginal wax glands of abdomen）；i. 尾片（cauda）；j. 尾板（anal plate）。

(37) 日本纩蚜 *Mindarus japonicus* Takahashi, 1931 (图70)

Mindarus japonicus Takahashi, 1931: 137.

Mindarus japonicus Takahashi: Blackman *et* Eastop, 1994: 749; Remaudière *et* Remaudière, 1997: 209; Zhang, Qiao, Zhong *et* Zhang, 1999: 70.

特征记述

有翅孤雌蚜 体椭圆形，体长 2.60mm，体宽 1.10mm。活体淡黄绿色。玻片标本头部、胸部骨化黑色。头部背面中央有 1 个淡色裂缝；腹部淡色，各节背片有 1 个横带，背片Ⅰ、Ⅱ横带窄小，无缘斑。附肢全骨化黑褐色。体表光滑。腹部背片Ⅶ、Ⅷ微有小刻点横纹。气门不规则圆形，关闭，气门片稍骨化。腹部有明显灰褐色节间斑。背片Ⅰ者较大。体背有短毛，腹部背片Ⅰ～Ⅶ各有缘毛 2 或 3 对，背片Ⅰ～Ⅵ有中侧毛 3～5 对，背片Ⅶ有中侧毛 2 对，背片Ⅷ有毛 1 对。头顶毛 1 对，稍长，为触角节Ⅲ最宽直径的 0.54 倍；腹部背片Ⅷ毛长 0.01mm，为触角节Ⅲ最宽直径的 0.23 倍。头部背面有中毛 2 对，侧缘毛 3 对。额瘤不显，中额下凹。中单眼位于头部腹面。触角 6 节，全长 1.20mm，为体长的 0.46 倍；节Ⅲ长 0.42mm，节Ⅰ～Ⅵ毛数：4～6 根，4 或 5 根，8～16 根，2～4 根，3～5 根，(1 或 2) + (6 或 7) 根；节Ⅲ毛长为该节最宽直径

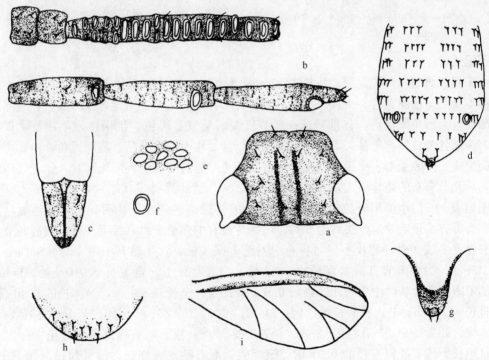

图 70 日本纩蚜 *Mindarus japonicus* Takahashi
有翅孤雌蚜 (alate viviparous female)

a. 头部背面观 (dorsal view of head); b. 触角 (antenna); c. 喙节Ⅳ + Ⅴ (ultimate rostral segment);
d. 腹部背面观 (dorsal view of abdomen); e. 体背蜡片 (dorsal wax gland of body); f. 腹管 (siphunculus);
g. 尾片 (cauda); h. 尾板 (anal plate); i. 前翅 (fore wing)。

的 0.69 倍；节Ⅲ有长肾形次生感觉圈 23～29 个，分布于全长，节Ⅳ端部有 1 个次生感觉圈；节Ⅴ原生感觉圈大，不规则形，节Ⅵ原生感觉圈有睫。喙端部约达中足基节，节Ⅳ＋Ⅴ短粗钝顶，长 0.08mm，为基宽的 1.50 倍，为后足跗节Ⅱ的 0.39 倍，有原生短毛 3 对，次生短毛 2 对。后足股节长 0.44mm，与触角节Ⅲ约等长；后足胫节长 0.74mm，为体长的 0.29 倍，毛长为该节中宽的 0.68 倍。跗节Ⅰ毛序：5，5，5。前翅基部有晕，亚前缘脉伸达前翅顶端，翅痣可长达翅顶，径分脉从翅痣基部伸出，中脉分 2 叉；后翅正常。腹管环状，位于腹部背片Ⅵ；端径 0.02mm，为触角节Ⅲ最宽直径的 0.46 倍。尾片舌状，长 0.06mm，中部几乎不缢缩，顶端有小凸，有短毛 1 对。尾板末端圆形，有毛 6～11 根。尾板腹面前部有 3 个生殖突，有毛 13～15 根。生殖板稍骨化，有毛 13～17 根，其中有前部毛 2 根。

生物学 寄主植物为杉松（沙松）*Abies holophylla*、冷杉 *A. fabri* 和云杉 *Picea asperata*。日本记载该种蚜虫为害日本铁杉 *Tsuga diversifolia*、日本冷杉 *A. firma* 等冷杉属植物的幼叶。

分布 辽宁（沈阳、熊岳）、山东；朝鲜，俄罗斯，日本。

(38) 云杉纩蚜 *Mindarus piceasuctus* Zhang et Qiao, 1997 （图 71）

Mindarus picasuctus Zhang, 1997：193.

Mindarus piceasuctus Zhang et Qiao：Remaudière *et* Remaudière, 1997：209；Zhang, Qiao, Zhong *et* Zhang, 1999：73.

特征记述

无翅孤雌蚜 体椭圆形，体长 1.72mm，体宽 0.88mm。活体黄绿色，被白粉。玻片标本头部与前胸愈合，头顶至头部后缘有方形背斑，头盖缝明显，缘域淡色；胸部及腹部淡色。触角黑褐色，节Ⅲ稍淡；喙节Ⅲ端部至节Ⅴ黑色；足褐色，尾片及尾板黑色。腹部各节背片有毛基斑，有时不甚明显；背片Ⅷ有断续横带。复眼黑色，由 3 个小眼面组成。体表光滑，头顶有蜡片；腹部背片Ⅰ～Ⅶ各有 1 对圆形缘蜡片，位于气门背向，后几节分布的蜡片较大，背片Ⅶ有时有 2 对，背片Ⅷ有带状蜡片，各由 12～30 个蜡胞组成。气门小圆形开放，气门片黑色。中胸腹岔淡色，不甚明显。体背毛短，尖锐，头部有头顶毛 3 对，头背毛 8 对；前胸背板有中侧毛 3 对，缘毛 3 对；腹部各节背片有缘毛 2 或 3 对，背片Ⅰ～Ⅶ各有中侧毛 7 或 8 根，背片Ⅷ有中毛 1 对。头顶毛长 0.015mm，为触角节Ⅲ最宽直径的 0.43 倍，腹部背片Ⅰ、Ⅷ毛长 0.010～0.013mm。中额不隆，平顶状，中央内凹。触角 6 节，有瓦纹，全长 0.69mm，为体长的 0.40 倍；节Ⅲ长 0.25mm，节Ⅰ～Ⅵ长度比例：24：21：100：35：40：47＋10；节Ⅰ～Ⅵ毛数：4 或 5 根，6 或 7 根，9～13 根，2 或 3 根，3 根，2＋0 根，节Ⅵ鞭部顶端有毛 4～6 根，节Ⅲ毛长为该节最宽直径的 0.31 倍；原生感觉圈有睫。喙细长，端部超过后足基节，节Ⅳ＋Ⅴ楔状，长 0.06mm，为基宽的 1.50 倍，为后足跗节Ⅱ的 0.43 倍，有原生毛 2 或 3 对，次生毛 1 对。足光滑，后足股节长 0.30mm，为触角节Ⅲ的 1.20 倍；后足胫节长 0.47mm，为体长的 0.26 倍，毛长为该节最宽直径的 0.63 倍。跗节Ⅰ毛序：5，5，5。腹管孔状，端径 0.013mm，为触角节Ⅲ直径的 0.37 倍。尾片半圆形，有小刺突网纹，有短毛 1 对。尾板末端圆形，有粗刺突网纹，有毛 16～18 根。生殖板褐色，有小刺突横纹，有毛 16～18 根。

有翅孤雌蚜 体长卵形，体长 1.85mm，体宽 0.86mm。玻片标本头部、胸部黑色，腹部淡色。腹部各节背斑呈宽横带状，背片Ⅰ、Ⅱ及Ⅷ窄，背片Ⅷ背斑横贯全节。附肢黑褐色。头背光滑，头盖缝明显。腹部有微瓦纹。节间斑不明显。腹部背片Ⅰ～Ⅶ各有 1 对缘蜡片，由 10 余个蜡胞组成。触角 6 节，节Ⅰ～Ⅲ光滑，其他各节有瓦纹，全长 0.90mm，为体长的 1/2；节Ⅲ长 0.36mm，节Ⅰ～Ⅵ长度比例：16：15：100：32：38：39+8；节Ⅰ～Ⅵ毛数：5 或 6 根，7 根，8～12 根，2 或 3 根，3 根，2+5 根；节Ⅲ毛长 0.009mm，为该节最宽直径的 0.24 倍；节Ⅲ～Ⅴ各有椭圆形次生感觉圈：13～19 个，0～4 个，1 个，在节Ⅴ与原生感觉圈重叠；原生感觉圈有睫。喙细长，端部超过后足基节；节Ⅳ＋Ⅴ长 0.07mm，为后足跗节Ⅱ的 0.45 倍。后足股节长 0.44mm，为触角节Ⅲ的 1.22 倍；后足胫节长 0.69mm，为体长的 0.37 倍；后足跗节Ⅱ长 0.15mm。前翅翅痣约伸达翅顶端，径分脉着生于翅痣基部，伸达翅顶下部；中脉 2 分叉，基部不显，偶有中脉不分叉；后翅 2 条斜脉。尾板有毛 17～24 根。生殖板有毛 16～22 根。其他特征与无翅孤雌蚜相似。

生物学 寄主植物为杉松（沙松）*Abies holophylla* 和云杉 *Picea asperata*。在嫩尖、叶片基部及嫩茎群居。

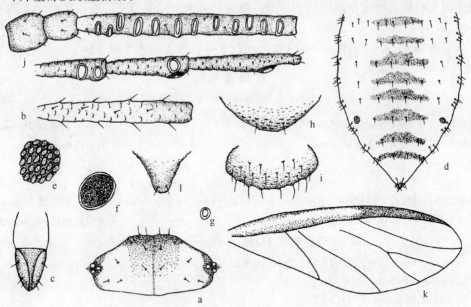

图 71 云杉纩蚜 *Mindarus piceasuctus* Zhang et Qiao

无翅孤雌蚜 （apterous viviparous female）

a. 头部背面观（dorsal view of head）；b. 触角节Ⅲ（antennal segment Ⅲ）；c. 喙节Ⅳ＋Ⅴ（ultimate rostral segment）；d. 腹部背面观（dorsal view of abdomen）；e. 体背蜡片（dorsal wax plate of body）；f. 体背蜡胞（dorsal wax cell of body）；g. 腹管（siphunculus）h. 尾片（cauda）；i. 尾板（anal plate）。

有翅孤雌蚜 （alate viviparous female）

j. 触角（antenna）；k. 前翅（fore wing）；l. 尾片（cauda）。

分布　辽宁（沈阳、熊岳）、云南。

五、扁蚜科 Hormaphididae

无翅孤雌蚜背腹扁平、粉虱型或正常。无翅孤雌蚜头部与前胸愈合，或头部至腹部节 I 愈合，或头部至腹部节 Ⅶ 愈合为前体，节 Ⅷ 游离；有翅孤雌蚜体节正常。无翅孤雌蚜和有翅孤雌蚜蜡腺发育程度不同。无翅孤雌蚜额部常有 1 对额角，有翅孤雌蚜没有任何额角或没有发达的角。无翅孤雌蚜触角 2～5 节；有翅孤雌蚜 5 节，次生感觉圈环形。喙短，节 Ⅳ＋Ⅴ 通常无次生毛。足转节与股节通常愈合；无翅孤雌蚜跗节缺，退化，不分节或正常，有正常或退化的爪；有翅孤雌蚜跗节正常，跗节 Ⅱ 背端毛顶端头状或扁平。有翅孤雌蚜翅脉退化；前翅中脉一分叉，肘脉 1 和肘脉 2 基部连合。腹管孔状、环状或缺。尾片瘤状，少数种类末端圆形。尾板二裂状，少数种类末端宽圆形。性蚜少，无翅，有发达的喙。卵生雌性蚜可以产数枚卵。

该科大部分种类体被大量蜡粉，基本处于静止不动或少动的状态。有翅孤雌蚜飞行能力较差，不具备远距离主动扩散的能力；大部分种类转主寄生，其原生寄主主要为金缕梅科 Hamamelidaceae、安息香科 Styracaceae 植物，次生寄主主要为桦木科 Betulaceae、壳斗科 Fagaceae、禾本科 Gramineae、樟科 Lauraceae、菊科 Compositae 植物；可在原生寄主植物上形成不同形状的虫瘿。部分种类失去原生寄主，在次生寄主上营不全周期生活。

世界已知 43 属 215 种，中国已知 28 属 96 种，本志记述 2 属 2 种。

属 检 索 表
（有翅孤雌蚜）

1. 腹管缺失；后翅 1 条斜脉，若有 2 条斜脉则共柄 ·················· **扁蚜属 Hormaphis**
   腹管存在；后翅有 2 条斜脉 ·················· **五节扁蚜属 Hamamelistes**

（无翅孤雌蚜）

1. 触角 3 节；体缘有 1 圈蜡胞环绕 ·················· **扁蚜属 Hormaphis**
   触角 3 节或 4 节；体缘无蜡胞环绕 ·················· **五节扁蚜属 Hamamelistes**

14. 五节扁蚜属 Hamamelistes Shimer, 1867

Hamamelistes Shimer, 1867：284. **Type species**：*Hamamelistes spinosus* Shimer, 1867.

Tetraphis Horvath, 1896：1.

Mansakia Matsumura, 1917：59.

Hamamelistes Shimer：Pergande, 1901：25；Baker, 1920：83；Palmer, 1953：378；Heie, 1980：89；Zhang *et* Zhong, 1986：239；Ghosh, 1988：234；Remaudière *et* Remaudière, 1997：184；Tao, 1999：21.

属征　无翅孤雌蚜体型为粉虱型，体扁平，体长 1.20～1.40mm；或体型正常，圆球形至宽梨形，体长达 2.00mm。球形无翅蚜触角短小，3 节，位于腹面，其他型无翅蚜触角 4 节，正常；有翅蚜触角 5 节；原生感觉圈小圆形；有翅孤雌蚜次生感觉圈环形。无翅孤雌蚜复眼有 3 个小眼面。正常无翅孤雌蚜喙粗壮，超过前足基节；球形无翅孤雌蚜喙早期发育良好，但后期变得很短，几乎看不见；有翅孤雌蚜喙很少超过前足基节，喙节Ⅳ＋Ⅴ短于后足跗节Ⅱ。无翅孤雌蚜腹部背板骨化；背毛短。球形无翅孤雌蚜侧缘域粗糙，排列有一系列突出的蜡腺细胞或瘤；背板完全愈合，多皱，在中域有短圆形嵴。无翅孤雌蚜腹管缺或为孔状；有翅孤雌蚜腹管通常存在，孔状。尾片瘤状。尾板两裂。足正常，有跗节2节，很短，至少前中足没有跗节，球形无翅孤雌蚜后足跗节无爪；跗节Ⅱ背端毛长，头状。前翅中脉不分叉；后翅有2条斜脉；休息时翅平叠于体背。

卵生雌性蚜无翅，体长1.00～2.30mm。背部蜡腺细胞明显。体背毛长，粗壮。喙粗壮，发育良好，无次生毛。腹管存在或不显。足正常，有跗节，有爪，或没有爪和爪间突。

雄性蚜小，体细长，几乎不达0.40mm。触角4节。复眼由多个小眼面组成。喙粗壮，端部达中足基节，侧背毛长，似卵生蚜。足正常。

球形无翅孤雌蚜的若蚜附肢，即触角、足和2～4龄若蚜的喙次生性退化。正常无翅孤雌蚜的1龄若蚜头部、胸部及腹部有分泌瘤，2～4龄若蚜的分泌瘤被毛替代；其他特征发育一致。

营全周期生活，原生寄主为金缕梅属植物 *Hamamelis* spp.，次生寄主为桦木属植物 *Betula* spp.；或在桦木属植物上营不全周期生活。

分布于中国，蒙古国，日本，印度，西伯利亚，欧洲，北美，南美。

世界已知4种，中国已知1种。

(39) 桦五节扁蚜 *Hamamelistes betulinus*（Horvath，1896）（图72）

Tetraphis betulinus Horvath, 1896：6.

Hamamelistes tullgreni de Meijere, 1912：93.

Hamamelistes betulinus（Horvath）：Heie，1980：89；Zhang *et* Zhong，1986：239；Ghosh，1988：235；Remaudière *et* Remaudière，1997：184；Tao，1999：21.

特征记述

干母　体卵圆形，体长1.74mm，体宽1.29mm。活体黑色，腹部有白粉。玻片标本淡色。复眼、触角、喙节Ⅲ～Ⅴ、足、尾片及尾板黑色。头部背面及中胸腹岔褐色，腹部背片Ⅷ深褐色。头顶及头部背面有2条带状纵斑，呈"∩"形。体表光滑，头部背面有皱曲纹，腹部背片Ⅶ、Ⅷ及腹部腹面有小刺突组成瓦纹。气门5对，圆形关闭，气门片褐色。节间斑黑褐色，位于头部和胸部。中胸腹岔两臂分离，各臂短小，呈马蹄形，臂长0.04mm，与触角节Ⅱ约等长。体背毛长，尖锐；腹部腹面毛长短不等，长毛短于背毛。头部有头背毛6对；前胸背板有中毛1对，缘毛2对；腹部背片Ⅷ有毛5根；头顶及腹部背片Ⅰ毛长0.05～0.06mm，为触角节Ⅲ的1.60～1.90倍，腹部背片Ⅷ毛长0.10mm。复眼由3个小眼面组成。中额呈平顶状。触角4节，有皱纹，节Ⅲ与节Ⅳ愈合，各有1个原生感觉圈；全长0.24mm，为体长的0.14倍，节Ⅰ～Ⅲ长度：0.050mm，0.045mm，0.14mm；节Ⅰ、Ⅱ各有长毛2或3根，节Ⅲ与Ⅳ中部有短毛1根，短于顶端毛，顶端有较长毛4根，短于节Ⅱ毛。喙端部达中足基节，节Ⅳ＋Ⅴ楔状，长0.08mm，为基宽的1.60倍，为后足跗节Ⅱ的1.80倍，有原生毛3对。足股节

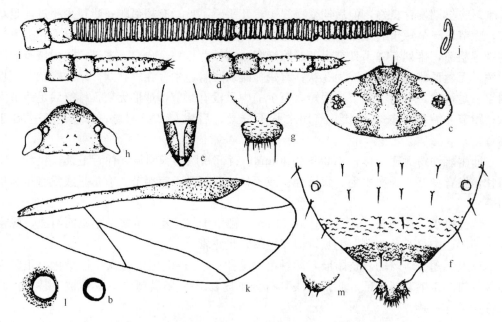

图 72　桦五节扁蚜 *Hamamelistes betulinus*（Horvath）

干母（fundatrix）

a. 触角（antennae）；b. 腹管（siphunculus）。

无翅孤雌蚜（apterous viviparous female）

c. 头部背面观（dorsal view of head）；d. 触角（antenna）；e. 喙节Ⅳ＋Ⅴ（ultimate rostral segment）；

f. 腹部背片Ⅴ～Ⅷ（abdominal tergites Ⅴ～Ⅷ）；g. 尾片（cauda）。

有翅孤雌蚜（alate viviparous female）

h. 头部背面观（dorsal view of head）；i. 触角（antenna）；j. 次生感觉圈（secondary rhinarium）；

k. 前翅（fore wing）；l. 腹管（siphunculus）；m. 生殖突（genopophyse）。

有微小刺突瓦纹，胫节有皱纹；后足股节长 0.21mm，为触角长的 0.91 倍；后足胫节长 0.28mm，为体长的 0.16 倍；胫节毛少，端部长毛长为基部毛的 6.00～7.00 倍，长毛为该节最宽直径的 1.50 倍。跗节Ⅰ退化呈泡状；节Ⅱ长 0.04mm，端部有长毛 5 或 6 根。腹管缺。尾片瘤状，中部收缩，有长毛 12～14 根，其中有 2 根粗长毛。尾板分裂为两叶，有毛 16 根。

无翅孤雌蚜　体卵圆形，体长 1.77mm，体宽 1.15mm。头部背面中部黑色，中心呈三角形，两缘淡色；胸部及腹部淡色；腹部背片Ⅷ深褐色。触角节Ⅲ有稀疏横纹分布，愈向端部愈密；尾片、尾板有密刺突瓦纹，生殖板有稀疏刺突横纹分布。体背毛长，尖锐，头部背面有毛 6 对；腹部背片Ⅰ～Ⅶ各有缘毛 1 对，背片Ⅰ有中侧毛 6 对，背片Ⅶ有中侧毛 1 对，背片Ⅷ有毛 6 根。触角 4 节，全长 0.25mm，为体长的 0.14 倍；节Ⅲ长 0.10mm，节Ⅰ～Ⅳ长度比例：46：44：100：54；节Ⅰ、Ⅱ各有长毛 2 根，节Ⅲ缺毛，节Ⅳ有极短毛 1 根，顶端有毛 4 根；节Ⅲ、Ⅳ端部各有 1 个原生感觉圈。喙端部不达中足基节，节Ⅳ＋Ⅴ短楔状，长 0.07mm，为基宽的 1.40 倍，为后足跗节Ⅱ的 1.20 倍，有原生毛 2 对，次生毛 1 对。足光滑，少毛，股节与转节愈合，后足股节与转节长 0.27mm，为触角节 Ⅲ 最宽直径的 1.80 倍；后足胫节长 0.31mm，为体长的 0.18 倍；后足胫节毛长 0.04mm，为该节中宽的 0.90 倍；后足跗节 Ⅱ 长 0.04mm。腹管环状，基宽 0.03mm，端径 0.02mm，小于复眼直径。尾片瘤状，近基部收缩，长 0.11mm，基宽 0.16mm，收缩处宽 0.05mm，瘤状部长 0.08mm，最大直径 0.11mm，有毛 12 或 13 根。尾板深裂为两叶，各叶呈瘤状，共有毛 15 或 16 根。生殖板宽圆形，有毛 23～27 根。生殖突 2 个，各有短毛 6～8 根。

有翅孤雌蚜 体椭圆形，体长 1.78mm，体宽 0.86mm。玻片标本头部、胸部黑色，腹部淡色，无斑纹，腹部背片 Ⅷ 有 1 对毛基斑。体表光滑。气门 5 对，圆形关闭，气门片黑色。无节间斑。体背毛少，头顶有极短细尖毛 2 对，头部背面有毛 4 对；腹部背片 Ⅰ～Ⅶ 各有长缘毛 1 或 2 对，中、侧毛各 1 对，背片 Ⅶ 中部有长毛 3 根，背片 Ⅷ 有毛 2 对。头顶毛长 0.006mm，为触角节 Ⅲ 中部直径的 0.11 倍，腹部背片 Ⅰ 缘毛长 0.03mm，背毛长 0.008mm，背片 Ⅲ 缘毛长 0.06mm，背片 Ⅷ 长毛长 0.03mm。触角 5 节，全长 0.67mm，为体长的 0.38 倍；节 Ⅲ 长 0.30mm，节 Ⅰ～Ⅴ 长度比例：14：13：100：50：46；节 Ⅰ、Ⅱ 及节 Ⅴ 鞭部顶端分别有毛 3～4 根，2 根，3～5 根，节 Ⅲ～Ⅴ 毛不明显；节 Ⅲ～Ⅴ 各有开口环状次生感觉圈：31～38 个，11～17 个，11～14 个，节 Ⅳ、Ⅴ 端部各有 1 个小原生感觉圈。喙端部不达中足基节，节 Ⅳ＋Ⅴ 长 0.07mm，为基宽的 1.80 倍，为后足跗节 Ⅱ 的 0.87 倍，毛长 0.02mm，为该节最宽直径的 0.63 倍；跗节 Ⅰ 毛序：3，3，3。跗节端部有长毛 2 对，端背毛顶端球状，爪明显。前翅有翅脉 4 根，中脉不分叉，肘脉 2 基部在肘脉 1 基部 1/3 处共柄。腹管孔状，位于光滑黑色圆锥体上，端径 0.04mm，稍大于单眼直径。尾片瘤状，有短尖毛 12 或 13 根。尾板分裂为两叶，有毛 18～22 根。生殖突有 1 对，淡色，各有短尖毛 5 根。生殖板椭圆形，有短尖毛约 30 根。

胚胎 体卵圆形，体长 0.43mm，体宽 0.30mm。体背布满单蜡胞；体缘全周有半圆形单行排列的蜡胞。体背毛短，尖锐。头部背面有头顶毛 2 对，中毛 1 对，缘毛 1 对；头顶毛与头背缘毛较长；胸部各节有中毛 1 对，缘毛 2 对；腹部背片 Ⅰ～Ⅶ 各有缘毛 1 对，背片 Ⅰ～Ⅲ 无中侧毛，背片 Ⅳ～Ⅶ 各有中毛 1 对，背片 Ⅳ 中毛距离较远；背片 Ⅷ 有中毛 1 对，较长。复眼由 3 个小眼面组成。触角 4 节，节 Ⅲ、Ⅳ 有稀疏小刺突横纹；全长 0.12mm，为体长的 0.28 倍；节 Ⅲ 长 0.06mm，节 Ⅰ～Ⅳ 长度比例：35：30：100：26＋22；节 Ⅰ～Ⅳ 毛数：2 根，2 根，1 根，1＋6 根，节 Ⅳ 鞭部顶端毛较长，尖锐；原生感觉圈小，突出。喙粗壮，节 Ⅳ＋Ⅴ 楔状，长 0.05mm，为基宽的 1.25 倍，为后足跗节 Ⅱ 的 1.60 倍；节 Ⅳ 有毛 3 对，无次生毛。跗节很短，分节不显；跗节 Ⅰ 毛序：2，2，2。后足跗节 Ⅱ 长 0.03mm。跗节 Ⅱ 背端毛长于爪，顶端膨大为头状。腹管不显。

生物学 寄主为红桦（毛桦）*Betula albosinensis*、垂枝桦（疣桦）*B. pendula*、白桦 *B. platyphylla*、毛枝桦 *B. pubescens*、疣皮桦 *B. verrucosa* 等桦木属植物。营不全周期型生活，在叶片背面取食，受害叶向反面卷曲肿胀，形成伪虫瘿。有蚂蚁伴生。

分布 辽宁（本溪）；蒙古国，俄罗斯，丹麦，芬兰，波兰，英国。

15. 扁蚜属 *Hormaphis* Osten-Sacken, 1861

Hormaphis Osten-Sachen, 1861：422. **Type species**：*Byrsocrypta hamamelidis* Fitch, 1851.

Hormaphdula Börner，1952：1.

Hormaphis Osten-Sacken：Shinji，1924：343；Mordvilko，1935：36；Heie，1980：91；Ghosh，
　　　1985：323；von Dohlen *et* Stoetzel，1991：533；Remaudière *et* Remaudière，1997：185；Qiao *et*
　　　Zhang，2004：278.

属征　在金缕梅属 *Hamamelis* 植物叶片正面形成圆锥形袋状虫瘿；各型触角均 3
节，无腹管；无翅型粉虱状，体周缘有 1 圈白蜡腺；有翅型后翅 1 条中脉。

该属种类在金缕梅属植物 *Hamamelis* spp. 和桦木属植物 *Betula* spp. 之间转主寄
生，或者在金缕梅属或桦木属上营不全周期生活。

分布于欧亚大陆和北美洲。

世界已知 4 种，中国已知 2 种，本志记述 1 种。

（40）桦扁蚜 *Hormaphis betulae*（Mordvilko, 1901）（图 73，图版 I A）中国新记录种

Cerataphis betulae Mordvilko，1901：973.

Phylloxera crassicornis Dahl，1912：3.

Thoracaphis betulaefoliae Shinji，1924：343.

Mansakia gallifoliae Monzen，1929：1.

Hormaphis betulae（Mordvilko）：Eastop *et* Hille Ris Lambers，1976：217；Heie，1980：91；Tao：
　　　1999：21；Remaudière *et* Remaudière，1997：185.

特征记述

无翅孤雌蚜　体圆形，扁平，体长 1.20～1.35mm，体宽 1.04～1.21mm。活体淡
黄绿色，体缘有 1 圈白蜡线。玻片标本淡褐色，复眼、喙淡褐色。头部、胸部和腹部节
Ⅰ～Ⅶ愈合为前体，腹部节Ⅷ游离，横卵形。前体周缘有 141～160 个齿状蜡胞，腹部
背片Ⅷ边缘有 10～13 个齿状蜡胞。体背毛短，几乎不可见。腹部背片Ⅷ有毛 2 根，极
短。复眼由 3 个小眼面组成。触角 3 节，非常短，全长 0.05～0.06mm，节Ⅰ～Ⅲ分别
长：0.005～0.006mm，0.009～0.012mm，0.035～0.043mm；触角毛细小。喙端部不
达前足基节，节Ⅳ＋Ⅴ盾状，长 0.05mm，与基宽约等长，为后足跗节长的 2.38 倍，
足退化，前、中足跗节缺失；后足股节与转节长 0.11mm，为触角节Ⅲ最宽直径的 8.46
倍；后足胫节长 0.17mm，为体长的 0.13 倍；后足跗节退化，三角形，长 0.02mm。
无腹管。尾片瘤状，有毛 6～8 根。尾板二裂，有毛 10～12 根。生殖板宽圆形，有短尖
前部毛 2 根，后缘毛 9 根。

有翅孤雌蚜　体椭圆形，体长 1.61mm，体宽 0.84mm。活体黑色。玻片标本头
部、触角、喙、胸部、足深褐色，腹部、尾片、尾板及生殖板淡褐色。尾片、尾板及生
殖板密布小刺突横纹，后足胫节有稀疏小刺突横纹。气门圆形关闭，气门片淡褐色；气
门位于腹部节Ⅱ～Ⅶ。体背毛短小稀疏，头部有头顶毛 1 对，长 0.017mm，为触角节
Ⅲ最宽直径的 0.38 倍。中额不隆。复眼由 3 个小眼面组成。触角 5 节，全长 0.65mm，
为体长的 0.40 倍；节Ⅲ长 0.27mm，节Ⅰ～Ⅴ长度比例：15：16：100：57：48＋2；
节Ⅴ鞭部长为基部的 0.04 倍；触角毛少，节Ⅴ鞭部顶端有毛 5 根。喙端部超过前足基
节，节Ⅳ＋Ⅴ盾状，长 0.05mm，为基宽的 0.96 倍，为后足跗节Ⅱ的 0.55 倍；有 2 对
原生刚毛，无次生刚毛。足光滑，少毛，股节与转节愈合，后足股节与转节长

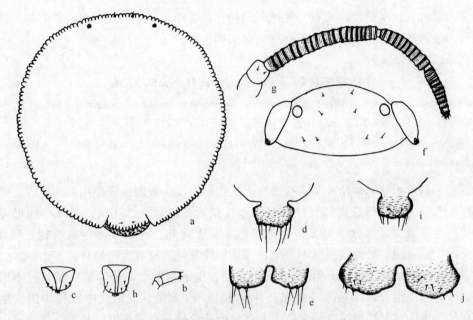

图 73 桦扁蚜 *Hormaphis betulae*（Mordvilko）

无翅孤雌蚜（apterous viviparous female）

a. 整体背面观（dorsal view of body）；b. 触角（antenna）；c. 喙节Ⅳ＋Ⅴ（ultimate rostral segment）；d. 尾片（cauda）；e. 尾板（anal plate）。

有翅孤雌蚜（alate viviparous female）

f. 头部背面观（dorsal view of head）；g. 触角（antenna）；h. 喙节Ⅳ＋Ⅴ（ultimate rostral segment）；i. 尾片（cauda）；j. 尾板（anal plate）。

0.37mm，为触角节Ⅲ最宽直径的 8.04 倍；后足胫节长 0.43mm，为体长的 0.27 倍；后足胫节长毛长 0.03mm，与该节中宽约等长；后足跗节Ⅱ长 0.08mm。跗节Ⅰ毛序：3，3，2。无腹管。尾片瘤状，近基部收缩，长 0.06mm，基宽 0.17mm，收缩处宽 0.04mm，瘤状部长 0.05mm，最大直径 0.04mm；有毛 9 或 10 根，长短不等。尾板深裂为两叶，各叶呈瘤状，共有毛 8～10 根，长短不等。生殖板宽圆形，有前部毛 6～9 根，后缘毛 14 根，在后缘排成 1 列。

生物学 寄主植物为毛枝桦 *Betula pubescens*、白桦 *B. platyphylla*、桦木 *Betula* sp. 和岳桦 *B. ermanii*。该种在桦木属植物上营不全周期生活，生物学了解较少，基本与桦五节扁蚜一致。在日本则营全周期生活，可在日本金缕梅 *Hamamelis japonica* 的叶片正面形成圆锥形袋状虫瘿（Aoki *et* Kurosu, 1991）。

分布 内蒙古（鄂伦春旗、牙克石）、吉林（安图、长白、集安）、黑龙江（饶河、伊春）；俄罗斯，日本，芬兰，波兰，匈牙利。

六、平翅绵蚜科 Phloeomyzidae

体中型，体长一般不超过 2.00mm。无翅孤雌蚜复眼由 3 个小眼面组成。孤雌蚜无翅，头部与前胸愈合；性蚜有翅。触角 6 节，无次生感觉圈，原生感觉圈有睫。前翅中脉一分叉，后翅 2 条斜脉。中胸前盾片狭窄，后端圆，盾片中部不分开，静止时翅平叠于体背。腹部有大型蜡片，可分泌蜡丝、蜡粉。腹管小。尾片圆形。尾板稍有缺刻至几乎圆形。生活在树木枝干表皮，营同寄主全周期生活。

世界已知 1 属 1 种。

16. 平翅绵蚜属 *Phloeomyzus* Horvath, 1896

Phloeomyzus Horvath, 1896：5. Type species：*Schizoneura passerinii* Signoret, 1886.

Loewia Lichtenstein, 1886 nec Egger, 1856：81.

Phloeomyzus Horvath：Zhang *et* Zhong, 1983：110；Blackman *et* Eastop, 1994：820；Remaudière *et* Remaudière, 1997：252；Zhang, 1999：179.

属征　身体中型。触角 6 节；孤雌蚜无次生感觉圈。复眼由 3 个小眼面组成。喙端部达腹中部。无翅孤雌蚜腹部背片Ⅶ有大型缘蜡片。腹管小，孔状。尾片半圆形或圆形。翅脉经常减少，中脉一分叉；休息时翅平叠于背部。性蚜和卵生蚜有翅，触角 6 节，无次生感觉圈；雄性蚜肘脉不分离。卵生蚜腹部背片Ⅶ有大型蜡片。

寄生在杨属植物 *Populus* spp. 茎的裂缝处、皮下和根上，分泌絮状蜡丝，不形成虫瘿。种群可以很大或仅局限分布在几片叶子上。在北美、北欧、中欧和中国发生性蚜，在其他地区仅有孤雌蚜。每个卵生雌蚜仅产卵 2 枚；有翅雄性蚜和雌性蚜有喙，能取食。在中东、印度地区和北美洲的寄主包括银白杨 *Populus alba*、加杨 *P. canadensis*、缘毛杨 *P. ciliata* 和黑杨 *P. nigra*。在中国除为害黑杨和加杨以外，还有小叶杨 *P. simonii*。在山东青岛 10 月上旬发生雌性蚜和雄性蚜，交配产卵越冬。

(41) 杨平翅绵蚜 *Phloeomyzus passerinii zhangwuensis* Zhang, 1982 （图 74）

Phloeomyzus passerinii zhangwuensis Zhang, 1982b：21.

Phloeomyzus passerinii zhangwuensis Zhang：Zhang *et* Zhong, 1983：110；Remaudière *et* Remaudière, 1997：252；Zhang, 1999：179.

特征记述

无翅孤雌蚜　体卵圆形，体长 1.60mm，体宽 1.10mm。活体灰黄色、灰黄绿色至呆白色，被白粉及蜡毛。玻片标本体淡色，头顶背部有方形骨化斑、腹部背片Ⅵ～Ⅷ缘斑黑色；头部中额骨化斑暗褐色；附肢灰黑色。体表光滑，腹部背片Ⅵ～Ⅷ缘斑圆形骨化，有不明显斑纹，背片Ⅷ有椭圆形中斑 1 对，有瓦纹。前胸背板与中胸背板间有 1 对节间斑。腹部背片Ⅶ有 2 个侧缘蜡片，淡色，后缘凹入。体背毛短而尖锐，头部有头顶毛 2 对，头背毛 6 对；前胸背板有中侧毛 3 对，缘毛 2 对；腹部背片Ⅰ～Ⅵ有中侧毛 4 对，缘毛 2 对；背片Ⅶ有中侧毛 2 对，缘毛 2 对；背片Ⅷ有毛 7 根；头顶毛长 0.01mm，腹部背片Ⅰ毛长 0.01mm，背片Ⅷ毛长 0.02mm，分别为触角节Ⅲ最宽直径的 0.40 倍、0.50 倍、1.50 倍。气门 7 对，圆形关闭，气门片隆起黑色。头部与前胸愈合。中额平，中额缝明显。复眼由 3 个小眼面组成。触角 6 节，短粗，各节有褶曲纹，节Ⅲ～Ⅵ有微瓦纹；全长 0.35mm，为体长的 0.22 倍；节Ⅲ长 0.06mm，节Ⅰ～Ⅵ长度比例：66：79：100：57：75：140＋25；触角毛短而尖，节Ⅰ～Ⅵ毛数：3 根，3 根，0～2 根，0 或 1 根，0～5 根，（0 或 1）＋（3 或 4）根，节Ⅵ鞭部顶端有短毛 3 或 4 根。喙细长，端部达后足基节，节Ⅳ＋Ⅴ剑状，细长，长 0.14mm，为基宽的 4.00 倍，为后足跗节Ⅱ的 1.80 倍，有原生毛 2 对，次生毛 2 对。足光滑，短粗，各节有卵形纹；后足股节长 0.24mm，为触角节Ⅲ的 5.30 倍；后足胫节长 0.21mm，为体长的 0.13 倍，毛长为该节中宽的 0.20 倍；后足跗节Ⅱ长 0.08mm。跗节Ⅰ毛序：3，3，3。腹管小环状，直径为触角节Ⅲ最宽直径的 0.78 倍。尾片末端圆形，骨化黑色，有网纹，有短毛 5 根；尾板末端圆形，有网纹，有短毛 9～11 根。生殖板骨化黑色，横长圆形，有短毛 12～17 根。

有翅雌性蚜　体椭圆形，体长 1.50～2.00mm，体宽 0.70mm。玻片标本头部、胸部、触角、喙节Ⅱ端部及节Ⅳ＋Ⅴ黑色；足、腹管、尾片及尾板淡色；腹部无斑纹。体表光滑。气门肾形关闭，气门片骨化隆起。无节间斑。腹部背片Ⅵ、Ⅶ有 2 块淡色大型直角三角形中侧蜡片。体背毛少而短，缘毛长为背毛的 2.00 倍；腹部背片Ⅷ有中毛 5 根，侧、缘毛各 5 根；背片Ⅰ、Ⅴ缘毛、背片Ⅷ毛长分别为触角节Ⅲ直径的 0.25 倍、0.75 倍、2.30 倍。中额稍隆，额瘤不显。触角 6 节，短粗，有瓦纹；全长 0.56mm，为体长的 0.37 倍；节Ⅲ长 0.15mm，节Ⅰ～Ⅵ长度比例：22：38：100：58：65：79＋9；触角毛短，各节端部有毛 3 或 4 根，节Ⅲ毛长为该节直径的 1/3；无次生感觉圈。喙细长，光滑，端部伸达腹部节Ⅵ；节Ⅳ＋Ⅴ细长锥形，长 0.21mm，为基宽的 6.30 倍，为后足跗节Ⅱ的 1.90 倍，有原生刚毛 2 对，有极短次生刚毛 3 或 4 根。足光滑，后足股节长 0.34mm，与触角节Ⅲ～Ⅴ之和约等长；后足胫节长 0.52mm，为体长的 0.30 倍，与触角几乎等长；跗节Ⅰ有短毛 1 对。前翅中脉 1 分叉，翅脉镶粗黑边。腹

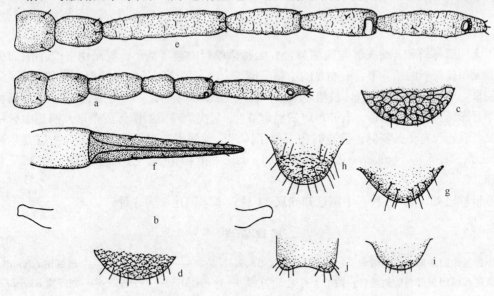

图 74　杨平翅绵蚜 *Phloeomyzus passerinii zhangwuensis* Zhang

无翅孤雌蚜（apterous viviparous female）

a. 触角（antenna）；b. 中胸腹岔（mesosternal furca）；c. 尾片（cauda）；d. 尾板（anal plate）。

有翅雌性蚜（alate oviparous female）

e. 触角（antenna）；f. 喙节Ⅳ＋Ⅴ（ultimate rostral segment）；g. 尾片（cauda）；h. 尾板（anal plate）。

有翅雄性蚜（alate male）

i. 尾片（cauda）；j. 尾板（anal plate）。

管孔状，端径约等于触角节Ⅲ直径。尾片短圆锥形，光滑，长为基宽的 3.50 倍，有长毛 8 或 9 根。尾板舌形，有毛 15～19 根；生殖板骨化，有短毛 30 余根。

有翅雄性蚜　体椭圆形，体长 1.50mm，体宽 0.48mm。玻片标本头部、胸部黑色，腹部淡色，有灰黑色斑；尾片、尾板及外生殖器黑色。腹部背片Ⅰ～Ⅶ有缘斑及中断中侧斑；背片Ⅷ无斑纹，有短毛 7 根，毛长为触角节Ⅲ直径的 2.30 倍。触角 6 节，全长 0.59mm，为体长的 0.39 倍；节Ⅲ长 0.18mm，节Ⅰ～Ⅵ长度比例：17：35：100：58：58：58＋8。喙细长，端部达腹部节Ⅳ。后足股节长 0.35mm；后足胫节长 0.48mm。腹管短，基部有骨化斑。尾板长方形，末端中央内凹。其他特征与雌性蚜相似。

生物学　寄主植物为小叶杨 *Populus simonii*、加杨 *P. canadensis*，国外记载指名亚种也为害银白杨 *P. alba*、黑杨 *P. nigra* 和西伯利亚白杨 *Populus* sp.。在树干、根基部及树枝皮缝中为害，由于该种身被蜡粉和蜡丝，所以被害处覆有白色绒毛，容易发现。受伤或修剪的枝干受害较重，有时盖满幼枝和树皮缝。较少发生有翅蚜。在青岛 10 月上旬发生雌性蚜和雄性蚜，雌、雄性蚜都有翅，交配产卵越冬。

分布　辽宁（朝阳、辽阳、沈阳、铁岭、彰武）、吉林（抚松）、黑龙江（克山、绥化）、内蒙古、北京、河北、山东。指名亚种分布在俄罗斯，蒙古，伊朗，土耳其，摩洛哥，埃及，欧洲，北美洲及南美洲。

七、群蚜科 Thelaxidae

无翅孤雌蚜和若蚜头部与前胸愈合。无翅孤雌蚜中额半圆形。复眼由 3 个小眼面组成。无翅孤雌蚜触角 5 节，有明显的小刺突横纹，节Ⅴ鞭部明显短于基部。缘节Ⅳ＋Ⅴ分节明显，节Ⅴ细长成针状。体被粗短刚毛。腹管孔状或圆筒状，周围有毛数根。尾片瘤状或半月形。尾板末端圆形。有翅孤雌蚜触角节Ⅲ、Ⅵ次生感觉圈圆形或条形。前翅中脉一分叉，后翅仅有 1 条斜脉；静止时翅平叠于体背。营同寄主全周期生活。寄主以壳斗科 Fagaceae、桦木科 Betulaceae 及胡桃科 Juglandaceae 植物为主。分布于欧洲，亚洲及北美洲。

世界已知 4 属 18 种，中国已知 6 属 11 种；本志记述 2 属 3 种。

属检索表

1. 无翅孤雌蚜头部不与前胸愈合；跗节Ⅰ毛序：5，5，5 ……………………… 雕蚜属 *Glyphina*
   无翅孤雌蚜头部与前胸愈合；跗节Ⅰ有毛 5～9 根 ……………………… 刻蚜属 *Kurisakia*

17. 雕蚜属 *Glyphina* Koch, 1856

Glyphina Koch, 1856：259. **Type species**：*Aphis betulae* Linnaeus, 1758 ＝ *Vacuna betulae* Kaltenbach, 1843.

Glyphina Koch：Heie, 1980：95；Zhang *et al.*, 1988：228；Remaudière *et* Remaudière, 1997：260.

属征　无翅孤雌蚜体背整体骨化明显，被明显的刻纹。体背毛粗短。跗节Ⅰ毛序：5，5，5。跗节Ⅱ有零星小刺突；但不形成横列。腹部各节分节明显。腹管低乎截状，位于稍隆起的圆锥上。尾片半圆形。有翅孤雌蚜翅脉明显增粗，经分脉及中脉不达翅缘，肘脉 1 与肘脉 2 基部分离明显。

寄主植物有桦木科 Betulaceae 的桦木属 *Betula*、桤木属 *Alnus* 植物及胡桃科 Juglandaceae 的青钱柳 *Cyclocarya paliurus*。

世界已知 5 种，中国已知 1 种。

(42) 桦雕蚜 *Glyphina betulae*（Linnaeus, 1758）（图 75）

Aphis betulae Linnaeus, 1758: 452.

Aphis impingens Walker, 1852: 909.

Thelaxes betulina Buckton, 1886: 323.

Glyphina betulae（Linnaeus, 1758）: Heie, 1980: 97; Zhang *et al*., 1988: 228; Remaudière *et* Remaudière, 1997: 260.

特征记述

无翅孤雌蚜 体卵圆形，体长 1.69mm，体宽 0.95mm。活体红褐色或绿色。玻片标本体背褐色，分节明显，各节间淡色。触角节 Ⅰ、Ⅱ、Ⅴ 黑色，节 Ⅲ 淡色，节 Ⅳ 淡褐色；喙节 Ⅰ、Ⅱ 淡色，节 Ⅲ～Ⅴ 褐色，顶端黑色；足褐色，胫节中部淡色；腹管褐色；尾片、尾板及生殖板淡色。体背面及腹面缘域粗糙，布满横纵 "S" 形粗曲纹，腹部腹面中侧域光滑。气门小圆形开放，气门片与体色相同。节间斑明显，黑褐色。中胸腹岔淡色，两臂分离，单臂横长 0.11mm，与触角节 Ⅳ 约等长。体背毛粗，尖锐，各毛基稍隆，腹部腹面毛长，尖锐，长于背毛；头部有头顶毛 2 对，头背毛 19～20 对；前胸背板有中侧毛 9～12 对，缘毛 18 或 19 对；腹部背片 Ⅰ～Ⅳ 各有中侧毛 7～9 对，背片 Ⅴ 有中侧毛 5 或 6 对，背片 Ⅵ 有中侧毛 5 根，背片 Ⅶ 有中侧毛 3～5 根，背片 Ⅰ～Ⅶ 各有缘毛 5～7 对，背片 Ⅷ 有毛 6～10 根；头顶毛长 0.06mm，为触角节 Ⅲ 中宽的 1.50 倍；腹部背片 Ⅰ 长毛长 0.06mm，背片 Ⅷ 长毛长 0.06mm，体背短毛长 0.03mm。中额及额瘤弧形。复眼黑色，由 3 个小眼面组成。触角 5 节，各节有粗刺突横纹；全长 0.75mm，为体长的 0.44 倍；节 Ⅲ 长 0.32mm，节 Ⅰ～Ⅴ 长度比例：18：20：100：37：42＋16；触角毛粗，节 Ⅰ～Ⅴ 毛数：2 根，2 根，13～15 根，3～5 根，5＋7 根，末节鞭部顶端毛短小，节 Ⅲ 长毛长为该节中宽的 1.30 倍；原生感觉圈圆形，无睫。喙端部超过后足基节，节 Ⅳ＋Ⅴ 长楔状，分节明显，长为基宽的 2.80 倍，为后足跗节 Ⅱ 的 1.40 倍，节 Ⅳ 长为节 Ⅴ 的 3.80 倍；有原生毛 1 对，次生毛 2 对。足各节有小刺突组成横纹，转节不明显；后足股节长 0.37mm，为触角节 Ⅲ 的 1.20 倍；后足胫节长 0.50mm，为体长的 0.29 倍；后足胫节最长毛长 0.44mm，为该节最宽直径的 0.88 倍；跗节 Ⅰ 毛序：5，5，5，有时为 5，5，3。腹管环状，稍隆起，有缘突，端径 0.05mm。尾片宽舌状，端部密布粗刺突，基半部有瓦纹，长 0.09mm，为基宽的 0.60 倍，有粗长毛 2 根，短毛 6 或 7 根。尾板半球状，有长短毛 29～31 根。生殖板帽状，有瓦纹，有毛 18 根，其中有前部毛 2 根。

生物学 寄主为巨桦等桦木属 *Betula* spp. 植物。在芬兰寄生于垂枝桦 *B. pendula* 和毛枝桦 *B. pubescens*，在丹麦寄生于毛枝桦。据记载，在芬兰，该种蚜虫春季和夏季在幼枝取食，在 6～8 月产生有翅孤雌蚜，大约在仲夏出现性蚜。有蚂蚁伴生。

分布 黑龙江（克东、克山）；俄罗斯，丹麦，瑞典，挪威，芬兰，德国，波兰，

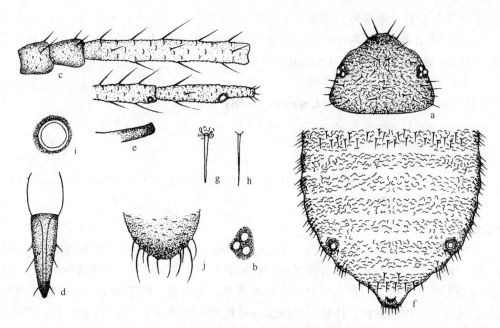

图 75 桦雕蚜 *Glyphina betulae*（Linnaeus）

无翅孤雌蚜（apterous viviparous female）

a. 头部及前胸背板背面观（dorsal view of head and pronotum）；b. 复眼（eye）；c. 触角（antenna）；d. 喙节 Ⅳ＋Ⅴ（ultimate rostral segment）；e. 中胸腹岔（右侧）（right part of mesosternal furca）；f. 腹部背面观（背片 Ⅱ～Ⅶ背毛省略）（dorsal view of abdomen, not showing dorsal hairs on abdominal tergites Ⅱ～Ⅶ）；g. 体背毛 （dorsal hair of body）；h. 腹部腹面毛（ventral hair of abdomen）；i. 腹管（siphunculus）；j. 尾片（cauda）。

英国，美国和加拿大。

18. 刻蚜属 *Kurisakia* Takahashi，1924

Kurisakia Takahashi，1924：715. **Type species**：*Anoecia onigurumii* Shinji，1923 ＝ *Kurisakia juglandicola* Takahashi，1924.

Tuberocorpus Shinji，1929（nec 1932）：151.

Kurisakia Takahashi：Takahashi，1930：2；Takahashi，1938：12；Takahashi，1960：1；Zhang *et* Zhong，1983：112；Sorin，1988：1；Tao，1990：101；Remaudière *et* Remaudière，1997：261.

属征 无翅孤雌蚜头部与前胸愈合；体背稍骨化，无斑纹。体背毛细长，尖锐。中额圆。触角 5 节，有小刺突横纹，触角末节鞭部短于基部。复眼有 3 个小眼面。足转节与股节愈合，股节、胫节有微刺横纹；前足胫节或中足胫节有数个小而突出的感觉圈；各足跗节Ⅰ有毛 5～8 根，跗节Ⅱ有密集的小刺突，呈明显的横列排布。腹管位于有毛圆锥体上。尾片小圆形，尾板大圆形。有翅孤雌蚜次生感觉圈横椭圆形或卵形；腹部背片有小或退化的缘斑，没有节间斑；前翅翅痣狭长，径分脉稍弯，中脉一分叉，基部断缺；肘脉和臀脉基部接近，但不相连；后翅 1 条斜脉。

分布在中国，韩国，日本和印度。

世界已知 8 种，中国已知 5 种，本志记述 2 种。

种 检 索 表

（无翅孤雌蚜）

1. 触角节Ⅴ基部长于节Ⅲ的0.40倍；生殖板有毛20～23根；在寄主植物枫杨嫩梢及幼叶中脉取食，叶片不卷曲 ·· **枫杨刻蚜 *K. onigurumii***

触角节Ⅴ基部约为节Ⅲ的0.33倍；生殖板有毛26～34根；在寄主植物麻栎嫩梢及幼叶背面取食，叶片向反面纵向弯曲呈船形 ·································· **麻栎刻蚜 *K. querciphila***

（有翅孤雌蚜）

1. 喙节Ⅳ＋Ⅴ长于后足跗节Ⅱ；触角节Ⅲ有毛26～39根，有长宽形次生感觉圈14～17个；前翅亚前缘脉有毛30～42根；腹管周围有毛10或11根；在寄主植物枫杨嫩梢及幼叶中脉取食，叶片不卷曲 ·· **枫杨刻蚜 *K. onigurumii***

喙节Ⅳ＋Ⅴ与后足跗节Ⅱ约等长；触角节Ⅲ有毛21～27根，有大长圆形次生感觉圈10～13个；前翅亚前缘脉有毛41～43根；腹管周围有毛7～9根；在寄主植物麻栎嫩梢及幼叶背面取食，叶片向反面纵向弯曲呈船形 ·································· **麻栎刻蚜 *K. querciphila***

（43）枫杨刻蚜 *Kurisakia onigurumii*（Shinji, 1923）（图76）

Anoecia onigurumii Shinji, 1923：301.

Glyphina pterocaryae Monzen, 1927：1.

Kurisakia onigurumii（Shinji, 1923）：Zhang *et* Zhong, 1983：116；Tao, 1990：101；Blackman *et* Eastop, 1994：730；Remaudière *et* Remaudière, 1997：261.

特征记述

无翅孤雌蚜 体长卵形，体长2.10mm，体宽1.00mm。活体浅绿色，胸部、腹部背板有2条淡色纵带向外分射深绿横带。玻片标本淡色，无斑纹，除触角末节灰色外，其他附肢淡色。体表光滑，头部、胸部微显褶纹。气门圆形或三角形关闭，气门片淡色。节间斑不显。中胸腹岔淡色有短柄。体背有长毛，头部有头顶毛6根，头背毛12根；前胸背板有中侧毛9根，中胸背板有中侧毛15根，后胸背板有中侧毛20根；前胸背板有缘毛2根，中胸背板有缘毛12根，后胸背板有缘毛18根；腹部背片Ⅰ～Ⅴ各有中、侧毛15～17根，背片Ⅵ、Ⅶ各有中、侧毛6～8根，背片Ⅰ～Ⅶ分别有缘毛各6～9对，背片Ⅷ有长毛12根，毛长0.12mm；头顶毛、腹部背片Ⅰ缘毛、背片Ⅷ长毛长分别为触角节Ⅲ直径的2.20倍、2.50倍、2.80倍。头顶呈弧形。触角5节，有小刺突横纹，全长0.83mm，为体长的0.38倍；节Ⅲ长0.36mm，节Ⅰ～Ⅴ长度比：18：19：100：40：42＋10；节Ⅰ～Ⅴ毛数：3或4根，9～4根，12～29根，5～12根，（4～6）＋0根，末节鞭部顶端有毛6或7根，节Ⅲ毛长为该节直径的1.70倍。喙端部稍超过中足基节，节Ⅳ＋Ⅴ尖锥形，长为基宽的2.40倍，为后足跗节Ⅱ的1.10倍，有原生短刚毛1对，次生长刚毛2对。足有刺突横瓦纹；后足股节长0.43mm，为触角节Ⅲ的1.20倍；后足胫节长0.64mm，为体长的0.31倍，后足胫节毛长约为该节直径的1.50倍；跗节Ⅰ毛数5～7根。腹管截断状，端口直径稍小于触角节Ⅰ长度，围绕腹管有刚毛6或7根，毛长为端口直径的1.50～2.00倍。尾片末端圆形，有小刺突横纹，有毛10或11根。尾板末端平圆形，有长短刚毛20～23根。

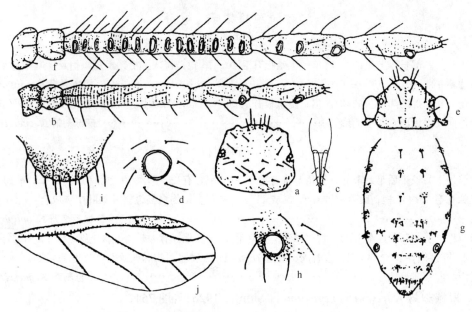

图 76　枫杨刻蚜 *Kurisakia onigurumii*（Shinji）

无翅孤雌蚜（apterous viviparous female）

a. 头部与前胸背面观（dorsal view of head and pronotum）；b. 触角（antenna）；c. 喙节Ⅳ＋Ⅴ
（ultimate rostral segment）；d. 腹管（siphunculus）。

有翅孤雌蚜（alate viviparous female）

e. 头部背面观（dorsal view of head）；f. 触角（antenna）；g. 腹部背面观（dorsal view of abdomen）；
h. 腹管（siphunculus）；i. 尾片（cauda）；j. 前翅（fore wing）。

有翅孤雌蚜　体长椭圆形，体长 2.30mm，体宽 0.82mm。活体头部、胸部黑色，前胸稍淡，有 1 对黑斑，腹部绿色，有黑斑，缘斑外突，腹部前部及后部绿褐色。玻片标本头部、胸部、触角、缘瘤、腹管黑色；足及尾片灰黑色；腹部淡色。前胸背板前部中带完整，后部中央淡色，侧斑近方形；腹部背片Ⅰ～Ⅳ各有中斑 1 对，背片Ⅴ、Ⅵ各中斑呈宽横带，背片Ⅴ有小侧斑，背片Ⅶ有 1 个窄横带，背片Ⅷ有 1 个窄横带横贯全节，背片Ⅰ～Ⅶ各有小缘斑。气门三角形关闭，气门片骨化黑色。节间斑小型，黑褐色，腹部背片Ⅰ者淡色。体背毛长；头部有头顶毛 2 对，头背毛 5 对；前胸背板有中毛 8 根、侧毛 4 根、缘毛 4 根；腹部背片Ⅰ～Ⅵ各有中侧毛 8～12 根，背片Ⅶ有中侧毛 1 对；背片Ⅰ、Ⅶ各有缘毛 3 或 4 对，背片Ⅱ～Ⅵ各有缘毛 6～9 对，背片Ⅷ有长毛 12 根；背片Ⅷ毛长 0.10mm；头顶毛、腹部背片Ⅰ缘毛、背片Ⅷ毛长分别为触角节Ⅲ直径的 1.90～2.10 倍、1.90～2.10 倍、2.00 倍。触角 5 节，全长 0.91mm，为体长的 0.40 倍；节Ⅲ长 0.42mm，节Ⅰ～Ⅴ长度比例：13：15：100：44：37＋11；节Ⅲ有毛 26～39 根，毛长为该节直径的 2.10 倍；节Ⅲ、Ⅳ分别有长宽形次生感觉圈：14～17，0～2 个，节Ⅲ次生感觉圈分布全长。喙端部不达中足基节，节Ⅳ＋Ⅴ长尖锥形，长为基宽的 2.50 倍，为后足跗节Ⅱ的 1.30 倍，有次生刚毛 1 或 2 对。后足股节长 0.45mm；与触角节Ⅲ约等长；后足胫节长 0.85mm，为体长的 0.37 倍。活时翅平放背部，前翅中脉 1 分叉，翅脉镶窄灰黑色边，亚前缘脉有短毛 30～42 根。腹管截断状，长为基宽的 0.50

倍，围绕腹管有长毛 10 或 11 根。尾片馒形，有微刺突横纹，有毛 14 或 15 根。尾板末端圆形，有毛 21～27 根。生殖板骨化，有毛 22～26 根。其他特征与无翅孤雌蚜相似。

生物学 寄主植物为枫杨 *Pterocarya stenoptera*。在北方喜在根生蘖枝和幼树上为害，在南方也为害成树。严重时可盖满 17.00～20.00cm 内嫩梢和叶反面。

分布 辽宁（丹东）、北京、江苏、浙江、山东、湖北、广西、贵州、云南；朝鲜，日本。

(44) 麻栎刻蚜 *Kurisakia querciphila* Takahashi, 1960（图 77）

Kurisakia querciphila Takahashi, 1960：1.

Kurisakia querciphila Takahashi：Zhang *et* Zhong, 1983：117；Blackman *et* Eastop, 1994：731；
　　　Remaudière *et* Remaudière, 1997：261.

特征记述

无翅孤雌蚜 体椭圆形，体长 1.90mm，体宽 1.00mm。活体浅绿色，腹部背面有纵横翠绿色带纹。玻片标本淡色，无斑纹。触角节Ⅳ、Ⅴ端部及跗节微显骨化灰色，其他部分淡色。头部前部背面微显刻纹，头部、胸部背面稍有刻点，腹部背面光滑。气门圆形关闭，气门片淡色。节间斑不显。中胸腹岔淡色，不明显。体背有长柔软毛，头部有头顶毛 4 根，额瘤毛 4 根，头背毛 14 根；胸部各节有中侧毛 6，26，16 根，缘毛 4，26，22 根；腹部背片Ⅰ～Ⅲ各有中侧毛 22 根，背片Ⅳ～Ⅵ各有中侧毛 16～18 根，背片Ⅶ有中侧毛 12 根，背片Ⅰ、Ⅶ各有缘毛 12 根，背片Ⅱ～Ⅵ各有缘毛 20～22 根，背片Ⅷ有长毛 15 根，毛长 0.12mm；头顶毛、腹部背片Ⅰ缘毛、背片Ⅷ毛长分别为触角节Ⅲ直径的 2.50 倍、2.00 倍、3.00 倍。中额微隆，呈弧形。触角 5 节，短粗，有小颗粒构成横纹，全长 0.82mm，为体长的 0.43 倍；节Ⅲ长 0.39mm，节Ⅰ～Ⅴ长度比：15：18：100：35：34＋9；触角毛长，节Ⅰ～Ⅴ毛数：3 根，2 或 3 根，25 根，9～12 根，（6～8）＋0 根，末节鞭部顶端有毛 4～6 根，节Ⅲ毛长为该节直径的 1.60 倍。喙端部达后足基节，节Ⅳ＋Ⅴ尖锥形，长为基宽的 2.80 倍，为后足跗节Ⅱ的 1.10 倍，有原生短刚毛 1 对，次生长刚毛 2 对。足粗大，有微刺突构成横纹；后足股节长 0.45mm，为触角节Ⅲ的 1.20 倍；后足胫节长 0.65mm，为体长的 0.31 倍，后足胫节毛长约为该节直径的 1.40 倍；跗节Ⅰ毛序：7，7，7。腹管截断形，微显褶纹，端口直径约等长于触角节Ⅰ，有 8 根长刚毛围绕腹管，毛长为端部直径的 1.50～2.00 倍。尾片末端圆形，有小刺突瓦纹，有短刚毛 11～13 根。尾板末端平圆形，有长短刚毛 19～26 根。生殖板骨化，有毛 26～34 根。

有翅孤雌蚜 体长椭圆形，体长 2.50mm，体宽 0.85mm。活体头部、胸部黑色，前胸稍淡，有 1 对明显黑斑，腹部淡色，有黑斑及翠绿色带纹。玻片标本头部、胸部黑色，腹部淡色。触角、腹管及尾片黑色，股节、胫节端部、跗节灰黑色；喙淡色。前胸背板前部有中断横带横贯全节，后部中央淡色，侧斑长方形，缘瘤黑色；腹部背片Ⅰ～Ⅴ各中斑分离或愈合为 1 个背斑，背片Ⅵ、Ⅶ各中斑呈横带，背片Ⅰ～Ⅶ各有小缘斑，背片Ⅴ有小圆形侧斑，其他各节偶有侧斑，背片Ⅷ有窄带横贯全节。体表光滑，腹管后几节微有瓦纹。气门三角形关闭，气门片骨化黑色。节间斑灰色，腹部背片Ⅰ节间斑明显。体背有长毛，腹部背片Ⅰ～Ⅵ各有中侧毛 4～7 对，背片Ⅶ有中毛 3 根，背片Ⅰ、Ⅶ各有缘毛 3～5 对，背片Ⅱ～Ⅵ各有缘毛 5～8 对，背片Ⅷ有长毛 12～18 根，毛长

0.12mm；头顶毛、腹部背片Ⅰ缘毛、背片Ⅷ毛长分别为触角节Ⅲ直径的2.50倍、2.00倍、3.90倍。中额稍隆，呈弧形。触角5节，有密刻点组成横纹，全长0.85mm，为体长的0.34倍；节Ⅲ长0.39mm，节Ⅰ～Ⅴ长度比例：13：17：100：46：38＋9；节Ⅰ～Ⅴ毛数：4根，2或3根，21～27根，7～9根，（4或5）＋（5～7）根，节Ⅲ毛长为该节直径的1.50倍；节Ⅲ、Ⅳ各有大长圆形次生感觉圈：10～13个，0～2个，节Ⅲ次生感觉圈分布全长，节Ⅳ有原生感觉圈1个。喙端部不达中足基节。后足股节长0.50mm，为触角节Ⅲ的1.30倍；后足胫节长0.84mm，为体长的0.34倍，后足胫节毛长为该节直径的2.00倍。活体翅平放于背部，翅脉有镶边，前翅中脉2分叉，亚前缘脉有短毛41～43根。腹管截断状，长约等于触角节Ⅱ，有7～9根长毛围绕腹管。尾片半圆形，有毛10～12根。尾板有毛23～26根。

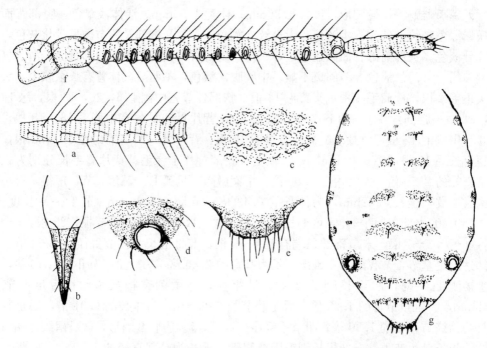

图77　麻栎刻蚜 *Kurisakia querciphila* Takahashi

无翅孤雌蚜（apterous viviparous female）

a. 触角节Ⅲ（antennal segment Ⅲ）；b. 喙节Ⅳ＋Ⅴ（ultimate rostral segment）；c. 腹部背片斑纹
（scleroite on abdominal tergites）；d. 腹管（siphunculus）；e. 尾片（cauda）。

有翅孤雌蚜（alate viviparous female）

f. 触角（antenna）；g. 腹部背面观（dorsal view of abdomen）。

生物学　寄主植物为麻栎 *Quercus acutissima* 和白栎 *Quercus fabri*。在幼叶背面取食，受害叶片向反面弯曲呈船形，也可为害嫩梢。

分布　辽宁、山东、江苏、浙江、贵州、云南；朝鲜，日本。

八、毛管蚜科 Greenideidae

腹管长管状，稍膨大，至少为体长的0.50倍，有时与身体等长，密被长毛。尾片宽半月形、圆形至三角形。触角 5 或 6 节，次生感觉圈卵圆形或圆形。喙节Ⅳ、Ⅴ分节明显。雄性蚜有翅。在寄主植物的枝和叶片取食。主要分布在东南亚。

世界已知 18 属 173 种，中国已知 6 属 28 种，本志记述 2 属 4 种。

属 检 索 表

（无翅孤雌蚜）

1. 体背有长树枝状刺⋯⋯⋯⋯⋯⋯⋯⋯⋯⋯⋯⋯⋯⋯⋯⋯⋯⋯⋯⋯⋯⋯⋯ 刺蚜属 *Cervaphis*

   体背无长树枝状刺⋯⋯⋯⋯⋯⋯⋯⋯⋯⋯⋯⋯⋯⋯⋯⋯⋯⋯⋯⋯⋯⋯ 毛管蚜属 *Greenidea*

19. 刺蚜属 *Cervaphis* van der Goot，1917

Cervaphis van der Goot，1917：148. **Type species**：*Cervaphis schouteniae* van der Goot，1917.

Diverosiphum Shinji，1922：787.

Cervaphis van der Goot：Zhang *et* Zhong，1983：122；Blackman *et* Eastop，1994：604；Remaudière *et* Remaudière，1997：170.

属征 无翅孤雌蚜体表有许多突起，缘突分叉；分叉突起在分枝上有刀状毛，其他突起有刀状毛或端部膨大毛。有翅孤雌蚜突起退化，头部突起正常，胸部、腹部突起为低而扁平的瘤；瘤上有短钝毛。无翅孤雌蚜头部与前胸愈合；头部背面平滑；触角 4 节，节Ⅳ鞭部有发达的毛基瘤。有翅孤雌蚜触角节Ⅲ有 5～7 个突出的圆形次生感觉圈。喙长，顶端尖锐，节Ⅳ、Ⅴ分节明显。腹管长，圆柱形，向外弯曲，近基部稍膨大。尾片卵圆形。跗节Ⅰ毛序：5，5，5。翅发达，前翅中脉一分叉。

寄主植物为壳斗科 Fagaceae、楝科 Meliaceae、椴树科 Tiliaceae、梧桐科 Sterculiaceae 和豆科 Fabaceae 植物。

世界已知 4 种，中国已知 2 种，本志记述 1 种。分布于中国、韩国、日本、泰国、柬埔寨、印度和印度尼西亚。

(45) 栎刺蚜 *Cervaphis quercus* Takahashi，1918（图 78）

Cervaphis quercus Takahashi，1918：368.

Diverosiphum kunugii Shinji，1922：787.

Cervaphis quercus Takahashi：Zhang *et* Zhong，1983：122；Blackman *et* Eastop，1994：604；Remaudière *et* Remaudière，1997：170；Qiao *et* Zhang，2000：326.

特征记述

无翅孤雌蚜 体长卵形，体长 2.80mm，体宽 1.50mm。活体黄色。玻片标本淡色，无斑纹。触角节Ⅲ、Ⅳ端部及喙顶端黑色，跗节稍显骨化。体背面与腹面光滑。体表侧外方有长树枝状刺 10 对，其上各有双节刺 8～14 根；侧内方有短树枝状刺 4 对，其上各有双节刺 4 根；头顶有树枝状刺 1 对，头部与前胸背板愈合，背面有长短枝刺各 1 对；中、后胸背板各有长短枝刺各 1 对；腹部背片Ⅰ有长枝刺 1 对，背片Ⅱ有短枝刺 1 对，背片Ⅲ～Ⅶ各有长枝刺 1 对；背片Ⅷ有 1 对尾铗状突起，与后足跗节约等长，其上有短毛 1 根。气门圆形开放，气门片隆起淡色。中胸腹岔短小，两臂分离或一丝相连，臂长稍短于触角节Ⅱ。体背有许多长短不等的双节刺，腹面有细长柔软尖毛；体背中域有 1 行"＋"形刚毛群，围绕 1 个小孔有 4 根双节刺呈放射状排列，位于头部与前

胸背板共 2 组；中胸背板至腹部背片Ⅵ各有 1 组；头顶树枝状刺长约为后足胫节的
0.81 倍，腹部背片Ⅶ枝状刺长与后足胫节约等长；腹部各节背片有缘毛 2 或 3 根；头
顶双节刺、腹部背片Ⅰ毛、背片Ⅷ毛长分别为触角节Ⅲ直径的 4.20 倍、2.30 倍、1.40
倍。复眼小，直径约与触角节Ⅰ相等，淡色，眼瘤不显。额瘤不显，呈弧形。触角 4
节，有瓦纹；全长 0.75mm，为体长的 0.27 倍；节Ⅲ长 0.35mm，节Ⅰ～Ⅳ长度比例：
14：16：100：38＋45；触角毛长，尖锐，节Ⅰ～Ⅳ毛数：3 或 4 根，3 或 4 根，6 根，
1 或 2 根；节Ⅲ毛长为该节直径的 1.60 倍。喙端部达中后足之间，节Ⅲ膨大；节Ⅳ＋
Ⅴ细长，长为基宽的 5.60 倍，为后足跗节Ⅱ的 2.10 倍；无原生毛，有次生短毛 2 对。
后足股节长 0.36mm，与触角节Ⅲ约等长；后足胫节长 0.61mm，为体长的 0.22 倍，
毛长为该节中宽的 1.40 倍；跗节Ⅰ毛序：5，5，5。腹管长筒状，顶端有 1 个环状收
缩，有瓦纹，有缘突和切迹；长 0.71mm，为体长的 0.32 倍，稍短于触角全长；有短
毛 7～14 根，端部一般有毛 5 或 6 根，毛长约为腹管中宽的 1/2。尾片半圆形，末端中
部有圆锥状突起，有横行微刺突，有长毛 6 根。尾板末端圆形，稍内凹，有长短毛 8～
12 根。生殖板有毛 16～19 根，前部毛长为后部毛的 2.00 倍。

　　生物学　寄主植物为麻栎 *Quercus acutissima*、栓皮栎 *Q. variabilis* 和板栗 *Casta-
nea mollissima*。该种蚜虫在麻栎幼叶背面和嫩梢为害，较少活动，受干扰后也无弹动
后足或坠落等现象。在 5～8 月有无翅孤雌蚜和有翅孤雌蚜发生，8 月中下旬发生有翅

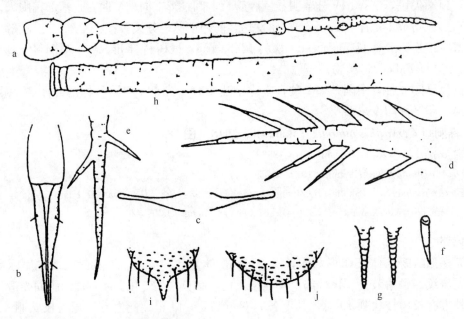

图 78　栎刺蚜 *Cervaphis quercus* Takahashi
无翅孤雌蚜 (apterous viviparous females)
a. 触角 (antenna)；b. 喙节Ⅳ＋Ⅴ (ultimate rostral segment)；c. 中胸腹岔 (mesosternal furca)；
d. 头顶长刺 (cephalic process on head)；e. 腹部背片单刺 (dorsal process on abdomen)；f. 腹部背
片短刺 (dorsal short process on abdomen)；g. 腹部背片Ⅷ背突 (short process on abdominal tergite
Ⅷ)；h. 腹管 (siphunculus)；i. 尾片 (cauda)；j. 尾板 (anal plate)。

雌性蚜，未发现雄性蚜。有翅卵生雌性蚜在枝上产卵；初产卵黄色，后变为黑色，越冬后，次年春季孵化。

分布　辽宁（丹东）、北京、河北、浙江、安徽、山东、湖南、广西、海南、台湾、四川；朝鲜，日本，泰国，印度，印度尼西亚。

20. 毛管蚜属 *Greenidea* Schouteden，1905

Greenidea Schouteden，1905：181. **Type species**：*Siphonophora artocarpi* Westwood，1890.

Greenidea Schouteden：Zhang *et* Zhong，1983：123；Blackman *et* Eastop，1994：708；Remaudière *et* Remaudière，1997：173；Zhang，1999：180.

属征　身体梨形。额通常平直，有时稍隆起。头背毛长，顶端分叉、渐尖或细尖锐。触角6节，无翅孤雌蚜无次生感觉圈，有翅孤雌蚜有圆形到横卵形次生感觉圈；原生感觉圈有睫。喙长，节Ⅳ、Ⅴ分节明显；节Ⅳ有次生毛8～16根。体背毛硬直，长度和顶端多变，有翅孤雌蚜多数背毛尖锐，有时渐尖。跗节Ⅰ有7根腹毛。翅脉正常。腹管长，向外弯曲；多毛，毛尖锐、渐尖或分叉，有翅孤雌蚜腹管一般全部有网纹。尾片圆形或横卵形。尾板宽卵圆形或半圆形。

世界已知58种，中国已知11种，本志记述3种。分布于中国、日本、印度、斯里兰卡和印度尼西亚。

种 检 索 表
（无翅孤雌蚜）

1. 喙节Ⅳ＋Ⅴ长为基宽的5.40倍；中胸腹岔有长柄 ·············· **库毛管蚜 *G. kuwanai***
   喙节Ⅳ＋Ⅴ长度短于基宽的5.40倍；中胸腹岔无柄、两臂分离或有短柄 ·············· 2
2. 触角末节鞭部长为基部的2.11倍；喙节Ⅳ＋Ⅴ长为后足跗节Ⅱ的2.20倍；腹部背片Ⅰ缘毛、背片Ⅷ毛长分别为触角节Ⅲ最宽直径的0.93倍、1.93倍；后足股节长为触角节Ⅲ的0.82倍；生殖板有毛65根 ·············· **锡金毛管蚜 *G. sikkimensis***
   触角末节鞭部长为基部的1.89倍；喙节Ⅳ＋Ⅴ长为后足跗节Ⅱ的1.70倍；腹部背片Ⅰ缘毛、背片Ⅷ毛长为触角节Ⅲ最宽直径的2.50～2.60倍；后足股节长为触角节Ⅲ的1.12倍；生殖板有毛45根 ·············· **杭黑毛管蚜 *G. hangnigra***

（46）杭黑毛管蚜 *Greenidea hangnigra* Zhang，1979 （图79）

Greenidea hangnigra Zhang，1979：125.

Greenidea hangnigra Zhang：Zhang *et* Zhong，1983：125；Remaudière *et* Remaudière，1997：175；Zhang，1999：180.

特征记述

无翅孤雌蚜　体梨形，体长3.50mm，体宽1.90mm。活体头部、腹部背面深褐色，胸部黑褐色，有光泽。玻片标本骨化深褐色，前部体节节间淡色。触角节Ⅰ、Ⅱ、Ⅵ及其他各节端部、喙节Ⅱ端半部至节Ⅴ、足基节、转节、股节及胫节基部和端部、跗节、腹管、尾板及生殖板黑褐色，其他部分骨化淡褐色。腹部背片Ⅰ～Ⅶ中、侧、缘斑愈合为1个大型骨化黑斑，缘片与侧片之间有1个淡色纵裂纹；背片Ⅰ有横带，背片Ⅷ淡色。体表光滑有褶纹，腹部背片Ⅶ、Ⅷ有微瓦纹；腹面有微刺突均匀分布。气门圆形

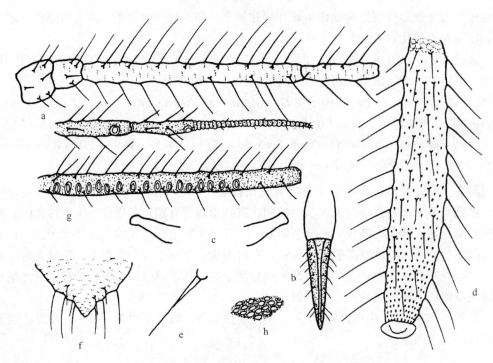

图 79　杭黑毛管蚜 *Greenidea hangnigra* Zhang

无翅孤雌蚜 （apterous viviparous females）

a. 触角 （antenna）；b. 喙节Ⅳ＋Ⅴ （ultimate rostral segment）；c. 中胸腹岔 （mesosternal furca）；d. 腹
管 （siphunculus）；e. 腹部背毛 （dorsal hair of abdomen）；f. 尾片 （cauda）.

有翅孤雌蚜 （alate viviparous female）

g. 触角节Ⅲ （antennal segment Ⅲ）；h. 节间斑 （muskelplatten）.

关闭，气门片隆起黑色。节间斑明显由小圆片组成。中胸腹岔有短柄或两臂分离。体背多
长硬刚毛，尖锐，排列整齐；腹部背片Ⅰ有毛 250 余根，背片Ⅵ～Ⅷ毛数：8 根，6 根，2
根；背片Ⅷ毛长 0.10～0.18mm；头顶毛、背片Ⅰ缘毛、背片Ⅷ毛长分别为触角节Ⅲ直径的
2.50～2.60 倍。中额及额瘤稍隆。触角 6 节，有瓦纹，全长 2.00mm，为体长的 0.57 倍；
节Ⅲ长 0.74mm，节Ⅰ～Ⅵ长度比例：13：10：100：34：31：28＋53；节Ⅰ～Ⅵ各有长短毛：
8 或 9 根，7～10 根，34～39 根，8～10 根，5 根，（5～7）＋（6 或 7）根，长毛长约为短
毛的 5.00 倍。喙细长，端部超过后足基节，节Ⅳ＋Ⅴ细长，长为基宽的 4.70 倍，为后足
跗节Ⅱ的 1.70 倍；节Ⅳ长为节Ⅴ的 3.50 倍，有原生毛 2 对，次生毛 5～7 对。后足股节有
卵状体，长 0.83mm，为触角节Ⅲ的 1.10 倍；后足胫节光滑，长 1.30mm，为体长的 0.37
倍；毛长为该节直径的 2.00 倍；跗节Ⅰ毛序：7，7，7。腹管角管状，有小刺突横纹，基
部 1/10 有淡色网纹，有缘突和切迹；长 0.83mm，为体长的 0.24 倍；有长硬毛 98～112
根，毛长 0.24mm，为腹管中宽的 1.40 倍。尾片半圆形，端部有 1 个小突起，有小刺突构
成横瓦纹，有长毛 8 或 9 根。尾板末端圆形，基部收缩，有长短毛 34～44 根。生殖板骨
化，有小刺突横纹，有长短毛约 45 根。

有翅孤雌蚜　体长卵形，体长 3.50mm，体宽 1.50mm。活体头部、胸部黑色，腹

部褐色，有黑色斑纹。玻片标本头部、胸部黑色，腹部淡色，各节有黑色横带与缘斑断续相连。触角、喙、足、尾片、尾板及生殖板黑色至黑褐色。气门圆形开放。中额稍隆，正中下凹，额瘤外倾。触角6节，有瓦纹，全长2.10mm，为体长的0.60倍，节Ⅲ长0.75mm，节Ⅰ～Ⅵ长度比例：12：10：100：38：35：30+57；节Ⅲ有长毛31～34根，毛长0.19mm，为该节直径的3.10倍；节Ⅲ有圆形及椭圆形次生感觉圈13～20个，分布于基部2/3。喙细长，端部达后足基节，节Ⅳ+Ⅴ尖细，长为基宽的4.80倍，为后足跗节Ⅱ的1.90倍；有原生毛2对，次生毛8对。后足股节黑色，基部稍淡，长0.81mm，为触角节Ⅲ的1.10倍；后足胫节长1.40mm，为体长的0.40倍；后足胫节有长短毛，毛长相差6.00倍，长毛长0.16mm，为该节直径的2.90倍。翅脉正常，前翅肘脉（CuI）端部向内弯曲。腹管长筒形，端部渐细；长1.70mm，为体长的0.49倍；有长毛185～190根，毛长0.10mm，为腹管中宽的2.50倍。尾片有长毛8根。尾板有长毛29～48根。其他特征与无翅孤雌蚜相似。

生物学 寄主植物为麻栎 *Quercus acutissima*、蒙古栎 *Q. mongolica* 等栎属植物。在树干基部枝条上为害，少数在嫩梢。有蚂蚁伴生。

分布 辽宁（沈阳、本溪、建昌）、黑龙江（哈尔滨）、河北、浙江、山东、广西、云南、甘肃。

(47) 库毛管蚜 *Greenidea kuwanai*（Pergande, 1906）（图 80）

Trichosiphum kuwanai Pergande, 1906：209.

Trichosiphum kuwanai Pergande：Okajima, 1908：20；Essig *et* Kuwana, 1918：97；Takahashi, 1918：368；Kurisaki, 1920：379.

Greenidea kuwanai（Pergande）：Takahashi, 1919：174；Takahashi, 1923：117；Takahashi, 1924：8；Takahashi, 1925：30；Takahashi, 1931：28；Okamoto *et* Takahashi, 1927：140；Mordvilko, 1928：40；Mordvilko, 1934：45；Raychandhuri, 1956：56；Tao, 1990：119；Remaudière *et* Remaudière, 1997：175.

特征记述

无翅孤雌蚜 体卵圆形，体长2.69mm，体宽1.70mm。活体黑褐色，有光泽。玻片标本头部、胸部黑色，腹部黑褐色，缘域骨化加厚。触角褐色，节Ⅰ、Ⅱ、Ⅲ～Ⅳ各顶端及节Ⅴ、Ⅵ黑色；喙节Ⅴ端半部及节Ⅲ～Ⅴ、足、腹管、尾片及尾板黑色。头部与前胸愈合，腹部背片Ⅷ背斑色淡，呈横带分布全节；腹部腹面有褐色"U"形斑。体表光滑，腹部背片Ⅷ背面有瓦纹，腹部腹面密被明显小粗刺突。气门圆关闭，气门片与体背同色。节间斑淡色，不甚明显。中胸腹岔黑色，有长柄，横长0.26mm，为触角节Ⅲ的0.44倍，柄长为臂长的0.73倍，有时两臂分离。体背密被粗尖锐毛，长短不等，长毛长为短毛的6.00～7.00倍；头部有毛38～40根；前胸背板有中侧毛14对，缘毛8或9对；中胸背板有毛50余根，后胸背板有毛约30根；腹部背片Ⅰ有毛50余根，背片Ⅶ有毛16～18根，背片Ⅷ有毛2根；头顶长毛长0.13mm，为触角节Ⅲ最宽直径的2.50倍，腹部背片Ⅰ长毛长0.14mm，短毛长0.02mm，背片Ⅷ长毛长0.14mm。中额微隆，额瘤不显，头背中缝微显。触角6节，有微瓦纹，全长1.65mm，为体长的0.61倍，节Ⅲ长0.60mm，节Ⅰ～Ⅵ长度比例：15：11：100：32：34：29+55；触角毛长

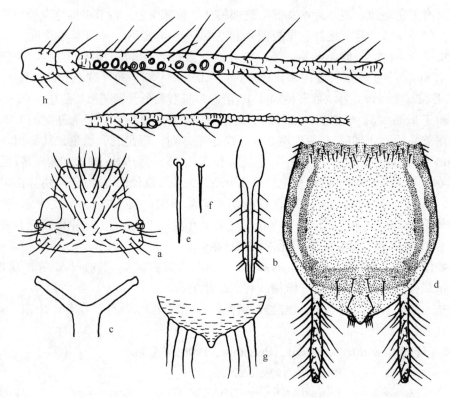

图 80　库毛管蚜 *Greenidea kuwanai*（Pergande）

无翅孤雌蚜（apterous viviparous female）

a. 头部背面观（dorsal view of head）；b. 喙节Ⅳ＋Ⅴ（ultimate rostral segment）；c. 中胸腹岔
（mesosternal furca）；d. 腹部背面观（背片Ⅱ～Ⅵ背毛省略）（dorsal view of abdomen, not
showing dorsal hairs on abdominal tergites Ⅱ～Ⅵ）；e. 体背毛（dorsal hair of body）；f. 腹部腹
面毛（ventral hair of abdomen）；g. 尾片（cauda）。

有翅孤雌蚜（alate viviparous female）

h. 触角（antenna）。

短不等，长毛长为短毛的 6.80 倍，节Ⅰ～Ⅵ毛数：8 根，6 或 7 根，33～37 根，5～7
根，4～7 根，5＋（5～7）根，末节鞭部顶端有短毛 3 根，节Ⅲ长毛长为该节最宽直径
的 2.60 倍。喙长大，端部达腹部节Ⅲ，节Ⅳ＋Ⅴ分节明显，长尖矛状，长 0.27mm，
为基宽的 5.40 倍，为后足跗节Ⅱ的 1.90 倍，节Ⅳ长为Ⅴ的 3.90 倍，有原生长毛 2 对，
次生长毛 7 或 8 对。足光滑，各胫节顶端有 3 根明显的粗距；后足股节长 0.71mm，为
触角节Ⅲ的 1.20 倍，后足胫节长 1.05mm，为体长的 0.39 倍，长毛长为短毛的 4.70
倍，为该节最宽直径的 1.70 倍；跗节Ⅰ毛序：7，7，7，有时 7，7，5。腹管粗管状，
呈香蕉形，密被小刺突，基部有瓦纹，全长 0.71mm，为中宽的 4.60 倍，为体长的
0.27 倍，有长毛 130 余根，长毛长为中宽的 1.20 倍。尾片半圆形，末端尖突起，粗
糙，密被刺突，全长 0.13mm，为基宽的 0.33 倍，有长短毛 7～10 根。尾板末端圆形，
有小刺突横纹，中心有圆形网状纹，有长毛 29～34 根。

有翅孤雌蚜　体长 2.29mm，体宽 1.18mm。玻片标本头部、胸部黑色，腹部有大

黑斑，各附肢黑色。腹部背片Ⅰ、Ⅱ有横带，背片Ⅲ～Ⅵ背斑愈合为1个大斑，各节有大型独立缘斑，背片Ⅶ、Ⅷ有横带横贯全节。体表及腹面光滑。气门大圆形开放，气门片黑色。节间斑明显，黑褐色。体背毛粗长，尖锐，集中分布于体背中域及缘域。触角6节，有粗瓦纹，全长1.73mm，为体长的0.75倍，节Ⅲ长0.38mm，节Ⅰ～Ⅵ长度比例：15：12：100：36：33：27＋54；节Ⅲ有长毛27～31根，有圆形次生感觉圈12～16个，分布于基部3/4。喙端部达腹部节Ⅲ，节Ⅳ＋Ⅴ长0.27mm，为后足跗节Ⅱ的2.00倍，有原生毛2对，次生毛8或9对。足光滑，后足股节长0.70mm，后足胫节长1.13mm，后足跗节Ⅱ长0.14mm。翅脉正常，中脉分3支，基半部缺。腹管长管状，有瓦纹，端部有小刺突组成横纹，长1.31mm，为触角节Ⅲ的3.50倍，为体长的0.60倍，长为中宽的11.00倍，有长粗毛130～140根，毛长为其中宽的1.40倍。尾片有毛8或9根。尾板有毛23～29根。其他特征与无翅孤雌蚜相似。

无翅若蚜　头盖缝明显，淡色。体背有零星分散的毛基斑。

胚胎　体卵形，体长1.03mm，体宽0.45mm。体背毛较粗，尖锐；头部有头顶毛2对，头背侧、缘毛各1对；前胸背板有中、缘毛各2对，中、后胸背板有中、侧毛各1对，缘毛2对；腹部背片Ⅰ～Ⅴ有中、缘毛各1对，侧毛2对；背片Ⅵ有中、侧、缘毛各1对，背片Ⅶ有中、缘毛各1对，背片Ⅷ有中毛1对。复眼由3个以上小眼面组成。触角4节，节Ⅲ、Ⅳ有横瓦纹；全长0.46mm，为体长的0.45倍；节Ⅲ长0.14mm，节Ⅰ～Ⅳ长度比例：43：29：100：57＋93；触角毛粗长，节Ⅰ～Ⅳ毛数：2根，3根，3根，2＋1根，末节顶端有毛4根。喙细长，端部达腹部节Ⅴ；节Ⅳ＋Ⅴ尖楔状，长0.19mm，为基宽的4.00倍，为后足跗节Ⅱ的1.80倍，节Ⅳ长为节Ⅴ的2.60倍；节Ⅳ有原生毛2对，次生毛4对。足发育正常。跗节Ⅰ毛序：2，2，2。后足跗节Ⅱ长0.10mm。腹管明显，位于腹部背片Ⅵ。

生物学　寄主植物为枹栎 *Quercus serrata*、蒙古栎 *Q. mongolica*、槲树 *Q. dentata*、栓皮栎 *Q. variabilis*、台湾窄叶青冈 *Cyclobalanopsis stenophylloides* 和栗属1种 *Castanea* sp. 。国外记载有日本常绿橡树 *Q. acuta*。

分布　辽宁（沈阳、鞍山、大连、海城、岫岩、本溪）、黑龙江（富锦）、浙江、安徽、山东、广西、四川、贵州、云南、西藏、陕西、台湾；韩国，俄罗斯，日本。

(48) 锡金毛管蚜 *Greenidea sikkimensis* Raychaudhuri, Ghosh, Banerjee et Ghosh, 1973　[图81]

Greenidea sikkimensis Raychaudhuri, Ghosh, Banerjee *et* Ghosh, 1973：69.

Greenidea sikkimensis Raychaudhuri, Ghosh, Banerjee *et* Ghosh：Raychaudhuri, 1980：347；Zhang *et al.*, 1988：228；Remaudière *et* Remaudière, 1997：175.

特征记述

无翅孤雌蚜　体葫芦形，体长2.30mm，体宽1.18mm。活体黑褐色。玻片标本体节分节明显；腹部节Ⅷ游离。头部、胸部黑色，各间节淡色；腹部背片Ⅰ～Ⅶ黑色，背片Ⅰ～Ⅳ有深黑色"U"形斑，腹部腹面淡色。触角节Ⅰ、Ⅴ、Ⅵ黑色，节Ⅱ～Ⅳ淡色；喙节Ⅰ、Ⅱ淡色，节Ⅲ～Ⅴ黑色；足股节黑色，胫节淡色，端部稍褐色，跗节黑色；腹管黑色，基部淡色；尾片、尾板灰色，生殖板褐色。体表微有曲纹，腹部背片Ⅷ有瓦纹；头部和胸部腹面侧缘域及腹部背片Ⅴ～Ⅷ密布粗刻点。气门小，不规则形。中

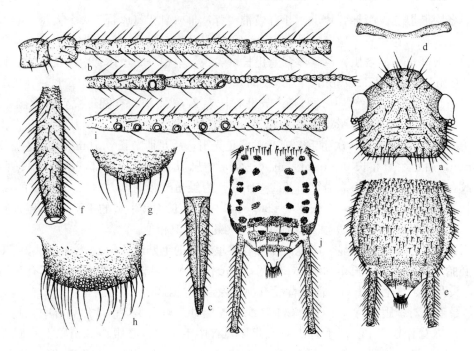

图 81　锡金毛管蚜 *Greenidea sikkimensis* Raychaudhuri，Ghosh，Banerjee *et* Ghosh

无翅孤雌蚜（apterous viviparous female）

a. 头部及前胸背板背面观（dorsal view of head and pronotum）；b. 触角（antenna）；c. 喙节Ⅳ＋Ⅴ
（ultimate rostral segment）；d. 中胸腹岔（mesosternal furca）；e. 腹部背面观（dorsal view of abdo-
men）；f. 腹管（siphunculus）；g. 尾片（cauda）；h. 尾板（anal plate）。

有翅孤雌蚜（alate viviparous female）

i. 触角节Ⅲ（antennal segment Ⅲ）；j. 腹部背面观（背片Ⅱ～Ⅴ背毛省略）（dorsal view of abdo-
men，not showing dorsal hairs on abdominal tergites Ⅱ～Ⅴ）。

胸腹岔无柄，横长 0.24mm，为触角节Ⅳ的 1.20 倍。体背密被长尖毛，头部与前胸背
板共有背毛 70 对，中胸背板有毛 75 对，后胸背板有毛 45～46 对；腹部背片Ⅰ～Ⅴ密
被毛，背片Ⅵ有腹管间毛 2 对，背片Ⅶ有中侧毛 7 根，背片Ⅷ有毛 1 对；头顶毛长
0.11mm，为触角节Ⅲ中部直径的 2.70 倍，腹部背片Ⅰ毛长 0.10mm，背片Ⅷ毛长
0.08mm。中额及额瘤圆顶状。触角 6 节，细长，微有瓦纹，全长 1.46mm，为体长的
0.63 倍；节Ⅲ长 0.45mm，节Ⅰ～Ⅵ长度比例：15：11：100：45：47：35＋74；节
Ⅰ～Ⅵ毛数：11 根，11 根，39 根，11 根，11 根，5＋6 根，末节鞭部顶端有短毛 4 根；
节Ⅲ长毛长为该节中宽的 2.40 倍；原生感觉圈有短睫。喙端部达腹部节Ⅲ，节Ⅳ＋Ⅴ
长矛状，长 0.30mm，为基宽的 4.90 倍，为后足跗节Ⅱ的 2.20 倍，节Ⅳ、Ⅴ分节明
显，节Ⅳ长为节Ⅴ的 4.10 倍，有短毛 16 对。足股节有瓦纹，胫节光滑；后足股节长
0.55mm，为触角节Ⅲ的 0.82 倍；后足胫节长 0.89mm，为体长的 0.39 倍，毛长
0.09mm，为该节基宽的 1.80 倍，为中宽的 2.40 倍；跗节Ⅰ毛序：7，7，7。腹管粗
大，香蕉状，布满尖刺突，基部有瓦纹；长 0.66mm，为尾片的 7.10 倍，为体长的
0.28 倍；有长毛 102 根，毛长为腹管中宽的 2.00 倍。尾片半椭圆形，由小刺突构成横

纹，端部突起极小；长 0.09mm，为基宽的 0.41 倍，有长短粗毛 9 根。尾板末端平圆形，末端中部有网纹，其他部分布满刺突，有长短毛 38 根。生殖板椭圆形，有长粗毛及短尖毛 65 根。

有翅雄性蚜 体椭圆形，体长 2.46mm，体宽 0.92mm。玻片标本头部深褐色，前胸淡色，中、后胸黑色，腹部淡色，有暗黑色斑。触角节Ⅰ、Ⅱ、Ⅳ、Ⅴ及腹管黑色，生殖器深褐色。腹部背片Ⅱ～Ⅶ各有馒状黑斑 1 对，各有圆形黑斑 1 对，背片Ⅱ～Ⅴ缘斑小，背片Ⅵ、Ⅶ各有中侧宽横带 1 个，背片Ⅷ有横带 1 个。体表光滑。节间斑与背斑愈合。体背毛长，尖锐，头部有背毛 40 对；前胸背板有毛 43 对；腹部背片Ⅰ有毛 34 对，背片Ⅵ有中侧毛 5 根，背片Ⅶ有毛 4 根，背片Ⅷ有毛 1 对；体背长毛长 0.09～0.10mm。触角 6 节，全长 1.92mm，为体长的 0.78 倍，节Ⅲ长 0.64mm，节Ⅰ～Ⅵ长度比例：14：12：100：45：45：32+59；节Ⅲ有毛 44 根，毛长为该节中宽的 2.70 倍；节Ⅳ有圆形次生感觉圈 4～6 个，分布于基部 1/2。喙长大，端部达腹部节Ⅲ，节Ⅳ＋Ⅴ长矛状，长 0.29mm，为后足跗节Ⅱ的 2.10 倍；有毛 10 对。后足股节长 0.71mm；后足胫节长 1.12mm，后足跗节Ⅱ长 0.13mm。前翅翅脉正常，中脉分 3 支，基部不显。腹管长管状，有淡色瓦纹，顶端有小刺突分布；长 1.20mm，为尾片的 12.40 倍，为体长的 0.49 倍；有长毛 110 根。尾片有长毛 11 根。尾板元宝形，有长短毛 62 根。

生物学 寄主为橡树等栎属 *Quercus* 植物。

分布 辽宁（千山）；印度（锡金）。

九、短痣蚜科 Anoeciidae

体淡色至暗色，体长 1.70～2.70mm，有或无缘瘤。触角通常 6 节，无翅孤雌蚜罕见 5 节，全长短于体长，末节鞭部明显短于基部；无翅孤雌蚜和有翅孤雌蚜均有次生感觉圈，通常圆形、卵形或半圆形，无睫。无翅孤雌蚜复眼有 3 个或多个小眼面。喙短于或明显长于后足跗节Ⅱ，喙末端有次生毛 2～10 根。腹部背片淡色或有骨化斑块，有不同程度愈合。体背毛细，尖锐、钝顶或扇形。腹管位于淡色至褐色圆锥上，尾片阔圆形。尾板完整。生殖板存在或不存在。跗节Ⅰ有毛 5～8 根。爪间毛细。前翅中脉 2 或 3 支。性蚜有翅（伪短痣蚜属），或无翅（短痣蚜属），在有些种类（伪短痣蚜属）雄性蚜没有腹管。

短痣蚜属在山茱萸属植物 *Cornus* spp. 和禾本科 Gramineae 杂草根部生活或在禾本科杂草上营全生活周期型。樟科 Lauraceae 植物是伪短痣蚜最常见的寄主。该科种类传播植物病毒的能力很弱，自然天敌也很少。

世界已知 3 属 48 种，中国已知 3 属 14 种，本志记述 1 属 3 种。主要在全北区分布。

21. 短痣蚜属 *Anoecia* Koch, 1775

Anoecia Koch, 1775：275. **Type species**：*Aphis corni* Fabricius, 1775.

Neanoecia Börner, 1950：16.

Subanoecia Börner, 1950：40.

Anoecia Koch：Baker, 1920：13；Palmer, 1952：10；Zwölfer, 1957：204；Heie, 1980：100；
   Raychaudhuri, Pal *et* Ghosh, 1980：45；Zhang, 1983：136；Ghosh, 1988：21；Tao, 1990：96；
   Blackman *et* Eastop, 1994：553；Remaudière *et* Remaudière, 1997：28；Zhang, 1999：181.

属征 无翅孤雌蚜头部与前胸背板愈合，侧面分离。腹部背片淡色或有暗色骨化带。体背毛多，顶尖锐、匙形或增厚。腹部背片Ⅰ～Ⅶ通常有缘瘤，但在某一侧或某些体节缺失。中胸腹岔两臂相连。复眼大，有眼瘤。触角通常6节；末节鞭部长为基部的0.11～0.50倍；有翅孤雌蚜触角节Ⅲ～Ⅴ有卵圆形或圆形次生感觉圈，节Ⅵ基部有时有；无翅孤雌蚜触角节Ⅲ、Ⅳ有或无次生感觉圈。喙端部达后足基节，节Ⅳ＋Ⅴ长为后足跗节Ⅱ的0.51～1.05倍，常有次生毛。足多长毛，顶端尖锐或鞭毛状。跗节Ⅰ有毛5～7根；跗节Ⅱ端背毛粗，常钝顶。前翅翅痣大而截形，暗色；中脉分2支；后翅2条斜脉。腹管位于具毛的隆起上。尾片宽圆形，有大量细长毛。尾板完整。

该属部分种类在欧洲可寄生于薹草属 *Carex*、冰草属 *Agropyron*、剪股颖属 *Agrostis* 等植物上，营同寄主全周期生活；另有部分种类营异寄主全周期生活，在山茱萸属植物 *Cornus* spp. 和许多草本植物之间转移，如剪股颖属植物 *Agrostis* spp.、雀麦属植物 *Bromus* spp.、鸭茅属植物 *Dactylis* spp.、大麦属植物 *Hordeum* spp. 等；还有一些种类仅发现生活在杂草根部，但有些学者认为山茱萸属1种 *Cornus sanguinea* 是该类蚜虫的原生寄主（Heie, 1980）。营全周期生活的短痣蚜种类，在原生寄主山茱萸上发育为有翅干雌，在次生寄主禾本科杂草上产生孤雌蚜，在次生寄主上生活时，常有蚂蚁伴生，在冬季产卵后，由蚂蚁将卵收集和转移。

世界已知31种，大多数种类分布在全北区，中国已知7种，本志记述3种。

种 检 索 表
（无翅孤雌蚜）

1. 触角节Ⅲ毛短于该节最宽直径 ················· 黑腹短痣蚜 *A. fulviabdominalis*
   触角节Ⅲ毛长于该节最宽直径 ································· 2
2. 喙末端有次生毛8～13根 ··············· 拟根短痣蚜 *A. similiradiciphaga*
   喙节Ⅳ＋Ⅴ有次生毛6～8根 ················· 豪短痣蚜 *A. haupti*

（有翅孤雌蚜）

1. 次生感觉圈小圆形，最大直径小于触角最宽直径，触角节Ⅲ有次生感觉圈3～7个 ············ 拟根短痣蚜 *A. similiradiciphaga*
   次生感觉圈椭圆形或宽带形，最大直径等于触角最宽直径，触角节Ⅲ有次生感觉圈10～14个 ······ 黑腹短痣蚜 *A. fulviabdominalis*

(49) 豪短痣蚜 *Anoecia haupti* Börner, 1950 （图82）

Anoecia haupti Börner, 1950: 17.

Anoecia haupti Börner: Eastop *et* Hille Ris Lambers, 1976: 30; Remaudière *et* Remaudière, 1997: 28.

特征记述

无翅孤雌蚜 体长卵圆形，体长1.95～2.25mm，体宽1.20～1.48mm。玻片标本头部与前胸愈合，头部深褐色，胸部、腹部褐色。触角、喙端部、足、腹管、尾片、尾板及生殖板深褐色。中胸背板和后胸背板各有深褐色缘斑1对；腹部背片Ⅰ～Ⅶ各有独立缘斑1对，背片Ⅴ～Ⅶ各有1个横斑，有时与缘斑愈合，背片Ⅷ有褐色斑横贯全节。体表光滑。胸部各节背板各有侧蜡片1或2对，腹部背片Ⅰ～Ⅶ各有侧缘蜡片1或2

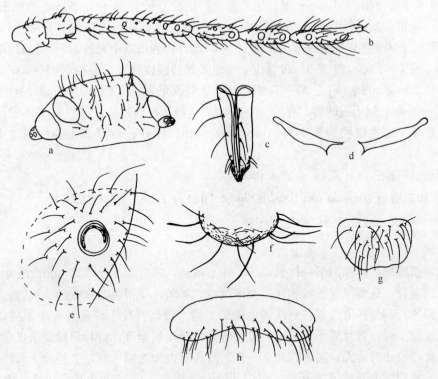

图 82 豪短痣蚜 *Anoecia haupti* Börner

无翅孤雌蚜（apterous viviparous female）

a. 头部背面观（dorsal view of head）；b. 触角（antenna）；c. 喙节 Ⅳ＋Ⅴ（ultimate rostral segment）；d. 中胸腹岔（mesosternal furca）；e. 腹管（siphunculus）；f. 尾片（cauda）；g. 尾板（anal plate）；h. 生殖板（genital plate）。

对。腹部背片Ⅰ～Ⅳ及Ⅵ各有缘瘤 1 对，直径与腹管端径约相等。气门圆形开放或半开放，气门片深褐色，隆起。中胸腹岔深褐色，两臂分离，单臂横长 0.18～0.20mm，为触角节Ⅲ的 0.65～0.67 倍。体背毛较多，鞭状毛，顶端尖锐；背面毛长于腹面毛；头部有背毛 50～62 根；前胸背板有毛 67～86 根；中胸背板有毛 120～136 根；后胸背板有毛 112～135 根；腹部背片Ⅰ～Ⅴ毛数：112～135 根，100～125 根，115～125 根，105～110 根，80～100 根，背片Ⅵ腹管间有毛 20～25 根，背片Ⅶ有中侧毛 4 或 5 根，缘毛 11～14 对；背片Ⅷ有毛 11 或 12 根；头顶毛长 0.07～0.09mm，腹部背片Ⅰ缘毛长 0.06～0.07mm，背片Ⅷ毛长 0.14～0.16mm，分别为触角节Ⅲ最宽直径的 1.87～2.14 倍、1.49～1.68 倍、3.25～4.13 倍。中额平。触角 6 节，有稀疏皱褶，全长 0.92～0.97mm，为体长的 0.43～0.47 倍；节Ⅲ长 0.26～0.30mm，节Ⅰ～Ⅵ长度比例：30：29：100：49：48：58＋15，节Ⅵ鞭部长为基部的 0.25～0.34 倍；触角毛鞭状，节Ⅰ～Ⅵ毛数：7～11 根，13～18 根，39～57 根，21～27 根，24～27 根，（28～34）＋（4～6）根，节Ⅲ毛长 0.06～0.08mm，为该节最宽直径的 1.41～2.00 倍；触角节Ⅲ～Ⅵ分别有次生感觉圈：0～3 个，1～4 个，1 或 2 个，1 个。喙端部达后足基节，节Ⅳ＋Ⅴ楔状，长 0.15～0.16mm，为基宽的 2.47～3.02 倍，为后足跗节Ⅱ的

0.79～0.89 倍，有次生毛 6～8 根。足光滑，后足股节长 0.48～0.52mm，为触角节Ⅲ的 1.74～1.81 倍；后足胫节长 0.89～1.03mm，为体长的 0.45～0.46 倍。足毛细长，外侧毛多于且长于内侧毛，后足胫节毛长 0.11～0.12mm，为该节中宽的 1.74～1.81 倍；跗节Ⅰ毛序：6 或 7，5 或 6，5 或 6。腹管位于褐色隆起的圆锥体上，端径 0.05～0.06mm，为基宽的 0.28～0.30 倍，有毛 35～51 根。尾片近椭圆形，长 0.04～0.07mm，下半部有尖锐毛 21～28 根。尾板近球形，有毛 26～36 根。生殖板长椭圆形，有毛 33～38 根。

生物学　寄主植物为禾本科 Gramineae 一种。国外记载其寄主为硬雀麦 *Bromus rigidus*。

分布　内蒙古（牙克石）；意大利。

(50) 拟根短痣蚜 *Anoecia similiradiciphaga* Qiao et Jiang, 2008 （图 83）

Anoecia similiradiciphaga Qiao et Jiang, 2008：257.

特征记述

无翅孤雌蚜　体椭圆形，体长 1.50～1.95mm，体宽 0.95～1.25mm。玻片标本头部与前胸愈合，头部深褐色，胸部、腹部淡色。触角、足褐色，喙端部、腹管、尾板及生殖板褐色。胸部各节背板各有浅褐色缘斑 1 对；腹部背片Ⅰ～Ⅵ各有中侧横斑 1 个，浅褐色缘斑 1 对，背片Ⅶ缘斑与中侧斑愈合呈横带横贯全节，背片Ⅷ横斑横贯全节。前胸背板有缘瘤 1 对或无；腹部背片Ⅰ～Ⅳ、Ⅶ各有大型缘瘤 1 对，直径等于或稍大于腹管端径。气门圆形开放或半开放，气门片隆起，褐色。中胸腹岔两臂相连，单臂横长 0.11～0.15mm。体背毛长，尖锐，端部延伸；头部有背毛 60～80 余根；胸部各节背板毛数：60～80 根，110～120 根，90～110 根；腹部背片Ⅰ～Ⅴ毛数：90～100 根，70～120 根，80～100 根，76～80 根，65～75 根；背片Ⅵ腹管间有毛 30～34 根；背片Ⅶ有中侧毛 22～25 根，缘毛 10～18 对；背片Ⅷ有毛 12～15 根；头顶毛长 0.06～0.12mm，腹部背片Ⅰ缘毛长 0.06～0.10mm，背片Ⅷ毛长 0.10～0.11mm，分别为触角节Ⅲ最宽直径的 1.31～2.80 倍、1.34～2.27 倍、1.18～2.48 倍。头顶弧形，中额不隆。触角 6 节，全长 0.81～0.88mm，为体长的 0.44～0.54 倍；节Ⅲ长 0.23～0.33mm，节Ⅰ～Ⅵ长度比例：35：37：100：40：41：60＋21，末节鞭部长为基部的 0.33～0.39 倍；触角毛长，尖锐，节Ⅰ～Ⅵ毛数：9～19 根，13～25 根，50～70 根，20～30 根，22～42 根，(31～50)＋(5 或 6) 根；节Ⅲ毛长 0.06～0.10mm，为该节最宽直径的 1.45～2.25 倍；节Ⅲ～Ⅴ分别有小圆形次生感觉圈：0～2 个，1 或 2 个，1 或 2 个。喙端部达后足基节，节Ⅳ＋Ⅴ楔状，长 0.15～0.19mm，为基宽的 1.94～2.96 倍，为后足跗节Ⅱ的 0.64～0.81 倍；有次生刚毛 8～13 根。后足股节长 0.39～0.48mm，为触角节Ⅲ的 1.49～1.78 倍；后足胫节长 0.66～0.84mm，为体长的 0.35～0.44 倍，毛长 0.13～0.15mm，为该节中宽的 1.91～2.31 倍；后足跗节Ⅱ长 0.21～0.24mm。跗节Ⅰ毛序：6，6，6 或 7，7，7。腹管扁馒形，位于腹部背片Ⅵ，周围有毛 30～60 根，端径 0.04～0.05mm，为触角节Ⅲ最宽直径的 0.90～1.13 倍。尾片、尾板末端圆形，均有小细刺组成的网纹；尾片长 0.04～0.06mm，基宽 0.15～0.20mm，有长短毛 22～30 根。尾板有毛 43～59 根。生殖板宽带形，有毛 50～66 根。

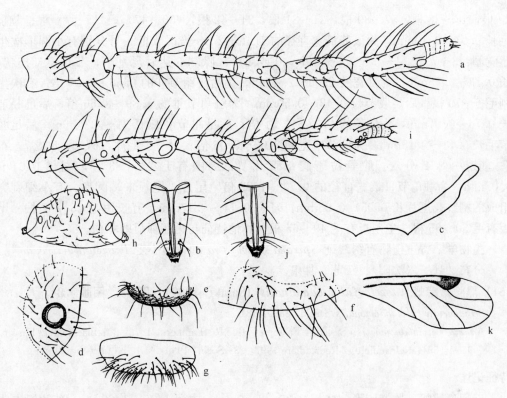

图 83　拟根短痣蚜 *Anoecia similiradiciphaga* Qiao *et* Jiang

无翅孤雌蚜（apterous viviparous female）

a. 触角（antenna）；b. 喙节Ⅳ＋Ⅴ（ultimate rostral segment）；c. 中胸腹岔（mesosternal furca）；d. 腹管
（siphunculus）；e. 尾片（cauda）；f. 尾板（anal plate）；g. 生殖板（genital plate）。

有翅孤雌蚜（alate viviparous female）

h. 头部背面观（dorsal view of head）；i. 触角节Ⅲ～Ⅵ（antennal segments Ⅲ～Ⅵ）；j. 喙节Ⅳ＋Ⅴ
（ultimate rostral segment）；k. 前翅（fore wing）。

有翅孤雌蚜　体椭圆形。体长 1.40～2.20mm，体宽 0.63～0.93mm。玻片标本头部与前胸分离，头部、胸部褐色至深褐色，腹部淡色。触角和足各节褐色至深褐色。腹部背片Ⅲ～Ⅵ中侧斑愈合成 1 个大背斑，背片Ⅳ～Ⅵ缘斑有时与大背斑愈合，背片Ⅶ、Ⅷ各有 1 个宽横斑。前胸背板无缘瘤，腹部背片Ⅰ～Ⅳ和背片Ⅷ各有缘瘤 1 对，直径与腹管端径约相等或稍小。气门圆形开放，气门片圆形，褐色。体背毛长，尖锐；头部有背毛 50～70 根；前胸背板有毛 40～60 根；中胸背板有毛 80～90 根；腹部背片Ⅰ～Ⅴ中侧毛数：30 根，40 根，10～14 根，18～22 根，16～19 根，缘毛数：14，17，13～18，12～15，10～12 对；背片Ⅵ腹管间有毛 8～10 根；背片Ⅶ有中侧毛 8～10 根，缘毛 9～16 对；背片Ⅷ有毛 15～18 根；头顶毛长 0.08～0.10mm，腹部背片Ⅰ缘毛长 0.06～0.08mm，背片Ⅷ毛长 0.07～0.13mm，分别为触角节Ⅲ最宽直径的 1.40～1.78 倍、1.37～1.68 倍、1.56～2.91 倍。头顶弧形，中额平。触角 6 节，全长 0.84～1.00mm，为体长的 0.44～0.53 倍；节Ⅲ长 0.26～0.32mm，节Ⅰ～Ⅵ长度比例：28：31：100：38：44：53＋21，末节鞭部长为基部的 0.31～0.43 倍；节Ⅰ～Ⅵ毛数：12～

20 根，18～28 根，57～80 根，21～31 根，24～42 根，（30～47）＋（5～7）根；节Ⅲ毛长 0.07～0.10mm，为该节最宽直径的 1.46～2.38 倍；节Ⅲ～Ⅵ分别有小圆形次生感觉圈：3～7 个，1～3 个，0～3 个，0 或 1 个。喙端部达后足基节，节Ⅳ＋Ⅴ楔状，长 0.13～0.15mm，为基宽的 2.00～2.81 倍，为后足跗节Ⅱ的 0.56～0.67 倍；有次生刚毛 6～10 根。后足股节长 0.42～0.50mm，为触角节Ⅲ的 1.39～1.66 倍；后足胫节长 0.76～0.91mm，为体长的 0.37～0.54 倍；后足跗节Ⅱ长 0.21～0.25mm。后足胫节毛长 0.11～0.15mm，为该节中宽的 2.02～3.06 倍。跗节Ⅰ毛序：6，6，6 或 7，7，7。前翅中脉 2 分支。腹管位于腹部背片Ⅵ，周围有毛 23～33 根，端径 0.04～0.05mm，为触角节Ⅲ最宽直径的 0.74～1.22 倍。尾片、尾板末端圆形，有小细刺突组成的网纹。尾片长 0.05～0.06mm，基宽 0.14～0.17mm，有长短毛 23～32 根。尾板有毛 50～65 根。生殖板有毛 49～65 根。其他特征与无翅孤雌蚜相似。

生物学 寄主植物有绣线菊 *Spiraea salicifolia* 和普通小麦 *Triticum aestivum* 等。

分布 辽宁（沈阳）、江苏、甘肃。

(51) 黑腹短痣蚜 *Anoecia fulviabdominalis*（Sasaki，1899）（图 84，图版 ⅠB）

Schizoneura fulviabdomonalis Sasaki，1899：431.

Anoecia fulviabdomonalis（Sasaki）：Eastop *et* Hille Ris Lambers，1976：30；Blackman *et* Eastop，
　　1994：554；Remaudière *et* Remaudière 1997：28；Sorin，1999：44.

特征记述

无翅孤雌蚜 体椭圆形，体长 2.35～2.50mm，体宽 1.35～1.60mm。玻片标本头部与前胸背板不愈合。头顶骨化深褐色，头部、胸部、腹部黄褐色。触角、喙节Ⅰ～Ⅲ黄褐色，喙端部、足、尾片、尾板及生殖板褐色。体表光滑。中胸背板至腹部背片Ⅴ各有褐色独立缘斑 1 对，腹部背片Ⅵ～Ⅷ各有褐色斑横贯全节。后胸背板有侧缘蜡片 2 对；腹部背片Ⅰ～Ⅶ各有侧缘蜡片 2 对，蜡片由 4～7 个蜡胞组成。腹部背片Ⅰ～Ⅳ、Ⅶ各有馒状缘瘤 1 对。气门圆形开放，气门片黄褐色。中胸腹岔黄褐色，两臂分离，单臂横长 0.19mm，为触角节Ⅲ的 0.50～0.51 倍。体密被尖锐细毛；头部有背毛 80 余根；胸部各节背板毛数：80～95 根，140～160 根，135～170 根；腹部背片Ⅰ～Ⅷ毛数：80～100 根，100～120 根，140 根，120 根，80 根，40 根，17～20 根，12～14 根；头顶毛长 0.06mm、腹部背片Ⅰ缘毛长 0.07～0.08mm，背片Ⅷ毛长 0.15mm，分别为触角节Ⅲ最宽直径的 0.86～0.92 倍、1.06～1.11 倍、2.14～2.31 倍。头顶弧形。触角 6 节，全长 1.05～1.06mm，为体长的 0.42～0.45 倍；节Ⅲ长 0.36～0.37mm，节Ⅰ～Ⅵ长度比例：27：25：100：38：44：40＋14；节Ⅰ～Ⅵ毛数：10～12 根，21 或 22 根，80～82 根，28～30 根，45～48 根，（36～45）＋3 根（包括顶端毛），末节鞭部顶端有短毛 3 根；节Ⅲ毛长 0.06mm，为该节最宽直径的 0.86～0.92 倍；节Ⅲ～Ⅴ分别有圆形次生感觉圈：1 个，1 个，0～2 个。喙端部达后足基节，节Ⅳ＋Ⅴ楔状，长 0.20～0.21mm，为基宽的 2.50～2.88 倍，为后足跗节Ⅱ的 0.95～1.05 倍。足光滑，后足股节长 0.61～0.62mm，为触角节Ⅲ的 1.62～1.71 倍；后足胫节长 0.95～1.00mm，为体长的 0.38～0.43 倍，毛长 0.06mm，为该节中宽的 0.86～0.90 倍；跗节Ⅰ毛序：6，6，6。腹管位于多毛的隆起上，周围有毛 60～80 根，端径 0.06mm。尾片、尾板末端

圆形，尾片长 0.05mm，为基宽的 0.26～0.28 倍，有长短毛 22～24 根。尾板有长短毛 40～43 根。生殖板有毛 50～52 根。

有翅孤雌蚜 体卵圆形，体长 2.10～2.68mm，体宽 1.05～1.55mm。玻片标本头部、胸部深褐色，腹部淡色。触角、喙端部褐色；足股节基部黄褐色，其他各节深褐色；腹管、尾片及尾板褐色，生殖板淡褐色。腹部背片 Ⅳ～Ⅵ 背斑愈合成 1 个大中斑；背片 Ⅰ～Ⅴ 各有缘斑 1 对；背片 Ⅶ、Ⅷ 各有褐色横带横贯全节。体表光滑。腹部背片 Ⅰ～Ⅴ 和背片 Ⅶ 各有缘瘤 1 对，直径与腹管端径相等或稍小。气门圆形开放，气门片稍隆起，褐色。体背毛长，尖锐；头部有头顶毛 3 或 4 对，头背毛 74～78 根；胸部各节毛数：22～41 根，135～190 根，20～30 根；腹部背片 Ⅰ～Ⅵ 毛数：50～60 根，50～60 根，40 根，17～18 根，14～19 根，6～11 根；背片 Ⅶ 有中侧毛 8～11 根，缘毛 12～16 对；背片 Ⅷ 有毛 14～20 根；头顶毛长 0.05～0.09mm，腹部背片 Ⅰ 缘毛长 0.05～0.07mm，背片 Ⅷ 毛长 0.10～0.12mm，分别为触角节 Ⅲ 最宽直径的 1.25～2.20 倍、1.25～2.10 倍、2.00～3.10 倍。中额平直。触角 6 节，有小刺突，全长 1.19～1.34mm，为体长的 0.42～0.57 倍；节 Ⅲ 长 0.44～0.53mm，节 Ⅰ～Ⅵ 长度比例：17：19：100：35：38：37＋11，节 Ⅵ 鞭部长为基部的 0.20～0.34 倍；触角多长毛，尖锐，节 Ⅰ～Ⅵ 毛数：14～20，

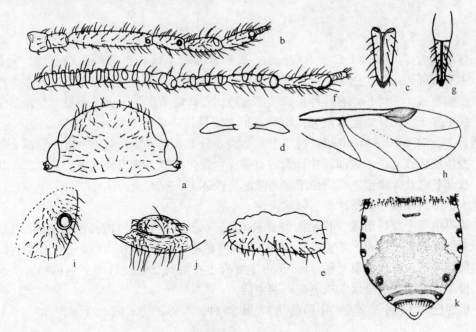

图 84 黑腹短痣蚜 *Anoecia fulviabdominalis* (Sasaki)

无翅孤雌蚜 (apterous viviparous female)

a. 头部背面观 (dorsal view of head)；b. 触角 (antenna)；c. 喙节 Ⅳ＋Ⅴ (ultimate rostral segment)；d. 中胸腹岔 (mesosternal furca)；e. 生殖板 (genital plate)。

有翅孤雌蚜 (alate viviparous female)

f. 触角节 Ⅲ～Ⅵ (antennal segments Ⅲ～Ⅵ)；g. 喙节 Ⅳ＋Ⅴ (ultimate rostral segment)；h. 前翅 (fore wing)；i. 腹管 (siphunculus)；j. 尾片和尾板 (cauda and anal plate)；k. 腹部背面观 (dorsal view of abdomen)。

21～23 根，70～100 根，25～40 根，31～42 根，（40～45）＋（5 或 6）根，节Ⅲ毛长 0.05～0.07mm，为该节最宽直径的 1.25～1.91 倍；触角Ⅲ～Ⅴ分别有圆形次生感觉圈：10～14 个，3～5 个，3～5 个。喙端部达后足基节；节Ⅳ＋Ⅴ楔状，长 0.19～0.20mm，为基宽的 2.50～4.00 倍，为后足跗节Ⅱ的 0.91～1.00 倍；有次生毛 10～15 根。足光滑；后足股节长 0.60～0.76mm，为触角节Ⅲ的 1.28～1.54 倍；后足胫节长 1.20～1.35mm，为体长的 0.50～0.58 倍；足毛尖锐，后足胫节毛长 0.06～0.08mm，为该节中宽的 1.20～1.93 倍。跗节Ⅰ毛序：6 或 7，6 或 7，6。前翅翅痣短，长为宽的 2.38～2.95 倍，中脉 2 分支。腹管位于多毛圆锥体上，端径 0.04～0.06mm，为基宽的 0.20～0.33 倍；有毛 49～57 根。尾片末端宽圆形，有小刺突细纹，长 0.05～0.06mm，有长短毛 31～34 根。尾板有毛 41～55 根。生殖板有毛 56～60 根。其他特征与无翅孤雌蚜近似。

生物学　寄主植物有谷子 *Setaria italica*、水芹（水芹菜）*Oenanthe javanica*、丁香 *Syringa* sp.、刺柏 *Juniperus formosana* 等。

分布　内蒙古（海拉尔、牙克石）、黑龙江（漠河、伊春）、山东、四川、新疆；韩国，日本。

十、大蚜科 Lachnidae

体中到大型，体长 1.50～8.00mm。头部背面有中缝，头部与前胸分离。触角 6 节，末节鞭部短；次生感觉圈圆形至卵圆形。无翅孤雌蚜和有翅孤雌蚜复眼有多个小眼面，眼瘤有或无。喙长，有些种类喙端部超过体长，喙节Ⅳ＋Ⅴ分节明显。足跗节Ⅰ发达，腹毛多于 9 根，背毛有或无；跗节Ⅱ正常或延长；爪间毛短且不明显。翅脉正常，翅痣长为宽的 4.00～20.00 倍，前翅中脉 2 或 3 分支，径分脉弯曲或平直；后翅 2 条斜脉。身体淡色或有斑，腹部背片Ⅷ通常有一深色骨化横带。背毛稀或密，毛端部形状各异。腹部各背片无缘瘤。腹管位于多毛隆起圆锥体上，有时缺。尾片新月形至圆形。尾板宽大，多为半圆形。雄性蚜有翅或无翅。

该科由 3 个亚科组成。长足大蚜亚科 Cinarinae 仅寄生在松柏科植物（裸子植物）上，大蚜亚科 Lachninae 寄生在木本的落叶阔叶植物（被子植物）上，三亚科均营同寄主全周期生活。长跗大蚜亚科 Traminae 主要寄生在菊科、毛茛科等草本植物（被子植物）根部，营同寄主全周期或不全周期生活。

世界已知 18 属 339 种，中国已知 13 属 85 种。本志记述 6 属 36 种。

亚科检索表

1. 前翅径分脉直而短；翅痣窄而长；中脉较其他脉细弱；寄主为针叶植物 ……………………
………………………………………………………………… **长足大蚜亚科 Cinarinae**
前翅径分脉弯曲而长；翅痣较宽短；中脉与其他脉相近；寄主为阔叶植物 …… **大蚜亚科 Lachninae**

（四）长足大蚜亚科 Cinarinae

体中到大型，体长 1.50～8.00mm，体背毛较多。触角短，5 或 6 节；无翅孤雌蚜触角节Ⅳ通常有1或2个圆形或椭圆形次生感觉圈；原生感觉圈有或无几丁质环；节Ⅵ鞭部甚短于基部，有2～11根亚端毛。复眼由多个小眼面组成。喙末端尖，节Ⅳ与节Ⅴ明显分节；或末端短钝。跗节Ⅰ多毛。翅脉正常；前翅径分脉短而直，中脉2或3分叉。腹部背片淡色，有毛基斑；背片Ⅷ有或无骨化横斑。体背毛形状多样，背片Ⅷ毛不少于7根。腹管位于深色隆起的多毛圆锥体上；或仅为环状，周围无斑。

　　该亚科种类均寄生在松柏科植物上，在枝条、树干和针叶上取食。世界已知5属261种，中国已知3属56种，本志记述3属27种。

属 检 索 表

1. 喙末端尖，节Ⅳ与节Ⅴ分节明显；腹管多数位于大而明显的有毛圆锥体上，少数为孔状；寄生在植物枝干上 ··· **长足大蚜属 _Cinara_**
　喙末端钝，节Ⅳ与节Ⅴ分节不明显；腹管孔状或无；寄生在植物叶片上 ···························· 2
2. 体细长或纺锤形；后足跗节Ⅰ有背毛；原生感觉圈无几丁质环 ·············· **长大蚜属 _Eulachnus_**
　体圆形至卵圆形，腹部隆起；后足跗节Ⅰ无背毛；原生感觉圈有几丁质环 ····························
　··· **钝喙大蚜属 _Schizolachnus_**

22. 长足大蚜属 _Cinara_ Curtis，1835

Cinara Curtis，1835：576. **Type species**：_Aphis pini_ Linnaeus，1758.

Lachneilla del Guercio，1909：286.

Todolachnus Matsumura，1917：381.

Dilachnus Baker，1919 nec Fairmaire，1896：253.

Wilsonia Baker，1919 nec Bonaparte，1838：212.

Panimerus Laing，1926 nec Eaton，1913：323.

Neochmosis Laing _et_ Theobald，1929：129.

Neodimosis Toth，1935：495.

Cinaria Börner，1939：76.

Cinarina Börner，1939：76.

Cinaropsis Börner，1939：76.

Cupressobium Börner，1940：1.

Dinolachnus Börner，1940：1.

Cinarella Hille Ris Lambers，1948：275.

Laricaria Börner，1949：59.

Mecinaria Börner，1949：59.

Pityaria Börner，1949：59.

Subcinara Börner，1949：59.

Buchneria Börner，1952：41.

Neocinaria Pasěk _et_ Pintera，1966：281.

Pseudocinara Pasěk _et_ Pintera，1966：282.

Cinarella Hille Ris Lambers：Börner，1952：41.

Cinara Curtis：Eastop _et_ Hille Ris Lambers，1976：146；Ghosh，1982：5；Zhang _et_ Zhong，1983：138；Blackman _et_ Eastop：1994：620；Zhang，1999：187；Remaudière _et_ Remaudière，

　　1997：190.

属征　体中到大型，体长 2.00～8.00mm。额瘤不显。触角 6 节，全长为体长的 0.20～0.60 倍，节 Ⅵ 鞭端部短，为该节基部的 0.08～0.33 倍，顶端有 2～11 根亚端毛。无翅孤雌蚜触角节 Ⅳ 端部常有 1 个次生感觉圈，有翅孤雌蚜节 Ⅲ～Ⅵ 分别有次生感觉圈：1～18 个，0～6 个，0～4 个，0 个。喙节 Ⅳ 和节 Ⅴ 分节明显，节 Ⅳ 有次生毛 2～60 根，但大多 4～30 根。前翅径分脉着生在翅痣的端半部，呈直线或直达翅顶，中脉 2 或 3 支；后翅 2 条斜脉。足跗节 2 节，爪间毛短，仅为爪的 0.10 倍。腹管位于多毛的圆锥体上。尾片和尾板近半圆形。

　　寄主为松科和柏科植物。一般在树枝和大枝上取食，常有蚁访。

　　世界已知 219 种，主要分布在全北界、东洋界和澳洲界等；中国已知 42 种，本志记述 19 种。

种 检 索 表
（无翅孤雌蚜）

1. 原生感觉圈无几丁质环；寄主为柏科植物 ·· 2

　　原生感觉圈有几丁质环；寄主为松科植物 ······································· 3

2. 后足胫节至少端部和基部黑色 ····························· **柏木长足大蚜 C. cupressi**

　　后足胫节近端部黑色，基部 3/4 淡色 ··················· **柏长足大蚜 C. tujafilina**

3. 体型中等，体背片无毛基斑或小，多数种类腹管周围骨化斑小或无；寄主植物为云杉或冷杉 ··· 4

　　体中到大型，体背有或无毛基斑，腹管着生在多毛隆起圆锥体上，周围骨化斑大；跗节 Ⅰ 发达，背宽超过基宽的 1.50 倍；寄主植物为云杉属以外的松科植物 ····························· 6

4. 跗节 Ⅰ 背宽超过基宽的 1.50 倍；寄主植物为冷杉 ····· **玛长足大蚜 C. matsumurana**

　　跗节 Ⅰ 背宽不超过基宽的 1.50 倍；寄主植物为云杉 ································· 5

5. 后足跗节 Ⅱ 长为腹管基宽的 0.60～0.10 倍；触角节 Ⅲ 长为该节最长毛的 2.00～2.80 倍 ·········
　　····································· **前缘脉长足大蚜 C. costata**

　　后足跗节 Ⅱ 长为腹管基宽的 1.20～2.50 倍；触角节 Ⅲ 长为该节最长毛的 2.30～4.50 倍 ·········
　　····································· **毛角长足大蚜 C. pilicornis**

6. 体表多数有网纹；节间斑十分发达，成排分布于胸部背板和腹部背片 Ⅰ～Ⅶ；背片 Ⅶ、Ⅷ 各有 1 个横斑（背片 Ⅶ 有时无），其他背片无斑 ·· 7

　　节间斑不十分发达，分布于中胸背板和腹部背片 Ⅰ～Ⅲ；腹部背片斑纹变化多样 ·············· 11

7. 腹部背片无毛基斑，若有，毛基斑直径至多为毛基的 2.50 倍 ···························· 8

　　腹部至少前几节背片有毛基斑，毛基斑直径为毛基的 3.00 倍以上 ························ 9

8. 腹管基斑直径小于端径的 3.50 倍 ····················· **楔斑长足大蚜 C. cuneomaculata**

　　腹管基斑发达，直径大于端径的 3.50 倍以上 ··········· **马尾松长足大蚜 C. formosana**

9. 腹部背片 Ⅷ 横斑中间不相连 ······························· **瓦氏长足大蚜 C. watsoni**

　　腹部背片 Ⅷ 横斑连续 ·· 10

10. 体毛较长，腹部背片 Ⅱ～Ⅴ 长毛长 0.07～0.08mm；毛基斑直径大小不等 ···················
　　····································· **松长足大蚜 C. pinea**

　　体毛较短，腹部背片 Ⅱ～Ⅴ 长毛长 0.02～0.05mm；毛基斑最大直径不超过 0.07mm ··········
　　····································· **喜松长足大蚜 C. piniphila**

（52）尖喙长足大蚜 *Cinara acutirostris* Hille Ris Lambers，1956（图 85）

Cinara acutirostris Hille Ris Lambers，1956：467.

Cinara acutirostris Hille Ris Lambers：Eastop，1973：128；Maslen，1973：221；Eastop *et* Hille
　　Ris Lambers，1976：147；Binazzi，1980：45；Carter *et* Maslen，1982：44；Sanchis *et al.*，
　　1996：623；Remaudière *et* Remaudière，1997：190.

特征记述

　　无翅孤雌蚜 体卵圆形，体长 2.83～3.25mm，体宽 1.68～1.85mm。玻片标本头部和前胸褐色，中胸、后胸缘域褐色，中侧域淡色，腹部淡色；触角节Ⅰ～Ⅱ、节Ⅴ端部 1/2、节Ⅵ褐色，节Ⅲ～Ⅳ端部褐色，其他部分淡色；喙节Ⅱ端部至节Ⅴ褐色；各足基节、转节浅色，股节基半部、胫节中部淡色，股节端半部 1/2、胫节两端、跗节褐色，胫节基部深褐色；腹管、尾片、尾板和生殖板褐色。中胸背板有 1 个横向中斑和 1对缘斑，中斑和侧斑有时相连；后胸背板有 1 对中斑；腹部背片Ⅰ有 1 对中侧斑，背片Ⅷ有 1 对中侧斑，中间不愈合。体表有微细网纹。节间斑明显。气门圆形关闭或半开放，气门片隆起，褐色。中胸腹岔深褐色，有柄，单臂横长 0.18～0.20mm，为触角节Ⅲ的 0.40～0.42 倍。体背毛尖锐，腹面毛多于背面毛。头部背面有毛 32～40根；腹部背片Ⅲ有中侧毛 8 根，缘毛 4～6 对，背片Ⅴ腹管间有毛 5 或 6 根，背片Ⅷ有毛 8～12 根。头顶毛长 0.08～0.10mm，腹部背片Ⅰ缘毛长 0.07～0.08mm，背片Ⅷ毛长 0.10～0.13mm，分别为触角节Ⅲ最宽直径的 4.00～5.00 倍、3.50～4.25 倍和 5.25～6.75 倍。

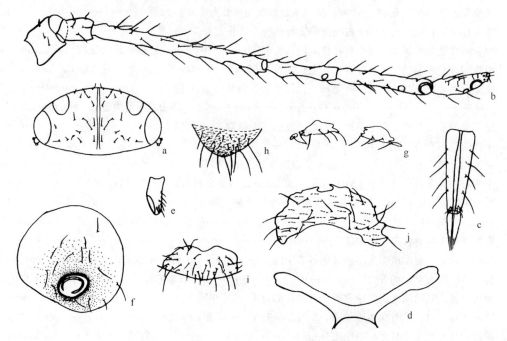

图 85　尖喙长足大蚜 *Cinara acutirostris* Hille Ris Lambers

无翅孤雌蚜（apterous viviparous female）

a. 头部背面观（dorsal view of head）；b. 触角（antenna）；c. 喙节Ⅳ＋Ⅴ（ultimate rostral segment）；d. 中胸
腹岔（mesosternal furca）；e. 后足跗节Ⅰ（hind tarsal segment Ⅰ）；f. 腹管（siphunculus）；g. 腹部背片Ⅷ背斑
（scleroites on abdominal tergite Ⅷ）；h. 尾片（cauda）；i. 尾板（anal plate）；j. 生殖板（genital plate）.

头顶弧形，中额不隆。触角 6 节，光滑，节Ⅵ有瓦纹；全长 1.20～1.25mm，为体长的
0.38～0.44 倍，节Ⅲ长 0.45～0.47mm，节Ⅰ～Ⅵ长度比例：21：19：100：40：51：
28＋6，节Ⅵ鞭部长为基部的 0.20～0.31 倍；触角毛粗硬，顶尖，节Ⅰ～Ⅵ毛数：5～7
根，6～9 根，30～39 根，12～21 根，23～33 根，（8～11）＋（2～4）根，节Ⅵ鞭部有
4 根亚端毛；节Ⅲ毛长 0.06mm，为该节中宽的 3.20～3.25 倍；节Ⅲ无次生感觉圈，节
Ⅳ、Ⅴ各有 1 个圆形次生感觉圈；节Ⅴ、Ⅵ各有 1 个原生感觉圈，有几丁质环。喙端部
达腹部腹板Ⅰ，节Ⅳ＋Ⅴ长矛状，分节明显，长 0.29～0.30mm，为基宽的 2.90～4.28
倍，为后足跗节Ⅱ的 1.26～1.32 倍；节Ⅳ长为节Ⅴ的 1.72～2.00 倍；有次生毛 5～8
根。足光滑。后足股节长 1.08～1.17mm，为触角节Ⅲ的 2.37～2.54 倍；后足胫节长
1.83～1.93mm，为体长的 0.57～0.63 倍；后足跗节Ⅱ长 0.22～0.23mm。足毛尖锐，
外侧毛多于内侧毛，后足胫节毛长 0.07～0.09mm，为该节中宽的 1.01～1.18 倍。各
足跗节Ⅰ有毛 8～12 根。腹管位于褐色隆起圆锥体上，周围有毛 17～24 根，端径
0.07～0.10mm，为基宽的 0.23～0.36 倍。尾片半圆形，末端稍尖，有小刺突，长
0.14～0.18mm，为基宽的 0.44～0.49 倍，有毛 24～33 根。尾板宽大，有毛 35～48
根。生殖板有毛 23～28 根。生殖突 3 个，各有毛 6～10 根。

生物学　寄主植物主要有黑松 *Pinis thunbergii*，云南松 *P. yunnanensis*、樟子松
P. sylvestris var. *mongolica* 和欧洲黑松 *P. nigra* 等。

分布 内蒙古（牙克石）、云南；英国，意大利。

(53) 前缘脉长足大蚜 *Cinara costata* (Zetterstedt, 1828) (图 86)

Aphis costata Zetterstedt, 1828: 559.

Lachnus costata Hartig, 1839: 645.

Schizoneura costata Hartig, 1841: 367.

Cinara symphyti Curtis, 1844: 116.

Schizoneura stigma Curtis, 1844: 1050.

Lachnus farinose Cholodkovsky, 1891: 74.

Lachniella laricina del Guercio, 1909: 301.

Cinara costata (Zetterstedt): Hottes, 1953: 172; Eastop, 1973: 134; Eastop *et* Hille Ris Lambers, 1976: 149; Carter *et* Maslen, 1982: 47; Voegtlin *et* Bridges, 1988: 11; Zhang, Zhang *et* Zhong, 1993: 129; Blackman *et* Eastop, 1994: 626; Remaudière *et* Remaudière, 1997: 192; Zhang, 1999: 192.

特征记述

无翅孤雌蚜 体卵圆形，体长 2.30mm，体宽 1.31mm。活体棕褐色，被厚白粉。玻片标本头部深褐色，胸部和腹部淡色；触角节Ⅰ、节Ⅱ、节Ⅴ、节Ⅵ各端半部、黑褐色，其他部分淡色；足基节、股节端半部、胫节端部及跗节黑褐色；喙节Ⅱ端部及节Ⅳ＋Ⅴ、腹管、尾片、尾板及生殖板黑色。中、后胸背板各有 1 对中斑；腹部背片Ⅷ有 1 个横斑，其他各节背片无斑纹。体表光滑。节间斑明显，黑褐色。气门圆形关闭，气门片褐色。中胸腹岔黑色，有长柄；横长 0.37mm，为触角节Ⅲ的 1.30 倍。体背毛长，尖锐，头部背面有毛 76～80 根；前胸背板有中毛 18～26 根，缘毛 14～18 根；腹部背片Ⅰ有毛 85～92 根，背片Ⅱ～Ⅵ密被长毛，背片Ⅶ有毛 60～70 根，背片Ⅷ有毛 24～32 根；头顶毛长 0.13mm，腹部背片Ⅰ缘毛长 0.11mm，背片Ⅷ长毛长 0.13mm，分别为触角节Ⅲ最宽直径的 3.80 倍、3.12 倍和 3.80 倍。眼瘤不明显。中额呈圆头形，头盖缝粗黑明显。触角 6 节，光滑，全长 0.87mm，为体长的 0.38 倍；节Ⅲ长 0.29mm，节Ⅰ～Ⅵ长度比例：19：29：100：38：55：49＋7；触角毛长，尖锐，节Ⅰ～Ⅵ毛数：6～8 根，8～10 根，29～30 根，8～11 根，12～15 根，（11～15）＋（4 或 5）根，节Ⅵ鞭部有亚端毛 4 或 5 根；节Ⅲ长毛为该节最宽直径的 3.90 倍，节Ⅳ、Ⅴ有时有 1 个圆形次生感觉圈；原生感觉圈圆形，有几丁质环。喙端部超过后足基节；节Ⅳ＋Ⅴ长矛状，长 0.29mm，约为基宽的 4.61 倍，为后足跗节Ⅱ的 1.37 倍；节Ⅳ长为节Ⅴ的 2.10 倍，有次生长毛 4～6 根。足各节光滑；后足股节长 0.68mm，为触角节Ⅲ的 2.30 倍；后足胫节长 1.12mm，为体长的 0.49 倍；后足跗节Ⅰ背宽小于基宽。后足胫节长毛为该节中宽的 2.20 倍；跗节Ⅰ毛序：7，7，7。腹管位于多毛圆锥体上；端径 0.07mm，为基宽的 0.18 倍；周围有长毛 110～115 根，长毛长为端径的 1.70 倍。尾片半圆形，端部有刺突，长 0.06mm，为基宽的 0.31 倍，有长毛 20 或 21 根。尾板新月形，有长毛 45～51 根。生殖板有长毛 28～35 根。

生物学 寄主为云杉 *Picea asperata*、青扦（青千）*P. wilsonii* 等杉属植物和紫杉 *Taxus cuspidata*。

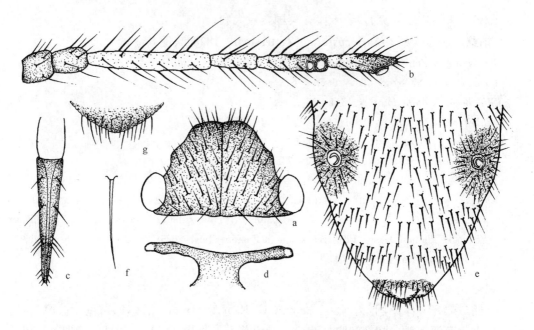

图 86　前缘脉长足大蚜 *Cinara costata*（Zetterstedt）

无翅孤雌蚜（apterous viviparous female）

a. 头部背面观（dorsal view of head）；b. 触角（antenna）；c. 喙节Ⅳ＋Ⅴ（ultimate rostral segment）；d. 中胸腹岔（mesosternal furca）；e. 腹部背片Ⅳ～Ⅷ（abdominal tergites Ⅳ～Ⅷ）；f. 体背毛（dorsal hair of body）；g. 尾片（cauda）。

分布　黑龙江（富锦、密山、绥化）、四川、西藏、甘肃、新疆；俄罗斯，日本，捷克，斯洛伐克，英国，荷兰，波兰，奥地利，德国，芬兰，挪威，瑞典，美国，加拿大。

(54) 楔斑长足大蚜 *Cinara cuneomaculata*（del Guercio，1909）（图87，图版ⅠC，D）

Lachniella cuneomaculata del Guercio，1909：291.

Cinara laricicola Börner，1939：75.

Cinara boerneri Hille Ris Lambers，1956：246.

Cinara cuneomaculata（del Guercio）：Eastop *et* Hille Ris Lambers，1976：148；Carter *et* Maslen，1982：50；Zhang，Zhang *et* Zhong，1993：129；Blackman *et* Eastop，1994：627；Batlisti，1997：141；Remaudière *et* Remaudière，1997：192.

特征记述

无翅孤雌蚜　体卵圆形，体长 4.37mm，体宽 2.32mm。活体黑褐色。玻片标本头部、前、中胸黑色；腹部膜质，黄褐色，缘域淡色；触角褐色，节Ⅰ、节Ⅲ～Ⅴ各节端部 1/2 及节Ⅵ黑色，喙节Ⅱ端部至节Ⅴ、腹管端径、尾片、尾板及生殖板黑色；足黑褐色，股节基部及胫节基部下方淡色。后胸缘域及中侧有毛基斑；腹部背片Ⅰ有 1 对中斑，背片Ⅶ有 1 对小型中斑，背片Ⅷ有 1 对大横斑。中胸腹瘤明显，有长毛 22～34 根。体表有微细纹，腹部背片Ⅷ有皱纹。腹部各节背片均有 3 对椭圆形节间斑，呈 1 排均匀分布。气门圆盖形，关闭，有时半开放，气门片大型黑色。中胸腹岔黑色，有长柄，横

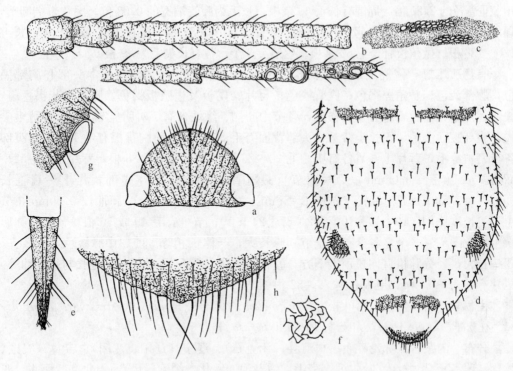

图 87　楔斑长足大蚜 *Cinara cuneomaculata*（del Guercio）

无翅孤雌蚜（apterous viviparous female）

a. 头部背面观（dorsal view of head）；b. 触角（antenna）；c. 喙节Ⅳ+Ⅴ（ultimate rostral segment）；d. 腹部背

面观（dorsal view of abdomen）；e. 腹部背片Ⅰ斑纹及节间斑（scleroites and muskelplatten on abdominal tergite Ⅰ）；

f. 腹部背纹（dorsal stripe of abdomen）；g. 腹管（siphunculus）；h. 尾片（cauda）。

长 0.67mm，为触角节Ⅲ的 0.09 倍。体背毛尖锐，腹部腹面多毛，与缘域毛约等长，头部背面有长毛 110 根；前胸背板有毛 220 根；腹部背片Ⅰ～Ⅶ毛短小，各背片有中侧毛 20～30 根，缘毛密布；背片Ⅷ有中侧毛 28～46 根。有缘毛 42～54 根，伸向腹面；头顶毛长 0.07mm，腹部背片Ⅰ缘毛长 0.05mm，背片Ⅰ～Ⅶ中侧毛长 0.01～0.02mm，背片Ⅷ毛长 0.07mm，分别为触角节Ⅲ最宽直径的 1.10 倍、0.79 倍、0.15～0.30 和 1.10 倍。中额平顶状，头盖缝明显，伸达头部后缘。触角 6 节，节Ⅰ～Ⅲ有皱纹，节Ⅲ端部至节Ⅵ有瓦纹，全长 2.04mm，为体长的 0.47 倍，节Ⅲ长 0.77mm，节Ⅰ～Ⅵ长度比例：20∶16∶100∶46∶56∶18+9；节Ⅰ～Ⅵ毛数：20～23 根，24～29 根，72～84 根，43～47 根，54～57 根，（16～17）＋（9 或 10）根，节Ⅵ鞭部顶端有毛 3 根；次生感觉圈圆形，节Ⅲ～Ⅴ分别有：0～7 个，1 或 2 个，1 个，分布于各节端部；原生感觉圈大型，无睫，有几丁质环。喙长大，端部可达腹部腹板Ⅷ；节Ⅳ+Ⅴ长矛状，分节明显；节Ⅳ+Ⅴ长 0.43mm，为基宽的 4.40 倍，为后足跗节Ⅱ的 1.40 倍；节Ⅳ长为节Ⅴ的 2.50 倍，有次生毛 10 或 11 对。足各节有皱纹。后足股节长 1.81mm，为触角全长的 0.89 倍；后足胫节长 3.25mm，为体长的 0.74 倍；后足胫节毛长为该节最宽直径的 0.37 倍，各足跗节Ⅰ有长毛 13～17 根。腹管位于褐色多毛圆锥体上，有缘突，端宽 0.13mm，为触角节Ⅲ直径的 2.20 倍，周围有长毛 60 余根，长毛为腹管端宽的 0.58 倍。尾片末端圆形，顶端稍尖，密布粗颗粒突起，有粗长毛及细短毛 76～88 根。尾板末端圆形，有粗长毛 120～136 根。生殖板有长毛 50 余根。生殖突 3 个，各有长尖毛 7～9 根。

有翅孤雌蚜　体椭圆形，体长 3.28mm，体宽 1.25mm。玻片标本头部和胸部黑色，腹部淡色；触角黑褐色；腹管淡色；尾片、尾板及生殖板褐色。腹部有灰褐色斑，腹部背片Ⅰ、Ⅶ及Ⅷ各有 1 对横斑，各节中、侧、缘域各有 1 对明显节间斑。体背毛尖锐，腹部腹面多毛，不长于背毛；头部背面有毛 80 余根；前胸背板有毛 150 根；腹部各节密被缘毛，背片Ⅰ～Ⅵ各有中侧毛 20～26 根，背片Ⅶ有毛 38 根，背片Ⅷ有毛 52～62 根；头顶毛长 0.05mm，为触角节Ⅲ最宽直径的 0.69 倍，腹部背片Ⅰ～Ⅷ毛长 0.05～0.07mm。触角 6 节，全长 1.75mm，为体长的 0.53 倍，节Ⅲ长 0.60mm，节Ⅰ～Ⅵ长度比例：19：19：100：52：67：24＋10；节Ⅲ有毛 49 或 50 根；节Ⅲ有圆形次生感觉圈 7～13 个，各分布于全节。喙长大，与体长相等。前翅中脉淡色，分 3 支，翅痣长大，径分脉粗直伸翅顶端下方。腹管圆锥状，有毛 24～38 根，毛长与端宽约等。尾片有毛 52～56 根。尾板有毛 78～82 根。

生物学　寄主植物为落叶松 *Larix gmelini*、樟子松 *Pinus sylvestris* var. *mongolica*、红松 *Pinus koraiensis* 和云杉 *Picea asperata* 等。

分布　内蒙古（鄂伦春旗、根河县、牙克石）、辽宁（辽阳、沈阳）、吉林（安图、敦化、珲春）、黑龙江（哈尔滨、密山、绥芬河、绥化、绥阳、伊春）、北京、河北、四川、陕西、新疆；蒙古国，俄罗斯，波兰，瑞典，捷克，德国，意大利，荷兰，保加利亚，奥地利，伊比利亚半岛英国。

(55) 柏木长足大蚜 *Cinara cupressi*（Buckton，1881）（图 88）

Lachnus cupressi Buckton，1881：46.

Lachnus juniperinus Mordvilko，1895：668.

Lachniella tujae del Guercio，1909：305.

Lachnus sabinae Gillette *et* Palmer，1924：9.

Cinara cupressi（Buckton）：Hottes，1953：172；Eastop，1973：136；Eastop *et* Hille Ris Lambers，1976：149；Agarwala，1982：1；Carter *et* Maslen，1982：51；Voegtlin *et* Bridges，1988：11；Zhang，Zhang *et* Zhong，1993：129；Blackman *et* Eastop，1994：627；Remaudière *et* Remaudière，1997：199；Watson *et al.*，1999：89；Remaudière *et* Binazzi，2003：86.

特征记述

无翅孤雌蚜　体椭圆形，体长 2.71mm，体宽 1.86mm。活体褐色。玻片标本头部与前胸褐色；触角节Ⅰ黑色，节Ⅲ～Ⅴ各端部及节Ⅵ端半部黑色，其他部分淡色；足除股节基部 1/10 淡褐色外，其他各节全黑色；喙、腹管、尾片尾板及生殖板黑色；生殖突淡色。中、后胸背板各有 1 对背中斑；腹部背片Ⅰ～Ⅶ各有 1 对背中斑，背片Ⅷ有 1 对侧缘斑。体表光滑，腹部背片Ⅷ有瓦纹。节间斑黑色，明显。气门圆形关闭，气门片黑色。中胸腹岔黑色，有柄，单臂横长 0.43mm，为触角节Ⅲ的 1.60 倍。体背软毛尖锐，长毛为短毛的 3.20 倍，腹部腹面毛短于背毛。头部背面有毛 110 根；前胸背板有毛 90 余根；腹部背片Ⅰ有毛 110 根，背片Ⅱ～Ⅶ密被长短尖锐毛，背片Ⅷ有毛 24～30

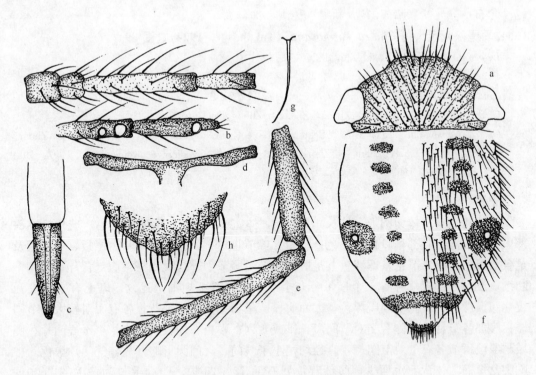

图 88 柏木长足大蚜 *Cinara cupressi*（Buckton）
无翅孤雌蚜（apterous viviparous female）

a. 头部背面观（dorsal view of head）；b. 触角（antenna）；c. 喙节Ⅳ＋Ⅴ（ultimate rostral segment）；d. 中胸腹岔（mesosternal furca）；e. 后足股节及胫节（hind femur and hind tibia）；f. 腹部背面观，示部分毛及背斑（dorsal view of abdomen, showing some hairs and scleroites）；g. 体背毛（dorsal hair of body）；h. 尾片（cauda）。

根。头顶毛长 0.14mm，为触角节Ⅲ直径的 3.90 倍，腹部背片Ⅰ、Ⅷ毛长分别为 0.16mm 和 0.17mm。中额及额瘤不隆，呈圆头状，头盖缝明显，伸达头部后缘。触角 6 节，光滑，全长 0.93mm，为体长的 0.34 倍；节Ⅲ长 0.27mm，节Ⅰ～Ⅵ长度比例：22：22：100：50：67：63＋16；触角节Ⅳ、Ⅴ各有圆形次生感觉圈 1 或 2 个，分布于中部及端部；触角毛尖锐，长短不齐，节Ⅰ～Ⅵ毛数：7 或 8 根，7 或 8 根，18～21 根，6 或 7 根，5～8 根，（6～8）＋5 根；节Ⅲ毛长 0.13mm，为该节直径的 3.30 倍。喙长大，达腹部腹板Ⅳ、Ⅴ之间，节Ⅳ＋Ⅴ长矛状，长 0.22mm，为该节基宽的 3.20 倍，为后足跗节Ⅱ的 0.84 倍；节Ⅳ长为节Ⅴ的 2.00 倍，有毛 4 或 5 对，其中次生毛 2 对。足光滑，足毛长、尖锐。后足股节长 0.86mm，为触角节Ⅲ的 0.32 倍；后足胫节长 1.26mm，为体长的 0.46 倍，毛长 0.20mm，为该节直径的 2.20 倍；各足跗节Ⅰ有毛 7～9 根。腹管黑色，位于多毛圆锥体上，端宽 0.06mm，为触角节Ⅲ直径的 1.50 倍，基宽 0.40mm，有 6 或 7 排长毛围绕，共 120～140 根。尾片末端圆形，骨化部分月牙形，长 0.14mm，有毛 72～78 根。生殖板宽带状，有长毛 34 根。生殖突淡色，有毛 22 根。

生物学 寄主植物为柏 *Cupressus* sp. 和云杉 *Picea asperata*。

分布 黑龙江（哈尔滨）、新疆；美国，加拿大。

（56）马尾松长足大蚜 *Cinara formosana* （Takahashi, 1924）（图 89）

Dilachnus formosana Takahashi, 1924：73.

Panimerus kiangsiensis Lou, 1935：37.

Cinara pinitabulaeformis Zhang et Zhong, 1989：202；Zhang, 1999：202.

Cinara schimitscheki Börner；Zhang, Zhang et Zhong, 1993：137.

Cinara formosana （Takahashi）：Eastop et Hille Ris Lambers, 1976：148；Zhang et Zhong, 1983：140；Zhang, Zhang et Zhong, 1993：129；Remaudière et Remaudière, 1997：193；Zhang, 1999：195.

特征记述

无翅孤雌蚜 体卵圆形，体长 4.20mm，体宽 2.80mm。活体树皮色。玻片标本头部黑色，胸部、腹部稍骨化黄褐色；触角、喙节Ⅲ～Ⅴ、腹管，尾片、尾板、生殖板及足各节黑色；触角节Ⅲ基部淡色，足股节基部及胫节中部骨化稍淡。腹部背片Ⅶ有 1 个断续斑纹，腹部背片Ⅷ有 1 个横带分布全节。体表有不规则微瓦纹，斑上有小刺突瓦纹，腹面微有瓦纹。节间斑黑色，大而明显，呈梅花状；胸部背板各有 1 对较大的节间斑；腹部各节背片中侧有 2 对节间斑，排成 4 列；中央 2 列较小，直径小于气门片；侧域与缘域每节各有 1 对节间斑，直径均稍小于气门。气门圆形略开放，气门片黑色。中胸腹岔短柄。体背毛短而少，腹部背片Ⅷ有毛 12～15 根。腹面毛长为背毛的 2.00～3.00 倍，腹部背片Ⅷ毛长为触角节Ⅲ最宽直径的 1.50 倍，为腹部背片Ⅱ～Ⅵ背毛的 5.00～6.00 倍。头顶弧形，有头盖缝延伸至头部后缘。触角 6 节，短细，光滑，全长 1.60mm，为体长的 0.41 倍，节Ⅲ长 0.58mm，节Ⅰ～Ⅵ长度比例：16：17：100：38：41：23＋8；节Ⅲ有粗刚毛 25 根，毛长与该节直径约等；节Ⅲ无次生感觉圈，节Ⅳ、Ⅴ分别有 1 或 2，1 个小圆形次生感觉圈；原生感觉圈有几丁质环。喙细长，端部超过后足基节，节Ⅳ和节Ⅴ分节明显，节Ⅳ＋Ⅴ长 0.37mm，为基宽的 3.30 倍，为后足跗节Ⅱ的 1.10 倍；有次生刚毛 10 根。后足股节长 1.70mm，为触角全长的 1.10 倍；后足胫节长 3.00mm，为体长的 0.71 倍；跗节Ⅰ背宽大于基宽；后足跗节Ⅱ长为节Ⅰ的 1.80 倍。后足胫节毛长为该节中宽的 0.58 倍；各足跗节Ⅰ有毛 13～15 根。腹管位于黑色多毛圆锥体上，有缘突和切迹，端宽 0.14mm，为基宽的 0.26 倍；腹管周围有长刚毛 9 或 10 排，140 余根。尾片半圆形，被小刺突，有长硬毛 36～58 根。尾板末端平圆形，有长硬毛 45～54 根。生殖板骨化，有长毛 40 余根。

有翅孤雌蚜 体卵圆形，体长 4.40mm，体宽 2.33mm。活体树皮色。玻片标本头部和胸部骨化深褐色，腹部稍骨化黄褐色；喙深褐色；触角、足、腹管、尾片、尾板和生殖板黄褐色。腹部背片Ⅷ有 1 个横带分布全节。体表有微瓦纹。节间斑明显，黑褐色，在腹部各节呈行均匀分布。气门圆形，略开放，气门片褐色。体背毛短而少，腹面毛长于且多于背面毛；腹部背片Ⅷ有毛 14 根。头顶毛长 0.11mm，腹部背片Ⅰ缘毛长 0.07mm，背片Ⅷ毛长 0.13mm，分别为触角节Ⅲ最宽直径的 1.77 倍、1.00 倍和 2.00 倍。头顶弧形，有头盖缝延伸至头后缘。触角 6 节，短，全长 1.78mm，为体长的 0.40 倍，节Ⅲ长 0.72mm，节Ⅰ～Ⅵ长度比例：16：16：100：42：39：23＋8；节Ⅰ～Ⅵ有

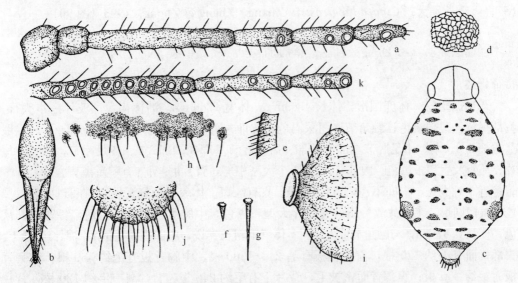

图 89 马尾松长足大蚜 *Cinara formosana* (Takahashi)

无翅孤雌蚜 (apterous viviparous female)

a. 触角 (antenna); b. 喙节Ⅳ+Ⅴ (ultimate rostral segment); c. 整体背面观 (dorsal view of body); d. 体背网纹 (reticulations on dorsal of body); e. 后足跗节Ⅰ (hind tarsal segment Ⅰ); f. 腹部背片Ⅰ～Ⅶ背毛 (hair on abdominal tergites Ⅰ～Ⅶ); g. 腹部背片Ⅷ背毛 (hair on abdominal tergite Ⅷ); h. 腹部背片Ⅷ (abdominal tergite Ⅷ); i. 腹管 (siphunculus); j. 尾片 (cauda)。

有翅孤雌蚜 (alate viviparous female)

k. 触角节Ⅲ～Ⅴ (antennal segment Ⅲ～Ⅴ)。

毛：9 根，7 根，21 根，15 根，16 根，8+4 根，节Ⅵ鞭部顶端有短毛 3 根；节Ⅲ～Ⅴ次生感觉圈数：10 或 11 个，2～4 个，1 个；节Ⅴ和节Ⅵ各有 1 个大型圆形原生感觉圈，有几丁质环。喙细长，喙节Ⅳ+Ⅴ分节明显，节Ⅳ+Ⅴ长 0.38mm，为基宽的 4.75 倍，与后足跗节Ⅱ约等长；节Ⅳ长为节Ⅴ的 2.17 倍，有次生刚毛 6～10 根。后足股节长 2.13mm，为触角全长的 1.43 倍；后足胫节长 3.70mm，为体长的 0.84 倍；跗节Ⅰ背宽大于基宽；后足跗节Ⅱ长 0.38mm。后足胫节毛长为该节中宽的 0.92 倍；各足跗节Ⅰ有毛 13～15 根。腹管位于褐色多毛圆锥体上，有缘突和切迹，端宽 0.17mm，为基宽的 0.27 倍；腹管周围有长刚毛 9 或 10 排，约 150 余根。尾片半圆形，被小刺突，有长硬毛 40 余根。其他特征与无翅孤雌蚜近似。

生物学 寄主植物为黑松 *Pinus thunbergii*、硫球松 *P. luchuensis*、云南松 *P. yunnanensis*、油松 *P. tabulaeformis*、华山松 *P. armandi*、樟子松 *P. sylvestris* var. *mongolica*、黄山松 *P. taiwanensis*、红松 *P. koraiensis*、思茅松 *P. kesiya*、长白松（长白赤松）*P. sylvestris* var. *sylvestriformis*、马尾松 *P. massoniana* 等。

分布 内蒙古（赤峰）、辽宁（北镇、建昌、喀喇沁左旗、凌源、沈阳）、吉林、北京、河北、江苏、浙江、安徽、福建、江西、山东、湖北、湖南、广东、广西、重庆、四川、贵州、云南、陕西、甘肃、青海、宁夏、新疆、台湾；韩国，日本。

(57) 大喙长足大蚜 *Cinara largirostris* Zhang, Zhang *et* Zhong, 1993 (图 90)

Cinara largirostris Zhang, Zhang *et* Zhong, 1993: 132.

Cinara largirostris Zhang *et* Zhang: Remaudière *et* Remaudière, 1997: 194.

特征记述

无翅孤雌蚜 体卵圆形，体长 4.63mm，体宽 2.46mm。活体褐色。玻片标本头部、胸部褐色，腹部淡色；触角节 I、II 深褐色、节 III～V 端部 1/3 和节 VI、喙节 III～V、足股节端部 2/3，前、中足胫节端部和基部、后足胫节基部和端部 3/5、各足跗节、腹管、尾片、尾板及生殖板黑色。腹部背片 I 有 1 个大型中斑，背片 II～VI 各有零星黑斑，背片 VII～VIII 各有 1 对横斑，中间不连，背片 I～III、VII 有缘斑。体表有微细瓦纹。节间斑明显，黑色。气门圆形，半开放或关闭，气门片大型，黑色。中胸腹岔黑色，无柄，各臂端部淡色，横长 0.67mm，与触角节 III 约等长。体背毛粗长尖锐，腹部腹面毛密满，不长于背毛。头部背面有毛约 120 根，前胸背板有毛 240～300 根，中胸背板有毛约 360 根，后胸背板有毛约 250 根；腹部背面密被毛，背片 I 有毛约 240 根，背片 VII 有毛约 120 根，背片 VIII 有毛 20～30 根。头顶毛和腹部背片 I 毛长 0.08mm，背片 VIII 毛长 0.11mm，分别为触角节 III 最宽直径的 1.50 倍和 2.08 倍。中额及额瘤不隆，呈圆顶状，头盖缝明显，延伸至前胸背板。触角 6 节，光滑，有稀疏皱纹，全长 1.60mm，为体长的 0.35 倍，节 III 长 0.57mm，节 I～VI 长度比例：19:21:100:44:59, 27+8；节 I～VI 毛数：14～16 根，28～34 根，69～92 根，25～35 根，47～53 根，(18 或 19) + (4 或 5) 根；节 VI 鞭部有亚端毛 4 根，节 III 长毛长 0.08mm，为该节最宽直径的 1.40 倍；节 III～V 分别有圆形次生感觉圈：0～2 个，1 或 2 个，1 个，节 V、VI 原生感觉圈有几丁质环。喙粗长，端部可达腹部腹板 VII；节 IV+V 长矛状，分节明显，长 0.52mm，为基宽的 7.00 倍，为后足跗节 II 的 2.00 倍，节 IV 长为节 V 的 3.10 倍，有次生毛 18～20 根，呈 4 排纵向排列。足粗大，光滑。后足股节长 1.49mm，为触角全长的 0.93 倍；后足胫节长 2.55mm，为体长的 0.55 倍，毛长 0.06mm，为该节中宽的 0.58 倍；跗节 I 各有毛 17～19 根。腹管大，位于多毛的圆锥体上，端宽 0.11mm，为基宽的 0.18 倍；周围有长毛 240～250 根，腹管毛短于端径。尾片半球形，长 0.18mm，为基宽的 0.80 倍，有长毛 42～56 根。尾板末端平圆形，有长毛 72～92 根。生殖板横带状，有长毛 48 根。

有翅孤雌蚜 体椭圆形，体长 4.35mm，体宽 1.84mm。玻片标本头部和胸部黑色，腹部淡色，有黑斑；触角节 III 基部淡色，其他各节黑色。体背毛长尖锐，腹部腹面毛与背毛等长。头部背面有毛 45 对；腹部密被毛，腹部背片 VIII 有毛 26 根。触角 6 节，全长 1.75mm，为体长的 0.40 倍，节 III 长 0.67mm，节 I～VI 长度比例：16:19:100:41:54:21.9+8.2；节 I～VI 毛数：11 根，24 根，84 根，22 根，55 根，18+5 根，节 VI 鞭部有亚端毛 2 根，节 III 长毛长 0.09mm，为该节最宽直径的 1.69 倍；节 III～V 分别有圆形次生感觉圈：5 或 6 个，2 个，1 个。喙粗长。节 IV+V 长矛状，分节明显，长 0.49mm，节 IV 长为节 V 的 2.63 倍，有次生毛 24 根，呈 4 排纵向排列。足粗大，光滑。翅脉正常，前翅肘脉及径分脉粗，中脉色淡 3 支。腹管大型，位于多毛的圆锥体上，端径为基宽的 0.21 倍，周围有长毛约 100 根。尾片末端长圆形，有毛 50 余

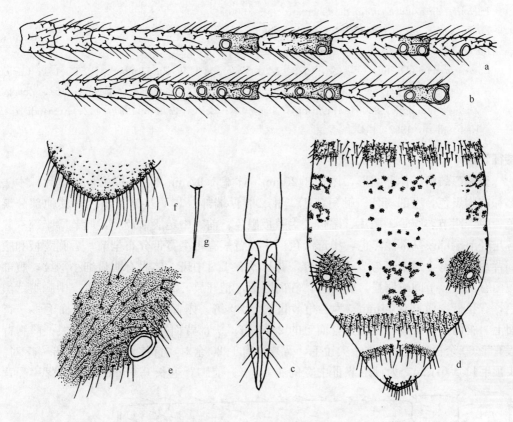

图 90　大喙长足大蚜 *Cinara largirostris* Zhang，Zhang *et* Zhong

无翅孤雌蚜（apterous viviparous female）

a. 触角（antenna）；c. 喙节Ⅳ＋Ⅴ（ultimate rostral segment）；d. 腹部背面观（背片Ⅱ～Ⅵ背毛省略）
（dorsal view of abdomen，not showing dorsal hairs on abdominal tergites Ⅱ～Ⅵ）；e. 腹管（siphunculus）；

f. 尾片（cauda）；g. 体背毛（dorsal hair of body）。

有翅孤雌蚜（alate viviparous female）

b. 触角节Ⅲ～Ⅴ（antennal segment Ⅲ～Ⅴ）。

根。尾板有毛80余根。生殖板横带状，有长毛36根。其他特征与无翅孤雌蚜相似。

　　生物学　寄主植物为油松 *Pinus tabulaeformis* 和黄山松 *P*. *taiwanensis* 等。

　　分布　辽宁（沈阳）、北京、河北、江苏、安徽、湖南、甘肃。

（58）落叶松长足大蚜 *Cinara laricis*（Hartig，1839）（图 91）

Lachnus laricis Hartig，1839：645.

Aphis laricis Walker，1848：102.

Cinara boerneri Hille Ris Lambers，1956：246.

Cinara doncasteri Pasěk，1953：222.

Cinara laricicola Börner，1939 nec *Lachnus laricicola* Matsumura，1917：75.

Eulachnus nigrofasciata del Guercio，1909：324.

Lachniella cuneomaculata del Guercio，1909：291.

Lachniella laricis subsp. *cuneomaculata* del Guercio，1909：291.

Lachniella nigrotuberculata del Guercio，1909：306.

Lachnus maculosus Cholodkovsky，1899：469.

Lachnus muravensis Arnbart，1927：467.

Cinara laricis (Hartig)：Eastop，1973：146；Eastop *et* Hille Ris Lambers，1976：151；Carter *et* Maslen.，1982：56；Voegtlin *et* Bridges，1988：17；Blackman *et* Eastop：151；Zhang，Zhang *et* Zhong，1993：133；Zhang，1994：634；Batlisti *et al*.，1997：142；Remaudière *et* Remaudière，1997：194.

特征记述

无翅孤雌蚜 体卵圆形，体长 3.25mm，体宽 1.97mm。活体棕褐色。玻片标本头部和前胸黑色，腹部淡色；触角节 I、II、节 IV 端部、节 V 及节 VI 黑色，其他部分淡色；喙、跗节、腹管、尾片、尾板及生殖板黑色；前、中足股节及后足股节端半部3/4、各足胫节端部及基部漆黑色，中部淡色。中胸背板有 1 个宽带分布全节，后胸背板和腹部背片 I 各有 1 对中斑与节间斑愈合，背片 VIII 有 1 对中斑。体表有明显细小网纹，腹部腹面有瓦纹。节间斑明显，黑褐色。气门圆形，稍开放，气门片大，黑色。中胸腹岔黑色，有长柄，横长 0.44mm，为触角节 III 的 0.80 倍。体背毛尖锐，腹部腹面毛多于背面毛。腹面毛长尖锐，长约为背面毛的 2.00 倍。头部背面有长毛 80～100 根；前胸背板有毛 60 余根；腹部均被短尖锐毛，背片 I 有毛 20 余对，背片 VIII 有粗长毛 15～17 对。头顶毛长 0.07mm，为触角节 III 中宽的 1.60 倍；前胸背毛长 0.05mm；腹部背片 I 背

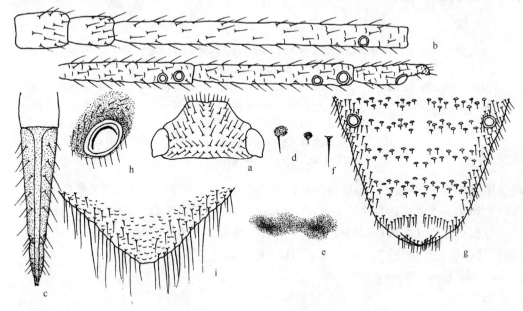

图 91 落叶松长足大蚜 *Cinara laricis* (Hartig)

无翅孤雌蚜 (apterous viviparous female)

a. 头部背面观 (dorsal view of head)；b. 触角 (antenna)；c. 喙节 IV＋V (ultimate rostral segment)；d. 体背毛及毛基斑 (dorsal hair and hair bearing scleroite of body)；e. 前胸背斑及节间斑 (scleroites and muskelplatten on pronotum)；f. 腹部背片 VIII 背毛 (hair of abdominal tergite VIII)；g. 腹部背片 IV～VIII (abdominal tergites IV～VIII)；h. 腹管 (siphunculus)；i. 尾片 (cauda).

毛长 0.01mm，缘毛长 0.04mm；背片Ⅷ毛长 0.06mm。中额及额瘤圆头状，头盖缝明显，延伸至头部背面后缘。触角 6 节，有微瓦纹，全长 1.35mm，节Ⅲ长 0.54mm，节Ⅰ～Ⅵ长度比例：18∶18∶100∶42∶45∶23+5；节Ⅰ～Ⅵ毛数：7～10 根，7 或 8 根，32～45 根，12～18 根，12～21 根，（5 或 6）+6 根；节Ⅲ毛长为该节直径的 0.89 倍；节Ⅲ有或无次生感觉圈，节Ⅳ有时有 1 或 2 个次生感觉圈，无睫；节Ⅴ～Ⅵ各有 1 个原生感觉圈，有几丁质环。喙长大，端部达后足基节，节Ⅳ+Ⅴ长矛状，分节明显，长 0.25mm；节Ⅳ长为节Ⅴ的 2.00 倍，有次生毛 6 根。足光滑。后足股节长 1.33mm，与触角约等长；后足胫节长 2.26mm，为体长的 0.69 倍；跗节Ⅰ背宽大于基宽；后足胫节毛长为该节直径的 0.64 倍，各足跗节Ⅰ有毛 15～18 根。腹管位于多毛的圆锥体上，端宽 0.08mm，为基宽的 0.25 倍；周围有长毛 35～42 根，腹管毛稍长于端径。尾片半圆形，顶尖，有粗刺突密布，有毛 35～50 根。尾板末端平圆形，有毛 68～84 根。生殖板深褐色，半圆形，有粗毛 60 余根。

生物学　寄主植物为落叶松 *Larix gmelini*、日本落叶松 *L. leptolepis*、新疆落叶松（西伯利亚落叶松）*L. sibirica*、美洲落叶松 *L. laricina*、樟子松 *Pinus sylvestris* var. *mongolica*、云杉 *Picea asperata*。

分布　内蒙古（牙克石）、辽宁、吉林、黑龙江、北京、河北、四川、西藏、陕西、甘肃、新疆；韩国，俄罗斯，蒙古国，日本，捷克，德国，荷兰，挪威，奥地利，意大利，波兰，瑞典，英国，美国，加拿大。

(59) 玛长足大蚜 *Cinara matsumurana* Hille Ris Lambers，1966 〔图 92〕中国新记录种

Cinara matsumurana Hille Ris Lambers，1966：21.

Cinara matsumurana Hille Ris Lambers；Eastop *et* Hille Ris Lambers，1976：152；Remaudière *et* Remaudière，1997：194.

特征记述

无翅孤雌蚜　体卵圆形，体长 2.25～2.48mm，体宽 1.60～1.78mm。玻片标本头部、胸部黄褐色，腹部淡色；触角节Ⅰ～Ⅱ、节Ⅴ端半部、节Ⅵ黄褐色，其他部分浅黄褐色；喙节Ⅲ～Ⅴ黄褐色；各足股节褐色；胫节深褐色；跗节褐色；腹管、生殖板浅黄褐色，尾片、尾板黄褐色。腹部背片Ⅶ有零星小斑，背片Ⅷ有淡色中斑 1 对，中间分离。腹部背片Ⅱ～Ⅶ各有背侧蜡片 2 对，腹侧缘蜡片 1 对。体表光滑。节间斑浅黄褐色。气门圆形关闭或半开放，气门片隆起，长椭圆形。中胸腹岔有长柄，单臂横长 0.16～0.18mm，为触角节Ⅲ的 0.55～0.62 倍。体背尖锐，长短不等，腹管间有毛 50～60 根，腹部背片Ⅷ有毛 35 根。体背长毛长 0.13mm，短毛长 0.07mm；头顶毛长 0.15mm，腹部背片Ⅰ缘毛长 0.10～0.13mm，背片Ⅷ毛长 0.17mm，分别为触角节Ⅲ最宽直径的 3.10～3.52 倍、2.35～2.80 倍和 4.50～4.70 倍。头顶平，中额不隆。触角 6 节，光滑，节Ⅵ鞭部有横纹；全长 1.24mm，为体长的 0.92～0.95 倍，节Ⅲ长 0.29mm，节Ⅰ～Ⅵ长度比例：29∶21∶100∶45∶57∶55+19，节Ⅵ鞭部长为基部的 0.35 倍；触角毛长，尖锐，节Ⅰ～Ⅵ毛数：6 根，8～12 根，26～30 根，9～11 根，10～15 根，（7～9）+（6 或 7）根；节Ⅲ毛长 0.19～0.20mm，为该节最宽直径的 4.00～4.47 倍；无次生感觉圈；节Ⅴ、Ⅵ各有原生感觉圈 1 个，有几丁质环。喙端部达腹部节Ⅲ，节Ⅳ+Ⅴ长矛状，分节

明显，长 0.23mm，为基宽的 2.71～2.88 倍，为后足跗节 Ⅱ 的 1.05 倍；有次生毛 4 根。足光滑，后足股节长 0.83～0.84mm，为触角节 Ⅲ 的 2.90 倍；后足胫节长 1.10～1.13mm，为体长的 0.46～0.49 倍；后足跗节 Ⅱ 长 0.22mm。足毛长，顶尖，后足胫节毛长 0.25～0.30mm，为该节中宽的 4.00～4.50 倍。各足跗节Ⅰ有毛 9～13 根。腹管位于隆起的圆锥体上，周围有毛 25 根，端径 0.06mm，为基宽的 0.46～0.50 倍。尾片半圆形，末端稍尖，有小刺突，长 0.11mm，为基宽的 0.39～0.48 倍，有毛 20 余根。尾板宽圆形，有小刺突，有毛 19 根。生殖板有毛 20 根。生殖突 3 个，各有毛 4 或 5 根。

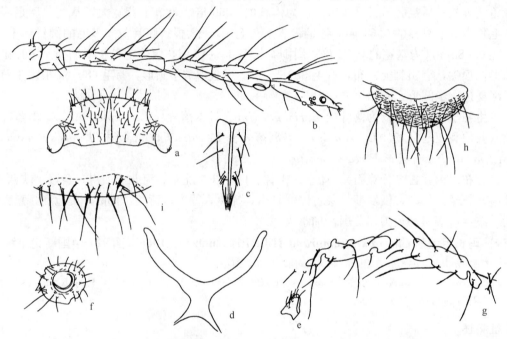

图 92　玛长足大蚜 *Cinara matsumurana* Hille Ris Lambers
无翅孤雌蚜（apterous viviparous female）

a. 头部背面观（dorsal view of head）；b. 触角（antenna）；c. 喙节Ⅳ＋Ⅴ（ultimate rostral segment）；d. 中胸腹岔（mesosternal furca）；e. 后足跗节Ⅰ（hind tarsal segment Ⅰ）；f. 腹管（siphunculus）；g. 腹部背片Ⅷ背斑（scleroites on abdominal tergite Ⅷ）；h. 尾片（cauda）；i. 尾板（anal plate）。

生物学　寄主植物为冷杉 *Abies fabri*；国外记载寄主为冷杉属 1 种 *Abies homolepis*。

分布　吉林（敦化）；日本。

(60) 小居松长足大蚜 *Cinara minoripinihabitans* Zhang, 1989（图 93）

Cinara minoripinihabitans Zhang，1989：198.

Cinara minoripinihabitans Zhang：Remaudière *et* Remaudière，1997：194.

特征记述

无翅孤雌蚜　体卵圆形，体长 2.36mm，体宽 1.49mm。活体棕色，被厚白粉。玻片标本头部、前胸褐色，腹部淡色；触角节Ⅰ～Ⅲ顶端，节Ⅳ、Ⅴ端半部及节Ⅵ黑褐色；喙节Ⅱ端半部至节Ⅴ黑色；足股节基部淡色外，其他各节黑色；腹管、尾片、尾板及生殖板黑褐色。腹部有黑色斑纹，后胸背板至腹部背片Ⅶ各有 1 对中斑（其中背片

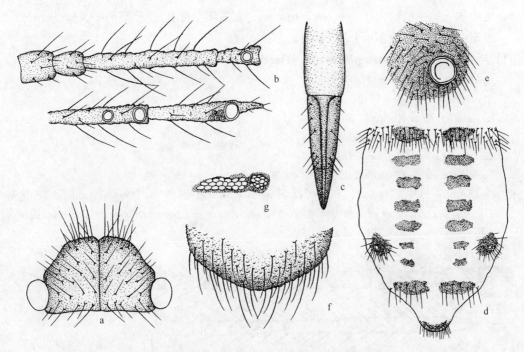

图 93　小居松长足大蚜 *Cinara minoripinihabitans* Zhang
无翅孤雌蚜（apterous viviparous female）

a. 头部背面观（dorsal view of head）；b. 触角（antenna）；c. 喙节Ⅳ＋Ⅴ（ultimate rostral segment）；d. 腹部背面观（背片Ⅱ～Ⅷ背毛省略）（dorsal view of abdomen, not showing dorsal hairs on abdominal tergites Ⅱ～Ⅷ）；e. 腹管（siphunculus）；f. 尾片（cauda）；g. 节间斑（muskelplatten）。

Ⅵ、Ⅶ中斑小），背片Ⅷ有 1 对大背斑。有中胸腹瘤。体表光滑，腹部背片Ⅷ有微瓦纹。节间斑明显，黑褐色。气门圆形关闭，有时半开放；气门片大，黑色。中胸腹岔黑色，有长柄，横长 0.36mm，为触角节Ⅲ的 1.50 倍。体背毛长尖锐，腹部腹面多毛，尖锐，短于背毛；头部背面有毛 45 根；前胸背板有毛 60 余对；腹部背片Ⅰ有毛 60 余对，背片Ⅷ有毛 20 余根。头顶毛长 0.14mm，腹部背片毛长 0.03～0.08mm。中额不隆，头部背面中缝明显。复眼眼瘤不明显。触角 6 节，光滑，全长 0.82mm，为体长的 0.35 倍，节Ⅲ长 0.24mm，节Ⅰ～Ⅵ长度比例：26：23：100：31：72：69＋17；触角毛长尖锐，节Ⅰ～Ⅵ毛数：10 根，9 根，17 或 18 根，5 根，10～16 根，（7～9）＋3 根，节Ⅵ鞭部顶端有 1 对粗短毛；节Ⅲ毛长 0.11mm，为该节最宽直径的 3.30 倍。触角节Ⅳ、Ⅴ各有 1 个大圆形次生感觉圈，节Ⅴ、Ⅵ原生感觉圈大，无睫，有几丁质环。喙端部超过后足基节，节Ⅳ＋Ⅴ长矛状，长 0.21mm，为基宽的 3.30 倍，与后足跗节Ⅱ约等长，节Ⅳ长为节Ⅴ的 1.80 倍，有次生毛 3 对。足各节光滑。后足股节长 0.71mm，为触角全长的 0.86 倍；后足胫节长 1.03mm，为体长的 0.44 倍，毛长 0.20mm，为该节中宽的 2.70 倍。各足跗节Ⅰ有毛 7～9 根。腹管位于黑色多毛圆锥体上，基宽 0.24mm，圆锥体上有长毛 100～110 根，毛长为腹管端宽的 1.90 倍。尾片宽圆形，密布小刺突，长 0.12mm，为基宽的 0.44 倍，有长毛 44 根。尾板末端平圆形，有长毛 70 余根。生殖板椭圆形，有长尖锐毛 32 根。

　　生物学　寄主植物为红松 *Pinus koraiensis*（在三年生枝上）、杜松 *Juniperus rigida*。

　　分布　黑龙江（哈尔滨）、内蒙古。

（61）毛角长足大蚜 *Cinara pilicornis*（Hartig, 1841）（图 94, 图版Ⅱ E）

Aphis pilicornis Hartig, 1841：369.

Aphis abietis Walker, 1848：100.

Lachnus hyalinus Koch, 1856：238.

Lachnus macrocephalus Buckton, 1881：48.

Lachnus flavus Mordvilko, 1895：102.

Lachnus piceicola Cholodkovsky, 1896：148.

Cinara pilicornis（Hartig）：Eastop *et* Hille Ris Lambers, 1976：149；Voegtlin *et* Bridges, 1988：23；Zhang *et al*., 1988：228；Zhang, Zhang *et* Zhong, 1993：134；Remaudière *et* Remaudière, 1997：196；Zhang, 1999：198.

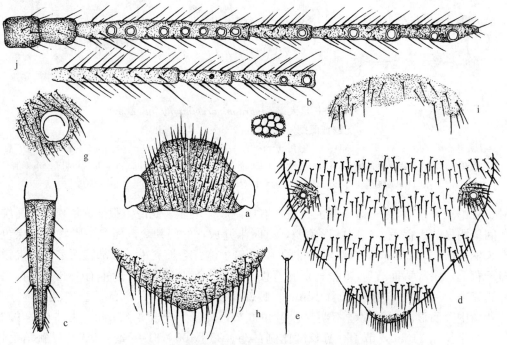

图 94　毛角长足大蚜 *Cinara pilicornis*（Hartig）

无翅孤雌蚜（apterous viviparous female）

a. 头部背面观（dorsal view of head）；b. 触角节Ⅲ～Ⅴ（antennal segments Ⅲ～Ⅴ）；c. 喙节Ⅳ＋Ⅴ（ultimate rostral segment）；d. 腹部背片Ⅴ～Ⅷ（abdominal tergites Ⅴ～Ⅷ）；e. 体背毛（dorsal hair of body）；f. 节间斑（muskelplatten）；g. 腹管（siphunculus）；h. 尾片（cauda）；i. 生殖板（genital plate）。

有翅孤雌蚜（alate viviparous female）

j. 触角（antenna）。

特征记述

　　无翅孤雌蚜　体椭圆形，体长 3.09mm，体宽 1.68mm。活体淡褐色或棕黑褐色，腹部有白粉，体侧有 2 条绿色纵斑。玻片标本淡色；触角淡色，节Ⅰ、Ⅴ端半部及Ⅵ黑褐色；喙节Ⅱ端半部及节Ⅲ～Ⅴ黑色；足基节、股节端半部、胫节端部及跗节深褐色，腹管、尾片、尾板褐色，生殖板深黑色。腹部背片Ⅷ有1个褐色断续窄横带。前胸有腹瘤。体表光滑。节间斑明显，黑褐色。气门圆形半开放，气门片黑色。中胸腹岔深黑色，短柄，横长0.48mm，为触角节Ⅲ的1.60倍。体被细长尖锐毛。头部密被长毛110根；前胸背板有中侧毛38根，缘毛20根；腹部各背片有长毛3或4排，背片Ⅴ有毛80根，背片Ⅴ腹管间有毛约50根，背片Ⅷ有毛32～38根。头顶毛长0.10mm，腹部背片Ⅰ缘毛长0.12mm，背片Ⅷ毛长0.17mm，分别为触角节Ⅲ最宽直径的2.70倍、3.21倍和4.59倍。中额弧形。头盖缝粗黑明显。触角6节，光滑，全长0.96mm，为体长的0.31倍，节Ⅰ～Ⅵ长度比例：25：28：100：39：60：53+14；触角长毛尖锐，节Ⅰ～Ⅵ毛数：7～9根，8～14根，32～38根，7～15根，8～19根，（8～11）+5根，节Ⅲ毛长为该节最宽直径的2.80倍；节Ⅳ、Ⅴ各有1个具几丁质环的次生感觉圈，有时缺。喙端部伸达腹部腹板Ⅲ，节Ⅳ+Ⅴ长矛状，长0.26mm，为基宽的2.90倍，为后足跗节Ⅱ的0.74倍；节Ⅳ长为节Ⅴ的2.10倍，有次生毛4～8根。足光滑。后足股节长0.98mm，与触角约等长，为节Ⅲ的3.20倍；后足胫节长1.55mm，为体长的0.50倍。后足胫节毛长为该节最宽直径的2.00倍；各足跗节Ⅰ有毛11～15根。腹管位于多毛圆锥体上，端径0.07mm，为基端宽2.90倍；周围有长毛31～72根，毛长于端宽。尾片半球状，有长短毛44～82根。尾板末端圆形，有毛60余根。生殖板新月形，有长尖毛20～22根。

有翅孤雌蚜　体卵圆形，体长2.94mm，体宽1.29mm。头部和胸部黑色，腹部淡色；触角节Ⅰ、节Ⅲ～Ⅴ端部及节Ⅵ深褐色；足股节端部2/3、胫节基部及端部、跗节及腹管褐色；喙、尾片及尾板黑色。腹部背片Ⅷ有1个断续窄带，分布全节。体背毛长尖锐，头部背面有毛90～100根；腹部腹管间有背毛35～38根，背片Ⅷ有毛24～38根。中额及额瘤不隆，呈圆头形；头盖缝明显。触角6节，全长1.09mm，为体长的0.37倍，节Ⅲ长0.40mm，节Ⅰ～Ⅵ长度比例：19：21：100：36：50：35+10；节Ⅲ有毛38～49根，毛长为该节最宽直径的3.00倍；节Ⅲ有大圆形次生感觉圈3～7个，节Ⅳ～Ⅵ各有1个。喙端部达后足基节，节Ⅴ+Ⅵ长矛状，长0.32mm，有次生毛6根。足光滑。后足股节长1.09mm，后足胫节长1.61mm，后足跗节Ⅱ长0.36mm。翅脉正常；前翅径分脉延伸至翅顶下方，中脉分2支，不甚明显，肘脉淡色。腹管位于多毛圆锥体上，有毛38～40根，毛长于端宽。尾片半圆形，顶端稍尖，有毛45～58根。尾板末端圆形，有长毛64～88根。生殖板半圆形，有毛38根。其他特征与无翅孤雌蚜相似。

生物学　寄主植物为云杉 Picea asperata、红皮云杉 P. koraiensis、丽江云杉 P. lijiangensis、北美云杉 P. sitchensis、恩格曼氏云杉 P. engelmanii、布鲁尔氏云杉 P. breweriana、雪岭云杉 P. schrenkiana、欧洲云杉 P. abies、白云杉 P. glauca、东方云杉 P. orientalis、杉属1种 Picea sp.、落叶松 Larix gmelini 及松属1种 Pinus sp.。

分布　辽宁（沈阳、本溪）、吉林（安图、敦化、抚松、公主岭）、黑龙江（哈尔滨、伊春、珲春、饶河）、北京、河北、山西、四川、陕西、甘肃、新疆；俄罗斯，日本，土耳其，罗马尼亚，荷兰，捷克，德国，波兰，瑞士，奥地利，匈牙利，英国，法国，挪威，澳大利亚，美国，加拿大。

（62）松长足大蚜 *Cinara pinea*（Mordvilko，1895）（图 95，图版 Ⅱ F）

Lachnus pinea Mordvilko，1895：100.

Cinara pineti Koch，1856 nec Fabricius，1781：230.

Lachniella picta（del Guercio，1909）：173.

Lachniella inoptis Wilson，1919：18.

Cinara kaltenbachi Hottes，1954：251.

Cinara pineti Koch：Takahashi，1931：22.

Cinara pinea（Mordvilko）：Eastop，1973：156；Maslen *et al.*，1973：24；Eastop *et* Hille Ris
　　Lambers，1976：153；Carter *et* Maslen 1982：62；Voegtlin *et* Bridges，1988：24；Zhang，
　　Zhang *et* Zhong，1993：134；Sanchie *et al.*，1996：624；Remaudière *et* Remaudière，1997：
　　196；Zhang 1999：199.

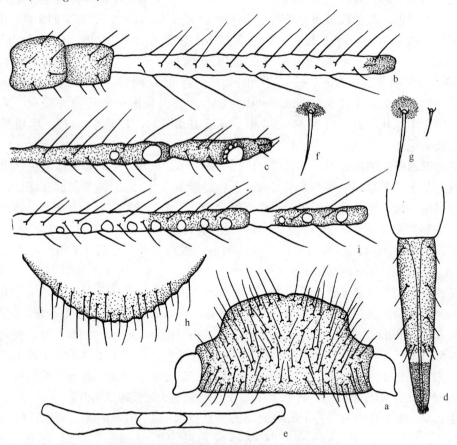

图 95　松长足大蚜 *Cinara pinea*（Mordvilko）

无翅孤雌蚜（apterous viviparous female）

a. 头部背面观（dorsal view of head）；b. 触角节Ⅰ～Ⅲ（antennal segments Ⅰ～Ⅲ）；c. 触角节Ⅴ～Ⅵ（antennal segments Ⅴ～Ⅵ）；d. 喙节Ⅳ＋Ⅴ（ultimate rostral segment）；e. 中胸腹岔（mesosternal furca）；f. 腹部背片Ⅷ背毛（dorsal hair of abdominal tergite Ⅷ）；g. 体背毛（dorsal hair of body）；h. 尾片（cauda）。

有翅孤雌蚜（alate viviparous female）

i. 触角节Ⅲ～Ⅳ（antennal segments Ⅲ～Ⅳ）。

特征记述

无翅孤雌蚜 体卵圆形，体长 3.73mm，体宽 2.30mm。活体褐色。玻片标本头部、胸部褐色，腹部淡色；触角节Ⅰ～Ⅱ、节Ⅴ端部、节Ⅵ黄褐色，其他部分淡色；喙深褐色；股节褐色，胫节基部和端部 1/2、跗节深褐色，其他部分黄褐色；腹管、生殖板、尾片、尾板黄褐色。腹部背片Ⅷ有 1 个横斑贯全节。体表光滑。节间斑黑褐色。中胸腹岔有长柄。触角 6 节，全长 1.66mm，为体长的 0.45 倍，节Ⅲ长 0.60mm，节Ⅰ～Ⅵ长度比例：19∶18∶100∶44∶54∶29＋12；节Ⅰ～Ⅵ毛数：6 或 7 根，6～8 根，19～33 根，7～11 根，8～15 根，（5～7）＋（2～4）根，节Ⅵ鞭部有 3 根亚端毛。喙端部达腹部腹板Ⅲ，有次生毛 3～6 根。后足股节长 1.55mm，为触角节Ⅲ的 2.58 倍；后足胫节长 2.31mm，为体长的 0.12 倍；各足跗节Ⅰ有毛约 20 根。腹管位于多毛的圆锥体上。尾片宽圆形，有刺突，有长短毛 21～35 根。尾板宽圆形，有粗长毛 35～40根。生殖板有毛 22～40 根。

有翅孤雌蚜 触角节Ⅲ～Ⅵ长度比例：100∶52∶52∶22＋10；节Ⅲ、Ⅵ各有圆形次生感觉圈：7～10 个，0～2 个。前翅中脉弱，3 支。其他特征与无翅孤雌蚜相似。

生物学 寄主植物为油松 *Pinus tabulaeformis*、黑松 *P. thunbergii*、马尾松 *P. massoniana*、樟子松 *P. sylvestris* var. *mongolica*、云南松 *P. yunnanensis*、落叶松 *Larix gmelini*、地盘松 *Pinus yunnanensis* var. *pygmaea*、欧洲赤松 *P. sylvestris*、南欧黑松 *P. nigra* var. *poiretiana*、赤松 *P. densiflora* 和北美短叶松 *P. banksiana*。

分布 内蒙古（阿尔山、额尔古纳、海拉尔）、辽宁（彰武）、吉林（安图、白山）、黑龙江（富锦、哈尔滨、黑河、密山、漠河、饶河、绥阳）、浙江、山东、四川、贵州、云南、西藏、陕西、甘肃、青海、新疆、台湾；俄罗斯，蒙古国，罗马尼亚，荷兰，土耳其，葡萄牙，捷克，斯洛伐克，德国，挪威，波兰，瑞士，瑞典，奥地利，匈牙利，英国，法国，美国，加拿大。

（63）华山松长足大蚜 *Cinara piniarmandicola* Zhang, Zhang et Zhong, 1993（图 96）

Cinara piniarmandicola Zhang, Zhang et Zhong, 1993：135.

Cinara piniarmandicola Zhang, Zhang et Zhong, 1993：Remaudière et Remaudière, 1997：196；Zhang, 1999：200.

特征记述

无翅孤雌蚜 体椭圆形，体长 3.11mm，体宽 1.69mm。活体紫红色。玻片标本头部褐色，胸部黑色，腹部淡色；触角节Ⅰ、节Ⅲ～Ⅴ端部、节Ⅵ、喙节Ⅳ＋Ⅴ、跗节褐色；触角节Ⅱ淡褐色；足股节端部 1/2、胫节端部 1/2～2/3、腹管、尾片和尾板黑色；胫节基部漆黑色。腹部背片Ⅰ有黑色中斑，背片Ⅶ～Ⅷ各有 1 对中斑。中胸腹瘤发达。中胸腹岔有短柄。体背毛尖；头部背面有毛 56 根；腹部背片Ⅰ有毛约 170 根，背片Ⅴ腹管间有毛 60 根，背片Ⅷ有毛 19～22 根。头顶毛长 0.10mm，腹部背片Ⅷ毛长 0.07～0.16mm。头部背面有明显中缝。触角 6 节，全长 1.33mm，节Ⅰ～Ⅵ长度比例：17∶16∶100∶41∶53∶27＋11；节Ⅰ～Ⅵ毛数；8～11 根，11～14 根，38～44 根，10 或 11 根，19～21 根，（10～12）＋6 根，节Ⅵ鞭部有亚端毛 4 根；触角节Ⅲ～Ⅴ有圆形次生感觉圈：0 或 1，1 或 2，1 个；节 V、VI原生感觉圈有几丁质环。喙端部超过腹部腹板VI，节IV＋V长 0.31mm，为后足跗节 II 的 1.48 倍；有次生毛 12 根。后足股节长 1.23mm，为触角全长的 0.92 倍；后足胫节长 2.01mm，为体长的 0.65 倍；后足跗节 II 长 0.21mm；后足跗节 I 背宽约为基宽的 1.50 倍。腹管端径 0.08mm，为基宽的 0.22 倍。尾片末端圆形，长 0.18mm，有毛 16～18 根。尾板有毛 54～70 根。生殖板有毛 18 根。生殖突 3 簇，每簇有毛 8 根。

生物学　寄主植物为华山松 *Pinus armandii*、黑松 *P. thunbergii*、马尾松 *P. massoniana* 和油松 *P. tabulaeformis*。该种发生数量大，在多年生的树枝上，有时种群覆盖长度可达 33～67cm。

分布　辽宁（大连）、北京、河北、湖南、四川、云南、陕西。

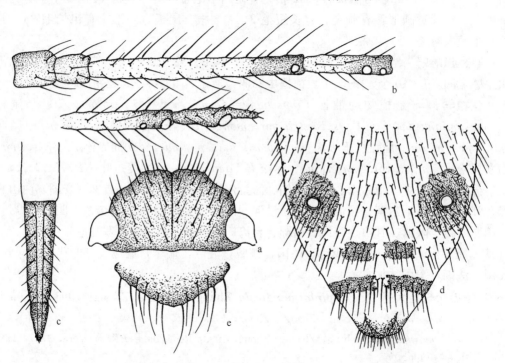

图 96　华山松长足大蚜 *Cinara piniarmandicola* Zhang，Zhang *et* Zhong

无翅孤雌蚜（apterous viviparous female）

a. 头部背面观（dorsal view of head）；b. 触角（antenna）；c. 喙节IV＋V（ultimate rostral segment）；

d. 腹部背片 V～VIII（abdominal tergites V～VIII）；e. 尾片（cauda）。

(64) 日本赤松长足大蚜 *Cinara pinidensiflorae* (Essig *et* Kuwana，1918)（图 97）

Lachnus pinidensiflorae Essig *et* Kuwana，1918：35.

Cinara atratipinivora Zhang，1982：24；Zhang *et* Zhong，1983：142.

Cinara pinidensiflorae (Essig *et* Kuwana)：Takahashi，1921：81；Takahashi，1931：23；Eastop *et* Hille Ris Lambers，1976：154；Remaudière *et* Remaudière，1997：196.

特征记述

无翅孤雌蚜　体卵圆形，长 3.90mm，体宽 2.30mm。活体黑褐色。玻片标本头部

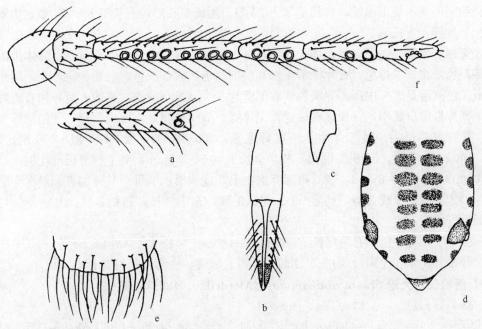

图 97 日本赤松长足大蚜 *Cinara pinidensiflorae* (Essig *et* Kuwana)

无翅孤雌蚜 (apterous viviparous female)

a. 触角节Ⅲ (antennal segment Ⅲ); b. 喙节Ⅳ＋Ⅴ (ultimate rostral segment); c. 后足跗节Ⅰ (hind tarsal segment Ⅰ); d. 腹部背面观 (dorsal view of abdomen); e. 尾片 (cauda)。

有翅孤雌蚜 (alate viviparous female)

f. 触角 (antenna)。

与前胸骨化深色，腹部淡褐色；触角节Ⅰ～Ⅱ、节Ⅲ～Ⅴ各节端部及节Ⅵ黑色；各足股节基部 1/2 及胫节中部淡色；喙节Ⅳ＋Ⅴ、足其他部分、尾片、尾板及生殖板深黑色。后胸背板及腹部背片Ⅰ～Ⅷ各有 1 对黑色大中斑，呈 2 纵行排列，各斑大于或等于尾片基宽；腹部背片Ⅰ～Ⅲ及背片Ⅶ有断续小缘斑，背片Ⅴ～Ⅵ缘斑围绕腹管。体表背面有不规则网纹，腹面光滑。气门圆形有骨化盖，关闭，气门片黑色。节间斑明显黑色。中胸腹岔无柄，骨化黑色。体背毛多而尖锐，腹面毛短于背毛。头部背面有毛 65～75 根，腹部背片Ⅰ有毛 200 余根，背片Ⅷ有长刚毛 24～33 根。头顶毛、腹部背片Ⅰ缘毛及背片Ⅷ毛长分别为触角节Ⅲ最宽直径的 2.80 倍、2.60 倍和 3.40 倍。头顶弧形，头背缝明显。触角 6 节，短，光滑，微有褶纹，全长 1.40mm，为体长的 0.36 倍，节Ⅲ长 0.53mm，节Ⅰ～Ⅵ长度比例：15：21：100：43：48：29＋7；触角多长刚毛，节Ⅰ～Ⅵ节毛数：8 或 9 根，12～18 根，51～61 根，15～17 根，18～23 根，（12～15）＋3 根，节Ⅵ鞭部有亚端毛 3 根；节Ⅲ毛长为该节最宽直径的 2.60 倍。节Ⅲ～Ⅴ分别有次生感觉圈 1～3 个或缺。喙细长，端部伸达腹部腹板Ⅴ，喙节Ⅳ＋Ⅴ分节明显，长为基宽的 3.50 倍，为后足跗节Ⅱ的 1.10 倍；节Ⅳ长约为节Ⅴ的 2.00 倍，有次生毛 8～14 根。后足股节长 1.40mm，与触角约等长；后足胫节长 2.20mm，为体长的 0.56；后足跗节Ⅰ背宽与基宽约相等。后足胫节毛长为最宽直径的 1.70 倍；各足跗节Ⅰ有毛 14～16 根。腹管位于黑色多毛圆锥体上，有长毛 110～130 根。尾片末端圆形，端部稍尖，有密刺突形成不规则横纹，有长毛22～36根。尾板半圆形，有长毛69～86根。生殖板骨化长方形，有长毛20余根。

　　有翅孤雌蚜　体长卵形，体长3.80～4.30mm，体宽1.90～2.00mm。活体头部和胸部黑色，腹部黑褐色。玻片标本头部和胸部黑色，腹部淡色；触角、喙、足、尾片及尾板黑色；后足股节中部1/5淡色。腹部背片Ⅱ中斑极小或缺，其他各背片均有1对中斑，背片Ⅲ中斑稍小；背片Ⅷ横斑延伸至体缘。节间斑明显，排成1行。气门圆形半开放。体背刚毛长尖，腹部背片Ⅰ～Ⅷ背毛数：250根，170根，240根，180根，280根，140根，80根，30根。触角6节，全长1.40～1.50mm，节Ⅰ～Ⅵ长度比例：14：19：100：36：49：27＋9，节Ⅵ鞭部有次生毛3或4根；节Ⅲ～Ⅴ分别有圆形次生感觉圈：9或10个，2或3个，1或2个。翅脉正常，翅痣延长，翅稍显昙。其他特征与无翅孤雌蚜相似。

　　生物学　寄主植物有马尾松 *Pinus massoniana*、黑松 *P. thunbergii* 等。

　　分布　辽宁（沈阳）、山东、江西、广西、云南、台湾；朝鲜，日本。

（65）居松长足大蚜 *Cinara pinihabitans*（Mordvilko，1895）（图98）

Lachnus pinihabitans Mordvilko，1895：118.

Cinara pinihabitans Mordvilko：Börner，1932：569；Eastop，1973：162；Maslen，1973：244；
　　Eastop *et* Hille Ris Lambers，1976：153；Carter *et* Maslen，1982：64；Zhang，Zhang *et*
　　Zhong，1993：136；Remaudière *et* Remaudière，1997：197；Zhang，1999：201.

特征记述

　　无翅孤雌蚜　体长卵形，体长3.10～4.60mm，体宽1.70mm。活体褐色或墨绿色。玻片标本头部和前胸黄褐色，中、后胸和腹部淡色；触角节Ⅰ～Ⅱ黄褐色，节Ⅲ～Ⅴ端部和节Ⅵ浅黄褐色，其他部分淡色；喙节Ⅱ端部至节Ⅴ、各足股节端半部1/2、胫节端部1/3～1/2和跗节褐色；胫节基部深褐色；腹管、尾片、尾板和生殖板浅褐色。中、后胸背板各有1对中侧斑；腹部背片Ⅰ有1对中侧斑，背片Ⅷ有1对横斑，中间断开。体表有网纹。节间斑明显。气门圆形关闭或半开放，气门片隆起，浅褐色。中胸腹岔黑色，两臂分离，单臂横长0.31mm，为触角节Ⅲ的0.58倍。体背毛尖锐，有或无毛基斑，毛基斑稀疏，毛基斑直径一般大于毛基的3.00倍。头部背面有毛34根；前胸背板有毛46根；腹部背片Ⅲ有毛约80根，背片Ⅴ腹管间有毛45根，背片Ⅷ有毛26根。头顶长毛长0.10mm，腹部背片Ⅰ缘毛长0.10mm，背片Ⅷ毛长0.17mm，分别为触角节Ⅲ最宽直径的2.12倍、2.02倍和3.53倍。头顶弧形，中额不隆。触角6节，光滑，仅有稀疏皱纹，节Ⅵ鞭部有瓦纹；全长1.38mm，为体长的0.43倍，节Ⅲ长0.53mm，节Ⅰ～Ⅵ长度比例：20：20：100：40：48：24＋6，节Ⅵ鞭部长为基部的0.23倍；触角毛长，粗硬，顶尖，节Ⅰ～Ⅵ毛数：7根，7根，30～33根，13或14根，21～23根，8＋6根；节Ⅲ毛长0.11mm，为该节中宽的2.31倍；节Ⅲ～Ⅴ各有1个圆形次生感觉圈；节Ⅴ～Ⅵ各有1个原生感觉圈，有几丁质环。喙端部达腹部腹板Ⅳ，节Ⅳ＋Ⅴ长矛状，分节明显，长0.22mm，为基宽的3.24倍，为后足跗节Ⅱ的0.88倍；节Ⅳ长为节Ⅴ的1.75倍；有次生毛4～6根。足较粗壮，胫节端部和跗节有皱褶，后足股节长1.28mm，为触角节Ⅲ的2.40倍；后足胫节长2.20mm，为体长的

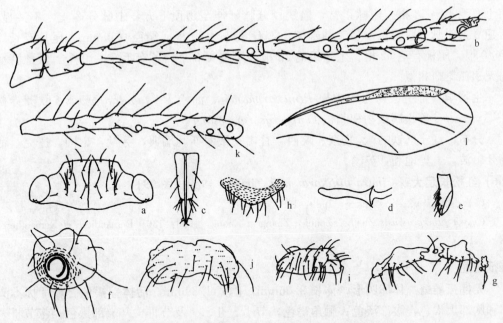

图 98　居松长足大蚜 *Cinara pinihabitans*（Mordvilko）

无翅孤雌蚜（apterous viviparous female）

a. 头部背面观（dorsal view of head）；b. 触角（antenna）；c. 喙节Ⅳ＋Ⅴ（ultimate rostral segment）；d. 中胸腹岔（左侧）（left part of mesosternal furca）；e. 后足跗节Ⅰ（hind tarsal segment Ⅰ）；f. 腹管（siphunculus）；g. 腹部背片Ⅷ背斑（scleroites on abdominal tergite Ⅷ）；h. 尾片（cauda）；i. 尾板（anal plate）；j. 生殖板（genital plate）。

有翅孤雌蚜（alate viviparous female）

k. 触角节Ⅲ（antennal segment Ⅲ）；l. 前翅（fore wing）。

0.69 倍，后足跗节Ⅱ长 0.25mm。足毛尖锐，外侧毛多于内侧毛，且较内侧毛粗长，后足胫节毛长 0.16mm，为该节中宽的 1.51 倍。各足跗节Ⅰ有毛 9～13 根。腹管位于黑色隆起圆锥体上，周围有毛 25～30 根，基宽 0.07mm。尾片半圆形，末端稍尖，有小刺突分布，长 0.11mm，为基宽的 0.32 倍，有长短毛 28 根。尾板宽大，近梯形，有毛 65 根。生殖板有毛 17 根，生殖突 3 个，各有毛 7～10 根。

有翅孤雌蚜　体长卵形，体长 3.75mm，体宽 1.60mm。头部、胸部深褐色，腹部浅黄褐色；触角节Ⅰ～Ⅱ、节Ⅲ～Ⅴ的端部及节Ⅵ深褐色，其他部分淡色；喙节Ⅱ～Ⅴ、足股节端部 1/2、胫节端部 1/3～1/2 及跗节深褐色；腹管、尾片、尾板及生殖板灰褐色。腹部背片Ⅰ有 1 对小型中侧斑，背片Ⅷ有 1 个褐色窄带，横贯全节。头部背面有毛 25 根；腹部背片Ⅲ有毛 54 根，背片Ⅴ腹管间有毛 120 根，背片Ⅷ有毛 16 根。头顶平，头盖缝明显。复眼有眼瘤。触角 6 节，全长 1.63mm，为体长的 0.43 倍，节Ⅲ长 0.64mm，节Ⅰ～Ⅵ长度比例：17：17：100：46：49：22＋5，节Ⅵ鞭部长为基部的 0.21 倍；触角毛尖，节Ⅲ毛长为该节最宽直径的 2.61 倍；节Ⅲ～Ⅴ分别有次生感觉圈：5，1，1 个；节Ⅴ和Ⅵ分别有 1 个原生感觉圈，有几丁质环。喙端部达腹部腹板Ⅲ，节Ⅴ＋Ⅵ长矛状，长 0.22mm，有次生毛 4 根。后足股节长 1.60mm，为触角节Ⅲ的 2.50 倍；后足胫节长 2.68mm，为体长的 0.71 倍；后足跗节Ⅱ长 0.28mm。各足跗节Ⅰ有毛 10～13 根。翅脉正常，前翅径分脉延伸至翅顶下方，中脉分 2 支，不甚显；后翅 2 条斜脉。腹管位于多毛圆锥体上，有毛 26～29 根，端径 0.08mm。尾片有长短毛 40 根。尾板有毛 52 根。生殖板毛 22 根。生殖突 3 个，各有毛 7～10 个。其他特征与无翅孤雌蚜相似。

生物学　寄主植物为华山松 *Pinus armandii*、油松 *P. tabulaeformis*、欧洲赤松 *P. sylvestris* 等松属植物和刺柏 *Juniperus formosana*。

分布　辽宁（铁岭）、北京、陕西、甘肃；俄罗斯，瑞典，芬兰，德国，捷克，葡萄牙，波兰，奥地利，英国。

（66）红松长足大蚜 *Cinara pinikoraiensis* Zhang，1989（图 99）

Cinara pinikoraiensis Zhang，1989：198.

Cinara pinikoraiensis Zhang；Zhang，Zhang et Zhong，1993：136；Remaudière et Remaudière，1997：197.

特征记述

无翅孤雌蚜　体卵圆形，体长 3.06mm，体宽 1.89mm。活体棕褐色。玻片标本头部和胸部黑褐色，腹部淡色；触角褐色，节Ⅰ、Ⅱ、Ⅵ及节Ⅲ～Ⅴ端部黑色；喙节Ⅲ～Ⅴ、腹管、尾片、尾板及生殖板黑色；各足股节基部淡色外，其他各足节全黑色。后胸背板中斑断离；腹部背片Ⅰ和背片Ⅷ各有 1 对背中斑，背片Ⅶ及各背片缘域有零星小斑。中胸腹面有大型馒状腹瘤。体表光滑。节间斑明显，黑褐色。气门圆形关闭，气门片大型黑色。中胸腹岔无柄，黑色，横长 0.56mm，为触角节Ⅲ的 0.98 倍。体背毛长短不齐，顶尖；头背毛、胸部背板毛、腹部背片缘毛、背片Ⅰ毛和背片Ⅷ毛均为长毛；腹部背片Ⅱ～Ⅶ中侧域毛极短小。头部背面有毛 60～90 根；前胸背板有毛 110～140 根；腹部背片Ⅰ有长毛 50～70 根；腹部背片Ⅱ～Ⅵ各密被缘毛 60～80 根，各有中侧短毛 20～25 对；背片Ⅶ中侧域有短毛 30 余根，缘域有长毛 60 余根；背片Ⅷ有长毛 28～42 根。头顶毛长 0.10mm，为触角节Ⅲ最宽直径的 2.10 倍，腹部背片Ⅰ缘毛长 0.09mm，背片Ⅱ～Ⅵ缘毛长 0.06mm，中毛长 0.01mm，背片Ⅷ毛长 0.12mm。头顶弧形，头盖缝明显。触角 6 节，光滑，全长 1.50mm，为体长的 0.42 倍，节Ⅲ长 0.57mm，节Ⅰ～Ⅵ长度比例：20：16：100：39：52：25＋10；Ⅰ～Ⅵ毛数：12～19 根，12～24 根，49～96 根，17～24 根，31～46 根，（18～21）＋（6 或 7）根；节Ⅲ毛长 0.08mm，为该节最宽直径的 1.70 倍；节Ⅲ～Ⅴ各有圆形次生感觉圈：1～3，2 或 3，1～3 个；次生及原生感觉圈周围均有宽几丁质，原生感觉圈有睫。喙端部达腹部腹板Ⅵ，节Ⅳ＋Ⅴ分节明显，长矛状，长 0.36mm，为基宽的 4.30 倍，为后足跗节Ⅱ的 1.60 倍；节Ⅳ长为节Ⅴ的 2.60 倍，有次生长毛 24 根。足长大，多毛。后足股节长 1.49mm，与触角约等长；后足胫节长 2.51mm，为体长的 0.72 倍。后足胫节长毛为该节最宽直径的 0.77 倍；各足跗节Ⅰ有毛 17～19 根。腹管位于黑色多毛圆锥体上，有缘突，端径 0.10mm，为基宽的 0.28 倍；有长毛 23～58 根，腹管毛稍长于端径。尾片半球形，端部呈黑色带，有微刺突，有长毛 35～38 根。尾板端部平圆形，有毛 70～98 根。生殖板宽带状，有长毛 21～30 根。生殖突 3 个，各有长毛 10 或 11 根。

有翅孤雌蚜　体椭圆形，体长 4.69mm，体宽 1.95mm。活体黑褐色。玻片标本头

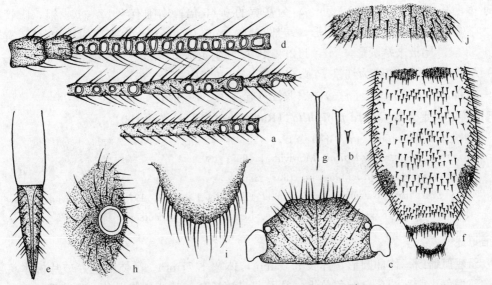

图 99　红松长足大蚜 *Cinara pinikoraiensis* Zhang

无翅孤雌蚜 (apterous viviparous female)

a. 触角节Ⅲ (antennal segment Ⅲ)；b. 体背毛 (dorsal hair of body)。

有翅孤雌蚜 (alate viviparous female)

c. 头部背面观 (dorsal view of head)；d. 触角 (antenna)；e. 喙节Ⅳ＋Ⅴ (ultimate rostral segment)；

f. 腹部背面观 (dorsal view of abdomen)；g. 体背毛 (dorsal hair of body)；h. 腹管 (siphunculus)；i. 尾

片 (cauda)；j. 生殖板 (genital plate)。

部黑褐色，前胸灰褐色，中、后胸黑色，腹部淡色；触角各节、喙节Ⅲ～Ⅴ、腹管、尾
片、尾板和生殖板黑色。腹部背片Ⅰ有 1 对大中斑，背片Ⅷ有 1 对黑斑。体表光滑，腹
部背片微显小型网纹。节间斑明显黑色。气门圆形关闭，气门片大型黑褐色。体背毛
长，尖锐，腹面毛不长于背毛；头部背面有毛 60～70 根；前胸背板有中侧毛 45～60
根，缘毛 80～100 根；腹部背片Ⅰ～Ⅴ各有中侧毛 100～120 根；背片Ⅵ有毛 30～40
根；背片Ⅰ～Ⅵ各缘域密被毛；背片Ⅶ有毛 120 余根；背片Ⅷ有毛 40～50 根。头顶毛
长 0.13mm，腹部背片Ⅰ毛长 0.12mm，背片Ⅷ毛长 0.19mm；分别为触角节Ⅲ最宽直
径的 2.10 倍、1.93 倍和 3.07 倍。头顶平；头盖缝粗。触角 6 节，有明显皱褶，全长
2.01mm，为体长的 0.43 倍，节Ⅲ长 0.82mm，节Ⅰ～Ⅵ长度比例：16：14：100：
37：50：20＋8；触角毛长尖锐，节Ⅰ～Ⅵ毛数：12～21 根，17～19 根，71～84 根，
19～20 根，45～48 根，(22～26) ＋7 根，节Ⅲ长毛 0.13mm，为该节基部最宽直径的
2.10 倍；触角次生感觉圈大圆形，突起呈泡状，节Ⅲ～Ⅴ次生感觉圈数：16～22 个，4
或 5 个，2 或 3 个，分布于全节，次生及原生感觉圈均呈大圆形，有明显几丁质环。喙
长，端部伸达腹部腹板Ⅶ；节Ⅳ＋Ⅴ长矛状，长 0.37mm，为基宽的 4.10 倍，为后足
跗节Ⅱ的 1.20 倍；节Ⅳ长为节Ⅴ的 2.30 倍，有次生长毛 24～40 根。足光滑，后足股
节长 2.41mm，为触角全长的 1.20 倍；后足胫节长 4.03mm，为体长的 0.86 倍。足毛
长，尖锐，后足胫节毛长 0.15mm，为该节基部最宽直径的 1.30 倍；跗节Ⅰ背宽为基
宽的 1.27 倍。各足跗节Ⅰ有毛 17～19 根。翅脉正常；前翅中脉淡色，分为 3 支。腹管

位于多毛圆锥体上，端宽 0.09mm，为基宽的 0.40 倍；周围有毛 67～104 根，腹管毛长为端宽的 1.30 倍。尾片半圆形，端部有刺突，长 0.25mm，为基宽的 0.60 倍，有毛36～52 根。尾板末端圆形，有毛 112～140 根。生殖板宽带形，有长毛 38 根。

生物学 寄主植物为红松 *Pinus koraiensis* 和华山松 *P. armandi*。

分布 辽宁（丹东；新民）、黑龙江（哈尔滨、伊春）。

(67) 喜松长足大蚜 *Cinara piniphila* （Ratzeburg，1844） （图 100）

Aphis piniphila Ratzeburg, 1844：219.

Lachnus pineus var. *curtipilosa* Mordvilko, 1895：130.

Eulachnus mingazzinii del Guercio, 1909：326.

Cinara piniphila （Ratzeburg）：Eastop *et* Hille Ris Lambers, 1976：154；Zhang，Zhang *et* Zhong, 1993：135；Binazzi, 1996：137；Remaudière *et* Remaudière, 1997：197.

特征记述

无翅孤雌蚜 体卵圆形，体长 3.07mm，体宽 1.77mm。活体褐色。玻片标本头部和胸部褐色，腹部淡色。触角节Ⅰ～Ⅱ及节Ⅵ深褐色，其他各节褐色；喙节Ⅲ～Ⅳ、足黑褐色；尾片及尾板褐色。胸部各节背板和腹部各节背片均有黑色毛基斑；腹部背片Ⅷ有 1 对背斑。体表光滑。气门圆形关闭，气门片黑褐色。中胸腹岔黑色，有短柄，单臂

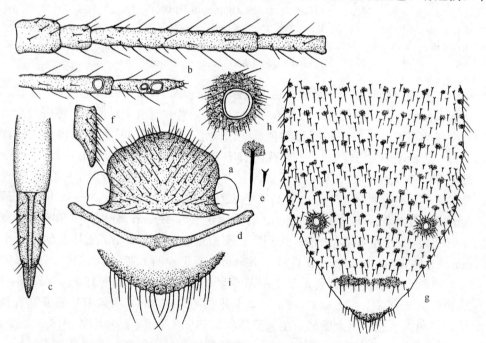

图 100 喜松长足大蚜 *Cinara piniphila* （Ratzeburg）

无翅孤雌蚜 （apterous viviparous female）

a. 头部背面观 （dorsal view of head）；b. 触角 （antenna）；c. 喙节Ⅳ＋Ⅴ （ultimate rostral segment）；d. 中胸腹岔 （mesosternal furca）；e. 体背毛 （dorsal hair of body）；f. 后足跗节Ⅰ （hind tarsal segment Ⅰ）；g. 腹部背面观 （dorsal view of abdomen）；h. 腹管 （siphunculus）；i. 尾片 （cauda）。

横长 0.50mm，为触角节Ⅲ的 1.10 倍。体背密被粗尖锐毛，长短不一；头部背面有毛 90～100 根；前胸背板有毛 56 根；腹部背片Ⅰ有毛 60 余根，背片Ⅷ有毛 14～18 根；头顶长毛长 0.11mm，为触角节Ⅲ中宽的 2.20 倍，头部背面短毛长 0.03mm；腹部背片Ⅰ～Ⅷ长毛长 0.13mm，短毛长 0.03mm。中额及额瘤不隆，头顶弧形。触角 6 节，有皱纹，全长 1.26mm，为体长的 0.41 倍，节Ⅲ长 0.44mm，节Ⅰ～Ⅵ长度比例：26：18：100：40：57：32＋14；触角毛粗长，节Ⅰ～Ⅵ毛数：12 或 13 根，7～14 根，29～40 根，6～8 根，11～13 根，（6～8）＋（4～7）根，节Ⅵ鞭部有亚端毛 3 根；节Ⅲ毛长 0.07mm，为该节最宽直径的 1.20 倍。喙长大，端部达腹部腹板Ⅱ；节Ⅳ＋Ⅴ分节明显，呈长矛状，长 0.27mm，为基宽的 3.40 倍，为后足跗节Ⅱ的 0.086 倍；节Ⅳ长为节Ⅴ的 2.40 倍，有次生毛 10 根。足粗大光滑，后足股节长 1.12mm，为触角全长的 0.89 倍；后足胫节长 1.87mm，为体长的 0.61 倍；跗节Ⅰ背宽大于基宽。足毛粗大，后足胫节长毛长 0.10mm，为短毛的 4.00 倍；各足跗节Ⅰ有长毛 15～17 根。腹管位于黑色有毛圆锥体上，端径 0.07mm，为基宽的 0.46 倍；周围有长短粗毛 40 余根。尾片半圆形，长 0.12mm，为基宽的 0.33 倍，有长短粗毛 18～26 根。尾板末端圆形，稍大于尾片，有长短粗毛 26～30 根。

生物学 寄主植物为油松 *Pinus tabulaeformis* 和樟子松 *P. sylvestris* var. *mongolica*。

分布 内蒙古（根河、海拉尔、呼伦贝尔、加格达奇）、辽宁（彰武）、黑龙江（漠河）、新疆。

(68) 亚端长足大蚜 *Cinara subapicula* Zhang, 1981 （图 101）

Cinara subapicula Zhang, 1981：243.

Cinara subapicula Zhang：Zhang, Zhang *et* Zhong, 1993：137；Remaudière *et* Remaudière, 1997：198.

特征记述

无翅孤雌蚜 体卵圆形，体长 3.30mm，体宽 1.50mm。玻片标本头部及前、中胸黑色；触角节Ⅰ～Ⅱ、节Ⅲ～Ⅴ各端部 1/3～1/2 及节Ⅵ黑褐色，喙节Ⅳ＋Ⅴ、足股节 2/3、胫节基部和端部 3/5 及跗节、腹管、尾片及尾板黑色。后胸背板缘斑与中侧斑不连；腹部背片Ⅰ～Ⅵ各有 1 对大型独立缘斑；背片Ⅴ～Ⅵ各有 1 对中斑和 1 对缘斑，缘斑与腹管基部斑愈合；背片Ⅰ有 1 对中侧斑；背片Ⅱ～Ⅳ各有零星小斑散布；腹部背片Ⅶ～Ⅷ各有 1 个横斑。体表光滑。节间斑黑褐色。气门圆形半开放，气门片黑色。中胸腹岔无柄，单臂横长 0.53mm，为触角节Ⅲ的 1.17 倍。体背多毛；头部背面有毛 98 根；前胸背板有毛 94 根；腹部背片Ⅰ有毛 180 余根，背片Ⅷ有粗长毛 14～24 根；头顶毛长 0.12mm，腹部背片Ⅰ缘毛长 0.14mm，背片Ⅷ毛长 0.15mm，分别为触角节Ⅲ直径的 2.72 倍、3.18 倍、3.40 倍。头顶弧形；头盖缝明显，黑色。触角 6 节，有微瓦纹，全长 1.27mm，为体长的 0.39 倍，节Ⅲ长 0.45mm，节Ⅰ～Ⅵ长度比例：23：19：100：44：57：33＋11；触角毛长，节Ⅰ～Ⅵ毛数：9～11 根，11～13 根，26～37 根，9～14 根，18 根，（7～13）＋（3 或 4）根，节Ⅵ鞭部顶端有毛 3 或 4 根。触角节Ⅳ～Ⅴ各有 1 个次生感觉圈。喙长大，端部达腹部中域；节Ⅳ＋Ⅴ尖锥形，长 0.29mm，长为基宽的 3.80 倍，为后足跗节Ⅱ的 1.10 倍，有次生毛 6～8 根；节Ⅳ长为节Ⅴ的 2.50 倍。足各节光滑。后足股节长 1.09mm，为触角全长的 0.86 倍；后足胫节长 1.95mm，为体长的 0.59 倍；跗节Ⅰ背宽为基宽的 1.30 倍。后足胫节毛长为该节中宽的 1.60 倍。腹管位于多毛圆锥体上，圆锥体占据背片Ⅳ～Ⅵ缘域；端径 0.10mm，为基宽的 0.19 倍。尾片半圆形，端缘黑色，有小圆刺突，硬刚毛 25～28 根。尾板有毛 74～78 根。

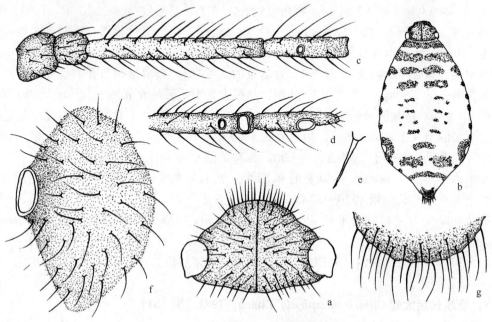

图 101　亚端长足大蚜 *Cinara subapicula* Zhang

无翅孤雌蚜（apterous viviparous female）

a. 头部背面观（dorsal view of head）；b. 整体背面观（dorsal view of body）；c. 触角节Ⅰ～Ⅳ（antennal segments Ⅰ～Ⅳ）；d. 触角节Ⅴ～Ⅵ（antennal segments Ⅴ～Ⅵ）；e. 体背毛（dorsal hair of body）；f. 腹管（siphunculus）；g. 尾片（cauda）。

生物学　寄主植物为松属 1 种 *Pinus* sp.。

分布　辽宁（沈阳）、西藏。

(69) 柏长足大蚜 *Cinara tujafilina* (del Guercio, 1909)（图 102）

Lachniella tujafilina del Guercio, 1909：288, 311.

Lachniella thujafolia Theobald, 1914：335.

Lachnus biotae van der Goot, 1917：161.

Dilachnus callitris Froggatt, 1927：56.

Cinara winonkae Hottes, 1934：1.

Cuppressobium mediterraneum Narzikulov, 1963：113.

Cinara tujafilina (del Guercio)：Takahashi, 1921：81；1931：24；Eastop, 1973：166；Eastop *et* Hille Ris Lambers, 1976：156；Carter *et* Maslen, 1982：69；Ghosh, 1982：55；Zhang *et* Zhong, 1983：143；Voegtlin *et* Bridges, 1988：31；Zhang, Zhang *et* Zhong, 1993：137；Sanchis *et al.*, 1996：624；Remaudière *et* Remaudière, 1997：199；Zhang, 1999：205.

特征记述

无翅孤雌蚜 体卵圆形，体长 2.80mm，体宽 1.80mm。活体赭褐色，有时被薄粉。玻片标本淡色。头部、各节间斑、腹部背片Ⅷ中断的横带及气门片黑色；触角灰黑色，仅节Ⅲ基部 4/5 淡色；喙节Ⅲ～Ⅴ、足基节、转节、股节端部 1/4、胫节端部 1/10 及跗节灰褐色至灰黑色；腹管、尾片、尾板及生殖板灰黑色。体表光滑，有时有不清楚的横纹构造。气门圆形关闭或月牙形开放，气门片高隆。中胸腹岔无柄。体背多细长尖毛，毛基斑不显，至多比毛瘤稍大；腹部背片Ⅷ有毛约 32 根。头顶毛、腹部背片Ⅰ毛、背片Ⅷ毛长分别为触角节Ⅲ直径的 3.80 倍、4.00 倍、4.40 倍。额瘤不显。触角 6 节，细短，全长 0.84mm，为体长的 0.30 倍；节Ⅲ长 0.30mm，节Ⅰ～Ⅵ长度比例：27：31：100：43：40：33＋9；触角毛长，节Ⅰ～Ⅵ毛数：6～9 根，8～12 根，26～41 根，9～12 根，7～14 根，（6～8）＋0 根，节Ⅲ毛长为该节直径的 3.30 倍；触角节Ⅴ原生感觉圈后方有 1 个小圆形次生感觉圈。喙端部可达后足基节，节Ⅳ、Ⅴ分节明显，节Ⅳ＋Ⅴ长为宽的 3.40 倍，为后足跗节Ⅱ的 0.92 倍；节Ⅴ顶端有毛 6 根，节Ⅳ顶端有长毛 6 根，基半部有长毛 6 根。后足股节长 0.85mm，稍长于触角；后足胫节长 1.20mm，为体长的 0.44 倍，毛长为该节直径的 1.40 倍；跗节Ⅰ毛序：8，9，9；后足跗节Ⅱ长为节Ⅰ的 2.60 倍。腹管位于有毛的圆锥体上，有缘突，腹管基部的黑色圆锥体直径约与尾片基宽相等，有长毛 6～8 圈。尾片半圆形，有微刺突瓦纹，有长毛约 38 根。尾板末端圆形或平截，有毛 82～89 根。生殖板有毛 22～35 根。

有翅孤雌蚜 体卵圆形，体长 3.10mm，体宽 1.60mm。活体头部和胸部黑褐色，腹部赭褐色，有时带绿色。玻片标本头部和胸部黑色；触角、喙及足灰褐色至灰黑色；仅触角节Ⅲ基部 1/4、喙节Ⅰ及节Ⅱ基部 3/4、股节基部 1/4～1/2 及胫节基部 3/4～4/5 色稍淡。触角 6 节，光滑无瓦纹；全长 1.10mm，为体长的 0.36 倍；节Ⅲ长 0.40mm，节Ⅰ～Ⅵ长度比例：16：23：100：47：50：37＋6；节Ⅲ有小圆形次生感觉圈 5～7 个，在端部 2/3 排成 1 行；节Ⅳ有次生感觉圈 1～3 个，位于端半部；节Ⅴ原生感觉圈后方有 1 个较小的次生感觉圈。体毛较无翅孤雌蚜长，头顶毛和腹部背片Ⅷ毛长分别为触角节Ⅲ直径的 3.40 倍和 4.50 倍。后足股节长 0.97mm，短于触角长；后足胫节长 1.50mm，为体长的 0.49 倍，毛长为该节直径的 2.20 倍。喙节Ⅳ＋Ⅴ长为后足跗节Ⅱ的 0.87 倍。翅脉正常，中脉淡色，其他脉深色。尾片有毛 38 或 39 根。尾板有毛 74～89 根。其他特征与无翅孤雌蚜相似。

生物学 寄主植物为侧柏 *Thuja orientalis*、金钟柏 *T. occidentalis*，恩得利美丽柏 *Callitris endlicheri*、布勒斯美丽柏 *C. priessii*、澳洲柏 *C. rhomboidea*、*C. tasmanica*，美国扁柏（美洲花柏）*Chamaecyparis lawsoniana*，北美圆柏 *Juniperus virginian*、喀什方枝柏 *J. pseudosabina*、千头柏 *Platycladus orientalis*、柏木属 1 种 *Cupressus* sp.，下延香松 *Libocedrus decurrens*、*Widdringtonia whytei*、杉 *Picea* sp.，松 *Pinus* sp.。该种是侧柏的重要害虫，在幼茎表面为害，常盖满 1 层，引起霉病，影响侧柏生长。大都在 4～7 月为害。在北京 10 月下旬雌蚜和雄蚜交配后产卵越冬。

分布 辽宁（朝阳、大连、辽阳、沈阳）、内蒙古、北京、河北、上海、江苏、福建、江西、山东、河南、湖南、广东、广西、四川、贵州、云南、西藏、陕西、甘肃、宁夏、新疆、台湾；朝鲜，日本，尼泊尔，巴基斯坦，英国，荷兰，土耳其，埃及，南非，澳大利亚，美国。

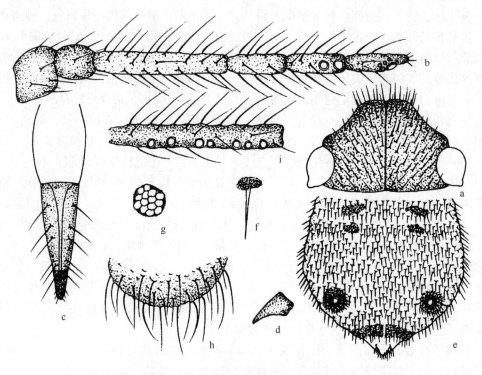

图 102　柏长足大蚜 *Cinara tuja filina*（del Guercio）

无翅孤雌蚜（apterous viviparous female）

a. 头部背面观（dorsal view of head）；b. 触角（antenna）；c. 喙节 IV＋V（ultimate rostral segment）；
d. 后足跗节 I（hind tarsal segment I）；e. 腹部背面观（dorsal view of abdomen）；f. 体背毛（dorsal hair of body）；g. 节间斑（muskelplatten）；h. 尾片（cauda）。

有翅孤雌蚜（alate viviparous female）

i. 触角（antenna）。

(70) 瓦氏长足大蚜 *Cinara watsoni* Tissot，1939（图 103）

Cinara watsoni Tissot，1939：43.

Cinara watsoni Tissot：Eastop *et* Hille Ris Lambers，1976：156；Voegtlin *et* Bridges，1988：34；Zhang，Zhang *et* Zhong，1993：138；Remaudière *et* Remaudière，1997：199；Zhang，1999：206.

特征记述

无翅孤雌蚜　体卵圆形，体长 2.94mm，体宽 1.77mm。活体褐色。玻片标本头部与前、中胸黑色；触角、喙、足各节、腹管、尾片、尾板及生殖板黑色。后胸背板有毛基斑 15～20 个；腹部背片 I～VII 均有多数毛基斑分布；背片 VIII 有 1 对宽横斑，中间不连，缘域有 1 个毛基斑。身体腹部背面微显不规则网纹，腹部背片 VIII 有瓦纹；腹部腹面光滑。节间斑明显，黑色。气门小圆形，关闭，偶有开放，气门片大型黑色。中胸腹岔

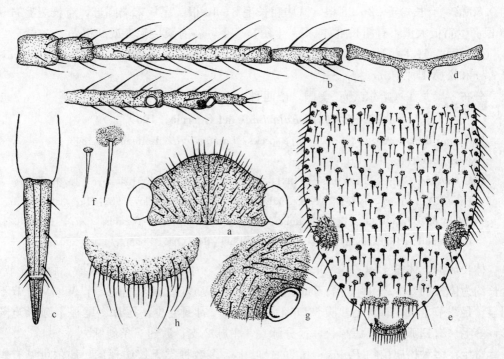

图 103　瓦氏长足大蚜 *Cinara watsoni* Tissot

无翅孤雌蚜（apterous viviparous female）

a. 头部背面观（dorsal view of head）；b. 触角（antenna）；c. 喙节Ⅳ＋Ⅴ（ultimate rostral segment）；
d. 中胸腹岔（mesosternal furca）；e. 腹部背面观（dorsal view of abdomen）；f. 体背毛（dorsal hair of body）；g. 腹管（siphunculus）；h. 尾片（cauda）。

黑色，有长柄，单臂横长 0.37mm，为触角节Ⅲ的 0.85 倍。体背毛粗尖锐，长短不等，腹部腹面毛与背毛约等长，头部背面有毛 48～50 对；前胸背板有毛 32～33 对；腹部背片Ⅰ有毛 70 根，背片Ⅶ有毛 44～50 根。背片Ⅷ有毛 14 或 15 根。头部背面长毛长 0.18mm，短毛长 0.05mm，分别为触角节Ⅲ最宽直径的 4.00 倍和 1.11 倍；腹部背片Ⅰ缘毛长 0.18mm，短毛长 0.04mm；背片Ⅷ毛长 0.15mm。头顶弧形，头盖缝明显，复眼眼瘤不显。触角 6 节，节Ⅲ～Ⅵ有横纹，全长 1.23mm，为体长的 0.42 倍，节Ⅲ长 0.43mm，节Ⅰ～Ⅵ长度比例：21：21：100：41：53：32＋16；触角毛粗尖锐，长短不等，节Ⅰ～Ⅵ毛数：5～8 根，5～8 根，19 或 20 根，7 或 8 根，7 或 8 根，（5 或 6）＋（5 或 6）根；节Ⅲ长毛长 0.18mm，短毛长 0.04mm，分别为该节最宽直径的 4.00 倍和 1.11 倍。喙长大，端部达腹部腹板Ⅵ；节Ⅵ＋Ⅴ长矛状，分节明显，长 0.35mm，为该节基宽的 4.60 倍，为后足跗节Ⅱ的 1.40 倍；节Ⅳ长为节Ⅴ的 2.00 倍，有次生毛 4 根。足各节光滑。后足股节长 1.04mm，为触角全长的 0.85 倍；后足胫节长 1.50mm，为体长的 0.51 倍；跗节Ⅰ背宽大于基宽。足毛尖锐，有长短毛；后足胫节长毛长 0.19mm，短毛长 0.04mm，分别为该节最宽直径的 1.90 倍和 0.84 倍；各足跗节Ⅰ有毛 18～22 根。腹管位于黑色多毛圆锥体上，有缘突；端径 0.10mm。为基宽的 0.20 倍；有长毛 80 根，毛长 0.13mm，为端径的 1.20 倍。尾片宽圆形，长为基宽的 0.38 倍，有长短毛 22～28 根，其中粗长毛 8～10 根。尾板末端圆形，有长短毛34～36 根。生殖板大型，有粗长毛 34 根。生殖突 3 个，各有长尖毛 8 或 9 根。

生物学　寄主植物为樟子松 *Pinus sylvestris* var. *mongolica*、光叶松 *P. leiophylla* 和松属 1 种 *Pinus* sp.。

分布　黑龙江（哈尔滨）；美国，墨西哥。

23. 长大蚜属 *Eulachnus* del Guercio，1909

Eulachnus del Guercio，1909：315. **Type species**：*Lachnus agilis* Kaltenbach，1843.

Protolachnus Theobala，1915：145.

Eulachnus del Guercio：Takahashi，1931：25；Pintera，1968：100；Inouye，1970；Eastop *et* Hille Ris Lambers，1976：194；Binazzi，1980：474；Barbagallo，1982：15；Carter *et al.*，1982：39；Tao，1990：85；Blackman *et* Eastop，1994：687；Sanchís *et al.*，1996：624；Remaudière *et* Remaudière 1997：201；Tao，1999：34；Qiao，Zhang *et* Cao，2002：102.

体长卵形，体长 1.40～4.30mm。有头背中缝，中额平。复眼无眼瘤。触角 6 节，全长约为体长的 0.30～0.50 倍；原生感觉圈无几丁质环。喙末端钝，节Ⅳ＋Ⅴ分节不明显。足跗节Ⅰ长，有背毛。腹管口径小，环状，周围毛少。尾片、尾板半圆形至圆形，多毛。有翅孤雌蚜翅痣窄长，径分脉直，中脉 2 支；后翅 2 条斜脉。

寄生在多种松属植物 *Pinus* spp. 的针叶上。多数种类无蚁访现象，偶尔可见有蚂蚁伴生。大多数种类活体呈褐色、墨绿色或亮绿色，体背白色蜡粉。

分布在古北界、东洋界、澳洲界及新北界。世界已知 20 种，中国已知 12 种，本志记述 6 种。

种 检 索 表
（无翅孤雌蚜）

1. 头背毛和腹部背毛短而尖，寄主植物为马尾松 ························· 黑长大蚜 *E. nigricola*
   头背毛和腹部背毛长，顶钝或尖 ··· 2
2. 触角节Ⅲ毛长为该节基宽的 1.00～2.00 倍，约与体背毛等长 ······················· 3
   触角节Ⅲ毛长至少为该节基宽的 2.50 倍 ··· 4
3. 体背毛长且硬；喙端部有次生毛；触角节Ⅲ有毛 17～22 根 ········· 龙细长大蚜 *E. drakontos*
   体背毛钉状；喙端部无次生毛；触角节Ⅲ有毛 6 或 7 根 ······· 钉毛长大蚜 *E. tuberculostemmatus*
4. 触角节Ⅲ、Ⅳ端部各有 1 个次生感觉圈 ····························· 黑松长大蚜 *E. thunbergii*
   触角节Ⅲ、Ⅳ无次生感觉圈 ··· 5
5. 腹部背毛基斑部分消失；触角毛顶钝，毛长为该节直径的 2.50 倍；后足胫节毛长为该节基宽的 1.57 倍；寄主植物为油松 ····················· 油松长大蚜 *E. pinitabulaeformis*
   腹部背毛均有毛基斑；触角毛顶尖，毛长为该节直径的 3.30～4.50 倍；后足胫节毛长为该节基宽的 2.50～3.10 倍；寄主植物为非油松 ··················· 瑞黎长大蚜 *E. rileyi*

(71) 龙细长大蚜 *Eulachnus drakontos* Zhang *et* Qiao，1999（图 104）

Eulachnus drakontos Zhang *et* Qiao，1999：174.

Eulachnus drakontos Zhang *et* Qiao：Qiao，Zhang *et* Cao，2002：104.

特征记述

无翅孤雌蚜　体长卵形，体长 1.90mm，体宽 0.59mm。玻片标本头部背面、触角节Ⅰ～Ⅱ、节Ⅴ端半部、节Ⅵ、喙端部、足、尾片、尾板、生殖板深褐色；触角节Ⅲ端半部、节Ⅳ～Ⅵ、胫节端部 1/5、跗节有横瓦纹；尾片、尾板及生殖板有小刺突横纹。中胸腹岔有长柄，单臂横长 0.10mm，为触角节Ⅲ的 0.27 倍。头背毛粗长，顶钝，共有毛 18 根。体背毛粗，顶钝，稍短于头背毛；腹部腹面毛短而尖细。前胸背板有毛 22根，腹部背片Ⅰ有毛 15 根，背片Ⅷ有毛 12 根。头顶毛长 0.09mm，腹部背片Ⅰ缘毛长0.04mm，背片Ⅷ毛长 0.07mm，分别为触角节Ⅲ最宽直径的 2.83 倍、1.33 倍和 2.33倍。头顶平直。复眼由多个小眼面组成。触角 6 节，全长 0.83mm，为体长的 0.44 倍；节Ⅲ长 0.38mm，节Ⅰ～Ⅵ长度比例：22：23：100：54：66：46＋8；节Ⅵ鞭部长为基部的 0.18 倍。触角毛顶稍钝，外侧毛长于内侧毛，节Ⅰ～Ⅵ毛数：4，5，20，10，12，8＋4 根；节Ⅲ毛长 0.07mm，为该节最宽直径的 2.17 倍。原生感觉圈大圆形，无睫，节Ⅵ原生感觉圈周围有数个副感觉圈。喙端部达中足基节，节Ⅳ＋Ⅴ粗短，长

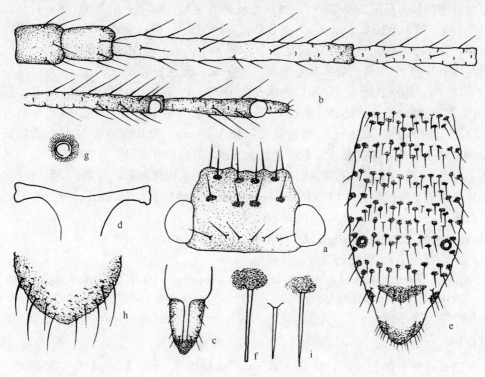

图 104　龙细长大蚜 *Eulachnus drakontos* Zhang *et* Qiao

无翅孤雌蚜（apterous viviparous female）

a. 头部背面观（dorsal view of head）；b. 触角（antenna）；c. 喙节Ⅳ＋Ⅴ（ultimate rostral segment）；
d. 中胸腹岔（mesosternal furca）；e. 腹部背面观（dorsal view of abdomen）；f. 体毛及毛基斑（hair and hair bearing scleroite of body）；g. 腹管（siphunculus）；h. 尾片（cauda）。

有翅孤雌蚜（alate viviparous female）

i. 腹部腹面毛（ventral hair of abdomen）。

0.10mm，为基宽的 1.58 倍，为后足跗节 Ⅱ 的 0.59 倍；有原生毛 3 对，次生毛 2 对。足各节正常。股节粗壮，后足股节长 0.81mm，为触角节 Ⅲ 的 2.12 倍；后足胫节长 1.29mm，为体长的 0.67 倍。足毛似头背毛，但稍短，足外侧毛多而长，内侧毛少而短。后足胫节毛长 0.10mm，为该节中宽的 2.50 倍。各足跗节 Ⅰ 有腹毛 12 根，粗长背毛 2 根。后足跗节 Ⅱ 长 0.12mm。腹管孔状，位于稍隆起的骨化斑上，端径 0.03mm，与触角节 Ⅲ 最宽直径等长。尾片半球形，有毛 10 根。尾板末端宽圆形，有毛 26 根。生殖板横卵形，有毛 24 根。

有翅孤雌蚜 体细长，体长 1.90mm，体宽 0.44mm。玻片标本头部、胸部、触角、喙端部、足、腹部背毛基斑、尾片、尾板及生殖板深褐色；翅脉及翅痣褐色。气门圆形开放，气门片卵圆形，深褐色。体背毛粗长，顶钝；头部有头背毛 12 根，前胸背板有毛 15 根；头顶毛长 0.09mm，腹部背片 Ⅰ 缘毛长 0.03mm，背片 Ⅷ 毛长 0.04mm，分别为触角节 Ⅲ 最宽直径的 4.50 倍、1.50 倍、2.00 倍。触角 6 节，全长 0.73mm，为体长的 0.38 倍；节 Ⅲ 长 0.23mm，节 Ⅰ～Ⅵ 长度比例：27∶32∶100∶41∶59∶48＋14；节 Ⅵ 鞭部长为基部的 0.29 倍。触角毛较体背毛短，节 Ⅰ～Ⅵ 毛数：6，4，7，3，6，3＋4 根；节 Ⅲ 毛长 0.04mm，为该节最宽直径的 2.00 倍；节 Ⅲ 有 1 或 2 个圆形次生感觉圈，分布于端部。喙端部达后足基节，节 Ⅳ＋Ⅴ 长 0.07mm，为基宽的 1.40 倍，为后足跗节 Ⅱ 的 0.50 倍；端部有毛 3 对。足正常。后足股节长 0.57mm，为触角节 Ⅲ 的 2.50 倍；后足胫节长 0.81mm，为体长的 0.43 倍。足毛似体背毛，外侧毛较长而多，内侧毛短细而少。后足胫节毛长 0.10mm，为该节中宽的 2.71 倍。各足跗节有毛 10 根。后足跗节 Ⅱ 长 0.14mm。前翅狭长，长 1.79mm，为其宽的 4.21 倍，为体长的 0.93 倍；中脉 2 支，不甚显。腹管端径 0.02mm，与触角节 Ⅲ 最宽直径等长。尾片末端圆形，有毛 10 根。尾板末端宽圆形，有毛 29 根。生殖板横卵形，有毛 28 根。

生物学 寄生植物为马尾松 *Pinus massoniana* 和油松 *P. tabulaeformis*。

分布 吉林（长白）、北京、河北、福建。

(72) 黑长大蚜 *Eulachnus nigricola* （Pašek，1953）（图 105）

Protolachnus nigricola Pašek，1953：7.

Eulachnus nigricola （Pašek）：Eastop *et* Hille Ris Lambers，1976：195；Blackman *et* Eastop，1994：688；Remaudière *et* Remaudière，1997：201；Zhang，1999：57；Qiao，Zhang *et* Cao，2002：104.

特征记述

无翅孤雌蚜 体长卵形，体长 1.85mm，体宽 0.65mm。玻片标本头顶骨化，头部、胸部和腹部黄褐色；触角各节、喙端部和足各节黄褐色；腹管、尾片、尾板及生殖板浅黄褐色。中胸背板有 1 个大型宽斑覆盖全节；后胸背板有 1 个大型中斑和 1 对缘斑；腹部背片 Ⅰ～Ⅶ 毛基斑较发达，中域毛基斑部分愈合，缘域毛基斑不相连；腹部背片 Ⅷ 有 1 个横斑分布全节。前、中胸背板各有 1 对侧蜡片；后胸背板有 2 对侧蜡片。体表光滑。气门圆形开放，气门片椭圆形，深褐色。中胸腹岔两臂相连，单臂横长 0.07mm，为触角节 Ⅲ 的 0.32 倍。头顶毛长，尖锐，头部背面有毛 18 根；体背毛粗，顶钝，短于头顶毛；腹部背片 Ⅰ 有毛 10 根；背片 Ⅷ 有毛 7 根。头顶毛长 0.11mm，腹

部背片Ⅰ缘毛长 0.05mm，背片Ⅷ背毛长 0.07mm，分别为触角节Ⅲ最宽直径的 5.11
倍、2.44 倍和 3.11 倍。头顶平直。复眼由多个小眼面组成；眼瘤不显。触角 6 节，节
Ⅲ～Ⅵ有瓦纹，全长 0.78mm，为体长的 0.42 倍；节Ⅲ长 0.22mm，节Ⅰ～Ⅵ长度比
例：32：36：100：55：55：61+14；节Ⅵ鞭部为基部的 0.22 倍。触角毛顶稍钝，外侧
毛长于内侧毛，节Ⅰ～Ⅵ毛数：5 根，6 根，9 根，4 根，8 根，5+5 根；节Ⅲ毛长
0.07mm，为该节最宽直径的 1.56 倍；原生感觉圈大圆形，无睫，无几丁质环，节Ⅵ
原生感觉圈周围有数个副感觉圈。喙端部达中足基节，节Ⅳ+Ⅴ粗短，长 0.85mm，为
基宽的 1.70 倍，为后足跗节Ⅱ的 0.45 倍；有次生毛 1 对或无。足各节正常。股节粗
壮，后足股节长 0.75mm，为触角节Ⅲ的 3.41 倍；后足胫节长 1.27mm，为体长的
0.68 倍；后足跗节Ⅱ长 0.19mm。足毛似触角毛，后足胫节毛长 0.10mm，为该节中宽
的 2.00 倍。各足跗节Ⅰ有毛 10～13 根，其中有 2 根粗长背毛。腹管孔状，端径
0.06mm，为触角节Ⅲ最宽直径的 1.33 倍。尾片半球形，有毛 10 根。尾板末端宽圆形，
有毛 33 根。生殖板有毛 22 根。

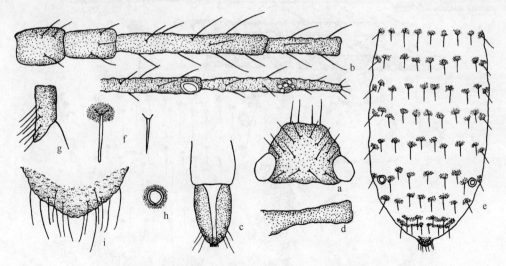

图 105 黑长大蚜 *Eulachnus nigricola*（Pašek）
无翅孤雌蚜（apterous viviparous female）

a. 头部背面观（dorsal view of head）；b. 触角（antenna）；c. 喙节Ⅳ+Ⅴ（ultimate rostral segment）；
d. 中胸腹岔（右侧）（right part of mesosternal furca）；e. 腹部背面观（dorsal view of abdomen）；f. 体背
毛（dorsal hair of body）；g. 后足跗节Ⅰ（hind tarsal segment Ⅰ）；h. 腹管（siphunculus）；i. 尾片（cauda）。

生物学 寄生植物为油松 *Pinus tabulaeformis*、马尾松 *P. massoniana* 和樟子松
P. sylvestris var. *mongolica*。

分布 黑龙江（富锦）、山西、福建、河南、广西、四川、甘肃、青海。

(73) 油松长大蚜 *Eulachnus pinitabulaeformis* Zhang, 1992 （图 106）

Eulachnus pinitabulaeformis Zhang, Zhong *et* Zhang, 1992：152.

Eulachnus pinitabulaeformis Zhang, Zhong *et* Zhang：Remaudière *et* Remaudière, 1997：201；

　　Zhang, 1999：186；Qiao, Zhang *et* Cao, 2002：105.

特征记述

　　无翅孤雌蚜　体狭长，体长 2.97mm，体宽 1.05mm。玻片标本淡色，触角黑色；喙淡色，顶端黑色；足股节淡色、胫节灰色、跗节黑褐色，各毛着生处黑色；腹管黑色；尾片、尾板褐色；生殖板淡色。腹部背片Ⅷ横带淡褐色。腹部背毛有圆形的毛基斑，节Ⅷ有横斑。体表光滑。气门圆形，半开放，气门片褐色。节间斑不显。中胸腹岔淡色，有短柄，横长 0.26mm，为触角节Ⅲ的 0.46 倍。体背毛长粗尖锐，头部有头顶毛 2 对，头背毛 7 对；前胸背板有毛 14 对；腹部背片Ⅰ有毛约 15 对，背片Ⅴ腹管间有毛 10 对，背片Ⅷ有毛 13～15 根。头顶毛长 0.12mm，为触角节Ⅲ最宽直径的 3.50 倍；腹部背片Ⅰ～Ⅷ背毛长 0.11～0.14mm，背片Ⅰ缘毛长 0.08mm。中额不隆，呈平顶状。复眼由多个小眼面组成，无眼瘤。触角 6 节，节Ⅰ～Ⅲ光滑，节Ⅳ～Ⅵ有瓦纹，全

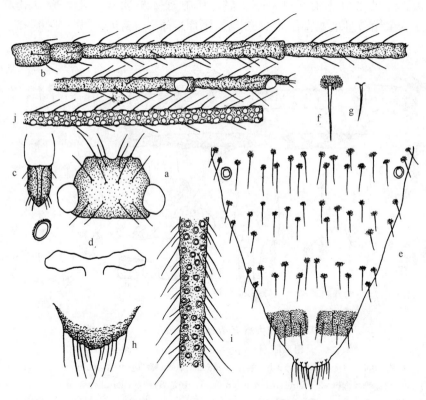

图 106　油松长大蚜 *Eulachnus pinitabulaeformis* Zhang

无翅孤雌蚜（apterous oviparous female）

a. 头部背面观（dorsal view of head）；b. 触角（antenna）；c. 喙节Ⅳ＋Ⅴ（ultimate rostral segment）；
d. 中胸腹岔（mesosternal furca）；e. 腹部背片Ⅴ～Ⅷ（abdominal tergites Ⅴ～Ⅷ）；f. 体背毛及毛基斑（dorsal hair and hair bearing scleroite of body）；g. 体腹面毛（ventral hair of body）；h. 尾片（cauda）。

无翅雌性蚜（apterous oviparous female）

i. 后足胫节局部（part of hind tibia）。

有翅雄性蚜（alate male）

j. 触角节Ⅲ（antennal segment Ⅲ）。

长 1.46mm，为体长的 0.49 倍；节Ⅲ长 0.57mm，节Ⅰ～Ⅵ长度比例：19：17：100：59：71：39+6；触角毛粗长尖锐，节Ⅰ～Ⅵ毛数：4 根，4 或 5 根，21～25 根，8～12 根，9～12 根，（5 或 6）＋（4 或 5）根；节Ⅲ长毛为该节基部直径的 2.60 倍；节Ⅲ、Ⅳ无次生感觉圈。喙端部达中足基节，节Ⅳ＋Ⅴ楔状，长 0.11mm，为基宽的 1.60 倍，为后足跗节Ⅱ的 0.57 倍；有次生毛 2 根。足光滑，后足股节长 0.12mm，为触角节Ⅲ的 2.10 倍；后足胫节长 1.90mm，为体长的 0.64 倍，长毛为该节最宽直径的 2.10 倍；跗节Ⅰ各节有毛 14～16 根；后足跗节Ⅱ长 0.22mm。腹管环状，周围无斑，端径 0.04mm，稍宽于触角节Ⅲ直径。尾片端部褐色，部分有小刺突，有毛 11～13 根。尾板末端圆形，有毛 25～34 根。

无翅雌性蚜 体椭圆形，体长 3.64mm，体宽 1.50mm。玻片标本淡色，触角、胫节及跗节黑色，喙及股节淡色，腹管、尾片、尾板及生殖板褐色。腹部背毛有圆形毛基斑，背片Ⅷ有横斑。体背毛粗长尖锐，腹部腹面毛多而短小。头部有头顶毛 2 对，头背毛 6 对；前胸背板有毛 18 根；中、后胸背板有毛 50 余根；腹部背片Ⅰ～Ⅷ分别有毛：25 根，23 根，32 根，36 根，28 根，27 根，28 根，28 根。触角 6 节，全长 1.88mm，为体长的 0.51 倍；节Ⅲ长 0.63mm，节Ⅰ～Ⅵ长度比例：17：16：100：59：66：34+7；节Ⅲ有毛 22～28 根。喙节Ⅳ＋Ⅴ长 0.11mm。后足股节长 1.33mm，后足胫节长 2.14mm，后足跗节Ⅱ长 0.20mm。后足胫节基部有不规则的伪感觉圈。腹管环状，基部有斑，端径 0.04mm。尾片长 0.12mm，有长短毛 31～44 根。尾板有毛 82～84 根。

生物学 寄主植物为油松 *Pinus tabulaeformis*、马尾松 *P. massoniana*、湿地松 *P. elliottii*、落叶松 *Larix gmelini* 等。

分布 辽宁（彰武）、北京、福建、湖南、广西、西藏、陕西、甘肃。

(74) 瑞黎长大蚜 *Eulachnus rileyi*（Williams，1911）（图 107）

Lachnus rileyi Williams，1911：24.

Eulachnus bluncki Börner，1940：1.

Eulachnus rileyi（Williams）：Takahashi，1931：25；Eastop *et* Hille Ris Lambers，1976：194；Binazzi，1980：474；Carter *et al.*，1982：40；Barbagallo，1982：15；Sanchís *et al.*，1996：624；Blackman *et* Eastop，1994：688；Remaudière *et* Remaudière，1997：201；Zhang，1999：186；Qiao，Zhang *et* Cao，2002：105.

特征记述

无翅孤雌蚜 体长卵形，体长 2.18mm，体宽 0.82mm。活体绿色。玻片标本头部，前、中胸背板两侧缘域黑色，腹部淡色。触角褐色，节Ⅰ、Ⅱ及节Ⅳ～Ⅵ黑色，喙节Ⅳ内缘及末节黑色，足、腹管、尾片及尾板黑色。体背有明显毛基斑，腹部背片有宽横带。体表光滑。气门圆形开放，气门片黑色。节间斑明显黑褐色。体背毛粗大，顶端钝或分叉；头部背面有毛 18～20 根；前胸背板有毛 26～28 根；腹部背片Ⅰ～Ⅷ分别有毛：16 根，18 根，20 根，25 根，23 根，18 根，17 根，12～14 根。头顶长毛 0.09mm，为触角节Ⅲ最宽直径的 2.70 倍，腹部背片Ⅰ缘毛长 0.06mm，背片Ⅷ长毛长 0.08mm；腹部腹面毛尖锐，短于体背毛。头顶不隆，呈平顶状，毛基稍隆起，头盖缝明显不延长至后缘。触角 6 节，节Ⅰ～Ⅱ及节Ⅲ基半部光滑，其他部分有瓦纹；全长

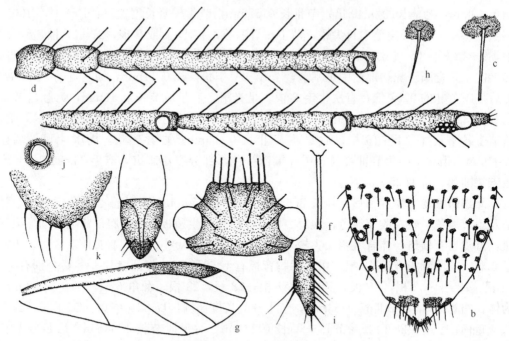

图 107　瑞黎长大蚜 *Eulachnus rileyi*（Williams）

无翅孤雌蚜（apterous viviparous female）

a. 头部背面观（dorsal view of head）；b. 腹部背片Ⅴ～Ⅷ（abdominal tergites Ⅴ～Ⅷ）；

c. 体背毛（dorsal hair of body）。

有翅孤雌蚜（alate viviparous female）

d. 触角（antenna）；e. 喙节Ⅳ＋Ⅴ（ultimate rostral segment）；f. 头顶毛（cephalic hair）；g. 前翅（fore wing）；h. 体背毛（dorsal hair of body）；i. 后足跗节Ⅰ（hind tarsal segment Ⅰ）；j. 腹管（siphunculus）；k. 尾片（cauda）。

1.20mm，为体长的 0.55 倍；节Ⅲ长 0.38mm，节Ⅰ～Ⅵ长度比例：20：20：100：54：66：42＋10；触角毛钝顶或分叉，节Ⅰ～Ⅵ毛数：4 根，4 或 5 根，17～23 根，11 根，10～14 根，（4～6）＋0 根，节Ⅲ长毛为该节最宽直径的 1.90 倍；原生感觉圈无睫，节Ⅵ原生感觉圈位于鞭部，宽于该节直径。喙短小，端部不及后足基节，节Ⅳ＋Ⅴ楔状，长 0.10mm，为基宽的 1.70 倍，为后足跗节Ⅱ的 0.62 倍；有原生毛 3 对，次生毛 1 对，有时基部有毛 2 对。足光滑，毛顶端钝或分叉，胫节端半部有瓦纹；后足股节长 0.83mm，与触角节Ⅲ～Ⅴ之和约等长；后足胫节长 1.30mm，为体长的 0.60 倍，长毛为该节最宽直径的 1.50 倍；跗节Ⅰ腹面毛序：13，13，13，有时 12 根，背面有粗长毛 2 根。后足跗节Ⅰ基宽 0.03mm，基宽、上长、下长与斜面长的比例为 100：265：466：200。腹管小型圆锥状，切迹半环形，端径 0.03mm，与触角节Ⅲ最宽直径约等，基宽 0.04mm。尾片半环形，有小刺突组成瓦纹，腹面有月牙形黑色，有长毛 7 或 8 根。尾板末端圆形，有毛 30～32 根。

有翅孤雌蚜　体长 2.30mm，体宽 0.90mm。玻片标本头部、胸部黑色，腹部淡色，背面有黑褐色毛基斑；触角褐色，节Ⅰ、Ⅱ及节Ⅲ～Ⅵ各端部 1/3～1/2 黑色，喙端、足股节、腹管、尾片及尾板黑色，胫节黑褐色。体表光滑，腹部背片Ⅰ～Ⅶ有明显毛基斑，有时愈合，背片Ⅷ有横带横贯全节。体背毛粗长，头部有毛 24 根，顶端分叉；胸部、腹部毛尖锐，前胸背板有毛 22 根；腹部背片Ⅷ有毛 14 根；头顶长毛长 0.11mm，为触角节Ⅲ最宽直径的 3.40 倍，腹部背片Ⅰ缘毛长 0.06mm，背片Ⅷ毛长 0.11mm。头顶不隆，呈平顶状，头盖缝明显不达后缘。触角 6 节，节Ⅰ、Ⅱ及节Ⅲ基半部光滑，其他各节有瓦纹；全长 1.46mm，为体长的 0.63 倍，节Ⅲ长 0.50mm，节Ⅰ～Ⅵ长度比例：14：16：100：54：61：40+8；触角毛顶端分叉，节Ⅰ～Ⅵ毛数：4 根，5 根，24 根，11 根，13 根，11+7 根；节Ⅲ长毛 0.08mm，为该节最宽直径的 2.30 倍；节Ⅲ、Ⅳ端部各有大圆形次生感觉圈 1 个；原生感觉圈无睫，占满该节全宽。喙端部达中足基节，节Ⅳ+Ⅴ短楔状，长 0.10mm，为基宽的 1.30 倍，为后足跗节Ⅱ的 0.52 倍；有原生毛 2 对，次生毛 1 对；节Ⅳ与节Ⅴ分节明显，节Ⅳ长为节Ⅴ的 2.30 倍。足光滑，胫节端部有瓦纹，前、中足股节长 0.41mm，后足股节长 1.05mm，为触角全长的 0.72 倍；后足胫节长 1.70mm，为体长的 0.74 倍，外缘毛顶端分叉，内缘毛尖锐，长毛长 0.13mm，为该节最宽直径的 2.70 倍。前翅狭长，翅痣延长，径分脉延伸至翅顶端；中脉淡色不显，分 1 叉，肘 2 脉明显；后翅脉几乎不见。腹管小型圆锥体，端径 0.03mm，小于触角节Ⅲ直径。尾片有毛 7 或 8 根。尾板半圆形，有长毛 32 根。其他特征与无翅孤雌蚜相似。

生物学　寄主植物为油松 *Pinus tabulaeformis*、马尾松 *P. massoniana*、高山松 *P. densata*、松属 1 种 *Pinus* sp.、云杉 *Picea asperata* 等。

分布　辽宁（彰武）、江苏、广西、贵州、云南、西藏、甘肃；俄罗斯，土耳其，前捷克斯洛伐克，波兰，奥地利，匈牙利，瑞典，瑞士，葡萄牙，保加利亚，德国，英国，美国，加拿大。

(75) 黑松长大蚜 *Eulachnus thunbergii*（Wilson，1919）（图 108）

Lachniella thunbergii Wilson，1919：3.

Lachnus longicorpi Shinji，1922：24.

Eulachnus piniformosanus Takahashi，1931：25.

Eulachnus taiwanus Takahashi，1932：152.

Eulachnus pini Takahashi，1935：56.

Eulachnus thunbergii Ghosh *et* Rachychaudhuri，1968：147.

Lachnus bielawskii Szelegiewicz，1970：15.

Eulachnus thunbergii（Wilson）：Inouye，1970：92；Eastop *et* Hille Ris Lambers，1976：195；Ghosh，1982：69；Blackman *et* Eastop，1994：689；Remaudière *et* Remaudière，1997：201；Qiao，Zhang *et* Cao，2002：106.

特征记述

无翅孤雌蚜　体狭长，体长 2.33mm，体宽 0.90mm。玻片标本头部、胸部及腹部黄褐色；触角、喙节Ⅳ+Ⅴ、足黄褐色；腹管、尾片尾板、生殖板褐色。体背毛基斑较发达，但各不相连；腹部背片Ⅷ有 1 对横斑。体表光滑。气门开放，气门片近圆形，褐色。节间斑不显。中胸腹岔两臂相连。体背密被长粗硬毛。头部背面有毛 33 根；腹部

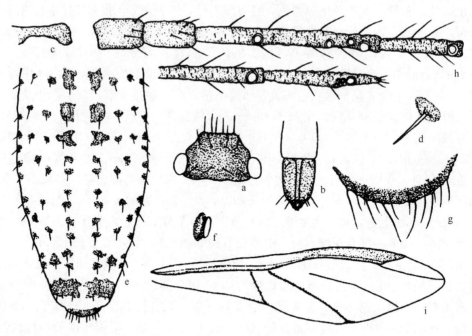

图 108　黑松长大蚜 *Eulachnus thunbergii*（Wilson）

无翅孤雌蚜（apterous viviparous female）

a. 头部背面观（dorsal view of head）；b. 喙节 Ⅳ＋Ⅴ（ultimate rostral segment）；c. 中胸腹岔（右侧）（right part of mesosternal furca）；d. 体背毛（dorsal hair of body）；e. 腹部背面观（dorsal view of abdomen）；f. 腹管（siphunculus）；g. 尾片（cauda）。

有翅孤雌蚜（alate viviparous female）

h. 触角（antenna）；i. 前翅（fore wing）。

背片Ⅷ有毛 16 根。头顶毛长 0.15mm，腹部背片Ⅰ缘毛长 0.07mm，背片Ⅷ毛长 0.12mm，分别为触角节Ⅲ最宽直径的 4.29 倍、2.14 倍和 3.57 倍。头顶呈平顶状，头顶毛基隆起。触角 6 节，节Ⅲ～Ⅵ有瓦纹，全长 1.33mm，为体长的 0.57 倍；节Ⅲ长 0.45mm，节Ⅰ～Ⅵ长度比例：18：20：100：51：58：40＋8，节Ⅵ鞭部为基部的 0.20 倍；触角毛长尖锐，节Ⅰ～Ⅵ毛数：5 根，6 根，28 根，15 根，15 根，7＋5 根；节Ⅲ毛长 0.12mm，为该节最宽直径的 3.57 倍；无次生感觉圈；原生感觉圈无几丁质环。喙端部达后足基节，节Ⅳ＋Ⅴ短钝，长 0.11mm，为基宽的 1.57 倍，与后足跗节Ⅱ约等长；有次生毛 1 对。足光滑，后足股节长 0.88mm，为触角节Ⅲ的 1.96 倍；后足胫节长 1.38mm，为体长的 0.59 倍；后足胫节毛长 0.16mm，为该节中宽的 2.91 倍；各足跗节Ⅰ有背毛 2 根，腹毛 8～10 根。腹管环状，端径 0.03mm，周围无毛。尾片宽圆形，有毛 16 根。尾板宽圆形，末端尖，有长毛 20 余根。生殖板有长毛 30 余根。

生物学　寄主植物为云南松 *Pinus yunnanensis*、马尾松 *P. massoniana*、油松 *P. tabulaeformis* 和松属 1 种 *Pinus* sp.。

分布　辽宁（凌源）、福建、湖北、广西、云南、台湾、香港；俄罗斯，韩国，日本。

(76) 钉毛长大蚜 *Eulachnus tuberculostemmatus*（Theobald，1915）（图109）

Protolachnus tuberculostemmatus Theobald，1915：145.

Eulachnus tuberculostemmatus（Theobald）：Eastop *et* Hille Ris Lambers，1976：195；Blackman *et* Eastop，1994：689；Remaudière *et* Remaudière，1997：201；Qiao，Zhang *et* Cao，2002：106.

特征记述

无翅孤雌蚜　体长卵形，体长1.63mm，体宽0.54mm。活体绿色。玻片标本头部背面褐色，腹面黑色，后缘中域淡色；触角及喙节Ⅲ～Ⅴ黑色；足除前、中足胫节中部淡色外，均黑褐色；腹管、尾片、尾板及生殖板黑褐色。后胸背板中侧域和缘域毛有毛基斑；腹部各节背片均有毛基斑，背片Ⅷ有1对大背中斑，分别与缘斑相连。体表光滑，背片Ⅷ微有瓦纹。气门小圆形，开放，气门片黑色。节间斑明显，黑褐色。中胸腹岔有短柄，臂端淡色，其他部分褐色，横长0.20mm，长为触角节Ⅲ的1.20倍。体背毛粗钝，钉状或尖锐。头部背面有毛7对；前胸背板有中侧毛3对，缘毛2对；中胸背板有中侧毛8对，缘毛2对；后胸背板有中侧毛5对，缘毛2对；腹部背片Ⅰ～Ⅳ各有中侧毛4对，背片Ⅴ～Ⅶ有中侧毛3对，缘毛2对。头顶毛长0.06mm，为触角节Ⅲ最

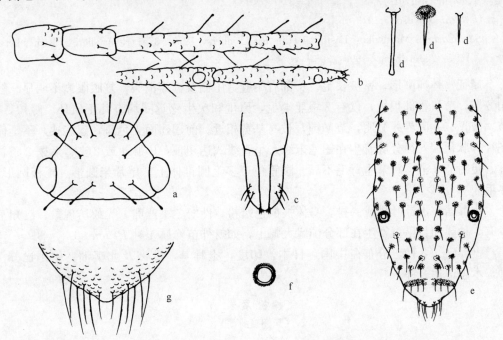

图109　钉毛长大蚜 *Eulachnus tuberculostemmatus*（Theobald）

无翅孤雌蚜（apterous viviparous female）

a. 头部背面观（dorsal view of head）；b. 触角（antenna）；c. 喙节Ⅳ＋Ⅴ（ultimate rostral segment）；
d. 体背毛（dorsal hair of body）；e. 腹部背面观（dorsal view of abdomen）；f. 腹管（siphunculus）；g. 尾片（cauda）；h. 腹管（siphunculus）。

宽直径的 3.00 倍，腹部背片 I 缘毛长 0.03mm，背片 Ⅷ 毛长 0.04mm。中额不隆，呈平圆形，头部背面有中缝。触角 6 节，粗糙，节 Ⅲ～Ⅳ 有明显瓦纹，全长 0.65mm，为体长的 0.40 倍；节 Ⅲ 长 0.17mm，节 I～Ⅵ 长度比例：35：40：100：50：70：73＋20；触角毛钝顶，节 I～Ⅵ 毛数：3 根，3～5 根，6 或 7 根，4 根，4 或 5 根，3＋0 根，节 Ⅵ 鞭部顶端有 4 根粗短毛，节 Ⅲ 毛长为该节最宽直径的 1.40 倍；原生感觉圈大圆形，无睫。喙长大，端部超过后足基节，节 Ⅳ＋Ⅴ 钝楔状，长 0.08mm，为基宽的 1.70 倍，为后足跗节 Ⅱ 的 0.55 倍；有原生毛 3 对，无次生毛。足光滑，各节外缘毛粗长钉状，内缘毛短小。后足股节长 0.48mm，为触角全长的 0.74 倍；后足胫节长 0.65mm，为体长的 0.40 倍；后足胫节毛长为该节最宽直径的 2.20 倍。跗节 I 各有毛 11～13 根（包括背面 1 对长钉状毛）。腹管极小，环形，端径 0.02mm，与触角节 Ⅲ 直径约等。尾片半球形，有微刺突瓦纹，长 0.08mm，基宽 0.16mm，有长短毛 11 根，其中粗长毛 4 根。尾板末端圆形，有长短毛 25 根。生殖板元宝形，有短尖锐毛 32 根。

生物学 寄主植物有云南松 *Pinus yunnanensis* 和油松 *P. tabulaeformis*。

分布 辽宁（朝阳）、云南、甘肃；亚洲西南部，南欧，地中海地区。

24. 钝喙大蚜属 *Schizolachnus* Mordvilko，1909

Schizolachnus Mordvilko，1909：375. **Type species**：*Aphis pineti* Fabricius，1781＝*Aphis tomen-tosa* de Geer，1773.

Unilachnus Wilson，1919：5.

Schizolachnus Mordvilko：Eastop *et* Hille Ris Lambers，1976：375；Remaudière *et* Remaudière，1997：202；Zhang，1999：208.

属征 体卵圆形，密被长毛。头部有中缝，中额及额瘤消失。复眼眼瘤不明显。触角 6 节，节 Ⅵ 鞭部很短，仅有 2 根亚端毛，原生和次生感觉圈均有几丁质环。喙短，5 节，节 Ⅳ、Ⅴ 间界线分明，节 Ⅴ 钝，长与基宽相近。前翅翅面无色斑，翅痣狭，不延伸到径分脉顶端，径分脉着生在翅痣末缘，呈直线式达翅顶，中脉 1 或 2 支；后翅 2 条斜脉。足跗节 2 节，跗节 I 背毛不显。腹管位于多毛圆锥体上。尾片半圆形。尾板圆形，多毛。

小群居，沿针叶排成一排，身体被白色蜡粉。性蚜冬季产卵。无蚁访现象，已知至少有 3 种膜翅目昆虫寄生在部分钝喙大蚜上，如蚜外茧蜂属 1 种 *Praon* sp.。

世界已知 8 种，分布在中国，日本，印度，土耳其，欧洲及北美洲。中国已知 2 种，本志记述 2 种。

种 检 索 表

（无翅孤雌蚜）

1. 腹部背片 Ⅴ 腹管间有毛 12～16 根；背片 Ⅷ 有毛 16～18 根；腹管周围毛 12～16 根 ··· **东方钝喙大蚜** *S. orientalis*

  腹部背片 Ⅴ 腹管间有毛 27～30 根；背片 Ⅷ 有毛 24 根；腹管周围毛 20～26 根 ··· **松针钝喙大蚜** *S. pineti*

(77) 东方钝喙大蚜 *Schizolachnus orientalis* (Takahashi，1924) （图110）

Unilachnus orientalis Takahashi，1924：39.

Schizolachnus orientalis (Takahashi)：Takahashi，1931：24；Inouye，1970：91；Eastop *et* Hille Ris Lambers，1976：389；Ghosh，1982：75；Blackman *et* Eastop，1994：272；Remaudière *et* Remaudière，1997：202；Zhang，1999：209.

特征记述

无翅孤雌蚜　体卵圆形，体长 1.85mm，体宽 0.98mm。活体褐色至黑色。玻片标本头部、前胸背板和中胸背板浅褐色，后胸背板和腹部淡色。触角节Ⅰ和节Ⅵ鞭部褐色，其他各节淡色；喙节Ⅳ＋Ⅴ褐色；足基节、转节及跗节褐色，其他各节淡色；腹管、尾片、尾板及生殖板均淡色。体表光滑。气门圆形半开放，气门片淡褐色。中胸腹岔深褐色，有长柄，单臂横长 0.12mm，为触角节Ⅲ的 0.45 倍。体背毛细长，顶尖。头部背面有毛 20～30 根；腹部背片Ⅷ有毛 11 根。头顶长毛长 0.12mm，为触角节Ⅲ直径的 2.00 倍；腹部背片Ⅰ缘毛长 0.10mm，背片Ⅷ毛长 0.11mm，分别为触角节Ⅲ直径的 1.68 倍和 1.76 倍。头顶稍隆起，复眼眼瘤不明显。触角 6 节，光滑，粗大，全长 0.83mm，为体长的 0.45 倍；节Ⅲ长 0.27mm，节Ⅰ～Ⅵ长度比例：25：31：100：47：49：43＋8；触角毛长尖锐，节Ⅰ～Ⅵ毛数：6 或 7 根，8～13 根，36～37 根，20～25 根，17～20 根，（6 或 7）＋4 根；节Ⅲ毛长为该节直径的 2.00～2.50 倍；无次生感觉圈，原生感觉圈有短睫毛。喙端部达后足基节，节Ⅳ＋Ⅴ短钝，长 0.13mm，为基宽的 2.17 倍，为后足跗节Ⅱ的 0.52 倍；有原生长毛 3 对，次生长毛 1 对。足光滑粗大。后足股节长 0.71mm，为触角节Ⅲ的 2.63 倍；后足胫节长 1.07mm，为体长的 0.58 倍；后足跗节Ⅱ长 0.25mm。各足跗节Ⅰ有毛 8～10 根。腹管位于稍隆起的圆锥体上，端宽 0.08mm，有长毛 7～9 根。尾片末端尖圆形，长 0.07mm，有长短毛 11 根。尾板末端圆形，有毛 25 根。生殖板有长毛 10 根。

有翅孤雌蚜　体椭圆形，体长 2.35mm，体宽 0.83mm。玻片标本头部、胸部深褐色，腹部淡色；触角节Ⅰ、Ⅱ及节Ⅵ鞭部淡褐色，其他各节淡色。体背毛长，尖锐。腹部背片Ⅷ有毛 13 根。头顶毛长 0.15mm，腹部背片Ⅰ缘毛长 0.14mm、背片Ⅷ毛长 0.16mm，分别为触角节Ⅲ直径的 3.00 倍、2.80 倍、3.20 倍。头部背面有明显头盖缝。触角 6 节，全长 0.96mm，为体长的 0.41 倍；节Ⅲ长 0.33mm，节Ⅰ～Ⅵ长度比例：23：26：100：50：50：38＋8；节Ⅲ有毛 22 根，毛长为该节直径的 3.00 倍，节Ⅲ～Ⅴ分别有大小圆形次生感觉圈：6 个，8 个，2 个。喙短小，端部达中足基节，节Ⅳ＋Ⅴ长 0.13mm，为基宽的 1.44 倍，为后足跗节Ⅱ的 0.58 倍；有次生长毛 1 对。足光滑，后足股节长 0.84mm，后足胫节长 1.08mm，后足跗节Ⅱ长 0.22mm，各足跗节Ⅰ有毛 8～10 根。前翅径分脉达顶端，翅痣长大，中脉 2 分叉；后翅 2 条斜脉。腹管端径 0.09mm，有长毛 12 根。尾片有毛 9 根。尾板有毛 26 根。生殖板有长毛 8 根。

生物学　寄主植物为马尾松 *Pinus massoniana*、油松 *P. tabulaeformis*、云南松 *P. yunnanensis*、樟子松 *P. sylvestris* var. *mongolica* 等。在松科 Pinaceae 植物的针叶部分取食，沿针叶呈 1 排分布，种群较小，一般不超过 5 头。

分布　内蒙古（赤峰、加格达奇、牙克石、扎兰屯）、辽宁（鞍山）、吉林（长白）、

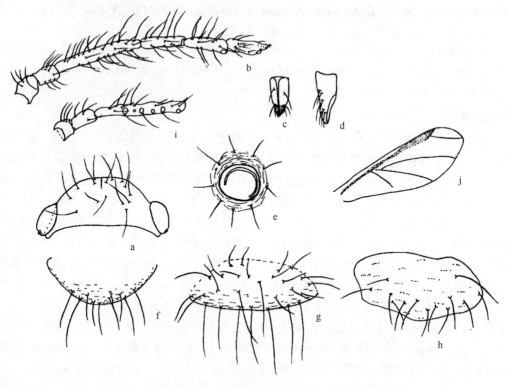

图 110　东方钝喙大蚜 *Schizolachnus orientalis*（Takahashi）

无翅孤雌蚜（apterous viviparous female）

a. 头部背面观（dorsal view of head）；b. 触角（antenna）；c. 喙节Ⅳ＋Ⅴ（ultimate rostral segment）；d. 后足跗节Ⅰ（hind tarsal segment Ⅰ）；e. 腹管（siphunculus）；f. 尾片（cauda）；g. 尾板（anal plate）；h. 生殖板（genital plate）。

有翅孤雌蚜（alate viviparous female）

i. 触角节Ⅰ～Ⅲ（antennal segments Ⅰ～Ⅲ）；j. 前翅（fore wing）。

黑龙江（富锦、哈尔滨）、北京、江苏、福建、湖南、广西、四川、云南、新疆、台湾、香港；韩国，日本，印度。

（78）松针钝喙大蚜 *Schizolachnus pineti*（Fabricius, 1781）（图 111）

Aphis pineti Fabricius, 1718：389.

Schizoneura fuliginosa Buckton, 1881：96.

Glyphina pilosa Buckton, 1883：16.

Aphis tomentosa Villers, 1789：549.

Aphis tomentosa pini de Geer, 1773：26.

Schizolachnus pineti（Fabricius）：Eastop *et* Hille Ris Lambers, 1976：389；Zhang, 1985：313；Remaudière *et* Remaudière, 1997：202.

特征记述

无翅孤雌蚜　体椭圆形，体长 1.87mm，体宽 1.33mm。活体绿色，被白粉。玻片标本头部黑色，前胸、中胸由缘域向中域骨化呈横带，后胸及腹部淡色，无斑纹。触角节Ⅰ、Ⅱ、Ⅴ顶端及节Ⅵ、喙节Ⅲ～Ⅴ黑色；足除胫节基部5/6淡色外，其全黑色；腹管、尾片、尾板及生殖板黑色。体表光滑，腹部背片Ⅷ微有瓦纹。气门圆形半开放，气门片黑色。节间斑黑色明显。中胸腹岔全黑色，有长柄，柄长与臂长约等，单臂横长0.13mm，为触角节Ⅲ的0.40倍。体背面及腹面密被长尖毛。腹部背片Ⅰ～Ⅳ中侧缘毛排列2或3行，各有毛50～60根；背片Ⅴ腹管间有中侧毛30根；背片Ⅵ、Ⅶ各有毛50余根；背片Ⅷ有毛28根。头顶长毛长0.13mm，为触角节Ⅲ直径的2.70倍；腹部背片Ⅰ缘毛长0.12mm，背片Ⅷ毛长0.14mm。头顶隆起，呈三角形，复眼无眼瘤。触角6节，光滑，粗大，全长0.92mm，为体长的0.49倍；节Ⅲ长0.32mm，节Ⅰ～Ⅵ长度比例：22：25：100：47：47：37+11；触角毛长尖锐，节Ⅰ～Ⅵ毛数：6根，12根，49根，26根，17根，9+0根，节Ⅵ鞭部有1对刀状粗短毛；节Ⅲ毛长为该节直径的3.30倍；节Ⅴ、Ⅵ原生感觉圈有短睫毛。喙端部达后足基节，节Ⅳ+Ⅴ宽锥形，长0.13mm，长为基宽的2.10倍，为后足跗节Ⅱ的0.57倍；有原生长毛3对，次生长毛1对。足光滑粗大，后足股节长0.78mm，为触角节Ⅲ的2.44倍；后足胫节长1.26mm，为体长的0.67倍。各足跗节Ⅰ有毛12～14根。腹管位于多毛圆锥体上，长0.05mm，毛长为基宽的0.33倍，端径0.08mm，有长毛30余根，毛长为端径的1.10倍。尾片末端尖圆形，长0.10mm，有长短毛35根。尾板末端圆形，有毛48根。

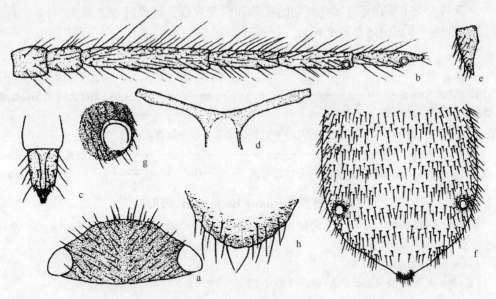

图 111　松针钝喙大蚜 *Schizolachnus pineti*（Fabricius）

无翅孤雌蚜（apterous viviparous females）

a. 头部背面观（dorsal view of head）；b. 触角（antenna）；c. 喙节Ⅳ+Ⅴ（ultimate rostral segment）；
d. 中胸腹岔（mesosternal furca）；e. 后足跗节Ⅰ（hind tarsal segment Ⅰ）；f. 腹部背面观（dorsal view of abdomen）；g. 腹管（siphunculus）；h. 尾片（cauda）。

有翅孤雌蚜　体椭圆形，体长2.33mm，体宽1.13mm。玻片标本头部、胸部黑色，腹部淡色，无斑纹。触角节Ⅰ、Ⅱ和节Ⅲ端部1/2及节Ⅳ～Ⅵ黑色。体背面及腹面有尖锐毛，头部背面有毛32～38根；前胸背板有中侧毛7对，缘毛5对；腹部背片Ⅰ

有毛 50 余根，背片Ⅷ有毛 24～26 根。头顶毛及腹部背片Ⅰ、Ⅷ毛长 0.13～0.14mm，为触角节Ⅲ直径的 2.80～3.10 倍。头顶呈弧形，有明显头盖缝，不达头部后缘。触角 6 节，节Ⅲ～Ⅵ有皱纹，全长 0.98mm，为体长的 0.42 倍；节Ⅲ长 0.34mm，节Ⅰ～Ⅵ长度比例：20：27：100：48：48：39＋9；节Ⅲ有毛 25～33 根，毛长为该节直径的 3.10 倍；节Ⅲ～Ⅴ分别有大小圆形次生感觉圈：6～9 个，2 个，3 个，分布于全节。喙短小，端部不达中足基节。足光滑，后足股节长 0.81mm，后足胫节长 1.11mm，后足跗节Ⅱ长 0.22mm。前翅径分脉达顶端，翅痣长大，中脉浅色分 2 支，不甚明显，肘脉粗大；后翅 2 条斜脉。腹管位于多毛圆锥体上，端径 0.07mm，有长毛 22～25 根。尾片馒状形，有毛 14～16 根。尾板有毛 33～38 根。生殖板有长毛 10 根。

生物学　寄主植物为马尾松 *Pinus massoniana*、油松 *P. tabulaeformis*、云南松 *P. yunnanensis*、南欧黑松 *P. nigra* var. *poiretiana*、阿勒颇松 *P. halpensis*、辐射松 *P. radiata* 和西黄松 *P. ponderosa*。

分布　辽宁（喀喇沁左旗、沈阳）、黑龙江（绥化）、北京、广西、云南；俄罗斯，蒙古国，土耳其，美国，加拿大，欧洲。

（五）大蚜亚科 Lachninae

该亚科种类主要在落叶阔叶植物的枝条和树干取食。世界已知 9 属 41 种，中国已知 7 属 16 种，本志记述 3 属 9 种。

属 检 索 表

1. 喙长于体长 ·· 长喙大蚜属 *Stomaphis*
   喙短于体长 ··· 2
2. 腹部背片Ⅴ有宽背瘤；前翅翅痣长，几乎平直到达翅顶；径分脉直或稍弯 ····························· 瘤大蚜属 *Tuberolachnus*
   腹部背片Ⅴ无背瘤；前翅翅痣钝，径分脉常弯曲 ··· 大蚜属 *Lachnus*

25. 大蚜属 *Lachnus* Burmeister，1835

Lachnus Burmeister，1835：91. **Type species**：*Aphis roboris* Linnaeus，1758 ＝ *Lachnus fasciatus* Burmeister，1835.

Pteroclorus Rondani，1848：35.

Dryobius Koch，1855 nec Le Conte，1850：225.

Pterochlorus Passerini，1860：33.

Dryaphis Kirdaldy，1904：279.

Schizodryobius van der Goot，1913：130.

Sublachnobius Heinze，1962：186.

Lachnus Burmeister：Eastop *et* Hille Ris Lambers，1976：235；Ghosh，1982：80；Zhang *et* Zhong，1983：146；Remaudière *et* Remaudière，1997：202；Zhang，1999：206.

属征　无翅孤雌蚜头部背面有中缝，中额平直。复眼大，有眼瘤。触角 6 节。喙长短于体长；末节短，不尖，节Ⅳ、Ⅴ间界线分明。中胸腹瘤发达，成对，有毛。有翅孤雌蚜前翅径分脉弯曲而长，翅痣宽且短，中脉与其他脉相近，2 分叉，翅面常有深色斑纹；后翅有 2 条斜脉。足跗节 2 节，后足跗节甚延长。体背无斑纹。腹管位于多毛圆锥体上。尾片小圆形。尾板大圆形。

世界已知 22 种，中国已知 7 种，本志记述 5 种。

种 检 索 表
（无翅孤雌蚜）

1. 腹管端宽小于基宽的 3.18 倍 ·· 橡细喙大蚜 *L. longirostris*
   腹管端宽大于基宽的 3.18 倍 ·· 2
2. 触角节Ⅲ次生感觉圈少于 7 个 ··· 3
   触角节Ⅲ次生感觉圈多于 7 个 ··· 4
3. 腹部背片Ⅷ有毛 37～55 根；触角节Ⅲ毛长为该节直径的 0.50 倍；后足胫节毛长为该节中宽的
   0.33 倍 ··· 辽栎大蚜 *L. siniquercus*
   腹部背片Ⅷ有毛 25 根；触角节Ⅲ毛长为该节直径的 1.10 倍；后足胫节毛长为该节中宽的 1.20 倍
   ··· 板栗大蚜 *L. tropicalis*
4. 触角节Ⅲ有次生感觉圈 8～14 个，节Ⅴ有 4～8 个；体表有不甚明显的网纹；喙端节长为后足跗节
   Ⅱ的 1.10 倍；寄主植物为栲和石柯 ·············· 栲大蚜 *L. quercihabitans*
   触角节Ⅲ有次生感觉圈 7～18 个，节Ⅴ有 3～6 个；体表光滑；喙端节长为后足跗节Ⅱ的 1.70 倍；
   寄主植物为毛栗 ··· 栎大蚜 *L. roboris*

(79) 橡细喙大蚜 *Lachnus longirostris*（Mordivilko，1909）（图 112）

Pterochlorus longirostris Mordvilko，1909：147.

Lachnus longirostris（Mordvilko）：Eastop *et* Hille Ris Lambers，1976：236；Remaudière *et* Remaudière，1997：202.

特征记述

无翅孤雌蚜 体椭圆形，体长 3.05mm，体宽 1.38mm。活体深褐色，有光泽。玻片标本头部背面及前、中胸背板黑色，后胸背板缘域上方有缘斑，其他部分淡色无斑；腹部淡色，背片Ⅷ有横带横贯全节；触角、喙、足、腹管、尾片、尾板及生殖板黑褐色至黑色。体表微显网纹。气门圆形关闭，有时开放呈月牙形，气门片黑色。节间斑明显，黑褐色。中胸腹瘤呈双馒状，各有长毛 6～10 对。中胸腹岔黑褐色，有短柄，横长 0.53mm，为触角节Ⅲ的 0.74 倍。体背多粗硬尖锐毛，腹部腹面毛与背毛相同。头部有背毛 49～52 对，前胸背板有毛 65 对；腹部背片密被毛，腹部背片Ⅷ有毛 11～13 对。头顶毛及腹部背片Ⅴ毛长 0.05mm，为触角节Ⅲ直径的 0.86 倍；背片Ⅷ毛长 0.06mm。中额及额瘤不隆，呈圆头状，头盖缝明显，延伸至头部后缘。触角 6 节，粗糙，由微刺突组成瓦纹，全长 1.74mm，为体长的 0.57 倍；节Ⅲ长 0.72mm，节Ⅰ～Ⅵ长度比例：16：13：100：39：43：23＋9；触角多毛，节Ⅰ～Ⅵ毛数：14 或 15 根，18～27 根，110～115 根，39～48 根，43～51 根，（23～25）＋（6～8）根，节Ⅵ鞭部毛稍粗；节Ⅲ毛长为该节直径的 0.86 倍；触角节Ⅲ～Ⅴ分别有大小圆形感觉圈：8 或 9 个，3～7 个，0 或 1 个；原生感觉圈大型，周围深色，呈梅花瓣状，节Ⅵ有数个大小不等的小圆形伪感觉圈。喙端部超过后足基节，伸达腹部节Ⅵ；节Ⅳ＋Ⅴ长楔状，长 0.26mm，为

基宽的 2.80 倍，为后足跗节 Ⅱ 的 1.10 倍，节 Ⅳ 长为节 Ⅴ 的 5.40 倍；有长毛 16～19 对，其中次生毛 13～16 对。足长大，股节有微刺突组成瓦纹，胫节光滑。后足股节长 1.56mm，为触角节 Ⅲ 的 0.91 倍；后足胫节长 2.86mm，为体长的 0.94 倍；足毛长短不齐，后足胫节长毛为该节最宽直径的 1.30 倍。跗节 Ⅰ 各有毛 21～23 根。腹管端口有 2 环，内环有缺口，缘突明显，位于黑色多毛圆锥体上，周围有粗硬毛 34～42 根，毛长为端径的 0.61 倍；基宽 0.21mm，为尾片基宽的 0.80 倍。尾片半圆形，长 0.11mm，背面有微刺组成网纹，腹面有粗刺突瓦纹，有毛 44～58 根。尾板末端圆形，有长短毛 98～102 根。生殖板有粗硬毛 40 或 41 对。

生物学　寄主为蒙古栎 *Quercus mongolica*、橡树 *Quercus* sp. 和柞树 *Quercus* sp. 等栎属植物。

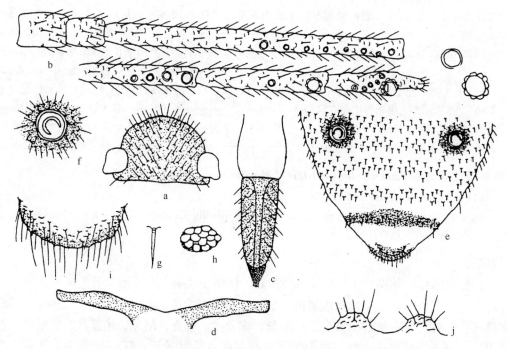

图 112　橡细喙大蚜 *Lachnus longirostris*（Mordivilko）
无翅孤雌蚜（apterous viviparous female）

a. 头部背面观（dorsal view of head）；b. 触角（antenna）；c. 喙节 Ⅳ＋Ⅴ（ultimate rostral segment）；
d. 中胸腹岔（mesosternal furca）；e. 腹部背片 Ⅴ～Ⅷ（abdominal tergites Ⅴ～Ⅷ）（dorsal view of abdomen）；
f. 腹管（siphunculus）；g. 体背毛（dorsal hair of body）；h 节间斑（muskelplatten）；i. 尾片（cauda）；j. 尾板
（anal plate）

分布　辽宁（鞍山、建昌）、河北。

(80) 栲大蚜 *Lachnus quercihabitans*（Takahashi，1924）（图 113）

Dilachnus quercihabitans Takahashi，1924：56.

Lachnus quercihabitans（Takahashi）：Eastop *et* Hille Ris Lambers，1976：235；Zhang *et* Zhong，
　　1983：148；Remaudière *et* Remaudière，1997：202；Zhang，1999：206.

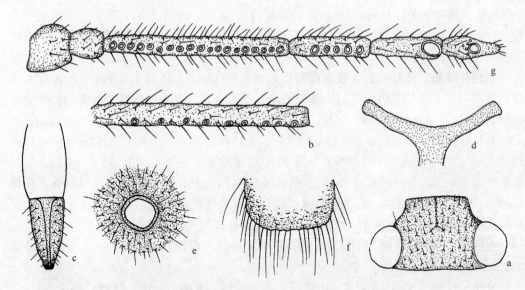

图 113　栲大蚜 *Lachnus quercihabitans*（Takahashi）

无翅孤雌蚜（apterous viviparous female）

a. 头部背面观（dorsal view of head）；b. 触角节Ⅲ（antennal segment Ⅲ）；c. 喙节Ⅳ＋Ⅴ（ultimate rostral segment）；d. 中胸腹岔（mesosternal furca）；e. 腹管（siphunculus）；f. 尾片（cauda）。

有翅孤雌蚜（alate viviparous female）

g. 触角（antenna）。

特征记述

无翅孤雌蚜　体卵圆形，体长 4.50mm，体宽 2.40mm。玻片标本头部、胸部灰黑色；腹部淡色，有黑色斑纹，背片Ⅰ～Ⅴ缘片稍显骨化灰色，背片Ⅶ～Ⅷ各有 1 个灰黑色横带。足黑色，触角、喙、腹管、尾片、尾板及生殖板灰黑色。体表微显网纹。气门及气门片全骨化灰黑色，气门圆形，1/3 开放，偶有关闭，气门片隆起。节间斑明显，气门片后缘各有 1 个红褐色节间斑。中胸腹岔有长柄。体背毛多，尖锐，稍长于腹面毛。头部背面有毛 80～95 根；腹部背片Ⅷ有毛 38～49 根。头顶毛、腹部背片Ⅰ缘毛、背片Ⅷ背毛长分别为触角节Ⅲ直径的 1.10 倍、0.75 倍、1.20 倍。中额及额瘤平，头部背面有 1 个明显头盖缝延伸至后头。触角 6 节，全长 2.20mm，为体长的 0.48 倍；节Ⅲ长 0.97mm，节Ⅰ～Ⅵ长度比例：13：12：100：39：37：13＋8；节Ⅰ～Ⅲ光滑，节Ⅳ～Ⅵ有明显瓦纹；节Ⅰ～Ⅵ毛数：14 根，19～23 根，89～119 根，41～71 根，45～68 根，（14～20）＋（5～9）根；节Ⅲ毛长为该节直径的 0.71 倍；节Ⅲ有大小圆形次生感觉圈 8～14 个，分布于端部 1/4；节Ⅳ有 4 或 5 个。喙端部达腹部节Ⅳ，节Ⅳ、Ⅴ分界处内凹，长为基宽的 2.30 倍，为后足跗节Ⅱ的 1.10 倍，有长毛 22～24 根，节Ⅴ明显骨化黑色；节Ⅳ长为节Ⅴ的 3.80 倍。后足股节长 1.60mm，为触角节Ⅲ的 1.60 倍；后足胫节长 4.30mm，为体长的 0.96 倍；后足胫节毛长为该节直径的 0.71 倍。跗节Ⅰ有毛 14 或 15 根；后足跗节Ⅰ基宽、上长与下长比例：100：111：290。腹管截断圆锥状，基部隆起呈大黑斑，光滑有褶纹，有缘突，无切迹；有毛 150 余根，围绕腹管

7 或 8 圈；腹管长为体长的 0.07 倍，为基宽的 0.45 倍。尾片末端平圆形，有微刺突分布，有长毛 65～80 根。尾板半圆形，有长毛 84～95 根。生殖板长卵形，端部平，有毛 180～200 余根。

有翅孤雌蚜　体长卵形，腹部卵圆形，体长 4.10mm，体宽 1.90mm。玻片标本头部、胸部黑色，腹部淡色。气门大部分关闭，偶有月牙形开放。体背毛长为触角节Ⅲ直径的 2.00 倍左右。触角 6 节，全长 1.90mm，为体长的 0.46 倍；节Ⅲ长 0.82mm，节Ⅰ～Ⅵ长度比例：15：12：100：44：38：16+11，节Ⅲ～Ⅴ分别有次生感觉圈：13～21 个，5～7 个，1 或 2 个。喙节Ⅳ+Ⅴ长为后足跗节Ⅱ的 0.99 倍，有毛 34 根。后足股节长 2.10mm，为触角节Ⅲ的 2.60 倍，长于触角全长；后足胫节长 3.90mm，为体长的 0.95 倍。翅脉正常，前翅除中脉、肘脉之间及翅痣前缘透明外，全翅黑褐色。尾片有长毛 39～51 根。尾板有毛 72～87 根。其他特征与无翅孤雌蚜相似。

生物学　寄主植物为栲 *Castanopsis fargesii*、石柯 *Lithocarpus pasania* 和栎 *Quercus* sp.。

分布　辽宁（沈阳）、河北、山西、广东、广西、海南、云南、陕西；韩国，日本。

(81) 栎大蚜 *Lachnus roboris*（Linnaeus，1758）（图 114）

Aphis roboris Linnaeus，1758：451.

Lygaeus hyalinatus Fabricius，1794：210.

Aphis longipes Dufour，1833：133.

Dryobius croaticus Koch，1855：135.

Aphis ilicicola Boisduval，1867：17.

Dryaphis cerricola del Guercio，1909：30.

Dryaphis ilicina del Guercio，1909：31.

Lachnus lepineyi Mimeur，1934：55.

Lachnus sessilis Börner，1940：3.

Lachnus sachtlebeni Börner，1952：356.

Lachnus（*Schizodryobius*）*boerneri* Pašek，1953：149.

Lachnus castaneae Hille Ris Lambers，1967：30.

Lachnus roboris（Linnaeus）：Hille Ris Lambers，1956：471；Eastop *et* Hille Ris Lambers，1976：238；Ghosh，1982：80；Zhang *et* Zhong，1983：149；Remaudière *et* Remaudière，1997：203.

特征记述

无翅孤雌蚜　体宽卵形，体长 4.40mm，体宽 2.40mm。活体赭褐色。玻片标本头部、胸部黑色，腹部淡色，有褐色斑纹，腹部背片Ⅷ有横带。触角、喙、足、腹管、尾片、尾板及生殖板黑色。表皮光滑，头部有背中缝，头部前缘及胸部侧缘略有皱纹，腹部背片Ⅶ～Ⅷ有横纹至横网纹。各节间斑明显，常由 8～10 个黑色块状片组成，中域常夹杂有条形小片数个。气门片隆起褐色，气门圆形、半圆形开放，凹口向上。中胸腹岔有柄，柄长为宽的 1.60 倍。体毛多，细长尖锐。头部背面有毛 200 余根，腹部背片Ⅷ有毛 48 或 49 根；头顶毛长约为触角节Ⅲ直径的 1.10 倍，腹部各节毛长约为其 1.40 倍。中额平，额瘤不显。触角 6 节，各节有微细瓦纹或鳞纹；全长 2.10mm，为体长的

0.48 倍；节Ⅲ长 0.91mm，节Ⅰ～Ⅵ长度比例：11：12：100：41：41：14＋9；节Ⅲ毛长为该节直径的 0.79 倍；节Ⅰ～Ⅵ毛数：11 根，20 根，177 根，71 根，74 根，23＋2 根；节Ⅲ～Ⅴ各有小圆形次生感觉圈：7～18 个，3～6 个，1 或 2 个；在节Ⅲ全长分布，沿外侧排成 1 行。喙端部达中足基节，节Ⅳ＋Ⅴ长为基宽的 1.70 倍，为后足跗节Ⅱ的 0.86 倍；节Ⅳ长为节Ⅴ的 4.20 倍，有次生毛 30 余根。各足股节有圆形至长圆形成行排列的饰纹。后足股节长 2.30mm，为触角全长的 1.10 倍；后足胫节长 3.80mm，为体长的 0.87 倍；后足胫节毛长为该节中宽的 0.90 倍，为基宽的 0.77 倍，与端宽等长。跗节Ⅰ较长，约为跗节Ⅱ的 0.60 倍，有毛 21～24 根；跗节Ⅰ基宽、上长及下长比例：100：152：326。腹管短截状，位于黑色圆锥体上，有 4 或 5 行瓦纹，有缘突，无切迹，有毛 6～8 圈，共 100 余根。尾片半圆形，有不成行的刺突，有长毛 38～55 根。尾板弧形，末端平直，有瓦纹，有长毛 75～112 根。生殖板有长毛约 140 根。

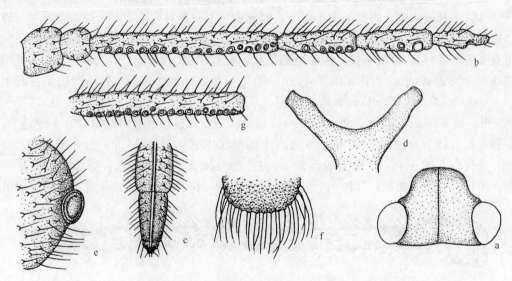

图 114　栎大蚜 *Lachnus roboris* (Linnaeus)

无翅孤雌蚜（apterous viviparous female）

a. 头部背面观（dorsal view of head）；b. 触角（antenna）；c. 喙节Ⅳ＋Ⅴ（ultimate rostral segment）；
d. 中胸腹岔（mesosternal furca）；e. 腹管（siphunculus）；f. 尾片（cauda）.

有翅孤雌蚜（alate viviparous female）

g. 触角节Ⅲ（antennal segment Ⅲ）.

有翅孤雌蚜　体纺锤形，体长 4.40mm，体宽 1.80mm。体背毛稍长，头顶毛、腹部背片Ⅰ缘毛、背片Ⅷ背毛长分别为触角节Ⅲ直径的 1.30 倍、1.20 倍、1.70 倍。触角 6 节，全长 2.20mm，为体长的 0.50 倍；节Ⅲ长 0.88mm，节Ⅰ～Ⅵ长度比例：17：16：100：47：46：18＋10；节Ⅲ、Ⅳ各有圆形次生感觉圈：17～21 个、6～9 个，分布于节Ⅲ～Ⅳ全长，排列成行；触角节Ⅲ毛长与该节直径约等长。喙节Ⅳ＋Ⅴ长为后足跗节Ⅱ的 0.98 倍。翅脉正常，有昙，翅黑色有鳞纹，仅翅痣外方至径分脉上方有 1 个长方形透明域，中脉、肘脉之间有带状透明域。其他特征与无翅孤雌蚜相似。

生物学　寄主植物为麻栎（毛栎）*Quercus acutissima*、栗子 *Quercus* sp.、蒙古栎

Q. mongolica 和栎属 1 种 *Quercus* sp. 。

　　分布　吉林（安图）、北京、贵州、云南；美国，中东，欧洲。

(82) 辽栎大蚜 *Lachnus siniquercus* Zhang, 1982 （图 115）

Lachnus siniquercus Zhang，1982：25.

Lachnus siniquercus Zhang；Zhang *et* Zhong，1983：146；Remaudière *et* Remaudière，1997：
　　202；Zhang，1999：207.

特征记述

　　无翅孤雌蚜　体卵圆形，体长 5.10mm，体宽 3.00mm。活体树皮色。玻片标本头部、胸部骨化呈灰黑色；腹部淡色，背片Ⅷ有 1 个宽横斑；触角、足、喙及腹管黑色；尾片及尾板黑色，基部淡色。体表光滑有网纹，腹面有横瓦纹。气门圆形半开放，气门片黑色。节间斑明显黑褐色，呈葡萄状。中胸腹岔深骨化，有长柄，长与柄基宽约等长。体背多长硬刚毛，腹面毛多于背毛；腹部背片Ⅰ～Ⅳ各有毛 200 余根；背片Ⅴ～Ⅷ各有缘毛 30 余根，中侧毛 40 余根；背片Ⅷ有毛 37～55 根，毛长 0.11mm，为触角节Ⅲ直径的 1.50 倍。额瘤不显，中额呈圆顶状，有背中缝。触角 6 节，细短，有不规则曲纹，全长 2.10mm，为体长的 0.41 倍；节Ⅲ长 0.83mm，节Ⅰ～Ⅵ长度比例：17：16：100：51：44：17＋11；触角毛短粗，节Ⅰ～Ⅵ毛数：13 或 14 根，12 根，115～140 根，58～63 根，39～57 根，（13～18）＋（2 或 3）根，节Ⅵ鞭部顶端有 6 根短毛；节Ⅲ毛长为该节直径的 0.50 倍；节Ⅲ有小圆形次生感觉圈 0～8 个，分布于端部 1/2 处；节Ⅳ有 5 或 6 个，分布于端部 2/3；原生感觉圈无睫。喙细长，端部超过后足基节，节Ⅳ、Ⅴ分节明显；节Ⅳ＋Ⅴ尖短，呈长锥状，长为基宽的 2.50 倍，与后足跗节

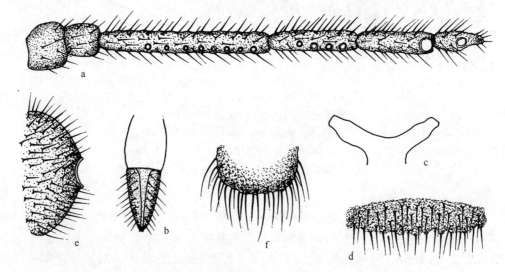

图 115　辽栎大蚜 *Lachnus siniquercus* Zhang

无翅孤雌蚜（apterous viviparous female）

a. 触角（antenna）；b. 喙节Ⅳ＋Ⅴ（ultimate rostral segment）；c. 中胸腹岔（mesosternal furca）；d. 腹部
背片Ⅷ背斑及背毛（scleroite and hair on abdominal tergite Ⅷ）；e. 腹管（siphunculus）；f. 尾片（cauda）.

Ⅱ约等长。足粗大，后足股节有明显卵状体，长 2.10mm，与触角等长；后足胫节长
3.70mm，为体长的 0.73 倍；多粗短毛，毛长为该节直径的 0.37 倍。跗节Ⅰ各有毛
15～18 根。腹管位于黑色多毛的圆锥体上，基宽稍长于尾片基宽；端口有 2 环，内环
外后有缺口；缘突不显，无切迹。尾片半圆形，有小圆突形成曲纹，有长刚毛 60 余根。
尾板大圆形，有长刚毛 75～115 根。生殖板骨化黑色，有刚毛 80 余根。

生物学　寄主植物为辽东栎 *Quercus liaotongensis*、栎属 1 种 *Quercus* sp.、蒙古栎
Q. mongolica、菠菜 *Spinacia oleracea* 和青冈 *Cyclobalanopsis glauca*。

分布　辽宁（本溪；铁岭）、吉林（长白山）、北京、河北、湖北、四川、贵州、云
南、西藏、陕西、新疆。

(83)　板栗大蚜 *Lachnus tropicalis*（van der Goot，1916）（图 116）

Pterochlorus tropiclis van der Goot，1916：3.

Pterochlorus japonicus Matsumura，1917：378.

Pterochlorus ogasawarae Matsumura，1917：378.

Pterochlorus bogoriensis Franssen，1932：403.

Lachnus tropicalis（van der Goot）：Takahashi，1950：592；Tao，1962：41；Paik，1965：13；
Szelegiewicz，1968：468；Eastop *et* Hille Ris Lambers，1976：239；Zhang *et* Zhong，1983：
147；Remaudière *et* Remaudière，1997：202；Zhang，1999：208.

特征记述

无翅孤雌蚜　体长卵形，体长 3.10mm，体宽 1.80mm。活体灰黑色至赭黑色，若
蚜灰褐色至黄褐色。玻片标本头部、胸部骨化黑色；腹部淡色，有黑斑，腹部背片Ⅷ有
1 个横带；各附肢黑色；腹管基部骨化为大黑斑。头部背面及胸部背板光滑有横纹，腹
部背片Ⅰ～Ⅵ有微细网状纹，背片Ⅶ、Ⅷ有横瓦纹。气门圆形半开放，气门片黑色。节
间斑明显，黑色。中胸腹岔有长柄。体背毛长，多尖锐毛；腹面毛与背毛约等长。头部
背面有长毛 110～120 根，腹部背片Ⅷ有长毛约 25 根。头顶毛、腹部背片Ⅰ缘毛、背片
Ⅷ背毛长分别为触角节Ⅲ直径的 1.20 倍、1.00 倍、1.90 倍。额瘤不显，中额呈圆顶
形，有明显背中缝。触角 6 节，有瓦状纹；全长 1.60mm，为体长的 0.52 倍；节Ⅲ长
0.70mm，节Ⅰ～Ⅵ长度比例：14：14：100：35：36：21＋8；节Ⅰ～Ⅵ长短毛数：
12～14 根，18～21 根，92～94 根，40～45 根，33～37 根，（15～18）＋1 根；节Ⅲ长
毛为该节直径的 1.10 倍；节Ⅲ有小圆形次生感觉圈 2～5 个，分布于端部 1/4；节Ⅳ有
2～5 个，分布于中部及端部。喙端部超过后足基节，节Ⅳ＋Ⅴ长为基宽的 2.00 倍，为
后足跗节Ⅱ的 0.96 倍，有长毛 20～24 根；节Ⅳ与节Ⅴ分节明显，节Ⅴ基部收缩内凹，
骨化深色，节Ⅳ长为节Ⅴ的 4.30 倍。后足股节长 1.60mm，为触角节Ⅲ的 2.30 倍，与
触角等长；后足胫节长 3.00mm，为体长的 0.97 倍，长毛为该节直径的 1.20 倍，为基
宽的 0.87 倍，为端宽的 1.50 倍。跗节Ⅰ基宽、上长与下长比例：100：105：304；跗
节Ⅰ毛序：10，11，10。腹管截断状，基部周围隆起骨化黑色，有褶曲纹，有 14～16
根毛围绕，有明显缘突和切迹；长为体长的 0.02 倍，为基宽的 0.38 倍。尾片末端圆
形，微显刺突横瓦纹，有长毛 24～35 根。尾板半圆形，有长毛 56～62 根。生殖板长卵
形骨化，有长毛 80 余根。

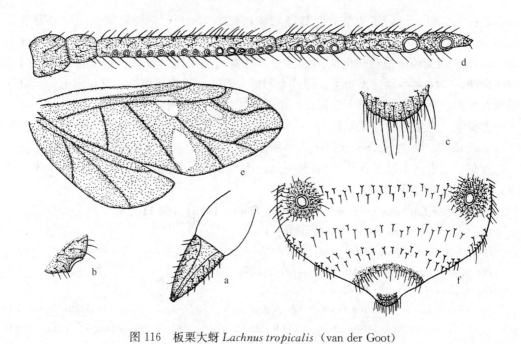

图 116　板栗大蚜 *Lachnus tropicalis*（van der Goot）

无翅孤雌蚜（apterous viviparous female）

a. 喙节Ⅳ＋Ⅴ（ultimate rostral segment）；b. 腹管（siphunculus）；c. 尾片（cauda）。

有翅孤雌蚜（alate viviparous female）

d. 触角（antenna）；e. 前、后翅（fore wing and hind wing）；f. 腹部背片Ⅴ～Ⅷ（abdominal tergites Ⅴ～Ⅷ）。

有翅孤雌蚜　体长卵形，腹部卵圆形，体长 3.90mm，体宽 2.10mm。活体灰黑色。玻片标本头部、胸部骨化黑色；腹部淡色，腹部背片Ⅰ有断续灰黑色斑，背片Ⅷ有 1 个黑色横带；气门及气门片骨化，呈大圆黑斑；腹管基部有 1 个大圆斑。体背毛比腹面毛长 1/3；头部有背毛 140～150 余根；腹部背片Ⅷ有毛 60 余根。触角 6 节，微显瓦纹，全长 2.10mm，为体长的 0.54 倍；节Ⅲ长 0.89mm，节Ⅰ～Ⅵ长度比例：14：14：100：39：38：18＋9；节Ⅲ有大小圆形次生感觉圈 9～17 个，分布于全节，排列 1 行；节Ⅳ有 4 或 5 个，分布于中部及端部；节Ⅲ长毛为该节直径的 1.10 倍，节Ⅰ～Ⅵ毛数：15 根，24～27 根，132～139 根，40 或 41 根，32～39 根，14 或 15＋（4～6）根，节Ⅵ鞭部顶端缺毛。翅黑色不透明，仅径分脉域及翅中部有透明带，翅脉正常有昙。尾片有毛 44～72 根。尾板有毛 91～130 根。生殖板有长毛 95～110 根。其他特征与无翅孤雌蚜相似。

生物学　寄主植物为板栗 *Castanea mollissima*、蒙古栎 *Quercus mongolica*、青冈 *Cyclobalanopsis glauca*、栎属 1 种 *Quercus* sp. 等。群集当年小枝表皮，有时盖满小枝，8 月间尚可为害幼果。在北京 5 月间至 6 月中旬发生有翅孤雌蚜，10 月中旬发生有翅性母，10 月下旬至 11 月雌雄交配后在枝干裂隙及芽腋产卵越冬。

分布　内蒙古（加格达奇）、辽宁（鞍山、沈阳）、吉林（安图、白山）北京、河北、江苏、浙江、福建、江西、山东、河南、湖北、广东、广西、海南、四川、贵州、云南、陕西、台湾；朝鲜，俄罗斯，日本，马来西亚。

26. 长喙大蚜属 *Stomaphis* Walker，1870

Stomaphis Walker，1870：2000. **Type species**：*Aphis quercus* Limmaeus，1758.

Rhynchocles Altum，1882：350.

Macrhynchus Haupt，1913：47.

Parastomaphis Pasek，1953：157.

Neostomaphis Takahashi，1960：2.

Stomaphis Walker：Bake，1920：18；Gomez-Menoe，1962：411；Inouye，1970：98；Ghosh，
　　1982：135；Zhang *et* Zhong，1983：145；Remaudière *et* Remaudière，1997：205；Zhang，
　　1999：209；Qiao *et* Zhang，1999：290.

属征 体中型。无翅孤雌蚜中额圆，无额瘤；复眼小，眼瘤不明显；触角6节，节Ⅵ末节端部短，稍粗，与该节基部等粗；节Ⅲ～Ⅳ有小圆形次生感觉圈。喙甚长于身体，端部不尖。腹管端径小，位于多毛的圆锥体上。尾片小半圆形；尾板大，末端圆形。有翅孤雌蚜前翅狭长，翅痣阔长；径分脉基部弯曲；中脉2支，与其他脉同粗，第1分支接近径分脉。

寄生在阔叶木本植物的主干上，常有蚂蚁伴生。

世界已知26种，主要分布在古北界和新北界。中国已知9种，本志记述3种。

种 检 索 表
（无翅孤雌蚜）

1. 腹部腹面有6个长桶形的骨化斑 ·· 日本长喙大蚜 *S. japonica*
　 腹部腹面有5个长桶形的骨化斑 ··· 2
2. 腹部背片Ⅰ～Ⅴ无成对的背斑 ·· 柳长喙大蚜 *S. sinisalicis*
　 腹部背片Ⅰ～Ⅴ有成对的背斑 ·· 朴长喙大蚜 *S. yanonis*

(84) 日本长喙大蚜 *Stomaphis japonica* Takahashi，1960 （图 117）

Stomaphis japonica Takahashi，1960：1.

Stomaphis japonica Takahashi：Eastop *et* Hille Ris Lambers，1976：411；Blackman *et* Eastop，
　　1994：888；Remaudière *et* Remaudière，1997：205；Qiao *et* Zhang，1999：293.

特征记述

无翅孤雌蚜 体椭圆形，体长6.23mm，体宽2.85mm。活体深褐色。玻片标本头部与前胸黑色，腹部淡色。触角黑色；喙多毛有毛基斑，节Ⅰ、Ⅱ淡色，节Ⅲ～Ⅴ深黑色，顶端漆黑色；足黑色，胫节内缘淡褐色；腹管、尾片、尾板及生殖板黑色。中胸背板有1个大中斑，中缝淡色，缘斑大；后胸背板有1对中斑，1对缘斑，位于缘域腹向；腹部背片Ⅰ～Ⅶ各有1对大型中斑，背片Ⅷ有1个横斑横贯全节；腹部腹面有6个中斑。体表光滑，腹部背片Ⅷ淡色部分有微横瓦纹，斑纹有刺突布满。节间斑明显，黑色，呈葡萄状。气门圆形，关闭；气门片大，黑色。中胸腹岔黑色，两臂分离，单臂横长0.29mm，为触角节Ⅲ的0.37倍。体背毛长尖锐，腹部腹面毛尖锐，不长于背毛。头部有头背毛220～320根；腹部背片Ⅰ有毛360～420根，背片Ⅷ有毛58～95根，其他各节密被长尖毛。头顶长毛长0.11mm，为触角节Ⅲ直径的1.30倍，腹部背毛长

0.08～0.13mm。中额及额瘤不隆，头盖缝明显，淡色。触角 6 节，光滑，节 VI 基部与鞭部分节不明显；全长 2.26mm，为体长的 0.36 倍；节 III 长 0.79mm，节 I～VI 长度比例：24∶19∶100∶38∶42∶65；触角多毛，节 I～VI 毛数：31～46 根，48～55 根，320～350 根，110～135 根，120～185 根，180～200 根；节 IV 有小圆形次生感觉圈 0～2 个，分布于端部；原生感觉圈大圆形，无睫。喙细长，为体长的 2.00 倍；节 IV＋V 长矛状，长 0.69mm，为基宽的 6.30 倍，为后足跗节 II 的 2.10 倍；有毛 200 余根。各足转节及基节窝粗糙，有瓦纹，其他各节光滑；后足股节长 1.40mm，与触角节 III～V 之和等长；后足胫节长 2.18mm，为体长的 0.35 倍，毛长为该节中宽的 1.25 倍；跗节 I 有长毛 16 或 17 根。腹管位于黑色多毛圆锥体上，基宽 0.62mm，为端宽的 6.20 倍；有毛 160～210 根，毛长 0.12mm，与端径约等长或稍长。尾片半球形，有瓦纹，有长毛 115～120 根。尾板末端圆形，有毛 220～260。生殖板末端平，有粗长毛 60 余根。

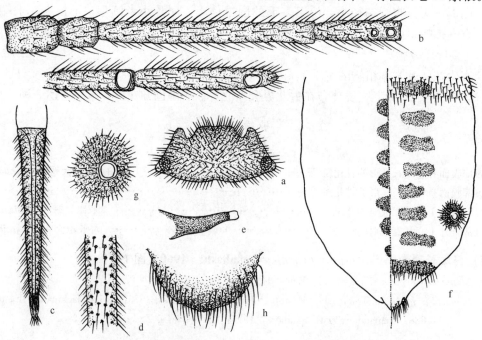

图 117　日本长喙大蚜 *Stomaphis japonica* Takahashi

无翅孤雌蚜（apterous viviparous female）

a. 头部背面观（dorsal view of head）；b. 触角（antenna）；c. 喙节 IV＋V（ultimate rostral segment）；d. 喙节 I 局部，示毛及毛基斑（part of ultimate rostral segment I, show hairs and scleroites）；e. 中胸腹岔（mesosternal furca）；f. 腹部背面观（右侧，背片 II～VII 背毛省略）及腹面观（左侧）（dorsal view (right, not showing dorsal haris on tergites II～VII) and ventral view (left) of abdomen）；g. 腹管（siphunculus）；h. 尾片（cauda）。

生物学　寄主植物为柞树 *Quercus* sp. 和裂叶榆 *Ulmus laciniata*。

分布　辽宁（丹东）、北京、河北；韩国，日本。

(85) 柳长喙大蚜 *Stomaphis sinisalicis* Zhang et Zhong, 1982（图 118）

Stomaphis sinisalicis Zhang et Zhong, 1982：24.

Stomaphis sinisalicis Zhang et Zhong：Eastop et Hille Ris Lambers, 1976：411；Blackman et

Eastop, 1994：888；Remaudière *et* Remaudière, 1997：205；Zhang *et* Zhong, 1983：145；Qiao *et* Zhang, 1999：297.

特征记述

　　无翅孤雌蚜　体卵圆形，体长 6.00mm，体宽 2.90mm。活体乳白色。玻片标本淡色，头部及前胸骨化深色。触角、喙节Ⅲ端半部及节Ⅳ＋Ⅴ、腹管、足、尾片、尾板及生殖板黑褐色；腹部腹管基部各有 1 个大圆形斑，背片Ⅶ有 2 个圆形斑，背片Ⅷ有 1 个宽带横贯全节；节Ⅰ～Ⅵ腹面中央各有 1 个明显纵长斑。体表光滑。头部背面中央有头盖缝。腹管后几节背片具微显横纹。气门三角形关闭，气门片骨化黑褐色。节间斑黑褐色。中胸腹岔深色骨化，两臂分离。体背各节及附肢多刚毛，腹部背片Ⅷ有长毛 150 余根，毛长 0.09mm；头顶毛、腹部背片Ⅰ缘毛、背片Ⅷ毛长分别为触角节Ⅲ直径的 1.20～1.50 倍、1.20～1.50 倍、1.10 倍。中额与触角窝内边呈长方形，纵长为宽的 1/3。触角 6 节，短粗，全长 2.20mm，为体长的 0.37 倍；节Ⅲ长 0.56mm，节Ⅰ～Ⅵ长度比例：43：25：100：45：65：81＋22；各节多毛，节Ⅲ有毛 200 余根，长毛长为该节直径的 0.60 倍；节Ⅳ有大小圆形次生感觉圈 1～4 个，分布于端部 1/2。喙细长，被大量细刚毛，各毛均有毛基斑；全长为体长的 1.10～1.80 倍；节Ⅳ＋Ⅴ短小，长 0.57mm，为基宽的 5.20 倍，为后足跗节Ⅱ的 1.50 倍。足光滑，多刚毛。后足股节长 1.30mm，为触角节Ⅲ～Ⅴ之和的 1.10 倍；后足胫节长 2.00mm，为体长的 0.33 倍，毛长为该节中宽的 0.62 倍；跗节Ⅰ各有毛 20 根以上。腹管短截状，位于多毛的骨化圆锥体上，端径稍长于触角节Ⅲ直径。尾片半圆形，有长毛 81～135 根。尾板末端圆形，有毛约 150 根。生殖板有长毛 200 余根。

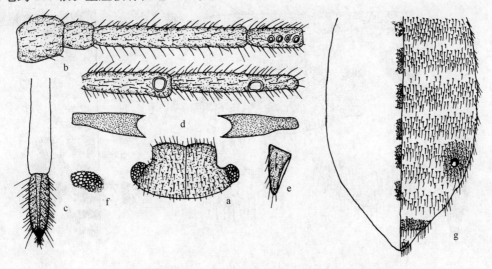

图 118　柳长喙大蚜 *Stomaphis sinisalicis* Zhang *et* Zhong
无翅孤雌蚜（apterous viviparous female）

a. 头部背面观（dorsal view of head）；b. 触角（antenna）；c. 喙节Ⅳ＋Ⅴ（ultimate rostral segment）；
d. 中胸腹岔（mesosternal furca）；e. 后足跗节Ⅰ（hind tarsal segment Ⅰ）；f. 节间斑（muskelplatten）；
g. 腹部背面观（右侧）及腹面观（左侧）（dorsal view（right）and ventral view（left）of abdomen）.

生物学　寄主植物为旱柳 *Salix matsudana* 和杨属 1 种 *Populus* sp.。该种在北京行道树种——柳树上很常见，在向阳的树疤中，常有钻蛀树干昆虫的蛀孔外排堆积的粪便和木屑下，与蚂蚁共生。当该种蚜虫口器从树干拔出后，常会有蚂蚁将其衔走，因此在树干上有蚂蚁繁忙奔走时，通常可搜到该种蚜虫（Zhang et Zhong，1983）。

分布　辽宁（北镇、朝阳、锦州、沈阳、营口）、吉林（敦化）、北京、河北、山东、湖北、广西、宁夏。

（86）朴长喙大蚜 *Stomaphis yanonis* Takahashi，1925（图 119）

Stomaphis yanonis Takahashi，1925：368.

Stomaphis yanonis Takahashi：Tao，1962：37；Eastop et Hille Ris Lambers，1976：411；Blackman et Eastop，1994：889；Remaudière et Remaudière，1997：205；Qiao et Zhang，1999：297.

特征记述

无翅孤雌蚜　体椭圆形，体长 5.00mm，体宽 2.66mm。活体褐色。玻片标本头部和前胸背板黑色。触角黑色；喙节Ⅰ～Ⅱ淡色，节Ⅱ端部至节Ⅳ及节Ⅴ顶端黑色，各毛基斑黑色；足褐色，各节外缘黑色；腹管、尾片及尾板黑色。中胸背板有 1 对中斑，后胸背板有中侧宽横带，中后胸缘斑明显；腹部背片Ⅰ～Ⅴ各有 1 对大中斑，背片Ⅵ～Ⅷ

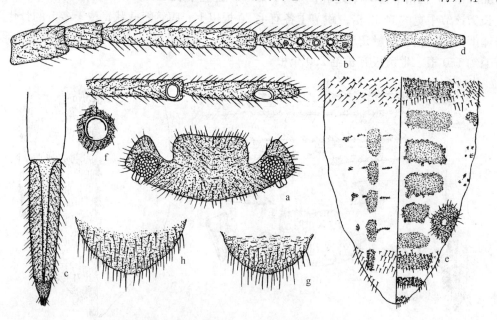

图 119　朴长喙大蚜 *Stomaphis yanonis* Takahashi
无翅孤雌蚜（apterous viviparous female）

a. 头部背面观（dorsal view of head）；b. 触角（antenna）；c. 喙节Ⅳ＋Ⅴ（ultimate rostral segment）；d. 中胸腹岔（右侧）（right part of mesosternal furca）；e. 腹部背面观（右侧）及腹面观（左侧）（节Ⅱ～Ⅵ毛省略）（dorsal view（right）and ventral view（left）of abdomen，not showing hairs on segments Ⅱ～Ⅵ）；f. 腹管（siphunculus）；g. 尾片（cauda）；h. 尾板（anal plate）.

各有 1 个宽横带（有时断离），背片Ⅰ～Ⅱ各有 1 对大缘斑，背片Ⅲ～Ⅳ有时有零星小缘斑，背片Ⅷ有横带横贯全节；腹部腹面有 5 个黑斑，呈长方形。体表光滑，各背斑有小刺突瓦纹。气门圆形，半开放，气门片黑色。节间斑明显，黑褐色，呈葡萄状。中胸腹岔两臂分离，黑色，单臂横长 0.34mm，为触角节Ⅲ的 0.55 倍。体背毛长尖锐，头部有背毛 160～170 对，胸部各节背板至腹部背片Ⅶ密被毛；背片Ⅷ有毛 110～115 根，长 0.08～0.09mm，与触角节Ⅲ最宽直径约等或稍长。头部背面中缝断续，不甚明显；中额不隆，呈平顶状。触角 6 节，光滑，全长 2.14mm，为体长的 0.39 倍；节Ⅲ长 0.61mm，节Ⅰ～Ⅵ长度比例：34：24：100：59：63：59＋13；触角多长毛，尖锐，节Ⅰ～Ⅵ毛数：75～80 根，50～55 根，260～305 根，120～140 根，140～150 根，（175～185）＋（32～38）根，节Ⅲ毛长与该节最宽直径约等或稍短；节Ⅳ有小圆形次生感觉圈 2～5 个，有时缺；原生感觉圈大而无睫，有几丁质环。喙长大，为体长的 2.10 倍；节Ⅳ＋Ⅴ长矛状，长 0.57mm，为基宽的 4.60 倍，为后足跗节Ⅱ的 1.40 倍，有毛 160～170 根。足光滑，后足股节长 1.32mm，为触角节Ⅲ的 2.20 倍；后足胫节长 1.91mm，为体长的 0.38 倍，毛长 0.06mm，与该节中宽的 0.60 倍；跗节Ⅰ各有毛 24～28 根。腹管位于黑色多毛圆锥体上，端径 0.08mm，为基宽的 0.16 倍，有长毛约 160 根。尾片半圆形，有粗曲纹，有长毛 58～81 根。尾板半圆形，有毛 180～225 根。

生物学 寄生在大叶朴 *Celtis koraiensis*、朴属 1 种 *Celtis* sp.、柳属 1 种 *Salix* sp. 等植物上。

分布 辽宁（沈阳），山东，台湾；韩国。

27. 瘤大蚜属 *Tuberolachnus* Mordvilko, 1909

Tuberolachnus Mordvilko, 1909：374. **Type species**：*Aphis salignus* Gmelin, 1790.

Pterochlorus Baker, 1920：18.

Tuberolachnieela Hille Ris Lambers *et* Basu, 1968：35.

Tuberolachnus Mordvilko：Eastop *et* Hille Ris Lambers, 1976：443；Ghosh, 1982：138；Zhang *et* Zhong, 1983：152；Blackman *et* Eastop, 1994：921；Remaudière *et* Remaudière, 1997：205；Zhang, 1999：211；Yang, Qiao *et* Zhang, 2005：429.

属征 体大型，体长 4.00～6.00mm。中额平，头部背面中缝明显；头背毛细长，可达触角节Ⅲ基宽的 2.40 倍。眼瘤明显。触角 6 节，短于体长的 1/2；节Ⅵ鞭部长为基部的 0.30～0.67 倍；无翅孤雌蚜触角节Ⅳ和有翅孤雌蚜触角节Ⅲ～Ⅳ有次生感觉圈；触角毛硬，触角节Ⅲ毛长为该节最宽直径的 0.66～1.60 倍。喙端部达后足基节，节Ⅳ、Ⅴ分节明显或不明显，有 8～16 根次生毛。腹部背面有节间斑。体背毛密，稍长于腹面毛。腹部背片Ⅲ～Ⅳ间有 1 个大型背瘤（有翅孤雌蚜中某些个体背瘤稍小）。腹管平截状，位于多毛的圆锥体上，基宽为端宽的 1.45～5.00 倍。足光滑，足毛硬，后足胫节毛长为该节中宽的 0.23～0.88 倍。尾片及尾板几乎半月形，有长短毛。

该属种类寄生在柳属植物 *Salix* spp.、枇杷属植物 *Eriobotrya* spp.、木梨 *Pyrus xerophila* 等的叶面、叶柄、嫩枝、枝干等部位。

世界广布（大洋洲除外）。世界已知 3 种，中国已知 2 种，本志记述 1 种。

（87）柳瘤大蚜 *Tuberolachnus salignus*（Gmelin，1790）（图 120，图版 Ⅱ G）

Aphis salignus Gmelin，1790：2209.

Lachnus punctatus Burmeister，1835：93.

Aphis salicina Zelterstedt，1840：311.

Aphis viminalis Boyer de Fonscolombe，1841：184.

Aphis vitellinae Hartig，1841：369.

Dryobius riparius Snellen van Vollenhoven，1862：95.

Lachnus fuliginosus Buckton，1891：41.

Tuberolachnus viminalis Das，1918：257.

Pterochlorus salignus Theobald，1929：104.

Lachnus nigripes Takahashi，1932：69.

Tuberolachnus salignus（Gmelin）：Börner，1952：45；Ghosh *et* Raychaudhuri，1962：250；Eastop *et* Hille Ris Lambers，1976：443；Ghosh，1982：140；Zhang *et* Zhong，1983：152；Blackman *et* Eastop，1994：921；Remaudière *et* Remaudière，1997：205；Zhang，1999：211.

特征记述

无翅孤雌蚜　体卵圆形，体长 4.10～5.58mm，体宽 2.63～3.68mm。活体深褐色，与柳枝或干树皮的颜色相仿。玻片标本头部灰黑色，胸部、腹部淡色。触角节Ⅰ、Ⅱ黑色，节Ⅲ～Ⅵ黑褐色；喙节Ⅱ端部及节Ⅳ＋Ⅴ有灰黑色斑；胸部各节、腹部背片Ⅰ、Ⅱ有缘斑，背片Ⅰ～Ⅵ各有小型中侧斑，背片Ⅷ有 1 个横带；背片Ⅴ～Ⅵ有 1 个骨化背中瘤，顶端尖黑色。前足股节端部 2/3、中后足股节端部 1/4、胫节基部及端部 1/2、跗节黑色，其他部分深褐色；腹管、尾片、尾板及生殖板深褐色至灰黑色。体表较光滑，微显不规则瓦纹及网纹。节间斑明显深褐色。气门圆形，关闭或稍开放呈月牙形；气门片大型隆起，骨化黑色。中胸腹岔有长柄。体背密被长毛，尖锐，排列整齐，头部有背毛 200 余根，腹部背片Ⅷ有毛约 40 余根，毛基片骨化，毛长为触角节Ⅲ直径的 1.00～1.40 倍。额瘤不显，额圆顶形，额中部稍下凹，头部背面有明显头盖缝至后头缘部。触角 6 节，光滑，全长 1.80mm，为体长的 0.38 倍；节Ⅲ长 0.71～0.90mm，节Ⅰ～Ⅵ长度比例：13：17：100：36：39：24＋10；节Ⅰ～Ⅵ毛数：15～21 根，27～36 根，39～67 根，13～21 根，19～30 根，（10～14）＋（1 或 2）根，节Ⅵ鞭部顶端有 2～4 根短毛，节Ⅲ毛长为该节直径的 0.93 倍；节Ⅲ有圆形次生感觉圈 2～4 个，分布于端部；节Ⅳ有 2～4 个，分布于中部。喙长大，端部超过后足基节，顶端钝粗；节Ⅳ＋Ⅴ长为基宽的 1.80～2.33 倍，为后足跗节Ⅱ的 0.45～0.53 倍；有次生长毛 4～7 对。足粗长，后足股节长 1.92～2.50mm，为触角全长的 1.10 倍；后足胫节长 2.80～3.95mm，为体长的 0.59 倍，毛长为该节直径的 0.41～0.60 倍；各足跗节Ⅰ有毛 17～21 根。腹管截断状，位于多毛灰褐色的圆锥体上，端径 0.15～0.17mm，为基宽的 2.00 倍，有明显缘突。尾片月牙形，有小刺突构成瓦纹，长为基宽的 0.26～0.35 倍，有粗长毛 24～31 根，细短毛 20 余根。尾板半圆形，粗糙有小刺突，有长毛 80～110 根。生殖板骨化半圆形，有短毛 90～110 根。

有翅孤雌蚜　体长卵形，体长 4.00～4.81mm，体宽 2.00～2.31mm。玻片标本头

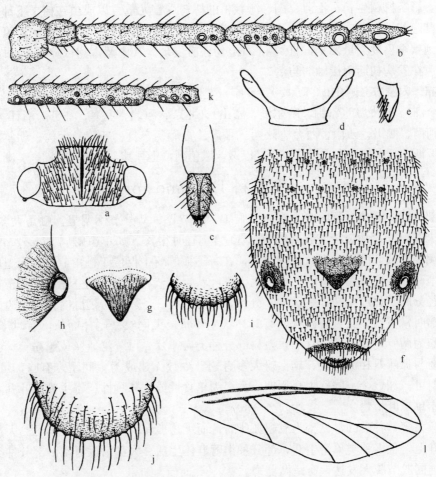

图 120　柳瘤大蚜 *Tuberolachnus salignus*（Gmelin）

无翅孤雌蚜（apterous viviparous female）

a. 头部背面观（dorsal view of head）；b. 触角（antenna）；c. 喙节Ⅳ＋Ⅴ（ultimate rostral segment）；d. 中胸腹岔（mesosternal furca）；e. 后足跗节Ⅰ（hind tarsal segment Ⅰ）；f. 腹部背面观（dorsal view of abdomen）；g. 腹部背瘤（dorsal tubercle of abdomen）；h. 腹管（siphunculus）；i. 尾片（cauda）；j. 尾板（anal plate）。

有翅孤雌蚜（alate viviparous female）

k. 触角节Ⅲ～Ⅳ（antennal segment Ⅲ～Ⅳ）；l. 前翅（fore wing）。

部、胸部黑色，腹部淡色，有黑纹，腹部背片Ⅰ～Ⅵ有大缘斑，背片Ⅰ～Ⅵ有中、侧小黑斑，背片Ⅷ有 1 个横带。体表明显有微细网纹。节间斑明显黑色，常与背斑愈合。触角 6 节，全黑色，全长 1.70mm，为体长的 0.43 倍；节Ⅲ长 0.71mm；节Ⅰ～Ⅵ长度比例：15：17：100：36：36：27＋8，节Ⅲ有大小圆形次生感觉圈 11～17 个，分布于全节，节Ⅳ有 3 或 4 个次生感觉圈，分布中部及端部。翅脉正常，中脉 2 分叉。其他特征与无翅孤雌蚜相似。

生物学　寄主为白柳 *Salix alba*、毛柳 *S. amygdaloides*、垂柳 *S. babylonica*、爆竹柳 *S. fragilis*、朝鲜柳 *S. koreensis*、光滑柳 *Salix* sp. 和青冈柳 *Salix* sp. 等多种柳树。柳瘤大蚜是柳树重要害虫。在枝条或树干皮为害，常密布枝条表皮，严重时使枝叶枯黄，影响柳树生长。沿河、湖、海栽植的柳树受害尤重。以成虫在树干下部树皮缝隙中或其隐蔽处过冬，在宁夏早春由柳树基部向树枝移动，4、5月间大量繁殖，盛夏较少，到秋季再度大量发生，直到11月上旬还有发现。在内蒙古和吉林6、7月间发生较多。应在发病初期用接触剂防治。

分布 内蒙古（阿尔山、赤峰）、辽宁（沈阳、台安）、吉林（长白、抚松、公主岭、吉林、金洲）、黑龙江（富锦、哈尔滨、密山）、北京、河北、上海、江苏、浙江、福建、山东、河南、四川、云南、西藏、陕西、甘肃、青海、宁夏、新疆、台湾；朝鲜，蒙古国，俄罗斯，日本，印度，伊拉克，黎巴嫩，以色列，土耳其，埃及，欧洲，美洲。

十一、斑蚜科 Drepanosiphidae

头部与前胸分离。复眼大，有或无眼瘤。喙节Ⅳ、Ⅴ分节不明显。触角大多6节，细长，末节鞭部通常长于该节基部的0.50倍，有时很长（如单斑蚜属 *Monaphis*），次生感觉圈圆形或卵圆形，有时长椭圆形，在有翅孤雌蚜中仅位于触角节Ⅲ，无翅孤雌蚜常无；节Ⅵ原生感觉圈常有睫。爪间毛大都叶状，跗节有或无小刺。翅脉大都正常，有时前翅径分脉不显或全缺，中脉常2分叉，后翅常有2条斜脉，翅脉时常镶黑边。体背瘤和缘瘤时常发达。腹管短截状，有时杯状或环状；无网纹。尾片瘤状，有时半月形。尾板分裂为两叶，有时宽半月形。该科部分种类有蜡片，可分泌蜡丝或蜡粉。

性蚜与孤雌蚜相似，雌、雄性蚜大多有翅，少数无翅或为中间型，有喙，可取食。卵生性蚜可产卵数个。同寄主全周期。大多为单食性或狭寡食性，寄主为阔叶乔木、灌木或草本单子叶植物。

该科大多数种类的常见型为有翅孤雌蚜，而无翅孤雌蚜罕见，甚至不见。大都生活在植物叶上。很多种类单个生活，部分种类营群体生活。大都活泼喜动，部分种类前足基节或连同股节膨大发达，有跳跃能力。

世界已知13亚科96属556种；中国已知7亚科47属137种，本志记述6亚科30属58种。

亚科检索表

1. 腹管长约为体长的0.20倍或更长，圆柱状或稍肿胀；生殖突3个⋯⋯ **镰管蚜亚科 Drepanosiphinae**
   腹管短于体长0.20倍；生殖突2或4个 ⋯⋯⋯⋯⋯⋯⋯⋯⋯⋯⋯⋯⋯⋯⋯⋯⋯⋯⋯⋯⋯⋯ 2
2. 足胫节端部毛与该节其他毛相近；生殖突通常3或4个，若2个，触角仅3～5节或复眼无眼瘤；寄主大多为槭科、杨柳科植物，极少为罗汉松科、七叶树科、无患子科、蔷薇科、胡桃科植物⋯⋯
   ⋯⋯⋯⋯⋯⋯⋯⋯⋯⋯⋯⋯⋯⋯⋯⋯⋯⋯⋯⋯⋯⋯⋯⋯⋯⋯⋯⋯⋯⋯⋯⋯⋯⋯⋯⋯⋯⋯⋯ 3
   足胫节端部毛明显不同于该节其他毛；生殖突1或2个；寄主大多为山毛榉科、榆科、桦木科植物，极少为竹类、樟科和木兰科植物 ⋯⋯⋯⋯⋯⋯⋯⋯⋯⋯⋯⋯⋯⋯⋯⋯⋯⋯⋯⋯⋯⋯⋯ 5
3. 无翅孤雌蚜复眼由3个小眼面组成；头部与前胸愈合；足各节正常；寄主为罗汉松科植物 ⋯⋯
   ⋯⋯⋯⋯⋯⋯⋯⋯⋯⋯⋯⋯⋯⋯⋯⋯⋯⋯⋯⋯ **新叶蚜亚科 Neophyllaphidinae**
   无翅孤雌蚜复眼由多个小眼面组成；头部与前胸分离；前足股节或前、中足股节发达，适于跳跃
   ⋯⋯⋯⋯⋯⋯⋯⋯⋯⋯⋯⋯⋯⋯⋯⋯⋯⋯⋯⋯⋯⋯⋯⋯⋯⋯⋯⋯⋯⋯⋯⋯⋯⋯⋯⋯⋯⋯⋯ 4
4. 复眼有眼瘤；生殖突4个；蜡片缺；体型宽圆；寄主为禾本科植物 ⋯⋯⋯⋯⋯⋯⋯⋯⋯⋯

………………………………………………………………………… **粗腿蚜亚科 Macropodaphidinae**

复眼无眼瘤；生殖突 2 个；蜡片常存在；体型细长；寄主为莎草科植物 ……………………

………………………………………………………………………… **跳蚜亚科 Saltusaphidinae**

5. 触角节Ⅱ短于节Ⅰ；体蜡片通常消失，若存在，则足跗节Ⅰ有背毛；触角末节鞭部长为该节基部
的 0.50～0.70 倍；喙节Ⅳ＋Ⅴ有 2～22 根次生毛；跗节Ⅰ常有背毛和 5～7 根腹毛；爪间毛扁平；
无翅孤雌蚜缺或存在 ………………………………………………………… **角斑蚜亚科 Myzocallidinae**

触角节Ⅱ长于节Ⅰ；体蜡片存在；触角末节鞭部长为该节基部的 0.10～0.50 倍；喙节Ⅳ＋Ⅴ有
2～4根次生毛；跗节Ⅰ常无背毛，有 2～5 根腹毛；爪间毛毛状或扁平；无翅孤雌蚜存在 ………

………………………………………………………………………… **叶蚜亚科 Phyllaphidinae**

（六）镰管蚜亚科 Drepanosiphinae

触角节Ⅱ长于节Ⅰ。有翅孤雌蚜前足股节膨大。腹管圆柱状，有时膨大，有缘突。
尾片瘤状。尾板完整或稍浅裂。生殖突 3 个。寄主为槭树科 Aceraceae 植物。

世界已知 5 属，中国已知 1 属。

28. 桠镰管蚜属 *Yamatocallis* **Matsumura，1917**

Yamatocallis Matsumura，1917：366. **Type species**：*Yamatocallis hirayamae* Matsumura，1917.

Chaitophoraphis Shinji，1923：307.

Dichaitophorus Shinji，1927：48.

Megalocallis Takahashi，1963：31.

Megalophyllaphis Ghosh，Ghosh *et* Raychaudhuri，1971：383.

Yamatocallis Matsumura：Higuchi，1972：78；Raychaudhuri，Chakrabarti，Basu *et* Ghosh，
1980：313；Tao，1990：154；Ghosh *et* Quednau，1990：313；Remaudière *et* Remaudière，
1997：169；Qiao *et* Zhang，2001：97；Qiao，Zhang *et* Zhong，2005：102.

属征 有翅孤雌蚜身体中至大型，头部有较发达的额瘤。触角 6 节，明显长于身
体；次生感觉圈横椭圆形，有睫，仅分布于节Ⅲ；原生感觉圈有睫。喙较短，节Ⅳ＋Ⅴ
短于或长于后足跗节Ⅱ，有次生毛 4～20 根。腹部背片淡色，无任何中突或缘突。体背
毛长，细尖或钝，有毛基瘤；中毛排成 2 纵列；侧毛少；缘毛多，包括 1 根长毛和数根
短毛；腹部背片Ⅷ有毛 4 根。前足股节扩大或明显较其他股节粗壮；胫节近端部有小刺
突；胫节端部毛分化为短刺。跗节Ⅰ各有 6 或 7 根腹毛和 2 根背毛。爪间毛扁平。翅脉
正常，有时有翅昙；前翅中脉 2 分叉。后翅 2 条斜脉。腹管光滑或粗糙，圆柱形或明显
肿胀，长于基宽，端部有明显的网纹。尾片瘤状。尾板稍内凹。生殖突退化，3 个。

该属蚜虫取食槭树科 Aceraceae 的植物。由于无性蚜的相关记录，无法确定其生活
周期类型。在日本，大多数种类于 5～6 月采自山区；在印度于 4～5 月采自东喜马拉
雅；在中国，于 6 月采集。

世界已知 9 种，中国已知 4 种，本志记述 1 种。主要分布在中国、印度、日本、韩
国等东亚地区。

（88）枫桠镰管蚜 *Yamatocallis hirayamae* **Matsumura，1917**（图 121）

Yamatocallis hirayamae Matsumura，1917：367.

Chaitophoraphis acerifloris Shinji，1923：301.

Yamatocallis hirayamae Matsumura：Higuchi，1972：80；Zhang *et* Liu，1986：239；Blackman
et Eastop，1994：924；Remaudière *et* Remaudière，1997：169；Qiao *et* Zhang，2001：100；
Qiao，Zhang *et* Zhong，2005：104.

特征记述

有翅孤雌蚜　体长椭圆形，体长 2.95mm，体宽 1.02mm。玻片标本头部、胸部、腹管近基部大部分、尾片及尾板浅褐色；腹部淡色，无斑纹。触角节Ⅰ～Ⅲ、节Ⅳ近基 4/5、足、腹管端部深褐色；触角节Ⅳ端部及节Ⅴ、Ⅵ暗褐色，其他淡色。体表光滑，头部背面有皱褶纹，前胸腹面有小刺突。气门卵圆形开放，气门片淡色，长卵形。节间斑不显。体背毛尖锐，毛基瘤明显。头部有头顶毛 1 对，头背毛 3 对，头部腹面有中毛 3 对；前胸背板有中毛 1 或 2 对，侧、缘毛 2 对；腹部背片Ⅰ～Ⅵ各有中毛 1 对，背片Ⅶ有中毛 1 或 2 根；背片Ⅰ～Ⅴ各有侧毛 1 对，较中毛细短，背片Ⅵ～Ⅶ侧毛缺；背片Ⅰ～Ⅶ各有缘毛 1 对；背片Ⅷ有长毛 4 根。头顶毛长 0.06mm，腹部背片Ⅰ缘毛长 0.04mm，背片Ⅷ毛长 0.04mm，分别为触角节Ⅲ最宽直径的 1.10 倍、0.67 倍、0.67 倍。腹部腹面毛短尖，排列整齐。中额微隆，额瘤外倾。触角 6 节，节Ⅲ～Ⅵ细长，全长 4.46mm，为体长的 1.51 倍。节Ⅲ长 1.09mm；节Ⅰ～Ⅵ长度比例：14：7：100：95：94：28+70；节Ⅲ基部稍膨大，向端部渐细；节Ⅲ近端部 2/3、节Ⅳ～Ⅵ有瓦纹，节Ⅲ有条状次生感觉圈 16～20 个，分布于近基部 1/3，原生感觉圈和次生感觉圈均有睫。触角毛短尖，节Ⅰ～Ⅵ毛数：16～27 根，4～10 根，40～49 根，7～18 根，19～27 根，2+0 根，节Ⅵ鞭部顶端有毛 3 根；触角节Ⅲ毛长 0.01mm，为该节最宽直径的 0.24 倍。喙端部达前足基节，节Ⅳ+Ⅴ短锥状，长 0.13mm，为基宽的 1.67 倍，为后

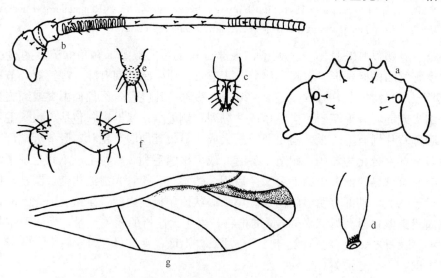

图 121　枫桠镰管蚜 *Yamatocallis hirayamae* Matsumura
有翅孤雌蚜（alate viviparous female）

a. 头部背面观（dorsal view of head）；b. 触角节Ⅰ～Ⅲ（antennal segments Ⅰ～Ⅲ）；c. 喙节Ⅳ+Ⅴ（ultimate rostral segment）；d. 腹管（siphunculus）；e. 尾片（cauda）；f. 尾板（anal plate）；g. 前翅（fore wing）.

足跗节Ⅱ的0.81倍，有原生毛3对，次生毛5对。前足股节膨大，近端部有角状突起。后足股节长0.77mm，为触角节Ⅲ的0.71倍。胫节近端部3/5有小刺分布，向端部渐密，后足胫节长1.72mm，为体长的0.58倍；后足胫节毛长0.03mm，为该节中宽的0.75倍。跗节Ⅰ毛序：7，7，7。后足跗节Ⅱ长0.16mm。前翅径分脉与中脉之间及中脉与肘脉基部之间有翅昙分布，前翅中脉分为2叉，后翅2条斜脉。腹管长筒状，近基部2/3膨大，向端部渐细，有缘突，缘突之下有6或7列网纹，长0.42mm，为体长的0.14倍，为尾片的2.60倍，为后足跗节Ⅱ的2.60倍。尾片瘤状，长0.16mm，为基宽的0.81倍，有长毛2或3对。尾板后缘中部内凹，浅裂为两叶，有毛10对，其中有短毛4对。生殖板后缘有毛14～16根。

生物学　寄主植物为日本槭 *Acer nipponicum*、色木槭（五角枫）*A. mono* 和峰槭 *Acer* sp.、恶魔槭 *Acer* sp. 等槭属植物。活体叶绿色，在叶片背面为害。

分布　辽宁（本溪）；朝鲜，俄罗斯，日本。

（七）粗腿蚜亚科 Macropodaphidinae

体背瘤发达。前足股节发达，适于跳跃。复眼有眼瘤，眼瘤着生于复眼中部的下面。生殖突4个。

29. 粗腿蚜属 *Macropodaphis* Remaudière *et* Davatchi，1958

Macropodaphis Remaudière *et* Davatchi，1958：241. **Type species**：*Macropodaphis rechingeri* Remaudière *et* Davatchi，1958.

Macropodaphis Remaudière *et* Davatchi：Ivanovskaja，1965：63；Ivanovskaja，1982：23；Ivanovskaja，1988：53；Kadyrbekov，1991：16；Zhang，Zhang *et* Tian，1995：214；Remaudière *et* Remaudière，1997：209；Qiao *et* Zhang，2003：415；Qiao，Zhang *et* Zhong，2005：109.

属征　体卵圆形，相当宽。复眼的小眼瘤位于眼中部的下面。体背常有6排背瘤，有的种类在瘤的端部有腺群，其间有无腺群的微瘤。前足股节发达，适于跳跃，长于且宽于中、后足股节，爪间毛尖锐。触角6节，节Ⅵ鞭部明显长于基部，节Ⅵ原生感觉圈前后有和它远离的副感觉圈，无翅孤雌蚜节Ⅲ有次生感觉圈，有睫。腹管截柱形。尾片长舌形。尾板浅裂成双叶状。生殖突4个。

该属蚜虫主要取食莎草科 Cyperaceae 植物，多在叶片上为害。主要分布在北亚。

世界已知10种，中国已知2种，本志记述1种。

(89) 奇异粗腿蚜 *Macropodaphis paradoxa* Zachvatkin *et* Aizenberg，1960 （图122）

Macropodaphis paradoxa Zachvatkin *et* Aizenberg，1960：40.

Macropodaphis alexandri Ivanovskaja，1965：63.

Macropodaphis kuraijensis Ivanovskaja，1965：65.

Macropodaphis paradoxa Zachvatkin *et* Aizenberg：Remaudière *et* Remaudière，1997：209；Qiao *et* Zhang，2003：416；Qiao，Zhang *et* Zhong，2005：110.

特征记述

无翅孤雌蚜　体卵圆形，体长2.10mm，体宽1.13mm。活体绿色，体背有白色瘤

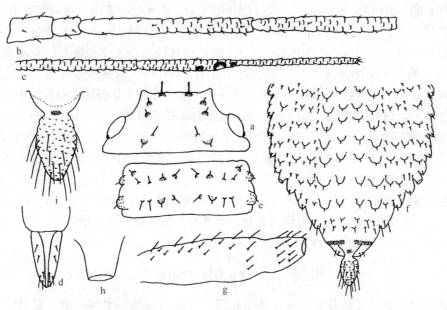

图 122　奇异粗腿蚜 *Macropodaphis paradoxa* Zachvatkin *et* Aizenberg
无翅孤雌蚜（apterous viviparous female）

a. 头部背面观（dorsal view of head）；b. 触角节 I～IV（antennal segments I～IV）；c. 触角节 V～VI
（antennal segments V～VI）；d. 喙节 IV＋V（ultimate rostral segment）；e. 前胸背板（pronotum）；f. 腹
部背面观（dorsal view of abdomen）；g. 前足股节（fore femur）；h. 腹管（siphunculus）；i. 尾片（cauda）。

刺。玻片标本淡色，触角节 IV 淡褐色，节 V、VI 黑色；喙端部、前足股节端部、胫节基
部背方及爪黑色，跗节淡褐色至褐色；腹部背片 VIII 有窄中侧斑 1 对。体表布满瘤状或指
状突起；头顶有瘤 3 对，长不及基宽，各瘤上有钝顶短毛 1 根。前胸背板有中瘤 4 对，
前侧瘤 1 对，缘瘤 2 对，共有背毛 22 根；中、后胸背板各有缘瘤 2 对，中瘤 2 对；腹
部背片 I～VII 有缘瘤 2 或 3 对，其中 1 对较发达，但长度不超过腹管长度；中侧背瘤
10～12 个，其中中背瘤最发达，长与基宽约等；背片 VIII 有毛 20 根，有小毛基瘤 6 个。
中额不隆。复眼有 3 个小眼面，位于复眼下方，不甚明显。触角 6 节，节 III 端半、节
IV～VI 有横瓦纹；全长 2.11mm，与体长约相等；节 III 长 0.47mm，节 I～VI 长度比
例：29：20：100：97：78：42＋84；触角毛短，顶钝，节 I～VI 毛数：3 或 4 根，4
根，14～16 根，9～12 根，5 或 6 根，（2 或 3）＋0 根，末节鞭部顶端有毛 4 或 5 根；
触角节 III 毛长为该节最宽直径的 0.25 倍；节 III 有小圆形次生感觉圈 1 或 2 个，有睫，
分布于基部 1/5；原生感觉圈圆形，有长睫，节 VI 原生感觉圈前、后各有 1 个稍远离的
副感觉圈。喙端部达中足基节，节 IV＋V 近三角形，基部粗宽，端部尖，长 0.11mm，
为基宽的 1.29 倍，为后足跗节 II 的 0.54 倍；有原生毛 3 对，次生毛 2 对。前足股节粗
壮，适于跳跃。前足股节长 0.68mm，为该节最宽直径的 3.09 倍；后足股节长
0.45mm，为该节最宽直径的 4.19 倍，为触角节 III 的 0.97 倍。后足胫节长 0.93mm，
为体长的 0.44 倍。足毛钝顶；后足胫节毛长 0.06mm，为该节中宽的 1.10 倍。跗节 I
毛序：7，7，7。腹管短筒状，长 0.05mm，为基宽的 0.57 倍，为尾片的 0.17 倍。尾

片近基缢缩，端部长舌状，长 0.30mm，为基宽的 1.53 倍；有毛 18～21 根。尾板双叶状，中部浅裂；有毛 12～14 根。生殖突 4 个，各有毛 2 或 3 根。

生物学 寄主植物为二裂委陵菜 *Potentilla bifurca* 和黄瓜草。

分布 内蒙古（额尔古纳）；俄罗斯。

（八）角斑蚜亚科 Myzocallidinae

成蚜触角节 Ⅱ 短于节 Ⅰ。喙端部有 2～22 根次生毛。体蜡片通常消失，若存在，则跗节 Ⅰ 无背毛。跗节 Ⅰ 常有背毛和 5～7 根腹毛；爪间毛扁平。无翅孤雌蚜缺或有。胚胎或 1 龄若蚜复眼有眼瘤。触角大部分有微刺。头部和前胸分界不清晰。在胸部和腹部背片 Ⅰ～Ⅵ 有 4 纵排毛，即侧毛不存在（彩斑蚜属 *Therioaphis* 有的种例外），胸部背板各节有缘毛 1 对。

寄主植物种类多样，但大多数种类取食桦木科 Betulaceae、壳斗科 Fagaceae 和榆科 Ulmaceae 植物。

世界已知 2 族 61 属 350 种，中国已知 2 族 35 属 107 种，本志记述 2 族 22 属 48 种。

族 检 索 表

1. 胚胎胸部缘毛成对；头背有 "V" 形缝；跗节 Ⅰ 通常无背毛；无翅孤雌蚜通常存在；寄主大多为桦木科植物，极少为胡桃科植物 ·················· **长角斑蚜族 Calaphidini**

   胚胎胸部缘毛单一；头背无 "V" 形缝；跗节 Ⅰ 有 1 对背毛；无翅孤雌蚜消失或存在；寄主大多为山毛榉科、榆科、桦木科植物，极少为竹类、朴属、椴属植物 ·········· **角斑蚜族 Myzocallidini**

[1] 长角斑蚜族 Calaphidini

属 检 索 表

1. 尾板完整；触角末节鞭部短于基部；跗节 Ⅰ 有腹毛 7 根 ·························· 2

   尾板不完整，中间深裂为两叶；触角末节鞭部长于该节基部；跗节 Ⅰ 有腹毛 5 或 6 根 ·········· 3

2. 尾片瘤状；触角末节基部有毛 1 或 2 根；蜡片存在；无翅孤雌蚜消失 ········· **绵斑蚜属 Euceraphis**

   尾片圆形；触角末节基部毛多于 6 根；蜡片消失；无翅孤雌蚜存在；寄主为桤木属和桦木属植物

   ·························· **毛斑蚜属 Symydobius**

3. 尾片新月形或长椭圆形 ·························· **桦蚜属 Betulaphis**

   尾片瘤状 ·························· 4

4. 头部腹面有 1 条宽带；腹部背片 Ⅳ、Ⅴ 缘瘤长于触角节 Ⅱ；寄主为桤木属和桦木属植物 ··········

   ·························· **桦斑蚜属 Betacallis**

   头部腹面无斑；腹部背片 Ⅳ、Ⅴ 缘瘤短于触角节 Ⅱ ·························· 5

5. 腹管很短，至多为触角节 Ⅲ 中宽的 0.66 倍；无翅孤雌蚜存在；触角末节鞭部长为基部的 5.00 倍

   ·························· **单斑蚜属 Monaphis**

   腹管长，至少为触角节 Ⅲ 中宽的 2.00 倍；无翅孤雌蚜存在或缺；触角末节鞭部短于基部的 5.00 倍

   ·························· 6

6. 触角短于体长；无翅型腹部背毛尖锐，背板有黑斑；寄主为桦木属植物 ··········

·· 带斑蚜属 *Callipterinella*

触角长于体长；无翅型若存在，腹部背毛头状，背板无黑斑；寄主为桤木属 ······················

·· 长角斑蚜属 *Calaphis*

30. 桦斑蚜属 *Betacallis* Matsumura，1919

Betacallis Matsumura，1919：110. **Type species**：*Betacallis alnicolens* Matsumura，1919.

Betacallis Matsumura：Higuchi，1972：50；Raychaudhuri，Chakrabarti，Basu *et* Ghosh，1980：
281；Chakrabarti，1988：8；Ghosh *et* Quednau，1990：18；Blackman *et* Eastop，1994：579；
Zhang，Zhang *et* Zhang，1995：207；Remaudière *et* Remaudière，1997：210；Qiao，Jiang *et*
Zhang，2003：693；Qiao，Zhang *et* Zhong，2005：115.

属征 头部有不明显的额瘤，背中缝消失，腹面有黑色横带。有翅孤雌蚜触角6
节，原生感觉圈有睫，次生感觉圈仅限于第3节，其他各节缺。触角毛尖或钝顶，短于
触角节Ⅲ的直径。胸部无背瘤。腹部缘瘤褐色，其上着生1根毛。腹管黑色，通常在靠
其基部生1根毛。尾片头状，基部缢缩，长大于宽，多毛。尾板凹入。各足胫节端毛不
同于该节其他部位的毛，跗节多刺，跗节Ⅰ有5～7根腹毛，无背毛。翅脉色稍深或仅
端部着色，前翅中脉两次分支，径分脉明显弯曲，后翅有2条斜脉。

胚胎（1龄若蚜）胸部缘毛每节2对；腹部背毛长，头状，纵向平行排列，侧毛存
在，缘毛单一。腹管可见。

本属蚜虫取食桦木科 Betulaceae 植物。

世界已知6种，中国已知4种，本志记述1种。主要分布在中国，日本和印度。

(90) 桤木桦斑蚜 *Betacallis alnicolens* Matsumura，1919 （图123）

Betacallis alnicolens Matsumura，1919：110.

Betacallis alnicolens Matsumura：Higuchi，1972：51；Zhang，Liu，He *et* Zhong，1986：404；
Blackman *et* Eastop，1994：579；Zhang，Zhang *et* Zhong，1995：208；Remaudière *et*
Remaudière，1997：210；Qiao，Jiang *et* Zhang，2003：694；Qiao，Zhang *et* Zhong，
2005：115.

特征记述

有翅孤雌蚜 体长椭圆形，体长3.98mm，体宽1.37mm。活体淡绿色。玻片标本
淡色，体背无斑纹，头部腹面有1个宽黑横带；前胸背板缘域有1个纵黑斑，中胸背板
淡褐色。触角淡色，节Ⅲ～Ⅵ各端部黑色；喙淡色，节Ⅳ＋Ⅴ淡褐色，顶端黑色；足股
节端部1/4端外缘黑色，胫节褐色；腹管端部3/5～4/5黑色，基部淡色；尾片、尾板
淡色。体表光滑，腹部缘瘤发达，其中节Ⅳ、Ⅴ缘瘤最大，但小于腹管；节Ⅰ～Ⅶ各缘
瘤长度：0.04mm，0.06mm，0.08mm，0.18mm，0.11mm，0.03mm，0.03mm。腹
部背片中侧毛基瘤微隆，有时不显，各顶瘤端有1根长尖锐毛。气门圆形开放，气门片
淡色。体背毛长尖。头部有头顶毛2对，头背毛4对；前胸背板有中侧毛3～5对，缘
毛2对；中、后胸背板多毛；腹部背片Ⅰ～Ⅵ有中、侧、缘毛各1对，除各瘤顶端毛
外，背片Ⅷ有毛12或13根。头顶长毛0.14mm，为触角节Ⅲ最宽直径的2.30倍，腹
部背片Ⅰ缘毛长0.05mm，腹部背片Ⅷ长毛长0.14mm。中额不隆，额瘤隆起外倾，呈
深"U"形。触角6节，细长，节Ⅰ～Ⅲ光滑，节Ⅳ～Ⅴ有横瓦纹；全长6.66mm，为

体长的 1.70 倍，节Ⅲ长 1.88mm，节Ⅰ～Ⅵ长度比例：9：6：100：92：74：27＋47；节Ⅰ～
Ⅵ毛数：4 根，4～7 根，36～39 根，25 或 26 根，15 或 16 根，11＋0 根，节Ⅲ毛长 0.03～
0.05mm，为该节最宽直径的 0.50～0.80 倍；节Ⅲ有椭圆形次生感觉圈 20～27 个，分布于
外缘基部 3/5；节Ⅴ、Ⅵ原生感觉圈长形，无睫。喙端不达中足基节，节Ⅳ＋Ⅴ楔状，长
0.20mm，为基宽的 2.00 倍，为后足跗节Ⅱ的 1.10 倍，有毛 11 或 12 对，其中次生毛 7 或
8 对。足长大，股节光滑，端部外倾有凹裂，胫节端部 1/2 有小刺突密布；后足股节长
1.72mm，为触角节Ⅲ的 0.94 倍；后足胫节长 3.32mm，为体长的 0.83 倍，长毛长为该节
中宽的 2.60 倍；跗节Ⅰ有毛 5～7 根。翅脉粗黑，前翅中脉分 3 支，2 肘脉镶黑边。腹
管截断状，无缘突，光滑；长 0.23mm，为尾片的 0.93 倍。尾片瘤状，中部收缩，瘤
状部有小刺突瓦纹，有毛 6～8 根。尾板末端中央内凹，有长毛 28～36 根。

生物学　该种蚜虫取食桤木属 *Alnus* spp. 植物，中国记载为害拟赤杨 *Alnus* sp.，
国外记载寄主植物有辽东桤木 *A. hirsuta*、日本桤木 *A. japonica* 和松村桤木 *A.
matsumurae*。在叶背或嫩尖为害。

分布　内蒙古（鄂伦春旗）、吉林（安图）、黑龙江（伊春）、福建；俄罗斯，韩国，
日本。

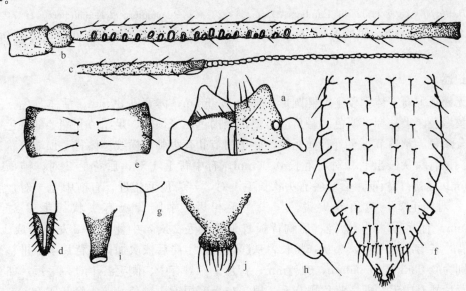

图 123　桤木桦斑蚜 *Betacallis alnicolens* Matsumura

有翅孤雌蚜（alate viviparous female）

a. 头部背面（右侧）及腹面观（左侧）［dorsal (right) and ventral (left) views of head］；b. 触角节Ⅰ～Ⅲ
(antennal segments Ⅰ～Ⅲ)；c. 触角节Ⅵ (antennal segment Ⅵ)；d. 喙节Ⅳ＋Ⅴ (ultimate rostral segment)；
e. 前胸背板 (pronotum)；f. 腹部背面观（dorsal view of abdomen）；g. 腹部背瘤及刚毛（dorsal hairs and
dorsal tubercle on abdomen）；h. 腹部背片Ⅳ缘瘤及刚毛（marginal hairs and marginal tubercle on abdominal
tergite Ⅳ）；i. 腹管 (siphunculus)；j. 尾片 (cauda)。

31. 桦蚜属 *Betulaphis* Glendennig, 1926

Betulaphis Glendennig, 1926：96. **Type species**：*Aphis quadrituberculata* Kaltenbach, 1843 ＝
Betulaphis occidentalis Glendennig, 1926.

Betulaphis Glendennig：Cottier，1953：105；Higuchi，1972：52；Stroyan，1977：88；Heie，1982：40；Glosh *et* Quednau，1990：32；Blackman *et* Eastop，1994：580；Zhang *et* Tian 1995：464；Remaudière *et* Remaudière，1997：210；Zhang，1999：218；Qiao，Jiang *et* Zhang，2003：694；Qiao，Zhang *et* Zhong，2005：122.

属征　体小型，扁平，卵圆形。触角6节，短于体长，原生感觉圈有睫，触角节Ⅲ有宽卵形或半球形次生感觉圈。喙粗短，端部仅超过前足基节。腹部无瘤。腹管低，截断状。尾片短，圆锥形。尾板分裂呈双叶状。足胫节端毛明显不同于胫节其他部位的毛；跗节Ⅰ各有5～7根腹毛，背毛缺。

胚胎胸部各节有缘毛2对；腹部背片中、侧背毛短，不明显，纵向平行排列，缘毛单一，头状。腹管可见。

该属蚜虫取食桦木科 Betulaceae 植物。

世界已知5种，中国已知2种，本志记述1种。全北区及澳洲区分布。

（91）光腹桦蚜 *Betulaphis pelei* Hille Ris Lambers，1952（图124）

Betulaphis pelei Hille Ris Lambers，1952：23.

Betulaphis asensoriata Raychaudhuri，Chakrabarti，Basu *et* Ghosh，1980：284.

Betulaphis pelei Hille Ris Lambers：Heie，1982：42；Remaudière *et* Remaudière，1997：210；Blackman *et* Eastop，1994：581；Qiao，Jiang *et* Zhang，2003：697；Qiao，Zhang *et* Zhong，2005：123.

特征记述

无翅孤雌蚜　体型较小，椭圆形，体长1.65mm，体宽0.80mm。活体黄色、淡黄色或黄绿色。玻片标本淡色。触角节Ⅵ鞭部淡褐色，喙顶端、足跗节Ⅱ端半部褐色，其他部分淡色。触角节Ⅳ～Ⅵ有横瓦纹，后足跗节Ⅱ有小刺突横纹。体背毛顶端头状或扩展，头顶有头状长粗毛2对，毛长0.06mm，有中背毛1对，后背毛2对，钝顶，长0.02mm；前胸背板前、后缘各有头状长毛1对，与头顶毛相近，有前中毛1对，后中侧毛2对，毛短，钝顶或尖锐，与头背毛相近；中胸背板有头状缘毛2对，长0.03mm，有背毛2对，短钝；后胸背板有头状缘毛2对，中侧背毛2对，排成1行；腹部背片各有缘毛1对，头状，粗长，从腹部背片Ⅰ向后依次加长，背片Ⅰ、Ⅲ、Ⅴ毛长分别为0.03mm，0.06mm，0.07mm，背片Ⅰ～Ⅵ有中、侧毛各1对，毛短，如头状毛，背片Ⅶ有中毛2根，背片Ⅷ有毛8根，与缘毛相近。触角6节，全长1.20mm，节Ⅰ～Ⅵ长度比例：13：10：100：46：37：25＋25；触角毛钝顶，极短，长0.07mm，为触角节Ⅲ最宽直径的0.03倍，节Ⅰ～Ⅵ毛数：3根，4根，7根，3根，4根，0＋0根，末节鞭部顶端有毛4根。喙节Ⅳ＋Ⅴ长0.06mm，为基宽的1.11倍，为后足跗节Ⅱ的0.61倍；无次生毛。后足股节长0.44mm，为触角节Ⅲ的0.90倍。后足胫节长0.71mm，为体长的0.43倍；后足胫节、股节背方毛均为钝顶毛。腹管长0.07mm，位于腹部背片Ⅵ，基部有背片Ⅵ的缘毛1根。尾片瘤状，长0.12mm，有颗粒状小刺分布，有毛9根。尾板深裂呈双叶状，有毛20根。生殖突2个。

生物学　本种取食桦木属植物 *Betula* spp.，中国记载寄主植物为红桦 *B. albosinensis*，国外记载为害桦属1种 *B. nana*（Heie，1982）。在老叶背面取食。

分布 内蒙古（阿尔山）、西藏；俄罗斯，蒙古国，丹麦，瑞典，挪威，芬兰，冰岛，波兰，匈牙利，英国，德国，美国，加拿大，新西兰。

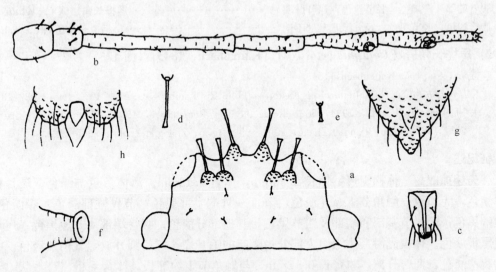

图 124 光腹桦蚜 *Betulaphis pelei* Hille Ris Lambers
无翅孤雌蚜 （apterous viviparous female）

a. 头部背面观 （dorsal view of head）；b. 触角 （antenna）；c. 喙节 IV＋V （ulimate rostral segments）；d. 腹部背片 VIII 背毛 （dorsal hair on abdominal tergite VIII）；e. 腹部背片 I 缘毛 （marginal hair on abdominal tergite I）；f. 腹管 （siphunculus）；g. 尾片 （cauda）；h. 尾板 （anal plate）。

32. 长角斑蚜属 *Calaphis* Walsh，1863

Calaphis Walsh，1863：301. **Type species：** *Calaphis betulella* Walsh，1863.

Kallistaphis Kirkaldy，1905：417.

Siphonocallis del Guercio，(1913) 1914：293.

Neocallipterus van der Goot，1915：320.

Neocalaphis Shinji，1927：1.

Kallistaphis Kirkaldy：Stroyan，1977：85.

Calaphis Walsh：Heie，1982：36；Qiao *et* Zhang，2002：768；Remaudière *et* Remaudière，1997：211；Qiao，Jiang *et* Zhang，2003：698；Qiao，Zhang *et* Zhong，2005：128.

属征 头部有发达的额瘤。有翅孤雌蚜触角 6 节，长于身体；触角末节鞭部长于基部；原生感觉圈有睫，次生感觉圈仅分布于触角节 III；触角毛很短。腹部背片有明显斑纹，无背瘤；缘瘤发达，各瘤有 1 根毛。体背毛顶端钝或头状；胫节端部毛没有分化。跗节 I 有 5～7 根腹毛和 1 对背毛。前翅中脉 2 分叉，径分脉基部消失或不明显；翅脉有褐色镶边；后翅 2 条斜脉。腹管短管形。尾片瘤状，基部收缩。尾板分裂为两叶。胚胎腹部背面毛长，头状，各节背片有中、侧、缘毛各 1 对。腹管可见。

该属蚜虫取食桦木科 Betulaceae 植物，无蚂蚁伴生。

世界已知 13 种，中国已知 2 种，本志记述 2 种。

种 检 索 表

1. 腹管端部 2/3 黑色；胫节淡色；径分脉明显 ………………………………… **居桦长角斑蚜 *C. betulicola***

　　腹管淡色；胫节黑色；径分脉基半部不明显 ………………………………… **相似长角斑蚜 *C. similis***

（92）居桦长角斑蚜 *Calaphis betulicola* （Kaltenbach，1843）（图 125）

　　Aphis betulicola Kaltenbach，1843：43.

　　Calaphis betulicola （Kaltenbach）：Eastop *et* Hille Ris Lambers，1976：119；Heie，1982：37；
　　　　Blackman *et* Eastop，1994：589；Remaudière *et* Remaudière，1997：211；Qiao *et* Zhang，
　　　　2002：769；Qiao，Jiang *et* Zhang，2003：698；Qiao，Zhang *et* Zhong，2005：128.

特征记述

　　无翅孤雌蚜 体椭圆形，体长 2.56mm，体宽 1.13mm。活体黄色与绿色。玻片标本淡色，无斑纹。触角节Ⅰ、Ⅱ淡色，节Ⅲ～Ⅵ端半部黑色，节Ⅳ鞭部淡色；喙淡色，顶端黑色；足胫节基部和端部及跗节黑色，其他部分淡色；腹管端部 4/5 漆黑色；尾片及尾板淡色。体表光滑。体缘瘤大部分为隆起的毛基瘤。气门圆开放，气门片淡色。中胸腹岔淡色，两臂分离，单臂长 0.12mm，与触角节Ⅰ约等长。体背毛粗，钉毛状，毛基隆起。头部有头顶毛 3 对，头背毛 3 对；前胸背板有中侧毛 3 对，缘毛 2 对；腹部背片Ⅰ～Ⅵ有中侧毛各 4 或 5 根，缘毛各 2 根，背片Ⅶ有中毛 4 根，缘毛 2 根，背片Ⅷ有毛 8～10 根，各毛长 0.07～0.08mm，为触角节Ⅲ最宽直径的 1.60～2.00 倍。中额微隆，额瘤显著外倾。触角 6 节，细长，有瓦纹，长 3.40mm，为体长的 1.30 倍，节Ⅲ长 1.03mm，节Ⅰ～Ⅵ长度比例：13：7：100：70：63：26＋53；触角毛粗钝顶，节Ⅰ～Ⅵ毛数：5～7 根，4 或 5 根，32 根，12 或 13 根，7～9 根，1＋0 根，末节鞭部顶端有毛 4 根；节Ⅲ长毛为该节最宽直径的 1/5；节Ⅲ有圆形次生感觉圈 11～14 个；原生感觉圈长圆形，有长睫。喙端部达中足基节，节Ⅳ＋Ⅴ楔状，长 0.13mm，为基宽的 2.00 倍，比后足跗节Ⅱ稍长或约等长，有原生长毛 3 对，次生长毛 4 对。股节有微刺突瓦纹，胫节有小刺突组成瓦纹，端部 3/5 明显。后足股节长 0.72mm，为触角节Ⅲ的 0.70 倍；后足胫节长 1.53mm，为体长的 0.60 倍；胫节外缘毛尖锐，内缘毛钝顶，顶端有 3 根粗短锯状毛，长毛长 0.04mm，为该节中宽的 0.64 倍；跗节Ⅰ各有腹毛 5 根，背毛 2 根。腹管短筒状，有皱纹，有明显缘突和切迹，长 0.12mm，为基宽的 0.95 倍，端径 0.09mm。尾片瘤状，中部收缩，有小刺突微瓦纹，长 0.18mm，为腹管的 1.50 倍，有长毛 5～8 根。尾板分裂为两叶，有长短毛 18～24 根。

　　有翅孤雌蚜 玻片标本体淡色，触角节Ⅰ、Ⅱ淡色，节Ⅲ～Ⅵ淡褐色；翅痣基部沿下缘有褐色斑，径分脉清晰可见，中脉稍有色边，肘脉镶粗边；各足胫节基部褐色，其他部分淡色。腹管端部 2/3 黑色，其他部分淡色。额毛 1 对，但玻片标本似乎缺失。头部有前背毛 2 对，长 0.05mm，稍头状或钝顶；中背毛 1 对，短、钝顶，长 0.02mm；后背毛 4 根，排成 1 行，与中背毛相同。前胸背板有前侧角毛 1 根，前背毛 4 根（1 对缘毛，1 对中毛），后背毛 6 根（中、侧、缘毛各 1 对），稍头状；中胸背板毛稍头状，有前侧毛 3 对，前中背毛 2 对，后中背毛 3 对。腹部背片Ⅰ～Ⅵ各有中侧背毛 6 根，缘毛 1 对，背片Ⅶ有中、侧、缘毛各 1 对，背片Ⅷ有毛 10 根。腹部背片毛均为钝顶或头

状毛，腹部背片Ⅲ长毛长 0.03mm。缘瘤位于腹部节Ⅰ～Ⅴ，节Ⅳ、Ⅴ缘瘤较发达，高与基宽相近，缘毛位于缘瘤顶端。触角6节，节Ⅰ～Ⅵ长度比例：11：5：100：69：65：24＋51，节Ⅰ～Ⅵ毛数：5根，4根，20根，13根，10根，1＋0根；末节鞭部顶端有毛4根；触角节Ⅲ有卵圆形或圆形次生感觉圈23个，分布于近基部 4/5；触角节Ⅲ端部、节Ⅳ～Ⅵ有网纹。节Ⅲ毛钝，短粗，长为基宽的 1/3。喙端部不达中足基节，节Ⅳ＋Ⅴ长 0.12mm，为基宽的 2.00 倍，有次生毛8根。后足股节长 0.79mm，后足胫节长 1.61mm，后足跗节Ⅱ长 0.11mm。后足股节基部和后足胫节背方毛短，钝顶或稍头状。跗节Ⅰ各有腹毛6根，无背毛。爪间毛扁平，如新月形。腹管有小刺，不光滑，长 0.11mm，长为基宽的 1.40 倍。尾片有尖长毛6根，中部加宽，端部稍缢缩，长 0.12mm，基宽 0.08mm，中宽 0.09mm，端宽 0.05mm。尾板浅裂，有毛 22 根。

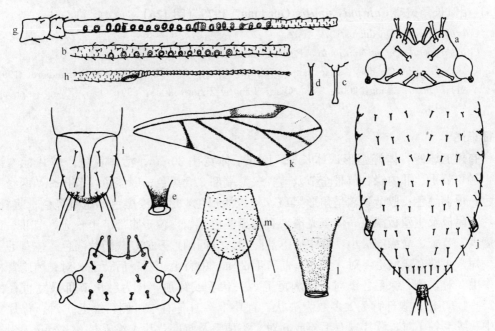

图 125 居桦长角斑蚜 *Calaphis betulicola* (Kaltenbach)

无翅孤雌蚜 (apterous viviparous female)

a. 头部背面观 (dorsal view of head)；b. 触角节Ⅲ (antennal segment Ⅲ)；c. 体背刚毛及毛基瘤 (dorsal hair and hair-bearing tubercle of body)；d. 胫节刚毛 (hair on tibia)；e. 腹管 (siphunculus)。

有翅孤雌蚜 (alate viviparous female)

f. 头部背面观 (dorsal view of head)；g. 触角节Ⅰ～Ⅲ (antennal segments Ⅰ～Ⅲ)；h. 触角节Ⅵ (antennal segment Ⅵ)；i. 喙节Ⅳ＋Ⅴ (ultimate rostral sgement)；j. 腹部背面观 (dorsal view of abdomen)；k. 前翅 (fore wing)；l. 腹管 (siphunculus)；m. 尾片 (cauda)。

雌性蚜 体毛长头状，与无翅孤雌蚜相似。触角节Ⅲ～Ⅴ端部、节Ⅵ原生感觉圈着生处及鞭部褐色，其他部分淡色；胫节基部、跗节黑色。触角节Ⅲ有 6～11 个次生感觉圈。后足股节有数个伪感觉圈，胫节密布椭圆形至圆形雌性信息素分泌腺。生殖板发达，近圆形，多毛。生殖突有毛 27 根，成 3 簇排列。

雄性蚜 中胸背板至腹部背片Ⅶ有黑色斑纹，背片Ⅳ、Ⅴ斑纹最大。体背毛较无翅孤雌蚜短，钝顶或稍头状。触角节Ⅲ有 17 个圆形次生感觉圈，分布全节。腹管黑色。雄性外生殖器抱器发达，黑色多毛。翅脉与有翅孤雌蚜相同。

生物学　本种蚜虫取食桦木属植物 *Betula* spp.，中国记载为白桦 *B. platyphylla* 和棘皮桦 *B. dahurica*，国外记载有垂枝桦 *B. pendula*、白桦和棘皮桦（Blackman *et* Eastop，1994）以及毛枝桦 *B. pubescens*（Heie，1982）。性情活泼，活体浅绿色或黄绿色，体背有深色背斑。在叶片背面为害，通常在种苗期和矮于 1.00m 的小树期为害较重。

分布　内蒙古（鄂伦春旗）、辽宁（本溪）、黑龙江（漠河）、河北；俄罗斯，丹麦，瑞典，挪威，芬兰，西班牙，波兰，捷克，斯洛伐克，匈牙利，英国，德国，美国，加拿大。

(93) 相似长角斑蚜 *Calaphis similis* Quednau，1979（图 126）

Calaphis similis Quednau，1979：502.

Calaphis betulaecolens levitubulosa Pashtshenko，1984：43.

Calaphis similis Quednau：Blackman *et* Eastop，1994：591；Remaudière *et* Remaudière，1997：211；Qiao *et* Zhang，2002：771；Qiao，Jiang *et* Zhang，2003：699；Qiao，Zhang *et* Zhong，2005：131.

特征记述

有翅孤雌蚜　体椭圆形，体长 2.71mm，体宽 1.20mm。活体黄色。玻片标本淡色，触角节Ⅰ、Ⅱ内缘、节Ⅲ全节及节Ⅳ～Ⅴ端部 3/5 黑色；喙淡色，节Ⅳ～Ⅴ两缘淡褐色，顶端黑色；股节顶端呈角形黑斑，外缘淡褐色，胫节漆黑色，跗节黑色；腹管、尾片、尾板及生殖板淡色。体表光滑，有明显淡色缘瘤，位于腹部节Ⅰ～Ⅶ，节Ⅱ～Ⅳ缘瘤大，节Ⅰ、Ⅶ缘瘤极小，背中瘤不甚隆起。气门圆形开放，气门片淡色。体背毛尖锐、短。头部有额瘤毛 1 对，头背有前背毛 2 对，中背毛 1 对，后背毛 2 对；前胸背板有中毛 3 对，侧、缘毛各 1 对，前胸背毛为头状毛或钝顶，长为触角节Ⅲ最宽直径的 1.25～1.60 倍；腹部背毛大多数为头状，背片Ⅰ～Ⅵ各有中、侧、缘毛 1 对，背片Ⅶ有中、缘毛各 1 对，背片Ⅷ有毛 4 或 5 对。头顶毛及腹部背片Ⅰ缘毛长 0.02mm，为触角节Ⅲ最宽直径的 0.55 倍；背片Ⅷ长毛长 0.07mm。中额微隆，额瘤隆起外倾，呈浅 "W" 形。触角 6 节，细长，有细瓦纹；全长 3.79mm，为体长的 1.40 倍，节Ⅲ长 1.29mm，节Ⅰ～Ⅵ长度比例：9：6：100：63：49：22＋43；触角毛短尖锐，节Ⅰ～Ⅵ毛数：7～9 根，4 根，32～42 根，11～18 根，8～10 根，（1～3）＋0 根，末节鞭部顶端有毛 3 或 4 根；节Ⅲ有椭圆形次生感觉圈 18～25 个，分布于基部 3/5。喙端部不达中足基节，节Ⅳ＋Ⅴ楔状，长 0.13mm，为基宽的 2.00 倍，与后足跗节Ⅱ约等长，有原生毛 3 对，次生毛 4 或 5 对。股节及胫节基部 2/5 有小刺突组成的细瓦纹，胫节端部 3/5 有粗刺突密布。后足股节长 0.97mm，为触角节Ⅲ的 0.75 倍；后足胫节长 1.92mm，为体长的 0.71 倍，毛长为该节中宽的 0.93 倍；跗节Ⅰ有 6 根腹毛和 2 根背毛。前翅翅脉粗黑，有深黑色镶边，翅痣端部、沿内缘及基部深黑色，中心淡色；径分脉微显，基部 3/5 缺，后翅 2 条斜脉淡色。腹管短筒状，有缘突和微横纹，长 0.13mm，为基宽的 1.40 倍，为尾片的 0.72 倍，端宽 0.08mm。尾片瘤状，微刺突分布，中部收缩，长0.18mm，有毛7或8根，其中有粗长毛3～5根。尾板分裂为两叶，呈"W"形，有毛22～24根，每叶有粗长毛1根，其他毛长短不等。

胚胎 头顶有毛12根（头状毛）；胸部各节有缘毛1对，前胸背板有6根中侧毛，后胸背板有4根中侧毛；腹部背片Ⅰ～Ⅵ有中、侧、缘毛各1对，背片Ⅶ有中、缘毛4根，背片Ⅷ有毛2根。尾片有头状毛2根。

生物学 寄主为红桦 *Betula albo-sinensis* 和白桦 *B. platyphylla* 等桦木属植物，国外记载有黄桦 *B. lutea* 和纸桦 *B. papyrifera*。通常在叶片取食。

分布 内蒙古（鄂伦春旗）、辽宁（鞍山、北镇、本溪、建昌）、吉林（安图、公主岭）、黑龙江（富锦、鹤岗、黑河、密山、饶河、绥芬河、绥阳、伊春）、河北；俄罗斯，美国，加拿大。

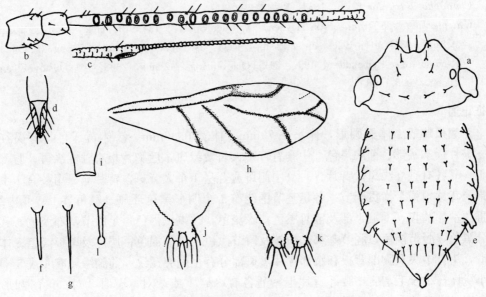

图126 相似长角斑蚜 *Calaphis similis* Quednau
有翅孤雌蚜（alate viviparous female）

a. 头部背面观（dorsal view of head）；b. 触角节Ⅰ～Ⅲ（antennal segments Ⅰ～Ⅲ）；c. 触角节Ⅵ（antennal segment Ⅵ）；d. 喙节Ⅳ＋Ⅴ（ultimate rostral segment）；e. 腹部背面观（dorsal view of abdomen）；f. 体背缘毛（marginal hair of body）；g. 体腹面毛（ventral hair of body）；h. 前翅（fore wing）；i. 腹管（siphunculus）；j. 尾片（cauda）；k. 尾板（anal plate）。

胚胎（embryo）

l. 体背毛（dorsal hair of body）。

33. 带斑蚜属 *Callipterinella* van der Goot，1913

Callipterinella van der Goot，1913：118. **Type species**：*Aphis tuberculata* von Heyden，1837 ＝ *Aphis betularia* Kaltenbach，1843.

Procalaphis Quednau，1954：23.

Callipterinella van der Goot：Higuchi，1972：56；Stroyan，1977：81；Heie，1980：32；Blackman *et* Eastop，1994：592；Zhang，Zhang *et* Zhong，1995：357；Remaudière *et* Remaudière，1997：212；Qiao，Jiang *et* Zhang，2003：699；Qiao，Zhang *et* Zhong，2005：133.

属征　体背毛长，粗壮，尖锐或钝顶。触角短于身体，触角末节鞭部长于基部；有翅孤雌蚜和有些种的无翅孤雌蚜触角节Ⅲ有圆形次生感觉圈。前翅径分脉不清晰或消失，其他翅脉镶黑边。腹管短筒形，有许多横排小刺。尾片瘤状，近中部缢缩。

胚胎体背毛长，尖锐。中毛较侧毛稍长，平行排列，缘毛单一。腹管可见。

本属蚜虫取食桦木科 Betulaceae 桦木属植物 Betula spp.。常有蚂蚁伴生。

世界已知3种，中国已知2种，本志记述1种。分布在全北区（欧洲，亚洲及北美洲）。

(94) 瘤带斑蚜 *Callipterinella tuberculata*（von Heyden，1837）（图127，图版ⅡH）

Aphis tuberculata von Heyden, 1837: 296.

Aphis betularia Kaltenbach, 1843: 1.

Chaitophorus tricolor Koch, 1854: 1.

Callipterinella tuberculata（von Heyden）: van der Goot, 1913: 118; Heie, 1982: 36; Zhang et Liu, 1986: 404; Blackman et Eastop, 1994: 592; Zhang, Zhang et Zhong, 1995: 358; Remaudière et Remaudière, 1997: 212; Qiao, Jiang et Zhang, 2003: 701; Qiao, Zhang et Zhong, 2005: 135.

特征记述

无翅孤雌蚜　体椭圆形，体长1.79mm，体宽0.89mm。活体黄绿色，有褐红色斑。玻片标本头部、前胸黑色。中胸有背中大斑及缘斑，后胸背板有独立缘斑，腹部背片Ⅰ～Ⅷ各有独立缘斑，背片Ⅳ～Ⅵ中侧斑愈合呈1个大背斑，背片Ⅶ、Ⅷ各有1个宽横带，背片Ⅷ横带横贯全节；各足基节围绕有1个明显黑色环斑。触角节Ⅰ、Ⅱ内缘、节Ⅲ顶端、节Ⅳ、Ⅴ端半部及节Ⅵ黑色；喙淡色，顶端黑褐色；足股节基部淡色，其他部分黑色，胫节淡色，胫节基部和顶端及跗节黑色；腹管褐色；尾片及尾板淡色。体表光滑，头背中央及胸部背板和腹部背片黑斑部分有小刺突瓦纹。前胸缘域有4或5个透明小缘瘤，小于毛基瘤，腹部背片Ⅰ～Ⅶ各有缘瘤1或2对，有时3对。气门圆形关闭，有时半开放，气门片黑褐色。中胸腹岔两臂分离，单臂横长0.08mm，为触角节Ⅰ的1.20倍。体背毛粗，尖锐，头部有头顶长毛3或4对，头背毛4对；前胸背板有中侧毛5或6对，缘毛4对；腹部背片Ⅰ～Ⅵ各有中侧毛6或7对，有时5对，各有缘毛5或6对；背片Ⅶ有中毛3对，缘毛4对；背片Ⅷ有长毛5对，中毛有时有毛基斑。头顶长毛长0.10mm，为触角节Ⅲ的3.10倍，腹部背片Ⅰ长毛长0.06mm，短毛长0.02mm，背片Ⅷ长毛长0.12mm。中额及额瘤隆起。触角6节，节Ⅰ有小刺突瓦纹，节Ⅲ～Ⅵ有瓦纹；全长1.52mm，为体长的0.85倍；节Ⅲ长0.47mm，节Ⅰ～Ⅵ长度比例：15：12：100：50：51：29＋67；节Ⅰ～Ⅵ毛数：4～6根，4根，16～19根，5或6根，2～5根，1或0根，末节鞭部顶端有毛3或4根，节Ⅲ毛长为该节最宽直径的0.70倍；节Ⅲ有圆形次生感觉圈6～8个。喙端部达中足基节，节Ⅳ＋Ⅴ楔状，两侧凸起，长0.13mm，为基宽的1.70倍，为后足跗节Ⅱ的1.10倍，有原生长毛3对，次生长毛3或4对。足光滑，后足股节长0.45mm，为触角节Ⅲ的0.95倍；后足胫节长0.88mm，为体长的0.49倍，长毛长为该节中宽的1.50倍；跗节Ⅰ毛序：5，5，5。腹管截断状，有小刺突横纹，长0.07mm，与基宽约等长，端径0.06mm。尾片盔形，基部宽大，渐向端部呈圆形，长 0.06mm，为基宽的 0.34 倍，有长毛 8 或 9 根。尾板末端圆形，顶端内凹，有毛 28～34 根。

生物学 本种取食白桦 *Betula platyphylla* 和棘皮桦 *B. dahurica*；国外记载寄主植物有垂枝桦 *B. pendula*（Heie，1982）。在叶片正面、反面及叶柄上寄生；活体黄绿色，有红褐色横斑。

分布 内蒙古（阿尔山、鄂伦春旗、牙克石）、吉林（抚松、珲春）、黑龙江（哈尔滨、漠河、伊春）、河北；俄罗斯，葡萄牙，西班牙，波兰，丹麦，芬兰，挪威，瑞典，英国，德国。

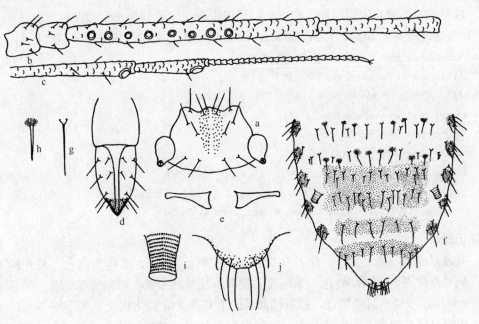

图 127 瘤带斑蚜 *Callipterinella tuberculata*（von Heyden）

无翅孤雌蚜（apterous viviparus female）

a. 头部背面观（dorsal view of head）；b. 触角节 I～IV（antennal segments I～IV）；c. 触角节 V～VI（antennal segments V～VI）；d. 喙节 IV+V（ultimate rostral segment）；e. 中胸腹岔（mesosternal furca）；f. 腹部背片 III～VIII背斑及刚毛（dorsal patches and hairs on abdominal tergites III～VIII）；g. 头顶毛（cephalic hair）；h. 体背毛（dorsal hair of body）；i. 腹管（siphunculus）；j. 尾片（cauda）。

34. 绵斑蚜属 *Euceraphis* Walker，1870

Euceraphis Walker，1870：2001. **Type species**：*Aphis punctipennis* Zetterstedt，1828.

Leptopteryx Zetterstedt，1837 nec Horsfield，1821：39.

Callipteroides Mordvilko，1909：377.

Mimocallis Matsumura，1919：109.

Quippelachnus Oestlund，1922：314.

Euceraphis Walker：van der Goot，1915：329；Baker，1920：28；Theobald，1927：372；Shinji，1941：126；Börner，1952：57；Palmer，1952：68；Eastop，1966：508；Higuchi，1972：59；Stroyan，1977：100；Heie，1982：27；Zhang *et* Zhong，1983：182；Remaudière et Remaudière, 1997：212；Zhang, 1999：219；Qiao, Jiang et Zhang, 2003：701；Qiao, Zhang et Zhong, 2005：141.

属征　成蚜体型大。有翅孤雌蚜额瘤发达。触角长于身体，节Ⅵ鞭部等于或短于基部，节Ⅲ有窄条形次生感觉圈，位于节Ⅲ基半部；原生感觉圈长圆形，有睫。体蜡片存在。前翅翅痣狭长，径分脉清晰，略弯。腹管较短，截断状。尾片瘤状。尾板完整。所有孤雌蚜，包括干母，均为有翅孤雌蚜。

胚胎体背毛长尖锐，中毛单一，侧毛存在，缘毛单一。腹管可见。

该属蚜虫为害桦木属植物 Betula spp. 。

世界已知 6 种，中国已知 2 种，本志记述 1 种。主要分布在全北区和澳洲区。

（95）桦绵斑蚜 Euceraphis punctipennis（Zetterstedt, 1828）（图 128，图版Ⅲ I）

Aphis punctipennis Zetterstedt, 1828：559.

Aphis discolor Burmeister, 1836：941.

Aphis nigritarsis von Heyden, 1837：299.

Leptopteryx nivalis Zetterstedt, 1837：39.

Aphis cerasicolens Fitch, 1851：43.

Callipterus bicolor Koch, 1855：135.

Euceraphis punctipennis (Zetterstedt)：Higuchi, 1972：59；Heie, 1982：28；Zhang et Zhong, 1983：182；Remaudière et Remaudière, 1997：212；Zhang, 1999：219；Qiao, Jiang et Zhang, 2003：702；Qiao, Zhang et Zhong, 2005：144.

特征记述

有翅孤雌蚜　体纺锤形，体长 3.50mm，体宽 1.25mm。活体黄绿色。玻片标本头部、胸部骨化褐色，腹部淡色，无斑纹，腹部后几节渐细长。触角节Ⅰ～Ⅱ、节Ⅲ基部 1/3 稍骨化，节Ⅲ～Ⅵ漆黑色，股节端部及胫节基部 4/5 骨化褐色，胫节端部及跗节黑色，腹管及尾片淡色。腹部背片Ⅰ～Ⅴ气门内方各有 1 对馒状淡色缘瘤，每瘤有 2 或 3 根刚毛（缘毛 2～6 根）。体表光滑。气门圆形开放，气门片淡色三角形。体背毛短。腹部背片Ⅰ～Ⅶ有中、侧毛各 1 对，背片Ⅷ有毛 7 根。头顶毛、腹部背片Ⅰ缘毛、背片Ⅷ毛长分别为触角节Ⅲ最宽直径的 0.52 倍、0.21 倍、0.93 倍。中额稍隆起，腹面有"V"形缝，额瘤隆起外倾，呈"U"形。触角 6 节，细长，有显著密瓦纹，全长 4.40mm，为体长的 1.20 倍，节Ⅲ长 1.50mm，节Ⅰ～Ⅵ长度比例：9：7：100：72：60：22+17；节Ⅰ～Ⅵ毛数：7 或 8 根，4 或 5 根，42 根，25 根，12～15 根，1+0 根，节Ⅲ毛长为该节最宽直径的 1/3；节Ⅲ有长卵形次生感觉圈 14～19 个，分布于基部 1/3 的膨大部位。喙粗短，端部达前、中足基节之间，节Ⅳ+Ⅴ长 0.14mm，为基宽的 1.70 倍，为后足跗节Ⅱ的 0.68 倍，有原生刚毛 2 对，次生刚毛 5 对。前足基节不膨大；后足股节长 1.50mm，与触角节Ⅲ约等长或稍短；后足胫节细长，长 2.80mm，为体长的 0.77 倍，毛长为该节中宽的 0.73 倍；跗节Ⅰ有毛 7～9 根。翅脉正常，各脉终点黑色扩大。腹管短筒状，光滑，无缘突，有切迹；与触角节Ⅱ约等长，为尾片的 1/2，长与基宽约等。尾片瘤状，基部宽大，端半部收缩，长约为基宽的 1/3，端部有淡色小刺突构成横纹，长约为腹管的 2.00 倍，有硬长毛 8～10 根。尾板末端圆形，有硬长毛 18～

24 根。生殖板淡色，有长毛 26 根。

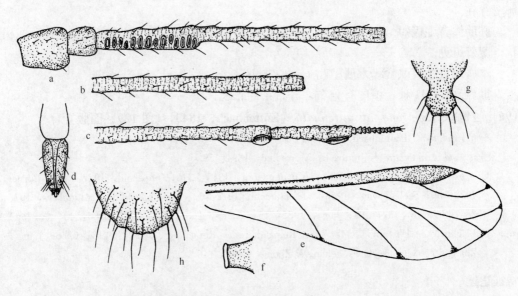

图 128 桦绵斑蚜 *Euceraphis punctipennis* (Zetterstedt)

有翅孤雌蚜 (alate viviparous female)

a. 触角节Ⅰ～Ⅲ (antennal segments Ⅰ～Ⅲ)；b. 触角节Ⅳ (antennal segments Ⅳ)；c. 触角节Ⅴ～Ⅵ (antennal segments Ⅴ～Ⅵ)；d. 喙节Ⅳ＋Ⅴ (ultimate rostral segment)；e. 前翅 (fore wing)；f. 腹管 (siphunculus)；g. 尾片 (cauda)；h. 尾板 (anal plate)。

生物学 寄主植物为白桦 *Betula platyphylla*，国外记载有岳桦 *B. ermanii*、王桦 *B. maximowicziana*、白桦、红桦 *B. albo-sinensis*、西南桦 *Betula* sp.、水桦 *Betula* sp.、沼桦 *Betula* sp.、日本樱桦 *Betula* sp.、欧洲白桦 *Betula* sp.、土耳其斯坦桦 *Betula* sp. 以及桦木属其他种类。本种为常见种，广布。在叶片背面分散为害，十分活跃。不发生无翅孤雌蚜。在欧洲冬初发生有翅雄性蚜和无翅雌性蚜，交配后雌性蚜在叶片及嫩梢产卵，以卵越冬。

分布 内蒙古（阿尔山、鄂伦春旗、牙克石）、辽宁（本溪）、吉林（安图）、黑龙江（绥芬河）、北京、河北、甘肃、青海、台湾；俄罗斯，蒙古国，日本，澳大利亚，美国，加拿大，欧洲。

35. 单斑蚜属 *Monaphis* Walker，1870

Monaphis Walker，1870：2001. **Type species**：*Aphis antennata* Kaltenbach，1843.

Bradyaphis Mordvilko，1894：46.

Monaphis Mordvilko：van der Goot，1915：340；Theobald，1927：395；Börner，1952：59；Higuchi，1972：63；Stroyan，1977：90；Heie，1982：44；Blackman *et* Eastop，1994：753；Remaudière *et* Remaudière，1997：213；Qiao, Jiang *et* Zhang，2003：702；Qiao, Zhang *et* Zhong，2005：145.

属征 有翅孤雌蚜头部无瘤，腹面无黑带。触角长于身体，触角末节鞭部很长，长为该节基部的 5.00 倍；节Ⅲ有 30～40 个次生感觉圈。足跗节Ⅰ有腹毛 5 或 6 根，背毛缺。腹管短，至多为触角节Ⅲ最宽直径的 2/3。尾片瘤状。尾板分裂呈双叶状。无翅孤雌蚜存在。

胚胎体背毛极短。腹部背片缘毛成对，腹部背片缘毛单一，侧毛存在，毛钝顶或头状。腹管可见。

本属蚜虫主要取食桦木属植物 *Betula* spp.。

世界已知仅 1 种，中国有分布，分布在古北区。

(96) 触角单斑蚜 *Monaphis antennata*（Kaltenbach，1843）（图 129，图版ⅢJ）

Aphis antennata Kaltenbach，1843：115.

Bradyaphis antennata Kaltenbach：Mordvilko，1894：59.

Monaphis antennata（Kaltenbach）：van der Goot，1915：340；Theobald，1927：395；Börner，1952：59；Szelegiewicz，1968：51；Higuchi，1972：63；Eastop *et* Hille Ris Lambers，1976：286；Stroyan，1977：93；Heie，1982：45；Zhang，Liu，He *et al.*，1986：404（in list）；Blackman *et* Eastop，1994：753；Remaudière *et* Remaudière，1997：213；Qiao，Jiang *et* Zhang，2003：703；Qiao，Zhang *et* Zhong，2005：146.

特征记述

有翅孤雌蚜 体椭圆形，体长 3.89mm，体宽 1.72mm。活体草绿色。玻片标本头部与前胸淡褐色，中胸黑色；腹部淡色，无斑纹。触角Ⅰ、Ⅱ、Ⅲ基部淡色，其他节黑色；喙淡色，顶端黑色；足股节淡色，胫节端部 4/5 及跗节黑色；腹管、尾片及尾板淡色。体表光滑，头背中部有纵曲纹，腹部背片Ⅶ两缘有粗环纹，似蜡片，背片Ⅷ有瓦纹。气门圆形关闭，气门片淡褐色。头部及前胸节间斑明显。腹部背片有缘瘤，背片Ⅴ有 1 对淡色大型缘瘤，其他节缘瘤不明显。体背毛短，尖锐，头部有短额瘤毛 7 根，头背毛 40 余根；前胸背板有毛约 70 根；腹部背片Ⅷ有毛 12 根。头顶毛长 0.02mm，为触角节Ⅲ最宽直径的 0.37，腹部背片Ⅰ缘毛长 0.02mm，背片Ⅷ背毛长 0.04mm；腹部腹面毛粗尖毛，长约为背毛的 2.00 倍。中额不隆，额瘤突起，背面呈角状，表面有花瓣形纹，腹面呈筒状。触角 6 节，节Ⅰ、Ⅱ粗大，节Ⅲ～Ⅵ细长，节Ⅰ～Ⅲ光滑，其他各节有瓦纹；节Ⅲ长 0.11mm，节Ⅰ～Ⅵ长度比例：12：10：100：77：73：18+115；触角毛短尖，节Ⅰ～Ⅵ毛数：8 根，10 根，29 根，24 根，16 根，2+3 根，节Ⅲ毛长 0.02mm，为该节最宽直径的 0.36 倍；节Ⅲ有圆形次生感觉圈 44 或 45 个，分布于全长，无睫。喙短，端部不达中足基节，节Ⅳ+Ⅴ锥状，长 0.14mm，为基宽的 1.50 倍，为后足跗节Ⅱ的 0.94 倍，有原生毛 3 对，次生毛 2 对。足有皱纹，后足胫节端半部有短刺突布满。后足股节长 0.74mm，为触角节Ⅲ的 0.68 倍；后足胫节长 1.50mm，为体长的 0.38 倍，长毛为该节中宽的 1/2。跗节Ⅰ毛序：7，7，7。翅脉正常，无昙。腹管截断状，有缘突，光滑，长 0.04mm，为基宽的 0.67 倍，端径 0.06mm。尾片宽钝楔状，有粗刺突横纹，长 0.18mm，为基宽的 0.70 倍，有硬长毛 10 根。尾板分裂为两叶，有毛 24 根。

雄性蚜 体长 1.87mm，体宽 1.15mm。玻片标本头部及胸部褐色，中胸黑色，腹部淡色；腹部背片Ⅷ有 2 丛节间斑。体表光滑。腹部各节缘突明显，背片Ⅲ～Ⅴ缘突乳头状，背片Ⅰ、Ⅱ、Ⅵ缘突平瘤状，背片Ⅶ缘突大平瘤状。触角 6 节，细长，全长

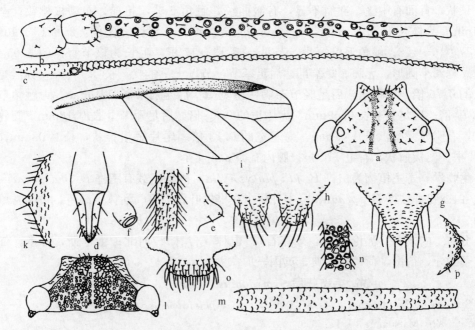

图 129 触角单斑蚜 *Monaphis antennata* (Kaltenbach)

有翅孤雌蚜（alate viviparous female）

a. 头部背面观（dorsal view of head）；b. 触角节 Ⅰ～Ⅲ（antennal segments Ⅰ～Ⅲ）；c. 触角节 Ⅵ（antennal segment Ⅵ）；d. 喙节 Ⅳ＋Ⅴ（ultimate rostral segment）；e. 腹部背片 Ⅴ 缘瘤（marginal tubercle on abdominal tergite Ⅴ）；f. 腹管（siphunculus）；g. 尾片（cauda）；h. 尾板（anal plate）；i. 前翅（fore wing）；j. 后足胫节局部，及足毛和小刺突（part of hind tibia, showing hair and small spiracles）；k. 腹部背片 Ⅷ 及背毛（abdominal tergite Ⅷ and dorsal hair）。

雌性蚜（oviparous female）

l. 头部背面观（dorsal view of head）；m. 触角节 Ⅲ（antennal segment Ⅲ）；n. 后足胫节局部及伪感觉圈（part of hind tibia, showing pseudo-senssoria）；o. 尾片（cauda）。

雄性蚜（male）

p. 腹部背片 Ⅷ 缘瘤（marginal tubercle on abdominal tergite Ⅷ）。

4.78mm，为体长的 1.70 倍，节 Ⅰ～Ⅵ 长度比例：24∶12∶100∶91∶92∶22＋230；节 Ⅲ 有毛 40 余根；节 Ⅲ～Ⅴ 分别有次生感觉圈：125～128 个，45～48 个，29 或 30 个。股节端半部有小刺突瓦纹，后足胫节端半部有小刺突，后足股节长 0.79mm，后足胫节长 1.51mm，后足跗节 Ⅱ 长 0.13mm。腹管截断状，有明显缘突，长 0.03mm，基宽 0.10mm，端径 0.06mm。尾片舌状，长 0.19mm，为基宽的 1.20 倍，有毛 12 根。其他特征与有翅孤雌蚜相似。

雌性蚜 体长 2.74mm，体宽 1.46mm。玻片标本头部褐色，胸部及腹部淡色，各节有黑色背斑。触角节 Ⅰ、Ⅱ 褐色，内缘黑色，节 Ⅲ～Ⅵ 黑色；喙淡色，顶端漆黑；足淡色，跗节深褐色。体表粗糙，布满小环形刻突，腹部背片 Ⅰ～Ⅵ 中侧斑呈带状，背片 Ⅶ 有横带横贯全节，背片 Ⅷ 背斑呈椭圆形。缘瘤淡色，不甚明显。体背毛极短，头背约有毛 80 根，腹部背片 Ⅷ 有毛 40 余根，毛长为触角节 Ⅲ 最宽直径的 0.05～0.10 倍。中额平顶状，背面有中缝。额瘤不显，有皱曲纹。触角 6 节，粗糙，布满核桃纹；全长 3.14mm，为体长的 1.15 倍，节Ⅲ长 0.68mm，节Ⅰ～Ⅵ长度比例：25：15：100：72：77：16+158；触角毛极短小，节Ⅲ有毛 13～17 根，毛长为该节直径的 0.05 倍；原生感觉圈小圆形，无睫。喙端部达后足基节，节Ⅳ+Ⅴ锥状，长 0.13mm，为后足跗节Ⅱ的 0.76 倍。足粗短，后足胫节布满伪感觉圈；后足股节长 0.48mm，为触角节Ⅲ的 0.70 倍；后足胫节长 0.69mm，为体长的 0.25 倍，后足跗节Ⅱ长 0.18mm。腹管截断状，有明显缘突，长 0.02mm，为基宽的 0.13 倍。尾片短粗锥状，长 0.08mm，有毛 14 根。尾板瘤状，有毛 110 根。腹内有卵 3 或 4 个。

生物学　寄主植物为白桦 Betula platyphylla；国外记载有王桦 B. maximowicziana、白桦和垂枝桦 B. pendula。本种蚜虫在桦树叶背为害。活体草绿色，被非常厚的蜡粉。

分布　内蒙古（鄂伦春旗、牙克石）、吉林（吉林）、河北；俄罗斯，日本，匈牙利，葡萄牙，德国，荷兰，瑞典，英国，加拿大。

36. 毛斑蚜属 Symydobius Mordvilko, 1894

Symydobius Mordvilko, 1894：65. **Type species**：Aphis oblongus von Heyden, 1837.

Yezocallis Matsumura, 1917：369.

Symydobius Mordvilko：Baker, 1920：30；Theobald, 1927：376；Börner, 1952：56；Higuchi, 1972：67；Eastop et Hille Ris Lambers, 1976：415；Stroyan, 1977：93；Heie, 1982：23；Zhang et Zhong, 1983：181；Zhang, Zhang et Zhong, 1993：117；Blackman et Eastop, 1994：891；Remaudière et Remaudière, 1997：214；Zhang, 1999：220；Qiao et Zhang, 2002：241；Qiao, Jiang et Zhang, 2003：704；Qiao, Zhang et Zhong, 2005：154.

属征　无翅孤雌蚜和有翅孤雌蚜复眼有眼瘤，有些种类无翅孤雌蚜有 3 个小单眼。中额平直或隆起，额瘤不显或明显外倾。触角 6 节，节Ⅵ鞭部短于或近等于基部；末节基部有毛 2～8 根；无翅孤雌蚜触角节Ⅲ有次生感觉圈。喙节Ⅳ+Ⅴ粗壮，有粗长次生毛 6～8 对。足胫节端部毛与胫节其他毛明显不同；跗节Ⅰ各有毛 7～9 根，有背毛 1 或 2 根或缺。尾片圆形。尾板完整或浅裂。蜡片消失。

胚胎体背毛长或尖锐，侧毛存在，各节有缘毛 2～4 对。

本属蚜虫取食桦木科桤木属植物 Alnus spp. 和桦木属植物 Betula spp.，一般在寄主植物枝条群居。

世界已知 12 种，中国已知 6 种，本志记述 4 种。分布在欧洲，中亚，东亚。

种 检 索 表

1. 腹部有透明小缘瘤；腹管周围有毛环绕 ……………………………………………………… 2
　 腹部无透明小缘瘤；腹管周围无毛环绕 ……………………………………………………… 3
2. 无翅孤雌蚜触角节Ⅲ有 1～6 个次生感觉圈；腹部背片Ⅰ～Ⅵ背中斑间断，不连成横带 …………
　 ………………………………………………………………… 少圈毛斑蚜 S. paucisensorius
　 无翅孤雌蚜触角节Ⅲ有 16～30 个次生感觉圈；腹部背片Ⅰ～Ⅵ背中斑连成横带 ………………
　 ………………………………………………………………………… 黑桦毛斑蚜 S. kabae
3. 触角节Ⅲ毛少于 100 根；腹部各背片缘毛少于 20 对 ………………………… 昙毛斑蚜 S. fumus

触角节Ⅲ毛多于 110 根；腹部各背片缘毛多于 20 对 ·················· **椭圆毛斑蚜** *S. oblongus*

(97) 昙毛斑蚜 *Symydobius fumus* Qiao et Zhang，2002（图 130）

Symydobius fumus Qiao et Zhang，2002：248.

Symydobius fumus Qiao et Zhang：Remaudière et Remaudière，1997：214；Qiao，Jiang et Zhang，2003：705；Qiao，Zhang et Zhong 2005：163.

特征记述

无翅孤雌蚜 体椭圆形，体长 2.86mm，体宽 1.34mm。活体褐色或黑褐色，触角深淡色相间，腹管黄白色。玻片标本头部、胸部、触角节Ⅰ～Ⅱ、节Ⅲ两端、节Ⅳ和节Ⅴ端半部、节Ⅵ、喙、前、中足胫节端部、后足股节、后足胫节及跗节黑褐色；触角节Ⅲ中部、前、中足胫节其他部分淡褐色；尾片、尾板及生殖板褐色；腹管淡色；腹部背片Ⅰ～Ⅶ各有独立缘斑 1 对，背片Ⅰ～Ⅷ各有背中横带 1 个，背片Ⅰ～Ⅴ各有小型侧斑1 对，背片Ⅷ有横带横贯全节。触角节Ⅲ大部分、节Ⅳ～Ⅵ、跗节Ⅱ全节有短横瓦纹。气门圆形开放或关闭，气门片深褐色。体背毛较少，短尖，腹部腹面毛较体背毛长、尖

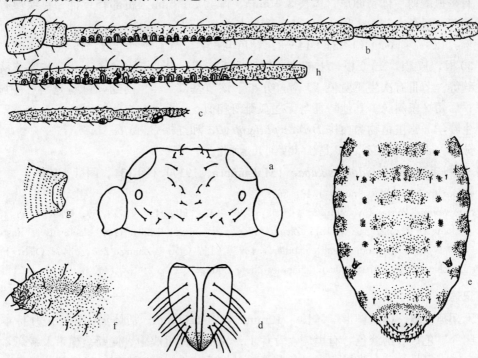

图 130 昙毛斑蚜 *Symydobius fumus* Qiao et Zhang

无翅孤雌蚜（apterous viviparous female）

a. 头部背面观（dorsal view of head）；b. 触角节Ⅰ～Ⅳ（antennal segments Ⅰ～Ⅳ）；c. 触角节Ⅴ～Ⅵ（antennal segments Ⅴ～Ⅵ）；d. 喙节Ⅳ＋Ⅴ（ultimate rostral segment）；e. 腹部背面观（dorsal view of abdomen）；f. 腹部背片Ⅳ缘斑及圆锥状突起（marginal patch and elliptical tubercle on abdominal tergite Ⅳ）；g. 腹管（siphunculus）。

有翅孤雌蚜（alate viviparous female）

h. 触角节Ⅲ（antennal segment Ⅲ）。

锐而多。头部有头顶毛 2 对，头背毛 8 或 9 对；前胸背板有前中侧毛 4 对，前缘毛 8
对，后中侧毛 8 或 9 对，后缘毛 12～15 对；腹部背片 I 有中侧毛 6～8 对，缘毛 9～12
对；背片Ⅷ有毛 11～17 根。头顶毛长 0.07mm，为触角节Ⅲ最宽直径的 1.11 倍，腹部
背片 I 缘毛长 0.07mm，背片Ⅷ毛长 0.10mm。中额平直，额瘤不显。触角 6 节，全长
2.39mm，为体长的 0.84 倍，节Ⅲ长 0.96mm，节Ⅰ～Ⅵ长度比例：14：9：100：52：
42：18+12；触角毛长尖，节Ⅰ～Ⅵ毛数：17～24 根，12～15 根，71～86 根，28～44
根，16～26 根，（3～6）+0 根，末节鞭部顶端有毛 4 或 5 根；节Ⅲ毛长 0.05mm，为
该节最宽直径的 0.78 倍；节Ⅲ有肾形次生感觉圈 13～19 个，分布于基半。喙端部达中
足基节，节Ⅳ+Ⅴ粗壮，长 0.16mm，为基宽的 1.39 倍，为后足跗节Ⅱ的 0.79 倍，端
部有粗长原生毛 3 对，粗长次生毛 7 对。足各节正常。后足股节长 0.97mm，与触角节
Ⅲ近等长；后足胫节长 1.80mm，为体长的 0.63 倍；后足胫节毛长 0.06mm，为该节
中宽的 0.91 倍；跗节 I 各有毛 7～9 根。腹管截断状，长 0.09mm，为端宽的 0.85 倍。
尾片末端圆形，有毛 22～31 根。尾板末端宽圆形，有毛 47～68 根。

　　有翅孤雌蚜　体长卵形，体长 3.50mm，体宽 1.53mm。腹部背片Ⅲ～Ⅳ缘域有圆
锥状突起。触角 6 节，全长 2.69mm，为体长的 0.77 倍，节Ⅲ长 1.25mm，节Ⅰ～Ⅵ长
度比例：12：7：100：43：31：14+8；触角毛长尖，节Ⅰ～Ⅵ毛数：15 根，14 根，80
根，30 根，17 根，2+0 根，末节鞭部顶端有毛 4 根；节Ⅲ毛长 0.06mm，与该节最宽
直径约等；节Ⅲ有次生感觉圈 30 个，分布于该节基部 4/5。前翅翅脉有翅昙；中脉 2
分叉；后翅 2 条斜脉。其他特征与无翅孤雌蚜相似。

　　生物学　寄主植物为白桦 *Betula platyphylla* 和红桦 *B. albo-sinensis*。

　　分布　吉林（集安）、黑龙江（漠河）、河北。

（98）黑桦毛斑蚜 *Symydobius kabae*（Matsumura，1917）（图 131，图版Ⅲ K）

Yezocallis kabae Matsumura，1917：369.

Symydobius kabae（Matsumura）：Paik，1965：45；Higuchi，1972：69；Tao，1963：53；
　　Zhang *et* Zhong，1983：181；Zhang，Zhang *et* Zhong，1993：118；Blackman *et* Eastop，
　　1994：891；Remaudière *et* Remaudière，1997：214；Qiao *et* Zhang，2002：245；Qiao，Jiang
　　et Zhang，2003：704；Qiao，Zhang *et* Zhong 2005：157.

特征记述

　　无翅孤雌蚜　体长卵形，体长 3.10mm，体宽 1.50mm。活体黑褐色。玻片标本头
部、胸部黑色；腹部淡色，有黑斑，背片Ⅰ～Ⅶ由毛片组成中、侧断续横带及缘斑，背
片Ⅷ有横带横贯全节。喙黑色，触角节Ⅳ～Ⅴ基部 1/2～2/3 淡色，其他部分黑色；后
足及跗节全黑色，前、中足股节端部 2/3 及胫节端部黑色；尾片、尾板黑色。体表粗
糙，有粗刻点组成横瓦纹，各缘斑上有圆形小瘤 2～4 个。气门圆形关闭，气门片黑色。
节间斑明显，黑褐色。中胸腹岔无柄，两臂中央 1/3 膨大，端部 1/3 缩小，仅为其宽的
1/2。体背多长毛；腹部各节背片有毛百余根，背片Ⅶ有中侧毛 24 根，缘毛 50 余根；
背片Ⅷ有毛 32～46 根，毛长 0.12mm。头顶毛、腹部背片Ⅰ缘毛、背片Ⅷ毛长分别为
触角节Ⅲ最宽直径的 1.30～1.50 倍、1.30～1.50 倍、2.00 倍。中瘤平直，额瘤不显，
背中缝稍显。触角 6 节，细长，有粗刻点横纹，全长 2.60mm，为体长的 0.83 倍；节

Ⅲ长 1.00mm，节Ⅰ～Ⅵ长度比例：13∶8∶100∶55∶43∶20+13；触角毛长，节Ⅰ～
Ⅵ毛数：42 根，9 根，105～115 根，55～67 根，34～39 根，（3～8）+0 根，节Ⅲ毛长
0.05mm，与该节直径约等长或稍短；节Ⅲ有横长卵形次生感觉圈 17～23 个，分布基
部 3/5，排列 1 行。喙粗短，端部达中足基节，节Ⅳ+Ⅴ粗短，长 0.14mm，长为基宽
的 1.40 倍，为后足跗节Ⅱ的 0.71 倍，有刚毛 20 余根。足粗糙，后足股节长 0.92mm，
为触角节Ⅲ的 0.90 倍；后足胫节长 1.70mm，为体长的 0.55 倍，毛长为该节中宽的
0.82 倍；跗节Ⅰ毛序：5，5，5 或 7，7，5。腹管截断状，有小刺组成瓦纹，长与端径
约相等。尾片馒状，有粗小刺突横纹，长 0.12mm，为腹管的 2.00 倍，稍短于触角节
Ⅰ，有长毛 20～29 根。尾板半圆形，有毛 83～120 根。生殖板骨化黑色，有长毛百
余根。

生物学　寄主为白桦 *Betula platyphylla* 和黑桦 *B. dahurica* 等桦木属植物。在一
年或二年生枝条群居，活体黑褐色、黑色或红褐色。中国辽宁建昌记载在野芹菜的叶上
取食，并形成卷叶，但种群数量很小，估计野芹菜为该种的偶落寄主。

分布　内蒙古（鄂伦春旗、牙克石）、辽宁（建昌、本溪）、吉林（珲春）、黑龙江
（富锦、克东、密山、饶河、绥阳）、北京、河北；朝鲜半岛，俄罗斯，日本。

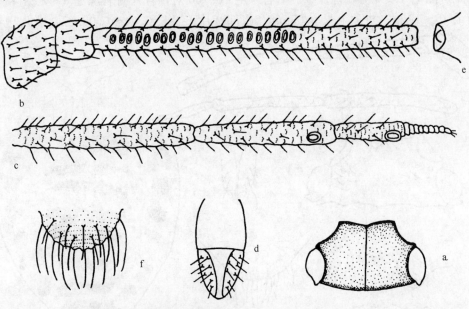

图 131　黑桦毛斑蚜 *Symydobius kabae* (Matsumura)
无翅孤雌蚜（apterous viviparous female）

a. 头部背面观 (dorsal view of head)；b. 触角节Ⅰ～Ⅲ (antennal segments Ⅰ～Ⅲ)；c. 触角节Ⅳ～Ⅵ
(antennal segments Ⅳ～Ⅵ)；d. 喙节Ⅳ+Ⅴ (ultimate rostral segment)；e. 腹管 (siphunculus)；
f. 尾片 (cauda)。

(99) 椭圆毛斑蚜 *Symydobius oblongus* (von Heyden, 1837) (图 132) 中国新记录种

Aphis oblongus von Heyden, 1837：298.

Aphis fuscipennis Zetterstedt, 1840：312.

Aphis tenuinervis Zetterstedt，1840：312.

Aphis alter Mordvilko，1909：82.

Symydobius piceus Börner，1950：1.

Symydobius oblongus （von Heyden）；Heie，1982：23；Blackman *et* Eastop，1994：891；
Remaudière *et* Remaudière，1997：214.

特征记述

无翅孤雌蚜 体椭圆形，体长 3.20～3.63mm，体宽 1.68～1.83mm。活体红褐色。玻片标本头部、胸部黑色，腹部淡色，体背斑纹褐色。触角节 Ⅰ～Ⅲ、节 Ⅳ、Ⅴ端半部及节 Ⅵ、喙、足大部黑色；腹管、尾片、尾板及生殖板黑褐色；触角节 Ⅳ、Ⅴ基半部、足基节至股节基部淡褐色，其他部分淡色。腹部背片 Ⅰ～Ⅶ有中侧斑相连而成的横带，各节横带偶尔相连，背片 Ⅰ～Ⅴ、Ⅶ有缘斑，背片 Ⅷ有横带横贯全节。无缘瘤。气门近圆形开放，气门片淡褐色，隆起。中胸腹岔有长柄，单臂横长 0.20～0.21mm，为触角节 Ⅲ 的 0.17～0.18 倍。体背毛细短，尖锐，腹部腹面密被细毛，多于背面毛；头部有头顶毛 2 对，额瘤毛 2 对，头背毛 13 或 14 对；腹部背片 Ⅰ～Ⅶ有中毛 2 对，背片 Ⅰ～Ⅴ有侧毛 2 或 3 对，背片 Ⅰ～Ⅴ有缘毛 20～30 对，背片 Ⅶ有缘毛 8～10 对；背片 Ⅷ有毛 15～19 根；头顶毛长 0.05mm，腹部背片 Ⅰ毛长 0.04～0.06mm，背片 Ⅷ毛长

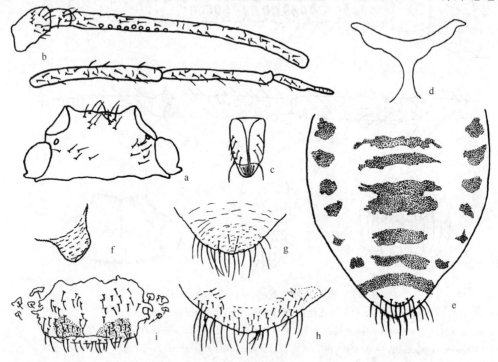

图 132 椭圆毛斑蚜 *Symydobius oblongus* （von Heyden）

无翅孤雌蚜 （apterous viviparous female）

a. 头部背面观 （dorsal view of head）；b. 触角 （antenna）；c. 喙节 Ⅳ＋Ⅴ （ultimate rostral segment）；
d. 中胸腹岔 （mesosternal furca）；e. 腹部背面观 （dorsal view of abdomen）；f. 腹管 （siphunculus）；
g. 尾片 （cauda）；h. 尾板 （anal plate）；i. 生殖板 （genital plate）。

0.05~0.06mm，分别为触角节Ⅲ最宽直径的 0.67~0.71 倍、0.57~0.86 倍、0.71~0.80 倍。中额微隆，中间下凹，额瘤微隆。触角 6 节，粗短，节Ⅳ、Ⅴ基半部有细瓦纹，节Ⅳ、Ⅴ端半部及节Ⅵ有明显瓦纹；全长 2.81~2.97mm，为体长的 0.81~0.89 倍，节Ⅲ长 1.11~1.14mm，节Ⅰ~Ⅵ长度比例：18~20：10~12：100：55~58：45~47：(14~15)＋11；触角毛细短，节Ⅰ~Ⅵ毛数：26~29 根，20~22 根，117~132 根，62~71 根，42~51 根，3＋0 根，末节鞭部顶端有短毛 3 根；节Ⅲ毛长 0.04~0.05mm，为该节最宽直径的 0.57~0.67 倍；节Ⅲ有小圆形至窄椭圆形次生感觉圈 12 个，分布于基部 1/2。喙粗大，端部超过中足基节，节Ⅳ＋Ⅴ粗短楔状，长 0.18mm，为基宽的 1.80 倍，为后足跗节Ⅱ的 0.75~0.82 倍，有原生毛 6 根，次生毛 15~19 根。后足股节长 1.21~1.24mm，为触角节Ⅲ的 1.08~1.09 倍；后足胫节长 2.13~2.37mm，为体长的 0.65~0.66 倍，后足胫节毛长 0.05mm，为该节基宽的 0.63 倍；跗节Ⅰ有毛 7 根。腹管截断状，密被小刺突，无缘突和切迹，长 0.13~0.16mm，为基宽的 0.88~1.14 倍。尾片半圆形，有粗刺突，长 0.15~0.17mm，为基宽的 0.39~0.43 倍，有长尖锐毛 20~34 根。尾板宽半圆形，有粗刺突，有长毛 62~76 根。生殖板横椭圆形，后缘两侧黑色，有毛 85~112 根。

生物学 寄主为白桦 *Betula platyphylla* 等桦木属植物和柞树 *Quercus* sp.。在寄主植物枝条群居。

分布 内蒙古（阿尔山、鄂伦春旗、牙克石）、黑龙江（加格达奇、伊春）；俄罗斯，蒙古国等亚洲、欧洲国家。

(100) 少圈毛斑蚜 *Symydobius paucisensorius* Zhang, Zhang et Zhong, 1993 （图 133）

Symydobius paucisensorius Zhang, Zhang et Zhong, 1993：118.

Symydobius paucisensorius Zhang, Zhang et Zhong：Remaudière et Remaudière, 1997：214；Qiao et Zhang, 2002：246；Qiao, Jiang et Zhang, 2003：705；Qiao, Zhang et Zhong, 2005：159.

特征记述

无翅孤雌蚜 体椭圆形，体长 2.33mm，体宽 1.22mm。玻片标本头前部、中胸黑色，腹部淡色。触角节Ⅰ、Ⅱ及节Ⅳ~Ⅵ各端部 1/2、喙、后足及前、中足股节端部 2/3、胫节两端及跗节、腹管、尾片、尾板及生殖板黑色。体表粗糙，由小粗刻点组成的横瓦纹，腹面由小刺突组成瓦纹。后胸及腹部背片Ⅰ~Ⅶ各有独立缘斑，腹部各节有中侧断续黑斑，呈横带，背片Ⅷ有横带横贯全节。缘瘤小圆形，透明，前胸背板及腹部背片Ⅰ~Ⅷ各有 2~5 对，偶有 1 对，直径不大于触角次生感觉圈。气门圆形关闭，气门片黑色。节间斑明显黑褐色。中胸腹岔褐色无柄，横长 0.39mm，为触角节Ⅳ的 0.90 倍。体背毛多，长，尖锐。头部有头背毛 60~80 余根；前胸背板有毛约 160 根；腹部背片Ⅰ有毛约 200 根，背片Ⅷ有长毛 25~36 根。头顶毛长 0.09mm，为触角节Ⅲ最宽直径的 1.70 倍；腹部背片Ⅰ毛长 0.07mm，背片Ⅷ毛长 0.11mm。头顶不隆，呈平顶状。触角 6 节，有瓦纹，全长 2.12mm，为体长的 0.91 倍，节Ⅲ长 0.80mm，节Ⅰ~Ⅵ长度比例：15：9：100：53：47：24＋16；节Ⅰ~Ⅵ毛数：31~38 根，13~15 根，98~118 根，45~50 根，32~38 根，(10~13)＋0 根，末节鞭部顶端有短毛 4 或 5 根；

节Ⅲ毛长 0.06mm，为该节最宽直径的 1.10 倍；节Ⅲ有小圆形次生感觉圈 1～6 个，有时无。喙粗大，端部不达后足基节，节Ⅳ＋Ⅴ楔状，长 0.14mm，为基宽的 1.60 倍，为后足跗节Ⅱ的 0.79 倍，有长毛 9 或 10 对。足有稀疏小刺突分布，股节有瓦纹，后足股节长 0.72mm，为触角节Ⅲ的 0.90 倍；后足胫节长 1.26mm，为体长的 0.54 倍，后足胫节毛长 0.07mm，为该节基宽的 1.10 倍；跗节Ⅰ有毛 7～9 根。腹管圆筒状，有粗刺突横纹，无缘突和切迹，端径收缩，长 0.07mm，为基宽的 0.64 倍，为端径的 1.30 倍，为内径的 1.50 倍。尾片帽状，有粗刻纹组成横纹，长 0.11mm，为基宽的 0.39 倍，有长尖锐毛 15～21 根。尾板末端平圆形，有长毛 63～69 根。

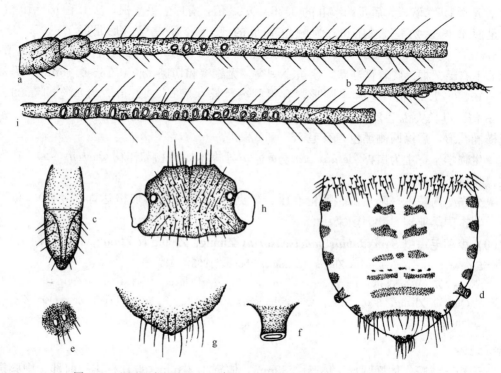

图 133　少圈毛斑蚜 *Symydobius paucisensorius* Zhang, Zhang et Zhong
无翅孤雌蚜（apterous viviparous female）

a. 触角节Ⅰ～Ⅲ（antennal segments Ⅰ～Ⅲ）; b. 触角节Ⅵ（antennal segment Ⅵ）; c. 喙节Ⅳ＋Ⅴ（ultimate rostral segment）; d. 腹部背面观（示体背斑纹和背片Ⅰ和Ⅷ背毛）（dorsal view of abdomen, showing dorsal patches and dorsal hair on abdominal tergites Ⅰ and Ⅷ）; e. 腹部背片缘斑及透明小缘瘤（marginal patch and small transparent marginal tubercles on abdominal tergites）; f. 腹管（siphunculus）; g. 尾片（cauda）.

有翅孤雌蚜（alate viviparous female）

h. 头部背面观（dorsal view of head）; i. 触角节Ⅲ（antennal segment Ⅲ）.

有翅孤雌蚜　体长 2.53mm，体宽 1.10mm。玻片标本头部、胸部黑色，腹部淡褐色，有黑斑。触角节Ⅰ～Ⅲ及节Ⅳ～Ⅵ端半部、喙、足黑色。腹部背片Ⅰ～Ⅶ各有独立缘斑，各节中侧斑呈横带，背片Ⅷ有横带横贯全节。气门圆形开放。体背多毛，毛长 0.06mm，节Ⅷ毛长 0.10mm。触角 6 节，全长 2.18mm，为体长的 0.87 倍，节Ⅲ长 0.86mm，节Ⅰ～Ⅵ长度比例：22：8：100：51：45：22＋14；节Ⅲ有椭圆形次生感觉圈 22 个，分布于基部 3/5。喙粗大，端部达中足基节，节 Ⅳ＋Ⅴ 长 0.13mm，为基宽的 1.50 倍。后足股节长 0.74mm，后足胫节长 1.29mm。腹管长 0.08mm。尾片长 0.09mm，有长毛 17 根。其他特征与无翅孤雌蚜相似。

生物学 取食红桦 *Betula albo-sinensis* 等桦木属植物。

分布 吉林（公主岭）、黑龙江（黑河）。

［2］角斑蚜族 Myzocallidini

属 检 索 表

12. 体背毛长，腹部背片 I～Ⅶ各有中侧毛 8～18 根；腹部背片各节有不规则横斑带 ⋯⋯⋯⋯⋯⋯

⋯⋯⋯⋯⋯⋯⋯⋯⋯⋯⋯⋯⋯⋯⋯⋯⋯⋯⋯⋯⋯⋯⋯⋯⋯⋯⋯ **中华毛蚜属** *Sinochaitophorus*

体背毛短，腹部背片 I～Ⅶ各有中侧毛 2～4 根；腹部背片各节无斑纹 ⋯⋯⋯⋯⋯⋯⋯⋯⋯ 13

13. 腹部背片Ⅲ、Ⅴ、Ⅶ背中毛远离；寄主为榛属植物 ⋯⋯⋯⋯⋯⋯⋯⋯ **副长斑蚜属** *Paratinocallis*

腹部背片Ⅲ、Ⅴ、Ⅶ背中毛位置正常 ⋯⋯⋯⋯⋯⋯⋯⋯⋯⋯⋯⋯⋯⋯⋯⋯⋯⋯⋯⋯⋯⋯⋯⋯ 14

14. 头部有后背毛 4 根；中额突出；前翅大部黑色 ⋯⋯⋯⋯⋯⋯⋯⋯⋯ **伪黑斑蚜属** *Pseudochromaphis*

头部后背毛至少 8 根；中额不显；前翅翅脉有较宽的翅昙，但并未连成片 ⋯⋯⋯⋯⋯⋯⋯⋯⋯

⋯⋯⋯⋯⋯⋯⋯⋯⋯⋯⋯⋯⋯⋯⋯⋯⋯⋯⋯⋯⋯⋯⋯⋯⋯⋯ **新黑斑蚜属** *Neochromaphis*

37. 黑斑蚜属 *Chromaphis* Walker，1870

Chromaphis Walker，1870：2001. **Type species**：*Lachnus juglandicola* Kaltenbach，1843.

Chromaphis Walker：Baker，1920：27；Palmer，1952：67；Richards，1965：26；Quednau，1973：226；Stroyan，1977：51；Heie，1982：47；Chakrabarti，1988：18；Ghosh *et* Quednau，1990：43；Remaudière *et* Remaudière，1997：215；Zhang，1999：223；Qiao，Zhang *et* Zhong，2005：171.

属征　所有孤雌蚜均为有翅型。触角 6 节，短于体长，节Ⅵ鞭部短于基部；节Ⅲ有宽圆形次生感觉圈。触角毛短。前足基节稍膨大，跗节 I 有毛 7 根。腹管截断状，无缘突。尾片瘤状。尾板深裂为两叶。若蚜额部和腹部边缘有头状长毛。

胚胎头顶前部有头状长毛 2 对，胸部背板各节有缘毛 1 对；腹部背片 I～Ⅷ缘毛单一，头状，中毛极短，侧毛缺。腹管可见。

寄主为胡桃科 Juglandaceae 植物。

世界已知 2 种，中国均有分布，本志记述 1 种。

（101）核桃黑斑蚜 *Chromaphis juglandicola*（Kaltenbach，1843）（图 134）

Lachnus juglandicola Kaltenbach，1843：151.

Callipterus juglandicola Koch，1855：224.

Chromaphis juglandicola（Kaltenbach）：Baker，1920：27；Palmer，1952：67；Richards，1965：222；Richards，1965：27；Shaposhnikov，1964：353；Quednau，1973：229；Stroyan，1977：51；Heie，1982：48；Chakrabarti，1988：20；Ghosh *et* Quednau，1990：51；Remaudière *et* Remaudière，1997：215；Zhang，1999：224；Qiao，Zhang *et* Zhong，2005：173.

特征记述

有翅孤雌蚜　体椭圆形，体长 1.90mm，体宽 0.81mm。活体淡黄色。玻片标本触角节Ⅲ～Ⅵ各节端部黑色，足跗节黑色，后足股节基部上方有 1 个黑色斑；其他部分淡色。体背毛短，尖锐；头部有头顶毛 1 对，头背毛 3 对；前胸背板有中毛 2 对，缘毛 3 对；中胸背板有中毛 4 对，侧毛 3 对；后胸背板有中毛 1 对；腹部背片 I～Ⅴ各有中毛 2 对，缘毛 3 对，背片Ⅵ、Ⅶ有中毛 1 对；背片Ⅷ有毛 14 根。额瘤不显。触角 6 节，节Ⅴ端半部和节Ⅵ有横瓦纹，全长 0.66mm，为体长的 0.35 倍；节Ⅲ长 0.30mm，节 I～Ⅵ长度比例：17：14：100：59：47：32＋7；触角毛极短，数量较少，节 I～Ⅵ毛

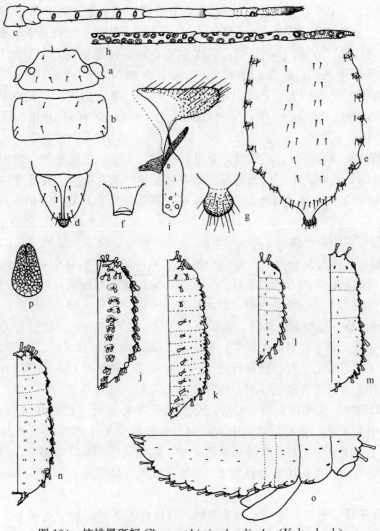

图 134　核桃黑斑蚜 *Chromaphis juglandicola* （Kaltenbach）

有翅孤雌蚜（alate viviparous female）

a. 头部背面观（dorsal view of head）；b. 前胸背板（pronotum）；c. 触角（antenna）；d. 喙节 Ⅳ＋Ⅴ（ultiuate rostral segment）；e. 腹部背面观（dorsal view of abdomen）；f. 腹管（siphunculus）；g. 尾片（cauda）。

雄性蚜（male）

h. 触角节 Ⅲ～Ⅵ（antennal segments Ⅲ～Ⅵ）；i. 雄性外生殖器侧面观（lateral view of male genitalia）。

1 龄干母若蚜（1st instar nymph of fundatrix）
j. 体背毛序（body dorsal chaetotaxy）。

2 龄干母若蚜（2nd instar nymph of fundatrix）
k. 体背毛序（body dorsal chaetotaxy）。

1 龄孤雌若蚜（1st instar nymph of viviparous female）
l. 体背毛序（body dorsal chaetotaxy）。

2 龄孤雌若蚜（2nd instar nymph of viviparous female）
m. 体背毛序（body dorsal chaetotaxy）。

3 龄孤雌若蚜（3rd instar nymph of viviparous female）
n. 体背毛序（body dorsal chaeyotaxy）。

4 龄有翅孤雌若蚜（4th instar nymph of alate viviparous female）
o. 体背毛序（body dorsal chaetotaxy）。

p. 卵（egg）。

数：3根，2根，3根，0根，1根，0根，末节鞭部顶端有毛4根。节Ⅲ有卵圆形次生感觉圈5个，分布全节。喙粗短，端部不达中足基节；节Ⅳ＋Ⅴ长0.06mm，与基宽约等或稍长，为后足跗节Ⅱ的0.75倍；有次生毛5根。翅脉淡色，径分脉仅端部清晰，中脉和肘脉基部镶色边。后足股节长0.36mm，为触角节Ⅲ的1.20倍；后足胫节长0.68mm，为体长的0.36倍。跗节Ⅰ毛序：5，5，5。腹管短筒状，长0.03mm，为基宽的0.67倍，为尾片的0.60倍。尾片瘤状，长0.05mm，有毛16根。尾板分裂为两叶，有毛16根。

1龄若蚜　头顶有头状长毛2对，有极短后背毛4根，仅见毛基。前胸背板有中毛4根，缘毛1对，头状；中、后胸背板各有中毛1对，缘毛1对，腹部背片Ⅰ～Ⅶ各有中毛1对，缘毛1对，背片Ⅷ有长头状毛2根。腹管位于背片Ⅵ。触角4节，节Ⅲ、Ⅳ分节不显。

2龄若蚜　各胸节及腹部各节背片均增加1对缘毛，很短。触角4节。

3龄若蚜　头顶有长头状毛6对，小短毛4对；前胸背板有中毛4对，缘毛6对；中、后胸背板缘毛在2龄若蚜的基础上，在前部又增加2对短毛，中毛2对；腹部背片Ⅰ～Ⅶ各有中侧毛3对，缘毛6对；背片Ⅷ有毛6根。触角4节。

4龄有翅若蚜　翅蚜翻出体外。头顶有长头状毛3对，有短头状后背毛2对。前胸背板有中毛2对，缘毛3对；中胸背板有中毛2对，缘毛2对（长、短各1对）；后胸背板有中毛1对，缘毛2对。腹部背片Ⅰ～Ⅴ各有中、侧毛2对，背片Ⅵ、Ⅶ各有中侧毛1对，背片Ⅰ～Ⅶ各有缘毛3对；背片Ⅷ有毛3对。触角5节。

2龄干母若蚜　头部有头顶毛6对，有头状后背毛4对。复眼由6个小眼面组成。前胸背板有中毛1对，缘毛2对；中、后胸背板各有中毛2对，缘毛2对；腹部背片Ⅰ～Ⅶ有中毛和缘毛各2对；背片Ⅷ有毛4根，各毛长度相似。喙多毛，节Ⅳ＋Ⅴ有次生毛7对。股节基部有头状毛。触角3节，有头状毛。体背毛长短基本一致。触角及足各节有骨化斑。

3或4龄干母若蚜　头部有头顶毛3对，有后背毛2对，短于头顶毛。前胸背板有中毛1对，缘毛2对，但前缘毛退化仅可见毛基瘤，后缘毛增加1对可见毛基瘤；中、后胸背板各有中毛1对，缘毛2对（1对粗长，1对短细）。腹部背片Ⅰ～Ⅶ各有中毛2对，缘毛2对（长短各1对）；背片Ⅷ有毛2对，中间1对发达，两侧毛退化。喙端部达中足基节，节Ⅳ＋Ⅴ有次生毛4对，毛由长变短。触角5节。复眼由10个小眼面组成。

有翅雄性蚜　玻片标本触角节Ⅰ、Ⅱ、Ⅲ～Ⅵ各节端部、头部、胸部、中足股节基部、后足股节大部、胫节基部1/2、跗节黑褐色。腹部背片Ⅳ、Ⅴ有褐色中毛基斑。雄性外生殖器黑褐色，多毛。触角节Ⅲ～Ⅵ分别有22～24个，8～10个，5个，3个次生感觉圈。后足股节有8～10个伪感觉圈。尾板圆形。其他特征与无翅孤雌蚜相似。

无翅雌性蚜　玻片标本头顶后背方及前胸背板后部有淡褐色斑，中胸背板褐色，腹部背片Ⅲ～Ⅴ有黑色横带，中、后足股节端部背方有黑色斑。体背毛头状，毛序似有翅孤雌蚜，但中背毛短小，缘毛及头顶毛长，背片Ⅷ有中侧头状毛2对及22对尖毛。触角毛头状，无次生感觉圈。后足胫节膨大处有约40个伪感觉圈。生殖板发达，半圆形，密生长毛。

卵 椭圆形，一端宽，平截；一端窄，尖圆；长 0.53mm，宽 0.30mm。初产为黄绿色，2 或 3 天后变为黑色，表面有网纹。孵化后的卵壳上有 1 条纵缝，长 0.19mm，即孵化孔。

生物学 寄主植物为胡桃 *Juglans regia*。该种在河北、山西以卵在核桃枝条上越冬，翌年 4 月上、中旬为孵化高峰，干母发育 17～19 天，从 4 月底至 9 月初均为有翅孤雌蚜，共发生 12～14 代，9 月中旬出现大量无翅雌性蚜和有翅雄性蚜。雌性蚜数量多于雄性蚜，一般为雄性蚜的 2.70～21.00 倍，雌、雄性蚜交配后，每头雌性蚜可产卵 7～21 粒。卵一般产在树皮粗糙、多缝隙处，如枝条基部、小枝分叉处，节间、叶片脱落的叶痕等处，以便卵安全越冬。

分布 辽宁（沈阳）、河北、山西、甘肃、新疆；印度，中亚，中东，欧洲，非洲，且已传入美国，加拿大。

38. 绿斑蚜属 *Chromocallis* Takahashi，1961

Chromocallis Takahashi，1961：253. **Type species**：*Chromaphis nirecola* Shinji，1933.

Chromocallis Takahashi：Higuchi，1972：21；Zhang *et* Zhong，1983：171；Blackman *et* Eastop，1994：619；Remaudière *et* Remaudière，1997：215；Zhang，1999：224；Qiao，Zhang *et* Zhong，2005：176.

属征 所有孤雌蚜均为有翅型。触角 6 节，短于体长，末节鞭部短于基部；节Ⅲ有圆形或椭圆形次生感觉圈。前足基节不膨大。跗节Ⅰ有毛 5 或 7 根。腹管截断状，无缘突。尾片瘤状。尾板分裂为两叶。

胚胎背毛长，头状，背中毛纵向排列，不平行，侧毛消失。腹管可见。

寄主为榆科 Ulmaceae 植物。

世界已知 3 种，中国均有分布，本志记述 2 种。

种 检 索 表

1. 腹部背片Ⅰ～Ⅳ有背中毛瘤 1 或 2 对 ·· 日本绿斑蚜 *C. nirecola*
   腹部背片Ⅰ～Ⅳ背中毛瘤不明显··· 榆绿斑蚜 *C. pumili*

(102) 日本绿斑蚜 *Chromocallis nirecola* （Shinji，1933）（图 135）

Chromaphis nirecola Shinji，1933：210.

Chromocallis nirecola （Shinji）：Shinji，1941：339；Takahashi，1961：253；Zhang *et* Zhong，1983：173；Blackman *et* Eastop，1994：619；Remaudière *et* Remaudière，1997：215；Zhang，1999：225；Qiao，Zhang *et* Zhong，2005：177.

特征记述

有翅孤雌蚜 体卵圆形，体长 2.30mm，体宽 1.20mm。活体翠绿色，胸部土黄色。玻片标本头部与腹部淡色，中胸显骨化深色。触角节Ⅱ～Ⅵ、喙顶端、足胫节及跗节黑褐色，腹管、尾片、尾板及生殖板淡色。头部背面有近纺锤形蜡片 1 对，每片由 3～5 个长圆形蜡孔组成。体表光滑，胸部及腹部背片Ⅰ～Ⅳ有淡色毛瘤隆起。气门圆形，气门片淡色。节间斑淡色。体背毛粗大；前胸背板明显有中毛瘤 1 对，腹面有中瘤 1 对，每瘤有短毛 1 根；腹部背片Ⅰ中毛瘤 2 对，背片Ⅱ～Ⅳ各 1 对小中型毛瘤，头部有中额毛 1 对，背毛 16 根；前胸背板有前中毛 4 根，中毛 10 根，缘毛 8 根；中胸背板有中侧毛 30 余根，缺缘毛；后胸背板有短刚毛 8～12 根；腹部背片Ⅰ～Ⅶ各有中侧毛 10～14 根，背片Ⅰ～Ⅴ各有缘毛 20～28 根，背片Ⅵ、Ⅶ各有缘毛 5 或 6 根，背片共有毛 15 或 16 根，排成 2 行。头顶毛、腹部背片缘毛、背片Ⅷ毛长分别为触角节Ⅲ最宽直径的 1.00 倍、0.70 倍、1.20 倍；腹面毛长为背毛的 2.00～3.00 倍。中额隆起，额瘤微隆外倾。触角 6 节，全长 1.30mm，为体长的 0.56 倍，节Ⅲ长 0.47mm，节Ⅰ～Ⅵ长度比例：17：12：100：48：48：32＋17；节Ⅰ～Ⅲ光滑，其他各节有瓦纹，节Ⅲ有大橘瓣形次生感觉圈 13～15 个，分布全节；节Ⅰ～Ⅵ毛数：3 根，3 根，7 或 8 根，2 根，2 根，1＋0 根，节Ⅲ毛长为该节最宽直径的 0.40 倍。喙短粗，端部达前中足基节之间，节Ⅳ＋Ⅴ短锥状，长为宽的 1.50 倍，为后足跗节Ⅱ的 0.69 倍，有原生短刚毛 1 对，次生刚毛 2 对。前足基节不膨大，股节微显曲纹，胫节端部稍有刺突；后足股节长 0.61mm，为触角节Ⅲ的 1.30 倍；后足胫节长 1.40mm，为体长的 0.62 倍，稍长于触角；后足胫节多长毛，毛长 0.12mm，为该节中宽的 2.10 倍；跗节Ⅰ毛序：5，5，7 或 7，7，7。沿翅脉镶黑边，胫分脉不显。腹管截短筒形，光滑，无缘突及切迹，长 0.04mm，为端径的 1/2。尾片瘤状，有微刺突构成网瓦纹，有长短刚毛 16～26 根。尾板分裂为两叶，有毛 18～31 根。生殖板有 12～14 根长毛。

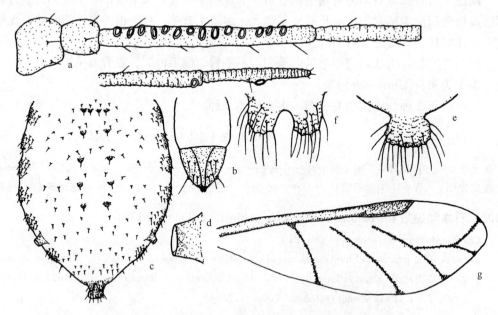

图 135　日本绿斑蚜 *Chromocallis nirecola*（Shinji）

有翅孤雌蚜（alate viviparous female）

a. 触角（antenna）；b. 喙节Ⅳ＋Ⅴ（ultimate rostral segment）；c. 腹部背面观（dorsal view of abdomen）；
d. 腹管（siphunculus）；e. 尾片（cauda）；f. 尾板（anal plate）；g. 前翅（fore wing）。

4 龄有翅若蚜　体淡色，卵圆形。触角长为体长的 0.29 倍。体背有粗长毛及短毛，顶端圆钝。头顶毛与触角节Ⅳ约等长，体背长毛为其 1.50 倍，每根长毛的毛瘤隆起。腹面毛少而尖锐。

胚胎 体背有粗长刚毛，顶端球状。

生物学 寄主为榆属 *Ulmus* spp. 植物，日本记载有春榆 *U. davidiana* var. *japonica* 和黑榆 *U. davidiana*。该种蚜虫仅存在有翅孤雌蚜，在叶反面散居；有翅孤雌蚜不迁飞。

分布 吉林（通化）、北京、河北、上海、新疆；朝鲜半岛，俄罗斯，日本。

(103) 榆绿斑蚜 *Chromocallis pumili* Zhang，1982 （图 136）

Chromocallis pumili Zhang，1982：71.

Chromocallis pumili Zhang：Zhang *et* Zhang，1983：174；Remaudière *et* Remaudière，1997：215；Zhang，1999：225；Qiao，Zhang *et* Zhong，2005：179.

特征记述

有翅孤雌蚜 体宽卵圆形，体长 2.60mm，体宽 1.30mm。活体头胸部灰黑色，腹部宝石绿色，背中线深绿色。玻片标本头部、胸部背面骨化灰黑色，腹部骨化，无斑纹。触角节Ⅱ～Ⅵ、喙顶端、后足股节端部、胫节及跗节黑色，腹管、尾片及尾板淡色。头背蜡片不见。体背毛瘤大都不显，仅前胸背面有 1 对可见，腹面缺毛瘤。缘域有淡色微刺突纹，胸部背板、腹部背片Ⅶ、Ⅷ有微细瓦纹。气门圆形关闭，气门片稍骨化。前胸背板前中蜡片淡色，腹部节间斑不明显。无缘瘤。体毛短小，顶端尖或钝；头部有背毛 22 根。前胸背板有中毛 10～14 根。侧缘毛 12～16 根，中胸背板有毛 34～38 根；后胸背板有毛 12～16 根；腹部背片Ⅰ～Ⅵ各有中侧毛 22～36 根，背片Ⅶ～Ⅷ各有中侧毛 11～15 根，背片Ⅰ、Ⅵ、Ⅶ各有长短缘毛 14～16 根，背片Ⅱ～Ⅴ各有缘毛 22～28 根，排列成 2 行。头顶毛及腹部背片Ⅰ缘毛长为触角节Ⅲ最宽直径的 0.81 倍，背片Ⅷ毛长为其 1.20 倍。胚胎体毛顶端球状。腹面毛尖锐，长为背毛的 2.00～3.00 倍。中额微隆起，额瘤稍隆。触角 6 节，有瓦纹，全长 1.10mm，为体长的 0.43 倍，节Ⅲ长 0.41mm，节Ⅰ～Ⅵ长度比例：14：13：100：48：50：33＋18；触角毛短，节Ⅰ～Ⅵ毛数：2～4 根，2 或 3 根，6～8 根，1 或 2 根，1 或 2 根，0 或 1＋0～2 根，节Ⅲ毛长为该节最宽直径的 0.35 倍；节Ⅲ有横长橘瓣形及圆形次生感觉圈 10～14 个，分布全节。喙粗短，端部超过前足基节，节Ⅳ＋Ⅴ短锥形，长为基宽的 1.50 倍，为后足跗节Ⅱ的 0.73 倍，有刚毛 8 根。前足基节不膨大，股节毛少而短，有淡色长卵形纹，中足股节稍短于前足股节或等长；后足股节长 0.61mm，与触角节Ⅲ、Ⅳ两节之和约等长；后足胫节长 1.40mm，为体长的 0.53 倍，毛长为该节中宽的 1.80 倍，胫节端部及跗节有小刺突横排；跗节Ⅰ毛序：7，7，7。翅脉除胫脉不显外，其他脉正常，各脉均镶黑边。腹管截断短筒形，长 0.07mm，为尾片的 0.39 倍，光滑，无缘突及切迹。尾片瘤状，长 0.18mm，中部稍有收缩，有长、短粗毛 20～26 根。尾板深裂为两叶，有长短毛 23～31 根。生殖板淡色，有毛 10～12 根，排列成 1 行。

有翅若蚜 体淡色，体背及各附肢被粗大钉状刚毛。头顶毛长 0.08mm，头顶毛、腹部背片Ⅰ缘毛、背片Ⅷ背毛长分别为触角节Ⅲ最宽直径的 1.80 倍、2.60 倍、3.40 倍。触角 6 节，全长 0.75mm，为体长的 0.44 倍，节Ⅲ毛长为该节最宽直径的 1.80

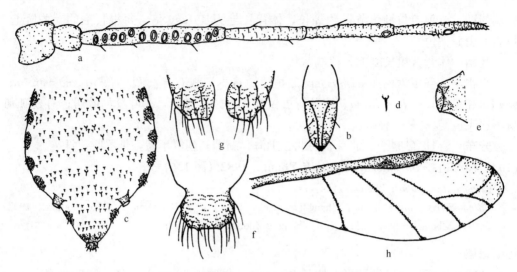

图 136　榆绿斑蚜 *Chromocallis pumili* Zhang

有翅孤雌蚜 （alate viviparous female）

a. 触角 （antenna）；b. 喙节Ⅳ＋Ⅴ （ultimate rostral segment）；c. 腹部背面观 （dorsal view of abdomen）；

d. 腹部背刚毛 （dorsal hair on abdomen）；e. 腹管 （siphunculus）；f. 尾片 （cauda）；g. 尾板 （anal plate）；

h. 前翅 （fore wing）。

倍。后足胫节毛长为该节中宽的 1.20 倍。

　　生物学　取食榆属植物 *Ulmus* spp.。在叶片背面散居。

　　分布　吉林（敦化）、北京、河北、河南、甘肃、宁夏。

39. 肉刺斑蚜属 *Dasyaphis* Takahashi，1938

Dasyaphis Takahashi，1938：13. **Type species**：*Glyphina rhusae* Shinji，1922.

Echinaphis Mordvilko，1929 nec Cockerell，1931：35.

Tuberocorpus Shinji，1932 nec 1929：120.

Sinocallis Tseng *et* Tao，1938：213.

Dasyaphis Takahashi：Higuchi，1972：101；Remaudière *et* Remaudière，1997：216；Qiao，

　　Zhang *et* Zhong，2005：188

　　属征　无翅孤雌蚜身体有很长的突起物，头部与前胸愈合。无翅孤雌蚜触角 3 或 4
节，有翅孤雌蚜 5 节；触角末节鞭部短于基部；有翅孤雌蚜触角节Ⅲ～Ⅳ有长椭圆形
次生感觉圈。前翅径分脉消失，翅脉无镶边。跗节Ⅰ有毛 2 或 3 根，无背毛。腹管小，
环形，略隆起。尾板分裂为两叶，每叶为三角形。尾片中部缢缩，端部球形。

　　胚胎缘毛粗长，背毛短，尖锐。腹管可见。

　　寄主为胡桃科 Juglandaceae 植物。

　　世界已知 2 种，主要分布在东亚（中国、日本、韩国）；中国均有分布，本志记述
1 种。

(104) 枫杨肉刺斑蚜 *Dasyaphis rhusae* （Shinji，1922）（图 137）

Glyphina rhusae Shinji，1922：576.

Echinaphis ussuriensis Mordvilko，1929：35.

Tuberocorpus onigurumi Shinji, 1932：120.

Tuberocorpus coreanus Paik, 1965：126.

Dasyaphis rhusae（Shinji）：Remaudière *et* Remaudière, 1997：216；Qiao, Zhang *et* Zhong, 2005：190.

特征记述

无翅孤雌蚜 体椭圆形,体长 1.43mm,体宽 0.77mm。活体黄色或黄绿色。玻片标本淡色,无斑纹。触角淡色；喙端节褐色,顶端黑褐色；足淡色,胫节及跗节淡褐色；腹管、尾片及尾板淡色,尾片有时褐色。体表粗糙,体背有环纹,体缘域及头背面有纵横曲纹,腹面光滑。体背有明显长锥状棘瘤,每个棘瘤顶端有 1 根粗剑状刚毛,毛长为该瘤长度的 0.20～0.25 倍。头背面有短棘瘤 1 对,长 0.13mm,前、中、后胸背板各有长棘瘤 2 对,腹部背片 I～IV 各有长棘瘤 3 对,背片 V 有长棘瘤 2 对,背片 VI 有长棘瘤 1 对,背片 VII 缺背瘤。气门小型淡色。头部有头顶毛 2 对,头部背面毛 2 对,胸部及腹部各节缘域共有短粗剑状毛 19 或 20 对,腹部节 VIII 背片呈"V"形,独立,有长短不等的粗缘毛 5 对。头顶毛长 0.06mm,体背毛无其他短毛,腹部腹面毛少,短小尖锐。中额呈圆头状。复眼由多个小眼面组成,无眼瘤。触角短小光滑,3 节,节 III、IV 愈合,全长 0.23mm,为体长的 0.15 倍；节 I 长 0.03mm,节 III 长 0.18mm；原生感觉圈小圆形,节 III 端部 3/5 及端部各 1 个；各节有短毛 1 或 2 根,节 III 毛长为该节最宽直径的 1/4；末节鞭部顶端有毛 2 或 3 根。喙端部不达中足基节,节 IV+V 短楔状,长 0.07mm,为基宽的 1.50 倍,为后足跗节 II 的 1.10 倍,有短毛 2 对,无次生毛。股节光滑,胫节及跗节有小刺突组成横纹,各节毛稀少。后足股节长 0.18mm,与触角节 III 约等长；后足胫节长 0.28mm,为体长的 0.20 倍,有毛 14～20 根,毛长为该节中宽的 0.63 倍；跗节 I 毛序：2,2,2。腹管小孔状,直径 0.02mm,与触角节 III 最宽直径约等长。尾片瘤状,中部收缩,长 0.12mm,为基宽的 0.81 倍,有长短毛 14～19 根。尾板分裂为两叶,不相连,每叶有粗长毛 1 根,短毛 4～6 根。

有翅孤雌蚜 体长 1.60mm,体宽 0.80mm。玻片标本头部、胸部褐色,腹部淡色,无斑纹。触角节 I、II 褐色,喙、足、腹管、尾片及尾板淡色。体表光滑,前、中胸背板及腹部背片 I、II 各节有短中瘤 1 对,其他节背瘤不显。体背毛少,尖锐。头部有背毛 5 对。触角 5 节,全长 0.51mm,为体长的 0.32 倍；节 III 长 0.23mm,节 I～V 长度比例：15：19：100：45：29+11；触角毛少,尖锐,节 I、II 有毛 1 或 2 根,节 III～V 毛不明显,末节鞭部顶端有毛 3 或 4 根；节 III、IV 各有圈带状次生感觉圈 16 或 17 个,4 或 5 个,沿两缘分布于全长,原生感觉圈小圆形,无睫。后足股节长 0.21mm,后足胫节长 0.44mm,后足跗节 II 长 0.08mm。腹管孔状,直径 0.03mm,小于触角节 III 最宽直径。翅脉正常。尾片瘤状,有毛 17 根。尾板分裂为两叶,各有长短毛 10～12 根。其他特征与无翅孤雌蚜相似。

生物学 寄主植物为胡桃 *Juglans regia* 和胡桃楸 *J. mandshurica*。在叶片背面分散为害。

分布 辽宁（沈阳、本溪）、吉林（白山）、黑龙江（哈尔滨）；俄罗斯,韩国,日本。

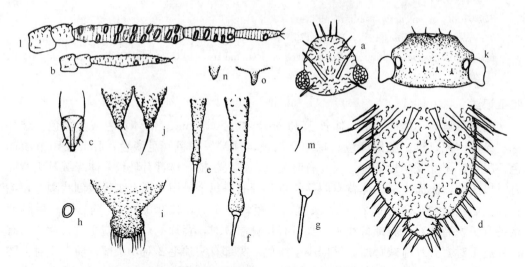

图 137 枫杨肉刺斑蚜 *Dasyaphis rhusae* (Shinji)

无翅孤雌蚜 (apterous viviparous female)

a. 头部背面观 (dorsal view of head); b. 触角 (antenna); c. 喙节Ⅳ+Ⅴ (ultimate rostral segment); d. 腹部背面观及节Ⅰ背瘤 (dorsal view of abdomen, showing dorsal tubercles on abdominal segment I); e. 头部背瘤 (dorsal tubercle on head, showing); f. 腹部背瘤 (dorsal tubercle on abdomen); g. 腹部缘毛及毛基瘤 (marginal hair and hairbase tubercle of abdomen); h. 腹管 (siphunculus); i. 尾片 (cauda); j. 尾板 (anal plate)。

有翅孤雌蚜 (alate viviparous female)

k. 头部背面观 (dorsal view of head); l. 触角 (antenna); m. 体背刚毛 (dorsal hair of body); n. 前胸背瘤 (dorsal tubercle on prothorax); o. 中胸背瘤 (dorsal tubercle on mesothorax)。

40. 角斑蚜属 *Myzocallis* Passerini，1860

Myzocallis Passerini，1860：28. **Type species**：*Aphis coryli* Goeze，1778.

Agrioaphis Walker，1870：2000.

Dryomyzus Hille Ris Lambers，1948：285.

Myzocallis Passerini：Swain，1919：21；Baker，1920：29；Theobald，1927：33；Börner，1952：61；Palmer，1952：70；Cottier，1953：109；Richards，1965：29；Eastop，1966：512；Richards，1968：4；Higuchi，1972：26；Stroyan，1977：53；Heie，1982：48；Quednau *et* Remaudière，1987：339；Quednau *et* Remaudière，1994：303；Zhang *et* Zhang，1994：473；Remaudière *et* Remaudière，1997：218；Zhang，1999：230；Quednau，1999：14；Qiao，Zhang *et* Zhong，2005：199.

属征 有翅孤雌蚜触角等于或短于体长，节Ⅵ鞭部长于该节基部；节Ⅲ有较宽的圆形或近圆形次生感觉圈，排成一行。触角毛短，长为节Ⅲ最宽直径的 0.50～1.00 倍。喙端部超过或达到后足基节。前足基节仅稍大于中、后足基节。跗节Ⅰ通常有 5 根腹毛和 2 根背毛。前翅径分脉不显。腹管截断状。尾片瘤状。尾板分裂为两叶。

胚胎体背毛头状，中毛平行排列，侧毛消失。腹管可见。

该属在全北区和澳洲区分布，寄主范围广，主要为害落叶树木和灌木林，尤其是葇荑花序的树木，如萝藦科 Asclepiadaceae，桦木科 Betulaceae、壳斗科 Fagaceae 和杨梅科 Myricaceae。

世界已知 10 个亚属，43 种和亚种；中国仅分布 1 亚属 1 种，本志记述 1 种。

（105）鹅耳枥角斑蚜 *Myzocallis carpini*（Koch，1854）（图 138）

Callipterus carpini Koch，1854：216.

Myzocallis carpini Koch：Theobald，1927：332；Stroyan，1977：57；Heie，1982：49；Zhang *et* Zhang，1994：474；Remaudière *et* Remaudière，1997：218；Quednau，1999：24；Qiao，Zhang *et* Zhong，2005：200.

特征记述

有翅孤雌蚜 体椭圆形，体长 1.60mm，体宽 0.53mm。活体淡色。玻片标本淡色，无斑纹。触角节Ⅰ、Ⅱ淡色，节Ⅲ～Ⅵ各端部黑色，其他部分淡色；喙淡色，顶端褐色；股节淡色，前、中足胫节端部黑色，其他部分淡色。腹管、尾片、尾板及生殖板淡色。体表光滑，有淡色背缘瘤。头部背后方微有背瘤 3 对，前胸背板有 1 对，中、后胸背板缺背瘤；腹部背片Ⅰ～Ⅶ各有背瘤 1 对，微显，节Ⅷ背瘤；背片Ⅰ～Ⅶ各有馒状

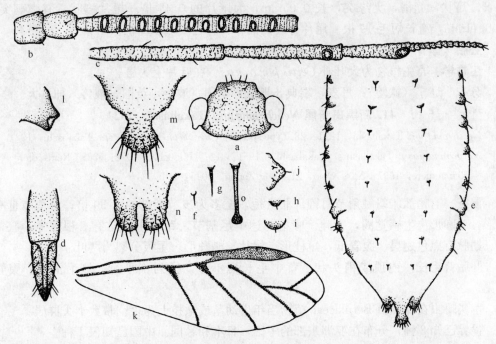

图 138 鹅耳枥角斑蚜 *Myzocallis carpini*（Koch）
有翅孤雌蚜（alate viviparous female）

a. 头部背面观（dorsal view of head）；b. 触角节Ⅰ～Ⅲ（antennal segments Ⅰ～Ⅲ）；c. 触角节Ⅳ～Ⅵ（antennal segments Ⅳ～Ⅵ）；d. 喙节Ⅳ＋Ⅴ（ultimate rostral segment）；e. 腹部背面观（dorsal view of abdomen）；f. 体背毛（dorsal hair of body）；g. 身体腹面毛（ventral hair of body）；h. 头部背瘤（dorsal tubercle on head）；i. 腹部背片Ⅰ中瘤（spinal tubercle on abdominal tergite Ⅰ）；j. 腹部背片Ⅳ缘瘤（marginal tubercle on abdominal tergite Ⅳ）；k. 前翅（fore wing）；l. 腹管（siphunculus）；m. 尾片（cauda）；n. 尾板（anal plate）。

胚胎（embryo）

o. 体背毛（dorsal hair of body）。

缘瘤1对，背片Ⅱ～Ⅳ缘瘤大型，背片Ⅰ、Ⅶ缘瘤极小。气门小圆形开放，气门片淡色。体背毛短小，尖锐，腹面毛长尖锐，长为背毛的4.00～5.00倍。头部有头顶毛2对，头背毛5对，前胸背板有中、缘毛各1对；腹部背片Ⅰ～Ⅶ各有中毛1对，侧毛不显，背片Ⅰ、Ⅶ各有缘毛1对，背片Ⅱ～Ⅵ各有缘毛2或3对，背片Ⅷ有毛3根；毛长0.008～0.013mm，为触角节Ⅲ最宽直径的1/3。中额微隆，额瘤小于中额瘤。触角6节，节Ⅰ、Ⅱ光滑，节Ⅲ有小刺突横纹，节Ⅳ～Ⅵ瓦纹明显，全长1.14mm，为体长的0.71倍；节Ⅲ长0.37mm，节Ⅰ～Ⅵ长度比例：15∶12∶100∶62∶53∶31+34；触角毛极短，长为该节最宽直径的1/4；节Ⅲ有椭圆形具睫次生感觉圈11个，分布于全节；原生感觉圈有长睫。喙短小，端部不达中足基节，节Ⅳ＋Ⅴ圆锥状，长0.10mm，为基宽的2.30倍，为后足跗节Ⅱ的1.20倍，有原生毛3对，次生毛4对。足光滑，后足股节长0.36mm，与触角节Ⅲ约等长；后足胫节长0.68mm，为体长的0.43倍，毛长与该节中宽约等长。跗节Ⅰ毛序：5，5，5。翅脉淡色，前翅径分脉缺，2肘脉基部有昙。腹管短筒状，光滑，无缘突，长0.05mm，为尾片的0.44倍。尾片瘤状，有微刺突，长0.11mm，有长短毛19根。尾片分裂为两叶，有毛20或21根。

胚胎　体背毛粗长钉毛状，毛长为体长的1/4。

生物学　寄主植物为大叶朴 *Celtis koraiensis*。在叶片上为害。

分布　辽宁（铁岭）；丹麦，瑞典，挪威，德国，波兰，英国，被传入加拿大。

41. 新黑斑蚜属 *Neochromaphis* Takahashi，1921

Neochromaphis Takahashi，1921：28. **Type species**：*Chromaphis carpinicola* Takahashi，1921.

Neochromaphis Takahashi：Takahashi，1961：12；Higuchi，1972：28；Remaudière *et* Remaudière，1997：220；Qiao，Zhang *et* Zhong，2005：201.

属征　有翅孤雌蚜触角节Ⅵ鞭部非常短，至多为该节基部的0.30倍；触角节Ⅲ有圆形、近圆形次生感觉圈，无睫。喙端部达中足基节。跗节Ⅰ通常有5根腹毛，有背毛。翅脉有黑色翅昙。腹管低，短柱形。尾片长椭圆形。尾板分裂为两叶。

胚胎背毛长，钝顶或稍头状；背中毛长短不等，排列不平行，侧毛消失。腹管可见。

本属蚜虫在桦木科 Betulaceae 植物当年生幼茎或嫩枝上为害。常数十头群居。

世界已知2种，分布在亚洲东部的中国，日本和韩国。中国已知仅1种。

(106) 榛新黑斑蚜 *Neochromaphis coryli* Takahashi，1961 （图139）

Neochromaphis coryli Takahashi，1961：12.

Neochromaphis coryli Takahashi：Higuchi，1972：29；Zhang *et* Liu，1986：239；Remaudière *et* Remaudière，1997：220；Qiao，Zhang *et* Zhong，2005：202.

特征记述

有翅孤雌蚜　体椭圆形，体长2.12mm，体宽0.97mm。活体绿色。玻片标本头部、前胸背板淡色，中胸背板深褐色；腹部淡色，背瘤及毛基瘤黑色。触角淡色，节Ⅰ及各节端部稍显褐色；喙淡色，顶端黑色；股节褐色，胫节淡色，跗节黑色；腹管褐色，尾片、尾板淡色。体表光滑，中胸盾片有粗糙刻纹，各毛基斑、瘤有皱曲纹，腹部

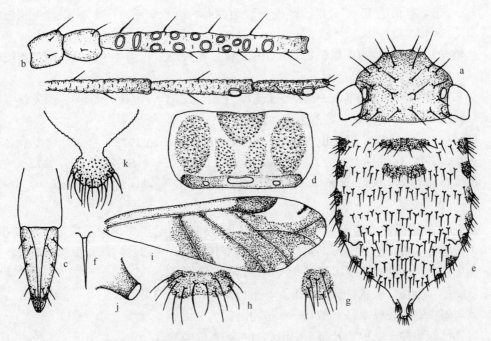

图 139　榛新黑斑蚜 *Neochromaphis coryli* Takahashi

有翅孤雌蚜 （alate viviparous female）

a. 头部背面观 （dorsal view of head）；b. 触角 （antenna）；c. 喙节Ⅳ＋Ⅴ （ultimate rostral segment）；d. 中胸背板 （mesonotum）；e. 腹部背面观 （dorsal view of abdomen）；f. 体背刚毛 （dorsal hair of body）；g. 腹部缘瘤及斑纹 （marginal tubercle and patch on abdomen）；h. 腹部背片Ⅱ中瘤 （spinal tubercle on abdominal tergite Ⅱ）；i. 前翅 （fore wing）；j. 腹管 （siphunculus）；k. 尾片 （cauda）。

背片Ⅰ、Ⅲ各有 1 对隆起的中瘤，其他节有时毛基瘤隆起，背片Ⅰ～Ⅶ各有独立缘瘤，稍隆起。气门圆形开放，气门片淡褐色。体背毛粗，尖硬，头部有背毛 10～12 对；前胸背板有毛 10～13 对；腹部背片Ⅰ～Ⅳ各有中侧毛 13～15 对，背片Ⅴ～Ⅶ有中侧毛 7～9 对，背片Ⅷ有毛 13～16 根；背片Ⅰ～Ⅶ缘毛数：11 根，9 根，8 根，6 根，5 根，5 根，9 根。头顶长毛长 0.08mm，为触角节Ⅲ最宽直径的 2.10 倍，腹部背片Ⅰ毛长 0.05mm，背片Ⅷ毛长 0.09mm。中额及额瘤不隆。触角 6 节，有小刺突瓦纹，全长 1.24mm，为体长的 0.58 倍；节Ⅲ长 0.36mm，节Ⅰ～Ⅵ长度比例：17：16：100：52：50：34＋6；触角毛尖锐，长短不等，节Ⅰ～Ⅵ毛数：2 或 3 根，2 根，7 或 8 根，2 或 3 根，1 或 2 根，2＋0 根，末节鞭部顶端毛 4 根；节Ⅲ毛长为该节最宽直径的 1.40 倍，长毛为短毛的 4.00 倍；节Ⅲ有大圆形及椭圆形次生感觉圈 11～16 个，分布于全长。喙端部达中足基节，节Ⅳ＋Ⅴ长楔状，长 0.15mm，为基宽的 2.20 倍，为后足跗节Ⅱ的 1.30 倍，有原生毛 3 对，次生毛 3 对。股节有小刺突瓦纹，胫节端半部布满小刺突。后足股节长 0.39mm，为触角节Ⅲ的 1.10 倍；后足胫节长 0.83mm，为体长的 0.39 倍，毛长与该节中宽约等长。跗节Ⅰ毛序：5，5，5。翅脉正常，前翅翅脉有重昙，翅痣宽大，径分脉基部 2/3 缺。腹管截断状，光滑，无缘突，长 0.05mm，为基宽的 0.59 倍，端径与长约相等。尾片瘤状，中部收缩，布满粗刺突，长 0.13mm，为腹管的 3.00 倍，有长毛 15～17 根。尾板分裂为两叶，有长短毛 27 或 28 根。生殖板淡色，有毛 38～52 根。

生物学　寄主植物为榛属植物 *Corylus* spp.。本种蚜虫在当年生幼茎、嫩枝条或叶背群居为害。

分布　辽宁（鞍山、本溪、建昌、辽阳、千山、沈阳）、吉林（珲春）、黑龙江（富锦）、河北、陕西；俄罗斯，朝鲜半岛，日本。

42. 副长斑蚜属 *Paratinocallis* Higuchi，1972

Paratinocallis Higuchi，1972：30. **Type species**：*Paratinocallis corylicola* Higuchi，1972.

Paratinocallis Higuchi：Remaudière *et* Remaudière，1997：221；Qiao，Zhang *et* Zhong，2005：209.

属征　有翅孤雌蚜腹部背毛稀少，非平行排列，侧毛消失，缘毛每节 2 或 3 根。跗节 I 有腹毛 5 根；胫节端部毛明显不同于该节其他毛。头部、胸部和腹部均无指状突起。翅脉正常。无翅孤雌蚜未发现。

胚胎体背毛长，头状，长短不等，非平行排列，侧毛消失，缘毛单一。腹管可见。

该属蚜虫寄主在桦木科 Betulaceae 植物上。

世界已知 1 种 1 亚种，分布于中国和日本，在中国均有分布，本志记述 1 种。

（107）榛副长斑蚜指名亚种 *Paratinocallis corylicola corylicola* Higuchi，1972 （图 140，图版 III L）

Paratinocallis corylicola corylicola Higuchi，1972：30.

Paratinocallis corylicola corylicola Higuchi：Zhang，Liu，He *et* Zhong，1986：404；Remaudière *et* Remaudière，1997：222；Qiao，Zhang *et* Zhong，2005：211.

特征记述

有翅孤雌蚜　体长椭圆，体长 1.44mm，体宽 0.55mm。活体米黄色或淡绿色。玻片标本头部、胸部褐色，腹部淡色，无斑纹。触角淡色，节 III～VI 各端部灰黑色；喙、足淡色，跗节黑色，腹管、尾片及尾板淡色。体表光滑，有淡色背瘤，呈馒状，头背前部有 2 对小型中瘤，腹部背片 I～VIII 各有大小馒状中瘤 1 对，背片 VIII 2 个背瘤愈合；背片 I～VII 各有缘瘤 1 对，背片 II～IV 缘瘤大，其他节缘瘤甚小或几乎缺。气门小圆形关闭，气门片淡色。体背毛短小尖锐。头部有头顶毛 2 对，头背毛 4 对；前胸背板有中、侧、缘毛各 1 对；腹部背片 I～VII 各有中毛 1 对，位于背瘤顶端，背片 I、V～VII 各有缘毛 1 或 2 对，II～IV 各有缘毛 4 或 5 对，背片 VIII 有毛 1 对。体背毛极短，中毛长于缘毛；腹部腹面多毛，长于背毛。头顶毛长 0.01mm，为触角节 III 最宽直径的 1/2，腹部背片 I～VIII 毛长 0.007～0.01mm。中额隆起，呈弧形，顶端稍角形。触角 6 节，有瓦纹，全长 1.06mm，为体长的 0.74 倍；节 III 长 0.35mm，节 I～VI 长度比例：13：14：100：62：52：31＋31；触角毛极短，节 I～VI 毛数：2 或 3 根，2 或 3 根，3～5 根，2～4 根，1 或 2 根，1＋0 根，末节顶端有粗长毛 4～6 根；节 III 长毛长为该节最宽直径的 1/5～1/4；节 III 有椭圆形次生感觉圈 6～10 个，有睫；节 V、VI 原生感觉圈有长睫。喙端部达中足基节，节 IV＋V 楔状，长 0.09mm，为基宽的 1.80 倍，为后足跗节Ⅱ长 1.10 倍，有原生毛 3 对，次生毛 2 对。胫节端半部及跗节有小刺突组成横纹。后足股节长 0.35mm，与触角节Ⅲ约等长；后足胫节长 0.63mm，为体长的 0.44 倍，长毛为该节中宽的 1.10 倍；跗节Ⅰ有腹毛 7 根。前翅中脉分 3 支，径分脉不显，肘脉 1 基部有黑昙；后翅 2 条斜脉，淡色。腹管截断状，光滑，无缘突，有切迹，长 0.06mm，为腹管的 0.84 倍。尾片瘤状，中部收缩，长 0.08mm，为腹管的 1.40 倍，有毛 11～15 根，长短不等。尾板分裂为两叶，有长短毛 17 或 18 根。

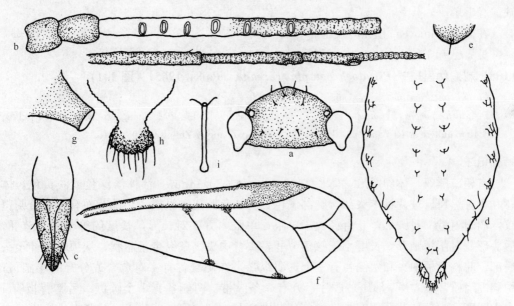

图 140 榛副长斑蚜指名亚种 *Paratinocallis corylicola corylicola* Higuchi

有翅孤雌蚜（alate viviparous female）

a. 头部背面观（dorsal view of head）；b. 触角（antenna）；c. 喙节Ⅳ＋Ⅴ（ultimate rostral segment）；d. 腹部背面观（dorsal view of abdomen）；e. 体背中瘤（dorsal spinal tubercle of abdomen）；f. 前翅（fore wing）；g. 腹管（siphunculus）；h. 尾片（cauda）。

胚胎（embryo）

i. 体背毛（dorsal hair of body）。

4 龄有翅若蚜 体背毛粗长，钉状。头部背面有毛 5 对，毛长 0.09mm；腹部背片Ⅰ～Ⅷ各有中毛 1 对，背片Ⅰ～Ⅷ缘毛数：3 根，3 根，2 根，2 根，2 根，1 根，1 根，各毛长 0.11～0.14mm。

胚胎 体背毛粗长钉状。中毛长于缘毛。

生物学 寄主植物为榛 *Corylus heterophylla*。本种蚜虫在榛树叶片背面分散为害。

分布 辽宁（鞍山、丹东、沈阳）、黑龙江（哈尔滨、饶河、绥芬河、伊春）、山东、甘肃；俄罗斯，日本。

43. 伪黑斑蚜属 *Pseudochromaphis* Zhang，1982

Pseudochromaphis Zhang, 1982：70. **Type species**：*Chromaphis coreana* Paik, 1965.

Pseudochromaphis Zhang：Zhang et Zhong, 1983：170；Remaudière et Remaudière, 1997：222；Qiao, Zhang et Zhong, 2005：215.

属征 头部和胸部背面有纵带和斑纹；腹部背片有小型中斑，大型侧斑和缘斑。中、侧缘毛单一，位于毛瘤上，短于触角节Ⅲ最宽直径。节间斑明显。有翅孤雌蚜额瘤不显，中额突出。复眼有眼瘤。触角6节。喙端部不达中足基节。前足基节不膨大；跗节Ⅰ有腹毛5根，背毛2根。爪间毛抹刀状。前翅大部分黑色，径分脉缺；后翅翅脉镶黑色边。腹管截断状。尾片瘤状。尾板分裂为两叶。

胚胎体背毛短，腹部背片Ⅰ～Ⅲ中毛相距较远，背片Ⅳ～Ⅷ中毛相距较近，侧毛缺，缘毛单一。

在榆科 Ulmaceae 植物叶反面寄生。

世界已知1种，分布在中国和韩国。

（108）刺榆伪黑斑蚜 *Pseudochromaphis coreana*（Paik，1965）（图141）

Chromaphis coreana Paik，1965：45.

Pseudochromaphis coreana（Paik）：Zhang *et* Zhang，1982：70；Zhang *et* Zhong，1983：170；
   Remaudière *et* Remaudière，1997：222；Qiao，Zhang *et* Zhong，2005：215.

特征记述

有翅孤雌蚜 体卵圆形，体长1.60mm，体宽0.74mm。活体淡绿色或淡黄色，体背和翅有黑斑。玻片标本头部、胸部黑色，有淡色圆斑和纵斑。头部背面有4对透明斑纹，额瘤附近1对圆形，其直径大于单眼，单眼内方1对长形，长度约等于触角节Ⅱ，后头部2对不规则形，长度小于触角节Ⅱ，头背中央1条纵带呈瓶状，从顶端延伸至头后部。前胸背板中央和两侧各有1个透明纵带，在侧域各有1对愈合或分开的小圆斑；中胸围绕盾片呈"V"形斑，盾片下方有3条纵带，两侧各有1个圆斑；后胸背板有1个大圆斑。腹部各节背片有小型黑色分散中斑及大型侧斑；背片Ⅰ～Ⅶ各有大缘斑，在背片Ⅵ与腹管愈合呈1块基斑，背片Ⅷ有1对中斑。触角节Ⅰ、Ⅱ、Ⅴ、Ⅵ及节Ⅲ、Ⅳ端部黑色，喙顶端、股节外缘、胫节端部及跗节黑色，腹管灰黑色，尾片及尾板淡色。体表光滑，腹部斑纹有小刺突横纹。气门圆形开放，气门片黑色。节间斑明显黑色，腹部中、缘域节间斑小，侧域节间斑大，横长等于或大于触角节Ⅰ。体背毛短尖，骨化；头部有背毛12根，其中额毛2对，各透明斑上均有1根短毛；前胸背板有侧毛2对，缘毛1对；中胸背板有中、侧毛共8根；腹部背片Ⅰ～Ⅶ有中、侧、缘斑短刚毛1根；除背片Ⅲ、Ⅳ，有时背片Ⅴ有毛7根外，其他各节背片有毛6根，有时背片Ⅶ仅有毛5根；背片Ⅷ有毛2根，有时3根；背片Ⅰ～Ⅴ中斑毛瘤明显隆起，其他不显。头顶毛、腹部背毛长分别为触角节Ⅲ最宽直径的0.80倍、0.40倍；腹面毛长与体背毛约相等。中额显著隆起，延长呈锥形，中额高度大于触角节Ⅰ，额瘤稍显。触角6节，细，有瓦纹，全长1.10mm，为体长的0.69倍；节Ⅲ长0.41mm，节Ⅰ～Ⅵ长度比例：13：13：100：51：44：29+10；节Ⅰ～Ⅵ毛数：4根，2或3根，9～11根，2根，1根，1+0根，节Ⅲ毛长为该节最宽直径的0.37倍；节Ⅲ有大型桔瓣形次生感觉圈3～6个，分布于基半部。喙端部达前、中足基节之间，节Ⅳ＋Ⅴ长0.08mm，长为基宽的1.60倍，为后足跗节Ⅱ的0.90倍，有原生刚毛2对，次生刚毛3对。足短粗光滑；后足股节长0.34mm，为触角节Ⅲ的0.82倍，后足胫节长0.65mm，为体长的0.41倍，端部淡色，有粗距1对，毛长与该节中宽约等长，为基宽的0.75倍。跗节Ⅰ毛序：5，5，

5. 前翅大部分黑色，仅径分脉区、肘脉端部及基部透明，但在黑色部分也杂有很多透明斑点，缺径分脉；后翅翅脉镶黑色宽带，黑带中杂有透明部分。腹管短筒形，光滑，无缘突，切迹明显骨化，全长 0.06mm，为基宽的 0.68 倍，为尾片的 0.70 倍，稍长于触角节Ⅰ。尾片瘤状，有微刺突横纹，有长短毛 8 或 9 根。尾板分裂为两叶，有毛 11 或 12 根。生殖板淡色，有稍长刚毛 10～12 根。

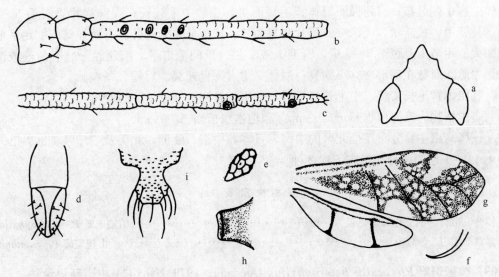

图 141　刺榆伪黑斑蚜 *Pseudochromaphis coreana* (Paik)
有翅孤雌蚜 (alate viviparous female)

a. 头部背面观 (dorsal view of head)；b. 触角节Ⅰ～Ⅲ (antennal segments Ⅰ～Ⅲ)；c. 触角节 Ⅳ～Ⅵ (antennal segments Ⅳ～Ⅵ)；d. 喙节 Ⅳ＋Ⅴ (ultimate rostral segment)；e. 节间斑 (intersegmental scleritized patch)；f. 爪间毛 (empodial hair)；g. 前、后翅 (fore and hind wings)；h. 腹管 (siphunculus)；i. 尾片 (cauda)。

若蚜　腹部缺侧毛，胸部缘毛单一；腹部背片Ⅰ～Ⅳ中毛远离，背片Ⅴ～Ⅷ中毛靠近，毛粗长，顶端呈扇状。

胚胎　腹部缺侧毛，胸部缘毛单一。

生物学　寄主植物为刺榆 *Hemiptelea davidii*。本种为常见种，在叶片反面分散为害，在背风处发生较多。遇惊扰飞走。在北京 10 月中旬发生雌性蚜，在枝条上产卵越冬。

分布　辽宁（本溪、沈阳、丹东）、北京、浙江；韩国。

44. 翅斑蚜属 *Pterocallis* Passerini，1860

Pterocallis Passerini，1860：28. **Type species**：*Aphis alni* Fabricius，1781.

Subcallipterus Mordvilko，1908：377.

Pterocallis Passerini：Richards，1965：71；Stroyan，1977：72；Heie，1982：57；Shaposhnikov，1988：609；Ghosh *et* Quednau，1990：174；Remaudière *et* Remaudière，1997：222；Qiao，Zhang *et* Zhong，2005：217.

属征　中额不隆，头顶光滑。触角 6 节，长于或短于体长；触角末节鞭部长为该节基部的0.30～0.90倍；触角毛短，尖锐；次生感觉圈圆形或近圆形，仅分布于有翅孤雌蚜触角节Ⅲ；原生感觉圈有睫。喙端部很少达中足基节，节Ⅳ＋Ⅴ短于后足跗节Ⅱ，有次生毛2～6根。腹部淡色，通常无中瘤，但在有翅孤雌蚜腹部背片Ⅰ～Ⅳ有时有扁平或不甚明显的中瘤，单一或成对；有翅孤雌蚜腹部背片Ⅰ～Ⅳ或Ⅱ～Ⅳ通常有1对较低的缘瘤，各缘瘤上有2或3根毛。无翅孤雌蚜体背毛长，有扩展的或头状的端部，且毛体上有小刺分布；有翅孤雌蚜体背毛短而尖，少数中毛较长；腹部背片Ⅷ有毛3～7根。腹管短，截断状，无缘突。尾片明显瘤状。尾板分裂为两叶。有翅孤雌蚜前足基节稍膨大。跗节Ⅰ有腹毛5～7根，背毛1或2根。爪间毛扁平。前翅径分脉有痕迹或消失，中脉和肘脉在基部常有小翅昙；肘脉2常有深色翅昙。后翅2条斜脉。

胚胎体背毛长头状，中毛长短不等，非平行排列；侧毛缺。腹管可见。

寄主植物为榛属植物 *Corylus* spp. 和桤木属植物 *Alnus* spp.。

该属蚜虫主要分布在全北区的中国，日本，中东，欧洲，北美及东洋区。世界已知10种，中国已知2种，本志记述2种。

种检索表

1. 体背毛粗长，毛上有棘状突起 ………………………… **榛翅斑蚜 *P. heterophyllus***
   体背毛细短 ………………………………………… **山翅斑蚜 *P. montanus***

(109) 榛翅斑蚜 *Pterocallis heterophyllus* Quednau，1979（图142）中国新记录种

Pterocallis heterophyllus Quednau，1979：507.

Pterocallis heterophyllus Quednau：Shaposhnikov，1988：610；Remaudière *et* Remaudière，1997：222.

特征记述

有翅孤雌蚜　体椭圆形，体长1.55～1.63mm，体宽0.65～0.70mm。活体白色。玻片标本淡色。体表光滑。体背有粗长毛和细短毛，粗长毛上有小棘状突起；头部有头顶毛1对，头背毛4对；前胸背板有粗长中毛2对，细缘毛1对；中胸背板有粗长毛7对，细毛1对；后胸背板有粗长毛2对；腹部背片Ⅰ～Ⅳ各有粗长中毛1对，细侧毛1对，细缘毛2对，侧毛偶为粗长毛，背片Ⅴ～Ⅷ背毛都为细毛，背片Ⅴ有中、侧、缘毛各1对，1对，2对，背片Ⅵ有中、缘毛各1对，2对，背片Ⅶ有中、侧、缘毛各1对，背片Ⅷ有毛7或8根；头顶毛长0.03～0.04mm，腹部背片Ⅰ长中毛长0.10～0.13mm，背片Ⅰ短侧毛长0.03～0.04mm，背片Ⅷ毛长0.03～0.05mm，分别为触角节Ⅲ最宽直径的1.50～2.00倍、5.00～6.50倍、1.50～2.25倍、1.75～2.50倍，腹部背片Ⅰ长毛长为短毛的3.25～3.33倍。中额隆起，额瘤微隆。触角6节，有小刺突横纹；全长0.97～1.03mm，为体长的0.63～0.64倍；节Ⅲ长0.29～0.32mm，节Ⅰ～Ⅵ长度比例：17～19∶17～18∶100∶68～81∶52～59∶（38～46）＋（20～28）；触角毛短，尖锐，节Ⅰ～Ⅵ毛数：1或2根，1或2根，1或2根，0～2根，1或2根，0或1+0根，末节鞭部顶端有毛4或5根，节Ⅲ毛长0.01mm，为该节最宽直径的0.75倍；节Ⅲ有圆形次生感觉圈5或6个，分布于全长。喙端部达前、中足基节之间，节Ⅳ＋Ⅴ短楔状，长 0.06～0.07mm，为基宽的 1.30～1.56 倍，为后足跗节 II 的 0.72～0.88 倍；有原生毛 2 对，次生毛 1 或 2 对。足胫节、跗节有小刺突横纹；前足基节明显扩展，宽于中、后足基节；后足股节长 0.31～0.34mm，为触角节 III 的 1.05～1.19 倍，后足胫节长 0.62～0.67mm，为体长的 0.40～0.42 倍，毛长为该节中宽的 0.83～1.20 倍。跗节 I 各有背毛 2 根，腹毛 3 根。前翅翅脉有翅昙，翅脉顶端翅昙稍扩展，径分脉不显，中脉 2 分叉，翅痣基部中央有 1 个黑色小斑。腹管短筒形，光滑，有缘突和切迹，长 0.06～0.07mm，为基宽的 1.75～1.88 倍，为尾片的 0.58～0.64 倍。尾片瘤状，有小刺突横纹，长 0.09～0.12mm，为基宽的 0.73～1.00 倍，中宽 0.04～0.05mm，为基宽的 0.33～0.39 倍；有长短毛 10～13 根。尾板分裂为两叶，有小刺突横纹，各有毛 8～10 根。生殖板椭圆形，有毛 19 或 20 根。生殖突 2 个，各有毛 3 或 4 根。

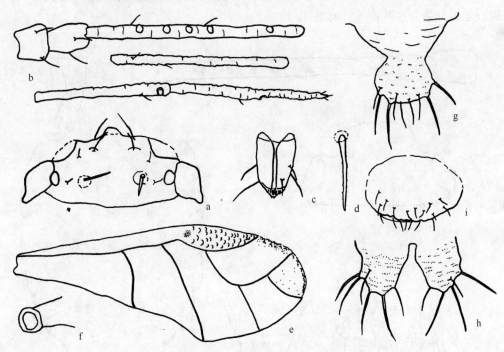

图 142　榛翅斑蚜 *Pterocallis heterophyllus* Quednau
有翅孤雌蚜（alate viviparous female）

a. 头部背面观（dorsal view of head）；b. 触角（antenna）；c. 喙节 IV + V（ultimate rostral segment）；
d. 体背毛（dorsal hair of body）；e. 前翅（fore wing）；f. 腹管（siphunculus）；g. 尾片（cauda）；h. 尾板
（anal plate）；i. 生殖板（genital plate）。

生物学　寄主为榛属植物 *Corylus* spp.。在寄主叶片背面散居。

分布　吉林（敦化）、黑龙江（富锦、密山、伊春）；俄罗斯，波兰。

(110) 山翅斑蚜 *Pterocallis montanus*（Higuchi，1972）（图 143）

Myzocallis montana Higuchi，1972：27.

Pterocallis montanus（Higuchi）：Zhang *et* Zhang，1994：476；Remaudière *et* Remaudière，1997：222；Qiao，Zhang *et* Zhong，2005：217.

特征记述

有翅孤雌蚜 体椭圆形，体长 1.83mm，体宽 0.74mm。活体淡黄色。玻片标本淡色，触角节Ⅲ～Ⅴ顶端、前足胫节端部及跗节褐色至黑色，其他部分淡色。体背毛短，尖锐。头部有头顶毛 1 对，头背毛 4 对；前胸背板有前中毛 1 对，后背毛 2 对，无前侧毛；腹部背片Ⅰ～Ⅷ毛少，各有中毛 1 对，缘毛 1 或 2 对。触角 6 节（观察标本的节Ⅵ断失），节Ⅲ长 0.35mm，节Ⅰ～Ⅴ长度比例：15∶12∶100∶65∶56；触角毛短尖，节Ⅲ毛长为该节最宽直径的 1/2。触角节Ⅲ有 7 个次生感觉圈，分布于全节。喙端部达前、中足基节之间，节Ⅳ＋Ⅴ长 0.09mm，为基宽的 2.25 倍；有次生毛 2 根。前翅径分脉消失，肘脉 2 基有翅昙。跗节Ⅰ有腹毛 5 根，背毛 2 根。腹管截断状，无缘突，长 0.05mm，为基宽的 0.77 倍，为尾片的 0.56 倍。尾片典型瘤状，长 0.09mm，有毛 9 根。尾板分裂为两叶，各叶有毛 12 根。

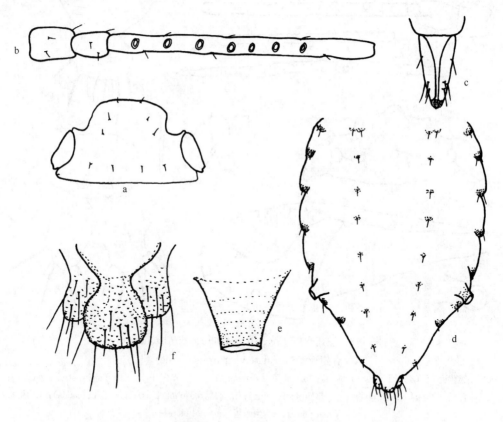

图 143 山翅斑蚜 *Pterocallis montanus*（Higuchi）

有翅孤雌蚜（alate viviparous female）

a. 头部背面观（dorsal view of head）；b. 触角节Ⅰ～Ⅲ（antennal segments Ⅰ～Ⅲ）；c. 喙节Ⅳ＋Ⅴ（ultimate rostral segment）；d. 腹部背面观（dorsal view of abdomen）；e. 腹管（siphunculus）；f. 尾片及尾板（cauda and anal plate）。

生物学 寄主植物为榛属植物 *Corylus* spp.，日本记载为日本榛 *C. sieboldiana*。在寄主植物叶片上为害。

分布　辽宁（沈阳）；日本。

45. 直斑蚜属 *Recticallis* Matsumura，1919

Recticallis Matsumura，1919：105. **Type species**：*Recticallis alnijaponicae* Matsumura，1919：105.

Pterocallis（*Recticallis*）：Tao，1990：150.

Recticallis Matsumura：Takahashi，1965：56；Hille Ris Lambers，1965：194；Higuchi，1972：31；Remaudière et Remaudière，1997：223；Qiao，Zhang et Zhong，2005：219.

属征　有翅孤雌蚜复眼有眼瘤。触角6节，节Ⅵ鞭部长为基部的0.80～1.20倍。喙节Ⅳ＋Ⅴ有次生毛2～16根。腹部有不成对的中瘤，背片Ⅷ有毛6根。前足基节膨大。跗节Ⅰ有背毛2根，腹毛5～7根，爪间毛扁平。腹管截断状，无缘突。尾片瘤状。尾板分裂为两叶。生殖突1或2个。

胚胎背毛长，头状。背中毛长度不等，非平行排列，侧毛消失。腹管可见。

主要取食桦木科 Betulaceae 桤木属 *Alnus* spp. 植物。世界已知2种，分布在中国和日本，本志记述1种。

(111) 赤杨直斑蚜 *Recticallis alnijaponicae* Matsumura，1919（图144）

Recticallis alnijaponicae Matsumura，1919：106.

Agrioaphis moriokae Shinji，1935：282.

Agrioaphis moriokae Shinji：Shinji，1941：364.

Tuberculoides nigrostriata Shinji，1941：383.

Recticallis alnijaponicae Matsumura：Higuchi，1972：32；Tao，1990：150；Remaudière et Remaudière，1997：223；Qiao，Zhang et Zhong，2005：219.

特征记述

有翅孤雌蚜　体椭圆形，体长1.77mm，体宽0.82mm。玻片标本头部、胸部深色，腹部淡色，背瘤褐色；触角节Ⅰ、Ⅱ端半部、节Ⅲ基部膨大部分及端部、节Ⅳ～Ⅵ各端部1/4黑色，其他部分淡色；喙淡色，径端黑色；足深色，腹管、尾片及尾板灰色，生殖板淡色。体表光滑，各背瘤有小刺突瓦纹。气门圆形开放，气门片淡色。缘瘤及背瘤明显，前胸背板有宽锥形瘤1个，长0.06mm，与基宽约等，腹部背片Ⅱ～Ⅳ各缘瘤隆起，背片Ⅳ缘瘤小型，位于各缘瘤附于小型透明瘤，腹部背片Ⅰ～Ⅵ各有长锥状直背中瘤1个，背片Ⅰ～Ⅲ各背瘤长0.21mm，为触角节Ⅲ的1/2，背片Ⅳ～Ⅵ长度分别为0.16mm，0.08mm，0.03mm，背片Ⅶ、Ⅷ缺背瘤。体背毛细，尖锐，各背瘤顶端有尖锐毛1根；头部有头顶毛1对，头背毛3对，腹面长毛5对；腹部背片Ⅰ～Ⅵ有中侧缘毛各1对，背片Ⅶ有毛4对，背片Ⅷ有毛3对。头顶毛长0.02mm，为触角节Ⅲ最宽直径的0.93倍，腹部背片Ⅰ缘毛长0.02mm，背片Ⅷ毛长0.03mm。中额隆起，额瘤微隆外倾。触角6节，节Ⅳ～Ⅵ有横瓦纹，全长1.26mm，为体长的0.71倍；节Ⅲ长0.44mm，节Ⅰ～Ⅵ长度比例：10：11：100：64：62：36＋29；触角毛短尖，节Ⅰ～Ⅵ毛数：3根，3根，5根，3根，3根，2＋0根，末节鞭部顶端有毛3根。节Ⅲ毛长为该节最宽直径的0.59倍。节Ⅲ有大圆形次生感觉圈3个，分布于基部2/5膨大部处。喙短小，端部不达中足基节，节Ⅳ＋Ⅴ楔状，长0.09mm，为该节基宽的2.20倍，为后足跗节Ⅱ的1.20倍，有原生毛3对，次生毛2对。股节有小刺突瓦纹，胫节端部

1/3～1/2 有小刺突组成横纹。后足股节长 0.35mm，为触角节Ⅲ的 0.81 倍；后足胫节长 0.66mm，为体长的 0.37 倍，毛长为该节最宽直径的 1.10 倍；跗节Ⅰ毛序：5，5，5。前翅翅脉粗黑，径分脉基半部不显，端半部呈黑色条斑，中脉分 3 支，脉端两侧各有 1 条褐色条带。腹管短筒状，光滑，无缘突，长 0.07mm，与基宽约等，为尾片的 0.47 倍。尾片瘤状，长 0.14mm，为基宽的 0.77 倍，有粗长毛 2 根，长尖毛 8 根。尾板分裂为两叶，有长毛 12 根。

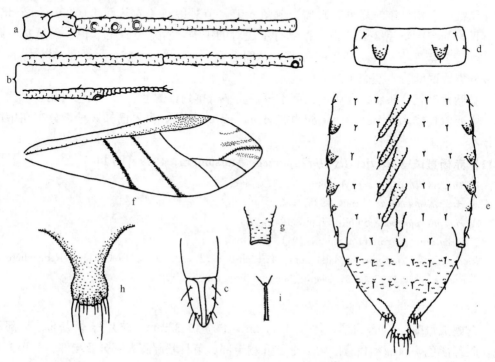

图 144　赤杨直斑蚜 *Recticallis alnijaponicae* Matsumura

有翅孤雌蚜（alate viviparous female）

a. 触角节Ⅰ～Ⅲ（antennal segments Ⅰ～Ⅲ）；b. 触角节Ⅳ～Ⅵ（antennal segments Ⅳ～Ⅵ）；c. 喙节Ⅳ＋Ⅴ（ultimate rostral segment）；d. 前胸背板（pronotum）；e. 腹部背面观（dorsal view of abdomen）；f. 前翅（fore wing）；g. 腹管（siphunculus）；h. 尾片（cauda）。

有翅若蚜（alate nymph）

i. 体背毛（dorsal hair of body）。

有翅若蚜　体椭圆形，体长 1.53mm，体宽 0.85mm。翅芽发育良好。触角 6 节，节Ⅰ、Ⅱ各有 1 根粗长具小刺的毛，节Ⅲ有毛 1 或 2 根，其他各节毛短细尖。体背毛褐色，粗长，顶端稍膨大，平截，有发达的毛基瘤，背毛布满小刺突，头部有头顶毛 2 对，头背毛 3 对；前胸背板有中毛 2 对，缘毛 1 对；中胸背板有中毛 7 根，缘毛 1 对；后胸背板有中毛 2 对，缘毛 2 对；腹部背片Ⅰ～Ⅳ各有中侧毛 5 或 6 根，缘毛 2 对，背片Ⅴ、Ⅵ各有中侧毛 5 根，缘毛 1 对；背片Ⅶ有中毛 2 对，缘毛 1 对，背片Ⅷ有毛 6 根。腹管截断状。喙端部刚达中胸腹板，节Ⅳ＋Ⅴ端部有次生毛 2 对。跗节Ⅰ有毛 3 根。

生物学 寄主植物为日本桤木（赤杨）*Alnus japonica* 或台湾桤木（台湾赤杨）*Alnus formosana*；日本记载寄主植物为日本桤木、辽东桤木 *A. hirsuta* 和 *A. firma*（Shinji，1924，1941；Higuchi，1972）。

分布 内蒙古（鄂伦春旗）、吉林（长白山）、黑龙江（绥芬河）、山东、台湾；韩国，日本。

46. 绵叶蚜属 *Shivaphis* Das，1918

Shivaphis Das，1918：245. **Type species**：*Shivaphis celti* Das，1918.

Shivaphis Das：Baker，1920：24；Shinji，1941：120；Higuchi，1972：34；Chakrabarti *et* Raychaudhuri，1978（1975）：88；Raychaudhuri，Chakrabarti，Basu *et* Ghosh，1980：298；Zhang *et* Zhong，1982：68；Zhang *et* Zhong，1983：166；Qudenau *et* Remaudière，1985：227；Ghosh *et* Quednau，1990：191；Tao，1990：128；Zhang，Zhang，Zhong *et* Halbert，1994：19；Remaudière *et* Remaudière，1997：223；Qiao，Zhang *et* Zhong，2005：222.

属征 成蚜蜡片发达。复眼有眼瘤。触角6节，节Ⅱ短于节Ⅰ，节Ⅵ鞭部长为基部的 0.20 倍。喙节Ⅳ＋Ⅴ有次生毛 2～16 根。腹部背片缺指状瘤，腹部背毛平行排列。足胫节端部毛与该节其他毛明显不同；跗节Ⅰ有背毛 2 根，腹毛 5～7 根；爪间毛扁平。腹管低，环状。尾片瘤状。尾板分裂为两叶。生殖突 1 或 2 个。

胚胎背毛短，尖锐，中毛与缘毛近等长，侧毛消失。腹管可见。

本属蚜虫主要取食榆科 Ulmaceae 朴属植物 *Celtis* spp.，个别在榆属植物 *Ulmus* spp. 和木犀科 Oleaceae 的木犀 *Osmanthus fragrans* 上取食。

主要分布在印度、巴基斯坦、土耳其等中亚和中国、韩国、日本等东亚地区。

世界已知 6 种，中国已知 5 种，本志记述 3 种。

种 检 索 表
（有翅孤雌蚜）

1. 前翅径分脉缺；腹管截断状；触角末节鞭部长为基部的 0.60 倍 ·············· 椴绵叶蚜 *S. tilisucta*

   前翅径分脉明显；腹管环状；触角末节鞭部长为基部的 0.20 倍 ······························· 2

2. 触角节Ⅲ有次生感觉圈 8～13 个，集中排列在中部；尾片大，中部不缢缩；体蜡片发达 ············

   ··· 朴绵叶蚜 *S. celti*

   触角节Ⅲ有次生感觉圈 16～22 个，分布全节；尾片小，中部缢缩；体蜡片不发达 ···············

   ·· 肖朴绵叶蚜 *S. catalpinari*

（112）肖朴绵叶蚜 *Shivaphis catalpinari* Quednau *et* Remaudière，1985（图 145）

Shivaphis catalpinari Quednau *et* Remaudière，1985：227.

Shivaphis similicelti Zhang *et* Zhang，1994：20.

Shivaphis catalpinari Quednau *et* Remaudière：Remaudière *et* Remaudière，1997：223；Qiao，Zhang *et* Zhong，2005：224.

特征记述

无翅孤雌蚜 体椭圆形，体长 2.09mm，体宽 0.88mm。活体黄绿色，被长蜡丝。玻片标本头部及胸部各节缘域深色；胸部、腹部淡色，无斑纹。蜡片明显，由多个小圆形蜡孔组成；头顶至头背两缘域密布蜡孔，呈"U"形；前胸背板有中蜡片2对，各由20～30个蜡孔组成，缘域密布蜡孔；中、后胸背板及腹部背片Ⅰ～Ⅶ各有中、缘蜡片1对，背片Ⅰ～Ⅵ蜡片各有30～40个蜡孔，背片Ⅶ蜡片有50余个蜡孔，背片Ⅷ蜡片有130个蜡孔，每个蜡孔包含2～12个多角形及圆形蜡胞。触角节Ⅰ、Ⅱ及Ⅲ～Ⅵ各端部1/3～1/2黑色，有小微刺突瓦纹，节Ⅰ～Ⅳ端部各有蜡孔15～20余个。喙及足淡褐色，足股节端部外缘及跗节黑色，其他部分淡色；腹管环及基部褐色；尾片淡色；尾板棕褐色；生殖板淡色，前部有深色带。气门圆形半开放，气门片黑色。节间斑黑褐色，分布于头部与胸部之间。中胸腹岔淡色，无柄；横长0.34mm，为触角节Ⅲ的0.92倍。体背毛长，尖锐，腹部腹面多毛，毛长为背毛的1/2。头部有头顶毛2对，头背毛4对，有腹面毛9或10对；前胸背板有中毛2对，缘毛1对；腹部背片Ⅰ～Ⅶ各有中、缘毛1对，背片Ⅷ有中毛1对，缘毛2或3对。头顶毛长0.03mm，为触角节Ⅲ最宽直径的0.93倍；腹部背片Ⅰ缘毛长0.04mm，背片Ⅷ背毛长0.06mm。中额及额瘤呈圆头状，头背中缝延伸至前胸背板。触角6节，有粗横瓦纹，节Ⅰ、Ⅱ及节Ⅲ～Ⅳ端部布满蜡孔；全长1.05mm，为体长的0.50倍，节Ⅲ长0.37mm，节Ⅰ～Ⅵ长度比例：18：20：100：50：47：41+7；节Ⅲ无次生感觉圈。喙端部不达中足基节，节Ⅳ+Ⅴ楔状，长0.10mm，为基宽的2.00倍，为后足跗节Ⅱ的0.82倍，有原生毛3对，次生毛2或3对。股节端部及胫节基部布满蜡孔。后足股节长0.42mm，为触角节Ⅲ的1.20倍；后足胫节长0.69mm，为体长的0.33倍，毛长与该节最宽直径约等长；跗节Ⅰ毛序：7，7，7，有时8根。腹管截断状，端径0.03mm，与触角节Ⅲ最宽直径约等长。尾片瘤状，有微刺突组成瓦纹，中部缢缩细小，基部宽大，长0.12mm，为基宽的0.83倍，有毛7～10根，其中有长毛2根。尾板分裂呈两叶，有长短毛17～20根，其各叶有1根粗长毛。生殖板椭圆形，有短尖锐毛22～24根。

有翅孤雌蚜　体椭圆形，体长0.87mm，体宽0.77mm。玻片标本头部、胸部深色，中胸盾片黑色；腹部淡色，背片中、缘蜡片微骨化深色。头顶及头部背面前部蜡片愈合，后部各侧愈合有1个蜡片；前胸背板有中蜡片2对，缘蜡片1对；中胸盾片各侧有3块蜡片，缺缘蜡片；腹部背片Ⅰ～Ⅶ各有中蜡片1对，背片Ⅰ、Ⅱ及Ⅵ、Ⅶ蜡片大型，背片Ⅰ～Ⅶ各有大型缘蜡片1对，背片Ⅷ背中微隆，有大型蜡片。气门圆形开放，气门片深色。无节间斑。体背毛长，尖锐，长尖锐毛位于各蜡片中，腹部背片Ⅷ有毛4对，其中有长中毛1对，缘毛3对。触角6节，节Ⅰ、Ⅱ端部有蜡孔，节Ⅲ～Ⅳ顶端各分散有2～4个蜡孔，全长1.16mm，为体长的0.62倍；节Ⅲ长0.45mm，节Ⅰ～Ⅵ长度比例：15：15：100：47：42：34+7；节Ⅲ有毛13～20根；节Ⅲ有橘瓣状有睫次生感觉圈19～23个，分布于全长。足基部、股节端半部及胫节布满蜡腺。后足股节长0.43mm，后足胫节长0.72mm，后足跗节Ⅱ长0.11mm。翅脉正常，径分脉明显，肘脉1及翅痣下方有昙。腹管圆孔状，直径0.03mm，与触角节Ⅲ最宽直径约等。尾片瘤状，中部缢缩，长0.11mm，有毛9或10根，其中有粗长毛1对。尾板分裂呈两叶，有毛18～20根。生殖板有短毛20～26根。

生物学　寄主植物为朴树 *Celtis sinensis*、大叶朴 *C. koraiensis* 和扁担木 *Grewia biloba*；土耳其记载的寄主植物为南欧朴 *C. australis*。

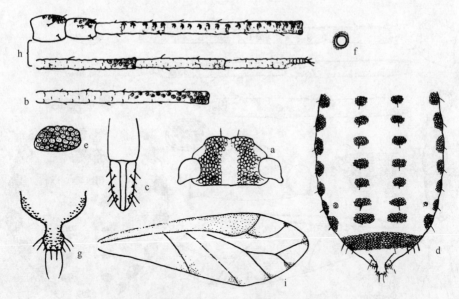

图 145 肖朴绵叶蚜 *Shivaphis catalpinari* Quednau *et* Remaudière

无翅孤雌蚜（apterous viviparous female）

a. 头部背面观（dorsal view of head）；b. 触角节Ⅲ（antennal segment Ⅲ）；c. 喙节Ⅳ+Ⅴ
（ultimate rostral segment）；d. 腹部背面观（dorsal view of abdomen）；e. 体背蜡片（dorsal wax
plate）；f. 腹管（siphunculus）；g. 尾片（cauda）。

有翅孤雌蚜（alate viviparous female）

h. 触角节Ⅰ～Ⅵ（antennal segments Ⅰ～Ⅵ）；i. 前翅（fore wing）。

分布 辽宁（抚顺、沈阳）、北京、江苏、山东；土耳其。

（113）朴绵叶蚜 *Shivaphis celti* Das，1918（图 146）

Shivaphis celti Das，1918：245.

Shivaphis celti Das：Raychaudhuri, Chakrabarti, Basu *et* Ghosh, 1980：299；Raychaudhuri,
Raychaudhuri *et* Singh, 1981：171；Zhang *et* Zhong, 1983：166；Agarwala, Basant *et*
Ghosh, 1984：26；Ghosh *et* Quednau, 1990：195；Tao, 1990：128；Zhang, Zhong *et*
Halbert, 1994：20；Remaudière *et* Remaudière, 1997：223；Qiao, Zhang *et* Zhong,
2005：226.

特征记述

无翅孤雌蚜 体长卵形，体长 2.30mm，体宽 1.10mm。活体灰绿色，秋季部分个
体显粉红色，体表有蜡粉和蜡丝。玻片标本头部和前胸灰黑色，腹部淡色，蜡片灰色至
灰黑色。体表光滑。触角灰色至灰黑色，节Ⅲ基部 1/2 淡色，节Ⅲ端部 1/5、节Ⅳ端部
1/3、节Ⅴ端部 1/2 及节Ⅵ黑色；喙及足灰褐色至淡灰黑色，股节基部 1/3～1/2 及胫节
中部 2/3 淡色；腹管灰色，尾片、尾板及生殖板与体同色。头部背面及前胸密布蜡腺，
前头部有中缝，复眼内侧不见蜡腺；前胸背板有大型前中蜡片 1 对及后中蜡片 1 对，彼
此相接，占据全节背中部，前中蜡片前缘黑色，有黑色小侧蜡片 1 对，与中蜡片相接，
有大缘蜡片 1 对；中胸背板有中、缘蜡片各 1 对，有小型中、侧毛基蜡片；后胸背板、

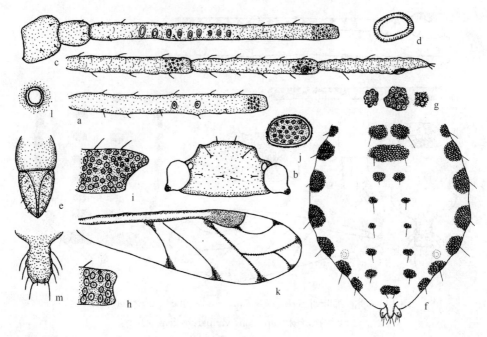

图 146　朴绵叶蚜 *Shivaphis celti* Das

无翅孤雌蚜（apterous viviparous female）

a. 触角节Ⅲ（antennal segment Ⅲ）。

有翅孤雌蚜（alate viviparous female）

b. 头部背面观（dorsal view of head）；c. 触角（antenna）；d. 次生感觉圈（secondary rhinarium）；e. 喙节 Ⅳ＋Ⅴ（ultimate rostral segment）；f. 腹部背面观（dorsal view of abdomen）；g. 蜡孔（wax pore）；h. 触角节Ⅲ蜡片（wax plate on antennal segment Ⅲ）；i. 后足股节端部蜡片（distal wax plates on hind femur）；j. 腹部背蜡片（dorsal wax plate on abdomen）；k. 前翅（fore wing）；l. 腹管（siphunculus）；m. 尾片（cauda）。

腹部背片Ⅰ～Ⅶ各有中蜡片 1 对，向后部蜡片逐渐增大，各有大型缘蜡片 1 对，缺侧蜡片；腹部背片Ⅷ背蜡片相愈合为横带。中胸腹面 2 中足基节间有蜡片 1 对，各有蜡孔 45～50 个。中胸中蜡片有蜡孔 30～45 个，后胸中蜡片有蜡孔 17～25 个；腹部背片中蜡片蜡孔数：背片Ⅰ 30～35 个，背片Ⅲ 23～28 个，背片Ⅶ 70～80 个。腹部背片Ⅲ缘蜡片有蜡孔约 110 个。每蜡孔包含 2～10 个多角形至圆形微蜡孔。气门圆形关闭，气门片黑色隆起。节间斑不显。中胸腹岔淡色无柄。体背毛短尖，头部背面有毛 12 根；前胸背板有中、缘毛各 1 对，中胸背板有中、侧、缘毛各 6，4，2 根，后胸背板及腹部背片Ⅰ～Ⅶ各有中毛、缘毛各 1 对，背片Ⅷ有毛 1 对。头顶毛、腹部背片Ⅰ缘毛、背片Ⅷ毛长分别为触角节Ⅲ直径的 0.89 倍、1.10 倍、1.30 倍。额中缝及额瘤基部稍下凹，额前缘呈双弧形，额瘤不明显。触角 6 节，节Ⅰ、Ⅱ及节Ⅲ基部 1/3～2/3 光滑，节Ⅲ端部 1/3、节Ⅳ及节Ⅴ端部 1/3 正面有蜡孔分布，其他部分有瓦纹；全长 1.20mm，为体长的 0.49 倍，节Ⅲ长 0.45mm，节Ⅰ～Ⅵ长度比例：17：14：100：46：46：36＋8；节Ⅰ～Ⅵ毛数：5 或 6 根，3 根，9 或 10 根，2～4 根，2 或 3 根，1＋0 根，节Ⅲ毛长为该节直径的 0.25 倍；节Ⅲ中部有小圆形次生感觉圈 2 个，节Ⅵ有大型原生感觉圈，外侧有短粗小刺一行。喙粗短,端部超过前足基节,节Ⅵ+Ⅴ长为基宽的 1.30 倍,为后足跗节Ⅱ的 0.69 倍,两缘稍隆,顶端钝,有原生刚毛 4 根,次生短刚毛 6 根。各足股节背侧有蜡孔,端半部有伪感觉圈,各足胫节表面密布蜡孔。后足股节与触角节Ⅲ约等长;后足胫节长为体长的 0.38 倍,毛长为该节直径的 0.46 倍。跗节Ⅰ毛序:8,8,8,其中各有背刚毛 2 根,端刚毛 3 根(包括 1 根短感觉锥,2 根长刚毛)及腹刚毛 3 根,此外每跗节腹面尚有短小刚毛 5 根。爪间毛扁。腹管甚短,长约为端宽的 1/4,有时仅为环状隆起。尾片瘤状,有瓦纹,有曲毛 8 根及多数短毛。尾板末端深凹成两叶,有曲毛 19 根。生殖板有短毛 25 根。

有翅孤雌蚜 体长卵形,体长 2.20mm,体宽 0.90mm。活体黄绿色至淡绿色。头部及胸部褐色,腹部有斑纹,体被蜡粉蜡丝。玻片标本头部灰色,头部后下角、后缘及两侧单眼基部黑色;胸部黑色;腹部淡色,有灰褐色明显蜡腺片。触角节Ⅰ、Ⅱ灰褐色,节Ⅲ~Ⅴ端部及节Ⅵ黑褐色,喙、足股节端部及胫节基部、跗节黑褐色。腹部背片Ⅰ~Ⅶ各有中蜡片 1 对,背片Ⅰ、Ⅱ、Ⅶ中蜡片大型,背片Ⅲ中蜡片中等,背片Ⅳ、Ⅵ中蜡片小型,各中蜡片圆形至半椭圆形,侧蜡片不显;背片Ⅷ 2 个中蜡腺斑相连为背中横带,背片Ⅰ、Ⅲ、Ⅴ、Ⅶ中蜡腺蜡孔数:115~125 个、38~42 个、19~21 个、110~120 个;背片Ⅱ~Ⅶ各有大型缘蜡片,背片Ⅰ缘蜡片小或不明显,背片Ⅱ~Ⅴ缘蜡片大方形,背片Ⅵ、Ⅶ缘蜡片三角形;背片Ⅱ~Ⅳ缘蜡腺有蜡孔 150~180 个。气门三角形关闭,气门片骨化黑褐色。节间斑不明显。额中缝及额瘤基部下凹,额瘤隆起。触角 6 节,有瓦纹,节Ⅲ~Ⅴ骨化部分有蜡孔分布,节Ⅰ、Ⅱ及Ⅲ基部光滑,全长 1.50mm,为体长的 0.72 倍,节Ⅲ长 0.54mm,节Ⅰ~Ⅵ长度比例:15∶13∶100∶54∶51∶38+6;节Ⅰ~Ⅵ毛数:2~5 根,3 或 4 根,11~18 根,3 或 4 根,2 或 3 根,2+0 根,节Ⅲ毛长为该节直径的 0.34 倍;节Ⅲ中部有横长圆形次生感觉圈 8~13 个,排成 1 行。喙短粗,端部超过前足基节,节Ⅳ+Ⅴ长为基宽的 1.20 倍,为后足跗节Ⅱ的 0.69 倍,有原生长刚毛 2 对,次生刚毛 5 对。后足股节长 0.60mm,为触角节Ⅲ的 1.10 倍;后足胫节长 1.00mm,为体长的 0.45 倍,毛长为该节中宽的 0.75 倍;各胫节端部有 3 根毛特化为粗短的刺,爪间毛扁。翅脉正常,各脉褐色有宽昙。腹管环状,稍显隆起,骨化,无缘突及切迹。尾片长瘤形,长 0.10mm,稍长于触角节Ⅰ,为体长的 0.05 倍,有长短刚毛 8~11 根。尾板末端内凹为两叶,有长短毛 19~24 根。生殖板末端稍平直,有短毛 17~21 根。

生物学 寄主植物为黑弹树(小叶朴)*Celtis bungeana*、大叶朴 *C. koraiensis*、青朴 *Celtis* sp.、沙朴 *Celtis* sp.、云南朴 *Celtis* sp.、美国朴 *Celtis* sp.、澳洲朴 *Celtis* sp. 等朴属植物和扁担木 *Grewia biloba*;国外记载为害朴树 *C. sinensis* 和四蕊朴 *C. tetrandra*。该种在浙江一带是常见种,常在叶反面叶脉附近分散为害,但大量发生时可盖满叶面和嫩梢,有时钻入一种木虱形成的塔形虫瘿中与之共栖,严重时可使幼枝枯黄,影响朴树生长。蚜体、触角和足为蜡粉蜡丝厚厚覆盖,很像小棉球。遇震动容易落地或飞走。4~6 月为害较重。在北京以卵在朴属植物枝上越冬,10 月间出现有翅雄蚜和无翅雌性蚜。雌性蚜交配后,在枝条的绒毛上及粗糙表面产卵越冬。翌春 3 月间朴树发芽,越冬卵孵化。有双带盘瓢虫等天敌捕食其成虫和若虫。

分布 辽宁（本溪、抚顺、沈阳）、北京、河北、上海、江苏、浙江、福建、山东、湖南、广东、广西、四川、贵州、云南、台湾；韩国，日本。

(114) 椴绵叶蚜 *Shivaphis tilisucta* Zhang，1990（图147）

Shivaphis tilisucta Zhang，1990：84.

Shivaphis tilisucta Zhang；Remaudière *et* Remaudière，1997：223；Qiao，Zhang *et* Zhong，
  2005：233.

特征记述

有翅孤雌蚜 体椭圆形，体长 1.88mm，体宽 0.70mm。活体淡绿色，被白粉。玻片标本头部及中、后胸褐色；头背缘域及后缘、前胸背板边缘黑色，背中各侧有"S"形斑；腹部淡色，背中蜡片深褐色，无斑纹。触角节Ⅱ～Ⅵ各端部黑色，其他部分淡色；喙淡色，顶端深褐色；后足股节端部 1/2 及胫节基部深褐色，其他部分淡色，前、中足淡色；腹管褐色；尾片、尾板及生殖板淡色。体表光滑。体表及各附肢有明显蜡片，各蜡片由多环形蜡孔组成。头顶有蜡片 1 对，头部背面有蜡片 4 对；前胸背板有中蜡片 4 对，各愈合呈片，缘蜡片 1 对；上述各蜡片中央有毛 1 根；中胸盾片上布满蜡孔，后胸背板有 1 对中蜡片，上述蜡片各由 10～40 个蜡孔组成蜡片；腹部背片Ⅰ～Ⅲ各有中蜡片 1 对，愈合呈 1 个大椭圆形蜡片，各由 50～120 蜡孔组成；背片Ⅳ～Ⅶ各有 1 对小型蜡片，各由 10 余个蜡孔组成，背片Ⅰ～Ⅷ各有 1 对缘蜡片，各蜡片有毛 1 根，背片Ⅱ～Ⅵ蜡片大型，背片Ⅰ、Ⅶ、Ⅷ蜡片小，淡色，背片Ⅶ缘蜡片与腹管愈合；背片Ⅷ中央隆起为中瘤，缺中蜡片。足有多环形蜡孔，前足股节、胫节布满淡色蜡孔。气门小圆形关闭，有时半开放，气门片淡色。无节间斑。体背毛尖锐，腹部腹面多毛，与背毛约等长。体背蜡片均有毛 1 根。头部有中额毛 1 对，额瘤毛不显，头背毛 4 对；前胸背板有中侧毛 4 对，缘毛 1 对；腹部背片Ⅰ～Ⅶ有中、缘毛各 1 对，背片Ⅷ中瘤上有短毛 2 根，另有毛 4 或 5 根。头顶毛长 0.04mm，为触角节Ⅲ最宽直径的 1.40 倍；腹部背片Ⅰ缘毛长 0.04mm，背片Ⅷ中瘤毛长 0.03mm，背毛长 0.06mm。中额及额瘤微隆。触角 6 节，细长，各节有微刺突组成横纹，全长 1.79mm，为体长的 0.95 倍；节Ⅲ长 0.56mm，节Ⅰ～Ⅵ长度比例：11：11：100：64：66：47＋22；触角毛极短，节Ⅰ～Ⅵ毛数：3 根，3 或 4 根，25～29 根，14～18 根，4 或 5 根，3＋0 根，末节鞭部顶端有毛 3 或 4 根；节Ⅲ毛长 0.01mm，为该节最宽直径的 1/5；次生感觉圈圆形有短睫，节Ⅲ有 10 个，分布于该节中部 1/2。喙端部不达中足基节，节Ⅳ＋Ⅴ楔状，长 0.09mm，为基宽的 1.60 倍，为后足跗节Ⅱ的 0.88 倍，有原生毛 3 对，次生毛 5 对。足有蜡孔，光滑，跗节密被小刺突横纹。后足股节长 0.61mm，为触角节Ⅲ的 1.10 倍；后足胫节长 1.13mm，为体长的 0.60 倍，后足胫节毛长 0.05mm，与该节基宽约等长；跗节Ⅰ毛序：7，7，7。前翅翅脉有粗昙，径分脉不显，翅痣有月牙形昙，各脉镶宽黑边，肘脉 1 与中脉靠近，中间黑色；后翅 2 条斜脉，稍镶黑边。腹管截断形，光滑，无缘突，有切迹，长 0.05mm，为基宽的 0.80 倍，为尾片的 0.48 倍。尾片瘤状，中部收缩，端半部稍有瓦纹，长 0.11mm，有长短毛 7 根。尾板分裂为两叶，有长短毛 16 根。生殖板椭圆形，有长尖锐毛 13 或 14 根。

生物学 寄主植物为椴树属 1 种 *Tilia* sp.、小叶朴 *Celtis bungeana*、大叶朴

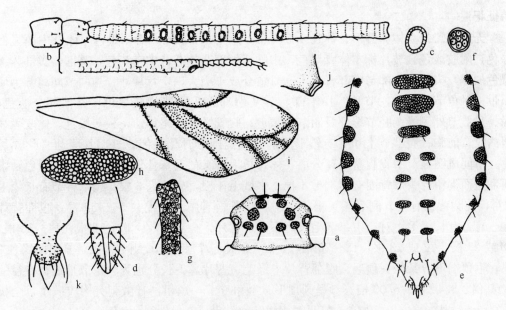

图 147 椴绵叶蚜 *Shivaphis tilisucta* Zhang

有翅孤雌蚜（alate viviparous female）

a. 头部背面观（dorsal view of head）；b. 触角（antenna）；c. 次生感觉圈（secondary rhinarium）；d. 喙节Ⅳ+Ⅴ（ultimate rostral segment）；e. 腹部背面观（dorsal view of abdomen）；f. 蜡孔（wax pore）；g. 胫节蜡片（wax plate on tibia）；h. 腹部背片Ⅰ蜡片（wax plate on abdominal tergite Ⅰ）；i. 前翅（fore wing）；j. 腹管（siphunculus）；k. 尾片（cauda）。

C. koraiensis 和裂叶榆 *Ulmus laciniata*。

分布 辽宁（本溪、千山、沈阳）、河北；韩国，日本。

47. 中华毛蚜属 *Sinochaitophorus* Takahashi, 1936

Sinochaitophorus Takahashi, 1936：197. **Type species**：*Sinochaitophorus maoi* Takahashi, 1936.

Sinochaitophorus Takahashi：Tao, 1963：52；Zhang *et* Zhong, 1983：178；Remaudière *et* Remaudière, 1997：224；Qiao, Zhang *et* Zhong, 2005：235.

属征 触角6节，短于体长；节Ⅵ鞭部短于基部；节Ⅲ有圆形较宽的次生感觉圈。触角毛长，为触角节Ⅲ最宽直径的2.00倍。跗节Ⅰ有腹毛5根，有背毛。腹管截柱状，无缘突。尾片缢缩。尾板深裂为两叶。

胚胎胸部背板有缘毛1对；腹部背片Ⅰ～Ⅶ中毛长，缘毛单一，侧毛不存在。腹管可见。

本属蚜虫为害榆科 Ulmaceae 植物。

世界已知1种，分布在中国、蒙古国和俄罗斯。

(115) 榆华毛蚜 *Sinochaitophorus maoi* Takahashi, 1936（图 148）

Sinochaitophorus maoi Takahashi, 1936：198.

Sinochaitophorus maoi Takahashi：Tao, 1963：52；Zhang *et* Zhong, 1983：178；Remaudière *et* Remaudière, 1997：224；Qiao, Zhang *et* Zhong, 2005：235.

特征记述

无翅孤雌蚜 体卵圆形，体长 1.50mm，体宽 0.80mm。活体黑色，体背中部显白绿色，附肢淡色。玻片标本体背黑色，中胸至腹部背片Ⅱ背中带淡色，胸部、腹部体缘黑色加深，头部、胸部与腹部背片Ⅰ～Ⅵ愈合成 1 个大斑，背片Ⅶ、Ⅷ两节间离开为两黑带；触角节Ⅰ、Ⅱ，节Ⅲ、Ⅳ端部，节Ⅴ端部 1/2 至节Ⅵ灰黑色，其他部分淡色；喙、足股节外侧缘、胫节端部及跗节灰黑色；腹管黑色，尾片、尾板灰黑色。体表微显褶曲纹。前胸、腹部节Ⅰ和Ⅶ有馒形缘瘤。气门圆形骨化关闭，气门片隆起骨化深黑色。节间斑明显。中胸腹岔两臂分离。体背长毛分叉，毛基骨化隆起，毛骨化深色，腹面毛短而尖锐。头部背面有前端毛 4 根，中域毛 4 根，后部毛 6 根；胸部各节有长缘毛 1 对；前胸背板有中、侧毛各 4 根；中、后胸背板有中、侧毛共 56～58 根；腹部背片Ⅰ～Ⅶ各有长缘毛 1 对；中、侧毛长短不齐，背片Ⅰ～Ⅶ毛数：10～12 根，14～16 根，22 或 23 根，22 或 23 根，18～20 根，8 根，8 根，背片Ⅷ有长刚毛 8 根，其中两缘各 2 根，毛顶端不分叉。头顶毛、腹部背片Ⅰ缘毛、背片Ⅷ毛长分别为触角节Ⅲ最宽直径的 3.60 倍、3.40 倍、5.00 倍。额呈圆顶形。触角 6 节，短粗，有微刺突构成横纹，全长 0.74mm，为体长的 0.50 倍，节Ⅲ长 0.26mm，节Ⅰ～Ⅵ长度比例：16：18：100：52：46：40+16；触角毛长，稍钝，节Ⅰ～Ⅲ偶有分叉刚毛，边缘有长刺突；节Ⅰ～Ⅵ毛数：3 或 4 根，4 根，9～14 根，5 或 6 根，5 根，2+0 根；节Ⅲ毛长为该节最宽直径的 2.30 倍。喙端部超过中足基节，末节稍长，两缘平直，长为基宽的 3.00 倍，与后足跗节Ⅱ等长，有原生长刚毛 4 根，有次生短刚毛 4 根。足粗短，毛长而尖锐；后足股节长 0.42mm，长为宽的 3.20 倍，为触角节Ⅲ的 1.60 倍；后足胫节长 0.69mm，为体长的 0.47 倍，后足胫节毛长为该节中宽的 1.40 倍；跗节Ⅰ毛序：5，5，5。腹管短筒形，微显瓦纹，无缘突及切迹，长 0.03mm，为体长的 0.02 倍，为尾片的 0.35 倍。尾片瘤状，有小刺突整齐排列，有长曲毛 8～10 根。尾板分裂为两叶，有长毛 16～21 根。

有翅孤雌蚜 体长卵形，体长 1.60mm，体宽 0.70mm。活体背面全黑色。头部、胸部、腹部各节间分界明显。玻片标本头部、胸部背面黑色，腹部背面淡色。触角节Ⅰ、Ⅱ及节Ⅲ、Ⅵ端部 1/2 至节Ⅵ黑色；腹管深黑色；喙、足股节、胫节端部 1/4、跗节、尾片及尾板为灰黑色。腹部背片Ⅰ～Ⅵ各有 1 个缘斑，背片Ⅶ～Ⅷ各有 1 个横带，背片Ⅰ～Ⅵ各有中、侧黑斑愈合横带。体表光滑有褶皱纹，腹部背片Ⅶ、Ⅷ有瓦纹。气门圆形开放，气门片隆起，骨化黑色。节间斑明显。体背毛长而尖锐，腹面毛短而尖锐。头部背面有毛 14 根；前胸背板有中毛 6 根，侧毛 2 根，缘毛 2 根；中胸背板有中、侧毛 24～32 根，缘毛 6～10 根；后胸背板有毛 4 根；腹部背片Ⅰ～Ⅶ各有缘毛 4 根，背片Ⅰ～Ⅶ分别有中、侧毛数：8 根，8 根，10 根，12 根，12 根，10 根，8 根；背片Ⅷ有毛 8 根。头顶毛、腹部背片Ⅰ毛、背片Ⅷ毛长分别为触角节Ⅲ最宽直径的 3.00 倍、1.40 倍、2.20 倍。触角 6 节，全长 0.87mm，节Ⅰ～Ⅵ长度比例：17：15：100：51：43：30+11；节Ⅲ有大圆形次生感觉圈 9～12 个，分布于全节。翅脉正常，灰色，各有黑色宽黑边，前翅仅在翅基部及各脉间有少量透明部分。腹管长 0.08mm。尾片有长毛 5～7 根。尾板有长毛 15～19 根。

生物学 寄主植物为榆树 *Ulmus pumila*。该种以卵在榆树芽苞附近越冬，早春孵化。在北京5～10月都有发生为害。较少发生有翅孤雌蚜。在河南安阳5月中旬发生有翅孤雌蚜，10月下旬至11月中旬发生无翅雌性蚜与有翅雄性蚜交配产卵越冬。在幼叶反面及幼茎为害，尤喜在树干上生出的小蘖枝顶端发生。

分布 内蒙古（呼伦贝尔）、辽宁（昌图、朝阳、抚顺、千山、沈阳）、吉林（长白县、吉林、汪清）、黑龙江（饶河、绥化）、北京、河北、河南、青海；俄罗斯，蒙古。

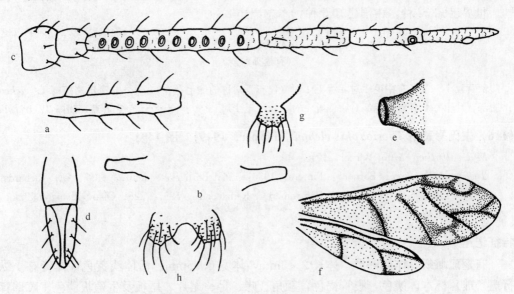

图 148 榆华毛蚜 *Sinochaitophorus maoi* Takahashi

无翅孤雌蚜（apterous viviparous female）

a. 触角节Ⅲ（antennal segment Ⅲ）；b. 中胸腹岔（mesosternal furca）。

有翅孤雌蚜（alate viviparous female）

c. 触角（antenna）；d. 喙节 Ⅳ＋Ⅴ（ultimate rostral segment）；e. 腹管（siphunculus）；f. 前、后翅（fore and hind wings）；g. 尾片（cauda）；h. 尾板（anal plate）。

48. 彩斑蚜属 *Therioaphis* Walker，1870

Therioaphis Walker，1870：1999. **Type species**：*Aphis ononidis* Kaltenbach，1846.

Rhizoberlesia del Guercio，1915：246.

Myzocallidium Börner，1949：49.

Pterocallidium Börner，1949：49.

Triphyllaphis Börner，1949：214.

Therioaphis Walker：Hille Ris Lambers，1964：3；Richards，1965：92；Stroyan，1977：107；Zhang *et* Zhong，1983：163；Remaudière，1989：171；Ghosh *et* Quednou，1990：250；Remaudière *et* Remaudière，1997：224；Zhang，1999：234；Qiao，Zhang *et* Zhong，2005：247.

属征 无翅孤雌蚜和有翅孤雌蚜体背毛头状。额瘤不发达。复眼有眼瘤。触角6节，末节鞭部稍短于或稍长于该节基部；次生感觉圈卵圆形，仅位于节Ⅲ，排成一行；触角毛短于节Ⅲ最宽直径。喙短，端部不达中足基节。前足基节特别膨大，宽为中足基节宽的2.00倍。跗节Ⅰ有腹毛6根，背毛2根。前翅径分脉不明显，其他翅脉色淡或镶黑色边，各翅脉顶端有褐色斑纹。腹管截断状，无缘突。尾片中间缢缩。尾板内陷为"∩"形。

胚胎体背毛粗，头状，缘毛单一，侧毛缺；腹部背片Ⅲ、Ⅴ、Ⅶ各节中毛相互靠近，有时近平行排列；背片Ⅷ中毛间距正常。腹管可见。

本属蚜虫为害豆科 Fabaceae 植物。

世界已知 32 种，中国已知 5 种，本志记述 2 种。

种 检 索 表

（有翅孤雌蚜）

1. 腹部背片Ⅰ～Ⅴ各有中毛1对，缘毛1对（偶有不对称的侧毛存在）⋯⋯ **来氏彩斑蚜 T. riehmi**

   腹部背片Ⅰ～Ⅴ各有中毛2对，侧毛1对，长缘毛1对 ⋯⋯⋯⋯⋯⋯ **三叶草彩斑蚜 T. trifolii**

（116）来氏彩斑蚜 *Therioaphis riehmi* （Börner, 1949）（图 149）

Myzocallidium riehmi Börner, 1949：49.

Therioaphis riehmi （Börner）: Pintera, 1956：136；Börner *et* Heinze, 1957：88；Richards, 1965：94；Heie, 1982：70；Remaudière *et* Remaudière, 1997：225；Qiao, Zhang *et* Zhong, 2005：252.

特征记述

有翅孤雌蚜 体椭圆形，体长 2.13mm，体宽 0.95mm。活体淡黄色，体背有 4 纵行斑。玻片标本体淡色，腹管褐色，触角、喙、足、尾片、尾板及生殖板淡色。腹部背片Ⅰ～Ⅷ各有中侧斑1对，缘斑1对，背片Ⅰ～Ⅳ中侧斑大，背片Ⅱ～Ⅴ缘斑大。气门关闭，气门片近圆形，淡褐色。节间斑淡褐色。体背毛短而钝，毛基瘤微显。头部有头顶毛1对，头背毛4对；腹部背片Ⅰ～Ⅷ各有中毛1对，缘毛1对，各毛位于褐色毛基斑和微隆的毛基瘤上。毛基斑或毛基瘤上有粗刻斑或小刺突短纹。中额微隆，与额瘤近等高。触角 6 节，全长 2.16mm，与体长约等；节Ⅲ长 0.78mm，节Ⅰ～Ⅵ长度比例：12：9：100：55：51：26+22；触角毛短尖，节Ⅰ～Ⅵ毛数：3 或 4 根，3 根，16 根，9根，6 根，1+0 根；末节鞭部顶端有毛 5 根；节Ⅲ毛长 0.01mm，为该节最宽直径的1/3，节Ⅲ有次生感觉圈卵圆形 9～12 个，分布基半部；原生感觉圈有睫。喙端部达中足基节，节Ⅳ+Ⅴ短钝，长 0.09mm，为基宽的 1.38 倍，为后足跗节Ⅱ的 0.64 倍，有次生毛 2 对。前足基节膨大；后足股节长 0.61mm，为触角节Ⅲ的 0.78 倍；后足胫节长 1.08mm，为体长的 0.51 倍；足毛细尖，胫节毛较粗长，胫节端部毛不同于该节其他毛，后足胫节毛长 0.05mm，为该节中宽的 1.13 倍。跗节Ⅰ毛序：5，5，5。前翅中脉 2 分叉。径分脉基部不显，翅脉褐色，各脉顶端有褐色斑；翅痣有褐色边缘；后翅 2条斜脉。腹管截断状，光滑；长 0.04mm，为基宽的 0.50 倍，与端宽约相等，为尾片的 0.15 倍。尾片典型瘤状，长 0.27mm，为基宽的 1.30 倍，有毛 16～18 根。尾板内陷为"∩"形，有毛 20 根。生殖板有毛 19 根，其中有前部毛 4 根。

生物学 寄主植物为草木犀 *Melilotus officinalis*、三叶草 *Trifolium pratense*、紫苜蓿 *Medicago sativa* 及白花草木犀 *Melilotus alba*。在叶片背面为害。

分布 黑龙江（漠河、嫩江）、陕西、甘肃；俄罗斯，丹麦，瑞典，波兰，德国，英国，芬兰，挪威，保加利亚，美国，加拿大。

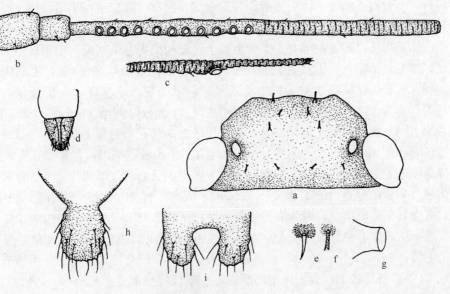

图 149　来氏彩斑蚜 *Therioaphis riehmi*（Börner）

有翅孤雌蚜（alate viviparous female）

a. 头部背面观（dorsal view of head）；b. 触角节Ⅰ～Ⅲ（antennal segments Ⅰ～Ⅲ）；c. 触节Ⅵ（antennal segment Ⅵ）；d. 喙节Ⅳ＋Ⅴ（ultimate rostral segment）；e. 体背刚毛（dorsal hair of body）；f. 头部背毛（dorsal hair of head）；g. 腹管（siphunculus）；h. 尾片（cauda）；i. 尾板（anal plate）。

(117) 三叶草彩斑蚜 *Therioaphis trifolii*（Monell，1882）（图 150）

Callipterus trifolii Monell，1882：14.

Chaitophorus trifolii maculata Buckton，1899：277.

Callipterus genevei Sanborn，1904：3.

Therioaphis collina Börner，1942：259.

Pterocallidium lydiae Börner，1949：48.

Pterocallidium propinquum Börner，1949：48.

Therioaphis trifolii brevipilosa Hille Ris Lambers *et* van den Bosch，1964：3.

Therioaphis trifolii（Monell）：Heie，1982：72；Zhang *et* Zhong，1983：164；Ghosh *et* Quednau，1990：254；Remaudière *et* Remaudière，1997：225；Zhang，1999：236；Qiao，Zhang *et* Zhong，2005：253.

特征记述

无翅孤雌蚜　体卵圆形，体长 2.10mm，体宽 1.10mm。活体黄色，有明显褐色毛基斑。玻片标本头部、胸部稍骨化，各附肢全骨化灰褐色，腹部淡色，腹管基部骨化黑色。头部无斑，胸部、腹部毛基斑黑褐色；胸部缘域骨化黑色。前胸背板有节间间隔，中、后胸与腹部愈合。前胸有 1 对圆形缘瘤。前胸背板无斑，毛基斑骨化；中胸背板有大圆形缘斑，背中、侧域呈 2 块断续或愈合的大斑，后胸缘斑小于中胸缘斑，有中、侧斑各 2 块；腹部背片Ⅰ～Ⅶ各有圆形缘斑，背片Ⅵ、Ⅶ缘斑小于背片Ⅰ～Ⅴ缘斑；腹部各节有缘斑 2 块，圆形或长方形；腹部侧斑小圆形，背片Ⅷ有长或断续横带。胸部、腹部背板有 1 至数根长刚毛。体表光滑，胸部缘域有网纹，腹部缘域稍显曲纹，腹部背片Ⅶ、Ⅷ微显瓦纹。气门圆形关闭，气门片黑色。节间斑明显，黑褐色。中胸腹岔短，一丝相连。体毛粗长，各毛基有 1 个大型黑色隆起和黑褐色毛基斑，毛顶端粗大呈头状有纵纹，刚毛骨化褐色；附肢毛尖细，顶端稍钝。头部有头状毛 20 根，毛基隆起，无斑；前胸背板有头状缘毛 1 对，背中毛 4 根，侧毛 2 根，毛基隆起，稍骨化，无毛基斑，腹面有短尖缘毛 3 或 4 根；中胸背板有中毛 4～6 根，侧毛 2～4 根，长缘毛 1 对；腹部背片Ⅰ～Ⅴ各有中毛 4 根，侧毛 2 根，长缘毛 1 对，每毛有 1 个圆形毛基斑，背片Ⅵ、Ⅶ各有中侧毛 4 或 5 根，缘毛 1 根，每毛有 1 个圆形毛基斑；背片Ⅷ有头状毛 2～6 根；腹面刚毛除头顶毛外，均为短尖锐毛，无斑。头顶毛、腹部背片Ⅰ毛、背片Ⅷ毛长分别为触角节Ⅲ最宽直径的 1.20 倍、2.00 倍、1.60 倍。中额及额瘤稍隆。触角 6 节，细长，有微刺突构成横纹，两缘有尖锯齿状突；全长 2.00mm，等于或稍短于体长，节Ⅲ长 0.65mm；节Ⅰ～Ⅵ长度比例：13∶9∶100∶61∶64∶33+32；触角毛短尖，节Ⅰ～Ⅵ毛数：5 根，2 根，19～23 根，5～9 根，2 根，0+0 根，节Ⅲ毛长为该节最宽直径的 0.20 倍；节Ⅲ基部膨大，向端部渐细，有横长圆形次生感觉圈 7～10 个，分布于基部 1/2，排列 1 行。喙短粗，端部达前足基节，节Ⅳ＋Ⅴ短粗，基部收缩，长 0.09mm，为基宽的 1.70 倍，为后足跗节Ⅱ的 0.70 倍，有原生刚毛 4 根，次生短刚毛 4 根。后足股节长 0.47mm，为触角节Ⅲ的 0.72 倍；后足胫节长 0.92mm，为体长的 0.44 倍，毛长为该节中宽的 0.58 倍，为端宽的 0.85 倍；跗节Ⅰ毛序：7，7，7。腹管短筒形，光滑，两缘有皱纹，无缘突和切迹，长 0.08mm，为尾片的 1/2。尾片瘤状，有微刺突横纹，有长尖毛 9～11 根。尾板分裂为两叶，有长毛 14～16 根。生殖板不骨化，有短尖毛 8～10 根。

有翅孤雌蚜 体长卵形，体长 1.80mm，体宽 0.71mm。活体黄色，有褐色毛基斑。玻片标本头部、胸部骨化灰黑色，缘域体色加深，腹部淡色。头部、胸部背面无毛基斑，腹部背面有黑色毛基斑。体背光滑，毛基斑有小刺突构成瓦纹，腹部背片Ⅶ、Ⅷ稍显瓦纹。气门圆形半开放。节间斑明显黑褐色。触角 6 节，全长 1.80mm，与体长相等；节Ⅲ长 0.57mm，节Ⅰ～Ⅵ长度比例：13∶10∶100∶65∶59∶31+33；节Ⅲ有长圆形次生感觉圈 6～12 个，分布于基部 2/5。喙端部超过前足基节。翅脉正常，有昙，各脉顶端昙加宽。后足股节长 0.43mm，为触角节Ⅲ的 0.76 倍；后足胫节长 0.81mm，为体长的 0.45 倍，毛长为该节中宽的 0.73 倍。腹管短筒形，长 0.04mm，为尾片的 0.25 倍。尾片瘤状，顶端钝，有毛 8～12 根，尖端 1 对长尖毛长为其他毛长的 2.00～3.00 倍。尾板分裂为两叶，各有明显长毛 1 对，共有毛 13 或 14 根。其他特征与无翅孤雌蚜相似。

生物学 寄主植物为豆科的紫苜蓿 *Medicago sativa*、草木犀 *Melilotus officinalis*、三叶草 *Trifolium pratense* 和苦草 *Vallisneria natans* 等。

在苜蓿幼叶反面和嫩梢为害，是苜蓿常见害虫，严重时影响苜蓿生长和鲜草产量。在 4～8 月都有发生。在北京 11 月中旬发生无翅雌性蚜和有翅雄性蚜，交配产越冬卵。应注意保护天敌，利用天敌消灭蚜虫，并尽可能采用内吸选择性杀虫剂防治。其天敌昆虫有普通草蛉、七星瓢虫、十一星瓢虫和蚜茧蜂等。

分布 辽宁（沈阳、铁岭）、吉林、北京、江苏、山东、河南、云南、陕西、甘肃、新疆；俄罗斯，印度，中亚，中东，波兰，德国，英国，芬兰，挪威，瑞典，丹麦，埃及，美国，加拿大。

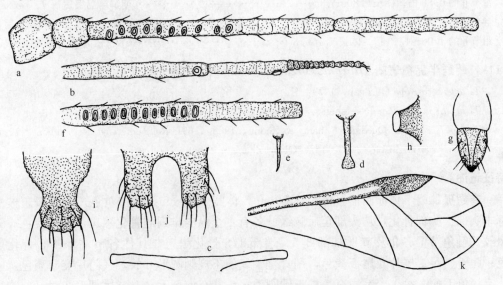

图 150 三叶草彩斑蚜 *Therioaphis trifolii* (Monell)

无翅孤雌蚜 (apterous viviparous female)

a. 触角节 Ⅰ～Ⅳ (antennal segments Ⅰ～Ⅳ)；b. 触角节 Ⅴ～Ⅵ (antennal segments Ⅴ～Ⅵ)；c. 中胸腹岔 (mesosternal furca)；d. 腹部背刚毛 (dorsal hair of abdomen)；e. 腹部腹面毛 (ventral hair of abdomen)。

有翅孤雌蚜 (alate viviparous female)

f. 触角节 Ⅲ (antennal segment Ⅲ)；g. 喙节 Ⅳ＋Ⅴ (ultimate rostral segment)；h. 腹管 (siphunculus)；i. 尾片 (cauda)；j. 尾板 (anal plate)；k. 前翅 (fore wing)。

49. 椴斑蚜属 *Tiliaphis* Takahashi，1961

Tiliaphis Takahashi，1961：251. **Type species**：*Therioaphis shinae* Shinji，1924.

Tiliaphis Takahashi：Higuchi，1972：36；Quednau，1979：511；Zhang *et* Zhong，1983：169；Remaudière *et* Remaudière，1997：225；Qiao *et* Zhang，2003：137；Qiao，Zhang *et* Zhong，2005：256.

属征 无翅和有翅孤雌蚜体背毛长，至少为触角节 Ⅲ 中宽的 1.50 倍。中额发达。触角 6 节，节 Ⅵ 鞭部长为基部的 0.70 倍；次生感觉圈长卵圆形，仅分布于节 Ⅲ。喙短，端部不达中足基节。跗节 Ⅰ 有腹毛 5～7 根，背毛 2 根；爪间毛扁平。前翅翅痣外前方有 1 个黑斑，中脉端部镶褐色边，翅前缘黑色，后缘有宽波纹。腹管截断状。尾片中间缢缩。尾板内陷为 "∩" 形。

胚胎体背毛长，头状，背中毛长短不等，非平行排列，侧毛消失。腹管可见。

本属蚜虫取食椴树科 Tiliaceae 植物。

世界已知 4 种，中国已知 2 种，本志记述 2 种。

种 检 索 表
(有翅孤雌蚜)

1. 触角节Ⅲ长为节Ⅵ基部的 2.30 倍；节Ⅲ近基部 3/5 有次生感觉圈 22～33 个；喙节Ⅳ＋Ⅴ长为后足
跗节Ⅱ的 0.86 倍；体长 2.80mm ……………………………………… 朝鲜半岛椴斑蚜 *T. coreana*

触角节Ⅲ长为节Ⅵ基部的 1.90 倍；节Ⅲ近基部 2/3 有次生感觉圈 10～17 个；喙节Ⅳ＋Ⅴ长为后足
跗节Ⅱ的 1.00～1.10 倍；体长 1.70mm ………………………………………… 小椴斑蚜 *T. shinae*

(118) 朝鲜半岛椴斑蚜 *Tiliaphis coreana* Quednau, 1979 (图 151)

Tiliaphis coreana Quednau, 1979：511.

Tiliaphis mordvilkoi Pashtshenko, 1984：490.

Tiliaphis coreana Quednau：Zhang *et* Zhong, 1983：169；Remaudière *et* Remaudière, 1997：
225；Qiao *et* Zhang, 2003：137；Qiao, Zhang *et* Zhong, 2005：257.

特征记述

有翅孤雌蚜　体卵圆形，体长 2.80mm，体宽 1.30mm。活体黄色，有黑斑。玻片
标本头部、胸部骨化，从头部至后胸缘域各有 1 个纵向排列的骨化黑斑，腹部淡色，无
斑纹。触角节Ⅰ、Ⅱ及节Ⅲ基部 3/5、端部 1/6 骨化黑色，其他各节端部 1/3 骨化黑
色；腹管、足、尾片及尾板淡色，稍骨化。气门不规则圆形开放，气门片突起淡色。体
背有淡色毛瘤，每 1 个毛瘤有 1 根长硬刚毛；头背有前部毛 2 对，后部毛 2 对；前胸背
板有中侧、缘毛各 1 对，中、后胸背板多刚毛，无毛瘤；腹部背片Ⅰ～Ⅶ有中、缘毛瘤
各 1 对，背片Ⅷ中央有 1 个大毛瘤，有 1 对短刚毛，侧毛 2 对。头顶毛、腹部背片Ⅰ缘
毛、背片Ⅰ中毛、背片Ⅷ毛长分别为触角节Ⅲ最宽直径的 1.50～1.60 倍、1.50～1.60
倍、2.00 倍、1.10 倍。中额隆起，额瘤稍隆。触角 6 节，细长，有横瓦纹，全长
2.30mm，为体长的 0.83 倍；节Ⅲ基部 3/5 膨大，长 0.67mm，节Ⅰ～Ⅵ长度比例：
15：11：100：62：59：44＋54；节Ⅰ～Ⅵ毛数：4～6 根，2 根，18～25 根，3～7 根，
1～3 根，1 或 0＋0 根，节Ⅲ毛长为该节最宽直径的 1/2；节Ⅲ有长卵形次生感觉圈
13～27 个，分布于基部 3/5；节Ⅴ～Ⅵ各有 1 个小圆形原生感觉圈，有短睫。喙短粗，
端部超过前足基节，节Ⅳ＋Ⅴ三角状，长 0.11mm，长为基宽的 1.30～1.40 倍，为后
足跗节Ⅱ的 0.86 倍，有刚毛 3 或 4 对。足短光滑，前足基部膨大，约为复眼的 2.00
倍；后足股节长 0.57mm，为触角节Ⅲ的 0.84 倍；后足胫节长 0.96mm，为体长的
0.34 倍，毛长与该节中宽约等长或稍长；跗节Ⅰ毛序：7，7，7。翅脉基部和端部有黑
斑，前翅翅前缘黑色，后缘有宽波纹，翅痣外前方有 1 个黑斑，中脉 1 分叉，中脉端部
镶黑边，缺径分脉；后翅 2 条斜脉，翅脉顶端有昙。腹管截断状，光滑，无缘突，长
0.11mm，为尾片的 0.59 倍。尾片瘤状，有小刺突组成瓦状纹，有长硬刚毛 12～14 根。
尾板分裂为两叶，有长硬毛 16～25 根。

生物学　寄主为辽椴（糠椴）*Tilia mandschurica* 等椴树属植物及桦木属 1 种 *Betula* sp.、豆科植物 1 种。本种蚜虫在叶片正、反面叶脉处取食。

分布　辽宁（千山、沈阳）、黑龙江（富锦、黑河、密山、伊春）、内蒙古（牙克
石）、河北；朝鲜，俄罗斯。

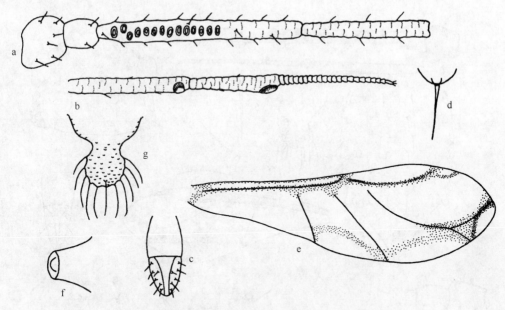

图 151　朝鲜半岛椴斑蚜 *Tiliaphis coreana* Quednau

有翅孤雌蚜（alate viviparous female）

a. 触角节 Ⅰ～Ⅳ（antennal segments Ⅰ～Ⅳ）；b. 触角节 Ⅴ～Ⅵ（antennal segments Ⅴ～Ⅵ）；c. 喙节 Ⅳ
＋Ⅴ（ultimate rostral segment）；d. 腹部背瘤及刚毛（dorsal hair and dorsal tubercle on abdomen）；e. 前翅
（fore wing）；f. 腹管（siphunculus）；g. 尾片（cauda）.

（119）小椴斑蚜 *Tiliaphis shinae*（Shinji，1924）（图 152）

Therioaphis shinae Shinji，1924：346.

Therioaphis japonica Shinji，1933：165.

Therioaphis japonica Shinji：Shinji，1941：353；Paik，1965：47.

Tiliaphis shinae（Shinji）：Takahashi，1961：251；Higuchi，1972：37；Remaudière *et*
Remaudière，1997：226；Qiao *et* Zhang，2003：138；Qiao，Zhang *et* Zhong，2005：258.

特征记述

　　有翅孤雌蚜　体椭圆形，体长 2.02mm，体宽 0.73mm。活体淡绿色或淡黄色。玻
片标本体淡色，头部缘域至胸部缘域有 1 条深黑色纵带；触角节 Ⅰ、Ⅱ、Ⅲ基部 1/2 及
端部、节 Ⅳ～Ⅵ各端部黑色，鞭部淡色；喙、足、腹管、尾片、尾板及生殖板淡色。体
表光滑，有淡色背缘瘤，呈扁馒状。头顶有大型隆起额瘤 1 对，头背有小型毛瘤 3 对，
各瘤有 1 根长粗尖锐毛；前胸背板有中毛瘤 2 对，缘毛基瘤 1 对，各瘤有 1 根长毛；腹
部背片 Ⅰ～Ⅶ各有背中瘤 1 对，背片 Ⅰ～Ⅲ瘤大，背片 Ⅰ～Ⅶ各有缘瘤 1 对，各瘤均有
1 根长毛，背片 Ⅷ有背中瘤 1 对，侧缘瘤小，2 对，各有长毛 1 根。头顶毛及腹部背片
Ⅰ毛长 0.06mm，为触角节 Ⅲ直径的 1.70 倍；腹部背片 Ⅷ长毛 0.04mm；腹部腹面毛
短小，长为背毛的 0.33 倍。气门圆形关闭，气门片淡色。无节间斑。中额不隆，额瘤
微隆外倾。触角 6 节，有瓦纹，节 Ⅲ基部粗大，全长 2.11mm，与体长约等，节 Ⅲ长
0.56mm，节 Ⅰ～Ⅵ长度比例：13：10：100：63：67：55＋66；节 Ⅲ有橘瓣状次生感

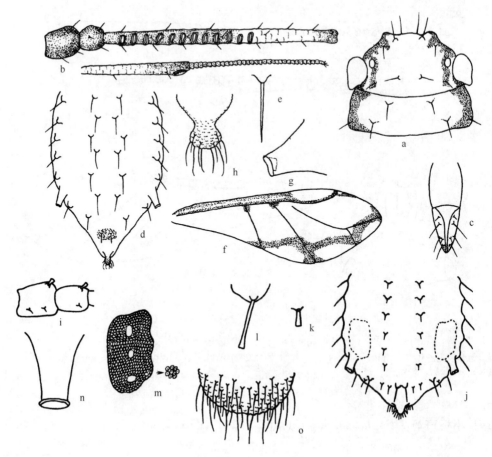

图 152　小椴斑蚜 *Tiliaphis shinae*（Shinji）

有翅孤雌蚜（alate viviparous female）

a. 头部及前胸背面观（dorsal view of head and prothorax）；b. 触角（antenna）；c. 喙节 Ⅳ＋Ⅴ（ultimate rostral segment）；d. 腹部背面观（dorsal view of abdomen）；e. 体背毛（dorsal hair of body）；f. 前翅（fore wing）；g. 腹管（siphunculus）；h. 尾片（cauda）。

雌性蚜（oviparous female）

i. 触角节 Ⅰ～Ⅱ（antennal segments Ⅰ～Ⅱ）；j. 腹部背面观（dorsal view of abdomen）；k. 体背中毛（spinal hair on abdominal tergites）；l. 缘瘤及缘毛（marginal hair and marginal tubercle）；m. 腹部背片 Ⅲ～Ⅵ 蜡片和蜡孔（wax cells and wax plate on abdominal tergites Ⅲ～Ⅵ）；n. 腹管（siphunculus）；o. 尾板（anal plate）。

觉圈 13～16 个，分布于基部 2/3；原生感觉圈有睫。触角毛短小尖锐，节 Ⅰ～Ⅵ 毛数：2～4 根，2 根，8～11 根，1～3 根，1 根，0 或 1＋0 根，鞭部顶端有毛 4 或 5 根；节 Ⅲ 毛长 0.01mm，为该节最宽直径的 0.25 倍。喙短小，端部不达中足基节；节 Ⅳ＋Ⅴ 短楔状，长 0.08mm，为基宽的 1.60 倍，与后足跗节 Ⅱ 约等长，有原生毛 2 或 3 对，次生毛 3 对。股节端部微有瓦纹，胫节端部 2/5 及跗节有小刺突瓦纹。后足股节长 0.43mm，为触角节 Ⅲ 的 0.77 倍；后足胫节长 0.74mm，为体长的 0.37 倍；跗节 Ⅰ 毛序：7，7，7。翅脉基部及端部有黑昙，前翅翅痣外前方有 1 个黑昙，缺径分脉，中脉端部镶黑边,翅前缘黑色,后缘有宽波纹;后翅基部黑色。腹管短筒状,光滑,无缘突,有切迹,长 0.10mm,为尾片的 0.71 倍。尾片瘤状,微刺突瓦纹,有毛 9 根,长短不等。尾板分裂为两叶,有毛 15~18 根。生殖板有短毛 9 或 10 根。

雌性蚜 体卵圆形,体长 1.80mm,体宽 0.88mm。玻片标本体淡色。触角淡色,节Ⅲ~Ⅵ端部黑色,其他附肢淡色。体表光滑,腹部节Ⅲ~Ⅵ腹面各侧有大型长卵状蜡片 1 个,由数百个蜡孔组成。头部背面有毛瘤 4 对,各瘤有 1 根长粗钉毛;前胸背板有小毛瘤 2 对,各瘤有 1 根短钉毛;缘瘤大型,各瘤有 1 根粗长钉毛;中胸背板有小毛瘤 3 对,各瘤有 1 根粗短钉毛;后胸背板至腹部背片Ⅰ~Ⅵ各有小毛瘤 1 对,各瘤有 1 根短粗钉毛;各节有大型缘瘤 1 对,各瘤有 1 根长粗钉毛;背片Ⅶ有侧缘瘤 1 对,瘤顶端有 1 根长粗钉毛,缘域有 1 根短尖毛;背片Ⅷ有背中长粗钉毛 1 对,毛基瘤粗愈合,各侧有 1 对短尖锐毛及小背瘤。头顶毛长 0.09mm,为触角节Ⅲ最宽直径的 2.60 倍,腹部背片Ⅰ缘毛长 0.09mm,短毛长 0.01mm,背片Ⅷ长毛长 0.11mm,短毛长 0.05mm。腹部腹面毛短小尖锐。触角 6 节,全长 1.87mm,与体长约等长;节Ⅲ长 0.46mm,节Ⅰ~Ⅵ长度比例:14:12:100:66:76:53+77;节Ⅰ、Ⅱ各端部有粗短钝顶毛 1 根,其他各节毛均为尖锐毛;节Ⅲ有短毛 13 或 14 根,毛长为该节最宽直径的 1/6;原生感觉圈无睫,有深色皱曲纹。喙端部不达中足基节,节Ⅳ+Ⅴ长 0.08mm,为后足跗节Ⅱ的 0.82 倍;端部有毛 5 或 6 对。足光滑。后足胫节布满透明伪感觉圈;后足股节长 0.42mm,后足胫节长 0.61mm,后足跗节Ⅱ长 0.09mm。腹管光滑,长为尾片的 1.40 倍。尾片有毛 12~14 根。尾板呈头盔状,有毛 36~48 根。

生物学 寄主植物为辽椴(糠椴)*Tilia mandshurica*、椴树 *T. tuan*、阔叶椴 *T. platyphyllos* 和蒙椴(小叶椴)*T. mongolica*;国外记载寄主植物为华东椴 *T. japonica*,马克西莫维奇椴 *T. maxomowicziana*,南京椴 *T. miqueliana*,岛生椴 *T. insularis* 和紫椴 *T. amurensis* (Higuchi,1972)。在寄主植物叶片背面取食。

分布 辽宁(沈阳)、黑龙江(富锦、密山、饶河、绥芬河)、北京、河北;韩国,俄罗斯,日本。

50. 长斑蚜属 *Tinocallis* Matsumura,1919

Tinocallis Matsumura,1919:100. **Type species**:*Tinocallis ulmiparvifoliae* Matsumura,1919.

Sappocallis Matsumura,1919:107.

Melanocallis Oestlund,1922:136.

Sarucallis Shinji,1922:730.

Lutaphis Shinji,1924:346.

Tuberocallis Nevsky,1929:221.

Archicallis Aizenberg,1954:9.

Neotherioaphis Behura et Dash,1975:211.

Tinocallis Matsumura:Richards,1965:98;Eastop,1966:522;Richards,1967:537;Stroyan,1977:66;Heie,1982:62;Zhang et Zhong,1983:159;Ghosh et Quednau,1990:260;Zhang,1999:237;Qiao et Zhang,2000:164;Quednau,2001:198;Qiao,Zhang et Zhong,2005:261.

属征 有翅孤雌蚜腹部背片Ⅰ~Ⅷ各有中瘤 1 对,其中背片Ⅲ、Ⅴ、Ⅶ 2 中瘤相距较远，背片Ⅷ2中瘤相近，背片Ⅰ及Ⅱ背瘤较大，背片Ⅰ～Ⅳ各有缘瘤1对，有时背片Ⅴ～Ⅶ也各有1对缘瘤，各瘤顶端或附近着生1根毛。触角6节，末节鞭部短于基部，节Ⅲ有卵圆形或窄条形次生感觉圈。前足基节明显较中、后足基节宽大，腹部节Ⅰ有7或8根腹毛，2根背毛，爪间毛扁平。前翅径分脉有时消失。腹管截断状，基部宽。尾片中间缢缩。尾板内陷为"∩"形。

胚胎体背毛长，头状，腹部背片Ⅲ、Ⅴ、Ⅶ背中毛相距较其他腹部背片中毛远，侧毛消失。腹管可见。

寄主植物为榆科 Ulmaceae、桦木科 Betulaceae、无患子科 Sapindaceae 和千屈菜科 Lythraceae。

世界已知 22 种，中国已知 13 种，本志记述 3 种。

种 检 索 表

（有翅孤雌蚜）

1. 前翅中脉2次分叉 ·· 2
   前翅中脉1次分叉 ·· 居榆长斑蚜 *T. ulmicola*
2. 前胸背板有2对背中瘤 ·· 榆长斑蚜 *T. saltans*
   前胸背板有1对背中瘤 ··· 刺榆长斑蚜 *T. takachihoensis*

(120) 榆长斑蚜 *Tinocallis saltans* (Nevsky, 1929) (图 153)

Tuberocallis saltans Nevsky, 1929: 221.

Tinocallis yichuanensis Zhang, 1980: 431.

Tinocallis saltans (Nevsky): Zhang *et* Zhong, 1982: 63; Zhang *et* Zhong, 1983: 162; Zhang, Wang *et* Zhong 1987: 368; Remaudière, Quednau *et* Heie, 1988: 211; Zhang, Zhong *et* Zhang, 1992: 148; Remaudière *et* Remaudière, 1997: 226; Zhang, 1999: 239; Qiao *et* Zhang, 2000: 169; Quednau, 2001: 208; Qiao, Zhang *et* Zhong, 2005: 275.

特征记述

有翅孤雌蚜 体长卵形，体长 2.00mm，体宽 0.72～0.84mm。活体头部、胸部褐色，腹部金黄色，有明显黑斑。玻片标本头部及前胸黑色，中、后胸黑褐色，腹部淡色，体背部有明显黑色或淡色瘤，其上有小刺突横纹。触角节Ⅰ、Ⅱ、节Ⅲ～Ⅳ端部及节Ⅴ、Ⅵ黑色；喙顶端、后足股节端部1/2、胫节端部及跗节黑色，其他部分淡色，腹管、尾片瘤状部分及尾板灰黑色至黑色。体表光滑，有背瘤。头部背面有淡色毛基瘤4对，各有短尖毛1根；前胸背板有黑色背瘤2对，后1对稍长于前1对，长为触角节Ⅱ的2/3，各有短尖毛1根；中胸背板有宽圆形黑色中瘤1对，长为触角节Ⅰ的1.20倍，在瘤顶端及基部各有毛1根，另有中侧毛5或6对；腹部背片Ⅰ、Ⅱ各有长锥形淡色中瘤1对，与触角节Ⅰ约等长，背片Ⅲ～Ⅷ各有宽短锥形黑色中瘤1对；腹部节Ⅰ～Ⅲ各有淡色缘瘤1对，节Ⅳ、Ⅴ各有黑色缘瘤1对，各瘤顶端有1根尖毛。气门圆形，气门片淡色。体背毛尖锐，腹面多毛，长于背毛。头顶有毛2对，前胸背板有缘毛1对，腹部背片Ⅵ、Ⅶ各有缘毛1对。头顶毛、腹部背片Ⅰ缘毛、背片Ⅷ毛长分别为触角节Ⅲ最宽直径的 0.87 倍、0.47 倍、1.00 倍。中额隆起，额瘤微隆。触角6节，节Ⅰ～Ⅱ光

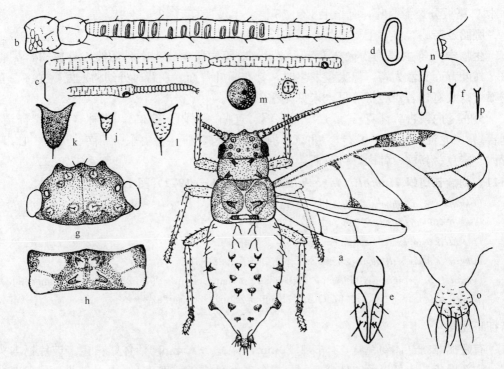

图 153 榆长斑蚜 *Tinocallis saltans*（Nevsky）

有翅孤雌蚜（alate viviparous female）

a. 整体背面观（dorsal view of body）；b. 触角节Ⅰ～Ⅲ（antennal segments Ⅰ～Ⅲ）；c. 触角节Ⅳ～Ⅵ（antennal segments Ⅳ～Ⅵ）；d. 触角节Ⅲ次生感觉圈（secondary rhinarium on antennal segment Ⅲ）；e. 喙节Ⅳ＋Ⅴ（ultimate rostral segment）；f. 触角毛（antennal hair）；g. 头部背面观（dorsal view of head）；h. 前胸背斑及背瘤（dorsal scleroited patches and dorsal tubercles on pronotum）；i. 头部背瘤（dorsal tubercle on head）；j. 前胸背瘤（dorsal tubercle on pronotum）；k. 中胸背中瘤（spinal tubercle on mesonotum）；l. 腹部背片Ⅰ～Ⅱ中瘤（spinal tubercle on abdominal tergites Ⅰ～Ⅱ）；m. 腹部背片Ⅲ背瘤（dorsal tubercle on abdominal tergite Ⅲ）；n. 腹管（siphunculus）；o. 尾片（cauda）；p. 胫节毛（hair on tibia）。

胚胎（embryo）

q. 体背毛（dorsal hairs of body）。

滑，有卵形纹，节Ⅲ有小刺突横纹，其他各节有瓦纹，全长 1.40～1.46mm，为体长的 0.73 倍；节Ⅲ长 0.52mm，节Ⅰ～Ⅵ长度比例：12：10：100：59：50：25＋23；触角毛短，尖，节Ⅰ～Ⅵ毛数：3 或 4 根，3 或 4 根，11～14 根，3～5 根，1 根，0 或 1＋0 根，末节鞭部顶端有尖毛 4 或 5 根，节Ⅲ毛长为该节最宽直径的 0.25 倍；节Ⅲ有桔瓣形次生感觉圈 12～17 个，分布于基部 3/4。喙端部不达中足基节，节Ⅳ＋Ⅴ锥形，长 0.11mm，为基宽的 2.00 倍，为后足跗节Ⅱ的 0.91～1.00 倍，有原生刚毛 2 对，次生刚毛 2 或 3 对。足粗糙，股节有小刺突横纹，胫节端半部有小刺突分布。后足股节长 0.44mm，为触角节Ⅲ的 0.85 倍；后足胫节长 0.81mm，为体长的 0.41 倍，后足胫节毛长为该节中宽的 0.95 倍；跗节Ⅰ毛序：7，7，7。前翅翅脉镶淡色昙，径分脉中部不显，基部粗黑，翅痣两端有黑斑；后翅 2 条斜脉粗黑。腹管截断状，无缘突，有切迹，有微刺突分布，长 0.06mm。尾片瘤状，长 0.12mm，为腹管的 2.10 倍，有长毛 10～

14 根。尾板分裂为两叶，有长毛 12～18 根。生殖板有毛 12～14 根。

胚胎及若蚜　体背毛粗钉状，缘毛长为中毛的 1.50 倍。

生物学　寄主植物为榆树 *Ulmus pumila* 等榆属植物。本种活泼，是榆树常见害虫；在叶背面分散为害，但大量发生时，常布满叶背面。在背风处幼树上发生尤多。有翅孤雌蚜及有翅若蚜经常可见，未见无翅孤雌蚜。

分布　内蒙古（牙克石）、辽宁（本溪、辽阳、沈阳、营口）、吉林（敦化、汪清、延吉）、黑龙江（绥化、伊春）、北京、河北、上海、浙江、山东、湖南、贵州、甘肃、青海、宁夏、新疆；韩国，俄罗斯，蒙古国，瑞典。

（121）刺榆长斑蚜 *Tinocallis takachihoensis* Higuchi，1972 （图 154）

Tinocallis takachihoensis Higuchi，1972：44.

Tinocallis hemipteleae Zhang，1980：430.

Tinocallis ussuriensis Pashtshenko，1988：546.

Tinocallis nevskyi lianchengensis Zhang *et* Qiao，1998：370.

Tinocallis takachihoensis Higuchi：Remaudière *et* Remaudière，1997：227；Qiao *et* Zhang，2000：
169；Quednau，2001：208；Qiao，Zhang *et* Zhong，2005：282.

特征记述

有翅孤雌蚜　体纺锤状，体长 1.80mm，体宽 0.71mm。活体蜡白色。玻片标本头部、胸部黑色，腹部淡色，体背有明显黑色或淡色瘤。触角节Ⅰ、Ⅱ及节Ⅲ～Ⅵ各节端部 1/3 黑色；喙淡色，顶端黑色；足跗节、后足股节端部及胫节基部黑色外，其他部分淡色；腹管、尾片、尾板及生殖板淡色。体表光滑。体背瘤发达，头部及腹部背片Ⅷ缺瘤。前胸背板后缘有灰黑色短锥形中瘤 1 对，大于单眼；中胸背板有黑色大型中瘤 1 对，长 0.92mm，为触角节Ⅱ的 2.30 倍；腹部背片Ⅰ、Ⅱ各有淡色大型中瘤 1 对，长为触角节Ⅱ的 2.00 倍，背片Ⅲ～Ⅶ各有淡色馒状小中瘤 1 对，背片Ⅰ～Ⅳ各有淡色大型缘瘤 1 对，背片Ⅴ缘瘤仅稍隆，各瘤顶端有 1 根尖刚毛。气门圆形或肾形开放，气门片淡色。体背毛短尖。头部有头顶毛 2 对，头背毛 4 对；前胸背板有中、缘毛各 1 对，中胸背板有中侧毛 6 对；后胸背板有中毛 1 对；腹部背片Ⅵ～Ⅶ各有缘毛 1 对，背片Ⅷ有中毛 1 对。头顶毛长 0.02mm，为触角节Ⅲ最宽直径的 0.57 倍；腹部背片Ⅰ缘毛长 0.01mm，背片Ⅷ背毛长 0.01mm。中额隆起，额瘤稍隆。触角 6 节，各节有小刺突横纹，全长 1.35mm，为体长的 0.75 倍；节Ⅲ长 0.51mm，节Ⅰ～Ⅵ长度比例：12：10：100：54：51：28+31；触角节Ⅰ、Ⅱ有粗头状毛，节Ⅲ～Ⅵ有尖短毛，节Ⅰ～Ⅵ毛数：3根，2根，14～17 根，2 或 3 根，2 根，0 根，末节鞭部顶端有 4 或 5 根粗长毛；节Ⅲ毛长为该节最宽直径的 1/3；节Ⅲ有长带状次生感觉圈 17～22 个。喙粗短，端部不达中足基节，节Ⅳ+Ⅴ锥状，长 0.10mm，为基宽的 2.00 倍，与后足跗节Ⅱ约等长，有原生刚毛 3 对，次生刚毛 3 或 4 对。足光滑，胫节端部 1/4 有尖刺突排列；后足股节长 0.40mm，为触角节Ⅲ的 0.79 倍；后足胫节长 0.78mm，为体长的 0.43 倍，后足胫节毛长为该节中宽的 0.86 倍。跗节Ⅰ毛序：7，7，7。翅脉有昙，前翅翅痣基部与端部黑色，径分脉基部 1/5 粗黑，其他翅脉不明显；中脉镶黑边，2 肘脉端部有黑昙；后翅 2 条斜脉，镶黑边。腹管截断状，短筒形，光滑，缺缘突，有切迹，全长 0.04mm，为基

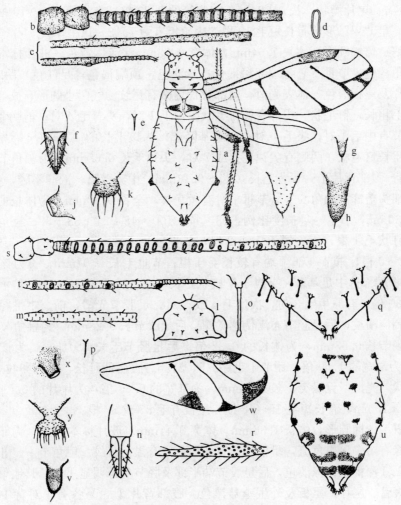

图 154 刺榆长斑蚜 *Tinocallis takachihoensis* Higuchi

有翅孤雌蚜（alate viviparous female）

a. 整体背面观（dorsal view of body）；b. 触角节 Ⅰ～Ⅲ（antennal segments Ⅰ～Ⅲ）；c. 触角节 Ⅳ～Ⅵ（antennal segments Ⅳ～Ⅵ）；d. 次生感觉圈（secondary rhinariurn）；e. 触角节Ⅲ刚毛（hair on antennal segment Ⅲ）；f. 喙节Ⅳ＋Ⅴ（ultimate rostral segment）；g. 前胸背瘤（dorsal tubercle on pronotum）；h. 中胸背瘤（dorsal tubercle on mesonotum）；i. 腹部背片Ⅰ背瘤（dorsal tubercle on abdominal tergiteⅠ）；j. 腹管（siphunculus）；k. 尾片（cauda）。

雌性蚜（oviparous female）

l. 头部背面观（dorsal view of head）；m. 触角节Ⅲ（antennal segment Ⅲ）；n. 喙节Ⅳ＋Ⅴ（ultimate rostral segment）；o. 体背刚毛（hair on dorsal of body）；p. 腹部背片Ⅷ刚毛（hair on abdominal tergite Ⅷ）；q. 腹部背片Ⅴ～Ⅷ背面观（dorsal view of abdominal tergites Ⅴ～Ⅷ）；r. 后足胫节伪感觉圈（pseudo～sensoria on hind tibia）。

雄性蚜（male）

s. 触角节Ⅰ～Ⅳ（antennal segments Ⅰ～Ⅳ）；t. 触角节Ⅴ～Ⅵ（antennal segments Ⅴ～Ⅵ）；u. 腹部背面观（dorsal view of abdomen）；v. 腹部背片Ⅰ～Ⅱ中瘤（spinal tubercle on abdominal tergites Ⅰ～Ⅱ）；w. 前翅（fore wing）；x. 腹管（siphunculus）；y. 尾片（cauda）。

宽的 0.54 倍。尾片瘤状，长 0.09mm，为腹管的 2.20 倍，有长短毛 8～10 根。尾板分裂为两叶，呈"W"形，有长短毛 12 根。生殖板有短毛 12～14 根。

雌性蚜　体椭圆形，体长 1.64mm，体宽 0.75mm。活体黄色。玻片标本淡色，无斑纹。触角淡色，节Ⅲ～Ⅵ各端部深褐色；喙淡色，顶端褐色；足淡色，跗节深褐色；腹管、尾片及尾板淡色。体表光滑，腹部背片Ⅷ微有瓦纹。气门小圆形开放，气门片淡色。体背毛粗长，钉毛状。头部有长钉毛状头顶毛 1 对，头背毛 4 对；前胸背板至腹部背片Ⅶ各节有中毛 1 对，缘毛 1 对；各毛基隆起，为该毛长的 1/6～1/4；背片Ⅷ有中毛 1 对，粗长钉毛状，两侧有尖锐毛 6 或 7 对。头顶毛长 0.08mm，为触角节Ⅲ最宽直径 3.70 倍；腹部背片Ⅰ～Ⅷ背毛长 0.11～0.13mm。中额微隆，额瘤不隆，毛基隆起，有 1 个微细头盖缝。触角 6 节，节Ⅲ～Ⅵ有微瓦纹，全长 0.90mm，为体长的 0.55 倍；节Ⅲ长 0.30mm，节Ⅰ～Ⅵ长度比例：18：17：100：48：51：38＋32；触角节Ⅰ、Ⅱ各有粗长钉状毛 1 根，短尖锐毛 1 或 2 根，节Ⅲ～Ⅵ毛数：4～7 根，1～3 根，1 或 2 根，1 或 2＋0 根，末节鞭部顶端有较长毛 4 根；节Ⅲ毛长 0.01mm，长为该节中宽的 0.33 倍。喙端部达中足基节，节Ⅳ＋Ⅴ楔状，长 0.11mm，为基宽 2.00 倍，为后足跗节Ⅱ的 1.30 倍，有原生毛 3 对，次生毛 4 或 5 对。足股节光滑，前、中足胫节及各足跗节有小刺突横纹，后足胫节布满伪感觉圈。后足股节长 0.28mm，为触角节Ⅲ的 0.93 倍；后足胫节长 0.53mm，为体长的 0.32 倍；后足胫节毛长 0.04mm，为该节基宽的 0.69 倍，为端宽的 1.60 倍。跗节Ⅰ毛序：5，5，5。腹后部延长，内有卵粒 3 或 4 枚。腹管短筒状，光滑，无缘突，长 0.05mm，为基宽的 0.83 倍，为尾片的 0.51 倍。尾片瘤状，长 0.10mm，有长短毛 15～18 根。尾板有毛 37 或 38 根。

雄性蚜　体椭圆形，体长 1.38mm，体宽 0.41mm。玻片标本头部、胸部黑色，头部腹面前缘有 1 个深黑色斑，呈带状；腹部淡色，有黑色斑纹。触角节Ⅰ、Ⅱ黑色，其他节端部 1/3 深褐色；喙淡色，后足股节端半部及胫节基部明显黑色，其他附肢淡色或淡褐色；腹管、尾片、尾板及外生殖器黑色。腹部背片Ⅰ～Ⅴ各有 1 对背中斑，背片Ⅵ～Ⅷ各有 1 个横带，背片Ⅶ、Ⅷ横带纹横贯全节。前胸背板有背瘤 1 对，中胸背板有大型背中瘤 1 对，腹部背片Ⅰ～Ⅷ各有背中瘤 1 对，背片Ⅰ、Ⅱ、Ⅴ及背片Ⅵ各缘域有黑色缘瘤 1 对，背片Ⅲ、Ⅳ缘瘤淡色，背片Ⅳ、Ⅴ缘瘤大。体背少毛，腹面多毛，腹面毛长于背面毛。头部有头顶毛 1 对，头背毛 4 对，各毛长 0.01～0.02mm，约为触角节Ⅲ最宽直径的 1/2。触角 6 节，全长 1.29mm，为体长的 0.93 倍，节Ⅲ长 0.46mm，节Ⅰ～Ⅵ长度比例：11：11：100：55：50：28＋28；节Ⅲ有短毛 17 根，节Ⅲ～Ⅴ椭圆形次生感觉圈数：16～21 个，4 或 5 个，4～6 个，节Ⅲ分布于全长。后足股节长 0.40mm，后足胫节长 0.74mm，后足跗节Ⅱ长 0.08mm。前翅有昙，径分脉端部 1/3 不显，中脉 2 分叉，分支部均有昙，2 肘脉端部有黑昙；后翅 2 条斜脉。腹管光滑，与缘斑愈合，长为尾片的 1/3。尾片瘤状，长 0.09mm，有毛 14 根。

生物学　寄主植物为裂叶榆（青榆）*Ulmus laciniata*、光榆（山榆）*U. glabra*、糙枝榆 *Ulmus fulva*、大叶榆 *Ulmus* sp.、榆树 *U. pumila* 和刺榆 *Hemiptelea davidii*；日本记载为 1 种榆树 *Ulmus* sp.。在寄主植物叶片背面散居。

分布　辽宁（北镇、建昌、千山、沈阳）、吉林（安图、敦化、集安）、黑龙江（伊春）、河北、江苏、浙江；俄罗斯，韩国，日本。

（122）居榆长斑蚜 *Tinocallis ulmicola*（Matsumura，1919）（图155）

Sappocallis ulmicola Matsumura，1919：107

Sappocallis ulmicola Matsumura：Shinji，1941：347；Tao，1963：63；Higuchi，1972：33.

Tinocallis ulmicola（Matsumura）：Remaudière *et* Remaudière，1997：227；Qiao *et* Zhang，2000：170；Quednau，2001：207；Qiao，Zhang *et* Zhong，2005：285.

特征记述

有翅孤雌蚜　体型较小，椭圆形，体长1.43mm，体宽0.60mm。玻片标本头部及中、后胸暗褐色，前胸背板中侧域褐色，腹部淡色。触角节Ⅰ、Ⅱ及节Ⅲ、Ⅵ各节端部褐色；后足股节端部1/3、后足胫节基部暗褐色；喙、尾片、尾板淡色。前胸背板有暗褐色圆锥状中瘤2对，前1对中瘤小于后1对；前者长0.02mm，为其最宽直径的2倍，后者长0.04mm，为其最宽直径的1.33倍；中胸背板有大型暗褐色圆柱状中瘤1对，长0.09mm，为其最宽直径的1.50倍。腹部背片Ⅰ、Ⅱ各有1对淡色指状中瘤，长0.09mm，为其最宽直径的1.80倍；各瘤有小刺突分布，顶端各有短尖毛1根。触

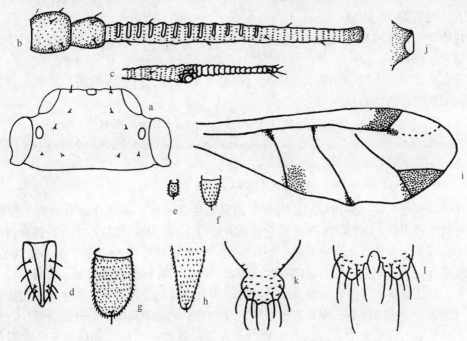

图155　居榆长斑蚜 *Tinocallis ulmicola*（Matsumura）
有翅孤雌蚜（alate viviparous female）

a. 头部背面观（dorsal view of head）；b. 触角节Ⅰ～Ⅲ（antennal segments Ⅰ～Ⅲ）；c. 触角节Ⅵ（antennal segment Ⅵ）；d. 喙节Ⅳ＋Ⅴ（ultimate rostral segment）；e. 前胸背板前中瘤（anterior spinal tubercle on pronotum）；f. 前胸背板后中瘤（pesterior spinal tubercle on pronotum）；g. 中胸背板中瘤（spinal tubercle on mesonotum）；h. 腹部背片Ⅰ～Ⅱ中瘤（spinal tubercle on abdominal tergites Ⅰ～Ⅱ）；i. 前翅（fore wing）；j. 腹管（siphunculus）；k. 尾片（cauda）；l. 尾板（anal plate）.

角节Ⅳ～Ⅵ有稀疏小刺突，胫节端半部及跗节有小刺突横纹。体背毛短尖。头部有头顶毛1对，头背毛4对；前胸背板有中毛2对，位于中瘤顶端，后缘毛1对；腹部背片Ⅰ～Ⅷ各有中、缘毛1对；背片Ⅷ有中毛1对，毛长为触角节Ⅲ最宽直径的0.60倍。中额不隆，额瘤不显。触角6节，全长1.13mm，为体长的0.79倍；节Ⅲ长0.37mm，节Ⅰ～Ⅵ长度比例：17：14：100：61：54：31＋34；触角毛短尖，节Ⅰ～Ⅵ毛数：4根，3或4根，5～7根，1根，1根，1＋0根，末节鞭部顶端有毛5根；节Ⅲ毛长为该节最宽直径的1/3；节Ⅲ有条形次生感觉圈8～12个，分布于近基部1/2～2/3；原生感觉圈有睫。喙端部达中足基节，节Ⅳ＋Ⅴ长0.10mm，为基宽的1.90倍，与后足跗节Ⅱ约等长；有原生毛3对，次生毛2对。前翅中脉1分叉，翅痣端部、中脉2分支所夹区域暗褐色，肘脉1基部和端部有翅斑，肘脉2基部有小翅斑，端部有1个长方形大翅斑，翅脉褐色；径分脉中部微弱，基部和端部明显，但基部有翅昙；后翅2条斜脉，各脉褐色，翅顶端褐色。前足基节膨大。后足股节长0.37mm，与触角节Ⅲ约等长；后足胫节长0.61mm，为体长的0.43倍；后足胫节毛长0.03mm，稍长于该节中宽。跗节Ⅰ毛序：7，7，7。腹管短截断状，长0.03mm，与端宽约等，约为基宽的2.00倍。尾片典型瘤状，长0.09mm，为基宽的0.82倍；有长短毛6～8根。尾板内陷为"∩"形，有长短毛14或15根。

生物学　寄主植物为光榆（山榆）*Ulmus glabra*和榉树*Zelkova serrata*；日本记载为黑榆*U. davidiana*。

分布　辽宁（千山、沈阳）、吉林（敦化）、黑龙江（富锦、鹤岗、饶河）、四川、台湾；俄罗斯，韩国，日本。

51. 侧棘斑蚜属 *Tuberculatus* Mordvilko，1894

Tuberculatus Mordvilko，1894：136. **Type species**：*Aphis quercus* Kaltenbach，1843.

Tuberculatus Mordvilko：Zhang *et* Zhong，1983：175；Remaudière *et* Remaudière，1997：227；
　　Zhang，1999：239；Qiao，Zhang *et* Zhong，2005：292.

属征　额瘤明显，头顶额毛、前背毛明显，后背毛短。前胸背板两侧有1至数根毛，后侧毛常1对，前侧毛罕见。前胸背板有中瘤1或2对，或缺；中、后胸背板常有成对中瘤或无。腹部背片有成对的中瘤及缘瘤，各瘤顶端有毛1～4根。胫节末端毛尖，基部有时有钝或头状毛；爪间突刚毛状或锤状；跗节Ⅰ有腹毛5或6根，背毛2根。前翅正常，翅痣常镶褐色边，肘脉常镶边，有时所有翅脉均着色，有时则色淡，翅痣下缘有毛。腹管光滑或有微刺。尾片典型瘤状，有长毛。尾板中间凹陷而分裂为两叶，基部相连，有长毛。胚胎背中毛或缘毛头状、钝或尖；各节中毛位置侧移，或除腹部背片Ⅰ～Ⅵ之外各节中毛位置侧移或在腹部背片Ⅰ～Ⅵ稍收窄。

世界已知10亚属56种，中国已知7亚属26种，本志记述5亚属15种。

亚属检索表

1. 有翅孤雌蚜额沟深，头顶毛着生处明显低于两侧额瘤间连线；胸部背板无背瘤；后足股节和胫节黑色；腹部背片Ⅰ～Ⅲ有成对的黑色指状背瘤，背片Ⅲ背瘤最大，每对背瘤基部相连，位于黑色骨化斑上；腹管骨化，暗色，基部与背片Ⅵ的缘毛相接；有翅若蚜体背毛长而尖锐，腹后部背片毛有较弱的毛基斑；活体不被蜡粉 ································· **阿棘斑蚜亚属** *Arakawana*

有翅孤雌蚜额沟浅，头顶毛着生处到达或超过两侧额瘤间连线；胸部背板有或无背瘤；胫节很少黑色，若为黑色，则股节淡色；腹部有成对的淡色或暗色指状背瘤，分布于背片Ⅰ～Ⅲ或Ⅰ～Ⅳ，罕见分布于Ⅱ、Ⅲ，或仅在背片Ⅲ，有时背瘤仅稍稍隆起；腹管淡色或骨化暗色，基部与背片Ⅵ缘毛相接或不相接 ··· 2

2. 活体分泌棉絮状蜡粉；有翅孤雌蚜次生感觉圈有睫；胸部背板无指状瘤；前胸背板有后缘毛1对，若有2对，则缘域有圆形透明小瘤；前翅径分脉通常不完整或消失；腹部背片有中瘤或较低的隆起，均位于骨化斑上，有时背片有暗色缘斑 ·············· **日本棘斑蚜亚属** *Nippocallis*

活体无蜡粉，有时闪亮。有翅孤雌蚜次生感觉圈无睫；胸部背板大多有指状瘤，至少存在于前胸背板；若缺，翅痣全部淡色；前胸背板通常有2至数对后缘毛；前翅径分脉发达；腹部背片有中瘤，缘域与腹管淡色或骨化 ·· 3

3. 有翅孤雌蚜中胸腹板常淡色；中胸背板常无背瘤。头部背面毛基不隆起；触角节Ⅰ有毛3根；后足股节淡色或骨化；翅痣淡色；腹部背片Ⅰ～Ⅲ中瘤基部很少相连；腹部背片缘域常淡色 ··········

·· **东方棘斑蚜亚属** *Orientuberculoides*

有翅孤雌蚜中胸腹板常骨化；中胸背板常有背瘤；头部背面毛基明显隆起或稍隆起；触角节Ⅰ有毛3～10根；后足股节骨化；翅痣内侧缘常有月牙形暗色镶边；腹部背片Ⅰ～Ⅲ中瘤基部常相连；腹部背片（Ⅰ）Ⅱ～Ⅴ各缘域不同程度骨化 ·· 4

4. 有翅孤雌蚜头部与胸部淡色；前胸背板有长指状背瘤2对；中胸背板和腹部背片Ⅰ～Ⅲ各有指状中瘤1对，长为其基宽的3.00～3.50倍；腹部背片Ⅲ、Ⅳ缘瘤为指状。前翅翅面无或有较弱的鳞片，无散布的毛；有翅若蚜体背毛顶端钝或头状；胚胎体背毛头状，除腹部背片Ⅰ中、缘毛稍缩短外，其他各节背毛几乎等长；在叶片背面取食，无蚂蚁伴生 ···························

··· **针棘斑蚜亚属** *Acanthotuberculatus*

有翅孤雌蚜头部与胸部暗色，或有褐色骨化斑；前、中胸背板有或无背瘤；腹部背片Ⅰ～Ⅲ各有指状中瘤1对，长约为其基宽的2.00倍；腹部背片Ⅲ、Ⅳ缘瘤为短圆锥形；前翅翅面有大量鳞片，有时也有散布的毛；有翅若蚜体背毛顶端尖锐、钝或头状；胚胎体背毛大多数尖锐，各背片毛几乎等长；在叶片正面中脉处取食，有蚂蚁伴生 ····················· **刺棘斑蚜亚属** *Acanthocallis*

1）刺棘斑蚜亚属 *Tuberculatus*（*Acanthocallis*）Matsumura，1917

Acanthocallis Matsumura，1917：367. **Type species**：*Acanthocallis quercicola* Matsumura，1917.

Sinituberculatus Zhang *et* Zhang，1991：100.

Tuberculatus（*Acanthocallis*）：Hjguchi，1972：46；Hille Ris Lambers，1974：35；Eastop *et* Hille Ris Lambers，1976：440；Zhang，Zhang *et* Zhong，1990：99；Remaudière *et* Remaudière，1997：228；Quednau，1999：41；Qiao *et* Zhang，2001：524；Qiao，Zhang *et* Zhong，2005：294.

亚属征　触角节Ⅰ有4至数根毛。头部有4至数根后背毛。有翅孤雌蚜头顶及胸部暗色或有褐色骨化斑；前、中胸背板有或无背瘤，中胸背板背瘤常不发达，短而呈瘤状；后胸背板有时有小背瘤。腹部背片Ⅰ～Ⅲ中瘤至少为其基宽的2.00倍；背片Ⅲ、Ⅳ缘瘤短圆锥形。前翅翅面有大量鳞片，有时也有散布的毛。有翅若蚜体背毛尖，有时顶端钝或头状。胚胎背毛大多数尖锐，各背片毛几乎等长。

一般在栎属植物叶正面的中脉附近取食；有蚂蚁伴生。

世界已知5种，主要分布在东亚（中国、日本、朝鲜）。中国均有分布，本志记述

3 种。

种 检 索 表

（有翅孤雌蚜）

1. 前翅翅面无毛，前胸背板无前侧缘毛，无缘瘤；腹部背片 Ⅰ～Ⅲ 中瘤为较低的瘤状突起，通常位于暗色相连的骨化斑上；腹后部背片无突起；腹管褐色；胚胎背片Ⅶ中毛侧向移动 ……………… …………………………………………………… **长尖侧棘斑蚜 T.（A.）acuminatus**
   前翅翅面有分散细毛，前胸背板有时也在中胸背板有瘤状或指状突起；前胸背板有 2 至数对前侧缘毛，缘域有成群的乳突；腹部背片 Ⅰ～Ⅲ 各有短或指状中瘤 1 对，通常位于相连的骨化斑上；腹后部背片有成对淡色的中瘤；腹管淡色；胚胎背片Ⅶ中毛不侧向移动 …………………… 2
2. 触角节Ⅰ有毛 6～10 根；节Ⅵ基部毛多于 1 根；前胸背板和中胸背板中瘤很发达；寄主为多种栎属植物 ……………………………………………………… **居栎侧棘斑蚜 T.（A.）quercicola**
   触角节Ⅰ有毛 3～5 根；节Ⅵ基部有毛 1 根；前胸背板中瘤发达或较平；中胸背板几乎无毛基瘤；寄主植物为蒙古栎和橡树 ………………………………… **柔毛侧棘斑蚜 T.（A.）pappus**

（123）长尖侧棘斑蚜 Tuberculatus（Acanthocallis）acuminatus Zhang，Zhang et Zhong，1990（图 156）

Tuberculatus（*Orientuberculoides*）*acuminatus* Zhang，Zhang et Zhong，1990：102.

Tuberculatus（*Acanthocallis*）*acuminatus* Zhang，Zhang et Zhong：Remaudière et Remaudière，1997：228；Quednau，1999：42；Qiao，Zhang et Zhong，2005：295.

特征记述

有翅孤雌蚜　身体近椭圆形，体长 1.27mm，体宽 0.53mm。活体淡白色。玻片标本头部背面、中胸背板褐色，前胸背板、腹部淡色。触角节Ⅰ、节Ⅲ～Ⅵ的端部、节Ⅵ基半部原生感觉圈处褐色，节Ⅱ、节Ⅲ～Ⅵ的绝大部分、节Ⅵ鞭部淡色；喙末端褐色，其他部分淡色；股节淡褐色，其他足节淡色；腹部背片 Ⅰ～Ⅲ 中瘤、背片 Ⅰ～Ⅶ 缘瘤及腹管褐色；尾片、尾板淡色。胸部无中瘤；腹部背片 Ⅰ～Ⅲ 有中瘤 3 对，背片Ⅰ中瘤长 0.02mm，背片Ⅱ中瘤长 0.03mm，背片Ⅲ中瘤最小，长不及基宽；各瘤有尖毛 2 根，毛长 0.04～0.05mm。腹部背片 Ⅰ～Ⅶ 有缘瘤，背片Ⅲ、Ⅳ缘瘤明显，与背片Ⅱ中瘤相近，其他缘瘤不明显；各缘瘤有尖毛 2～4 根。头顶额毛尖，长 0.10mm，等于触角节Ⅰ、Ⅱ之和，头部前背毛与额毛相近，中背毛与后背毛短于额毛，形状相近；后背毛 4 根排成 1 行；前胸背板有中毛 2 对，前、后背毛各 1 对，前背毛长于后背毛，有缘毛 2 对；中胸有前背中毛 4～6 根，侧毛 2 对，后背中毛 8～10 根。中额瘤发达，明显高于额瘤。触角 6 节，全长 0.99mm，为体长的 0.60 倍；节Ⅳ～Ⅵ有微刺，节Ⅲ长 0.30mm，节Ⅰ～Ⅵ长度比例：18：16：100：55：53：40+55；节Ⅳ鞭部长为基部的 1.38 倍；节Ⅰ～Ⅵ毛数：3 或 4 根、2 根、8～11 根、3～7（5，4）根、2 或 3 根、0 或 1+2 或 3 根；节Ⅳ毛长 0.04mm，为该节基宽的 1.60 倍；节Ⅲ有圆形次生感觉圈 4～7 个（通常 5 或 6 个），分布全节。喙端部达中足基节，节Ⅳ＋Ⅴ楔形，长 0.09mm，为基宽的 1.80 倍，为后足跗节Ⅱ的 1.10 倍，有原生毛 3 对，次生毛 4 或 5 对。后足股节长 0.34mm，为触角节Ⅲ的 1.15 倍；后足胫节长 0.64mm，为体长的 0.50 倍；足密被毛，后足胫节毛长 0.04mm，为该节基宽的 1.80 倍，跗节Ⅰ有腹毛 6 根。前翅翅痣无色带，下缘有短毛 4 或 5 根，翅面无毛；中脉基部有一小段色淡，中脉色比肘脉淡，径分脉淡色，2 条肘脉有翅昙。腹管筒形，有微刺，无毛，长 0.05mm，为尾片的 1.30 倍，中宽 0.03mm。尾片半圆形，有长毛 12～14 根。尾板双叶状，有毛 20～22 根。

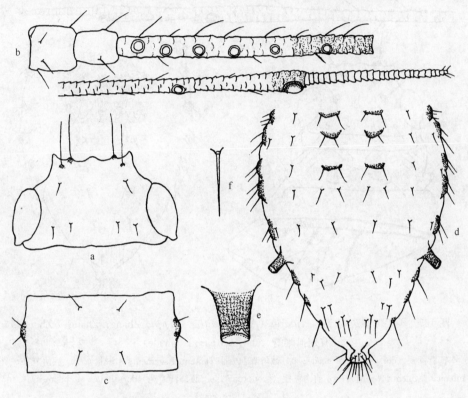

图 156　长尖侧棘斑蚜 *Tuberculatus*（*Acanthocallis*）*acuminatus* Zhang，Zhang *et* Zhong

有翅孤雌蚜（alate viviparous female）

a. 头部背面观（dorsal view of head）；b. 触角（antenna）；c. 前胸背板（pronotum）；d. 腹部背面观（dorsal view of abdomen）；e. 腹管（siphunculus）；f. 中胸背毛（dorsal hair on mesothorax）。

生物学　寄生植物为麻栎 *Quercus acutissima*。

分布　辽宁（建昌）。

（124）柔毛侧棘斑蚜 *Tuberculatus*（*Acanthocallis*）*pappus* Zhang，Zhang *et* Zhong，1990（图 157）

Tuberculatus（*Orientuberculoides*）*pappus* Zhang，Zhang *et* Zhong，1990：108.

Tuberculatus（*Acanthocallis*）*pappus* Zhang，Zhang *et* Zhong：Remaudière *et* Remaudière，1997：228；Quednau，1999：42；Qiao，Zhang *et* Zhong，2005：300.

特征记述

有翅孤翅蚜　体椭圆形，体长 1.75～2.26mm，体宽 0.62～1.01mm。活体绿色。玻片标本头部及中、后胸深褐色，前胸及腹部淡色。腹部背片Ⅱ、Ⅲ中瘤基部各有 1 个褐色横斑。触角节Ⅲ～Ⅴ各端部及节Ⅵ基部、喙端部、后足股节、跗节及爪深褐色，其

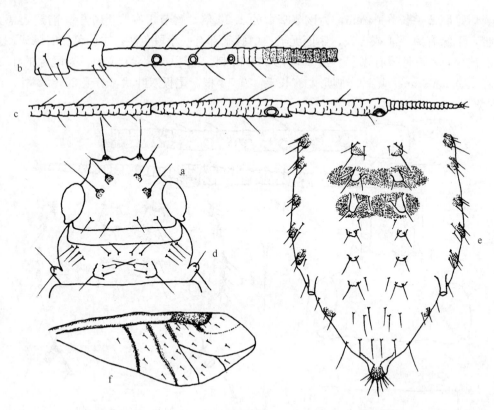

图 157　柔毛侧棘斑蚜 *Tuberculatus* (*Acanthocallis*) *pappus* Zhang，Zhang *et* Zhong
有翅孤雌蚜（alate viviparous female）

a. 头部背面观（dorsal view of head）；b. 触角节 Ⅰ～Ⅲ（antennal segments Ⅰ～Ⅲ）；c. 触角节 Ⅳ～Ⅵ
（antennal segments Ⅳ～Ⅵ）；d. 前胸背板（pronotum）；e. 腹部背面观（dorsal view of abdomen）；
f. 前翅（fore wing）。

他部分淡色。前胸背板有后中瘤 1 对，其长、宽均为 0.03mm，各有长尖毛 2～4 根，
前部有毛 1 或 2 根，各毛有较突出的毛基瘤，其长很少大于基宽；中、后胸背板无瘤。
腹部背片 Ⅰ～Ⅵ有毛瘤，背片 Ⅰ、Ⅵ毛瘤近相似，长短于基宽，长为 0.03mm，基宽为
0.03mm；背片 Ⅱ毛基瘤较大，长 0.05mm，基宽 0.03mm；背片 Ⅲ毛基瘤最大，长
0.08mm，基宽 0.04mm；背片 Ⅴ、Ⅵ毛基瘤最小；各毛瘤有细长毛 2 或 3 根。背片
Ⅳ～Ⅶ缘瘤稍大于其他各节缘瘤，各节有缘毛 3～5 根。体背有长尖毛，纤细，腹面毛
密，与背毛近等长。头顶毛尖，长 0.10～0.11mm；前、中胸背毛形状与长度与头顶毛
相似，前胸背板前侧域各有尖毛 3 或 4 根，缘毛 2 根；中胸背板有中毛 10～12 对，后
胸背板有毛 5～7 对，与头顶毛等长。中额呈半球状稍突出，额瘤不显。触角 6 节，节
Ⅴ、Ⅵ有微刺组成瓦纹，全长 1.29mm，为体长的 0.60 倍，节 Ⅲ长 0.38mm；节 Ⅰ～
Ⅵ长度比例：14：15：100：62：59：37＋32；触角毛细长尖锐，节 Ⅰ～Ⅵ毛数：5 根，
2 根，12～14 根，4 根，5 根，1＋3 根；节 Ⅲ最长毛长 0.06mm，为该节最宽直径的
2.30 倍，无钝毛或头状短粗毛。节 Ⅲ有次生感觉圈 3 或 4 个，分布于基半部或近基部
的 3/5。喙端部伸近中足基节，节 Ⅳ＋Ⅴ楔形，长 0.13mm，为基宽的 1.79 倍，与后足

跗节Ⅱ等长；有原生长毛3对，次生长毛2或3对。后足股节长0.44～0.52mm，为触角节Ⅲ的1.27倍，密生细长毛；后足胫节长1.08mm，为体长的0.61倍；后足胫节最长毛长0.82mm，为该节中宽的1.78倍。跗节Ⅰ有腹毛5根。前翅翅痣下缘有1个宽新月形褐色斑，肘脉1、2及中脉有褐色镶边；翅痣上有尖长毛14～16根，翅面上散布细长毛32～45根；后翅翅面有毛2根。腹管圆筒形，平滑无毛，长0.07mm，中宽0.05mm，为尾片的0.80倍。尾片瘤状，有长毛16根。尾板分为两叶，有毛32根。

生物学 寄主植物为蒙古栎 *Quercus mongolica* 和橡树 *Quercus* sp.。

分布 内蒙古（加格达奇）、辽宁（朝阳）、吉林（安图）、黑龙江（富锦、黑河、密山、饶河）、河北。

(125) 居栎侧棘斑蚜 *Tuberculatus* (*Acanthocallis*) *quercicola* (Matsumura, 1917) (图158)

Acanthocallis quercicola Matsumura, 1917：368.

Myzocallis macrotuberculata Essig *et* Kuwana, 1918：90.

Ptychodes quercicola Matsumura, 1919：101.

Tuberculoides macrotuberculata (Essig *et* Kuwana)：Shinji, 1941：378；Paik, 1965：41.

Tuberculatus (*Acanthocallis*) *quercicola* (Matsumura)：Richards, 1968：584；Higuchi, 1969：117；Higuchi, 1972：48；Eastop *et* Hille Ris Lambers, 1976：440；Zhang, Zhang *et* Zhong, 1990：109；Remaudière *et* Remaudière, 1997：228；Quednau, 1999：42；Qiao, Zhang *et* Zhong, 2005：301.

特征记述

有翅孤雌蚜 体椭圆形，体长2.33mm，体宽1.08mm。活体黄色。玻片标本头部、胸部褐色，中胸腹面黑色，腹部淡色。腹部背片Ⅰ、Ⅱ之间有1个明显横带斑，触角节Ⅰ、Ⅱ、节Ⅲ～Ⅴ及节Ⅵ各端部黑色；喙淡色，顶端黑色；后足股节及跗节黑色，其他部分淡色；腹管基部2/3黑褐色，端部淡色；尾片、尾板及生殖板淡色。体背中瘤及缘瘤淡色，仅腹部背片Ⅲ背瘤黑色。头顶有1对毛基瘤隆起，高于中额；头部背面有4对毛基瘤隆起，其余2对毛基不甚隆起；前胸背板有馒状中瘤2对，前部瘤长0.02mm，后部瘤长0.05mm，中、后胸背板各有中瘤1对，不大于前胸背板中瘤；腹部背片Ⅰ～Ⅲ各有指状中瘤1对，基部愈合，背片Ⅲ瘤长0.17mm，约为触角节Ⅲ的1/2，背片Ⅰ瘤长0.04mm，背片Ⅱ瘤长0.08mm，背片Ⅳ～Ⅶ各有瘤状背中瘤1对；背片Ⅰ～Ⅶ各有缘瘤1对，均不大于尾片瘤，每个缘瘤上各有1或2个小于眼瘤的乳状突起；各背瘤有长尖毛2～4根，背片Ⅷ有双突状中瘤1个，有长毛2根。体背有长尖锐毛（包括瘤上毛）。头部有头顶毛1对，头背毛6对；前胸背板有中侧毛9对，缘毛3或4对，中胸背板有毛16～19对，后胸背板有中毛2对；腹部背片Ⅰ～Ⅶ各有中毛3～5对，侧毛1～3对，缘毛5～10对，背片Ⅷ有中毛5根，缘毛4根。头顶毛长0.11mm，为触角节Ⅲ最宽直径的3.30倍，腹部背片Ⅰ中毛长0.11mm，缘毛长0.07mm，背片Ⅷ长毛长0.11mm，缘毛长0.07mm。中额及额瘤几乎不隆起，呈平顶状。触角短，6节，节Ⅰ、Ⅱ光滑，其他节有小尖刺突分布；全长1.19mm，为体长的0.51倍；节Ⅲ长0.37mm，节Ⅰ～Ⅵ长度比例：16：16：100：62：60：34＋39；节Ⅲ有大圆形次生感觉圈3～5个，位于近基部3/5；触角毛长，尖锐，节Ⅰ～Ⅵ毛数：8或

9 根，4 根，23～29 根，11 根，8 或 9，2+0 根，末节鞭部顶端有短毛 4 或 5 根；节Ⅲ长毛长 0.07mm，为该节最宽直径的 2.10 倍。喙粗大，端部达后足基节，节Ⅳ+Ⅴ楔形，长 0.18mm，为基宽的 1.90 倍，为后足跗节Ⅱ的 1.27 倍，有原生毛 3 对，次生毛 3 对。足光滑，胫节端部有小刺突，后足股节长 0.50mm，为触角节Ⅲ的 1.40 倍；后足胫节长 1.03mm，为体长的 0.44 倍；后足胫节毛长 0.07mm，为该节中宽的 1.60 倍；跗节Ⅰ毛序：9，9，9。翅脉正常。前、后翅脉有宽昙，翅痣呈半月形带纹，翅痣、2 肘脉间及肘脉与中脉间有毛。腹管短筒状，有明显缘突，长 0.08mm，为基宽的 0.67 倍，为尾片的 1/2，无刚毛。尾片瘤状，有小刺突组成横纹，长 0.15mm，有长毛 19～21 根。尾板分裂为两叶，呈"W"形，有长毛 44～47 根。生殖板有长短毛 42～45 根。

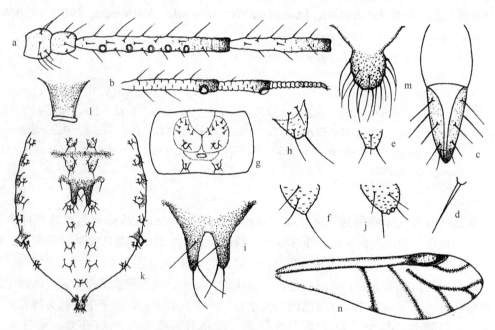

图 158　居栎侧棘斑蚜 *Tuberculatus*（*Acanthocallis*）*quercicola*（Matsumura）

有翅孤雌蚜（alate viviparous female）

a. 触角节Ⅰ～Ⅳ（antennal segments Ⅰ～Ⅳ）；b. 触角节Ⅴ～Ⅵ（antennal segments Ⅴ～Ⅵ）；c. 喙节Ⅳ+Ⅴ（ultimate rostral segment）；d. 体背刚毛（dorsal hair of body）；e. 中胸背中瘤（spinal tubercle on metanotum）；f. 后胸背中瘤（spinal tubercle on mesonotum）；g. 中、后胸背板（示背中瘤）（metanotum and mesonotum, showing dorsal spinal tubercles）；h. 腹部背片Ⅰ中瘤（spinal tubercles on abdominal tergite Ⅰ）；i. 腹部背片Ⅲ中瘤（spinal tubercles on abdominal tergite Ⅲ）；j. 腹部背片Ⅳ缘瘤（marginal tubercle on abdominal tergite Ⅳ）；k. 腹部背面观（示背瘤）（dorsal view of abdomen, dorsal tubercles shown）；l. 腹管（siphunculus）；m. 尾片（cauda）；n. 前翅（fore wing）。

胚胎　体毛尖锐。

生物学　寄主橡树 *Quercus* sp.、蒙古栎 *Q. mongolica*、槲树 *Q. dentata* 和大叶栎 *Q. griffithii* 等栎属植物。一般在叶片正面，沿叶脉基部取食，大多数在叶片基部。

分布　辽宁（朝阳、千山、沈阳）、黑龙江（克东）、河北、山东；朝鲜，俄罗斯，日本。

2）针棘斑蚜亚属 *Tuberculatus* （*Acanthotuberculatus*） Quednau，1999

Tuberculatus （*Acanthotuberculatus*） Quednau，1999：49. **Type species**：*Tuberculatus japonicus* Higuchi，1969.

Tuberculatus （*Acanthotuberculatus*） Quednau：Qiao *et* Zhang，2001：524；Qiao，Zhang *et* Zhong，2005：304.

亚属征 额瘤不显。头顶和胸部背板淡色，中胸腹板暗色骨化。头顶背毛尖锐或头状，位于瘤状隆起上或短指状突起上。触角节Ⅰ内侧近端部隆起，有毛3根。触角节Ⅲ内侧毛尖锐或头状。前胸背板有长指状突起2对，常有前侧毛，缘域有乳突；中胸背板有长指状突起1对，有时后胸背板有小突起；腹部背片Ⅰ～Ⅲ中突长指状，背片Ⅰ中突膜质，背片Ⅱ、Ⅲ中突骨化，并位于连接的褐色骨化斑上；背片Ⅳ～Ⅶ各有膜质瘤状的中部隆起1对；背片Ⅰ、Ⅱ缘突圆锥状，背片Ⅲ～Ⅴ缘突指状，大多数有1个缘域乳突。腹部背毛尖锐或头状，长度中等，侧毛与中毛同样发达或缺。胫节毛稍头状或纤细，有波状顶端。后足跗节Ⅰ有5或6根腹毛。前翅暗色，翅痣内缘新月形，前缘脉深色，其他翅脉有翅昙或透明点。腹管圆锥状至近圆柱状，淡色或微骨化，与背片Ⅵ缘毛不相连。

有翅若蚜体淡色，有时腹部背片Ⅱ、Ⅲ中部隆起，背片Ⅴ、Ⅵ缘域弱烟褐色；足淡色，腹管淡色或暗色。触角环节状。体背毛钝或头状，扩展，各背片中部隆起和缘域与侧有2～5根毛，侧毛多数。

胚胎体中、缘毛扩展，顶端钝或头状，长度均一，背片Ⅰ毛较短，背片Ⅶ毛没有侧移（Quednau，1999）。

寄主植物为栎属植物 *Quercus* spp.。在叶片背面取食，无蚂蚁伴生。

世界已知4种，分布在中国、日本、朝鲜和印度。本志记述1种。

(126) 日本侧棘斑蚜 *Tuberculatus* （*Acanthotuberculatus*） *japonicus* Higuchi，1969 （图159）

Tuberculatus japonicus Higuchi，1969：114.

Tuberculatus （*Acanthotuberculatus*） *japonicus* Higuchi：Hille Ris Lambers，1974：35；Remaudière *et* Remaudière，1997：228；Quednau，1999：41；Zhang，1999：241；Qiao，Zhang *et* Zhong，2005：307.

特征记述

有翅孤雌蚜 体椭圆形，长3.07mm，体宽1.31mm。活体淡黄色，棘斑白色。玻片标本体淡色，触角节Ⅲ～Ⅵ各节端部、喙顶端及足跗节黑色，其他附肢淡色。体表光滑，背瘤明显淡色。头顶有大型毛基瘤1对，头部背面有毛基瘤4对，前部1对大型，大于眼瘤，后部3对大小与眼瘤约等；前胸背板有长锥形中瘤2对，中胸背板有长锥形中瘤1对，后胸背板有小瘤状中瘤1对；腹部背片Ⅰ～Ⅲ各有长锥形中瘤1对，长0.21～0.24mm，长于触角节Ⅰ、Ⅱ之和，背片Ⅳ～Ⅶ各有馒状中瘤1对，背片Ⅳ～Ⅶ中瘤长分别为：0.07mm，0.03mm，0.03mm，0.02mm，背片Ⅷ有毛基瘤；背片Ⅰ～Ⅶ各有宽锥形缘瘤1对，背片Ⅳ缘瘤最长，背片Ⅴ～Ⅶ缘瘤小。气门圆形关闭，气门片淡色。体背毛钉状，腹面毛长尖锐，长于背毛；头部有头顶长毛1对，头背毛4对，前部1对毛长，后部3对毛短，位于各毛基斑顶端；前胸背板各中瘤有毛3或4根，侧毛

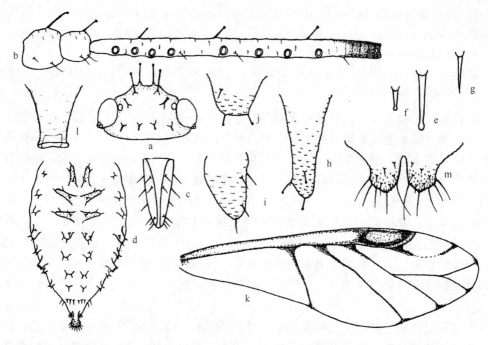

图 159 日本侧棘斑蚜 *Tuberculatus*（*Acanthotuberculatus*）*japonicus* Higuchi

有翅孤雌蚜（alate viviparous female）

a. 头部背面观（dorsal view of head）；b. 触角节Ⅰ～Ⅲ（antennal segments Ⅰ～Ⅲ）；c. 喙节Ⅳ＋Ⅴ（ultimate rostral segment）；d. 腹部背面观（dorsal view of abdomen）；e. 头部背刚毛（dorsal hair of head）；f. 腹部背毛（dorsal hair on abdomen）；g. 腹部缘毛及腹部背片Ⅷ毛（marginal hair on abdomen and hair on abdominal tergite Ⅷ）；h. 腹部背片Ⅰ～Ⅲ背瘤（dorsal tubercle on abdominal tergites Ⅰ～Ⅲ）；i. 腹部背片Ⅳ缘瘤（marginal tubercle on abdominal tergite Ⅳ）；j. 腹部背片Ⅳ中瘤（spinal tubercle on on abdominal tergite Ⅳ）；k. 前翅（fore wing）；l. 腹管（siphunculus）；m. 尾板（anal plate）。

2 或 3 对，缘毛 3 或 4 对，中胸背板有毛 24～28 根，后胸背板有毛 11 或 12 根；腹部背片Ⅰ～Ⅷ各有中毛 5 或 6 对，位于背瘤之上，缺侧毛，各有缘毛 5 或 6 对，背片Ⅷ有中毛 6 或 7 根，缘毛 2 或 3 对。头顶毛长 0.12mm，为触角节Ⅲ最宽直径的 2.60 倍；头背后方短毛长 0.03mm，中胸背板毛长短相差 2.00～3.00 倍，腹部背片Ⅰ毛长 0.03mm，背片Ⅷ毛长 0.08mm。中额不隆，额瘤隆起。头顶毛基瘤超过额瘤。触角 6 节，节Ⅰ内缘突起，有瓦纹，全长 2.10mm，为体长的 0.68 倍；节Ⅲ长 0.67mm，节Ⅰ～Ⅵ长度比例：12：10：100：63：60：33＋34；触角毛短，内缘有钉状毛，外缘毛钝顶，节Ⅰ～Ⅵ毛数：3～5 根，2 或 3 根，6 根，2 或 3 根，1 或 2 根，0 或 1＋0 根，节Ⅲ长毛长为该节最宽直径的 0.72 倍；节Ⅲ有圆形次生感觉圈 6～12 个，分布于全长。喙粗大，端部不及中足基节，节Ⅳ＋Ⅴ长楔状，长 0.15mm，为基宽的 2.20 倍，为后足跗节Ⅱ的 1.10 倍，有原生毛 3 对，次生刚毛 4 或 5 对。足股节光滑，胫节端部 1/3 有小刺突，各节外缘有钉状毛，内缘毛尖锐。后足股节长 0.71mm，为触角节Ⅲ的 1.10 倍，后足胫节长 1.40mm，为体长的 0.47 倍，毛长为该节中宽的 0.82 倍；跗节Ⅰ有腹毛 6 或 7 根。前翅翅脉粗黑，基部及端部有较宽翅昙，径分脉两端有粗昙，中部有时不显，翅痣有淡晕；后翅翅脉淡色。腹管短筒形，有缘突，全长 0.13mm，与尾片约等长。尾片瘤状，长 0.14mm，有长短毛 16～19 根。尾板分裂为两叶，有长短毛 28～35根。生殖板有短尖毛 10～12 根。

胚胎 体背毛头状。头部有头顶毛 3 对，复眼间毛 2 对；前胸背板有中毛 2 对，中胸背板至腹部背片 Ⅷ 各有中毛 1 对；前胸背板至腹部背片 Ⅶ 各有缘毛 1 对，背片 Ⅷ 缘毛缺。

生物学 寄主植物为麻栎 *Quercus acutissima*、白栎 *Q. fabri* 和橡树 *Quercus* sp.。在叶片背面取食。

分布 辽宁（鞍山、沈阳、铁岭）、黑龙江（绥芬河）、北京、河北、浙江、福建、山东；朝鲜，俄罗斯，日本。

3）阿棘斑蚜亚属 *Tuberculatus* (*Arakawana*) Matsumura，1917

Arakawana Matsumura，1917：375. **Type species**：*Arakawana stigmata* Matsumura，1917.

Tuberculatus (*Acanthocallis*) Matsumura：Hille Ris Lambers，1974：29.

Tuberculatus (*Arakawana*) Matsumura：Remaudière *et* Remaudière，1997：228；Quednau，
　　1999：52；Qiao *et* Zhang，2001：524；Qiao，Zhang *et* Zhong，2005：311.

亚属征 有翅孤雌蚜额沟深，额毛基部明显低于两侧额瘤连线。触角毛和足毛长，尖锐。胸部背板无瘤。腹部背片 Ⅰ～Ⅲ 有成对的黑色指状中瘤，背片 Ⅲ 中瘤最长，每对中瘤基部愈合，位于黑色相连的骨化斑上。后足股节和胫节较其他足节色深。前翅翅痣有 1 个黑色宽新月形内缘；径分脉微弱，基部不显。腹管暗色，骨化，基部有背片 Ⅵ 缘毛分布。

有翅若蚜体背毛长，尖锐，腹后部背毛位于略微骨化的中、侧斑上；侧毛多数，有时位于小骨化斑上。

世界已知 1 种，分布在中国、日本、朝鲜及俄罗斯远东地区。

(127) 痣侧棘斑蚜 *Tuberculatus* (*Arakawana*) *stigmatus* (Matsumura，1917)（图 160）

Arakawana stigmata Matsumura，1917：375.

Myzocallis quercicola Takahashi，1923：64.

Myzocallis nigra Okamoto *et* Takahashi，1926：143.

Tuberculoides stigmata (Matsumura)：Shinji，1941：386；Tao，1964：216；Paik，1965：39.

Tuberculatus stigmatus (Matsumura)：Moritsu，1953：4；Richards，1968：589；Higuchi，
　　1969：119；Zhang *et* Zhong，1983：175；Zhang，Zhang *et* Zhong，1990：110.

Tuberculatus (*Acanthocallis*) *stigmatus* (Matsumura)：Hille Ris Lambers，1974：36.

Tuberculatus (*Arakawana*) *stigmatus* (Matsumura)：Remaudière *et* Remaudière，1997：228；
　　Quednau，1999：52；Qiao，Zhang *et* Zhong，2005：311.

特征记述

有翅孤雌蚜 体长卵形，体长 2.20mm，体宽 0.88mm。活体头部、胸部、棘斑及腹管漆黑色，腹部褐绿色。玻片标本头部、胸部黑色，腹部淡色，有黑色斑。触角节Ⅰ、Ⅱ、节 Ⅲ～Ⅵ 端部及喙骨化黑色；足全骨化，后足全黑色，前、中足灰褐色；腹管黑色，尾片及尾板灰黑色。前胸有馒状小缘瘤 6～8 个，腹部背片各缘斑各有 1 或 2 对

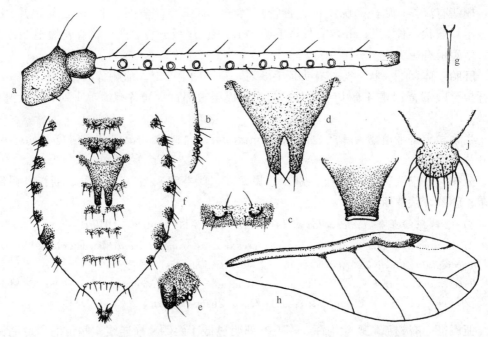

图 160　痣侧棘斑蚜 *Tuberculatus* (*Arakawana*) *stigmatus* (Matsumura)
有翅孤雌蚜（alate viviparous female）

a. 触角节Ⅰ～Ⅲ（antennal segments Ⅰ～Ⅲ）；b. 前胸背板缘域（marginal area of pronotum）；c. 腹部背片Ⅰ背瘤（dorsal tubercle on abdominal tergite Ⅰ）；d. 腹部背片Ⅲ背瘤（dorsal tubercle on abdominal tergite Ⅲ）；e. 腹部背片Ⅳ缘瘤（marginal tubercle on abdominal tergite Ⅳ）；f. 腹部背面观（dorsal view of abdomen）；g. 体背刚毛（hair on dorsal of body）；h. 前翅（fore wing）；i. 腹管（siphunculus）；j. 尾片（cauda）。

馒形小缘瘤。腹部背片Ⅰ、Ⅱ各有小中瘤 1 对，钝顶；背片Ⅲ有锥状大中瘤 1 对，基部愈合，有刺突，长为基宽的 1.20 倍，为腹管的 2.50 倍；背片Ⅳ缘斑有大型钝顶缘瘤。腹部背片Ⅰ～Ⅲ中瘤上各有长短刚毛 2～4 根；背片Ⅳ～Ⅶ无中瘤，形成毛基斑，各节有刚毛 6～9 根，稍显隆起。腹部背片Ⅰ～Ⅶ各有近方形缘斑；背片Ⅶ缘斑小于前几节；缘斑有尖锐刚毛，背片Ⅰ、Ⅱ、Ⅴ～Ⅶ缘斑上各有 4～6 根刚毛，背片Ⅲ、Ⅳ缘斑上各有 10 根刚毛。腹管前、后缘斑愈合。体表光滑，头部及缘斑有褶曲纹，中瘤上有刺突构成瓦纹。气门圆形，半开放或全开放，气门片骨化黑色。节间斑不显。体背毛长，尖锐；头部有头顶毛 2 根，头背长毛 14 根，包括中额毛 4 根，额瘤毛各 1 根，中域毛 2 根，后部毛 6 根，毛基隆起；前胸背板有前部中、侧毛 6 根，后部中、侧毛 9 或 10 根，缘毛 4 根；中胸背板有中侧毛 20～22 根，缘毛 14～16 根；后胸背板有中毛 6～8 根，侧毛 2 根，缘毛 2 根；腹部背片Ⅷ有长毛 12 根。头顶毛、腹部背片Ⅰ中毛、背片Ⅰ缘毛、背片Ⅷ毛长分别为触角节Ⅲ最宽直径的 5.00 倍、2.90 倍、1.80 倍、3.20 倍。中额瘤稍隆起，两侧毛基隆起，稍高于中额瘤；额瘤隆起外倾。触角 6 节，细长，节Ⅰ、Ⅱ骨化，光滑，节Ⅲ～Ⅵ有微刺突构成瓦纹；全长 1.70mm，为体长的 0.78 倍；节Ⅲ长 0.52mm，节Ⅰ～Ⅵ长度比例：19∶11∶100∶55∶52∶26＋54；节Ⅲ有小圆形次生感觉圈 5～7 个，分布于基部 1/2；触角毛长，尖锐，节 I～Ⅵ毛数：5 根，2 根，9～12 根，4 根，3 或 4 根，1+0 根；触角节Ⅲ毛长为该节最宽直径的 2.00 倍。喙端部达前、中足基节之间，节Ⅳ+Ⅴ粗短，长 0.12mm，为基宽的 1.30 倍，为后足跗节Ⅱ的 0.93 倍，有原生刚毛 2 对，次生刚毛 4 对。后足股节长 0.55mm，为触角节Ⅲ的 1.10 倍；后足胫节长为体长的 0.55 倍，后足胫节毛长为该节中宽的 2.00 倍，为基宽的 1.70 倍，为端宽的 2.40 倍；跗节 I 毛序：7，7，7。翅脉正常，径分脉淡色，基部不显，翅痣黑色，后部镶月牙形黑纹。腹管短筒形，有微刺突瓦纹，无缘突及切迹；长 0.12mm，为体长的 0.06 倍，与基宽、尾片约等长。尾片瘤状，有小刺突构成横纹，有长粗毛 4 根，细毛 8～14 根。尾板分裂成两叶，有长短粗细毛 24～33 根。生殖板不骨化，有短毛 10 根，长毛 20～24 根。

生物学　寄主植物为槲树 *Quercus dentata*、蒙古栎 *Q. mongolica*、槲栎 *Q. aliena*、麻栎 *Q. acutissima*、栓皮栎 *Q. variabilis* 及白栎 *Q. fabri*；朝鲜记载为槲栎、日本记载为枹栎 *Q. serrata*。在栎属植物幼叶背面分散为害，受害叶不变形。仅发现有翅孤雌蚜。大多在 4～6 月发生。

分布　吉林（安图）、江苏、浙江、江西、山东、台湾；朝鲜，俄罗斯，日本。

4）日本棘斑蚜亚属 *Tuberculatus*（*Nippocallis*）Matsumura，1917

Nippocallis Matsumura，1917：365. **Type species**：*Nipppocallis kuricola* Matsumura，1917.

Castanocallis Zhang *et* Zhong，1981：343.

Nippocallis Matsumura：Tao，1990：140.

Myzocallis（*Nippocallis*）：Higuchi，1972：26；Eastop *et* Hille Ris Lambers，1976：320.

Tuberculatus（*Nippocallis*）：Remaudière *et* Remaudière，1997：228；Quednau，1999：35；Qiao *et* Zhang，2001：525；Qiao，Zhang *et* Zhong，2005：313.

亚属征　触角节Ⅲ毛长等于或长于该节基宽。节Ⅵ副感觉圈簇生在原生感觉圈周围。腹部背片中瘤至多为基宽的 1.50 倍，常为较低的隆起或瘤；背片Ⅳ缘瘤有 3 至数根毛，最长毛长于 0.10mm。股节常淡色；后足股节端部有时骨化。前翅背面常有鳞片，翅脉一般有较宽的褐色镶边，径分脉缺。腹管一般与背片Ⅵ缘斑连合。

有翅若蚜腹部背片Ⅱ～Ⅳ有缘瘤。

主要取食栗属植物，多分散在叶反面。

世界已知 5 种，分布在中国、日本、朝鲜；有 1 种被传入马德拉群岛。本志记述 2 种。

种 检 索 表

1. 足股节端半部褐色；前翅中脉、肘脉 1 及肘脉 2 的翅昙与亚前缘脉相连；翅痣暗色，有淡色中央区；腹部背片Ⅷ有毛 3 或 4 根；跗节 I 毛序：6，6，6；触角节Ⅲ最长毛约为该节最宽直径的 2.00 倍 ·· 栗斑蚜 *T.*（*N.*）*castanocallis*
   足股节淡色；前翅中脉、肘脉 1 及肘脉 2 的翅昙不与亚前缘脉相连；翅痣淡色，顶端有褐色边缘；腹部背片Ⅷ有毛 8～11 根；跗节 I 毛序：7，7，7；触角节Ⅲ最长毛短于该节最宽直径 ············ ·· 缘瘤栗斑蚜 *T.*（*N.*）*margituberculatus*

（128）栗斑蚜 *Tuberculatus*（*Nippocallis*）*castanocallis*（**Zhang et Zhong, 1981**）（图 161）

Castanocallis castanocallis Zhang *et* Zhong，1981：344.

Tuberculatus（*Nippocallis*）*castanocallis*（Zhang *et* Zhong）：Remaudière *et* Remaudière，1997：

228；Quednau，1999：36；Qiao，Zhang *et* Zhong，2005：314.

特征记述

有翅孤雌蚜　体纺锤形，体长 2.23mm，体宽 1.28mm。活体浅绿色至黄绿色，被白粉；翅竖起时与叶面呈 30°。玻片标本头部、胸部灰褐色，腹部淡色，瘤及斑黑色，腹面有黑色中斑。触角节 I 内缘、节 III～V 各端部及节 VI、喙顶端、后足股节端半部、中、后足基节、跗节及腹管黑色；尾片、尾板淡色。体背瘤明显；头部有毛基瘤 3 对，高于额瘤；腹部背片 II、III 各有长指状中瘤 1 对，长 0.08mm，为触角节 II 的 1.30 倍；背片 VIII 中瘤淡色，椭圆形；背片 I～IV 各有 1 对指状缘瘤，长分别为 0.04mm，0.05mm，0.08mm，0.27mm，背片 IV 缘瘤与触角节 V 约等长，有时在缘瘤附近有 1 或 2 个透明珠形小瘤，其他各节有毛基瘤。体背毛粗长，尖锐。头部有背毛 10 根；前胸背板有中毛 4 根，缘毛 1 对，有透明珠形小瘤 4 或 5 对；腹部背片 I～VI 各有中毛 4

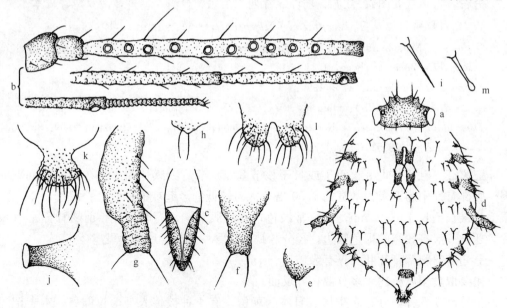

图 161　栗斑蚜 *Tuberculatus*（*Nippocallis*）*castanocallis*（Zhang *et* Zhong）

有翅孤雌蚜（alate viviparous female）

a. 头部背面观（dorsal view of head）；b. 触角（antenna）；c. 喙节 IV＋V（ultimate rostral segment）；d. 腹部背面观（dorsal view of abdomen）；e. 腹部背片 II 侧瘤（pleural tubercle on abdominal tergite II）；f. 腹部背片 II 中瘤（spinal tubercle on abdominal tergite II）；g. 腹部背片 IV 缘瘤（marginal tubercle on abdominal tergite IV）；h. 腹部背片 IV 中瘤（spinal tubercle on abdominal tergite IV）；i. 体背毛（dorsal hair of body）；j. 腹管（siphunculus）；k. 尾片（cauda）；l. 尾板（anal plate）。

胚胎（embryo）

m. 体背毛（dorsal hair of body）。

根，背片Ⅰ有侧毛2根，背片Ⅱ～Ⅵ各有毛4～6根，背片Ⅰ～Ⅶ缘毛数：4根，6根，8根，12根，6根，6根，2根，背片Ⅶ有中毛6根，背片Ⅷ有毛3根。头顶毛长0.13mm，为触角节Ⅲ最宽直径的3.60倍，腹部背片中毛长0.08mm，缘毛长0.04mm，背片Ⅷ毛长0.13mm。气门圆形开放，气门片黑色。中额不隆，额瘤隆起外倾。触角6节，节Ⅰ、Ⅱ光滑，节Ⅲ端部及其他节有瓦纹，全长1.89mm，为体长的0.77倍；节Ⅲ长0.58mm，节Ⅰ～Ⅵ长度比例：11：10：100：55：49：30+50；节Ⅰ～Ⅵ毛数：3或4根，3或4根，11或12根，3～6根，2～4根，1+0根，末节鞭部顶端有短毛4或5根，节Ⅲ毛长0.08mm，为该节最宽直径的2.20倍；节Ⅲ有大型次生感觉圈9或10个，分布于基部5/6。喙端部达前、中足基节间，节Ⅳ＋Ⅴ长锥形，长0.14mm，为基宽的2.00倍，为后足跗节Ⅱ的1.20倍，有原生毛3对，次生毛7对。胫节端部1/3有微刺。后足股节长0.47mm，为触角节Ⅲ的0.81倍；后足胫节长0.97mm，为体长的0.44倍，后足胫节毛长为该节中宽的2.00倍。跗节Ⅰ毛序：6，6，6。前翅各脉镶宽边，径分脉不显，翅痣黑色；后翅2条斜脉，镶黑边。腹管截断圆筒状，长0.11mm，与尾片约等长。尾片瘤状，有粗长毛4根，细长短毛14或15根。尾板分裂为两叶，有长短毛26～32根。生殖板淡色，有毛12根。

胚胎　腹部背片中毛短于缘毛。

生物学　寄主植物为栗 *Castanea mollissima*、茅栗 *C. seguinii* 和榛子 *Corylus* sp. 等。在叶片背面分散取食。

分布　辽宁（丹东、千山）、北京、河北、浙江、山东、湖南、广西、云南。

(129) 缘瘤栗斑蚜 *Tuberculatus* (*Nippocallis*) *margituberculatus* (Zhang *et* Zhong, 1981)

（图 162）

Castanocallis margituberculatus Zhang *et* Zhong，1981：345.

Tuberculatus (*Nippocallis*) *margituberculatus* (Zhang *et* Zhong)：Remaudière *et* Remaudière，1997：228；Quednau，1999：36；Zhang，1999：222；Qiao，Zhang *et* Zhong，2005：322.

特征记述

有翅孤雌蚜　体纺锤形，体长1.87mm，体宽0.99mm。活体黄色或黄绿色，稍被白粉，背瘤黑色；翅竖起与叶面呈60度角。玻片标本头部、胸部黑色，腹部淡色，背板及腹面斑明显黑色。触角节Ⅰ、Ⅱ及各节端部黑色；喙淡色，顶端黑褐色；足淡色，中、后足基节黑色，跗节稍骨化；腹管、尾片、尾板黑色。体背斑、瘤明显；头部背面缘域深黑色，前部有隆起的毛基瘤2对，高于中额，中域有稍隆起的毛基瘤1对，后方有不隆起的毛基瘤2对；腹部背片Ⅰ有微隆起的毛基斑瘤2对；背片Ⅱ～Ⅶ各有宽圆锥形背中瘤1对，基部有时愈合，长0.03～0.05mm；背片Ⅷ有横带状瘤横贯全节；背片Ⅱ、Ⅲ各有圆锥形侧瘤1对，其他侧瘤为零星毛基斑瘤；背片Ⅰ～Ⅶ各有缘瘤1对，长度分别为0.03～0.04mm，0.07～0.08mm，0.11～0.13mm，0.18～0.27mm，0.10mm，0.05～0.07mm，0.03～0.04mm，背片Ⅳ缘瘤大，长指状；背片Ⅰ～Ⅳ缘瘤及背片Ⅱ～Ⅲ侧瘤有小刺突，其他背瘤光滑。气门圆形开放，气门片黑色。体背毛顶端钝，有时圆顶形，腹面毛细，尖锐。头部有背毛10根；前胸背板有中侧毛6根，缘毛2根；腹部背片Ⅰ～Ⅵ各有中毛4或5根，侧毛4～6根，背片Ⅶ有中毛6根；背片

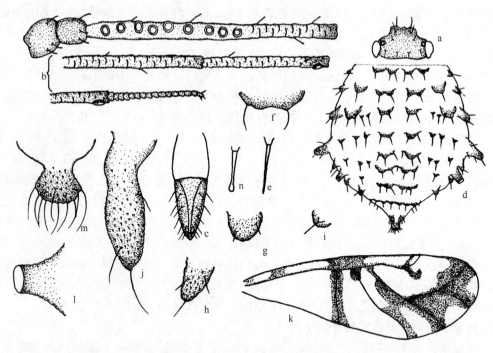

图 162　缘瘤栗斑蚜 *Tuberculatus* (*Nippocallis*) *margituberculatus* (Zhang *et* Zhong)
有翅孤雌蚜（alate viviparous female）

a. 头部背面观（dorsal view of head）；b. 触角（antenna）；c. 喙节Ⅳ＋Ⅴ（ultimate rostral segment）；
d. 腹部背面观（dorsal view of abdomen）；e. 体背毛（dorsal hair of body）；f. 腹部背片Ⅱ中瘤（spinal tubercle on abdominal tergite Ⅱ）；g. 腹部背片Ⅱ侧瘤（pleural tubercle on abdominal tergite Ⅱ）；h. 腹部背片Ⅱ缘瘤（marginal tubercle on abdominal tergite Ⅱ）；i. 腹部背片Ⅳ侧毛基瘤（pleural hair～basal tubercle on abdominal tergite Ⅳ）；j. 腹部背片Ⅳ缘瘤（marginal tubercle on abdominal tergite Ⅳ）；k. 前翅
（fore wing）；l. 腹管（siphunculus）；m. 尾片（cauda）。

胚胎（embryo）

n. 体背毛（dorsal hair of body）。

Ⅰ～Ⅲ、Ⅴ～Ⅶ各有缘毛 4～6 根，背片Ⅳ有缘毛 7 或 8 根，背片Ⅷ有毛 10 或 11 根。头顶毛长 0.11mm，为触角节Ⅲ最宽直径的 4.10 倍，腹部背片Ⅰ中毛长 0.05mm，缘毛长 0.03mm，背片Ⅷ中毛长 0.08mm。中额及额瘤不高于毛基瘤。触角 6 节，节Ⅰ、Ⅱ光滑，节Ⅲ端部以后各节有小刺突横纹，全长 1.34mm，为体长的 0.71 倍；节Ⅲ长 0.44mm，节Ⅰ～Ⅵ长度比例：13：12：100：57：49：24＋34；触角毛短，节Ⅰ～Ⅵ毛数：3 根，3 或 4 根，4～6 根，2 根，1 或 2 根，0 或 1＋0 根，节Ⅲ毛长 0.02mm，为该节最宽直径的 0.77 倍；节Ⅲ有大圆形次生感觉圈 6～9 个，分布于基部 3/5。喙短，端部超过前足基节，节Ⅳ＋Ⅴ锥状，长 0.10mm，为基宽的 1.70 倍，与后足跗节Ⅱ约等长，有原生毛 3 或 4 对，次生毛 3 或 4 对。胫节有小刺突分布。后足股节长 0.42mm。为触角节Ⅲ的 0.90 倍；后足胫节长 0.82mm，为体长的 0.43 倍，后足胫节毛长 0.04mm，为该节中宽的 1.20 倍；跗节Ⅰ毛序：7，7，7。翅脉有深昙，翅痣端部与径分脉基部呈 "C" 形昙，径分脉端部 2/3 不显，臀脉镶宽边，肘脉基部有昙，端半部及中脉分叉以后有宽昙；后翅 2 条斜脉，臀脉镶窄边。腹管截断筒状，光滑，长 0.08mm。尾片瘤状，长 0.11mm，为腹管的 1.30 倍，有长尖毛 10～12 根。尾板分裂为两叶，有毛 20～32 根。生殖板有毛 10 根，淡色。

胚胎 体背毛头状，缘毛长于中毛。

生物学 寄主植物为栗 *Castanea mollissima*、蒙古栎 *Quercus mongolica* 和大叶柞 *Quercus* sp. 等。在叶片背面取食。

分布 辽宁（千山）、北京、河北、浙江、福建、江西、山东、湖南、广西、云南、陕西。

5）东方棘斑蚜亚属 *Tuberculatus* (*Orientuberculoides*) Hille Ris Lambers，1974

Tuberculatus (*Orientuberculoides*) Hille Ris Lambers，1974：32. **Type species**：*Myzocallis yokoyamai* Takahashi，1923.

Tuberculatus (*Orientuberculoides*) Hille Ris Lambers：Eastop *et* Hille Ris Lambers，1976：440；Zhang，Zhang *et* Zhong，1990：99；Remaudière *et* Remaudière，1997：228；Quednau，1999：36；Qiao *et* Zhang，2001：525；Qiao，Zhang *et* Zhong，2005：327.

亚属特征 胸部和腹部淡色。中胸背板一般无中瘤；腹部背片Ⅰ～Ⅲ中瘤基部很少相连。次生感觉圈明显有睫，或翅脉顶端有明显的黑色三角形斑。头部有后背毛 2 对，毛基不隆起。触角节Ⅰ有毛 3 根，包括较小的基部毛。后足股节淡色或骨化。翅痣淡色，或后部翅脉有很狭窄的镶边，或近基部有 1 个不规则的暗色斑点；中脉大多数淡色。

寄主为栎属植物。在叶片背面沿主脉取食，或在嫩尖部分取食。

世界已知 14 种（亚种），分布在中国、日本和朝鲜。中国已知 10 种（亚种），本志记述 8 种。

种 检 索 表

（有翅孤雌蚜）

1. 前胸背板常缺中瘤，前侧毛缺；腹部背片Ⅰ～Ⅲ中瘤淡色或第 3 对稍骨化，一般不长于基宽；有翅若蚜触角节Ⅰ、Ⅱ内侧毛不长于外侧毛，节Ⅲ内侧毛远短于该节基宽；头部有 1 对很小的前背毛；腹部背片Ⅰ～Ⅳ缘域除有 2 根较长毛外，各有 1 根微小的缘毛，中毛和侧毛也很微小；胚胎体背中毛微小，除背片Ⅵ、Ⅶ外；寄主植物为橡树、柞树、蒙古栎等 ……………………………………………………………………… 卡希侧棘斑蚜 *T.* (*O.*) *kashiwae*
   前胸背板至少有后中瘤 1 对，常有前侧毛 1 对，偶尔 2 对；翅痣淡色或内缘着色；腹部背片Ⅰ～Ⅲ中瘤淡色或骨化，指状，长于其基宽；有翅若蚜触角节Ⅰ、Ⅱ内侧毛明显长于外侧毛，节Ⅲ内侧毛有时长于该节基宽；头部有时有 1 对前背毛，但多数不短缩；腹部背片缘域毛最多缩短，除长毛外，无微小毛；胚胎体背中毛短或长 ………………………………………………………………… 2
2. 触角节Ⅵ基部有 1 根毛；前胸背板大多有后缘毛 2 对，少数有 3 或 4 对，仅有 1 对相当小的中瘤，有或无侧毛 ……………………………………………………………………………………… 3
   触角节Ⅵ有 1 或 2 根毛；前胸背板常有后缘毛 1 对，有前中瘤 1 对和后中瘤 1 对，侧毛存在 … 7
3. 头部有头顶毛 1 对，有前背毛 2 对，顶端头状，3 对毛长度均一；股节淡色，胫节淡色或基部有褐色斑；寄主为栎属植物 ……………………………… 台栎侧棘斑蚜 *T.* (*O.*) *querciformosanus*
   头部前背毛中有 1 对较短；股节常有暗色近端斑点，胫节常黑色或有暗色纵带 ………………… 4

4. 有翅若蚜触角节Ⅰ、Ⅱ内侧毛相当短，头状，不达外侧毛的 2.00 倍；头部有短前背毛 1 对，腹部背片缘毛长，头状，但至少在腹部前几节背中、侧毛小而短；胚胎腹部背片Ⅴ或Ⅵ以前各节中背毛小或很短 ·· 5

有翅若蚜触角节Ⅰ、Ⅱ内侧毛相当长，明显长于外侧毛；头顶毛和头部前背毛长，长度均一，腹部背片中、侧毛长而明显；胚胎体除背片Ⅰ毛外，没有或稍缩短 ·············· 6

5. 胚胎腹部背片Ⅱ～Ⅵ中毛微小，长约为各背片缘毛的 1/5；寄主植物为柞树、橡树及蒙古栎 ······
　 ··· **蒙古栎侧棘斑蚜 *T.（O.）paranaracola***

胚胎腹部背片Ⅱ～Ⅵ中毛头状，长为各节缘毛的 1/3～1/2；寄主植物为橡树、栎树、椴树等···
　 ··································· **半毛侧棘斑蚜 *T.（O.）paranaracola hemitrichus***

6. 喙节Ⅳ＋Ⅴ长为后足跗节Ⅱ的 1.10～1.20 倍；触角节Ⅲ最长毛为该节基宽的 1.40～1.70 倍；节Ⅲ有次生感觉圈 4～7 个，分布于基半部以内 ······························ **白云侧棘斑蚜 *T.（O.）paiki***

喙节Ⅳ＋Ⅴ长为后足跗节Ⅱ的 0.80 倍；触角节Ⅲ最长毛为该节基宽的 0.80～1.20 倍；节Ⅲ有次生感觉圈 2～10 个，常分布于该节 1/2 以上 ························· **横侧棘斑蚜 *T.（O.）yokoyamai***

7. 后足胫节基半部正常，外侧毛长为其着生处直径的 1.50～2.00 倍；腹部背片中瘤间无暗色斑块，有翅若蚜全身背毛头状 ·· **钉侧棘斑蚜 *T.（O.）capitatus***

后足胫节基半部有些膨大，外侧毛长为其着生处直径的 2.00～2.50 倍；腹部背片中瘤之间常有黑色斑块；有翅若蚜体背毛以尖毛居多，其间有毛稍呈头状 ········· **方氏侧棘斑蚜 *T.（O.）fangi***

(130) 钉侧棘斑蚜 *Tuberculatus（Orientuberculoides）capitatus*（Essig *et* Kuwana, 1918） (图 163)

Myzocallis capitatus Essig *et* Kuwana, 1918：89.

Tuberculoides（Orientuberculoides）capitatus（Essig *et* Kuwana）：Shinji, 1941：366；Tao, 1963：215；Paik, 1965：41.

Tuberculatus（Orientuberculoides）capitatus（Essig *et* Kuwana）：Moritsu, 1953：2；Richards, 1968：566；Higuchi, 1969：112；Higuchi, 1972：47；Eastop *et* Hille Ris Lambers, 1976：440；Zhang *et* Zhong, 1983：176；Zhang, Zhang *et* Zhong, 1990：103；Remaudière *et* Remaudière, 1997：228；Quednau, 1999：40；Qiao, Zhang *et* Zhong, 2005：328.

特征记述

有翅孤雌蚜　体长卵形，体长 2.50mm，体宽 1.10mm。活体深绿色。玻片标本淡色，中胸稍骨化橙黄色。触角节Ⅲ～Ⅴ端部、节Ⅵ中部和端部及粗刚毛基部漆黑色；喙、腹管、尾片、尾板及足淡色，跗节灰黑色。体表光滑有淡色瘤。体背毛头状；头部有头顶长刚毛 2 对，头背短刚毛 3 对；前胸背板有大指状中瘤 2 对，各瘤有刚毛，前 1 对中瘤毛长于后 1 对，前侧域及缘域各有长硬刚毛 1 对，两侧各有小缘瘤 1 对，缺刚毛；中、后胸背板无中瘤，有中、侧长短硬刚毛 12 根，缘域有长曲毛 5～7 对；腹部背片Ⅰ～Ⅶ各有缘瘤 1 对，各有尖锐刚毛 2 或 3 根，背片Ⅰ～Ⅲ各有巨大指状中瘤 1 对，约与触角节Ⅰ等长，各有短刚毛 1 对，背片Ⅳ有小馒状中瘤 1 对，有短刚毛 1 对，背片Ⅴ、Ⅵ有中毛 2 对，背片Ⅶ、Ⅷ各有刚毛 3 对，无中瘤，背片Ⅷ缘域有长软刚毛 3 对。气门圆形开放，气门片淡色不显。头顶长毛长 0.12mm，为毛基斑的 5.00 倍，短毛长 0.07mm；头顶长毛、腹部背片Ⅰ缘毛、背片Ⅷ中毛长分别为触角节Ⅲ直径的 3.30 倍、0.92 倍、1.80 倍。中额隆起呈馒状，额瘤稍隆。触角 6 节，细长，节Ⅰ～Ⅲ光滑，其他节显瓦状纹；全长 1.60mm，为体长的 0.63 倍，节Ⅲ、Ⅵ约等长，末节鞭部为基部的 1.70 倍；有长短不等刚毛，长硬毛顶钝，短毛尖锐，节Ⅰ、Ⅱ、Ⅳ各有长硬毛 1 根，节Ⅲ有长硬毛 2 或 3 根，其他均为短尖刚毛，节Ⅰ～Ⅵ毛数：3 根，3 根，9～12 根，6～8 根，3 或 4 根，（1～3）＋0 根，末节鞭部顶端一般有刚毛 2 对，节Ⅲ长毛长 0.07mm，为该直径的 1.80 倍；节Ⅲ有圆形次生感觉圈 2～4 个，分布于基部 1/3。喙短粗，端部达前、中足基节之间，节Ⅳ＋Ⅴ三角形，长 0.12mm，为后足跗节Ⅱ的 1.10 倍，有次生刚毛 5 对。后足股节长 0.47mm，与触角节Ⅲ等长；后足胫节长 0.98mm，为体长的 0.39 倍，毛长为该节直径的 1.50 倍；跗节Ⅰ毛序：7，7，7。翅脉正常，脉粗，稍镶黑边。腹管短筒形，光滑，显皱纹，全长 0.12mm，为体长的 0.05 倍，为尾片的 1.30 倍。尾片瘤状，有小刺突，正面有横纹，反面有瓦纹，有长曲毛 16～20 根。尾板分裂为两叶，有长曲毛 41～51 根。生殖板有短刚毛 12～14 根。

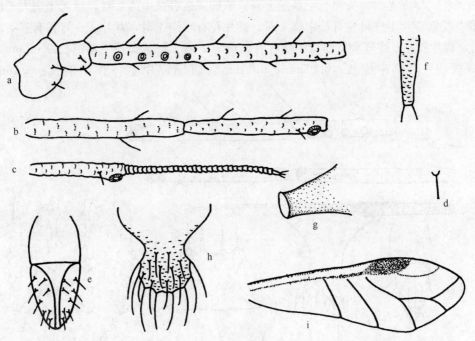

图 163 钉侧棘斑蚜 *Tuberculatus* (*Orientuberculoides*) *capitatus* (Essig *et* Kuwana)
有翅孤雌蚜 (alate viviparous female)

a. 触角节Ⅰ～Ⅲ (antennal segments Ⅰ～Ⅲ)；b. 触角节Ⅳ～Ⅴ (antennal segments Ⅳ～Ⅴ)；c. 触角节Ⅵ (antennal segment Ⅵ)；d. 触角毛 (antennal hair)；e. 喙节Ⅳ＋Ⅴ (ultimate orstral segment)；f. 腹部背片Ⅲ中瘤 (spinal tubercle on abdominal tergite Ⅲ)；g. 腹管 (siphunculus)；h. 尾片 (cauda)；i. 前翅 (fore wing)。

生物学 寄主植物为麻栎 *Quercus acutissima*、槲树 *Q. dentata*、蒙古栎 *Q. mongolica* 及槠 *Castanopsis* sp.。在幼叶背面沿中脉取食，主要集中在近叶柄处。

分布 辽宁（千山）、北京、江苏、山东、四川、云南、台湾；朝鲜，日本。

(131) 方氏侧棘斑蚜 *Tuberculatus* (*Orientuberculoides*) *fangi* (Tseng *et* Tao，1938) **(图 164)**

Tuberculoides fangi Tseng *et* Tao，1983：210.

Tuberculatus tuberculatus Richards，1968：591.

Tuberculatus (*Orientuberculoides*) *fangi* (Tseng *et* Tao)：Hille Ris Lambers，1974：45；Eastop *et* Hille Ris Lambers，1976：440；Zhang，Zhang，*et* Zhong，1990：103；Remaudière *et* Remaudière，1997：228；Quednau，1999：40；Qiao，Zhang *et* Zhong，2005：332.

特征记述

有翅孤雌蚜 体椭圆形，体长 2.59mm，体宽 1.01mm。活体米黄色。玻片标本体淡色，无斑纹。触角淡色，各节间黑色；喙淡色；足淡色，跗节淡褐色；腹管、尾片及尾板淡色。体表光滑。头顶有毛基瘤 2 对，前胸背板有长中瘤 2 对，后部中瘤大于前部中瘤；腹部背片 I～III 各有长中瘤 1 对，背片 IV 有小瘤 1 对，背片 I～VII 各有双突缘瘤 1 对，背片 IV、V 缘瘤大；体背中瘤各有长粗毛 2 或 3 根。头顶毛基瘤长 0.03mm，前胸背板前、后部中瘤长：0.07mm、0.14mm，腹部背片 I～IV 中瘤长：0.16mm，

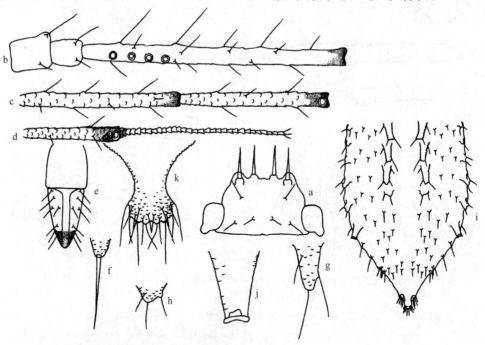

图 164 方氏侧棘斑蚜 *Tuberculatus* (*Orientuberculoides*) *fangi* (Tseng *et* Tao)
有翅孤雌蚜 (alate viviparous female)

a. 头部背面观 (dorsal view of head)；b. 触角节 I～III (antennal segments I～III)；c. 触角节 IV～V (antennal segments IV～V)；d. 触角节 VI (antennal segments VI)；e. 喙节 IV＋V (ultimate rostral segment)；f. 头顶毛 (cephalic hair)；g. 腹部背片 I～III 中瘤 (spinal tubercle on abdominal tergites I～III)；h. 腹部背片 IV 缘瘤 (marginal tubercle on abdominal tergite IV)；i. 腹部背面观 (dorsal view of abdomen)；j. 腹管 (siphunculus)；k. 尾片 (cauda)。

0.15mm，0.17mm，0.04mm。气门圆形关闭，气门片淡色。体背毛粗长，尖锐，腹部腹面多毛，细长，尖锐。头顶及头背前部有长毛 2 对，头背有短毛 3 对；前胸背板有中毛 4 对，侧缘毛 3 或 4 对；腹部背片Ⅰ、Ⅱ各有中侧毛 7 或 8 对，背片Ⅲ～Ⅷ各有中侧毛 3 或 4 对；背片Ⅰ～Ⅴ各有缘毛 3 或 4 对，有时 5 对，背片Ⅵ有缘毛 2 对，背片Ⅶ有缘毛 1 对，背片Ⅷ有毛 4 对。头顶长毛长 0.134mm，为触角节Ⅲ最宽直径的 3.20 倍，头背长毛长 0.06mm，腹部背片Ⅰ缘毛长 0.08mm，背片Ⅷ长毛长 0.13mm。中额不隆，额瘤微隆外倾。触角 6 节，节Ⅳ～Ⅵ有微瓦纹；全长 1.92mm，为体长的 0.74 倍；节Ⅲ长 0.55mm，节Ⅰ～Ⅵ长度比例：15：11：100：61：60：36＋62；触角毛粗，尖锐，节Ⅰ～Ⅵ毛数：2 或 3 根，2 根，13～15 根，6 或 7 根，4 根，2＋0 根，末节鞭部顶端有毛 4 根；节Ⅲ长毛长 0.11mm，为该节最宽直径的 2.50 倍，为短毛的 4.20 倍；节Ⅲ有圆形次生感觉圈 3 或 4 个，分布于基部 1/3。喙端部不达中足基节，节Ⅳ＋Ⅴ楔状，长 0.12mm，为基宽的 1.50 倍，为后足跗节Ⅱ的 1.30 倍，有次生毛 3 或 4 对。股节有微刺突分布，胫节端部 1/4 有密刺突横纹。后足股节长 0.53mm，为触角节Ⅲ的 0.95倍；后足胫节长 1.16mm，为体长的 0.45 倍，后足胫节长毛长 0.10mm，为该节中宽的 1.70 倍。跗节Ⅰ毛序：7，7，7。翅痣有毛；径分脉中部不甚显；2 肘脉粗黑，镶窄黑边。腹管短筒状，光滑，长 0.14mm，为尾片的 0.83 倍。尾片瘤状，有微刺突组成横纹，有长毛 15～18 根。尾板分裂为两叶，有毛 34～38 根。

生物学　寄主植物为麻栎 *Quercus acutissima* 等栎属植物。多在叶片背面取食。

分布　辽宁（沈阳）、山东、广西、四川、台湾；日本，朝鲜。

(132) 卡希侧棘斑蚜 *Tuberculatus* (*Orientuberculoides*) *kashiwae* (Matsumura，1917) （图 165）

Myzocallis kashiwae Matsumura，1917：371.

Myzocallis naracola Matsumura，1918：102.

Tuberculatus (*Orientuberculoides*) *kashiwae* (Matsumura)：Shinji，1941：370；Higuchi，1969：115；Higuchi，1972：48；Hille Ris Lambers，1974：50；Eastop *et* Hille Ris Lambers，1976：440；Zhang，Zhang *et* Zhong，1990：107；Remaudière *et* Remaudière，1997：229；Quednau，1999：37；Qiao，Zhang *et* Zhong，2005：335.

特征记述

有翅孤雌蚜　体椭圆形，体长 1.89mm，体宽 0.74mm。活体黄色。玻片标本淡色，前胸缘域有褐色斑，其他部分无斑纹。触角节Ⅰ外缘褐色，节Ⅲ、Ⅳ各端部黑色；喙淡色，顶端黑色；跗节黑色，足其他部分淡色；腹管、尾片及尾板淡色。体表光滑，缘瘤布满明显小刺突，背片Ⅷ有微刺突瓦纹。头部背面有隆起的毛基瘤 2 对，位于头顶及头背前部，头背后部有短毛 3 对，毛基瘤不显；腹部背片各有背中瘤 1 对，背片Ⅰ中瘤瘤状，背片Ⅱ中瘤宽锥状，背片Ⅲ中瘤扁馒状，背片Ⅱ中瘤大型，其他中瘤不显；背片Ⅰ～Ⅶ各有缘瘤 1 对，背片Ⅱ～Ⅳ缘瘤大，淡色。气门圆形开放，气门片淡色。体背毛短小；头顶有长粗毛 1 对，头部背前部有长毛 1 对，背后部有短毛 3 对，腹面有长尖毛 4 对；前胸背板有短中毛 2 对，缘毛 2 对；腹部背片Ⅰ～Ⅶ各有中毛 1 对，背片Ⅰ～Ⅴ各有缘毛 2 或 3 对，背片Ⅶ有毛 1 对，背片Ⅷ有短毛 3 对。头顶长毛长 0.05mm，为

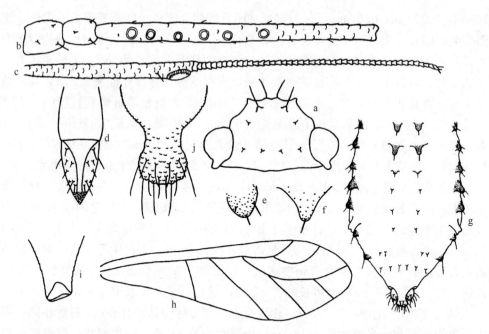

图 165　卡希侧棘斑蚜 *Tuberculatus*（*Orientuberculoides*）*kashiwae*（Matsumura）
有翅孤雌蚜（alate viviparous female）

a. 头部背面观（dorsal view of head）；b. 触角节Ⅰ～Ⅲ（antennal segments Ⅰ～Ⅲ）；c. 触角节Ⅵ
（antennal segment Ⅵ）；d. 喙节Ⅳ＋Ⅴ（ultimate rostral segment）；e. 腹部背片缘瘤（marginal tuber-
cle on abdominal tergites）；f. 腹部背片Ⅱ中瘤（spinal tubercle on abdominal tergite Ⅱ）；g. 腹部背面
观（dorsal view of abdomen）；h. 前翅（fore wing）；i. 腹管（siphunculus）；j. 尾片（cauda）。

触角节Ⅲ最宽直径的 2.00 倍，腹部背片Ⅰ缘毛长 0.01mm，背片Ⅷ毛长 0.03mm。中
额平，额瘤微隆起，外倾。触角 6 节，细长，有瓦纹，长 1.83mm，为体长的 0.96 倍；
节Ⅲ长 0.50mm，节Ⅰ～Ⅵ长度比例：12：10：100：76：63：46＋68；触角毛短，节
Ⅰ～Ⅵ毛数：3 根，3 根，5 根，4 根，3 根，1＋0 根，末节鞭部顶端有毛 4 根，节Ⅲ毛
长为该节最宽直径的 1/3；节Ⅲ有圆形次生感觉圈 3～6 个，位于中部；原生感觉圈有
睫。喙短，端部不达中足基节，节Ⅳ＋Ⅴ两侧略凸短楔状，长 0.08mm，为基宽的 1.50
倍，为后足跗节Ⅱ的 0.77 倍，有次生毛 5 对。股节及胫节端半部有小刺突密布。后足
股节长 0.46mm，为触角节Ⅲ的 0.93 倍；后足胫节长 0.99mm，为体长的 0.52 倍，毛
长与该节中宽约等。跗节Ⅰ各有腹毛 5～7 根。前翅翅脉正常，翅痣淡色，2 肘脉基部
稍镶黑边；后翅 2 条斜脉。腹管短筒状，光滑，无缘突，有切迹，长 0.08mm，长与基
宽约等。尾片瘤状，中部收缩，有微刺突组成瓦纹，长 0.13mm，为腹管的 1.50 倍，
有毛 15 根。尾板分裂为两叶，有毛 26 根。

生物学　寄主植物为橡树 *Quercus* sp.、柞树 *Quercus* sp. 和蒙古栎 *Q. mongolica*。
在叶片背面取食，散居。

分布　辽宁（本溪）、黑龙江（哈尔滨）、北京；朝鲜半岛，俄罗斯，日本。

(133) 白云侧棘斑蚜 *Tuberculatus*（*Orientuberculoides*）*paiki* Hille Ris Lambers，（1972）1974（图 166）

Tuberculatus paiki Hille Ris Lambers，1974：68.

Tuberculatus yokoyamai Zhang，Zhang *et* Zhong，1990：111.

Tuberculatus（*Orientuberculoides*）*paiki* Hille Ris Lambers：Eastop *et* Hille Ris Lambers，1976：440；Remaudière *et* Remaudière，1997：229；Quednau，1999：39；Qiao，Zhang *et* Zhong，2005：337.

特征记述

有翅孤雌蚜　体椭圆形，体长 1.95mm，体宽 0.82mm。活体淡色。玻片标本淡色，前胸背板侧缘域有 1 个黑色纵斑，其他部分无斑纹。触角淡色，节Ⅲ～Ⅵ各顶端黑色；喙淡色，顶端褐色；足淡色，跗节褐色；腹管端部 1/3 褐色；尾片、尾板及生殖板淡色。体表光滑。头背毛基斑隆起；前胸背板有中瘤 1 对，长 0.06mm，顶端有短毛 1 根；腹部背片Ⅰ～Ⅲ各有淡色长锥状中瘤 1 对，长分别为：0.07mm、0.08mm、0.09mm；背片Ⅱ～Ⅴ各有缘瘤 1 对，背片Ⅴ缘瘤大型，宽锥状。气门圆形开放，气门

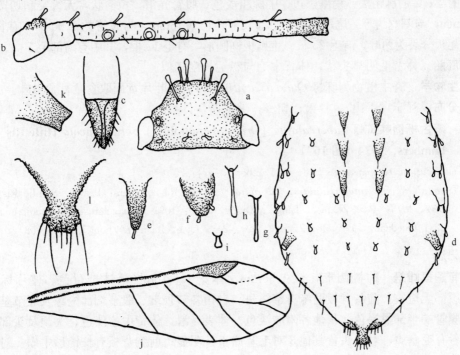

图 166　白云侧棘斑蚜 *Tuberculatus*（*Orientuberculoides*）*paiki* Hille Ris Lambers
有翅孤雌蚜（alate viviparous female）

a. 头部背面观（dorsal view of head）；b. 触角节Ⅰ～Ⅲ（antennal segments Ⅰ～Ⅲ）；c. 喙节Ⅳ＋Ⅴ（ultimate rostral segment）；d. 腹部背面观（dorsal view of abdomen）；e. 腹部背片Ⅲ背瘤（dorsal tubercle on abdominal tergite Ⅲ）；f. 腹部背片Ⅳ缘瘤（marginal tubercle on abdominal tergite Ⅳ）；g. 体背毛（dorsal hair of body）；h. 头顶毛（cephalic hair）；i. 腹部背片Ⅲ毛（hair on abdominal tergite Ⅲ）；j. 前翅（fore wing）；k. 腹管（siphunculus）；l. 尾片（cauda）.

片淡色。体背毛粗钉毛状，长短不等，腹部腹面多尖锐长毛。头顶有眼前长钉毛2对，短钝毛1对，后背毛2对；前胸背板有中毛2对，侧毛1对，缘毛2对；腹部背片Ⅰ～Ⅴ各有中、侧毛1对，背片Ⅵ有中毛1对，背片Ⅶ有中毛2对，背片Ⅴ、Ⅶ各有缘毛1对，背片Ⅱ～Ⅳ各有缘毛2对，背片Ⅷ有长毛5对。头顶毛及前胸背板前部毛长0.07mm，为触角节Ⅲ最宽直径的2.70倍；头背后部毛长0.01mm，前胸背板毛长0.01～0.02mm，中胸背板长毛长0.06mm，腹部背片Ⅰ～Ⅴ毛长0.008～0.011mm，背片Ⅷ毛长0.04mm，腹部腹面毛长0.05mm。头顶平。触角6节，节Ⅲ～Ⅵ有瓦纹，节Ⅲ长0.47mm，节Ⅵ缺失，节Ⅰ～Ⅴ长度比例：14∶11∶100∶58∶48；节Ⅰ～Ⅴ毛数：2或3根、2根、7或8根、3根、2根，节Ⅲ内缘毛钉毛状，外缘毛短尖，长毛长0.01mm，为该节最宽直径的0.40倍；节Ⅲ有圆形次生感觉圈3或4个，分布于基部1/2。喙端部不达中足基节，节Ⅳ＋Ⅴ短楔状，长0.09mm，为基宽的1.60倍，与后足跗节Ⅱ约等长，有次生毛3对。股节及胫节有刺突组成横纹。后足股节长0.42mm，为触角节Ⅲ的0.90倍；后足胫节长0.90mm，为体长的0.46倍，后足胫节毛长与该节中宽约等或稍短；跗节Ⅰ毛序：5，5，5。翅脉正常，翅痣有粗短钉毛3或4根，径分脉两端明显有晕；2肘脉粗黑，稍镶黑边，中脉粗淡色。腹管光滑，短筒状，无缘突和切迹，长0.09mm，与基宽约等。尾片瘤状，中部收缩，长0.13mm，为腹管的1.50倍，有长毛9根。尾板分裂为两叶，有毛25根。生殖板椭圆形，有毛12根，其中有前部毛1对。

胚胎 体背毛明显头状，体背中毛与缘毛长度相似。

生物学 寄主植物为麻栎 *Quercus acutissima*，在叶片背面取食，喜食嫩叶。

分布 辽宁（千山）、甘肃；朝鲜，俄罗斯，日本。

(134) 蒙古栎侧棘斑蚜 *Tuberculatus* (*Orientuberculoides*) *paranaracola* Hille Ris Lambers, 1974 （图167）

Tuberculatus paranaracola Hille Ris Lambers, 1974: 75.

Tuberculatus (*Orientuberculoides*) *paranaracola* Hille Ris Lambers: Eastop *et* Hille Ris Lambers, 1976: 440; Zhang, Zhang *et* Zhong, 1990: 109; Remaudière *et* Remaudière, 1997: 229; Quednau, 1999: 38; Zhang, 1999: 243; Qiao, Zhang *et* Zhong, 2005: 338.

特征记述

有翅孤雌蚜 体椭圆形，长2.36mm，体宽1.02mm。活体金黄色。玻片标本淡色，腹部无斑纹，前胸背板两缘有窄纵斑。触角各节顶端、股节端部内缘及胫节基部褐色，腹管端半部黑褐色，其他各附肢淡色。体表光滑，体背中瘤淡色；头顶及头部背面前部各有毛基瘤1对，头背其他3对毛基瘤不甚明显；前胸背板有长锥形中瘤1对；腹部背片Ⅰ～Ⅲ各有长锥形中瘤1对，背片Ⅰ～Ⅶ各有淡色缘瘤，背片Ⅲ、Ⅳ缘瘤大。体背毛粗短，钝顶或头状；头部有头顶复眼前长钉毛1对，短钝毛1对，后背短钝毛3对；前胸背板有中侧短毛3对，其中中瘤顶端各有1根，缘毛2对；中胸背板有头状毛7对；腹部背片Ⅰ～Ⅲ各中瘤顶端有短粗毛1根，背片Ⅳ有中侧短毛3或4对，背片Ⅴ～Ⅶ分别有中侧毛：4根，3根，5根，背片Ⅰ～Ⅶ各有缘毛2～4对，背片Ⅷ有毛5对。头顶毛长0.11mm，为触角节Ⅲ最宽直径的3.40倍；头背前部长毛长0.10mm，后部长毛长0.02mm。腹部背片Ⅰ长缘毛长0.03mm，腹部背片Ⅷ中毛长0.04mm，缘

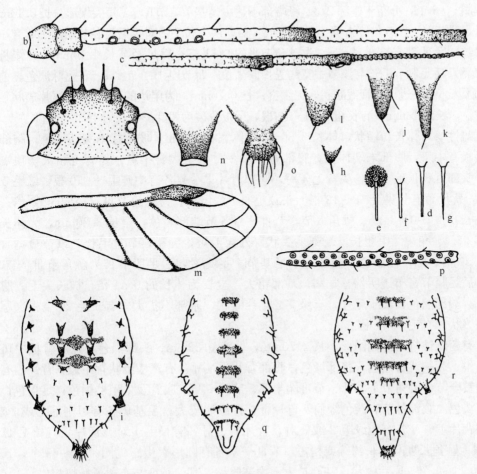

图 167　蒙古栎侧棘斑蚜 *Tuberculatus* (*Orientuberculoides*) *paranaracola* Hille Ris Lambers

有翅孤雌蚜（alate viviparous female）

a. 头部背面观（dorsal view of head）；b. 触角节Ⅰ～Ⅳ（antennal segments Ⅰ～Ⅳ）；c. 触角节Ⅴ～Ⅵ
（antennal segments Ⅴ～Ⅵ）；d. 头部背刚毛（dorsal hair of head）；e. 头部背中瘤（dorsal spinal tubercle
on head）；f. 体背毛（dorsal hair of body）；g. 腹部背片Ⅷ毛（dorsal hair on andominal tergite Ⅷ）；h. 前
背板后中瘤（posterior spinal tubercle on pronotum）；i. 腹部背面观（dorsal view of abdomen）；j. 腹部背
片Ⅰ中瘤（spinal tubercle on abdominal tergiteⅠ）；k. 腹部背片Ⅲ中瘤（spinal tubercle on abdominal tergi-
teⅢ）；l. 腹部背片Ⅳ缘瘤（marginal tubercle on abdominal tergite Ⅳ）；m. 前翅（fore wing）；n. 腹管
（siphunculus）；o. 尾片（cauda）.

雄性蚜（male）

p. 触角节Ⅲ（antennal segment Ⅲ）；q. 腹部背面观（dorsal view of abdomen）.

雌性蚜（oviparous female）

r. 腹部背面观（dorsal view of abdomen）.

毛长 0.05mm。中额及额瘤隆起，不高于头顶毛基瘤。触角 6 节，微有小刺突瓦纹，节
Ⅰ内缘端部突凸；全长 2.20mm，为体长的 0.93 倍；节Ⅲ长 0.64mm，节Ⅰ～Ⅵ长度
比例：13：9：100：65：59：35＋60；节Ⅰ～Ⅵ毛数：3 根，2 或 3 根，12 或 13 根，
3～5 根，1 或 2 根，0 或 1＋0 或 1 根，节Ⅲ毛长为该节最宽直径的 1/2；节Ⅲ有圆形次生

感觉圈3~6个，分布于基部2/5。喙端部不达中足基节，节Ⅳ＋Ⅴ短尖楔形，长0.10mm，为后足跗节Ⅱ的0.95倍，有原生长毛2或3对，次生长毛3对。后足胫节端部1/4有小刺突横纹。后足股节长0.52mm，为触角节Ⅲ的0.81倍；后足胫节长1.10mm，为体长的0.47倍，后足胫节毛长与该节中宽约等长或稍长；跗节Ⅰ毛序：7，7，7。翅脉淡色，前翅2肘脉基部镶黑边。腹管截断状，无缘突；长0.10mm，为尾片的0.80倍。尾片瘤状，中部收缩，长0.13mm，有长粗毛11~13根。尾板分裂为两叶，有长短毛27~31根。

雌性蚜 体长纺锤状，体长3.30mm，体宽1.20mm。玻片标本头部淡色，胸部各节背板有中斑，腹部末端伸长，腹部背片Ⅰ~Ⅴ各有大背中斑。体背毛粗大，顶端头状。头部有头顶毛1对，头背毛4对，腹部背片Ⅰ~Ⅶ各有中侧毛8~10根，缘毛3或4对，背片Ⅷ有长尖毛12~16根。头顶毛长0.14mm，为触角节Ⅲ直径的3.80倍；体背毛长0.10~0.13mm。触角6节，节Ⅲ~Ⅵ各节端部黑色，全长2.20mm，为体长的0.65倍；触角内缘毛粗长，端部毛头状，外缘毛短，尖锐，节Ⅲ毛长为该节最宽直径的2.20倍。喙顶端黑色，端部达中足基节。足光滑，后足股节长为触角节Ⅲ的1.20倍；后足胫节密布透明伪感觉圈，基部粗大，全长为体长的0.44倍，被长尖毛。腹管褐色，端部黑色；长于尾片，有缘突。尾片瘤状，基部不扩大，有长毛20余根。尾板呈高馒状，有毛60余根。

有翅雄性蚜 体椭圆形，长2.70mm，体宽0.82mm。头部黑色，前胸背板中斑黑色，中、后胸背板黑色，腹部淡色，腹部背片Ⅰ~Ⅶ各有宽横带状背中斑，背片Ⅷ有横带横贯全节。触角节Ⅰ、Ⅱ、节Ⅲ端半部、节Ⅳ~Ⅵ、腹管及生殖器黑色；足褐色；毛基斑淡色。腹部各节有淡色缘瘤，背片Ⅲ、Ⅳ缘瘤较大。毛基斑各有短刚毛1或2对，腹部背片Ⅰ~Ⅴ各有短缘毛2或3对，背片Ⅵ、Ⅶ各有长毛1对，背片Ⅷ有长毛12~14根。触角长度与体长约等或稍短，节Ⅲ~Ⅴ各有圆形次生感觉圈：38~43个，15~18个，1~3个。尾片瘤状，基部扩大，中部收缩。其他特征与有翅孤雌蚜相似。

胚胎 体背毛顶端球状，中毛长为缘毛的1/5。体缘毛及头顶毛明显头状，腹部背片Ⅰ~Ⅵ中毛细短尖，背片Ⅶ~Ⅷ毛粗长，头状。

生物学 寄主植物为橡树 *Quercus* sp. 和蒙古栎 *Q. mongolica*；在叶片背面取食。

分布 辽宁（千山、铁岭）、北京、山东；朝鲜，俄罗斯，日本。

(135) 半毛侧棘斑蚜 *Tuberculatus* (*Orientuberculoides*) *paranaracola hemitrichus* Hille Ris Lambers, 1974（图168）

Tuberculatus paranaracola hemitrichus Hille Ris Lambers，1974：77.

Tuberculatus (*Orientuberculoides*) *paranaracola hemitrichus* Hille Ris Lambers：Eastop *et* Hille Ris Lambers，1976：440；Zhang，Zhang *et* Zhong，1990：109；Remaudière *et* Remaudière，1997：229；Quednau，1999：38；Qiao，Zhang *et* Zhong，2005：340.

特征记述

有翅孤雌蚜 体椭圆形，长2.23mm，体宽0.81mm。活体淡黄色。玻片标本淡色，无斑纹。触角节Ⅰ外端淡褐色，节Ⅲ~Ⅵ各端部黑色；喙淡色，顶端黑色；足淡色，跗节灰色；腹管淡色，端部1/3黑色；尾片、尾板淡色。腹部背片中瘤及缘瘤明显，腹部背片Ⅰ~Ⅲ各有长锥状中瘤1对，瘤长0.08~0.13mm，背片Ⅳ~Ⅵ无中瘤，

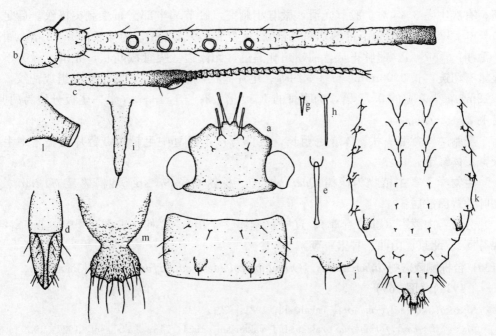

图 168　半毛侧棘斑蚜 *Tuberculatus* (*Orientuberculoides*) *paranaracola hemitrichus*
Hille Ris Lambers

有翅孤雌蚜（alate viviparous female）

a. 头部背面观（dorsal view of head）；b. 触角节Ⅰ～Ⅲ（antennal segments Ⅰ～Ⅲ）；c. 触角节Ⅵ（antennal
segment Ⅵ）；d. 喙节Ⅳ＋Ⅴ（ultimate rostral segment）；e. 头顶毛（cephalic hair）；f. 前胸背板背面观
（dorsal view of pornotum）；g. 体背毛（dorsal hair of body）；h. 腹部背片Ⅷ毛（hair on abdominal tergite Ⅷ）；
i. 腹部背片Ⅰ中瘤（spinal tubercle on abdominal tergite Ⅰ）；j. 腹部背片Ⅶ中瘤（spinal tubercle on abdominal
tergite Ⅶ）；k. 腹部背面观（dorsal view of abdomen）；l. 腹管（siphunculus）；m. 尾片（cauda）。

背片Ⅶ中瘤宽扁形；背片Ⅰ～Ⅶ各有缘瘤1对，背片Ⅱ～Ⅵ缘瘤大型瘤状，其他各节缘
瘤馒状。体表光滑，各缘瘤及中瘤微有刺突分布。气门小圆形关闭，气门片淡色。体背
毛粗，长短不齐，头顶有粗长钝或尖毛2对，毛基明显隆起，头背有短毛3对，前部毛
基稍隆，粗大，背中毛短小，毛基不甚隆起，后部毛极短，尖锐；前胸背板有背中瘤毛
1对，中侧毛2对，缘毛2对；腹部背片Ⅰ～Ⅲ各中瘤顶端有短毛1根，背片Ⅳ～Ⅵ各
有短毛1或2对，背片Ⅶ有中瘤毛1对；背片Ⅰ有短缘毛2对，背片Ⅱ～Ⅴ各有缘毛3
或4对，有时5对，背片Ⅵ～Ⅶ各有长缘毛1对，背片Ⅷ有背中短毛2对，长缘毛3或
4对。头顶及头背前部长毛长0.95mm，为触角节Ⅲ最宽直径的3.20倍。腹部背片Ⅰ毛
长0.01～0.03mm，背片Ⅷ背中毛长0.05mm，长缘毛长0.09mm。中额平，额瘤微隆
外倾，与头顶毛基瘤平行。触角6节，细长，有瓦纹，节Ⅰ内端隆起，全长2.21mm，
与体长约等；节Ⅲ长0.65mm，节Ⅰ～Ⅵ长度比例：11∶8∶100∶67∶66∶35＋52；触
角毛粗短钝顶，节Ⅰ～Ⅵ毛数：3或4根，2或3根，10～14根，4～7根，2～4根，
1＋0根，末节鞭部顶端有毛3或4根；节Ⅲ毛长为该节最宽直径的1/3；节Ⅲ有圆形次
生感觉圈3～5个，分布于基部1/3～1/2，节Ⅴ、Ⅵ原生感觉圈有睫。喙端部不达中足
基节，节Ⅳ＋Ⅴ两侧微凸楔状，长0.10mm，为基宽的1.60倍，为后足跗节Ⅱ的0.91

倍；有次生毛 3～5 对。股节光滑，微有小刺突，胫节端半部密布小刺突横纹。后足股节长 0.58mm，为触角节Ⅲ的 0.90 倍；后足胫节长 1.23mm，为体长的 0.55 倍；跗节Ⅰ毛序：7，7，7。翅脉正常，前翅翅脉黑色，无镶边。腹管截断状，光滑，缘突不甚显，有切迹，长 0.08mm，与基宽约等。尾片瘤状，中部收缩，有小刺突组成瓦纹，长 0.12mm，为基宽的 0.77 倍，为腹管的 1.50 倍，有长毛 13～15 根。尾板分裂为两叶，有毛 22～26 根。

胚胎　体背毛头状，体缘毛粗长；腹部背片Ⅰ～Ⅵ中毛较短，背片Ⅶ、Ⅷ中毛粗长，似体缘毛。

生物学　寄主植物为橡树 *Quercus* sp.、栎树 *Quercus* sp. 和椴树 *Tilia tuan* 等。在叶片背面散居。

分布　内蒙古（鄂伦春旗）、辽宁（本溪、千山）、吉林（安图）、黑龙江（富锦、绥芬河）、北京、山西、甘肃；朝鲜。

(136) 台栎侧棘斑蚜 *Tuberculatus* (*Orientuberculoides*) *querciformosanus* (Takahashi, 1921)（图 169）

Myzocallis querciformosanus Takahashi, 1921：72.

Myzocallis querciformosanus Takahashi：Takahashi, 1924：713；Takahashi, 1927：19.

Tuberculoides querciformosanus (Takahashi)：Takahashi, 1931：82.

Tuberculatus (*Orientuberculoides*) *querciformosanus* (Takahashi)：Moritsu, 1953：8；Richards, 1968：586；Higuchi, 1969：118；Higuchi, 1972：49；Eastop *et* Hille Ris Lambers, 1976：440；Zhang, Zhang *et* Zhong, 1990：110；Remaudière *et* Remaudière, 1997：229；Quednau, 1999：37；Qiao, Zhang *et* Zhong, 2005：343.

特征记述

有翅孤雌蚜　体椭圆形，体长 2.28mm，体宽 0.84mm。活体蜡白色或淡黄色。玻片标本淡色。触角节Ⅲ～Ⅵ各端部、喙顶端及各足跗节黑色，其他附肢淡色。体表光滑，有明显淡色背瘤。头部有头顶毛基瘤 1 对，头背前部毛基瘤 2 对，头背后部有几乎不隆起的毛基斑 2 对；前胸背板后部有长锥形中瘤 1 对，背前方有隆起毛基瘤 2 对，各缘域有透明小圆瘤 2 或 3 个；中、后胸背板无中瘤；腹部背片Ⅰ～Ⅲ各有长锥形中瘤 1 对，长度分别为：0.11mm，0.13mm，0.24mm；背片Ⅳ有明显小中瘤 1 对，背片Ⅴ～Ⅷ各有微隆起的不明显中瘤 1 对；背片Ⅰ～Ⅶ各有半球形缘瘤 1 对，背片Ⅱ～Ⅳ缘瘤大型。体背毛顶端头状，头状部宽为基部最细处的 2.00 倍。头部有头顶长毛 1 对，头背前部长毛 2 对，头背后部短毛 2 对；头背长毛长 0.10～0.13mm，短毛长 0.01～0.02mm；前胸背板有中毛 3 对，缘毛 2 对；中胸背板有长短毛 10 对，长毛长 0.12mm，长毛长为短毛的 4.00 倍；后胸背板有短毛 3 对；腹部背片Ⅰ～Ⅶ各有中毛 2 或 3 对，缘毛 3～5 对，背片Ⅷ有毛 10 根。头顶毛长为触角节Ⅲ最宽直径的 4.00 倍；腹部背片Ⅰ毛长 0.03mm，背片Ⅷ毛长 0.04mm。气门肾形关闭，气门片淡色。中额及额瘤微隆起，不及毛基瘤高。触角 6 节，节Ⅰ、Ⅱ内缘突起，有瓦纹，全长 2.10mm，为体长的 0.91 倍；节Ⅲ长 0.61mm，节Ⅰ～Ⅵ长度比例：14：10：100：74：58：30＋59；触角毛头状，内缘毛粗大，节Ⅰ～Ⅵ毛数：3 根，2 根，5 根，2 根，1 根，0 根；节

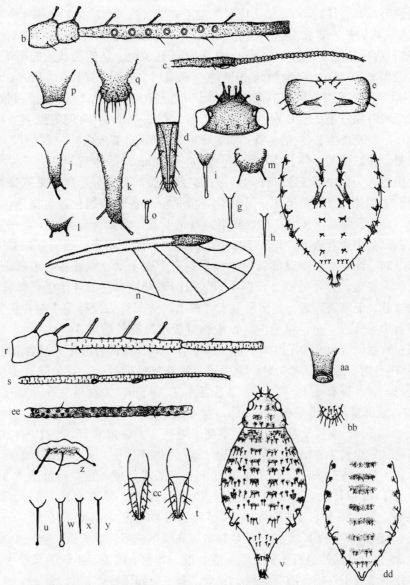

图 169 台栎侧棘斑蚜 *Tuberculatus* (*Orientuberculoides*) *querci formosanus* (Takahashi)

有翅孤雌蚜 (alate viviparous female)

a. 头部背面观 (dorsal view of head); b. 触角节 I～III (antennal segments I～III); c. 触角节 VI (antennal segment VI); d. 喙节 IV＋V (ultimate rostral segment); e. 前胸背板 (pronotum); f. 腹部背面观 (dorsal view of abdomen); g. 体背刚毛 (dorsal hair of body); h. 腹部腹面毛 (ventral hair on abdomen); i. 头部背面前瘤 (anterior tubercle on dorsal of head); j. 腹部背片 I～II 中瘤 (spinal tubercle on abdominal tergites I～II); k. 腹部背片 III 背瘤 (dorsal tubercle on abdominal tergite III); l. 腹部背片 IV 中瘤 (spinal tubercle on abdominal tergite IV); m. 腹部背片 IV 缘瘤 (marginal tubercle on abdominal tergite IV); n. 前翅 (fore wing); o. 翅痣毛 (hair on pterostigma); p. 腹管 (siphunculus); q. 尾片 (cauda)。

雌性蚜 (oviparous female)

r. 触角节 I～IV (antennal segments I～IV); s. 触角节 V～VI (antennal segments V～VI); t. 喙节 IV＋V (ultimate rostral sgement); u. 头部背瘤 (dorsal tubercle on head); v. 腹部背面观 (dorsal view of abdomen); w. 体背毛 (dorsal hair of body); x. 腹部背片 VIII 毛 (dorsal hair on abdominal tergite VIII); y. 腹部腹面毛 (ventral hair on abdomen); z. 腹部背片 II 中瘤 (spinal tubercle on abdominal tergite II); aa. 腹管 (siphunculus); bb. 尾片 (cauda)。

4 龄无翅雌性若蚜 (4th instar nymph of oviparous female)

cc. 喙节 IV＋V (ultimate rostral sgement); dd. 腹部背面观 (dorsal view of abdomen)。

雄性蚜 (male)

ee. 触角节 III (antennal segment III)。

Ⅲ毛长为该节最宽直径的 1.25 倍,位于毛瘤上;节Ⅲ有圆形次生感觉圈 4~7 个,分布于基部 3/5。喙尖长,端部不达中足基节;节Ⅳ+Ⅴ长尖锥形,长 0.18mm,长为基宽的 3.10 倍,为后足跗节Ⅱ的 1.75 倍,有次生刚毛 3 对。足毛头状。胫节端部有小刺突。后足股节长 0.57mm,为触角节Ⅲ的 0.93 倍;后足胫节长 1.34mm,为体长的 0.58 倍,后足胫节毛长为该节中宽的 1.30 倍;跗节Ⅰ各有毛 7~9 根。翅脉淡色,无昙。翅痣后缘有粗钉毛 7 或 8 根。腹管短筒形,长 0.09mm,有明显缘突。尾片瘤状,长 0.11mm,为腹管的 1.20 倍,有长短毛 13 根。尾板分裂成两叶,有毛 27 根。

雌性蚜 体纺锤状,体长 3.10mm,体宽 1.30mm。活体暗紫色。玻片标本淡色,头部骨化黑色,头部中缝淡色,伸达后缘;胸部、腹部有明显黑斑,毛基斑黑色隆起;腹部淡色,末端伸长。触角节Ⅰ、Ⅱ骨化,节Ⅲ~Ⅵ各端部黑色,足褐色,喙节Ⅳ+Ⅴ、腹管、尾片及尾板灰褐色。体表光滑,背斑明显。前胸背板有 2 个宽横带状中斑,各带有时断离;中胸背板有“田”字形中斑,侧斑与缘斑相连;后胸背板有中斑 1 对,小型侧斑 2 对,缘斑大型;腹部背片Ⅰ~Ⅵ各有中斑 1 对,侧域各有毛基斑 2~5 对,各节有大圆形缘斑,背片Ⅵ、Ⅶ缘斑小。气门圆形开放,气门片黑色。体背毛骨化粗大,顶端球状,毛基斑隆起,呈馒形置于背斑上。头部有头顶有毛 1 对,头背毛 4 对;前胸背板有中毛 3 或 4 对,缘毛 1 对,中胸背板中域有长短毛 10~13 对,侧毛 2 对,缘毛 4 或对,后胸背板有中毛 5 对,侧、缘毛各 3 对;腹部背片Ⅰ~Ⅵ各有中毛 3 或 4 对,侧毛 3~5 对,缘毛 2 或 3 对,背片Ⅶ、Ⅷ有较短尖锐毛,背片Ⅶ有中侧毛 8 根,长缘毛 1 对,背片Ⅷ有毛 16~20 根。头顶毛长 0.13mm,为触角节Ⅲ最宽直径的 3.00~4.00 倍,腹部背片Ⅰ缘毛长 0.13mm;背片Ⅰ中毛长 0.16mm,短毛长 0.06mm,背片Ⅷ毛长 0.07mm。中额及额瘤微隆,不高于毛基瘤。触角 6 节,节Ⅰ内缘端部突凸,各节有微瓦纹;全长 1.60mm,为体长的 0.51 倍;节Ⅲ长 0.41mm,节Ⅰ~Ⅵ长度比例:20:16:100:68:64:36+77;节Ⅲ有头状长毛 3 或 4 根,短毛 2 或 3 根,其他各节有短毛 1~3 根,长毛长为该节最宽直径的 2.20 倍,短毛为其 1/3~1/5。喙端部达中足基节,节Ⅳ+Ⅴ长锥形,长与后足跗节Ⅱ约等长,有刚毛 6 对。后足股节长 0.54mm,为触角节Ⅲ的 1.30 倍;后足胫节密布圆形透明伪感觉圈,全长 1.02mm,为体长的 0.32 倍,基部外缘有头状长毛 4 或 5 根,其他毛尖锐,毛长为该节中宽的 1.30 倍;后足跗节Ⅰ有毛 5 根。腹管筒状、光滑,有缘突和切迹,长 0.12mm,长为尾片的 2.00 倍。尾片瘤状,长与基宽约等,有长毛 22~25 根。尾板宽锥状,有毛 70 余根。

4 龄无翅雌性若蚜 体椭圆形,体长 2.20mm,体宽 1.00mm。玻片标本体背有黑色斑,毛基斑隆起,位于斑纹上;中胸背板有中斑 2 对,后胸背板至腹部背片Ⅶ各有中斑 1 对,侧斑零星分散,有大型缘斑,背片Ⅷ有横带斑。体背长毛,顶端球状。触角 6 节,全长 1.30mm,为体长的 0.58 倍;节Ⅲ长 0.28mm;节Ⅰ~Ⅵ长度比例:26:22:100:76:85:52+100;节Ⅲ毛长短不等,长毛长为该节最宽直径的 1.90 倍。喙节Ⅳ+Ⅴ有刚毛 11~16 对。足光滑,胫节毛长,尖锐;跗节Ⅰ有毛 5~7 根。腹管淡色,短筒状,长为尾片的 1.20 倍。尾片半球状,有毛 20~51 根。尾板末端圆形或平顶状,有毛 45~68 根。其他特征与雌性蚜相似。

有翅雄性蚜 体长椭圆形,体长 2.30mm,体宽 0.77mm。活体草黄色。玻片标本头部、胸部黑色，腹部淡色，腹部背片Ⅰ～Ⅷ各中斑宽横带状，缘斑独立，背片Ⅲ、Ⅳ缘瘤明显，各斑布满粗小刺突。头部及胸部背毛为头状长毛；腹部背毛为硬尖锐毛；腹部背片Ⅰ～Ⅶ各有中毛2对，背片Ⅰ～Ⅴ各有缘毛2或3对，背片Ⅵ、Ⅶ各有缘毛1对，背片Ⅷ有毛7～10根。触角6节，全长2.30mm，与体长约等；节Ⅲ～Ⅵ各有圆形次生感觉圈：35～51个，13～18个，8～11个，1或2个。翅脉正常，粗黑。腹管骨化，短于尾片。尾片瘤状，尾板末端平方形。生殖器黑色。

生物学 寄主植物为蒙古栎 *Quercus mongolica*、橡树 *Quercus* sp.、麻栎 *Q. acutissima* 及槲树 *Q. dentata* 等。在叶片背面散居。

分布 辽宁（丹东）、北京、河北、山东、陕西、台湾；朝鲜，俄罗斯，日本。

(137) 横侧棘斑蚜 *Tuberculatus* (*Orientuberculoides*) *yokoyamai* (Takahashi, 1923)
(图 170)

Myzocallis yokoyamai Takahashi, 1923：63.

Tuberculatus konaracola hangzhouensis Zhang, Zhang et Zhong, 1990：108.

Tuberculatus konaracola hangzhouensis Zhang, Zhang et Zhong：Quednau, 1999：39.

Tuberculatus (*Orientuberculoides*) *yokoyamai* (Takahashi)：Richards, 1968：593；Higuchi, 1969：120；Higuchi, 1972：49；Hille Ris Lambers, 1974：79；Eastop et Hille Ris Lambers, 1976：440；Zhang, Zhang et Zhong, 1990：110；Remaudière et Remaudière, 1997：229；Quednau, 1999：39；Qiao, Zhang et Zhong, 2005：346.

特征记述

有翅孤雌蚜 体卵圆形，体长2.70mm，体宽1.10mm。活体头部、胸部深黄色，腹部浅黄色，腹部背片Ⅲ中瘤灰黑色。玻片标本体淡色，触角节Ⅲ～Ⅵ端部、喙顶端、前足胫节及中、后足胫节内缘、腹部背片Ⅲ中瘤端半部、腹管端半部黑色，其他部分淡色。体表光滑。头顶及头背前部各有毛基瘤隆起1对，其他3对毛基瘤几乎不隆起；前胸背板有短中瘤1对，中、后胸背板无瘤；腹部背片Ⅰ～Ⅳ各有中瘤1对，背片Ⅲ中瘤长锥形，与尾片约等长，背片Ⅰ～Ⅳ各中瘤长度为：0.07mm，0.09mm，0.14mm，0.03mm，背片Ⅴ～Ⅷ中瘤微隆，不明显；背片Ⅰ～Ⅳ各有缘瘤1对，背片Ⅳ缘瘤稍小，长0.04mm，为触角Ⅱ的0.71倍。气门圆形开放，气门片淡色。体背毛头状；头部背面有毛5对；前胸背板有中毛2对，侧毛1对，缘毛2对，中胸背板有毛8对，后胸背板有毛1对；腹部背片Ⅰ～Ⅶ各有中毛4或5根，背片Ⅰ～Ⅴ各有缘毛2或3对，背片Ⅵ、Ⅶ各有缘毛2～4根，背片Ⅷ有毛10或11根。头顶毛长0.12mm，为触角节Ⅲ最宽直径的2.90倍，与后足跗节Ⅱ约等长，头背短毛长0.02mm；中胸背板长毛为短毛的1.00～2.00倍；腹部背片Ⅰ毛长0.02mm，背片Ⅷ毛长0.07mm。中额微隆，额瘤隆起。触角6节，节Ⅰ内缘隆起，光滑，节Ⅲ、Ⅳ有微刺突瓦纹；全长2.30mm，为体长的0.83倍，节Ⅲ长0.68mm，节Ⅰ～Ⅵ长度比例：13：10：100：62：57：31+59；触角有短头状毛，节Ⅰ～Ⅵ毛数：3根，2或3根，5～8根，2或3根，2根，1+0根，末节鞭部顶端有短尖毛3或4根，节Ⅲ长毛长0.05mm，为该节最宽直径的1.30倍；节Ⅲ有圆形次生感觉圈6～10个，分布于基部1/3～3/5。喙短粗，端部超过前足基节，节Ⅳ+Ⅴ短楔状，长0.10mm，为基宽的1.40倍，为后足跗节Ⅱ的0.85倍，有次生毛 2 或 3 对。足光滑，胫节端部 1/3 有小刺突分布；足外缘毛头状，内缘大部分为粗尖毛。后足股节长 0.60mm，为触角节Ⅲ的 0.89 倍；后足胫节长 1.24mm，为体长的 0.46 倍，后足胫节毛长为该节中宽的 1.30 倍；跗节Ⅰ毛序：7，7，7。翅痣淡色，有尖锐毛 5～7 根，径分脉两端镶边，2 肘脉镶黑边；后翅脉淡色。腹管筒状，端部 1/3 有小刺突横纹，全长 0.10mm。尾片瘤状，长 0.12mm，为腹管的 1.20 倍，有长短毛 13 或 14 根。尾板分裂为两叶，有毛 27～31 根。

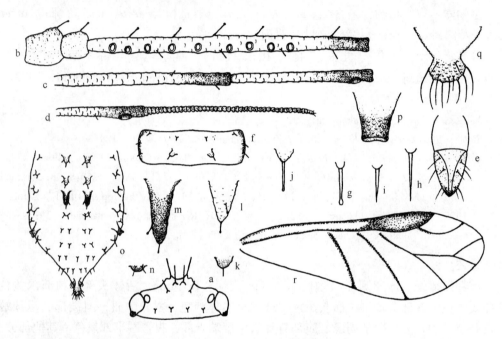

图 170　横侧棘斑蚜 *Tuberculatus* (*Orientuberculoides*) *yokoyamai* (Takahashi)
有翅孤雌蚜（alate viviparous female）

a. 头部背面观 (dorsal view of head)；b. 触角节Ⅰ～Ⅲ (antennal segments Ⅰ～Ⅲ)；c. 触角节Ⅳ～Ⅴ (antennal segments Ⅳ～Ⅴ)；d. 触角节Ⅵ (antennal segment Ⅵ)；e. 喙节Ⅳ＋Ⅴ (ultimate rostral segment)；f. 前胸背板 (pronotum)；g. 体背刚毛 (dorsal hair of body)；h. 腹部腹面毛 (ventral hair on abdomen)；i. 腹部背片Ⅷ毛 (hair on andominal tergite Ⅷ)；j. 头部背瘤 (dorsal tubercle on head)；k. 前胸背板后中瘤 (postrior spinal tubercle on pronotum)；l. 腹部背片Ⅰ中瘤 (spinal tubercle on abdominal tergite Ⅰ)；m. 腹部背片Ⅲ中瘤 (spinal tubercle on abdominal tergite Ⅲ)；n. 腹部背片Ⅳ中瘤 (spinal tubercle on abdominal tergite Ⅳ)；o. 腹部背面观 (dorsal view of abdomen)；p. 腹管 (siphunculus)；q. 尾片 (cauda)；r. 前翅 (fore wing)。

生物学　寄主植物为蒙古栎 *Quercus mongolica* 和麻栎 *Q. acutissima*。在叶片背面散居。

分布　辽宁（丹东）、吉林、浙江、福建、甘肃；朝鲜，俄罗斯，日本。

（九）新叶蚜亚科 Neophyllaphidinae

无翅孤雌蚜体表无突起，头部与前胸愈合。复眼由 3 个或多个小眼面组成。触角末节鞭部长为基部的 1/5～1/3。喙节Ⅳ＋Ⅴ无次生毛。足胫节端毛与该节其他毛相近；跗节Ⅰ通常无背毛。尾片典型的瘤状，尾板双裂。生殖突通常 4 个。

该亚科广泛分布在南半球热带和温带地区。

世界已知 1 属 2 亚属，中国已知 1 属 1 亚属 3 种，本志记述 1 属 1 种。

52. 新叶蚜属 *Neophyllaphis* Takahashi，1920

Neophyllaphis Takahashi，1920：20. **Type species**：*Neophyllaphis podocarpi* Takahashi，1920.

Chileaphis Essig，1953：63.

Neophyllaphis Takahashi：Shinji，1941：119；Cottier，1953：312；Eastop，1966：514；Hille
Ris Lambers，1967：55；Higuchi，1972：99；Russell，1982：538；Tao，1990：127；Zhang
et Zhang，1993：41；Blackman *et* Eastop，1994：775；Remaudiere *et* Remaudiere，1997：
230；Qiao *et* Zhang，2001：91；Qiao，Zhang *et* Zhong，2005：353.

属征 无翅孤雌蚜头部与前胸愈合。无翅孤雌蚜复眼由 3 个或多个小眼面组成。触
角节 Ⅵ 鞭部非常短，至多为该节基部的 1/3；有翅孤雌蚜节 Ⅲ 有环形次生感觉圈，无
睫；原生感觉圈有睫。喙节 Ⅳ＋Ⅴ 无次生毛。胫节端部毛与其他胫节毛相同；跗节 Ⅰ 通
常无背毛。腹部背片 Ⅷ 有毛 4 根。腹管短，环状，有或无毛环绕。尾片典型瘤状。生殖
突 4 个。

胚胎背毛非常短，尖锐，侧毛存在，缘毛单一。腹管不明显。

寄主植物为罗汉松科 Podocarpaceae、桃金娘科 Myrtaceae 和南洋杉科 Araucariace-
ae 植物。

在东亚（中国、日本），东南亚（马来西亚、印度尼西亚），大洋洲和非洲。

世界已知 13 种，中国已知 3 种，本志记述 1 种。

(138) 罗汉松新叶蚜 *Neophyllaphis podocarpi* Takahashi，1920 （图 171）

Neophyllaphis podocarpi Takahashi，1920：20.

Mindarus podocarpi Shinji，1922：532.

Neophyllaphis podocarpi Takahashi：Takahashi，1923：129；Shinji，1941：288；Tao，1963：
37；Tao，1964：210；Eastop，1966：516；Hille Ris Lambers，1967：57；Higuchi，1972：
100；Russell，1982：538；Tao，1990：127；Zhang *et* Zhang，1993：43；Blackman *et* East-
op，1994：777；Remaudière *et* Remaudière，1997：230；Qiao *et* Zhang，2001：94；Qiao，
Zhang *et* Zhong，2005：357.

特征记述

无翅孤雌蚜 体卵圆形，体长 1.94mm，体宽 1.04mm。活体红褐色，被厚白粉。
玻片标本头顶及头背前方黑色，胸部、腹部淡色，腹部背片 Ⅷ 有宽带状中斑。触角节
Ⅰ、Ⅱ 及节 Ⅲ～Ⅵ 各端半部淡褐色；复眼、喙、足、腹管、尾板及生殖板黑色，尾片淡
褐色。头部背前方有明显网纹，胸部背板、腹部背片及腹部腹面光滑。气门圆形开放，
气门片黑色。节间斑不显。中胸腹岔淡色，两臂分离，各臂长 0.09mm，为触角节 Ⅳ 的
0.64 倍。体背毛尖锐，腹面多短毛，长为背毛的 1/2。头部有中额毛 1 对，额瘤毛 1
对，头背毛 6 对；前胸背板有中侧毛 4 对，缘毛 1 对；腹部背片 Ⅰ～Ⅳ 各有中侧毛 3 或
4 对，背片 Ⅴ、Ⅵ 各有中侧毛 4～6 对，背片 Ⅰ～Ⅵ 各有缘毛 2 或 3 对，背片 Ⅶ 有中毛 2
对，缘毛 1 对，背片 Ⅷ 有毛 2 对。头顶毛长 0.03mm，为触角节 Ⅲ 端部最宽直径的 0.74
倍，腹部背片 Ⅰ、Ⅷ 毛长 0.02mm。中额及额瘤不隆，呈平顶状，中央稍凹，中缝微

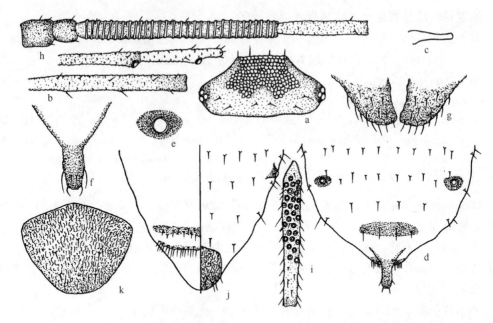

图 171　罗汉松新叶蚜 *Neophyllaphis podocarpi* Takahashi

无翅孤雌蚜（apterous viviparous female）

a. 头部背面观（dorsal view of head）；b. 触角节Ⅲ（antennal segment Ⅲ）；c. 中胸腹岔（mesosternal furca）；d. 腹部背片Ⅴ～Ⅷ背面观（dorsal view of abdominal tergites Ⅴ～Ⅷ）；e. 腹管（siphunculus）；f. 尾片（cauda）；g. 尾板（anal plate）。

有翅孤雌蚜（alate viviparous female）

h. 触角节Ⅰ～Ⅵ（antennal segments Ⅰ～Ⅵ）；i. 后足胫节伪感觉圈（pseudo～sensoria on hind tarsal segment）；j. 腹部背片Ⅴ～Ⅷ背、腹面观（dorsal and ventral views of abdominal tergites Ⅴ～Ⅷ）；k. 尾片（cauda）。

显。触角6节，光滑，节Ⅲ端部～节Ⅵ有微刺组成瓦纹，全长0.94mm，为体长的0.48倍；节Ⅲ长0.33mm，节Ⅰ～Ⅵ长度比例：22：17：100：44：51：42+11；节Ⅰ～Ⅵ毛数：3或4根，2或3根，16～18根，2～4根，2根，2+0根，末节鞭部顶端有毛4根；节Ⅲ毛长0.01mm，为该节最宽直径的0.35倍。喙端部不达后足基节，节Ⅳ+Ⅴ盾状，长0.07mm，为基宽的0.73倍，有原生毛3对，次生毛0或1对。足有粗皱纹，后足股节长0.36mm，为触角节Ⅲ的1.10倍；后足胫节长0.59mm，为体长的0.30倍，长毛长为该节中宽的1/2；后足胫节有伪感觉圈数个，位于基部1/2；跗节Ⅰ毛序：3，3，3。腹管位于光滑小圆锥体上，基宽0.08mm，为端径的2.10倍。尾片宽锥形，中部收缩，小刺突组成瓦纹，有细长毛6根，有时3根。尾板分裂为两叶，有毛12～14根。生殖板末端圆形，有长毛14根。

有翅雌性蚜 体长1.88mm，体宽0.91mm。玻片标本头部、胸部黑褐色，腹部淡色，无斑纹，腹部腹面末节有明显横斑。触角节Ⅰ、Ⅱ黑色，节Ⅲ淡褐色，节Ⅳ～Ⅵ淡色；喙淡色，顶端黑色；足、腹管淡褐色，尾片及尾板深褐色，生殖板黑色。体表光滑，腹部腹面有瓦纹。体背毛尖锐，腹部腹面毛不长于背毛，整齐排列6行，末节毛为钉状毛，位于横带斑上。头部有中额毛1或2对，额瘤毛1对，头背毛4对；前胸背板有中毛 2 对，位于前缘，侧毛 2 对，缘毛 1 对；腹部背片Ⅰ～Ⅶ各中侧毛数：4 对，4 对，5 对，7 对，5 对，3 对，2 对，缘毛数：1 对，2 对，2 对，3 对，3 对，2 或 3 对，1 或 2 对；背片Ⅷ有毛 2 对。头顶毛及腹部背片Ⅰ缘毛长 0.02mm，为触角节Ⅲ的 0.41 倍，腹部背片Ⅷ毛长 0.03mm。喙端部达后足基节，节Ⅳ＋Ⅴ无次生毛。足光滑，后足胫节密布透明伪感觉圈。后足股节长 0.42mm，与触角节Ⅲ约等长或稍长；后足胫节基部 1/2 膨大，长 0.63mm，为体长的 0.33 倍，毛长 0.03mm，为该节膨大部直径的 0.53 倍；跗节Ⅰ毛序：5，5，5。翅脉正常，脉粗黑。尾片盔状，有细密纵纹，长 0.19mm，为基宽的 0.73 倍，有短尖毛 5～8 根。尾板分裂为两叶，有尖毛 24～27 根。生殖突分裂为 4 片，各有短毛 2 或 3 根。生殖板末端大圆形，有粗钝毛 48～55 根，两缘毛为尖锐毛。

生物学 寄主植物为罗汉松 *Podocarpus macrophylla*；国外记载有长叶罗汉松 *P. henkelii*，竹柏 *P. nagi* 和百日青 *P. neriifolus*。在幼叶、嫩枝及果枝上群居，分泌白蜡粉，常引起植物生长迟缓或嫩叶卷叶（Blackman and Eastop，1994）。

分布 吉林（吉林市）、上海、江苏、浙江、福建、湖南、台湾；日本，马来西亚，印度尼西亚，澳大利亚及美国。

（十）叶蚜亚科 Phyllaphidinae

复眼无眼瘤或眼瘤不明显。体背蜡片存在。触角节Ⅱ长于节Ⅰ。触角末节鞭部长为基部的 0.10～0.50 倍。跗节Ⅰ无背毛。爪间毛尖锐或扁平。无翅孤雌蚜存在。胚胎体背毛短，侧毛存在，缘毛单一。

世界已知 5 属 14 种，中国已知 4 属 4 种，本志记述 1 属 1 种。

53. 迪叶蚜属 *Diphyllaphis* Takahashi，1960

Diphyllaphis Takahashi，1960：12. **Type species**：*Phloeomyzus konarae* Shinji，1924.

Nymphaphis Takahashi，1960：1.

Aplonervoides Zhang，1992：138.

Diphyllaphis Takahashi：Remaudière *et* Remaudière，1997：252；Qiao *et* Zhang，2004：130；
　　Qiao，Zhang *et* Zhong，2005：360.

属征 体蜡片存在。无翅和有翅孤雌蚜触角节Ⅱ长于节Ⅰ，节Ⅵ鞭部长为该节基部的 0.10～0.50 倍。喙节Ⅳ＋Ⅴ有次生毛 2～4 根。足胫节端部毛与其他胫节毛略不同，跗节Ⅰ有腹毛 2 或 3 根，无背毛。腹部背片Ⅷ有毛 4～6 根。尾片有毛 4～6 根。

胚胎缘毛单一，背毛极短，不明显，侧毛存在。

寄主为壳斗科 Fagaceae 植物。

世界已知 5 种，中国已知 1 种。分布在古北区（中国和日本）。

（139）栎迪叶蚜 *Diphyllaphis quercus* （Takahashi，1960）（图 172）

Nymphaphis quercus Takahashi，1960：14.

Aplonervoides erythrocereus Zhang，1992：138.

Diphyllaphis quercus (Takahashi)：Hille Ris Lambers，1966：616；Zhang *et al*.，1986：404；
　　Remaudière *et* Remaudière，1997：252；Qiao *et* Zhang，2004：131；Qiao，Zhang *et* Zhong，

2005：360.

特征记述

无翅孤雌蚜　体狭长卵圆形，体长 1.70mm，体宽 0.99mm。活体鲜红色、淡黄色或绿色，体表及各附肢被絮状蜡丝，腹端部有细长蜡丝 1 对。玻片标本头部背面及体背蜡片深色，腹部淡色。触角各节淡褐色；喙褐色，顶端黑色；足、尾片及尾板淡褐色。体表光滑，有明显蜡片，头部背面、胸部背板、腹部背片Ⅰ～Ⅶ缘蜡片及背片Ⅷ蜡片均由环状蜡孔组成。腹部背片Ⅰ～Ⅶ中、侧蜡片前方各有椭圆形蜡片 1 个，由独立环状蜡孔组成，各蜡片后由大圆形骨化片组成。头部背面及头顶腹面布满宽"八"字形蜡孔群；前胸背板有中、侧、缘蜡片各 1 对；腹部背片Ⅰ～Ⅵ有中、侧蜡片各 1 对，背片Ⅶ有大型中蜡片 1 对，背片Ⅷ有大背蜡片 1 个；背片Ⅰ～Ⅶ各缘蜡片大型，伸向腹面。气门小圆形关闭，气门片褐色。无节间斑。中胸腹岔不显。体背毛长，尖锐，腹部腹面少毛，极短，长为背毛的 1/5。头部有头顶有毛 3 对，头背毛 4 对；前胸背板有中、侧、缘毛各 1 对；腹部背片Ⅰ～Ⅶ有中、侧、缘毛各 1 对，各毛均位于蜡片中央，背片Ⅷ有毛 2 对。头顶毛长 0.03mm，为触角节Ⅲ最宽直径的 0.92 倍，腹部背片Ⅰ缘毛长 0.03mm，中毛长 0.01mm，背片Ⅷ毛长 0.04mm。中额隆起，呈尖角状。复眼由 26～30 个小眼面组成，较稀疏，无眼瘤。触角 6 节，节Ⅰ端半部及外缘、节Ⅱ端部 3/5 及节Ⅲ顶端有蜡孔群，节Ⅲ～Ⅵ有小刺突组成横瓦纹；全长 0.79mm，为体长的 0.46 倍；节Ⅱ长为节Ⅰ的 2.00 倍，节Ⅲ长 0.18mm，节Ⅰ～Ⅵ长度比例：33：70：100：71：76：74＋23；节Ⅰ～Ⅵ毛数：5～7 根，8～11 根，7 或 8 根，4 或 5 根，4 根，1＋4 或

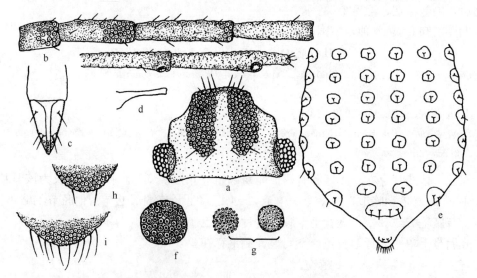

图 172　栎迪叶蚜 *Diphyllaphis quercus* (Takahashi)

无翅孤雌蚜（apterous viviparous female）

a. 头部背面观（dorsal view of head）；b. 触角（antenna）；c. 喙节Ⅳ＋Ⅴ（ultimate rostral segment）；d. 中胸腹岔（mesosternal furca）；e. 腹部背面观（dorsal view of abdomen）；f. 体蜡片（wax plate of body）；g. 蜡孔（wax cell）；h. 尾片（cauda）；i. 尾板（anal plate）。

5 根，节Ⅲ毛长为该节最宽直径的 0.56 倍；原生感觉圈有睫。喙短小，端部不达中足基节，节Ⅳ+Ⅴ楔状，长 0.08mm，为基宽的 1.50 倍，为后足跗节Ⅱ的 0.72 倍，有原生毛 3 对，次生毛 2 对。足光滑，后足股节长 0.36mm，为触角节Ⅲ、Ⅳ之和的 1.20 倍；后足胫节长 0.51mm，为体长的 0.30 倍，后足胫节毛长为该节最宽直径的 0.53 倍；跗节Ⅰ毛序：3，3，3。腹管孔状，端径 0.02mm，为触角节Ⅲ最宽直径的 0.72 倍。尾片末端圆形，端部布满蜡孔，长为基宽的 0.36 倍，有短毛 2 根。尾板末端圆形，背面端部及腹面布满蜡孔，有毛 10 或 11 根。生殖板椭圆形，有毛 13~16 根。生殖突 1 对相连，有短毛 9 或 10 根。

生物学 寄主植物为栎树 *Quercus* sp. 和麻栎 *Q. acutissima*；国外记载尚有麻栎和枹栎 *Q. serrata*。蚜虫在叶反面为害，受害处呈直径为 1.00~6.00cm 的干死斑。活体腹部末端有 4 条长蜡丝，约为体长的 1.50 倍。

分布 辽宁（沈阳）、河北、山东、湖南；日本。

（十一）跳蚜亚科 Saltusaphidinae

胚胎或 1 龄若蚜复眼无眼瘤。触角多刺。头部和前胸分界不清，前胸背板毛似乎位于头部。体背毛蘑菇状、扇形、短尖毛状、大刀状等。有些类群前、中足发达，有"膝帽"结构，适合于跳跃。爪间毛尖毛状或扁平呈刮刀状。

跳蚜亚科蚜虫几乎所有都取食莎草科 Cyperaceae 植物。所有已知种类都营单寄主全周期生活。由于寄主植物的特性，该亚科蚜虫没有重要的经济意义，因此它们的生活习性很少被详细研究（Richards，1971）。

主要分布在古北区和新北区，在这两个区内均有各自特有的分布类群；部分种类分布在欧洲和非洲，个别种类被传入新西兰和澳大利亚（Richards，1971）。

中国已知 5 属 11 种，本志记述 4 属 6 种。

属 检 索 表

1. 前、中足股节非常发达，其最宽直径明显大于后足股节的最宽直径 ························ 2
   前、中足股节发育正常，其最宽直径不大于后足股节的最宽直径·············· 蓟马蚜属 *Thripsaphis*
2. 触角窝与复眼前部边缘之间有毛 ·· 跳蚜属 *Saltusaphis*
   触角窝与复眼前部边缘之间无毛 ·· 3
3. 后足胫节有扇形毛 1 根或多根，或有 1 或 2 根较长毛，顶端尖锐、头状、棒状或稍扩展 ··········
   ·· 依跳蚜属 *Iziphya*
   后足胫节有正常的尖毛，所有毛长度近似 ························ 聂跳蚜属 *Nevskyella*

54. 依跳蚜属 *Iziphya* Nevsky, 1929

Iziphya Nevsky, 1929: 314. **Type speices**: *Iziphya maculata* Nevsky, 1929.

Caricaphis Börner, 1930: 128.

Iziphya Nevsky: Richards, 1971: 13; Stroyan, 1977: 118; Heie, 1982: 101; Remaudière *et* Remaudière, 1997: 256; Qiao *et* Zhang, 2002: 528; Qiao, Zhang *et* Zhong, 2005: 368.

属征 体卵圆形或梨形，较宽。无翅孤雌蚜体背常有黑色斑。中胸背板至腹部节Ⅰ及腹部节（Ⅲ～）Ⅳ至Ⅵ无膜质界线。有翅孤雌蚜腹部背片Ⅲ～Ⅷ有黑色横斑，背片Ⅲ～Ⅵ背斑常加大并愈合为中斑，有时与腹管基斑连成一片。体背蜡片缺。体背毛通常短，扇形；头部边缘，复眼与触角窝之间无扇形毛；胫节毛多样，扇形、棒状、头状、尖锐等。体表有成列的微刺或颗粒。中额宽圆，前凸。触角节Ⅵ次生感觉圈独立，不与原生感觉圈靠近；无翅孤雌蚜无次生感觉圈。喙短。前、中足适于跳跃，股节加粗，胫节基部加宽，有"膝帽"结构。爪间毛匙形。前翅各脉镶边，各脉端部有黑色斑；后翅1条斜脉。腹管截断状，密布刺状或齿状突起，有端边，位于腹部背片Ⅴ、Ⅵ之间。尾片瘤状。尾板深裂为两叶。

胚胎体背毛短，棒状或扇形，侧毛缺。

世界已知14种，中国已知1种。主要分布在全北区。

（140）蟾蜍依跳蚜 *Iziphya bufo*（Walker，1848）（图173）

Aphis bufo Walker，1848：46.

Iziphya bufo ericetorum Börner，1952：65.

Iziphya bufo（Walker）：Richards，1971：24；Heie，1982：104；Remaudière *et* Remaudière，1997：256；Qiao *et* Zhang，2002：528；Qiao，Zhang *et* Zhong，2005：368.

特征记述

有翅孤雌蚜 体卵圆形，体长1.72mm，体宽0.66mm。玻片标本体黑褐色，头部背中域淡色，胸部褐色；腹部背片Ⅲ～Ⅷ有褐色横斑，背片Ⅳ、Ⅴ横斑扩展成片，背片Ⅱ有断续毛基斑，腹部各节有缘斑。触角节Ⅲ基部淡色，其他部分褐色；股节、胫节基部黑色，前、中足胫节基部"膝帽"结构黑色，跗节褐色；腹管、尾片黑褐色。触角、胫节、跗节、股节内侧及腹面密布小颗粒，腹部背板有小刺突分布，背斑处明显；腹管密布小刺突颗粒。体背毛扇形或棒状。中额隆起，额瘤低于中额。触角6节，全长1.30mm，为体长的0.75倍；触角节Ⅲ长0.45mm，节Ⅰ～Ⅵ长度比例：14：11：100：48：43：31＋40；触角毛短钝，节Ⅰ～Ⅵ毛数：3根，4根，18根，6根，4根，0＋0根，末节鞭部顶端有毛4根；节Ⅲ毛长0.01mm，为该节直径的2/5；节Ⅲ有圆形次生感觉圈11～13个，分布全节；原生感觉圈有睫。喙短，端部达前、中足基节之间；节Ⅳ＋Ⅴ粗钝，长0.07mm，为基宽的1.17倍，为后足跗节Ⅱ的0.58倍；无次生毛。后足股节长0.33mm，为触角节Ⅲ的0.74倍；后足胫节长0.54mm，为体长的0.31倍。跗节Ⅰ毛序：5，5，5，无背毛。前翅翅脉正常，各脉镶边；后翅1条斜脉。腹管截断状，长0.04mm，长与端宽约等。尾片瘤状，长0.16mm，稍长于基宽，有毛9根。尾板分裂为两叶，有毛14～16根。

生物学 寄主植物为莎草科1种；国外记载寄主植物有 *Carex arenaria*、*C. ligenrica* 和 *C. caryophyllea* 等薹草属植物（Heie，1982）。

分布 辽宁（沈阳）；丹麦，瑞典，匈牙利，波兰，德国，英国。

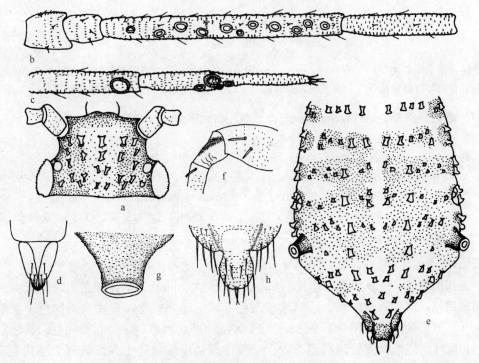

图 173 蟾蜍依跳蚜 *Iziphya bufo*（Walker）

有翅孤雌蚜（alate viviparous female）

a. 头部背面观（dorsal view of head）；b. 触角节Ⅰ～Ⅳ（antennal segments Ⅰ～Ⅳ）；c. 触角节Ⅴ～
Ⅵ（antennal segments Ⅴ～Ⅵ）；d. 喙节Ⅳ＋Ⅴ（ultimate rostral segment）；e. 腹部背面观（dorsal
view of right half of abdomen）；f. 前足的"膝帽"（示前足股节端部和前足胫节基部）（"knob～cap" of
fore leg, showing distal of fore femur and basal of fore tibia）；g. 腹管（siphunculus）；h. 尾片及尾板
（cauda and anal plate）。

55. 聂跳蚜属 *Nevskyella* Ossiannilsson，1954

Nevskyella Ossiannilsson，1954：54. **Type species**：*Nevskya fungifera* Ossiannilsson，1953.

Nevskya Ossiannilsson，1953 nec Mordvilko，1932 nec Mamontova，1955：232.

Nevskyella Ossiannilsson：Heie，1982：98；Zhang，Zhong，Zhang *et* Susan Halbert，1995：
337；Remaudière *et* Remaudière，1997：257；Qiao *et* Zhang，2002：530；Qiao *et* Zhang，
2004；Qiao，Zhang *et* Zhong，2005：370.

属征 体卵圆形。体背有数横排微刺。体背突或瘤仅位于腹部背片Ⅷ的后部，每个
突起或瘤有匙状毛或近扇形毛。体背毛蘑菇状，数量多且分布均匀；足和尾片毛正常。
爪间毛匙状。腹管截断状，有缘突，明显位于腹部背片Ⅴ、Ⅵ之间，有成排的刺状
突起。

该属蚜虫主要为害莎草科 Cyperaceae 植物。

世界已知5种，中国已知4种，本志记述2种。

种 检 索 表

（无翅孤雌蚜）

1. 身体背面全部骨化 …………………………………………… 拟蘑菇聂跳蚜 *N. similifungifera*

　头部背面和腹部背片骨化，胸部和腹部背面有 2 对大型骨化缘斑 …… 蘑菇聂跳蚜 *N. fungifera*

（141）蘑菇聂跳蚜 *Nevskyella fungifera*（Ossiannilsson, 1953）（图 174）

Nevskya fungifera Osiannilsson, 1953：233.

Izaphya fungifera（Ossiannilsson）：Richards, 1970：219；Richards, 1971：27.

Nevskyella fungifera（Ossiannilsson）：Ossiannilsson, 1954：54；Ossiannilsson, 1959：407；
Heie, 1982：100；Zhang, Zhong, Zhang *et* Susan Halbert, 1995：337（wrong description）；
Remaudière *et* Remaudière, 1997：257；Qiao *et* Zhang, 2002：530；Qiao *et* Zhang, 2004；
Qiao, Zhang *et* Zhong, 2005：370.

特征记述

无翅孤雌蚜　体长卵形，体长 1.65mm，体宽 0.69mm。活体绿色。玻片标本头部背面暗褐色；前胸背板中域、后侧缘域淡色，其他部分褐色；背片Ⅷ暗褐色。触角节Ⅰ、Ⅱ、节Ⅲ端部、节Ⅳ～Ⅵ褐色；股节近端部 4/5、跗节、胫节基部褐色，其他附肢淡色；尾片、尾板及腹管暗褐色。中、后胸背板及腹部背片Ⅰ侧缘域有大型褐色斑 1 对，腹部背片Ⅱ～Ⅵ有大型侧斑 1 对；背片Ⅱ有小型侧缘斑 1 对，背片Ⅶ有小型缘斑 1 对，其他部分淡色。头部背面、胸部背板及腹部背片有小刺突分布；触角节Ⅰ、Ⅱ有小刺突短纹，节Ⅲ～Ⅵ有小刺突横纹；股节内侧及腹面、胫节、跗节有小刺突横纹；尾片、尾板有稀疏粗小刺突。体背毛短蘑菇状；头部有头顶细毛 1 对，顶端尖锐，头背毛 20～22 对；腹部背片Ⅷ有毛 12 根，背片Ⅷ后缘有圆锥状突起 1 对，各突起有粗长钝或平截状毛 2 对；背片Ⅷ后缘毛粗钝，稍短。头顶毛长 0.05mm，背片Ⅷ毛长 0.05mm，为触角节Ⅲ最宽直径的 1.50 倍。头顶稍圆弧形，复眼无眼瘤。触角 6 节，全长 1.38mm，为体长的 0.84 倍；触角节Ⅲ长 0.51mm，节Ⅰ～Ⅵ长度比例：18：12：100：47：39：22＋35；触角毛极短，尖锐，节Ⅰ～Ⅵ毛数：4 根，4 根，14 根，7 根，4 根，1＋0 根，末节鞭部顶端有毛 4 根；节Ⅲ毛长短于该节最宽直径的 1/3；原生感觉圈有睫。喙端部刚达中胸腹板；节Ⅳ＋Ⅴ短楔状，长 0.07mm，为基宽的 0.83 倍，为后足跗节Ⅱ的 0.59 倍；有原生毛 3 对，次生毛 1 对。前、中足股节膨大、扩展，胫节基部不细缩，呈"膝帽状"，适于跳跃，后足正常。后足股节长 0.29mm，为触角节Ⅲ的 0.57 倍；后足胫节长 0.48mm，为体长的 0.29 倍。足毛细尖，后足胫节毛长 0.04mm，为该节中宽的 1.09 倍。跗节Ⅰ毛序：5，5，5。腹管截断状，较短，背片Ⅵ缘斑，与大型侧斑相愈合；端径 0.04mm，密布小刺突横纹。尾片瘤状，长 0.10mm，为基宽的 0.68 倍，有毛 9 或 10 根，其中有粗长尖毛 1 对。尾板分裂为两叶，各有毛 6 或 7 根。

生物学　寄主植物为莎草 *Cyperus rotundus* 和乌拉草 *Carex meyeriana* 等莎草科植物；国外记载取食薹草属 1 种 *Carex caryophyllea*。在叶片上取食，国外记载每年 9 月发生性蚜，第 2 年 5 月出现干母（Heie, 1982）。

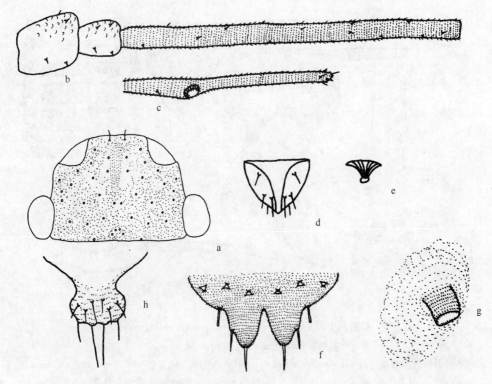

图 174 蘑菇聂跳蚜 *Nevskyella fungifera*（Ossiannilsson）

无翅孤雌蚜（apterous viviparous female）

a. 头部背面观（dorsal view of head）；b. 触角节 Ⅰ～Ⅲ（antennal segments Ⅰ～Ⅲ）；c. 触角节 Ⅵ
（antennal segment Ⅵ）；d. 喙节 Ⅳ＋Ⅴ（ultimate rostral segment）；e. 体背毛（dorsal hair of body）；
f. 腹部背片 Ⅷ（abdominal tergite Ⅷ）；g. 腹管（siphunculus）；h. 尾片（cauda）.

分布 辽宁（沈阳、千山）；瑞典。

（142）拟蘑菇聂跳蚜 *Nevskyella similifungifera* Qiao et Zhang，2004（图 175）

Nevskyella similifungifera Qiao et Zhang，2004：817.

Nevskyella similifungifera Qiao et Zhang：Qiao，Zhang *et* Zhong，2005：372.

特征记述

无翅孤雌蚜 体椭圆形，体长 1.86mm，体宽 0.79mm。玻片标本体背黑色，腹面淡色；体背毛及毛基淡色。前胸背板后缘及中胸背板中部淡色；触角节 Ⅰ、Ⅱ、节 Ⅳ 端半部、节 Ⅴ、Ⅵ 黑色；喙端部褐色；股节黑色，胫节淡色，跗节淡褐色；腹管、尾片及尾板黑色。体表粗糙，有粗圆刻点组成横纹。气门小圆形关闭，气门片黑色。节间斑明显，腹部节间斑横带状。中胸腹岔淡褐色，有长柄，横长 0.21mm，为触角节 Ⅲ 的 0.37 倍。体背毛短小，扇形；腹面毛尖锐。头部有粗钝头顶毛 1 对，短扇形头背毛 23 对；前胸背板有毛 38 对；腹部背片 Ⅰ～Ⅳ 有中、侧、缘毛 18～24 对，背片 Ⅴ 与 Ⅵ 腹管间各有毛 9～12 对，背片 Ⅶ 有毛 17 对，背片 Ⅷ 有粗长缘毛 3 对，扇形中侧毛 3～5 对；背片 Ⅷ 后缘分裂为 1 对圆锥状突起，各突起有 1 对粗长毛。头顶毛长 0.04mm，为触角节 Ⅲ

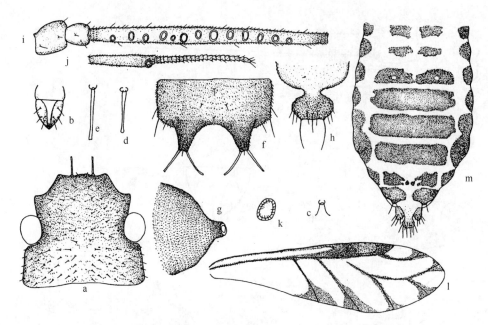

图 175　拟蘑菇聂跳蚜 *Nevskyella similifungifera* Qiao *et* Zhang

无翅孤雌蚜（apterous viviparous female）

a. 头部及前胸背面观（dorsal view of head and prothorax）；b. 喙节 Ⅳ＋Ⅴ（ultimate rostral segment）；c. 体背毛（dorsal hair of body）；d. 头顶毛（cephalic hair）；e. 腹部背片Ⅷ背突毛（hair of dorsal processes on abdominal tergite Ⅷ）；f. 腹部背片Ⅷ背突（dorsal processes on abdominal tergite Ⅷ）；g. 腹管（siphunculus）；h. 尾片（cauda）。

有翅孤雌蚜（alate viviparous female）

i. 触角节 Ⅰ～Ⅲ（antennal segments Ⅰ～Ⅲ）；j. 触角节 Ⅵ（antennal segment Ⅵ）；k. 次生感觉圈（secondary rhinarium）；l. 前翅（fore wing）；m. 腹部背面观（示背斑）（dorsal view of abdomen, showing dorsal patches）。

最宽直径的 1.50 倍；背片Ⅷ毛长 0.09mm。中额隆起呈圆头状，额瘤微隆，不高于中额。触角 6 节，粗糙，有小刺突横纹，全长 1.66mm，为体长的 0.89 倍；触角节Ⅲ长0.56mm，节Ⅰ～Ⅵ长度比例：20∶12∶100∶52∶48∶27＋37；触角毛细，尖锐，节Ⅰ～Ⅵ毛数：3～5 根，3 或 4 根，10～25 根，3～8 根，2～4 根，1＋0 根，末节鞭部顶端有毛 4 或 5 根；节Ⅲ毛长为该节最宽直径的 1/3；原生感觉圈小圆形，有睫。喙短粗，端部不达中足基节；节Ⅳ＋Ⅴ长 0.07mm，与基宽约相等，为后足跗节Ⅱ的 0.53倍；有原生毛 3 对，次生毛 1 对。足粗糙，有粗刺突组成横纹；前足稍膨大。后足股节长 0.32mm，为触角节Ⅲ的 0.57 倍；后足胫节长 0.55mm，为体长的 0.29 倍。足毛尖锐，后足胫节毛长与该节中宽约等。跗节Ⅰ毛序：5，5，5。腹管短截断状，基部扩大，位于骨化斑上，端径 0.04mm。尾片瘤状，中部收缩，长 0.11mm，为基宽的 0.78 倍，有长短毛 10～15 根，其中有粗长尖毛 1 对。尾板分裂为两叶，有毛 8～12 根。

有翅孤雌蚜　体椭圆形，体长 1.82mm，体宽 0.65mm。玻片标本头部和胸部背中域淡色，其他部分黑色，腹面淡色，有黑色斑。触角节Ⅰ、Ⅱ、节Ⅲ端部及节Ⅳ～Ⅵ黑色；喙黑色；前、中足股节黑色，胫节淡色，后足股节黑色，基部稍淡；跗节褐色；腹管、尾片及尾板黑色。腹部背片Ⅰ、Ⅱ各有背中小斑，背片Ⅲ有断续背中斑1对，背片Ⅳ～Ⅵ各有宽横带，背片Ⅰ～Ⅵ各有独立大型缘斑1对；背片Ⅶ、Ⅷ全节有横带纹。体表粗糙，头部光滑，胸部缘域及腹部背面有粗刻点密布或粗刺突组成横纹，腹部腹面光滑。腹部背片Ⅷ有黑色乳头状背突1对，长0.03mm，表面粗糙，各有大刀状粗毛1对。气门极小，气门片褐色。体背毛极短，毛孔明显，透明。头部有长粗头顶毛1对，头背短毛19～22对；腹部背片Ⅶ有毛5对。头顶毛长0.03mm，为触角节Ⅲ最宽直径的1.20倍；背片Ⅷ毛长0.03mm。中额隆起，额瘤微隆，不高于中额。触角6节，粗糙，有小刺突组成横纹；节Ⅲ长0.56mm，节Ⅰ～Ⅵ长度比例：18：11：100：55：47：26+40；节Ⅰ～Ⅵ毛数：2或3根，2或3根，15～20根，6或7根，2～4根，1+0根，末节鞭部顶端有毛2根；节Ⅲ毛长为该节最宽直径的1/6；节Ⅲ有大小圆形具睫次生感觉圈10～16个。喙端部不达中足基节；节Ⅳ＋Ⅴ短盾状，长0.07mm，为基宽约等；有原生毛3对，次生毛1对。胫节粗糙，有粗刺突组成横纹。后足股节长0.36mm，为触角节Ⅲ的0.63倍；后足胫节长0.61mm，为体长的0.33倍；后足胫节毛长为该节中宽的1.24倍。跗节Ⅰ毛序：5，5，5。前翅翅脉粗黑，各脉镶黑边；后翅1条斜脉，镶黑边。腹管截断状，与缘斑愈合，端径0.04mm。尾片瘤状，中部收缩，长0.12mm，为基宽的0.88倍；有长短毛11～14根，其中有粗长尖毛1对。尾板分裂为两叶，有长短毛14～16根。

生物学 寄主植物为莎草 *Cyperus rotundus*。

分布 辽宁（沈阳）。

56. 跳蚜属 *Saltusaphis* Theobald，1915

Saltusaphis Theobald，1915：138. **Type species**：*Saltusaphis scirpus* Theobald，1915.

Hiberaphis Börner，1949：52.

Saltusaphis Theobald：Richards，1971：51；Heie，1982：97；Remaudière *et* Remaudière，1997：257；Qiao *et* Zhang，2002：531；Qiao，Zhang *et* Zhong，2005：377.

属征 身体长卵形。蜡孔缺。体背毛短，扇形。复眼与触角窝之间的头部边缘有扇形毛。前、中足粗壮，适于跳跃，有骨化的"膝帽"。爪间毛扁平。腹管圆柱状，与端径约等，位于腹部背片Ⅵ前部。腹部背片Ⅷ后缘不同程度内陷。尾片瘤状。尾板分裂为两叶。

世界已知3种，分布在亚洲、非洲和欧洲。中国已知1种。

(143) 灯心草跳蚜 *Saltusaphis scirpus* Theobald，1915 （图176）

Saltusaphis scirpus Theobald，1915：138.

Hiberaphis iberica Börner，1949：52.

Saltusaphis africana Eastop，1953：27.

Bacillaphis afghanica Narzikulov *et* Umarov，1970：58.

Saltusaphis scirpus Theobald：Richards，1971：53；Heie，1982：98；Remaudière *et* Remaudière，1997：257；Qiao *et* Zhang，2002：531；Qiao，Zhang *et* Zhong，2005：377.

特征记述

无翅孤雌蚜 体椭圆形，体长1.87mm，体宽0.86mm。玻片标本头部、胸部和腹部淡色，头顶及两缘黑色。头部与前胸背板愈合，头部、胸部之和长于腹部。触角节

Ⅰ、Ⅱ，节Ⅲ基部 3/5 淡色，节Ⅲ端部 2/5、节Ⅳ～Ⅵ黑色；喙端部深褐色；足基节、股节及跗节黑色，胫节淡色；腹管及尾片黑色，尾板淡色。体背毛毛基斑与零星小斑愈合；中、后胸背板及腹部背片Ⅰ～Ⅲ有零星小斑，每个小斑有毛 1 根，背片Ⅳ～Ⅷ小斑有时愈合，背片Ⅷ斑呈"U"形；足基节处各有 1 个大黑斑。体表光滑，腹部背片Ⅷ有大型背瘤 1 对。气门小圆形关闭，气门片黑色。节间斑明显黑褐色。中胸腹岔褐色，有长柄。体背毛多，扇形，腹面毛少，尖锐。头顶有粗长钝毛 1 对，头部腹面毛长，尖锐；头部与前胸背板有扇形毛 45 对；腹部背片Ⅰ～Ⅴ各有毛 20～30 对，背片Ⅵ腹管间有毛 13 对，背片Ⅶ有毛 16 对，背片Ⅷ背瘤有粗长毛 1 对，顶端多分叉，两缘有粗长毛 4 对，背面有扇形毛 4 对。头顶毛长 0.04mm，为触角节Ⅲ最宽直径的 0.93 倍；背片Ⅷ长毛长 0.05mm，腹部背片Ⅰ～Ⅷ扇形毛长 0.01～0.02mm。中额隆起，额瘤微隆。复眼无眼瘤。触角 6 节，粗糙，节Ⅰ、Ⅱ光滑，节Ⅲ～Ⅵ有小刺突横纹，全长 1.36mm（触角节Ⅵ鞭部部分断裂），为体长的 0.73 倍；节Ⅲ长 0.53mm，节Ⅰ～Ⅵ长度比例：15∶11∶100∶43∶47∶25+16；节Ⅲ有短尖毛 26 根，毛长为该节最宽直径的 1/6；节Ⅰ、Ⅱ、Ⅳ、Ⅴ各有短尖毛 3～5 根，节Ⅵ缺毛；原生感觉圈小圆形，有睫。喙粗短，不达中足基节，节Ⅳ+Ⅴ盾状，长 0.06mm，为基宽的 0.88 倍，为后足跗节Ⅱ的 0.52 倍；有原生短刚毛 2 对，次生短刚毛 2 对。后足股节长 0.33mm，为其中宽的 4.30 倍，为触角节Ⅲ的 0.62 倍；前足股节长 0.24mm，为其中宽的 2.20 倍；后足胫节长 0.49mm，为体长的 0.26 倍，胫节毛长与该节中宽约等或稍长。跗节Ⅰ毛序：5，5，5。腹管瓶口状，无缘突，有小刺突横纹；端径 0.04mm，与触角节Ⅲ最宽直径约相等。尾片瘤状，中部收缩，长 0.12mm，为基宽的 0.88 倍，有毛 14 根。尾板分裂为两叶，各有毛 4 或 5 根。

有翅孤雌蚜　体椭圆形，体长 1.75mm，体宽 0.65mm。玻片标本头部和胸部褐色。触角、喙、足基节、转节、股节、跗节、胫节基部褐色，附肢其他部分淡色；腹部背片Ⅰ～Ⅷ各有大型缘斑 1 对，各有宽中侧带 1 个，常与缘斑愈合。触角节Ⅱ有稀疏小刺突，节Ⅲ～Ⅴ有小刺突横纹；腹部背片有小刺突分布，腹管有小刺横纹。体背毛蘑菇状，腹部背片Ⅷ毛棒状；头部有头顶毛 1 对，头背毛 16 对，复眼与触角窝之间的头部边缘有蘑菇状毛 2 对；前胸背板有毛 20 对；腹部背片Ⅷ有毛 17 根。头顶毛和背片Ⅷ毛长都为 0.04mm，为触角节Ⅲ最宽直径的 1.33 倍。触角 6 节，节Ⅵ断裂；节Ⅲ长 0.52mm，节Ⅰ～Ⅴ长度比例：22∶14∶100∶50∶49；节Ⅰ～Ⅴ毛数：6 根，4 根，10 根，4 根，4 根；节Ⅲ毛长 0.01mm，为该节最宽直径的 1/6；节Ⅲ有小圆形具睫次生感觉圈 19 个，分布全节。喙端部达中足基节，节Ⅳ+Ⅴ长 0.08mm，与基宽约相等，为后足跗节Ⅱ的 0.62 倍；有原生毛 2 对，次生毛 1 对。前翅翅脉正常，后翅 1 条斜脉；各翅脉镶边，翅顶端有三角形褐色斑。后足股节长 0.37mm，为触角节Ⅲ的 0.72 倍；后足胫节长 0.63mm，为体长的 0.36 倍；后足胫节毛长 0.06mm，为该节中宽的 1.38 倍。腹管褐色，与背板愈合，长 0.04mm。尾片长 0.11mm，有毛 11 根。尾板有毛 13 根。其他特征与无翅孤雌蚜相同。

生物学　寄主植物为莎草 *Cyperus rotundus*。

分布　内蒙古（新巴尔虎左旗）、辽宁（沈阳）；俄罗斯；中东，中亚，欧洲，非

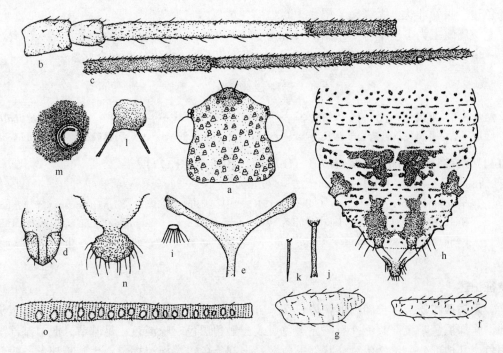

图 176 灯心草跳蚜 *Saltusaphis scirpus* Theobald

无翅孤雌蚜（apterous viviparous female）

a. 头部及前胸背面观（dorsal view of head and prothorax）；b. 触角节 Ⅰ～Ⅲ（antennal segments Ⅰ～Ⅲ）；c. 触角节 Ⅳ～Ⅵ（antennal segments Ⅳ～Ⅵ）；d. 喙节 Ⅳ＋Ⅴ（ultimate rostral segment）；e. 中胸腹岔（mesosternal furca）；f. 前足股节（fore femur）；g. 后足股节（hind femur）；h. 腹部背面观（dorsal view of abdomen）；i. 体背毛（dorsal hair of body）；j. 背片 Ⅷ 长刚毛（long hair on tergite Ⅷ）；k. 腹部腹面毛（ventral hair of abdomen）；l. 腹部背片 Ⅷ 背瘤（dorsal tubercle on abdominal tergite Ⅷ）；m. 腹管（siphunculus）；n. 尾片（cauda）。

有翅孤雌蚜（alate viviparous female）

o. 触角节 Ⅲ（antennal segment Ⅲ）。

洲，被传入美国。

57. 蓟马蚜属 *Thripsaphis* Gillette，1917

Thripsaphis Gillette，1917：193. **Type species**：*Brachycolus ballii* Gillette，1908.

Callaphis Mordvilko，1914（1909）nec Walker，1870：102.

Allaphis Mordvilko，1921：58.

Synthripsaphis Quednau，1954：38.

Heterocallis Quednau，1966：422.

Thripsaphis Gillette：Richards，1971：80；Heie，1982：75；Zhang，Zhang，Zhong *et* Tian，1993：167；Remaudière *et* Remaudière，1997：258；Qiao *et* Zhang，2002：534；Qiao，Zhang *et* Zhong，2005：382.

属征 体长椭圆形，体背毛尖锐。有时蜡片可见。中额瘤发达。触角 6 节，节 Ⅵ 鞭部长为基部的 0.50～0.90 倍；次生感觉圈卵圆形，仅位于节 Ⅲ。喙短，端部达中足基节，有次生毛 2 根。跗节 Ⅰ 有 4 或 5 根腹毛，背毛缺；爪间毛扁平或尖锐。前翅翅脉镶褐色边。腹管环状，无缘突。尾片中间缢缩。尾板内陷为"∩"形。

该属蚜虫为害莎草科 Cyperaceae 植物。

世界已知 26 种，中国已知 4 个种，本志记述 2 种。主要分布在全北区。

种 检 索 表

1. 触角节 Ⅰ、Ⅱ 淡色，触角短于体长之半 ································· 泊蓟马蚜 Th. ballii
   触角节 Ⅰ、Ⅱ 黑色，触角长于体长之半 ························· 居薹蓟马蚜 Th. caricicola

(144) 泊蓟马蚜 *Thripsaphis ballii* (Gillette, 1908) (图 177)

Brachycolus ballii Gillette, 1908：67.

Thripsaphis ballii (Gillette)：Gillette, 1917：194；Palmer, 1952：83；Quednau, 1954：38；Richards, 1971：81；Heie, 1982：77；Zhang, Zhang, Zhong *et* Tian, 1993：168；Remaudière *et* Remaudière, 1997：259；Qiao *et* Zhang, 2002：535；Qiao, Zhang *et* Zhong, 2005：383.

特征记述

无翅孤雌蚜 体长椭圆形，体长 1.84mm，体宽 0.61mm。活体黑色。玻片标本头部、胸部黑色，腹部淡色，有明显黑色斑纹。触角黑色；喙淡色；足基节、股节基部淡褐色，其他部分黑色；尾片瘤状部黑色，基半部淡色；尾板淡褐色；生殖板淡色。腹部背片 Ⅰ、Ⅱ 有断续中横带，背片 Ⅲ～Ⅶ 有宽横带，背片 Ⅵ～Ⅶ 背斑横贯全节，背片 Ⅷ 全节黑色，背片 Ⅰ～Ⅴ 有独立大型缘斑。体表粗糙，有小刺突组成瓦纹，腹部腹面光滑。气门圆形半开放，气门片褐色。节间斑明显褐色。中胸腹岔淡色，两臂分离，各臂横长 0.09mm，为触角节 Ⅳ 的 0.85 倍。体背毛短，尖锐，毛长不大于毛孔；腹部腹面毛短尖，不长于背毛。头部有粗长头顶毛 2 对，头背短毛 8～10 对；腹部背片 Ⅰ～Ⅶ 有中、侧毛各 10～12 对，有时 15 对，背片 Ⅰ～Ⅶ 各有缘毛 8～10 对，背片 Ⅷ 有毛 13～15 对。头顶毛长 0.04mm，为触角节 Ⅲ 最宽直径的 1.70 倍；腹部背片 Ⅷ 长毛长 0.03mm，短毛长 0.004mm，短毛不长于该毛毛孔。中额隆起，呈尖弧状。复眼由多个小眼面组成，无眼瘤。触角 6 节，粗糙，有小刺突组成横纹，全长 0.81mm，为体长的 0.44 倍；节 Ⅲ 长 0.25mm，节 Ⅰ～Ⅵ 长度比例：21：25：100：45：49：48＋39；触角毛短，尖锐，节 Ⅰ～Ⅵ 毛数：3 根，5～7 根，9 或 10 根，6 或 7 根，5 或 6 根，(3 或 4)＋0 根，末节鞭部顶端有长毛 3～5 根；节 Ⅲ 毛长 0.01mm，为该节最宽直径的 1/4。喙粗短，端部超过前足基节；节 Ⅳ＋Ⅴ 短宽锥形，长 0.05mm，为基宽约等，为后足跗节 Ⅱ 的 0.48 倍；有原生毛 3 对，次生毛 1 对。足粗糙，有小刺突组成横瓦纹。后足股节长 0.26mm，为触角节 Ⅲ 的 1.05 倍；后足胫节长 0.40mm，为体长的 0.22 倍。足毛尖锐，内缘及外缘端部毛长，后足胫节毛长 0.04mm，与该节中宽约等；爪明显呈铲状。跗节 Ⅰ 毛序：5，5，5。腹管孔状，有半圆形切迹，孔径 0.03mm，稍短于触角节 Ⅲ 最宽直径。尾片瘤状，中部收缩，有长短毛 12～16 根。尾板分裂为两叶，有毛 16～18 根。

有翅孤雌蚜 体长椭圆形，体长 1.96mm，体宽 0.59mm。活体黄褐色。玻片标本头部、胸部黑色，腹部淡色，有黑色斑纹。触角黑色；喙端部褐色；足基节、股节端部 2/3 及外缘黑色，胫节淡色，跗节深褐色；腹管、尾片、尾板及生殖板黑色。腹部背片

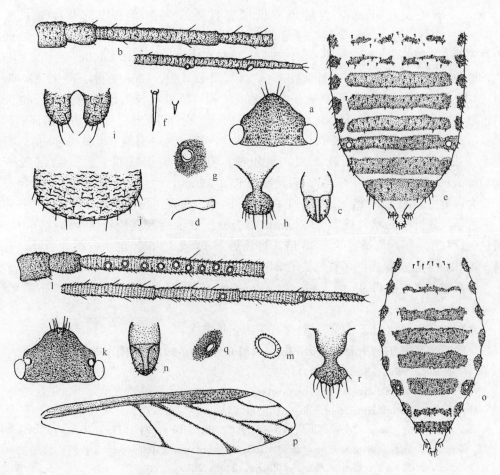

图 177　泊蓟马蚜 Thripsaphis ballii (Gillette)

无翅孤雌蚜（apterous viviparous female）

a. 头部背面观（dorsal view of head）；b. 触角（antenna）；c. 喙节Ⅳ+Ⅴ（ultimate rostral segment）；
d. 中胸腹岔（mesosternal furca）；e. 腹部背面观（dorsal view of abdomen）；f. 体背毛（dorsal hair of body）；g. 腹管（siphunculus）；h. 尾片（cauda）；i. 尾板（anal plate）；j. 生殖板（genital plate）。

有翅孤雌蚜（alate viviparous female）

k. 头部背面观（dorsal view of head）；l. 触角（antenna）；m. 次生感觉圈（secondary rhinarium）；
n. 喙节Ⅳ+Ⅴ（ultimate rostral sgement）；o. 腹部背面观（dorsal view of abdomen）；p. 前翅（fore wing）；q. 腹管（siphunculus）；r. 尾片（cauda）。

Ⅰ淡色无斑，背片Ⅱ有1个断续窄横带，背片Ⅲ～Ⅵ中侧斑大，呈宽横带状，背片Ⅶ背中横带窄，背片Ⅷ有背大斑，横贯全节；背片Ⅰ～Ⅴ有独立大型缘斑。体表粗糙，有小刺突组成瓦纹，腹部背片Ⅱ～Ⅴ有不规则网纹。气门圆形开放，气门片深褐色。节间斑明显，黑褐色。体背毛短，尖锐，毛长不大于毛孔；腹部腹面毛长，尖锐，长于背毛。头部有头顶长毛4对，头背短毛7～9对；前胸背板有中侧毛10对，缘毛8对；腹部背片Ⅰ～Ⅶ中、侧毛数：4～6对，6或7对，8～13对，14或15对，12～14对，8～10对，5～7对，背片Ⅰ有缘毛2对，背片Ⅱ～Ⅶ各有缘毛5或6对，背片Ⅷ有长毛11或

12 对。头顶毛长 0.02mm，为触角节Ⅲ最宽直径的 0.74 倍；腹部背片Ⅷ长毛长 0.03mm。中额隆起，呈圆头状。触角 6 节，粗糙，有小刺突组成横纹，全长 1.08mm，为体长的 0.55 倍；节Ⅲ长 0.36mm，节Ⅰ～Ⅵ长度比例：16：16：100：50：48：37＋30；触角毛短，尖锐，节Ⅰ～Ⅵ毛数：3～5 根，4 或 5 根，12～19 根，5～12 根，5～7 根，4 或 5＋0 根，末节鞭部顶端有长毛 3 或 4 根；节Ⅲ毛长为该节最宽直径的 0.30 倍；触角节Ⅲ有大小圆形具睫次生感觉圈 9～12 个，分布于全长。喙粗短，端部不达中足基节；节Ⅳ＋Ⅴ短盾形，长 0.06mm，为基宽约等，为后足跗节Ⅱ的 0.47 倍；有原生毛 2 或 3 对，次生毛 1 或 2 对。足粗糙，有小刺突组成横瓦纹。后足股节长 0.33mm，为触角节Ⅲ的 0.92 倍；后足胫节长 0.59mm，为体长的 0.30 倍；后足胫节毛长为该节中宽的 1.20 倍。跗节Ⅰ毛序：5，5，5。前翅狭长，中脉分为 3 支，各翅脉有淡色昙。腹管截断状，端宽 0.03mm，小于触角节Ⅲ最宽直径。尾片瘤状，中部收缩，全长 0.11mm，为基宽的 1.10 倍，有长短毛 14 或 15 根。尾板分裂为两叶，有毛 14～16 根。生殖板深褐色，有长尖毛 24～26 根。

生物学　寄主植物为莎草 *Cyperus rotundus*、乌拉草 *Carex meyeriana* 和薹草属 1 种 *Carex* sp.。

分布　辽宁（沈阳）、江苏；瑞典，美国，加拿大。

（145）居薹蓟马蚜 *Thripsaphis caricicola* （Mordvilko，1914）（图 178）

Callaphis caricicola Mordvilko, 1914：27.

Thripsaphis cyperi Börner, 1952 nec Walker, 1848：38.

Thripsaphis gelrica Hiile Ris Lambers, 1955：243.

Thripsaphis caricicola (Mordvilko)：Heie, 1982：78；Zhang, Liu, He *et* Zhong, 1986：394；
　　Zhang, Zhang, Zhong *et* Tian, 1993：168；Remaudière *et* Remaudière, 1997：259；Qiao *et*
　　Zhang, 2002：535；Qiao, Zhang *et* Zhong, 2005：385.

特征记述

无翅孤雌蚜　体长椭圆形，体长 1.77mm，体宽 0.54mm。活体淡绿色。玻片标本头部与前胸愈合，黑色；中胸黑色，后胸背板中侧有宽带，缘斑独立；腹部背片Ⅴ～Ⅷ有宽带横贯全节。触角黑色，喙褐色，足、腹管、尾片及生殖板黑色，尾板黑褐色。体表粗糙，体背有粗颗粒组成的横纹，腹面有微瓦纹；头部背面有颗粒形成的中缝，股节端部和胫节端部 2/3 有小刺突组成横瓦纹。气门小圆形关闭，气门片褐色。节间斑明显黑褐色。中胸腹岔淡色，两臂分离，各臂横长 0.09mm，为触角节Ⅲ的 0.39 倍。体背毛短小尖锐，腹部腹面毛极短。头部有长短头顶毛各 1 对，短毛头背 9 或 10 对；前胸背板有毛 16 对；腹部背片Ⅰ～Ⅴ各有中侧毛 10～13 对，背片Ⅵ腹管间有毛 13 或 14 对，背片Ⅰ有缘毛 4～6 对，背片Ⅱ～Ⅴ各有 8～11 对，有时 6 对；背片Ⅵ围绕腹管有毛 8 或 9 对，背片Ⅶ有毛 22～24 对，背片Ⅷ有长毛 11 或 12 对。头顶毛长 0.03mm，为触角节Ⅲ最宽直径的 1.40 倍；腹部背片Ⅷ长毛长 0.03mm。中额隆起，呈尖弧形，额瘤不显。触角 6 节，粗糙，有小刺突组成横纹，全长 0.77mm，为体长的 0.43 倍；节Ⅲ长 0.22mm，节Ⅰ～Ⅵ长度比例：37：23：100：44：56：56＋44；节Ⅰ～Ⅵ毛数：3 根，3～5 根，13～16 根，5～8 根，3 或 4 根，（4 或 5）＋0 根，末节鞭部顶端有毛 4

根；节Ⅲ毛长为该节最宽直径的1/4。喙粗短，端部不达中足基节；节Ⅳ＋Ⅴ盾状，长0.05mm，为基宽的0.86倍，为后足跗节Ⅱ的0.26倍；有原生毛2或3对，次生毛1对。后足股节长0.24mm，为触角节Ⅲ的1.10倍；后足胫节长0.57mm，为体长的0.32倍。后足胫节毛长与该节中宽约等。跗节Ⅰ毛序：5，5，5。腹管环状，孔径0.03mm，与触角节Ⅲ最宽直径约等。尾片瘤状，有毛14～16根。尾板分裂为两叶，有毛14～16根。生殖板馒圆形，有毛24根。

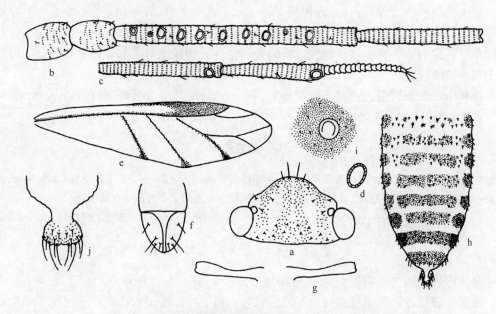

图178 居薹蓟马蚜 *Thripsaphis caricicola* （Mordvilko）

有翅孤雌蚜（alate viviparous female）

a. 头部背面观（dorsal view of head）；b. 触角节Ⅰ～Ⅳ（antennal segments Ⅰ～Ⅳ）；c. 触角节Ⅴ～Ⅵ（antennal segments Ⅴ～Ⅵ）；d. 次生感觉圈（secondary rhinarium）；e. 前翅（fore wing）。

无翅孤雌蚜（apterous viviparous female）

f. 喙节Ⅳ＋Ⅴ（ultimate rostral segment）；g. 中胸腹岔（mesosternal furca）；h. 腹部背面观（dorsal view of abdomen）；i. 腹管（siphunculus）；j. 尾片（cauda）。

有翅孤雌蚜 体长1.84mm，体宽0.59mm。玻片标本头部与胸部黑色，腹部淡色，有斑纹。腹部背片Ⅰ、Ⅱ各有小中斑1对，背片Ⅲ～Ⅵ有宽横带，各有独立缘斑，背片Ⅶ缘斑大，背中斑零星分布，背片Ⅷ背斑大。触角6节，长1.00mm，为体长的0.54倍；节Ⅲ长0.32mm，节Ⅰ～Ⅵ长度比例：19：19：100：53：50：43＋33；节Ⅲ有毛14根，有圆形具睫次生感觉圈11个，分布全长。后足股节长0.30mm，后足胫节长0.52mm，后足跗节Ⅱ长0.12mm。前翅狭长，翅痣长大。翅脉正常，粗黑；后翅1条斜脉。腹管截断状。尾片有毛15根。尾板有毛16根。其他特征与无翅孤雌蚜相同。

生物学 寄主植物为管茅和刚草。

分布 辽宁（辽阳）、吉林（公主岭）；俄罗斯，捷克，波兰，荷兰，芬兰，挪威，德国，瑞典。

十二、毛蚜科 Chaitophoridae

头部无额瘤，中额凸出或平直。触角 6 或 5 节，罕见 4 节，触角末节鞭部长于基部，次生感觉小圆形。体背缘瘤和背瘤常缺。爪间毛多为棒状。有翅型翅脉正常。腹管短截状，有时杯状或环状，大部分有网纹或小刺。尾片瘤状或半月形。尾板末端圆形，有时下缘微凹。

寄主为杨柳科 Salicaceae、槭树科 Aceraceae 或禾本科 Gramineae 及其他单子叶植物；大多群居于叶片或嫩梢上。同寄主全周期生活型，不形成虫瘿，很少传播病毒；食性较单一，多为寡食性。该科物种常有蚂蚁伴生。有翅孤雌蚜大部分在早夏出现，可能属于第 2 或 3 代。

该科由 2 个亚科组成，即毛蚜亚科 Chaitophorinae 和五节毛蚜亚科 Atheroidinae。

世界已知 11 属 172 种，中国已知 6 属 30 种，本志记述 5 属 13 种。

亚科检索表

1. 触角 6 节；腹管平截状，有网状刻纹；寄主为杨柳科和槭树科植物⋯⋯⋯⋯ **毛蚜亚科 Chaitophorinae**
   触角 4 或 5 节；腹管平截状、圆柱状或孔状，无网纹；寄主为禾本科和莎草科植物⋯⋯⋯⋯⋯⋯⋯⋯⋯⋯⋯⋯⋯⋯⋯⋯⋯⋯⋯⋯⋯⋯⋯⋯⋯⋯⋯⋯ **五节毛蚜亚科 Atheroidinae**

（十二）五节毛蚜亚科 Atheroidinae

身体卵形，较宽，有时纤细，两侧近乎平行，被长毛。触角 5 节，罕见 4 节，很短。喙短。腹管低，位于腹部背片 V 或 VI 缘域，截断状、圆形或孔状，无网纹。卵生雌性蚜后足胫节伪感觉圈每 2 个互相愈合。雄性蚜无翅。

在草本单子叶植物的茎、叶及花序上取食，如禾本科 Gramineae 和莎草科 Cyperaceae（偶见在灯心草科 Juncaceae）植物上。大多数种类营全生活周期型。主要分布在古北区，新北区也有少量分布。

世界已知 5 属 23 种，中国已知 3 属 8 种，本志记述 2 属 3 种。

属 检 索 表

1. 体背毛粗尖状；腹管短截断状，无网纹；尾片舌形，瘤状或圆形 ⋯⋯⋯⋯⋯⋯⋯⋯ **伪毛蚜属 Sipha**
   体背毛刺状或尖锐，但顶端有齿；腹管孔状；尾片末端圆形 ⋯⋯⋯⋯⋯⋯ **五节毛蚜属 Atheroides**

58. 五节毛蚜属 *Atheroides* Haliday，1839

Atheroides Haliday，1839：189. **Type species**：*Atheroides serrulatus* Haliday，1839.

Corealachnus Paik，1971：3.

Atheroides Haliday；Blackman *et* Eastop，2006：1099；Remaudière *et* Remaudière，1997：160.

属征 头部与前胸分离，腹部背片 II～VII 常愈合。中额和额瘤不明显。体表有皱纹。体背毛短，顶端平或刺状，或 2 种毛同时存在。触角 4 或 5 节，全长短于体长的 3/10 倍；有翅孤雌蚜触角节 III 有次生感觉圈 1～4 个。喙短，端部达中足基节。各足跗节 I 有 3～5 根细腹毛，无背毛。腹管孔状，位于腹部节 IV、V 之间或节 V。尾片末端圆形，有时被腹部背片Ⅷ覆盖。尾板完整，有尖锐毛。

寄主为多种杂草，有时为薹草属植物 *Carex* spp.。该属起源于古北区，有1种现被传入美国。

世界已知7种，中国已知1种。

（146）禾草五节毛蚜 *Atheroides hirtellus* Haliday，1839（图179）

Atheroides hirlellus Haliday，1839：186.

Atheroides junci Laing，1920：212.

Atheroides niger Ossiannilsson，1954：117.

Atheroides hirlellus（Haliday）：Stroyan 1977：38；Heie 1982：148；Zhang *et* Zhong，1986：244；Zhang *et al.*，1986b：228；Qiao *et* Zhang，2002：757；Remaudière *et* Remaudière，1997：160.

特征记述

无翅孤雌蚜 体椭卵形，体长1.99mm，体宽0.97mm。活体灰色。玻片标本深褐色，无斑纹；触角节Ⅳ端半部至节Ⅴ黑色，喙顶端、腹管及跗节端半部黑色外，其他部分褐色。头部、胸部各节及腹节Ⅰ、Ⅷ分节明显，前胸宽大，为中胸的1.20倍。气门圆形，半开放，气门片深褐色。节间斑黑褐色。体背有粗长尖锐毛和长短不等的剑状毛，腹部有细长尖锐毛；头部有长短毛约100根，前胸背板有毛120根，腹部背片Ⅰ有

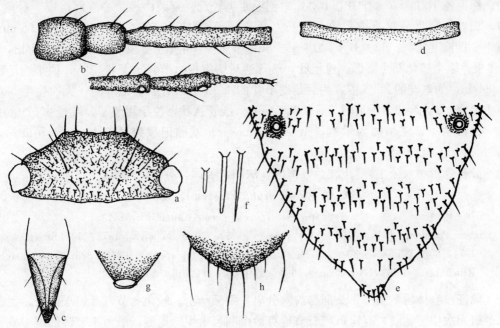

图179 禾草五节毛蚜 *Atheroides hirtellus* Haliday

无翅孤雌蚜（apterous viviparous female）

a. 头部背面观（dorsal view of head）；b. 触角节Ⅰ～Ⅴ（antennal segments Ⅰ～Ⅴ）；c. 喙节Ⅳ＋Ⅴ（ultimate rostral segment）；d. 中胸腹岔（mesosternal furca）；e. 腹部背片Ⅳ～Ⅷ背面观（abdominal tergites Ⅳ～Ⅷ）；f. 体背毛（dorsal hairs of body）；g. 腹管（siphunculus）；h. 尾片（cauda）。

毛 100 余根，背片Ⅷ有长毛 4 根，有短毛 4~8 根，均为尖锐毛。各体节缘域及头部主要为粗长毛，毛长 0.12~0.16mm，为触角节Ⅲ中宽的 5.40~6.90 倍；体背长剑状毛长 0.10mm，短剑状毛长 0.02mm，分别为触角节Ⅲ中宽的 4.40 倍和 0.81 倍；各长毛毛基斑隆起。中胸腹岔无柄，横长 0.29mm，与触角节Ⅲ、Ⅳ之和约等长。头顶圆。触角 5 节，有瓦纹，全长 0.60mm，为体长的 3/10 倍，节Ⅲ长 0.21mm，节Ⅰ~Ⅴ长度比例：32:26:100:39:43+11；触角毛尖锐，节Ⅰ~Ⅴ毛数：3 或 4 根，2 根，5 或 6 根，2 根，2+0 根；末节鞭部顶端有短毛 1 对，节Ⅲ长毛长 0.06mm，为该节最宽直径的 2.90 倍，长毛长为短毛的 4.00 倍。喙粗，端部超过中足基节，节Ⅳ+Ⅴ长楔形，长 0.14mm，为基宽的 1.70 倍，为后足跗节Ⅱ的 0.92 倍，有原生长毛 2 或 3 对，次生长毛 1 对。足光滑，后足股节长 0.35mm，为触角节Ⅲ的 1.60 倍；后足胫节长 0.62mm，为体长的 0.31 倍，长毛长 0.11mm，为该节最宽直径的 2.30 倍；跗节Ⅰ毛序：5，5，5，分布于顶端，有时 3 根。腹管截断圆体锥状，有瓦纹，基宽 0.06mm，端径 0.03mm。尾片馒圆形，长 0.05mm，粗糙，有粗刺突组成的横瓦纹，有长曲毛 1 对，短毛 2~4 根。尾板方圆形，有长短毛 22 或 23 根。生殖板有细长毛 16~18 根。

胚胎 体卵形，体长 0.73mm，体宽 0.35mm。体背毛粗长，尖锐。头部有头顶毛 1 对，头背中毛 1 对，侧毛 2 对；前胸背板有中、缘毛各 2 对，侧毛 1 对；中、后胸背板有中、侧毛各 1 对，缘毛 2 对；腹部背片Ⅰ~Ⅵ有中、侧、缘毛各 1 对，背片Ⅶ有中、缘毛各 1 对，节Ⅷ有中毛 1 对，中侧毛距离较近。复眼由多个小眼面组成。触角 4 节，细短，节Ⅲ~Ⅳ有横瓦纹；全长 0.26mm，为体长的 0.36 倍；节Ⅲ长 0.08mm，节Ⅰ~Ⅳ长度比例：63:37:100:63+56；节Ⅰ~Ⅳ毛数：2 根，2 根，1 根，1 根，0+4 根；原生感觉圈小圆形。喙粗壮，端部达后胸腹板；节Ⅳ+Ⅴ长楔状，顶稍钝；长 0.09mm，为基宽的 2.25 倍，为后足跗节Ⅱ的 1.13 倍；有原生毛 3 对，无次生毛。跗节Ⅰ毛序：2，2，2。后足跗节Ⅱ长 0.08mm。腹管孔状，位于腹节Ⅴ，端径 0.02mm。

生物学 寄主植物为禾本科杂草 Gramineae。欧洲记载为发草 *Deschampsia caespitosa*。

分布 吉林（公主岭）；波兰，德国，法国，英国，芬兰，瑞典。

59. 伪毛蚜属 *Sipha* Passerini, 1860

Sipha Passerini, 1860: 29. **Type species**: *Aphis glyceriae* Kaltenbach, 1843.

Sipha Passerini; Baker, 1920: 35; Palmer, 1952: 103; Richards, 1972: 98; Szelegiewicz, 1974: 307; Ghosh, 1980: 99; Heie, 1982: 149; Zhang *et al.*, 1986b: 228; Remaudière et Remaudière, 1997: 160; Zhang, 1999: 269; Qiao et Zhang, 2002: 762.

属征 身体通常扁平。头部与前胸分离，中额凸出。触角 5 节，远短于体长，无翅孤雌蚜无次生感觉圈，有翅孤雌蚜节Ⅲ有数个圆形次生感觉圈；触角末节鞭部短于或长于基部的 2.00 倍。喙短，端部通常仅到达中足基节，节Ⅳ+Ⅴ短钝，常有 2 根或无次生毛。身体背片无刻纹或有许多小刺，无色或有小斑块。体背毛通常粗，有分叉。腹管短，截断状，无网纹。尾片瘤状或圆形，有 5~12 根毛。尾板完整，有时隐藏在腹部末节下方。足有各种色斑，跗节Ⅰ有 4 或 5 根腹毛。前翅中脉 1 个分叉，后翅 2 条斜脉。

大多数种类性蚜未知。雌性蚜无翅，后足胫节膨大，有伪感觉圈。雄性蚜有翅，触角节Ⅲ、Ⅳ均有次生感觉圈。

该属种类取食禾本科 Gramineae 和莎草科 Cyperaceae 植物，全生活周期型。文献记载其还可寄生在湿地杂草叶片上。

世界已知 15 种，中国已知 4 种，本志记述 2 种。

种 检 索 表

（无翅孤雌蚜）

1. 中胸腹岔有长柄，臂长为触角节Ⅴ基部的 2.97 倍；头部背毛、触角节Ⅲ毛，腹部背片Ⅷ毛长分别为触角节Ⅲ最宽直径的 6.00 倍、2.30 倍、6.12 倍；喙节Ⅳ＋Ⅴ长为基宽的 1.80 倍……………………………
…………………………………………………………………… 丽伪毛蚜 *S. elegans*
　中胸腹岔无柄，臂长为触角节Ⅴ基部的 1.68 倍；头部背毛、触角节Ⅲ毛，腹部背片Ⅷ毛长分别为触角节Ⅲ最宽直径的 7.00 倍、3.26 倍、7.16 倍；喙节Ⅳ＋Ⅴ长为基宽的 2.28 倍…………………
…………………………………………………………………… 剪草伪毛蚜 *S. arenarii*

（147）丽伪毛蚜 *Sipha elegans* del Guercio，1905 （图 180）

Sipha elegans del Guercio，1905：137.

Sipha kurdjumovi Mordvilko，1921：56.

Sipha agropyrella Hille Ris Lambers，1939：82.

Rungsia nemaydis Narzikulov，1963：11.

Sipha kurdjumovi Mordvilko：Ossiannilsson，1959：391；Shaposhnikov，1964：544；Richards，1972：103.

Sipha elegans del Guercio：Heie，1982：153；Zhang *et al.*，1986b：228；Zhang，1999：269；Qiao *et* Zhang，2002：764；Remaudière *et* Remaudière，1997：161.

特征记述

无翅孤雌蚜　体椭圆形，体长 2.09mm，体宽 0.95mm。活体褐色。玻片标本褐色，腹部背片Ⅱ～Ⅶ愈合，背片Ⅰ、Ⅷ独立。体表光滑，腹部背片Ⅶ、Ⅷ有微瓦纹。气门圆形关闭，气门片黑褐色。节间斑明显，淡褐色。中胸腹岔褐色，有长柄或短柄，横长 0.27mm，为触角节Ⅲ的 1.10 倍，为触角节Ⅴ基部的 2.97 倍。体背毛粗，尖锐，长短不等，长毛长约为短毛的 14.00 倍，腹部腹面毛细长尖锐。头部有毛 55～60 对，其中有粗长毛 10 对；前胸背板有毛 90 余对，其中有粗长毛 5 对；腹部背片Ⅰ有毛 50 余对，其中有粗长毛 4 对，背片Ⅷ有毛 5～7 对。头部长毛长 0.15mm，为触角节Ⅲ中宽的 6.00 倍，头部短毛长 0.01mm；腹部背片Ⅰ长毛长 0.14mm，短毛长 0.02mm；背片Ⅷ长毛长 0.15mm，短毛长 0.04mm。中额及额瘤呈圆平顶状。触角 5 节，有瓦纹，全长 0.63mm，为体长的 0.30 倍，节Ⅲ长 0.25mm，节Ⅰ～Ⅴ长度比例：26：22：100：32：37＋41；节Ⅰ～Ⅴ毛数：3 或 4 根，3 根，7～8 根，2 或 3 根，2＋（3 或 4）根，节Ⅲ长毛长为该节中宽的 2.30 倍。喙端部达到或稍超过中足基节，节Ⅳ＋Ⅴ长楔状，节Ⅳ、Ⅴ分节明显，长 0.14mm，为基宽的 1.80 倍，约等于或稍长于后足跗节Ⅱ，有原生毛 3 对，次生毛 1 对。足各节光滑，后足股节长 0.38mm，为触角节Ⅲ的 1.60 倍；后足胫节长 0.66mm，为体长的 0.31 倍，毛长为该节最宽直径的 2.10 倍；跗节Ⅰ毛序：5，5，5。腹管截断状，有瓦纹，缘突不显；长 0.03mm，长为尾片的 0.55 倍，基

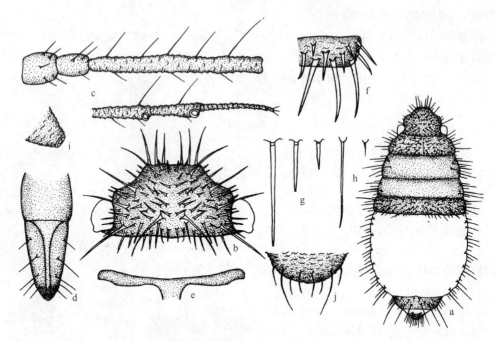

图 180　丽伪毛蚜 *Sipha elegans* del Guercio
无翅孤雌蚜（apterous viviparous female）

a. 整体背面观（中、后胸背板中侧毛及腹部背片Ⅱ～Ⅶ背毛省略）（dorsal view of body, not showing spinal and pleural hairs on mesonotum, metanotum and abdominal tergitesⅡ～Ⅶ）；b. 头部背面观（dorsal view of head）；c. 触角（antenna）；d. 喙节Ⅳ＋Ⅴ（ultimate rostral segment）；e. 中胸腹岔（mesosternal furca）；f. 腹部背片Ⅷ（右侧）（right half of abdominal tergite Ⅷ）；g. 体背中侧毛（spinal and pleural hairs of body）；h. 体缘毛（marginal hairs of body）；i. 腹管（siphunculus）；j. 尾片（cauda）。

宽为端径的 2.00 倍。尾片宽圆形，有小刺突瓦纹；长 0.06mm，长为基宽的 0.42 倍，有长毛 3 根，短毛 2～4 根。尾板半圆形，有长短毛 32～36 根。生殖板馒圆形，有细长尖毛 30～34 根。

无翅雌性蚜　体长 2.28mm，体宽 1.02mm。玻片标本体背褐色，触角褐色，节Ⅰ、Ⅴ黑色；其他附肢深褐色。体表光滑。体背毛尖锐，长短不等。头部有毛 60～65 对；前胸背板有毛 65～80 对；腹部各节有毛密被，腹部背片Ⅰ有毛 60～75 对，背片Ⅷ有毛 20 或 21 对。体背长毛长 0.20mm，为短毛的 20.00 倍。触角 5 节，全长 0.63mm，为体长的 0.28 倍，节Ⅲ长 0.25mm，节Ⅰ～Ⅴ长度比例：25：21：100：31：37＋41；节Ⅲ有毛 5～7 根。后足股节长 0.38mm，后足胫节长 0.65mm，后足跗节Ⅱ长 0.13mm。后足胫节有由 2～4 个环状结构愈合而成的伪感觉圈，分布于胫节中部 3/5。尾片宽舌状，有长短毛 18～24 根；尾板有毛 44～54 根；生殖板圆形，有长毛 60 余根。其他特征与无翅孤雌蚜相似。

无翅雄性蚜　体型小，长卵形，体长 1.61mm，体宽 0.55mm。玻片标本头部、胸部深褐色，腹部淡褐色，无斑纹。触角节Ⅰ、Ⅳ、Ⅴ黑褐色，节Ⅱ、Ⅲ淡色；足股节及跗节深褐色，胫节淡色；腹管、尾片、尾板及生殖器黑褐色。体表光滑。节间斑明显，黑褐色。体背毛粗，长短不等。头背有毛 35 对，其中有粗长毛 6 对；前胸背板有毛 40 对，其中有粗长毛 6 对；腹部背片 I～VI 分别有中、侧、缘毛各 20～26 对，其中各有粗长毛 3 对，背片 VII 有毛 15 对，其中有粗长毛 2 对，背片 VIII 有长毛 5 对。腹部长毛长 0.14mm，为短毛的 14.00 倍。触角 5 节，粗大，全长 0.98mm，为体长的 0.61 倍，节 I～V 长度比例：14：11：100：31：23＋37；节 III、IV 分别有圆次生感觉圈 57～69 个，7～15 个，分布于各节全长。节 III 有毛 11～13 根，长毛长 0.08mm，为该节中宽的 1.80 倍。喙端部达后足基节，节 IV＋V 长 0.12mm。足光滑，后足股节长 0.40mm，为触角节 III 的 0.82 倍；后足胫节长 0.66mm，为体长的 0.41 倍。尾片有长短毛 10 根。尾板有毛 28 根。

生物学 寄主植物为羊草 *Leymus chinensis* 和剪草；文献记载其典型的寄主可能是 *Agropyrum repens*，也寄生在其他杂草上，如羊茅属 *Festuca*、大麦属 *Hordeum*、*Arrhenatherum* 和小麦属 *Triticum* 植物。无蚂蚁伴生。在亚洲、欧洲和北美洲广泛分布。一般 10～20 头在叶片的正面群居。

分布 辽宁（沈阳、阜新）、吉林（公主岭）；俄罗斯，土耳其，捷克，丹麦，瑞典，挪威，芬兰，西班牙，美国，加拿大，中亚。

(148) 剪草伪毛蚜 *Sipha arenarii* Mordvilko，1921（图 181）

Sipha arenarii Mordvilko，1921：57.

Sipha arenarii Mordvilko：Heie，1982：153；Qiao *et* Zhang，2002：763；Remaudière *et* Remaudière，1997：161.

特征记述

无翅孤雌蚜 体椭圆形，体长 1.81mm，体宽 0.92mm。玻片标本头部与前胸分离，腹部节 II～VII 愈合，其他各节游离。头部背面及前胸背板褐色；中、后胸背板及腹部背片 I～VII 各有深褐色中侧横斑 1 对，深褐色缘斑 1 对；腹部背片 V～VII 中侧横斑左右相连，背片 VIII 全节有深褐色窄带纹。触角节 I、V 基部及鞭部顶端褐色，其他部分淡褐色。喙端部及腹管黑褐色。胫节端部及跗节 II 深褐色，其他部分淡褐色。尾片、尾板及生殖板深褐色。触角节 III 端半部、节 IV、V 及足跗节 II 有横瓦纹；腹部背片 VIII、腹后部腹面及生殖板有小刺突横纹；尾片、尾板有小刺突短横纹。气门圆形开放，气门片卵形，深褐色。节间斑深褐色。中胸腹岔深褐色，臂端淡色，两臂相连，臂长 0.15mm，为触角节 V 基部的 1.68 倍。体背毛粗，长短不等，渐尖或钝；头顶毛、体缘毛及腹部背片 VIII 毛尖锐，背片 IV 长毛长 0.12mm，为短毛的 6.00 倍；腹面毛细长尖锐，毛长 0.13mm，比背毛稍长。腹部背片 I～V 有粗长中、侧、缘毛各 3 对；背片 VI 有粗长中、侧毛各 2 对，有缘毛 2 对，背片 VII 有粗长毛 2 对，缘毛 3 对；胸部 3 节背板及腹部背片 I 中侧毛和缘毛呈放射状排列；头部有背毛 125～157 根，前胸背板有毛 186～230 根；腹部背片 I 有毛 122～149 根，背片 VII 有毛 47～52 根，背片 VIII 有毛 13～20 根。头顶毛长 0.17mm，腹部背片 I 缘毛长 0.13mm，背片 VIII 毛长 0.18mm，分别为触角节 III 最宽直径的 7.00 倍、5.47 倍、7.16 倍。触角 5 节，较细短，全长 0.68mm，为体长的 0.38 倍；节 III 长 0.25mm，节 I～V 长度比例：32：24：100：35：36＋48；节 V 鞭部长为基部的 1.33 倍；触角毛细尖，较长，节 I～V 毛数：4 根，2 根，7～9 根，2 根，

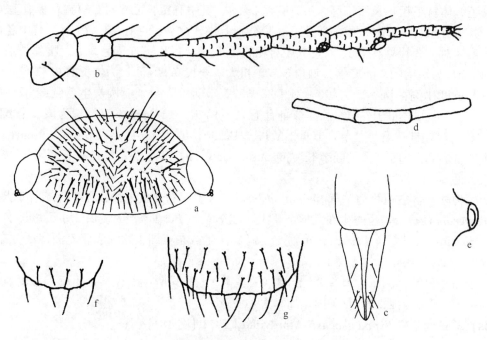

图 181　剪草伪毛蚜 *Sipha arenarii* Mordvilko

无翅孤雌蚜（apterous viviparous female）

a. 头部背面观（dorsal view of head）；b. 触角（antenna）；c. 喙节Ⅳ＋Ⅴ（ultimate rostral segment）；
d. 中胸腹岔（mesosternal furca）；e. 腹管（siphunculus）；f. 尾片（cauda）；g. 尾板（anal plate）。

2 或 3＋0 根，末节鞭部顶端有毛 4 根；节Ⅲ毛长 0.08mm，为该节最宽直径的 3.26 倍；原生感觉圈小圆形，有睫。喙端部达后胸腹板；节Ⅳ＋Ⅴ长楔状，长 0.19mm，为基宽的 2.28 倍，为后足跗节Ⅱ的 0.97 倍；节Ⅳ有原生毛 3 对，次生毛 1 对。足正常。后足股节长 0.39mm，为触角节Ⅲ的 1.56 倍；后足胫节长 0.67mm，为体长的 0.37 倍；后足跗节Ⅱ长 0.15mm；足毛细尖，较多；后足胫节毛长 0.10mm，为该节中宽的 2.68 倍。跗节Ⅰ毛序：5，5，5。腹管短，平截状，无网纹；长 0.03mm，为基宽的 0.40 倍；端径 0.03mm，为触角节Ⅲ最宽直径的 1.32 倍。尾片末端圆形，长 0.05mm，为基宽的 0.34 倍；有毛 8～10 根。尾板末端宽圆形，近平直，有长短毛 24～27 根。生殖突 2 个，有 4 个愈合成 2 个的痕迹，各有毛 4～6 根。生殖板横卵形，有毛 18～24 根，其中前部有较长毛 4～7 根。

胚胎　体卵形，体长 0.66mm，体宽 0.31mm。体背毛粗长，尖锐。头部有头顶毛 2 对，头背侧、缘毛各 1 对；前胸背板有中、缘毛各 2 对，前部 1 对中毛较接近；中、后胸背板有中、侧毛各 1 对，缘毛 2 对，中侧毛距离较近；腹部背片Ⅰ～Ⅵ有中、侧、缘毛各 1 对，背片Ⅶ有中、缘毛各 1 对，背片Ⅷ有中毛 1 对。复眼由多个小眼面组成。触角 4 节，节Ⅲ、Ⅳ有横瓦纹；全长 0.25mm，为体长的 0.37 倍；节Ⅲ长 0.08mm，节Ⅰ～Ⅳ长度比例：63：50：100：50＋37；节Ⅰ～Ⅳ毛数：2 根，2 根，1 根，1＋0 根，末节鞭部顶端有毛 3 根；原生感觉圈小圆形。喙端部达腹部节Ⅱ；节Ⅳ＋Ⅴ尖楔状，长

0.09mm，为基宽的 2.13 倍，为后足跗节Ⅱ的 1.21 倍；节Ⅳ、Ⅴ有分节痕迹，节Ⅳ有毛 3 对，无次生毛。跗节Ⅰ毛序：2，2，2。后足跗节Ⅱ长 0.07mm。腹管孔状，位于腹部背片Ⅳ、Ⅴ之间；端径 0.02mm。

生物学 寄主植物为剪草。国外记载其寄主植物为欧洲滨麦 *Elymus arenarius*。在丹麦 10 月份发生性蚜 (Heie，1982)。

分布 内蒙古（乌兰浩特）；俄罗斯，丹麦，瑞典，挪威，芬兰，波兰，哈萨克斯坦，中亚。

（十三）毛蚜亚科 Chaitophorinae

身体卵形或卵圆形，被长毛。触角 6 节，短于身体。腹管短，平截状，近圆柱形或圆台形，端部有网纹。

寄主为杨柳科 Salicaceae 和槭树科 Aceraceae 植物。

全北区分布。世界已知 6 属 149 种，中国已知 3 属 22 种，本志记述 3 属 10 种。

属 检 索 表
（无翅孤雌蚜）

1. 尾片瘤状 ···································· 毛蚜属 *Chaitophorus*
   尾片半圆形 ··· 2
2. 头部不与前胸愈合 ······················ 多态毛蚜属 *Periphyllus*
   头部与前胸愈合 ······················ 三毛蚜属 *Trichaitophorus*

60. 毛蚜属 *Chaitophorus* Koch，1854

Chaitophorus Koch，1854：1. **Type species**：*Chaitophorus leucomelas* Koch，1854.

Arctaphis Walker，1870：1996.

Tranaphis Walker，1870：1999.

Thomasia Wilson，1910 nec Poche，1908 nec Rübsaamen，1910：386.

Eichochaitophorus Essig，1912：721.

Micrella Essig，1912：716.

Allarctaphis Börner，1949：54.

Promicrella Börner，1949：55.

Pseudomicrella Börner，1949：55.

Chaitophorus Koch：Börner，1949：53；Hille Ris Lambers，1960：1；Higuchi，1972：81；Richards，1972：10；Ghosh，1980：24；Heie，1980：121；Raychaudhuri，1980：1；Remaudière et Remaudière，1997：161；Zhang et Zhong，1983：183；Zhang，1999：246.

属征 额瘤缺，中额稍隆。触角通常 6 节，罕见 5 节，一般短于或等于体长；无翅孤雌蚜触角无次生感觉圈，有翅孤雌蚜次生感觉圈主要分布在触角节Ⅲ；触角末节鞭部总长于基部；鞭部毛长而细，通常长于触角节Ⅲ最宽直径。头部与前胸分离。喙节Ⅳ＋Ⅴ粗或细长，通常短于或等于后足跗节Ⅱ的 2.00 倍。体背板光滑或有小刺突、网纹或小突起；有翅孤雌蚜腹部背片有成对缘斑和中侧斑，有时中侧斑愈合为 1 个大背斑。腹部背片相互分离，或分布不显，背片Ⅰ～Ⅵ常愈合并暗色骨化，背片Ⅵ、Ⅶ有时愈合，背片Ⅷ游离。无翅孤雌蚜体背毛长，细或粗，顶端渐尖、钝或分叉；有翅孤雌蚜体背毛通常细，腹部背片Ⅷ毛数变化较大，有时可达 20 根。腹管短，平截状，淡色或暗色，为体长的 0.04～0.06 倍，有网纹。尾片通常瘤状或弧形、舌形。尾板完整。生殖突 4 个。胫节端部光滑，有时在毛间有细小刺突；后足胫节有时有少数伪感觉圈。跗节Ⅰ常有毛 5 根，有时 6 或 7 根；爪间毛细。前翅中脉 2 分叉，后翅 1 条斜脉。

多种性蚜未知。雌性蚜通常无翅，体型较宽，背部骨化斑与孤雌蚜不同；后足胫节通常肿胀，有伪感觉圈。雄性蚜体型也较宽，无翅雄蚜和有翅雄蚜触角次生感觉圈多于有翅孤雌蚜。

该属全北区分布。取食杨柳科 Salicaceae 杨属植物 *Populus* spp. 和柳属植物 *Salix* spp.；主要位于嫩叶和端梢，有些北美分布的种类寄生在根部或树干。

世界已知 81 种，中国已知 18 种，本志记述 6 种。

种 检 索 表

1. 取食柳属植物 ·· 2
   取食杨属植物 ·· 3
2. 触角末节鞭部长为基部的 3.13 倍；喙节Ⅳ＋Ⅴ长为基宽的 1.70 倍，为后足后跗节Ⅱ的 0.90 倍···
   ··· **柳毛蚜 *C. salicti***
   触角末节鞭部长为基部的 1.83 倍；喙节Ⅳ＋Ⅴ长为基宽的 2.30 倍，为后足跗节Ⅱ的 1.20 倍······
   ··· **柳黑毛蚜 *C. saliniger***
3. 跗节Ⅰ毛序：5，5，5 ··· **白毛蚜 *C. populialbae***
   跗节Ⅰ毛序：7，7，7 ··· 4
4. 触角末节鞭部长为基部的 1.85 倍 ··· **白杨毛蚜 *C. populeti***
   触角末节鞭部长为基部的 2.00 倍 ·· 5
5. 触角节Ⅲ长毛长为该节直径的 4.10 倍；节间斑不显 ······················· **白曲毛蚜 *C. leucomelas***
   触角节Ⅲ长毛长为该节直径的 2.70 倍；节间斑明显 ························· **欧山杨毛蚜 *C. tremulae***

(149) 白曲毛蚜 *Chaitophorus leucomelas* Koch，1854（图 182）

Chaitophorus leucomelas Koch，1854：4.

Chaitophorus versicolor Koch，1854：10.

Chaitophorus leucomelas lyratus Ferrari，1872：49.

Chaitophorus abnormis Theobald，1925：71.

Chaitophorus leucomelas Koch：Stroyan，1977：17；Heie，1982：129；Remaudière *et* Remaudière，1997：163.

特征记述

无翅孤雌蚜　体卵圆形，体长 1.67mm，体宽 0.90mm。玻片标本体背褐色，触角节Ⅰ、Ⅴ端半部及节Ⅵ、喙顶端及足跗节黑色，其他附肢淡色。体表粗糙，头部背面及腹面、胸部及腹部各节背片有粗圆刻点或半环形纹。腹部腹面及背片Ⅷ有小刺突组成细瓦纹。气门圆形关闭，气门片淡色。节间斑不显。中胸腹岔无柄，两臂分离，臂长 0.11mm，与触角节Ⅵ基部约等长。体背毛长短不齐，顶端尖锐，长毛长 0.19mm，短毛长 0.03mm，相差 5.00～6.00 倍；头部有头顶毛 7 对，头背毛 14 或 15 对；前胸背

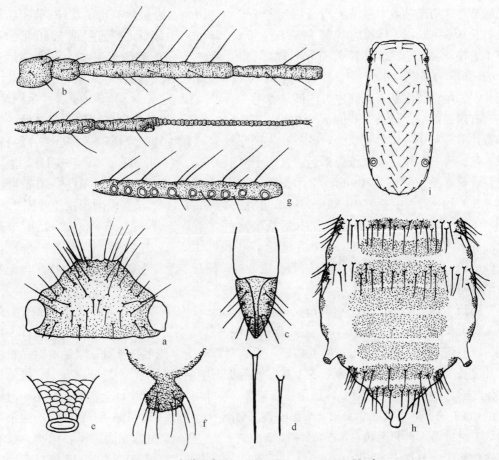

图 182 白曲毛蚜 *Chaitophorus leucomelas* Koch

无翅孤雌蚜 （apterous viviparous female）

a. 头部背面观 （dorsal view of head）；b. 触角 （antenna）；c. 喙节Ⅳ＋Ⅴ （ultimate rostral segment）；

d. 体背毛 （dorsal hairs of body）；e. 腹管 （siphunculus）；f. 尾片 （cauda）。

有翅孤雌蚜 （alate viviparous female）

g. 触角节Ⅲ （antennal segment Ⅲ）；h. 腹部背面观 （背片Ⅱ，Ⅳ～Ⅵ背毛省略） （dorsal view of abdomen，not showing dorsal hairs on abdominal tergites Ⅱ，Ⅳ～Ⅵ）。

胚胎 （embryo）

i. 整体背面观 （dorsal view of body）。

板有毛 11 对；腹部背片Ⅰ～Ⅶ各有缘毛 3～5 对，背片Ⅰ有中侧毛 19～23 根，背片Ⅶ有中侧毛 8～10 根，背片Ⅷ有毛 12 根。头顶长毛长 0.17mm，为触角节Ⅲ最宽直径的 6.10 倍；腹部背片Ⅰ毛长 0.14mm，腹部背片Ⅷ长毛长 0.17mm。中额及额瘤不隆，呈平顶状。触角 6 节，有瓦纹，全长 1.17mm，为体长的 0.70 倍；节Ⅲ长 0.29mm，节Ⅰ～Ⅵ长度比例：22：19：100：58：53：40＋107；触角毛长短不等，节Ⅰ～Ⅵ毛数：7～9 根，4～5 根，9～11 根，3 或 4 根，2～4 根，3＋0 根；节Ⅲ长毛长 0.11mm，为该节最宽直径的 4.10 倍。喙短，端部多数不达中足基节；节Ⅳ＋Ⅴ楔锥状，长 0.09mm，为基宽的 1.60 倍，为后跗节Ⅱ的 0.77 倍；有原生毛 2 对，次生毛 2 或 3 对。

足股节外缘有皱曲纹，胫节光滑；后足股节长 0.41mm，为触角节Ⅲ的 1.40 倍；后足胫节长 0.64mm，为体长的 0.38 倍；长毛长 0.15mm，为该节最宽直径的 3.60 倍。跗节Ⅰ毛序：7，7，7。腹管截断状，端半部有网纹，基半部有横瓦纹，有缘突；长 0.07mm，为基宽的 0.67 倍。尾片瘤状，长 0.09mm，为腹管的 1.40 倍，有长短毛 8 或 9 根。尾板宽瘤状，端部中央内凹，有毛 16～18 根。

有翅孤雌蚜　体长 1.69mm，体宽 0.72mm。头部、胸部黑褐色，腹部有斑纹，腹部背片Ⅰ～Ⅵ中侧斑呈宽横带，各节有大圆形缘斑，背片Ⅶ、Ⅷ横带横贯全节。触角、喙、足、腹管、尾片及尾板黑褐色。气门小圆形关闭，气门片黑色。节间斑明显，黑褐色。触角 6 节，全长 1.30mm，为体长的 0.78 倍；节Ⅲ长 0.35mm，节Ⅰ～Ⅵ长度比例：19：14：100：55：50：33+98；节Ⅲ有长毛 13 或 14 根，有大圆形次生觉圈 10～13 个，分布全节。喙端部达前、中足基节之间，节Ⅳ＋Ⅴ长 0.09mm。后足股节长 0.38mm，后足胫节长 0.71mm，后足跗节Ⅱ长 0.12mm。翅脉粗黑，革质。腹管长 0.08mm。尾片长 0.08mm；有长曲毛 7 或 8 根。尾板有毛 15～17 根。其他特征与无翅孤雌蚜相似。

胚胎　体长卵形，体长 0.73mm，体宽 0.33mm。体背毛稍长，尖锐，头部有头顶毛 2 对，头背侧、缘毛各 1 对，前胸背板有中、缘毛各 2 对；中胸背板有中毛 1 对，侧、缘毛各 2 对，近中域 1 对侧毛细短；后胸背板有中、侧毛各 1 对，缘毛 2 对；腹部背片Ⅰ～Ⅴ分别有中、侧、缘毛各 1 对，侧毛靠近中毛，背片Ⅵ～Ⅷ分别有中、缘毛各 1 对。复眼有多个小眼面组成。触角 4 节，节Ⅲ～Ⅳ有短横瓦纹；全长 0.42mm，为体长的 0.57 倍；节Ⅲ长 0.11mm，节Ⅰ～Ⅳ长度比例：48：38：100：57+143；触角毛少，尖锐，节Ⅰ～Ⅳ毛数：3 根，2 根，1 根，1+3 根；原生感觉圈圆形，无睫。喙端部达腹节Ⅰ，节Ⅳ＋Ⅴ长 0.07mm，为基宽的 1.75 倍，为后跗节Ⅱ的 1.17 倍；有原生毛 3 对，无次生毛。跗节Ⅰ毛序：2，2，2。后足跗节Ⅱ长 0.06mm。腹管位于腹节Ⅴ、Ⅵ之间，端径 0.04mm，基宽 0.05mm。

生物学　寄主植物为黑杨 *Populus nigra* 和意大利杨 *P. italica*。广泛分布在亚洲、欧洲和北美洲。在叶片背面或幼枝上为害；时常在瘿绵蚜或其他昆虫形成的空虫瘿内生活。春季有蚂蚁伴生。

分布　吉林（前郭尔罗斯）、宁夏；俄罗斯，蒙古国，伊朗，土耳其，葡萄牙，西班牙，丹麦，瑞典，挪威，美国，加拿大，中亚。

(150) 白杨毛蚜 *Chaitophorus populeti* (Panzer, 1801) (图 183)

Aphis populeti Panzer, 1801：6.

Chaitophorus betulinus van der Goot, 1912：354.

Chaitophorus populisieboldi Matsumura, 1919：354.

Chaitophorus coreanus Okamato et Takahashi, 1927：142.

Chaitophorus yamanarashi Shinji, 1941：418.

Chaitophorus populeti (Panzer)：Szelegiewicz, 1961：278；Verma, 1969：28；Higuchi, 1969：87；Ghosh, 1980：51；Heie, 1982：133；Zhang et Zhong, 1983：185；Remaudière et Remaudière, 1997：164；Zhang, 1999：259.

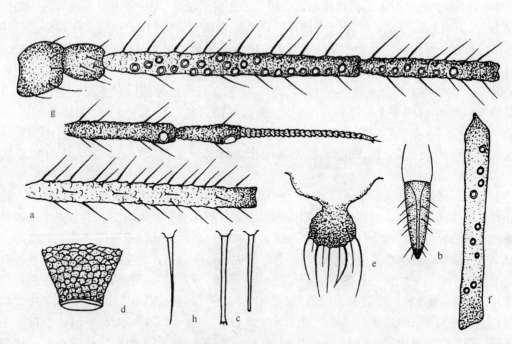

图 183 白杨毛蚜 *Chaitophorus populeti* (Panzer)

无翅孤雌蚜 (apterous viviparous female)

a. 触角节Ⅲ (antennal segment Ⅲ)；b. 喙节Ⅳ+Ⅴ (ultimate rostral segment).；c. 体背毛 (dorsal hairs of body)；d. 腹管 (siphunculus)；e. 尾片 (cauda)；f. 后足胫节 (hind tibia)。

有翅孤雌蚜 (alate viviparous female)

g. 触角 (antenna)；h. 体背毛 (dorsal hair of body)。

特征记述

无翅孤雌蚜 体卵圆形，体长 2.20mm，体宽 1.30mm。活体水绿色，有黑绿色斑。玻片标本体背骨化深色，中胸侧片和腹部背片Ⅰ~Ⅴ各有 1 对侧带骨化灰黑色，背片Ⅶ、Ⅷ骨化淡色；头部与胸部各节间分节明显。触角节Ⅳ端部至节Ⅵ、后足股节、胫节两端、节间斑黑色；腹管、尾片端部及尾板末端灰黑色至黑色；喙节Ⅳ+Ⅴ、中足股节灰黑色；前足股节、各足胫节中部淡色。头部和胸背面有皱曲纹，头部前端及胸部缘域有明显小刺突，腹部背片Ⅶ、Ⅷ微显瓦纹。中胸腹岔两臂分离。体背毛长，淡色，顶端分叉、锯齿状或钝顶，短毛大多为尖锐毛；腹面毛均为尖锐毛，不分叉。头部有头顶毛 16~18 根，头背毛 26 根 (其中有尖锐毛 14 根)；前胸背板有中侧毛 24~27 根，缘毛 14~18 根 (缘毛为尖锐毛)；中、后胸背板有中侧毛 40~46 根，缘毛 28~32 根 (其中有分叉毛 12~16 根，其他为尖锐及钝顶毛)；腹部背片Ⅰ~Ⅶ中侧毛大多分叉，各节有 12~38 根；背片Ⅷ有长毛 12 根；背片Ⅰ~Ⅶ各有缘毛 6~12 根，以长短尖锐毛为主。头顶毛长 0.10mm；头顶毛、腹部背片Ⅰ、Ⅷ毛长分别为触角节Ⅲ直径的 3.80 倍、2.60 倍、3.10 倍。额呈平顶状，额瘤不隆。触角 6 节，节Ⅰ、Ⅱ有褶纹，节Ⅲ~Ⅵ有瓦纹；全长 1.40mm，为体长的 0.63 倍；节Ⅲ长 0.44mm，节Ⅰ~Ⅵ长度比例：18：

15：100：57：45：27＋50；触角毛长尖锐，节Ⅰ～Ⅵ毛数：8～10 根，4 或 5 根，22～26 根，10～12 根，6～8 根，3＋0 根；节Ⅲ毛长为该节直径的 2.70 倍。喙端部达后足基节，节Ⅳ＋Ⅴ细长，长为基宽的 3.00 倍，为后足跗节Ⅱ的 1.30 倍；有原生刚毛 2 对，次生毛 4 或 5 对。后足股节短粗，长 0.51mm，为触角节Ⅲ的 1.20 倍，长为宽的 5.00 倍。后足胫节长 0.94mm，为体长的 0.43 倍；有伪感觉圈分散分布；毛长为该节直径的 1.80 倍；跗节Ⅰ毛序：7，7，7。腹管短圆筒状，长 0.09mm，为体长的 0.04 倍，为尾片的 0.67 倍，有网纹及明显缘突，稍显切迹。尾片瘤状，瘤状部有小刺突构成瓦纹，有长尖毛 7～10 根。尾板末端圆形，有长短尖毛 20～25 根，长为短毛的 3.00～5.00 倍。

有翅孤雌蚜　体长卵形，体长 2.30mm，体宽 1.00mm。活体头部、胸部黑色，腹部有黑色或深绿色斑。玻片标本头部、胸部、触角节Ⅰ、Ⅱ及Ⅲ端部、节Ⅵ黑色；腹部淡色有黑色斑纹，背片Ⅰ～Ⅵ各有中、侧横带和缘斑，背片Ⅶ、Ⅷ缘斑与中、侧斑愈合呈 1 个大横带；腹部背斑有瓦纹。体背毛粗长尖锐，腹面毛较背毛细短。腹部各节各有缘毛 8～12 根，背片Ⅰ～Ⅳ各有中、侧毛 44～58 根，背片Ⅴ、Ⅵ各有毛 28～35 根，背片Ⅶ有毛 14 根，背片Ⅷ有毛 10 根，缘毛短于中毛。触角长 1.40mm，为体长的 0.63 倍；节Ⅲ长 0.47mm，节Ⅰ～Ⅵ长度比例：18：15：100：55：45：26＋51；节Ⅲ～Ⅴ各有小圆形次生感觉圈 19～26 个，1～7 个，0 或 1 个，排列不规则。翅脉正常，翅痣深色有晕。其他特征与无翅孤雌蚜相似。

胚胎　体长卵形，体长 0.74mm，体宽 0.37mm。体背毛稍长，尖锐。头部有头顶毛 2 对，头背侧、缘毛各 1 对；前胸背板有中缘毛各 2 对，侧毛 1 对，靠近中毛；中胸背板有中毛 1 对，侧、缘毛各 2 对，1 对侧毛靠近前胸背板，另 1 对细短，靠近后胸背板；后胸背板有中、侧毛各 1 对，缘毛 2 对；腹部背片Ⅰ～Ⅵ有中、侧、缘毛各 1 对，背片Ⅶ～Ⅷ分别有中、缘毛各 1 对。复眼由多个小眼面组成。触角 4 节，节Ⅲ～Ⅳ有横瓦纹；全长 0.40mm，为体长的 0.54 倍；节Ⅲ长 0.13mm，节Ⅰ～Ⅳ长度比例：38：31：100：8＋92；节Ⅰ～Ⅳ毛数：3 根，3 根，1 根，2＋4 根。原生感觉圈圆形，无睫。喙端部达腹部节Ⅳ；节Ⅳ＋Ⅴ长 0.12mm，为基宽的 2.40 倍，为后足跗节Ⅱ的 1.33 倍；有原生毛 3 对，次生毛 1 对。足正常。跗节Ⅰ毛序：2，2，2。后足跗节Ⅱ长 0.09mm。腹管位于腹部背片Ⅵ，端径 0.03mm，基宽 0.05mm。

生物学　寄主植物为木包头杨 *Populus* sp.、毛白杨 *P. tomentosa*、小叶杨 *P. simonii*、银白杨 *P. alba*、苦杨 *P. laurifolia*、山杨 *P. davidiana* 和新疆杨 *P. alba* var. *pyramidalis*。本种为常见种，全年在杨树上为害，以卵在毛白杨和银白杨枝条上越冬。在北京 4～9 月发生较多，4 月下旬至 6 月中旬常发生有翅孤雌蚜，10 月中下旬发生雌雄性蚜。常在幼叶背面、叶柄和嫩梢为害，幼树和根蘖受害尤重，有时也可盖满大树幼叶、嫩梢。

分布　内蒙古（根河、呼伦贝尔）、辽宁（鞍山、本溪、沈阳、台安、铁岭、熊岳）、吉林（安图、敦化、公主岭）、黑龙江（加格达奇、黑河、密山、漠河、宁安、饶河、克东、绥化）、北京、河北、山东、河南、四川、云南、新疆；俄罗斯，韩国，日本，印度，伊朗，土耳其，以色列，埃及，欧洲。

(151) 白毛蚜 *Chaitophorus populialbae* (Boyer de Fonscolombe, 1841) (图 184)

Aphis populialbae Boyer de Fonscolombe, 1841：187.

Chaitophorus albus Mordvilko, 1901：410.

Myzocallis saccharinus del Guercio, 1913：197.

Chaitophorus inconspicuous Theobald, 1922：61.

Chaitophorus hickeliana Mimeur, 1931：201.

Chaitophorus roepkei Börner, 1931：29.

Chaitophorus tremulinus Mamontova, 1955：68.

Chaitophorus populialbae (Boyer de Fonscolombe)：David, Narayanan, Rajasingh, 1971：372；Ghosh, 1974：208；Ghosh, 1980：56；Heie, 1982：134；Remaudière *et* Remaudière, 1997：164；Zhang *et* Zhong, 1983：187；Zhang, 1999：260.

特征记述

无翅孤雌蚜 体卵圆形，体长 1.90mm，体宽 1.10mm。活体腊白色到浅绿色，胸部、腹部背面有深翠绿色到绿色斑：胸部 2 个，腹部前部、后部各 2 个，中部 1 个。玻片标本淡色，触角节 Ⅴ 端部及节 Ⅵ、喙端部黑色，跗节灰色，其他部分淡色。体表光滑，背部显微网纹。气门小圆形不甚明显，关闭，气门片淡色。无节间斑。中胸腹岔淡色，两臂分离。体背毛粗长钝顶，部分毛顶端分叉；头部有头顶毛 4 根，头背毛 16～18 根；前胸背板有毛 16 根；中胸背板有中侧毛 30 余根，缘毛 10～12 对；后胸背板有毛 30 余根；腹部背片 Ⅰ～Ⅶ 分别有中、侧毛各 10～15 根；背片 Ⅷ 有 8 根长刚毛；背片 Ⅰ～Ⅴ 各有缘毛 4 或 5 对，背片 Ⅵ、Ⅶ 各有缘毛 3 对；头顶毛长 0.12mm；头顶毛、腹

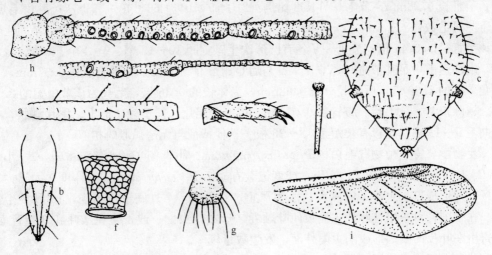

图 184 白毛蚜 *Chaitophorus populialbae* (Boyer de Fonscolombe)

无翅孤雌蚜 (apterous viviparous female)

a. 触角节Ⅲ (antennal segment Ⅲ)；b. 喙节Ⅳ＋Ⅴ (ultimate rostral segment)；c. 腹部背面观 (dorsal view of abdomen)；d. 体背毛 (dorsal hair of body)；e. 后足跗节及爪 (hind tarsi and claws)；f. 腹管 (siphunculus)；g. 尾片 (cauda).

有翅孤雌蚜 (alate viviparous female)

h. 触角 (antenna)；i. 前翅 (fore wing).

部背片 I 缘毛、背片Ⅷ毛长分别为触角节Ⅲ直径的 3.40 倍、3.70 倍、4.80 倍。中额及额瘤不显。触角 6 节,节 I ～Ⅲ光滑,节Ⅳ～Ⅵ有瓦状纹;全长 1.00mm,为体长的 0.54 倍;节Ⅲ长 0.28mm,节 I ～Ⅵ长度比例:21:20:100:63:47:34+79;触角毛粗长,顶端分叉,节 I ～Ⅵ毛数:5 或 6 根,4 或 5 根,8 或 9 根,6 根,3～5 根,2+0 根;节Ⅲ毛长为该节直径的 1.60 倍,各节长毛位于前侧。喙端部达中足基节,节Ⅳ+Ⅴ长 0.13mm,为基宽的 2.10 倍,为后足跗节Ⅱ的 0.96 倍;有原生毛 2 对,次生毛 2 对。足光滑,股节有微曲纹;后足股节长 0.36mm,为触角节Ⅲ的 1.30 倍;后足胫节长 0.66mm,为体长的 0.35 倍,无伪感觉圈;跗节 I 毛序:5,5,5。腹管截断状,长 0.08mm,与尾片约等长,稍长于触角节 I 。尾片瘤状,中部收缩,有微刺突横纹,有长曲毛 8～11 根。尾板末端圆形,顶端中部向内稍凹,有长短毛 23～29 根。生殖板淡色,有短毛18～24 根。

有翅孤雌蚜　体卵圆形,体长 1.90mm,体宽 0.86mm。活体浅绿色,有黑斑。玻片标本头部、胸部黑色,腹部淡色,有黑斑;腹部背片 I 、Ⅱ有零星小斑,背片Ⅲ～Ⅷ各有 1 个横带,背片Ⅳ～Ⅵ横带较宽,背片Ⅶ或Ⅷ横带横贯全节,稍淡;背片 I ～Ⅵ缘斑稍显骨化。触角、足股节、胫节两端及跗节黑色至灰黑色;节间斑褐色至淡褐色;腹管、尾片及尾板淡色。体背斑有瓦状纹。体背毛长尖,头部有头顶毛 4 根,头背毛 10 根;前胸背板有中、侧、缘毛各 2 对;腹部背片Ⅷ有长刚毛 8 或 9 根。头顶毛、腹部背片 I 缘毛、背片Ⅷ毛长分别为触角节Ⅲ直径的 3.90 倍、2.40 倍、4.20 倍。中额稍隆,额瘤不显。触角 6 节,节 I 、Ⅱ光滑,节Ⅲ～Ⅵ有瓦纹;全长 1.00mm,为体长的 0.53 倍;节Ⅲ长 0.28mm,节 I ～Ⅵ长度比例:21:19:100:66:49:33+77;触角毛短,节 I ～Ⅵ毛数:5 或 6 根,3～5 根,8～10 根,4～6 根,3 或 4 根,2+0 根,节Ⅲ毛长为该节直径的 0.44 倍;节Ⅲ～Ⅴ各有圆形次生感觉圈 10～12 个、2～4 个、1 个。喙粗大,端部达前中足基节之间,节Ⅳ+Ⅴ与后足跗节Ⅱ约等长。后足股节长 0.37mm,为触角节Ⅲ的 1.30 倍;后足胫节长 0.68mm,为体长的 0.36 倍,毛长为该节中宽的 2.10 倍。翅脉正常,脉黑粗。腹管长 0.07mm,稍短于尾片,长于触角节 I 。尾片瘤状,有长曲毛 9～11 根。尾板有长短毛 19～36 根。其他特征与无翅孤雌蚜相似。

生物学　寄主植物有毛白杨 *Populus tomentosa*、小青杨 *P. pseudo-simonii*、小叶杨 *P. simonii* 和银白杨 *P. alba*;印度记载有胡杨 *P. euphratica*。在印度次大陆为害胡杨,并形成钉状虫瘿,密度大,危害严重。在欧洲,4 月底干母出现,10 月发生性蚜。在中国,可寄生在叶片正面致使叶顺卷,形成伪虫瘿;或寄生在嫩叶和老叶背面;或寄生在叶反面瘿螨形成的虫瘿外面,发生数量较多。

分布　辽宁(沈阳、铁岭)、北京、河北、河南、山东、陕西;蒙古国,中亚,欧洲,北非,北美。

(152) 柳毛蚜 *Chaitophorus salicti* (Schrank,1801) (图 185)

Aphis salicti Schrank, 1801: 103.

Chaitophorus salicti Schrank, 1801: 103.

Chaitophorus capreae Koch, 1854: 1.

Chaitophorus cinereae Mamontova, 1955: 1.

Chaitophorus cinereae Mamontova：Zhang *et al*.，1986b：228.

Chaitophorus salicti（Schrank）：Heie，1982：136；Remaudière *et* Remaudière，1997：165.

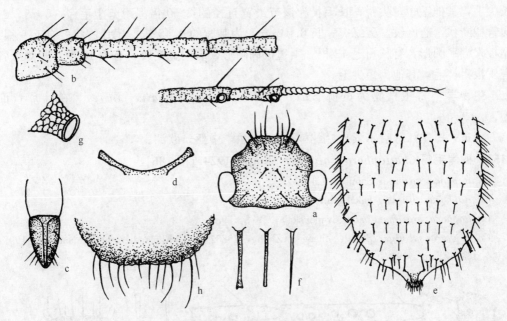

图 185 柳毛蚜 *Chaitophorus salicti*（Schrank）

无翅孤雌蚜（apterous viviparous female）

a. 头部背面观（dorsal view of head）；b. 触角（antenna）；c. 喙节Ⅳ＋Ⅴ（ultimate rostral segment）；

d. 中胸腹岔（mesosternal furca）；e. 腹部背面观（dorsal view of abdomen）；f. 体背毛（dorsal hairs

of body）；g. 腹管（siphunculus）；h. 尾片（cauda）.

特征记述

无翅孤雌蚜 体椭圆形，体长 1.43mm，体宽 0.72mm。玻片标本体淡色，前胸及腹部节Ⅷ分节独立，中胸至腹部节Ⅶ不分节，无斑纹，各附肢淡色。体表微有瓦纹，缘域及头部背面和腹面瓦纹明显，围绕背毛圆围有皱曲纹。气门圆形开放，气门片淡色。无节间斑。中胸腹岔淡色，无柄，横长 0.15mm，为触角节Ⅲ的 0.73 倍。体背毛多型，长短不等，长毛长为短毛的 2.00 倍，腹部腹面毛少，细尖尖锐，短于背毛；头部有头顶毛 3 对，长尖锐，头背毛 7 对，粗、分叉；前胸中侧域有分叉粗毛 4 对，缘域有粗长尖锐毛 4 对，有时顶端钝；腹部背片Ⅰ～Ⅵ各有中、侧分叉粗毛 4 对，有时毛顶端钝，背片Ⅰ、Ⅶ各有粗长缘毛 2 或 3 对，背片Ⅱ～Ⅵ各有缘毛 5 对，长粗钝顶及粗尖毛混生，背片Ⅷ有粗长尖锐毛 8 对。头顶长毛长 0.92mm，为触角节Ⅲ最宽直径的 3.70 倍；腹部背片Ⅰ缘毛长 0.03～0.08mm，腹部背片Ⅷ长毛长 0.13mm。中额平顶状。触角 6 节，有微瓦纹，全长 0.87mm，为体长的 0.60 倍；节Ⅲ长 0.21mm，节Ⅰ～Ⅵ长度比例：31：22：100：49：57：39＋122；触角毛长短尖锐，长毛分布于各节内缘，节Ⅰ～Ⅵ毛数：6 根，4 根，4～6 根，2 根，3 根，2＋0 根，末节鞭部顶端有粗短毛 2 根；节Ⅲ长毛长 0.07mm，短毛长 0.02mm，分别为该节最宽直径的 2.80 倍和 0.67 倍。喙端部达中足基节；节Ⅳ＋Ⅴ两侧微凸，楔状，长 0.08mm，为基宽的 1.70 倍，为后足后跗节Ⅱ的 0.90 倍；有原生毛 3 对，次生毛 1 对。足各端部微有瓦纹；后足股节长 0.29mm，为触角节Ⅲ的 1.40 倍；后足胫节长 0.63mm，为体长的 0.44 倍，外缘 1 排长尖毛，其他毛短，尖锐；长毛长为该节最宽直径的 2.60 倍。跗节Ⅰ毛序：5，5，5。腹管截断状，有网纹，无缘突；长 0.04mm，为基宽的 0.45 倍。尾片瘤状，有毛 9 根。尾板末端平圆形，有长短毛 13 根。生殖板椭圆形，有明显瓦纹，有毛 16 根，两侧缘各有 1 根粗长毛，其他为短尖毛。

生物学　寄主植物为黄柳 *Salix gordejevii* 和灰柳 *Salix cinerea*。在叶片背面为害。

分布　黑龙江（哈尔滨）；俄罗斯，乌克兰，中亚，欧洲。

（153）柳黑毛蚜 *Chaitophorus saliniger* Shinji，1924（图 186）

Chaitophorus saliniger Shinji，1924：343.

Chaitophorus chinensis Takahashi，1930：9.

Chaitophorus nigrimarginatus Ivanovskaja，1978：79.

Chaitophorus saliniger Shinji：Zhang *et* Zhong，1983：184；Remaudière *et* Remaudière，1997：
　164；Zhang，1999：262.

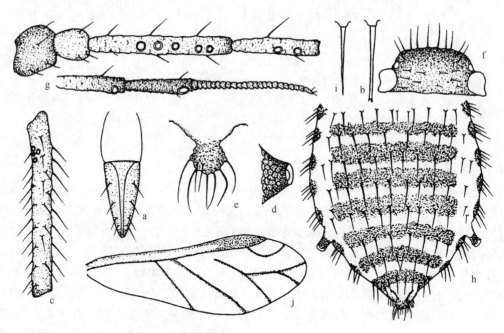

图 186　柳黑毛蚜 *Chaitophorus saliniger* Shinji

无翅孤雌蚜（apterous viviparous female）

a. 喙节Ⅳ＋Ⅴ（ultimate rostral segment）；b. 体背毛（dorsal hair of body）；c. 后足胫节（hind tibia）；

d. 腹管（siphunculus）；e. 尾片（cauda）。

有翅孤雌蚜（alate viviparous female）

f. 头部背面观（dorsal view of head）；g. 触角（antenna）；h. 腹部背面观（dorsal view of abdomen）；

i. 体背毛（dorsal hair of body）；j. 前翅（fore wing）。

特征记述

无翅孤雌蚜 体卵圆形，体长 1.40mm，体宽 0.78mm。活体黑色，附肢淡色。玻片标本体背黑色，头部及胸部各节分界明显；腹部背片 Ⅰ～Ⅶ 愈合呈 1 个大背斑，腹部背片缘斑黑色加厚。气门片、触角节 Ⅰ、Ⅱ 两缘、节 Ⅴ 端部 1/3、节 Ⅵ、足基节、转节、股节、跗节及胫节外缘、腹管、腹部节间斑黑色，尾片灰黑色，尾板淡色。体表粗糙，头部背面有突起缺环曲纹；胸部背面有圆形粗刻点瓦纹；腹部背片 Ⅰ～Ⅵ 微显刻点横纹，背片 Ⅶ、Ⅷ 有明显小刺突瓦纹；腹部腹面有瓦纹微细。气门圆形关闭，隆起。节间斑明显，排列为 10 纵行，每个节间斑周围有褶皱纹。中胸腹岔两臂分离。体背毛长，顶端分叉或尖锐。头部有头顶 14 根，头背中域有长短毛 14 根（两侧边缘各 1 根分叉长毛），后部有短毛 12 根；前胸背板有中毛 6 根（4 根分叉长毛，2 根短毛），侧毛 6 根（4 根分叉长毛，2 根短毛），缘毛 8 根（分叉长毛）；中胸背板有中、侧毛 28 根（长毛分叉，短毛尖锐），有缘毛 12 根；后胸背板有中、侧长短毛 12 根，缘毛 20～24 根。腹部节 Ⅰ～Ⅶ 侧缘域各有 2 根不分叉长毛及 6～8 根不分叉短毛，腹部背片各有中、侧毛 8～16 根，长毛顶端分叉，短毛尖锐；背片 Ⅷ 有长毛 10～12 根。腹面毛短，尖锐。头顶毛长 0.14mm；头顶毛、腹部背片 Ⅰ、Ⅷ 毛分别为触角节 Ⅲ 直径的 6.30 倍、3.50 倍、5.70 倍。中额稍隆，额呈平圆顶形。触角 6 节，节 Ⅰ、Ⅱ 有皱纹，节 Ⅲ～Ⅵ 有明显瓦纹；全长 0.68mm，为体长的 0.47 倍；节 Ⅲ 长 0.16mm，节 Ⅰ～Ⅵ 长度比例：38：29：100：55：52：51+94；触角毛长，尖锐，节 Ⅰ～Ⅵ 毛数：7 或 8 根，4 或 5 根，5 根，2 或 3 根，1 根，2+0 根；节 Ⅲ 毛长为该节直径的 3.10 倍。喙短粗，端部伸达中、后足基节之间，末节稍细长，长为基宽的 2.30 倍，为后足跗节 Ⅱ 的 1.20 倍，有原生毛 2 或 3 对，次生长毛 2 对。足短粗，后足股节有明显瓦纹；长 0.29mm，为该节直径的 4.00 倍，为触角节 Ⅲ 的 1.80 倍。后足胫节基部 1/4 稍膨大，内侧有小伪感觉圈 2～5 个；长 0.41mm，为体长的 0.28 倍，毛长为该节直径的 2.80 倍；跗节 Ⅰ 毛序：5，5，5。腹管截断形，有网纹，长 0.04mm，为体长的 0.03 倍，为尾片的 0.56 倍，无缘突及切迹。尾片瘤状，有小刺突横纹，有长毛 6 或 7 根。尾板半圆形，有长毛 10～13 根。生殖板骨化深色，呈馒头形，有长毛约 30 根。生殖突 4 个，各有极短毛 4 根。

有翅孤雌蚜 体长卵形，体长 1.50mm，体宽 0.63mm。活体黑色，腹部有大斑，附肢淡色。玻片标本头部、胸部黑色，腹部淡色，有明显黑色斑。腹部背片 Ⅰ～Ⅵ 中、侧斑各形成横带，有时相连，背片 Ⅶ、Ⅷ 各有 1 个横带横贯全节；背片 Ⅰ～Ⅶ 有近方形缘斑，背片 Ⅰ、Ⅶ 缘斑稍小。触角节 Ⅰ 黑色，节 Ⅱ 边缘骨化深色，触角节 Ⅳ、Ⅴ 端部及节 Ⅵ、气门片、节间斑黑色。头部表皮有粗糙刻纹；胸部有突起及褶皱纹；腹部微显微刺突瓦纹，背片 Ⅶ、Ⅷ 有明显瓦纹。气门圆形，半开放。体毛长，尖锐，顶端不分叉。喙端部不达中足基节，节 Ⅳ+Ⅴ 长为基宽的 2.00 倍。触角长 0.81mm，为体长的 0.54 倍；节 Ⅲ 长 0.20mm，节 Ⅰ～Ⅳ 长度比例：31：27：100：60：50：47+85；触角毛长尖锐，节 Ⅰ～Ⅵ 毛数：8 根，8 根，7 根，2 根，1 根，2+0 根；节 Ⅲ 毛长为该节直径的 2.10 倍，节 Ⅲ 有圆形次生感觉圈 5～7 个，分布于端部 2/5，节 Ⅳ 有圆形次生感觉圈 1 或 2 个。后足股节长 0.32mm，为触角节 Ⅲ 的 1.60 倍，长为宽的 5.50 倍；后足胫节长 0.54mm，为体长的 0.37 倍。翅脉正常，有昙。腹管短筒形，长 0.06mm，为体长的

0.04 倍，与触角节Ⅰ约等长，端部约 1/2 有粗网纹，有缘突和切迹。尾片瘤状，有长毛 7 或 8 根，尾板有长毛 15～17 根。生殖板骨化黑色，宽带形，有毛约 43 根。其他特征与无翅孤雌蚜相似。

胚胎　体卵形，体长 0.56mm，体宽 0.28mm。体背毛稍粗长，尖锐。头部有头顶毛 2 对，头背侧、缘毛各 1 对；前胸背板有中、缘毛各 2 对，中胸背板有中毛 1 对，侧、缘毛各 2 对，近中毛 1 对侧毛稍细短，且靠近后胸背板；后胸背板有中、侧毛各 1 对，缘毛 2 对。腹部背片Ⅰ～Ⅴ有中、侧缘毛各 1 对，侧毛靠近中毛，背片Ⅵ～Ⅷ有中、缘毛各 1 对。复眼由多个小眼面组成。触角 4 节，节Ⅲ～Ⅳ有横瓦纹；全长 0.29mm，为体长的 0.51 倍；节Ⅲ长 0.08mm，节Ⅰ～Ⅳ长度比例：59：41：100：50+106；触角毛少而尖锐，节Ⅰ～Ⅳ毛数：2 根，2 根，2 根，2+4 根；原生感觉圈圆形，无睫。喙端部达腹部节Ⅰ，节Ⅳ+Ⅴ长 0.08mm，为基宽的 2.00 倍，为后足跗节Ⅱ的 1.21 倍；有原生毛 3 对，次生毛 1 对。足发育正常。跗节Ⅰ毛序：2，2，2。后足跗节Ⅱ长 0.06mm。腹管位于腹部背片Ⅴ、Ⅵ之间，端径 0.03mm，基宽 0.05mm。

1 龄若蚜　体卵形，体长 0.66mm，体宽 0.27mm。腹部背片Ⅷ明显游离，其他体节分节不明显。头顶和喙端部深褐色，其他部分淡色。头顶、头部背面及胸部背面有颗粒状突起，体缘毛基隆起。触角节Ⅲ～Ⅳ有横瓦纹；腹管有稀疏网纹；尾片、尾板有小刺突。头顶毛和体缘毛顶端尖锐，其他体背毛顶端扩展为平截状或分叉。体背毛序与胚胎相同。头顶毛长 0.07mm，腹部背片Ⅰ缘毛长 0.07mm，背片Ⅷ背毛长 0.10mm，分别为触角节Ⅲ最宽直径的 2.80 倍、2.80 倍、0.70 倍。中额缝明显。复眼由多个小眼面组成。触角 4 节，全长 0.03mm，为体长的 0.50 倍；节Ⅲ长 0.10mm，节Ⅰ～Ⅳ长度比例：45：35：100：50+90；触角毛少，尖锐，节Ⅰ～Ⅳ毛数：2 根，2 根，1 根，2+4 根；节Ⅲ毛长 0.04mm，为该节最宽直径的 1.60 倍；原生感觉圈圆形，有稀疏短睫。喙端部达腹部节Ⅰ，节Ⅳ+Ⅴ长 0.08mm，为基宽的 2.00 倍，为后足跗节Ⅱ的 1.14 倍；有原生毛 3 对，次生毛 1 对。股节与转节分节不明显，后足股节长 0.12mm，为触角节Ⅲ的 1.20 倍；后足胫节长 0.18mm，为体长的 0.27 倍；足毛与触角毛相似，外侧毛较内侧毛长。后足胫毛长 0.05mm，为该节中宽的 1.67 倍。跗节Ⅰ毛序：2，2，2。后足跗节Ⅱ长 0.07mm。腹管稍隆起，长 0.03mm，基宽 0.04mm，端宽 0.03mm。尾片末端圆形，长 0.03mm，为基宽的 0.50 倍，有毛 2 根。尾板末端宽圆形，有毛 4 根。

2 龄若蚜　体长卵形，体长 0.70mm，体宽 0.30mm。头部与胸部分离，胸部 3 节、腹部背片Ⅷ游离。头顶、头背灰褐色，前胸背板有 1 对大型中侧缘斑，中胸背板中侧毛基斑愈合成 1 对大型中侧斑，缘斑 1 对。体背各毛有或无灰褐色毛基斑，背片Ⅷ毛基斑连合。触角节Ⅰ、Ⅲ顶端、节Ⅳ灰褐色，股节、跗节、腹管灰褐色，其他附肢及尾片、尾板淡褐色。头部和胸部毛基斑上有刻纹状突起；触角节Ⅲ～Ⅳ、跗节Ⅱ、股节腹面有短横瓦纹；腹管有稀疏网纹，尾片、尾板有小刺突。头顶毛尖锐，其他体背毛顶端分叉或扩展成平截状；体背毛序与 1 龄若蚜相似。中额缝明显。复眼由多个小眼面组成。触角 4 节，全长 0.36mm，节Ⅲ长 0.11mm，节Ⅰ～Ⅳ长度比例：48：33：100：52+100；节Ⅰ～Ⅳ毛数：3 根，3 根，2 根，2+4 根；节Ⅲ毛长 0.04mm，为该节最宽直径的 2.00 倍，为后足跗节Ⅱ的 1.07 倍。喙节Ⅳ+Ⅴ有原生毛 3 对，次生毛 1 对。后足股节长 0.11mm，与触角节Ⅲ约等长；后足胫节长 0.18mm，为体长的 0.25 倍；后足胫节毛长 0.05mm，为该节中宽的 1.67 倍。后足跗节Ⅱ长 0.08mm。其他特征与 1 龄若蚜相似。

生物学 寄主植物为垂柳 *Salix babylonica*、水柳 *S. warburgii*、腺柳（河柳）*S. chaenomeloides*、龙爪柳 *S. matsudana f. tortuosa*、馒头柳 *S. matsudana f. umbraculifera*、旱柳 *S. matsudana*、杞柳 *S. integra*、蒿柳 *S. schwerinii* 等柳属植物。

本种是柳属植物常见害虫，常盖满叶片反面，蜜露落在叶面常引起黑霉病。大量发生时蚜虫在枝干和地面爬行，导致柳叶大量脱落。在北京 3 月间柳树发芽时越冬卵孵化，5～6 月大量发生，多数世代为无翅孤雌蚜，仅在 5 月下旬至 6 月上旬发生有翅孤雌蚜。全年在柳属植物上生活。10 月下旬发生雌、雄性蚜，交配后在柳枝上产卵越冬。

分布 辽宁（朝阳、大连、抚顺、建昌、沈阳、铁岭）、吉林（抚松、公主岭、吉林）、黑龙江（哈尔滨）、北京、山西、上海、江苏、浙江、福建、江西、山东、河南、湖北、湖南、广西、四川、贵州、云南、陕西、宁夏、台湾；俄罗斯，日本。

(154) 欧山杨毛蚜 *Chaitophorus tremulae* Koch，1854 （图 187）

Chaitophorus tremulae Koch，1854：8.

Chaitophorus corax Börner，1939：75.

Chaitophorus tremulae Koch：Stroyan，1977：16；Heie，1982：138；Zhang *et al.*，1986b：228；Remaudière *et* Remaudière，1997：165.

特征记述

无翅孤雌蚜 体卵圆形，体长 1.61mm，体宽 0.83mm。活体灰黑色至黑色，背部有大斑。玻片标本体黑褐色，头部、胸部分节，腹部背片Ⅰ～Ⅵ愈合，背片Ⅶ、Ⅷ独立，背片Ⅰ有时分离，各节间淡色；触角节Ⅲ、Ⅳ基部 1/2 淡色，其他各节黑色；喙和前足淡褐色，中后足黑色，胫节端部 1/3 淡色；腹管、尾片瘤状部黑褐色，尾板及生殖板灰褐色。体表粗糙，头部背面由圆形粗刻突布满，胸部背板和腹部背片有粗刻突组成瓦纹，腹部腹面有小刺突组成瓦纹。气门圆形关闭，气门片黑色。节间斑明显，与体同色，表皮部分光滑。中胸腹岔两臂分离，淡色，基部深色，各臂横长 0.10mm。体背毛粗，尖锐，长短不等，长毛为短毛的 4.00～5.00 倍，头部背面有毛 19～28 对，其中粗长毛 7 对；前胸背板有中毛 5 或 6 对，侧缘毛 6～8 对；腹部背片Ⅰ～Ⅴ有毛 18～22 对，缘毛 1 或 2 对，背片Ⅵ有毛 12～18 对，背片Ⅶ有毛 8～12 对，其中粗长毛数：中、侧长毛各 1 对，缘毛 1 或 2 对；背片Ⅷ有长毛 4～7 对。头顶毛长 0.15mm，为触角节Ⅲ直径的 5.50 倍；头背短毛长 0.03mm，腹部背片Ⅰ长毛长 0.13mm，短毛长 0.03mm，背片Ⅷ长毛长 0.17mm，腹部腹面长毛与背面短毛约等长。中额及额瘤不隆，呈圆平顶状。触角 6 节，有瓦纹，全长 0.92mm，为体长的 0.57 倍；节Ⅲ长 0.23mm，节Ⅰ～Ⅵ长度比例：23：21：100：53：52：45+104；触角毛细尖锐，节Ⅰ～Ⅵ毛数：6～10 根，3～5 根，8～13 根，4 或 5 根，3 或 4 根，（2 或 3）+0 根，末节鞭部顶端有毛 2～4 根，节Ⅲ长毛为短毛的 5.70 倍；长毛长 0.07mm，为该节直径的 2.70 倍；原生感觉圈无睫。喙端部达中足基节，节Ⅳ+Ⅴ楔状，长 0.10mm，为基宽的 1.70 倍，与后足跗节Ⅱ约等长，有原生毛 3 对，次生毛 2 或 3 对。足光滑，股节端部有微细瓦

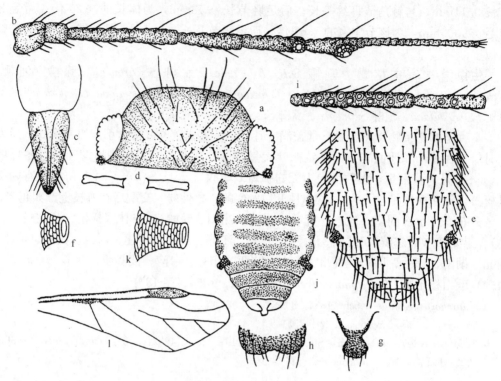

图 187　欧山杨毛蚜 *Chaitophorus tremulae* Koch

无翅孤雌蚜（apterous viviparous female）

a. 头部背面观（dorsal view of head）；b. 触角（antenna）；c. 喙节Ⅳ＋Ⅴ（ultimate rostral segment）；d. 中胸腹岔（mesosternal furca）；e. 腹部背面观（dorsal view of abdomen）；f. 腹管（siphunculus）；g. 尾片（cauda）；h. 尾板（anal plate）。

有翅孤雌蚜（alate viviparous female）

i. 触角节Ⅲ～Ⅳ（antennal segment Ⅲ～Ⅳ）；j. 腹部背面观（dorsal view of abdomen）；k. 腹管（siphunculus）；l. 前翅（fore wing）。

纹，后足股节长 0.34mm，为触角节Ⅲ 的 1.50 倍；后足胫节长 0.50mm，为体长的 0.31 倍，长毛为该节最宽直径的 2.70 倍；跗节Ⅰ毛序：7，7，7，有时有毛 5 根。腹管截断状，有缘突，端部 2/3 有网纹，基部 1/3 有瓦纹，长 0.06mm，为尾片的 0.75 倍。尾片瘤状，瘤状部布满粗刺突，有长毛 6～11 根。尾板末端凹入，有长短毛 14～24 根。生殖板有毛 16～26 根。

有翅孤雌蚜　体卵圆形，体长 1.64mm，体宽 0.74mm。活体黄绿色，背部有大黑斑。玻片标本头部、胸部黑色，腹部背片Ⅰ～Ⅵ各中侧斑呈宽带状，各缘斑独立，背片Ⅶ、Ⅷ横带横贯全节；各附肢黑色。体表有微刺突组成瓦纹，头部光滑，腹部腹面有微刺突瓦纹。气门腹向，圆形关闭，气门片黑色。节间斑明显，黑色。体背毛尖锐，长短不齐，头部背面有毛 20～22 对；前胸背板有中侧毛 6 对，缘毛 5 对；腹部背片Ⅰ～Ⅶ各有中、侧毛：5～8 对，8 或 9 对，7～10 对，7～9 对，8 或 9 对，7 或 8 对，4 或 5 对，各背片Ⅰ～Ⅵ有缘毛 6～8 对，背片Ⅶ有缘毛 3 或 4 对，背片Ⅷ有长毛 11～15 根；

其中背片Ⅰ~Ⅵ各有1对粗长中、侧毛，背片Ⅶ有3根粗长中侧毛，各节有粗长缘毛1或2对；各节长毛长0.13mm，为体背短毛的3.00倍，为触角节Ⅲ直径的4.10倍；腹部腹面多毛，毛长为背部长毛的1/3。中额不隆，呈平顶状。触角6节，有微细瓦纹；全长1.05mm，为体长的0.64倍；节Ⅲ长0.30mm，节Ⅰ~Ⅵ长度比例：18：17：100：54：47：35+83；节Ⅰ~Ⅵ毛数：7根，4~6根，10~12根，3或4根，3或4根，3+0根，末节鞭部有毛3根，节Ⅲ长毛长0.06mm，为该节直径的2.00倍，为该节短毛长的2.40倍；节Ⅲ、Ⅳ分别有圆形次生感觉圈6~12个、1~4个，各分布于全长。喙端部不达中足基节，节Ⅳ+Ⅴ楔状，长0.11mm，为该节基宽的1.90倍，与后足跗节Ⅱ约等长或稍长，有原生毛3对，次生长毛2对。足各节有微刺突组成瓦纹，后足股节长0.36mm，为触角节Ⅲ的1.20倍；后足胫节长0.62mm，为体长的0.38倍，长毛长0.10mm，为该节最宽直径的3.10倍，为短毛的4.80倍；跗节Ⅰ毛序：7，7，7。翅脉正常，粗黑。腹管截断状，有网纹和缘突，长0.07mm，为尾片的0.91倍。尾片瘤状，有粗刻突分布，长0.07mm，有长短毛6~8根。尾板末端圆形，顶端凹入，有长短毛12~16根。生殖板椭圆形，有小刺突组成横瓦纹，有毛26~36根。

生物学 寄主植物为青杨 *Populus cathayana*、河北杨 *P. hopeiensis*、小叶杨 *P. simonii* 和欧洲山杨 *P. tremula* 等。在叶背为害，种群较小；当被干扰时，会迅速逃避。无蚂蚁伴生。

分布 辽宁（本溪、朝阳、沈阳）、吉林（安图、长白、抚松）、北京、河北、山西；俄罗斯，蒙古国，日本，土耳其，波兰，西班牙，丹麦，德国，瑞典，挪威，芬兰，英国。

61. 多态毛蚜属 *Periphyllus* van der Hoeven，1863

Periphyllus van der Hoeven, 1863：1. **Type species**：*Phyllophora testudinaceus* Fernie, 1852 = *Periphyllus testudo* van der Hoeven, 1863.

Chaitophorinella van der Goot, 1913：6.

Chaitophorinus Börner, 1930：115.

Chaetophorella Börner, 1940：1.

Chaetophoria Börner, 1940：2.

Periphyllus van der Hoeven：Essig *et* Abernathy, 1952：1；Eastop, 1966：523；Richards, 1972：71；Higuchi, 1972：93；Ghosh, 1980：6；Heie, 1980：107；Zhang *et* Zhong, 1983：189；Chakrabarti, Mandal *et* Saha, 1987：7；Sorin, 1990：799；Tao, 1990：155；Remaudière *et* Remaudière, 1997：166.

属征 头部与前胸分离。无翅孤雌蚜体背有或无背斑，有翅孤雌蚜体背通常有黑色横带。额瘤缺。触角6节，短于身体，无翅孤雌蚜无次生感觉圈，有翅孤雌蚜次生感觉圈仅分布于触角节Ⅲ；触角末节鞭部长为基部的1.50~6.00倍。喙节Ⅳ+Ⅴ通常短于后足跗节Ⅱ，有1~7根次生毛。足有各种色斑；胫节端部有小刺，有翅孤雌蚜小刺突较无翅孤雌蚜密；胫节端部毛与其他胫节毛没有分化。跗节Ⅰ有5~7根腹毛，无背毛。爪间毛扁平。腹管全长有网纹。有翅孤雌蚜翅脉正常。尾片近圆形或微瘤状。尾板完整。生殖突4个。

多数种类性蚜未知。卵生蚜无翅，身体粗壮，有各种色斑；后足胫节膨大，有伪感觉圈。雄性蚜无翅或有翅，有翅雄蚜触角次生感觉圈多于有翅孤雌蚜。

正常胚胎体背毛较粗，尖锐；头部有头顶毛 2 对，头背中、侧（或侧、缘）毛各 1 对；前胸背板有中、缘毛各 2 对，侧毛有或无；中胸背板有中、侧毛各 1 对，缘毛 2 对；后胸背板有中毛 1 对，缘毛 2 对，无侧毛；腹部背片 I～VII 有中、缘毛各 1 对，无侧毛；背片 VIII 有中毛 1 对。触角 4 节。喙末节粗短。足发育正常。腹管孔状，明显。有翅孤雌蚜体内有二态型胚胎。

该属大多寄生在槭属 *Acer* spp. 植物上。有些种类寄主特化，仅取食某种槭树，而其他种类则取食数种不同寄主植物。尽管大多数种类寄生于槭树科 Aceraceae 植物，也有几种寄生在无患子科 Sapindaceae 和七叶树科 Hippocastanaceae 植物上。

世界已知 58 种，中国已知 8 种，本志记述 3 种。分布在全北区、东洋区和非洲区。

种 检 索 表
（无翅孤雌蚜）

1. 腹背片 VIII 有毛 7 根；触角末节鞭部长为基部的 2.27 倍；触角节 III 有毛 6～8 根，毛长为该节最宽直径的 4.00 倍，节 III 偶有小圆形次生感觉圈 1 或 2 个；后足胫节长为体长的 0.33 倍；尾片有毛 4～6 根；尾板有毛 13～16 根 ·············· 京枫多态毛蚜 *P. diacerivorus*
   腹背片 VIII 毛数多于 9 根；触角末节鞭部长最多为基部的 2.00 倍；触角节 III 毛数多于 9 根，毛长最多为该节最宽直径的 3.40 倍；节 III 无次生感觉圈；后足胫节长至少为体长的 0.37 倍；尾片毛数多于 9 根；尾板毛数多于 18 根 ·· 3
2. 腹背片 VIII 毛长为触角节 III 最宽直径的 5.00 倍以上；触角长为体长的 0.65 倍以上；喙节 IV＋V 长为后足跗节 II 的 0.83～1.00 倍，有次生毛 2 或 3 对 ·············· 栾多态毛蚜 *P. koelreuteriae*
   腹背片 VIII 背毛长最多为触角节 III 最宽直径的 4.70 倍；触角长至多为体长的 0.60 倍；喙节 IV＋V 长最多为后足跗节 II 的 0.82 倍，有次生毛 1 对 ·············· 库多态毛蚜 *P. kuwanaii*

（有翅孤雌蚜）

1. 触角节 III 有毛 23～33 根；喙节 IV＋V 长为后足跗节 II 的 0.84 倍；寄主植物为栾树、黄山栾树、山膀胱和日本七叶树 ··· 栾多态毛蚜 *P. koelreuteriae*
   触角节 III 毛少于 17 根；喙节 IV＋V 长为后足跗节 II 的 0.74 倍；寄主植物为枫树 ··· 库多态毛蚜 *P. kuwanii*

（155）京枫多态毛蚜 *Periphyllus diacerivorus* Zhang，1982 （图 188）

Periphyllus diacerivorus Zhang，1982：74.

Periphyllus diacerivorus Zhang：Zhang *et* Zhong，1983：192；Remaudière *et* Remaudière，1997：166.

特征记述

无翅孤雌蚜 体卵圆形，体长 1.70mm，体宽 0.87mm。活体绿褐色，有黑斑。玻片标本头部灰黑色，胸部、腹部淡色，有灰褐色斑。触角节 I、II、V、VI 及节 IV 端部、腹管、节间斑、尾片及尾板黑褐色，喙、足股节、胫节端部 1/6～1/5 及跗节灰黑色。前胸背板中央有 1 个黑色纵裂缝；中、后胸背板及腹部各节背片均有大块状毛基

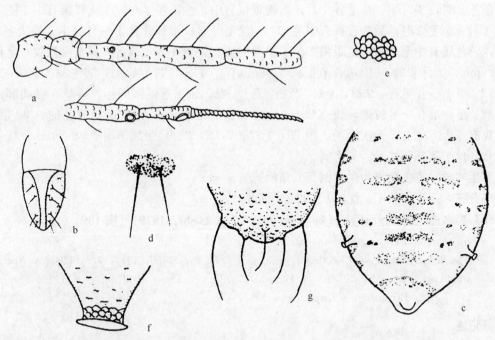

图 188 京枫多态毛蚜 *Periphyllus diacerivorus* Zhang

无翅孤雌蚜 (apterous viviparous female)

a. 触角 (antenna)；b. 喙节Ⅳ＋Ⅴ (ultimate rostral segment)；c. 腹部背面观 (dorsal view of abdomen)；

d. 体背毛及毛基斑 (dorsal hair and hair bearing scleroite of body)；e. 节间斑 (muskelplatten)；f. 腹管 (siphunculus)；g. 尾片 (cauda)。

斑，有时在后几节相连为横带，背片Ⅷ有 1 个宽带；各节有大缘斑。体背微显瓦纹。气门圆形关闭或半开放，气门片黑色。中胸腹岔两臂分离，骨化。体背毛长尖，头部有头顶毛 4 根，头背毛 16 根；前胸背板有毛 16 根；中胸背板有中侧毛 10 根，缘毛 12 根；后胸背板有中侧毛 6 根，缘毛 12 根；腹部背片Ⅰ～Ⅵ各有长短中侧毛 8 或 9 根，各有缘毛 4～6 根，长毛长为短毛的 2.00 或 3.00 倍；背片Ⅶ共有毛 10 根，背片Ⅷ有长刚毛 7 根；背片Ⅷ毛长 0.20mm；头顶毛、腹部背片Ⅰ缘毛、背片Ⅷ毛长分别为触角节Ⅲ直径的 3.80 倍、4.20 倍、6.00 倍。中额平，额瘤不显。触角 6 节，全长 0.96mm，为体长的 0.57 倍；节Ⅲ长 0.28mm；节Ⅰ～Ⅵ长度比例：19：18：100：48：48：33＋75；节Ⅰ～Ⅵ长毛数：5 根，3 或 4 根，6～8 根，3～5 根，2 或 3 根，2＋0 根，节Ⅲ偶有小圆形次生感觉圈 1 或 2 个。喙粗大，端部达中足基节，节Ⅳ＋Ⅴ呈三角形，长 0.08mm，长为宽的 1.30 倍，为后足跗节Ⅱ的 0.74 倍，有次生刚毛 4～6 根。足光滑，后足股节长 0.39mm，为触角节Ⅲ的 1.40 倍；后足胫节长 0.56mm，为体长的 0.33 倍，毛长为该节直径的 2.20 倍；跗节Ⅰ毛序：5，5，5。腹管短筒形，端部有网纹，缘突明显；长 0.06mm，为体长的 0.04 倍，稍长于触角节Ⅰ，比尾片稍长。尾片末端圆形，有粗刻点，宽约为长的 2.00 倍，有长刚毛 1 对，短毛 2 或 3 根。尾板末端平，呈元宝形，有长短刚毛 13～16 根。生殖板有毛 18 根，包括前部毛 1 对。

胚胎 体卵形，较小；体长 0.61mm，体宽 0.27mm。体背毛较粗长，尖。头部有头顶毛 2 对，头背侧、缘毛各 1 对；前胸背板有中、缘毛各 2 对；中胸背板有中、侧毛各 1 对，缘毛 2 对；后胸背板有中毛 1 对，缘毛 2 对；腹部背片 Ⅰ～Ⅶ有中、缘毛各 1 对，背片Ⅷ有中毛 1 对。复眼由多个小眼面组成。触角 4 节，节Ⅲ～Ⅳ有横瓦纹，全长 0.29mm，为体长的 0.47 倍；节Ⅲ长 0.09mm，节Ⅰ～Ⅳ长度比例：56∶33∶100∶50 ＋72。节Ⅰ～Ⅳ毛数：2 根，1 根，2 根，0＋4 根；原生感觉圈圆形，有睫。喙端部达腹部节Ⅰ，节Ⅳ＋Ⅴ较短，长 0.05mm，为基宽的 1.25 倍；为后足跗节Ⅱ的 0.83 倍；节Ⅳ有原生毛 3 对，无次生毛。跗节Ⅰ毛序：2，2，2。后足跗节Ⅱ长 0.06mm。腹管孔状，位于腹部背片Ⅴ、Ⅵ之间。

生物学　寄主植物为色木槭（五角枫）*Acer mono*。

分布　辽宁（朝阳、沈阳）、北京、河北。

(156) 栾多态毛蚜 *Periphyllus koelreuteriae* (Takahashi, 1919)（图 189）

Chaitophorinella koelreuteriae Takahashi, 1919：277.

Periphyllus koelreuteriae (Takahashi)：Shinji, 1927：46；Shinji, 1941：426；Essig *et* Abernathy, 1952：7；Tao, 1963：50；Higuchi, 1972：95；Zhang *et* Zhong, 1983：191；Sorin, 1990：800；Remaudière *et* Remaudière, 1997：166.

特征记述

无翅孤雌蚜　体长卵形，体长 3.00mm，体宽 1.60mm。活体黄绿色，背面有深褐色"品"形大斑纹。玻片标本淡色，有深色斑纹。头前部有黑斑，胸部、腹部各中、缘斑明显、较大，侧斑分裂为许多基片，中胸背板各斑常融合为一片，腹部背片Ⅷ各斑常融合为横带。触角、喙、足、腹管、尾片、尾板、生殖板黑色；触角节Ⅲ基部 1/2～2/3，喙节Ⅰ及节Ⅱ基半部、前足基节、转节及股节基部 1/4～1/3，中足、后足转节及股节基部 1/8 淡色。表皮光滑。气门圆形至椭圆形开放，气门片黑色。中胸腹岔两臂分离。体被多数尖顶长毛，头部有毛 18 根，前胸背板有毛 26 根，腹部背片Ⅰ有毛 27 根，腹管间有背毛 27～32 根，腹部背片Ⅷ有毛 10～14 根。头顶毛、腹部背片Ⅰ毛、背片Ⅷ毛长可达触角节Ⅲ直径的 4.00～5.00 倍、2.00 倍以上、5.00 倍以上。节间斑黑色。中额平，无额瘤。触角 6 节，全长 1.80mm，约为体长的 0.65 倍；节Ⅲ长 0.63mm，节Ⅰ～Ⅵ长度比例：13∶11∶100∶51∶47∶22＋42；节Ⅰ～Ⅵ毛数：9 根，5 根，26 根，10 根，9 根，2＋0 根；触角节Ⅲ长毛长于该节直径的 3.00 倍。喙端部超过中足基节，节Ⅳ＋Ⅴ长 0.14mm，长为基宽的 1.80 倍，为后足跗节Ⅱ的 0.83 倍，有原生毛 3 对，次生毛 2 对。后足股节长 0.89mm，为触角节Ⅲ的 1.40 倍；后足胫节长 1.40mm，为体长的 0.47 倍；后足胫节毛长为该节直径的 2.00 倍。跗节Ⅰ毛序：5，5，5。腹管截断形，有缘突，端部有网纹，基部微显网纹，有毛 23 根，稍短于后足跗节Ⅱ。尾片短，末端圆形，短于腹管的 1/2，有毛 13～17 根。尾板末端圆形，有毛 19～28 根。生殖板横带形，有毛 32 根。

有翅孤雌蚜　体长 3.30mm，体宽 1.30mm。玻片标本头部、胸部黑色。腹部背片Ⅰ～Ⅵ各节中斑与侧斑相融合为黑色横带，背片Ⅶ、Ⅷ各中、侧、缘斑融合为黑色横带。头部有毛 12 根，前胸背板有毛 26 根，腹部背片Ⅰ有毛 36 根，背片Ⅷ有毛 10～14 根。触角长 2.00mm，节Ⅲ长 0.70mm，节Ⅰ～Ⅵ长度比例：14∶9∶100∶50∶46∶20

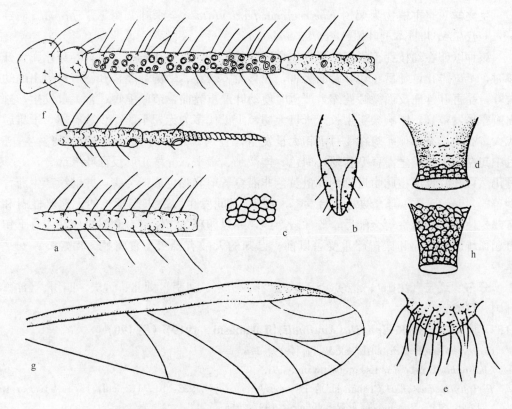

图 189 栾多态毛蚜 *Periphyllus koelreuteriae* (Takahashi)

无翅孤雌蚜（apterous viviparous female）

a. 触角节Ⅲ（antennal segment Ⅲ）；b. 喙节Ⅳ＋Ⅴ（ultimate rostral segment）；c. 节间斑（muskelplatten）；

d. 腹管（siphunculus）；e. 尾片（cauda）。

有翅孤雌蚜（alate viviparous female）

f. 触角（antenna）；g. 前翅（fore wing）；h. 腹管（siphunculus）。

＋41；节Ⅲ、Ⅳ各有次生感觉圈数 33～46 个、0～2 个。腹管全长有清晰网纹，长 0.16mm。后足股节长 0.82mm，后足胫节长 1.60mm。翅脉正常，后翅有翅钩 5～8 个。尾片有毛 17～19 根。尾板有毛 23～39 根。生殖板有毛 30 根，其中前部有较长毛 5 根。其他特征与无翅孤雌蚜相似。

胚胎 体卵形，体长 0.66mm，体宽 0.31mm。玻片标本体背毛粗长，尖锐，头部有头顶毛 2 对，头背侧、缘毛各 1 对；前胸背板有中、缘毛各 2 对；中胸背板有中、侧毛各 1 对，缘毛 2 对；后胸背板有中毛 1 对，缘毛 2 对；腹部背片Ⅰ～Ⅶ各有中、缘毛 1 对，背片Ⅷ有中毛 1 对。复眼由多个小眼面组成。触角 4 节，节Ⅲ～Ⅳ有横瓦纹；全长 0.36mm，为体长的 0.55 倍；节Ⅲ长 0.12mm，节Ⅰ～Ⅳ长度比例：50：33：100：42＋67；节Ⅰ～Ⅳ毛数：2 根，2 根，1 根，1＋0 根，末节鞭部顶端有毛 4 根；原生感觉圈圆形，有睫。喙端部达腹部节Ⅰ，节Ⅳ＋Ⅴ粗，长 0.08mm，为基宽的 1.60 倍，为后足跗节Ⅱ的 1.14 倍；有原生毛 3 对，无次生毛。跗节Ⅰ毛序：2，2，2。后足跗节Ⅱ长 0.07mm。腹管孔状，位于腹部背片Ⅴ、Ⅵ之间，端径 0.02mm。

生物学 寄主植物为栾树 *Koelreuteria paniculata*、全缘叶栾树 *K. bipinnata* var. *integrifoliola* 和日本七叶树 *Aesculus turbinata*。

该种以卵在幼枝芽苞附近和树皮伤疤缝隙处越冬，主要在春季。在早春芽苞膨大开裂时，干母孵化，随后在幼叶背面为害，尤喜为害幼芽、幼树、蘖枝和修剪后生出的幼枝叶，受害叶常向反面微微卷缩，严重时使幼叶严重卷曲，节间缩短；常大量发生，排出蜜露诱发霉病，影响栾树生长。干母无翅，干母代多为无翅干雌，少数有翅，干雌后代大多有翅。有翅孤雌蚜在 4 月下旬大量发生，直到 6 月中旬仍有有翅孤雌蚜发生。5 月中旬左右大量发生滞育型若蚜，白色、体微小、扁平，分散于叶反面叶缘部分，5～6 月仍然可在叶反面主脉附近见到少量黄色非滞育若蚜和褐色成蚜为害，并继续产生滞育型若蚜。9～10 月，滞育幼蚜开始发育，在 10 月间发生腹部末端延长的无翅雌性蚜和有翅雄性蚜，雌雄性蚜交配后，雌性蚜产卵，并以卵越冬。防治有利时机应在 4 月下旬有翅孤雌蚜发生前和栾树严重受害以前。已知的天敌有瓢虫、食蚜虻、褐姬蛉、安平草蛉。

分布 辽宁（沈阳）、北京、江苏、浙江、山东、河南、湖北、重庆、四川、台湾；韩国，日本。

（157）库多态毛蚜 *Periphyllus kuwanaii*（Takahashi，1919）（图 190）

Chaitophorinella kuwanaii Takahashi, 1919：176.

Chaitophorus japonica Essig et Kuwana, 1918：82.

Periphyllus kuwanaii（Takahashi）：Essig et Abernathy, 1952：81；Higuchi, 1972：96；Sorin, 1990：800；Remaudière et Remaudière, 1997：166.

特征记述

无翅孤雌蚜 体卵圆形，体长 2.13mm，体宽 1.25mm。玻片标本头部与前胸黑色，中、后胸有断续横带；腹部背片Ⅰ～Ⅵ各有中侧横带，背片Ⅰ～Ⅲ横带中部断离，背片Ⅶ有横带横贯全节，背片Ⅷ背斑隆起，呈 1 个大黑背瘤，背片Ⅰ～Ⅵ各缘斑较大。触角褐色，节Ⅰ、Ⅱ、Ⅳ、Ⅴ端部与节Ⅵ黑色；喙节Ⅲ～Ⅴ、腹管黑色；尾片、尾板黑褐色；足胫节中部及转节淡色，其他部分黑色。体表光滑，背毛基部有皱纹，腹部背片Ⅷ有瓦纹，腹部腹面光滑。各毛有毛基斑。气门圆形开放，气门片大，黑色。节间斑明显，黑褐色。中胸腹岔中部黑色，各臂端部 1/3 淡色，两臂分离，各臂有长柄，臂横长 0.22mm，为触角节Ⅲ的 0.60 倍。体背毛粗大，长短不等，尖锐；腹面毛短，尖锐。头部有头顶长毛 3 对，头背毛 4 对，有时 9 根；前胸背板有中侧毛 6 对，缘毛 4 或 5 对；中胸背板有中侧毛及缘毛各 11 对，后胸背板有中侧毛 4 对，缘毛 8 对；腹部背片Ⅰ～Ⅵ各有中侧毛 4 或 5 对，背片Ⅶ有毛 2 对，背片Ⅰ、Ⅶ各有缘毛 2 对，背片Ⅱ～Ⅵ各有缘毛 5 或 6 对，背片Ⅳ有时有缘毛 8 对，背片Ⅷ有长毛 5 对。头顶及腹部背片Ⅰ长毛长 0.13mm，为触角节Ⅲ最宽直径的 3.30 倍，背片Ⅷ长毛长 0.19mm，长毛为短毛的 3.60 倍。中额及额瘤不隆，呈平顶状。触角 6 节，有微瓦纹，全长 1.13mm，为体长的 0.53 倍；节Ⅲ长 0.36mm，节Ⅰ～Ⅵ长度比例：19：17：100：44：47：33＋55；触角有长粗毛及短尖锐毛，节Ⅰ～Ⅵ毛数：7 或 8 根，3 或 4 根，9～11 根，3 或 4 根，3 根，2＋0 根，末节鞭部顶端有刀状及尖锐毛各 1 对，节Ⅲ毛长为该节中宽的 2.40 倍，

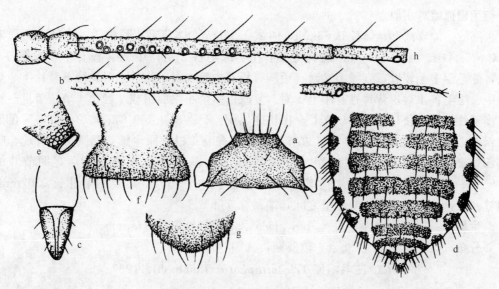

图 190　库多态毛蚜 *Periphyllus kuwanaii* (Takahashi)

无翅孤雌蚜 (apterous viviparous female)

a. 头部背面观 (dorsal view of head)；b. 触角节Ⅲ (antennal segment Ⅲ)；c. 喙节Ⅳ＋Ⅴ (ultimate rostral segment)；d. 腹部背面观 (dorsal view of abdomen)；e. 腹管 (siphunculus)；f. 尾片 (cauda)；g. 尾板 (anal plate)。

有翅孤雌蚜 (alate viviparous female)

h. 触角节Ⅰ～Ⅴ (antennal segment Ⅰ～Ⅴ)；i. 触角节Ⅵ (antennal segment Ⅵ)。

短毛为其 0.62 倍。喙端部达中足基节，节Ⅳ＋Ⅴ楔状，两侧微凸，长 0.11mm，为基宽的 1.50 倍，为后足跗节Ⅱ的 0.76 倍，有长毛 4 对。足光滑，胫节端部有零星小刺突分布；后足股节长 0.52mm，为触角节Ⅲ的 1.40 倍；后足胫节长 0.87mm，为体长的 0.40 倍，长毛长 0.13mm，为该节最宽直径的 2.80 倍。跗节Ⅰ毛序：5，5，5。腹管短截断状，有明显瓦纹，有缘突，长 0.08mm，为基宽的 0.71 倍，与尾片约等长。尾片半圆形，有粗刺突组成瓦纹，长 0.08mm，为基宽的 0.41 倍，有长短毛 16 根。尾板瓶塞状，基部1/2淡色光滑，有毛 22 根。

有翅孤雌蚜　体椭圆，体长 2.05mm，体宽 0.95mm。玻片标本头部、胸部黑色，腹部淡色，腹部背片Ⅰ～Ⅷ各有宽横带及大缘斑，背片Ⅷ横带横贯全节。触角黑色。体背毛粗长尖锐，头部有头顶长毛 3 对，头背毛 4 或 5 对；前胸背板有中侧毛 5 对，缘毛 4 对；腹部背片Ⅰ～Ⅴ各有中侧毛 4～6 对，背片Ⅵ、Ⅶ有毛 5 或 6 根，背片Ⅰ、Ⅵ、Ⅶ各有缘毛 2～3 对，背片Ⅱ～Ⅴ各有缘毛 5 或 6 对，有时 8 或 9 对，背片Ⅷ有毛 5 对。触角 6 节，长 1.07mm，节Ⅲ长 0.34mm，节Ⅰ～Ⅵ长度比例：23：18：100：49：45：27＋57；节Ⅲ有长短毛 10～12 根，毛长为该节中宽的 2.00 倍，节Ⅲ有圆形次生感觉圈 8～11 个，分布于全长。喙端部达中足基节，节Ⅳ＋Ⅴ锥状，长 0.10mm，为后足跗节Ⅱ的 0.74 倍，有原生毛 2 对，次生毛 2 对。后足股节长 0.55mm，后足胫节长 0.89mm，后足跗节Ⅱ长 0.13mm。翅脉正常。腹管截断状，端部 1/2 有网纹，长 0.06mm。尾片半圆形，有长短毛 9 或 10 根。尾板方形，有长短毛 20～28 根。其他特征与无翅孤雌蚜相似。

胚胎　体卵圆形，体长 0.66mm，体宽 0.35mm。体背毛粗长尖锐。头部有头顶毛 2 对，头背中、侧毛各 1 对；前胸背板有中、缘毛各 2 对；中胸背板有中、侧毛各 1 对，侧毛距中毛较近，有缘毛 2 对；后胸背板有中毛 1 对，缘毛 2 对；腹部背片 Ⅰ～Ⅶ 有中、缘毛各 1 对，背片 Ⅷ 有中毛 1 对。复眼由多个小眼面组成。触角 4 节，节 Ⅲ～Ⅳ 有横瓦纹；节 Ⅲ 长 0.11mm，节 Ⅰ～Ⅳ 长度比例：45：36：100：36＋72；节 Ⅰ～Ⅳ 毛数：2 根，2 根，1 根，2＋0 根，末节鞭部顶端有毛 4 根；原生感觉圈圆形，有睫。喙端部达腹部节 Ⅰ，节 Ⅳ＋Ⅴ 粗短，长 0.06mm，为基宽的 1.20 倍，为后足跗节 Ⅱ 的 0.86 倍；有原生毛 3 对，无次生毛。跗节 Ⅰ 毛序：2，2，2。后足跗节 Ⅱ 长 0.07mm。腹管孔状，位于腹部背片 Ⅴ、Ⅵ 之间，端径 0.03mm。

生物学　寄主植物为五角枫 *Acer mono* 和五裂槭 *A. oliverianum*。

分布　辽宁（沈阳）、北京；俄罗斯，韩国，日本。

62. 三毛蚜属 *Trichaitophorus* Takahashi，1937

Trichaitophorus Takahashi，1937：17. **Type species**：*Trichaitophorus aceris* Takahashi，1937.

Trichaitophorus Takahashi：Tao，1963：52；Hille Ris Lambers *et* Basu，1966：29；Higuchi，1972：98；Ghosh，1980：93；Pashtshenko，1988：623；Tao，1990：138；Remaudière *et* Remaudière，1997：167；Qiao，Zhang *et* Zhang，2004：283.

属征　体中型。头部与前胸愈合；腹部背片 Ⅰ～Ⅶ 或 Ⅱ～Ⅶ 完全愈合。中额稍隆起，额瘤明显，有粗长毛着生。触角 5 或 6 节，短于体长，末节鞭部长于基部；触角毛短，钝顶；无翅孤雌蚜无次生感觉圈；原生感觉圈无睫。复眼小，眼瘤明显。喙节 Ⅳ＋Ⅴ 短于后足跗节 Ⅱ，有次生毛 0～3 根。体背膜质，有皱纹或波纹，分布全身或仅缘域明显。体背中、侧毛短，钝顶，缘毛粗，长短不等，钝顶或尖锐；腹部背片 Ⅷ 有毛 6～9 根。足胫节基半部毛长短不等，钝顶，端部毛与其他部分毛相同；跗节 Ⅰ 有腹毛 3～5 根，无背毛；爪间毛扁平。腹管截断状，短于基宽，有皱纹或条纹，无网纹。尾片短于基宽，有毛 8～16 根。尾板完整。生殖突 4 个。

多数物种的寄主为槭树科 Aceraceae 植物，仅 1 种的寄主植物为 *Actinidia callosa*。

分布于亚洲东部，包括中国、印度、日本和俄罗斯远东地区。

世界已知 6 种，中国已知 2 种，本志记述 1 种。

(158) 茶条槭三毛蚜 *Trichaitophorus ginnalarus* Qiao，Zhang *et* Zhang，2004（图 191）

Trichaitophorus ginnalarus Qiao，Zhang *et* Zhang，2004：285.

特征记述

无翅孤雌蚜　体卵形至椭圆形，体长 1.33～1.63mm，体宽 0.70～0.95mm。玻片标本明显骨化，触角节 Ⅲ～Ⅵ 淡褐色，触角节 Ⅰ～Ⅱ、喙、足、尾片及尾板褐色。腹部背片 Ⅰ～Ⅵ 中侧斑相互愈合，各节缘斑明显，独立；背片 Ⅶ～Ⅷ 有横带横贯全节。头部有头顶毛 1 对，头背毛短，钝顶，有触角间毛 2～4 对，复眼间毛 4～6 对；前胸背板有毛 16～20 根；腹部背片 Ⅰ 有毛 17～26 根，背片 Ⅷ 有毛 7～9 根，其中有 2 个粗长毛。头顶毛长 0.03mm，稍长于头背毛，腹部背片 Ⅰ 缘毛长 0.02mm，背片 Ⅷ 毛长 0.15mm，分别为触角节Ⅲ最宽直径的 1.20 倍、0.80 倍、5.67 倍。中额稍突出，额瘤不显。触角 6 节，节Ⅲ～Ⅵ有短横纹，全长 0.76mm，为体长的 0.52 倍；节Ⅰ～Ⅵ长度比例：31：26：100：50：57：46＋71，节Ⅵ鞭部长为基部的 1.53 倍。触角外缘毛粗短，钝顶，稍长于体背毛，内缘毛细，尖锐。节Ⅰ～Ⅵ毛数：4～7 根，2 或 3 根，4～9 根，3 或 4 根，2 根，2 或 3＋4 根。节Ⅲ毛长 0.03mm，为该节最宽直径的 1.20 倍。喙端部达后足基节至腹部节Ⅱ，节Ⅳ＋Ⅴ长为基宽的 1.67 倍，为后足跗节Ⅱ的 0.77 倍，有次生毛 3 或 4 根。后足股节长为触角节Ⅲ的 1.42 倍；后足胫节长为体长的 0.33 倍。足毛长于体背毛，外缘毛细长或粗钝，内缘毛细尖；后足胫节毛长 0.07mm，为该节直径的 1.92 倍；跗节Ⅰ毛序：5，5，5。腹管短，截断状，长为基宽的 0.52 倍，为尾片的 0.71 倍。尾片端部圆形，基部稍缢缩，长为基宽的 0.34 倍，有粗长毛和短细毛 10～16 根。尾板完整，有毛 18～26 根。生殖板有毛 23～29 根，包括前部毛 7 或 8 根。

生物学 寄主植物为茶条槭 *Acer ginnala*。

分布 黑龙江（哈尔滨）。

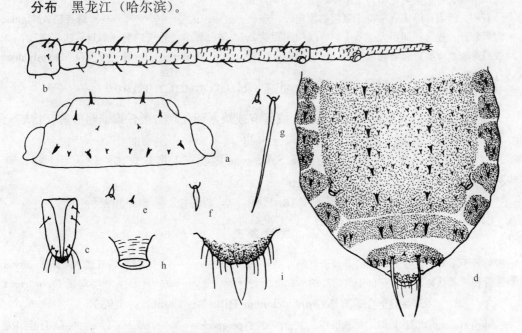

图 191　茶条槭三毛蚜 *Trichaitophorus ginnalarus* Qiao，Zhang *et* Zhang
无翅孤雌蚜 (apterous viviparous female)

a. 头部背面观 (dorsal view of head)；b. 触角 (antenna)；c. 喙节Ⅳ＋Ⅴ (ultimate rostral segment)；d. 腹部背面观 (dorsal view of abdomen)；e. 腹部背片Ⅳ毛 (dorsal hairs on abdominal tergite Ⅳ)；f. 腹部背片Ⅷ中毛 (spinal hair on abdominal tergite Ⅶ)；g. 腹部背片Ⅷ毛 (dorsal hairs on abdominal tergite Ⅷ)；h. 腹管 (siphunculus)；i. 尾片 (cauda)。

十三、蚜科 Aphididae

有时体被蜡粉，但缺蜡片。触角 6 节，有时 5 节甚至 4 节，感觉圈圆形，罕见椭圆形。复眼由多个小眼面组成。翅脉正常，前翅中脉 1 或 2 分叉。爪间毛毛状。前胸及腹部常有缘瘤。腹管通常长管形，有时膨大，少见环状或缺。尾片圆锥形、指形、剑形、三角形、盔形或半月形，少数宽半月形。尾板末端圆形。营同寄主全周期和异寄主全周期生活，有时不全周期生活。一年 10～30 代。寄主包括乔木、灌木和草本显花植物，少数为蕨类和苔藓植物。该科多数物种在寄主植物叶片取食，也有物种在嫩梢、花序、幼枝取食，少数物种在根部取食。

世界已知 242 属 2700 余种，中国已知 118 属 473 种，本志记述 49 属 139 种。

亚科检索表

1. 尾片半月形，有毛 20～50 根；跗节 I 通常有毛 5 根；体大型，体长 2.00～4.50mm。寄生在杨树、柳树皮上 ·· **粉毛蚜亚科 Pterocommatinae**
  尾片非半月形，如为半月形则跗节 I 毛数不多于 4 根；体长大多小于 2.00mm。寄生在多种植物上，大多不在杨树、柳树皮上 ··· 2
2. 腹部节 II、III 气门间距不大于节 I、II 气门间距的 2.00 倍，节 I、II 气门彼此远离；腹部节 I、VII 有较大缘瘤；缘瘤通常位于气门的腹向 ···················· **蚜亚科 Aphidinae**
  腹部节 II、III 气门间距大于节 I、II 气门间距的 2.00 倍，节 I、II 气门彼此靠近；腹部节 I、VII 缺或有较小缘瘤；缘瘤通常位于气门的背向 ··················· **长管蚜亚科 Macrosiphinae**

（十四）粉毛蚜亚科 Pterocommatinae

体毛较多。跗节 I 通常有毛 5 根。腹管有或缺，环孔状、圆柱形或略肿胀，比较光滑。尾片短，半圆形或宽舌状，有毛 20～50 根。

营同寄主或异寄主生活，在杨柳科 Salicaceae 植物枝上取食。雄性蚜通常无翅，有些种类有翅。

世界已知 5 属 50 种，中国已知 3 属 19 种，本志记述 2 属 6 种和亚种。

属 检 索 表

1. 腹管等于或短于其基宽；气门开口于气门片的中央 ··············· **新粉毛蚜属 Neopterocomma**
  腹管长于其基宽；气门开口于气门片的后部 ························· **粉毛蚜属 Pterocomma**

63. 新粉毛蚜属 *Neopterocomma* Hille Ris Lambers，1935

Neopterocomma Hille Ris Lambers，1935：52. **Type species**：*Neopterocomma asiphum* Hille Ris Lambers，1935.

Neopterocomma Hille Ris Lambers；Heie，1986：34；Remaudière *et* Remaudière，1997：254.

属征　体被蜡粉，有缘瘤和中瘤。体背毛短于头顶毛，毛长为触角节 III 最宽直径的 0.50～1.00 倍。头顶平直或略圆凸。触角 6 节，全长约为体长的 0.60 倍。原生感觉圈无睫。喙端部达腹部。腹管表面光滑，无缘突，非常短，长约等于其基宽。

世界已知 3 种，中国已知 1 种，本志记述 1 种。

(159) 杨新粉毛蚜 *Neopterocomma populivorum* Zhang，1990 （图 192）

Neopterocomma populivorum Zhang，1990：85.

Neopterocomma populivorum Zhang；Blackman *et* Eastop，1994：778；Remaudière *et* Remaudière，1997：254.

特征记述

无翅孤雌蚜 体长 2.75mm，体宽 1.37mm。玻片标本头部、前胸背板、腹部背片斑纹、中瘤、缘瘤、触角、喙端部、腹管、尾片深色。体背毛多，头部背面有毛 80 根，前胸背板有毛 140 根，腹部背片 Ⅰ 有毛 140 根，背片 Ⅷ 有毛 40～44 根。头顶毛长 0.09mm，腹部背片 Ⅰ 毛长 0.08mm，背片 Ⅷ 毛长 0.10mm，分别为触角节 Ⅲ 直径的 1.67 倍、1.42 倍、1.84 倍。触角 6 节，全长 2.31mm，节 Ⅲ 长 0.94mm，节 Ⅰ～Ⅵ 长度比例：12：8：100：50：40：19＋13；节 Ⅰ～Ⅵ 毛数：24～26 根，11～15 根，90～104 根，48～51 根，31～47 根，（11 或 12）＋0 根，末节鞭部顶端有毛 3 或 4 根，节 Ⅲ 毛长 0.06mm，为该节直径的 1.11 倍；节 Ⅲ 有次生感觉圈 18～22 个。喙端部达中足基节，节 Ⅳ＋Ⅴ 长 0.14mm，有毛 28～32 根。后足股节长 0.81mm，为触角节 Ⅲ 的 0.80 倍；后足胫节长 1.48mm，为体长的 0.54 倍，后足胫节毛长 0.07mm；足跗节 Ⅰ 有毛 7 根；后足跗节 Ⅱ 长 0.18mm。腹管长 0.04mm，分别为基宽、端宽的 0.46 倍、0.78 倍。尾片长 0.10mm，为基宽的 0.52 倍，有毛 29～38 根。尾板有毛 78～95 根。

生物学 寄主植物为白皮杨 *Populus* sp.。

分布 吉林（安图）。

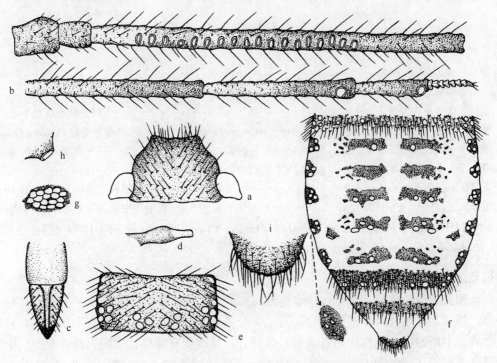

图 192 杨新粉毛蚜 *Neopterocomma populivorum* Zhang

无翅孤雌蚜（apterous viviparous female）

a. 头部背面观（dorsal view of head）；b. 触角（antenna）；c. 喙节 Ⅳ＋Ⅴ（ultimate rostral segment）；
d. 中胸腹岔（mesosternal furca）；e. 中胸背板（mesonotum）；f. 腹部背面观（dorsal view of abdomen）；
g. 节间斑（muskelplatten）；h. 腹管（siphunculus）；i. 尾片（cauda）。

64. 粉毛蚜属 *Pterocomma* Buckton，1879

Pterocomma Buckton，1879：142. **Type species**：*Pterocomma pilosum* Buckton，1879.

Cladobius Koch，1856 nec Dejean，1837：237.

Aphioides Passerini，1860 nec Rondani，1848：1.

Melanoxanthus Buckton，1879 nec Eschscholtz，1836：1.

Clavigerus Szepligeti，1883：17.

Melanoxanterium Schouteden，1901：111.

Aristaphis Kirkaldy，1905：414.

Stauroceras Börner，1940：1.

Pterocomma Buckton：Zhang *et* Zhong，1983：194；Heie，1986：14；Blackman *et* Eastop，1994：857；Remaudière *et* Remaudière，1997：254；Zhang，1999：274.

属征 体被蜡粉。缘瘤通常较发达，位于前胸、腹部节 I 和 VII。气门开口大，位于气门片的后缘。全身密被长尖毛。头顶平直，有时有中额和很低的额瘤。触角 6 节，约为体长的 0.50 倍，末节鞭部通常长于基部，原生感觉圈有睫。腹管圆柱形或肿胀，淡色，有缘突，长于基宽，通常与喙节 IV＋V 等长。

世界已知 35 种，中国已知 15 种，本志记述 5 种。

种 检 索 表
（无翅孤雌蚜）

1. 寄主为杨属植物 ………………………………………………………………………… 2
   寄主为柳属植物 ………………………………………………………………………… 3
2. 触角节 III 毛长约为该节直径的 2.00 倍 ……………………… 树干粉毛蚜 *P. kormion*
   触角节 III 毛长为该节直径的 3.30 倍 ………………………… 内蒙粉毛蚜 *P. neimogolense*
3. 喙节 IV＋V 长为后足跗节 II 的 0.60～0.65 倍；腹背片 VIII 有长毛 62～79 根 …… 柳粉毛蚜 *P. salicis*
   喙节 IV＋V 长为后足跗节 II 的 1.10 倍；腹部背片 VIII 有长毛 22～25 根 …………… 4
4. 腹部有大圆形缘瘤 ………………………………………… 粉毛蚜科诺亚种 *P. pilosum konoi*
   腹部无缘瘤 …………………………………………… 粉毛蚜指名亚种 *P. pilosum pilosum*

(160) 树干粉毛蚜 *Pterocomma kormion* Zhang，Chen，Zhong *et* Li，1999 （图 193）

Pterocomma kormion Zhang，Chen，Zhong *et* Li，1999：276.

特征记述

无翅孤雌蚜 体长 1.88mm，体宽 1.06mm。活体棕褐色，腹部有白粉。玻片标本头部、喙、足、尾片及尾板稍深色，其他部分淡色。腹部背片 I～VII 有零星缘斑，背片 VI、VII 有中断的横带，背片 VIII 有横带。腹部背片 VIII 腹侧有缘瘤。中胸腹岔有短柄。中额微隆，额瘤不显。触角 6 节，全长 1.00mm，约为体长的 0.53 倍，节 III 长 0.29mm，节 I～VI 长度比例：24：18：100：58：57：31＋51；节 III 毛长约为该节最宽直径的 2.00 倍。喙长，端部达腹部节 III，节 IV＋V 长约为基宽的 1.58 倍，有原生毛 3 对，次生毛 4 对。腹管长管状，几乎不膨大，有缘突，长 0.18mm，为体长的 0.10 倍，为基宽的 4.42 倍，为端宽的 3.79 倍。尾片半圆形，端部尖圆，有毛约 26 根。尾板半圆形，有毛约 44 根。

生物学 寄主植物为小叶杨 *Populus simonii*。

分布 吉林（安图、长白、抚松）、新疆。

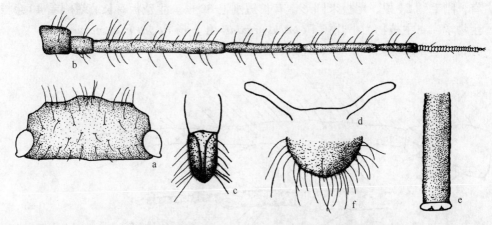

图 193 树干粉毛蚜 *Pterocomma kormion* Zhang，Chen，Zhong *et* Li

无翅孤雌蚜（apterous viviparous female）

a. 头部背面观（dorsal view of head）；b. 触角（antenna）；c. 喙节Ⅳ＋Ⅴ（ultimate rostral segment）；

d. 中胸腹岔（mesosternal furca）；e. 腹管（siphunculus）；f. 尾片（cauda）。

（161）内蒙粉毛蚜 *Pterocomma neimogolense* Zhang，1980（图194）

Pterocomma neimogolense Zhang，1980：207.

Pterocomma neimogolense Zhang：Zhang *et* Zhong，1981：255；Zhang *et* Zhong，1983：198；Remaudière *et* Remaudière，1997：255；Zhang，1999：278.

特征记述

无翅孤雌蚜 体长卵圆形，体长 2.90～3.70mm，体宽 1.50～1.70mm。活体红褐色，被薄粉。玻片标本体背淡色，无斑纹或有不明显小斑。触角节Ⅴ端部 1/3～1/2 及节Ⅵ黑色，其他节及腹管淡色；喙、足、尾片及尾板稍骨化灰色。体表光滑，头部微显皱纹，腹部背片Ⅷ有曲纹。前胸及腹部节Ⅰ～Ⅳ缘斑外中部每侧各有小型缘瘤1个，节Ⅲ偶有1对。气门圆形关闭，气门片骨化黑色。头部、胸部及腹部缘域节间斑黑褐色发达，腹部中、侧域节间斑淡褐色。中胸腹岔骨化深色有柄。体背多长硬刚毛，头部有毛110余根，前胸背板有毛80余根，腹部背片Ⅰ～Ⅶ密布刚毛；腹部背片Ⅷ有长刚毛36～44根，毛长 0.16mm；头顶毛、腹部背片Ⅰ缘毛、背片Ⅷ毛长分别为触角节Ⅲ基部直径的 3.30 倍、3.60 倍、3.80 倍。额瘤稍隆，中额瘤圆突，高于额瘤。触角6节，短细光滑，节Ⅲ端半部至节Ⅵ有瓦纹，全长 1.30mm，约为体长的 0.40 倍；节Ⅲ长 0.41mm，节Ⅰ～Ⅵ长度比例：20：18：100：60：47：32＋42；触角毛长，节Ⅰ～Ⅵ毛数：10～12根，4～6根，25～31根，9 或 10 根，5～7 根，6＋6 根，其中节Ⅵ基部有长毛2根，短毛4根，节Ⅲ毛长为该节基部直径的 3.30 倍。喙短粗，端部达中足基节，节Ⅳ＋Ⅴ粗大，顶钝，长为基宽的 1.90 倍，为后足跗节Ⅱ的 0.85 倍，有原生和次生刚毛各 3 对。足粗大多毛，后足股节长 0.85mm，长为中宽的 6.81 倍，与触角节Ⅲ～Ⅴ之和约相等；后足胫节长 1.60mm，约为体长的 0.50 倍，后足胫节毛长为该节直径的 2.00 倍；跗节Ⅰ毛序：5，5，5。腹管圆筒形，中部稍膨大，有缘突和切迹；全长 0.23mm，约为体长的 0.07 倍，稍短于触角节Ⅳ。尾片半圆形，有小刺突构成横曲纹，有长刚毛约 24 根。尾板末圆形，有长短刚毛 66 根。生殖板有长、短刚毛 40 余根。

生物学　寄主植物为小叶杨 *Populus simonii* 和青杨 *Populus cathayana*。

分布　辽宁（沈阳、铁岭）、北京、内蒙古。

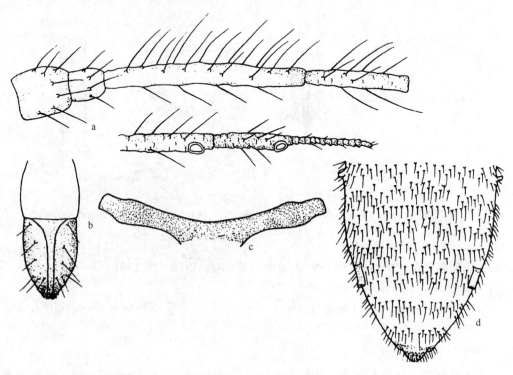

图 194　内蒙粉毛蚜 *Pterocomma neimogolense* Zhang

无翅孤雌蚜（apterous viviparous female）

a. 触角（antenna）；b. 喙节Ⅳ＋Ⅴ（ultimate rostral segment）；c. 中胸腹岔（mesosternal furca）；

d. 腹部背面观（dorsal view of abdomen）。

(162) 粉毛蚜科诺亚种 *Pterocomma pilosum konoi* Hori，1939（图 195）

Pterocomma pilosum konoi Hori，1939：121.

Pterocomma pilosum konoi Hori：Heie，1986：22；Blackman *et* Eastop，1994：859；Remaudière *et* Remaudière，1997：255.

特征记述

　　无翅孤雌蚜　体长卵圆形，体长 3.10mm，体宽 1.80mm。玻片标本头部、前胸、喙节Ⅱ端部、节Ⅲ及节Ⅳ＋Ⅴ、触角节Ⅰ、节Ⅰ～Ⅱ、Ⅲ～Ⅳ、Ⅳ～Ⅴ、Ⅴ～Ⅵ交界处附近及节Ⅵ基部顶端、足、尾片、尾板及生殖板黑色或灰黑色，其他部分淡色。体表光滑。体背斑灰黑色，中胸黑色，纵裂为四片；后胸缘斑稍小于中胸缘斑，中、侧斑分离为数片小斑；腹部背片Ⅰ、Ⅴ中、侧斑均分离为数片小斑，背片Ⅱ～Ⅳ中、侧斑不显，背片Ⅵ～Ⅷ中、侧斑连成横带，沿中线分离，有时背片Ⅶ中、侧斑与缘斑相融合；背片

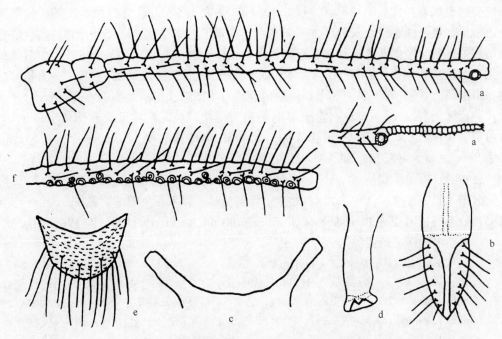

图 195　粉毛蚜科诺亚种 *Pterocomma pilosum konoi* Hori

无翅孤雌蚜（apterous viviparous female）

a. 触角（antenna）；b. 喙节Ⅳ＋Ⅴ（ultimate rostral segment）；c. 中胸腹岔（mesosternal furca）；

d. 腹管（siphunculus）；e. 尾片（cauda）。

有翅孤雌蚜（alate viviparous female）

f. 触角节Ⅲ（antennal segment Ⅲ）。

Ⅰ～Ⅷ有大型缘斑，背片Ⅴ缘斑与腹管前斑连成一片，背片Ⅷ缘斑与中、侧斑连成横带。前胸及腹部节Ⅰ～Ⅶ各有缘瘤1对，有时2或3对，位于缘斑的中后部，气门的背向。气门圆形或肾形开放，气门片黑色隆起，气门位于气门片内后部。节间斑黑色。中胸腹岔两臂分离，有灰黑色带相连。体密被尖锐长毛，直或弯；腹部背片Ⅷ有长毛22～25根，毛长0.15mm，为触角节Ⅲ基部直径的2.50倍。额瘤不显，中额瘤微隆起。触角6节，细短光滑，节Ⅴ～Ⅵ有瓦纹；全长1.50mm，为体长的0.50倍，节Ⅲ长0.46mm；节Ⅰ～Ⅵ长度比例：26：20：100：50：48：26＋47；触角毛长，节Ⅰ～Ⅵ毛数：10～14根，4～6根，35～41根，12～17根，12～18根，13～16（包括长毛5～8根，短毛8根)＋3或4根短毛，末节鞭部顶端有长毛4根，有时在原生感觉圈附近有长毛1根；节Ⅲ毛长为该节基部直径的3.00倍，稍短于体毛；触角节Ⅲ无次生感觉圈。喙粗大，端部不及或刚达后足基节，节Ⅳ＋Ⅴ长约为基宽的2.00倍，为后足跗节Ⅱ的1.10倍，有次生刚毛7或8根。足后足股节长0.85mm，约与触角节Ⅲ～Ⅴ等长；后足胫节长1.70mm，长于触角，为体长的0.55倍；后足跗节Ⅰ有毛5根。腹管圆筒形，近端部收缩，有缘突，表面光滑，端部稍显横纹，全长0.23mm，为体长的0.07倍，为尾片的2.00倍，为触角节Ⅲ的0.50倍，约为中宽的4.00倍。尾片半椭圆形，有长毛20余根。尾板末端圆形，有长毛约48根。生殖板骨化，有长毛55～61根。

有翅孤雌蚜　体长卵圆形，体长 3.90mm，体宽 1.60mm。玻片标本头部、胸部深色。触角、足及体背斑纹灰黑色。体表光滑，横带上有横皱纹。腹部背片 Ⅱ 有数片零碎小斑成行排列，腹部背片 Ⅲ～Ⅷ 各有宽横带，正中分离或连续；各节缘斑较小。节间斑可见。触角 6 节，全长 1.90mm，为体长的 0.49 倍，节 Ⅲ 长 0.62mm，节 Ⅰ～Ⅵ 长度比例：17：14：100：52：46：26＋46；触角节 Ⅲ 有小圆形次生感觉圈 23～27 个，分布于全长。翅脉微有昙。腹管长 0.26mm，与触角节 Ⅴ 约等长。足后足股节长 0.97mm，与触角节 Ⅲ 和 Ⅳ 之和约等长；后足胫节长 1.90mm，为体长的 0.49 倍。尾片长 0.17mm，有毛 29～35 根。尾板有毛 43～61 根。其他特征与无翅孤雌蚜相似。

生物学　寄主为山柳 *Salix pseudotangii* 等柳属植物。为害幼枝。

分布　黑龙江（漠河、密山）、北京；朝鲜半岛，俄罗斯，日本，欧洲。

(163) 粉毛蚜指名亚种 *Pterocomma pilosum pilosum* Buckton, 1879（图 196，图版 Ⅳ M）中国新记录亚种

Pterocomma pilosum pilosum Buckton, 1879：143.

Pterocomma pilosum pilosum Buckton：Börner, 1952：66；Shaposhnikov, 1964：567；Ivanovskaja, 1977：18；Zhang *et* Zhong, 1983：196；Stroyan, 1984：22；Heie, 1986：20；Remaudière *et* Remaudière, 1997：255；Hodjat, 1998：73；Zhang, 1999：280.

特征记述

无翅孤雌蚜　体长卵圆形，体长 3.03～3.25mm，体宽 1.70～1.75mm。活体灰褐色，腹面被薄蜡粉。玻片标本头部、胸部褐色，腹部淡色，斑纹褐色。触角、喙大部、足及生殖板褐色；喙顶端、尾片及尾板黑色，其他部分淡色。体表光滑。腹部背片 Ⅶ 有中侧斑 1 对，背片 Ⅷ 有横带，背片 Ⅰ～Ⅶ 各有缘斑 1 对，背片 Ⅴ 缘斑与腹管前斑相连。气门椭圆形开放，气门片黑色隆起。节间斑褐色。中胸腹岔无柄，两臂相连，单臂横长 0.25～0.27mm，为触角节 Ⅲ 的 0.63～0.65 倍。体密被尖锐长毛；腹部背片 Ⅷ 有长毛 22～28 根；头顶毛长 0.10mm，腹部背片 Ⅰ 毛长 0.09～0.11mm，背片 Ⅷ 毛长 0.10～0.14mm，分别为触角节 Ⅲ 最大直径的 2.00～2.50 倍、2.20～2.50 倍、2.20～3.50 倍。中额隆起，额瘤微隆。触角 6 节，细短光滑，节 Ⅴ、Ⅵ 有瓦纹；全长 1.47～1.51mm，为体长的 0.46～0.49 倍，节 Ⅲ 长 0.40～0.42mm；节 Ⅰ～Ⅵ 长度比例：28～32：21～24：100：57～60：54～57：（33～37）＋（60～63）；触角毛长，节 Ⅰ～Ⅵ 毛数：11～14 根，4～6 根，39～41 根，14～19 根，16 或 17 根，8 或 9＋5～7 根，末节鞭部顶端有短毛 3 根；节 Ⅲ 毛长 0.08～0.09mm，为该节最宽直径的 1.80～2.25 倍；无次生感觉圈。喙粗大，端部达腹部节 Ⅲ，节 Ⅳ＋Ⅴ 长 0.20～0.21mm，为基宽的 2.10～2.22 倍，为后足跗节 Ⅱ 的 1.00～1.11 倍，有原生毛 6 根，次生毛 7 或 8 根。后足股节长 0.76～0.88mm，为触角节 Ⅲ 的 1.86～2.09 倍；后足胫节长 1.47～1.59mm，为体长的 0.45～0.52 倍，胫节毛长 0.10～0.12mm，为该节中宽的 1.67～1.71 倍；后足跗节 Ⅰ 有毛 5 根。腹管圆筒形，有缘突，表面光滑，两缘稍显瓦纹，长 0.23～0.25mm，为基宽的 2.88～4.17 倍，为尾片的 1.53～1.77 倍。尾片半圆形，有小刺突横纹，长 0.13～0.16mm，为基宽的 0.57～0.63 倍，有毛 30～37 根。尾板末端宽圆形，有小刺突横纹，有毛 56～58 根。生殖板宽圆形，有毛 56～68 根。

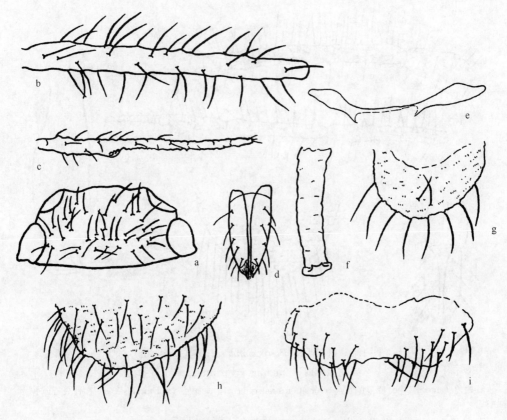

图 196 粉毛蚜指名亚种 *Pterocomma pilosum pilosum* Buckton

无翅孤雌蚜（apterous viviparous female）

a. 头部背面观（dorsal view of head）；b. 触角节Ⅲ（antennal segment Ⅲ）；c. 触角节Ⅵ（antennal segment Ⅵ）；

d. 喙节Ⅳ＋Ⅴ（ultimate rostral segment）；e. 中胸腹岔（mesosternal furca）；f. 腹管（siphunculus）；g. 尾片

（cauda）；h. 尾板（anal plate）；i. 生殖板（genital plate）。

生物学 寄主为柳属植物 *Salix* spp.。在寄主的茎上群居。

分布 内蒙古（牙克石）；亚洲，欧洲，美国，加拿大（被传入）。

(164) 柳粉毛蚜 *Pterocomma salicis* (Linnaeus, 1758) (图 197)

Aphis salicis Linnaeus, 1758：453.

Aphis nervosa Zetterstedt, 1840：306.

Aphis viminalis Hartig, 1841 nec Boyer de Fonscolombe, 1841：359.

Pterocomma salicis (Linnaeus)：Baker, 1916：283；Szelegiewicz, 1963：114；Shaposhnikov,
1964：567；Ivanovskaja, 1977：22；Zhang *et* Zhong, 1983：196；Stroyan, 1984：22；Heie,
1986：26；Remaudière *et* Remaudière, 1997：255；Zhang, 1999：280.

特征记述

无翅孤雌蚜 体长卵圆形，体长 3.30mm，体宽 2.00mm。玻片标本前、中胸背板
有黑带，头部缘片、喙节Ⅱ端部、节Ⅲ及节Ⅳ＋Ⅴ、触角节Ⅰ、Ⅱ、Ⅴ、Ⅵ及节Ⅲ、Ⅳ
端部、足胫节端部及跗节、尾片及尾板均黑色；足股节、胫节大部灰褐色；其他部分淡

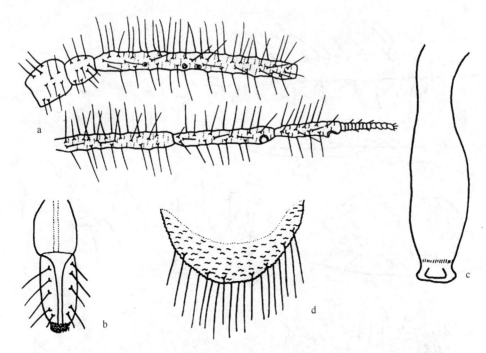

图 197 柳粉毛蚜 *Pterocomma salicis*（Linnaeus）

无翅孤雌蚜（apterous viviparous female）

a. 触角（antenna）；b. 喙节Ⅳ+Ⅴ（ultimate rostral segment）；c. 腹管（siphunculus）；d. 尾片（cauda）。

色。体表光滑。后胸横带中断；腹部背片Ⅰ有 4 个不规则形中斑，2 个大，2 个小，腹部背片Ⅱ～Ⅴ仅见零碎中斑，腹部背片Ⅵ、Ⅶ有中断横带，腹部背片Ⅷ横带与缘片融合；腹部各节有大型缘斑。前胸、腹部节Ⅰ～Ⅳ及Ⅶ各有缘瘤 1 对，三角形，位于缘域外缘，约与气门相齐。气门片黑色突起，气门圆形开放，位于气门片的后部。节间斑黑色。中胸腹岔无柄。全身密被大量长毛，直或弯，尖顶，淡色；腹背片Ⅷ有长毛 62～79 根，毛长 0.14mm；头顶毛、腹部背片Ⅰ缘毛、背片Ⅷ毛长分别为触角节Ⅲ基宽的 2.60 倍、2.60 倍、2.90 倍。中额和额瘤不显。触角 6 节，全长 1.70mm，为体长的 0.50 倍；节Ⅲ长 0.57mm，节Ⅰ～Ⅵ长度比例：14：15：100：62：52：31+27，末节鞭部短于基部；节Ⅰ～Ⅴ毛数：16～19 根，11～13 根，73～89 根，35～47 根，30～41 根，（18～20）（长毛 14～16 根，短毛 4 根）+短毛 4～7 根，鞭部顶端有短毛 4 根；节Ⅲ毛长为该节基宽的 2.50 倍，稍短于体背毛；触角节Ⅲ有感觉圈 0～5 个。喙端部超过中足基节，节Ⅳ+Ⅴ长为基宽的 1.40～1.80 倍，为后足跗节Ⅱ的 0.60～0.65 倍，有原生刚毛 2 对，次生刚毛 4 对。后足股节长 1.20mm，为体长的 1/3；后足胫节长 2.00mm，为体长的 0.57 倍；后足跗节Ⅰ有毛 5 根。腹管棒形，中部膨大，基部、端部收缩，有缘突，表面光滑；长 0.49mm，为中宽的 3.00 倍，稍短于触角节Ⅲ，膨大部分直径约为基宽的 2.00 倍。尾片末端圆形，有毛 54～69 根。尾板末端圆形，有毛 68～102 根。

生物学 寄主植物为山柳 *Salix pseudotangii*，为害幼枝。本种常与粉毛蚜

P. pilosum 混生。

分布 内蒙古（阿尔山、鄂伦春旗、牙克石）、吉林（长白、抚松）、黑龙江（漠河）、北京；俄罗斯，蒙古国，美国，加拿大，欧洲。

（十五） 蚜亚科 Aphidinae

多数属腹部节Ⅰ和Ⅶ有缘瘤，节Ⅱ～Ⅵ有小缘瘤或缺。腹部节Ⅰ、Ⅱ气门间距离约等于或大于气门直径的 3.00 倍，且不短于腹部节Ⅱ、Ⅲ气门间距离的 0.40 倍。体缺中瘤。中额小且低，或缺。触角短于体长。多数种类无翅孤雌蚜触角无次生感觉圈。跗节Ⅰ毛序通常为 3，3，2，有时为 3，3，3 或 2，2，2。腹管无网纹。尾片形状多样，有指状、舌状、三角形、末端圆的多边形及半圆形。若尾片形状似粉毛蚜亚科且有毛 20 余根，则跗节Ⅰ毛数不多于 4 根，或触角末节鞭部长于基部的 3.00 倍。

该亚科分 2 个族，蚜族和缢管蚜族。

世界已知 29 属近 700 种，中国已知 11 属 87 种，本志记述 10 属 38 种。

族 检 索 表

1. 腹部背片Ⅰ缘瘤位于节Ⅰ、Ⅱ气门连线的中央，背片Ⅶ缘瘤位于气门的腹面 ········ 蚜族 Aphidini
   腹部背片Ⅰ缘瘤位于节Ⅰ、Ⅱ气门连线的上半部，背片Ⅶ缘瘤位于气门同一水平或背面 ··········
   ·· 缢管蚜族 Rhopalosiphini

[3] 蚜族 Aphidini

腹部缘瘤有或缺；如有缘瘤，则腹部背片Ⅰ缘瘤位于节Ⅰ、Ⅱ气门连线的中央，背片Ⅶ缘瘤位于气门的腹面；如无缘瘤，则触角末节鞭部短于基部的 2.00 倍。

世界已知 20 属，中国已知 6 属 61 种，本志记述 6 属 28 种。

属 检 索 表

1. 腹管环状或孔状；触角节Ⅵ鞭部长为基部的 0.70～1.10 倍 ··············· 隐管蚜属 Cryptosiphum
   腹管至少长等于宽；触角节Ⅵ鞭部长为基部的 0.50～5.50 倍 ····························· 2
2. 有发声结构，腹部节Ⅴ、Ⅵ腹片两侧有发音嵴，后足胫节有发音刺 ·········· 声蚜属 Toxoptera
   无发声结构，腹部节Ⅴ、Ⅵ腹片两侧的横长网纹与其他部分相同，体表无齿；后足胫节单型，无
   短刺 ·· 3
3. 触角 4 节，有长毛，触角末节鞭部长为基部的 3.50～5.50 倍；无翅孤雌蚜腹部背片Ⅰ～Ⅵ深色骨
   化 ·· 四蚜属 Szelegiewicziella
   触角 5 或 6 节，无翅孤雌蚜腹部背片Ⅰ～Ⅵ很少骨化，若骨化，则触角末节鞭部和触角毛都较短
   ·· 4
4. 前胸及腹部节Ⅰ～Ⅴ和Ⅶ有大型缘瘤；触角节Ⅵ鞭部短于基部的 3.50 倍；腹管长约为尾片的 2.00
   倍，尾片宽，长约等于基宽 ······························· 依阿华蚜属 Iowana
   前胸及腹部节Ⅰ～Ⅴ和Ⅶ缘瘤小或缺，或触角节Ⅵ鞭部长于基部的 3.50 倍 ················ 5
5. 跗节Ⅱ端部原生刚毛上部的 1 对长于其他 2 对；喙末节约有 7 根次生毛 ·· 菝葜蚜属 Aleurosiphon
   跗节Ⅱ端部原生刚毛相似，喙末节常有 2 根次生毛，有时 3～9 根 ················ 蚜属 Aphis

65. 菝葜蚜属 *Aleurosiphon* Takahashi，1966

Aleurosiphon Takahashi，1966：527. **Type species**：*Aphis smilacifoliae* Takahashi，1921.

Aleurosiphon Takahashi：Eastop *et* Hille Ris Lambers，1976：20；Remaudière *et* Remaudière，1997：29.

属征　腹部背片Ⅰ～Ⅵ有中毛和侧毛4根。跗节Ⅱ端部原生刚毛最端部1对长于其他2对。腹部节Ⅶ缘瘤位于气门连线的下方，但干母腹部节Ⅶ缘瘤几乎在气门线上（稍偏向腹侧）。体被蜡粉。

全世界已知仅1种，分布于中国和日本。

（165）菝葜蚜 *Aleurosiphon smilacifoliae*（Takahashi，1921）（图198）

Aphis smilacifoliae Takahashi，1921：49.

Aphis smilacifoliae Takahashi：Lou，1935：65；Wu，1935：143；Tao，1965：71；Zhang *et* Zhong，1983：208.

Aphis（*Aleurosiphon*）*smilacifoliae*（Takahashi）：Takahashi，1966：527；Tao，1990：183.

*Aleurosiphon smilacifolia*e：Eastop *et* Hille Ris Lambers，1976：20；Remaudière *et* Remaudière，1997：29.

特征记述

无翅孤雌蚜　体卵圆形，体长2.20mm，体宽1.05mm。玻片标本头部、喙、足基节、转节及股节、腹管、尾片及尾板黑褐色；触角节Ⅰ、Ⅱ、Ⅵ、胫节末端1/6及跗

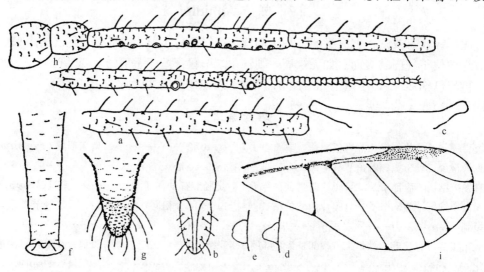

图198　菝葜蚜 *Aleurosiphon smilacifoliae*（Takahashi）

无翅孤雌蚜（apterous viviparous female）

a. 触角节Ⅲ（antennal segment Ⅲ）；b. 喙节Ⅳ＋Ⅴ（ultimate rostral segment）；c. 中胸腹岔（mesoster-nal furca）；d. 前胸缘瘤（marginal tubercle on pronotum）；e. 腹部背片Ⅶ缘瘤（marginal tubercle on ab-dominal tergite Ⅶ）；f. 腹管（siphunculus）；g. 尾片（cauda）。

有翅孤雌蚜（alate viviparous female）

h. 触角（antenna）；i. 前翅（fore wing）。

节、生殖板褐色；其他部分淡色。触角节Ⅳ、Ⅴ有微弱横纹；节Ⅵ基部及跗节Ⅱ有横瓦纹；腹部背片Ⅶ、Ⅷ有小刺突瓦纹；有些个体腹管基部至 2/3 处有小刺突横纹。前胸、腹部节Ⅰ～Ⅶ各有淡色缘瘤 1 对，馒状，腹部背片Ⅰ缘瘤最大。气门圆形开放，气门片黑褐色。节间斑明显，黑褐色。中胸腹岔两臂分离，全长 0.25mm，为触角节Ⅲ的 1.44 倍，单臂长 0.07mm，为触角节Ⅲ基宽的 2.43 倍。体背毛粗长，腹部腹面毛比背面毛多，细短。头部有头顶毛 4 根，额瘤毛 2 根，头背毛 7 根；前胸背板有毛 11 根，腹部背片Ⅰ～Ⅷ毛数：10 根，10 根，9 根，9 根，16 根，10 根，6 根，7 根。头顶毛长 0.04mm，腹部背片Ⅰ缘毛长 0.04mm，背片Ⅷ中毛长 0.06mm，分别为触角节Ⅲ基宽的 1.67 倍、1.63 倍、2.11 倍。头顶圆平，额瘤微隆。触角 6 节，全长 1.52mm，为体长的 0.72 倍；节Ⅲ长 0.42mm，节Ⅰ～Ⅵ长度比例：18：15：100：60：62：28＋83；节Ⅵ鞭部长为基部的 2.96 倍；节Ⅲ最长毛长 0.02mm，为该节基宽的 0.89 倍；原生感觉圈圆形，有睫。喙端部超过中足基节，节Ⅳ＋Ⅴ长 0.08mm，为基宽的 1.18 倍，有原生毛 3 对，次生毛 1 或 2 对。足各节正常，后足股节长 0.57mm，为触角节Ⅲ的 1.37 倍；后足胫节长 0.94mm，为体长的 0.45 倍；后足胫节最长毛长 0.06mm，为该节中宽的 1.56 倍。跗节Ⅰ毛序：3，3，2；后足跗节Ⅱ长 0.16mm。腹管长 0.08mm，为端宽的 2.30 倍，为触角节Ⅲ的 0.18 倍，为后足跗节Ⅱ的 0.49 倍，为尾片的 0.34 倍。尾片长 0.22mm，为基宽的 1.58 倍，有毛 5 根，位于端部。

有翅孤雌蚜 体长卵圆形，体长 1.59mm，体宽 0.59mm。玻片标本头部、胸部深褐色。触角 6 节，全长 1.14mm，为体长的 0.72 倍；节Ⅲ长 0.25mm，节Ⅰ～Ⅵ长度比例：23：22：100：72：68：36＋129；节Ⅵ鞭部长为基部的 3.56 倍，为节Ⅲ的 1.29 倍。触角毛短细，节Ⅲ最长毛长 0.01mm，为该节基宽的 0.57 倍。节Ⅲ有次生感觉圈 8～10 个。喙端部达中足基节，节Ⅳ＋Ⅴ长 0.06mm，为基宽的 0.91 倍，有原生毛 2 对，次生毛 1 对。后足股节长 0.40mm，为触角节Ⅲ的 1.60 倍，后足胫节长 0.70mm，为体长的 0.44 倍。腹管长 0.07mm，为端宽的 2.61 倍，为触角节Ⅲ的 0.29 倍，为后足跗节Ⅱ的 0.57 倍，为尾片的 0.43 倍；部分个体腹管基部至 2/3 处有小刺突横纹。尾片长 0.15mm，为基宽的 1.39 倍，有毛 5 根，位于端部。其他特征与无翅孤雌蚜相似。

生物学 寄主植物为菝葜 *Smilax china*。群集于叶背取食。

分布 辽宁（沈阳）、浙江、广州、台湾；韩国，日本。

66. 蚜属 *Aphis* Linnaeus, 1758

Aphis Linnaeus, 1758：451. **Type species**：*Aphis sambuci* Linnaeus, 1758.

Cerosipha del Guercio, 1900：1.

Pergandeida Schouteden, 1903：685.

Microsiphon del Guercio, 1907：190.

Uraphis del Guercio, 1907：190.

Chaitophoroides Mordvilko, 1908：353.

Brachysiphum van der Goot, 1913：69.

Aphidula Nevsky, 1929：1.

Comaphis Börner, 1940：1.

Doralina Börner, 1940：1.

Bituberculaphis Rusanova，1943：28.

Debilisiphon Shaposhnikov，1950：28.

Doralida Börner，1950：1.

Wapuna Hottes *et* Wehrle，1951：47.

Apathaphis Börner，1952：1.

Leucosiphon Börner，1952：1.

Medoralis Börner，1952：1.

Papillaphis Börner，1952：1.

Tuberculaphis Börner，1952：1.

Asiataphis Narzikulov，1970：360.

Longirostris Kumar *et* Burkhardt，1970 nec S. D. W. ，1836：458.

Aphis Linnaeus：Zhang *et* Zhong，1983：206；Remaudière *et* Remaudière，1997：29；Zhang，1999：283.

属征　额瘤较低或不明显。缘瘤着生在前胸、腹部节Ⅰ和Ⅶ，节Ⅱ～Ⅵ也常有。触角5或6节，短于体长，大多数种类末节鞭部短于基部的4.00倍，个别种类长于基部的4.50倍；无翅孤雌蚜触角通常无次生感觉圈，个别种类有，有翅孤雌蚜触角节Ⅲ有次生感觉圈，节Ⅳ也常有，节Ⅴ较少有。跗节Ⅰ毛序通常为3，3，2，个别为3，3，3或3，2，2。前翅中脉分叉。腹管圆筒形，或基部宽于端部，常有1个不明显的缘突。尾片三角形或舌形，长大于宽，中部常有微缢缩。

该属是蚜总科中最大的一属，种间形态差异较小，但属内种间的生态学差异较大。寄主植物为被子植物中的许多科，大部分种为寡食性。

世界已知近600种，中国已知48种，本志记述22种。

种 检 索 表

（无翅孤雌蚜为主）

1. 腹管非常短，长约为尾片的1/4 ························· 葽短管蚜 *A. thalictri atrophum*
   腹管长至少为尾片的1/3 ·· 2
2. 腹管短于尾片 ··· 3
   腹管等于或长于尾片 ·· 5
3. 后足跗节Ⅰ有毛3根 ································· 飞蓬蚜 *A. acanthoidis*
   后足跗节Ⅰ有毛2根，偶尔3根 ···································· 4
4. 胸部斑纹明显 ···································· 大巢菜蚜 *A. craccae*
   胸部无明显斑纹 ·································· 大戟蚜 *A. euphorbiae*
5. 中胸腹岔有柄 ··· 6
   中胸腹岔两臂一丝相连或分离 ···································· 8
6. 后足跗节Ⅰ有毛3根；寄主植物为接骨木 ············· 东亚接骨木蚜 *A. horii*
   后足跗节Ⅰ有毛2根；寄主植物非接骨木 ···························· 7
7. 喙端部达到或超过后足基节；寄主植物为玄参 ······· 剪股颖蚜 *A. podagrariae*
   喙端部不达后足基节；寄主为柳属植物 ················· 柳蚜 *A. farinosa*
8. 体黑色或暗褐色，尾片舌状，无缢缩，有毛11～27根 ········· 甜菜蚜 *A. fabae*

(166) 飞蓬蚜 *Aphis acanthoidis*（Börner，1940）（图 199）

Cerosipha acanthoidis Börner，1940：4

Cerosipha acanthoidis Börner：Börner，1952：93.

Aphis acanthoidis Börner：Shaposhnikov，1964：577；Ivanovskaja，1977：51；Remaudière *et* Remaudière，1997：29.

特征记述

无翅孤雌蚜　体卵圆形，体长 1.92mm，体宽 1.28mm。活体绿色。玻片标本头部、触角节Ⅰ、Ⅱ、Ⅴ、Ⅵ、喙、足股节、胫节端部、跗节、腹管、尾片、尾板及生殖板褐色。体背斑褐色，其他部分淡色；前胸背板有横带；中、后胸各有背斑 1 对，缘斑 1 对；腹部背片Ⅰ～Ⅴ各有缘斑 1 对，中斑有时小型，背片Ⅵ中斑大型，背片Ⅶ、Ⅷ各有 1 个中横带。体被网纹；触角节Ⅲ、Ⅵ、足跗节Ⅱ及腹管有横瓦纹。前胸、腹部节Ⅰ、Ⅵ、Ⅶ各有大型馒头状褐色缘瘤 1 对，缘瘤基宽与高度约等，大于触角节Ⅲ基宽的 2.00 倍；有时腹部节Ⅱ～Ⅴ上有小型缘瘤。气门圆形关闭，有时开放；气门片椭圆形，黑褐色。节间斑明显，褐色。中胸腹岔两臂分离，单臂长 0.08mm，为触角节Ⅲ基宽的 0.87 倍。腹部背片Ⅷ有毛 5 根。头顶毛长 0.004mm，腹部背片Ⅰ缘毛长 0.004mm，背片Ⅷ中毛长 0.008mm，分别为触角节Ⅲ基宽的 0.15 倍、0.15 倍、0.29 倍。头顶平直，额瘤不显。触角 6 节，有时节Ⅲ、Ⅳ愈合；全长 0.70mm，为体长的 0.36 倍；节Ⅲ长 0.19mm，节Ⅰ～Ⅵ长度比例：28：27：100：51：46：52＋67；节Ⅵ鞭部长为基部的 1.23 倍；节Ⅲ最长毛长 0.002mm，为该节基宽的 0.06 倍；原生感觉圈圆形，有睫。喙端部超过中足基节，节Ⅳ＋Ⅴ长 0.13mm，为基宽的 2.68 倍，有原生毛 3 对，次生毛 1 或 2 对。足各节正常，后足股节长 0.35mm，为触角节Ⅲ的 1.87 倍；后足胫节长 0.60mm，为体长的 0.31 倍；后足胫节最长毛长 0.01mm，为该节中宽的 0.25 倍；后足跗节Ⅱ长 0.09mm。跗节Ⅰ毛序：3，3，3。腹管长 0.11mm，为端宽的 3.02 倍，为触角节Ⅲ的 0.58 倍，为后足跗节Ⅱ的 1.18 倍，为尾片的 0.71 倍。尾片长 0.15mm，为基宽的 1.46 倍，有毛 18～25 根。

生物学 寄主植物为蒿属 1 种 *Artemisia* sp.。在寄主根部取食。

分布 辽宁（本溪）；西欧，俄罗斯欧洲部分的南部及西西伯利亚。

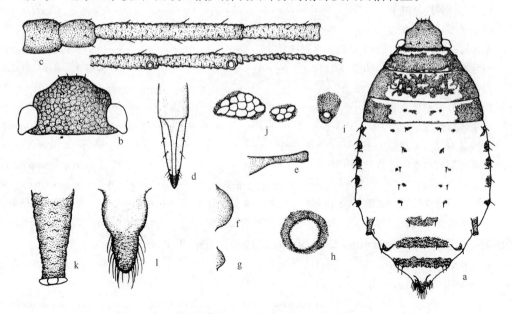

图 199 飞蓬蚜 *Aphis acanthoidis*（Börner）
无翅孤雌蚜（apterous viviparous female）

a. 整体背面观（dorsal view of body）；b. 头部背面观（dorsal view of head）；c. 触角（antenna）；d. 喙节Ⅳ＋Ⅴ（ultimate rostral segment）；e. 中胸腹岔（mesosternal furca）；f. 前胸缘瘤（marginal tubercle on pronotum）；g. 腹部节Ⅱ～Ⅴ缘瘤（marginal tubercle on abdominal segments Ⅱ～Ⅴ）；h. 腹部节Ⅶ缘瘤（marginal tubercle on abdominal segment Ⅶ）；i. 气门及气门片（spiracle and spiracular plate）；j. 节间斑（muskelplatten）；k. 腹管（siphunculus）；l. 尾片（cauda）。

(167) 萝藦蚜 *Aphis asclepiadis* Fitch，1851（图 200）

Aphis asclepiadis Fitch，1851：65.

Aphis asclepiadis Fitch：Palmer，1952：150；Rojanavongse *et* Robinson，1977：652；Zhang *et* Zhong，1983：227；Remaudière *et* Remaudière，1997：30.

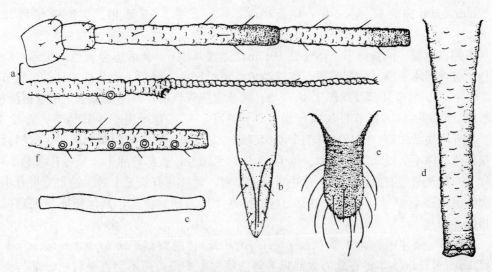

图 200　萝藦蚜 *Aphis asclepiadis* Fitch

无翅孤雌蚜（apterous viviparous female）

a. 触角（antenna）；b. 喙节Ⅳ+Ⅴ（ultimate rostral segment）；c. 中胸腹岔（mesosternal furca）；

d. 腹管（siphunculus）；e. 尾片（cauda）。

有翅孤雌蚜（alate viviparous female）

f. 触角节Ⅲ（antennal segment Ⅲ）。

特征记述

无翅孤雌蚜　体卵圆形，体长 2.10mm，体宽 1.20mm。活体金黄色。玻片标本骨化，无斑纹。触角节Ⅰ、Ⅱ、节Ⅲ端部 1/3、节Ⅳ端部 1/2、节Ⅴ、Ⅵ及喙节Ⅳ+Ⅴ、足股节端部 1/3～1/2、胫节端部 1/4、跗节及尾板黑色，腹管、尾片漆黑色，生殖板淡色。头部、胸部背面有网纹，体缘微显网纹，腹部节Ⅶ、Ⅷ腹板微显横瓦纹，背片光滑。前胸及腹部背片Ⅰ、Ⅶ有馒状淡色缘瘤；前胸缘瘤高大于宽，腹部缘瘤高与宽约等。气门圆形关闭，气门片淡色。节间斑不显。中胸腹岔两臂一丝相连。体背毛短、尖锐，腹面毛稍长于背毛；头部有毛 10 根；前胸背板有中、侧、缘毛各 1 对，中胸背板有中毛 1 对，缘毛 2 对，后胸背板有中、缘毛各 1 对；腹部背片Ⅰ～Ⅶ各有中毛 1 对，缘毛 1～3 对，背片Ⅰ～Ⅲ中毛远离，背片Ⅳ～Ⅶ中毛靠近；背片Ⅷ有长刚毛 1 对。头顶毛、腹部背片Ⅰ毛、背片Ⅷ毛长分别为触角节Ⅲ基宽的 1.20 倍、0.97 倍、1.90 倍。中额隆起，顶端平，额瘤隆起。触角 6 节，有瓦纹，全长 1.50mm，为体长的 0.70 倍；节Ⅲ长 0.38mm，节Ⅰ～Ⅵ长度比例：18：16：100：73：54：22+116；节Ⅰ～Ⅵ毛数：5 或 6 根，4 或 5 根，5～9 根，5～7 根，4～6 根，3+（1 或 2）根，末节鞭部顶端有毛 4 根；节Ⅲ毛长为该节基宽的 0.69 倍。喙端部达后足基节，节Ⅳ+Ⅴ长 0.17mm；为基宽的 2.40 倍，为后足跗节Ⅱ的 1.30 倍，有原生毛 2 对，次生毛 1 对；后足股节与触角节Ⅲ、Ⅳ之和约等长；后足胫节长为体长的 0.51 倍，毛长为该节中宽的 0.96 倍；跗节Ⅰ毛序：3，3，3。腹管长筒形，有瓦纹，有缘突和切迹，长 0.52mm。尾片舌状，中部收缩，端部 2/3 骨化，漆黑色，有小刺突构成横纹，长

0.22mm，有长曲毛 11 或 12 根。尾板半圆形，有长毛 15～28 根。生殖板有毛 12～14 根。

有翅孤雌蚜　体长卵形，体长 2.20mm，体宽 0.94mm。活体金黄色，头部、胸部黑色。玻片标本头部、胸部黑色，腹部淡色，斑纹黑色。触角、喙节Ⅲ～Ⅵ、足股节端部 1/3～1/2、胫节基部及端部 1/4～1/3、跗节、腹管、尾片及尾板黑色，生殖板淡色。腹部腹管后斑明显，各节有灰黑色缘斑，背片Ⅰ、Ⅴ、Ⅶ缘斑小于其他节；背片Ⅰ、Ⅵ、Ⅶ有小块状中斑，背片Ⅷ有 1 个断续横带。节间斑不显。气门圆形关闭，气门片骨化灰黑色。体毛尖锐，胸部有中、侧毛 14 根，无缘毛；腹部背片Ⅰ、Ⅴ各有缘毛 1 对，背片Ⅱ～Ⅳ及Ⅵ各有缘毛 3 对，背片Ⅶ有毛 2 对；背片Ⅷ有长毛 1 对。触角节Ⅲ有小圆形次生感觉圈 4～7 个，分布于端部 3/4，排列 1 行。翅脉正常，其他特征与无翅孤雌蚜相似。

生物学　寄主植物为萝藦 *Metaplexis japonica*、白薇 *Cynanchum atratum* 和牛皮消 *C. auriculatum*。本种在北方大都只为害白薇和牛皮消，而不为害夹竹桃。常与夹竹桃蚜混为 1 种。

分布　辽宁（沈阳）、黑龙江（哈尔滨）、北京、河北、山西、山东、河南；美国，加拿大。

（168）大巢菜蚜 *Aphis craccae* Linnaeus，1758（图 201）

Aphis craccae Linnaeus，1758：452.

Aphis viciae Fabricius，1781：1.

Aphis craccae Linnaeus：Fabricius，1908：73；van der Goot，1915：195；Shaposhnikov，1964：572；Tao，1965：57；Ivanovskaja，1977：63；Rojanavongse *et* Robinson，1977：652；Barbagallo *et* Stroyan（1980）1982：50；Stroyan，1984：66；Blackman *et* Eastop，1984：223；Heie，1986：122；Robinson，1991：462；Pashtshenko，1993：64；Remaudière *et* Remaudière，1997：33；Zhang，1999：288.

特征记述

无翅孤雌蚜　体卵圆形，体长 2.74mm，体宽 1.49mm。活体黑色。玻片标本头部黑色，触角节Ⅰ、Ⅱ、节Ⅳ端部至节Ⅵ、喙端部、足（除胫节中部）、腹管、尾片、尾板及生殖板黑色；其他部分淡色。前胸背板有完整或断续横带，中胸背板有断续横带或零星小斑，后胸背板有零星中斑及独立缘斑；腹部背片Ⅰ～Ⅵ各有中侧斑，呈断续横带，有时各节相融合，背片Ⅰ、Ⅱ中斑零星分散，缘斑独立；腹管前斑小，背片Ⅶ、Ⅷ有完整或断续横带横贯全节。前胸、腹部背片Ⅰ、Ⅶ各有深色缘瘤 1 对，前胸缘瘤锥状，腹部缘瘤馒状。体表被网纹，触角、跗节Ⅱ及腹管有横瓦纹。气门圆形开放，气门片椭圆形，黑褐色。节间斑明显，黑褐色。中胸腹岔无柄，全长 0.34mm，为触角节Ⅲ的 1.20 倍。体背毛尖锐，腹面毛多，不长于背毛；头部有头顶毛 4 根，头背毛 10 根；腹部背片Ⅷ有毛 6～8 根；头顶毛长 0.05mm，腹部背片Ⅰ缘毛长 0.05mm，背片Ⅷ中毛长 0.06mm，分别为触角节Ⅲ基宽的 1.20 倍、1.20 倍、1.49 倍；腹部背片Ⅰ毛长度大于该节缘瘤高度。头顶圆平，额瘤微隆，头盖缝明显。触角 6 节，全长 1.18mm，为体长的 0.43 倍；节Ⅲ长 0.30mm，节Ⅰ～Ⅵ长度比例：20：19：100：66：70：45＋

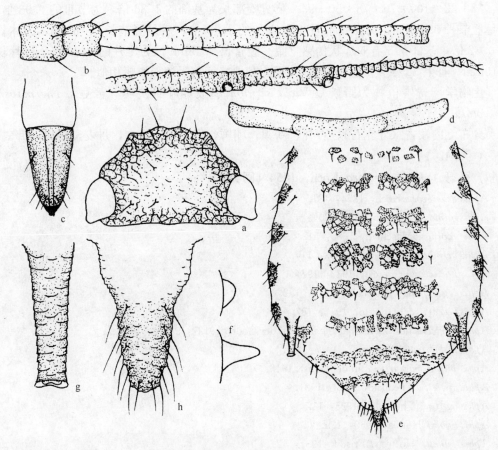

图 201　大巢菜蚜 *Aphis craccae* Linnaeus

无翅孤雌蚜（apterous viviparous female）

a. 头部背面观（dorsal view of head）；b. 触角（antenna）；c. 喙节Ⅳ＋Ⅴ（ultimate rostral segment）；

d. 中胸腹岔（mesosternal furca）；e. 腹部背面观（dorsal view of abdomen）；f. 腹部背片Ⅰ～Ⅲ缘瘤

（marginal tubercle on abdominal tergite Ⅰ～Ⅲ）；g. 腹管（siphunculus）；h. 尾片（cauda）。

77；节Ⅵ鞭部长为基部的 1.71 倍。节Ⅲ最长毛长 0.05mm，为该节基宽的 1.10 倍；原
生感觉圈圆形，有睫。喙端部达中足基节，节Ⅳ＋Ⅴ长 0.12mm，为基宽的 1.70 倍，
有原生毛 3 对，次生毛 1 对。足各节正常，后足股节长 0.55mm，为触角节Ⅲ的 1.83
倍；后足胫节长 0.92mm，为体长的 0.34 倍。后足胫节最长毛长 0.06mm，为该节中
宽的 0.85 倍；后足跗节Ⅱ长 0.12mm。跗节Ⅰ毛序：3，3，2。腹管长 0.22mm，为基
宽的 2.70 倍，为尾片的 0.89 倍。尾片长 0.24mm，为基宽的 1.30 倍，有毛 17～23
根。尾板有毛 23～28 根。生殖板有毛 20～34 根。

有翅雌性蚜　体长卵圆形，体长 2.41mm，体宽 1.20mm。活体黑色。玻片标本头
部、胸部、触角、足深褐色；腹部背片Ⅰ～Ⅵ各有中侧斑断续横带，背片Ⅰ～Ⅵ各有独
立缘斑 1 对，背片Ⅶ、Ⅷ各有中侧横带 1 条，背片Ⅷ横带常零星断续。腹部背片Ⅷ有毛
5 对。触角 6 节，全长 1.08mm，为体长的 0.45 倍；节Ⅲ长 0.24mm，节Ⅰ～Ⅵ长度比

例：22：22：100：76：78：50＋93；节Ⅵ鞭部长为基部的 1.86 倍，为节Ⅲ的 0.93 倍。后足股节长 0.47mm，为触角节Ⅲ、Ⅳ之和的 1.10 倍，后足胫节长 0.78mm，为体长的 0.32 倍，基部 4/5 有双环状伪感觉圈。腹管长 0.15mm，为尾片的 0.82 倍。尾片长 0.19mm，有毛 22 根。生殖板有毛 34 根。其他特征与无翅孤雌蚜相似。

生物学　寄主植物为野豌豆 *Vicia sepium* 和披针叶野决明（苦豆）*Thermopsis lanceolata*。

分布　内蒙古（牙克石）、吉林、新疆；朝鲜，俄罗斯，日本，丹麦，瑞典，挪威，芬兰，美国。

(169) 豆蚜 *Aphis craccivora* Koch，1854（图 202）

Aphis craccivora Koch，1854：181.

Aphis mimosae Ferrari，1872：209.

Aphis robiniae Macchiati，1885：51.

Aphis atronitens Cockerell，1903：114.

Aphis hordei del Guercio，1913：197.

Aphis leguminosae Theobald，1915：182.

Aphis beccarii del Guercio，1917：197.

Aphis citricola del Guercio，1917 nec van der Goot，1912：197.

Aphis isabellina del Guercio，1917：197.

Aphis papilionacearum van der Goot，1918：70.

Aphis cistiella Theobald，1923：1921.

Aphis oxalina Theobald，1925：11.

Aphis kyberi Hottes，1930：179.

Aphis funesta Hottes et Frison，1931：121.

Aphis meliloti Börner，1939：75.

Pergandeida loti gollmicki Börner，1952：1.

Aphis atrata Zhang，1981：39.

Aphis craccivora usuana Zhang，1981：39.

Aphis robiniae canavaliae Zhang，1981：39.

Aphis craccivora Koch：Cottier，1953：183；Bodenheimer et Swirski，1957：289；Shaposhnik-ov，1964：572；Tao，1965：59；Ivanovskaja，1977：64；Raychaudhuri，1980：52；Barba-gallo et Stroyan，（1980）1982：50；Stroyan，1984：67；Heie，1986：124；Ghosh，1986：25；Holman，1988：35；Tao，1990：170；Ghosh，1990：22；Robinson，1991：462；Blackman et Eastop，1994：559；Remaudière et Remaudière，1997：33；Hodjat，1998：21；Zhang，1999：289.

特征记述

无翅孤雌蚜　体宽卵形，体长 2.04～2.28mm，体宽 1.24～1.44mm。活体黑色有光泽。玻片标本头部与前胸、中胸黑色，后胸侧斑呈黑带，缘斑小，腹部背片Ⅰ～Ⅵ各斑融合为 1 个大黑斑，背片Ⅰ侧斑分离，背片Ⅱ侧斑与缘斑相合为带与大斑相接，有时背片Ⅲ～Ⅵ也有相似情况；背片Ⅶ、Ⅷ各有独立横带横贯全节。触角、喙、足大致淡色，触角节Ⅰ、Ⅱ、Ⅵ及节Ⅴ端部 1/4、喙节Ⅱ端部 2/5、节Ⅲ及节Ⅳ＋Ⅴ、股节端部

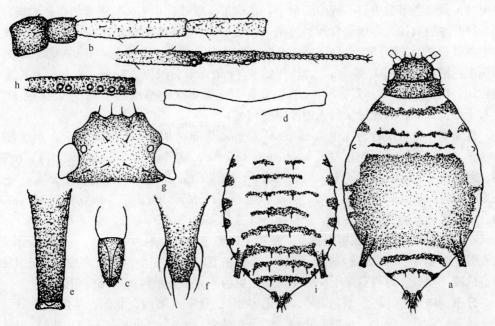

图 202 豆蚜 *Aphis craccivora* Koch

无翅孤雌蚜 （apterous viviparous female）

a. 整体背面观 （dorsal view of body）; b. 触角 （antenna）; c. 喙节 IV＋V （ultimate rostral segment）;

d. 中胸腹岔 （mesosternal furca）; e. 腹管 （siphunculus）; f. 尾片 （cauda）。

有翅孤雌蚜 （alate viviparous female）

g. 头部背面观 （dorsal view of head）; h. 触角节 III （antennal segment III）; i. 腹部背面观 （dorsal view
of abdomen）。

1/5～2/5、胫节端部 1/6、跗节、腹管、尾片、尾板及生殖板黑色。体表明显有六边形
网纹。前胸、腹部节 I、VII 有馒状缘瘤，宽大于高。气门圆形至长圆形开放，气门片黑
色。节间斑黑色。中胸腹岔短柄或无柄。体毛短尖；头部背面有毛 10 根，后胸背板、
腹部背片 I～VIII 各有背中毛 1 对，背片 II～VI 各有缘毛 2 对，背片 I、VII 各有缘毛 1
对，背片 VIII 缺缘毛；头顶毛、腹部背片 I 毛、背片 VIII 毛长分别为触角节 III 基宽的 0.65
倍、0.42 倍、0.54 倍。中额稍隆，额瘤也稍隆，但不超过中额。触角 6 节，有瓦纹，
全长 1.30mm，为体长的 0.68 倍，节 III 长 0.33mm，节 I～VI 长度比例：20：19：
100：71：76：36＋94；节 I～VI 毛数：4 或 5 根，4 或 5 根，4 或 5 根，4 或 5 根，4
或 5 根，2＋1 根，末节鞭部顶端有毛 4 根；节 III 毛长约为该节基宽的 0.20 倍。喙端部
达中足基节，节 IV＋V 长 0.10mm，约为基宽的 2.00 倍，为后足跗节 II 的 0.81 倍。后
足股节稍长于触角节 III、IV 之和，后足胫节长约为体长的 0.51 倍，后足胫节毛长约为
该节直径的 0.88 倍；跗节 I 毛序：3，3，2。腹管圆筒形，有瓦纹，有不明显缘突，有
切迹；长 0.42mm，长于触角节 III，短于节 IV、V 之和，为体长的 0.21 倍，为尾片的
1.60 倍。尾片长圆锥形，稍长于触角节 IV，有微刺组成瓦纹，有毛 6 根。尾板末端圆
形，有毛 9～12 根。

有翅孤雌蚜 体长卵形。活体黑色。玻片标本头部、胸部黑色，腹部淡色，有灰黑

色斑纹。腹部各节背中有不规则形横带，各横带从腹部背片Ⅰ～Ⅵ逐渐加粗、加长，腹部背片Ⅱ～Ⅷ有缘斑，腹部背片Ⅵ缘斑（即腹管后斑）、腹部背片Ⅶ、Ⅷ缘斑各与该节背中横带相融合。节间斑黑色。触角6节，灰褐色，节Ⅰ、Ⅱ黑色，节Ⅴ端部、节Ⅵ基部顶端色稍深；全长1.40mm，为体长的0.74倍；节Ⅲ长0.33mm，节Ⅰ～Ⅵ长度比例：18：16：100：87：77：36＋101；节Ⅲ有小圆形次生感觉圈5～7个，排成1行，分布于全长外侧。其他特征与无翅孤雌蚜相似。

生物学 寄主植物为花生 *Arachis hypogaea*、锦鸡儿 *Caragana sinica*、大豆 *Glycine max*、野苜蓿（黄花苜蓿）*Medicago falcata*、紫苜蓿 *M. sativa*、草木犀（草木栖、野木犀）*Melilotus officinalis*、刺槐 *Robinia pseudoacacia*、槐树 *Sophora* sp.、蚕豆 *Vicia faba*、野豌豆属 *Vicia* spp.、绿豆 *Vigna radiata* 等多种豆科 Fabaceae 植物。豆蚜又叫苜蓿蚜，是蚕豆、紫苜蓿、豇豆 *Vigna unguiculata*、菜豆 *Phaseolus vulgaris* 的重要害虫。冬季在宿根性草本植物上以卵越冬。严重为害蚕豆、豆科绿肥作物、菜豆等，常在5～6月大量发生，致使生长点枯萎，幼叶变小，幼枝弯曲，停止生长，常造成减产损失。每当春夏干旱的年份发生更为严重。天敌种类和棉蚜相近。

分布 内蒙古（阿尔山、赤峰、鄂伦春旗）、辽宁（鞍山、北镇、本溪、朝阳、大连、丹东、建昌、千山、沈阳、铁岭、熊岳、岫岩、彰武）、吉林（安图、抚松）、黑龙江（饶河）、北京、天津、河北；朝鲜，俄罗斯，蒙古国，美国，加拿大。世界广布。

（170）大戟蚜 *Aphis euphorbiae* Kaltenbach，1843（图203）

Aphis euphorbiae Kaltenbach，1843：94.

Aphis euphorbiae Kaltenbach；Martelli，1954：103；Hille Ris Lambers，1954：179；Barbagallo *et* Stroyan，(1980) 1982：57；Stroyan，1984：73；Heie，1986：139；Zhang *et al.*，1986a：202；Ghosh，1990：28；Remaudière *et* Remaudière，1997：35；Hodjat，1998：22.

特征记述

无翅孤雌蚜 体卵圆形，体长1.84mm，体宽1.07mm。活体黄色。头部和胸部背面有网纹，体背缘域有微网纹。玻片标本头部淡褐色，喙端部黑色，腹管褐色，端部1/4黑色，尾板、尾片淡褐色，足胫节端部及跗节黑色；触角节Ⅰ和Ⅵ鞭部褐色；其他各节淡色。触角、跗节Ⅱ及腹管有横瓦纹。气门圆形开放，气门片椭圆形，黑褐色。节间斑不显。中胸腹岔两臂分离，单臂长0.11mm，与触角节Ⅵ基部约等长。体背毛短，尖锐；腹部腹面毛多，长为背毛的2.00～3.00倍；头部有头顶毛4根，头背毛6根，前胸背板有中、侧、缘毛各1对，腹部背片Ⅰ～Ⅶ各有中毛1对，缘毛1对，有时2对，腹部背片Ⅷ有毛2或3根。头顶毛长0.03mm，腹部背片Ⅰ缘毛长0.02mm，背片Ⅷ中毛长0.04mm，分别为触角节Ⅲ基宽的1.08倍、0.85倍、1.38倍。前胸、腹部背片Ⅰ、Ⅶ各有馒状缘瘤1对，高度小于基宽，前胸缘瘤最大。中额和额瘤隆起，呈浅"W"形。触角6节，全长0.90mm，为体长的0.49倍；节Ⅲ长0.25mm，节Ⅰ～Ⅵ长度比例：24：22：100：54：51：43＋71，末节鞭部长为基部的1.65倍。节Ⅲ最长毛长为该节基宽的1/3；原生感觉圈圆形，有睫。喙端部达中足基节，节Ⅳ＋Ⅴ长0.08mm，为基宽的1.50倍，有原生毛3对，次生毛1或2对。足各节正常，后足股节长0.44mm，为触角节Ⅲ的1.78倍；后足胫节长0.66mm，为体长的0.36倍。后足胫节

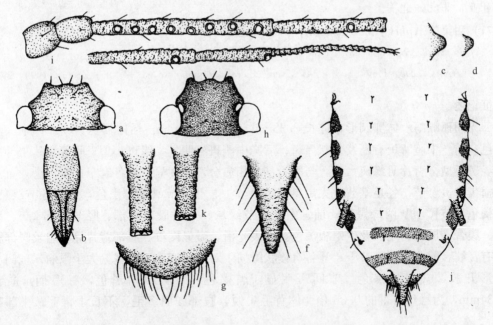

图 203 大戟蚜 *Aphis euphorbiae* Kaltenbach

无翅孤雌蚜 （apterous viviparous female）

a. 头部背面观 （dorsal view of head）；b. 喙节Ⅳ＋Ⅴ（ultimate rostral segment）；c. 前胸缘瘤 （marginal tubercle on pronotum）；d. 腹部节Ⅰ、Ⅶ缘瘤 （marginal tubercle on abdominal tergites Ⅰ，Ⅶ）；e. 腹管 （siphunculus）；f. 尾片 （cauda）；g. 尾板 （anal plate）.

有翅孤雌蚜 （alate viviparous female）

h. 头部背面观 （dorsal view of head）；i. 触角 （antenna）；j. 腹部背面观 （dorsal view of abdomen）；k. 腹管 （siphunculus）.

最长毛长 0.03mm，为该节中宽的 0.68 倍；后足跗节Ⅱ长 0.10mm。跗节Ⅰ毛序：3，3，2。腹管有切迹，无缘突，长 0.12mm，为尾片的 0.55 倍。尾片长圆锥形，中央微收缩，长 0.23mm，为基宽的 1.70 倍，有毛 10～12 根。尾板有毛 20～26 根。生殖板有毛 12 根。

有翅孤雌蚜 体长卵圆形，体长 1.49mm，体宽 0.57mm。活体黄色。玻片标本头部、胸部、足（除胫节）、触角深褐色。腹部背片Ⅱ～Ⅴ各有缘斑 1 对，腹部背片Ⅶ、Ⅷ各有淡褐色中侧横带 1 条，腹管后斑 1 块，大于前斑，均为深褐色。触角 6 节，全长 1.03mm，为体长的 0.69 倍；节Ⅲ长 0.28mm，节Ⅰ～Ⅵ长度比例：19：19：100：66：59：42＋69；节Ⅵ鞭部长为基部的 1.64 倍，为节Ⅲ的 0.69 倍；节Ⅲ、Ⅳ分别有次生感觉圈：6～9 个，0～2(多为 1) 个。足各节正常，后足股节长 0.41mm，为触角节Ⅲ的 1.49 倍，后足胫节长 0.73mm，为体长的 0.49 倍。腹管长 0.10mm，为尾片的 0.67 倍。尾片长 0.15mm，有毛 9～12 根。尾板有毛 16 或 17 根。其他特征与无翅孤雌蚜相似。

生物学 寄主为大戟 *Euphorbia ammak*、柏大戟 *E. cyparissias* 等大戟属植物。

分布 辽宁（本溪、沈阳）、河北；俄罗斯，印度，瑞典，波兰，德国，英国，澳大利亚，非洲，北美。

（171）甜菜蚜 *Aphis fabae* Scopoli，1763（图204）

Aphis fabae Scopoli，1763，Methodo Linnaeana：139

　　Aphis fabae：Heie，1986：147；Remaudière *et* Remaudière，1997：35；Zhang，1999：293.

特征记述

　　无翅孤雌蚜　体卵圆形，体长 2.28mm，体宽 1.28mm。活体褐色。玻片标本头部黑色；前、中胸背板有断续带状黑斑；后胸中侧斑不明显，缘斑小型；腹部背片Ⅰ～Ⅷ各缘斑小型，背片Ⅵ缘斑大型，与腹管基部相愈合，背片Ⅶ、Ⅷ各有窄横带1个，背片Ⅷ横带横贯全节；各足基节有大黑斑。触角节Ⅰ、Ⅱ及节Ⅵ基部黑色，其他各节淡色；喙褐色，节Ⅳ＋Ⅴ两缘黑色；前、中足股节缘域、后足股节大部、胫节端部 1/5、跗节、腹管、尾片、尾板及生殖板黑色。体表光滑，微显网纹，腹部背片Ⅶ、Ⅷ及腹部腹面有瓦纹。前胸、腹部节Ⅰ、Ⅶ各有馒状缘瘤1对，长度小于基宽，大于眼瘤。气门小圆形开放，气门片黑色。节间斑明显，黑褐色。中胸腹岔黑色，有短柄，横长 0.34mm，为触角节Ⅲ的 0.85 倍。体背毛尖锐，腹部腹面多毛，不长于背毛；头部有

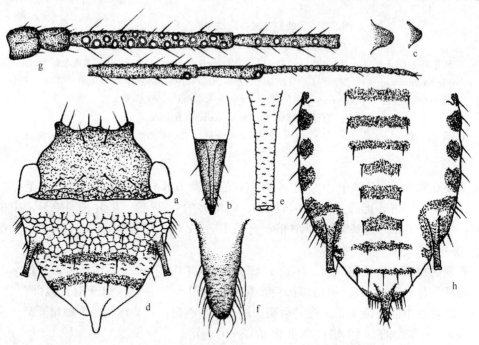

图 204　甜菜蚜 *Aphis fabae* Scopoli
无翅孤雌蚜（apterous viviparous female）

a. 头部背面观（dorsal view of head）；b. 喙节Ⅳ＋Ⅴ（ultimate rostral segment）；c. 体缘瘤（marginal tubercle of body）；d. 腹部背片Ⅴ～Ⅷ（abdominal tergites Ⅴ～Ⅷ）；e. 腹管（siphunculus）；f. 尾片
（cauda）。

有翅孤雌蚜（alate viviparous female）

g. 触角（antenna）；h. 腹部背面观（dorsal view of abdomen）。

中额毛 1 对，额瘤毛 2 对，头背毛 3 对；前胸背板有中毛 2 对，缘毛 1 对；腹部背片Ⅰ～Ⅶ各有中毛 1 对，背片Ⅰ、Ⅶ各有缘毛 1 对，背片Ⅱ～Ⅵ各有缘毛 3 或 4 对，背片Ⅷ有毛 2 对；头顶毛长 0.05mm，为触角节Ⅲ中宽的 1.50 倍；腹部背毛长 0.06～0.08mm。中额微隆，呈圆顶状，额瘤隆起，外倾。触角 6 节，淡色，有微刺突瓦纹，内缘锯齿状；全长 1.34mm，为体长的 0.59 倍，节Ⅲ长 0.40mm；节Ⅰ～Ⅵ长度比例：16：16：100：57：51：32+68；节Ⅰ～Ⅵ毛数：5 根，5 根，11 根，7 根，7 根，2+1 根，末节鞭部顶端有毛 3 或 4 根，节Ⅲ毛长为该节中宽的 1.70 倍。喙粗大，端部达后足基节，节Ⅳ+Ⅴ长楔状，长 0.16mm，为基宽的 2.40 倍，为后足跗节Ⅱ的 1.40 倍；有原生毛 2 对，次生毛 1 对。足光滑，股节、胫节端部有微皱纹；后足股节长 0.60mm，为触角节Ⅲ的 1.50 倍；后足胫节长 1.04mm，为体长的 0.46 倍，胫节毛细长，长约为该节最宽直径的 1.30 倍；跗节Ⅰ毛序：3，3，2。腹管长管形，有刺突组成瓦纹，缘突不明显；长 0.28mm，为尾片的 1.10 倍。尾片长圆锥状，中部收缩，背面有小刺突瓦纹，腹面布满粗刺突；长 0.25mm，有长毛 15 根。尾板半球形，有毛 22 根。生殖板椭圆形，有毛 26 根。

有翅孤雌蚜 体椭圆形，体长 2.27mm，体宽 0.93mm。玻片标本头部、胸部黑色，腹部淡色，斑纹黑色。触角黑色，喙节Ⅱ～Ⅴ深褐色；前足股节淡色，中、后足股节、胫节端部 1/4 及基部、跗节、腹管、尾片、尾板及生殖板黑色。腹部背片Ⅰ～Ⅲ各有窄横带，背片Ⅳ～Ⅵ各有块状背中斑，背片Ⅶ、Ⅷ各有横带横贯全节。体表光滑，头部背面有皱纹，腹部背斑有微刺突瓦纹。体背毛细长，尖锐；头部有头顶毛 2 对，头背毛 3 对；前胸背板有中毛 2 对，缘毛 2 对；腹部背片Ⅷ有毛 5 根。触角 6 节，有明显瓦纹；全长 1.35mm，节Ⅲ长 0.33mm；节Ⅰ～Ⅵ长度比例：18：18：100：67：67：41+91；节Ⅲ有毛 13 或 14 根；节Ⅲ、Ⅳ分别有圆形次生感觉圈：15～22 个，2～5 个，分布于全长。喙端部达中足基节。足股节端部有瓦纹；后足股节长 0.57mm，后足胫节长 1.06mm，后足跗节Ⅱ长 0.12mm。翅脉正常。腹管长管状，长 0.26mm。尾片有毛 12～14 根。尾板有毛 22～28 根。其他特征与无翅孤雌蚜相似。

生物学 寄主植物为酸模 *Rumex acetosa* 和大丽菊 *Dahlia pinnata*；国外记载有欧洲卫茅 *Euonymus europaeus*。

分布 辽宁（沈阳）、吉林（安图）、福建、新疆；俄罗斯，丹麦，瑞士，波兰，德国，英国，南非，美国，加拿大，南美。

(172) 柳蚜 *Aphis farinosa* Gmelin, 1790 （图 205）

Aphis farinosa Gmelin, 1790：2210.

Aphis saliceti Kaltenbach, 1843：1.

Aphis spectabilis Ferrari, 1872：209.

Siphonophora salicicola Thomas, 1878：3.

Aphis neosaliceti Blanchard, 1939 nec Shinji, 1938：857.

Aphis neosaliceti Bertels, 1973 nec Shinji, 1938：1.

Aphis farinosa Gmelin：Nevsky, 1929：200；Bodenheimer *et* Swirski, 1957：293；Shaposhnikov, 1964：573；Tao, 1965：60；Holman *et* Szelegiewicz, 1971：413；Ivanovskaja, 1977：72；Rojanavongse *et* Robinson, 1977：653；Barbagallo *et* Stroyan,（1980）1982：59；Stroyan, 1984：75；

Heie, 1986：151；Holman, 1987：365；Tao, 1990：173；Blackman *et* Eastop, 1994：560；Remaudière *et* Remaudière, 1997：36；Hodjat, 1998：23；Zhang, 1999：296.

特征记述

无翅孤雌蚜 体宽卵圆形，体长 2.10mm，体宽 1.20mm。活体蓝绿色，有时橙褐色或仅腹管后几节橙色，被薄粉，附肢淡色。玻片标本淡色，头部灰褐色，腹部背片Ⅷ有 1 个横带横贯全节；触角大体灰色，节Ⅰ、Ⅱ及节Ⅳ端部 1/4 灰黑色，节Ⅴ端部 4/9 及节Ⅵ黑色；喙骨化，节Ⅲ、Ⅳ＋Ⅴ黑色；足灰褐色，胫节端部 1/5 及跗节黑色；腹管淡色，顶端黑色；尾片及尾板黑色，生殖板灰黑色。体表光滑，头前部与额瘤有瓦纹，缘域部分有不明显网纹，腹部背片Ⅵ～Ⅷ有横纹。前胸、腹部节Ⅰ～Ⅳ、Ⅶ有乳头状缘瘤，宽大于或等于高；前胸缘瘤最大，腹部节Ⅰ、Ⅶ缘瘤次之，节Ⅱ～Ⅳ缘瘤小。气门圆形开放，气门片灰褐色。腹部有节间斑。中胸腹岔有短柄。体背毛尖，头部有背毛 10 根；胸部各节有中毛 1 对，缘毛 2 对；腹部背片Ⅰ～Ⅶ各有中毛 1 对，背片Ⅰ、Ⅱ各有缘毛 1 或 2 对，背片Ⅲ～Ⅴ各有缘毛 2 对，背片Ⅵ有缘毛 3 或 4 对，背片Ⅶ有缘毛 2～3 对，背片Ⅷ有毛 2 或 3 根，各毛长为触角节Ⅲ基宽的 0.87～0.89 倍。中额平或微隆，额瘤不高于中额。触角 6 节，有瓦纹，全长 1.30mm；节Ⅲ长 0.36mm；节Ⅰ～Ⅵ长度比例：17：19：100：68：63：34＋86；节Ⅲ毛长约为该节基宽的 0.84 倍；节Ⅰ～Ⅵ毛数：5 或 6 根，4 或 5 根，13 根，8～14 根，7～11 根，2＋1 根。喙端部超过中足基节，节Ⅳ＋Ⅴ长为基宽的 2.60 倍，为后足跗节Ⅱ的 1.20 倍。后足股节长 0.51mm，为触角节Ⅲ的 1.40 倍；后足胫节长 0.90mm，为体长的 0.42 倍，长毛长约为该节中宽

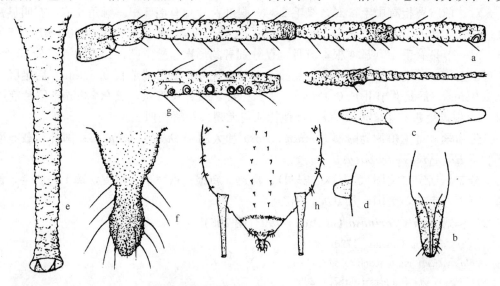

图 205 柳蚜 *Aphis farinosa* Gmelin

无翅孤雌蚜（apterous viviparous female）

a. 触角（antenna）；b. 喙节Ⅳ＋Ⅴ（ultimate rostral segment）；c. 中胸腹岔（mesosternal furca）；d. 缘瘤（marginal tubercle）；e. 腹管（siphunculus）；f. 尾片（cauda）.

有翅孤雌蚜（alate viviparous female）

g. 触角节Ⅲ（antennal segment Ⅲ）；h. 腹部背面观（dorsal view of abdomen）.

的 0.90 倍；跗节Ⅰ毛序：3，3，2。腹管长圆筒形，向端部渐细，有瓦纹、缘突和切迹；长 0.57mm，为体长的 0.27 倍，为尾片的 2.70 倍，稍短于触角节Ⅲ、Ⅳ之和。尾片长圆锥形，近中部收缩，有微刺构成瓦纹，有曲毛 9～13 根，长度稍短于触角节Ⅴ。尾板末端圆形，有毛 18～21 根。

有翅孤雌蚜 体长卵圆形，体长 1.90mm，体宽 0.88mm。活体黄绿色。玻片标本头部、胸部黑色，腹部淡色有黑色斑纹；触角、喙及足大致黑色，足转节、股节基部 1/4～1/3 及胫节基部 4/5 淡色，有时触角节Ⅳ基部 4/5 及节Ⅴ基部 3/4 灰黑色；腹管灰黑色至黑色。腹部背片Ⅱ～Ⅳ有大缘斑，腹管前斑很小，为气门片的 3.00～4.00 倍，腹管后斑大；腹部背片Ⅶ各毛基斑黑色，腹部背片Ⅷ有 1 个黑带横贯全节。缘瘤深色。气门片黑色。节间斑黑色。触角 6 节，全长 1.20mm；节Ⅲ长 0.31mm，节Ⅰ～Ⅵ长度比例：21：22：100：68：62：39＋87；节Ⅲ有小圆形次生感觉圈 5～8 个，分布全长，在外侧排成 1 行。其他特征与无翅孤雌蚜相似。

生物学 寄主植物为旱柳 *Salix matsudana*、垂柳 *S. babylonica*、龙爪柳 *S. matsudana* f. *tortuosa*、相柳 *Salix* sp. 和剑叶柳 *Salix* sp. 等多种柳属植物。

分布 辽宁（本溪、沈阳、铁岭）、吉林（安图、长白）、北京、河北、江西、山东、河南、台湾；朝鲜，俄罗斯，日本，印度尼西亚，美国，加拿大，中亚，欧洲。

(173) 大豆蚜 *Aphis glycines* Matsumura，1917（图 206）

Aphis glycines Matsumura，1917：387.

Aphis justiceae Shinji，1922：532.

Aphis glycines Matsumura：Tao，1965：62；Takahashi，1966：535；Raychaudhuri，1980：54；Zhang *et* Zhang，1983：214；Blackman *et* Eastop，1984：225；Ghosh，1990：34；Tao，1990：174；Pashtshenko，1993：64；Remaudiére *et* Remaudiére，1997：37；Zhang，1999：297.

特征记述

无翅孤雌蚜 体卵圆形，体长 1.60mm，体宽 0.86mm。活体淡黄色至淡黄绿色。玻片标本淡色，无斑纹。触角节Ⅴ端半部与节Ⅵ，有时节Ⅳ端半部，各足胫节端部 1/5～1/4 及腹管端半部黑色；喙节Ⅲ、节Ⅳ＋Ⅴ、腹管基部 1/2、尾片及尾板灰色。体表光滑，腹背片Ⅶ、Ⅷ有模糊横网纹。前胸、腹部背片Ⅰ、Ⅶ有钝圆锥状缘瘤，高大于宽。气门长圆形开放，气门片淡色。中胸腹岔无柄，基宽约等于或稍长于臂长。体背刚毛尖顶；头部有毛 10 根；前胸背板有中、侧、缘毛各 1 对，中后胸各有中毛 1 对，缘毛 2 对；腹部背片Ⅰ～Ⅶ各有中毛 1 对，无侧毛，背片Ⅰ、Ⅱ、Ⅶ各有缘毛 1 对，背片Ⅳ、Ⅴ各有缘毛 2 对，背片Ⅲ有缘毛 1 或 2 对，背片Ⅷ仅有中毛 1 对；头顶毛、腹部背片Ⅰ毛、背片Ⅷ中毛分别为触角节Ⅲ基宽的 1.10 倍、0.90 倍、1.33 倍。中额稍隆起，额瘤不显。触角 6 节，全长 1.10mm，为体长的 0.70 倍；节Ⅰ～Ⅵ长度比例：23：22：100：72：60：39＋120；节Ⅰ～Ⅵ毛数：4 或 5 根，3 或 4 根，5 或 6 根，3 或 4 根，2 或 3 根，3＋0 或 1 根，节Ⅲ毛长约为该节直径的 0.45 倍。喙端部超过中足基节，节Ⅳ＋Ⅴ细长，长为基宽的 2.80 倍，为后足跗节Ⅱ的 1.40 倍。后足股节稍短于触角节Ⅲ、Ⅳ之和；后足胫节长为体长的 0.46 倍，后足胫节毛长为该节直径的 0.75 倍；跗节

Ⅰ毛序：3，3，2。腹管长圆筒形，有瓦纹、缘突和切迹；长为触角节Ⅲ的1.30倍，为体长的0.20倍。尾片圆锥形，近中部收缩，有微刺形成瓦纹，长约为腹管的0.70倍，有长毛7～10根。尾板末端圆形，有长毛10～15根。生殖板有毛12根。

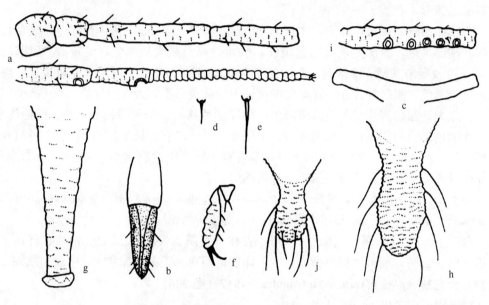

图 206　大豆蚜 *Aphis glycines* Matsumura

无翅孤雌蚜（apterous viviparous female）

a. 触角（antenna）；b. 喙节Ⅳ+Ⅴ（ultimate rostral segment）；c. 中胸腹岔（mesosternal furca）；d. 触角毛（hair of antenna）；e. 体背毛（dorsal hair of body）；f. 后足跗节及爪（hind tarsi and claws）；g. 腹管（siphunculus）；h. 尾片（cauda）。

有翅孤雌蚜（alate viviparous female）

i. 触角节Ⅲ（antennal segment Ⅲ）；j. 尾片（cauda）。

有翅孤雌蚜　体长卵形，体长1.60mm，体宽0.64mm。活体头部、胸部黑色，腹部黄色。玻片标本腹管后斑大，方形，黑色，有时腹部背片Ⅱ～Ⅳ有灰色小缘斑，腹部背片Ⅳ～Ⅶ有小灰色横斑或横带。触角6节，全长1.10mm；节Ⅰ～Ⅵ长度比例：24：20：100：65：62：42+108；节Ⅲ有小圆形次生感觉圈3～8个，一般5或6个，分布于全长，排成1行。秋季有翅性母蚜腹部草绿色，触角节Ⅲ次生感觉圈可增至6～9个。其他特征与无翅孤雌蚜相似。

生物学　原生寄主为乌苏里鼠李（老鸹眼）*Rhamnus ussuriensis* 和鼠李 *R. davurica* 等鼠李属植物；次生寄主为大豆 *Glycine max*。大豆蚜是大豆的重要害虫，在东北和内蒙古为害尤重。大都聚集在嫩顶幼叶下面为害，严重时可造成大豆嫩叶卷缩，根系发育不良，植株发育停滞，茎叶短小，果枝和荚数明显减少，造成产量损失。

分布　辽宁（岫岩、沈阳）、吉林（安图、公主岭、前郭尔罗斯自治县）、黑龙江、北京、天津、河北、山西、浙江、山东、湖北、河南、广东、陕西、宁夏、台湾；朝鲜，俄罗斯，日本，泰国，马来西亚，美国。

(174) 棉蚜 *Aphis gossypii* Glover，1877（图 207）

Aphis gossypii Glover，1877：36.

Aphis solanina Passerini，1863：129.

Aphis circezandis Fitch，1870：495.

Aphis calendulicola Monell，1879：1.

Aphis cucurbiti Buckton，1879：1.

Aphis citrulli Ashmead，1882：241.

Aphis cucumeris Forbes，1883：83.

Aphis monardae Oestlund，1887：1.

Aphis minuta Wilson，1911：59.

Aphis affinis gardeniae del Guercio，1913：197.

Aphis ligustriella Theobald，1914：100.

Aphis hederella Theobald，1915：182.

Aphis parvus Theobald，1915：182.

Aphis helianthi del Guercio，1916：299.

Aphis pomonella Theobald，1916：261.

Aphis colocasiae Matsumura，1917：351.

Aphis tectonae van der Goot，1917：1.

Toxoptera aurantii limonii del Guercio，1917：197.

Aphis bauhiniae Theobald，1918：273.

Aphis malvacearum van der Goot *ex* Das，1918：70.

Aphis malvoides Das，1918 nec van der Goot，1917：135.

Aphis pruniella Theobald，1918：273.

Aphis gossypii callicarpae Takahashi，1921：1.

Aphis shirakii Takahashi，1921：1.

Toxoptera leonuri Takahashi，1921：1.

Aphis bryophyllae Shinji，1922：787.

Aphis commelinae Shinji，1922：787.

Aphis hibiscifoliae Shinji，1922：787.

Aphis inugomae Shinji，1922：787.

Aphis vitifoliae Shinji，1922：787.

Aphis chloroides Nevsky，1929：1.

Aphis flava Nevsky，1929：1.

Aphis gossypii lutea Nevsky，1929：1.

Aphis gossypii obscura Nevsky，1929：1.

Aphis gossypii viridula Nevsky，1929：1.

Aphis tridacis Theobald，1929：177.

Aphis gossypii Glover：Swain，1919：105；Yen，1931：64；Lou，1935：58；Wu，1935：140；Tseng *et* Tao，1936：129；Palmer，1952：139；Cottier，1953：191；Bodenheimer *et* Swirski，1957：294；Shaposhnikov，1964：576；Tao，1965：63；Ivanovskaja，1977：77；Rojanavongse *et* Robinson，1977：655；Raychaudhuri，1980：54；Barbagallo *et* Stroyan，(1980)

1982：60；Zhang et Zhong, 1983：233；Ghosh, 1986：26；Tao, 1990：176；Ghosh, 1990：35；Blackman et Eastop, 1994：561；Remaudiére et Remaudiére, 1997：37；Zhang, 1999：298.

特征记述

无翅孤雌蚜　体卵圆形，体长 1.90mm，体宽 1.00mm。活体深绿色、草绿色至黄色，黄色最常见。玻片标本体淡色，有灰黑色斑纹，头部灰黑色；触角节 Ⅰ、Ⅱ、Ⅵ 及节 Ⅴ 端部 1/3、喙节 Ⅲ 及节 Ⅳ＋Ⅴ、胫节端部 1/7～1/5 及跗节、腹管、尾片及尾板灰黑色至黑色。前胸背板与中胸背板有断续灰黑色斑，后胸背板有时有小斑；腹部背片 Ⅶ、Ⅷ 有灰黑色狭短横带，胸部各节及腹部背片 Ⅱ～Ⅳ 各有缘斑 1 对，胸部缘斑较大，腹管后斑大。体表光滑，网纹明显。前胸、腹部节 Ⅰ、Ⅶ 有指状缘瘤，高度与宽度约相等或高度稍大于宽度，并长于缘毛；其他节有时有小型缘瘤。气门圆形至长圆形开放，气门片黑色。节间斑明显，黑色。中胸腹岔无柄。体背刚毛尖顶，头部背面有毛 10 根；前胸背板有中、侧、缘毛各 1 对，其他体节缺侧毛，各有中毛 1 对，中胸、后胸背板及腹部背片 Ⅱ～Ⅴ 各有缘毛 2 对，背片 Ⅰ、Ⅵ、Ⅶ 各有缘毛 1 对，背片 Ⅷ 缺缘毛。头顶毛、腹部背片 Ⅰ 毛、背片 Ⅷ 毛长分别为触角节 Ⅲ 直径的 0.46 倍、0.54 倍、0.69 倍。中额隆起，额瘤不显。触角 6 节，全长 1.10mm，为体长的 0.63 倍；节 Ⅲ 长 0.28mm，节 Ⅰ～Ⅵ 长度比例：19：18：100：75：75：43＋89；触角毛短，节 Ⅰ～Ⅵ 毛数：4 或 5 根，4 或 5 根，5 根，3～5 根，3～5 根，2～4＋0 或 1 根；节 Ⅲ 毛长为该节直径的 0.31 倍。喙端部超过中足基节，节 Ⅳ＋Ⅴ 长为基宽的 2.00 倍，与后足跗节 Ⅱ 等长，有原生

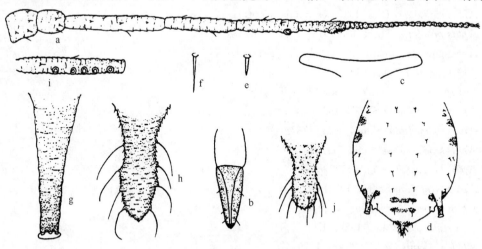

图 207　棉蚜 *Aphis gossypii* Glover

无翅孤雌蚜（apterous viviparous female）

a. 触角（antenna）；b. 喙节 Ⅳ＋Ⅴ（ultimate rostral segment）；c. 中胸腹岔（mesosternal furca）；d. 腹部背面观（dorsal view of abdomen）；e. 触角毛（hair of antenna）；f. 体背毛（dorsal hair of body）；g. 腹管（siphunculus）；h. 尾片（cauda）。

有翅孤雌蚜（alate viviparous female）

i. 触角节 Ⅲ（antennal segment Ⅲ）；j. 尾片（cauda）。

刚毛 2 对，次生刚毛 1 对。后足股节长 0.47mm，稍短于触角节Ⅲ、Ⅳ之和；后足胫节长 0.87mm，为体长的 0.46 倍；后足胫节毛长为该节直径的 0.71 倍；跗节Ⅰ毛序：3，3，2。腹管长圆筒形，有瓦纹、缘突和切迹；长 0.39mm，为体长的 0.21 倍，为尾片的 2.40 倍。尾片圆锥形，近中部收缩，有微刺突组成瓦纹，有曲毛 4～7 根，一般 5 根。尾板末端圆形，有长毛 16 或 17 根。生殖板有毛 9～13 根。

无翅孤雌蚜（7～8 月的小型个体） 体长仅有一般个体体长的 0.41～0.49 倍。体背斑纹常不显。触角常只见 5 节，节Ⅲ、Ⅳ分节不清晰。喙端部可达后足基节，尾片仅有毛 4 或 5 根。

有翅孤雌蚜 体长卵圆形，体长 2.00mm，体宽 0.68mm。活体头部、胸部黑色，腹部深绿色、草绿色乃至黄色，早春和深秋多为深绿色，夏季多为黄色。玻片标本头部、胸部黑色，腹部淡色，有斑纹；触角、足基节、股节端部 1/3～1/2，胫节端部 1/6～1/5 及跗节黑色。腹部背片Ⅵ背中常有短带，背片Ⅱ～Ⅳ缘斑大而明显，腹管后斑较无翅孤雌蚜大，且绕过腹管前伸，但不合拢。体毛比无翅孤雌蚜稍长。触角 6 节，全长 1.30mm，为体长的 0.65 倍；节Ⅲ长 0.30mm，节Ⅰ～Ⅵ长度比例：22：21：100：77：73：43+100；节Ⅲ有小圆形次生感觉圈 4～10 个，一般 6 或 7 个，分布于全长，排成 1 列，节Ⅳ有 0～2 个。喙节Ⅳ+Ⅴ长为后足跗节Ⅱ的 1.20 倍。腹管短，长为体长的 0.11 倍，为尾片的 1.80 倍。其他特征与无翅孤雌蚜相似。

有翅性母蚜 触角节Ⅲ有次生感觉圈 7～14 个，一般 9 个，排成 1 列，有时有 1 或 2 个位于列外，节Ⅳ有 0～4 个；腹部斑纹较有翅孤雌蚜多而明显。

生物学 原生寄主为石榴 Punica granatum、花椒 Zanthoxylum bungeanum、木槿 Hibiscus syriacus 和鼠李 Rhamnus davurica 等多种鼠李属植物。次生寄主为铁苋菜 Acalypha australis、苋菜 Amaranthus tricolor、金橘（金桔，温室）Fortunella margarita、陆地棉 Gossypium hirsutum、大豆 Glycine max、胡桃 Juglans regia、夏至草 Lagopsis supina、益母草 Leonurus japonicus、茄子 Solanum melongena、丁香 Syringa oblata、野豌豆 Vicia sepium、玉蜀黍（玉米）Zea mays、月季 Rosa chinensis 等和西瓜 Citrullus lanatus、黄瓜 Cucumis sativus、南瓜 Cucurbita moschata、西葫芦 Cucurbita pepo 等葫芦科 Cucurbitaceae 多种瓜类植物。棉蚜是棉和瓜类的重要害虫。常造成棉叶卷缩成团，棉苗发育延迟，根系发育不良，甚至引起蕾铃脱落。棉蚜排泄的蜜露滴在棉絮上影响皮棉品质，并造成纺织上的困难。棉蚜以卵在石榴、花椒、木槿和鼠李属几种植物的树枝芽苞下和缝隙间越冬。

分布 内蒙古（扎兰屯）、辽宁（本溪、朝阳、千山、沈阳、岫岩）、吉林（安图、公主岭、前郭尔罗斯自治县）、黑龙江、北京、天津、河北、全国广布；朝鲜，俄罗斯，日本，印度，泰国，马来西亚，印度尼西亚，几内亚，美国，加拿大。

(175) 半日花蚜 Aphis helianthemi obscura Bozhko, 1961 （图 208）

Aphis helianthemi obscura Bozhko, 1957：214.

Aphis helianthemi obscura：Shaposhnikov, 1964：577; Ivanovskaja, 1977：81; Zhang et al., 1986a：202; Remaudière et Remaudière, 1997：39.

特征记述

　　无翅孤雌蚜　体卵圆形，体长 1.51～1.75mm，体宽 0.81～0.96mm。活体黄色。玻片标本头部、触角节Ⅰ、Ⅴ、Ⅵ、喙、腹管、足胫节端部及跗节、尾片黑褐色；尾板、生殖板淡褐色；其他部分淡色。触角、跗节Ⅱ及腹管有横瓦纹。气门圆形关闭，气门片椭圆形，淡色。节间斑不显。中胸腹岔无柄，横长 0.25mm，为触角节Ⅲ的 1.00～1.70 倍。体背毛极短，头部有头顶毛 2 对，头背毛 6～8 根，腹部背片Ⅷ有毛 2 根。头顶毛长 0.02～0.03mm，腹部背片Ⅰ缘毛长 0.01mm，背片Ⅷ中毛长 0.02mm，分别为触角节Ⅲ基宽的 0.69～1.00 倍、0.37 倍、0.59 倍。前胸、腹部背片Ⅰ、Ⅶ各有缘瘤 1 对，前胸缘瘤最大。头顶平，额瘤微隆，外倾。触角 6 节，全长 1.11mm，为体长的 0.58 倍；节Ⅲ长 0.24mm，节Ⅰ～Ⅵ长度比例：22∶20∶100∶69∶67∶43＋102；节Ⅵ鞭部长为基部的 2.37 倍；节Ⅲ最长毛长为该节基宽的 1/3 倍；原生感觉圈圆形，有睫。喙端部达后足基节，节Ⅳ＋Ⅴ长 0.10mm，为基宽的 2.30 倍，有原生毛 3 对，次生毛 1 对。足各节正常，后足股节长 0.40mm，为触角节Ⅲ的 1.70 倍；后足胫节长 0.73mm，为体长的 0.42 倍。跗节Ⅰ毛序：3，3，2。腹管长 0.33mm，为尾片的 1.50 倍；缘突不显，有切迹。尾片宽锥形，中部收缩，长 0.22mm，有毛 8～10 根。

　　无翅孤雌蚜（小型个体）　触角 6 节，全长 0.77mm，为体长的 0.51 倍；节Ⅲ长 0.15mm，节Ⅰ～Ⅵ长度比例：35∶27∶100∶78∶74∶60＋131；节Ⅵ鞭部长为基部的 2.18 倍。后足股节长 0.32mm，为触角节Ⅲ的 2.10 倍；后足胫节长 0.55mm，为体长的 0.36 倍。腹管长 0.21mm，为尾片的 1.10 倍。尾片宽锥形，中部收缩，长 0.20mm。

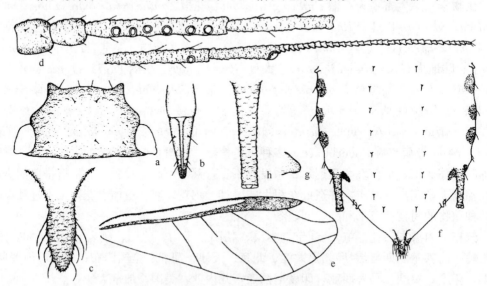

图 208　半日花蚜 *Aphis helianthemi obscura* Bozhko

无翅孤雌蚜（apterous viviparous female）

a. 头部背面观（dorsal view of head）；b. 喙节Ⅳ＋Ⅴ（ultimate rostral segment）；c. 尾片（cauda）。

有翅孤雌蚜（alate viviparous female）

d. 触角（antenna）；e. 前翅（fore wing）；f. 腹部背面观（dorsal view of abdomen）；g. 腹部缘瘤（marginal tubercle on abdomen）；h. 腹管（siphunculus）。

　　有翅孤雌蚜　体长卵圆形，体长 1.74mm，体宽 0.82mm。活体黄色。玻片标本头部、胸部、足、触角深褐色。腹部背片Ⅱ～Ⅳ各有缘斑 1 对，腹部有腹管后斑，均为深褐色。气门圆形关闭，有时开放；气门片椭圆形，深褐色。触角 6 节，全长 0.99mm，为体长的 0.57 倍；节Ⅲ长 0.20mm，节Ⅰ～Ⅵ长度比例：25：25：100：75：75：50＋138；节Ⅵ鞭部长为基部的 2.76 倍，为节Ⅲ的 1.38 倍；节Ⅲ有次生感觉圈 5～8 个。喙端部达中足基节，节Ⅳ＋Ⅴ长 0.10mm，为后足跗节Ⅱ的 1.14 倍。足各节正常，后足股节长 0.38mm，为触角节Ⅲ的 1.87 倍，后足胫节长 0.71mm，为体长的 0.41 倍。腹管长 0.22mm。尾片长 0.16mm，有毛 9 根。尾板有毛 18 根。其他特征与无翅孤雌蚜相似。

　　生物学　寄主为半日花属 *Helianthemum* spp. 植物和菊芋（鬼子姜）*Helianthus tuberosus*。

　　分布　辽宁（沈阳）；俄罗斯。

（176）东亚接骨木蚜 *Aphis horii* Takahashi，1923（图 209）

Aphis horii Takahashi，1923：61.

Sappaphis euscaphis Paik，1965：1.

Aphis horii Takahashi；Zhang *et* Zhong，1983：210；Blackman *et* Eastop，1994：561；
　　Remaudière *et* Remaudière，1997：39.

特征记述

　　无翅孤雌蚜　体卵圆形，体长 2.30mm，体宽 1.70mm。活体黑蓝色。玻片标本头部骨化黑色；前胸背板有黑色宽横带，中胸背板缘斑大，有 1 个黑色断续横带，后胸背板有 1 个小型缘斑；腹部淡色，腹部背片Ⅶ有斑纹，腹部背片Ⅷ有 1 个横带横贯全节。触角、喙、足、腹管、尾片、尾板及生殖板黑色。体背有网纹，腹部背片Ⅶ、Ⅷ及腹部腹面有瓦纹。前胸及腹部各节有馒状缘瘤，宽大于高，骨化灰黑色，节Ⅴ、Ⅵ缘瘤小型。气门圆形关闭，气门片骨化黑色。节间斑明显，黑褐色。中胸腹岔有短柄。体毛尖锐，头部有毛 14 根，其中头顶 4 根毛较长，其他为短刚毛；前胸背板有中、侧、缘毛各 1 对；中胸背板有中、侧毛 7 对，缘毛 2 对；后胸背板有中毛 1 对，缘毛 2 对，全为短刚毛；腹部背片Ⅰ～Ⅵ有短中毛 1 或 2 对；背片Ⅶ、Ⅷ各有较长中毛 2 对；背片Ⅰ有短缘毛 1 对，背片Ⅱ～Ⅴ各有长缘毛 4 或 5 对，背片Ⅵ有缘毛 1 或 2 对；头顶毛、腹背片Ⅰ缘毛、腹部背片Ⅷ中毛长分别为触角节Ⅲ基宽的 1.30 倍、0.19 倍、0.19 倍；腹面多毛，长约为缘毛的 2.00 倍，为背中毛的 5.00～6.00 倍。中额微隆，额瘤稍隆起。触角 6 节，有瓦纹，全长 1.50mm，为体长的 0.65 倍；节Ⅲ长 0.39mm，节Ⅰ～Ⅵ长度比例：21：21：100：69：63：35＋82；节Ⅰ～Ⅵ毛数：8～12 根，9～12 根，18～32 根，14～18 根，11～19 根，（6～9）＋2 根，末节鞭部顶端有毛 4 根；节Ⅲ毛长为该节基宽的 1.30 倍。喙端部超过中足基节，节Ⅳ＋Ⅴ长为其基宽的 2.00 倍，为后足跗节Ⅱ的 1.20 倍，有原生刚毛 2 对，次生刚毛 2 对。后足股节与触角节Ⅲ、Ⅳ之和约等长；后足胫节长为体长的 0.55 倍，毛长为该节中宽的 1.10 倍，为基宽的 0.94 倍；跗节Ⅰ毛序：3，3，3。腹管长筒形，有瓦纹，长 0.52mm，为体长的 0.23 倍，为尾片的 2.70 倍，有缘突和切迹。尾片舌状，端部 1/2 有刺突构成横瓦纹，长 0.19mm，与基宽约相等，有长毛 14～18 根。尾板半圆形，有长毛 41～53 根。

有翅孤雌蚜 体长卵圆形，体长 2.40mm，体宽 1.20mm。活体黑色有光泽。玻片标本头部、胸部黑色，腹部淡色，有黑色斑纹。腹部背片Ⅰ、Ⅱ有中斑，背片Ⅲ～Ⅵ偶有中斑，背片Ⅶ中斑为短带状；背片Ⅱ～Ⅶ有缘斑，背片Ⅶ气门与小缘斑相合；腹管前斑小；背片Ⅷ有 1 个横带横贯全节。除节Ⅵ外，腹部各节均有缘瘤。气门圆形开放。触角节Ⅲ有大小圆形次生感觉圈 21～37 个，分散于全节，节Ⅳ有 7～13 个，节Ⅴ有次生感觉圈 0～3 个。喙节Ⅳ＋Ⅴ有原生刚毛 2 对，次生刚毛 3 对。跗节Ⅰ毛序：3，3，2 或 3，3，3。翅脉正常。其他特征与无翅孤雌蚜相似。

生物学 寄主植物为接骨木 *Sambucus willamsii*。

分布 辽宁（沈阳）、北京、河北，四川、云南、贵州；朝鲜半岛，日本。

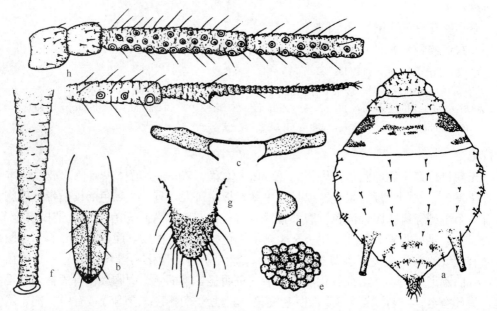

图 209 东亚接骨木蚜 *Aphis horii* Takahashi

无翅孤雌蚜（apterous viviparous female）

a. 整体背面观（dorsal view of body）；b. 喙节Ⅳ＋Ⅴ（ultimate rostral segment）；c. 中胸腹岔（mesosternal furca）；d. 体缘瘤（marginal tubercle of body）；e. 体背斑（dorsal sclerite of body）；f. 腹管（siphunculus）；g. 尾片（cauda）。

有翅孤雌蚜（alate viviparous female）

h. 触角（antenna）。

(177) 艾蚜 *Aphis kurosawai* Takahashi, 1923 （图 210）

Aphis kurosawai Takahashi, 1921：53

Aphis artemisifoliae Shinji, 1922：729.

Aphis artemisiae Takahashi ex Shinji, 1935 nec Boyer de Fonscolombe, 1841 nec Passerini, 1860：1.

Aphis kurosawai Takahashi：Raychaudhuri, 1980：55；Ghosh, 1986：27；Holman, 1987：3367；Ghosh, 1990：41；Tao, 1990：179；Pashtshenko, 1992：34；Remaudiére *et*

Remaudiére，1997：41；Zhang，1999：299.

特征记述

无翅孤雌蚜　体卵圆形，体长 1.30mm，体宽 0.84mm。活体绿色，腹部被白粉。玻片标本淡色，无斑纹。触角节Ⅴ、喙端节、足股节 1/4～1/3、跗节、腹管、尾片及尾板黑色，生殖板稍骨化，灰黑色，其他部分淡色。体表光滑，头顶稍显皱纹，腹部节Ⅶ、Ⅷ微显瓦纹。前胸及腹部节Ⅰ、Ⅶ有短锥状缘瘤，淡色不骨化。气门肾形关闭，气门片稍骨化、灰黑色。无节间斑。中胸腹岔无柄。体毛尖锐，头部有毛 10 根，中额毛长为额瘤毛的 2.00 倍；前胸背板有中、侧、缘毛各 1 对，中胸及后胸各有中毛 1 对、缘毛 2 对；腹部背片Ⅰ～Ⅶ各有中毛 1 对；背片Ⅰ、Ⅶ各有缘毛 1 对，背片Ⅱ～Ⅵ各有缘毛 2 对；背片Ⅷ有稍长刚毛 1 对。头顶毛、腹部背片Ⅰ毛、背片Ⅷ毛长分别为触角节Ⅲ基部直径的 1.90 倍、1.40 倍、1.90 倍。中额及额瘤稍隆起。触角 5 节（节Ⅲ、Ⅳ愈合，个别分节稍显），有瓦纹；全长 0.63mm，为体长的 0.47 倍，节Ⅲ长 0.22mm，节Ⅰ～Ⅴ长度比例：25∶21∶100∶45∶44＋62；节Ⅰ～Ⅴ毛数：4 或 5 根，4 或 5 根，3～6 根，3 根，3＋0 或 1 根，末节鞭部顶端有毛 4 根；节Ⅲ毛长为该节基宽的 0.52 倍。喙端部超过中足基节，节Ⅳ＋Ⅴ尖，细长剑状，长 0.13mm，为基宽的 2.60 倍，为后足跗节Ⅱ的 1.60 倍；有原生刚毛 2 对，次生刚毛 2 对。后足股节明显长于前、中股节，长为触角节Ⅲ＋Ⅳ的 0.88 倍；后足胫节稍粗短，长为体长的 0.30 倍，毛长与该

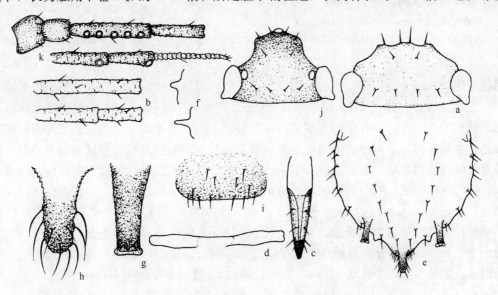

图 210　艾蚜 *Aphis kurosawai* Takahashi
无翅孤雌蚜（apterous viviparous female）

a. 头部背面观 (dorsal view of head)；b. 触角节Ⅲ～Ⅴ (antennal segments Ⅲ～Ⅴ)；c. 喙节Ⅳ＋Ⅴ (ultimate rostral segment)；d. 中胸腹岔 (mesosternal furca)；e. 腹部背面观 (dorsal view of abdomen)；
f. 缘瘤 (marginal tubercle)；g. 腹管 (siphunculus)；h. 尾片 (cauda)；i. 生殖板 (genital plate).
有翅孤雌蚜（alate viviparous female）
j. 头部背面观 (dorsal view of head)；k. 触角 (antenna).

节中宽或端宽约相等；跗节Ⅰ毛序：3，3，2。腹管长管形，有瓦纹，有缘突和切迹；长 0.19mm，为体长的 0.15 倍，为尾片的 1.20 倍。尾片舌状，长 0.15mm，端部 2/3 骨化，有小刺突构成瓦纹，有长曲毛 9～11 根。尾板半圆形，有长毛 17 或 18 根。生殖板骨化、灰褐色，有毛 12～14 根。

有翅孤雌蚜 体长卵形，体长 1.40mm，体宽 0.62mm。活体腹部绿色，被白粉。玻片标本头部、胸部黑色，腹部淡色，无斑纹。触角、喙节Ⅲ、节Ⅳ＋Ⅴ黑色，足除胫节中部 1/2 淡色外各节黑色，腹管、尾片及尾板黑色，生殖板稍骨化灰黑色。体表背面光滑，腹部背片Ⅶ、Ⅷ有瓦纹，腹面瓦纹明显。前胸及腹部节Ⅰ、Ⅶ有馒状缘瘤，顶端尖，高大于基宽。气门圆形开放，气门片黑色。节间斑不显。中额瘤隆起，高于额瘤；额瘤稍隆，不显著。触角 6 节，有瓦纹，全长 0.69mm，为体长的 0.49 倍，节Ⅲ长 0.16mm，节Ⅰ～Ⅵ长度比例：33：30：100：64：69：59＋93，节Ⅲ有大圆形次生感觉圈 5 或 6 个，分布于端部 3/4。喙端部不达中足基节。翅脉正常。尾片有毛 9 根。尾板有长毛 16～19 根。其他特征与无翅孤雌蚜相似。

生物学 寄主为艾蒿 Artemisia argyi、蒙古蒿 A. mongolica 和黄蒿 Artemisia sp. 等蒿属植物。

分布 辽宁（北镇、千山）、吉林（安图）、北京、河北、河南、四川、甘肃、台湾；朝鲜半岛，俄罗斯，日本。

（178）地笋蚜 Aphis lycopicola (Shinji, 1941) （图 211）

Cerosipha lycopicola Shinji, 1941：617.

Aphis lycopicola (Shinji)：Eastop et Hille Ris Lambers, 1976：66；Remaudiére et Remaudiére, 1997：42.

特征记述

无翅孤雌蚜 体卵圆形，体长 1.31mm，体宽 0.72mm。体被网纹。玻片标本头部、触角节Ⅰ、Ⅱ、节Ⅳ端部至节Ⅵ、喙、胫节末端 1/6 及跗节、腹管、尾片及尾板黑褐色；生殖板褐色；其他部分淡色。触角节Ⅲ基部有微弱横瓦纹，节Ⅲ端部至节Ⅵ、跗节Ⅱ及腹管有横瓦纹。前胸、腹部节Ⅰ、Ⅱ、Ⅵ、Ⅶ各有圆锥状缘瘤 1 对，前胸缘瘤最大。气门圆形开放，气门片椭圆形，黑褐色。节间斑明显，黑褐色。中胸腹岔两臂一丝相连，全长 0.20mm，为触角节Ⅲ的 1.20 倍。头部有头顶毛 2 根，额瘤毛 2 根，头背毛 8 根；腹部背片Ⅷ有毛 2 根。头顶毛长 0.02mm，腹部背片Ⅰ缘毛长 0.01mm，背片Ⅷ中毛长 0.04mm，分别为触角节Ⅲ基宽的 0.67 倍、0.41 倍、1.78 倍。头顶圆凸，额瘤明显。触角 5 节，全长 0.55mm，为体长的 0.42 倍；节Ⅲ长 0.17mm，节Ⅰ～Ⅴ长度比例：25：25：100：45：53＋81；节Ⅴ鞭部长为基部的 1.53 倍；节Ⅲ最长毛长 0.01mm，为该节基宽的 0.44 倍；原生感觉圈圆形，有睫。喙端部超过后足基节，节Ⅳ＋Ⅴ长 0.13mm，为基宽的 3.20 倍，有原生毛 3 对，次生毛 1 对。足各节正常，后足股节长 0.28mm，为触角节Ⅲ的 1.68 倍；后足胫节长 0.49mm，为体长的 0.37 倍。后足胫节最长毛长 0.03mm，为该节中宽的 0.91 倍；后足跗节Ⅱ长 0.08mm；跗节Ⅰ毛序：3，3，2。腹管长 0.13mm，为端宽的 3.75 倍，为触角节Ⅲ的 0.75 倍，为后足跗节Ⅱ的 1.50 倍。尾片有毛 6 根。

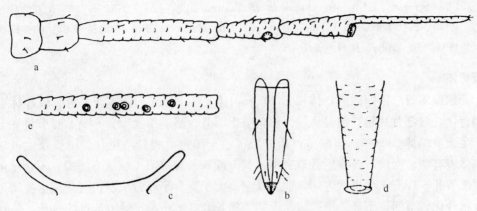

图 211 地笋蚜 Aphis lycopicola (Shinji)

无翅孤雌蚜 (apterous viviparous female)

a. 触角 (antenna); b. 喙节Ⅳ+Ⅴ (ultimate rostral segment); c. 中胸腹岔 (mesosternal furca);
d. 腹管 (siphunculus)。

有翅孤雌蚜 (alate viviparous female)

e. 触角节Ⅲ (antennal segment Ⅲ)。

有翅孤雌蚜 体长卵圆形，体长 1.37mm，体宽 0.69mm。玻片标本头部、胸部、触角及足深褐色，腹部背片Ⅱ～Ⅳ各有深褐色缘斑 1 对。触角 5 节，全长 0.67mm，为体长的 0.49 倍；节Ⅲ长 0.22mm，节Ⅰ～Ⅴ长度比例：15：20：100：44：43+80；节Ⅴ鞭部长为基部的 1.86 倍，为节Ⅲ的 0.80 倍；触角毛细短，节Ⅲ最长毛长 0.01mm，为该节基宽的 0.47 倍；节Ⅲ有次生感觉圈 5 或 6 个。喙端部超过后足基节，节Ⅳ+Ⅴ长 0.12mm，为基宽的 3.22 倍，有原生毛 3 对，次生毛 2 根。足各节正常，后足股节长 0.28mm，为触角节Ⅲ的 1.25 倍，后足胫节长 0.59mm，为体长的 0.43 倍。腹管长 0.14mm，为端宽的 3.98 倍，为触角节Ⅲ的 0.66 倍，为后足跗节Ⅱ的 1.75 倍。尾片有毛 6 或 7 根。

生物学 寄主植物为蔷薇科的翻白草 Potentilla discolor。在叶片背面群居。

分布 辽宁（朝阳）；韩国，日本。

(179) 夹竹桃蚜 Aphis nerii Boyer de Fonscolombe, 1841 (图 212)

Aphis nerii Boyer de Fonscolombe, 1841：179.

Aphis lutescens Monell, 1879：1.

Aphis gomphoricarpi van der Goot, 1912：58.

Aphis nigripes Theobald, 1914：100.

Siphonophora leptadeniae Vuillet et uillet, 1914：116.

Aphis calotropidis del Guercio, 1916：299.

Aphis foveolata del Guercio, 1916：299.

Aphis paolii del Guercio, 1916：299.

Aphis nerii Boyer de Fonscolombe：Swain, 1919：117；Lou, 1935：63；Tseng et Tao, 1936：131；Cottier, 1953：179；Bodenheimer et Swirski, 1957：298；Tao, 1965：67；Raychaudhuri, 1980：56；Barbagallo et Stroyan, (1980) 1982：83；Zhang et Zhong, 1983：

228；Stroyan，1984：90；Blackman *et* Eastop，1984：230；Ghosh，1986：27；Ghosh，1990：48；Blackman *et* Eastop，1994：563；Remaudière *et* Remaudière，1997：43；Hodjat，1998：25；Zhang，1999：301。

特征记述

　　无翅孤雌蚜　体卵圆形，体长 2.30mm，体宽 1.20mm。活体淡黄色。玻片标本体表稍骨化，腹部背片Ⅷ有明显斑纹。触角节Ⅰ、Ⅱ、Ⅲ端部及节Ⅳ～Ⅵ、喙节Ⅲ～Ⅴ黑色，足股节端部 2/3～3/4、胫节、跗节黑褐色至黑色，腹管、尾片、尾板及生殖板黑色。体表有明显网纹，腹管后几节有横瓦纹。前胸及腹部节Ⅰ、Ⅶ有缘瘤，不骨化；有时腹部节Ⅱ～Ⅳ有小型馒状缘瘤，前胸缘瘤高大于宽，呈高馒头状。气门圆形关闭，气门片稍骨化，节间斑不显。中胸腹岔无柄，横长 0.34mm，与触角节Ⅲ约等长。体背毛顶端稍钝，头部有头顶毛 2 对，头背毛 3 对，前胸背板有中、侧、缘毛各 1 对；中、后胸背板各有中毛 1 对，缘毛 2 对；腹部背片Ⅰ～Ⅶ各有中毛 1 对；背片Ⅰ、Ⅴ～Ⅶ各有缘毛 1 对，背片Ⅱ～Ⅳ各有缘毛 2 对，有时 3 对。头顶毛长 0.05mm，腹部背片Ⅰ缘毛

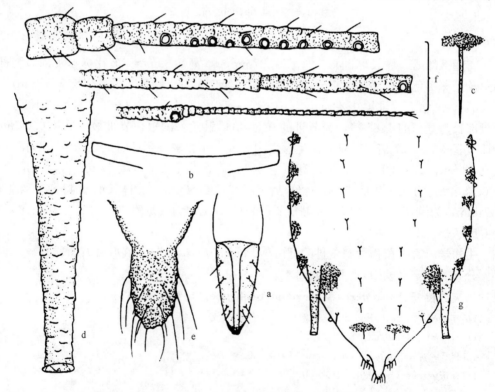

图 212　夹竹桃蚜 *Aphis nerii* Boyer de Fonscolombe

无翅孤雌蚜（apterous viviparous female）

a. 喙节Ⅳ＋Ⅴ（ultimate rostral segment）；b. 中胸腹岔（mesosternal furca）；c. 腹部背片Ⅷ毛及毛基斑（dorsal hair and hair bearing scleroite on abdominal tergite Ⅷ）；d. 腹管（siphunculus）；e. 尾片（cauda）。

有翅孤雌蚜（alate viviparous female）

f. 触角（antenna）；g. 腹部背面观（dorsal view of abdomen）。

长 0.04mm，腹部背片 Ⅷ 毛长 0.06mm，分别为触角节 Ⅲ 基宽的 1.60 倍、1.10 倍、1.80 倍。中额隆起，顶端平，额瘤隆起高于中额。触角 6 节，有粗瓦纹，全长 1.35mm，为体长的 0.67 倍；节 Ⅲ 长 0.34mm，节 Ⅰ～Ⅵ 长度比例：21：17：100：68：61：28+100；节 Ⅳ、Ⅴ 有时约等长；触角毛长，节 Ⅰ～Ⅵ 毛数：4 或 5 根，3 或 4 根，6～9 根，4～7 根，4～6 根，2 或 3+0～2 根，节 Ⅲ 毛长为该节直径的 0.89 倍。喙端部达中足基节，节 Ⅳ+Ⅴ 长锥形，长 0.15mm，为基宽的 2.20 倍，为后足跗节 Ⅱ 的 1.40 倍，有原生刚毛 2 对，次生刚毛 1 或 2 对。足光滑，有皱褶纹，后足股节长 0.55mm，为触角节 Ⅲ、Ⅳ 之和的 0.94 倍；后足胫节长 1.00mm，为体长的 0.43 倍，毛长为该节直径的 1.20 倍；跗节 Ⅰ 毛序：3，3，3。腹管长筒形，有瓦纹、缘突和切迹，长 0.47mm，为体长的 0.20 倍，为尾片的 2.10 倍。尾片舌状，中部收缩，端部 2/3 骨化黑色，布满粗刺突，长 0.21mm，有长曲毛 11～14 根。尾板半球形，有长毛 19～21 根，生殖板有长毛 13 或 14 根。

有翅孤雌蚜 体长卵形，体长 2.10mm，体宽 1.00mm。玻片标本头部、胸部黑色，腹部淡色，斑纹黑色；触角、喙、足股节端部 2/3、后足胫节及前、中足基端部、跗节黑色。体表光滑，腹管后几节有横瓦纹，背斑有小刺突。腹部背片 Ⅵ 有小型中斑 1 个，背片 Ⅰ～Ⅶ 有缘斑，背片 Ⅰ、Ⅴ、Ⅶ 缘斑小型，背片 Ⅵ 缘斑大型；背片 Ⅶ、Ⅷ 各有不明显横带 1 个。前胸及腹部节 Ⅰ～Ⅳ、Ⅶ 有缘瘤，节 Ⅱ～Ⅳ 缘瘤较小。体背毛长，尖锐，头部有头顶毛 2 对，头背毛 3 对；腹部背片 Ⅰ～Ⅷ 各有中毛 1 对，背片 Ⅳ、Ⅴ 有时有侧毛 1 对；背片 Ⅰ、Ⅴ、Ⅶ 各有缘毛 1 对，背片 Ⅱ～Ⅳ、Ⅵ 各有缘毛 2 或 3 对。中额隆起，额瘤明显。触角 6 节，全长 1.60mm；节 Ⅲ 长 0.41mm，节 Ⅰ～Ⅵ 长度比例：19：14：100：72：59：27+98；触角节 Ⅲ 有毛 9 或 10 根，毛长为该节直径的 0.83 倍；节 Ⅲ 有大圆形次生感觉圈 5～11 个，分布于端部 3/4 或全节。喙端部达后足基节，节 Ⅳ+Ⅴ 长锥形，长 0.15mm，为基宽的 2.50 倍，为后足跗节 Ⅱ 的 1.30 倍，有原生刚毛 2 对，次生刚毛 2 或 3 对。后足股节长 0.63mm；后足胫节长 1.13mm，后足跗节 Ⅱ 长 0.11mm。翅脉正常，粗黑。腹管长筒形，长 0.38mm，为体长的 0.18 倍。尾片舌状，长 0.21mm，有长曲毛 13～19 根。生殖板有毛 12 或 13 根，前部上方 1 对较长。其他特征与无翅孤雌蚜相似。

生物学 寄主植物为夹竹桃 *Nerium oleander*。

分布 吉林（公主岭）、北京、河北、天津、上海、江苏、浙江、台湾、广东、广西；朝鲜，俄罗斯，印度，印度尼西亚，美国，加拿大，非洲，欧洲，南美洲。

(180) 杠柳蚜 *Aphis periplocophila* Zhang, 1983（图 213）

Aphis periplocophila Zhang, 1983：38.

Aphis periplocophila Zhang：Zhang *et* Zhong, 1983：232；Remaudière *et* Remaudière, 1997：45；Zhang, 1999：302.

特征记述

无翅孤雌蚜 体卵圆形，体长 2.00mm，体宽 1.10mm。活体黑绿色。玻片标本头部黑色，胸部缘域骨化黑色，体背稍骨化淡色，腹部背片 Ⅶ、Ⅷ 有横带，背片 Ⅷ 横带横贯全节，背片 Ⅱ～Ⅴ 偶有小块缘斑。触角骨化黑色，节 Ⅲ 及 Ⅳ 基部淡色。喙节 Ⅲ～Ⅴ、尾片、尾板及生殖板黑色。足骨化、股节端部 1/2、胫节端部 1/5 及跗节黑色，腹管漆黑色。体表有网纹，斑纹明显，腹部背片Ⅶ、Ⅷ有瓦纹。前胸及腹部节Ⅰ、Ⅶ有馒状缘瘤，淡色。气门肾形开放，气门片骨化黑色。节间斑明显，黑褐色。中胸腹岔无柄。体背毛短、尖锐，头部有背毛 10 根；前胸背板有中、侧、缘毛各 1 对，中、后胸背板各有中毛 2 对、缘毛 2 对；腹部背片Ⅰ～Ⅵ各有中毛 1 对，背片Ⅶ有中毛 2 对，背片Ⅰ、Ⅵ各有缘毛 1 对，背片Ⅱ～Ⅴ各有缘毛 2 对，背片Ⅷ有毛 1 对；头顶毛、腹部背片Ⅰ缘毛、腹部背片Ⅷ中毛长分别为触角节Ⅲ直径的 0.32 倍、0.29 倍、0.73 倍。中额及额瘤稍隆起。触角 6 节，有瓦纹，全长 1.30mm，为体长的 0.65 倍；节Ⅲ长 0.36mm，节Ⅰ～Ⅵ长度比例：17：17：100：65：55：35＋74；节Ⅰ～Ⅵ毛数：5 或 6 根，4 根，5～7 根，3～6 根，2～5 根，(1～3)＋0 根，末节鞭部顶端偶有毛 4 根；喙节Ⅳ＋Ⅴ长 0.13mm，为基宽的 1.70 倍，为后足跗节Ⅱ的 1.20 倍，有原生毛 2 对，次生毛 1 对。后足股节长为触角节Ⅲ的 1.40 倍；后足胫节长为体长的 0.44 倍，毛长为该节中宽的 0.65 倍；跗节Ⅰ毛序：3，3，3。腹管长筒形，基部宽大，向端部渐细，有瓦纹，缘突稍显、有切迹，长 0.35mm，为体长的 0.18 倍，为尾片的 2.20 倍。尾片长 0.16mm，舌状，中部稍有收缩，端部 3/4 骨化，由小刺突构成横纹，有长曲毛 7 或 8 根。尾板末端平，有长毛 14 或 15 根。生殖板椭圆形，骨化，黑色，有毛 11～14 根。

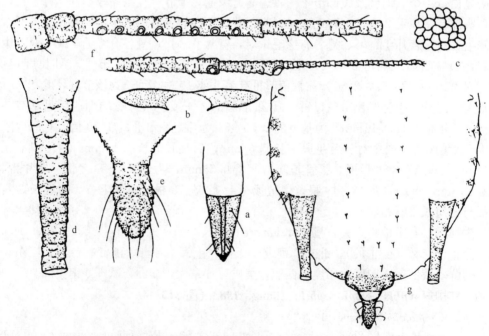

图 213　杠柳蚜 *Aphis periplocophila* Zhang

无翅孤雌蚜 (apterous viviparous female)

a. 喙节Ⅳ＋Ⅴ (ultimate rostral segment)；b. 中胸腹岔 (mesosternal furca)；c. 体背网纹 (dorsal polygonal reticulations)；d. 腹管 (siphunculus)；e. 尾片 (cauda)。

有翅孤雌蚜 (alate viviparous female)

f. 触角 (antenna)；g. 腹部背面观 (dorsal view of abdomen)。

有翅孤雌蚜 体长卵形，体长 1.70mm，体宽 0.80mm。活体绿色，头部、胸部黑色。玻片标本头部、胸部黑色，腹部淡色，有斑纹。触角骨化，黑色。腹部背片Ⅱ～Ⅵ有缘斑，腹管后斑大于前斑，背片Ⅶ、Ⅷ各有 1 个横带横贯全节，腹部背片Ⅵ偶有小块斑纹。气门肾形半开放。节间斑稍显。触角节Ⅲ有小圆形次生感觉圈 5～10 个，分布于端部 4/5，排列成 1 行。喙端部达中足基节。翅脉正常。其他特征与无翅孤雌蚜相似。

生物学 寄主植物为杠柳（山桃树）*Periploca sepium*。

分布 辽宁（沈阳）、北京、河北、河南。

(181) 剪股颖蚜 *Aphis podagrariae* Schrank, 1801 （图 214）

Aphis podagrariae Schrank, 1801: 110.

Aphis podagrariae Schrank: Shaposhnikov, 1964: 571; Ivanovskaja, 1977: 97; Stroyan, 1984: 95; Heie, 1986: 215; Remaudière *et* Remaudière, 1997: 45.

特征记述

无翅孤雌蚜 体卵圆形，体长 1.96mm，体宽 1.10mm。活体黑色。玻片标本头部黑色，触角、喙节Ⅲ～Ⅴ、足（除胫节中部）、腹管、尾片、尾板及生殖板黑褐色。胸部各节有缘斑，前、中胸背斑呈块状；腹部背片Ⅰ～Ⅴ各有小缘斑 1 对，背片Ⅵ有中斑

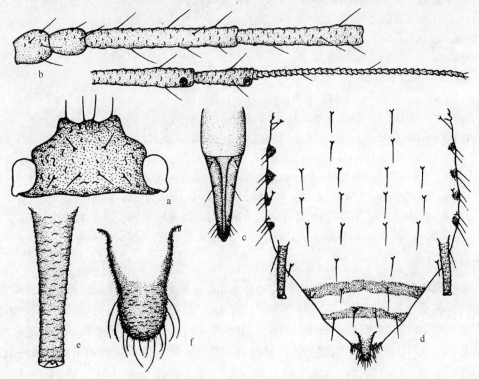

图 214 剪股颖蚜 *Aphis podagrariae* Schrank
无翅孤雌蚜 (apterous viviparous female)

a. 头部背面观 (dorsal view of head); b. 触角 (antenna); c. 喙节Ⅳ＋Ⅴ (ultimate rostral segment);
d. 腹部背面观 (dorsal view of abdomen); e. 腹管 (siphunculus); f. 尾片 (cauda).

1 对，背片Ⅶ、Ⅷ各有 1 个横带横贯全节，其他部分淡色。体被网纹；触角、跗节Ⅱ及腹管有横瓦纹。前胸、腹部背片Ⅰ、Ⅶ各有 1 对缘瘤。气门圆形开放，气门片椭圆形，黑褐色。节间斑明显，黑褐色。中胸腹岔有短柄，横长 0.34mm。头部有头顶毛 4 根，头背毛 6 根，腹部背片Ⅷ有毛 4 根；体毛长为触角节Ⅲ基宽的 1.70～2.00 倍；头顶毛长 0.06mm，腹部背片Ⅰ缘毛长 0.07mm，背片Ⅷ中毛长 0.07mm，分别为触角节Ⅲ基宽的 1.76 倍、1.97 倍、1.97 倍。头顶圆平，额瘤隆起，外倾。触角 6 节，全长 1.07mm，为体长的 0.54 倍；节Ⅲ长 0.23mm，节Ⅰ～Ⅵ长度比例：25：26：100：76：71：39+141；节Ⅵ鞭部长为基部的 3.61 倍；原生感觉圈圆形，有睫。喙端部超过后足基节，节Ⅳ＋Ⅴ长 0.14mm，为基宽的 2.30 倍，有原生毛 3 对，次生毛 1 或 2 对。足各节正常，后足股节长 0.50mm，为触角节Ⅲ的 2.20 倍；后足胫节长 0.87mm，为体长的 0.45 倍；后足胫节最长毛长为该节中宽的 1.40 倍；后足跗节Ⅱ长 0.09mm；跗节Ⅰ毛序：3，3，2。腹管长 0.26mm，为尾片的 1.50 倍。尾片长 0.18mm，有毛 10～12 根。尾板有毛 20～24 根。

生物学 寄主植物为玄参 *Scrophularia ningpoensis*。

分布 辽宁（本溪）；丹麦，瑞典，芬兰。

（182）苹果蚜 *Aphis pomi* de Geer，1773（图 215）

Aphis pomi de Geer，1773：53.

Aphis mali Fabricius，1775：1.

Aphis bicolor Haldeman，1844：168.

Aphis cydoniae Boisduval，1867：1.

Aphis crataegi Buckton，1879 nec Kaltenbach，1843：1.

Aphis eriobotryae Schouteden，1905：163.

Aphis pomi de Geer：Swain，1919：120；Tseng *et* Tao，1936：131；Palmer，1952：164；Cottier，1953：195；Bodenheimer *et* Swirski，1957：299；Shaposhnikov，1964：573；Tao，1964：129；Tao，1965：69；Ivanovskaja，1977：99；Rojanavongse *et* Robinson，1977：657；Barbagallo *et* Stroyan（1980）1982：84；Blackman *et* Eastop，1984：231；Stroyan，1984：96；Heie，1986：217；Tao，1990：181；Blackman *et* Eastop，1994：564；Pashtshenko，1994：70；Remaudière *et* Remaudière，1997：45；Hodjat，1998：25；Zhang，1999：304.

特征记述

无翅孤雌蚜 体卵圆形，体长 1.20～2.40mm。玻片标本腹管和尾片黑色。缘瘤位于前胸、腹部背片Ⅰ～Ⅶ，各 1 对，腹部背片Ⅰ、Ⅶ缘瘤最大。触角 6 节，全长为体长的 0.60～0.70 倍，节Ⅵ鞭部长为基部的 2.00～2.80 倍；无次生感觉圈；节Ⅲ毛长为该节基宽的 0.90～1.70 倍。喙端部达后足基节，节Ⅳ＋Ⅴ长为后足跗节Ⅱ的 1.30～1.50 倍，有次生毛 1 对。腹管长为尾片的 1.20～2.50 倍。尾片有毛 10～21 根。

有翅孤雌蚜 触角节Ⅲ、Ⅳ分别有次生感觉圈 6～11 个和 0～7 个。其他特征与无翅孤雌蚜相似。

生物学 寄主为苹果属 *Malus* spp. 和梨属 *Pyrus* spp. 植物。

分布 内蒙古（赤峰）、新疆，台湾；俄罗斯，韩国，日本，美国，加拿大、中亚

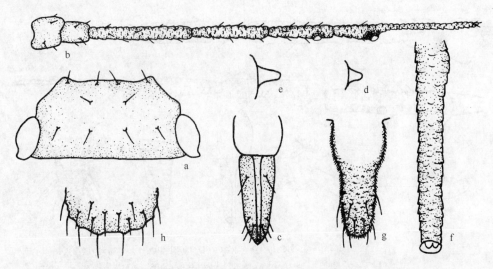

图 215 苹果蚜 *Aphis pomi* de Geer

无翅孤雌蚜 (apterous viviparous female)

a. 头部背面观 (dorsal view of head)；b. 触角 (antenna)；c. 喙节Ⅳ+Ⅴ (ultimate rostral segment)；
d. 腹部背片Ⅰ缘瘤 (marginal tubercle on abdominal tergite Ⅰ)；e. 腹部背片Ⅶ缘瘤 (marginal tubercle
on abdominal tergite Ⅶ)；f. 腹管 (siphunculus)；g. 尾片 (cauda)；h. 尾板 (anal plate)。

细亚，欧洲。

(183) 酸模蚜 *Aphis rumicis* Linnaeus，1758（图 216）

Aphis rumicis Linnaeus，1758：451.

Aphis carbocolor Gillette，1907：389.

Aphis davidsoniella Theobald，1927：1.

Aphis rumicis Linnaeus：Lou，1935：64；Tseng *et* Tao，1936：132；Palmer，1952：172；Cottier，1953：187；Bodenheimer *et* Swirski，1957：301；Shaposhnikov，1964：571；Tao，1965：70；Ivanovskaja，1977：109；Rojanavongse *et* Robinson，1977：658；Zhang *et* Zhong，1983：212；Stroyan，1984：100；Heie，1986：233；Tao，1990：181；Remaudière *et* Remaudière，1997：47；Hodjat，1998：26.

特征记述

无翅孤雌蚜 体宽卵圆形，体长 2.40mm，体宽 1.40mm。活体黑色。玻片标本体背骨化，头部和斑纹黑色。触角、喙节Ⅱ端部至节Ⅴ及足灰色至黑色。腹管、尾片、尾板及生殖板黑色。前、中胸背板有横带横贯全节，后胸缘斑与中带分离，腹部背片Ⅰ～Ⅷ有断续中带及缘斑，腹管前斑及腹部背片Ⅰ、Ⅴ缘斑小于其他节缘斑；腹部背片Ⅶ、Ⅷ有横带横贯全节。体表网纹明显，腹部背片Ⅶ、Ⅷ及腹面有瓦纹。前胸及腹部节Ⅰ、Ⅶ有馒形缘瘤，高与宽约相等。气门圆形关闭，气门片黑色。节间斑明显，黑褐色。中胸腹岔无柄，有时短柄。体毛稍长，尖锐，头部有背毛 10 根；胸部各节有中毛 2 根、缘毛 4 根；腹部背片Ⅰ～Ⅷ各有中毛 2 根、4 根、4 根、4 根、4 根、6 根、2 根、2 根，背片Ⅰ、Ⅷ各有缘毛 2 根，背片Ⅱ～Ⅶ各有缘毛 4 根；头顶毛、腹部背片Ⅰ缘毛、背片

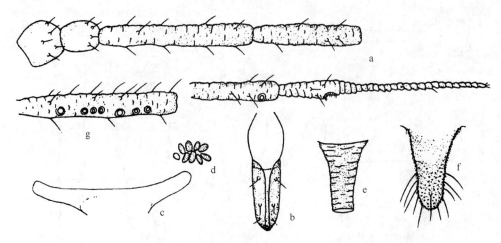

图 216　酸模蚜 *Aphis rumicis* Linnaeus

无翅孤雌蚜（apterous viviparous female）

a. 触角（antenna）；b. 喙节Ⅳ＋Ⅴ（ultimate rostral segment）；c. 中胸腹岔（mesosternal furca）；

d. 节间斑（muskelplatten）；e. 腹管（siphunculus）；f. 尾片（cauda）。

有翅孤雌蚜（alate viviparous female）

g. 触角节Ⅲ（antennal segment Ⅲ）。

Ⅷ毛长分别为触角节Ⅲ基宽的 1.70 倍、1.60 倍、1.50 倍；腹面毛与背毛约等长。中额及额瘤稍隆。触角 6 节，有瓦纹，边缘有小刺突；全长 1.50mm，为体长的 0.62 倍；节Ⅲ长 0.38mm；节Ⅰ～Ⅵ长度比例：20：22：100：70：58：40＋42；节Ⅲ毛长为该节直径的 1.10 倍；节Ⅰ～Ⅵ毛数：4～6 根，4 或 5 根，5～12 根，4～8 根，4～6 根，3＋1～3 根。喙端部达中足基节，节Ⅳ＋Ⅴ长 0.16mm，为基宽的 1.90 倍，为后足跗节Ⅱ的 1.10 倍，有刚毛 6 根。后足股节与触角节Ⅲ、Ⅳ之和约等长；后足胫节长约为体长的 0.43 倍，后足胫节毛长为该节中宽的 1.40 倍；跗节Ⅰ毛序：3，3，2。腹管短圆筒状，有瓦纹、缘突及切迹，长 0.23mm，为体长的 0.09 倍，与触角节Ⅴ约等长，为尾片的 1.40 倍。尾片短锥状，末端钝，端部 1/2 有小刺突组成横纹，长 0.17mm，有长曲毛 11～13 根。尾板半圆形，有长短毛 27～36 根。生殖板椭圆形，有毛 24～34 根，其中有前部毛 8 根。

有翅孤雌蚜　体卵圆形，体长 2.00mm，体宽 1.20mm。玻片标本头部、胸部黑褐色，腹部淡色，有黑褐色斑。触角、喙黑褐色；前足胫节端部、中、后足股节端部 3/4 及胫节端部、跗节黑褐色，其他节淡色；腹管、尾片、尾板及生殖板黑褐色。腹部背片Ⅰ～Ⅷ各有横带状中侧斑，腹部背片Ⅰ～Ⅶ各有大缘斑 1 对，腹管前斑小于后斑。体表光滑。前胸及腹部节Ⅰ、Ⅶ有淡色大型缘瘤，长与基宽约等，腹部节Ⅱ有时有小型缘瘤。气门圆形开放，气门片骨化深色，节间斑淡褐色。体背毛长，腹部背片Ⅰ～Ⅶ各有中侧毛 2～4 根，各有缘毛 4 或 5 对；背片Ⅷ有毛 2 对，毛长 0.06mm，为触角节Ⅲ基宽的 1.80 倍；头顶及腹部背片Ⅰ缘毛长与腹部背片Ⅷ毛长约相等。触角 6 节，全长 1.40mm；节Ⅲ长 0.35mm，节Ⅰ～Ⅵ长度比例：20：19：100：65：60：44＋92；节Ⅲ有毛 11～13 根，毛长为该节基宽的 1.10～1.50 倍，喙端部不达中足基节，节Ⅳ＋Ⅴ长

0.13mm，稍长于后足跗节Ⅱ。后足股节长 0.58mm，与触角节Ⅲ、Ⅳ之和约等长；后足胫节长 1.00mm，为体长的 0.50 倍。翅脉正常。腹管圆筒形，有瓦纹，无缘突，有切迹，长 0.18mm，为基宽的 4.00 倍，与尾片等长。尾片长瘤形，中部收缩，有刺突构成横纹，有长毛 14 根。尾板端部半圆形，有毛 20 或 21 根。生殖板有长毛 18～20 根。

　　生物学　寄主植物为酸模 *Rumex acetosa* 和羊蹄 *R. japonicus*。

　　分布　辽宁（沈阳）、吉林，河北、山东，江苏，浙江，台湾；朝鲜半岛，俄罗斯，美国，加拿大，亚洲，非洲，欧洲，南美洲。

（184）地榆蚜 *Aphis sanguisorbicola* Takahashi，1966（图 217）

Aphis sanguisorbicola Takahashi，1966：547.

Aphis sanguisorbae Shinji，1935 nec Schrank，1801：737.

Aphis insolita Ivanovskaja，1979：41.

Aphis sanguisorbicola Takahashi：Zhang *et al.*，1986a：202；Holman，1987：376；Pashtshenko，1994：69；Remaudière *et* Remaudière，1997：47.

特征记述

　　无翅孤雌蚜　体卵圆形，体长 2.41mm，体宽 1.31mm。活体灰黑色。玻片标本头部、触角、喙端部、足胫节端部及跗节、腹管、尾片、尾板及生殖板黑色。前胸及中、

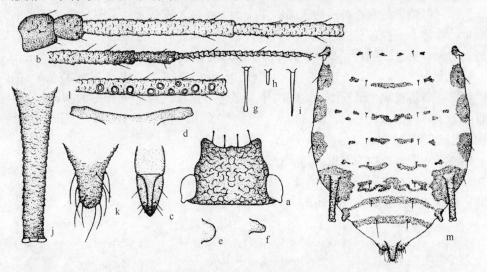

图 217　地榆蚜 *Aphis sanguisorbicola* Takahashi

无翅孤雌蚜（apterous viviparous female）

a. 头部背面观（dorsal view of head）；b. 触角（antenna）；c. 喙节Ⅳ＋Ⅴ（ultimate rostral segment）；d. 中胸腹岔（mesosternal furca）；e. 前胸缘瘤（marginal tubercle on pronotum）；f. 腹部缘瘤（marginal tubercle on abdomen）；g. 触角毛（hair of antenna）；h. 腹部背片Ⅰ～Ⅵ毛（dorsal hair on abdominal tergites Ⅰ～Ⅵ）；i. 腹部背片Ⅷ毛（dorsal hair on abdominal tergite Ⅷ）；j. 腹管（siphunculus）；k. 尾片（cauda）。

有翅孤雌蚜（alate viviparous female）

l. 触角节Ⅲ（antennal segment Ⅲ）；m. 腹部背面观（dorsal view of abdomen）。

后胸缘域有黑斑，中、后足基部各有 1 个黑斑；腹管基部有大缘斑，腹部背片Ⅶ、Ⅷ各有中横带，其他部分淡色。体被网纹；触角、跗节Ⅱ及腹管有横瓦纹。气门圆形开放，气门片椭圆形，黑色。节间斑明显，黑色。体背毛短，顶钝；头部及腹部背片Ⅷ毛长；腹部腹面毛长为背毛的 6.00～7.00 倍；头部有头顶毛 2 根，额瘤毛 2 根，头背毛 6 根，腹部背片Ⅷ有毛 2 根；头顶毛长 0.04mm，腹部背片Ⅰ缘毛长 0.01mm，背片Ⅷ中毛长 0.04mm，分别为触角节Ⅲ基宽的 1.00 倍、0.34 倍、1.03 倍。前胸、腹部背片Ⅰ、Ⅶ各有缘瘤 1 对。中胸腹岔无柄，全长 0.31mm，为触角节Ⅲ的 0.77 倍。头顶圆平，额瘤隆起，外倾。触角 6 节，全长 1.53mm，为体长的 0.63 倍；节Ⅲ长 0.40mm，节Ⅰ～Ⅵ长度比例：20：18：100：72：57：26＋87；节Ⅵ鞭部长为基部的 3.35 倍。节Ⅲ最长毛长 0.02mm，为该节基宽的 0.58 倍；原生感觉圈圆形，有睫。喙端部达中足基节，节Ⅳ＋Ⅴ长 0.11mm，为基宽的 1.70 倍，有原生毛 3 对，次生毛 1 对。足各节正常，后足股节长 0.63mm，为触角节Ⅲ的 1.60 倍；后足胫节长 1.09mm，为体长的 0.45 倍；后足胫节最长毛长 0.05mm，为该节中宽的 0.93 倍；后足跗节Ⅱ长 0.12mm；跗节Ⅰ毛序：3，3，3。腹管长 0.40mm，为端宽的 6.57 倍，为尾片的 2.50 倍。尾片长 0.16mm，为基宽的 1.02 倍，有毛 6～9 根。尾板有毛 22～29 根。生殖板有毛 28～32 根。

有翅孤雌蚜 体长卵形，体长 2.30mm，体宽 1.05mm。活体灰黑色。玻片标本头部、胸部、触角、足深色，后胸腹面有 1 个大宽带斑，腹部背片Ⅰ～Ⅴ各有零星小斑或窄横带，背片Ⅱ～Ⅳ各有大缘斑 1 对，腹背板Ⅵ～Ⅷ各有中侧横带横贯全节，腹管周围有斑，均为深褐色。触角 6 节，全长 1.64mm，为体长的 0.71 倍；节Ⅲ长 0.40mm，节Ⅰ～Ⅵ长度比例：19：16：100：73：65：35＋100；节Ⅵ鞭部长为基部的 2.86 倍，与节Ⅲ等长；节Ⅲ有次生感觉圈 10 或 11 个。足各节正常，后足股节长 0.54mm，为触角节Ⅲ的 1.33 倍，后足胫节长 1.08mm，为体长的 0.47 倍。腹管长 0.29mm。尾片有毛 8 根。尾板有毛 27 根。其他特征与无翅孤雌蚜相似。

生物学 寄主植物为地榆 *Sanguisorba officinalis*。

分布 辽宁（沈阳）；朝鲜半岛，俄罗斯，蒙古国，日本。

(185) 夏蚜 *Aphis sumire* Moritsu, 1949（图 218）

Aphis sumire Moritsu, 1949：11.

Aphis sumire Moritsu：Matsumurana 17：11；Takahashi, 1966：550；Zhang *et al.*, 1986a：202；Pashtshenko, 1994：27；Remaudière et Remaudière, 1997：49.

特征记述

无翅孤雌蚜 体卵圆形，体长 1.40mm，体宽 0.79mm。活体黑绿色。玻片标本头部黑色，触角节Ⅰ、Ⅱ、节Ⅳ端部及节Ⅵ、喙端部、足胫节端部、腹管、尾板、尾片及生殖板黑褐色。前、中胸背板有大型背斑及缘斑，后胸背板有缘斑；腹部背片Ⅱ～Ⅳ各有大型缘斑，背片Ⅶ、Ⅷ各有横带横贯全节，腹管后斑大于前斑；其他部分淡色。体表被网纹；触角、足跗节Ⅱ及腹管有横瓦纹。前胸、腹部背片Ⅰ和Ⅶ各有缘瘤 1 对，腹部缘瘤大，基部褐色，基宽 0.04mm，约等于触角节Ⅲ基宽。气门圆形开放，气门片椭圆形，黑褐色。中胸腹岔两臂分离，单臂长 0.11mm，为触角节Ⅴ的 0.83 倍。头部有头

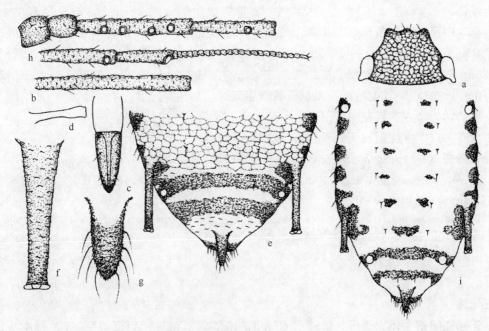

图 218　夏蚜 *Aphis sumire* Moritsu

无翅孤雌蚜 （apterous viviparous female）

a. 头部背面观 （dorsal view of head）；b. 触角节Ⅲ （antennal segment Ⅲ）；c. 喙节Ⅳ＋Ⅴ （ultimate rostral segment）；d. 中胸腹岔 （mesosternal furca）；e. 腹部背片Ⅴ～Ⅷ （abdominal tergites Ⅴ～Ⅷ）；f. 腹管 （siphunculus）；g. 尾片 （cauda）。

有翅孤雌蚜 （alate viviparous female）

h. 触角 （antenna）；i. 腹部背面观 （dorsal view of abdomen）。

顶毛 4 根，头背毛 6 根，腹部背片Ⅷ有毛 2 根。头顶毛长 0.011mm，腹部背片Ⅰ缘毛长 0.007mm，背片Ⅷ中毛长 0.013mm，分别为触角节Ⅲ基宽的 0.39 倍、0.25 倍、0.46 倍。头顶圆平，额瘤微隆。触角 5 节，全长 0.91mm，为体长的 0.65 倍；节Ⅲ长 0.33mm，节Ⅰ～Ⅴ长度比例：16∶15∶100∶39∶29＋74；节Ⅴ鞭部长为基部的 2.55 倍。节Ⅲ最长毛长为该节基宽的 1/3；原生感觉圈圆形，有睫。喙端部超过中足基节，节Ⅳ＋Ⅴ长 0.11mm，为基宽的 2.30 倍，有原生毛 3 对，次生毛 1 对。足各节正常，后足股节长 0.36mm，为触角节Ⅲ的 1.10 倍；后足胫节长 0.66mm，为体长的 0.47 倍。后足胫节最长毛长 0.03mm，为该节中宽的 0.85 倍；后足跗节Ⅱ长 0.06mm；跗节Ⅰ毛序：3，3，2。腹管长 0.27mm，为尾片的 1.80 倍。尾片长 0.15mm，为基宽的 1.62 倍，有毛 8 或 9 根。尾板有毛 21～25 根。生殖板有毛 12 根。

有翅孤雌蚜　体长卵圆形，体长 1.37mm，体宽 0.56mm。活体黑绿色。玻片标本头部、胸部、足、触角深褐色。腹部背片Ⅰ～Ⅵ各有小中斑 1 对，有时缺；背片Ⅱ～Ⅳ各有大缘斑 1 对，背片Ⅰ缘斑极小；腹部背片Ⅶ、Ⅷ各有中侧横带横贯全节；腹管后斑大于前斑，部分愈合。节间斑明显，深褐色。触角 6 节，全长 0.94mm，为体长的 0.69 倍；节Ⅲ长 0.20mm，节Ⅰ～Ⅵ长度比例：26∶24∶100∶73∶69∶49＋121；节Ⅵ鞭部长为基部的 2.47 倍，为节Ⅲ的 1.21 倍。节Ⅲ有次生感觉圈 3～5 个，节Ⅳ偶有 1 个。喙端部达中足基节，节Ⅳ+Ⅴ长 0.10mm，为基宽的 2.46 倍。足各节正常，后足股节长 0.36mm，为触角节Ⅲ的 1.78 倍，后足胫节长 0.68mm，为体长的 0.49 倍。腹管长 0.18mm，为尾片的 1.70 倍。尾片长 0.15mm，为基宽的 1.14 倍，有毛 8 或 9 根。尾板有毛 20～23 根。其他特征与无翅孤雌蚜相似。

生物学 寄主为紫花地丁 *Viola philippica* 等堇菜属植物。

分布 辽宁（沈阳）；朝鲜半岛，俄罗斯，日本。

(186) 蒲公英蚜 *Aphis taraxacicola* (Börner, 1940) (图 219)

Doralina taraxacicola Börner, 1940：3.

Cerosipha taraxacicola Nevsky, 1951：37.

Aphis taraxacicola (Börner)：Shaposhnikov, 1964：577；Ivanovskaja, 1977：119；Barbagallo *et* Stroyan (1980) 1982：88；Stroyan, 1984：108；Heie, 1986：253；Zhang *et al.*, 1986a：202；Holman, 1987：380；Pashtshenko, 1992：33；Remaudière *et* Remaudière, 1997：49；Hodjat, 1998：28；Zhang, 1999：307.

特征记述

无翅孤雌蚜 体卵圆形，体长 1.69mm，体宽 0.97mm。活体绿色。玻片标本头部黑色，触角、喙端部、足（除股节基部和胫节基部）、腹管、尾片、尾板及生殖板黑褐色。前胸背板有断续横斑带，胸部各节背板有小缘斑，中胸背板常有中斑；腹部背片Ⅰ～Ⅵ各有小缘斑，有时缺；背片Ⅶ、Ⅷ各有 1 个窄横带，缺缘斑；其他部分淡色。体被网纹，触角有微弱横纹；跗节Ⅱ及腹管有横瓦纹。前胸，腹部背片Ⅰ和Ⅶ各有大型缘瘤 1 对；背片Ⅱ～Ⅴ各有小型缘瘤 1 对。气门圆形关闭，有时开放；气门片椭圆形，黑色。节间斑明显，黑褐色。中胸腹岔两臂分离，单臂长 0.11mm，为触角节Ⅲ的 0.41 倍。头部有头顶毛 4 根，头背毛 6 根，腹部背片Ⅷ有毛 2 根；头顶毛长 0.010mm，腹部背片Ⅰ缘毛长 0.008mm，背片Ⅷ中毛长 0.009mm，分别为触角节Ⅲ基宽的 0.36 倍、0.30 倍、0.33 倍。头顶圆凸，额瘤隆起，呈浅"W"形。触角 6 节，有时节Ⅲ、Ⅳ愈合，全长 0.97mm，为体长的 0.57 倍；节Ⅲ长 0.27mm，节Ⅰ～Ⅵ长度比例：20：20：100：54：52：37+83；节Ⅵ鞭部长为基部的 2.24 倍。节Ⅲ最长毛长为该节基宽的 1/3；原生感觉圈圆形，有睫。喙端部达中足基节，节Ⅳ+Ⅴ长 0.12mm，为基宽的 2.40 倍，有原生毛 2 对，次生毛 1 对。足各节正常，后足股节长 0.40mm，为触角节Ⅲ的 1.50 倍；后足胫节长 0.71mm，为体长的 0.42 倍；后足胫节最长毛长 0.03mm，为该节中宽的 0.69 倍；后足跗节Ⅱ长 0.09mm；跗节Ⅰ毛序：3，3，2。腹管长 0.29mm，为基宽的 3.81 倍，为端宽的 5.72 倍，为尾片的 1.90 倍。尾片长 0.15mm，为基宽的 1.33 倍，有毛 7 或 8 根。尾板有毛 20～24 根。生殖板有毛 12～14 根。

有翅孤雌蚜 体长卵圆形，体长 1.68mm，体宽 0.79mm。活体绿色。玻片标本头部、胸部、触角、足深褐色。腹部背片Ⅰ～Ⅵ中斑小，或缺，背片Ⅱ～Ⅳ各有大缘斑 1 对，背片Ⅰ和Ⅶ有小缘斑；背片Ⅶ、Ⅷ各有中侧横带 1 条；腹管后斑大于前斑，均为深褐色。前胸、腹部背片Ⅰ～Ⅳ、Ⅶ各有缘瘤 1 对。触角 6 节，全长 1.05mm，为体长的 0.62 倍；节Ⅲ长 0.24mm，节Ⅰ～Ⅵ长度比例：21：20：100：68：68：52+112；节

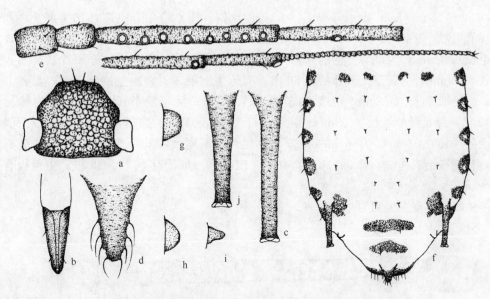

图 219　蒲公英蚜 *Aphis taraxacicola*（Börner）

无翅孤雌蚜（apterous viviparous female）

a. 头部背面观（dorsal view of head）；b. 喙节Ⅳ＋Ⅴ（ultimate rostral segment）；c. 腹管（siphunculus）；

d. 尾片（cauda）。

有翅孤雌蚜（alate viviparous female）

e. 触角（antenna）；f. 腹部背面观（dorsal view of abdomen）；g. 前胸缘瘤（marginal tubercle on prono-
tum）；h. 腹部节Ⅰ缘瘤（marginal tubercle on abdominal tergite Ⅰ）；i. 腹部节Ⅱ～Ⅴ缘瘤（marginal
tubercle on abdominal tergites Ⅱ～Ⅴ）；j. 腹管（siphunculus）。

Ⅵ鞭部长为基部的 2.15 倍，为节Ⅲ的 1.12 倍；次节Ⅲ有生感觉圈 4～7 个，节Ⅳ偶有
1 个。足各节正常，后足股节长 0.39mm，为触角节Ⅲ的 1.60 倍，后足胫节长
0.76mm，为体长的 0.45 倍。腹管长 0.22mm，为尾片的 2.02 倍。尾片长 0.11mm，
为基宽的 0.94 倍，有毛 7 根。尾板有毛 14～18 根。其他特征与无翅孤雌蚜相似。

生物学　寄主植物为蒲公英 *Taraxacum mongolicum*。

分布　辽宁（沈阳）、新疆；俄罗斯，韩国，丹麦，瑞典，波兰，德国，西班牙，
意大利，英国，加拿大。

（187）萎短管蚜 *Aphis thalictri atrophum*（Zhang, 1988）（图 220）

Brachysiphum thalictri atrophum Zhang，1988：145.

Aphis thalictri atrophum（Zhang）：Remaudière *et* Remaudière，1997：49.

特征记述

有翅孤雌蚜　体卵圆形，体长 1.89mm，体宽 0.86mm。玻片标本腹部背片Ⅰ～Ⅶ
各中、侧斑连为横带，腹部背片Ⅷ缘斑与中带融合，腹部背片Ⅰ～Ⅳ缘斑大，腹部背片
Ⅶ缘斑小。缘瘤位于前胸、腹部节Ⅰ、Ⅶ气门的后腹向。头部背面有毛 8 根，腹部背片
Ⅰ～Ⅵ各有中侧毛 4 根，背片Ⅶ有中侧毛 2 根，背片Ⅱ～Ⅵ各有缘毛 4～6 根，背片Ⅰ、
Ⅶ各有缘毛 2 根，背片Ⅷ有毛 4 或 5 根。触角 6 节，有微瓦纹，全长 1.12mm，为体长

的 0.59 倍，节Ⅲ长 0.29mm；节Ⅰ～Ⅵ长度比例：19：20：100：73：61：40+69；节
Ⅰ～Ⅵ毛数：5 根，4 根，9～11 根，7 根，5 根，2+2 根，末节鞭部顶端有毛 4 根，节
Ⅲ毛长 0.02mm，为该节直径的 0.45 倍；节Ⅲ有圆形次生感觉圈 9 或 10 个。喙节Ⅳ+
Ⅴ长 0.09mm，为后足跗节Ⅱ的 0.69 倍，有原生刚毛 3 对，次生刚毛 1 对，足各节光
滑，后足股节长 0.48mm，为触角节Ⅲ的 1.62 倍；后足胫节长 0.79mm，为体长的
0.42 倍，后足胫节毛长 0.03mm；跗节Ⅰ毛序：3，3，3。腹管小，圆筒形，有瓦纹，
无缘突；长 0.03mm，为尾片的 0.25 倍。尾片基部宽大，末端圆形，末端 1/3 处有缢
缩，有刺突组成瓦纹，长 0.11mm，有毛 7 或 8 根，尾板有毛 12～16 根；生殖板有毛
14～16 根。

生物学　寄主植物为一种花卉。

分布　吉林（安图）。

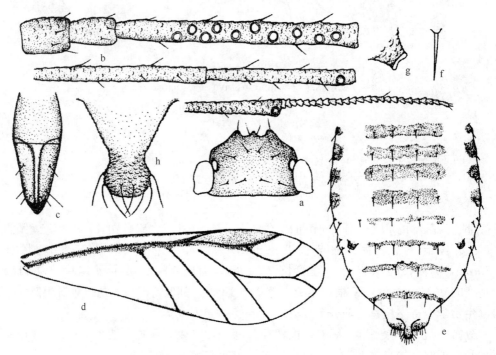

图 220　萎短管蚜 *Aphis thalictri* atrophum（Zhang）
有翅孤雌蚜（alate viviparous female）

a. 头部背面观（dorsal view of head）；b. 触角（antenna）；c. 喙节Ⅳ+Ⅴ（ultimate rostral segment）；d. 前翅
（fore wing）；e. 腹部背面观（dorsal view of abdomen）；f. 体背毛（dorsal hair of body）；g. 腹管（siphunculus）；
h. 尾片（cauda）。

67. 隐管蚜属 *Cryptosiphum* Buckton，（1875）1879

Cryptosiphum Buckton，（1875）1879：47. **Type species**：*Cryptosiphum artemisiae* Buckton，1879.

Pseudolachnus Shinji，1922：787.

Cryptosiphum Buckton：Zhang *et* Zhong，1983：262；Remaudière *et* Remaudière，1997：56；

　　Zhang，1999：380.

属征 额瘤及中额不明显突出。触角 6 节，短于体长，节 Ⅰ、Ⅱ 稍粗糙，节 Ⅵ 鞭部稍长于或短于基部，触角毛短于节 Ⅲ 直径，原生感觉圈有睫。有翅孤雌蚜触角节 Ⅲ 有圆形不突出的次生感觉圈，有时节 Ⅳ 也有。喙节 Ⅳ＋Ⅴ 尖长，长于后足跗节 Ⅱ。腹管极短，环状或孔状，不明显，长度短于基宽的 0.50 倍。尾片短，宽弧形。尾板弧形，有毛数根至 10 余根。足股节及胫节略粗糙，转节不很明显，跗节 Ⅰ 有微小刺突，跗节 Ⅰ 毛序：3，3，2 或 3，2，2。有翅孤雌蚜翅脉正常，暗色，中脉偶尔 1 分叉，径分脉直。

世界已知 11 种和亚种，中国已知 4 种和亚种，本志记述 2 种。

(188) 艾蒿隐管蚜指名亚种 *Cryptosiphum artemisiae artemisiae* Buckton，1879（图 221）

Cryptosiphum artemisiae artemisiae Buckton，1879：144

Cryptosiphum artemisiae artemisiae Buckton：Lou，1935：78；Miyazaki，1971：192；Shaposhnikov，1964：579；Ivanovskaja，1977：138；Tao，1990：199；Remaudière *et* Remaudière，1997：56；Zhang，1999：380.

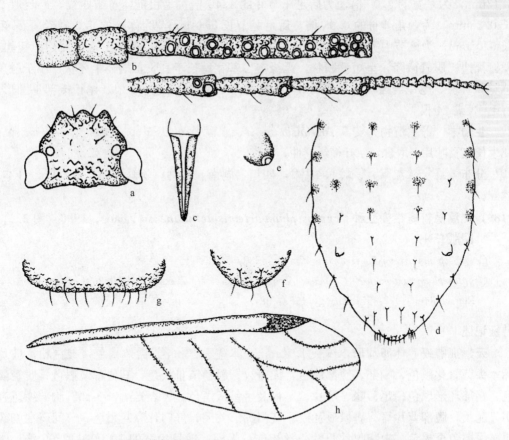

图 221　艾蒿隐管蚜指名亚种 *Cryptosiphum artemisiae artemisiae* Buckton
有翅孤雌蚜（alate viviparous female）

a. 头部背面观（dorsal view of head）；b. 触角（antenna）；c. 喙节 Ⅳ＋Ⅴ（ultimate rostral segment）；
d. 腹部背面观（dorsal view of abdomen）；e. 腹管（siphunculus）；f. 尾片（cauda）；g. 尾板（anal plate）；
h. 前翅（fore wing）。

特征记述

有翅孤雌蚜　体长 1.25mm，体宽 0.49mm。活体褐色，被少量白粉。玻片标本头部、胸部黑色，腹部淡色。触角节 Ⅰ、Ⅱ 黑色，节 Ⅲ～Ⅵ 褐色；喙节 Ⅲ～Ⅴ 深褐色；足深褐色，胫节中部淡色；尾片、尾板及生殖板黑色。腹部背片 Ⅰ～Ⅳ 各有 1 对背中小斑及独立缘斑，腹部背片 Ⅴ～Ⅷ 无斑纹。气门圆形开放，气门片深褐色。中额及额瘤微隆，呈浅"W"形。体背毛尖锐，头部有头顶毛 1 对，头背毛 4 对，前胸背板有中、侧、缘毛各 1 对，腹部背片 Ⅰ～Ⅶ 各有中、缘毛 1 对，背片 Ⅷ 有毛 4 或 5 根。头背毛长 0.02mm，腹部背片 Ⅰ 缘毛长 0.01mm，背板 Ⅷ 毛长 0.04mm，分别为触角节 Ⅲ 直径的 0.50 倍、0.33 倍、1.23 倍。触角 6 节，全长 0.75mm，为体长的 0.60 倍，节 Ⅲ 长 0.26mm，节 Ⅰ～Ⅵ 长度比例：16：20：100：37：30：32＋48；节 Ⅲ 毛长 0.01mm，为触角节 Ⅲ 直径的 0.47 倍；节 Ⅲ、Ⅳ 有大圆形次生感觉圈，节 Ⅲ 有 16～18 个，分布全长，节 Ⅳ 有 1 或 2 个，分布于顶端。喙端部不达中足基节，节 Ⅳ＋Ⅴ 长楔状，长 0.13mm，为基宽的 3.00 倍，为后足跗节 Ⅱ 的 1.40 倍。足粗糙，有皱曲纹，后足股节长 0.26mm，为触角节 Ⅲ 的 0.95 倍，后足胫节长 0.44mm，为体长的 0.35 倍，胫节毛长 0.02mm，为该节中宽的 0.60 倍；跗节 Ⅰ 毛序：3，3，2。翅脉正常，前翅脉粗黑，微镶黑边。腹管微隆，呈短截断状，无缘突，基宽稍长于其长，端径半环状，小于触角感觉圈直径。尾片半圆，长 0.05mm，为基宽的 0.44 倍，有毛 5 根。尾板端部平圆形，有毛 13 或 14 根。

生物学　寄主植物为艾蒿 *Artemisia argyi*、水蒿 *Artemisia* sp.、香蒿 *Artemisia* sp.。在生长点及叶片上取食，使叶横纵卷曲，变红。

分布　辽宁（沈阳、铁岭）、甘肃，四川，湖南，台湾；朝鲜半岛，俄罗斯，日本，欧洲。

(189) 艾蒿隐管蚜临安亚种 *Cryptosiphum artemisiae linanense* Zhang, 1980（图 222，图版 ⅣN）

Cryptosiphum artemisiae linanense Zhang, 1980：54.

Cryptosiphum artemisiae linanense Zhang：Zhang *et* Zhong, 1983：262；Remaudière *et* Remaudière, 1997：57；Zhang, 1999：381.

特征记述

无翅孤雌蚜　体卵圆形，体长 1.70mm，体宽 1.10mm。活体褐色，被白粉。玻片标本头背骨化黑色，胸部、腹部淡色，无斑纹。触角节 Ⅲ 淡色，其他各节黑色；腹管淡色，端部环形黑色；足、喙、尾片、尾板及生殖板黑色。体表光滑，头部、胸部缘斑有明显瓦纹，腹部背片 Ⅶ、Ⅷ 微显瓦纹。气门圆形关闭，气门片隆起黑色。节间斑在胸部明显深褐色至褐色。中胸腹岔两臂一丝相连，无柄，臂长为宽的 10.00～12.00 倍。体背毛骨化，长尖，比腹面毛长 2.00～3.00 倍；头部有头顶毛 2 对，头背毛 4 对；前胸背板有中、侧、缘毛各 1 对，中、后胸背板各有中、侧、缘毛 2 对；腹部背片 Ⅱ～Ⅶ 各有中毛 1 对；背片 Ⅷ 有毛 8～10 根，整齐排列 1 行，长短不等。头顶毛、腹部背片 Ⅰ 缘毛、背片 Ⅷ 长毛分别为触角节 Ⅲ 直径的 0.51 倍、1.20 倍、1.60 倍。额呈弧形。眼小，眼瘤几乎不突出。触角 6 节，短粗，节Ⅰ～Ⅲ光滑，节Ⅳ～Ⅵ有瓦纹；全长 0.47mm，为体长的 0.27 倍；节Ⅲ长 0.11mm，节Ⅰ～Ⅵ长度比例：38：42：100：52：55：59＋75，节Ⅵ稍长于节Ⅲ，末节鞭部稍长于基部；触角毛短而少，节Ⅰ～Ⅵ毛数：3 或 4 根，3 根，1～3 根，2 或 3 根，1 根，2＋0～2 根，节Ⅲ毛长为该节直径的 0.30 倍。喙短，端部达前、中足基节之间，节Ⅳ＋Ⅴ顶端尖长，呈锥状，长为基宽的 2.40 倍，为后足跗节Ⅱ的 1.60～1.80 倍。足短粗，光滑，后足股节长 0.24mm，为触角节Ⅲ的 2.20 倍；后足胫节长 0.29mm，为体长的 0.17 倍，毛长为该节直径的 0.62 倍；跗节Ⅰ毛序：3，3，2。腹管微隆，端口呈半环形，端径为触角节Ⅲ直径的 2/5。尾片馒形，长为基宽的 0.41 倍，顶端有毛 4 根。尾板末端宽圆形，位于尾片前方，有 10 或 11 根短毛。生殖板骨化，呈长带形，有短毛 20 或 21 根。

生物学　寄主植物为艾 *Artemisia argyi*、蒙古蒿 *A. mongolica*、水蒿 *Artemisia* sp. 和暗绿蒿 *A. atrovirens*。在生长点及叶片上取食，使叶沿边向内纵卷呈条状伪虫瘿。

分布　辽宁（朝阳、抚顺、沈阳）、吉林（安图、延吉）、黑龙江（哈尔滨、绥化、帽儿山）、河北、浙江、甘肃。

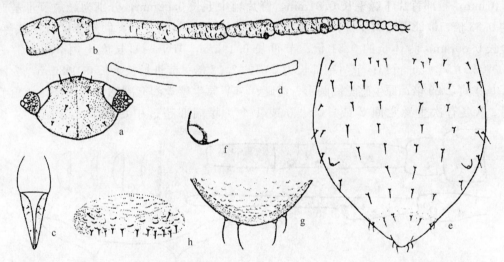

图 222　艾蒿隐管蚜临安亚种 *Cryptosiphum artemisiae linanense* Zhang

无翅孤雌蚜（apterous viviparous female）

a. 头部背面观（dorsal view of head）；b. 触角（antenna）；c. 喙节Ⅳ＋Ⅴ（ultimate rostral segment）；

d. 中胸腹岔（mesosternal furca）；e. 腹部背面观（dorsal view of abdomen）；f. 腹管（siphunculus）；

g. 尾片（cauda）；h. 生殖板（genital plate）。

68. 依阿华蚜属 *Iowana* Hottes，1954

Iowana Hottes，1954：99. **Type species**：*Iowana frisoni* Hottes，1954.

Iowana Hottes：Remaudière *et* Remaudière，1997：57；Zhang，2000：311；Blackman *et* Eastop，2006：1180.

属征　头顶平宽。前胸有宽圆形缘瘤，非常大；腹部节Ⅰ～Ⅴ和Ⅶ缘瘤大，腹管后着生的缘瘤大于腹管前着生的缘瘤。腹管截断状，无缘突，长约为基宽的 2.00 倍。

尾片宽，长度略短于基宽。

世界已知 2 种。分别分布于美国和中国，本志记述 1 种。

（190）张依阿华蚜 *Iowana zhangi* Zhang，2000 （图 223）

Iowana zhangi Zhang，2000：311.

特征记述

无翅孤雌蚜　体卵圆形，体长 1.57mm，体宽 0.86mm。活体淡蓝绿色。玻片标本头部、喙、足（除胫节基部 4/5）、腹管、尾片及尾板深褐色；胫节基部 4/5、腹部背片 Ⅷ 中横带及生殖板褐色；其他部分淡色。触角节 Ⅲ～Ⅵ 有微弱横瓦纹，跗节 Ⅱ 有横瓦纹。前胸、腹部节 Ⅰ～Ⅳ 和 Ⅶ 各有馒状缘瘤 1 对，骨化，色深，节 Ⅴ 偶有；前胸缘瘤最大，其基宽大于后足股节最宽直径；腹部腹管前着生的缘瘤由前向后依次变小，腹部节 Ⅶ 缘瘤非常大。气门圆形开放，气门片椭圆形，褐色。中胸腹岔两臂一丝相连，全长 0.27mm，为触角节 Ⅲ 的 1.48 倍。体背毛少，短尖，腹部腹面毛多于背面毛；头部有头顶毛 2 根，额瘤毛 2 根，头背毛 6 根；腹部背片 Ⅷ 有毛 2 或 3 根。头顶毛长 0.01mm，腹部背片 Ⅰ 缘毛长 0.01mm，背片 Ⅷ 中毛长 0.02mm，分别为触角节 Ⅲ 基宽的 0.33 倍、0.28 倍、0.40 倍。头顶平直，额瘤不显。触角 6 节，偶尔节 Ⅲ 与 Ⅳ 愈合，全长 0.80mm，为体长的 0.51 倍；节 Ⅲ 长 0.19mm，节 Ⅰ～Ⅵ 长度比例：30：27：100：52：55：56＋113；节 Ⅵ 鞭部长为基部的 2.02 倍。节 Ⅲ 最长毛长 0.008mm，为该节基宽的 0.20 倍；原生感觉圈圆形，有睫；节 Ⅵ 原生感觉圈有副感觉圈围绕。触角节 Ⅲ、Ⅳ 各有次生感觉圈 2 或 3 个、0 或 1 个。喙端部超过中足基节，节 Ⅳ＋Ⅴ 长

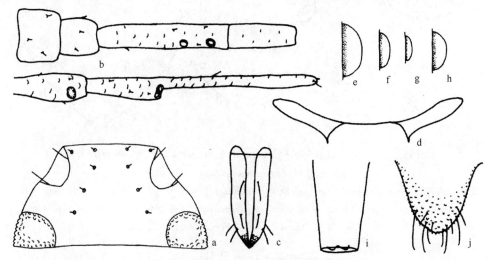

图 223　张依阿华蚜 *Iowana zhangi* Zhang

无翅孤雌蚜（apterous viviparous female）

a. 头部背面观（dorsal view of head）；b. 触角（antenna）；c. 喙节 Ⅳ＋Ⅴ（ultimate rostral segment）；d. 中胸腹岔（mesosternal furca）；e. 前胸缘瘤（marginal tubercle on prothorax）；f. 腹部背片 Ⅰ 缘瘤（marginal tubercle on abdominal tergite Ⅰ）；g. 腹部背片 Ⅳ 缘瘤（marginal tubercle on abdominal tergite Ⅳ）；h. 腹部背片 Ⅶ 缘瘤（marginal tubercle on abdominal tergite Ⅶ）；i. 腹管（siphunculus）；j. 尾片（cauda）。

0.13mm，为基宽的 2.40 倍，有原生毛 3 对，次生毛 1 对。足各节正常，后足股节长 0.36mm，为触角节Ⅲ的 1.93 倍；后足胫节长 0.62mm，为体长的 0.40 倍；后足胫节最长毛长 0.03mm，为该节中宽的 0.45 倍；后足跗节Ⅱ长 0.13mm；跗节Ⅰ毛序：3，3，2。腹管表面光滑，截断状，无缘突，长 0.13mm，为端宽的 2.29 倍，为基宽的 1.70 倍，为触角节Ⅲ的 0.68 倍，为后足跗节Ⅱ的 1.00 倍，为尾片的 1.16 倍。尾片长 0.11mm，为基宽的 0.89 倍，有毛 10～12 根。

生物学　寄主植物为禾本科的蛇尾草 *Ophiucos exaltatus*。在寄主根部群居，有蚂蚁伴生。

分布　黑龙江（哈尔滨、尚志）。

69. 四蚜属 *Szelegiewicziella* Holman，1974

Szelegiewicziella Holman，1974：239. **Type species**：*Szelegiewicziella chamaerhodi* Holman，1974.

Szelegiewicziella Holman：Zhang *et* Zhong，1990：87；Remaudière *et* Remaudière，1997：58；
　　Blackman *et* Eastop，2006：1307.

属征　额瘤不明显。触角 4 节，无翅孤雌蚜触角无次生感觉圈，末节长于节Ⅲ。喙节Ⅳ＋Ⅴ长楔状，有次生毛 2～4 根。跗节Ⅰ有毛 3 根。腹部背片Ⅰ～Ⅵ各有中毛 2 根，有时 1 根，有缘毛各 4 根，背片Ⅷ有毛 4 根。缘瘤小圆锥形，位于前胸、腹部节Ⅰ及Ⅶ，在气门后腹向。腹管筒状，缘突小，几乎不显，与尾片长度相近。尾片舌状。有翅孤雌蚜翅脉正常，触角节Ⅲ有 1～3 个小圆形次生感觉圈。

世界已知 1 种，分布于中国及蒙古国。

(191) 蒿四蚜 *Szelegiewicziella chamaerhodi* Holman，1974 （图 224）

Szelegiewicziella chamaerhodi Holman，1974：239.

Szelegiewicziella chamaerhodi Holman：Zhang *et* Zhong，1990：87；Remaudière *et* Remaudière，
　　1997：58；Blackman *et* Eastop，2006：1307.

特征记述

无翅孤雌蚜　体卵圆形，体长 1.17mm，体宽 0.60mm。活体黑绿色。玻片标本头部、腹部背片Ⅱ～Ⅷ有背中大斑、触角节Ⅰ、Ⅱ、喙节Ⅲ～Ⅴ、腹管、尾片、尾板及生殖板黑褐至黑色。体被网纹，触角节Ⅲ、Ⅳ、跗节Ⅱ及腹管有横瓦纹。前胸、腹部节Ⅰ、Ⅶ有缘瘤，节Ⅵ偶有。气门肾形开放；气门片骨化，隆起。中胸腹岔无柄。头顶毛长 0.04mm，腹部背片Ⅰ毛长 0.03mm，腹部背片Ⅷ毛长 0.04mm，分别为触角节Ⅲ基宽的 1.75 倍、1.13 倍、1.50 倍。触角 4 节，全长 0.53mm，为体长的 0.45；节Ⅲ长 0.15mm，节Ⅰ～Ⅳ长度比例：29：29：100：42＋146；节Ⅰ～Ⅳ毛数：4～7 根，4 或 5 根，8 或 9 根，2＋1 根，末节鞭部顶端有毛 3 根，节Ⅲ毛长 0.03mm，为该节基宽的 1.17 倍；节Ⅲ、Ⅳ有圆形原生感觉圈，有睫，节Ⅳ原生感觉圈有副感觉圈围绕。喙节Ⅳ＋Ⅴ长 0.12mm，为后足跗节Ⅱ的 1.48 倍。足各节正常，后足股节长 0.29mm，为触角节Ⅲ的 1.89 倍；后足胫节长 0.51mm，为体长的 0.42 倍；后足跗节Ⅱ长 0.08mm，与尾片等长。腹管长 0.09mm，为基宽的 2.45 倍，为端宽的 2.82 倍，为尾片的 1.15 倍。尾片长 0.08mm，为基宽的 0.84 倍，有毛 7 或 8 根。尾板有毛 12～16 根；生殖板

有毛10根，其中有前部毛2根。

　　有翅孤雌蚜　体长卵圆形，体长1.38mm，体宽0.56mm。活体黑绿色。玻片标本头部、胸部、触角、足深褐色。腹部背片Ⅱ～Ⅵ中侧斑短裂，散布，背片Ⅱ～Ⅴ各有缘斑1对，背片Ⅶ、Ⅷ各有中侧横带1条，腹管周围有斑纹围绕，均为深褐色。触角4节，全长0.59mm，为体长的0.43倍；节Ⅲ长0.20mm，节Ⅰ～Ⅳ长度比例：25：25：100：33＋108；节Ⅵ鞭部长为基部的3.25倍，为节Ⅲ的1.08倍；触角毛长，节Ⅲ最长毛长0.03mm，为该节基宽的1.00倍；节Ⅲ有次生感觉圈1或2个。喙端部达中足基节，节Ⅳ＋Ⅴ长0.13mm，为基宽的2.59倍，有原生毛3对，次生毛1对。足各节正常，后足股节长0.30mm，为触角节Ⅲ的1.50倍，后足胫节长0.56mm，为体长的0.41倍。腹管长0.09mm，为端宽的2.80倍，为触角节Ⅲ的0.47倍，为后足跗节Ⅱ的1.02倍。尾片有毛6根，位于端部。其他特征与无翅孤雌蚜相似。

　　生物学　寄主植物为野艾蒿 *Artemisia lavandulaefolia*，蒙古国记载为地蔷薇 *Chamaerhodos erecta*。

　　分布　辽宁（朝阳）；蒙古国。

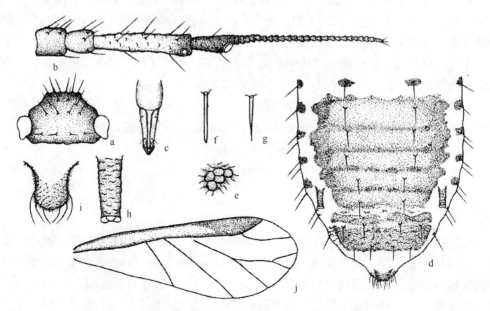

图224　蒿四蚜 *Szelegiewicziella chamaerhodi* Holman

无翅孤雌蚜（apterous viviparous female）

a. 头部背面观（dorsal view of head）；b. 触角（antenna）；c. 喙节Ⅳ＋Ⅴ（ultimate rostral segment）；d. 腹部背面观（dorsal view of abdomen）；e. 节间斑（muskelplatten）；f. 体背毛（dorsal hair of body）；g. 体腹面毛（ventral hair of body）；h. 腹管（siphunculus）；i. 尾片（cauda）。

有翅孤雌蚜（alate viviparous female）

j. 前翅（fore wing）。

70. 声蚜属 *Toxoptera* Koch，1856

Toxoptera Koch，1856：253. **Type species**：*Toxoptera aurantiae* Koch，1856 ＝ *Aphis aurantii* Boyer de Fronscolombe，1841.

Arimakia Matsumura，1917：351.

Ceylonia Buckton，1891：1.

Paratoxoptera Blanchard，1944：15.

Toxoptera Koch：Zhang *et* Zhong，1983：237；Remaudière *et* Remaudière，1997：58；Zhang，1999：326；Blackman *et* Eastop，2006：1318.

属征 腹部节Ⅰ缘瘤位于节Ⅰ、Ⅱ气门的中央，腹部节Ⅶ缘瘤位于气门的腹面。有发声器：腹部节Ⅴ、Ⅵ腹板两侧体壁的横长网纹比其他部分暗且粗，有齿；后足胫节正常长毛外，有1纵列短刺；短刺与齿相互摩擦，可以发声。额瘤明显。

世界已知5种，中国已知4种，本志记述1种。

(192) 芒果蚜 *Toxoptera odinae*（van der Goot，1917）（图 225）

Longiunguis odinae van der Goot，1917：133.

Arimakia araliae Matsumura，1917：351.

Arimakia taranbonis Matsumura，1917：351.

Aphis somei Essig *et* Kuwana，1918：35.

Longiunguis spathodeae van der Goot，1918：70.

Aphis ficicola Takahashi，1921：1.

Aphis mokulen Shinji，1922：787.

Aphis rutae Shinji，1922：787.

Thomasia sansho Shinji，1922：787.

Longicaudus hameliae Theobald，1929：177.

Aphis adivae Shiraki，1952：348.

Aphis odinae：Lou，1935：63；Wu，1935：143；Tseng *et* Tao，1936：131.

Toxoptera odinae（van der Goot）：Tao，1965：38；Raychaudhuri，1980：78；Zhang *et* Zhong，1983：237；Blackman *et* Eastop，1984：366；Blackman *et* Eastop，1994：909；Remaudière *et* Remaudière，1997：58；Zhang，1999：329；Blackman *et* Eastop，2000：355；Blackman *et* Eastop，2006：1318.

特征记述

无翅孤雌蚜 体宽卵形，体长2.50mm，体宽1.50mm。活体褐色、红褐色至黑褐色或灰绿色至黑绿色，被薄粉。玻片标本淡色，有深色斑纹。头部黑色，触角、喙、足大体黑色；触角节Ⅲ基部约1/2、喙节Ⅰ及节Ⅱ基部约1/2、足股节基部淡色；腹管、尾片、尾板及生殖板黑色。前胸背中斑宽大、相合成断续横带，缘斑小；中、后胸缘斑大，背中毛基斑个别黑色；腹部各节缘斑明显，腹部背片Ⅰ个别毛基斑黑色，背片Ⅵ、Ⅶ毛基斑全黑色，背片Ⅷ各斑融合为横贯全节的横带。腹部背片有清楚五边形网纹，腹面有长菱形网纹，腹部背片Ⅴ、Ⅵ缘域上有微锯齿。前胸、腹部节Ⅰ～Ⅳ及节Ⅶ有乳头状缘瘤，宽与高相似，前胸缘瘤最大，腹部节Ⅳ缘瘤最小。气门小圆形，狭长，半开放；气门片黑色、隆起。节间斑黑色。中胸腹岔无柄，有时二臂分离。体毛尖顶细长，头部有头顶毛8根，头背毛10根；前胸背板有中毛4根、缘毛每侧1根；腹部背片Ⅰ～Ⅷ各中毛数：6根，4根，4根，4根，3根，2根，5根，8根；腹部背片Ⅰ～Ⅶ各缘毛数：1根，4根，4根，4根，3根，7根，4根；头顶毛、腹部背片Ⅰ毛、背片Ⅷ

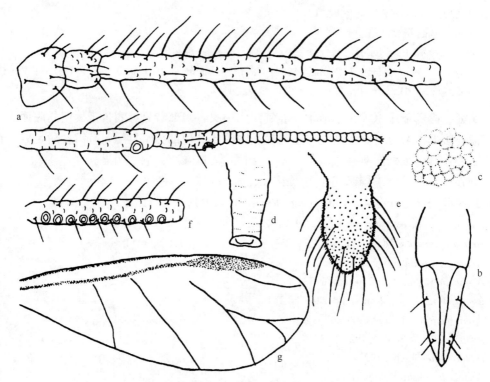

图 225　芒果蚜 *Toxoptera odinae*（van der Goot）

无翅孤雌蚜（apterous viviparous female）

a. 触角（antenna）；b. 喙节Ⅳ＋Ⅴ（ultimate rostral segment）；c. 体背网纹（dorsal polygonal reticulations）；d. 腹管（siphunculus）；e. 尾片（cauda）。

有翅孤雌蚜（alate viviparous female）

f. 触角节Ⅲ（antennal segment Ⅲ）；g. 前翅（fore wing）。

毛长分别为触角节Ⅲ直径的 1.70 倍、1.70 倍、1.50 倍。中额稍凸起，额瘤隆起。触角 6 节，有瓦纹，全长 1.40mm，为体长的 0.57 倍，节Ⅲ长 0.37mm，节Ⅰ～Ⅵ长度比例：17：17：100：73：63：30＋81；节Ⅰ～Ⅵ毛数：6 根，5 根，28 根，14 根，8 根，3＋2 根，节Ⅲ毛长为该节直径的 2.50 倍。喙端部超过中足基节，有时达后足基节，节Ⅳ＋Ⅴ长为基宽的 1.80 倍，为后足跗节Ⅱ的 1.50 倍。后足股节长 0.46mm，与触角节Ⅳ、Ⅴ之和约等长；后足胫节长 0.98mm，为体长的 0.46 倍，毛长为该节直径的 1.90 倍；后足胫节内侧有 1 列发音刺，分布于全长，8～15 根；跗节Ⅰ毛序：3，3，2。腹管短圆筒形，有瓦纹、缘突和切迹，长约为基宽的 2.00 倍，为尾片的 0.62 倍，中部有毛 1 根。尾片长圆锥形，中部收缩，有微刺组成的瓦纹，有毛 16～20 根。尾板末端圆形，有毛 24～28 根。

有翅孤雌蚜　体长卵形，体长 2.10mm，体宽 0.96mm。活体头部、胸部黑色，腹部褐色至黑绿色，有黑斑。腹部背片Ⅰ～Ⅱ有小横中斑，背片Ⅱ～Ⅳ及Ⅶ有缘斑，腹管前斑甚小，腹管后斑大，围绕腹管向前延伸；腹部背片Ⅵ、Ⅶ有横带，背片Ⅷ横带横贯全节。触角 6 节，全长 1.30mm，为体长的 0.62 倍；节Ⅲ长 0.29mm，节Ⅰ～Ⅵ长度比例：23：20：100：76：79：38＋128；节Ⅲ有小圆形次生感觉圈8～12个，在外侧排成1行，分布于全长，节Ⅳ有0～4个。腹管圆筒形，长约为基宽的0.50倍，为尾片的0.62倍。翅脉正常。尾片长圆锥形，有毛9～18根。尾板末端圆形，有毛14～24根。其他特征与无翅孤雌蚜相似。

生物学 寄主植物为刺五加 *Acanthopanax senticosus*、杧果 *Mangifera indica*、乌桕 *Sapium sebiferum*、盐肤木 *Rhus chinensis*、漆 *Toxicodendron verniciflorum*、梧桐 *Firmiana platanifolia*、海桐 *Pittosporum tobira*、重阳木 *Bischofia polycarpa*、腰果 *Anacardium occidentale*、栗 *Castanea mollissima*、栾树 *Koelreuteria paniculata*、樱花 *Cerasus yedoensis*、蝴蝶树 *Heritiera parvifolia* 和玉叶金花 *Mussaenda pubescens* 等多种经济植物。

分布 辽宁（本溪）、黑龙江（哈尔滨）、北京、河北、江苏、浙江、江西、福建、山东、河南、湖南、广东、云南、台湾；朝鲜半岛，俄罗斯，日本，印度，印度尼西亚。

［4］缢管蚜族 Rhopalosiphini

腹部缘瘤有或缺，如有，则腹部背片Ⅶ缘瘤位于气门的背面；如缺，则触角末节鞭部长于基部2.00倍。

世界已知9属92种，中国已知5属26种，本志记述4属10种。

属 检 索 表
（无翅孤雌蚜为主）

1. 腹管基部和端部均有缢缩，端部圆形无缘突 ································· **大尾蚜属 Hyalopterus**
   腹管基部无缢缩，端部有缘突 ··· 2
2. 喙节Ⅳ＋Ⅴ顶端感觉器粗长而弯曲；胸部和腹部背片表面或多或少光滑；有翅孤雌蚜前翅中脉2个分叉，分叉深：从第2支到翅缘段至少为从第1支到第2支段的7/10～9/10
   ··· **色蚜属 Melanaphis**
   喙节Ⅳ＋Ⅴ顶端感觉器正常，细短而直；胸部和腹部背片表面有多孔状网纹；有翅孤雌蚜前翅中脉1分叉，如为2分叉，则分叉不深：从第2支到翅缘段至多为从第1支到第2支段的1/2 ····· 3
3. 胸部和腹部背片表面网纹由粗而或多或少均匀的线条或圆形小刺组成；腹管端半部稍膨大，在端部之前缩小；有翅孤雌蚜前翅中脉2分叉 ············ **缢管蚜属 Rhopalosiphum**
   胸部和腹部背片体表网纹由细而不均匀似乎有齿的线条组成；腹管圆筒状，端半部不膨大，端部之前不缩小；有翅孤雌蚜前翅中脉1分叉 ············ **二叉蚜属 Schizaphis**

71. 大尾蚜属 *Hyalopterus* Koch, 1854

Hyalopterus Koch, 1854：16. **Type species**：*Aphis pruni* Fabricius, 1775 ＝ *Aphis pruni* Geoffroy, 1762.

Hyalopterus Koch：Zhang et Zhong, 1983：242；Heie, 1986：40；Remaudière et Remaudière, 1997：59；Zhang, Qiao, Zhong et Zhang, 1999：313；Qiao et Zhang, 2003：346；Blackman et Eastop, 2006：1170.

属征 触角6节，短于体长。无翅孤雌蚜无次生感觉圈。前胸、腹部节Ⅰ、Ⅶ有缘瘤，有时其他腹节也有。腹部背片Ⅶ缘瘤位于气门的后背面。腹管明显短于尾片，基部有缢缩，无缘突，末端圆，开口小。前翅中脉 2 分叉。寄主为李属 *Pruns* 和芦苇属 *Pragmites* 植物。

世界已知 2 种，中国都有分布，本志记述 1 种。

（193）桃粉大尾蚜 *Hyalopterus pruni*（Geoffroy，1762）（图 226）

Aphis pruni Geoffroy，1762：497.

Aphis pruni Fabricius，1775：1.

Aphis spinarum Hartig，1841：359.

Aphis gracilis Walker，1852：909.

Aphis phragmitidicola Oestlund，1866：17.

Hyalopterus pruni（Geoffroy）：Palmer，1952：204；Bodenheimer *et* Swirski，1957：310；Tao，1965：139；Ivanovskaja，1977：36；Raychaudhuri，1980：60；Barbagallo *et* Stroyan（1980）1982：32；Blackman *et* Eastop，1984：282；Stroyan，1984：30；Heie，1986：41；Ghosh，1986：32；Tao，1990：189；Blackman *et* Eastop，1994：723；Remaudière *et* Remaudière，1997：60；Hodjat，1998：55；Blackman *et* Eastop，2000：280；Blackman *et* Eastop，2006：1170.

特征记述

无翅孤雌蚜　体狭长卵形，体长 2.30mm，体宽 1.10mm。活体草绿色，被白粉。玻片标本体淡色，触角节 V、VI、喙顶端、胫节端部、跗节灰黑色，其他部分淡色；腹

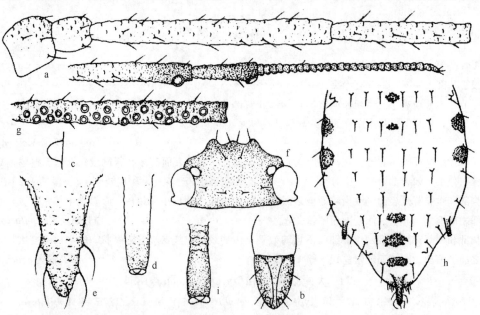

图 226　桃粉大尾蚜 *Hyalopterus pruni*（Geoffroy）

无翅孤雌蚜（apterous viviparous female）

a. 触角（antenna）；b. 喙节 IV + V（ultimate rostral segment）；c. 体缘瘤（marginal tubercle of body）；

d. 腹管（siphunculus）；e. 尾片（cauda）。

有翅孤雌蚜（alate viviparous female）

f. 头部背面观（dorsal view of head）；g. 触角节 III（antennal segment III）；h. 腹部背面观（dorsal view of abdomen）；i. 腹管（siphunculus）。

管端部 1/2 灰黑色，尾片端部 2/3 及尾板末端灰黑色，其他部分淡色。体表光滑，无网纹，腹面有微瓦纹。前胸、腹部节Ⅰ～Ⅶ有小半圆形缘瘤，高宽约相等。气门圆形开放，气门片淡色。节间斑不显。中胸腹岔有短柄。体背有长尖毛，头部有头顶毛 2 对，头背毛 6～8 根；前胸背板有中、侧、缘毛各 1 对；腹部背片Ⅰ～Ⅴ各有中侧毛 6 或 7 根，腹部背片Ⅵ有中侧毛 3 或 4 根，背片Ⅰ～Ⅶ各有缘毛 1 对，背片Ⅶ、Ⅷ各有中毛 1 对；头顶毛、腹部背片Ⅰ毛、背片Ⅷ毛长分别为触角节Ⅲ直径的 1.50～1.70 倍、1.50～1.70 倍、1.60 倍。中额及额瘤稍隆。触角 6 节，较光滑，微显瓦纹，全长 1.70mm，为体长的 0.74 倍；节Ⅲ长 0.45mm，节Ⅰ～Ⅵ长度比例：19：17：100：70：57：25+79；触角各节有硬尖毛，节Ⅰ～Ⅵ毛数：5 根，5 根，14～16 根，9～11 根，9 或 10 根，3+4 根；节Ⅲ毛长为该节直径的 0.74 倍。喙粗短，端部不达中足基节，节Ⅳ＋Ⅴ粗大，顶圆，呈短圆锥形，长为基宽的 1.00～1.10 倍，为后足跗节Ⅱ的 0.50 倍；端部有 4 对长刚毛。足长大，光滑，股节微显瓦纹；后足股节长 0.63mm，为触角节Ⅲ的 1.40 倍；后足胫节长 1.10mm，为体长的 0.48 倍，毛长为该节直径的 1.10 倍；跗节Ⅰ毛序：3，3，2。腹管细圆筒形，光滑，基部稍狭小，全长 0.18mm，长大于宽 4.00 倍以上，无缘突，顶端常有切迹。尾片长圆锥形，全长 0.21mm，为腹管的 1.20 倍，有长曲毛 5 或 6 根。尾板末端圆形，有长毛 11～13 根。生殖板淡色，有毛 13～15 根。

有翅孤雌蚜　体长卵形，体长 2.20mm，体宽 0.89mm。玻片标本头部、胸部黑色，腹部淡色，有斑纹。触角大部分黑色，节Ⅲ～Ⅴ基部淡色；喙节Ⅲ～Ⅴ、足股节端部 1/2～2/3、胫节、跗节、腹管端部 2/3、尾片端部 1/2、尾板及生殖板灰褐色至灰黑色。体表有不明显横纹。腹部背片Ⅵ～Ⅷ各有 1 个不甚明显圆形或宽带斑。气门圆形关闭。触角 6 节，全长 1.50mm，为体长的 0.68 倍；节Ⅲ长 0.42mm，节Ⅰ～Ⅵ长度比例：17：16：100：71：57：26+74；节Ⅲ有毛 9～13 根，毛长为该节直径的 2/3；节Ⅲ有圆形次生感觉圈 18～26 个，分散于全节，节Ⅳ有 0～7 个。喙粗大，端部不达中足基节，长为基宽的 1.40 倍，约为后足跗节Ⅱ的 0.50 倍。后足股节长 0.57mm，为触角节Ⅲ的 1.40 倍；后足胫节长 1.10mm，为体长的 0.50 倍，毛长为该节直径的 0.84 倍；跗节Ⅰ毛序：3，3，3。腹管短筒形，基部收缩，收缩部有槽曲纹，全长 0.13mm，长为基宽的 5.00 倍，缘突不显，有明显切迹。尾片长圆锥形，端部 1/2 有小圆突起，腹面有小刺突横纹；长 0.15mm，为腹管的 1.20 倍，有曲毛 4 或 5 根。尾板半球形，有毛 14～16 根。其他特征与无翅孤雌蚜相似。

有翅雄性蚜　体长卵圆形，体长 1.90mm，体宽 0.70mm。玻片标本头部、胸部、触角、喙、足、腹管、腹部背片Ⅷ及尾片深褐色，其他部分淡色。腹部背片Ⅰ～Ⅴ各有 1 个褐色近长方形的中背斑，背片Ⅶ、Ⅷ各有 1 个褐色横带，背片Ⅰ～Ⅲ各有 1 对褐色侧斑。腹部背片Ⅵ～Ⅶ有小刺突瓦纹，跗节Ⅱ有横瓦纹。头顶毛长 0.03mm，腹部背片Ⅰ缘毛长 0.03mm，背片Ⅷ中毛长 0.04mm，分别为触角节Ⅲ基宽的 0.78 倍、0.88 倍、1.09 倍。触角 6 节，节Ⅲ有微弱横纹，节Ⅳ～Ⅵ有横瓦纹；全长 1.43mm，为体长的 0.75 倍；节Ⅲ长 0.37mm，节Ⅰ～Ⅵ长度比例：21：20：100：71：64：27+87；节Ⅵ鞭部长为基部的 3.22 倍；触角毛短细，节Ⅲ最长毛长 0.02mm，为该节基宽的 0.56

倍；节Ⅲ～Ⅴ次生感觉圈数：32～37 个，17～22 个，10～12 个。喙端部超过前足基节，节Ⅳ＋Ⅴ长 0.07mm，为基宽的 1.07 倍；有原生毛 2 对，次生毛 1 对。后足股节长 0.49mm，为触角节Ⅲ的 1.34 倍，后足胫节长 0.86mm，为体长的 0.45 倍；后足胫节最长毛长 0.03mm，为该节中宽的 1.15 倍；后足跗节Ⅱ长 0.13mm。腹管长 0.10mm，为端宽的 3.28 倍，为触角节Ⅲ的 0.26 倍，为尾片的 0.76 倍。尾片长 0.13mm，为基宽的 1.12 倍，有毛 4 或 5 根，位于端部。

生物学　原生寄主为杏 *Armeniaca vulgaris*、梅 *Armeniaca mume*、桃 *Amygdalus persica*、李 *Prunus salicina* 和榆叶梅 *Amygdalus triloba* 等蔷薇科植物；次生寄主植物为禾本科的芦苇 *Phragmites australis*。

分布　辽宁（沈阳、铁岭、熊岳、营口）、吉林（安图、敦化、公主岭）、黑龙江（密山）。世界广布。

72. 色蚜属 *Melanaphis* van der Goot，1917

Melanaphis van der Goot，1917：61. **Type species**：*Aphis bambusae* Fullaway，1910.

Longiunguis van der Goot，1917：1.

Yezabura Matsumura，1917：351.

Yezaphis Matsumura，1917：351.

Geoktapia Mordvilko，1921：1.

Pyraphis Börner，1931：8.

Nevskia Mordvilko，1932：48.

Piraphis Börner，1932：32.

Masraphis Soliman，1938：1.

Schizaphidiella Hille Ris Lambers，1939：1.

Melanaphis van der Goot：Zhang *et* Zhong，1983：245；Heie，1986：52；Remaudière *et* Remaudière，1997：60；Zhang，1999：314；Qiao *et* Zhang，2003：346；Blackman *et* Eastop，2006：1222.

属征　前胸、腹部节Ⅰ和Ⅶ有缘瘤，腹部节Ⅶ缘瘤位于气门的背面。腹管短，多数短于尾片。有翅孤雌蚜前翅中脉 2 分叉，腹管前面的腹部背片常有骨化斑或横带。

世界已知 24 种，中国已知 11 种，本志记述 2 种。

种 检 索 表
（无翅孤雌蚜）

1. 腹管短于基宽 ·· 荩草色蚜 *M. arthraxonophaga*

　腹管长于基宽 ·· 高粱蚜 *M. sacchari*

（有翅孤雌蚜）

1. 腹管短于基宽的 2.00 倍·· 荩草色蚜 *M. arthraxonophaga*

　腹管长于基宽的 2.00 倍 ··· 高粱蚜 *M. sacchari*

（194）荩草色蚜 *Melanaphis arthraxonophaga* Zhang，Qiao *et* Zhang，2001（图 227）

Melanaphis arthraxonophaga Zhang，Qiao *et* Zhang，2001：326.

Melanaphis arthraxonophaga：Blackman *et* Eastop，2006：1222.

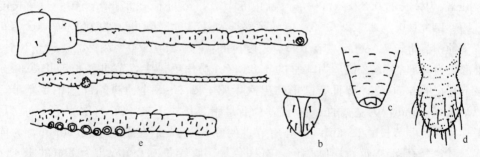

图 227　莠草色蚜 *Melanaphis arthraxonophaga* Zhang，Qiao *et* Zhang

无翅孤雌蚜（apterous viviparous female）

a. 触角（antenna）；b. 喙节Ⅳ＋Ⅴ（ultimate rostral segment）；c. 腹管（siphunculus）；d. 尾片（cauda）。

有翅孤雌蚜（alate viviparous female）

e. 触角节Ⅲ（antennal segment Ⅲ）。

特征记述

无翅孤雌蚜　体卵圆形，体长 1.09mm，体宽 0.68mm。玻片标本头部、触角节Ⅰ、Ⅱ及Ⅴ、喙末端、腹管、尾片、尾板及生殖板褐色；其他部分淡色。触角节Ⅲ端半部～节Ⅴ、跗节Ⅱ及腹管有横瓦纹；尾片和尾板有小刺突；腹部腹面及生殖板有细小刺突横纹。前胸、腹部背片Ⅰ、Ⅶ各有指形缘瘤 1 对，高大于基宽。气门圆形开放，气门片圆形，褐色。中胸腹岔两臂分离。体背毛较短，尖锐；腹面毛细长且尖，长于背毛；头部有头顶毛 2 根，头背毛 6 根，腹部背片Ⅰ有毛 6 根，背板Ⅷ有毛 2 根；头顶毛长 0.015mm，腹部背片Ⅰ缘毛长 0.02mm，背片Ⅷ中毛长 0.03mm，分别为触角节Ⅲ基宽的 0.60 倍、0.67 倍、1.20 倍。头顶圆弧形。触角 5 节，全长 0.92mm，为体长的 0.84 倍；节Ⅲ长 0.27mm，节Ⅰ～Ⅴ长度比例：21：19：100：51：32＋120；节Ⅴ鞭部长为基部的 3.71 倍；节Ⅰ～Ⅴ毛数：4 或 5 根，4 根，4 或 5 根，3 根，（1 或 2）＋（0 或 1）根；节Ⅴ鞭部顶端有毛 3 或 4 根；节Ⅲ最长毛长 0.02mm，为该节基宽的 0.60 倍；原生感觉圈圆形，有睫。喙端部达中足基节，节Ⅳ＋Ⅴ长 0.06mm，为基宽的 0.92 倍，为后足跗节Ⅱ的 0.86 倍；有次生毛 1 对。足各节正常，后足股节长 0.28mm，为触角节Ⅲ的 1.05 倍；后足胫节长 0.48mm，为体长的 0.44 倍。后足胫节最长毛长 0.04mm，为该节中宽的 1.00 倍；后足跗节Ⅱ长 0.07mm；跗节Ⅰ毛序：3，3，2。腹管短管状，无缘突，长 0.10mm，为基宽的 0.87 倍，为尾片的 0.63 倍。尾片圆锥形，末端圆形，中间有缢缩，长 0.16mm，为基宽的 1.66 倍，有毛 16～20 根。尾板宽圆形，有毛 21～24 根。生殖板横卵形，有毛 13 根，其中有前部毛 4 根。

有翅孤雌蚜　体长卵圆形，体长 1.21mm，体宽 0.58mm。玻片标本头部、胸部、触角、足（除胫节中部）、腹管深褐色；尾片、尾板及生殖板褐色。腹部背片Ⅰ～Ⅳ各有缘斑 1 对，背片Ⅲ～Ⅴ各有中斑 1 个，背片Ⅵ有中侧横带 1 条，背片Ⅶ、Ⅷ各有横带横贯全节。体背毛尖锐，稍短于腹毛，较腹毛稍粗；头部有头背毛 4 对，腹部背片Ⅷ毛有 2 根；头顶毛长 0.02mm，腹部背片Ⅰ缘毛长 0.03mm，背片Ⅷ中毛长 0.03mm，分别为触角节Ⅲ基宽的 0.67 倍、1.00 倍、1.00 倍。触角 5 或 6 节，全长 1.04～

1.14mm，为体长的 0.83～1.00 倍；触角 5 节者，节Ⅲ长 0.37mm，节Ⅰ～Ⅴ长度比例：19∶14∶100∶44∶28+103；节Ⅴ鞭部长为基部的 3.68 倍，为节Ⅲ的 1.03 倍；触角 6 节者，节Ⅲ长 0.19mm，节Ⅰ～Ⅵ长度比例：33∶28∶100∶78∶83∶50+186；节Ⅵ鞭部长为基部的 3.72 倍，为节Ⅲ的 1.86 倍；触角毛短尖，节Ⅲ最长毛长 0.02mm，为该节基宽的 0.50 倍；节Ⅲ有圆形凸出次生感觉圈 6～8 个。喙端部达中足基节，节Ⅳ+Ⅴ长 0.07mm，为基宽的 1.00 倍，为后足跗节Ⅱ的 0.93 倍，有次生毛 1 对。足各节正常，后足股节长 0.32mm，为触角节Ⅲ的 0.88 倍；后足胫节长 0.60mm，为体长的 0.50 倍。翅痣淡褐色，翅脉褐色，有褐色晕。腹管长 0.09mm，为基宽的 1.42 倍，为尾片的 0.68 倍，无缘突。尾片长 0.13mm，为基宽的 1.32 倍，端部有毛 13 根。尾板有毛19～21 根。生殖板有毛 16 根，其中有前部毛 5 根。其他特征与无翅孤雌蚜相似。

生物学　寄主植物为禾本科的荩草 *Arthraxon hispidus*。

分布　辽宁（铁岭）。

（195）高粱蚜 *Melanaphis sacchari*（Zehntner，1897）（图 228）

Aphis sacchari Zehntner，1897：551.

Aphis sorghi Theobald，1904：43.

Aphis sorghella Schouteden，1906：189.

Aphis pheidolei Theobald，1916：37.

Aphis sacchari Zehntner：Tseng *et* Tao，1936：132.

Melanaphis sacchari（Zehntner）：Raychaudhuri *et* Banerjee，1974：379；Raychaudhuri，1980：66；Zhang *et* Zhong，1983：243；Blackman *et* Eastop，1984：303；Heie，1986：53；Tao，1990：197；Remaudière *et* Remaudière，1997：61；Hodjat，1998：62；Zhang，1999：314；Blackman *et* Eastop，2000：297；Zhang，Qiao *et* Zhang，2001：330；Blackman *et* Eastop，2006：1223.

特征记述

无翅孤雌蚜　体宽卵圆形，体长 1.80mm，体宽 1.00mm。活体黄色。玻片标本淡色，触角、喙、足大体淡色；触角节Ⅴ端部 1/2 及节Ⅵ、喙节Ⅳ+Ⅴ顶端、跗节黑色；胫节端部 1/5～1/3 灰黑色；腹管、尾片及尾板黑色，生殖板灰色。腹部背片Ⅷ有中横带，有时后胸或腹部背片Ⅶ亦有横带，其他节偶有斑，各带、斑灰黑色。体表光滑，腹管后几节有瓦纹。前胸、腹部节Ⅰ、Ⅶ有馒状缘瘤，宽大于高。气门圆形开放，气门片稍骨化灰色。节间斑明显灰黑色。中胸腹岔无柄或两臂分离，基宽为臂长的 1.80 倍。体背毛短尖，腹面多毛，横排为 2 列；头部有头顶毛 2 对，头背毛 6 根；腹部背片Ⅰ～Ⅶ各有中、侧毛 1 对，缘毛 1 对，偶有 2 对；背片Ⅷ仅有毛 1 对；腹部背片Ⅰ毛长、背片Ⅷ毛长分别为触角节Ⅲ直径的 0.57 倍、0.86 倍。中额稍隆，额瘤不显。触角 6 节，全长 1.10mm，为体长的 0.60 倍；节Ⅲ长 0.23mm，节Ⅰ～Ⅵ长度比例：29∶23∶100∶87∶70∶31+139；触角毛短，节Ⅰ～Ⅵ毛数：5 根，5 根，3 或 4 根，3 或 4 根，3 根，3+1 根，节Ⅲ毛长为该节直径的 0.33 倍。喙粗短，端部超过前足基节，节Ⅳ+Ⅴ长为基宽的 1.10 倍或相等，为后足跗节Ⅱ的 0.85 倍；后足股节长 0.41mm，约等于

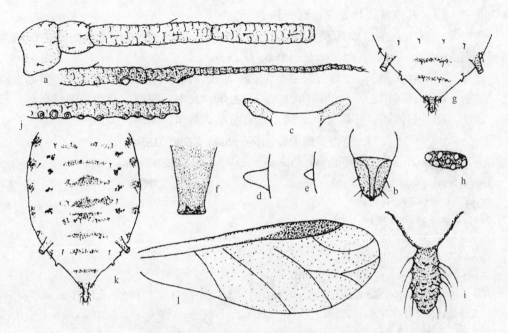

图 228　高粱蚜 *Melanaphis sacchari* (Zehntner)

无翅孤雌蚜（apterous viviparous female）

a. 触角（antenna）；b. 喙节Ⅳ＋Ⅴ（ultimate rostral segment）；c. 中胸腹岔（mesosternal furca）；d. 前胸缘瘤（marginal tubercle on pronotum）；e. 腹部缘瘤（marginal tubercle on abdomen）；f. 腹管（siphunculus）；g. 腹部背片Ⅵ～Ⅷ（abdominal tergites Ⅵ～Ⅷ）；h. 节间斑（muskelplatten）；i. 尾片（cauda）。

有翅孤雌蚜（alate viviparous female）

j. 触角节Ⅲ（antennal segment Ⅲ）；k. 腹部背面观（dorsal view of abdomen）；l. 前翅（fore wing）。

触角节Ⅲ、Ⅳ之和；后足胫节长 0.64mm，为体长的 0.35 倍，毛长为该节直径的 0.82 倍；跗节Ⅰ毛序：3，3，2。腹管圆筒形，有瓦纹、缘突和切迹；长 0.12mm，为基宽的 2.10 倍，为尾片的 0.82 倍。尾片圆锥形，中部明显收缩，有微刺构成瓦纹，有长曲毛 8～16 根。尾板末端圆形，有毛 14～28 根。生殖板有长毛 16～23 根。

有翅孤雌蚜　体长卵形，体长 2.00mm，体宽 0.89mm。活体腹部黄色。玻片标本头部、胸部黑色，腹部淡色，有黑色斑纹。触角、喙、足大体黑色；触角节Ⅲ基部1/5、喙节Ⅰ～Ⅱ、胫节基部 1/4 淡色。腹部背片Ⅰ～Ⅳ、Ⅶ有大缘斑，腹部背片Ⅱ、Ⅲ缘斑最大，各节有背中横带，以腹部背片Ⅳ、Ⅴ横带最宽大，向两端逐渐缩短，各带有时中断，有时个别几节背中斑相连，腹部背片Ⅶ横带与缘斑断续相连。缘瘤骨化深色，有时腹部节Ⅲ、Ⅳ亦有分布。气门片、节间斑黑色。中额稍隆，额瘤显著外倾。触角 6 节，长 1.30mm，为体长的 0.65 倍；节Ⅲ长 0.28mm，节Ⅰ～Ⅵ长度比例：26：22：100：75：68：35＋125；节Ⅲ有圆形次生感觉圈 8～13 个，分布全节，排成不整齐 1 行，有 1 或 2 个位于行外。后足股节长 0.41mm，与触角节Ⅳ、Ⅴ之和等长；后足胫节长 0.79mm，为体长的 0.39 倍，毛长为该节直径的 0.56 倍。翅脉黑色，各脉稍显镶边。腹管圆筒形，长 0.12mm，为基宽的 2.40 倍，端部稍有收缩。尾片有毛 5～9 根。尾板有毛 8～14 根。其他特征与无翅孤雌蚜相似。

生物学　原生寄主植物为荻（荻草）*Triarrhena sacchariflora*，次生寄主植物为高粱 *Sorghum bicolor* 和甘蔗 *Saccharum officinarum*。

分布　辽宁（沈阳）、吉林（公主岭）、黑龙江、内蒙古、北京、河北、江苏、浙江、安徽、山东、河南、湖北、湖南、广东、四川、云南、陕西、台湾；朝鲜半岛，日本，印度，印度尼西亚，菲律宾，泰国，马来西亚，美国；非洲，大洋洲。

73. 缢管蚜属 *Rhopalosiphum* Koch，1854

Rhopalosiphum Koch，1854：23. **Type species**：*Aphis nymphaeae* Linnaeus，1761.

Siphocoryne Passerini，1860：1.

Stenaphis del Guercio，1913：151.

Siphonaphis van der Goot，1915：1.

Yamataphis Matsumura，1917：351.

Aresha Mordvilko，1921：1.

Pseudocerosipha Shinji，1932：118.

Rhopalosiphum Koch：Zhang *et* Zhong，1983：246；Heie，1986：43；Remaudière *et* Remaudière，1997：61；Zhang，1999：315；Qiao *et* Zhang，2003：347；Blackman *et* Eastop，2006：1281.

属征　额瘤微隆；触角 5 或 6 节，短于体长，末节鞭部长为基部的 2.00～5.50 倍，有翅孤雌蚜触角节Ⅲ有次生感觉圈，节Ⅳ和Ⅴ也常有。缘瘤位于前胸及腹部节Ⅰ和Ⅶ，有时节Ⅱ～Ⅵ也有。无翅孤雌蚜腹部仅背片Ⅷ有骨化带。体被由成排的小突起构成网纹，每个网纹中央有数个小突起，偶尔只有 1 个小突起。腹管长于尾片，常略弯曲，有明显缘突。尾片指状或舌状，有毛 4～11 根。有翅孤雌蚜前翅中脉 2 分叉，偶尔 1 分叉。

世界已知 17 种，中国已知 7 种，本志记述 5 种。

种 检 索 表
（无翅孤雌蚜为主）

1. 腹部背片Ⅷ有毛至少 4 根 ·· 红腹缢管蚜 *R. rufiabdominale*
   腹部背片Ⅷ有毛 2 根 ·· 2
2. 腹管长度约为尾片的 2.40 倍；跗节Ⅰ毛序：3，3，3 ·········· 莲缢管蚜 *R. nymphaeae*
   腹管长度不超过尾片的 2.00 倍；跗节Ⅰ毛序：3，3，2 ·· 3
3. 触角末节鞭部长等于或短于基部的 3.50 倍 ·························· 玉米蚜 *R. maidis*
   触角末节鞭部长长于基部的 3.50 倍 ··· 4
4. 喙节Ⅳ＋Ⅴ长为后跗节Ⅱ的 1.20 倍 ····························· 苹草缢管蚜 *R. insertum*
   喙节Ⅳ＋Ⅴ长约与后跗节Ⅱ等长 ································· 禾谷缢管蚜 *R. padi*

（196）苹草缢管蚜 *Rhopalosiphum insertum*（Walker，1849）（图 229）

Aphis inserta Walker，1849：39.

Aphis mactata Walker，1849：195.

Aphis edentula Buckton，1879：1.

Aphis fitchii Sanderson，1902：127.

Rhopalosiphum viridis Richards, 1960：.

Aphis crataegella Theobald, 1912：20.

Rhopalosiphum insertum（Walker）：Shaposhnikov, 1964：568；Ivanovskaja, 1977：28；Blackman *et* Eastop, 1984：340；Stroyan, 1984：34；Heie, 1986：45；Blackman *et* Eastop, 1994：866；Remaudière *et* Remaudière, 1997：62；Hodjat, 1998：75；Zhang, 1999：316；Blackman *et* Eastop, 2000：332；Blackman *et* Eastop, 2006：1281.

特征记述

有翅孤雌蚜 体长卵圆形，体长 1.89mm，体宽 1.00mm。玻片标本头部、胸部、触角、足深褐色。腹部背片Ⅰ～Ⅶ各有缘斑 1 对，背片Ⅶ、Ⅷ各有中侧横带 1 条，有大型腹管后斑 1 块，向前几乎环绕腹管。前胸、腹部背片Ⅰ～Ⅳ、Ⅵ、Ⅶ有指状缘瘤。头部毛长 0.04mm，腹部背片Ⅰ缘毛长 0.02mm，背片Ⅷ毛长 0.06mm，分别为触角节Ⅲ直径的 1.25 倍、0.75 倍、2.09 倍。节间斑明显，深褐色。触角 5 或 6 节，5 节者，全长 0.74mm，为体长的 0.39 倍；节Ⅲ长 0.24mm，节Ⅰ～Ⅴ长度比例：25：18：100：32：29＋109；节Ⅴ鞭部长为基部的 3.81 倍；6 节者，全长 0.90mm，为体长的 0.48 倍；节Ⅲ长 0.24mm，节Ⅰ～Ⅵ长度比例：32：25：100：51：46：32＋92；节Ⅵ鞭部长为基部的 2.92 倍，为节Ⅲ的 0.92 倍；触角节Ⅲ最长毛长 0.02mm，为该节基宽的

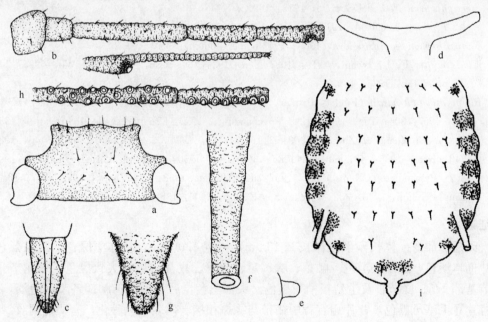

图 229 苹草缢管蚜 *Rhopalosiphum insertum*（Walker）

无翅孤雌蚜（apterous viviparous female）

a. 头部背面观（dorsal view of head）；b. 触角（antenna）；c. 喙节Ⅳ＋Ⅴ（ultimate rostral segment）；

d. 中胸腹岔（mesosternal furca）；e. 腹部背片Ⅰ缘瘤（marginal tubercle on abdominal tergite Ⅰ）；f. 腹管（siphunculus）；g. 尾片（cauda）。

有翅孤雌蚜（alate viviparous female）

h. 触角节Ⅲ～Ⅳ（antennal segments Ⅲ～Ⅳ）；i. 腹部背面观（dorsal view of abdomen）。

0.75 倍；节Ⅲ～Ⅴ各有次生感觉圈：12～15 个，8 个，0 或 1 个。喙端部达中足基节，节Ⅳ＋Ⅴ长 0.13mm，为基宽的 1.74 倍，有原生毛 3 对，次生毛 1 对。足各节正常，后足股节长 0.48mm，为触角节Ⅲ的 2.02 倍；后足胫节长 0.89mm，为体长的 0.47 倍。腹管缘突发达，缘突之下缢缩明显，长 0.19mm，为端宽的 3.07 倍，为缢缩处的 5.75 倍，为触角节Ⅲ的 0.81 倍，为后足跗节Ⅱ的 1.84 倍，为尾片的 1.92 倍。尾片长 0.10mm，为基宽的 0.86 倍，端部有毛 4～7 根。

生物学　原生寄主植物为苹果属 *Malus*、山楂属 *Crataegus*、梨属 *Pyrus*、花楸属 *Sorbus* 等蔷薇科植物，次生寄主植物为早熟禾属 *Poa*、鸭茅属 *Dactylis*、小麦属 *Triticum*、冰草属 *Agropyron*. 等禾本科植物及马铃薯 *Solanum tuberosum*。

分布　黑龙江（克山），新疆；俄罗斯，土耳其，丹麦，西班牙，挪威，芬兰，美国，加拿大。

（197）玉米蚜 *Rhopalosiphum maidis*（Fitch，1861）（图 230）

Aphis maidis Fitch，1856：550.

Aphis adusta Zehntner，1897：5.

Aphis cooki Essig，1911：400.

Aphis vulpiae del Guercio，1913：169.

Stenaphis monticellii del Guercio，1913：169.

Aphis africana Theobald，1914：1.

Rhopalosiphon zeae Rusanova，1960（1942 nomen nudum）：25.

Aphis maidis Fitch；Swain，1919：108；Yen，1931：64；Lou，1935：62；Wu，1935：142；Tseng *et* Tao，1936：130.

Rhopalosiphum maidis（Fitch）：Palmer，1952：217；Cottier，1953：162；Bodenheimer *et* Swirski，1957：306；Tao，1964：129；Raychaudhuri，1980：69；Barbagallo *et* Stroyan，（1980）1982：32；Zhang *et* Zhong，1983：249；Stroyan，1984：33；Blackman *et* Eastop，1984：340；Heie，1986：48；Ghosh，1986：36；Tao，1990：185；Blackman *et* Eastop，1994：867；Remaudière *et* Remaudière，1997：62；Hodjat，1998：75；Zhang，1999：317；Blackman *et* Eastop，2000：332；Blackman *et* Eastop，2006：1282.

特征记述

无翅孤雌蚜　体长卵形，体长 2.10mm，体宽 1.00mm。活体深绿色，附肢黑色。玻片标本淡色，斑纹灰黑色。触角、喙、足、腹管、尾片、尾板大致黑色；触角节Ⅲ、股节基部 1/5、喙节Ⅲ及生殖板稍灰黑色。头部黑色，后头稍淡；胸部各节间色淡，腹部背片Ⅶ毛基斑黑色，背片Ⅷ有背中横带与缘斑相接。体表淡色骨化，有明显网纹。前胸、腹部节Ⅰ、Ⅶ有小钝圆锥形缘瘤，高稍大于宽。气门圆形开放，气门片灰黑色。节间斑灰黑色。中胸腹岔小，无柄。中额及额瘤稍隆起。体毛长，尖锐，长为触角节Ⅲ直径的 1.50～1.80 倍；头部有头背毛 10 根；前、中、后胸背板各有中、侧毛 2，6～10，6 根，各有缘毛 4 根；腹部背片Ⅰ～Ⅷ各有中、侧毛：6 或 7 根，8～10 根，8～10 根，9 或 10 根，6 根，4 根，2 或 3 根，2 根，背片Ⅱ～Ⅵ各有缘毛 4 根，背片Ⅰ、Ⅶ各有缘毛 2 根，背片Ⅷ缺缘毛。头顶毛、腹部背片Ⅰ毛、背片Ⅷ毛长分别为触角节Ⅲ直径的 1.90 倍、1.80 倍、1.50 倍。触角长 0.84mm，为体长的 0.40 倍；节Ⅰ～Ⅵ长度比例：

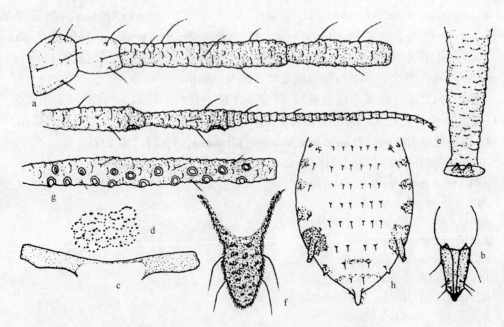

图 230　玉米蚜 *Rhopalosiphum maidis* (Fitch)

无翅孤雌蚜 (apterous viviparous female)

a. 触角 (antenna)；b. 喙节Ⅳ＋Ⅴ (ultimate rostral segment)；c. 中胸腹岔 (mesosternal furca)；d. 体背
网纹 (dorsal polygonal reticulations)；e. 腹管 (siphunculus)；f. 尾片 (cauda)。

有翅孤雌蚜 (alate viviparous female)

g. 触角节Ⅲ (antennal segment Ⅲ)；h. 腹部背面观 (dorsal view of abdomen)。

29：27：100：61：59：45＋123；触角毛长，尖锐，节Ⅰ～Ⅵ毛数：4 或 5 根，4 或 5
根，3 或 4 根，2～4 根，3 根，2 或 3＋1 或 2 根。节Ⅲ毛长为该节直径的 1.20 倍。喙
短粗，端部不达中足基节，节Ⅳ＋Ⅴ长为基宽的 1.70 倍，为后足跗节Ⅱ的 0.72 倍，有
原生刚毛 4 根，次生刚毛 4 根。后足股节长度等于触角节Ⅲ～Ⅵ基部之和；后足胫节长
为体长的 0.33 倍，后足胫节毛长为该节直径的 1.20 倍；跗节Ⅰ毛序：3，3，2。腹管
长圆筒形，端部收缩，微有缘突，有切迹，有小刺状瓦纹，侧缘有锯齿；长为体长的
0.10 倍，为尾片的 1.50 倍。尾片圆锥形，中部微收缩，有小刺突瓦纹，有曲毛 4 或 5
根。尾板末端圆形，有毛 11～14 根。

有翅孤雌蚜　体长卵形，体长 2.10mm，体宽 0.89mm。活体深绿色。玻片标本头
部、胸部黑色，腹部淡色，有黑斑。腹部背片Ⅱ～Ⅳ各有大型缘斑 1 对，腹管前斑与腹
管后斑相融合，围绕在腹管周围；背片Ⅵ、Ⅶ各有背中横带；背片Ⅶ有小型缘斑，背片
Ⅷ有横带横贯全节。体毛较短，头顶毛、腹部背片Ⅰ毛、背片Ⅷ毛长分别为触角节Ⅲ直
径的 0.90 倍、0.65 倍、1.30 倍。触角 6 节，全长 1.10mm，为体长的 0.53 倍；节
Ⅰ～Ⅵ长度比例：21：19：100：56：53：39＋75；节Ⅲ毛长为该节直径的 0.45 倍；节
Ⅲ有小圆形次生感觉圈 12～19 个，分散于全长，节Ⅳ有 1～5 个，节Ⅴ有 0～2 个。其
他特征与无翅孤雌蚜相似。

生物学　寄主植物为玉蜀黍 *Zea mays*、高粱 *Sorghum bicolor*、粟 *Setaria italica* var. *germanica*、稗 *Echinochloa crusgalli*、梁（谷子）*Setaria italica*、普通小麦 *Triticum aestivum*、大麦 *Hordeum vulgare*、狗尾草 *Setaria viridis*、狗牙根 *Cynodon dactylon*、虎尾草 *Chloris virgata*、黑麦草 *Lolium perenne* 和唐菖蒲 *Gladiolus gandavensis* 等。寄生在禾本科植物的心叶、穗及叶鞘内。

分布 内蒙古（赤峰、扎兰屯）、辽宁（沈阳、铁岭、营口）、吉林（安图、公主岭）、北京、天津、河北；朝鲜半岛，俄罗斯，美国，加拿大。中国广布，世界广布。

（198）莲缢管蚜 *Rhopalosiphum nymphaeae*（Linnaeus，1761）（图231）

Aphis nymphaeae Linnaeus，1761：260.

Aphis plantarumaquaticum Fabricius，1794：1.

Aphis butomi Schrank，1801：102.

Aphis prunaria Walker，1850：118.

Aphis infuscata Koch，1854：1.

Rhopalosiphum alismae Koch，1854：1.

Rhopalosiphum najadum Koch，1854：1.

Aphis aquatica Jackson，1908：243.

Aphis prunorum Dobrovljansky，1913：1.

Hyadaphis sparganii Theobald，1925：28.

Rhopalosiphum yoksumi Ghosh *et al.*，1971：99.

Aphis nymphaeae Linnaeus：Yen，1931：68；Lou，1935：68；Wu，1935：147；Tseng *et* Tao，1936：134.

Rhopalosiphum nymphaeae（Linnaeus）：Davidson，1910：377；Essig，1912：793；Palmer，1952：218；Cottier，1953：151；Bodenheimer *et* Swirski，1957：307；Shaposhnikov，1964：568；Tao，1964：131；Ivanovskaja，1977：33；Raychaudhuri，1980：69；Barbagallo *et* Stroyan，（1980）1982：33；Zhang *et* Zhong，1983：251；Stroyan，1984：33；Blackman *et* Eastop，1984：341；Heie，1986：49；Ghosh，1986：37；Tao，1990：185；Blackman *et* Eastop，1994：867；Remaudière *et* Remaudière，1997：62；Hodjat，1998：75；Zhang，1999：319；Blackman *et* Eastop，2000：333；Blackman *et* Eastop，2006：1282.

特征记述

无翅孤雌蚜 体卵圆形，体长 2.50mm，体宽 1.60mm。活体褐色、褐绿色至黑褐色，被薄粉。玻片标本体全骨化，头部、胸部、腹部灰黑色，各节节间淡色。体背粗糙，头部顶端有小圆形突起，其他部分有褶曲纹；胸部、腹部背面有小圆珠纹连成网状，腹部背片Ⅶ、Ⅷ及腹部腹面有小刺突横纹，足股节有成排卵形纹。前胸、腹部节Ⅰ、Ⅶ各有馒状缘瘤1对，节Ⅰ缘瘤最大，节Ⅶ缘瘤最小。气门圆形关闭，气门片稍骨化。节间斑显著。中胸腹岔无柄。体毛短，稍尖；头部有背毛10根；前胸背板有中、侧、缘毛各2根；中胸背板有中毛4根，侧、缘毛各2根；后胸背板有中、侧、缘毛各2根；腹部背片Ⅰ～Ⅶ各有中毛2根，缘毛2根；背片Ⅷ仅有长毛2根；背片Ⅰ～Ⅴ毛短，长为背片Ⅵ、Ⅶ中毛的 0.50 倍；腹部腹面毛长为背毛的 2.00～3.00 倍；头顶毛、腹部背片Ⅰ毛、背片Ⅷ毛长分别为触角节Ⅲ直径的 0.81 倍、0.76 倍、0.92 倍。中额隆起，额瘤隆起，外倾，头顶呈"W"形。触角6节，有瓦纹，全长1.60mm，为体长的

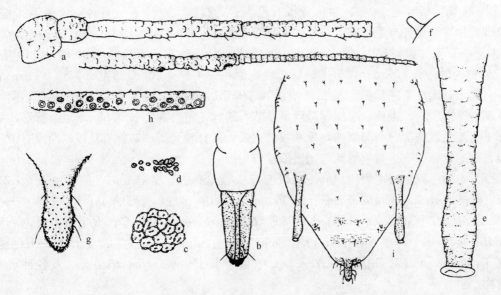

图 231　莲缢管蚜 *Rhopalosiphum nymphaeae* (Linnaeus)

无翅孤雌蚜（apterous viviparous female）

a. 触角（antenna）；b. 喙节Ⅳ＋Ⅴ（ultimate rostral segment）；c. 体背网纹（dorsal polygonal reticulations）；
d. 节间斑（muskelplatten）；e. 腹管（siphunculus）；f. 缘瘤（marginal tubercle）；g. 尾片（cauda）。

有翅孤雌蚜（alate viviparous female）

h. 触角节Ⅲ（antennal segment Ⅲ）；i. 腹部背面观（dorsal view of abdomen）。

0.63 倍；节Ⅲ长 0.35mm，节Ⅰ～Ⅵ长度比例：22：18：100：79：63：34＋116；触角毛短，尖锐，节Ⅰ～Ⅵ毛数：3～5 根，3～5 根，4 或 5 根，3～5 根，3 或 4 根，2 或 3＋3～5 根；节Ⅲ毛长为该节直径的 0.41 倍。喙粗，端部达后足基节，节Ⅳ＋Ⅴ长 0.19mm，为基宽的 2.40 倍，为后足跗节Ⅱ的 1.20 倍，有原生长刚毛 4 根，次生短刚毛 2 根。后足股节长为触角节Ⅲ、Ⅳ之和的 1.10 倍；后足胫节长为体长的 0.43 倍，后足胫节中部稍显粗大，端部渐细，毛长为该节中宽的 0.82 倍，为端宽的 1.10 倍；跗节Ⅰ毛序：3，3，3。腹管缢管状，中部收缩，端部膨大，顶端收缩；光滑、无瓦纹，有缘突和切迹；长 0.48mm，为体长的 0.19 倍，为中宽的 9.00 倍，为端宽的 7.10 倍，为尾片的 2.40 倍。尾片长锥形，中部收缩，顶端钝，有小圆刺突构成横纹，长 0.20mm，有长毛 4 或 5 根。尾板末端半圆形，有长曲毛 10～14 根。生殖板骨化，有长短毛 16～18 根。

有翅孤雌蚜　体长卵形，体长 2.30mm，体宽 1.00mm。活体头部、胸部黑色，腹部褐色、褐绿色至黑褐色。玻片标本头部、胸部全黑色，腹部稍显骨化淡色，有斑纹。触角、喙、足大部分（股节基部骨化淡色）、尾片、尾板及生殖板黑色；腹管膨大部黑色，基部 1/2 骨化淡色。腹部背片Ⅰ～Ⅵ各有圆形缘斑，背片Ⅰ、Ⅶ缘斑小，腹管前、后斑愈合；背片Ⅷ有长圆形横带 1 个。头部光滑稍显褶曲纹，胸部侧域有网斑蜡腺状纹，腹部有缘斑，腹部背片Ⅶ、Ⅷ有瓦纹。气门圆形关闭，气门片骨化。节间斑明显，灰褐色。体毛稍短，尖锐；头部有背毛 14 根，包括头顶毛 6 根，中域面 2 根，后部毛

6 根；中胸背板有毛 14 根，后胸背板有毛 4 根；腹部，背片 Ⅰ～Ⅵ 各有中侧毛 4 根，腹部背片 Ⅶ、Ⅷ 各有毛 2 根，背片 Ⅰ～Ⅶ 缘毛数：1 对，4 对，4 对，2 对，2 对，2 对，1 对；头顶毛、腹部背片 Ⅰ 毛、背片 Ⅷ 毛长分别为触角节 Ⅲ 直径的 0.94 倍、1.10 倍、1.20 倍。触角长 1.60mm，节 Ⅰ～Ⅵ 长度比例：18：16：100：66：61：32+125；节 Ⅲ 有大小圆形次生感觉圈 21～23 个，分布于全节，节 Ⅳ 有 0～4 个，分布于中部，两缘有刺突呈锯齿状。喙长，端部超过后足基节。翅脉正常。腹管长 0.35mm，缢管形，端部 1/2 膨大，基部向中部渐细，顶端收缩，膨大部分较光滑，基部有瓦纹，两缘有微刺突，有缘突和切迹。其他特征与无翅孤雌蚜相似。

生物学　原生寄主为桃 *Amygdalus persica*、扁桃 *A. communis*、榆叶梅 *A. triloba*、樱桃 *Cerasus pseudocerasus*、李 *Prunus salicina*、红叶李 *Prunus* sp.、杏 *Armeniaca vulgaris*、梅 *Armeniaca mume* 和樱花 *Cerasus yedoensis* 等；次生寄主为莲 *Nelumbo nucifera*、睡莲 *Nymphaea tetragona*、慈姑 *Sagittaria trifolia* var. *sinensis*、香蒲 *Typha orientalis*、川泽泻 *Alisma* sp. 和眼子菜 *Potamogeton distinctus* 及各种水生植物。

分布　辽宁（沈阳、铁岭）、吉林、北京、河北、上海、江苏、浙江、福建、江西、山东、广东、宁夏、台湾；朝鲜半岛，俄罗斯，日本，印度，印度尼西亚，新西兰，美国，加拿大，非洲，欧洲，南美。

（199）禾谷缢管蚜 *Rhopalosiphum padi*（Linnaeus，1758）（图 232）

Aphis padi Linnaeus，1758：451.

Aphis avenaesativae Schrank，1801：102.

Aphis prunifoliae Fitch，1855：705.

Aphis holci Ferrari，1872：209.

Aphis pseudoavenae Patch，1917：293.

Siphocoryne acericola Matsumura，1917：351.

Siphocoryne fraxinicola Matsumura，1917：351.

Siphocoryne donarium Matsumura，1918：1.

Rhopalosiphum padi americanum Mordvilko，1921：1.

Aphis uwamizusakurae Monzen，1929：202.

Rhopalosiphum padi（Linnaeus）：Palmer，1952：219；Cottier，1953：155；Bodenheimer *et* Swirski，1957：307；Szelegiewicz，1963：114；Shaposhnikov，1964：568；Tao，1964：132；Ivanovskaja，1977：31；Raychaudhuri，1980：70；Barbagallo *et* Stroyan，（1980）1982：33；Zhang *et* Zhong，1983：250；Stroyan，1984：33～36；Blackman *et* Eastop，1984：341；Heie，1986：49；Ghosh，1986：38；Tao，1990：187；Blackman *et* Eastop，1994：868；Remaudière *et* Remaudière，1997：62；Hodjat，1998：75；Zhang，1999：319；Blackman *et* Eastop，2000：333；Blackman *et* Eastop，2006：1282.

特征记述

无翅孤雌蚜　体宽卵形，体长 1.90mm，体宽 1.10mm。活体橄榄绿色至黑绿色，杂以黄绿色纹，常被薄粉。腹管基部周围常有淡褐色或锈色斑，透过腹部后部体表可见到小脂肪球样结构。玻片标本淡色；触角黑色，节 Ⅰ、Ⅱ 及节 Ⅲ 基部 1/4 淡色；喙节

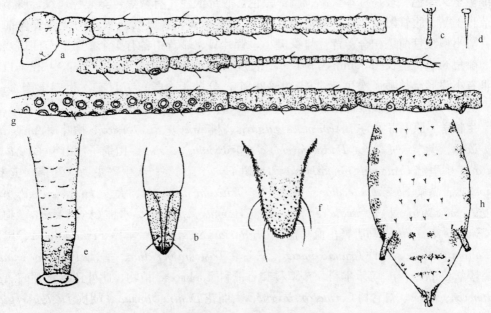

图 232 禾谷缢管蚜 *Rhopalosiphum padi* (Linnaeus)

无翅孤雌蚜（apterous viviparous female）

a. 触角（antenna）；b. 喙节Ⅳ+Ⅴ（ultimate rostral segment）；c. 体背毛（dorsal hair of body）；d. 足毛
（hair of leg）；e. 腹管（siphunculus）；f. 尾片（cauda）。

有翅孤雌蚜（alate viviparous female）

g. 触角节Ⅲ~Ⅴ（antennal segments Ⅲ~Ⅴ）；h. 腹部背面观（dorsal view of abdomen）。

Ⅳ+Ⅴ端部、胫节端部 1/4 及跗节灰黑色；腹管灰黑色，顶端黑色；尾片及尾板灰黑
色；喙及足大部淡色。体表网纹明显；头部光滑，前头部有曲纹。前胸、腹部节Ⅰ、Ⅶ
有小型指状缘瘤，高大于宽，其他节偶有。气门圆形开放，气门片黄褐色。中胸腹岔无
柄。体背毛钝顶，头部背面有毛 10 根；前、中、后胸背板各有中毛 2 根，8 根，6 根，
缘毛 2 根；腹部背片Ⅰ~Ⅶ各有中毛 4~6 根，背片Ⅷ有中毛 2 或 3 根；背片Ⅰ有缘毛 2
根，Ⅱ~Ⅶ各有缘毛 4 根，背片Ⅷ无缘毛；头顶毛、腹部背片Ⅰ毛、背片Ⅷ毛长分别为
触角节Ⅲ直径的 0.73 倍、0.65 倍、1.40 倍。中额隆起，额瘤隆起高于中额。触角 6
节，有瓦纹，全长 1.20mm，为体长的 0.70 倍；节Ⅲ长 0.35mm，节Ⅰ~Ⅵ长度比例：
17：15：100：57：48：27+110；触角毛短，尖锐，节Ⅰ~Ⅵ毛数：4 或 5 根，4 根，
9~11 根，4~6 根，4~6 根，4+3 根，节Ⅲ毛长约为该节直径的 0.54 倍。喙粗壮，端
部超过中足基节，节Ⅳ+Ⅴ长 0.11mm，约为基宽的 2.00 倍，与后足跗节Ⅱ约等长。
后足股节长约为触角节Ⅲ的 1.40 倍，后足胫节长约为体长的 0.42 倍，后足胫节毛长约
为该节直径的 0.80 倍；跗节Ⅰ毛序：3，3，2。腹管长圆筒形，顶部收缩，有瓦纹，缘
突明显，无切迹；长 0.26mm，为体长的 0.14 倍，为尾片的 1.70 倍，为触角节Ⅲ的
0.74 倍。尾片长圆锥形，中部收缩，有微刺构成瓦纹，长 0.16mm，有曲毛 4 根。尾板
末端圆形，有长毛 9~12 根。生殖板有短毛 13~17 根。

有翅孤雌蚜 体长卵形，体长 2.10mm，体宽 1.10mm。活体头部、胸部黑色，腹

部绿色至深绿色。玻片标本头部、胸部黑色，腹部淡色，有灰黑色至黑色斑纹。喙节Ⅲ及节Ⅳ＋Ⅴ、腹管黑色。腹部背片Ⅱ～Ⅳ有大型缘斑，腹管后斑大，围绕腹管向前延伸，与小型腹管前斑相合；背片Ⅶ缘斑小，背片Ⅶ、Ⅷ背中各有 1 个横带。节间斑灰黑色。触角 6 节，全长 1.60mm，节Ⅰ～Ⅵ长度比例：19：14：100：57：48：27＋117；节Ⅲ有小圆形至长圆形次生感觉圈 19～28 个，分散于全长；节Ⅳ有次生感觉圈 2～7 个。其他特征与无翅孤雌蚜相似。

生物学　原生寄主为杏 *Armeniaca vulgaris*、桃 *Amygdalus persica*、榆叶梅 *Amygdalus triloba*、稠李（臭李子）*Padus racemosa*、李 *Prunus salicina*、山荆子（山定子）*Malus baccata*、山里红 *Crataegus pinnatifida* 和梨树 *Pyrus* sp. 等；次生寄主为玉蜀黍（玉米）*Zea mays*、高粱 *Sorghum bicolor*、普通小麦 *Triticum aestivum*、大麦 *Hordeum vulgare*、燕麦 *Avena sativa*、黑麦 *Secale cereale*、雀麦 *Bromus japonicus*、水稻 *Oryza sativa*、狗牙根 *Cynodon dactylon*、马唐（止血马唐）*Digitaria sanguinalis*、羊茅 *Festuca ovina*、黑麦草 *Lolium perenne*、芦竹 *Arundo donax*、三毛草 *Trisetum bifidum*、香蒲 *Typha orientalis* 和高莎草 *Cyperus* sp. 等禾本科、莎草科和香蒲科 Tuphaceae 植物，此外还有藿香蓟 *Ageratum conyzoides*、灯台树 *Cornus cotroversa*、大丽花 *Dahlia pinnata*、胡桃 *Juglans regia*、萝藦 *Metaplexis japonica*、芦苇 *Phragmites australis*、玫瑰 *Rosa rugosa*、白芥（白芥子）*Sinapis alba*、榆 *Ulmus* sp. 等。

分布　内蒙古（通辽、扎兰屯）、辽宁（辽阳、千山、沈阳、铁岭、熊岳、营口）、吉林（安图、公主岭、蛟河、九站乡、前郭尔罗斯蒙古族自治县），中国广布；朝鲜半岛，俄罗斯，蒙古国，日本，约旦，埃及，新西兰，美国，加拿大；欧洲。

(200) 红腹缢管蚜 *Rhopalosiphum rufiabdominale* (Sasaki, 1899) (图 233)

Toxoptera rufiabdominale Sasaki, 1899: 202.

Siphocoryne splendens Theobald, 1915: 103.

Yamataphis oryzae Matsumura, 1917: 351.

Aresha shelkovnikovi Mordvilko, 1921: 1.

Yamataphis papaveri Takahashi, 1921: 1.

Anuraphis mume Hori, 1927: 118.

Pseudocerosipha pruni Shinji, 1932 et 1941: 118.

Rhopalosiphum gnaphalii Tissot, 1932: 1.

Rhopalosiphum subterraneum Mason, 1937: 116.

Aresha setigera Blanchard, 1939: 857.

Cerosipha californica Essig, 1944: 177.

Rhopalosiphum fucanoi Moritsu, 1947: 1.

Rhopalosiphum rufiabdominale (Sasaki): Bodenheimer *et* Swirski, 1957: 308; Tao, 1964: 133; Raychaudhuri, 1980: 70; Zhang *et* Zhong, 1983: 247; Stroyan, 1984: 34～36; Blackman *et* Eastop, 1984: 342; Heie, 1986: 51; Ghosh, 1986: 38; Tao, 1990: 188; Blackman *et* Eastop, 1994: 868; Remaudière *et* Remaudière, 1997: 62; Hodjat, 1998: 75; Zhang, 1999: 321; Blackman *et* Eastop, 2000: 334; Heie, 1986: 1282.

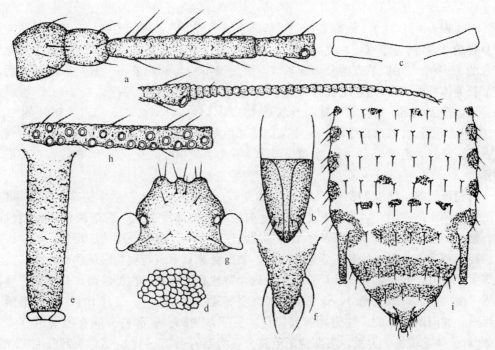

图 233　红腹缢管蚜 *Rhopalosiphum rufiabdominale*（Sasaki）

无翅孤雌蚜（apterous viviparous female）

a. 触角（antenna）；b. 喙节Ⅳ＋Ⅴ（ultimate rostral segment）；c. 中胸腹岔（mesosternal furca）；d. 体背网纹（dorsal polygonal reticulations）；e. 腹管（siphunculus）；f. 尾片（cauda）.

有翅孤雌蚜（alate viviparous female）

g. 头部背面观（dorsal view of head）；h. 触角节Ⅲ（antennal segment Ⅲ）；i. 腹部背面观（dorsal view of abdomen）.

特征记述

无翅孤雌蚜　体宽卵形，体长 1.80mm，体宽 1.10mm；橄榄绿色或橘黄绿色，腹管基部附近及腹管间红色或橘红色。玻片标本头部黑色，胸部及腹部稍骨化，无斑纹。触角、喙节Ⅲ至端部、足、腹管、尾片、尾板及生殖板黑色。体表粗糙，头部有瓦纹，胸部、腹部有明显不规则五边形网纹；头顶有圆形小突起，体缘有整齐小钝刺突起；腹部腹面有小刺突横纹。前胸、腹部节Ⅰ、Ⅶ有骨化缘瘤，长宽约相等；前胸缘瘤三角形，顶端指状；腹部缘瘤馒状。气门圆形开放，气门片骨化灰黑色。节间斑不显。中胸腹岔有短柄。体背毛粗长尖锐，背毛长为腹面毛的 1.20 倍；头部背面有毛 12 根，包括头顶中额毛 4 根，两侧毛各 1 根，中域毛 2 根，后部毛 4 根；前胸背板有中、侧、缘毛各 2 根，中胸背板有中侧毛 15 根，缘毛 4 根，后胸背板有中侧毛 8 根，缘毛 4 根；腹部背片Ⅰ～Ⅳ各有中侧毛 10 或 11 根，背片Ⅴ～Ⅷ各有中侧毛 4 或 5 根，背片Ⅰ～Ⅷ缘毛数：2 根，6 根，4 根，6 根，6 根，6 根，4 根，4 根；头部毛、腹部背片Ⅰ毛、背片Ⅷ毛长分别为触角节Ⅲ直径的 2.50 倍、2.80 倍、3.00 倍。中额显著隆起，稍高于微隆起的额瘤。触角 5 节，各节有明显隆起瓦纹，全长为体长的 0.54 倍；节Ⅲ长 0.25mm，节Ⅰ～Ⅴ长度比例：27：22：100：40：30＋168；触角毛粗长，节Ⅰ～Ⅴ毛数：7根，4根，11根，3根，2＋2根，节Ⅳ、Ⅴ基部毛长于节Ⅲ毛，鞭部毛甚短，节Ⅲ毛长为该节直径的3.00倍。喙粗长，端部达后足基节，节Ⅳ＋Ⅴ长为基宽的2.00倍，为后足跗节Ⅱ的1.40倍。足股节有明显卵圆形纹，后足股节约与触角节Ⅰ～Ⅳ之和等长；后足胫节长为体长的0.45倍，毛长为该节中宽的2.20倍；跗节Ⅰ毛序：3，3，2。腹管长圆筒形，端部收缩，有瓦纹、明显缘突和切迹，长为体长的0.17倍，为尾片的2.50倍。尾片圆锥形，基部1/2淡色，中部向端部逐渐细尖骨化，有小刺突横纹，有长毛4根。尾板圆形，有长毛16根。生殖板馒形，有小刺突横纹，有长毛18根，包括前部毛2根。

有翅孤雌蚜　体宽卵圆形，体长1.80mm，体宽0.91mm。活体头部、胸部黑色，腹部黄绿色或橄榄绿色，有黑斑。玻片标本头部、胸部漆黑色，腹部淡色，有黑色斑纹。触角、喙、足（股节基部及胫节中部淡色）漆黑色，腹管、尾片、尾板、生殖板黑色。腹部背片Ⅰ、Ⅳ、Ⅴ有断续分散中斑，腹部背片Ⅵ中斑与腹管后斑偶有相接；腹管后斑大于前斑，互相融合；背片Ⅰ有小缘斑，背片Ⅱ～Ⅳ各有大型缘斑；背片Ⅶ、Ⅷ各有横带横贯全节。体表光滑，缘斑及中斑有明显瓦状纹。前胸、腹部节Ⅰ、Ⅶ有平顶馒状缘瘤。气门圆形开放，气门片隆起黑色。头部、胸部、腹部各节间有黑褐色节间斑1或2对。体毛较长，尖锐，腹部背面毛长为腹面毛的1.00～1.40倍；头部有毛12根，包括中额毛4根，两侧毛各1根，中域毛2根，后部毛4根；前胸背板有中、侧、缘毛各2根；中胸背板有中、侧毛24根，缘毛8根；后胸背板有中、侧毛8根；腹部背片Ⅰ～Ⅲ、Ⅴ～Ⅶ各有中侧毛8～10根，背片Ⅳ有中侧毛12或13根，背片Ⅰ有缘毛4根，背片Ⅱ～Ⅶ各有缘毛8～12根；背片Ⅷ有长毛5或6根；头顶毛、腹部背片Ⅰ毛、背片Ⅷ毛长分别为触角节Ⅲ直径的0.98倍、0.82倍、1.60倍。中额隆起，额瘤隆起外倾。触角5或6节，有瓦纹，全长为体长的0.77倍；节Ⅲ长0.30mm，节Ⅰ～Ⅵ长度比例：20：19：100：56：51：28＋141；节Ⅰ～Ⅵ毛数：5根，5根，8～10根，3或4根，3～5根，（2或3）＋4根，节Ⅴ、Ⅵ基部各有1根长毛，节Ⅲ毛长为该节直径的0.80倍；节Ⅲ～Ⅴ各有大小圆形次生感觉圈15～26个，6～12个，2～6个，分布各节全长。喙端部达后足基节（触角5节的个体喙端部达中足基节），节Ⅳ＋Ⅴ长为基宽的2.40倍，为后足跗节Ⅱ的1.30倍，有刚毛3对。中足股节短，长为前足股节的0.78倍，后足股节较触角节Ⅲ、Ⅳ之和稍长或等长；后足胫节长为体长的0.56倍，后足胫节毛长为该节中宽的0.91倍；跗节Ⅰ毛序：3，3，2。翅脉正常。腹管长圆筒形，基部及端顶收缩，端部稍有膨大，收缩部为膨大部的0.77倍，有瓦纹及明显缘突和切迹；长为体长的0.31倍，为尾片的2.40倍。尾片短锥状，有小刺突组成横纹，有长曲毛4或5根。尾板末端圆形，有长毛9～16根。生殖板骨化、圆形，有毛19或20根，包括前部毛1对。

生物学　原生寄主为桃 *Amygdalus persica*、杏 *Armeniaca vulgaris*、梅 *Armeniaca mume*、榆叶梅 *Amygdalus triloba*、李 *Prunus salicina* 和欧李 *Prunus humilis* 等；次生寄主为普通小麦 *Triticum aestivum*、大麦 *Hordeum vulgare*、芦苇 *Phragmites australis*、芦竹 *Arundo donax*、狗牙根 *Cynodon dactylon* 和莎草 *Cyperus rotundus* 等。

春季在原生寄主植物嫩梢及幼叶背面为害，夏季迁移到次生植物根部为害。

　　分布　辽宁（大连、沈阳、兴城、熊岳）、吉林（公主岭）、北京、河北、浙江、福建、湖南、陕西、新疆、台湾；朝鲜半岛，日本，中东，北非，东非，美国，加拿大，南美。

74. 二叉蚜属 *Schizaphis* Börner, 1931

Schizaphis Börner, 1931：10. **Type species**：*Aphis graminum* Rondani, (1847) 1852.

Schizaphis Börner：Zhang *et* Zhong, 1983：253；Heie, 1986：58；Remaudière *et* Remaudière, 1997：63；Zhang, 1999：323；Qiao *et* Zhang, 2003：347；Blackman *et* Eastop, 2006：1284.

　　属征　头部有明显但较浅的中额，额瘤明显。触角5或6节，短于体长。喙节Ⅳ＋Ⅴ通常有次生毛2根。缘瘤有或缺。腹管圆筒形，基半部不膨大，端部之前不缢缩，缘突有或缺。尾片指状或舌状。体表网纹由细而不均匀似乎有齿的线条组成。前翅中脉仅1分叉。

　　世界已知43种，中国已知6种，本志记述2种。

种 检 索 表
（无翅孤雌蚜）

1. 触角长为体长的0.90～1.00倍；腹管长为尾片的2.10倍；寄主为梨属植物 ·············
·· 梨二叉蚜 *S. piricola*

触角长为体长的0.50～0.70倍；腹管长为尾片的1.80倍；寄主为禾本科和莎草科植物 ··········
··· 麦二叉蚜 *S. graminum*

(201) 麦二叉蚜 *Schizaphis graminum* (Rondani, (1847) 1852) (图234)

Aphis graminum Rondani, (1847) 1852：10.

Schizaphis graminum (Rondani)：Bodenheimer *et* Swirski, 1957：312；Shaposhnikov, 1964：569；Tao, 1965：44；Ivnovkaja, 1977：34；Raychaudhuri, 1980：76；Barbagallo *et* Stroyan, (1980) 1982：37；Zhang *et* Zhong, 1983：255；Blackman *et* Eastop, 1984：344；Heie, 1986：64；Tao, 1990：191；Remaudière *et* Remaudière, 1997：63；Zhang, Chen *et* Qiao, 1998：403；Hodjat, 1998：76；Zhang, 1999：323；Blackman *et* Eastop, 2000：335；Blackman *et* Eastop, 2006：1285.

特征记述

　　无翅孤雌蚜　体卵圆形，体长2.00mm，体宽1.00mm。活体淡绿色，背中线深绿色。玻片标本淡色，无斑纹。触角黑色，节Ⅰ、Ⅱ及节Ⅲ基半部淡色；喙淡色，节Ⅲ及节Ⅳ＋Ⅴ灰黑色；足淡色至灰色，胫节端部1/5灰黑色，跗节黑色；腹管淡色，顶端黑色；尾片及尾板灰褐色。头部、胸部、腹部背面光滑，头部前方有瓦纹，腹部背片Ⅵ～Ⅷ有模糊瓦纹。前胸、腹部节Ⅰ、Ⅶ有乳头状缘瘤，高与宽约相等，高度大于缘毛长度。气门长圆形开放，气门片淡色。节间斑不显。中胸腹岔有短柄。体背有细短尖毛，头部有背毛10根；前胸背板有中侧毛2根，中胸背板有中侧毛4根，后胸背板有中侧毛6根，各节有缘毛2对；腹部背片Ⅰ～Ⅷ各有背中侧毛：10根，4根，2根，2根，4根，4根，4根，2根；背片Ⅰ～Ⅶ各有缘毛1或2对，背片Ⅵ～Ⅷ有时缺缘毛；头顶毛、腹部背片Ⅰ缘毛、背片Ⅷ毛长分别为触角节Ⅲ直径的0.40倍、0.28倍、0.84倍。中额稍隆起，额瘤稍高于中额。触角6节，有瓦纹，全长1.20mm，为体长的0.66倍，

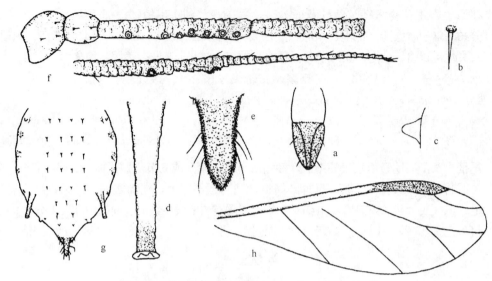

图 234　麦二叉蚜 *Schizaphis graminum*（Rondani）

无翅孤雌蚜（apterous viviparous female）

a. 喙节Ⅳ＋Ⅴ（ultimate rostral segment）；b. 体背毛（dorsal hair of body）；c. 腹部缘瘤（marginal tubercle on abdomen）；d. 腹管（siphunculus）；e. 尾片（cauda）。

有翅孤雌蚜（alate viviparous female）

f. 触角（antenna）；g. 腹部背面观（dorsal view of abdomen）；h. 前翅（fore wing）。

节Ⅲ长 0.26mm，节Ⅰ～Ⅵ长度比例：22：21：100：70：73：43＋137；节Ⅰ～Ⅵ毛数：4 或 5 根，4～6 根，7 根，3 或 4 根，2 或 3 根，2 或 3＋2 根。喙端部超过中足基节，节Ⅳ＋Ⅴ粗短，长为基宽的 1.60 倍，为后足跗节Ⅱ的 0.79 倍，有原生刚毛 2 对，次生刚毛 2 对。后足股节长 0.47mm，约与触角节Ⅰ～Ⅲ之和等长；后足胫节长 0.73mm，为体长的 0.37 倍，后足胫节毛长为该节直径的 0.67 倍；跗节Ⅰ毛序：3，3，2。腹管长圆筒形，表面光滑，稍有缘突和切迹，全长 0.32mm，为体长的 0.16 倍，为尾片的 1.80 倍，为触角节Ⅲ的 1.20 倍。尾片长圆锥形，中部稍收缩，有微弱小刺瓦纹，长为基宽的 1.50 倍，有长毛 5 或 6 根。尾板末端圆形，有毛 8～19 根。

　　有翅孤雌蚜　体长卵形，体长 1.80mm，体宽 0.73mm。玻片标本头部、胸部黑色，腹部淡色，有灰褐色微弱斑纹。触角节Ⅰ、Ⅱ及节Ⅲ基部 1/6、足、缘斑、气门片及缘瘤灰黑色，触角其他部分、胫节端部 1/6～1/5 及跗节黑色。腹部背片Ⅱ～Ⅳ缘斑甚小。触角 6 节，全长 1.30mm，为体长的 0.77 倍；节Ⅲ长 0.32mm，节Ⅰ～Ⅵ长度比例：25：20：100：68：65：38＋110；节Ⅲ有小圆形次生感觉圈 4～10 个，一般有 5～7 个，分布于全长，在外缘排成 1 行。腹管稍有瓦纹。前翅中脉 1 分叉。其他特征与无翅孤雌蚜相似。

　　生物学　寄主植物为大麦 *Hordeum vulgare*、普通小麦 *Triticum aestivum*、燕麦 *Avena sativa*、黑麦 *Secale cereale*、雀麦 *Bromus japonicus*、高粱 *Sorghum bicolor*、稻 *Oryza sativa*、粟 *Setaria italica* var. *germanica*、狗牙根 *Cynodon dactylon*、狗尾草 *Setaria viridis*、画眉草 *Eragrostis pilosa* 和莎草 *Cyperus rotundus* 等禾本科和莎草科植物。

分布　内蒙古（赤峰）、辽宁（沈阳）、黑龙江、北京、河北、山西、江苏、浙江、福建、山东、河南、云南、陕西、甘肃、宁夏、新疆、台湾；朝鲜，俄罗斯，蒙古国，日本，印度，美国，加拿大，南美，中亚，北非，东非，地中海地区。

(202) 梨二叉蚜 *Schizaphis piricola*（Matsumura，1917）（图235）

Taxoptera piricola Matsumura，1917：414.

Schizaphis piricola（Matsumura，1917）：Tao，1965：45；Zhang *et* Zhong，1983：253；Tao，
　　1990：192；Blackman *et* Eastop，1994：871；Remaudière *et* Remaudière，1997：63；Zhang，
　　Chen *et* Qiao，1998：406；Zhang，1999：323；Blackman *et* Eastop，2006：1288.

特征记述

无翅孤雌蚜　体宽卵圆形，体长1.90mm，体宽1.10mm。活体绿色，有深绿色背中线，被薄粉。玻片标本稍骨化，无斑纹。触角节Ⅲ端部至节Ⅵ、胫节端部及跗节黑色；喙节Ⅳ＋Ⅴ深色；腹管端部灰黑色；尾片、尾板淡色。头部背面有褶曲纹，胸部和腹部背面有棱形网纹，腹部背片Ⅶ、Ⅷ有瓦纹。前胸及腹部节Ⅰ～Ⅶ各有馒形缘瘤1个，高大于基宽。气门圆形关闭，气门片稍骨化。节间斑不显。中胸腹岔两臂分离或有短柄。体背刚毛长短不等，尖锐，腹面毛长于背毛；头部有长毛10根；前胸背板有中、侧、缘长毛各2根；中胸背板有短中毛6根，侧、缘长毛各2根；腹部背片Ⅰ～Ⅵ中侧毛短于各节缘毛及背片Ⅶ、Ⅷ背毛，长毛长为短毛的2.00～3.00倍；背片Ⅰ～Ⅵ各有

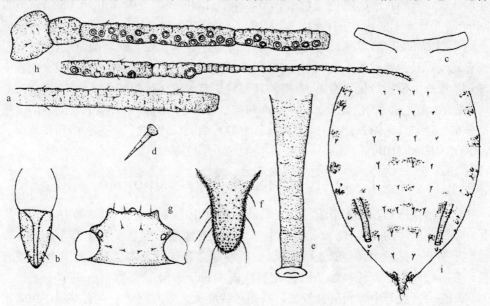

图235　梨二叉蚜 *Schizaphis piricola*（Matsumura）

无翅孤雌蚜（apterous viviparous female）

a. 触角节Ⅲ（antennal segment Ⅲ）；b. 喙节Ⅳ＋Ⅴ（ultimate rostral segment）；c. 中胸腹岔（mesosternal
furca）；d. 体背毛（dorsal hair body）；e. 腹管（siphunculus）；f. 尾片（cauda）.

有翅孤雌蚜（alate viviparous female）

g. 头部背面观（dorsal view of head）；h. 触角（antenna）；i. 腹部背面观（dorsal view of abdomen）.

中、侧短毛 6 根，背片Ⅶ有中、侧毛 4 根，背片Ⅰ～Ⅶ各有缘毛 2～4 根；背片Ⅷ有长毛 2 根；头顶毛、腹背片Ⅰ缘毛、背片Ⅷ毛长分别为触角节Ⅲ直径的 1.10 倍、1.10 倍、1.50 倍。中额稍隆起，额瘤隆起，微内倾。触角 6 节，有瓦纹，全长 1.80mm，为体长的 0.94 倍；节Ⅲ长 0.44mm，节Ⅰ～Ⅵ长度比例：16：13：100：67：59：26＋138；节Ⅰ～Ⅵ毛数：5 根，4 根，12 根，6 根，5 根，3＋3 根；节Ⅲ毛长为该节直径的 0.48 倍。喙端部达中足基节，节Ⅳ＋Ⅴ短粗，长为基宽的 1.80 倍，较后足跗节Ⅱ稍短或等长，有原生刚毛 2 对，次生刚毛 1 对。后足股节长 0.62mm，为触角节Ⅲ的 1.40 倍；后足胫节长 1.04mm，为体长的 0.56 倍，毛长为该节中宽的 1.10 倍；跗节Ⅰ毛序：3，3，2。腹管长筒形，有瓦纹、缘突和切迹，长为基宽的 4.10 倍，为尾片的 2.10 倍。尾片短圆锥形，顶端钝，有小刺突构成瓦纹，有长曲毛 5～8 根。尾板末端圆形，有长毛 19～24 根。生殖板骨化深色，有长毛约 24 根。

有翅孤雌蚜　体长卵形，体长 1.80mm，体宽 0.76mm。活体头部、胸部黑色，腹部黄褐色或绿色，背中线翠绿色。玻片标本头部、胸部黑色，腹部淡色，有黑斑。触角、喙节Ⅲ及节Ⅳ＋Ⅴ、股节端部 1/2、胫节及跗节、腹管、尾片及尾板黑色，其他部分灰色。腹部背片Ⅵ中侧斑呈断续 1 个横带，背片Ⅶ中侧斑呈 1 个横带；背片Ⅰ～Ⅶ有圆形缘斑，背片Ⅶ缘斑小于其他各节缘斑；腹管前斑断续与后斑愈合；背片Ⅷ横带横贯全节。体表光滑，腹部背片Ⅶ、Ⅷ微显瓦纹，黑斑部分有小刺突构成瓦纹。气门圆形或月牙形开放，气门片隆起黑色。触角 6 节，全长 1.40mm，为体长的 0.78 倍；节Ⅲ长 0.34mm，节Ⅰ～Ⅵ长度比例：21：17：100：59：57：28＋137；节Ⅲ～Ⅴ各有小圆形次生感觉圈 18～27 个，7～11 个，2～6 个，分散于各节全长。腹管圆筒形，端部光滑，基部有瓦纹，长为基宽的 4.00 倍。前翅中脉 2 分叉。尾片有长曲毛 5～7 根。尾板有长毛 9～17 根。生殖板骨化，有毛 14 根。其他特征与无翅孤雌蚜相似。

生物学　寄主植物为白梨 *Pyrus bretschneideri*、棠梨 *Pyrus sp.* 和杜梨 *P. betulaefolia* 等。

分布　辽宁（辽阳、营口）、吉林（公主岭）、北京、河北、江苏、山东、河南、台湾；韩国，日本，印度。

（十六）长管蚜亚科 Macrosiphinae

气门肾形或圆形，腹部节Ⅰ、Ⅱ气门间距通常短于气门直径的 3.00 倍，短于腹部节Ⅱ、Ⅲ气门间距的 0.50 倍。腹部节Ⅱ～Ⅴ通常有缘瘤，但很少位于节Ⅰ、Ⅶ，即使有也小于节Ⅱ～Ⅴ缘瘤（与蚜亚科相反）。额瘤通常存在，大多显著。触角短于或长于体长，在有些属中非常长；触角鞭部在有些属中长于末节基部数倍。跗节Ⅰ毛序：2，3，4（5 或 6）。腹管中等长度或较长，长筒形或膨大，常有网纹；在有些属中腹管退化为截断形甚至孔环形。无翅孤雌蚜触角有或无次生感觉圈。

该亚科是蚜虫类中属数最多的 1 个亚科。大部分物种分布在全北区。

寄主植物多样性非常高，涉及许多亲缘关系很远的植物类群，如苔藓类、松柏类等。但大部分寄主为被子植物。营异寄主全周期生活的类群通常以木本植物为原生寄主，草本植物为次生寄主。大多数原生寄主为蔷薇科 Rosaceae 植物（Hille Ris Lambers，1939），个别类群的原生寄主为杨柳科 Salicaceae（如二尾蚜属 *Cavariella*）、胡颓子科 Elaeagnaceae（如钉毛蚜属 *Capitophorus*）等。营同寄主全周期生活的类群可分别寄生于木本植物和草本植物，即相当于异寄主全周期型的原生寄主或次生寄主。

世界已知 208 属近 2000 种，中国已知 105 属 365 种，本志记述 37 属 95 种。

属检索表 I

1. 腹管端部有明显网纹 ··· 属检索表 II
   腹管端部无网纹或有微弱网纹（网纹不明显或不完全） ·········· 2
2. 尾片宽圆形、半圆形、五边形、盔形、半球形等，一般不长于基宽的 1.50 倍 ····· 属检索表 III
   尾片长锥形、长舌形等，一般长于基宽的 1.50 倍 ················ 3
3. 无翅孤雌蚜触角节 III 无次生感觉圈或有无难以断定 ············· 属检索表 IV
   无翅孤雌蚜触角节 III 有次生感觉圈 ······························· 属检索表 V

属检索表 II

1. 胸部气门大圆形，明显大于腹部气门 ···············翠雀蚜属 *Delphiniobium*
   胸部气门不显著大于腹部气门 ······································· 2
2. 腹管端部网纹至少覆盖腹管全长的 1/3；腹管常比尾片短或与尾片等长 ·········
   ··· 小长管蚜属 *Macrosiphoniella*
   腹管端部网纹至多覆盖腹管全长的 1/3，腹管常明显长于尾片 ············· 3
3. 腹部背毛有毛基斑 ·································· 指网管蚜属 *Uroleucon*
   腹部背毛无毛基斑 ··· 4
4. 中额不显或无，额瘤发达 ······························长管蚜属 *Macrosiphum*
   中额低但明显，额瘤低 ······························ 谷网蚜属 *Sitobion*

属检索表 III

1. 无翅孤雌蚜触角节 III 有次生感觉圈 ································· 2
   无翅孤雌蚜触角节 III 无次生感觉圈，或无翅孤雌蚜尚未发现 ········· 4
2. 体背毛顶钝 ······································· 隐瘤蚜属 *Cryptomyzus*
   体背毛尖锐 ··· 3
3. 触角节 III 次生感觉圈数多于 100 个，节 IV 无次生感觉圈；尾片毛数多于 20 根 ·········
   ······································· 忍冬圆尾蚜属 *Amphicercidus*
   触角节 III 次生感觉圈数少于 100 个，节 IV 有次生感觉圈；尾片毛数少于 20 根 ·········
   ··· 蓼圈尾蚜属 *Macchiatiella*
4. 腹管局部膨大 ······································· 短棒蚜属 *Brevicoryne*
   腹管不膨大 ··· 5
5. 腹管缘突基部有 1 环缺刻 ······················ 短尾蚜属 *Brachycaudus*
   腹管上无环缺刻 ··· 6
6. 有翅孤雌蚜腹部背面无背中大斑，仅有黑斑或横带 ········ 扎圆尾蚜属 *Sappaphis*
   有翅孤雌蚜腹部背面有 1 个背中大斑 ·························· 7
7. 有翅孤雌蚜腹部背片 IV ～ VI 背斑愈合为 1 个背中大斑；跗节 I 毛序：4，4，2 ·········
   ··· 花楸蚜属 *Sorbaphis*

有翅孤雌蚜腹部背片Ⅲ～Ⅴ或Ⅲ～Ⅵ背斑愈合为1个背中大斑；跗节Ⅰ毛序：3，3，3 ………
…………………………………………………………………………………… 西圆尾蚜属 *Dysaphis*

属检索表Ⅳ

1. 每侧额瘤上有1个显著长指状突起或额瘤呈指状 …………………………… 疣蚜属 *Phorodon*
   每侧额瘤上无长指状突起，额瘤也不呈指状 …………………………………………… 2
2. 额瘤不发达；中额显著隆起，高于额瘤 ……………………………………………… 3
   额瘤发达或微隆；中额即使隆起，也不高于额瘤 ……………………………………… 5
3. 腹部背片Ⅷ有1个形似尾片的亚端部突起 ………………………… 二尾蚜属 *Cavariella*
   腹部背片Ⅷ没有形似尾片的亚端部突起 ……………………………………………… 4
4. 体背有扇形或漏斗形毛；中额不显著隆起 ………………………… 卡蚜属 *Coloradoa*
   体背无扇形或漏斗形毛；中额隆起呈长方瘤状或冠状 ……………… 冠蚜属 *Myzaphis*
5. 体背有头状毛或钉状毛 ……………………………………………………………… 6
   体背毛即使钝，也非头状或钉状 ……………………………………………………… 7
6. 无翅孤雌蚜触角节Ⅰ内缘突出成指状 ………………… 指瘤蚜属 *Matsumuraja*
   无翅孤雌蚜触角节Ⅰ内缘不突出成指状 ………………… 钉毛蚜属 *Capitophorus*
7. 腹管明显膨大 …………………………………………… 新弓翅蚜属 *Neotoxoptera*
   腹管不膨大或稍膨大 …………………………………………………………………… 8
8. 腹管短筒形，腹管长度常小于基宽的 2.00 倍 ………………………………………… 9
   腹管长管状，腹管长度常大于基宽的 2.00 倍 ……………………………………… 12
9. 跗节Ⅰ毛序：5，5，5 或 6，6，6 ………………………… 长尾蚜属 *Longicaudus*
   跗节Ⅰ毛序：3，3，3 或 3，3，2 …………………………………………………… 10
10. 腹管短圆柱形，长度大于基宽，常轻微膨大，有或无缘突；体背毛钝顶，腹部后方背毛偶尔匙
    形；腹部节Ⅱ～Ⅴ有时有缘瘤，节Ⅴ缘瘤最大；触角6节，短于体长，节Ⅵ鞭部长于基部 ……
    ………………………………………………………………………………… 藜蚜属 *Hayhurstia*
    腹管很短，长度小于或等于基宽，若长于基宽，则无上述其他特征 ……………………… 11
11. 有翅孤雌蚜节Ⅳ有多个次生感觉圈，节Ⅴ偶尔也有 …………………… 半蚜属 *Semiaphis*
    有翅孤雌蚜节Ⅳ偶有次生感觉圈 …………………………………… 双尾蚜属 *Diuraphis*
12. 头部平滑或不粗糙 …………………………………………………………………… 13
    头部粗糙 ……………………………………………………………………………… 14
13. 无翅孤雌蚜尾片三角形，端部钝 …………………………………… 十蚜属 *Lipaphis*
    无翅孤雌蚜尾片圆锥形，非三角形 ………………………………… 圆瘤蚜属 *Ovatus*
14. 腹管上无刚毛 ………………………………………………………… 瘤蚜属 *Myzus*
    腹管上常有刚毛 ……………………………………………………………………… 15
15. 额瘤内缘外倾 ………………………………………………… 瘤头蚜属 *Tuberocephalus*
    额瘤内缘平行或内倾 ……………………………………… 皱背蚜属 *Trichosiphonaphis*

属检索表Ⅴ

1. 头部背面或中额及额瘤粗糙 …………………………………………………………… 2
   头部背面及中额、额瘤光滑或有微刺 ………………………………………………… 3
2. 体背有顶端漏斗形的刚毛 ……………………………… 稠钉毛蚜属 *Pleotrichophorus*

　　体背毛顶端非漏斗形 ·· 粗额蚜属 *Aulacorthum*

3. 腹管稍膨大 ··· 4
　　腹管不膨大或偶尔膨大 ··· 5
4. 无翅孤雌蚜触角节Ⅲ、Ⅳ，有翅孤雌蚜触角节Ⅲ～Ⅴ均有次生感觉圈 ······ 超瘤蚜属 *Hyperomyzus*
　　无翅孤雌蚜仅触角节Ⅲ，有翅孤雌蚜常只在节Ⅲ、Ⅳ有次生感觉圈 ··········· 修尾蚜属 *Megoura*
5. 无翅孤雌蚜触角节Ⅳ、Ⅴ有圆形次生感觉圈 ·· 凤蚜属 *Impatientinum*
　　无翅孤雌蚜触角节Ⅳ、Ⅴ无次生感觉圈 ··· 6
6. 触角末节鞭部长度大于基部的 6.00 倍 ··· 小微网蚜属 *Microlophium*
　　触角末节鞭部长度小于基部的 5.00 倍 ··· 7
7. 喙节Ⅳ＋Ⅴ短于基宽的 2.00 倍，短于后足跗节Ⅱ ································ 无网长管蚜属 *Acyrthosiphon*
　　喙节Ⅳ＋Ⅴ长于基宽的 3.00 倍，约等于或稍长于后足跗节Ⅱ ············ 泰无网蚜属 *Titanosiphon*

75. 无网长管蚜属 *Acyrthosiphon* Mordvilko，1914

Acyrthosiphon Mordvilko，1914：75. **Type species**：*Aphis pisum* Harris，1776 ＝ *Aphis pisi* Kalt-
　　enbach，1843.

Macchiatiella del Guercio，1917 nec 1909：210.

Mirotarsus Börner，1939：83.

Lactucobium Hille Ris Lambers，1947：291.

Acyrthosiphon Mordvilko：Miyazaki，1971：52；Zhang *et* Zhong，1983：323；Remaudière *et*
　　Remaudière，1997：65；Zhang，1999：335.

　　属征　头顶光滑，额瘤显著，若较低，也高于中额。无翅孤雌蚜触角节Ⅲ有次生感
觉圈，有翅孤雌蚜仅触角节Ⅲ有次生感觉圈。喙节Ⅳ＋Ⅴ钝。体背毛稀疏，顶端非漏斗
形，长度短于触角节Ⅲ直径。前胸背板有 2 根或多根不规则排列的中毛。腹部背面膜
质，无网纹。腹管筒形，有时稍膨大，无网纹。腹管前斑不显。尾片一般圆锥形或舌
形。触角、足、腹管、尾片均较长。分布在欧亚及北美，寄主多种。

　　世界已知 70 种，中国已知 19 种，本志记述 3 种。

种 检 索 表
（无翅孤雌蚜）

1. 触角节Ⅵ鞭部长度约为基部的 5.00 倍；节Ⅲ有次生感觉圈 3～12 个，有时 1 个 ··············
　　··· 苜蓿无网蚜 *A. kondoi*
　　触角节Ⅵ鞭部长度小于基部的 4.00 倍；节Ⅲ基部通常有次生感觉圈 3～5 个 ····················· 2
2. 触角节Ⅵ鞭部长度约为基部的 3.40 倍；尾片有毛 5～7 根 ············· 猫眼无网蚜 *A. pareuphorbiae*
　　触角节Ⅵ鞭部长度约为基部的 3.90 倍；尾片有毛 7～13 根 ··················· 豌豆蚜 *A. pisum*

（有翅孤雌蚜）

1. 节Ⅲ有小圆形次生感觉圈 6～11 个 ··· 苜蓿无网蚜 *A. kondoi*
　　节Ⅲ有小圆形次生感觉圈 14～22 个 ··· 豌豆蚜 *A. pisum*

（203）苜蓿无网蚜 *Acyrthosiphon kondoi* Shinji，1938（图 236）

Acyrthosiphon kondoi Shinji，1938：65.

Acyrthosiphon kondoi Shinji：Takahashi，1965：19；Miyazaki，1971：55；Remaudière *et*
　　Remaudière，1997：67；Zhang，1999：340.

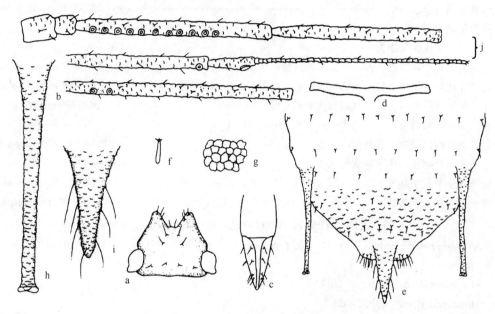

图 236　苜蓿无网蚜 *Acyrthosiphon kondoi* Shinji

无翅孤雌蚜（apterous viviparous female）

a. 头部背面观（dorsal view of head）；b. 触角节Ⅲ（antennal segment Ⅲ）；c. 喙节Ⅳ＋Ⅴ（ultimate rostral segment）；d. 中胸腹岔（mesosternal furca）；e. 腹部背片Ⅳ～Ⅷ（abdominal tergites Ⅳ～Ⅷ）；f. 体背毛（dorsal hair of body）；g. 体背网纹（dorsal polygonal reticulations）；h. 腹管（siphunculus）；i. 尾片（cauda）。

有翅孤雌蚜（alate viviparous female）

j. 触角（antenna）。

特征记述

无翅孤雌蚜　体椭圆形，体长 3.68mm，体宽 1.65mm。活体绿色。玻片标本淡色，无斑纹。触角节Ⅰ、节Ⅲ～Ⅳ端部、节Ⅴ～Ⅵ黑褐色；喙淡色，节Ⅳ＋Ⅴ褐色，顶端黑色；足淡色，跗节黑色；腹管淡褐色，顶端黑褐色；尾片、尾板及生殖板淡色。头部、前、中胸背板及腹部背片Ⅶ、Ⅷ有横瓦纹，后胸背板及腹部背片Ⅰ～Ⅵ有不规则形网纹。气门关闭，气门片淡色。无节间斑。中胸腹岔有短柄，淡色，两缘褐色，横长 0.34mm，为触角节Ⅳ的 0.37 倍。体背毛粗短，钝顶，呈短棒状。头部有中额毛 1 对，额瘤毛 2 或 3 对，有时 4 对，头背毛 4 对；前胸背板有中、侧、缘毛各 1 对，中毛有时 2 对；腹部背片Ⅰ～Ⅶ各有中毛 2 对，背片Ⅰ～Ⅴ各有缘毛 2 或 3 对，背片Ⅷ有毛 3～5 根。头顶毛长 0.03mm，为触角节Ⅲ最宽直径的 0.64 倍，腹部背片Ⅰ～Ⅵ毛长 0.008～0.012mm，背片Ⅶ、Ⅷ毛长 0.03mm。中额平，额瘤隆起外倾。触角 6 节，细长，有瓦纹，全长 3.54mm，为体长的 0.96 倍；节Ⅲ长 0.92mm，节Ⅰ～Ⅵ长度比例：15：10：100：81：65：19＋94；节Ⅰ～Ⅵ毛数：6～8 根，4 根，22～26 根，15～18 根，11～15 根，（3 或 4）＋（5～7）根；节Ⅲ长毛长 0.09mm，为该节最宽直径的 0.20 倍；节Ⅲ有小圆形次生感觉圈 3～12 个，有时 1 个，分布于基部。喙端部达中足基节，节Ⅳ＋Ⅴ尖楔形，长 0.14mm，为基宽的 1.60 倍，为后足跗节Ⅱ的 0.89 倍，有原生毛 3

对，次生毛 3 或 4 对。足股节有瓦纹，基部有小圆纹 4 或 5 个；胫节光滑，毛钝顶；后足胫节长 2.27mm，为体长的 0.62 倍。腹管长 0.94mm，为体长的 0.26 倍，为尾片的 2.10 倍，中宽远大于触角节Ⅲ中宽，有缘突和切迹。尾片长锥形，有粗刻点组成横纹，缘域和腹面有粗刺突，有毛 6～9 根。尾板半圆形，有毛 13～21 根。生殖板有短毛 12 根，有前部长毛 1 对。

有翅孤雌蚜 体长 3.05mm，体宽 1.13mm。活体头部、胸部褐色，前胸背板有 1 对黑褐色斑，腹部绿色。玻片标本头部、胸部黑褐色，腹部淡色，无斑纹。触角节Ⅲ基部淡色，其他部分黑色；喙节Ⅳ＋Ⅴ褐色，顶端黑色；足股节外缘、胫节端部及跗节黑色。体表微有瓦纹。体背毛短，在腹部各节整齐排列 1 行，背片Ⅰ～Ⅷ毛数：12 根，22 根，18 根，18 根，12 根，10 根，7 根，8 根，腹部腹面毛粗长，长为背毛的 2.50～3.00 倍。前胸背板有淡色节间斑 1 对。触角 6 节，全长 3.31mm，为体长的 1.10 倍；节Ⅲ长 0.81mm，节Ⅰ～Ⅵ长度比例：15：9：100：85：72：22＋107；节Ⅲ有毛 19～25 根；节Ⅲ有小圆形次生感觉圈 6～11 个，分布于基部 2/3。喙端部不达中足基节，节Ⅳ＋Ⅴ长 0.14mm，有毛 5 或 6 对。后足股节长 0.97mm，基部有明显圆纹 5～7 个；后足胫节长 2.05mm；后足跗节Ⅱ长 0.15mm。翅脉正常。腹管长管状，全长 0.64mm。尾片长锥状，长 0.31mm。其他特征与无翅孤雌蚜相似。

生物学 寄主植物为紫苜蓿 *Medicago sativa*、野苜蓿（黄花苜蓿）*Medicago falcata*、苜蓿 *Medicago* sp.、草木犀（草木栖）*Melilotus officinalis*、野豌豆 *Vicia sepium*，在嫩梢上为害。

分布 辽宁（朝阳、沈阳）、吉林（安图）、内蒙古、北京、河北、山西、河南、浙江、西藏、甘肃；朝鲜，日本，印度，巴基斯坦，以色列，澳大利亚，美国，非洲。

（204）猫眼无网蚜 *Acyrthosiphon pareuphorbiae* Zhang，1980 （图 237）

Acyrthosiphon pareuphorbiae Zhang，1980：217.

Acyrthosiphon pareuphorbiae Zhang：Zhang *et* Zhong，1983：329；Remaudière *et* Remaudière，1997：67.

特征记述

无翅孤雌蚜 体长卵形，体长 2.50mm，体宽 1.10mm。玻片标本头部、胸部稍骨化，腹部淡色，各节有深色骨化缘斑。触角节Ⅰ～Ⅳ灰黑色，节Ⅴ、Ⅵ黑色；喙顶端、胫节端部及跗节黑色；喙、足、腹管、尾片及尾板灰黑色。体表光滑，头部有横皱纹，体缘有曲纹，腹部背片Ⅶ、Ⅷ有微瓦纹。气门圆形关闭，气门片骨化。节间斑不显。中胸腹岔有短柄。体背毛甚短，钝顶，头部有毛 12 根；前胸背板有中、侧、缘毛各 1 对；中胸背板有中毛 6 根，侧毛 2 对，缘毛 1 或 2 对；后胸背板有中毛 2 对，侧毛 2 对，缘毛 1 对；腹部背片Ⅰ～Ⅵ有中、侧、缘毛各 4 根；背片Ⅶ有毛 6 根，背片Ⅷ有毛 4 根；头顶毛、腹部背片Ⅰ缘毛、背片Ⅷ毛长分别为触角节Ⅲ直径的 0.21 倍、0.17 倍、0.35 倍。中额瘤几乎不隆起，额瘤隆起外倾，内缘与中额成钝角。触角 6 节，有瓦纹，基部膨大；全长 2.30mm，为体长的 0.94 倍，节Ⅲ长 0.57mm；节Ⅰ～Ⅵ长度比例：17：14：100：77：70：30＋100；节Ⅰ～Ⅵ毛数：5 根，5 根，24～28 根，9～11 根，7～11 根，3 或 4＋3 或 4 根，节Ⅲ毛长为该节直径的 0.24 倍；节Ⅲ有圆形感觉圈 3 或 4 个，分布于基半部。喙端部达中足基节，节Ⅳ＋Ⅴ短粗，长 0.10mm，为基宽的 1.30 倍，为后足跗节Ⅱ的 0.63 倍，有原生刚毛 2 对，次生刚毛 2 对。后足股节长 0.80mm，为触角节Ⅲ的 1.40 倍；后足胫节长 1.40mm，为体长的 0.55 倍，毛长为该节直径的 0.48 倍；跗节Ⅰ毛序：3，3，3。腹管长圆筒形，有瓦纹、明显缘突和切迹；全长 0.60mm，为体长的 0.24 倍，为尾片的 1.90 倍。尾片长圆锥形，由小刺突构成横纹，边沿有小刺突，长 0.31mm，有长曲毛 5～7 根。尾板半圆形，有长毛 10～12 根。生殖板有短毛 8 根。

生物学　寄主植物为猫儿眼 *Euphorbia* sp. 和蒙古蒿 *Artemisia mongolica*。

分布　辽宁（千山）、云南。

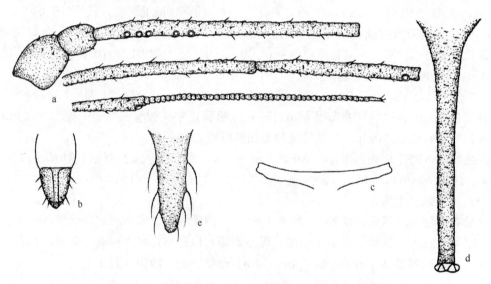

图 237　猫眼无网蚜 *Acyrthosiphon pareuphorbiae* Zhang

无翅孤雌蚜（apterous viviparous female）

a. 触角（antenna）；b. 喙节Ⅳ＋Ⅴ（ultimate rostral segment）；c. 中胸腹岔（mesosternal furca）；

d. 腹管（siphunculus）；e. 尾片（cauda）。

(205) 豌豆蚜 *Acyrthosiphon pisum*（Harris，1776）（图 238）

Aphis pisum Harris，1776：66.

Aphis pisi Kaltenbach，1843：23.

Macrosiphum trifolii Pergande，1904：21.

Acyrthosiphon pisum（Harris）：Miyazaki，1971：55；Zhang *et* Zhong，1983：330；Remaudière *et* Remaudière，1997：68；Zhang，1999：343.

特征记述

无翅孤雌蚜　体纺锤形，体长 4.90mm，体宽 1.80mm。活体草绿色。玻片标本淡色，触角节Ⅱ～Ⅳ节间及端部、节Ⅴ端部 1/2 至节Ⅵ黑褐色；喙顶端、足胫节端部及跗节、腹管顶端黑褐色，其他部分与体同色。体表光滑，稍有曲纹，腹管后几节微有瓦纹。气门圆形关闭，气门片稍骨化隆起。节间斑淡色。中胸腹岔一丝相连或有短柄。体

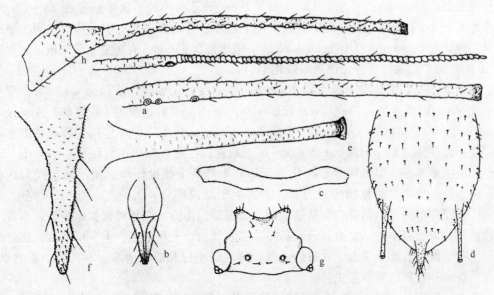

图 238 豌豆蚜 *Acyrthosiphon pisum* (Harris)

无翅孤雌蚜 (apterous viviparous female)

a. 触角节Ⅲ (antennal segment Ⅲ); b. 喙节Ⅳ＋Ⅴ (ultimate rostral segment); c. 中胸腹岔 (mesosternal furca); d. 腹部背面观 (dorsal view of abdomen); e. 腹管 (siphunculus); f. 尾片 (cauda).

有翅孤雌蚜 (alate viviparous female)

g. 头部背面观 (dorsal view of head); h. 触角节Ⅰ～Ⅲ及Ⅵ (antennal segments Ⅰ～Ⅲ and Ⅵ).

背毛粗短，钝顶，淡色；腹面毛长，尖顶，长为背毛的 3.00～5.00 倍；头部有中额毛 1 对，额瘤毛 2 对，头背毛 8～10 根；前胸背板有中、侧毛各 1 对，缺缘毛；中胸背板 有毛 20～22 根；后胸背板有毛 8～10 根；腹部毛整齐排列，背片Ⅰ～Ⅷ毛数：10 根， 14 根，14 根，16 根，12 根，10 根，8 根，8 根；头顶毛、腹部背片Ⅰ缘毛、背片Ⅷ毛 长分别为触角节Ⅲ直径的 0.54 倍、0.27 倍、0.39 倍。中额平，额瘤显著外倾，额槽呈 窄 "U" 形，额瘤与中额呈钝角。触角 6 节，细长，有瓦纹；全长 4.80mm，约等于或 稍短于体长；节Ⅲ长 1.20mm，节Ⅰ～Ⅵ长度比例：19∶10∶100∶71∶68∶24＋94； 触角毛短，节Ⅰ～Ⅵ毛数：13～15 根，5 或 6 根，38～40 根，24～27 根，15～23 根， 5 或 6＋12 或 13 根，节Ⅲ毛长为该节直径的 0.29 倍；节Ⅲ基部有小圆形次生感觉圈 3～5 个。喙粗短，端部达中足基节，节Ⅳ＋Ⅴ短锥状，长为基宽的 1.60 倍，为后足跗 节Ⅱ的 0.70 倍；有原生刚毛 3 对，次生刚毛 3 对。足股节及胫端部有微瓦纹；后足股 节长 1.70mm；为触角节Ⅲ的 1.40 倍；后足胫节长 3.10mm，为体长的 0.65 倍，毛长 为该节直径的 0.72 倍；跗节Ⅰ毛序：3，3，3。腹管细长筒形，中宽不大于触角节Ⅲ直 径，基部大，有瓦纹，有缘突和切迹；长 1.10mm，为体长的 0.23 倍，为尾片的 1.60 倍，稍短于触角节Ⅲ。尾片长锥形，端尖，有小刺突横纹，有毛 7～13 根。尾板半圆 形，有短毛 19 或 20 根。生殖板有粗短毛 20～22 根。

有翅孤雌蚜 体长纺锤形，体长 4.10mm，体宽 1.30mm。玻片标本头部、胸部稍 骨化，腹部淡色。触角 6 节，长 4.40mm，为体长的 1.10 倍；节Ⅲ长 1.10mm，节Ⅰ～

Ⅵ长度比例：18：10：100：80：65：22＋102；节Ⅲ有小圆形次生感觉圈14~22个，分布于基部2/3，排成1行，有时有数个位于列外。喙端部达前、中足基节之间。翅脉正常。腹管长0.94mm，为体长的0.24倍。尾片长0.56mm，有短毛8或9根。尾板有毛16~18根。其他特征与无翅孤雌蚜相似。

生物学 寄主植物主要是豆科 Fabaceae 草本植物，如豌豆 *Pisum sativum*、蚕豆 *Vicia faba*、野豌豆 *Vicia sepium*、苜蓿 *Medicago* sp.、斜茎黄芪（沙打旺）*Astragalus adsurgens*.、草木犀（草木栖）*Melilotus officinalis* 等，但亦包括少数豆科木本植物。夏季也在荠菜 *Capsella bursa-pastoris* 上取食。在北方以卵在豆科草本多年生（或越冬）植物上越冬。第2年春季孵化为干母，干母及干雌世代均无翅，第3代为迁移蚜，向多种一年生豆科植物转移为害。常寄生于嫩顶部分，无论花、豆荚、幼茎、叶背、叶正面都可为害。遇震动常坠落地面。在温暖的南方，全年可营孤雌生殖，不发生两性世代。天敌有草蛉、食虫蝽、姬猎蝽、二星瓢虫、七星瓢虫、十一星瓢虫、横斑瓢虫、十三星瓢虫、小毛瓢虫、食蚜蝇、蚜茧蜂、蚜小蜂和蚜霉菌等。本种蚜虫是豌豆、蚕豆、苜蓿和苕草的重要害虫。

分布 辽宁（沈阳）、北京、河北；俄罗斯，蒙古国，美国，加拿大。起源于欧洲和中亚，被传入世界各地。

76. 忍冬圆尾蚜属 *Amphicercidus* Oestlund，1922

Amphicercidus Oestlund，1922：126. **Type species**：*Aphis pulverulens* Gillette，1911.

Melanosiphum Shinji，1942：228.

Sogdianella Mukhamediev，1965 nec Schurenkova，1939：35.

Ferganaphis Narzikulov *et* Mukhamediev，1975：108.

Ferganaphis Mukhamediev *ex* Eastop *et* Hille Ris Lambers，1976：44.

Amphicercidus Oestlund：Miyazaki，1971：193；Zhang *et al.*，1987：458；Remaudière *et* Remaudière，1997：69；Zhang，1999：347.

属征 中额平，额瘤稍隆起。触角6节，节Ⅵ鞭部长于基部的2.00倍。喙稍粗，节Ⅳ＋Ⅴ短于后足跗节Ⅱ。腹部节Ⅱ~Ⅴ有缘瘤。有翅孤雌蚜触角节Ⅲ有次生感觉圈。腹管管状，端部无网纹。尾片略长于宽，近似五角形，末端圆，约有毛10根。尾板末端圆形，有毛8或9根。

世界已知10种，中国已知3种，本志记述1种。

(206) 日本忍冬圆尾蚜 *Amphicercidus japonicus*（Hori，1927）（图239）

Anuraphis japonicus Hori，1927：193.

Melanosiphum lonicericola Shinji，1942：228.

Amphicercidus indicus Hille Ris Lambers *et* Basu，1966：12.

Sogdianella maackii Bozhko，1979：10.

Anuraphis japonicus Hori：Shinji，1941：474.

Amphicercidus japonicus（Hori）：Hori，1938：161；Miyazaki，1971：193；Zhang *et al.*，1987：458；Remaudière *et* Remaudière，1997：70；Zhang，1999：347.

特征记述

无翅孤雌蚜 体卵圆形，体长2.56mm，体宽1.16mm。活体浅绿色，被白粉。玻

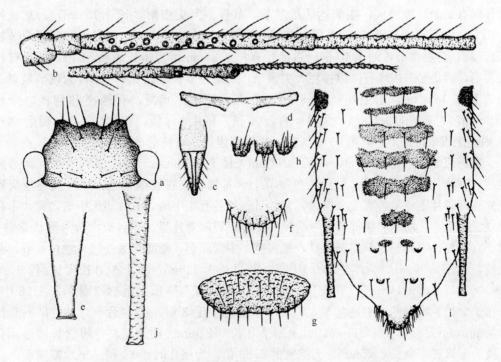

图 239　日本忍冬圆尾蚜 *Amphicercidus japonicus*（Hori）

无翅孤雌蚜（apterous viviparous female）

a. 头部背面观（dorsal view of head）；b. 触角（antenna）；c. 喙节Ⅳ＋Ⅴ（ultimate rostral segment）；

d. 中胸腹岔（mesosternal furca）；e. 腹管（siphunculus）；f. 尾片（cauda）；g. 生殖板（genital plate）；

h. 生殖突（gonapophyses）。

有翅孤雌蚜（alate viviparous female）

i. 腹部背面观（dorsal view of abdomen）；j. 腹管（siphunculus）。

片标本体淡色，无斑纹；触角节Ⅰ、Ⅱ淡褐色，节Ⅲ、Ⅳ淡色，节Ⅳ端半部至节Ⅵ黑色；喙褐色，节Ⅲ～Ⅴ黑色；足淡色，胫节端部及跗节黑色；腹管、尾片及尾板淡色；生殖板褐色。体表及腹面光滑，腹部背片Ⅷ微有横瓦纹。前胸、腹部节Ⅰ～Ⅵ各有透明馒状缘瘤1对，不大于复眼眼瘤。气门大圆形关闭，气门片黑色。节间斑黑褐色，位于头与胸部，腹部不显。中胸腹岔有短柄或无柄，中部褐色，横长0.22mm，为触角节Ⅲ的0.50倍。体背多长毛，尖锐，腹部腹面少毛，短于背毛；头部有中额毛1对，额瘤毛3～4对，头背毛4对；前胸背板有中、侧、缘毛各1对；腹部背片Ⅰ～Ⅵ各有中毛4或5根，侧毛2根，缘毛8～12根，缘毛位于气门内向；腹部背片Ⅶ有毛7或8根，背片Ⅷ有毛6～8根，毛长0.05～0.06mm，为触角节Ⅲ最宽直径的1.20倍。中额及额瘤微隆，额瘤高于中额，呈浅"W"形。触角6节，节Ⅰ～Ⅲ光滑，其他节有瓦纹，全长1.90mm，为体长的0.74倍，节Ⅲ长0.60mm节Ⅰ～Ⅵ长度比例：13：12：100：58：48：24＋64；触角毛细，尖锐，节Ⅰ～Ⅵ毛数：7或8根，4或5根，27～29根，15～21根，14～17根，（5或6)＋(6～8）根，节Ⅵ鞭部顶端有短毛4根，节Ⅲ毛长0.04mm，与该节基部直径相等；节Ⅲ有小圆形次生感觉圈2～24个，分布于基部3/5，节Ⅳ偶有 2 个。喙粗大，端部达后足基节，节Ⅳ＋Ⅴ尖楔形，长 0.15mm，为基宽的 1.70 倍，为后足跗节Ⅱ的 0.62 倍，有原生毛 3 对，次生毛 3 对。足长大，后足股节长 0.85mm，为触角节Ⅲ的 1.40 倍；后足胫节长 1.39mm，为体长的 0.54 倍；各足有长尖锐毛，后足胫节内缘有一纵排粗大尖锐毛，后足胫节长毛长 0.08mm，为该节最宽直径的 1.50 倍；跗节Ⅰ毛序：3，3，3。腹管长筒形，光滑，有缘突和切迹，全长 0.39mm，为基宽的 2.50 倍，为尾片的 5.00 倍。尾片半球状，有瓦纹，有长短毛 14～19 根。尾板末端圆形，有毛 21～24 根。生殖板馒状，有长毛 20 余根。

有翅孤雌蚜　体椭圆形，体长 3.17mm，体宽 1.38mm。玻片标本头部、胸部黑色，腹部淡色，有深色斑。触角淡色，节Ⅰ～Ⅲ褐色；腹管黑褐色；尾片及尾板灰褐色。腹部背片Ⅰ～Ⅴ各有 1 个横带，背片Ⅵ、Ⅶ各有小中斑，背片Ⅷ无中斑，背片Ⅰ有独立缘斑 1 对。前胸、腹部节Ⅱ～Ⅵ缘瘤明显；腹部背片Ⅶ、Ⅷ各有大圆形泡状背瘤 1 对，直径与单眼约等。节间斑明显，黑褐色。中额隆起，额瘤显著外倾。触角 6 节，有瓦纹，全长 2.90mm，为体长的 0.91 倍，节Ⅲ长 1.12mm，节Ⅰ～Ⅵ长度比例：10：8：100：47：35：14＋46；节Ⅲ有毛 34 或 35 根，有小圆形次生感觉圈 112～128 个，分布于全长。喙端部达中足基节，节Ⅳ＋Ⅴ有原生毛 3 对，次生毛 5 对。后足股节长 1.08mm，后足胫节长 1.89mm，后足跗节Ⅱ长 0.24mm。翅脉正常。腹管长筒形，有瓦纹，无缘突，全长 0.65mm，为基宽的 5.30 倍，为尾片的 4.80 倍。尾片馒圆形，有毛 24～27 根。尾板末端圆形，有毛 32～38 根。生殖板有毛 40 余根。

生物学　寄主为莫罗氏忍冬 *Lonicera morrowii*、忍冬 *L. japonica*、金银忍冬 *L. maackii* 等忍冬属植物。在寄主植物的嫩芽、嫩枝上取食。

分布　辽宁（千山、沈阳）、陕西；俄罗斯，韩国，日本，印度，美国。

77. 粗额蚜属 *Aulacorthum* Mordvilko，1914

Aulacorthum Mordvilko, 1914：68. **Type species**：*Aphis solani* Kealtenbach, 1843.

Dysaulacorthum Börner, 1939：75.

Melanosiphon Börner, 1944：206.

Neomacrosiphum van der Goot, 1915：1.

Pseudomegoura Shinji, 1922：787.

Aulacorthum Mordvilko；Miyazaki, 1971：52；Remaudière *et* Remaudière, 1997：74；Zhang, 1999：350.

属征　头顶粗糙，有额瘤，额瘤上无突起。无翅孤雌蚜触角节Ⅲ基部有 0～6 个小圆形次生感觉圈，有翅孤雌蚜触角节Ⅲ次生感觉圈多于 10 个，分布于全长。腹管管状，有缘突，有几行刻纹，无网纹。尾片圆锥形，有毛 6 或 7 根。

世界已知 46 种，中国已知 9 种，本志记述 2 种。

种 检 索 表
（无翅孤雌蚜）

1. 头部背面有 1 对圆锥形突起；头顶毛长为触角节Ⅲ直径的 0.41 倍 …… **木兰沟无网蚜 *A. magnoliae***

头部背面没有突起；头顶毛长为触角节Ⅲ直径的 0.21 倍 …………………… **茄粗额蚜 *A. solani***

（207） 木兰沟无网蚜 *Aulacorthum magnoliae*（Essig *et* Kuwana, 1918）（图 240）

Myzus magnolifoliae Shinji, 1914：59.

Rhopalosiphum sambuci Matsumura, 1918：9.

Rhopalosiphum sambucicola Takahashi, 1918：372.

Macrosiphum nishikigi Shinji, 1928：154.

Amphorophora malvicola Shinji, 1933：347.

Acyrthosiphon magnoliae（Essig *et* Kuwana）：Miyazaki, 1971：63.

Aulacorthum magnoliae（Essig *et* Kuwana）：Paik, 1965：70；Takahashi, 1965：109；
  Remaudière *et* Remaudière, 1997：75.

特征记述

无翅孤雌蚜 体卵圆形，体长 3.15mm，体宽 1.59mm。活体绿色，头部、胸部显红色。玻片标本头部黑色，胸部、腹部淡色，有淡褐色斑。触角节Ⅰ、Ⅱ、节Ⅲ～Ⅴ端部或端半部及节Ⅵ、喙、足股节端半部、胫节端部及跗节黑色；腹管淡褐色，顶端黑色；尾片及尾板淡褐色。腹管前、后有缘斑，后斑大于前斑；腹部背片Ⅷ有大斑 1 个。头部粗糙，背面、腹面布满粗刺突；腹部背面光滑，背片Ⅶ、Ⅷ微显瓦纹。头部背面有 1 对圆锥形突起，长为眼瘤的 2.00～3.00 倍，各有短毛 1 根。气门圆形开放，气门片黑褐色。节间斑淡褐色。中胸腹岔有长柄，横长 0.36mm，为触角节Ⅲ的 0.36 倍。体背毛粗短，尖锐，腹面毛长为背毛的 3.00～4.00 倍；头部有头顶毛 3 对，头背毛 4 对；

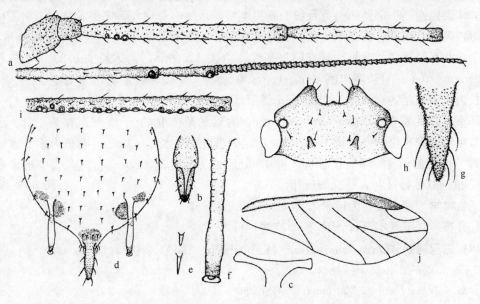

图 240 木兰沟无网蚜 *Aulacorthum magnoliae*（Essig *et* Kuwana）

无翅孤雌蚜（apterous viviparous female）

a. 触角（antenna）；b. 喙节Ⅳ＋Ⅴ（ultimate rostral segment）；c. 中胸腹岔（mesosternal furca）；d. 腹部背面观 (dorsal view of abdomen)；e. 体背毛（dorsal hair of body）；f. 腹管（siphunculus）；g. 尾片（cauda）.

有翅孤雌蚜（alate viviparous female）

h. 头部背面观（dorsal view of head）；i. 触角节Ⅲ（antennal segment Ⅲ）；j. 前翅（fore wing）.

前胸背板有中、侧、缘毛各 1 对；腹部背片 Ⅰ～Ⅵ 各有中侧毛 4～6 根，背片 Ⅶ 有中侧毛 2 根，背片 Ⅰ、Ⅱ、Ⅵ、Ⅶ 各有缘毛 1 或 2 对，背片 Ⅲ～Ⅴ 各有缘毛 3 对以上，背片 Ⅷ 有毛 4 或 5 根；头顶毛长 0.024mm，腹部背片 Ⅰ～Ⅶ 毛长 0.006mm，背片 Ⅷ 毛长 0.024mm，分别为触角节 Ⅲ 最宽直径的 0.41 倍、0.17 倍、0.41 倍。中额不隆，额瘤显著外倾，呈 "U" 形。触角 6 节，细长，有瓦纹，全长 4.27mm，节 Ⅲ 长 1.01mm，节 Ⅰ～Ⅵ 长度比例：19：11：100：76：69：26＋122；触角毛极短，节 Ⅰ～Ⅵ 毛数：9～12 根，5 根，41 或 42 根，19～22 根，12 或 13 根，3 或 4＋1 或 2 根，节 Ⅲ 毛长为该节直径的 0.17 倍；节 Ⅲ 有小圆形次生感觉圈 2 或 3 个，分布于基部。喙长大，端部达后足基节，节 Ⅳ＋Ⅴ 长楔状，长 0.17mm，为基宽的 2.20 倍，为后足跗节 Ⅱ 的 1.20 倍；有长短不等刚毛 5 或 6 对。足有横纹；后足股节长 1.44mm，为触角节 Ⅲ 的 1.40 倍；后足胫节长 2.46mm，为体长的 0.78 倍；胫节毛长 0.03mm，为该节直径的 0.57 倍；跗节 Ⅰ 毛序：3，3，3，有时 3，3，2。腹管长管状，端半部稍膨大，顶端收缩，微显瓦纹，顶端有 4 或 5 行深横纹；长 0.69mm，为体长的 0.22 倍，为尾片的 1.60 倍。尾片尖圆锥形，中部收缩，长 0.44mm，有毛 5～7 根。尾板末尖端圆形，有毛 17 或 18 根。生殖板稍骨化，有长短毛约 15 根。

有翅孤雌蚜　体椭卵形，体长 3.28mm，体宽 1.34mm。玻片标本头部、胸部黑褐色，腹部淡色，有褐色斑纹。触角、腹管褐色，腹管顶端黑色，尾片及尾板灰褐色，生殖板骨化。腹部背片 Ⅰ～Ⅶ 中斑几乎不显，与节间斑愈合；各节有缘斑，背片 Ⅷ 有大中斑。体表光滑，头部背面上方及腹面有粗刺突，后缘有骨化光滑高馒状背瘤 1 对。体背毛短，尖锐，头部有头顶毛 4 对，头背毛 4 对，腹部背片 Ⅷ 有毛 4 或 5 根。触角 6 节，节 Ⅰ、Ⅱ 有粗刺突，节 Ⅲ～Ⅵ 有明显瓦纹；全长 3.21mm，为体长的 0.98 倍，节 Ⅲ 长 0.99mm，节 Ⅰ～Ⅵ 长度比例：18：11：100：84：73：25＋123；节 Ⅲ 有毛 28～31 根，毛长为该节直径的 0.20 倍；节 Ⅲ 有小圆形次生感觉圈 19～28 个，分布于外缘 1 行。喙端部不达后足基节，节 Ⅳ＋Ⅴ 长 0.16mm，为后足跗节 Ⅱ 的 1.20 部，有毛 5 对。后足股节粗糙，密布粗刺突，长 1.37mm，后足胫节光滑，长 2.57mm，毛长为该节直径的 0.64 倍。翅脉正常。腹管长管状，长 0.63mm，为尾片的 1.70 倍。尾片尖锥形，有毛 5～8 根。其他特征与无翅孤雌蚜相似。

生物学　寄主植物为接骨木 *Sambucus willamsii*。

分布　辽宁（本溪）；俄罗斯，韩国，日本。

(208) 茄粗额蚜 *Aulacorthum solani* (Kaltenbach，1843) (图 241)

Aphis solani Kaltenbach, 1843：15.

Macrosiphum hagicola Matsumura, 1917：396.

Macrosiphum hagi Essig et Kuwana, 1918：44.

Macrosiphum matsumuraeanum Hori, 1926：52.

Acyrthosiphon solani (Kaltenbach)：Eastop, 1966：426；Miyazaki, 1971：58；Zhang et Zhong, 1983：324.

Aulacorthum solani (Kaltenbach)：Hille Ris Lambers, 1949：182；Remaudière et Remaudière, 1997：75；Zhang, 1999：352.

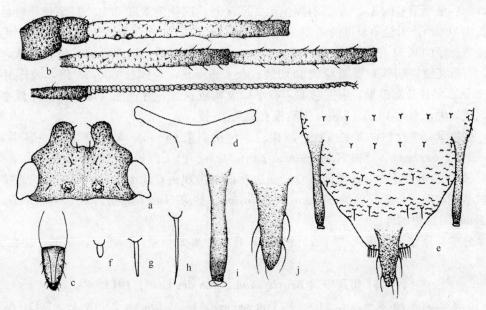

图 241　茄粗额蚜 *Aulacorthum solani* (Kaltenbach)

无翅孤雌蚜 (apterous viviparous female)

a. 头部背面观 (dorsal view of head)；b. 触角 (antenna)；c. 喙节Ⅳ＋Ⅴ (ultimate rostral segment)；
d. 中胸腹岔 (mesosternal furca)；e. 腹部背片Ⅴ～Ⅷ (abdominal tergites Ⅴ～Ⅷ)；f. 体背毛 (dorsal
hair of body)；g. 腹部背片Ⅷ毛 (dorsal hair on abdominal tergite Ⅷ)；h. 体腹面毛 (ventral hair of
body)；i. 腹管 (siphunculus)；j. 尾片 (cauda)。

特征记述

无翅孤雌蚜　体长卵形，体长 2.80mm，体宽 1.10mm。活体头部及前胸红橙色，
中、后胸和腹部绿色。玻片标本头部褐色，胸部和腹部淡色，缘域稍深色。触角节Ⅰ、
Ⅱ、Ⅵ及节Ⅲ～Ⅴ端部黑色；喙节Ⅲ及节Ⅳ＋Ⅴ骨化黑色；足股节端部 3/4、胫节端部
及跗节深黑色；腹管淡色，顶端黑色；尾片、尾板及生殖板淡色。头部表面粗糙，有深
色小刺突；胸部背板及腹部背片Ⅰ～Ⅵ有微网纹，背片Ⅶ、Ⅷ有明显瓦纹；体缘网纹明
显。气门三角形关闭，气门片黑色。腹部缘域有淡褐色节间斑。中胸腹岔有短柄，淡
色。体背毛粗短，钝顶，腹面毛长为背毛的 2.00～3.00 倍；头部有头顶毛 3 对，头背
毛 8 根；前胸背板有中、侧、缘毛各 2 根；中胸背板有中、侧、缘毛 8 根、4 根、4 根，
后胸背板有中、侧、缘毛 4 根、4 根、2 根；腹部背片Ⅰ～Ⅵ各有中、侧、缘毛 4 根、6
根、6 根，背片Ⅶ有中毛 2 根，缘毛 4 根；背片Ⅷ有毛 4 根；头顶毛、腹部背片Ⅰ缘
毛、背片Ⅷ毛长分别为触角节Ⅲ直径的 0.21 倍、0.17 倍、0.51 倍。中额不显，额瘤显
著外倾，呈深"U"形，高度大于中额宽度，与触角节Ⅰ等长。触角 6 节，细长，全长
3.90mm，为体长的 1.40 倍，节Ⅲ长 0.96mm；节Ⅰ～Ⅵ长度比例：16：11：100：
74：65：23＋112；触角毛短，节Ⅰ～Ⅵ毛数：9～11 根，4 或 5 根，26～28 根，15～
18 根，10～15 根，4 或 5＋5～8 根，节Ⅲ毛长为该节直径的 0.24 倍；节Ⅲ基部有小圆
形感觉圈 2 或 3 个。喙端部达后足基节，节Ⅳ＋Ⅴ呈剑形，长 0.17mm，为基宽的 2.40

倍，为后足跗节Ⅱ的 1.20 倍；有原生毛 2 或 3 对，次生毛 2 或 3 对。足细长，后足胫节长 1.20mm，为触角节Ⅲ的 1.20 倍；后足胫节长 2.10mm，为体长的 0.76 倍，毛长为该节直径的 0.51 倍；跗节Ⅰ毛序：3，3，3。腹管端部及基部收缩，呈花瓶状，光滑，有微瓦纹，端部有明显缘突和切迹；长 0.65mm，为体长的 0.23 倍，为尾片的 1.60 倍。尾片长圆锥形，中部收缩，有小刺突构成瓦纹，有长毛 5 或 6 根。尾板半圆形，顶端尖，有毛 14 或 15 根。生殖板有短毛 16 根。

生物学　多食性，寄主植物范围很广，包括刺菜 Cirsium sp.、苦荬菜（苦买菜）Ixeris polycephala、栾树 Koelreuteria paniculata、巴天酸模（洋铁叶）Rumex patientia 等。在多种植物叶片背面取食，受害叶面常出现白点，由于发生量不大，直接为害虽不大，但可传播马铃薯 Solanum tuberosum、甜菜 Beta vulgaris 和烟草 Nicotiana tabacum 的植物病毒。

分布　辽宁（沈阳）、浙江；俄罗斯，日本，澳大利亚，新西兰，美国，加拿大，欧洲。

78. 短尾蚜属 *Brachycaudus* van der Goot，1913

Brachycaudus van der Goot，1913：97. **Type species**：Aphis helichrysi Kaltenbach，1843＝Aphis myosotidis Koch，1854.

Brachycaudus van der Goot：Miyazaki，1971：192；Zhang et Zhong，1983：263 Zhang et al.，1987：458；Remaudière et Remaudière，1997：77；Zhang，1999：352.

属征　中额及额瘤平或微隆。触角 6 节，短于体长，触角末节鞭部长于基部，无翅孤雌蚜触角节Ⅲ无次生感觉圈。喙节Ⅳ＋Ⅴ不尖，两缘内凹或直。腹部背片骨化均匀，有稀疏硬刚毛。腹气门大而圆。有翅孤雌蚜触角节Ⅲ、Ⅳ有扁平次生感觉圈，腹部背片有黑斑。腹管很短，亚圆柱形或截断形，光滑，端部无网纹，缘突前有 1 个清楚的环形缺刻。尾片短，宽圆形、半圆形到宽舌形、五边形。一些种类以蔷薇科 Rosaceae 植物为原生寄主，以菊科 Compositae 和紫草科 Boraginaceae 等杂草为次生寄主；另一类则不发生寄主转移，常年生活在蔷薇科、菊科等植物上。有蚂蚁伴生。

世界已知 50 种，中国已知 16 种，本志记述 2 种。

种 检 索 表
（无翅孤雌蚜）

1. 节Ⅲ毛长为该节最宽直径的 0.30 倍；喙端部达后足基节 ····················· 飞廉短尾蚜 **B. cardui**
   节Ⅲ毛长为该节直径的 0.75 倍；喙端部达中足基节 ····················· 李短尾蚜 **B. helichrysi**

（209）飞廉短尾蚜 *Brachycaudus cardui* （Linnaeus，1758）（图 242）

Aphis cardui Linnaeus，1758：452.

Aphis leucanthemi Scopoli，1763：1.

Aphis cnici Schrank，1801：102.

Aphis lata Walker，1850：269.

Aphis opima Buckton，1879：1.

Aphis alamedensis Clarke，1903：247.

Anuraphis petherbridgei Theobald，1929：37.

Anuraphis cardui Shinji，1941：1.

Brachycaudus cardui（Linnaeus）：Zhang *et al*.，1987：458；Heie，1992：37；Remaudière *et* Remaudière，1997：79.

特征记述

无翅孤雌蚜 体卵圆形，体长 1.11mm，体宽 0.66mm。活体淡黄色。玻片标本体淡色，微骨化，无斑纹；触角淡褐色，节Ⅵ褐色；喙淡色，节Ⅳ＋Ⅴ黑褐色；足淡褐色，胫节端部及跗节褐色；腹管、尾片及尾板淡褐色。体表较光滑，头部背面、胸部背板及腹部缘域有明显横纵皱纹，腹部背片Ⅶ、Ⅷ及腹部腹面微有横瓦纹。腹部节Ⅰ～Ⅴ有小馒状淡色透明缘瘤，直径小于眼瘤，有时缺。气门大圆形开放，气门片淡色。节间斑明显淡褐色。中胸腹岔淡色，无柄或两臂分离，横长 0.27mm，各臂横长 0.11mm，分别为触角节Ⅲ的 2.30 倍、0.88 倍。体背毛少，粗，尖锐，长短不等；腹部腹面毛多，短于背毛；头部有头顶毛 3 对，头背毛 4 对；前胸背板有中、侧、缘毛各 1 对；腹部背片Ⅰ～Ⅵ各有中侧毛 4 或 5 根，缘毛 3 或 4 对，背片Ⅶ有长毛 4 对，背片Ⅷ有长毛 3 对；头顶长毛长 0.03mm，为触角节Ⅲ最宽直径的 1.70 倍；腹部背片Ⅶ、Ⅷ长毛长 0.07mm。中额及额瘤不隆，呈圆顶状。触角 6 节，短小，有微瓦纹，全长 0.53mm，为体长的 0.48 倍；节Ⅲ长 0.12mm，节Ⅰ～Ⅵ长度比例：28：28：100：62：53：51＋

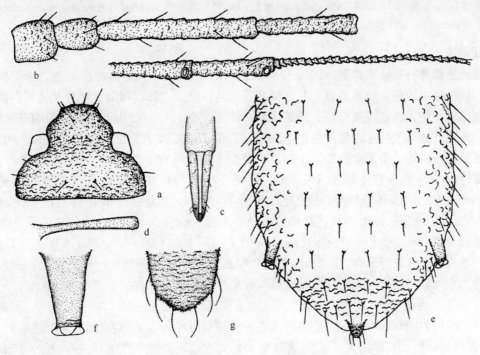

图 242 飞廉短尾蚜 *Brachycaudus cardui*（Linnaeus）

无翅孤雌蚜（apterous viviparous female）

a. 头部及前胸背面观（dorsal view of head and pronotum）；b. 触角（antenna）；c. 喙节Ⅳ＋Ⅴ（ultimate rostral segment）；d. 中胸腹岔（mesosternal furca）；e. 腹部背面观（dorsal view of abdomen）；f. 腹管（siphunculus）；g. 尾片（cauda）。

124；触角毛极短，节Ⅰ～Ⅵ毛数：4 或 5 根，3 或 4 根，5～7 根，3 或 4 根，2 或 3 根，2 或 3＋0 或 1 根，节Ⅵ鞭部顶端有毛 3 或 4 根，节Ⅲ毛长为该节最宽直径的 0.30 倍。喙粗大，端部达后足基节，节Ⅳ＋Ⅴ长锥形，长 0.11mm，为基宽的 2.80 倍，为后足跗节Ⅱ的 1.60 倍；有原生毛 3 对，次生毛 3 对。足股节端部有瓦纹；后足股节长 0.23mm，为触角节Ⅲ、Ⅳ长度之和的 1.20 倍；后足胫节长 0.43mm，为体长的 0.39 倍；毛长 0.03mm，为该节最宽直径的 0.79 倍；跗节Ⅰ毛序：3，3，2。腹管短筒形，光滑，有缘突和切迹，端部有 1 或 2 圈刻纹，全长 0.08mm，为尾片的 1.30 倍。尾片宽舌状，有小刺突横纹，有长曲毛 4 或 5 根。尾板末端圆形，有毛 15～18 根。

生物学　原生寄主为李 *Prunus salicina*、榆叶梅 *Amygdalus triloba*、樱桃李 *P. cerasifera*、乌荆子李 *P. insititia*、杏 *Armeniaca vulgaris*、小樱桃 *Cerasus* sp. 和甜樱桃 *Cerasus* sp.，次生寄主为菊科 Compositae 和紫草科 Boraginaceae 植物。

分布　黑龙江（哈尔滨）；日本，美国，加拿大；小亚细亚，非洲。

（210）李短尾蚜 *Brachycaudus helichrysi*（Kaltenbach，1843）（图 243）

Aphis helichrysi Kaltenbach，1843：102.

Aphis helichrysi Kaltenbach：Palmer，1952：142.

Brachycaudus helichrysi（Kaltenbach）：Cottier，1953：123；Eastop，1958：26；Eastop，1966：429；Miyazaki，1971：192；Zhang *et* Zhong，1983：263；Heie，1992：30；Remaudière *et* Remaudière，1997：77；Zhang，1999：354.

特征记述

无翅孤雌蚜　体长卵形，体长 1.60mm，体宽 0.83mm。活体柠檬黄色，无明显斑纹。玻片标本淡色，触角节Ⅳ、Ⅴ、喙节Ⅳ＋Ⅴ、胫节端部、跗节、尾片及尾板灰褐色至灰黑色，腹管淡色或灰褐色，顶端淡色。体表光滑，弓形结构不明显。前胸有缘瘤。气门圆形开放，气门片大型淡色。中胸腹岔无柄，基宽大于臂长。体背毛粗长，钝顶，腹面毛长，尖锐；头部有中额毛 1 对，头背毛 8 根；前胸背板有中、侧、缘毛各 1 对；腹部背片Ⅰ～Ⅶ各有中侧毛 4～6 根，缘毛 2 或 3 根；背片Ⅷ仅有长毛 6 根，毛长 0.08mm；头顶毛、腹部背片Ⅰ缘毛、背片Ⅷ毛长分别为触角节Ⅲ直径的 1.70 倍、1.70 倍、3.00 倍。额瘤不显。触角 6 节，有瓦纹，全长 0.87mm，为体长的 0.54 倍；节Ⅲ长 0.22mm，节Ⅰ～Ⅵ长度比例：27：22：100：58：36：34＋93；节Ⅲ有毛 7 或 8 根，毛长为该节直径的 0.75 倍。喙粗大，端部达中足基节，节Ⅳ＋Ⅴ圆锥状，长为基宽的 2.60 倍，为后足跗节Ⅱ的 1.50 倍，有原生刚毛 2 对，有次生刚毛 3 或 4 对，足粗短，光滑，后足股节长 0.42mm，为触角节Ⅲ、Ⅳ之和的 1.20 倍；后足胫节长 0.65mm，为体长的 0.41 倍；后足胫节毛长为该节直径的 0.73 倍。跗节Ⅰ毛序：3，3，3。腹管圆筒形，基部宽大，渐向端部细小，光滑，有淡色缘突和切迹；长 0.16mm，为基宽的 1.30 倍，为尾片的 1.90 倍。尾片宽圆锥形，长 0.08mm，仅为基宽的 0.67 倍，有粗长曲毛 6 或 7 根。尾板末端圆形，有毛 14～19 根。生殖板淡色，有长短毛 17～19 根。

有翅孤雌蚜　体长 1.70mm，体宽 0.78mm。玻片标本头部、胸部黑色；腹部淡色，有黑色斑纹。触角、足基节、股节端部 4/5、胫节端部 1/6～1/5、腹管、尾片、尾板及生殖板均黑色。腹部背片Ⅲ～Ⅵ背斑连合为大斑，背片Ⅱ～Ⅴ有缘斑；背片Ⅰ缺缘斑，腹面有1个横带；背片Ⅶ、Ⅷ各有1个横带。气门基部黑色。节间斑淡褐色。触角6节，全长1.10mm，为体长的0.65倍；节Ⅲ长0.29mm，节Ⅰ～Ⅵ长度比例：22：17：100：65：40：26+121；触角次生感觉圈圆形稍凸起，节Ⅲ有11～19个，分布全长，节Ⅳ有0～3个。其他特征与无翅孤雌蚜相似。

生物学 原生寄主植物为杏 *Armeniaca vulgaris*、山杏 *Armeniaca vulgaris* var. *ansu*、榆叶梅 *Armeniaca triloba*、李 *Prunus salicina*、桃 *Amygdalus persica*、樱桃 *Cerasus pseudocerasus*、高粱 *Sorghum bicolor* 和菊科的兔儿伞 *Syneilesis aconitifolia* 等。国外记载也为害芹菜 *Apium* sp. 和其他菊科 Compositae 植物。

分布 内蒙古（赤峰）、辽宁（鞍山、阜新、海城、辽阳、盘锦、沈阳）、吉林（安图、公主岭）、黑龙江（克山）、北京、河北、天津、浙江、山东、河南、陕西、甘肃、新疆、台湾；朝鲜，日本，美国，加拿大等世界各国广泛分布。

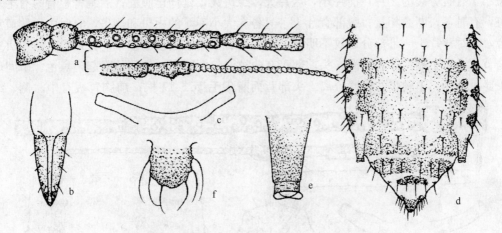

图 243 李短尾蚜 *Brachycaudus helichrysi* (Kaltenbach)

无翅孤雌蚜 (apterous viviparous female)

a. 触角 (antenna)；b. 喙节Ⅳ+Ⅴ (ultimate rostral segment)；c. 中胸腹岔 (mesosternal furca)；d. 腹部背面观 (dorsal view of abdomen)；e. 腹管 (siphunculus)；f. 尾片 (cauda)。

79. 短棒蚜属 *Brevicoryne* van der Goot，1915

Brevicoryne van der Goot，1915：245. **Type species**：*Aphis brassicae* Linnaeus，1758.

Bozhkoja Shaposhnikov，1964：489.

Brevicoryne van der Goot：Miyazaki，1971：187；Zhang *et* Zhong，1983：287；Remaudière *et* Remaudière，1997：81；Zhang，1999：358.

属征 活体绿色，被白粉。中额隆起，额瘤低圆。无翅孤雌蚜及有翅孤雌蚜均有节间斑。有翅孤雌蚜触角节Ⅲ有多个次生感觉圈，无翅孤雌蚜触角节Ⅲ无次生感觉圈，触角末节鞭部长于基部。跗节Ⅰ毛序：3，3，3。腹部无缘瘤。腹管短，稍膨大，有缘突。尾片短，宽三角形。

世界已知8种，中国已知1种。

(211) 甘蓝蚜 *Brevicoryne brassicae* (Linnaeus, 1758) (图 244)

Aphis brassicae Linnaeus, 1758: 452.

Aphis brassicae Linnaeus: Heie, 1992: 107.

Brevicoryne brassicae (Linnaeus): Miyazaki, 1971: 188; Zhang *et* Zhong, 1983: 287;
　　Remaudière *et* Remaudière, 1997: 81; Zhang, 1999: 359.

特征记述

　　无翅孤雌蚜　体长 2.30mm，体宽 1.20mm。活体黄绿色，被白粉。玻片标本大部分淡色，头部背面黑色，体背有灰黑色至黑色斑纹。触角节Ⅰ、Ⅱ、节Ⅲ端部 1/7、节Ⅳ基部 2/3 及节Ⅵ鞭部、喙、生殖板灰黑色；触角节Ⅳ端部 1/3、节Ⅴ、节Ⅵ基部、喙顶端、足关节处、胫节端部、跗节、腹管、尾片及尾板黑色；触角节Ⅲ基部 6/7 淡色。中缝隐约可见；前胸背板中斑小，侧斑与大型缘斑愈合，有时与中斑相接；中胸背板侧斑小，有时分裂为 2 片，前片小，后片大，缘斑大，延伸至腹面；后胸背板有时有毛基斑，有时各斑断续相接；腹部背片Ⅰ～Ⅵ各有大小不等的中斑和侧斑，有时中、侧斑愈合，有时背片Ⅰ～Ⅲ部分斑纹不明显，背片Ⅶ有中断或连续的横带，背片Ⅷ有横带贯穿全节。缘瘤不显。体表光滑，头前部稍有曲纹。气门圆形，气门片隆起，黑色。节间斑明显，黑色。中胸腹岔两臂分离。头部背面有尖毛 15～17 根；前胸背板有中、侧、缘

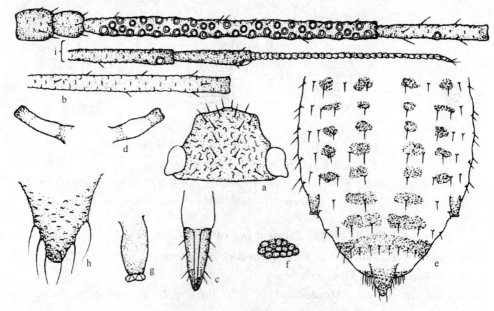

图 244　甘蓝蚜 *Brevicoryne brassicae* (Linnaeus)

无翅孤雌蚜 (apterous viviparous female)

a. 头部背面观 (dorsal view of head); b. 触角节Ⅲ (antennal segment Ⅲ); c. 喙节Ⅳ＋Ⅴ (ultimate rostral segment); d. 中胸腹岔 (mesosternal furca); e. 腹部背面观 (dorsal view of abdomen); f. 节间斑 (muskelplatten); g. 腹管 (siphunculus); h. 尾片 (cauda)。

有翅孤雌蚜 (alate viviparous female)

i. 触角 (antenna)。

毛各 1 对，中、后胸背板各有中毛 3 或 4 对，侧毛 2 对，缘毛 2 对；腹部背毛尖，背片 Ⅰ～Ⅷ分别有中毛：3 对，2 对，2 对，2 或 3 对，2 对，1 对，2 对，侧毛 1 对，2 对，2 对，2 或 3 对，1 对，1 对，1 对，缘毛 1 对，3 对，3 对，1 对，1 对，1 对，1 对；背片Ⅷ有毛 12 根；头顶毛、腹部背片 Ⅰ 缘毛，背片Ⅷ毛长分别为触角节 Ⅲ 直径的 1.30 倍、1.00 倍、0.90 倍。中额平隆。额瘤不超过中额。触角 6 节，节Ⅲ～Ⅵ有瓦纹，全长 1.30mm，为体长的 0.59 倍；节 Ⅰ～Ⅵ长度比例：15：15：100：33：40：27＋71；节 Ⅰ～Ⅵ毛数：5 根，4 或 5 根，7 或 8 根，4 或 5 根，3～5 根，3＋0 或 1 根；节Ⅲ毛长为该节直径的 0.60 倍。喙端部达中足基节，节Ⅳ＋Ⅴ稍细长，两缘直，长为基宽的 2.30 倍，为后足跗节Ⅱ的 0.74 倍；有次生刚毛 2 对。后足股节长 0.53mm，为触角节 Ⅲ 的 1.20 倍；后足胫节长 0.95mm，为体长的 0.41 倍，毛长为该节直径的 0.70 倍；跗节Ⅰ毛序：3，3，2。腹管短圆筒形，端部收缩，有缘突和切迹，表面光滑或有不明显瓦纹；长 0.15mm，与触角节Ⅳ约等长，稍短于尾片。尾片近等边三角形，有刺突瓦纹，有毛 7 或 8 根。尾板末端圆形，有毛 7 或 8 根。生殖板有毛 13～21 根。

有翅孤雌蚜 体椭圆形，体长 2.20mm，体宽 0.94mm。活体黄绿色，被白粉。玻片标本头部、胸部黑色，腹部淡色，有黑色斑纹。触角、足黑色，股节基部 1/2 淡色。腹部背片 Ⅰ 中毛基斑黑色，背片Ⅱ毛基斑稍扩大，背片Ⅲ～Ⅵ各有背中横带 1 条，有时中断，背片Ⅶ、Ⅷ横带几乎横贯全节；背片Ⅱ～Ⅳ缘斑大型，背片Ⅴ～Ⅶ缘斑小型。触角 6 节，全长 1.80mm，为体长的 0.83 倍；节Ⅲ长 0.56mm，节 Ⅰ～Ⅵ长度比例：13：11：100：45：43：25＋79；节Ⅲ有圆形至长圆形次生感觉圈 53～72 个，分散于全长，节Ⅳ有时有次生感觉圈 1 个。喙端部不达中足基节，节Ⅳ＋Ⅴ有原生刚毛 2 对，次生刚毛 3 或 4 对。后足股节长 0.63mm，为触角节 Ⅲ 的 1.10 倍；后足胫节长 1.20mm，为体长的 0.55 倍，毛长为该节直径的 0.85 倍。翅脉正常。腹管短圆筒状，基部收缩，有皱曲纹，中部膨大，端部收缩，长 0.13mm。尾片有毛 6 或 7 根。尾板有毛 9～16 根。其他特征与无翅孤雌蚜相似。

生物学 寄主为甘蓝 *Brassica oleracea* var. *capitata*、芸薹（油菜）*B. rapa* var. *oleifera*、白菜 *B. rapa* var. *glabra*、萝卜 *Raphanus sativus*、花椰菜 *B. oleracea* var. *botrytis*、芜青 *B. rapa* 等十字花科植物。该种蚜虫偏爱甘蓝型油菜等蔬菜，是东北和西北地区花椰菜、甘蓝、芜青等蔬菜的重要害虫。常在叶下面盖满一层，影响蔬菜的生长发育及其产量和品质。以卵在蔬菜上越冬，春季为害十字花科种用蔬菜。夏季为害更为严重。捕食性天敌有大绿食蚜蝇、二星瓢虫等。

分布 内蒙古（赤峰、新巴尔虎左旗、牙克石、扎兰屯）、辽宁、吉林（公主岭）、黑龙江（绥化）、河北、湖北、甘肃、青海、新疆、台湾；朝鲜半岛，俄罗斯，日本，叙利亚，伊拉克，土耳其，黎巴嫩，埃及，美国，加拿大，南美，欧洲，大洋洲。

80. 钉毛蚜属 *Capitophorus* van der Goot，1913

Capitophorus van der Goot，1913：84. **Type species**：*Aphis carduinus* Walker，1850.

Capitophorinus Börner，1931：129.

Capitophorus van der Goot：Miyazaki，1971：82；Zhang *et* Zhong，1983：272；Remaudière *et* Remaudière，1997：82；Zhang，1999：360.

属征　无翅孤雌蚜头部平滑，中额低，额瘤发达，内缘外倾。体背毛钉状。喙节Ⅳ＋Ⅴ尖长或稍长。腹管管状，较长，有时稍膨大；有刻纹或近平滑，管口大。尾片圆锥形，长或稍短，有刚毛4～6根。有翅孤雌蚜触角节Ⅲ、节Ⅳ或节Ⅴ有多个圆形次生感觉圈，排列无序，分布全节。腹部背片有褐色大背斑。

世界已知33种，中国已知12种，本志记述6种和亚种。

种 检 索 表
（无翅孤雌蚜）

1. 腹管长为尾片3.50倍以上 ·· 飞廉钉毛蚜 *C. carduinus*
   腹管长为尾片3.00倍以下 ··· 2
2. 腹部背片Ⅵ缺侧毛 ·· 3
   腹部背片Ⅵ有侧毛 ·· 4
3. 喙节Ⅳ＋Ⅴ长为基宽的2.20倍；头顶长毛长为触角节Ⅲ直径的0.79倍 ··············
   ·· 沙棘钉毛蚜 *C. hippophaes hippophaes*
   喙节Ⅳ＋Ⅴ长为基宽的1.50倍；头顶长毛长为触角节Ⅲ直径的2.30倍 ··············
   ·· 蓼钉毛蚜爪哇亚种 *C. hippophaes javanicus*
4. 喙节Ⅳ＋Ⅴ分节明显；触角末节鞭部长为基部8.29倍·············· 胡颓子钉毛蚜 *C. elaeagni*
   喙节Ⅳ＋Ⅴ分节不明显；触角末节鞭部长为基部8.18倍·············· 河北蓟钉毛蚜 *C. evelaeagni*

（有翅孤雌蚜）

1. 喙节Ⅳ＋Ⅴ长为后足跗节Ⅱ的2.30倍 ·································· 山钉毛蚜 *C. montanus*
   喙节Ⅳ＋Ⅴ长为后足跗节Ⅱ的1.40倍 ··· 2
2. 腹部淡色 ·· 蓼钉毛蚜爪哇亚种 *C. hippophaes javanicus*
   腹部背片Ⅲ～Ⅴ背斑愈合为1个大型黑斑 ··· 3
3. 节Ⅲ～Ⅴ分别有次生感觉圈31，16～20，5或6个·············· 飞廉钉毛蚜 *C. carduinus*
   节Ⅲ～Ⅴ分别有次生感觉圈48～56，31～34，11～14个·············· 胡颓子钉毛蚜 *C. elaeagni*

（212）飞廉钉毛蚜 *Capitophorus carduinus*（Walker，1850）（图245）

Aphis carduinus Walker，1850：41.

Capitophorus carduinus（Walker）：Zhang *et* Zhong，1983：273；Remaudière *et* Remaudière，1997：82；Zhang，1999：360.

特征记述

无翅孤雌蚜　体长纺锤形，体长1.90mm，体宽0.85mm。活体灰绿色，背中线淡绿色。玻片标本体淡色，无斑纹。触角各关节处、喙顶端、足胫节端部、跗节、尾片及尾板浅灰色。体表光滑，微有曲纹，偶有网纹，腹部背片Ⅶ、Ⅷ有横纹。气门圆形开放，气门片淡色。各节斑不明显。中胸腹岔两臂分离。体背毛钉状。头部背面有钉毛12或13根，额瘤腹面各有短钉毛1根；前、中胸背板各有中毛2对，排成2行；后胸背板有中毛1对，中、后胸背板各有侧毛1对；胸部各节背板有缘毛1对；腹部背片Ⅰ～Ⅴ各有中、侧、缘毛1对；背片Ⅵ有中、侧毛各1对；背片Ⅶ有毛4对；背片Ⅷ有毛6～8根，毛长0.12mm；头顶毛与前胸缘毛甚长，与背片Ⅵ～Ⅷ毛约等长，腹面毛短尖；头顶毛、腹部背片Ⅰ缘毛、背片Ⅷ毛长分别为触角节Ⅲ直径的1.90倍、1.00

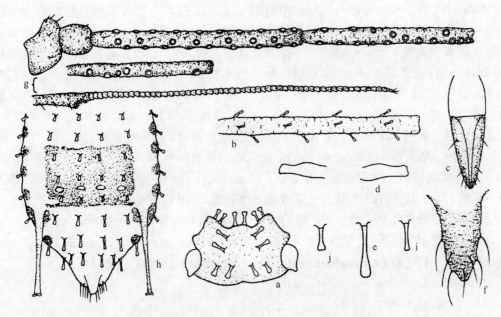

图 245 飞廉钉毛蚜 *Capitophorus carduinus*（Walker）

无翅孤雌蚜（apterous viviparous female）

a. 头部背面观（dorsal view of head）；b. 触角节Ⅲ（antennal segment Ⅲ）；c. 喙节Ⅳ＋Ⅴ（ultimate rostral segment）；d. 中胸腹岔（mesosternal furca）；e. 体背毛（dorsal hair of body）；f. 尾片（cauda）。

有翅孤雌蚜（alate viviparous female）

g. 触角（antenna）；h. 腹部背面观（dorsal view of abdomen）；i. 触角毛（hair of antenna）；j. 体背毛 （dorsal hair of body）。

倍、1.90 倍。中额微隆，额瘤显著，外倾，甚高于中额。触角 6 节，节Ⅰ内缘凸起，有细密瓦纹；全长 1.80mm，为体长的 0.90 倍，节Ⅲ长 0.37mm，节Ⅰ～Ⅵ长度比例：20：17：100：83：69：25＋155；触角有短尖毛，节Ⅰ～Ⅵ毛数：3～5 根，4 或 5 根，6～10 根，5～7 根，3 或 4 根，2＋0～3 根，节Ⅲ毛长为该节直径的 0.24 倍。喙端部超过中足基节，节Ⅳ＋Ⅴ细长，两缘微凹，长 0.13mm，为基宽的 2.00 倍，为后足跗节Ⅱ的 1.40 倍。后足股节长 0.46mm，为触角节Ⅲ的 1.20 倍；后足胫节长 0.95mm，为体长的 0.49 倍；跗节Ⅰ毛序：3，2，3。腹管细长圆筒形，有瓦纹、缘突和切迹；全长 0.59mm，为触角节Ⅲ的 1.60 倍，为体长的 0.31 倍，为尾片的 3.90 倍。尾片圆锥形，基部 1/3 处稍收缩，有细密刺状瓦纹，有长毛 5～7 根。尾板末端圆形，有长毛 11～14 根。生殖板淡色，有尖毛 12 根。

有翅孤雌蚜 体椭圆形，体长 1.80mm，体宽 0.87mm。玻片标本头部、胸部黑色，腹部淡色，有黑斑。触角、足胫节端部及跗节黑色，腹管基部和端部骨化深色，尾片淡色。腹部背片Ⅱ～Ⅶ有淡棕色缘斑，背片Ⅲ～Ⅴ中、侧斑愈合为 1 个大方形黑斑。体表光滑，头部背面有皱纹。气门圆形关闭。体背刚毛粗短，背片Ⅷ有毛 5 根；头顶毛、背片Ⅷ毛长分别为触角节Ⅲ直径的 0.31 倍、0.71 倍。触角 6 节，细长，有瓦纹，全长 1.90mm，为体长的 1.10 倍；节Ⅲ长 0.39mm，节Ⅰ～Ⅵ长度比例：21：15：

100：79：68：27+175；触角毛短，节Ⅲ有毛 9～11 根，毛长为该节直径的 0.30 倍；节Ⅲ～Ⅴ分别有大圆形突起次生感觉圈 31 个，16～20 个，5 或 6 个，分布全节。喙端部达中足基节，节Ⅳ+Ⅴ长圆锥形，长为基宽的 3.00 倍。足细长有瓦纹；后足胫节长 0.49mm，为触角节Ⅲ的 1.30 倍；后足胫节长 0.97mm，为体长的 0.54 倍；后足胫节毛长为该节直径的 0.67 倍；节Ⅰ毛序：3，3，3。翅脉正常。腹管细长筒形，中部渐细，有微瓦纹；长 0.46mm，为体长的 0.18 倍，与触角节Ⅱ、Ⅲ之和等长。尾片舌形，有曲毛 5 根。尾板末端圆形，有长毛 16 根。其他特征与无翅孤雌蚜相似。

生物学　取食沙枣 *Elaeagnus angustifolia*、黄果沙枣 *Elaeagnus* sp.、刺菜 *Cirsium* sp. 等蓟属植物及丝毛飞廉（老牛错）*Carduus crispus*、飞廉 *Carduus nutans* 等飞廉属植物。春、秋季在基叶取食，夏季在全株取食。7 月间发生有翅孤雌蚜。秋末发生性蚜，越冬卵产在叶片背面，初产时为黄绿色，随即变橘黄色，后变为黑色。

分布　辽宁（沈阳）、吉林（公主岭）、河北、甘肃；美国，加拿大，欧洲。

(213) 胡颓子钉毛蚜 *Capitophorus elaeagni* (del Guercio, 1894) (图 246)

Myzus elaeagni del Guercio, 1894：189.

Myzus braggii Gillette, 1908：17.

Capitophorus elaeagni (del Guercio)：van der Goot, 1915：119；Palmr, 1952：251；Cottiert, 1953：227；Hille Ris Lambers, 1953：144；Eastop, 1958：28；Takahashi, 1961：2；Tao, 1963：165；Paik, 1965：55；Eastop, 1966：432；Tao, 1966：9；Miyazaki, 1971：86；Remaudière *et* Remaudière, 1997：82；Zhang, 1999：361.

特征记述

无翅孤雌蚜　体纺锤形，体长 2.51mm，体宽 1.12mm。活体浅绿色，有翠绿色斑纹。玻片标本淡色，无斑纹。触角、足跗节深色；喙淡色，顶端深褐色；腹管淡色，顶端褐色；尾片、尾板及生殖板淡色。体背有不规则横纵纹，在体两侧缘更为明显，腹部背片Ⅶ、Ⅷ两缘及腹面有微瓦纹。气门小圆形开放，气门片淡色。节间斑褐色。中胸腹岔无柄，淡色，两臂分离，各臂横长 0.12mm，与触角节Ⅰ约等长。体背毛粗，钉毛状；头部有中额毛 1 对，额瘤毛 2 对，头背毛 4 对；腹面有毛 3 对，其他腹面毛尖锐；前胸背板有中毛 2 对，侧毛及缘毛各 1 对；中胸背板体中侧毛 3 对，缘毛 2 对，腹面上缘域突凸，有粗大钉毛 3～5 对；后胸背板有中侧毛 2 对，缘毛 2 对；腹部背片Ⅰ～Ⅲ各有中毛 1 对，侧毛 1 对，背片Ⅳ～Ⅶ各有中侧毛 2 或 3 对，背片Ⅰ、Ⅴ～Ⅶ各有缘毛 1 对，背片Ⅱ～Ⅵ各有缘毛 2 对，背片Ⅷ有长毛 4 或 5 根，有时多 1 对短毛；头顶及腹部背片Ⅰ缘毛长 0.06mm，为触角节Ⅲ中宽的 1.60 倍，背片Ⅰ中毛长 0.05mm，侧毛长 0.03mm；背片Ⅷ中毛长 0.08mm，短毛长 0.01mm。额瘤隆起外倾，甚高于中额。触角 6 节，细长，有瓦纹，节Ⅰ内缘突起；全长 2.21mm，为体长的 0.88 倍，节Ⅲ长 0.43mm，节Ⅰ～Ⅵ长度比例：22：16：100：73：70：24+199，节Ⅴ有时长于节Ⅳ；触角节Ⅰ～Ⅲ毛粗短，头状，节Ⅳ～Ⅵ毛尖锐，节Ⅰ～Ⅵ毛数：5 或 6 根，4 根，11～14 根，7～12 根，5～8 根，2+2 或 3 根，节Ⅲ毛长为该节中宽的 1/4。喙粗大，端部超过中足基节，节Ⅳ+Ⅴ尖楔形，分节明显，节Ⅳ长为节Ⅴ的 1.40 倍；有原生毛 2 对，中部有次生长毛 1 对，基部有次生短毛 1 对。足有微瓦纹，股节毛及股节外缘毛头状，

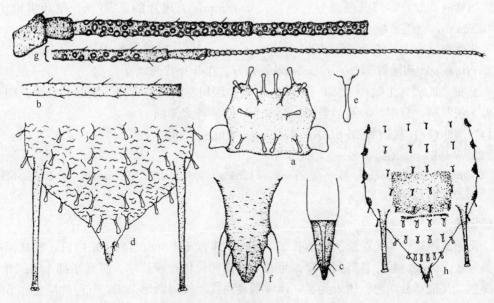

图 246　胡颓子钉毛蚜 *Capitophorus elaeagni*（del Guercio）

无翅孤雌蚜（apterous viviparous female）

a. 头部背面观（dorsal view of head）；b. 触角节Ⅲ（antennal segment Ⅲ）；c. 喙节Ⅳ＋Ⅴ（ultimate rostral segment）；d. 腹部背片Ⅳ～Ⅷ（abdominal tergites Ⅳ～Ⅷ）；e. 体背毛（dorsal hair of body）；f. 尾片（cauda）。

有翅孤雌蚜（alate viviparous female）

g. 触角（antenna）；h. 腹部背面观（dorsal view of abdomen）。

股节内缘毛粗，尖锐；后足股节长 0.54mm，为触角节Ⅲ的 1.30 倍；后足胫节长 1.07mm，为体长的 0.43 倍，长毛长 0.03mm，为该节最宽直径的 0.63 倍；跗节Ⅰ毛序：3，3，3。腹管细长管状，有瓦纹，有缘突和切迹，全长 0.80mm，为中宽的 18.00 倍，为尾片的 2.80 倍。尾片尖锥状，有小刺突组成瓦纹，长 0.28mm，有长短毛 8 或 9 根。尾板末端圆形，顶端突出，有长毛 15～17 根。生殖板有毛 12～14 根。

有翅孤雌蚜　体长 2.40mm，体宽 0.92mm。玻片标本头部、胸部黑色，腹部淡色，腹部背片Ⅲ～Ⅴ背斑愈合为 1 个大型黑斑，背片Ⅲ、Ⅳ有缘斑。触角、足股节端半部、胫节端部及跗节黑色。前胸、腹部节Ⅱ～Ⅳ有小乳头状缘瘤，有时缺。体背毛粗短，头状，腹面毛尖锐；头部有中额毛 1 对，额瘤毛 2 或 3 对，头背毛 4 对；腹部背片Ⅰ～Ⅶ各有中侧毛 4 根，有时 6 根，缘毛 1 或 2 对；背片Ⅷ有毛 4～6 根；头顶长毛长 0.01mm，为触角节Ⅲ最宽直径的 0.29 倍，腹部背片Ⅰ长毛长 0.01mm，背片Ⅷ长毛长 0.03mm。中额隆起，额瘤隆起高于中额，呈"W"形。触角 6 节，全长 2.26mm，为体长的 0.94 倍，节Ⅲ长 0.47mm，节Ⅰ～节Ⅵ长度比例：21：15：100：76：67：23＋176；节Ⅲ有短毛 10～16 根，毛长 0.01mm，为该节最宽直径的 0.18 倍；节Ⅲ～Ⅴ分别有圆形次生感觉圈：48～56 个，31～34 个，11～14 个，围绕全节分布。喙端部达中足基节，节Ⅳ＋Ⅴ长尖锥状，长 0.14mm，为后足跗节Ⅱ的 1.40 倍，有毛 3 或 4 对。后足股节长 0.56mm，后足胫节长 1.20mm，后足跗节Ⅱ长 0.10mm。翅脉正常，脉粗黑。腹管有瓦纹，端部黑色部分光滑，长 0.48mm，为尾片的 3.60 倍。尾片尖锥状，长 0.13mm，有毛 4 或 5 根。尾板有毛 14 或 15 根。其他特征与无翅孤雌蚜相似。

生物学 寄主植物为沙枣 *Elaeagnus angustifolia*、蓼属 1 种 *Polygonum* sp.、刺菜 *Cirsium* sp. 和沙棘 *Hippophae rhamnoides*。在叶片背面取食。

分布 辽宁（沈阳）、北京、天津、山东、四川、陕西、青海、新疆、台湾；朝鲜半岛，俄罗斯，日本，埃及，美国，加拿大，欧洲，大洋洲。

（214）河北蓟钉毛蚜 *Capitophorus evelaeagni* Zhang，1980（图 247）

Capitophorus evelaeagni Zhang，1980：57.

Capitophorus evelaeagni Zhang：Zhang *et* Zhong，1983：275；Remaudière *et* Remaudière，1997：82.

特征记述

无翅孤雌蚜 体长纺锤形，体长 2.30mm，体宽 1.10mm。活体蜡白色。玻片标本体淡色，无斑纹。触角各节间、喙、足胫节端部稍骨化；喙顶端、腹管端部 1/5、跗节灰黑色，其他部分淡色。体表光滑，体缘稍显曲纹。气门圆形关闭，气门片淡色。节间

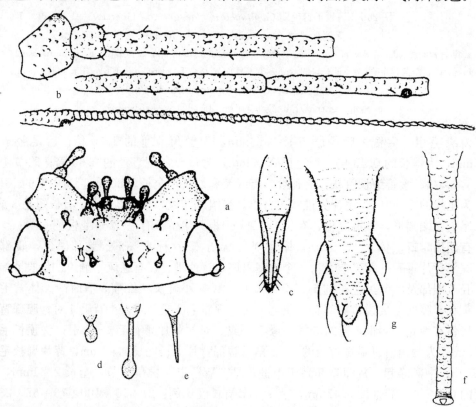

图 247 河北蓟钉毛蚜 *Capitophorus evelaeagni* Zhang

无翅孤雌蚜（apterous viviparous female）

a. 头部背面观（dorsal view of head）；b. 触角（antenna）；c. 喙节Ⅳ＋Ⅴ（ultimate rostral segment）；d. 体背毛（dorsal hair of body）；e. 体腹面毛（ventral hair of body）；f. 腹管（siphunculus）；g. 尾片（cauda）。

斑不显。中胸腹岔两臂分离。体背刚毛顶端球形，长短不等，腹面毛尖锐；头部有中额长毛2根，额瘤长毛2根，头背毛8根，头部前方长毛长为后方毛的4.00倍；前胸背板有中短刚毛4根，侧、缘长毛各2根；中胸背板有中、侧短毛各4根，长短缘毛6～8根；后胸背板有中短刚毛4根，侧、缘长刚毛各2根；腹部背毛短，背片Ⅰ～Ⅵ分别有中、侧毛各2根；背片Ⅶ有长短中、侧毛8根，其中2根中毛最长；背片Ⅰ～Ⅶ各有缘毛2根，背片Ⅷ有长毛4根；头顶毛、腹部背片Ⅰ缘毛、背片Ⅰ～Ⅵ中毛、背片Ⅶ、Ⅷ毛长分别为触角节Ⅲ直径的1.10倍、0.80倍、0.37～0.42倍、1.40～1.90倍。中额隆起，额瘤显著隆起，外倾。触角6节，细长，有瓦纹，节Ⅰ外缘隆起圆形；全长2.30mm，与体长相等，节Ⅲ长0.46mm，节Ⅰ～Ⅵ长度比例：21：15：100：87：74：22+180；节Ⅰ～Ⅵ毛数：2或3根，4根，9根，7～11根，4～6根，1或2+1或2根，节Ⅲ毛长为该节直径的0.20倍。喙端部达中足基节、节Ⅳ＋Ⅴ细长，两缘平直；长0.13mm，为基宽的2.80倍，为后足跗节Ⅱ的1.40倍；有原生刚毛2对，次生短刚毛2对。后足股节长0.57mm，为触角节Ⅲ的1.20倍；后足胫节长1.10mm，为体长的0.48倍；后足胫节毛尖锐，毛长为该节直径的0.59倍；跗节Ⅰ毛序：3，3，3。腹管细长筒形，有瓦纹、缘突和切迹；长0.81mm，为中宽的19.00倍，为触角节Ⅲ的1.80倍，为尾片的2.60倍。尾片圆锥形，长0.31mm，有微刺突细瓦纹，有长曲毛8～12根。尾板末端尖圆形，有长毛9～11根。生殖板淡色，有长短毛10根。

生物学 寄主植物为沙枣 *Elaeagnus angustifolia*、大刺菜 *Cirsium* sp.、藜（灰菜）*Chenopodium album* 和刺蓟 *Cirsium japonicum*。

分布 辽宁（沈阳）、河北。

(215) 沙棘钉毛蚜 *Capitophorus hippophaes hippophaes*（Walker，1852）（图248）

Aphis hippophaes Walker, 1852：302.

Rhopalosiphum hipppophaes Koch, 1854：1.

Amphorophora minima Mason, 1925：1.

Capitophorus gillettei Theobald, 1926：1.

Capitophorus hippophaes hippophaes（Walker）：Remaudière *et* Remaudière, 1997：82；Zhang, 1999：363.

特征记述

无翅孤雌蚜 体长卵形，体长1.87mm，体宽0.76mm。活体白色或淡绿色。玻片标本淡色，无斑纹。触角节Ⅵ、胫节端部、褐色，喙顶端、跗节黑色，触角节Ⅰ～Ⅴ、足大部分、腹管、尾片、尾板及生殖板淡色。体表光滑，腹部背片Ⅶ、Ⅷ有皱曲纹。体背毛有隆起淡色毛基斑，腹部背片Ⅵ、Ⅶ毛基斑明显隆起，背片Ⅷ毛基斑愈合为1个大突起。气门圆形开放，气门片淡色。节间斑不显。中胸腹岔淡色，无柄或两臂分离，横长0.24mm，为触角节Ⅲ的0.67倍。体背毛粗，钉毛状，顶端球形；腹部腹面毛细，尖锐；头部有细钉毛状中额毛1对，粗钉毛状额瘤毛2对，头背毛4对；前胸背板有中毛2对，侧、缘毛各1对；腹部背片Ⅰ～Ⅶ各有粗长钉毛状中毛1对，背片Ⅰ～Ⅴ各有短钉毛状侧毛1对，背片Ⅰ～Ⅶ各有缘毛1对，背片Ⅷ有毛5或6根；各毛长短粗细不等，侧毛粗短，背片Ⅳ～Ⅷ中毛粗长；头顶长毛长0.02mm，为触角节Ⅲ中宽的0.79

倍，额瘤长毛长 0.06mm，腹部背片Ⅰ中毛长 0.02～0.05mm，背片Ⅷ长毛长 0.06mm，短毛长 0.02mm。中额微隆，额瘤显著隆起。触角 6 节，细长，节Ⅰ外缘端部突出，有瓦纹，全长 1.85mm，与体长约相等；节Ⅲ长 0.35mm，节Ⅰ～Ⅵ长度比例：21：15：100：74：61：29＋225。触角毛短粗，钝顶，节Ⅰ～Ⅵ毛数：5～7 根，4 或 5 根，9～14 根，5 或 6 根，4 或 5 根，2＋4 根，节Ⅵ鞭部顶端有毛 4～6 根；节Ⅲ长毛长 0.01mm，为该节中宽的 1/3。喙端部达中足基节，节Ⅳ＋Ⅴ长楔状，长 0.10mm，为基宽的 2.20 倍，为后足跗节Ⅱ的 1.30 倍，有原生毛 2 或 3 对，次生毛 1 或 2 对。足股节及胫节端部有瓦纹；后足股节长 0.42mm，为触角节Ⅲ的 1.20 倍；后足胫节长 0.82mm，为体长的 0.44 倍，胫节长毛长 0.03mm，为该节端部最宽直径的 0.69 倍；跗节Ⅰ毛序：3，3，3，有时 2 根。腹管细长管状，有淡色瓦纹，有缘突和切迹，长 0.57mm，为尾片的 2.40 倍。尾片宽锥形，中部收缩，有小刺突瓦纹，长 0.24mm，为基宽的 1.90 倍，有毛 10 或 11 根。尾板末端尖圆形，有毛 14～19 根。生殖板有长尖毛 6～8 根。

生物学 寄主植物为沙棘 *Hippophae rhamnoides*、酸模叶蓼（节蓼、马蓼）*Polygonum lapathifolium*、光叶蓼（细叶蓼）*P. molle* var. *frondosum*、刺蓼 *P. senticosum* 等蓼属植物。在叶片背面取食。

分布 辽宁（北镇、建昌）、甘肃、青海，中国广布；日本，印度尼西亚，印度，美国，加拿大，欧洲，大洋洲。

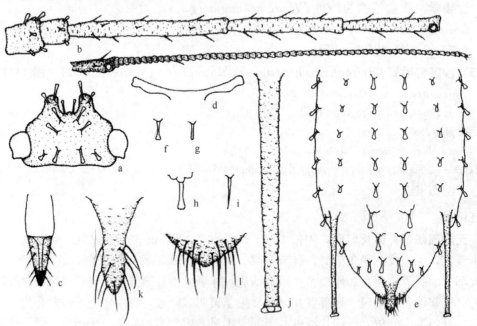

图 248　沙棘钉毛蚜 *Capitophorus hippophaes hippophaes*（Walker）

无翅孤雌蚜（apterous viviparous female）

a. 头部背面观（dorsal view of head）；b. 触角（antenna）；c. 喙节Ⅳ＋Ⅴ（ultimate rostral segment）；d. 中胸腹岔（mesosternal furca）；e. 腹部背面观（dorsal view of abdomen）；f. 头顶毛（cephalic hair of head）；g. 触角毛（antennal hair）；h. 体背毛（dorsal hair of body）；i. 腹部腹面毛（ventral hair of abdomen）；j. 腹管（siphunculus）；k. 尾片（cauda）；l. 尾板（anal plate）。

（216）蓼钉毛蚜爪哇亚种 *Capitophorus hippophaes javanicus* Hille Ris Lambers，1953（图 249）

Capitophorus hippophaes javanicus Hille Ris Lambers，1953：1.

Capitophorus hippophaes javanicus Hille Ris Lambers：Miyazaki，1971：85；Zhang *et* Zhong，1983：272；Remaudière *et* Remaudière，1997：83；Zhang，1999：364.

特征记述

无翅孤雌蚜 体长纺锤形，体长 2.30mm，体宽 0.95mm。活体蜡白色。玻片标本淡色，无斑纹。触角、喙、足大部、腹管淡色，喙顶端、胫节端部及跗节灰黑色，尾片及尾板黄褐色。体表光滑，稍有曲纹，头部前缘、身体两侧缘有网纹，腹部背片 Ⅵ～Ⅷ背面有横纹。缘瘤不显。气门不规则形半开或关闭，气门片淡色。中胸腹岔无柄。中额微隆，额瘤显著外倾。体背刚毛粗长，顶端球状；头部有头顶钉毛 14 根；前胸背板有中、侧毛各 1 或 2 对，缘毛 1 对；中胸背板有中毛 1 或 2 对，侧毛 1～3 对，缘毛 5 对；后胸背板有中、侧毛各 1 对；缘毛 2 对；腹部背片 Ⅰ～Ⅴ、Ⅷ有中、侧、缘毛各 1 对，背片 Ⅵ、Ⅶ缺侧毛；头顶毛、腹部背片 Ⅰ毛、背片 Ⅷ毛长分别为触角节 Ⅲ 直径的 2.30 倍、1.30 倍、2.00 倍。触角 6 节，有瓦纹，全长 2.20mm，约与体长相等，节 Ⅲ 长 0.44mm，节 Ⅰ～Ⅵ长度比例：15：13：100：81：73：26＋212；触角有短粗球顶毛，节 Ⅰ～Ⅵ毛数：5 或 6 根，4 或 5 根，8～11 根，5 或 6 根，6～8 根，2＋2～4 根，节 Ⅲ毛长为该节直径的 0.34 倍。喙粗短，端部达中足基节，节 Ⅳ＋Ⅴ长 0.12mm，约为基宽的 1.50 倍，为后足跗节 Ⅱ 的 1.20 倍；有原生刚毛 2 对，次生刚毛 2 对。后足股节长 0.51mm，为触角节 Ⅲ 的 1.30 倍；后足胫节长 1.10mm，为体长的 0.48 倍；后足胫节

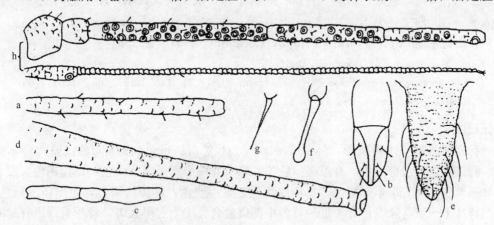

图 249 蓼钉毛蚜爪哇亚种 *Capitophorus hippophaes javanicus* Hille Ris Lambers

无翅孤雌蚜（apterous viviparous female）

a. 触角节 Ⅲ（antennal segment Ⅲ）；b. 喙节 Ⅳ＋Ⅴ（ultimate rostral segment）；c. 中胸腹岔（mesosternal furca）；d. 腹管（siphunculus）；e. 尾片（cauda）；f. 体背毛（dorsal hair of body）；g. 体腹面毛（ventral hair of body）.

有翅孤雌蚜（alate viviparous female）

h. 触角（antenna）.

内侧毛长、尖顶，其他毛钉毛状，长毛为该节基宽的 0.70 倍；跗节 I 毛序：3，3，3。腹管细长圆筒形，基部最粗，端部稍膨大，中部稍收缩，有瓦纹、缘突和切迹；全长 0.73mm，为体长的 0.32 倍，为触角节 III 的 1.70 倍，为尾片的 2.80 倍。尾片圆锥形，中部微收缩，有微刺组成密瓦纹，有曲毛 8～13 根。尾板末端圆形，有毛 14～22 根。生殖板有毛 8～10 根。

有翅孤雌蚜　体长纺锤形，体长 2.10mm，体宽 0.79mm。活体头部、胸部黄褐色，腹部蜡白色。玻片标本头部、胸部灰褐色至灰色，腹部淡色。触角灰黑色，节 I、II 淡色。腹部背片节 III～VI 有背斑愈合成的灰黑色方形背中大斑。体背毛钝顶，短于无翅孤雌蚜体背毛短。触角 6 节，全长 1.80mm，为体长的 0.90 倍，节 III 长 0.38mm，节 I～VI 长度比例：19：16：100：67：60：29＋98；节 III 有小圆形次生感觉圈 29～42 个，分散于全长，节 IV 有 12～16 个，节 V 有 3～6 个。喙端部不及中足基节。翅脉正常。腹管表面光滑，长 0.42mm，为体长的 0.20 倍，为触角节 III 的 1.10 倍。尾片有毛 7 或 8 根。尾板有毛 11～15 根。其他特征与无翅孤雌蚜相似。

生物学　原生寄主为沙枣 *Elaeagnus angustifolia*、胡颓子 *E. pungens* 和牛奶子 *E. umbellata* 等胡颓子属植物；次生寄主为春蓼 *Polygonum persicaris*、刺蓼 *P. senticosum*、小叶蓼 *P. delicatulum*、蓼蓝 *P. tinctorium*、红蓼（大蓼）*P. orientale* 和酸蓼 *Polygonum sp.* 等多种蓼属植物。以卵在胡颓子属植物枝条上越冬，4～5 月为害胡颓子属植物，5～8 月间为害蓼属植物。在北京 10 月下旬至 11 月上旬在胡颓子属植物上发生雌蚜和雄蚜，交配后产卵越冬。

分布　辽宁（抚顺、阜新、辽阳、沈阳、熊岳）、吉林（公主岭）、北京、河北、天津、山东、河南、甘肃、新疆、台湾；朝鲜半岛，俄罗斯，日本，印度尼西亚，印度，澳大利亚，新西兰，美国。

（217）山钉毛蚜 *Capitophorus montanus* Takahashi，1931（图 250）

Capitophorus montanus Takahashi，1931：77.

Capitophorus montanus Takahashi：Takahashi，1961：2；Tao 1963：165；Tao，1966：13；
　　Remaudière *et* Remaudière，1997：83.

特征记述

有翅孤雌蚜　体椭圆形，体长 1.92mm，体宽 0.90mm。活体褐色。玻片标本头部、胸部黑色，腹部淡色，有黑斑。触角、喙节 II 端半部至节 V 黑色；足黑褐色，股节基部稍淡色；腹管端半部褐色，基半部淡色；尾片淡色，尾板淡褐色，生殖板黑褐色。腹部背片 I～VII 有缘斑，背片 III～VI 各中侧斑愈合为 1 个方形大斑，背片 VI 背斑有时断裂，背片 VII、VIII 无斑或不明显。体表光滑，微有皱纹，缘域有刺突分布。气门圆形开放，气门片淡褐色。节间斑褐色，位于腹部背片 I、II。体背毛短小，粗钉状，腹部腹面多长尖锐毛，毛长为背毛的 3.00～4.00 倍；头部有中额毛 1 对，额瘤毛 1 对，头背毛 4 对；前胸背板有中、侧、缘毛各 1 对；腹部背片 I～VI 毛极短，各有中毛 1 对，缘毛 2 对（有时 1 对）；背片 VII、VIII 毛稍长，各有中侧毛 2 对；背片有 VII 缘毛 2 或 3 对；头顶及腹部背片 I 毛长 0.01～0.02mm，为触角节 III 中宽的 0.20～0.25 倍，背片 VIII 毛长 0.02～0.03mm。中额稍隆，额瘤隆起外倾，呈浅 "W" 形。触角 6 节，有瓦纹，节

Ⅰ、Ⅱ有明显皱纹，全长 2.43mm，为体长的 1.30 倍；节Ⅲ长 0.55mm，节Ⅰ～Ⅵ长度比例：14：12：100：72：60：21＋164；触角毛极短，节Ⅰ～Ⅵ毛数：4 或 5 根，3 或 4 根，15～19 根，11～12 根，7～9 根，2＋2 根，节Ⅵ鞭部顶端有毛 2 根；节Ⅲ毛长为该节中宽的 1/5；节Ⅲ～Ⅴ各有小圆形次生感觉圈 61～71 个，34～43 个，11～18 个。喙端部达中足基节，节Ⅳ＋Ⅴ矛状，长 0.15mm，为基宽的 2.80 倍，为后足跗节Ⅱ的 2.30 倍，有原生长毛 3 对，次生长毛 1 对。足光滑，胫节端部有瓦纹；后足股节长 0.63mm，为触角节Ⅲ的 1.10 倍；后足胫节长 1.28mm，为体长的 0.66 倍；胫节毛尖锐，毛长 0.03mm，为该节端部最宽直径的 0.75 倍；跗节Ⅰ毛序：3，3，3。腹管长管状，基部光滑，端半部有微瓦纹，缘突不显，有切迹，全长 0.49mm，为尾片的 4.00 倍。尾片宽锥形，有小刺突横瓦纹，长 0.12mm，为基宽的 0.84 倍，有长毛 5 根。尾板平圆形，有毛 12～14 根。生殖板圆形，有毛 7 或 8 根。

生物学 寄主植物为大果沙枣 *Elaeagnus* sp. 。

分布 辽宁（沈阳）、台湾；朝鲜半岛，俄罗斯，日本。

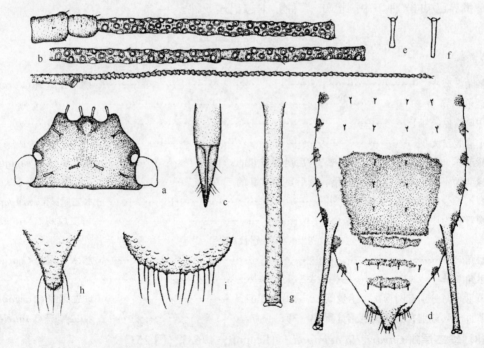

图 250　山钉毛蚜 *Capitophorus montanus* Takahashi

有翅孤雌蚜（alate viviparous female）

a. 头部背面观（dorsal view of head）；b. 触角（antenna）；c. 喙节Ⅳ＋Ⅴ（ultimate rostral segment）；
d. 腹部背面观（dorsal view of abdomen）；e. 头部背毛（dorsal hair of head）；f. 体背毛（dorsal hair of body）；g. 腹管（siphunculus）；h. 尾片（cauda）；i. 尾板（anal plate）。

81. 二尾蚜属 *Cavariella* del Guercio，1911

Cavariella del Guercio，1911：323. **Type species**：*Aphis pastinacae* Linnaeus，1758.

Corynosiphon Mordvilko，1914：73.

Nipposiphum Matsumura，1917：410.

Metaphis Matsumura，1918：1.

Neocavariella Shinji，1932：122.

Cavariella del Guercio；Miyazaki，1971：176；Zhang *et* Zhong，1983：269；Remaudière *et* Remaudière，1997：84；Zhang，1999：367.

属征　活体黄绿色、绿色或红色。有翅孤雌蚜腹部背片Ⅲ～Ⅵ常有深色横带，且常愈合为大背斑，背斑边缘一般较粗糙。中额凸起，额瘤很低。有时有缘瘤。触角 6 节，偶有 5 节，短于体长；触角毛较短；触角末节鞭部短于或长于基部。无翅孤雌蚜触角无次生感觉圈，有翅孤雌蚜触角节Ⅲ有多个大型稍突起的圆形次生感觉圈，节Ⅳ有时有次生感觉圈。喙节Ⅳ＋Ⅴ细长，有次生毛 0～2 对。跗节Ⅰ毛序：3，3，3。腹管圆筒形，有时膨大。尾片舌状，有毛 4～8 根。腹部背片Ⅷ有 1 个似尾片的上尾片，有翅孤雌蚜上尾片缩小。大部分种类的原生寄主为柳属植物 *Salix* spp.，次生寄主为伞形科 Apiaceae 植物。

世界已知 37 种，中国已知 15 种，本志记述 5 种。

种 检 索 表
（无翅孤雌蚜）

1. 触角 5 节 ·· 楤木二尾蚜 *C. araliae*
   触角 6 节 ··· 2
2. 中胸腹岔有柄 ·· 3
   中胸腹岔无柄 ·· 4
3. 喙节Ⅳ＋Ⅴ长为基宽的 1.90 倍，为后足跗节Ⅱ的 0.82 倍 ·········· 埃二尾蚜 *C. aegopodii*
   喙节Ⅳ＋Ⅴ长为基宽的 2.30 倍，为后足跗节Ⅱ的 1.20 倍 ·········· 康二尾蚜 *C. konoi*
4. 腹管长为尾片的 2.30 倍 ······························ 日本二尾蚜 *C. nipponica*
   腹管长为尾片的 1.70 倍 ······························ 柳二尾蚜 *C. salicicola*

（有翅孤雌蚜）

1. 触角 5 节 ·· 楤木二尾蚜 *C. araliae*
   触角 6 节 ··· 2
2. 节Ⅲ～Ⅴ分别有圆形次生感觉圈 16～19，0，0 个 ·········· 埃二尾蚜 *C. aegopodii*
   节Ⅲ～Ⅴ分别有圆形次生感觉圈 24～30，3～7，0～3 个 ·········· 柳二尾蚜 *C. salicicola*

（218）埃二尾蚜 *Cavariella aegopodii*（Scopoli，1763）（图 251）

Aphis aegopodii Scopoli，1763：137.

Aphis umbellatarum Koch，1854：1.

Cavariella aegopodii（Scopoli，1763）：Palmer，1952：196；Cottier，1953：144；Eastop，1958：30；Heinze，1960：810；Takahashi，1961：3；Eastop，1966：435；Miyazaki，1971：177；Remaudière *et* Remaudière，1997：84；Zhang，1999：368.

特征记述

无翅孤雌蚜　体椭圆形，体长 1.89mm，体宽 0.86mm。活体叶绿色。玻片标本淡色，头顶稍显褐色，无斑纹。触角节Ⅳ～Ⅵ、喙顶端黑褐色；足股节、胫节淡褐色，跗

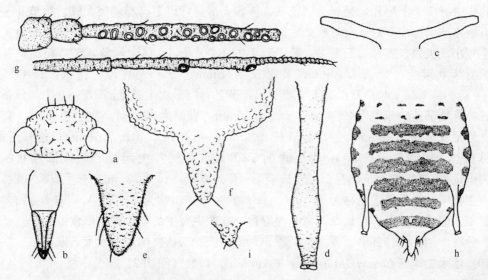

图 251 埃二尾蚜 *Cavariella aegopodii* (Scopoli)

无翅孤雌蚜 (apterous viviparous female)

a. 头部背面观 (dorsal view of head); b. 喙节Ⅳ+Ⅴ (ultimate rostral segment); c. 中胸腹岔 (mesosternal furca); d. 腹管 (siphunculus); e. 尾片 (cauda); f. 上尾片 (supracaudal process)。

有翅孤雌蚜 (alate viviparous female)

g. 触角 (antenna); h. 腹部背面观 (dorsal view of abdomen); i. 上尾片 (supracaudal process)。

节黑色;腹管淡色,端部 1/2 淡褐色;尾片及尾板淡色。体表粗糙,有明显环状纹及开口环形纹。气门圆形开放,气门片淡色。缺节间斑。中胸腹岔有短柄,淡色,横长 0.32mm,为触角节Ⅲ的 1.30 倍。体背毛短粗,头部有头顶毛 2 对,头背毛 4 对;前胸背板有中毛 2 对,侧、缘毛各 1 对;腹部背片Ⅰ~Ⅵ各有中侧毛 2 对,背片Ⅵ有时有 1 对;背片Ⅷ有毛 1 对,位于上尾片顶端,无缘毛。头顶毛长 0.015mm,为触角节Ⅲ最宽直径的 0.60 倍;腹部背片Ⅰ毛长 0.008mm,背片Ⅷ毛长 0.018mm。中额隆起,额瘤低于中额。触角 6 节,有明显瓦纹,全长 0.75mm,为体长的 0.40 倍;节Ⅲ长 0.25mm,节Ⅰ~Ⅵ长度比例:23:21:100:37:39:39+44;触角毛短,节Ⅰ~Ⅵ毛数:4 或 5 根,4 或 5 根,4 或 5 根,2 或 3 根,2 或 3 根,2 或 3 根,节Ⅵ鞭部顶端有极短毛 3 根;节Ⅲ毛长为该节最宽直径的 1/4。喙端部达后足基节,节Ⅳ+Ⅴ楔形,长 0.10mm,长为基宽的 1.90 倍,为后足跗节Ⅱ的 0.82 倍;有原生长毛 2 对,缺次生毛。足股节外缘有瓦纹,其他光滑;后足股节长 0.44mm,为触角节Ⅲ的 1.80 倍;后足胫节长 0.73mm,为体长的 0.39 倍,跗节Ⅰ毛序:3,3,3。腹管长管状,端半部膨大,有瓦纹,全长 0.36mm,为体长的 0.19 倍,为尾片的 2.10 倍。上尾片基部宽大,钝锥状,位于腹部背片Ⅷ中央,长 0.13mm。尾片舌状,长 0.17mm,有毛 5 根。尾板末端圆形,顶端稍突,毛 10~14 根。

有翅孤雌蚜 体长 1.94mm,体宽 0.81mm。玻片标本头部、胸部黑色,腹部淡色,有背斑。触角、喙、足黑褐色;腹管淡色,端半部淡褐色;尾片、尾板褐色。腹部背片Ⅰ~Ⅶ各有独立缘斑;背片Ⅰ、Ⅱ各小斑不甚明显,背片Ⅲ~Ⅷ各背斑呈横带。背片Ⅷ中央有 1 个上尾片，突起呈圆锥状。体表光滑，背斑上有小刺突瓦纹。腹节Ⅱ～Ⅴ各有极小透明缘瘤 1 对，有时有 2 对。气门圆形半开放，气门片黑色。节间斑明显。体背毛短小，尖锐，腹部腹面毛多，长于背毛的 1.00～2.00 倍。触角 6 节，粗糙，各节缘域有齿状刺突；全长 1.10mm，节Ⅲ长 0.38mm，节Ⅰ～Ⅵ长度比例：16：15：100：40：41：35＋40；节Ⅲ有毛 5 或 6 根，节Ⅲ有圆形次生感觉圈 16～19 个，分布于全长。喙端部达中足基节，节Ⅳ＋Ⅴ长 0.10mm，有原生毛 2 对，次生毛 1 对，有时缺。后足股节长 0.48mm，后足胫节长 0.90mm，后足跗节Ⅱ长 0.13mm。翅脉正常，各脉粗黑。腹管长 0.30mm，为尾片的 1.70 倍。上尾片突起呈瘤状或圆锥状，长 0.04mm，与基宽约等长，有 1 对较长刚毛。尾片锥形，长 0.17mm，有毛 5 或 6 根。

　　生物学　原生寄主植物为柳 *Salix* sp.；次生寄主植物为伞形科 Apiaceae 植物。在原生寄主的叶片正面、生长点及嫩叶上取食；在次生寄主的茎、叶上取食。

　　分布　黑龙江、甘肃、青海、新疆、台湾；俄罗斯，美国，加拿大，欧洲。

(219) 楤木二尾蚜 *Cavariella araliae* Takahashi，1921 （图 252）

Cavariella araliae Takahashi, 1921：37.

Cavariella neocapreae Takahashi, 1921：37.

Cavariella araliae Takahashi：Takahashi, 1923：35；Takahashi, 1961：3；Tao, 1962：97；
　　Tao, 1964：112；Paik, 1965：94；Miyazaki, 1971：179；Zhang *et* Zhong, 1983：269；
　　Remaudière *et* Remaudière, 1997：84.

特征记述

　　无翅孤雌蚜　体长卵形，体长 2.00mm，体宽 1.00mm。活体白色至淡黄色。玻片标本淡色，无斑纹。触角节Ⅳ、Ⅴ、喙、跗节灰黑色，其他部分淡色。体表背面有明显"O"或"C"形纹，腹面光滑。气门不规则形，不甚明显，气门片淡色。节间斑不明显。无缘瘤。中胸腹岔两臂分离或一丝相连。体背毛短，不显著，腹面多毛，稍长于背毛；头部有背毛 10 根；前、中、后胸背板各有中侧毛 2，4，3 对，后胸背板有缘毛 1 对；腹部背片Ⅰ～Ⅶ各有中、侧毛 2 对，缘毛 1 对，背片Ⅷ有稍长毛 1 对，位于上尾片顶端；头顶毛及腹部背片Ⅰ缘毛长为触角节Ⅲ直径的 0.40～0.44 倍。中额及额瘤隆起，顶部有皱纹突起。触角 5 节，有瓦纹，全长 0.80mm，为体长的 0.41 倍，节Ⅲ长 0.33mm，节Ⅰ～Ⅴ长度比例：14：16：100：27：29＋46；触角毛甚短，节Ⅰ～Ⅴ毛数：4 根，2～4 根，5 根，0 或 1 根，（1 或 2）＋0 根，末节鞭部顶端有毛 3 或 4 根，节Ⅲ毛长为该节直径的 0.17 倍。喙粗大，端部超过中足基节，节Ⅳ＋Ⅴ长 0.15mm，为基宽的 2.40 倍，为后足跗节Ⅱ的 1.40 倍，有原生毛 2 对，次生毛 1 对。后足股节长 0.48mm，为触角节Ⅲ的 1.40 倍；后足胫节端部粗大，长 0.84mm，为体长的 0.43 倍，毛长为该节中宽的 0.44 倍；跗节Ⅰ毛序：3，3，2。腹管长筒形，中部稍内弯收缩，端部稍膨大，顶端收缩，有瓦纹、缘突和切迹；长 0.38mm，为体长的 0.19 倍，为上尾片的 1.60 倍，为尾片的 2.40 倍。上尾片是腹部节Ⅷ背片中部的伸长，有"C"形纹，长圆锥形，顶端稍钝，长 0.26mm，长于尾片，有毛 1 对。尾片粗圆锥形，有小圆形刺突瓦纹，长 0.15mm，有毛 4 或 5 根。尾板半圆形，有毛 7～12 根。生殖板淡色，有前部长毛 2 根，后部短毛 4 根。

有翅孤雌蚜　体纺锤形，体长 2.00mm，体宽 0.82mm。活体头部、胸部黑色，腹部黄绿色，有黑斑。玻片标本头部、胸部黑色，腹部淡色，有黑色斑纹。触角、股节端部 1/2、胫节端部 1/5、跗节黑色，喙节Ⅲ～Ⅴ、足其他部分、腹管、尾片及生殖板灰黑色。腹部背片Ⅰ有中侧断续细带，背片Ⅱ中侧带中断，背片Ⅲ～Ⅵ中、侧斑愈合为 1 个大方斑，背片Ⅶ有横带，背片Ⅱ～Ⅶ各有大型缘斑，背片Ⅷ有 1 个方斑，中央突起为指状光滑上尾片。头部、胸部有皱曲纹，腹部缘斑有小刺突网纹，背片Ⅶ、Ⅷ有瓦纹，其他斑纹光滑。气门圆形开放，气门片黑色。节间斑明显，黑褐色。体背毛短尖，腹部背片Ⅶ有中毛 1 对，背片Ⅰ、Ⅶ各有缘毛 1 对，背片Ⅱ～Ⅵ各有缘毛 2 或 3 对，背片Ⅷ有短毛 1 对，位于上尾片顶端。触角 5 节，全长 0.88mm，为体长的 0.44 倍，节Ⅲ长 0.41mm，节Ⅰ～Ⅴ长度比例：11：13：100：20：29＋45；节Ⅲ有毛 7～11 根，节Ⅳ有毛 2 或 3 根；节Ⅲ有大小圆形或肾形次生感觉圈 26～34，分布全长。翅脉正常。后足股节长 0.45mm，后足胫节长 0.90mm。腹管长棒状，端部膨大，长 0.27mm。尾片长 0.12mm，有毛 4 或 5 根。尾板有毛 11～16 根。其他特征与无翅孤雌蚜相似。

生物学　原生寄主为柳 *Salix* sp.；次生寄主为两面针 *Zanthoxylum nitidum*、楤木 *Aralia chinensis*、土当归 *Aralia cordata*、辽东楤木（刺老牙）*Aralia elata*、通脱木 *Tetrapanax papyrifera*、鹅掌柴（鸭母树）*Schefflera octophylla* 及海桐 *Pittosporum tobira*。常盖满嫩梢、嫩叶。

分布　辽宁、吉林（抚松）、江苏、浙江、河南、广东、台湾；俄罗斯，韩国，日本。

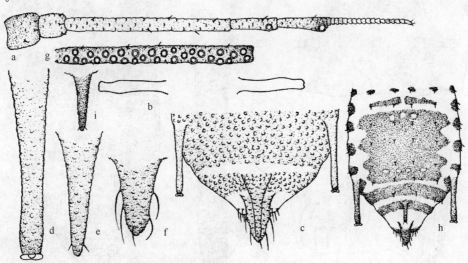

图 252　楤木二尾蚜 *Cavariella araliae* Takahashi

无翅孤雌蚜（apterous viviparous female）

a. 触角（antenna）；b. 中胸腹岔（mesosternal furca）；c. 腹部背片Ⅵ～Ⅷ（abdominal tergites Ⅵ～Ⅷ）；
d. 腹管（siphunculus）；e. 上尾片（supracaudal process）；f. 尾片（cauda）。

有翅孤雌蚜（alate viviparous female）

g. 触角节Ⅲ（antennal segment Ⅲ）；h. 腹部背面观（dorsal view of abdomen）；i. 上尾片（supracaudal process）。

（220）康二尾蚜 *Cavariella konoi* Takahashi，1939（图 253）

Cavariella konoi Takahashi，1939：117.

Siphocoryne archangelicae Oestlund，1886 nec Scopoli，1763：17.

Cavariella konoi Takahashi：Takahashi，1961：3；Stroyan，1969：10；Miyazaki，1971：178；
　　Heie，1992：156；Remaudière *et* Remaudière，1997：85；Zhang，1999：371.

特征记述

　　无翅孤雌蚜　体长卵形，体长 2.13mm，体宽 1.05mm。活体绿色。玻片标本头部黑褐色，胸部、腹部淡褐色。触角、喙、足、腹管、尾片、尾板及生殖板黑色。腹部背片Ⅷ有横带横贯全节。体表粗糙，有突凸的椭圆形及开环状的鱼鳞背斑。气门圆形关闭，气门片与体表同色。节间斑褐色。中胸腹岔有长柄，单臂横长 0.33mm，为触角节Ⅲ的 1.13 倍。体背毛粗，钝顶，腹部腹面有尖锐毛；头部有头顶毛 3 对，头背毛 3 对；腹部背片Ⅰ～Ⅵ各有中毛 2 对，缘毛 2 或 3 对，背片Ⅶ有中毛 1 对，缘毛 1 或 2 对，背片Ⅷ有毛 1 对，位于上尾片两侧；头顶毛长 0.02mm，为触角节Ⅲ最宽直径的 0.63 倍，腹部背片Ⅰ缘毛长 0.03mm，背片Ⅰ中毛长 0.02mm，背片Ⅷ毛长 0.02mm。中额及额

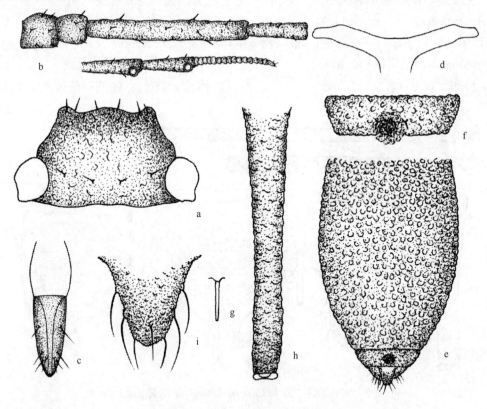

图 253　康二尾蚜 *Cavariella konoi* Takahashi

无翅孤雌蚜（apterous viviparous female）

a. 头部背面观（dorsal view of head）；b. 触角（antenna）；c. 喙节Ⅳ＋Ⅴ（ultimate rostral segment）；

d. 中胸腹岔（mesosternal furca）；e. 腹部背面观（dorsal view of abdomen）；f. 腹部背片Ⅷ（abdominal
　　tergite Ⅷ）；g. 体背毛（dorsal hair of body）；h. 腹管（siphunculus）；i. 尾片（cauda）。

瘤不甚隆起。触角 6 节，有瓦纹，全长 0.85mm，为体长的 0.40 倍，节Ⅲ长 0.29mm，节Ⅰ～Ⅵ长度比例：20：19：100：36：36：32＋48；触角毛粗短，节Ⅰ～Ⅵ毛数：4 或 5 根，4 根，9～11 根，3 根，2 或 3 根，2 或 3＋2 根，末节鞭部顶端有毛 3 或 4 根，节Ⅲ毛长为该节最宽直径的 0.42 倍。喙粗大，端部超过中足基节，节Ⅳ＋Ⅴ楔状，长 0.14mm，长为基宽的 2.30 倍，长为后足跗节Ⅱ的 1.20 倍，有原生毛 3 对，次生毛 1 对。足股节有瓦纹，胫节光滑；后足股节长 0.50mm，为触角节Ⅲ的 1.70 倍；后足胫节长 0.76mm，为体长的 0.36 倍，毛长为该节中宽的 0.63 倍；跗节Ⅰ毛序：3，3，3。腹管管状，粗糙，有明显鱼鳞状纹，稍显缘突，有切迹，全长 0.35mm，为尾片的 3.20 倍。上尾片位于腹背片Ⅷ中央，突凸，延伸呈圆锥状。尾片宽锥状，呈五角形，有粗刺突瓦纹，长 0.11mm，有毛 7 根。尾板末端圆形，有毛 20 余根。生殖板有尖毛 14 根。

有翅若蚜（4 龄） 体表光滑，腹面有小刺突瓦纹，背毛尖锐。触角 6 节，节Ⅲ～Ⅴ分别有次生感觉圈：40～42 个，8～10 个，2 或 3＋1 个（已成熟）。腹部背片Ⅷ中央有 1 个上尾片，长与宽约等，有长毛 1 对。

生物学 原生寄主植物为柳 *Salix* sp.；次生寄主为伞形科 Apiaceae 植物。在叶片背面及茎上取食。

分布 吉林（长白、集安）、云南、甘肃；俄罗斯，蒙古国，日本，丹麦，瑞典，挪威，芬兰，波兰，德国，英国，美国，加拿大。

(221) 日本二尾蚜 *Cavariella nipponica* Takahashi，1961（图 254）

Cavariella nipponica Takahashi，1961：8.

Cavariella nipponica Takahashi：Miyazaki，1971：179；Zhang et Liu，1986：240；Remaudière et Remaudière，1997：85.

特征记述

无翅孤雌蚜 体椭圆形，体长 2.01mm，体宽 0.91mm。活体绿色。玻片标本体背褐色，无斑纹；触角淡色，节Ⅴ端半部及节Ⅵ深黑色；喙淡色，节Ⅳ＋Ⅴ褐色，顶端黑色；足淡色，胫节端部褐色，跗节深褐色；尾片端部 3/5 褐色；腹管、尾板淡色。体表粗糙，有粗 "S" 纹组成的背纹；头部、胸部和腹部分节明显，各节间有横 "S" 形纹；腹部腹面光滑，微显瓦纹。气门不规则形关闭，气门片小型，淡色。节间斑明显，淡色。中胸腹岔淡色，两臂分离，单臂横长 0.09mm，与触角节Ⅳ约等长。体背毛短小，粗棒状，腹面多毛，尖锐，长于背毛；头部有头顶毛 3 对，头背毛 4 对；前胸背板有中、侧、缘毛各 1 对；腹部背毛甚短，不明显，背片Ⅷ有毛 1 对，位于上尾片顶端；头顶毛长 0.014mm，为触角节Ⅲ最宽直径的 0.64 倍，腹部背毛长 0.008mm。中额隆起，额瘤稍显突出外倾，头盖缝淡色，伸达头背中部。触角 6 节，短小，有时节Ⅲ、Ⅳ愈合而呈 5 节，有瓦纹；6 节者，全长 0.61mm，为体长的 0.28 倍；节Ⅲ长 0.20mm，节Ⅰ～Ⅵ长度比例：27：20：100：44：33：40＋44；5 节者，全长 0.56mm，为体长的 0.33 倍，节Ⅲ长 0.24mm，节Ⅰ～Ⅴ长度比例：21：18：100：29：36＋36；触角毛短，棒状，节Ⅰ～Ⅵ毛数：4 或 5 根，3 根，3 根，2 根，1～3 根，2 或 3＋0 根，节Ⅵ鞭部顶端有短毛 4 根，节Ⅲ毛长为该节最宽直径的 0.38 倍。喙端部达后足基节，节Ⅳ＋Ⅴ长楔形，长 0.11mm，长为基宽的 2.10 倍，为后足跗节Ⅱ的 1.10 倍；有原生毛

3 对，次生毛 1 对。足有瓦纹，后足股节长 0.35mm，为触角节Ⅲ～Ⅴ之和的 1.10 倍；后足胫节长 0.63mm，为体长的 1/3，外缘毛顶端钝，内缘毛粗，尖锐，长毛长为该节最宽直径的 0.50 倍。跗节Ⅰ毛序：3，3，3，有时 3，3，2。腹管长棒状，端部 1/2 膨大，有粗瓦纹，有缘突和切迹，长 0.35mm，为体长的 0.18 倍，为尾片的 2.30 倍。上尾片与腹部背片Ⅷ在背中央愈合，长 0.11mm，短于尾片，顶端有粗短毛 1 对。尾片宽锥状，长 0.16mm，有细尖毛 4 根。尾板末端圆形，有毛 8～10 根。生殖板淡色，椭圆形，有短毛 3 对。

生物学 寄主植物为柳 *Salix* sp.。在嫩梢和嫩叶上取食，数量甚多。日本记载原生寄主为西博氏柳 *Salix* sp. 和龙江柳 *Salix sachalinensis* 等柳属植物；次生寄主为白芷属植物 *Angelica* spp.。

分布 辽宁（本溪）；俄罗斯，日本。

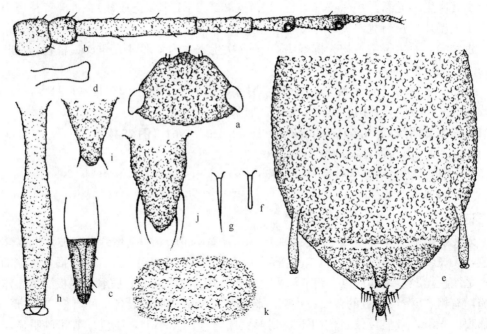

图 254 日本二尾蚜 *Cavariella nipponica* Takahashi
无翅孤雌蚜（apterous viviparous female）

a. 头部背面观（dorsal view of head）；b. 触角（antenna）；c. 喙节Ⅳ＋Ⅴ（ultimate rostral segment）；d. 中胸腹岔（mesosternal furca）；e. 腹部背面观（dorsal view of abdomen）；f. 体背毛（dorsal hair of body）；g. 体腹面毛（ventral hair of body）；h. 腹管（siphunculus）；i. 上尾片（supracaudal process）；j. 尾片（cauda）；k. 生殖板（genital plate）。

（222）柳二尾蚜 *Cavariella salicicola* （Matsumura，1917）（图 255）

Nipposiphum salicicola Matsumura，1917：410.

Siphocoryne bicaudata Essig *et* Kuwana，1918：64.

Cavariella mitsubae Shinji，1924：343.

Cavariella azamii Shinji，1930：153.

Cavariella salicicola（Matsumura）：Shinji，1941：608；Takahashi，1961：3；Tao，1962：97；Tao，1964：115；Miyazaki，1971：178；Zhang *et* Zhang，1983：271；Remaudière *et* Remaudière，1997：85；Zhang，1999：373.

特征记述

无翅孤雌蚜 体长卵形，体长 2.20mm，体宽 1.10mm。活体草绿色或红褐色。玻片标本淡色，无斑纹。触角、喙、足、腹管、上尾片淡色；触角节Ⅴ端半部及节Ⅵ、喙节Ⅲ及节Ⅳ＋Ⅴ、胫节端部 1/10 及跗节灰褐色至灰黑色；尾片及尾板灰褐色至灰黑色。体表骨化，有小环形纹、曲形纹；头部背中域光滑，周缘有曲纹；腹面光滑。缘瘤不显。气门肾形，气门片不显。中胸腹岔无柄。体背刚毛粗短，钝顶，腹面刚毛细长尖顶，长约为背毛的 1.30 倍；腹部背片Ⅱ～Ⅳ有中、侧、缘毛各 1 对；头顶毛、腹部背片Ⅰ毛、背片Ⅷ毛长分别为触角节Ⅲ直径的 0.38～0.41 倍、0.16 倍、0.38～0.41 倍。中额平，额瘤微隆。触角 6 节，节Ⅲ～Ⅵ有瓦纹；全长 0.86mm，为体长的 0.39 倍；节Ⅲ长 0.28mm，节Ⅰ～Ⅵ长度比例：22：20：100：50：40：40＋40；节Ⅰ～Ⅵ毛数：4 或 5 根，4 或 5 根，4 或 5 根，4 或 5 根，2 根，3＋1 根，节Ⅲ毛长为该节直径的 0.28 倍。喙端部超过中足基节，节Ⅳ＋Ⅴ两缘直，顶端钝，长 0.14mm，为基宽的 2.20 倍，为后足跗节Ⅱ的 1.10 倍；有原生毛 4 根，次生毛 4 根。后足股节长 0.48mm，约与触

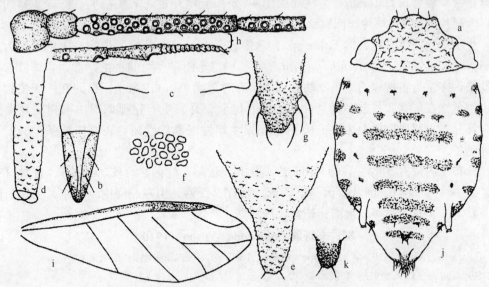

图 255 柳二尾蚜 *Cavariella salicicola*（Matsumura）

无翅孤雌蚜（apterous viviparous female）

a. 头部背面观（dorsal view of head）；b. 喙节Ⅳ＋Ⅴ（ultimate rostral segment）；c. 中胸腹岔（mesosternal furca）；d. 腹管（siphunculus）；e. 上尾片（supracaudal process）；f. 体背纹（dorsal wrinkles）；g. 尾片（cauda）。

有翅孤雌蚜（alate viviparous female）

h. 触角（antenna）；i. 前翅（fore wing）；j. 腹部背面观（dorsal view of abdomen）；k. 上尾片（supracaudal process）。

角节Ⅲ、Ⅳ之和等长；后足胫节长 0.84mm，为体长的 0.38 倍，毛长为该节基宽的 0.52 倍；跗节Ⅰ毛序：3，3，3。腹管圆筒形，中部微膨大，顶端收缩并向外微弯；有瓦纹，有缘突，切迹不显；全长 0.29mm，约为膨大部直径的 4.30 倍，为体长的 0.13 倍，为尾片的 1.70 倍。上尾片宽圆锥形，中部收缩，有瓦纹，顶端有钝毛 1 对，长 0.28mm，为尾片的 1.60 倍，稍短于腹管。尾片圆锥形，钝顶，两侧缘直，有曲纹，有毛 6 根。尾板末端圆形，有毛 6 或 7 根。生殖板有毛 12 根。

有翅孤雌蚜　体长 2.20mm，体宽 0.87mm。玻片标本头部、胸部黑色，腹部淡色，有黑色斑纹。触角、后足股节端部 4/5、胫节端部 1/5～1/4 及跗节黑色，足其他各部黑褐色；腹管、尾片、上尾片、尾板及生殖板灰黑色。腹部背片Ⅰ有小型毛基斑，背片Ⅱ～Ⅳ有中断横带，背片Ⅴ～Ⅶ有横带；背片Ⅷ有横带横贯全节，有时背片Ⅱ横带分裂为稍大的毛基斑，有时背片Ⅴ、Ⅵ横带中断；各节均有缘斑，背片Ⅰ及Ⅶ缘斑较小，背片Ⅴ、Ⅵ缘斑（即腹管前后斑）外缘相合。腹部节Ⅰ～Ⅴ、Ⅶ有小圆形缘瘤，淡色或深色，位于气门内方缘斑后部。气门肾形，凹面向外上方，气门片黑色稍隆起。节间斑极明显。触角 6 节，全长 0.97mm，为体长的 0.45 倍；节Ⅲ长 0.35mm，节Ⅰ～Ⅵ长度比例：19：17：100：43：31：31+37；节Ⅲ～Ⅴ分别有圆形次生感觉圈：24～30 个，3～7 个，0～3 个，散于各节全长。后足股节长 0.44mm，后足胫节长 0.83mm。翅脉正常。腹管长 0.18mm，为尾片的 1.40 倍。上尾片短，末端稍平，长与基宽约相等，为尾片的 1/4。尾片长圆锥形，有毛 4 或 5 根。其他特征与无翅孤雌蚜相似。

生物学　原生寄主为柳 *Salix* sp.、垂柳 *S. babylonica* 等柳属植物；次生寄主为芹菜 *Apium* sp. 和水芹 *Oenanthe javanica* 等。柳二尾蚜是芹菜的害虫，常为害幼叶、花和幼果，亦常为害柳树的嫩梢和幼叶背面，有时盖满 10cm 内嫩梢。以卵在柳属植物枝条上越冬。在华北 3 月越冬卵孵化，4 月下旬至 5 月发生有翅孤雌蚜由柳树向芹菜迁飞，部分蚜虫留居柳树上为害。10 月下旬发生雌性蚜和雄性蚜，在柳树枝条上交配后产卵越冬。

分布　内蒙古（乌兰浩特）、辽宁（黑山、辽阳、沈阳、台安、铁岭）、吉林（安图、公主岭）、北京、河北、天津、江苏、浙江、江西、山东、河南、广东、云南、陕西、甘肃、宁夏、青海、台湾；朝鲜，俄罗斯，日本。

82. 卡蚜属 Coloradoa Wilson，1910

Coloradoa Wilson，1910：323. **Type species**：*Aphis rufomaculata* Wilson，1908.

Stephensonia Das，1918：175.

Neaphis Nevsky，1929：206.

Eurhopalosiphum Shinji，1942：1.

Capitophoraphis Blanchard，1944：34.

Lidaja Börner，1952：117.

Coloradoa Wilson：Miyazaki，1971：186；Zhang *et* Zhong，1983：267；Remaudière *et* Remaudière，1997：88；Zhang，1999：378.

属征　头部平滑。额瘤不发达，中额隆起。复眼眼瘤极小，难辨。触角 5 或 6 节，短于体长；有翅孤雌蚜触角节Ⅲ、Ⅳ或节Ⅲ～Ⅴ有圆形次生感觉圈，原生感觉圈有睫。

喙节Ⅳ＋Ⅴ尖长。体毛扇形或漏斗形，短小。跗节Ⅰ毛序：3，3，2。翅脉正常。腹管管状，端部稍膨大，有缘突。尾片圆锥形，有毛4根。尾板弧形。

世界已知32种，中国已知4种，本志记述2种。

种 检 索 表
（无翅孤雌蚜）

1. 中胸腹岔有长柄；触角末节鞭部长为基部的1.45倍 ·························· 蒿卡蚜 **C. artemisicola**

  中胸腹岔无柄；触角末节鞭部长为基部的1.63倍 ····················· 红斑卡蚜 **C. rufomaculata**

（223）蒿卡蚜 *Coloradoa artemisicola* Takahashi，1965（图256）

Coloradoa artemisicola Takahashi，1965：49.

Cavariella artemisiae Paik，1965 nec del Guercio，1911：1.

Coloradoa artemisicola Takahashi：Miyazaki，1971：186；Remaudière *et* Remaudière，1997：88；Zhang，1999：378.

特征记述

无翅孤雌蚜 体纺锤形，体长1.60mm，体宽0.82mm。活体绿色。玻片标本淡色，腹部背片Ⅶ、Ⅷ稍骨化，有横斑。触角各节端部、足跗节、喙端部稍骨化。头部、胸部及腹部斑有网纹，其他部分有微瓦纹。气门圆形开放，背片Ⅰ、Ⅱ气门距离近，气门片稍骨化灰色。节间斑灰色。中胸腹岔有长柄，淡色。体背毛短钉毛状，长度相近，毛长为触角节Ⅲ直径的0.65～1.00倍；腹面毛及附肢毛尖锐；腹部背片Ⅰ～Ⅴ各有中侧毛7或8根，背片Ⅵ有中侧毛5根，背片Ⅰ～Ⅶ各有缘毛2或3对，背片Ⅶ、Ⅷ各有毛2对。中额不显，额呈平顶状。触角6节，细，有瓦纹，全长0.78mm，为体长的

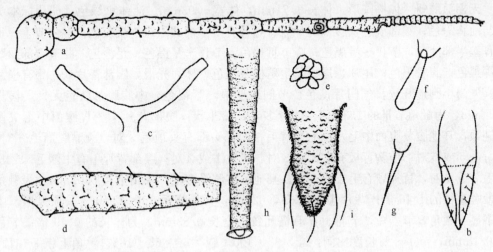

图256 蒿卡蚜 *Coloradoa artemisicola* Takahashi
无翅孤雌蚜（apterous viviparous female）

a. 触角（antenna）；b. 喙节Ⅳ＋Ⅴ（ultimate rostral segment）；c. 中胸腹岔（mesosternal furca）；d. 后足股节（hind femur）；e. 节间斑（muskelplatten）；f. 腹部背面毛（dorsal hair of abdomen）；g. 腹部腹面毛（ventral hair of abdomen）；h. 腹管（siphunculus）；i. 尾片（cauda）

0.60 倍，节Ⅲ长 0.19mm，节Ⅰ～Ⅵ长度比例：29：25：100：60：55：55＋80。喙粗，端部不达后足基节，节Ⅲ粗大，节Ⅳ＋Ⅴ尖锥形，长 0.11mm，为后足跗节Ⅱ的1.30 倍；有原生毛 2 对，次生毛 2 对。足粗短，后足股节长 0.37mm，为触角节Ⅲ的1.90 倍；后足胫节长 0.58mm，为体长的 0.37 倍，毛长与该节直径相等。跗节Ⅰ毛序：3，3，2。腹管长管状，端部稍膨大，有瓦纹，有缘突和切迹；长 0.31mm，为中宽的11.00～12.00 倍，为体长的 0.20 倍，为尾片的 1.80 倍。尾片指状或圆锥状，有小刺突横纹，中部稍凹，有曲毛 5 根。尾板半圆形，有长硬毛 8～10 根。生殖板馒状，淡色，有短钉毛 10 或 11 根。

生物学 寄主为蒙古蒿 *Artemisia mongolica*、水蒿 *Artemisia* sp.、白蒿 *Artemisia* sp. 等蒿属植物。

分布 辽宁（抚顺、千山、沈阳）、山东、福建、陕西；朝鲜半岛，日本。

（224）红斑卡蚜 *Coloradoa rufomaculata*（Wilson，1908）（图 257）

Aphis rufomaculata Wilson，1908：261.

Stephensonia lahorensis Das，1918：175.

Rhopalosiphum kiku Hori，1929：129.

Capitophoraphis williamsi Blanchard，1944：35.

Coloradoa rufomaculata（Wilson）：Wilson，1910：323；Cottier，1953：199；Eastop，1958：33；Heinze，1960：794；Tao，1962：100；Tao，1964：125；Paik，1965：102；Eastop，1966：439；Miyazaki，1971：186；Remaudière *et* Remaudière，1997：89；Zhang，1999：379.

特征记述

无翅孤雌蚜 体椭圆形，体长 1.71mm，体宽 1.93mm。活体草绿色。玻片标本头部与前胸深色；腹部淡色，腹部背片Ⅶ、Ⅷ各有 1 个椭圆形斑，淡灰色；触角节Ⅰ～Ⅲ及Ⅳ基半部淡色，节Ⅳ～Ⅵ黑色；喙节Ⅲ褐色，节Ⅳ＋Ⅴ黑色；足淡色，胫节端部及跗节深黑色；腹管黑色；尾片、尾板及生殖板灰黑色。体表光滑，腹部背片Ⅶ、Ⅷ有横瓦纹。气门小圆形开放，气门片淡色。节间斑明显，淡褐色。中胸腹岔淡色无柄，横长0.24mm，为触角节Ⅲ的 1.30 倍。体背多毛，漏斗状；腹部背片Ⅰ～Ⅳ腹面中毛尖锐或钝顶，其他腹节腹面中毛及缘毛与背毛相同；头部有头顶毛 3 对，额瘤腹面毛 3 对，头背毛 5 或 6 对；前胸背板有中侧毛 3 对，缘毛 1 或 2 对；腹部背片Ⅰ有中侧毛 12 根，缘毛 3 或 4 对，背片Ⅷ有毛 4 或 5 对，其他各节侧缘多毛；头顶毛长 0.02mm，为触角节最宽直径的 1.10 倍；背片Ⅰ缘毛长 0.02mm，背片Ⅷ毛长 0.02mm。头顶弧形，中额不显。触角 6 节，短，节Ⅲ、Ⅳ有横瓦纹；全长 0.83mm，为体长的 0.49 倍；节Ⅲ长 0.18mm，节Ⅰ～Ⅵ长度比例：32：30：100：64：66：66＋108；触角毛粗短钝顶，节Ⅰ～Ⅵ毛数：5 根，4 或 5 根，7 或 8 根，3 根，2～4 根，3＋1 或 2 根，末节鞭部顶端有毛 4 根；节Ⅲ毛长 0.01mm，为该节最宽直径的 0.27 倍。喙端部不达后足基节，节Ⅳ＋Ⅴ矛状，长 0.12mm，为基宽的 2.30 倍，为后足跗节Ⅱ的 1.30 倍；刚毛极短，有原生毛 2 对，次生毛 3 对。足有微细横瓦纹，后足股节长 0.36mm，为触角节Ⅲ、Ⅳ之和的 1.20 倍；后足胫节长 0.59mm，为体长的 0.35 倍，毛长 0.03mm，为该节最宽

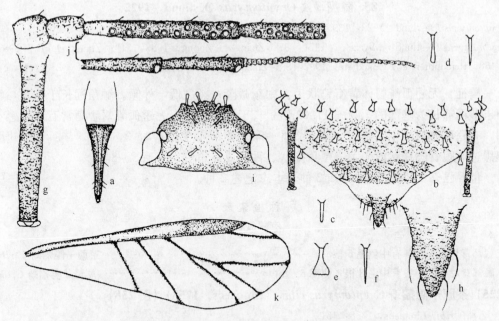

图 257　红斑卡蚜 *Coloradoa rufomaculata*（Wilson）

无翅孤雌蚜（apterous viviparous female）

a. 喙节Ⅳ＋Ⅴ（ultimate rostral segment）；b. 腹部背片Ⅵ～Ⅷ（abdominal tergites Ⅵ～Ⅷ）；c. 触角毛（hair of antenna）；d. 足胫节毛（hair of tibia）；e. 体背毛（dorsal hair of body）；f. 体腹面毛（ventral hair of body）；g. 腹管（siphunculus）；h. 尾片（cauda）。

有翅孤雌蚜（alate viviparous female）

i. 头部背面观（dorsal view of head）；j. 触角（antenna）；k. 前翅（fore wing）。

直径的 0.83 倍；跗节Ⅰ毛序：2，2，2。腹管长管状，端部稍膨大，有瓦纹，全长 0.26mm，为尾片的 1.90 倍，有缘突和切迹。尾片锥状，长为基宽的 0.84 倍，有尖锐毛 4 或 5 根。生殖板淡色，有漏斗形毛 10 根。

有翅孤雌蚜　体长 1.74mm，体宽 0.76mm。玻片标本头部、胸部黑色，腹部淡色有暗色斑。触角节Ⅰ深色，节Ⅲ端部 3/4 及节Ⅳ～Ⅵ深褐色；尾片、尾板及生殖板黑色。腹部背片Ⅰ～Ⅴ各有大缘斑，背片Ⅰ、Ⅱ背斑愈合，背片Ⅶ、Ⅷ各有 1 个宽横带。体背多毛，漏斗状，长为触角节Ⅲ最宽直径的 1/3；腹部节Ⅰ～Ⅳ腹面毛钝顶，其后腹节腹毛及缘毛与背毛相同。节间斑明显，灰褐色。触角 6 节，全长 0.94mm，为体长的 0.54 倍；节Ⅲ长 0.23mm，节Ⅰ～Ⅵ长度比例：24：25：100：58：54：52＋100；节Ⅲ～Ⅴ分别有圆形次生感觉圈：14～18 个，8 或 9 个，0 或 1 个，分布于各节全长。喙端部不达中足基节，节Ⅳ＋Ⅴ长 0.10mm，为后足跗节Ⅱ的 1.10 倍。足有瓦纹，后足股节长 0.35mm，后足胫节长 0.66mm，后足跗节Ⅱ长 0.09mm。翅脉正常，粗黑，各脉镶黑边。腹管长 0.22mm，为尾片的 1.70 倍。尾片有毛 4 根。尾板尖圆形，有毛 8～10 根。其他特征与无翅孤雌蚜相似。

生物学　寄主植物为水仙蒿 *Artemisia* sp. 和艾蒿 *A. argyi*。在叶片上取食。

分布　辽宁（沈阳）、北京、广西、甘肃、青海；朝鲜，美国，加拿大。世界广布。

83. 隐瘤蚜属 *Cryptomyzus* Oestlund，1922

Cryptomyzus Oestlund，1922：139. **Type species**：*Aphis ribis* Linnaeus，1758.

Cryptomyzus Oestlund：Miyazaki，1971：87；Zhang *et* Zhong，1983：317；Zhang *et al.*，1987：458；Remaudière *et* Remaudière，1997：89；Zhang，1999：380.

属征　无翅孤雌蚜体背有钉状毛。中额微隆；额瘤低，外倾。触角远长于体长，触角末节鞭部长为基部的 7.00～11.00 倍，长于触角节Ⅲ。无翅孤雌蚜触角常有次生感觉圈，有翅孤雌蚜次生感觉圈分布于节Ⅲ～Ⅴ。跗节Ⅰ毛序：3，3，3 或 3，3，2。翅脉镶黑边。腹管圆柱状或膨大。尾片指状、舌状或三角形，有毛 5～8 根。

世界已知 19 种，中国已知 2 种，本志记述 2 种。

种 检 索 表
（有翅孤雌蚜）

1. 腹部背片Ⅰ～Ⅳ各有中侧毛 5 根 ·· 茶藨子隐瘤蚜 *C. ribis*
   腹部背片Ⅰ～Ⅴ各有中毛 8 根，侧毛 6～8 根 ······························ 夏至草隐瘤蚜 *C. taoi*

(225) 茶藨子隐瘤蚜 *Cryptomyzus ribis* (Linnaeus，1758) (图 258)

Aphis ribis Linnaeus，1758：451.

Aphis ribis Müller，1776：508.

Cryptomyzus ribis (Linnaeus)：Miyazaki，1971：87；Zhang *et al.*，1987：458；Remaudière *et* Remaudière，1997：90.

特征记述

有翅孤雌蚜　体椭圆形，体长 1.73mm，体宽 0.69mm。玻片标本头部、胸部深褐色，腹部淡色，有斑纹。触角、喙节Ⅲ～Ⅴ、胫节端部 1/5 及跗节黑褐色；足股节端部 1/3 及外缘深褐色；生殖板淡褐色；腹管、尾片及尾板淡色。腹部背片Ⅱ～Ⅳ各有大型缘斑，背片Ⅰ～Ⅲ各有零星小斑，背片Ⅳ～Ⅵ愈合为 1 个大背斑。体表光滑，腹部背片Ⅵ缘域及背片Ⅶ、Ⅷ有明显瓦纹，腹部腹面有微瓦纹。气门圆形关闭，气门片淡褐色。节间斑小型，黑褐色。体背毛粗，头部至腹部背片Ⅶ毛钝顶，背片Ⅷ毛尖锐；腹部腹面毛尖锐，不长于背毛；头部有头顶毛 2 对，头背毛 4 对；前胸背板有中、侧、缘毛各 1 对；腹部背片Ⅰ～Ⅳ各有中侧毛 5 根，背片Ⅴ～Ⅶ各有中毛 2 或 3 根，背片Ⅷ有长尖毛 6～8 根；背片Ⅰ、Ⅶ各有缘毛 1 对，背片Ⅱ～Ⅵ各有缘毛 3 或 4 对。头顶毛长 0.02mm，为触角节Ⅲ最宽直径的 0.47 倍；腹部背片Ⅰ毛长 0.01～0.02mm，背片Ⅶ毛长 0.03mm，背片Ⅷ毛长 0.05mm。中额隆起，额瘤内缘显著外倾，呈 "W" 形。触角 6 节，粗大，有瓦纹，全长 1.90mm，为体长的 1.10 倍；节Ⅲ长 0.45mm，节Ⅰ～Ⅵ长度比例：16：12：100：64：60：17＋154；触角毛极短，短棒状，节Ⅰ～Ⅵ毛数：4 或 5 根，4 根，7～11 根，7 根，5 或 6 根，2＋0 根，节Ⅵ鞭部顶端有短毛 2 根，节Ⅲ毛长为该节最宽直径的 1/4；节Ⅲ～Ⅴ分别有圆形次生感觉圈：39～51 根，16～23 根，8 或 9 个，分布于各节全长。喙端部达后足基节，节Ⅳ＋Ⅴ长楔形，长 0.12mm，长为基宽的 2.60 倍，为后足跗节Ⅱ的 1.40 倍；有原生毛 3 对，次生毛 2 或 3 对。足长大，股节及胫节端部有横皱纹；后足股节长 0.53mm，为触角节Ⅲ的 1.20 倍；后足胫节长

1.05mm，为体长的 0.61 倍，胫节外缘毛钝顶，内缘毛尖锐，长毛与该节最宽直径约等长。跗节 I 毛序：3，3，3。翅脉正常。腹管长管状，端节膨大，中部收缩，有缘突和切迹，光滑；长 0.26mm，为体长的 0.15 倍，为尾片的 3.50 倍。尾片宽舌形，长 0.07mm，为基宽的 0.75 倍，有长毛 5 根。尾板椭圆形，有长毛 14～16 根。生殖板大椭圆形，有长毛 15 或 16 根。

生物学 原生寄主为普通红茶藨子 *Ribes sativum*、长白茶藨子 *Ribes komarovii* 等茶藨子属植物；次生寄主为水苏属植物 *Stachys* sp.。

分布 辽宁（沈阳）；朝鲜，俄罗斯，日本，美国，加拿大，欧洲

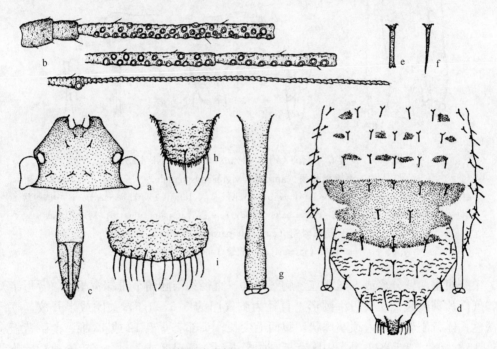

图 258　茶藨子隐瘤蚜 *Cryptomyzus ribis*（Linnaeus）

有翅孤雌蚜（alate viviparous female）

a. 头部背面观（dorsal view of head）；b. 触角（antenna）；c. 喙节 IV + V（ultimate rostral segment）；d. 腹部背面观（dorsal view of abdomen）；e. 腹部背片 I～VII毛（dorsal hair on abdominal tergites I～VII）；f. 腹部背片 VIII毛（dorsal hair on abdominal tergite VIII）；g. 腹管（siphunculus）；h. 尾片（cauda）；i. 尾板（anal plate）。

(226) 夏至草隐瘤蚜 *Cryptomyzus taoi* Hille Ris Lambers，1963（图 259）

Cryptomyzus taoi Hille Ris Lambers，1963：199.

Cryptomyzus taoi indicus Ghosh *et* Raychaudhuri，1972：371.

Cryptomyzus taoi Hille Ris Lambers：Remaudière *et* Remaudière，1997：90.

特征记述

无翅孤雌蚜 体卵圆形，体长 1.90mm，体宽 1.00mm。活体蜡白色至淡绿色。玻片标本无斑纹。触角、喙、足、腹管淡色，喙顶端、胫节端部及跗节黑褐色，尾片及尾板淡褐色。体表光滑，仅腹管后几节有微刺突瓦纹，腹部背片 VII、VIII有横纹。缘瘤不明

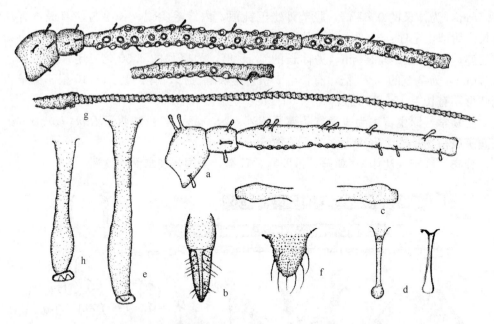

图 259　夏至草隐瘤蚜 *Cryptomyzus taoi* Hille Ris Lambers

无翅孤雌蚜（apterous viviparous female）

a. 触角节Ⅰ~Ⅲ（antennal segments Ⅰ~Ⅲ）；b. 喙节Ⅳ＋Ⅴ（ultimate rostral segment）；c. 中胸腹岔
（mesosternal furca）；d. 体背毛（dorsal hairs of body）；e. 腹管（siphunculus）；f. 尾片（cauda）。

有翅孤雌蚜（alate viviparous female）

g. 触角（antenna）；h. 腹管（siphunculus）。

显。中胸腹岔两臂分离或一丝相连。胸气门大，直径约与触角节Ⅲ端宽相等，肾形半开放，气门片甚隆起；腹气门小圆形，直径为胸气门的 3/5~4/5，关闭或半开放，气门片淡色。体背刚毛粗长，顶端球状，腹面毛尖长；头部有背毛 12 或 13 根；前胸背板有中毛 3 对，侧、缘毛各 1 对；中胸背板有中毛 6 对，侧毛 2 或 3 对，缘毛 6 对；后胸背板有中毛 3 对，侧毛 2 对，缘毛 3 对；腹部背片Ⅰ~Ⅴ各有中毛 4 对，侧毛 3 或 4 对，缘毛 3~5 对；背片Ⅵ有中毛 3 对，侧毛各 2 对，缘毛 3 对；背片Ⅶ、Ⅷ分别有中、侧毛各 2 对，缘毛 3 对；有时还有其他较短的钉毛分布。头顶毛、腹部背片Ⅰ缘毛、背片Ⅷ毛长分别为触角节Ⅲ直径的 1.90 倍、3.30 倍、2.10 倍。中额平隆，额瘤显著外倾。触角 6 节，节Ⅳ~Ⅵ有瓦纹，节Ⅲ基部膨大，直径为端部的 1.60 倍；全长 2.70mm，为体长的 1.40 倍，节Ⅲ长 0.55mm，节Ⅰ~Ⅵ长度比例：15：12：100：78：64：20＋200；节Ⅲ基半部有稍突起小圆形次生感觉圈 16 或 17 个，在外侧排成一行，仅 2 或 3 个位于列外；触角毛为钉状毛，仅节Ⅵ鞭部及顶端毛尖锐，节Ⅰ~Ⅵ毛数：4 根，4 根，10~12 根，9 或 10 根，4~6 根，2＋（1 或 2）根，节Ⅲ毛长为该节直径的 0.74 倍。喙端部超过中足基节，节Ⅳ＋Ⅴ长圆锥形，两缘稍隆起，长 0.13mm，长为基宽的 2.50 倍，为后附节Ⅱ的 1.30 倍；有原生毛 2 对，次生毛 7 对。后足股节长 0.69mm，为触角节Ⅲ的 1.30 倍，稍短于触角节Ⅳ、Ⅴ之和；后足胫节长 1.30mm，为体长的 0.69 倍；后足胫节外侧毛钝顶，内侧和端部毛尖顶，毛长为该节直径的 1.10 倍。跗节Ⅰ毛序：3，3，3。腹管长筒形，表面光滑，基部粗，中部收缩，端部膨大，顶端收缩，有缘突和切迹；全长 0.46mm，为体长的 0.24 倍，为尾片的 3.60 倍。尾片短圆锥形，两缘直或稍隆，有微刺突瓦纹，长为基宽的 0.87 倍，有曲毛 6～8 根。生殖板有长毛 14 根。

有翅孤雌蚜　体长卵形，体长 2.20mm，体宽 0.90mm。活体头部、胸部黑色，腹部蜡白色至淡绿色，有黑斑。玻片标本头部、胸部黑色，腹部淡色。触角、喙、足灰黑色至黑色；足基节、转节、股节基部 1/5～1/3 及胫节基部 2/3～4/5 灰褐色至灰黑色；腹管、尾片及尾板灰褐色。腹部背片 Ⅰ、Ⅱ、Ⅶ 有时有中、侧毛基斑，背片 Ⅳ、Ⅴ 中、侧斑愈合为 1 个大背中斑，并与背片 Ⅲ 毛基斑和背片 Ⅵ 横带相接；背片 Ⅱ～Ⅳ 有大型缘斑，近圆形；腹管前斑不明显或极小，腹管后斑大于其他缘斑，近方形；背片 Ⅶ 缘域骨化淡色。气门片灰黑色。节间斑极明显，黑色。体背毛钝顶，腹面毛尖顶；头顶毛、腹部背片 Ⅰ 缘毛、背片 Ⅷ 毛长分别为触角节 Ⅲ 直径的 0.76 倍、0.50 倍、1.20 倍。触角 6 节，全长 2.60mm，为体长的 1.20 倍，节 Ⅲ 长 0.54mm，节 Ⅰ～Ⅵ 长度比例：16：14：100：70：63：19＋190；节 Ⅲ～Ⅴ 分别有小圆形突起次生感觉圈：49～56 个，20～27 个，10 或 11 个，分散于各节全长。喙端部不达中足基节。后足股节长 0.61mm，为触角节 Ⅲ 的 1.10 倍；后足胫节长 1.30mm，为体长的 0.59 倍，毛长为该节直径的 1.10 倍。翅脉正常，黑色。腹管长 0.38mm，与触角节 Ⅳ 约等长。尾片长 0.10mm，有毛 6～8 根。尾板有毛 11～13 根。其他特征与无翅孤雌蚜相似。

生物学　寄主植物为夏至草 *Lagopsis supina* 和益母草 *Leonurus japonicus* 等，是中草药益母草的害虫。5～6 月常大量发生，盖满叶下面，但叶不卷缩。在北京 11 月下旬尚可继续孤雌胎生。

分布　辽宁（沈阳）、北京、河北、山东、河南、四川；朝鲜半岛，俄罗斯，蒙古国，日本。

84. 翠雀蚜属 *Delphiniobium* Mordvilko，1914

Delphiniobium Mordvilko，1914：65. **Type species**：*Myzus junackianum* Karsch，1887 ＝ *Rhopalosiphum aconiti* van der Goot，1912.

Delphiniobium Mordvilko：Miyazaki，1971：40；Remaudière *et* Remaudière，1997：91；Zhang，1999：383；Qiao *et* Zhang，2000：893.

属征　体椭圆形。中额平或微隆，额瘤外倾。胸部气门片发达，气门大，圆形，明显大于腹部气门。中胸腹岔有短柄或长柄。触角节 Ⅲ 有圆形次生感觉圈，大小不等。喙节 Ⅳ＋Ⅴ 粗大。跗节 Ⅰ 毛序：3，3，3。腹管细长，稍膨大或明显膨大，近端部有数行六边形网纹，较尾片色淡。尾片暗色，长舌状。主要寄生在乌头属 *Aconitum* 和翠雀属 *Delphinium* 植物上。

分布于亚洲（中国、日本、韩国、蒙古国）、欧洲（罗马尼亚、英国、荷兰、德国、俄罗斯）和北美洲（加拿大）。

世界已知 8 种，中国已知 3 种，本志记述 1 种。

(227) 瑕夷翠雀蚜 *Delphiniobium yezoense* Miyazaki，1971（图 260，图版 ⅣO）

Delphiniobium yezoense Miyazaki，1971：40.

Delphiniobium yezoense Miyazaki；Remaudière *et* Remaudière，1997：91；Zhang *et* Qiao，2000：899.

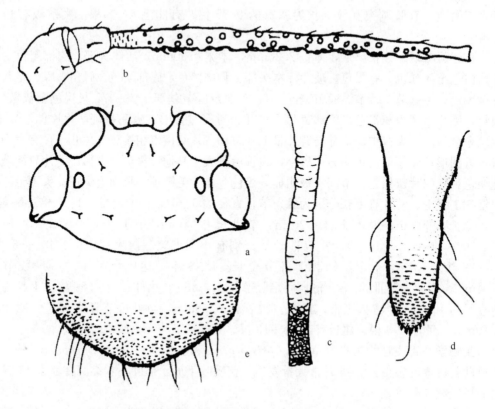

图 260 瑕夷翠雀蚜 *Delphiniobium yezoense* Miyazaki

有翅孤雌蚜 (alate viviparous female)

a. 头部背面观 (dorsal view of head)；b. 触角节Ⅰ～Ⅲ (antennal segments Ⅰ～Ⅲ)；c. 腹管 (siphun-culus)；d. 尾片 (cauda)；e. 尾板 (anal plate)。

特征记述

无翅孤雌蚜 体卵圆形，体长 3.60mm，体宽 1.73mm。活体桃红色及淡黄色。玻片标本头部与前胸灰色或淡褐色，胸部、腹部淡色，无斑纹。触角黑色，节Ⅲ基部淡色；喙褐色；足股节端半部、胫节端部及跗节黑色，其他部分淡褐色；腹管基部淡色，中部渐向端部褐色至黑色；尾片、尾板黑色，生殖板淡色。体表光滑，腹部背片Ⅶ、Ⅷ有瓦纹。气门大圆形开放，气门片淡褐色。节间斑明显，淡褐色。中胸腹岔淡色，无柄或有柄，横长 0.42mm，为触角节Ⅲ的 0.41 倍。体背毛粗，顶钝圆或尖锐，腹部腹面毛与背毛相同，稍长于背毛；头部有中额毛 1 对，额瘤毛 1 对，头背毛 4 对，腹面毛2 或 3 对；前胸背板有中、侧、缘毛各 1 对；腹部背片Ⅰ～Ⅴ各有中毛 1 对，侧毛 2 对，缘毛 2～4 对，有时 5 对；背片Ⅵ有中侧毛 2 对，缘毛 2 对；背片Ⅶ有中毛 1 对，缘毛 2对；背片Ⅷ有毛 4 或 5 根；头顶毛长 0.04mm，为触角节Ⅲ最宽直径的 0.52 倍，腹部背片Ⅰ毛长 0.03mm，背片Ⅷ毛长 0.06mm。中额微隆，额瘤显著外倾，高于中额。触角 6 节，节Ⅲ基部有明显瓦纹，节Ⅳ～Ⅵ全节有瓦纹，全长 3.43mm，为体长的 0.95

倍；节Ⅲ长 1.01mm，节Ⅰ～Ⅵ长度比例：12：9：100：50：46：13+110；节Ⅰ～Ⅲ
毛为顶钝，节Ⅳ～Ⅵ毛尖锐，节Ⅰ～Ⅵ毛数：5 或 6 根，4 根，18～27 根，7～9 根，
6～10 根，3 或 4+4 根；节Ⅲ毛长为该节最宽直径的 0.45 倍；节Ⅲ有大小指状次生感
觉圈 10～20 个，分布于基部 1/2。喙粗大，端部达后足基节，唇基有毛 4 根；节Ⅳ+
Ⅴ楔状，长 0.18mm，为基宽的 2.10 倍，为后足跗节Ⅱ的 1.30 倍；有原生长毛 3 对，
次生长毛 4 或 5 对。足光滑，后足股节长 1.31mm，为触角节Ⅲ的 1.30 倍；后足胫节长
2.39mm，为体长的 0.66 倍，胫节毛长 0.07mm，与该节最宽直径约等长；跗节Ⅰ毛
序：3，3，3。腹管长管状，中部稍有膨大，端部收缩，收缩处有 8～13 排网纹，占全
长的 1/6～1/5，有缘突和切迹；全长 0.69mm，为体长的 0.19 倍，为尾片的 1.40 倍。
尾片长锥形，粗糙，有刺突组成瓦纹；长 0.48mm，有长毛 6～8 根。尾板末端圆形，
有长短毛 12～16 根。生殖板有毛 16～20 根，其中有前部长毛 4 根。

有翅孤雌蚜 体长 3.34mm，体宽 1.27mm。玻片标本头部、胸部淡褐色，各单眼
周围深黑色，腹部淡色，无斑纹。触角黑色，节Ⅲ基部淡色；喙黑色；足基节、股节基
部 2/5 淡色，其他部分黑色；腹管褐色，端部黑色；尾片、尾板黑色，生殖板淡色。体
表光滑，腹管后几节背片有瓦纹。气门大圆形开放，气门片淡褐色。节间斑明显，淡褐
色。体背毛短，顶端钝圆或尖锐；头部有中额毛 1 对，额瘤毛 1 对，头背毛 4 对，腹面
毛 3 对；腹部背片Ⅰ～Ⅴ各有中侧毛 2 或 3 对，缘毛 3 或 4 对，有时背片Ⅰ有缘毛 1
对；背片Ⅵ有中侧毛 2 对，缘毛 2 对；背片Ⅶ有中毛 2 或 3 根，缘毛 2 对；背片Ⅷ有毛
4 或 5 根；头顶毛长 0.03mm，为触角节Ⅲ最宽直径的 0.52 倍，腹部背片Ⅰ毛长
0.03mm，背片Ⅷ毛长 0.05mm。触角 6 节，全长 3.79mm，为体长的 1.10 倍；节Ⅲ长
1.10mm，节Ⅰ～Ⅵ长度比例：10：7：100：54：50：13+113；节Ⅰ～Ⅵ毛数：6 或 7
根，4 或 5 根，22～25 根，8～10 根，5～9 根，3 或 4+5～9 根，末节鞭部顶端有毛 3
或 4 根，节Ⅲ毛长为该节最宽直径的 0.39 倍；节Ⅲ有大小指状次生感觉圈 49～61 个，
分布于全长。喙端部达中足基节；节Ⅳ+Ⅴ楔状，长 0.18mm，为基宽的 2.30 倍，为
后足跗节Ⅱ的 1.30 倍；有原生毛 4 对，次生毛 4 或 5 对。足光滑，后足股节长
2.44mm，为体长的 0.73 倍；跗节Ⅰ毛序：3，3，3。翅脉正常，粗黑。腹管长管状，
中部稍有膨大，端部收缩，有 12 行网纹，占全长的 1/4，有缘突和切迹；全长
0.67mm，为体长的 0.20 倍，为尾片的 1.70 倍。尾片长锥状，有长毛 6～8 根。尾板有
毛 14～16 根。生殖板有毛 22 或 23 根，其中有前部毛 6 或 7 根。

生物学 寄主植物为北乌头 *Aconitum kusnezoffii*。日本记载取食深裂乌头
A. carmichaeli var. *tripartitum* 等乌头属植物。

分布 内蒙古（牙克石）、河北。

85. 双尾蚜属 *Diuraphis* Aizenberg, 1935

Diuraphis Aizenberg, 1935：157. **Type species**：*Brachycolus noxius* Kurdjumov, 1913.

Cavahyalopterus Mimeur, 1942：67.

Cuernavaca Baker, 1934 nec Kirkaldy, 1913：210.

Diuraphis Aizenberg：Zhang *et al.*, 1991：121；Remaudière *et* Remaudière, 1997：91；Zhang,
　　1999：384.

属征　活体细长，被薄蜡粉。无翅孤雌蚜腹部后几节背片有横纹；有翅孤雌蚜有缘斑。胸部或腹部节Ⅱ～Ⅵ偶有缘瘤，背片Ⅴ最常见。背毛偶为匙形。额瘤低或无。触角5或6节，长为体长的0.30～0.50倍；触角末节鞭部长于基部，但不长于基部的2.00倍；无翅孤雌蚜触角无次生感觉圈，有翅孤雌蚜触角节Ⅲ有数个次生感觉圈，有时节Ⅳ也有；节Ⅲ毛长为该节直径的0.50～1.00倍。喙端部达中足基节或位于前、中足基节之间，端部有0～2根次生毛。跗节Ⅰ毛序：3，3，2。翅窄。腹管长度与宽度相同或更短，位于腹部背片Ⅵ后半部。尾片舌形，有毛4～9根。尾片上方有或无突起。

　　该属蚜虫寄主为禾本科植物，绝大多数为杂草，多营同寄主全周期生活。在向正面卷曲微肿胀的伪虫瘿中或叶鞘中取食，生活在狭小隐蔽的、半封闭的和湿润的小生境。有长管蚜亚科的许多退化特征，如身体细长，复眼小，小眼面少；腹管短小甚至环状等。这一系列特征对其适应干旱区的干燥气候，躲避天敌的捕食及寄生具有重要意义。该属无蚂蚁伴生。大部分物种分布于欧洲和亚洲北部，极少数物种分布于北美洲甚至南美洲和非洲。

　　世界已知11种，中国已知7种，本志记述1种。

(228) 披碱草蚜 *Diuraphis elymophila* Zhang, 1991 (图 261)

Diuraphis elymophila Zhang, 1991：125.

Diuraphis elymophila Zhang：Remaudière *et* Remaudière, 1997：91；Zhang, 1999：398.

特征记述

　　无翅孤雌蚜　体长2.00mm，体宽0.86mm。活体淡绿色，被白粉。玻片标本头部黑色，胸部及腹部淡色；腹部背片Ⅶ、Ⅷ各有宽横带。触角节Ⅲ、Ⅳ基部2/3淡色，其他节褐色；喙淡褐色，顶端黑色；足淡褐色；腹管褐色；尾片端半部及生殖板黑色；尾板淡色。体表光滑，头部背面有网纹，腹部背片Ⅶ、Ⅷ有微瓦纹。体背毛短小，钝顶，头部有头顶毛1对，额瘤毛1对，头背毛8或9根；前胸背板有中毛2或3根，侧、缘毛各1对；腹部背片Ⅰ～Ⅳ各有中、侧毛3对，背片Ⅴ～Ⅶ各有中、侧背毛2对，背片Ⅰ～Ⅶ各有缘毛1对，背片Ⅷ有尖毛6或7根，毛长0.04mm。节间斑不明显。中胸腹岔淡色，两臂分离。中额及额瘤隆起，呈"W"形。触角6节，节Ⅲ～Ⅵ有瓦纹，全长0.67mm，节Ⅲ长0.16mm，节Ⅰ～Ⅵ长度比例：29：31：100：62：56：55+83；节Ⅰ～Ⅵ毛数：3根，4或5根，3根，2根，1根，2或3+0根，末节鞭部顶端有短毛3或4根，节Ⅲ毛长为该节直径的1/3。喙端部不达中足基节，节Ⅳ＋Ⅴ长0.08mm，为基宽的2.00倍，为后足跗节Ⅱ的0.98倍。后足股节长0.36mm，为触角节Ⅲ的2.22倍；后足胫节长0.53mm，为体长的0.27倍；后足跗节Ⅱ长0.12mm。腹管短筒状，无缘突，光滑，长0.02mm，端宽0.02mm。尾片宽锥状，有瓦纹，长0.12mm，有毛5或6根。尾板末端圆形，有毛11～14根。生殖板椭圆形，有毛12～14根，其中有前部长毛1对。

　　有翅孤雌蚜　体长1.25mm，体宽0.51mm。玻片标本头部、胸部黑色，腹部淡色；腹部背片Ⅷ有宽横带。触角6节，全长0.75mm，节Ⅲ长0.19mm，节Ⅰ～Ⅵ长度比例：22：27：100：57：50：51+87；节Ⅲ有圆形次生感觉圈6或7个。喙端部不达中足基节，节Ⅳ＋Ⅴ长0.07mm，为后足跗节Ⅱ的0.54倍。后足股节长0.37mm，为

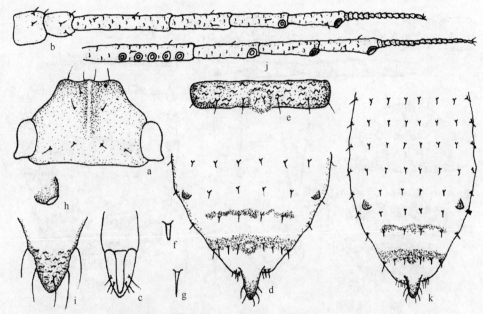

图 261 披碱草蚜 *Diuraphis elymophila* Zhang

无翅孤雌蚜（apterous viviparous female）

a. 头部背面观（dorsal view of head）；b. 触角（antenna）；c. 喙节Ⅳ＋Ⅴ（ultimate rostral segment）；d. 腹部背片Ⅴ～Ⅷ（abdomen tergites Ⅴ～Ⅷ）；e. 腹部背片Ⅷ背斑（dorsal scleroite on abdominal tergite Ⅷ）；f. 体背毛（dorsal hair of body）；g. 腹部腹面毛（ventral hair of abdomen）；h. 腹管（siphunculus）；i. 尾片（cauda）。

触角节Ⅲ的 1.95 倍；后足胫节长 0.58mm，为体长的 0.46 倍；后足跗节Ⅱ长 0.13mm。腹管短筒状。尾片有毛 5 或 6 根。尾板有毛 11～14 根。其他特征与无翅孤雌蚜相似。

生物学 寄主植物为披碱草 *Elymus dahuricus*。

分布 内蒙古（海拉尔）。

86. 西圆尾蚜属 *Dysaphis* Börner，1931

Dysaphis Börner，1931：9. **Type species**：*Aphis angelicae* Koch，1854.

Dysaphis Börner：Miyazaki，1971：203；Zhang *et* Zhong，1983：281；Remaudière *et* Remaudière，1997：92；Zhang，1999：391.

属征 体被少量蜡粉。中额及额瘤微隆。前胸、腹部节Ⅰ～Ⅶ有缘瘤。气门小。触角 6 节，偶尔 5 节，无翅孤雌蚜一般无次生感觉圈，有翅孤雌蚜次生感觉圈不规则排列于节Ⅲ～Ⅴ。无翅孤雌蚜腹部背片Ⅵ～Ⅷ通常有横斑；有翅孤雌蚜腹部背片Ⅲ～Ⅴ或Ⅲ～Ⅵ横斑常愈合为 1 个大斑。大部分种类喙端部几乎达后足基节。跗节Ⅰ毛序：3，3，3 或 3，3，2。腹管短或中等长度，缘突有或无。尾片短，长度小于基宽，一般有毛 4～7 根。原生寄主为梨亚科 Pomaceae 植物，次生寄主为草本植物。

世界已知 111 种，中国已知 13 种，本志记述 1 种。

(229) 白西圆尾蚜 *Dysaphis emicis* （Mimeur，1935）（图 262）

Anuraphis emicis Mimeur，1935：31.

Dysaphis emicis （Mimeur）：Zhang *et al*.，1987：458；Remaudière *et* Remaudière，1997：93.

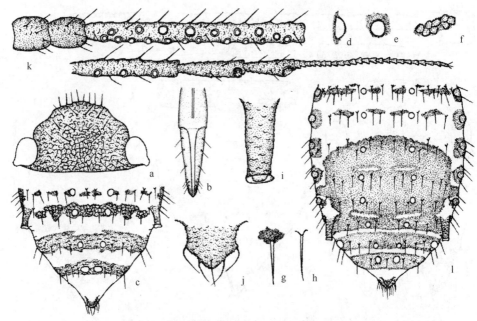

图 262　白西圆尾蚜 *Dysaphis emicis*（Mimeur）

无翅孤雌蚜（apterous viviparous female）

a. 头部背面观（dorsal view of head）；b. 喙节 Ⅳ＋Ⅴ（ultimate rostral segment）；c. 腹部背片 Ⅴ～Ⅷ
（abdominal tergites Ⅴ～Ⅷ）；d. 腹部缘瘤（marginal tubercle on abdomen）；e. 腹部背瘤（dorsal tubercle
of abdomen）；f. 节间斑（muskelplatten）；g. 体毛及毛基斑（dorsal hair and hair bearing scleroite of body）；
h. 体腹面毛（ventral hair of body）；i. 腹管（siphunculus）；j. 尾片（cauda）。

有翅孤雌蚜（alate viviparous female）

k. 触角（antenna）；l. 腹部背面观（dorsal view of abdomen）。

特征记述

无翅孤雌蚜　体椭圆形，体长 2.48mm，体宽 1.38mm。活体淡黄色。玻片标本头
部、触角、喙节Ⅲ～Ⅴ、足、腹管、尾片、尾板及生殖板黑色。前胸背板有 2 个大背
斑，中、后胸背板有毛基斑；腹部背片Ⅵ～Ⅷ各有横带横贯全节，其他各节均有明显毛
基斑。体表有网纹，腹部背片Ⅶ、Ⅷ有明显瓦纹。气门圆形关闭，气门片黑色。节间斑
明显，黑色。中胸腹岔淡色，两臂分离，单臂横长 0.15mm，为触角节Ⅲ的 0.73 倍。
体背多粗毛，尖锐，腹部腹面毛不长于背毛；头部背面有毛 28 根；前胸背板有中毛 8
根，侧、缘毛各 8 根，中胸背板有毛 56～78 根，后胸背板有毛 52～56 根；腹部背片
Ⅰ～Ⅷ毛数：48～52 根，51～52 根，53～54 根，31～38 根，21～26 根，18～26 根，
10～12 根，6～8 根。头顶毛及腹部背毛长 0.06mm，为触角节Ⅲ最宽直径的 1.60 倍，
腹部背片Ⅷ长毛长 0.02mm。缘瘤及中瘤明显，馒状，基部黑色；头部有瘤 1 对，位于
后方；前胸背板有中瘤 1 对，大型缘瘤 1 对；中、后胸各有中瘤 1 对，缘瘤 1 对；腹部
节Ⅰ～Ⅶ各有中瘤 1 对，缘瘤 1 对，有时 2 对，节Ⅷ有中瘤 1 对。中额与额瘤不隆。触
角 6 节，短小，有瓦纹，全长 0.76mm，为体长的 0.31 倍；节Ⅰ～Ⅵ长度比例：28：
28：100：53：38：32＋83；触角毛长尖，节Ⅰ～Ⅵ毛数：7～11 根，4 或 5 根，11～15

根，8～11根，3或4根，3+1根，节Ⅲ长毛长0.05mm，为该节最宽直径的1.30倍。喙长大，端部达后足基节，节Ⅳ+Ⅴ长楔形，长0.22mm，长为基宽的2.90倍，为后足跗节Ⅱ的1.90倍，有原生毛3对，次生毛3～5对。足股节有明显瓦纹，其他部分光滑，后足股节长0.44mm，为触角节Ⅲ～Ⅴ之和的1.10倍；后足胫节长0.72mm，为体长的0.29倍，毛长为该节最宽直径的1.20倍。跗节Ⅰ毛序：3，3，2。腹管短管状，有瓦纹、缘突和切迹；长0.15mm，为尾片的1.80倍。尾片尖圆形，长0.08mm，有长曲毛4或5根。尾板末端圆形，有长毛28～32根。生殖板椭圆形，有长毛20～22根。

有翅孤雌蚜　体椭圆形，体长2.20mm，体宽0.95mm。玻片标本头部、胸部黑色，腹部淡色，有黑色大斑。触角、喙、足、腹管、尾片、尾板及生殖板黑色。腹部背片Ⅰ～Ⅴ各有独立大缘斑，背片Ⅰ、Ⅱ各有断续横带，背片Ⅲ～Ⅵ背斑愈合为背大斑，背片Ⅵ缘斑与背大斑愈合，背片Ⅶ、Ⅷ有横带横贯全节。腹部背面有小刺突和明显瓦纹，背片Ⅶ、Ⅷ缘斑有明显粗瓦纹。体背瘤褐色，明显；头部有中瘤1对，前胸背板有中、缘瘤各1对，中、后胸各有小型中瘤1对；腹部节Ⅰ～Ⅷ各有小型中瘤1对，有时缺1个，节Ⅰ～Ⅴ、Ⅶ各有大型缘瘤1对。触角6节，有粗瓦纹，全长1.27mm，为体长的0.57倍，节Ⅲ长0.41mm，节Ⅰ～Ⅵ长度比例：16：17：100：49：31：24+70；节Ⅲ有长毛18根；节Ⅲ、Ⅳ分别有圆形次生感觉圈：19或20、3或4个，分布于各节全长。喙端部达后足基节，节Ⅳ+Ⅴ长0.19mm，为后足跗节Ⅱ的1.70倍，有原生毛3对，次生毛3对。后足股节有瓦纹，胫节端部有皱纹，后足股节长0.56mm，后足胫节长1.04mm，后足跗节Ⅱ长0.11mm。翅脉正常。腹管长0.13mm，尾片长0.11mm，有毛6根。尾板末端圆形，有毛30余根。

生物学　寄主为萝藦属植物 *Metaplexis* spp.、巴天酸模（洋铁叶）*Rumex patientia*。

分布　辽宁（本溪、沈阳）；俄罗斯，日本，西欧，北美洲。

87. 藜蚜属 *Hayhurstia* del Guercio，1917

Hayhurstia del Guercio，1917：208. **Type species**：*Aphis atriplicis* Linnaeus，1761 = *Hayhurstia deformans* del Guercio，1917.

Hayhurstia del Guercio；Miyazaki，1971：190；Zhang *et* Zhong，1983：289；Remaudière *et* Remaudière，1997：98；Zhang，1999：397.

属征　体被蜡粉。额瘤光滑，略明显。体背毛钝，腹部背片后部毛偶尔匙形。气门小。胸部、腹部节Ⅱ～Ⅴ有缘瘤，节Ⅴ缘瘤最大。触角6节，短于体长，末节鞭部远长于基部；无翅孤雌蚜触角通常无次生感觉圈；有翅孤雌蚜触角节Ⅲ次生感觉圈不规则排列于全节；节Ⅳ偶有次生感觉圈1或2个。喙节Ⅳ+Ⅴ细，短于后足跗节Ⅱ，有次生毛2～4根。跗节Ⅰ毛序：3，3，3。腹管短，圆柱形或轻微膨大，有或无缘突，长于基宽。尾片舌状、指状或长三角形，有毛5～7根。

世界已知2种，中国已知1种。

(230) 藜蚜 *Hayhurstia atriplicis*（Linnaeus，1761）（图263）

Aphis atriplicis Linnaeus，1761：262.

Hayhurstia deformans del Guercio, 1917：206.

Pergandeida mercurialis Balachowsky *et* Cairaschi, 1941：99.

Hayhurstia atriplicis (Linnaeus)：Shinji, 1914：634；Theobald, 1927：26；Shinji, 1944：497；
　　Palmer, 1952：205；Tao, 1962：101；Tao, 1964：139；Paik, 1965：108；Miyazaki,
　　1971：190；Zhang *et* Zhong, 1983：289；Remaudière *et* Remaudière, 1997：98；Zhang,
　　1999：398.

特征记述

无翅孤雌蚜　体长卵形，体长 1.70mm，体宽 0.84mm。活体草绿色，被薄粉。玻片标本淡色，头部灰色，无斑纹；触角、喙、足灰色，触角节Ⅳ～Ⅵ、喙节Ⅳ＋Ⅴ、胫节端部 1/6 和跗节灰黑色；尾片、尾板及生殖板灰褐色。体表光滑，头部背面前部有曲纹，腹部背片Ⅶ、Ⅷ稍有横纹。气门圆形开放至肾形半开放，气门片淡色。节间斑不明显。中胸腹岔无柄。体毛粗短；头部有背毛 13 根；前胸背板有中毛 1 或 2 对，侧、缘毛各 1 对；中胸背板有中毛 4 或 5 对，侧毛 1 对，缘毛 2 对；后胸背板有中、侧、缘毛各 1 对；腹部背片Ⅰ～Ⅴ各有中毛 2 对，侧、缘毛各 1 对；背片Ⅵ、Ⅶ分别有中、侧、缘毛各 1 对；背片Ⅷ有毛 4 根，有时背片Ⅵ缺侧毛；头顶毛与腹部背毛长度相似，长为触角节Ⅲ直径的 0.67～0.75 倍。缘瘤不明显。中额微隆，额瘤不明显。触角 6 节，有瓦纹，全长 0.71mm，为体长的 0.41 倍；节Ⅲ长 0.21mm，节Ⅰ～Ⅵ长度比例：24：26：100：30：45：40＋76；节Ⅰ～Ⅵ毛数：4～6 根，2～4 根，5～7 根，2 根，2 或 3

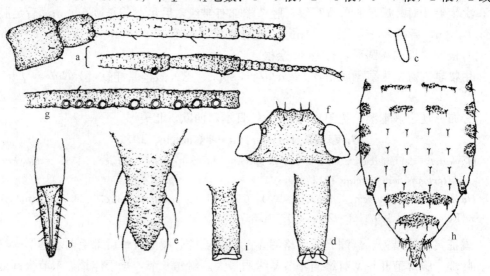

图 263　藜蚜 *Hayhurstia atriplicis* (Linnaeus)

无翅孤雌蚜（apterous viviparous female）

a. 触角（antenna）；b. 喙节Ⅳ＋Ⅴ（ultimate rostral segment）；c. 体背毛（dorsal hair of body）；d. 腹管
（siphunculus）；e. 尾片（cauda）。

有翅孤雌蚜（alate viviparous female）

f. 头部背面观（dorsal view of head）；g. 触角节Ⅲ（antennal segment Ⅲ）；h. 腹部背面观（dorsal view of
abdomen）；i. 腹管（siphunculus）。

根，2 或 3＋0 根。喙端部达中足基节；节 Ⅳ＋Ⅴ 两缘微内凹，顶端钝；长为基宽的 2.20 倍，为后足跗节 Ⅱ 的 0.91 倍；有极短原生刚毛 4 根，次生长刚毛 6 根。后足股节长 0.38mm，约与触角节 Ⅲ～Ⅴ 之和等长；后足胫节长 0.53mm，为体长的 0.30 倍，毛长为该节中宽的 0.73 倍，后足胫节端部有卵圆形伪感觉圈 1～3 个；跗节 Ⅰ 毛序：3，3，3。腹管短圆筒形，端部稍收缩，表面光滑，有缘突和切迹；长 0.12mm，约为体长的 0.07 倍，为尾片的 0.81 倍。尾片长圆锥形，中部稍收缩，末端钝圆，有微刺状瓦纹，有长毛 6～8 根。尾板末端圆形，有长毛 10～13 根。生殖板有短毛 14～20 根。

有翅孤雌蚜 体长卵形，体长 1.70mm，体宽 0.67mm。玻片标本头部、胸部黑色，腹部淡色，有灰黑色斑纹。触角黑色；足灰黑色，股节基部 1/4～1/3 及胫节基部 1/3～1/2 色稍淡。腹部背片 Ⅰ、Ⅱ 有小毛基斑，背片 Ⅱ～Ⅳ 有大缘斑，腹管前斑与后斑围绕腹管相连；背片 Ⅶ、Ⅷ 横带与缘斑相连。前胸、腹部节 Ⅱ～Ⅵ 有小型缘瘤，节 Ⅱ 缘瘤短于缘毛，节 Ⅵ 缘瘤长于缘毛。气门片灰黑色。体毛较无翅孤雌蚜短。触角 6 节，全长 1.00mm，为体长的 0.59 倍；节 Ⅲ 长 0.30mm，节 Ⅰ～Ⅵ 长度比例：19：19：100：37：47：37＋83；节 Ⅲ 有小圆形次生感觉圈 8～13 个，成行分布于外侧，有时有 1 或 2 个位于行外，节 Ⅳ 有次生感觉圈 0～3 个。后足股节长 0.41mm，与触角节 Ⅲ、Ⅳ 之和相等；后足胫节长 0.75mm，为体长的 0.43 倍，毛长为该节直径的 0.70 倍。翅脉正常，有晕。腹管长 0.10mm，为尾片的 0.65 倍。尾片长 0.15mm，有毛 4～7 根。尾板有毛 9～14 根。其他特征与无翅孤雌蚜相似。

生物学 寄主植物为铁苋菜 *Acalypha australis*、藜（灰菜）*Chenopodium album*、灰绿藜 *C. glaucum* 等藜属及滨藜属植物 *Atriplex* spp.。在北方 4～6 月和 8 月发生较多。在藜幼叶正面沿主脉取食，随后幼叶向正面纵卷肿胀成饺子状伪虫瘿。捕食性天敌有十三星瓢虫等。

分布 辽宁（沈阳）、黑龙江（绥化）、北京、河北、山东、河南、广东、云南、宁夏、青海、新疆、台湾；朝鲜半岛，俄罗斯，美国，加拿大，亚洲，欧洲。

88. 超瘤蚜属 *Hyperomyzus* Börner，1933

Hyperomyzus Börner，1933：2. **Type species**：*Aphis lactucae* Linnaeus，1758.

Hyperomyzus Börner：Miyazaki，1971：153；Remaudière *et* Remaudière，1997：101；Zhang，1999：399.

属征 头部平滑，中额微隆，额瘤显著。无翅孤雌蚜触角节 Ⅲ、Ⅳ 有圆形次生感觉圈，排成 1 列，分布于全长；有翅孤雌蚜触角节 Ⅲ～Ⅴ 均有次生感觉圈。腹管稍膨大，近端部有横纹。尾片长圆锥形。

世界已知 20 种和亚种，中国已知 5 种，本志记述 1 种。

(231) 茶藨子苦菜超瘤蚜 *Hyperomyzus lactucae* (Linnaeus，1758)（图 264）

Aphis lactucae Linnaeus，1758：452.

Rhopalosiphum erraticum Koch，1854：1.

Rhopalosiphum sonchi Oestlund，1886：17.

Amphorophora triticum Theobald，1923：52.

Rhopalosiphum ribijaponica Shinji，1924：361.

Amphorophora cosmopolitana Mason，1925：16.

Amphorophora sonchicola Shinji，1939：14.

Hyperomyzus lactucae（Linnaeus）；Miyazaki，1971：154；Zhang *et al.*，1987：458；
　　Remaudière *et* Remaudière，1997：101.

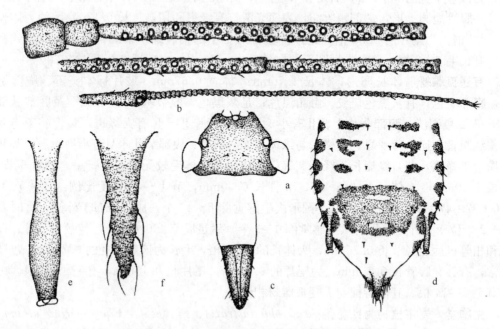

图 264　茶藨子苦菜超瘤蚜 *Hyperomyzus lactucae*（Linnaeus）

无翅孤雌蚜（apterous viviparous female）

a. 头部背面观（dorsal view of head）；b. 触角（antenna）；c. 喙节Ⅳ＋Ⅴ（ultimate rostral segment）；

d. 腹部背面观（dorsal view of abdomen）；e. 腹管（siphunculus）；f. 尾片（cauda）.

特征记述

有翅孤雌蚜　体椭圆形，体长 2.30mm，体宽 0.77mm。活体黄绿色。玻片标本头部、胸部黑色，腹部淡色，有黑斑。触角、喙节Ⅲ～Ⅴ、足股节端部 2/5、胫节基部及端部 1/8～1/5 及跗节黑色；腹管淡色，端部 1/3 深褐色；尾片褐色，尾板淡色，生殖板淡褐色。腹部背片Ⅰ、Ⅶ缘斑小，背片Ⅳ～Ⅴ背斑愈合为背中大斑，背片Ⅰ、Ⅱ有小侧斑，背片Ⅰ～Ⅶ各有大型缘斑，背片Ⅶ、Ⅷ缺斑。体表光滑，腹部缘斑及背片Ⅶ、Ⅷ有粗刺突组成横瓦纹。气门圆形关闭，有时开放，气门片黑色。体背毛极短小，腹部腹面毛长，尖锐，长为背毛的 3.00～4.00 倍；头部有头顶毛 2 对，头背毛 3 对；腹部背片Ⅰ～Ⅴ各有中侧毛 2 或 3 对，背片Ⅵ、Ⅶ各有中侧毛 1 对，背片Ⅰ有缘毛 1 对，背片Ⅱ～Ⅶ各有缘毛 2 或 3 对，背片Ⅷ有毛 1 对；头部及腹部背片Ⅰ～Ⅶ毛长 0.005mm，为触角节Ⅲ中宽的 1/8，背片Ⅷ毛长 0.010mm。中额及额瘤隆起，呈"W"形。触角 6 节，有瓦纹，全长 2.30mm，与体长约相等，节Ⅲ长 0.62mm，节Ⅰ～Ⅵ长度比例：14：10：100：65：53：22＋107；触角毛极短，节Ⅰ～Ⅵ毛数：5～7 根，4 根，11～12 根，8 根，6 或 7 根，3＋3 根，节Ⅵ鞭部顶端有毛 4 根，节Ⅲ毛长为该节最宽直径的 1/5；节Ⅲ～Ⅴ分别有大小圆形次生感觉圈：38～39 个，16～18 个，7～9 个，分布于各节全长。喙长大，端部达后足基节；节Ⅳ＋Ⅴ楔形，长 0.12mm，为基宽的 1.90 倍，与后足跗节Ⅱ约等长或稍长；有原生毛 3 对，次生毛 3 对。足有皱横纹，后足股节长 0.73mm，为触角节Ⅲ的 1.20 倍；后足胫节长 1.41mm，为体长的 0.61 倍，胫节长毛长与该节最宽直径约相等；跗节Ⅰ毛序：3，3，3。翅脉正常。腹管光滑，端部 1/2 膨大，缘突稍明显；长 0.31mm，为尾片的 1.10 倍。尾片尖锥状，有粗刺突组成横瓦纹，长 0.27mm，有毛 7 根。尾板末端圆形，有长毛 16 根。生殖板长馒状，有短钝毛 6 根，其中有前部毛 1 对。

生物学 寄主植物为苣荬菜 *Sonchus arvensis* 和苦苣菜 *S. oleraceus*。国外记载原生寄主植物为日本茶藨子 *Ribes* sp.，次生寄主植物为苦苣菜和苣荬菜。

分布 黑龙江（哈尔滨）；俄罗斯，日本，澳大利亚，美国，加拿大，欧洲。

89. 凤蚜属 *Impatientinum* Mordvilko，1914

Impatientinum Mordvilko，1914：72. **Type species**：*Aphis balsamines* Kaltenbach，1862＝*Impatientinum fuscum* Mordvilko，1928.

Tuberosiphum Shinji，1922：789.

Impatientinum Mordvilko：Miyazaki，1971：70；Raychaudhuri，1980：148；Tao，1990：276；Remaudière *et* Remaudière，1997：103；Zhang，1999：400.

属征 无翅孤雌蚜腹部背片Ⅰ～Ⅷ背斑愈合为 1 个深褐色大斑，仅在腹管前部和各节节间有零星淡色部分，有翅孤雌蚜腹部背斑多样，总有腹管后斑。触角约等于体长或长于体长，无翅孤雌蚜触角节Ⅲ有圆形次生感觉圈，有时节Ⅳ、Ⅴ也有分布，有翅孤雌蚜触角节Ⅲ～Ⅴ均有次生感觉圈。喙节Ⅳ＋Ⅴ短于或等长于后足跗节Ⅱ。跗节Ⅰ毛序：3，3，3。腹管长管状，为体长的 0.17～0.22 倍。尾片长锥状，顶端钝，无明显缢缩。

世界已知 5 种，中国已知 3 种，本志记述 1 种。主要分布于古北区。

(232) 胶凤蚜 *Impatientinum balsamines*（Kaltenbach，1862）（图 265）

Aphis balsamines Kaltenbach，1862：57.

Impatientinum balsamines（Kaltenbach）：Hille Ris Lambers，1947：305；Takahashi，1965：24；Miyazaki，1971：70；Zhang *et al.*，1987：458；Remaudière *et* Remaudière，1997：103.

特征记述

无翅孤雌蚜 体椭圆形，体长 1.89mm，体宽 0.87mm。活体红色。玻片标本头部黑色，胸部有宽横带，腹部有大背斑。触角Ⅰ、Ⅱ、Ⅵ和节Ⅲ～Ⅴ各端部黑色，其他节淡色；喙淡色，顶端骨化；足股节、胫节端部黑色，跗节深黑色，其他部分淡色；腹管黑色，尾片淡色，尾板淡褐色，生殖板深褐色。后胸横带与腹部背片Ⅰ愈合，背片Ⅰ～Ⅷ背斑愈合成 1 个大斑，背片Ⅷ淡色。体表光滑，腹部背片Ⅷ微有瓦纹；胸部及腹部腹面粗糙，有小刺突瓦纹。气门圆形开放，气门片黑色。节间斑明显黑褐色。中胸腹岔黑色，有短柄，横长 0.23mm，为触角节Ⅳ的 0.71 倍。体背毛尖锐，腹部腹面毛长于背毛；头部有头顶毛 2 对，头背毛 4 对；前胸背板有中、侧、缘毛各 1 对；腹部背片Ⅰ～Ⅴ各有中侧毛 2 或 3 对，背片Ⅵ有中侧毛 3 根，背片Ⅶ有中侧毛 1 对，背片Ⅰ有缘毛 1 对，背片Ⅱ～Ⅶ各有缘毛 2 对，有时 3 对，背片Ⅷ有毛 2 对；头顶毛长 0.02mm，为触角节Ⅲ最宽直径的 0.51 倍；腹部背片Ⅰ缘毛长 0.01mm，背片Ⅷ毛长 0.03mm。中额

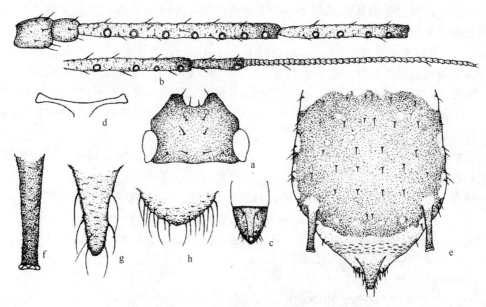

图 265　胶凤蚜 *Impatientinum balsamines*（Kaltenbach）

无翅孤雌蚜（apterous viviparous female）

a. 头部背面观（dorsal view of head）；b. 触角（antenna）；c. 喙节Ⅳ＋Ⅴ（ultimate rostral segment）；

d. 中胸腹岔（mesosternal furca）；e. 腹部背面观（dorsal view of abdomen）；f. 腹管（siphunculus）；

g. 尾片（cauda）；h. 尾板（anal plate）。

不隆，额瘤显著隆起，呈"U"形。触角 6 节，节Ⅰ、Ⅱ有小刺突，节Ⅲ～Ⅵ有瓦纹；全长 2.02mm，为体长的 1.10 倍，节Ⅲ长 0.50mm，节Ⅰ～Ⅵ长度比例：17：12：100：63：65：28＋117；节Ⅰ～Ⅵ毛数：9 根，4 根，14 根，5 根，7 根，4＋3 根，节Ⅵ鞭部顶端有毛 3 根，节Ⅲ毛长 0.01mm，为该节中宽的 1/3；节Ⅲ～Ⅴ分别有圆形次生感觉圈：7 个，3 或 4 个，2 或 3 个，节Ⅲ次生感觉圈分布于全长，位于外缘一行。喙粗大，端部达中足基节，节Ⅳ＋Ⅴ盾状，长 0.09mm，为基宽的 1.10 倍，有原生毛 3 对，次生毛 2 对。足股节端部 2/5 有小刺突瓦纹，其他部分光滑，后足股节长 0.67mm，为触角节Ⅲ的 1.30 倍；后足胫节长 1.08mm，为体长的 0.57 倍；胫节毛长与该节最宽直径约相等；跗节毛序：3，3，3。腹管长管状，有明显瓦纹，有缘突和切迹，长 0.29mm，为尾片的 1.30 倍。尾片长锥状，有粗刺突横纹，长 0.23mm，为基宽的 1.60 倍，有毛 7 根。尾板半球形，有毛 16 根。生殖板卵圆形，有毛 10 根，前部有 1 对长毛。

生物学　寄主为凤仙花属 *Impatiens* spp. 植物。

分布　辽宁（千山）；朝鲜，俄罗斯，日本，欧洲。

90. 十蚜属 *Lipaphis* Mordvilko，1928

Lipaphis Mordvilko，1928：200. **Type species**：*Aphis erysimi* Kaltenbach，1843.

Lipaphiodes Börner，1939：75.

Lipaphis Mordvilko：Miyazaki，1971：188；Zhang *et* Zhong，1983：282；Remaudière *et*
　　Remaudière，1997：106；Zhang，1999：407.

属征　额瘤及中额明显。触角 6 节，节Ⅰ、Ⅱ粗糙；短于体长，节Ⅳ鞭部长于基部，一般为基部的 2.00～3.00 倍；有翅孤雌蚜触角节Ⅲ、Ⅳ，有时节Ⅴ有圆形次生感觉圈，排列无序，分布各节全长。喙节Ⅳ＋Ⅴ长度稍短于后足跗节Ⅱ。腹管管状，端部稍膨大，缘突下有缢缩。尾片三角形，顶端钝，有毛 4～6 根。气门肾形，有褐色骨片。

世界已知 11 种，中国已知 3 种，本志记述 2 种。

种 检 索 表

（无翅孤雌蚜）

1. 触角末节鞭部长为基部的 2.23 倍；腹管长为尾片的 1.70 倍 ························· **萝卜蚜 *L. erysimi***

触角末节鞭部长为基部的 1.53 倍；腹管长为尾片的 1.40 倍 ················ **杂草十蚜 *L. ruderalis***

(233) 萝卜蚜 *Lipaphis erysimi*（Kaltenbach，1843）（图 266）

Aphis erysimi Kaltenbach，1843：39.

Aphis contermina Walker，1849：195.

Aphis pseudobrassicae Davis，1914：231.

Aphis mathiolella Theobald，1918：273.

Siphocoryne indobrassicae Das，1918：135.

Rhopalosiphum papaveri Takahashi，1921：1.

Lipaphis erysimi（Kaltenbach）：Cottier，1953：307；Eastop，1958：43；Heinze，1960：768；Tao，1962：101；Tao，1964：136；Paik，1965：106；Eastop，1966：453；Miyazki，1971：188；Zhang *et* Zhong，1983：282；Remaudière *et* Remaudière，1997：106；Zhang，1999：408.

特征记述

无翅孤雌蚜　体卵圆形，体长 2.30mm，体宽 1.30mm。活体灰绿色至黑绿色，被薄粉。玻片标本淡色，头部稍骨化，胸部、腹部淡色，无斑纹。触角节Ⅲ端部 1/3、节Ⅵ、足胫节端部 1/5 及跗节黑色，其他部分灰色；喙节Ⅳ＋Ⅴ、尾片、尾板及腹管端部黑色。头部顶端粗糙，有圆形微刺突起，后部及头侧两缘有褶曲纹；胸部背板中域及侧缘域有菱形网纹；腹部背片缘域有网纹，背片Ⅶ有网纹，背片Ⅷ有微瓦纹。前胸、腹部节Ⅲ～Ⅵ有淡色小缘瘤。气门形状不规则，气门片骨化深色。节间斑明显黑褐色。中胸腹岔无柄。体背毛短，尖锐；头部有背毛 16 根，包括头顶毛 8 根，中部及后部毛各 4 根；前胸背板有中毛 2 根，中、后胸背板有中、侧毛各 4 根；腹部各节背片有中、侧、缘毛各 2～4 根；背片Ⅷ有短毛 4 根；头顶毛、部背片Ⅰ毛、背片Ⅷ毛长分别为触角节Ⅲ直径的 0.41 倍、0.19 倍、0.38 倍。中额明显隆起，额瘤微隆外倾，呈浅"W"形。触角 6 节，节Ⅰ有圆形微突起，节Ⅲ～Ⅵ有瓦纹，两缘有微刺突锯齿；全长 1.30mm，为体长的 0.57 倍；节Ⅰ～Ⅵ长度比例：17：16：100：53：42：30＋67；节Ⅰ～Ⅵ毛数：6 根，5～7 根，7 或 8 根，4 或 5 根，3 根，2 或 3＋2 根，节Ⅲ毛长为该节直径的 0.21 倍。喙端部达中足基节，节Ⅳ＋Ⅴ长为基宽的 1.60 倍，为后足跗节Ⅱ的 0.81 倍；有原生刚毛 4 根，次生刚毛 4～6 根。后足股节长为触角节Ⅲ的 1.30 倍；后足胫节长为体长的 0.42 倍，毛长为该节中宽的 0.58 倍；跗节Ⅰ毛序：3，3，2。腹管长筒形，有瓦纹，顶端收缩，有缘突及切迹；长为体长的 0.12 倍，为尾片的 1.70 倍。尾片圆锥形，有微刺突构成横纹，有长毛 4～6 根。尾板半圆形，有长毛 12～14 根。生殖板淡

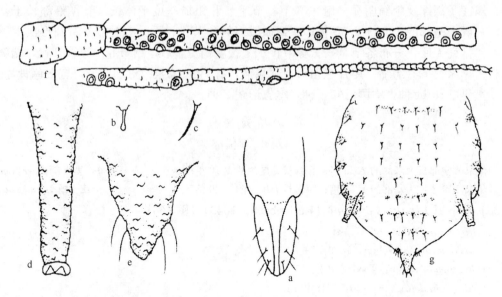

图 266　萝卜蚜 *Lipaphis erysimi* (Kaltenbach)

无翅孤雌蚜 (apterous viviparous female)

a. 喙节 Ⅳ + Ⅴ (ultimate rostral segment)；b. 体背毛 (dorsal hair of body)；c. 体腹面毛 (ventral hair of body)；d. 腹管 (siphunculus)；e. 尾片 (cauda)。

有翅孤雌蚜 (alate viviparous female)

f. 触角 (antenna)；g. 腹部背面观 (dorsal view of abdomen)。

色，有长毛 2 根，短毛 18～20 根。

有翅孤雌蚜　体长卵形，体长 2.10mm，体宽 1.00mm。活体头部、胸部黑色，腹部绿色至深绿色。玻片标本头部、胸部黑色，腹部淡色有黑色斑纹；触角、喙节Ⅲ及节Ⅳ + Ⅴ、腹管、尾片、生殖板黑色；足股节基部及胫节中部骨化灰色，其他部分黑色。腹部背片Ⅰ背中有 1 个窄横带，背片Ⅴ有小中斑，背片Ⅵ有断续不规则横带，背片Ⅶ、Ⅷ各有 1 个横带；背片Ⅰ～Ⅵ有圆形缘斑，背片Ⅰ、Ⅱ缘斑小，腹管前斑断续与后斑相连。头部背面及胸部背板光滑；腹部背斑有瓦纹，背片Ⅶ、Ⅷ有微瓦纹。前胸背板及腹部节Ⅲ～Ⅵ缘斑上各有 1 个圆形缘瘤。气门圆形关闭，气门片骨化黑色。体背毛短，钝顶；头部有背毛 16 根；前胸背板有中、侧毛各 2 根，中胸背板有毛 20 根，无缘毛，后胸背板有中侧毛各 2 根；腹部背片Ⅰ～Ⅳ各有中侧毛 6 根，背片Ⅴ有中侧毛 4 根，背片Ⅵ有中、侧毛 2 根；背片Ⅰ、Ⅱ、Ⅴ、Ⅵ各有缘毛 2 根，背片Ⅲ、Ⅳ各有缘毛 4 根；背片Ⅶ、Ⅷ各有毛 6 根。触角 6 节，全长 1.50mm，节Ⅰ～Ⅵ长度比例：18：16：100：56：47：35+85；节Ⅲ～Ⅴ分别有次生感觉圈：21～29 个，7～14 个，0～4 个。足股节、胫节有卵圆形构造。其他特征与无翅孤雌蚜相似。

生物学　寄主植物有油菜 *Brassica rapa* var. *oleifera*、白菜 *B. rapa* var. *glabra*、芥菜 *B. juncea*、甘蓝 *B. oleracea* var. *capitata*、花椰菜 *B. oleracea* var. *botrytis*、青菜 *B. chinensis*、芜青 *B. rapa*、萝卜 *Raphanus sativus*、荠菜 *Capsella bursa-pastoris*、水田芥菜 *Nasturitum officinale* 和独行菜 *Lepidium apetalum* 等十字花科油料作物、蔬菜和中草药。其中偏爱芥菜型油菜和白菜。

萝卜蚜是十字花科油料作物、蔬菜和中草药的大害虫。常在叶片背面及种用株嫩梢、嫩芽背面为害，受害老叶不变形，受害嫩梢节间变短，弯曲，幼叶向反面畸形卷缩；使植株矮小，叶面出现褪色斑点、变黄，常使白菜、甘蓝不能包心或结球，种用油料、蔬菜和中草药不能正常抽薹、开花和结籽。同时还能传带病毒病，严重影响油料、蔬菜和中草药生长，及早防治蚜虫是预防病毒病的重要措施。华北、华中、华东等地大都在春末至仲夏和秋季大量发生为害；北京大都在 5 月、6 月和 9 月、10 月间天气闷热时期发生较重。北京 11 月上旬发生无翅雌性、雄性蚜，交配后在菜叶背面产卵越冬，部分成虫、若虫在菜窖内越冬或在温室中继续繁殖。常与桃蚜、甘蓝蚜混生。防治有利时机应在每年春季。通常在蚜群中出现有翅若蚜前，繁殖力有下降趋势，因而若蚜与成蚜数量的比值也逐渐下降。降到一定的比值，蚜群中即将出现有翅若蚜。捕食性天敌有六斑月瓢虫、七星瓢虫、横斑瓢虫、双带盘瓢虫、十三星瓢虫、龟纹瓢虫、多异瓢虫、异色瓢虫、十九星瓢虫、大绿食蚜蝇、食蚜瘿蚊、几种草蛉、姬猎蝽、小花蝽等，并有蚜茧蜂寄生。微生物天敌有蚜霉菌。施药防治时要注意保护天敌，为天敌留下饲料，利用天敌消灭蚜虫。

分布 内蒙古（赤峰、扎兰屯）、辽宁（朝阳、沈阳）、吉林（兴城）、黑龙江（绥化）、北京、河北、天津、上海、江苏、浙江、福建、山东、河南、湖南、广东、四川、云南、陕西、甘肃、宁夏、台湾；朝鲜，俄罗斯，日本，印度，印度尼西亚，伊拉克，以色列，埃及，东非，美国，加拿大。

(234) 杂草十蚜 *Lipaphis ruderalis* Börner，1939（图 267）

Lipaphis ruderalis Börner，1939：75.

Lipaphis ruderalis Börner：Zhang *et al.*，1987：458；Remaudière *et* Remaudière，1997：106.

特征记述

无翅孤雌蚜 体椭圆形，体长 1.97mm，体宽 1.01mm。玻片标本头部、前胸及腹部背片Ⅶ、Ⅷ褐色，其他部分淡色。触角节Ⅴ、Ⅵ，喙节Ⅲ～Ⅴ，胫节端部，跗节及尾板黑色；生殖板黑褐色；触角节Ⅰ、Ⅱ、Ⅳ和腹管端部 1/3 及尾片褐色；触角节Ⅲ、腹管基部 2/3 淡色。体表有微细皱纹。气门小圆形关闭，气门片淡色。节间斑褐色，分布于头部、胸部。中胸腹岔淡色，两臂分离，各臂横长 0.13mm，为触角节Ⅲ的 0.71 倍。体背毛极短，短棒状，不甚明显，腹部腹面毛长，尖锐，长为背毛的 3.00～4.00 倍；头部有头顶毛 2 对，头背毛 3 对；腹部背片Ⅰ有毛 6～8 根，背片Ⅶ有毛 4 根，背片Ⅷ有毛 4 根，各毛长 0.004～0.007mm，为触角节Ⅲ中宽的 1/6～1/4。中额及额瘤隆起，呈"W"形，微显头盖缝，不达头部后缘。触角 6 节，短小，有明显瓦纹，全长 0.59mm，为体长的 0.30 倍，节Ⅲ长 0.18mm，节Ⅰ～Ⅵ长度比例：31：25：100：40：42：38＋58；触角毛棒状极短，节Ⅰ～Ⅵ毛数：3 或 4 根，3 或 4 根，4 或 5 根，1 或 2 根，1 根，2＋0 根，节Ⅵ鞭部顶端有毛 4 根，节Ⅲ毛长为该节中宽的 1/5。喙端部不达后足基节，节Ⅳ＋Ⅴ楔状，长 0.09mm，为基宽的 1.80 倍，为后足跗节Ⅱ的 0.86 倍；有原生毛 3 对，次生毛 2 对。足股节及胫节端部有瓦纹；后足股节长 0.37mm，为触角节Ⅲ～Ⅴ之和的 1.10 倍；后足胫节长 0.66mm，为体长的 0.34 倍，胫节毛粗短，钝顶，长为该节最宽直径的 0.65 倍；跗节 I 毛序：3，3，3。腹管长管状，有细瓦纹，顶端收缩，有缘突和切迹；长 0.24mm，为体长的 0.12 倍，为尾片的 1.40 倍。尾片长锥状，有粗刺突组成瓦纹，长 0.18mm，有细尖毛 4 根。尾板末端圆形，有毛 9～11 根。生殖板椭圆形，有短毛 8～10 根。

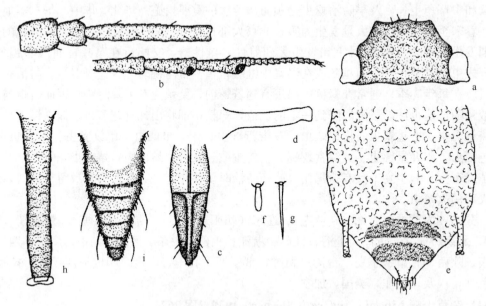

图 267　杂草十蚜 *Lipaphis ruderalis* Börner

无翅孤雌蚜（apterous viviparous female）

a. 头部背面观（dorsal view of head）；b. 触角（antenna）；c. 喙节 IV＋V（ultimate rostral segment）；
d. 中胸腹岔（mesosternal furca）；e. 腹部背面观（dorsal view of abdomen）；f. 体背毛（dorsal hair of body）；g. 体腹面毛（ventral hair of body）；h. 腹管（siphunculus）；i. 尾片（cauda）.

生物学　寄主植物为独行菜 *Lepidium apetalum*。

分布　辽宁（沈阳）；俄罗斯；西欧。

91. 长尾蚜属 *Longicaudus* van der Goot，1913

Longicaudus van der Goot，1913：105. **Type species**：*Aphis trirhodus* Walker，1849.

Yezosiphum Matsumura，1919：99.

Hemiaphis Börner，1926：215.

Senisetotarsaphis Raychaudhuri *et al.*，1980：30.

Longicaudus van der Goot：Miyazaki，1971：91；Zhang *et* Zhong，1983：277；Remaudière *et* Remaudière，1997：107；Zhang，1999：409.

属征　额瘤微隆。有翅孤雌蚜有黑色背斑。缘瘤缺或小。触角 6 节，短于身体，无翅孤雌蚜缺次生感觉圈，有翅孤雌蚜触角节 III 有多数突起的次生感觉圈，分布全长；节 III 长于节 IV＋V 之和。喙节 IV＋V 短而钝。跗节 I 毛序：5，5，5 或 6，6，6。尾片细长，大约为短截形腹管 3.00 倍，有较多毛。干母无腹管。

世界已知 7 种，中国已知 1 种。

（235）月季长尾蚜 *Longicaudus trirhodus*（Walker，1849）（图 268）

Aphis trirhodus Walker，1849：45.

Hyalopterus aquilegiae Koch，1854：1.

Hyalopterus dilineatus Buckton，1879：1.

Hyalopterus flavus Schouteden，1906：30.

Pergandeida microrosae Shinji，1930：151.

Aphis thalictri Essig & Kuwana，1918：35.

Yezosiphum thalictri Matsumura，1919：99.

Longicaudus trirhodus japonicus Hille Ris Lambers，1965：189.

Longicaudus trirhodus（Walker）：Theobald，1927：35；Heinze，1960：799；Doncaster，1961：
138；Richards，1963：681；Tao，1964：143；Miyazaki，1971：91；Zhang *et* Zhong，1983：277；
Remaudière *et* Remaudière，1997：107；Zhang，1999：409.

特征记述

　　无翅孤雌蚜　体长卵圆形，体长 2.60mm，体宽 1.20mm。活体黄绿色、灰绿色至黄色。玻片标本淡色，无斑纹。触角节Ⅳ端部 1/2 至节Ⅵ、喙节Ⅳ＋Ⅴ、足胫节 1/6、跗节灰黑色，足股节端部、腹管、尾片、尾板稍骨化灰色。体表光滑，腹部背片Ⅶ、Ⅷ微显瓦纹。气门圆形关闭，气门片淡色。节间斑不明显。中胸腹岔有长柄。体背毛短粗，钝顶；头部有中额毛 1 对，额瘤毛 3 或 4 对，头部背面毛 8～10 根；前胸背板有中、侧、缘毛各 2 根；中胸背板有中、侧、缘毛各 6 根、4 根、2 根；后胸背板有中、侧、缘毛各 4 根、2 根、4 根；腹部背片Ⅰ～Ⅵ各有中、侧毛 8～10 根，缘毛 2 根；背片Ⅶ有毛 8 根，背片Ⅷ有毛 6 根；头顶毛、腹部背片Ⅰ缘毛及背片Ⅷ毛长为触角节Ⅲ直径的 0.16～0.24 倍。中额及额瘤稍隆起。触角 6 节，微显瓦纹，全长 1.40mm，为体长的 0.54 倍；节Ⅲ长 0.61mm，节Ⅰ～Ⅵ长度比例：11：11：100：26：29：20＋33；触角毛短，节Ⅰ～Ⅵ毛数：7 根，6 或 7 根，24 或 25 根，5 根，6 根，2 或 3＋0 根，节Ⅲ毛长为该节直径的 0.24 倍。喙短粗，端部伸达前、中足基节之间；节Ⅳ＋Ⅴ短粗，长 0.09mm，为基宽的 1.20 倍，为后足跗节Ⅱ的 0.93 倍，有毛 5 对。后足股节短粗，长为该节直径的 6.40 倍，为触角节Ⅲ的 0.89 倍；后足胫节长 1.10mm，为体长的 0.40 倍，毛长为该节直径的 0.63 倍；跗节Ⅰ毛序：5，5，5。腹管短筒形，有瓦纹，有缘突，无切迹；全长 0.11mm，稍短于触角节Ⅵ基部，为尾片的 0.29 倍，为基宽的 1.30 倍。尾片长圆锥形，中部收缩，有微刺突组成横纹；长 0.38mm，有短毛 14 根。尾板末端圆形，有短毛 17 根。生殖板淡色；有长短毛 10 根。

　　有翅孤雌蚜　体长 2.00mm，体宽 0.83mm。活体头部、胸部黑色，腹部绿色，有黑色斑纹。玻片标本触角、足股节端部 1/3～1/2、后足胫节端部 1/5 及跗节黑色、腹管端部 1/2、胫节基部 4/5、喙节Ⅳ＋Ⅴ、尾片及尾板稍显骨化灰色。腹部背片Ⅲ～Ⅵ中侧斑断续愈合为 1 个大斑；背片Ⅶ、Ⅷ有横带；背片Ⅱ～Ⅵ各有大缘斑，背片Ⅴ、Ⅵ缘斑围绕腹管基部呈 1 个黑斑。头部、胸部背面稍显网纹；腹部背片Ⅶ、Ⅷ有瓦纹，其他部分光滑；体背斑纹上有小刺突组成瓦纹。气门三角形关闭，气门片稍骨化。节间斑不明显。体背毛短尖。触角 6 节，节Ⅰ、Ⅱ光滑，其他节有明显瓦纹；全长 1.80mm，为体长的 0.88 倍；节Ⅲ长 0.92mm，节Ⅰ～Ⅵ长度比例：7：6：100：19：22：14＋25；节Ⅲ有圆形突起次生感觉圈 54～88 个，分布全长。喙粗短，节Ⅳ＋Ⅴ与基宽约等长，为后足跗节Ⅱ的 0.54 倍。后足股节基部细，端部宽大，长 0.58mm，为直径的 8.80 倍，为触角节Ⅲ的 0.64 倍；后足胫节长 1.10mm，稍长于触角节Ⅲ。翅脉正常，各脉黑粗。腹管长 0.12mm，为尾片的 0.59 倍，有缘突和切迹。尾片末端尖细，长 0.20mm，有毛 9～14 根。其他特征与无翅孤雌蚜相似。

生物学　原生寄主为杏 Armeniaca vulgaris 和蔷薇属植物 Rosa spp.；次生寄主为唐松草 Thalictrum aquilegifolium、展枝唐松草（猫爪子）T. squarrosum 和耧斗菜 Aquilegia viridiflora。春季该种在蔷薇属植物嫩梢、嫩叶背面和花序上，有时大量发生，盖满嫩梢。以卵在蔷薇属植物幼枝上越冬。在华北，早春蔷薇和月季发芽时孵化，4 月下旬至 5 月上旬发生有翅孤雌蚜向次生寄主唐松草上迁飞为害。10 月上中旬有翅雄性蚜和无翅雌性蚜，在蔷薇属植物上交配产卵越冬。

分布　辽宁（本溪、建昌、旅顺、沈阳、熊岳）、吉林（敦化）、黑龙江（绥芬河、伊春）、北京、河北、山东、河南、江苏、陕西、甘肃、青海；朝鲜半岛，俄罗斯，蒙古国，日本，美国，加拿大，欧洲。

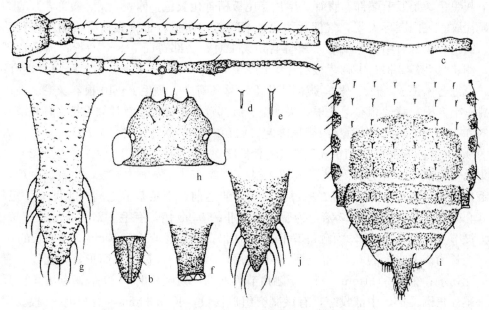

图 268　月季长尾蚜 Longicaudus trirhodus（Walker）

无翅孤雌蚜（apterous viviparous female）

a. 触角（antenna）；b. 喙节Ⅳ＋Ⅴ（ultimate rostral segment）；c. 中胸腹岔（mesosternal furca）；d. 体背毛（dorsal hair of body）；e. 体腹面毛（ventral hair of body）；f. 腹管（siphunculus）；g. 尾片（cauda）。

有翅孤雌蚜（alate viviparous female）

h. 头部背面观（dorsal view of head）；i. 腹部背面观（dorsal view of abdomen）；j. 尾片（cauda）

92. 蓼圈尾蚜属 *Macchiatiella* del Guercio, 1909 nec 1917

Macchiatiella del Guercio, 1909 nec 1917：1. **Type species**：*Aphis rhamni* Boyer de

Fonscolombe，1841．

Neolachnaphis Shinji，1924：353．

Neanuraphis Nevsky，1928：192．

Macchiatiella del Guercio；Miyazaki，1971：195；Zhang *et* Liu，1986：240；Remaudière *et* Remaudière，1997：107；Lee *et al.*，2002：136．

属征　中额微隆起，额瘤显著外倾。触角 6 节，粗大，有翅孤雌蚜节Ⅲ、Ⅳ有多个圆形次生感觉圈，分布于各节全长。喙端不达中足基节，节Ⅳ＋Ⅴ长于后足跗节Ⅱ。腹管粗管状，有微瓦纹。尾片半球形。

世界已知 2 种，中国已知 1 种。分布于亚洲东部。

（236）蓼圈圆尾蚜 *Macchiatiella itadori*（Shinji，1924）（图 269）

Neolachnaphis itadori Shinji，1924：353．

Acauda etadorii Shinji，1924：343．

Acauda sanguisorbae Shinji，1924：343．

Acaudus jozankeanus Hori *et* Matsumura ex Hori，1927：191．

Acauda rhamni Hori，1927：188．

Acauda etadorii Shinji；Shinji，1927：53；Shinji，1941：455；Paik，1965：91．

Macchiatiella itadori（Shinji）；Miyazaki，1971：195；Zhang *et* Liu，1986：240；Remaudière *et* Remaudière，1997：107；Lee *et al.*，2002：136．

特征记述

有翅孤雌蚜　体椭圆形，体长 2.25mm，体宽 0.98mm。活体黄绿色至绿色。玻片标本头部、胸部黑色，有黑斑。喙各节淡色，顶端黑色；足股节端部 3/4、胫节端部 1/6～1/5 及跗节黑色，其他部分淡色；腹管淡褐色，尾片、尾板及生殖板淡色。腹部背片Ⅰ～Ⅲ中侧斑不明显，有时有小斑，背片Ⅰ有小型缘斑，背片Ⅱ、Ⅲ各有独立大型缘斑；背片Ⅳ～Ⅵ中侧缘斑愈合为 1 个大背斑，背片Ⅶ有宽横带，背片Ⅷ有窄横带，横贯全节。体表光滑，头部、胸部及腹部背斑有皱纹。气门圆形开放，气门片黑色。节间斑明显，黑褐色。体背少毛，尖锐，腹部腹面多长毛，长于背毛，尖锐；头部有中额毛 1 对，额瘤毛 3～5 对，头背毛 4 对；前胸背板有中、侧、缘毛各 1 对；腹部背片Ⅰ～Ⅶ各有中侧毛 2 对，背片Ⅰ有缘毛 2 对，背片Ⅱ～Ⅴ各有缘毛 10～13 对，背片Ⅵ、Ⅶ各有缘毛 3 或 4 对，背片Ⅷ有毛 7 或 8 根；头顶毛与体背毛长 0.05～0.06mm，与触角节Ⅲ最宽直径约等长。中额微隆起，额瘤显著外倾。触角 6 节，粗大，有瓦纹，全长 1.82mm，为体长的 0.81 倍；节Ⅲ长 0.64mm，节Ⅰ～Ⅵ长度比例：16：11：100：68：60：16＋146；触角毛尖锐，节Ⅰ～Ⅵ毛数：5～9 根，4 根，9～29 根，5～8 根，4 或 5 根，2 或 3＋5 或 6 根，末节鞭部顶端有毛 4 根，节Ⅲ毛长为该节最宽直径的 0.42 倍；节Ⅲ、Ⅳ分别有圆形次生感觉圈：68～82 个、14～26 个，分布于各节全长。喙端不达中足基节，节Ⅳ＋Ⅴ楔状，长 0.13mm，为基宽的 1.90 倍，为后足跗节Ⅱ的 1.20 倍；有原生毛 3 对，次生毛 3 对。足光滑；后足股节长 0.77mm，为触角节Ⅲ的 1.20 倍；后足胫节长 1.46mm，为体长的 0.65 倍，毛长为该节最宽直径的 0.69 倍；跗节Ⅰ毛序：3，3，2。翅脉正常。腹管粗管状，有微瓦纹，有缘突和切迹，全长 0.30mm，为体长的 0.13 倍，为尾片的 3.90 倍。尾片半球形，有微刺突组成瓦纹，长 0.08mm，为基宽的 0.47 倍，有粗长毛 11～13 根。尾板末端圆形，有毛 33～42 根。生殖板帽状，有长毛 43～46 根。

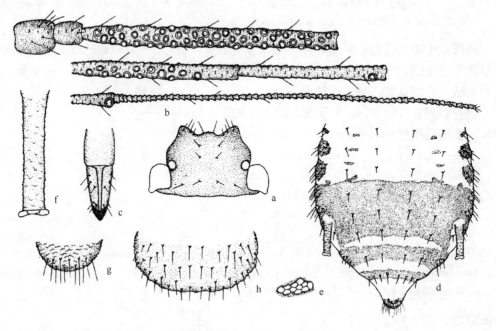

图 269　蓼圈圆尾蚜 *Macchiatiella itadori*（Shinji）

有翅孤雌蚜（alate viviparous female）

a. 头部背面观（dorsal view of head）；b. 触角（antenna）；c. 喙节Ⅳ＋Ⅴ（ultimate rostral segment）；
d. 腹部背面观（dorsal view of abdomen）；e. 节间斑（muskelplatten）；f. 腹管（siphunculus）；g. 尾片
（cauda）；h. 尾板（anal plate）。

生物学　寄主植物为酸蓼 *Polygonum* sp.。在叶片背面取食，种群数量不大。国外记载的原生寄主为日本鼠李 *Rhamnus japonica* 和药鼠李 *R. cathartica*，次生寄主为虎杖 *Reynoutria japonica*、库页蓼 *Polygonum* sp. 和荞麦 *Fagopyrum esculentum*。

分布　辽宁（本溪、岫岩）；朝鲜半岛，俄罗斯，日本。

93. 小长管蚜属 *Macrosiphoniella* del Guercio, 1911

Macrosiphoniella del Guercio, 1911：331. **Type species**：*Siphonophora atra* Ferrari, 1872.

Dielcysmura Mordvilko, 1914：164.

Pyrethromyzus Börner, 1950：1.

Macrosiphoniella del Guercio：Miyazaki, 1971：20；Zhang *et* Zhong, 1983：348；Remaudière *et* Remaudière, 1997：108；Zhang, 1999：410；Lee *et al.*, 2002：138.

属征　中额平，额瘤显著外倾。触角节Ⅲ或节Ⅲ和Ⅳ有圆形次生感觉圈。喙节Ⅳ＋Ⅴ尖长。腹管管状，至少端部 1/3 有网纹，常短于或等于尾片；几乎总有腹管前斑，后斑常缺，如果有则小于前斑。寄主为菊科 Compositae 植物。

世界已知 122 种，中国已知 35 种，本志记述 16 种。

种 检 索 表
（无翅孤雌蚜）

（有翅孤雌蚜）

(237) 丽小长管蚜楚孙亚种 *Macrosiphoniella abrotani chosoni* Szelegiewicz, 1980 （图 270）

Macrosiphoniella abrotani chosoni Szelegiewicz，1980：419.

Macrosiphoniella abrotani chosoni Szelegiewicz：Zhang *et al.*，1987：458；Remaudière *et* Remaudière，1997：108；Lee *et al.*，2002：139.

特征记述

无翅孤雌蚜 体椭圆形，体长 2.36mm，体宽 1.13mm。活体淡绿色。玻片标本淡色，毛基斑淡色，触角节Ⅰ、Ⅱ淡色，节Ⅲ端部 1/3 至节Ⅵ黑色；喙淡褐色，顶端黑色；足股节、胫节褐色，胫节端部 1/5 及跗节黑色；腹管淡色，端部 1/3 黑色；尾片、尾板及生殖板淡色。体表光滑，有微细皱纹，腹部背片Ⅶ、Ⅷ有瓦纹。气门小圆形关闭，气门片淡色。中胸腹岔淡色，有短柄，横长 0.26mm，为触角节Ⅲ的 0.73 倍。体背毛粗长，钝顶，腹部腹面多毛，短于背毛；头部有中额毛 2 对，额瘤毛 3～5 对，头背毛 4 对；前胸背板有中、侧、缘毛各 1 对；腹部背片Ⅰ～Ⅶ各有中侧毛 3 对，背片Ⅰ有缘毛 1 对，背片Ⅱ～Ⅶ各有缘毛 2 对，有时 3 对，背片Ⅷ有毛 5 或 6 根；头顶毛长 0.07mm，为触角节Ⅲ的 2.00 倍，腹部背片Ⅰ毛长 0.05mm，背片Ⅷ毛长 0.07mm。中额及额瘤微隆起。触角 6 节，有瓦纹，全长 0.36mm，节Ⅰ～Ⅵ长度比例：20：19：100：83：75：42＋138；触角毛钝顶，节Ⅰ～Ⅵ毛数：4～6 根，4 根，9～13 根，8～10 根，6 或 7 根，4＋9 根，节Ⅵ鞭部顶端有毛 4 根，节Ⅲ长毛为该节中宽的 0.77 倍；节Ⅲ有小圆形次生感觉圈 3～6 个，分布于基部 1/2。喙端部达中足基节，节Ⅳ＋Ⅴ尖楔状，长 0.08mm，为基宽的 1.80 倍，为后足跗节Ⅱ的 0.74 倍；有原生细毛 2 对，次生细长毛 3 对。足股节端部外缘有瓦纹，其他部分光滑；后足股节长 0.53mm，为触角节Ⅲ的 1.40 倍；后足胫节长 1.43mm，为体长的 0.61 倍；毛长与该节最宽直径约等长；跗节Ⅰ毛序：3，3，3。腹管长管状，端半部有网纹，基半部有瓦纹，缘突不显，全长 0.32mm，为体长的 0.14 倍，为尾片的 0.94 倍。尾片长锥状，中部收缩，有小刺突组成横瓦纹；长 0.34mm，有粗长毛 9～14 根。尾板末端圆形，有毛 18 或 19 根。生殖板大型，有粗长毛 8 根。

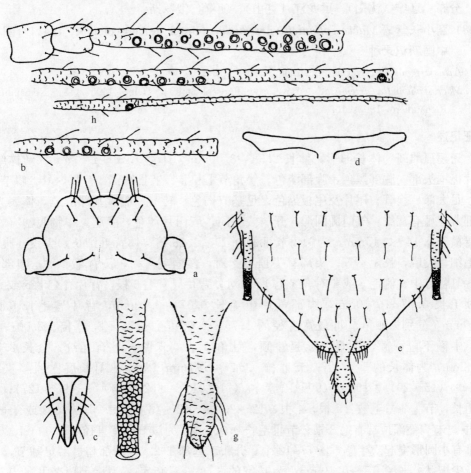

图 270　丽小长管蚜楚孙亚种 *Macrosiphoniella abrotani chosoni* Szelegiewicz

无翅孤雌蚜（apterous viviparous female）

a. 头部背面观（dorsal view of head）；b. 触角节Ⅲ（antennal segment Ⅲ）；c. 喙节Ⅳ＋Ⅴ（ultimate rostral segment）；d. 中胸腹岔（mesosternal furca）；e. 腹部背片Ⅴ～Ⅷ（abdominal tergites Ⅴ～Ⅷ）；f. 腹管（siphunculus）；g. 尾片（cauda）。

有翅孤雌蚜（alate viviparous female）

h. 触角（antenna）。

有翅孤雌蚜　体长 2.47mm，体宽 1.00mm。玻片标本头部、胸部深黑色，腹部淡色，无斑纹；足股节、胫节褐色。中额隆起，额瘤显著外倾。触角 6 节，全长 1.92mm，为体长的 0.78 倍，节Ⅲ长 0.47mm，节Ⅰ～Ⅵ长度比例：17：15：100：79：65：33＋106；节Ⅲ有毛 11～13 根；节Ⅲ有次生感觉圈 16～24 个，分布于全长，节Ⅳ有次生感觉圈 8 或 9 个。后足股节长 0.65mm，后足胫节长 1.22mm，后足跗节Ⅱ长 0.10mm。翅脉正常。腹管长 0.33mm，为尾片的 0.95 倍。尾片长锥状，长 0.35mm，有毛 9 或 10 根。尾板有毛 4 根。生殖板有粗毛 14 根。其他特征与无翅孤雌蚜相似。

生物学　寄主为黄蒿 *Artemisia* sp. 等蒿属植物。

分布　辽宁（沈阳）、黑龙江（克山）；朝鲜，俄罗斯。

（238）蒿小长管蚜 *Macrosiphoniella artemisiae*（Boyer de Fonscolombe，1841）（图 271）中国新记录种

Aphis artemisiae Boyer de Fonscolombe，1841：162.

Macrosiphoniella artemisiae（Boyer de Fonscolombe）：Heie，1995：18；Remaudière *et* Remaudière，1997：108.

特征记述

　　无翅孤雌蚜　体长卵形，体长 2.58～3.00mm，体宽 1.40～1.53mm。活体绿色。玻片标本头部、胸部黑色，腹部淡色。触角节 I 和 II、节 III 端部、节 IV～VI、喙节 III～V、足大部、腹管、尾片及尾板黑色；足基节褐色，转节、股节基部淡色。体表光滑，腹部背片 VIII 有瓦纹。气门椭圆形，开放或关闭，气门片淡色，隆起。中胸腹岔有长柄，单臂横长 0.14～0.15mm，为触角节 III 的 0.19～0.28 倍。体背毛细长，尖锐，腹部腹面毛细，尖锐，长短不等；头部有头顶毛 1 对，额瘤毛 4 对，头背毛 4 对；腹部背片 I～VI 各有中、侧毛 3 或 4 对，缘毛 1～3 对，背片 VII 有毛 6 根，背片 VIII 有毛 5 或 6 根；头顶毛长 0.07～0.10mm，腹部背片 I 毛长 0.07～0.10mm，背片 VIII 毛长 0.09～0.10mm，分别为触角节 III 最宽直径的 1.75～2.00 倍、1.75～2.00 倍、2.00～2.25 倍。中额不隆，额瘤明显，隆起外倾。触角 6 节，节 IV～VI 有瓦纹；全长 2.79～3.23mm，为体长的 1.08 倍；节 III 长 0.54～0.77mm，节 I～VI 长度比例：（26～33）：（15～20）：100：（90～104）：（71～91）：（27～44）+（95～127）；触角毛粗长，节 I～VI 毛数：5 根，4 根，12～20 根，12～13 根，9～12 根，3 或 4+9 或 10 根，末节鞭部顶端有毛 3 根；节 III 毛长 0.05mm，为该节最宽直径的 1.00～1.25 倍；节 III 有小圆形突起次生感觉圈 5～12 个，分布于基部 1/2。喙端部超过后足基节，节 IV+V 尖楔状，长 0.15～0.19mm，为基宽的 3.00～3.45 倍，为后足跗节 II 的 0.83～1.00 倍；有原生毛 3 对，次生毛 3 对。后足股节长 0.88～1.05mm，为触角节 III 的 1.34～1.67 倍；后足胫节长 1.57～1.98mm，为体长的 0.61～0.66 倍，毛长 0.08～0.10mm，为该节中宽的 1.43～1.60 倍；跗节 I 毛序：3，3，3。腹管短筒状，端部有网纹，有网纹处为全长的 0.53～0.68 倍，其他部分有瓦纹，有缘突和切迹；长 0.30～0.39mm，为基宽的 4.43～5.71 倍，为尾片的 0.74～0.78 倍。尾片粗圆锥形，近基部 1/3 稍缢缩，有小刺突横纹；长 0.41～0.50mm，为基宽的 2.00～2.32 倍；有毛 22 根。尾板末端宽圆形，有小刺突，有毛 15 根。生殖板椭圆形，有毛 12～14 根。

　　有翅孤雌蚜　体长卵形，体长 2.40～2.43mm，体宽 1.98～1.03mm。玻片标本头部、胸部褐色，腹部淡色。触角大部、足大部、腹管黑色；触角节 I 和 II、节 III 基部、喙、足基节、尾片及尾板褐色；足转节、股节基部淡色。体表光滑，腹部背片 VII、VIII 有不明显刺突横纹。气门椭圆形关闭，气门片淡色。体背毛细长尖锐；腹面毛细，尖锐，长短不等。触角 6 节，全长 2.00～3.10mm，为体长的 1.23～1.29 倍，节 III 长 0.59～0.68mm，节 I～VI 长度比例：（25～28）：（14～15）：100：（88～110）：（87～

88）：（36～38）＋（107～128）；节Ⅰ～Ⅵ毛数：7根，2～4根，17～20根，12～13根，8～12根，4或6＋7～10根，末节鞭部顶端有毛3根；节Ⅲ毛长0.05～0.06mm，为该节最宽直径的1.00倍；节Ⅲ有小圆形次生感觉圈24～31个，分布于全长。喙节Ⅳ＋Ⅴ尖楔状，长0.15～0.16mm，为基宽的3.00～3.20倍，为后足跗节Ⅱ的0.88～0.94倍；有原生毛4～7根，次生毛6根。后足股节长0.81～0.84mm，为触角节Ⅲ的1.20～1.43倍；后足胫节长1.64～1.70mm，为体长的0.68～0.70倍；毛长0.05～0.06mm，为该节中宽的1.25～1.50倍。翅正常，前翅中脉2分叉，后翅2条斜脉。腹管短筒状，端部有网纹，占全长的0.71倍，其他部分有瓦纹；长0.24～0.27mm，为基宽的4.00倍，为尾片的0.69～0.78倍。尾片长0.34～0.35mm，为基宽的2.00～2.06倍；有毛18～20根。尾板有毛14～17根。生殖板有毛9～13根。其他特征与无翅孤雌蚜相似。

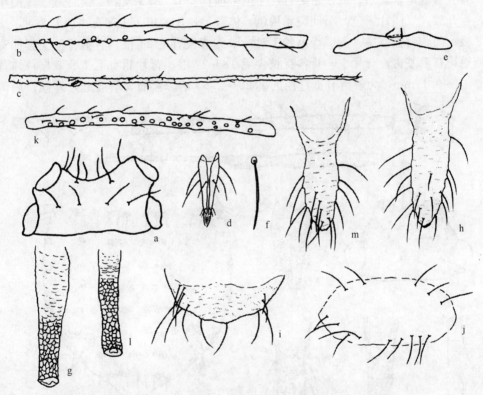

图271　蒿小长管蚜 *Macrosiphoniella artemisiae*（Boyer de Fonscolombe）

无翅孤雌蚜（apterous viviparous female）

a. 头部背面观（dorsal view of head）；b. 触角节Ⅲ（antennal segment Ⅲ）；c. 触角节Ⅵ（antennal segment Ⅵ）；d. 喙节Ⅳ＋Ⅴ（ultimate rostral segment）；e. 中胸腹岔（mesosternal furca）；f. 体背毛（dorsal hair of body）；g. 腹管（siphunculus）；h. 尾片（cauda）；i. 尾板（anal plate）；j. 生殖板（genital plate）。

有翅孤雌蚜（alate viviparous female）

k. 触角节Ⅲ（antennal segment Ⅲ）；l. 腹管（siphunculus）；m. 尾片（cauda）。

生物学　寄主为蒿属植物 *Artemisia*。spp. 在花序轴群居。

分布　内蒙古（鄂伦春旗、加各达奇、牙克石）、辽宁（千山）、吉林（延吉）、黑龙江（饶河、伊春）；俄罗斯，蒙古国，欧洲，北美洲。

（239）短小长管蚜 *Macrosiphoniella brevisiphona* Zhang，1981（图 272）

Macrosiphoniella brevisiphona Zhang，1981：267.

Macrosiphoniella brevisiphona Zhang：Remaudière *et* Remaudière，1997：109；Zhang 1999：419.

特征记述

无翅孤雌蚜　体纺锤形，体长 2.40mm，体宽 1.20mm。玻片标本头部黑色，中、后胸黑褐色。触角、喙、足、腹管、尾片、尾板及生殖板黑褐色。后胸背板有缘斑，中斑、侧斑零星分布；腹部背片Ⅰ～Ⅵ有毛基斑，有时互相愈合，背片Ⅳ、Ⅴ缘斑大型，背片Ⅶ、Ⅷ各毛基斑愈合成横带，背片Ⅷ横带横贯全节。体表光滑。无缘瘤。气门小圆形，半开放，气门片褐色。节间斑黑褐色。体背毛长，尖锐，头部有头顶毛 3 对，头背毛 8 根；前胸背板有中、侧、缘毛各 1 对；中胸背板有毛 24 根；后胸背板至腹部背片Ⅷ刚毛均有毛基斑，背片Ⅰ～Ⅶ各有长尖毛 18～22 根，背片Ⅷ有毛 7 或 8 根；体背毛长 0.10～0.11mm，为触角节Ⅲ直径的 2.20～2.50 倍。额瘤显著隆起，外倾，额沟弧

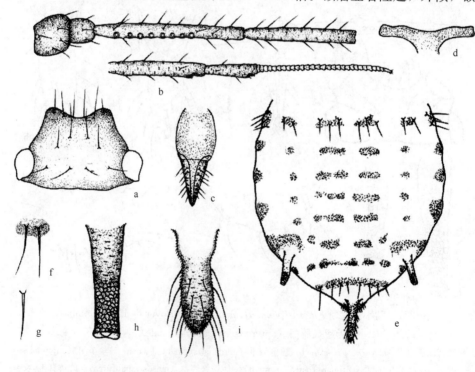

图 272　短小长管蚜 *Macrosiphoniella brevisiphona* Zhang
无翅孤雌蚜（apterous viviparous female）

a. 头部背面观（dorsal view of head）；b. 触角（antenna）；c. 喙节Ⅳ＋Ⅴ（ultimate rostral segment）；
d. 中胸腹岔（mesosternal furca）；e. 腹部背面观（dorsal view of abdomen）；f. 体背毛（dorsal hairs of body）；g. 体腹面毛（ventral hair of body）；h. 腹管（siphunculus）；i. 尾片（cauda）。

形或浅"U"形。触角6节，细长，有微瓦纹，全长2.30mm，为体长的0.96倍；节Ⅲ长0.63mm，节Ⅰ～Ⅵ长度比例：17∶13∶100∶69∶61∶30＋82；触角毛尖锐，长短不等，节Ⅰ～Ⅵ毛数：5根，4根，14～17根，8或9根，7或8根，5＋4～6根，节Ⅲ长毛长为该节直径的1.20倍；节Ⅲ有大小圆形次生感觉圈6～9个，分布于基部2/3外缘，呈1行排列。喙端部达后足基节，节Ⅳ＋Ⅴ尖锥形，长0.12mm，为基宽的1.60倍，为后足跗节Ⅱ的0.78倍，有长短刚毛5～7对。足光滑，股节外缘有卵形蜡孔状纹；后足股节长0.75mm，为触角节Ⅲ的1.20倍；后足胫节长1.30mm，为体长的0.54倍，毛长为该节直径的1.40倍；跗节Ⅰ毛序：3，3，3。腹管长筒形，端部3/5有网纹14～18行，基部有瓦纹，两缘有小齿，几乎无缘突，有切迹；长0.29mm，为体长的0.12倍，为尾片的0.77倍。尾片长剑形，基部1/3淡色，端部2/3黑色，有小刺突组成横瓦纹，有长短毛15～20根。尾板半球形，有毛16～22根。生殖板有长刚毛12根。

生物学 寄主为茵陈蒿 *Artemisia capillaris* 等蒿属植物。

分布 辽宁（北镇、岫岩）、甘肃、西藏。

(240) 分小长管蚜 *Macrosiphoniella dimidiata* Börner, 1942 （图273） 中国新记录种

Macrosiphoniella dimidiata Börner, 1942：274.

Macrosiphoniella dimidiata Börner：Heie, 1995：20；Remaudière *et* Remaudière, 1997：109.

特征记述

无翅孤雌蚜 体长卵形，体长2.20～2.58mm，体宽1.00～1.15mm。活体黑色。玻片标本头部、前胸褐色，中、后胸浅褐色，腹部淡色。触角节Ⅰ和Ⅱ、节Ⅲ端部、节Ⅳ～Ⅵ、喙节Ⅲ～Ⅴ、足基节、股节端半部、胫节基部和端部、跗节、腹管、尾片、尾板及生殖板褐色。触角节Ⅲ大部、足股节基半部浅褐色。腹部有腹管前斑，背片Ⅶ、Ⅷ有横带。体表光滑，腹部背片Ⅷ有小刺突。气门椭圆形开放，气门片浅褐色，微隆起。中胸腹岔有柄，单臂横长0.13～0.15mm，为触角节Ⅲ的0.24～0.26倍。体背毛粗长，顶端稍扩展，有浅褐色毛基斑，腹部腹面毛细，尖锐，长短不等；头部有头顶毛1对，额瘤毛2对，头背毛4对；腹部背片Ⅷ有毛4根；头顶毛长0.06mm，腹部背片Ⅰ毛长0.05mm，背片Ⅷ毛长0.05mm，分别为触角节Ⅲ最宽直径的1.50倍、1.25倍、1.25倍。中额不隆，额瘤明显，隆起外倾。触角6节，节Ⅲ端部至节Ⅵ有微瓦纹；全长2.20～2.58mm，约为体长的1.00倍；节Ⅲ长0.54～0.57mm，节Ⅰ～Ⅵ长度比例：36～38∶20～21∶100∶100∶81～85∶34＋119；节Ⅰ～Ⅵ毛数：5～7根，4根，16或17根，12或13根，8或9根，4＋7根，末节鞭部顶端有毛4根；节Ⅲ毛长0.04mm，为该节最宽直径的1.00倍；节Ⅲ有圆形次生感觉圈5个，分布于基部1/2。喙端部超过后足基节，节Ⅳ＋Ⅴ尖楔状，长0.15mm，为基宽的2.50～3.00倍，为后足跗节Ⅱ的0.94～1.00倍；有原生毛2对，次生毛3对。后足股节长0.87～0.90mm，为触角节Ⅲ的1.59～1.62倍；后足胫节长1.70～1.72mm，为体长的0.67～0.77倍；毛长0.05mm，为该节中宽的1.25倍；跗节Ⅰ毛序：3，3，3。腹管长管状，端部有网纹，有网纹处为全长的0.62～0.76倍，其他部分有瓦纹；长0.41～0.49mm，为基宽

的 5.25～5.56 倍，为尾片的 1.11～1.14 倍。尾片粗圆锥形，有小刺突，长 0.37～0.43mm，为基宽的 2.11～2.44 倍；有毛 13～15 根。尾板末端半圆形，有小刺突，有毛 14 根。生殖板宽圆形，有钝顶毛 11 或 12 根，其中前部毛 2 根。

生物学　寄主为蒿属植物 *Artemisia* spp. 。

分布　黑龙江（密山）；土耳其，以色列，欧洲中部。

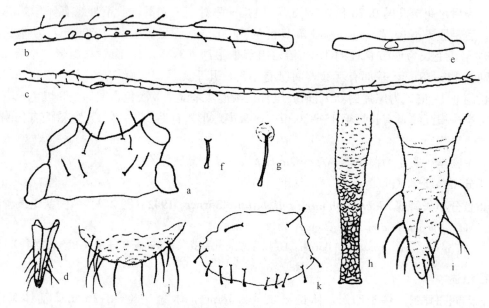

图 273　分小长管蚜 *Macrosiphoniella dimidiata* Börner
无翅孤雌蚜（apterous viviparous female）

a. 头部背面观（dorsal view of head）；b. 触角节Ⅲ（antennal segment Ⅲ）；c. 触角节Ⅵ（antennal segment Ⅵ）；d. 喙节Ⅳ＋Ⅴ（ultimate rostral segment）；e. 中胸腹岔（mesosternal furca）；f. 触角毛（hair of antenna）；g. 体背毛（dorsal hair of body）；h. 腹管（siphunculus）；i. 尾片（cauda）；j. 尾板（anal plate）；k. 生殖板（genital plate）。

（241）丽蒿小长管蚜 *Macrosiphoniella formosartemisiae* Takahashi, 1921（图 274）

Macrosiphoniella formosartemisiae Takahashi, 1921：15.

Macrosiphoniella japonica Shinji, 1942：322.

Macrosiphoniella formosartemisiae Takahashi：Remaudière *et* Remaudière, 1997：109；Zhang, 1999：415；Lee *et al.*, 2002：140.

特征记述

无翅孤雌蚜　体椭圆形，体长 2.20mm，体宽 0.92mm。活体绿色。玻片标本头部与前胸黑色，中胸背板有中斑，后胸及腹部淡色，腹管基部周围斑黑色，腹部背片Ⅷ有横带横贯全节，各毛均有大型毛基斑。触角节Ⅰ、Ⅱ及节Ⅲ端部 1/3 至节Ⅳ、喙、足基节、股节端部 1/2、胫节及跗节、腹管、尾片、尾板及生殖板黑色。体表光滑，腹部背片Ⅷ有瓦纹。气门圆形开放，气门片淡色。节间斑不明显。中胸腹岔褐色，有长柄，横长 0.22mm，为触角节Ⅲ的 0.47 倍，柄长为臂长的 0.77 倍。体背毛粗大，顶端球状；

腹部腹面毛长，尖锐，稍长于背毛；头部有中额毛 1 对，额瘤毛 2 或 3 对，头背毛 4 对；前胸背板有中毛 2 对，侧、缘毛各 1 对；腹部背片Ⅰ～Ⅳ各有毛 4 或 5 对，背片Ⅴ有中毛 2 对，腹管基部缘斑上有毛 4～5 对，背片Ⅵ有毛 4 对，背片Ⅶ有毛 3 对，背片Ⅷ有毛 2 对；头顶毛及腹部背片毛长 0.06mm，为触角节Ⅲ最宽直径的 1.90 倍。中额不隆，额瘤显著，呈 "U" 形。触角 6 节，节Ⅰ、Ⅱ光滑，节Ⅲ～Ⅵ有瓦纹；全长 2.10mm，为体长的 0.96 倍；节Ⅲ长 0.46mm，节Ⅰ～Ⅵ长度比例：22：15：100：86：76：35＋120；触角毛顶端球状，节Ⅰ～Ⅵ毛数：6 或 7 根，4 根，15 或 16 根，12 根，7～9 根，4＋11 根，末节鞭部顶端有毛 4 根，节Ⅲ毛长 0.03mm，为该节最宽直径的 0.91 倍；节Ⅲ有圆形次生感觉圈 4 个，分布于基部 1/2。喙端部达后足基节，节Ⅳ＋Ⅴ长楔状，长 0.12mm，为基宽的 2.90 倍，与后足跗节Ⅱ约等长；有原生细长毛 3 对，次生细长毛 4 对。足股节端部及胫节端部有瓦纹；后足股节长 0.66mm，为触角节Ⅲ的 1.40 倍；后足胫节长 1.33mm，为体长的 0.60 倍，毛长为该节最宽直径的 0.90 倍；跗节Ⅰ毛序：3，3，3。腹管长管状，基半部膨大，端部 2/5 有网纹，基部 3/5 有粗瓦纹，无缘突；长 0.38mm，为体长的 0.17 倍，为尾片的 1.10 倍。尾片长锥状，有小刺突组成瓦纹，长 0.35mm，为腹管的 0.93 倍，有粗毛 14 根。尾板末端圆形，有毛 15 根。生殖板圆形，有钉状短毛 12 根。

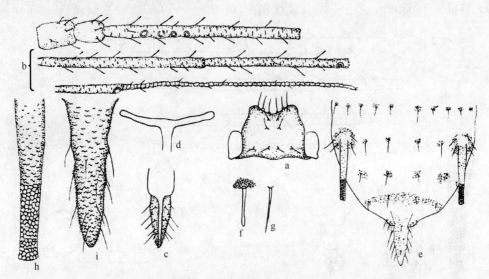

图 274 丽蒿小长管蚜 *Macrosiphoniella formosartemisiae* Takahashi

无翅孤雌蚜（apterous viviparous female）

a. 头部背面观（dorsal view of head）；b. 触角（antenna）；c. 喙节Ⅳ＋Ⅴ（ultimate rostral segment）；
d. 中胸腹岔（mesosternal furca）；e. 腹部背片Ⅴ～Ⅷ（abdominal tergites Ⅴ～Ⅷ）；f. 体背毛（dorsal hair of body）；g. 体腹面毛（ventral hair of body）；h. 腹管（siphunculus）；i. 尾片（cauda）。

生物学 寄主植物为蒙古蒿 *Artemisia mongolica*、茵陈蒿 *A. capillaris* 和皮针蒿 *Artemisia* sp.。在叶片背面及茎上取食。

分布 辽宁（沈阳）、吉林（安图、长白、九站）、北京、河北、浙江、山东、湖南、甘肃；俄罗斯，韩国，蒙古国，日本。

(242) 大尾小长管蚜 *Macrosiphoniella grandicauda* Takahashi *et* Moritsu, 1963（图 275）

Macrosiphoniella grandicauda Takahashi *et* Moritsu, 1963：9.

Dactynotus macrocaudus Tao, 1964：231.

Macrosiphoniella grandicauda Takahashi *et* Moritsu：Miyazaki, 1971：26；Remaudière *et* Remaudière, 1997：112；Zhang, 1999：416.

特征记述

无翅孤雌蚜 体卵圆形，体长 3.74mm，体宽 1.59mm。活体蜡白色，体背有绿上纵斑。玻片标本体淡色，无斑纹。触角淡色，各节端部黑褐色；喙端半部黑色；足淡色，胫节端部及跗节黑褐色；腹管端部褐色；尾片及尾板淡色。体表光滑，腹部背片Ⅶ、Ⅷ有微刺突瓦纹。气门小肾形关闭，气门片淡色。无节间斑。中胸腹岔有长柄，淡色，单臂横长 0.33mm，为触角睫Ⅲ的 0.30 倍。体背毛长，钝顶，腹部腹面毛尖锐；头部有头顶毛 3 对，头背毛 4 对；前胸背板有中、侧、缘毛各 1 对；腹部背片Ⅰ～Ⅴ各有中、侧毛各 5 或 6 根，背片Ⅰ有缘毛 2 根，背片Ⅱ～Ⅴ各有缘毛 4 根，背片Ⅵ有毛 6～13 根，背片Ⅶ有毛 4～10 根，背片Ⅷ有毛 5 或 6 根；头顶毛长 0.07mm，为触角节Ⅲ最宽直径的 1.40 倍，背片Ⅰ缘毛长 0.05mm，背片Ⅷ毛长 0.078mm。中额不隆，额瘤隆起外倾，呈"U"形。触角 6 节，细长，有瓦纹，全长 4.92mm，为体长的 1.30 倍，节Ⅲ长 1.08mm，节Ⅰ～Ⅵ长度比例：16：10：100：97：78：34＋119；节Ⅰ～Ⅵ

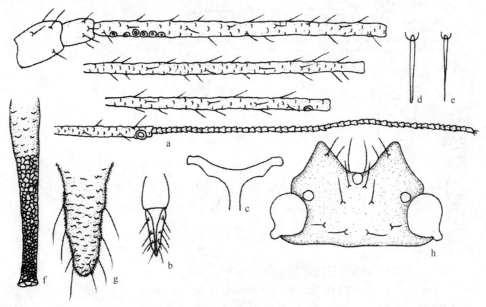

图 275 大尾小长管蚜 *Macrosiphoniella grandicauda* Takahashi *et* Moritsu

无翅孤雌蚜 （apterous viviparous female）

a. 触角 （antenna）; b. 喙节Ⅳ＋Ⅴ （ultimate rostral segment）; c. 中胸腹岔 （mesosternal furca）; d. 腹部背面毛 （dorsal hair of abdomen）; e. 腹部腹面毛 （ventral hair of abdomen）; f. 腹管 （siphunculus）; g. 尾片 （cauda）。

有翅孤雌蚜 （alate viviparous female）

h. 头部背面观 （dorsal view of head）。

毛数：6根，5根，17～26根，17～19根，12或13根，4或5＋（9～11）根，末节鞭部顶端有毛4根，节Ⅲ毛长为该节最宽直径的0.88倍；节Ⅲ有小圆形次生感觉圈3～6个，分布于基部1/4。喙端部不达后足基节，节Ⅳ＋Ⅴ尖楔形，长0.13mm，基宽0.07mm，长为后足跗节Ⅱ的0.76倍；有原生长毛3对，次生刚毛3或4对。足光滑，后足股节长1.51mm，为触角节Ⅲ的1.40倍；后足胫节长2.91mm，为体长的0.78倍，胫节毛尖锐，长毛长为该节最宽直径的1.20倍；跗节Ⅰ毛序：3，3，3。腹管长管状，端部3/5有网纹，长0.68mm，长为尾片的1.70倍，为体长的0.18倍。尾片宽锥形，有微刺突组成横纹，长0.41mm，有毛8～15根。尾板末端圆形，有毛16～20根。

有翅孤雌蚜　体长3.17mm，体宽1.38mm。玻片标本头部、胸部黑色，腹部淡色，腹部背片Ⅰ、Ⅱ缘斑稍明显，其他节无斑纹。触角、喙、足股节端部3/5、胫节端部及跗节黑色，腹管褐色，尾片及尾板淡色。前胸中部有黑色节间斑1对。触角6节，全长4.76mm，为体长的1.50倍，节Ⅲ长1.05mm，节Ⅰ～Ⅵ长度比例：14：10：100：104：80：36＋110；节Ⅲ有毛17～22根，节Ⅲ有次生感觉圈13个，分布于基部1/2。喙端部不达中足基节。后足股节长1.51mm，后足胫节长2.99mm，后足跗节Ⅱ长0.18mm。翅脉正常。腹管长0.61mm。尾片长0.35mm，有毛11根。尾板有毛22根。其他特征与无翅孤雌蚜相似。

生物学　寄主植物为野菊 *Dendranthema indicum* 和蒿属1种 *Artemisia* sp.。一般在叶片背面取食。

分布　辽宁（千山），福建，新疆；朝鲜半岛，俄罗斯，日本，印度。

(243) 北海道小长管蚜 *Macrosiphoniella hokkaidensis* Miyazaki, 1971（图276）

Macrosiphoniella hokkaidensis Miyazaki, 1971：22.

Macrosiphoniella hokkaidensis Miyazaki：Zhang *et* Zhong, 1983：353；Remaudière *et* Remaudière, 1997：109；Lee *et al*., 2002：140.

特征记述

无翅孤雌蚜　体卵圆形，体长2.90mm，体宽1.30mm。活体黄绿色。玻片标本淡色，无斑纹。触角、喙、足及腹管黑色，尾片及尾板黑褐色。体表光滑，腹部背片Ⅶ、Ⅷ横瓦纹几乎不可见。气门小圆形关闭，气门片稍突起，骨化。节间斑不明显。中胸腹岔有柄。体背毛长，尖锐；头部有中额毛2对，额瘤毛3或4对，头背毛6根；前胸背板有中、侧、缘毛各1对；腹部背片Ⅰ～Ⅵ各有中毛：3根，4根，3根，3根，2根，2根，侧毛：4根，4根，4根，4根，4根，2根，缘毛：2根，2根，4根，4根，4根，4根；背片Ⅶ有毛6根，背片Ⅷ有毛4根；头顶毛、腹部背片Ⅰ毛、背片Ⅷ毛长分别为触角节Ⅲ直径的2.50倍、2.10倍、2.50倍。中额不明显，额瘤显著隆起，外倾，额沟下凹呈弧形。触角6节，节Ⅰ、Ⅱ及节Ⅲ基半部光滑，其他节有瓦纹；全长2.50mm，为体长的0.85倍，节Ⅲ长0.62mm；节Ⅰ～Ⅵ长度比例：16：13：100：79：64：29＋95；触角毛粗长，顶钝，节Ⅰ～Ⅵ毛数：6～8根，3～5根，10～14根，8或9根，6～8根，3＋6或7根，节Ⅲ长毛长为该节直径的1.60倍；节Ⅲ有大小圆形次生感觉圈11～16个，分散于基半部。喙端部超过后足基节，节Ⅳ＋Ⅴ尖细，长0.19mm，为基宽的5.00倍，为后足跗节Ⅱ的1.30倍，有原生短刚毛2对，次生长刚毛 3 对。后足股节长 0.88mm，为触角节Ⅲ的 1.30 倍；后足胫节长 1.90mm，为体长的 0.85 倍，毛长为该节中宽的 1.60 倍；跗节Ⅰ毛序：3，3，3。腹管长圆筒状，基部粗大，向端部渐细，端部 1/2 有网纹，缘突不甚明显，切迹明显；长 0.40mm，为体长的 0.14 倍，为尾片的 0.90 倍。尾片长圆锥形，基部 1/3 处收缩，端部尖细，有微刺突构成细瓦纹，长 0.45mm，有长毛 16～24 根。尾板梯形，有长毛 11～15 根。生殖板淡色，有毛 11 根。

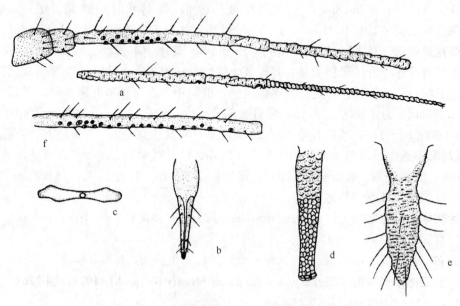

图 276　北海道小长管蚜 *Macrosiphoniella hokkaidensis* Miyazaki

无翅孤雌蚜（apterous viviparous female）

a. 触角（antenna）；b. 喙节Ⅳ＋Ⅴ（ultimate rostral segment）；c. 中胸腹岔（mesosternal furca）；

d. 腹管（siphunculus）；e. 尾片（cauda）。

有翅孤雌蚜（alate viviparous female）

f. 触角节Ⅲ（antennal segment Ⅲ）。

有翅孤雌蚜　体长卵形，体长 3.00mm，体宽 1.00mm。玻片标本头部、胸部深褐色，腹部淡色，无斑纹。触角 6 节，全长 2.70mm，为体长的 0.90 倍，节Ⅲ长 0.66mm；节Ⅰ～Ⅵ长度比例：15：12：100：83：72：29＋92；节Ⅲ有毛 22 根，毛长为该节直径的 1.60 倍；节Ⅲ有圆形次生感觉圈 22 个，分散于全长。喙端部达后足基节。后足股节长 0.87mm，为触角节Ⅲ的 1.30 倍；后足胫节长 1.70mm，为体长的 0.57 倍。翅脉正常。腹管长筒形，长 0.39mm，为体长的 0.31 倍。尾片长圆锥形，基部 1/3 收缩，长 0.42mm，有长毛 17 根。尾板有毛 10 根。生殖板淡色，有长毛 20 根，排列为 2 行。其他特征与无翅孤雌蚜相似。

生物学　寄主为蒙古蒿 *Artemisia mongolica*、艾蒿 *A. argyi*、茵陈蒿（臭蒿）*A. capillaris* 等蒿属植物。

分布　辽宁（沈阳、抚顺、千山）、吉林（安图、长白、通化）、黑龙江（哈尔滨）、河南；俄罗斯，日本。

（244）怀德小长管蚜 *Macrosiphoniella huaidensis* Zhang，1980（图277）

Macrosiphoniella huaidensis Zhang，1980：220．

Macrosiphoniella huaidensis Zhang：Zhang *et* Zhong，1983：354；Remaudière *et* Remaudière，1997：109．

特征记述

无翅孤雌蚜 体卵圆形，体长2.50mm，体宽1.10mm。活体污褐色至黄色，胸部黄色。玻片标本淡色，头部、胸部稍显骨化，无斑纹。触角节Ⅲ端部1/2至节Ⅵ、喙节Ⅲ～Ⅴ、足股节端部1/2、胫节、跗节、腹管、尾片及尾板黑色，胫节中部颜色稍淡，生殖板淡色。体表光滑，仅头部前缘及腹面稍有横纹，腹部背片Ⅶ、Ⅷ有瓦纹。气门横长圆形关闭，气门片淡色。节间斑不明显。中胸腹岔无柄。体背有粗长尖毛，毛基稍突起，腹面毛稍细，长短不等；头部有中额毛2对，额瘤毛4对，头背毛8根；前胸背板有中、侧、缘毛各1对；中胸背板有中、侧毛各6根，缘毛4根；后胸背板有中毛6根，侧、缘毛各4根；腹部背片Ⅰ有中、侧、缘毛各4根，背片Ⅱ～Ⅴ各有中、侧、缘毛各6根，背片Ⅵ～Ⅷ毛数：10根，8根，6根；头顶毛、腹部背片Ⅰ缘毛、背片Ⅷ毛长分别为触角节Ⅲ直径的2.50倍、1.80倍、2.10倍。中额平，额瘤显著隆起，外倾，额沟呈宽浅"U"形，宽为深的4.00～5.00倍。触角6节，节Ⅰ～Ⅲ基部2/3光滑，其他节有瓦纹；全长2.20mm，为体长的0.88倍，节Ⅲ长0.56mm；节Ⅰ～Ⅵ长度比例：14：14：100：84：61：31+82；触角毛粗长，顶端稍钝，节Ⅰ～Ⅵ毛数：6根，4根，14～16根，8～10根，6或7根，4+4或5根，节Ⅲ长毛长为该节直径的1.30倍；节Ⅲ有小圆形次生感觉圈8～11个，分散分布于基部1/3。喙端部超过后足基节，节Ⅳ+Ⅴ细长，两缘平直，长0.17mm，为基宽的2.20倍，为后足跗节Ⅱ的1.20倍，有原生刚毛2对，次生刚毛2对。足股节粗大，胫节细长；后足股节长0.72mm，为宽的7.60倍，为触角节Ⅲ的1.30倍；后足胫节长1.20mm，为体长的0.49倍，胫节毛粗，顶钝，毛长为该节直径的1.60倍；跗节Ⅰ毛序：3，3，3。腹管长圆筒形，基部向端部渐细，端半部有网纹，基半部有瓦纹，两缘有微锯齿，缘突几乎不明显，切迹明显；全长0.40mm，为体长的0.16倍，为尾片的1.10倍。尾片长圆锥形，基部1/3处收缩，端部尖细，有微刺突构成横纹，有长毛14～18根。尾板半圆形，有长毛9～15根。生殖板有长毛12～14根。

有翅孤雌蚜 体长卵形，体长3.00mm，体宽1.40mm。玻片标本体背骨化灰黑色，体缘稍淡。体背有粗长尖毛，有时顶钝；头部有毛20根，包括中额毛2对，额瘤毛4对，头背毛8根；前胸背板有中、侧、缘毛各1对；腹部背片Ⅰ～Ⅵ各有中毛：2对，2对，2对，1对，1对，3对；背片Ⅰ～Ⅵ各有侧毛：2对，4对，4对，3对，3对，3对；背片Ⅰ～Ⅵ各有缘毛：2对，4对，4对，3对，3对，3对；背片Ⅶ有毛4对，背片Ⅷ有毛2对。触角6节，全长3.10mm，约等于或稍长于体长，节Ⅲ长0.69mm；节Ⅰ～Ⅵ长度比例：15：11：100：97：81：32+126；触角毛粗长，顶端明显呈球状，节Ⅲ有毛16～21根，毛长为该节直径的1.20倍；节Ⅲ有小圆形次生感觉圈24个，分布于中部。喙端部达后足基节，节Ⅳ+Ⅴ细长顶尖，长为基宽的2.60倍，为后足跗节Ⅱ的0.87倍。后足股节长0.88mm，为触角节Ⅲ的1.30倍；后足胫节长

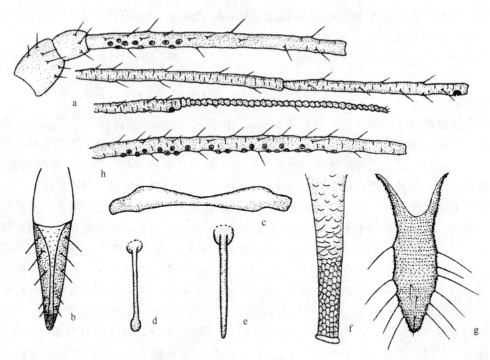

图 277　怀德小长管蚜 *Macrosiphoniella huaidensis* Zhang

无翅孤雌蚜（apterous viviparous female）

a. 触角（antenna）；b. 喙节Ⅳ＋Ⅴ（ultimate rostral segment）；c. 中胸腹岔（mesosternal furca）；d. 触

角毛（antennal hair）；e. 体背毛（dorsal hair of body）；f. 腹管（siphunculus）；g. 尾片（cauda）。

有翅孤雌蚜（alate viviparous female）

h. 触角节Ⅲ（antennal segment Ⅲ）。

1.70mm，为体长的 0.57 倍。腹管长筒形，端部 2/3 有网纹，基部有瓦纹，两缘有微锯齿，有缘突和切迹；全长 0.36mm，为体长的 0.12 倍，为尾片的 0.95 倍。尾片长圆锥形，长 0.38mm，有毛 17 根，长短不等。尾板末端平圆形，有毛 16 根。生殖板骨化黑色，有短毛 16 根。其他特征与无翅孤雌蚜相似。

生物学　寄主植物为蒙古蒿 *Artemisia mongolica*、青蒿 *A. carvifolia*、黄蒿 *Artemisia* sp. 和水蒿 *Artemisia* sp.。

分布　辽宁（辽阳、沈阳、铁岭）、吉林（公主岭）、黑龙江（绥化）。

（245）水蒿小长管蚜 *Macrosiphoniella kuwayamai* Takahashi，1941（图 278）

Macrosiphoniella kuwayamai Takahashi，1941：8.

Macrosiphoniella kuwayamai Takahashi；Moritsu，1949：55；Takahashi *et* Moritsu，1963：2；

　Miyazaki，1971：27；Zhang *et* Zhong，1983：349；Remaudière *et* Remaudière，1997：113；

　Zhang，1999：420.

特征记述

无翅孤雌蚜　体卵圆形，体长 2.40mm，体宽 1.30mm。活体污黄褐色，胸部黄色。玻片标本头部、胸部稍骨化灰黑色，腹部淡色，腹部背片Ⅴ（腹管前斑）及背片Ⅷ

横带稍显灰黑色斑；附肢黑色，喙节Ⅰ和Ⅱ、足基节、转节及股节基部稍淡。体表光滑，有不明显横纹，头部腹面有横皱纹，腹部背片Ⅶ、Ⅷ有微刺组成瓦纹。气门不规则形关闭，气门片稍骨化。节间斑淡褐色。中胸腹岔有长柄。体背毛柔软弯曲，长而尖锐，腹面毛与背毛约等长；头部有中额毛3对，额瘤毛4对，头背毛12～14根；前胸背板有中侧毛22～24根，缘毛6～10根；中胸背板有中侧毛48～62根，缘毛12～16根；后胸背板有中、侧毛68～88根，缘毛15或16根；腹部背片Ⅰ～Ⅳ各有中侧毛75～80根，背片Ⅴ有中侧毛40根，背片Ⅵ有中侧毛8根，背片Ⅶ有中侧毛6根，背片Ⅰ～Ⅶ各有缘毛6～10根，背片Ⅷ有毛6根；头顶毛、腹部背片Ⅰ毛、背片Ⅷ毛长分别为触角节Ⅲ直径的1.90倍、1.90倍、2.10倍。中额微隆，额瘤隆起外倾。触角6节，节Ⅰ、Ⅱ光滑，其他各节有瓦纹；全长2.30mm，等于或短于体长；节Ⅲ长0.54mm，节Ⅰ～Ⅵ长度比例：16：10：100：82：69：30＋141；节Ⅰ～Ⅵ毛数：11或12根，7或8根，23～26根，11～15根，11～13根，5或6＋（11～13）根；节Ⅲ毛长为该节直径的2.00倍；节Ⅲ基部前方稍膨大，有小圆形次生感觉圈3～14个。喙端部达后足基节，节Ⅳ＋Ⅴ细长，剑形，两缘内凹，长0.16mm，为基宽的2.60倍，为后足跗节Ⅱ的0.95倍；有原生短刚毛2对，次生长刚毛3对。后足股节长0.73mm，为触角节Ⅲ的1.40倍；后足胫节长1.30mm，为体长的0.55倍，毛长为该节基宽的1.80倍，为中宽的2.20倍，为端宽的2.50倍；跗节Ⅰ毛序：3，3，3。腹管长筒形，有时全长几乎等宽，端部1/2有网纹，基半部有瓦纹，两缘有锯齿，缘突和切迹稍明显；长0.36mm，为体长的0.15倍，为尾片的1.30倍。尾片长尖圆锥形，从基部2/5向端部变细，有长毛12根。尾板末端尖圆形，有长毛21～28根。生殖板长卵形，骨化灰黑色，有毛24～36根。

有翅孤雌蚜　体长卵形，体长2.40mm，体宽0.90mm。玻片标本头部、胸部骨化黑色，腹部淡色，无斑纹；触角、喙、足、腹管、尾片及尾板黑色，足基节、转节、股节基部及生殖板灰褐色。气门圆形关闭，气门片灰褐色。节间斑稍显灰褐色。体背毛长，尖锐，在腹部背面整齐成行，数量多于无翅孤雌蚜；腹部背片Ⅰ～Ⅷ毛数：42～75根，59～95根，64～101根，58～85根，58根，23～32根，10～23根，7～9根。中额平直，额瘤稍隆，外倾，额沟浅，宽为深度的10.00倍。触角6节，细长，全长2.60mm，为体长的1.10倍；节Ⅲ长0.56mm；节Ⅰ～Ⅵ长度比例：15：15：100：82：73：29＋148；触角毛甚长，节Ⅲ长毛长为该节直径的2.90倍；节Ⅲ有大小圆形次生感觉圈22～27个，分布全长。喙端部达中足基节。后足股节长0.69mm，为触角节Ⅲ的1.20倍；后足胫节长1.20mm，为体长的0.50倍。腹管长0.33mm，为尾片的1.90倍。翅脉正常。尾片长圆锥形，从中部向端部突然变尖细，有长毛10～16根。尾板有毛17～24根。其他特征与无翅孤雌蚜相似。

生物学　寄主植物为蒙古蒿 *Artemisia mongolica*、艾蒿 *A. argyi*、白蒿 *Artemisia* sp.、黄蒿 *Artemisia* sp. 和水蒿 *Artemisia* sp.。7～8月发生较多，集中在嫩梢取食。

分布　辽宁（鞍山、北镇、本溪、沈阳）、吉林（安图）、黑龙江（黑河、克东、密山、饶河）、北京、河北、陕西；朝鲜，俄罗斯，日本。

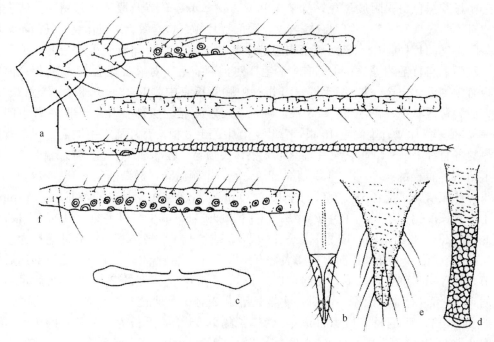

图 278　水蒿小长管蚜 *Macrosiphoniella kuwayamai* Takahashi

无翅孤雌蚜 （apterous viviparous female）

a. 触角（antenna）；b. 喙节Ⅳ＋Ⅴ（ultimate rostral segment）；c. 中胸腹岔（mesosternal furca）；d. 腹
管（siphunculus）；e. 尾片（cauda）。

有翅孤雌蚜 （alate viviparous female）

f. 触角节Ⅲ（antennal segment Ⅲ）。

（246）妙香山小长管蚜 *Macrosiphoniella myohyangsani* Szelegiewicz, 1980 （图 279）

Macrosiphoniella myohyangsani Szelegiewicz，1980：419.

Macrosiphoniella myohyangsani Szelegiewicz：Zhang *et al*.，1987：458；Remaudière *et* Remaudière，
1997：112.

特征记述

无翅孤雌蚜　体椭圆形，体长 3.25mm，体宽 1.28mm。活体深绿色。玻片标本淡
色，无斑纹。触角节Ⅰ、Ⅱ淡色，节Ⅲ～Ⅵ漆黑色；喙节Ⅲ～Ⅴ黑色，其他部分淡色；
足股节端部 1/3、胫节及跗节漆黑色，其他部分淡色；腹管及尾片黑色；尾板灰黑色；
生殖板淡色。体表微有细皱纹，腹部背片微有瓦纹，腹部腹面微有横纹。前胸、腹部节
Ⅱ～Ⅳ有小馒状缘瘤，小于眼瘤。气门小圆形关闭，有时开放，气门片淡色。节间斑
缺。中胸腹岔淡色，有短柄，横长 0.24mm，为触角节Ⅲ的 0.30 倍。体背毛粗大，尖
锐，腹部腹面多毛，不长于背毛；头部有中额毛 1 对，额瘤毛 3 或 4 对，头背毛 3 对；
前胸背板有中毛 4 或 5 对，侧、缘毛各 1 对；中、后胸背板各有毛 12 对；腹部背片Ⅰ、
Ⅱ、Ⅵ各有毛 12 对，背片Ⅲ～Ⅴ各有毛 16 或 17 对，背片Ⅶ有毛 5 对，背片Ⅷ有毛 4
或 5 对；头顶毛长 0.08mm，为触角节Ⅲ中宽的 1.60 倍，腹部背片Ⅰ毛长 0.10mm，背

片Ⅷ毛长0.11mm。中额不隆，额瘤显著外倾，呈"U"形。触角6节，节Ⅰ～Ⅲ光滑，节Ⅳ～Ⅵ有瓦纹，节Ⅲ长0.82mm，有粗尖毛，毛长为该节中宽的0.80倍，有小圆形透明次生感觉圈10～17个，分布于基部1/2。喙粗大，端部超过后足基节，节Ⅳ＋Ⅴ长楔状，长0.20mm，为基宽的3.60倍，为后足跗节Ⅱ的1.70倍，有原生长毛3对，次生长毛4对。足光滑，后足胫节内缘有1排短锯状毛；后足股节长0.92mm，为触角节Ⅲ的1.10倍；后足胫节长1.87mm，为体长的0.57倍，毛长为该节最宽直径的1.40倍；跗节Ⅰ毛序：3，3，3。腹管长管状，端部1/3有网纹，中部有明显瓦纹，全长0.69mm，为体长的0.21倍，为尾片长的1.30倍。有缘突和切迹。尾片长锥状，长0.52mm，有长粗毛24～28根。尾板末端圆形，有长短毛20～22根。生殖板椭圆形，有粗长毛20～22根。

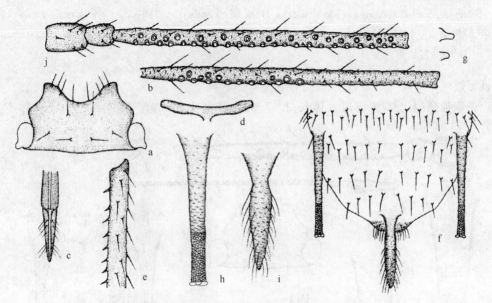

图279　妙香山小长管蚜 *Macrosiphoniella myohyangsani* Szelegiewicz

无翅孤雌蚜（apterous viviparous female）

a. 头部背面观（dorsal view of head）；b. 触角节Ⅲ（antennal segment Ⅲ）；c. 喙节Ⅳ＋Ⅴ（ultimate rostral segment）；d. 中胸腹岔（mesosternal furca）；e. 后足胫节短毛（short hairs on hind tibia）；f. 腹部背片Ⅴ～Ⅷ（abdominal tergites Ⅴ～Ⅷ）；g. 腹部缘瘤（marginal tubercle on abdomen）；h. 腹管（siphunculus）；i. 尾片（cauda）。

有翅孤雌蚜（alate viviparous female）

j. 触角节Ⅰ～Ⅲ（antennal segments Ⅰ～Ⅲ）。

有翅孤雌蚜　体长2.97mm，体宽1.00mm。玻片标本头部、胸部褐色，腹部淡色，无斑纹。触角节Ⅰ、Ⅱ深褐色，节Ⅲ～Ⅴ黑色；足股节端部3/4、胫节及跗节黑色。前胸、腹部节Ⅱ～Ⅳ有高馒状或锥状缘瘤，直径与眼瘤约相等，有时大于眼瘤。体背毛粗尖，腹部腹面毛粗尖，不长于背毛；腹部背片Ⅰ有毛9对，背片Ⅱ～Ⅴ各有毛14～19对，背片Ⅵ、Ⅶ各有毛10～12对，背片Ⅷ有毛7～11根。触角6节，节Ⅲ长0.81mm，节Ⅰ～Ⅵ长度比例：14：9：100：84：75：27＋（缺失）；节Ⅲ有毛23～29

根，毛长为该节中宽的 0.76 倍；节Ⅲ有小圆形透明次生感觉圈 38～49 个，分布于全节。喙长大，端部超过中足基节，节Ⅳ＋Ⅴ长尖锥状，长 0.20mm，有原生毛 3 对，次生毛 4 对。后足股节长 0.90mm，后足胫节长 1.896mm，后足跗节Ⅱ长 0.20mm。前翅脉正常。腹管长管状，端部 1/3 有网纹，长 0.62mm，为尾片的 1.70 倍。尾片长锥状，有毛 18 或 19 根。尾板末端圆形，有毛 16～19 根。其他特征与无翅孤雌蚜相似。

生物学　寄主为水蒿 *Artemisia* sp. 等蒿属植物。

分布　辽宁（千山）；朝鲜半岛。

(247) 椭圆小长管蚜 *Macrosiphoniella oblonga* (Mordvilko, 1901)（图 280）

Siphonophora oblonga Mordvilko, 1901：343.

Macrosiphum lineatum van der Goot，1912：74.

Macrosiphoniella oblonga (Mordvilko)：Hille Ris Lambers，1938：25；Takahashi，1939：114；Miyazaki，1971：25；Zhang *et al.*，1987：458；Remaudière *et* Remaudière，1997：112；Zhang，1999：421.

特征记述

无翅孤雌蚜　体椭圆形，体长 3.47mm，体宽 1.31mm。活体黑色。玻片标本头

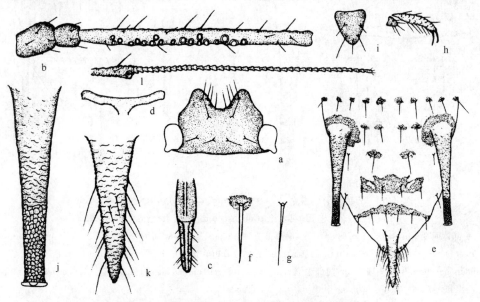

图 280　椭圆小长管蚜 *Macrosiphoniella oblonga* (Mordvilko)

无翅孤雌蚜 (apterous viviparous female)

a. 头部背面观 (dorsal view of head)；b. 触角节Ⅰ～Ⅲ (antennal segments Ⅰ～Ⅲ)；c. 喙节Ⅳ＋Ⅴ (ultimate rostral segment)；d. 中胸腹岔 (mesosternal furca)；e. 腹部背片Ⅳ～Ⅷ (abdominal tergites Ⅳ～Ⅷ)；f. 体背毛及毛基斑 (dorsal hair and hair bearing scleroite of body)；g. 体腹面毛 (ventral hair of body)；h. 跗节 (tarsal segments)；i. 足跗节Ⅰ及毛 (hind tarsal segment Ⅰ and hairs on it)；j. 腹管 (siphunculus)；k. 尾片 (cauda).

4 龄无翅若蚜 (4ᵗʰ instar nymph of apterous viviparous female)

l. 触角节Ⅵ (antennal segment Ⅵ).

部、前胸黑色；中胸背板有断续宽横带；后胸中侧域有毛基斑，缘域有缘斑；腹部背片Ⅶ有中斑，腹管前、后斑大型，围绕腹管呈宽环形，背片Ⅷ有横带横贯全节，腹部其他各节有毛基斑。触角节Ⅰ、Ⅱ黑色，节Ⅲ淡色，节Ⅲ顶端及有感觉圈处稍褐色，节Ⅳ端部1/3至节Ⅵ黑色；喙黑色；足基节深褐色，股节端部2/5、胫节基部及端部1/4、跗节黑色，其他部分淡色；腹管黑色，尾片淡色，尾板及生殖板黑褐色。体表及腹部腹面光滑，腹部背片Ⅷ有微瓦纹。气门小圆形关闭，气门片黑色。节间斑不明显。中胸腹岔淡色，有短柄，横长0.33mm，为触角节Ⅲ的0.35倍。体背毛粗尖锐，腹部腹面毛稍短于背毛；头部有中额毛1对，额瘤毛3对，头背毛3对；前胸背板有中、侧、缘毛各1对；腹部背片Ⅰ~Ⅵ各有毛10~14根，背片Ⅷ有毛5或6根，各毛均有毛基斑；头顶毛及腹部背片Ⅰ毛长0.067~0.069mm，为触角节Ⅲ中宽的1.20倍。中额不隆，额瘤显著外倾，呈"U"形。触角6节，全长2.44mm，为体长的0.70倍，节Ⅰ~Ⅳ光滑，节Ⅴ、Ⅵ有瓦纹，节Ⅲ长0.92mm，节Ⅰ~Ⅵ长度比例：17：11：100：56：60：19+（缺失）；触角毛粗，尖锐，节Ⅰ~Ⅵ毛数：7根，4根，18根，8根，9根，3+（缺失），节Ⅲ毛长0.04mm，为该节中宽的0.78倍；节Ⅲ有次生感觉圈19~23个。喙端部达后足基节，节Ⅳ+Ⅴ长楔状，长0.21mm，为基宽的3.50倍，为后足跗节Ⅱ的1.80倍，有原生毛3对，次生毛4对。足粗大，光滑；后足股节长1.27mm，为触角节Ⅲ的1.40倍；后足胫节长2.32mm，为体长的0.67倍，毛长为该节最宽直径的0.87倍；跗节Ⅰ毛序：5，4，4。腹管长管状，基部宽大，端部1/3有网纹，中部有瓦纹，基部有小刺突，有缘突和切迹；长0.78mm，为体长的0.23倍，为尾片的1.37倍。尾片长锥形，背、腹面均有小刺突组成瓦纹，长0.58mm，有毛16~20根。尾板末端圆形，有毛16~19根。生殖板圆形，有毛14或15根。

4龄无翅若蚜　触角6节，全长2.95mm，节Ⅲ长0.61mm，节Ⅰ~Ⅵ长度比例：22：15：100：83：81：28+155。

生物学　寄主为风毛菊 *Saussurea japonica*、艾蒿 *Artemisia argyi* 等风毛菊属和蒿属植物。在叶片和茎上取食。

分布　内蒙古（阿尔山）、辽宁（沈阳）、吉林（敦化、延吉）、黑龙江（饶河、绥芬河）、甘肃；朝鲜半岛，蒙古国，日本，欧洲。

（248）伪蒿小长管蚜 *Macrosiphoniella pseudoartemisiae* Shinji, 1933（图281）

Macrosiphoniella pseudoartemisiae Shinji, 1933：216.

Macrosiphoniella pseudoartemisiae Shinji：Miyazaki, 1971：24；Remaudière et Remaudière, 1997：110；Zhang, 1999：422；Lee *et al.*, 2002：142.

特征记述

无翅孤雌蚜　体卵圆形，体长2.66mm，体宽1.28mm。活体绿色、黄绿色或红色，常被白蜡粉。玻片标本体背深色，毛基斑淡色；触角深色，节Ⅰ、节Ⅲ端部至节Ⅳ黑褐色；喙节Ⅲ~Ⅴ黑褐色；足胫节中侧1/2淡色，其他部分褐色；腹管黑褐色；尾片淡褐色，尾板、生殖板黑褐色。体表光滑，腹部背片Ⅷ有微瓦纹，腹部腹面瓦纹不明显。气门圆形开放，气门片淡色。节间斑淡色。中胸腹岔淡色，有长柄，横长0.31mm，长为触角节Ⅲ的0.52倍。体背毛粗长，顶端钝；腹部腹面多毛，稍长于背毛；头部有中额毛1对，额瘤毛3对，头背毛4对；前胸背板有中、侧、缘毛各1对；腹部背片毛整齐排列，背片Ⅰ～Ⅷ毛数：12根，14根，14根，14根，14根，10根，12根，6根，毛长0.06～0.07mm，为触角节Ⅲ最宽直径的1.40～1.70倍。中额不隆，额瘤隆起呈"U"形。触角6节，全长为体长的0.97倍，节Ⅰ～Ⅵ比例：18：13：100：87：82：32+101；毛粗，顶端钝，节Ⅰ～Ⅵ毛数：5或6根，4根，16或17根，14根，12根，4+14根，末节鞭部顶端有毛4根，节Ⅲ毛长0.03mm，为该节直径的0.63倍；节Ⅲ有小圆形次生感觉圈7或8个，分布于基部4/5；原生感觉圈有睫。喙端部达中足基节，节Ⅳ+Ⅴ矛状，长0.16mm，为基宽的2.80倍，为后足跗节Ⅱ的1.20倍；有原生刚毛2对，次生长毛3对。足光滑，股节、胫节端部有瓦纹；后足股节长0.82mm，为触角节Ⅲ的1.40倍；后足胫节长1.20mm，为体长的0.56倍，毛长0.05mm，为该节基宽的0.86倍；跗节Ⅰ毛序：3，3，3。腹管长筒状，基部1/2宽大，向端部渐细，端部1/2有网纹，无缘突，有切迹，全长0.33mm，为尾片的0.87倍。尾片宽圆锥状，中部收缩，长0.38mm，有长毛13根。尾板末端圆形，有毛19根。生殖板圆形，有毛10根。

生物学 寄主植物为艾蒿 *Artemisia argyi*、蒙古蒿 *A. mongolica*、茵陈蒿 *A. capillaris*、黄蒿 *Artemisia* sp. 和白蒿 *Artemisia* sp. 。一般在叶茎及嫩点上取食。

分布 内蒙古（赤峰）、辽宁（沈阳）、吉林（安图）、河北、福建、山东、四川、

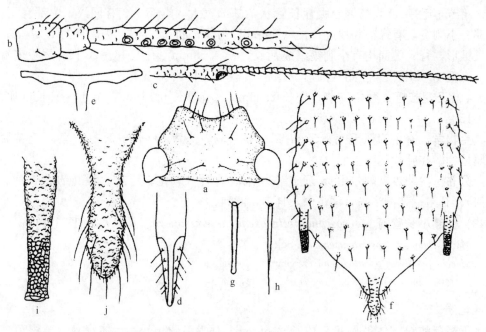

图281 伪蒿小长管蚜 *Macrosiphoniella pseudoartemisiae* Shinji
无翅孤雌蚜（apterous viviparous female）

a. 头部背面观（dorsal view of head）；b. 触角节Ⅰ～Ⅲ（antennal segments Ⅰ～Ⅲ）；c. 触角节Ⅵ（antennal segment Ⅵ）；d. 喙节Ⅳ+Ⅴ（ultimate rostral segment）；e. 中胸腹岔（mesosternal furca）；f. 腹部背面观（dorsal view of abdomen）；g. 体背毛（dorsal hair of body）；h. 体腹面毛（ventral hair of body）；i. 腹管（siphunculus）；j. 尾片（cauda）。

云南、西藏、陕西、甘肃、青海、新疆；朝鲜半岛，日本。

(249) 菊小长管蚜 *Macrosiphoniella sanborni* (Gillette, 1908) (图 282)

Aphis sanborni Gillette, 1908：65.

Macrosiphum nishigaharae Essig *et* Kuwana, 1918：50.

Macrosiphoniella sanborni (Gillette)：Miyazaki, 1971：25；Zhang *et* Zhong, 1983：351；
Remaudière *et* Remaudière, 1997：110；Zhang, 1999：424.

特征记述

无翅孤雌蚜 体纺锤形，体长 1.50mm，体宽 0.70mm。活体赭褐色，有光泽。玻片标本淡色，头部黑色，前、中胸背板及斑纹灰色；后胸背板缘斑明显，后胸背板及腹部各节少数毛基斑黑色。触角、喙、足基节、股节端部 1/3、胫节基部 1/6 及端部 1/3、跗节、腹管、尾片和尾板黑色，生殖板灰色，喙节 Ⅱ 中部 1/6、触角节 Ⅲ 基部 1/2 淡色。腹部背片 Ⅵ～Ⅷ 毛基斑较明显，有时背片 Ⅷ 各毛基斑相连为横带；腹管前斑大，近长方形。体表光滑，胸部背板有微横纹，腹管后各节背片有微刺突横纹。前胸有小缘瘤，直径仅稍大于毛基瘤。气门长圆形或月牙形，开放，气门片隆起灰色。节间斑不明显。中胸腹岔有长柄。体背毛尖长；头部背面有毛 10 根；前胸背板有中、侧、缘毛各 2 根，中胸背板有中、侧、缘毛各 4 根，后胸背板有中、侧、缘毛各 4 根、2 根、4 根；腹部背片 Ⅰ～Ⅵ 分别有中、侧、缘毛各 2～4 根，背片 Ⅶ 有毛 6 根，背片 Ⅷ 有毛 4 或 5 根；头顶毛、腹部背片 Ⅰ 毛、背片 Ⅷ 毛长分别为触角节 Ⅲ 直径的 2.40 倍、2.20 倍、3.20 倍。额沟弧形，额瘤显著隆起。触角 6 节，细长，全长 1.70mm，为体长的 1.10 倍；节 Ⅰ、Ⅱ 光滑，其他各节微有瓦纹；节 Ⅲ 长 0.42mm，节 Ⅰ～Ⅵ 长度比例：18：14：100：62：56：26+123；节 Ⅰ～Ⅵ 毛数：5～7 根，4 或 5 根，10～13 根，6 或 7 根，5 根，3 或 4+（4～6）根；节 Ⅲ 毛长为该节直径的 1.40 倍；节 Ⅲ 有小圆形突起的次生感觉圈 15～20 个，分散于外侧全长。喙端部达后足基节，节 Ⅳ＋Ⅴ 细长剑形，长 0.13mm，为基宽的 2.70 倍，为后足跗节 Ⅱ 的 1.20 倍；有原生刚毛 4 根，次生刚毛 6 根。股节与胫节光滑；后足股节与触角节 Ⅳ、Ⅴ 之和约等长，后足胫节长为体长的 0.60 倍，后足胫节长毛为该节中宽的 1.50 倍；跗节 Ⅰ 毛序：3，3，3。腹管圆筒形，基部宽，向端部渐细，端部 3/5 有网纹 12～14 横行，基部有瓦纹，两缘有微齿，有缘突和切迹；长 0.27mm，为体长的 0.17 倍，与触角节 Ⅳ 或尾片约等长。尾片圆锥形，基部扩大，基部 1/3 处收缩，末端尖，有横行微刺，两缘有尖刺；长 0.27mm，有曲毛 11～15 根。尾板半圆形，有微刺状横纹和瓦纹，有毛 10～12 根。生殖板有毛 9～12 根。

有翅孤雌蚜 体长卵形，体长 1.70mm，体宽 0.67mm。玻片标本头部、胸部黑色，腹部淡色，有灰色斑纹。体背斑纹较无翅孤雌蚜显著，有时腹部背片 Ⅰ～Ⅲ 各中毛基斑相连为中横带；背片 Ⅱ～Ⅳ 有缘斑，腹管前斑大于后斑。触角 6 节，全长 1.90mm，为体长的 1.10 倍；节 Ⅲ 长 0.50mm，节 Ⅰ～Ⅵ 长度比例：17：13：100：62：54：22+112；节 Ⅲ 有小圆形突起次生感觉圈 16～26 个，分散于外侧端部 4/5，节 Ⅳ 有 2～5 个。腹管长 0.22mm，为体长的 0.13 倍，为尾片的 0.84 倍。尾片有毛 9～11 根。尾板有毛 8～14 根。其他特征与无翅孤雌蚜相似。

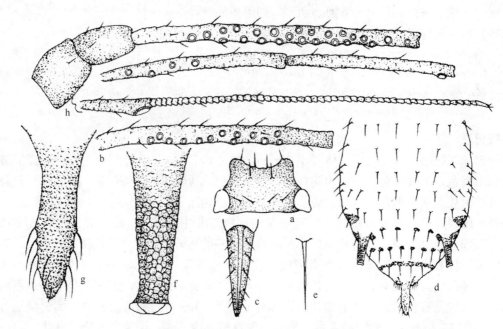

图 282　菊小长管蚜 *Macrosiphoniella sanborni*（Gillette）

无翅孤雌蚜（apterous viviparous female）

a. 头部背面观（dorsal view of head）；b. 触角节 Ⅲ（antennal segment Ⅲ）；c. 喙节 Ⅳ + Ⅴ（ultimate rostral segment）；d. 腹部背面观（dorsal view of abdomen）；e. 体背毛（dorsal hair of body）；f. 腹管（siphunculus）；

g. 尾片（cauda）。

有翅孤雌蚜（alate viviparous female）

h. 触角（antenna）。

生物学　寄主植物有菊 *Dendranthema* sp.、野菊 *D. indicum* 等菊属植物和艾 *Artemisia argyi*、蒙古蒿 *A. mongolica* 等。该种是菊属植物的重要害虫，为害幼茎幼叶，影响开花，影响中草药产量。在温暖地区，全年为害菊属植物，不发生性蚜。在北方寒冷地区，冬季在温室或暖房中越冬。常在 4～6 月和 8 月大量发生。捕食天敌有六斑月瓢虫和食蚜蝇等。

分布　辽宁（鞍山、沈阳）、北京、河北、江苏、浙江、山东、河南、甘肃、广东、台湾；朝鲜半岛，俄罗斯，美国，加拿大。东亚起源，世界广布。

(250) 太松山小长管蚜 *Macrosiphoniella taesongsanensis* Szelegiewicz, 1980（图 283）

Macrosiphoniella taesongsanensis Szelegiewicz, 1980: 440.

Macrosiphoniella taesongsanensis Szelegiewicz: Zhang *et* Liu, 1986: 240; Remaudière *et* Remaudière, 1997: 111; Lee *et al.*, 2002: 143.

特征记述

无翅孤雌蚜　体椭圆形，体长 2.11mm，体宽 1.10mm。活体黄色。玻片标本头部前方、中额及额瘤有黑色宽带，头后缘及胸腹部淡色，无斑纹，腹部背片 Ⅷ 稍深色，各节毛基呈淡色水浸斑。触角节 Ⅰ 及节 Ⅴ、Ⅵ 黑色，节 Ⅳ 端半部褐色，其他各节淡色；喙淡褐色，节 Ⅳ + Ⅴ 黑色；足淡色，胫节基部、端部及跗节黑色；腹管淡色，端部 1/3 黑褐色，尾片、尾板及生殖板黑色。体表及腹部腹面光滑，腹部背片Ⅷ有瓦纹。气门圆形开放，气门片淡色。节间斑不明显。中胸腹岔淡色，有短柄，横长 0.23mm，为触角节Ⅲ的 0.67 倍。体背毛尖锐，头部有中额毛 1 对，额瘤毛 3 对，头背毛 4 对；前胸背板有中、侧、缘毛各 1 对；腹部背片Ⅰ～Ⅷ毛数：6 根，10 根，12 根，12 根，12 根，8 根，8 根，5 或 6 根；头顶毛长 0.071mm，为触角节Ⅲ中宽的 0.50 倍，腹部背片Ⅰ毛长 0.05mm，背片Ⅷ毛长 0.06～0.08mm。中额不隆，额瘤微隆起，呈浅"U"形。触角 6 节，有瓦纹，节Ⅲ长 0.42mm，节Ⅰ～Ⅴ长度比例（节Ⅵ缺失）：17：16：100：84：73；节Ⅲ有毛 10～15 根，毛长 0.04mm，与该节中宽约相等；节Ⅲ有小圆形次生感觉圈 1～3 个，分布于基部 1/3。喙长大，端部超过后足基节，节Ⅳ＋Ⅴ长尖楔形，长 0.16mm，为基宽的 3.90 倍，为后足跗节Ⅱ的 1.20 倍；有原生短刚毛 3 对，次生长毛 3 对。足光滑，股节端部微有瓦纹，后足股节长 0.63mm，为触角节Ⅲ的 1.50 倍；后足胫节长 1.09mm，为体长的 0.52 倍，毛长为该节最宽直径的 1.20 倍；跗节Ⅰ毛序：3，3，3。腹管长管状，端部 1/2 有网纹，缘突不明显，长 0.28mm，为体长的 0.13 倍，为尾片的 0.93 倍。尾片长锥状，中部收缩，全长 0.30mm，有长毛 10 或 11 根。尾板末端圆形，有长短毛 13 或 14 根。生殖板有毛 10 根。

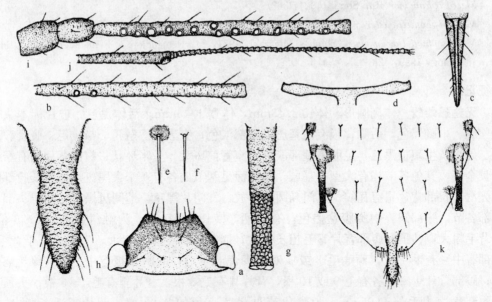

图 283　太松山小长管蚜 *Macrosiphoniella taesongsanensis* Szelegiewicz
无翅孤雌蚜（apterous viviparous female）
a. 头部背面观（dorsal view of head）；b. 触角节Ⅲ（antennal segment Ⅲ）；c. 喙节Ⅳ＋Ⅴ（ultimate rostral segment）；d. 中胸腹岔（mesosternal furca）；e. 体背毛及毛基斑（dorsal hair and hair bearing scleroite of body）；f. 体腹面毛（ventral hair of body）；g. 腹管（siphunculus）；h. 尾片（cauda）。
有翅孤雌蚜（alate viviparous female）
i. 触角节Ⅰ～Ⅲ（antennal segments Ⅰ～Ⅲ）；j. 触角节Ⅵ（antennal segment Ⅵ）；k. 腹部背片Ⅴ～Ⅷ（abdominal tergites Ⅴ～Ⅷ）。

有翅孤雌蚜　体长 2.15mm，体宽 0.85mm。玻片标本头部、胸部深褐色，腹部淡色。触角、喙黑色；足股节深褐色，胫节及跗节黑色；腹管、尾片及尾板褐色。腹部背片Ⅱ～Ⅳ各有独立淡色缘斑；腹管前斑大，后斑小，呈水浸状。触角6节，有瓦纹，全长2.12mm，为体长的0.98倍，节Ⅲ长0.50mm，节Ⅰ～Ⅵ长度比例：16：14：100：85：76：37+92；节Ⅰ～Ⅵ毛数：4根，4根，13～14根，9或10根，8根，（4或5）+（7或8）根，末节鞭部顶端有长毛4根，节Ⅲ长毛长为该节最宽直径的1.30倍；节Ⅲ有圆形次生感觉圈13～15个，分布于全长。喙端部超过中足基节，节Ⅳ+Ⅴ尖锥状，长0.16mm，有原生毛3对，次生毛3对。后足股节长0.64mm，后足胫节长1.16mm，后足跗节Ⅱ长0.14mm。翅脉正常，前翅翅脉粗黑。腹管长管状，长0.27mm。尾片长锥状，中部收缩，长0.29mm，为腹管的1.10倍，有长毛11根。尾板有长短毛12根。其他特征与无翅孤雌蚜相似。

生物学 寄主为黄蒿 Artemisia sp. 等蒿属植物。在幼茎和嫩叶上取食，数量甚多。

分布 辽宁（本溪）；朝鲜，俄罗斯。

（251）鸡儿肠小长管蚜 *Macrosiphoniella yomenae*（Shinji, 1922）（图284）

Macrosiphum yomenae Shinji, 1922：788.

Macrosiphum yomenafoliae Shinji, 1922：788.

Macrosiphum moriokae Shinji, 1924：362.

Macrosiphoniella astericola Okamoto et Takahashi, 1927：132.

Macrosiphoniella yomenae（Shinji）：Miyazaki, 1971：24；Remaudière et Remaudière, 1997：112；
　　　Zhang, 1999：426.

特征记述

无翅孤雌蚜 体椭圆形，体长3.43mm，体宽1.43mm。活体黑色。玻片标本头部及前胸、中胸黑色，后胸背板有毛基斑，腹部淡色，有黑斑。触角、喙、足、腹管、尾片、尾板及生殖板黑色，足股节基部淡色。腹管前斑大，呈半环状；腹部背片Ⅷ有窄带横贯全节，其他各节均有大型毛基斑。体腹面足基节处各有1个大黑斑。体背及腹部腹面光滑，腹部背片Ⅷ有瓦纹。气门椭圆形开放，气门片黑色，节间斑黑色，位于头部与胸部各节，腹部缺。中胸腹岔黑色，有长柄，横长0.31mm，为触角节Ⅲ的0.36倍。体背毛粗大，钝顶，腹部背片Ⅷ毛粗长尖锐，腹部腹面毛多，粗大，尖锐，长于背毛；头部有中额毛1对，额瘤毛3或4对，头背毛4对；前胸背板有中、侧、缘毛各1对；腹部背片Ⅰ～Ⅵ各有毛9或10根，背片Ⅶ有毛8根，背片Ⅷ有毛4～6根；头顶毛及腹部背片Ⅰ毛长0.06mm，为触角节Ⅲ最宽直径的0.93倍，背片Ⅷ毛长0.06～0.08mm。中额不隆，额瘤隆起，呈"U"形。触角6节，粗长，节Ⅰ～Ⅲ光滑，其他节有瓦纹；全长3.03mm，为体长的0.88倍；节Ⅲ长0.87mm，节Ⅰ～Ⅵ长度比例：16：11：100：68：51：14+85；触角毛粗，顶端钝；节Ⅰ～Ⅵ毛数：7根，4或5根，23～26根，12或13根，7～10根，4+6根；节Ⅲ毛长为该节最宽直径的0.69倍；节Ⅲ有小圆形次生感觉圈45～47个，分布于全长。喙端部达后足基节，节Ⅳ+Ⅴ长楔状，长0.15mm，为基宽的2.80倍，为后足跗节Ⅱ的0.97倍；有原生毛3对，次生毛4对。足长大，基节有明显瓦纹，其他部分光滑；后足股节长1.08mm，为触角节Ⅲ的1.20倍；后足胫节长2.01mm，为体长的0.59倍，毛长0.06mm，为该节最宽直径的

0.80倍；跗节Ⅰ毛序：3，3，3。腹管长管状，基部宽大，端半部渐细，有明显网纹，基半部光滑，无缘突，有切迹；长0.70mm，为体长的0.20倍，为尾片的1.20倍。尾片长锥状，粗糙，有粗刺突组成瓦纹，长0.61mm；有长毛21～26根。尾板末端平圆形，长0.61mm，有毛21根。生殖板圆形，有毛22根。

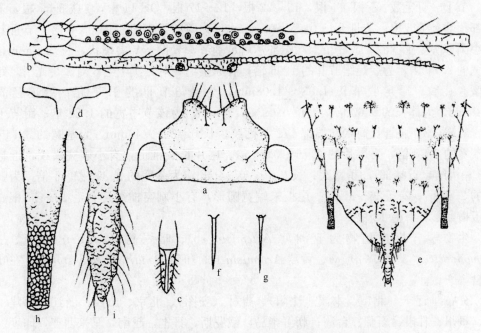

图284 鸡儿肠小长管蚜 *Macrosiphoniella yomenae*（Shinji）

无翅孤雌蚜（apterous viviparous female）

a. 头部背面观（dorsal view of head）；b. 触角（antenna）；c. 喙节Ⅳ＋Ⅴ（ultimate rostral segment）；

d. 中胸腹岔（mesosternal furca）；e. 腹部背片Ⅳ～Ⅷ（abdominal tergites Ⅳ～Ⅷ）；f. 体背毛（dorsal hair of body）；g. 体腹面毛（ventral hair of body）；h. 腹管（siphunculus）；i. 尾片（cauda）。

生物学 寄主植物为白蒿 *Artemisia* sp.、紫菀 *Aster tataricus* 和马兰 *Kalimeris indica*。

分布 辽宁（本溪、铁岭）、北京、河北、新疆；朝鲜半岛，俄罗斯，日本，印度尼西亚。

(252) 艾小长管蚜 *Macrosiphoniella yomogifoliae*（Shinji, 1924）（图285）

Macrosiphum yomogifoliae Shinji, 1924：788.

Macrosiphoniella yomogifoliae（Shinji）：Miyazaki, 1971：21；Remaudière *et* Remaudière, 1997：111；Zhang, 1999：427；Lee *et al.*, 2002：143.

特征记述

无翅孤雌蚜 体长卵形，体长3.00～3.41mm，体宽1.60～1.70mm。玻片标本触角节Ⅰ～Ⅵ、喙端部、足、腹管黑褐色，触角节Ⅵ、尾片及尾板深褐色。气门片淡色，隆起，气门椭圆形开放。中胸腹岔有长柄，单臂横长0.18mm，为触角节Ⅲ的0.26倍。体背毛粗长，尖锐；头部有头顶毛2对，额瘤毛4对，头背毛3对；腹部背片Ⅷ有毛

6~8 根；头顶毛、腹部背片 I 缘毛、背片 Ⅷ 背毛长分别为 0.09mm、0.07~0.08mm、0.10~0.11mm，分别为触角节 Ⅲ 最宽直径的 1.57 倍、1.30 倍、1.80 倍。中额不隆，额瘤明显，外倾。触角 6 节，节 Ⅲ 端部至节 Ⅵ 有瓦纹；全长 3.10mm，为体长的 0.97~1.00 倍；节 Ⅲ 长 0.66~0.70mm，节 I~Ⅵ 长度比例：32：18：100：96：79：36＋96；节 I~Ⅵ 毛数：5 根，4 根，15~22 根，12~17 根，9~11 根，4 或 5＋7 根，末节鞭部顶端有毛 3 根；节 Ⅲ 毛长 0.05~0.06mm，为该节最宽直径的 0.96 倍；节 Ⅲ 基部有小圆形次生感觉圈 4 或 5 个。喙端部达后足基节，节 Ⅳ＋Ⅴ 尖楔状，长 0.20mm，为基宽的 2.71 倍，为后足跗节 Ⅱ 的 1.06 倍；有原生毛 3 对，次生毛 3 对。足光滑，跗节 Ⅱ 微有瓦纹；后足股节长 1.03~1.08mm，为触角节 Ⅲ 的 1.55 倍；后足胫节长 1.88mm，为体长的 0.60 倍；毛长 0.09~0.10mm，为该节中宽的 1.22 倍；跗节 I 毛序：3，3，3。腹管长筒状，端部 1/2 有网纹；长 0.42~0.46mm，为基宽的 3.74 倍，为端宽的 5.58 倍，为尾片的 0.76~0.86 倍。尾片长圆锥形，有小刺突横纹，近基部 1/3 稍缢缩，近端部 1/3 稍膨大；长 0.50~0.54mm，为基宽的 2.39~2.45 倍，为膨大处的 2.42 倍；有毛 26~31 根。尾板末端宽圆形，有小刺突横纹；有毛 13~17 根。生殖板横卵形，有毛 12 根。

生物学　寄主植物为亚洲蒿 *Artemisia* sp.、暗绿蒿 *A. atrovirens*、蒙古蒿 *A. mongolica*、艾蒿 *A. argyi*、黄蒿 *Artemisia* sp. 和菊 *Dendranthema* sp. 等。在叶片取食。

分布　辽宁（北镇、本溪、沈阳）、吉林（安图）、北京、山西、浙江、福建、四川、贵州、甘肃、新疆、台湾；朝鲜半岛，俄罗斯，日本，越南，马来西亚，印度。

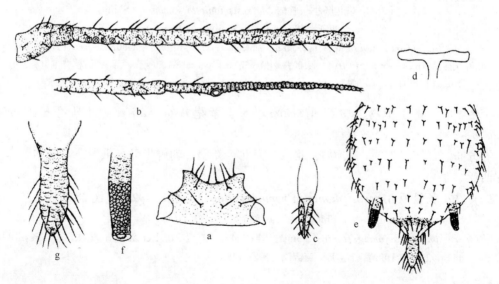

图 285　艾小长管蚜 *Macrosiphoniella yomogifoliae*（Shinji）
无翅孤雌蚜（apterous viviparous female）

a. 头部背面观（dorsal view of head）；b. 触角（antenna）；c. 喙节 Ⅳ＋Ⅴ（ultimate rostral segment）；d. 中胸腹岔（mesosternal furca）；e. 腹部背面观（dorsal view of abdomen）；f. 腹管（siphunculus）；g. 尾片（cauda）。

94. 长管蚜属 *Macrosiphum* Passerini，1860

Macrosiphum Passerini，1860：27. **Type species**：*Aphis rosae* Linnaeus，1758.

Siphonophora Koch，1855 nec Fischer，1823：135.

Passerinia Macchiati，1882：243.

Nectarophora Oestlund，1887：1.

Macrosiphum Passerini；Miyazaki，1971：9；Zhang *et* Zhong，1983：256；Remaudière *et* Remaudière，1997：113；Zhang，1999：427；Lee *et al*.，2002：150.

属征　无翅孤雌蚜额瘤发达，外倾，中额平。触角 6 节，无翅孤雌蚜节Ⅲ基部有圆形次生感觉圈；有翅孤雌蚜次生感觉圈分布全节。跗节Ⅰ毛序：3，3，3。腹管长管状，明显长于尾片，端部不到 1/3 有网纹；常有腹管后斑，腹管前斑有或缺；如有，则小于后斑。腹部背面膜质，无毛基斑。体淡色，头部光滑。寄主多种。

世界已知 112 种，中国已知 19 种，本志记述 4 种。

种 检 索 表
（无翅孤雌蚜）

1. 触角全长为体长的 1.50 倍 ······························ 珍珠梅网管蚜 *M. sorbi*

   触角全长小于体长的 1.20 倍 ·· 2

2. 触角节Ⅲ有小圆形次生感觉圈 1 或 2 个，分布于基部 ············· 大戟长管蚜 *M. euphorbiae*

   触角节Ⅲ有圆形次生感觉圈多于 20 个 ·· 3

3. 触角节Ⅲ有次生感觉圈 24～33 个；触角全长约为体长的 0.91 倍；腹管近端部 1/7 有网纹 ········

   ·· 白玫瑰长管蚜 *M. mordvilkoi*

   触角节Ⅲ有次生感觉圈 34～36 个；触角全长约为体长的 1.10 倍；腹管近端部 1/9 有网纹 ·········

   ··· 蔷薇长管蚜 *M. rosae*

（有翅孤雌蚜）

1. 触角节Ⅲ有次生感觉圈少于 30 个 ·· 2

   触角节Ⅲ有次生感觉圈多于 30 个 ·· 3

2. 触角节Ⅲ有圆形次生感觉圈 13～16 个，分布于近基部 2/3 ·········· 大戟长管蚜 *M. euphorbiae*

   触角节Ⅲ有圆形次生感觉圈 18～20 个，分布于全长 ··············· 珍珠梅网管蚜 *M. sorbi*

3. 触角节Ⅲ有次生感觉圈 33～39 个；触角全长约为体长的 1.20 倍 ········ 蔷薇长管蚜 *M. mordvilkoi*

   触角节Ⅲ有次生感觉圈 61～63 个；触角全长约为体长的 1.04 倍 ······ 白玫瑰长管蚜 *M. mordvilkoi*

（253）大戟长管蚜 *Macrosiphum euphorbiae*（Thomas，1878）（图 286）

Siphonophora euphorbiae Thomas，1878：6.

Siphonophora asclepiadifolii Thomas，1879：1.

Siphonophora solanifolii Ashmead，1882：88.

Nectarophora lycopersici Clarke，1903：247.

Macrosiphum euphorbiae（Thomas）：Hille Ris Lambers，1939：84；Cottier，1953：208；Eastop，1958：46；Takahashi，1964：354；Miyazaki，1971：12；Remaudière *et* Remaudière，1997：114；Zhang，1999：430；Lee *et al*.，2002：151.

特征记述

　　无翅孤雌蚜　体椭圆形，体长 3.43mm，体宽 1.49mm。活体浅绿色。玻片标本体淡色，触角淡色，节Ⅲ～Ⅵ各顶端及鞭部黑色；喙淡色，顶端黑色；足淡色，胫节端部及跗节黑色；腹管、尾片、尾板及生殖板淡色。体表光滑。气门圆形半关闭，气门片淡色。无节间斑。中胸腹岔淡色，有柄或无柄，横长 0.43mm，为触角节Ⅲ的 0.53 倍。体背毛短粗，钝顶，腹部腹面毛长，尖锐，长为背毛的 2.00～3.00 倍；头部有中额毛 1 对，额瘤毛 2 对，头背毛 4 对；前胸背板有中毛 2 对，侧、缘毛各 1 对；腹部背片Ⅰ～Ⅴ各有中侧毛 2 或 3 对，缘毛 2 或 3 对，背片Ⅵ有中侧毛 2 或 3 对，缘毛 1 或 2 对，背片Ⅶ有中侧毛 2 或 3 对，缘毛 2 对，背片Ⅷ有毛 4 或 5 根；头顶毛长 0.016mm，为触角节Ⅲ最宽直径的 1/3；腹部背片Ⅰ毛长 0.012mm，背片Ⅷ毛长 0.04mm。中额不隆，额瘤隆起，呈"U"形。触角 6 节，节Ⅰ有微刺突，节Ⅲ～Ⅵ有瓦纹，全长 3.05mm，为体长的 0.89 倍；节Ⅲ长 0.81mm，节Ⅰ～Ⅵ长度比例：13：9：100：72：65：25＋91；触角毛短粗，钝顶，节Ⅰ～Ⅵ毛数：8～10 根，4 或 5 根，23～28 根，11～22 根，9～12 根，（4 或 5）＋（9 或 10）根，节Ⅵ鞭部顶端毛有 3 或 4 根，节Ⅲ毛长为该节直径的 0.25 倍；节Ⅲ有小圆形次生感觉圈 1 或 2 个，分布于基部。喙端部达中足基节，节Ⅳ＋Ⅴ楔状，长 0.10mm，长为基宽的 1.30 倍，为后足跗节Ⅱ的 1.10

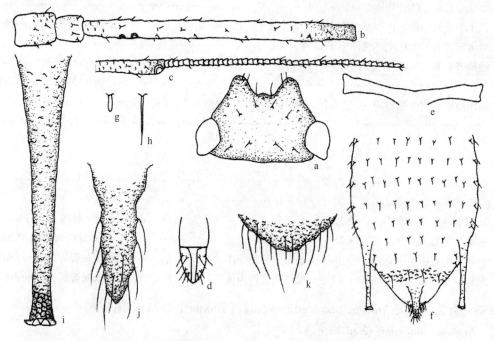

图 286　大戟长管蚜 *Macrosiphum euphorbiae*（Thomas）

无翅孤雌蚜（apterous viviparous female）

a. 头部背面观（dorsal view of head）；b. 触角节Ⅰ～Ⅲ（antennal segments Ⅰ～Ⅲ）；c. 触角节Ⅵ（antennal segment Ⅵ）；d. 喙节Ⅳ＋Ⅴ（ultimate rostral segment）；e. 中胸腹岔（mesosternal furca）；f. 腹部背面观（dorsal view of abdomen）；g. 体背毛（dorsal hair of body）；h. 腹部腹面毛（ventral hair of abdomen）；i. 腹管（siphunculus）；j. 尾片（cauda）；k. 尾板（anal plate）。

倍；有原生毛3对，次生毛2或3对。足光滑，股节端部有微刺突瓦纹，后足股节长1.142mm，为触角节Ⅲ的1.40倍；后足胫节长2.23mm，为体长的0.65倍，毛长为该节最宽直径的0.45；跗节Ⅰ毛序：3，3，3，或3，3，2。腹管长管状，端部1/9有网纹，微瓦纹，有缘突和切迹，全长3.05mm，为体长的0.23倍，为尾片的2.00倍。尾片宽锥状，背面有刺突组成横纹，腹面布满小尖刺突，长0.40mm，有长毛11～14根。尾板末端圆形，有毛14～18根。生殖板有瓦纹，有尖锐毛10～12根。

有翅孤雌蚜 体长3.00mm，体宽1.15mm。玻片标本头部、胸部淡褐色，腹部淡色，有淡褐色暗斑。体背毛粗短钝顶，腹部腹面多长毛，长为背毛的3.00～5.00倍。腹部背片Ⅰ～Ⅷ各中侧毛数：4对，3对，3对，6对，4对，2对，1对，缘毛数：1对，5对，3对，3对，3对，2对，2对，背片Ⅷ有毛2对。触角6节，全长3.02mm，节Ⅲ长0.80mm，节Ⅰ～Ⅵ长度比例：13：8：100：65：65：23＋105；节Ⅲ有毛24根，毛长为该节最宽直径的1/5；节Ⅲ有小圆形次生感觉圈7个，分布于基部1/2。喙端部不达中足基节，节Ⅳ＋Ⅴ盾状，长与基宽约等，有原生长毛3对，次生长毛1对。足股节有微刺突瓦纹，胫节有暗色皱横纹；后足股节长1.03mm，后足胫节长2.00mm，后足跗节Ⅱ长0.10mm；跗节Ⅰ毛序：3，3，3。腹管长管状，端部1/6有网纹及瓦纹，全长0.62mm。尾片长0.28mm，有长毛10根。尾板有毛22根。

生物学 寄主植物为月季 *Rosa chinensis* 和紫薇 *Lagerstroemia indica*。

分布 辽宁（丹东、岫岩）、云南等省广布；俄罗斯，日本，美国，加拿大。

(254) 白玫瑰长管蚜 *Macrosiphum mordvilkoi* Miyazaki, 1968（图287）

Macrosiphum mordvilkoi Miyazaki, 1968：277.

Macrosiphum rosae orientale Mordvilko, 1919 nec *orientale* van der Goot, 1912：451.

Macrosiphum mordvilkoi Miyazaki：Miyazaki, 1971：10；Zhang *et al.*, 1987：459；Remaudière *et* Remaudière, 1997：115；Zhang, 1999：433.

特征记述

无翅孤雌蚜 体椭圆形，体长3.76mm，体宽1.58mm。活体淡绿色。玻片标本头部黑色、前胸褐色，中胸及腹部淡色。触角节Ⅰ～Ⅲ黑色，节Ⅳ～Ⅴ褐色，各节端部黑色，节Ⅵ鞭部淡色；喙节Ⅰ、Ⅱ淡色，节Ⅲ～Ⅴ黑褐色；足股节端部1/3黑色，胫节大部褐色，基部、端部及跗节黑色；腹管黑色，端部1/3稍淡；尾片、尾板及生殖板淡色。腹管前后斑褐色，前斑大于后斑。体表光滑，头部、胸部背面有皱纹，腹部背片Ⅷ及腹管后斑有瓦纹，腹部腹面微显横瓦纹。气门圆形关闭，有时开放，气门片淡褐色。节间斑不明显。中胸腹岔淡色，有短柄或长柄，横长0.37mm，为触角节Ⅲ的0.36倍。体背毛粗，钝顶，腹部腹面毛粗尖锐，稍长于背毛；头部中额有毛1对，额瘤毛3对，头背3或4对；前胸背板有中、侧、缘毛各1对；腹部背片Ⅰ～Ⅴ各有中侧毛3或4对，缘毛3或4对，背片Ⅵ有中毛5根，缘毛2对，背片Ⅶ有毛5对，背片Ⅷ有毛3或4对；头顶毛长0.04mm，为触角节Ⅲ最宽直径的0.70倍，腹部背片Ⅰ毛长0.03mm，背片Ⅷ毛长0.05mm。中额平隆，额瘤隆起外倾，呈"U"形。触角6节，节Ⅰ、Ⅱ、Ⅳ～Ⅵ有瓦纹，节Ⅲ光滑，全长3.42mm，为体长的0.91倍，节Ⅲ长1.02mm，节Ⅰ～Ⅵ长度比例：14：10：100：59：51：17＋82；触角毛粗，尖锐，节Ⅰ～Ⅵ毛数：

6～8根，4根，21～27根，10～12根，6～11根，（3～5）＋（3～8）根，节Ⅵ鞭部顶端有毛2～4根，节Ⅲ毛长0.03mm，为该节直径的0.59倍；节Ⅲ有大小圆形次生感觉圈24～33个，分布于全长。喙端部不达后足基节，节Ⅳ＋Ⅴ楔形，长0.14mm，为基宽的1.80倍，为后足跗节Ⅱ的1.20倍；有原生长毛3对，次生长毛4或5对。足光滑。后足股节长1.29mm，为触角节Ⅲ的1.30倍；后足胫节长2.42mm，为体长的0.64倍；毛长0.05mm，为该节最宽直径的0.78倍；跗节Ⅰ毛序：3，3，3。腹管长管状，基部宽大，向端部渐细小，基部光滑，中部有瓦纹，端部1/7有明显瓦纹，有缘突和切迹，全长1.19mm，为体长的0.32倍。尾片长锥状，有微刺突组成瓦纹，全长0.60mm，有长毛9～12根。尾板末端圆形，有长毛短毛16～26根。生殖板椭圆形，有毛12根，其中有前部毛1对。

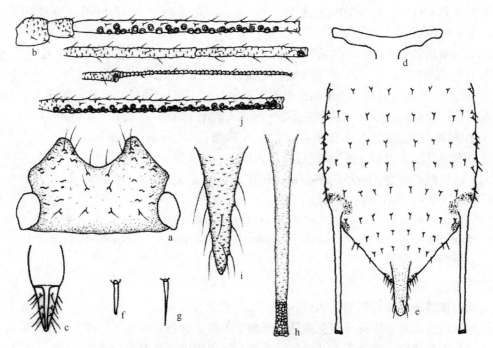

图287 白玫瑰长管蚜 *Macrosiphum mordvilkoi* Miyazaki

无翅孤雌蚜（apterous viviparous female）

a. 头部背面观（dorsal view of head）；b. 触角（antenna）；c. 喙节Ⅳ＋Ⅴ（ultimate rostral segment）；
d. 中胸腹岔（mesosternal furca）；e. 腹部背面观（dorsal view of abdomen）；f. 体背毛（dorsal hair of body）；g. 腹部腹面毛（ventral hair of abdomen）；h. 腹管（siphunculus）；i. 尾片（cauda）。

有翅孤雌蚜（alate viviparous female）

j. 触角节Ⅲ（antennal segment Ⅲ）。

有翅孤雌蚜 体椭圆形，体长3.33mm，体宽1.38mm。玻片标本头部、胸部褐色，腹部淡色。触角、喙、足股节端半部及腹管黑色，尾片、尾板及生殖板淡褐色。腹部背片Ⅱ～Ⅶ各有褐色缘斑，背片Ⅴ、Ⅵ各有背中斑1对，与节间斑愈合。体表光滑，腹面有小刺突横瓦纹。前胸、腹部节Ⅲ～Ⅵ各有小馒头状缘瘤1对，直径小于眼瘤。气门圆形开放，气门片褐色。节间斑淡棕色。体背毛粗尖，腹部幅面毛长于背毛；头部有头顶毛 3 对，头背毛 4 对；前胸背板有中、侧、缘毛各 1 对；腹部背片Ⅰ～Ⅶ各有中侧毛 2 或 3 对，背片Ⅰ有缘毛 2 对，背片Ⅱ～Ⅳ各有缘毛 5 对，背片Ⅴ～Ⅵ各有缘毛 2 或 3 对，背片Ⅷ有毛 2 对；头顶毛长 0.02mm，为触角节Ⅲ最宽直径的 0.45 倍，节Ⅰ毛长 0.02mm，节Ⅷ毛长 0.03mm。中额平隆，额瘤隆起，内缘圆形，外倾，呈深"U"形。触角 6 节，细长，有瓦纹，全长 3.47mm，约等于或稍长于体长，节Ⅰ～Ⅵ长度比例：14：77：100：62：46：13＋75，节Ⅰ～Ⅵ毛数：10 根，4 根，46 根，17 根，9 根，4＋7 根，节Ⅲ毛长为该节最宽直径的 0.40 倍；节Ⅲ有小圆形次生感觉圈61～63 个，分布于全长。喙端部达中足基节，节Ⅳ＋Ⅴ短锥形，长 0.11mm，约等于或稍长于基宽，与后足跗节Ⅱ约等长，有次生毛 8～10 根。足光滑，股节端部有粗刺突；后足股节长 1.16mm，为触角节Ⅲ的 1.10 倍；后足胫节长 2.27mm，为体长的 0.68 倍，毛长为该节最宽直径的 0.64 倍；跗节Ⅰ毛序：3，3，3。翅脉正常。腹管长管状，端部 1/5 有网纹 20 行，全长 1.04mm，为尾片的 2.30 倍，为体长的 0.31 倍。尾片长锥形，长 0.45mm，有毛 9 根。尾板末端圆形，有毛 14 根。生殖板圆形，有毛 16 根。

生物学　寄主植物为白玫瑰 *Rosa* sp. 和玫瑰 *R. rugosa*。

分布　辽宁（沈阳）；朝鲜半岛，俄罗斯，日本。

（255）蔷薇长管蚜 *Macrosiphum rosae* （Linnaeus, 1758）（图 288）

Aphis rosae Linnaeus, 1758：452.

Aphis scabiosae Scopoli, 1763：1.

Siphonophora fragariae Koch, 1855：1.

Siphonophora rosaecola Passerini, 1871：144.

Macrosiphum rosae （Linnaeus）：Passeini, 1882：27；Kumar, 1973：11；Ghosh, 1986：103；
　　Remaudière *et* Remaudière, 1997：116；Zhang, 1999：435.

特征记述

无翅孤雌蚜　体椭圆形，体长 3.51mm，体宽 1.54mm。玻片标本头部黑色，胸部、腹部淡色，围绕腹管基部有淡色斑。触角节Ⅰ～Ⅲ及节Ⅳ～Ⅵ端部黑色，其他部分褐色；喙淡色，节Ⅳ＋Ⅴ褐色；足基节、股节基部 2/3 淡色，股节端部 1/3 漆黑色，胫节褐色，胫节端部、跗节及腹管黑色；尾片、尾板及生殖板淡色。体表光滑，头部、胸部背面微有皱纹，腹部背片Ⅷ有皱曲纹。气门圆形开放，气门片淡色。节间斑淡色。中胸腹岔淡色，有短柄，横长 0.37mm，为触角节Ⅲ的 1/3。体背毛粗，短钝，腹部腹面毛粗，尖锐，稍长于背毛；头部有中额毛 1 对，额瘤毛 3 对，头背毛 4 对；前胸背板有中、侧、缘毛各 1 对；腹部背片Ⅰ有中侧毛 2 对，背片Ⅱ～Ⅴ各有中侧毛 5 根，缘毛 2 对；背片Ⅶ有毛 3 对，背片Ⅷ有毛 3 对；头顶毛长 0.04mm，为触角节Ⅲ中宽的 0.64 倍，腹部背片Ⅰ毛长 0.02mm、背片Ⅷ毛长 0.04mm。中额不隆，额瘤显著外倾，呈"U"形。触角 6 节，粗长，光滑，节Ⅳ～Ⅵ微有瓦纹，全长 3.86mm，为体长的 1.10 倍；节Ⅲ长 1.08mm，节Ⅰ～Ⅵ长度比例：17：9：100：64：56：18＋92；节Ⅰ～Ⅵ毛数：12 根，5 根，29 根，10 根，8 根，4＋8 根；末节鞭部顶端有短毛 4 根，节Ⅲ长毛长 0.03mm，为该节中宽的 0.50 倍；节Ⅲ有圆形次生感觉圈 34～36 个，分布于全长。喙端部超过中足基节，节Ⅳ＋Ⅴ楔状，长 0.13mm，为基宽的 2.00 倍，约等于或稍长于后足跗节Ⅱ；有原生毛 3 对，次生毛 3 对。足各节光滑；后足股节长 1.36mm，为触角节Ⅲ的 1.30 倍；后足胫节长 2.54mm，为体长的 0.72 倍，长毛长 0.06mm，为该节最宽直径的 0.92 倍；跗节Ⅰ毛序：3，3，3。腹管粗长管状，端部 1/9 有网纹 11 行，其他部有瓦纹，稍有缘突，切迹明显；长 1.32mm，为体长的 0.38 倍，为尾片的 2.20 倍。尾片宽锥状，有淡色瓦纹，有长毛 13 根。尾板半球形，有长毛 26 根。生殖板共有毛 14 根，前部有长毛 1 对。

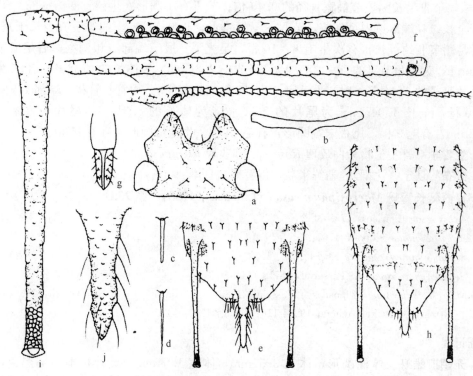

图 288　蔷薇长管蚜 *Macrosiphum rosae* (Linnaeus)

无翅孤雌蚜（apterous viviparous female）

a. 头部背面观（dorsal view of head）；b. 中胸腹岔（mesosternal furca）；c. 体背毛（dorsal hair of body）；
d. 腹部腹面毛（ventral hair of abdomen）；e. 腹部背片Ⅴ～Ⅷ（dorsal view of abdominal tergites Ⅴ～Ⅷ）。

有翅孤雌蚜（alate viviparous female）

f. 触角（antenna）；g. 喙节Ⅳ+Ⅴ（ultimate rostral segment）；h. 腹部背面观（dorsal view of abdomen）；
i. 腹管（siphunculus）；j. 尾片（cauda）。

有翅孤雌蚜　体长 2.82mm，体宽 1.15mm。玻片标本头部、胸部黑色，腹部淡色，有黑色斑纹。触角、喙节Ⅲ～Ⅴ黑色，尾片、尾板灰色。腹部背片Ⅰ～Ⅲ有零星中侧小斑，背片Ⅶ有窄横带，背片Ⅰ～Ⅶ各缘斑大，背片Ⅰ缘斑稍小；腹管后斑大于前斑，背片Ⅷ背毛无毛基斑。气门圆形开放，气门片褐色。触角 6 节，节Ⅱ、Ⅳ～Ⅵ有瓦纹，全长 3.46mm，为体长的 1.20 倍；节Ⅲ长 0.99mm，节Ⅰ～Ⅵ长度比例：14：10：100：67：54：19+86；节Ⅲ有毛 22～32 根，有圆形次生感觉圈 33～39 个，分布于全长。喙端部不达中足基节，节Ⅳ+Ⅴ长 0.14mm；有原生刚毛 3 对，次生刚毛 4

对。后足股节长 1.11mm，后足胫节长 2.20mm，后足跗节Ⅱ长 0.11mm。翅脉正常。腹管长管状，长 1.05mm，为尾片的 2.30 倍。尾片宽锥状，长 0.46mm，有毛 12 根。尾板毛 22 根。生殖板毛 20 根。其他特征与无翅孤雌蚜相似。

生物学 寄主植物为月季 *Rosa chinensis* 和玫瑰 *R. rugosa*。在叶片及嫩尖取食，在端部 9cm 嫩梢上为害尤重。

分布 辽宁（本溪）、北京、河北、天津、浙江、甘肃、新疆；俄罗斯，蒙古国，美国，加拿大。世界广布。

(256) 珍珠梅网管蚜 *Macrosiphum sorbi* Matsumura, 1918（图 289）

Macrosiphum sorbi Matsumura, 1918：1.

Macrosiphum sorbi Matsumura：Zhang *et* Liu, 1986：240；Remaudière *et* Remaudière, 1997：117.

特征记述

无翅孤雌蚜 体椭圆形，体长 3.25mm，体宽 1.28mm。活体黄色，有褐色斑纹。玻片标本头部深褐色，头部顶端及额瘤黑色，胸部、腹部淡色，有黑斑。触角节Ⅰ、Ⅱ

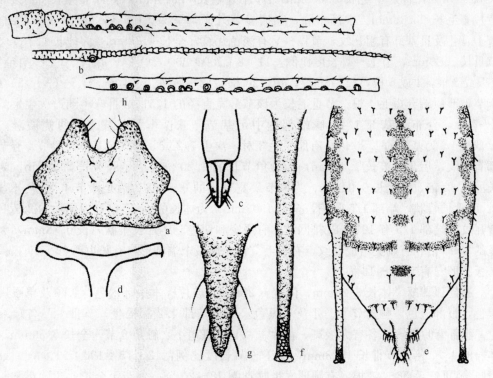

图 289 珍珠梅网管蚜 *Macrosiphum sorbi* Matsumura

无翅孤雌蚜（apterous viviparous female）

a. 头部背面观（dorsal view of head）；b. 触角节Ⅰ～Ⅲ及Ⅵ（antennal segments Ⅰ～Ⅲ and Ⅵ）；c. 喙节Ⅳ＋Ⅴ（ultimate rostral segment）；d. 中胸腹岔（mesosternal furca）；e. 腹部背面观（dorsal view of abdomen）；f. 腹管（siphunculus）；g. 尾片（cauda）。

有翅孤雌蚜（alate viviparous female）

h. 触角节Ⅲ（antennal segment Ⅲ）。

黑色，节Ⅲ～Ⅵ各端部黑色，其他部分淡色；喙节Ⅰ、Ⅱ淡色，节Ⅲ以后深褐色，两缘及顶部黑色；足股节端部 1/3、胫节基部及端部 1/6、跗节黑色；腹管深黑色，尾片及尾板淡褐色，生殖板淡色。前胸背板有中斑和缘斑，中胸背板有中斑 3 块，后胸背板有中斑 1 对，中后胸各有缘斑；腹部背片Ⅰ～Ⅵ各缘域及背片Ⅵ有黑斑，呈"U"形，背片Ⅰ～Ⅴ及Ⅶ有中斑，Ⅰ～Ⅲ背斑愈合呈塔形。头部背面缘域有微刺突，腹面粗糙，有刺突组成瓦纹；腹部背片光滑，胸部及腹部腹面有明显瓦纹；腹部缘域有粗皱纹，背片Ⅶ、Ⅷ有瓦纹。气门圆形开放，气门片褐色。节间斑淡色。中胸腹岔淡色，有长柄，单臂横长 0.33mm，为触角节Ⅲ的 0.28 倍，为触角节Ⅵ基部的 1.20 倍。体背毛粗短，腹部腹面多毛，粗长尖锐，与腹部背片Ⅷ毛约等长；头部有中额长毛 1 对，额瘤毛 3 对，头背毛 4 对；前胸背板有中、侧、缘短毛各 1 对；腹部背片Ⅰ～Ⅴ各有中侧毛 3 或 4 对，背片Ⅵ有中侧毛 4～5 对，背片Ⅶ有中侧毛 1～2 对，有时 3 对，背片Ⅰ有缘毛 1 对，背片Ⅱ～Ⅶ各有缘毛 2 对，有时 3 对，背片Ⅷ有毛 5～8 根；头顶长毛长 0.025mm，为触角节Ⅲ最宽直径的 0.47 倍，前胸背毛长 0.005mm，腹部背片Ⅰ～Ⅳ毛长 0.004mm，背片Ⅴ毛长 0.008mm，背片Ⅵ毛长 0.015mm，背片Ⅶ毛长 0.024mm，背片Ⅷ毛长 0.038mm。中额平隆，额瘤显著外倾，呈深"U"形。触角 6 节，细长，节Ⅰ、Ⅱ及Ⅲ基部有粗瓦纹，节Ⅳ～Ⅵ有淡色瓦纹，全长 4.73mm，为体长的 1.50 倍，节Ⅲ长 1.20mm，节Ⅰ～Ⅵ长度比例：11：8：100：80：69：24＋101；节Ⅰ～Ⅵ毛数：7 根或 8 根，4 或 5 根，34～38 根，19～20 根，12～17 根，（4 或 5）＋（9～15）根，末节鞭部顶端有短毛 4 根；节Ⅲ毛长为该节最宽直径的 1/5；节Ⅲ有小圆形次生感觉圈 4～7 个，分布于基部 1/4。喙端部达中足基节，节Ⅳ＋Ⅴ长楔形，两侧微隆，长 0.12mm，为基宽的 1.80 倍，有原生毛 3 对，次生毛 2 或 3 对。足基节、股节、胫节端部有瓦纹；后足股节长 1.44mm，为触角节Ⅲ的 1.20 倍；后足胫节长 2.68mm，为体长的 0.82 倍，长毛长 0.04mm，为该节最宽直径的 0.66 倍；后足跗节Ⅰ毛序：3，3，3。腹管长管状，端部 1/5 收缩，全长 1.03mm，为体长的 0.32 倍，为尾片的 2.70 倍，有瓦纹。端部 1/5 有 12 或 13 排网纹，有缘突和切迹。尾片长锥状，长 0.38mm，为基宽的 1.90 倍，有刺突组成瓦纹，有长毛 7 根。尾板末端圆形，有长短毛 15～19 根。生殖板圆形，有毛 12～16 根。

有翅孤雌蚜　体长 3.20mm，体宽 1.28mm。玻片标本头部褐色，头顶及单眼周围黑色，腹部淡色。触角节Ⅰ、Ⅱ及Ⅵ黑色，节Ⅲ基部 1/2 深褐色，节Ⅲ～Ⅴ各顶端黑色。腹部背片Ⅰ～Ⅴ各有大缘斑，背片Ⅰ、Ⅴ缘斑稍小。触角 6 节，全长 5.50mm，为体长的 1.70 倍，节Ⅲ长 1.23mm，节Ⅰ～Ⅵ长度比例：12：75：100：11：84：27＋114；节Ⅲ有毛 36～43 根，有圆形次生感觉圈 18～20 个，分布于全长。翅脉正常。腹管长 1.00mm，为体长的 0.31 倍。尾片有毛 7 根，尾板有毛 20 根。其他特征与无翅孤雌蚜相似。

生物学　寄主植物为珍珠梅 *Sorbaria sorbifolia*。在植株上部叶片背面取食，有时几乎盖满叶片背面。在溪流边的野生植株上常有分布，但在庭院栽培植株上罕见。国外记载寄主植物有毛珍珠梅。

分布　辽宁（本溪）；朝鲜半岛，俄罗斯，日本。

95. 指瘤蚜属 *Matsumuraja* Schmacher, 1921

Matsumuraja Schmacher, 1921：186. **Type species**：*Acanthaphis rubi* Matsumura, 1918.

Acanthaphis Matsumura, 1918 nec del Guercio, 1908：15.

Neophorodon Takahashi, 1922：204.

Matsumuraja Schmacher, Miyazaki, 1971：92；Remaudière *et* Remaudière, 1997：118；Zhang, 1999：436；Lee *et al.*, 2002：154.

属征　无翅孤雌蚜中额隆起，额瘤显著，呈"凹"形。触角节Ⅰ内缘突出为指状突起。头部、触角及体表突起均有钉状毛。腹管管状，管口大。尾片圆锥形，有毛5根。有翅孤雌蚜触角节Ⅰ内缘显著突出，但不形成指状突起；触角节Ⅲ～Ⅴ有圆形次生感觉圈，排列无序，分布全长。寄主为悬钩子属 *Rubus* spp. 植物，蔗指瘤蚜 *Matsumuraja rubifoliae* Takahashi, 1931，已知在桤叶树属 *Clethra* 和悬钩子属植物间转主寄生。分布于亚洲东部和南部。

世界已知14种，中国已知4种，本志记述1种。

(257) 台湾指瘤蚜 *Matsumuraja formosana* Takahashi, 1925（图290）

Matsumuraja formosana Takahashi, 1925：22.

Matsumuraja formosana Takahashi：Tao, 1990：231；Remaudière *et* Remaudière, 1997：118.

特征记述

无翅孤雌蚜　体椭圆形，体长1.69mm，体宽0.79mm。活体深绿色。玻片标本淡色，无斑纹。触角淡色，节Ⅲ～Ⅵ端部黑色；喙各节淡色，顶端黑色；足跗节深褐色，其他部分淡色；腹管淡色，顶端黑色；各背瘤、尾片、尾板及生殖板淡色。头部背面及腹面有颗粒刺突，头背中部光滑，胸部、腹部光滑。体表有明显指状瘤，头背后方有1对；触角节Ⅰ内缘顶端有长指状瘤1个，长于该节；前胸有中、侧、缘瘤各1对，中、后胸各有中瘤1对，缘瘤2对；腹部节Ⅰ～Ⅶ各有大型中瘤1对，节Ⅶ各瘤为双裂，各节有小型缘瘤1对，背片Ⅷ有大型五指状中瘤1个；中胸至腹部背片Ⅴ各中瘤长0.05～0.07mm，均不长于触角节Ⅰ，腹部背片Ⅴ或Ⅵ～Ⅷ各中瘤长0.13～0.16mm，均长于触角节Ⅰ；头部、胸部中瘤及各缘瘤不长于触角节Ⅱ。气门小，肾形开放，气门片淡色。中胸腹岔无柄，淡色。体背毛粗大，钉状，腹部腹面毛多，短小尖锐；头部有中额毛1对，额瘤毛4对，头背毛3对，腹面有粗糙钉状毛3对；胸部各节及腹部背片Ⅰ～Ⅶ各中缘瘤顶端有毛1根，背片Ⅶ近基部另有毛1根，背片Ⅷ有毛5根。中额平隆，额瘤显著外倾。触角6节，有瓦纹，节Ⅰ内缘端部有长指状突起伸出；全长1.08mm，为体长的0.64倍，节Ⅲ长0.24mm，节Ⅰ～Ⅵ长度比例：31：22：100：61：69：46＋129；触角毛粗钉状，长短不等，节Ⅰ～Ⅵ毛数：3～5根，4根，5根，3或4根，3或4根，1或2＋0根，节Ⅵ鞭部顶端有短尖毛3或4根，节Ⅲ长毛长0.02mm，为该节中宽的0.61倍，为短毛的3.00～4.00倍。喙端部超过中足基节，节Ⅳ＋Ⅴ长楔状，长0.12mm，为基宽的2.30倍，为后足跗节Ⅱ的1.60倍，有原生毛3对，次生长毛1对。足股节及胫节端部有皱纹，后足股节长0.34mm，为触角节Ⅲ的1.50倍；后足胫节长0.59mm，为体长的0.35倍，长毛长0.02mm，为端部最宽直径的0.56倍；跗节Ⅰ毛序：3，3，2 或 3，2，2。腹管长管状，端部收缩，顶部有横刻纹，基部 4/5 有瓦纹，有缘突及切迹，长 0.43mm，为体长的 0.26 倍，为尾片的 4.10 倍。尾片宽锥状，有小刺突横瓦纹，长 0.11mm，有细尖毛 4 根。尾板方圆形，有毛 11～15 根。生殖板端部半圆形，有毛 6 根。生殖突 3 个，纽扣状，各有毛：2，3，2 根。

生物学　寄主植物为茶藨子 *Ribes* sp. 和悬钩子 *Rubus* sp.。

分布　辽宁（本溪、丹东、建昌）、湖北、湖南、四川、台湾。

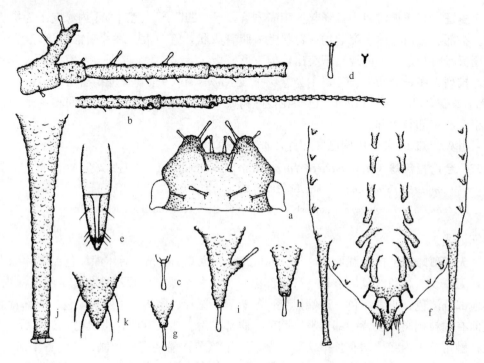

图 290　台湾指瘤蚜 *Matsumuraja formosana* Takahashi

无翅孤雌蚜（apterous viviparous female）

a. 头部背面观（dorsal view of head）；b. 触角（antenna）；c. 头部背毛（dorsal hair of head）；d. 触角毛（hair of antenna）；e. 喙节Ⅳ＋Ⅴ（ultimate rostral segment）；f. 腹部背面观（背毛省略）（dorsal view of abdomen, not showing dorsal hairs）；g. 腹部缘瘤（marginal tubercle of abdomen）；h. 腹部背片Ⅰ背瘤（dorsal tubercle on abdominal tergite Ⅰ）；i. 腹部背片Ⅶ背瘤（dorsal tubercle on abdominal tergite Ⅶ）；j. 腹管（siphunculus）；k. 尾片（cauda）。

96. 修尾蚜属 *Megoura* Buckton, 1876

Megoura Buckton, 1876：88. **Type species**：*Megoura viciae* Buckton, 1876.

Drepaniella del Guercio, 1913：188.

Neomegouropsis Ghosh et al., 1977：579.

Megoura Buckton：Miyazaki, 1971：48；Zhang *et* Zhong, 1983：320；Tao, 1990：221；Remaudière *et* Remaudière, 1997：118；Zhang, 1999：437；Lee *et al.*, 2002：156.

属征　无翅孤雌蚜额瘤发达，外倾。中额平或微隆。头部光滑。触角节Ⅲ有圆形次生感觉圈。气门肾形。腹管稍膨大，管口下横纹不明显著，腹管前斑明显。尾片长圆锥形。

世界已知 6 种，中国已知 3 种，本志记述 2 种。

种 检 索 表

（无翅孤雌蚜）

1. 触角全长为体长的 0.17 倍；腹管长约等于或稍长于尾片 ················· **粗尾修尾蚜** *M. crassicauda*

   触角全长为体长的 0.93 倍；腹管长为尾片的 1.80 倍 ················· **胡枝子修尾蚜** *M. lespedezae*

（有翅孤雌蚜）

1. 触角末节鞭部长为基部的 3.96 倍；节Ⅲ、Ⅳ分别有小圆形突起次生感觉圈 46～87 个、9～34 个···
   ··· **粗尾修尾蚜** *M. crassicauda*

   触角末节鞭部长为基部的 4.76 倍；节Ⅲ、Ⅳ分别有小圆形突起次生感觉圈 12～17 个、1～6 个···
   ··· **胡枝子修尾蚜** *M. lespedezae*

(258) 粗尾修尾蚜 *Megoura crassicauda* Mordvilko, 1919 （图 291，图版ⅣP）

Megoura crassicauda Mordvilko, 1919: 237.

Rhopalosiphum viciae var. *japonica* Matsumura, 1918: 10.

Nectarosiphon moriokae Shinji, 1923: 308.

Amphorophora lathyri Shinji, 1924: 365.

Rhopalosiphum japonica Okamoto et Takahashi, 1927: 133.

Amphorophora vicicola Shinji, 1941: 1.

Megoura viciae coreana Moritsu, 1948: 72.

Megoura crassicauda Mordvilkoi: Hille Ris Lambers, 1965: 195; Zhang et Zhong, 1983: 321; Remaudière et Remaudière, 1997: 118; Zhang, 1999: 438; Lee et al., 2002: 156.

特征记述

无翅孤雌蚜 体纺锤形，体长 3.70mm，体宽 1.60mm。活体草绿色，附肢黑色。玻片标本头部、前胸背面及腹面黑色；中胸背板至腹部背片淡色，有黑斑。触角、喙、足（仅胫节基部及中部稍骨化，非黑色）、腹管、尾片、尾板及生殖板黑色。中、后胸背板有缘斑，中胸背板有 1 个淡色中斑；腹部背片Ⅴ、Ⅵ围绕腹管各有方形缘斑，背片Ⅶ、Ⅷ各有 1 个横带。体表光滑，头部背面、胸部背板有横曲皱纹，腹部背片Ⅰ～Ⅵ有曲网纹及皱曲纹，背片Ⅶ、Ⅷ有微刺瓦纹。气门不规则，关闭，气门片黑色。节间斑不明显。中胸腹岔有短柄。体背毛长，尖锐；头部有背毛 14 根，包括头顶毛 6 根；前胸背板有中、侧、缘毛各 1 对，中胸背板有中毛 6 根、侧毛 4 根、缘毛 8 根；后胸背板有中毛 4 根、侧毛及缘毛各 6 根；腹部背片Ⅰ～Ⅵ各有中毛 4 根，侧毛 4 根，各节缘毛数：2 根，4 根，4 根，4 根，6 根，6 根；背片Ⅶ有毛 8 根，背片Ⅷ有毛 6 根；头顶毛、腹部背片Ⅰ毛、背片Ⅷ毛长分别为触角节Ⅲ直径的 1.00 倍、0.88 倍、0.88 倍。中额平，额瘤明显隆起，外倾，额沟梯形，宽为深度的 2.60 倍。触角 6 节，细长，有瓦纹，节Ⅰ基部有多个卵形纹；全长 4.20mm，为体长的 1.10 倍；节Ⅲ长 1.10mm，节Ⅰ～Ⅵ长度比例：14：11：100：74：62：22＋105；触角毛长，顶端棒状，节Ⅰ～Ⅵ毛数：7 或 8 根，4 或 5 根，25 或 26 根，15～19 根，10～13 根，（6～8）＋（14 或 15）根，节Ⅲ毛长为该节直径的 0.81 倍；节Ⅲ有小圆形突起的次生感觉圈 11～51 个，分布于基部 2/3 或全节。喙短粗，端部达中、后足基节之间；节Ⅳ＋Ⅴ短锥形，长为基宽的 1.50 倍，为后足跗节Ⅱ的 0.79 倍；有原生刚毛 3 对，次生刚毛 2 对。足股节有明显卵形纹，内侧 1/3 有微刺，内缘微刺与股节几乎垂直；后足股节长 1.40mm，为触角节Ⅲ的 1.30 倍；后足胫节长 2.50mm，为体长的 0.65 倍；后足胫节毛粗长，钝顶，长为该节中宽的 1.10 倍；跗节Ⅰ毛序：3，3，3。腹管长筒形，有微刺突瓦纹，基部粗大，向端部渐细，有缘突，切迹稍明显；长 0.62mm，为体长的 0.17 倍，约等于或稍长于尾片。尾片长圆锥形，中部收缩，端部尖，有明显刺突构成瓦纹，两缘有粗刺突；长 0.59mm，有长曲毛 11～16 根。尾板半圆形，末端有小刺突，有长短毛 15～19 根。生殖板卵圆形，有短钝刚毛 16 根。

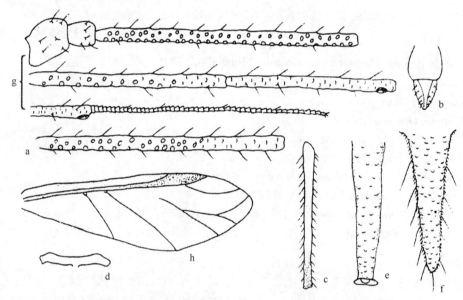

图 291 粗尾修尾蚜 *Megoura crassicauda* Mordvilko

无翅孤雌蚜 （apterous viviparous female）

a. 触角节Ⅲ（antennal segment Ⅲ）；b. 喙节Ⅳ＋Ⅴ（ultimate rostral segment）；c. 后足胫节（hind tibia）；d. 中胸腹岔（mesosternal furca）；e. 腹管（siphunculus）；f. 尾片（cauda）。

有翅孤雌蚜 （alate viviparous female）

g. 触角（antenna）；h. 前翅（fore wing）。

有翅孤雌蚜 体长 4.00mm，体宽 1.70mm。玻片标本头部、胸部黑色，腹部淡色，有黑色斑。腹部背片Ⅰ缘斑小，背片Ⅱ～Ⅳ有大缘斑，腹管前、后斑大型，围绕腹管相连，背片Ⅶ、Ⅷ各有 1 个横带。气门圆形关闭，气门片黑色。节间斑在腹部背片Ⅱ、Ⅲ明显。体背毛顶端钝，背毛与腹面毛长度约相等；腹部背片Ⅰ～Ⅵ各有中毛 5 或 6 根，背片Ⅰ有缘毛 1 对，背片Ⅱ～Ⅵ各有缘毛 6 或 7 对，背片Ⅶ有毛 6～8 根，背片Ⅷ有毛 5 或 6 根。喙端部超过中足基节。触角 6 节，全长 4.40mm，为体长的 1.10 倍；节Ⅲ长 1.20mm；节Ⅰ～Ⅵ长度比例：14：8：100：77：69：23＋91；节Ⅲ、Ⅳ分别有小圆形突起次生感觉圈 46～87 个，9～34 个，在节Ⅲ分布于全长，在节Ⅳ分布于基部

3/5。后足股节长 1.50mm，为触角节Ⅲ的 1.30 倍；后足胫节长 2.50mm，为体长的 0.37 倍。翅脉正常。腹管长筒形，长 0.62mm。尾片有毛 11 或 12 根。尾板有毛 19 或 20 根。其他特征与无翅孤雌蚜相似。

生物学 寄主植物为胡枝子 *Lespedeza bicolor*、野豌豆 *Vicia sepium*、豌豆 *Pisum sativum*、蚕豆 *Vicia faba* 和山黧豆 *Lathyrus quinquenervius*。在寄主植物嫩梢和叶片背面为害。

分布 内蒙古（鄂伦春旗、加格达奇、牙克石、扎兰屯）、辽宁（鞍山、建昌、沈阳）、吉林（安图、长白、敦化、九站、延吉）、黑龙江（密山、饶河）、北京、河北、甘肃、宁夏、台湾；朝鲜，俄罗斯，日本。

(259) 胡枝子修尾蚜 *Megoura lespedezae*（Essig *et* Kuwana, 1918）（图 292）

Rhopalosiphum lespedezae Essig *et* Kuwana, 1918：57.

Megoura abnormis Ghosh, 1970：7.

Megoura cajanae Ghosh, Ghosh *et* Raychaudhuri, (1970) 1971：377.

Megoura lespedezae（Essig *et* Kuwana）：Miyazaki, 1971：49；Remaudière *et* Remaudière, 1997：118；Lee *et al.*, 2002：157.

特征记述

无翅孤雌蚜 体纺锤形，体长 3.20mm，体宽 1.30mm。活体绿色，有光泽，腹部有斑纹。玻片标本头顶骨化黑色，体背稍显骨化。触角节Ⅰ、Ⅱ骨化褐色，节Ⅲ～Ⅵ、喙、腹管黑色；足胫节基部淡色，中部及胫节基部 1/10 骨化深色，其他部分黑色；尾片及尾板灰色。腹部背片Ⅰ～Ⅶ有大型缘斑，中、侧斑零星而小，背片Ⅷ有宽横带。体表光滑，腹部背片Ⅶ、Ⅷ微显瓦纹。气门圆形关闭，气门片黑色。节间斑淡褐色。中胸腹岔有短柄。体背刚毛粗钝；头部有头顶毛 3 对，头背毛 8 根；前胸背板有中、侧、缘毛各 1 对；腹部背片Ⅰ～Ⅵ有中、侧毛各 2 对，背片Ⅶ有长尖中毛 4 或 5 根，背片Ⅰ～Ⅶ各有缘毛 3 或 4 对，背片Ⅷ有长尖刚毛 4 或 5 根；头顶毛、腹部背片Ⅰ缘毛、背片Ⅷ毛长分别为触角节Ⅲ最宽直径的 0.85 倍、0.50 倍、1.50 倍。中额不明显，额瘤隆起外倾。触角 6 节，细长，有瓦纹，全长 3.00mm，为体长的 0.93 倍，节Ⅲ长 0.70mm；节Ⅰ～Ⅵ长度比例：18：13：100：83：68：23＋118；节Ⅲ有小圆形次生感觉圈 9～18 个，分布全长，节Ⅳ偶有 1 个；触角毛短，钝顶，节Ⅰ～Ⅵ毛数：6 或 7 根，5～7 根，21～27 根，15～17 根，11～15 根，4＋8 根，节Ⅲ毛长为该节最宽直径的 0.62 倍。喙端部达中足基节，节Ⅳ＋Ⅴ尖锥形，与后足跗节Ⅱ约等长；有原生毛 2 对，次生毛 1 或 2 对。足细长；后足股节长 0.8mm，为触角节Ⅲ的 1.10 倍；后足胫节长 1.60mm，为体长的 0.51 倍，毛长为该节直径的 0.72 倍；跗节Ⅰ毛序：3，3，3。腹管长管状，有微刺突瓦纹，中部稍膨大；长 0.72mm，为体长的 0.22 倍，为尾片的 1.80 倍。尾片长锥形，有小刺突横纹，有长曲毛 11～13 根。尾板末端圆形，有长刚毛 16～18 根。生殖板稍骨化，有毛 12～14 根。

有翅孤雌蚜 体椭圆形，体长 2.30mm，体宽 0.87mm。玻片标本头部、胸部深褐色，腹部淡色，有褐色斑。触角、喙、足灰黑色至黑色；足基节、转节、股节基部 1/5～1/3 及胫节基部 2/3～4/5 灰褐色至灰黑色；腹管、尾片及尾板灰褐色。腹部背片

Ⅰ～Ⅶ有大缘斑，各节有零星小斑，背片Ⅷ有宽横带横贯全节。体表光滑，腹面有明显横网纹。气门圆形关闭或开放，气门片淡色。无节间斑。体背毛尖；头部有头顶毛3对，头背毛8根；前胸背板有中、侧、缘毛各1对；腹部背片Ⅰ～Ⅶ各有中毛3或4根，侧毛4根，背片Ⅵ、Ⅶ有时2根，背片Ⅰ有缘毛1或2对，背片Ⅱ～Ⅶ各有缘毛5～7对，背片Ⅷ有毛5根；背片Ⅶ、Ⅷ背毛长为其他各节毛长的2.00倍。中额稍隆，额瘤显著外倾。触角6节，全长2.60mm，为体长的1.20倍，节Ⅲ长0.57mm；节Ⅰ～Ⅵ长度比例：22：12：100：85：75：29＋138；节Ⅲ有粗短钝刚毛25～26根；节Ⅲ、Ⅳ分别有小圆形突起次生感觉圈：12～17个、1～6个，分布全长。足细长；后足股节长0.67mm，为触角节Ⅲ的1.20倍；后足胫节长1.40mm，为体长的0.63倍。翅脉正常，黑色，肘脉及臀脉明显镶黑边。腹管长0.55mm，与触角节Ⅲ约等长。尾片有曲毛10或11根。尾板有毛15～19根，长短不等。其他特征与无翅孤雌蚜相似。

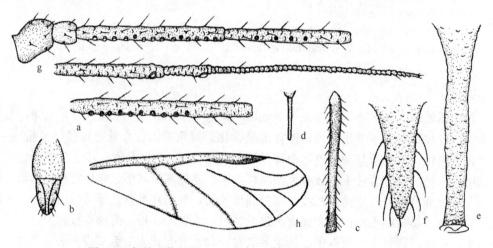

图292 胡枝子修尾蚜 *Megoura lespedezae* (Essig *et* Kuwana)

无翅孤雌蚜 (apterous viviparous female)

a. 触角节Ⅲ (antennal segment Ⅲ); b. 喙节Ⅳ＋Ⅴ (ultimate rostral segment); c. 后足胫节 (hind tibia); d. 体背毛 (dorsal hair of body); e. 腹管 (siphunculus); f. 尾片 (cauda).

有翅孤雌蚜 (alate viviparous female)

g. 触角 (antenna); h. 前翅 (fore wing).

生物学 寄主为胡枝子 *Lespedeza bicolor* 和槐树 *Sophora* sp. 等豆科植物。该种常在胡枝子嫩梢及嫩叶背面为害，有时数量很多，可盖满长33.00cm左右的嫩梢。

分布 内蒙古（赤峰）、辽宁（本溪、丹东、千山、建昌、沈阳）、吉林（安图）、黑龙江（哈尔滨）、浙江、湖南、台湾；朝鲜，俄罗斯，日本。

97. 小微网蚜属 *Microlophium* Mordvilkoi，1914

Microlophium Mordvilko, 1914：198. **Type species**：*Aphis urticae* Schrank, 1801 nec Linnaeus, 1758＝*Siphonophora carnosum* Buckton, 1876.

Microlophium Mordvilko；Remaudière *et* Remaudière, 1997：121；Zhang, 1999：443.

属征 无翅孤雌蚜额瘤发达，外倾，中额隆起。无翅孤雌蚜触角节Ⅲ基部有1至数个圆形次生感觉圈；有翅孤雌蚜次生感觉圈数量较多，排成 1 列或近似 1 列，分布全节。腹管长管状。尾片长为腹管的 1/3～2/5，有毛 7～15 根。寄主植物为荨麻 *Urtica fissa*、悬钩子 *Rubus* sp. 等。

世界已知 4 种，中国已知 2 种，本志记述 1 种。

(260) 荨麻小无网蚜 *Microlophium carnosum* （Buckton, 1876）（图 293）

Siphonophora carnosum Buckton, 1876：144.

Aphis urticae Schrank, 1801：102.

Acyrthosiphon urticae meridionale Mordvilko, 1914：164.

Amphorophora evansi Theobald, 1923：52.

Macrosiphum schranki Theobald, 1927：1.

Acyrthosiphon carnosum （Buckton）：Miyazaki, 1971：57.

Microlophium carnosum （Buckton）：Hille Ris Lambers, 1949：205；Remaudière *et* Remaudière, 1997：121；Zhang, 1999：443.

特征记述

无翅孤雌蚜　体椭圆形，体长 3.16mm，体宽 1.59mm。活体淡绿色，有光泽。玻片标本淡色，头部、前胸背板及腹部背片 Ⅷ 横带深色，腹部淡色；腹部背片 Ⅳ～Ⅵ 有缘斑。触角节 Ⅰ、节 Ⅲ～Ⅴ 各端部及节 Ⅳ 黑色；喙节 Ⅲ～Ⅴ 黑褐色；足股节端半部黑色，胫节骨化，端部 1/5 及跗节黑色；腹管黑色；尾片及尾板褐色。体表光滑，腹部背片 Ⅶ、Ⅷ 有瓦纹。气门圆形关闭，气门片深色。节间斑褐色。中胸腹岔有短柄，有时有长柄，淡色，横长 0.32mm。长为触角节 Ⅲ 的 0.28 倍，为节 Ⅵ 基部的 1.40 倍。体背毛尖锐；头部有中额毛 1 对，额瘤毛 3 或 4 对，头背毛 4 对；前胸背板有中、侧、缘毛各 1 对；腹部背片 Ⅰ～Ⅳ 各有中侧毛 5～7 根，缘毛 2 对，背片 Ⅴ 有中侧毛 1 对；背片 Ⅵ 有

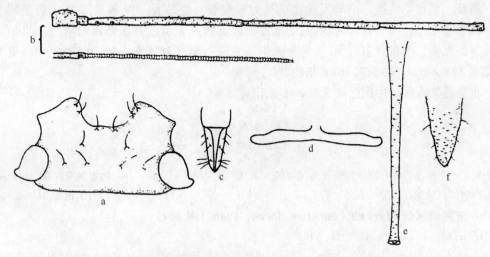

图 293　荨麻小无网蚜 *Microlophium carnosum* （Buckton）

无翅孤雌蚜 （apterous viviparous female）

a. 头部背面观 （dorsal view of head）；b. 触角 （antenna）；c. 喙节 Ⅳ＋Ⅴ （ultimate rostral segment）；

d. 中胸腹岔 （mesosternal furca）；e. 腹管 （siphunculus）；f. 尾片 （cauda）.

中侧毛 3 或 4 根，缘毛 2 对；背片Ⅶ有中毛 1 对，缘毛 1 对；背片Ⅷ有毛 6 或 7 根；头顶毛长 0.07mm，为触角节Ⅲ基宽的 1.10 倍，腹部背片Ⅰ毛长 0.04mm，背片Ⅷ毛长 0.06mm。中额不隆，额瘤隆起外倾，呈"U"形。触角 6 节，细长，有瓦纹，全长 4.91mm，为体长的 1.40 倍；节Ⅲ长 1.14mm，节Ⅰ～Ⅵ长度比例：14：6：100：87：69：21＋133；节Ⅰ～Ⅵ毛数：11～13 根，4～6 根，27～33 根，17～22 根，9～13 根，（4 或 5）＋（14～18）根，末节鞭部顶端有毛 4 根，节Ⅲ毛长为该节最宽直径的 0.43 倍，节Ⅲ有小圆形次生感觉圈 2 或 3 个，位于基部膨大部分。喙节Ⅰ、Ⅱ有微刺突形成纵纹，端部超过中足基节，节Ⅳ＋Ⅴ楔状，全长 0.14mm，为基宽的 2.00 倍，为后足跗节Ⅱ的 1.20 倍；有原生毛 3 对，有次生毛 2 或 3 对。足股节端部有瓦纹，胫节光滑；后足股节长 1.51mm，为触角节Ⅲ的 1.30 倍；后足胫节长 2.97mm，为体长的 0.82 倍；跗节Ⅰ毛序：3，3，3。腹管长锥状，端部渐细，顶端突膨大，有明显瓦纹，端部有 2 或 3 行横瓦纹，长 0.98mm，为尾片的 2.50 倍，为体长的 0.27 倍。尾片长锥形，布满粗刺突，长 0.39mm，有毛 6～8 根。尾板末端圆形，有长短毛 15～26 根。生殖板椭圆形，有毛 12～14 根。

生物学　寄主植物为荨麻 *Urtica fissa* 及荨麻属杂草。在叶片反面取食。

分布　辽宁、河北、四川、云南、甘肃、宁夏、新疆；蒙古国，日本，美国，加拿大，欧洲。

98. 冠蚜属 *Myzaphis* van der Goot, 1913

Myzaphis van der Goot, 1913：96. **Type species**：*Aphis rosarum* Kaltenbach, 1843.

Francoa del Guercio, 1916：197.

Myzaphis van der Goot：Miyazaki, 1971：88；Zhang *et* Zhong, 1983：279；Remaudière *et* Remaudière, 1997：123；Zhang, 1999：446.

属征　额瘤不发达，中额发达，呈长方形突起。喙节Ⅳ＋Ⅴ等于或长于后足跗节Ⅱ。跗节Ⅰ毛序：5，5，5。腹管长于尾片。腹部背片光滑。有翅孤雌蚜触角节Ⅲ短于节Ⅳ、Ⅴ之和，节Ⅲ最多有 20 个扁平次生感觉圈。腹部背片有小抹刀状刚毛。取食委陵菜属 *Potentilla*、蔷薇属 *Rosa* 植物。

世界已知 8 种，中国已知 3 种，本志记述 2 种。

种 检 索 表
（无翅孤雌蚜）

1. 中胸腹岔无柄或两臂分离；腹管长为尾片的 3.10 倍 ┄┄┄┄┄┄┄┄┄ **布克汤冠蚜** *M. bucktoni*

中胸腹岔有短柄；腹管长为尾片的 1.70 倍 ┄┄┄┄┄┄┄┄┄┄┄┄ **月季冠蚜** *M. rosarum*

（261）布克汤冠蚜 *Myzaphis bucktoni* Jacob, 1946（图 294）

Myzaphis bucktoni Jacob, 1946：110.

Myzaphis bucktoni Jacob：Zhang *et* Liu, 1986：240；Remaudière *et* Remaudière, 1997：123；Zhang, 1999：446.

特征记述

无翅孤雌蚜　体椭圆形，体长 1.50mm，体宽 0.64mm。活体淡黄色。玻片标本淡色，无斑纹。触角、喙、足、腹管及生殖板淡色；喙顶端黑色；尾片、尾板灰黑色。体表粗糙，布满"C"形纹，腹部腹面光滑，背片Ⅵ、Ⅶ侧缘域有菊花形纹。气门不规则形，气门片淡色。节间斑不明显。中胸腹岔淡色，无柄或两臂分离，各臂横长0.10mm，为触角节Ⅲ的0.53倍。体背毛粗，钉状，长短不等，腹部腹面毛短小尖锐，长为背毛的1/3；头部有中额长毛1对，额瘤毛1对，头背4对，头顶腹面有长钝顶毛2对；前胸背板有中侧毛各1对；中、后胸背板各有中侧毛3对，缘毛2对；腹部背片Ⅰ～Ⅳ各有中侧毛3对，背片Ⅴ有中侧毛2对，背片Ⅵ有中侧毛1对，背片Ⅶ有中侧毛2对，背片Ⅰ～Ⅶ各有缘毛2对，有时3对，背片Ⅷ有毛2对；头顶毛长0.06mm，为触角节Ⅲ最宽直径的2.70倍，头背前部1对毛长0.06mm，后2对毛长0.13mm，腹部背片Ⅰ～Ⅶ长毛长0.03mm，短毛长0.01mm，背片Ⅷ毛长0.02mm。中额隆起，呈圆冠状，长于额瘤；额瘤微隆外倾。触角6节，节Ⅰ顶端突出，各节有瓦纹；全长0.55mm，为体长的0.37倍，节Ⅲ长0.16mm，节Ⅰ～Ⅵ长度比例：27：23：100：36：40：44＋59；触角毛粗短，钝顶，节Ⅵ毛尖锐，节Ⅰ～Ⅵ毛数：6或7根，4或5

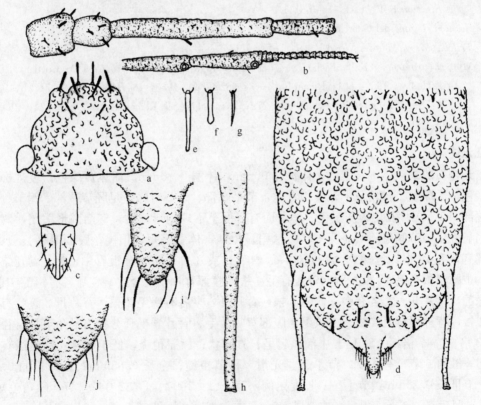

图294 布克汤冠蚜 *Myzaphis bucktoni* Jacob

无翅孤雌蚜（apterous viviparous female）

a. 头部背面观（dorsal view of head）；b. 触角（antenna）；c. 喙节Ⅳ＋Ⅴ（ultimate rostral segment）；
d. 腹部背面观（背片Ⅱ～Ⅶ背毛省略）（dorsal view of abdomen, not showing dorsal hairs on abdominal
tergites Ⅱ～Ⅶ omitted）；e. 头顶毛（cephalic hair）；f. 体背毛（dorsal hair of body）；g. 腹部腹面毛
（ventral hair of abdomen）；h. 腹管（siphunculus）；i. 尾片（cauda）；j. 尾板（anal plate）.

根，3 或 4 根，2 根，2 或 3 根，3+0 根；末节鞭部顶端有短尖毛 4 根，节 Ⅲ 长毛长 0.01mm，为该节中宽的 0.43 倍。喙端部达中足基节，节 Ⅳ+Ⅴ 宽楔状，两侧凸起，长 0.08mm，为基宽的 1.50 倍，与后足跗节 Ⅱ 约等长，有原生毛 3 对，次生毛 2 对。足光滑，股节及胫节内缘毛钝顶，胫节外缘毛短粗尖锐；后足股节长 0.29mm，为触角节 Ⅲ 的 1.70 倍；后足胫节长 0.48mm，为体长的 0.32 倍，胫节长毛长 0.02mm，为该节最宽直径的 0.66 倍；跗节 Ⅰ 毛序：5，5，5。腹管长管状，不膨大，弯曲，有淡色瓦纹，缘突不明显，长 0.37mm，为体长的 0.25 倍，为尾片的 3.10 倍。尾片宽锥状，有粗刺突组成瓦纹，有长毛 6 根。尾板末端圆形，顶端尖锐，有毛 10 根。生殖板圆形，前部有粗短尖顶毛 1 对，末端有粗短钝顶毛 2 对。

生物学 寄主植物为刺梅。在叶片背面取食，数量较少。国外记载寄主植物为多毛蔷薇、毛绒蔷薇和犬蔷薇等蔷薇属 *Rosa* 植物。

分布 辽宁（本溪）；蒙古国，美国，欧洲。

（262）月季冠蚜 *Myzaphis rosarum*（Kaltenbach，1843）（图 295）

Aphis rosarum Kaltenbach，1843：101.

Francoa elegans del Guercio，1916：197.

Trilobaphis rhodolestes Wood-Baker，1943：121.

Myzaphis rosarum（Kaltenbach）：van der Goot，1913：96；Jacob，1946：110；Cottier，1953：141；Heinze，1960：801；Richards，1963：682；Tao，1963：164；Tao，1966：7；Miyazaki，1971：88；Zhang *et* Zhong，1983：279；Remaudière *et* Remaudière，1997：124；Zhang，1999：446.

特征记述

无翅孤雌蚜 体细长卵形，体长 2.00mm，体宽 0.85mm。活体黄绿色。玻片标本体淡色，无斑纹。触角节 Ⅰ、Ⅱ 稍骨化，节 Ⅴ 端部、节 Ⅵ、喙、足胫节端部、跗节、腹管端部 2/5、尾片及尾板灰黑色。体背面有肾形至不规则形刻纹。气门圆形关闭，气门片稍显骨化。节间斑不明显。中胸腹岔稍显短柄。体背毛短，顶钝，腹面毛稍长顶尖；头部有背毛 14 根，包括中额毛 1 对，额瘤毛 2 或 3 对；前胸背板有中、侧、缘毛各 1 对，中胸背板有毛 10 根，后胸背板有毛 4 根；腹部背片 Ⅰ 及背片 Ⅵ、Ⅶ 各有短毛 4 根，缺缘毛，背片 Ⅱ～Ⅴ 各有中、侧毛 2 根，背片 Ⅱ、Ⅴ 各有缘毛 2 根，背片 Ⅲ、Ⅳ 各有缘毛 4 根，背片 Ⅷ 有毛 4 根；头顶毛、腹部背片 Ⅰ 毛、背片 Ⅷ 毛长分别为触角节 Ⅲ 直径的 0.83 倍、0.17 倍、0.83 倍。中额隆起呈长方瘤状；额瘤稍隆，低于中额，额上缘有小突起。触角 6 节，有瓦纹，节 Ⅰ、Ⅱ 光滑，鞭节粗糙；全长 0.85mm，为体长的 0.42 倍；节 Ⅲ 长 0.25mm，节 Ⅰ～Ⅵ 长度比例：25：21：100：56：52：41+47；触角毛短，节 Ⅰ～Ⅵ 毛数：6 或 7 根，4 或 5 根，5～8 根，4～6 根，4 或 5 根，（1～3）+（0 或 1）根，节 Ⅲ 毛长为该节直径的 0.33 倍。喙端部达中足基节，节 Ⅳ+Ⅴ 粗短，长 0.09mm，为基宽的 1.60 倍，为后足跗节 Ⅱ 的 0.77 倍；有原生刚毛 2 对，次生刚毛 2 对。后足股节有不明显瓦纹，长 0.49mm，约等于或稍长于触角节 Ⅲ～Ⅴ 之和；后足胫节长 0.76mm，为体长的 0.37 倍，毛长为该节直径的 0.48 倍；跗节 Ⅰ 毛序：5，5，5。腹管长筒形，端部 1/3 膨大，顶端稍收缩，微显瓦纹，有缘突和切迹；长 0.43mm，为体长的 0.21 倍，为尾片的 1.70 倍。尾片短圆锥状，有微刺突构成横瓦纹，两缘有小刺突，长 0.25mm，有毛 5 或 6 根。尾板末端圆形，有毛 8～10 根。生殖板淡色。

有翅孤雌蚜　体长 1.80mm，体宽 0.64mm。玻片标本头部、胸部骨化灰黑色，腹部淡色，有黑斑。触角、喙、足灰黑色，腹管及尾片骨化深色。腹部背片 Ⅰ～Ⅵ 各有大缘斑 1 个，背片 Ⅰ～Ⅷ 各中侧斑愈合为横带，背片 Ⅱ～Ⅴ 横带稍相连。头部、胸部背片有皱纹，腹部背斑有刻点瓦纹。气门圆形开放，气门片隆起，骨化灰黑色。节间斑不明显。体背毛短尖，腹面毛长于体背毛的 2.00 倍；头部有背毛 12 根；前胸背板有毛 6 根，中胸背板有毛 12 根、后胸背板有毛 6 根；腹部背片 Ⅰ～Ⅷ 各有短毛 4～6 根。中额甚隆起，稍高于额瘤。触角 6 节，全长 1.20mm，为体长的 0.65 倍；节Ⅲ长 0.41mm，节Ⅰ～Ⅵ长度比例：14：13：100：51：42：29＋37；节Ⅰ～Ⅵ毛数：6～8 根，4 或 5 根，11～13 根，6～8 根，（2～5）＋（0～2）根；节Ⅲ有次生感觉圈 9～21 个，分散于全长。后足股节长 0.54mm；后足胫节长 0.96mm；跗节Ⅰ毛序：5，5，5。翅脉正常。腹管长 0.26mm。尾片长 0.14mm，有毛 5 或 6 根。生殖板有短毛 6 根。其他特征与无翅孤雌蚜相似。

生物学　寄主植物为月季 *Rosa chinensis*、玫瑰 *R. rugosa* 等蔷薇属植物。在嫩梢、叶片、花蕾及嫩茎上取食。国外记载其次生寄主为委陵菜属植物 *Potentilla*。为害幼叶。

分布　内蒙古（赤峰）、辽宁（沈阳）、北京、贵州、云南、甘肃、青海、新疆；俄罗斯，日本，新西兰，美国，加拿大，欧洲。

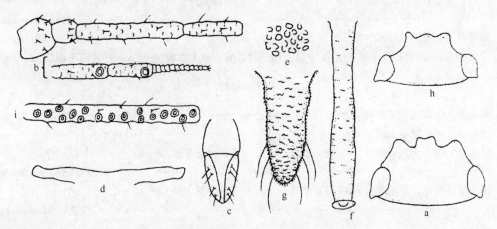

图 295　月季冠蚜 *Myzaphis rosarum* (Kaltenbach)

无翅孤雌蚜（apterous viviparous female）

a. 头部背面观 (dorsal view of head)；b. 触角 (antenna)；c. 喙节Ⅳ＋Ⅴ (ultimate rostral segment)；

d. 中胸腹岔 (mesosternal furca)；e. 腹部背斑纹 (dorsal scleroite of abdomen)；f. 腹管 (siphunculus)；

g. 尾片 (cauda)。

有翅孤雌蚜（alate viviparous female）

h. 头部背面观 (dorsal view of head)；i. 触角节Ⅲ (antennal segment Ⅲ)。

99. 瘤蚜属 *Myzus* Passerini, 1860

Myzus Passerini, 1860：27. **Type species**：*Aphis cerasi* Fabricius, 1775.

Myzoides van der Goot, 1913：84.

Prunomyzus Hille Ris Lambers *et* Rogerson, 1946：105.

Spinaspidaphis Heinze, 1961：24.

Myzus Passerini：Miyazaki, 1971：116；Zhang *et* Zhong, 1983：304；Remaudière *et* Remaudière, 1997：124；Zhang, 1999：448；Lee *et al*., 2002：161.

属征　头部粗糙，额瘤显著，高于中额。无翅孤雌蚜触角无次生感觉圈，有翅孤雌蚜触角节Ⅲ或节Ⅳ、Ⅴ有圆形次生感觉圈。有翅孤雌蚜腹部背片节Ⅲ～Ⅴ各有1个大黑斑。腹管管状或稍膨大。尾片圆锥形，有毛4～8根。寄主植物广泛。

世界已知63种，中国已知20种，本志记述5种。

种 检 索 表
（无翅孤雌蚜）

1. 腹管淡色；头顶毛长等于或几乎等于触角节Ⅲ中宽 ……………………………… 杏瘤蚜 *M. mumecola*
   腹管顶端稍深色至黑色；头顶毛长至多为触角节Ⅲ中宽的2/3 ………………………………… 2
2. 触角末节鞭部长为节Ⅲ的0.80倍；腹管长为尾片的1.80倍 ……………… 莴苣瘤蚜 *M. lactucicola*
   触角末节鞭部长于节Ⅲ；腹管长于尾片的2.30倍 ……………………………………………… 3
3. 触角原生感觉圈附近及节Ⅵ端半部黑色；末节鞭部长为节Ⅲ的1.10倍；喙节Ⅳ＋Ⅴ与后足跗节Ⅱ等长；腹管长为体长的0.20倍，为尾片的2.30倍；腹部背片Ⅶ、Ⅷ有小中瘤 ………………………………………………………………………………………………… 桃蚜 *M. persicae*
   触角各关节处黑色；末节鞭部长于节Ⅲ的1.20倍；喙节Ⅳ＋Ⅴ长为后足跗节Ⅱ的1.20倍；腹管长于体长的0.24倍，长于尾片的2.50倍；腹部背片Ⅶ、Ⅷ无中瘤 ……… 黄药子瘤蚜 *M. varians*

（有翅孤雌蚜）

1. 触角节Ⅳ通常无次生感觉圈 ………………………………………………………… 桃蚜 *M. persicae*
   触角节Ⅳ有次生感觉圈 ……………………………………………………………………………… 2
2. 触角节Ⅵ鞭部长为基部的5.74倍；节Ⅲ～Ⅴ分别有次生感觉圈59～65个，36个，22个…………
   …………………………………………………………………………………… 穆沙瘤蚜 *M. mushaensis*
   触角节Ⅵ鞭部长为基部的3.11倍；节Ⅲ～Ⅴ分别有次生感觉圈28～38个，9～12个，0个………
   …………………………………………………………………………………… 杏瘤蚜 *M. mumecola*

(263) 莴苣瘤蚜 *Myzus lactucicola* Takahashi, 1934 （图296）

Myzus lactucicola Takahashi, 1934：245.

Myzus lactucicola Takahashi：Takahashi, 1965：50；Miyazaki, 1971：125；Zhang *et al*., 1987：459；Remaudière *et* Remaudière, 1997：127.

特征记述

无翅孤雌蚜　体椭圆形，体长1.72mm，体宽0.81mm。活体淡黄色或绿色。玻片标本头部淡色，前胸背板缘域褐色，中胸背板深褐色，后胸背板与腹部背片Ⅰ～Ⅶ愈合为黑色背大斑，腹部背片Ⅷ深褐色；腹部各节外缘有时稍淡色。触角淡色，节Ⅳ、Ⅴ端部褐色；喙节Ⅰ、Ⅱ淡色，节Ⅲ～Ⅴ淡褐色，顶端黑色；足淡色，跗节黑色；腹管淡色，顶端褐色；尾片、尾板及生殖板深褐色。体表粗糙，头部背腹面布满明显的小圆形突起，胸部背板、腹部背片有细微网纹，胸部腹面各足基节处有明显瓦纹，腹部腹面有横瓦纹和网纹。缘瘤极小，馒头状，透明；前胸背板有缘瘤1对，腹部各节有时有缘瘤，腹部背片Ⅷ有中瘤1对，各瘤直径均大于毛基，稍小于复眼小眼面。气门圆形关闭，气门片黑色。节间斑不明显。中胸腹岔淡色，有短柄，横长0.27mm，与触角节Ⅳ约等长。体毛背粗短，钝顶，腹部腹面毛尖锐，长为背毛的5.00倍；腹部背片Ⅰ～Ⅶ背毛短于毛基直径；头部有中额毛1对，额瘤毛2或3对，背毛4对；前胸背板有中、侧、缘毛各1对；腹部背片Ⅰ～Ⅵ各有中侧毛2对，有时3对，缘毛2或3对，有时1对；背片Ⅶ有中、缘毛各1对，背片Ⅷ有毛2对；头顶毛长0.005mm，腹部背片Ⅰ毛长0.003mm，背片Ⅷ毛长0.008mm，分别为触角节Ⅲ直径的0.18倍、0.11倍、0.29倍。中额微隆，额瘤显著，内缘圆形，内倾。触角6节，粗糙，有明显瓦纹，全长1.50mm，为体长的0.87倍；节Ⅲ长0.45mm；节Ⅰ～Ⅵ长度比例：14∶13∶100∶60∶43∶27+80；触角毛粗，短小，节Ⅰ～Ⅵ毛数：5或6根，4根，12根，5～8根，6或7根，（3或4）+（2或3）根，节Ⅲ毛长0.007mm，为该节直径的0.25倍。喙端部达中足基节，节Ⅳ+Ⅴ楔状，长0.08mm，为基宽的2.00倍，为后足跗节Ⅱ的0.87倍；有原生毛3对，次生毛1对。足基节及股节端半部有瓦纹；后足股节长0.53mm，为触角节Ⅲ的1.20倍；后足胫节长0.91mm，为体长的0.53倍，后足胫节毛长0.024mm，为该节最大直径的0.70倍；跗节Ⅰ毛序：3，3，2。腹管长管状，有微瓦

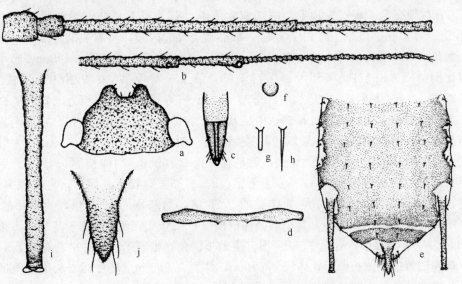

图296　莴苣瘤蚜 *Myzus lactucicola* Takahashi
无翅孤雌蚜（apterous viviparous female）
a. 头部背面观（dorsal view of head）；b. 触角（antenna）；c. 喙节Ⅳ+Ⅴ（ultimate rostral segment）；
d. 中胸腹岔（mesosternal furca）；e. 腹部背面观（dorsal view of abdomen）；f. 腹部背片Ⅷ背瘤（dorsal tubercle on abdominal tergite Ⅷ）；g. 体背毛（dorsal hair of body）；h. 体腹面毛（ventral hair of body）；i. 腹管（siphunculus）；j. 尾片（cauda）。

纹，有缘突和切迹，长 0.38mm，为体长的 0.22 倍，为尾片的 1.80 倍。尾片锥状，长 0.21mm，有微刺突组成横纹，有长毛 6 根。尾板末端圆形，有毛 20 根。生殖板帽状，有短钝毛 12 根。

生物学　寄主为莴苣属植物 *Lactuca* spp.。

分布　辽宁（抚顺）；朝鲜半岛，日本。

(264) 杏瘤蚜 *Myzus mumecola* (Matsumura, 1917) (图 297)

Macrosiphum mumecola Matsumura，1917：399.

Myzus umecola Shinji，1924：368.

Myzus mumecola (Matsumura)：Holi，1929：97；Shinji，1941：946；Shinji，1944：530；Takahashi，1965：62；Miyazaki，1971：127；Zhang *et* Zhong，1983：309；Remaudière *et* Remaudière，1997：126；Zhang，1999：454.

特征记述

无翅孤雌蚜　体卵圆形，体长 2.40mm，体宽 1.30mm。活体淡绿色。玻片标本淡色，头顶、触角节Ⅵ及足跗节灰黑色，喙、足胫节、尾片及尾板稍骨化灰色。头部背面有很多圆形微突起，前、中胸背板有微突起构成瓦纹，后胸背板及腹部背片Ⅰ～Ⅵ有不规则微曲纹；背片Ⅶ、Ⅷ有明显粒状突起构成瓦纹。气门圆形关闭，气门片淡色。节间斑不明显。中胸腹岔有短柄。体毛稍长尖锐；头部有中额毛 2 根，额瘤毛 4 或 5 对，头背毛 8 根；前胸背板有中、侧、缘毛各 2 根，中胸背板有中毛 6 根，侧、缘毛各 4 根；后胸背板有中、侧、缘毛各 4 根；腹部背片Ⅰ～Ⅵ有中、侧、缘毛各 4 根；背片Ⅶ有毛 6 根，背片Ⅷ有毛 4 根；头顶毛、腹部背片Ⅰ毛、背片Ⅷ毛长分别为触角节Ⅲ直径的 0.95 倍、0.49 倍、0.62 倍。中额稍隆，额瘤显著隆起内倾，额瘤顶端有多个小圆形突起。触角 6 节，有瓦纹，全长 1.50mm，为体长的 0.63 倍；节Ⅲ长 0.48mm；节Ⅰ～Ⅵ长度比例：15：12：100：58：44：24＋65；节Ⅰ～Ⅵ毛数：9 或 10 根，4 或 5 根，20～27 根，10～18 根，7～9 根，(2 或 3)＋(1～5) 根，节Ⅲ毛长为该节直径的 0.49 倍；原生感觉圈无睫。喙短，端部达中足基节；节Ⅳ＋Ⅴ长为基宽的 2.30 倍，为后足跗节Ⅱ的 1.30 倍；有原生刚毛 2 对，次生刚毛 3 对。后足股节长 0.61mm，为触角节Ⅲ的 1.30 倍，端部外缘有微圆突纹；后足胫节长 1.10mm，为体长的 0.46 倍，后足胫节毛长为该节中宽的 0.92 倍；跗节Ⅰ毛序：3，3，3。腹管长圆筒形，有微刺突瓦纹，缘突、切迹明显；长 0.61mm，为体长的 0.25 倍，为基宽的 7.00 倍，为尾片的 3.00 倍。尾片短圆锥状，末端钝，有小刺突构成横纹；长 0.23mm，不长于基宽，有长曲毛 6～8 根。尾板半圆形，有毛 12～14 根。生殖板淡色，半圆形，末端平，有短毛 16 根。

有翅孤雌蚜　体长卵形，体长 2.60mm，体宽 0.96mm。玻片标本头部、胸部骨化黑色；腹部淡色，有明显黑斑。触角、喙节Ⅲ～Ⅴ、腹管、足基节、转节、股节端部 3/4、胫节端部 1/4 及基部、跗节、生殖板黑色，其他部分淡色。腹部背片Ⅳ～Ⅵ中、侧斑愈合为 1 个大方斑，背片Ⅰ、Ⅱ有大圆形缘斑 1 个，中斑缺，侧斑断续分散；背片Ⅲ、Ⅳ各有大缘斑 1 个；腹管后斑大，前斑缺；背片Ⅶ、Ⅷ各有 1 个横带，背片Ⅷ背斑灰色。气门圆形半开放，气门片黑色。头部有背毛 18 根；中胸背板有中、侧毛 10 根，缺缘毛；后胸背板有中、侧毛 6 根；腹部背片Ⅰ～Ⅲ各有中毛 4 根、侧毛 2 根，背片Ⅰ

有缘毛2根，背片Ⅱ、Ⅲ各有缘毛4根；背片Ⅳ、Ⅴ各有中毛2根，侧毛、缘毛各4根；背片Ⅵ有中、侧、缘毛各4根；背片Ⅶ、Ⅷ各有毛6根。触角6节，全长1.90mm，为体长的0.73倍；节Ⅲ长0.51mm，节Ⅰ～Ⅵ长度比例：15∶11∶100∶76∶54∶27+84；节Ⅲ、Ⅳ分别有次生感觉圈：28～38个、9～12个。喙节Ⅳ+Ⅴ有次生刚毛4对。尾片短圆锥形。腹管长筒状，长0.44mm，为尾片的3.20倍。尾板末端稍平。生殖板有12～14根短毛和2根长毛。其他特征与无翅孤雌蚜相似。

生物学 寄主植物为杏 *Armeniaca vulgaris*，国外记载也为害梅 *A. mume*。一般在幼叶背面取食，使叶片向反面纵卷。

分布 内蒙古（赤峰）、辽宁（沈阳、铁岭）、黑龙江、北京、河北、甘肃；俄罗斯，日本。

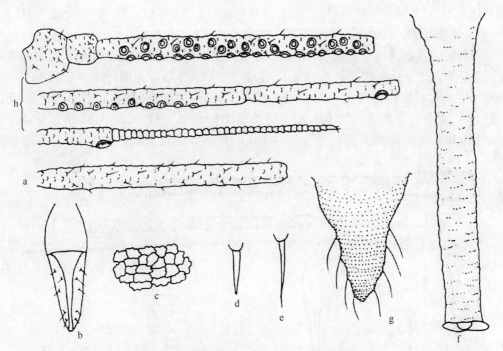

图 297　杏瘤蚜 *Myzus mumecola*（Matsumura）

无翅孤雌蚜（apterous viviparous female）

a. 触角节Ⅲ（antennal segment Ⅲ）; b. 喙节Ⅳ+Ⅴ（ultimate rostral segment）; c. 体背网纹（dorsal polygonal reticulations）; d. 体背毛（dorsal hair of body）; e. 体腹面毛（ventral hair of body）; f. 腹管（siphunculus）; g. 尾片（cauda）。

有翅孤雌蚜（alate viviparous female）

h. 触角（antenna）。

(265) 穆沙瘤蚜 *Myzus mushaensis* Takahashi, 1931（图 298）

Myzus mushaensis Takahashi, 1931: 67.

Myzus mushaensis Takahashi: Moritsu, 1947: 46; Takahashi, 1965: 64; Miyazaki, 1971: 126; Remaudière *et* Remaudière, 1997: 126; Lee *et al.*, 2002: 165.

特征记述

　　有翅孤雌蚜　体椭圆形，体长 1.95mm，体宽 0.95mm。活体绿色。玻片标本头部、胸部褐色，腹部淡色，腹部背片Ⅰ、Ⅱ缘斑褐色。触角节Ⅰ、Ⅱ深褐色，节Ⅲ～Ⅵ黑色，喙节Ⅰ、Ⅱ淡色，节Ⅲ～Ⅴ深褐色，顶端黑色；足褐色，股节端部、胫节端部及跗节黑色，尾片及尾板褐色，腹管及生殖板淡色。体表光滑，头顶有刺突瓦纹。气门圆形关闭，气门片淡色。节间斑不明显。体背毛极短，钝顶，腹部腹面毛尖锐，长为背毛的 2.00～3.00 倍；头部有中额毛 1 对，额瘤毛 3 对，头背毛 4 对；腹部背片Ⅰ有中、缘毛各 1 对；背片Ⅷ有毛 2 对；头顶毛长 0.013mm，腹部背毛长 0.005mm，分别为触角节Ⅲ中宽的 0.31 倍、0.11 倍。中额隆起，额瘤显著内倾，内缘圆形。触角 6 节，粗糙，有瓦纹，全长 2.43mm，为体长的 1.20 倍，节Ⅲ长 0.57mm，节Ⅰ～Ⅵ长度比例：15：12：100：72：69：23＋132；节Ⅰ～Ⅵ毛数：6 根，3 根，15 根，13 根，8 根，3＋4 根，末节鞭部顶端有毛 3 根，节Ⅲ毛长 0.007mm，为该节中宽的 0.14 倍；节Ⅲ～Ⅴ分别有次生感觉圈 59～65 个、36 个、22 个；原生感觉圈大圆形，有睫。喙端部达中足基节，节Ⅳ＋Ⅴ长楔状，长 0.13mm，为基宽的 2.70 倍，为后足跗节Ⅱ的 1.15 倍；有原生毛 3 对，次生毛 1 对。足粗糙，基节、股节、胫节端部有瓦纹；后足股节长 0.67mm，为触角节Ⅲ的 1.20 倍；中足胫节长 1.61mm，为体长的 0.83 倍，后足胫节基部毛极短，端半部毛长，长毛长 0.03mm，为该节最宽直径的 0.60 倍，为短毛的

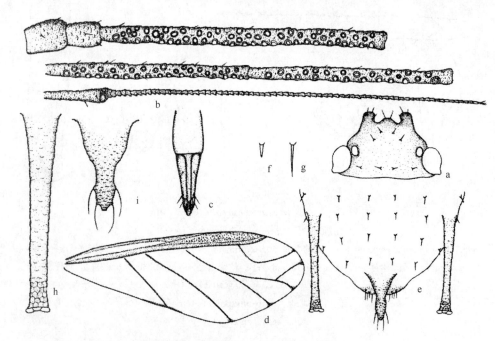

图 298　穆沙瘤蚜 *Myzus mushaensis* Takahashi

有翅孤雌蚜 （alate viviparous female）

a. 头部背面观 (dorsal view of head)；b. 触角 (antenna)；c. 喙节Ⅳ＋Ⅴ (ultimate rostral segment)；
d. 前翅 (fore wing)；e. 腹部背片Ⅴ～Ⅷ (abdominal tergites Ⅴ～Ⅷ)；f. 体背毛 (dorsal hair of body)；
g. 体腹面毛 (ventral hair of body)；h. 腹管 (siphunculus)；i. 尾片 (cauda)。

5.00 倍；跗节 I 毛序：3，3，3。翅脉正常。腹管长管状，端部有网纹 5 或 6 行，其他部分有瓦纹，有缘突和切迹；长 0.38mm，为尾片的 2.10 倍。尾片宽锥状，中部收缩，有粗刺突横纹，长 0.18mm，有长毛 4 根。尾板末端圆形，有细毛 10 根。

生物学　色盘诱集。中国台湾记载的寄主植物为雾社樱花，国外记载为李属植物 *Prunus* spp.。

分布　辽宁（沈阳）、台湾；朝鲜半岛，日本，印度。

（266）桃蚜 *Myzus persicae*（Sulzer, 1776）（图 299）

Aphis persicae Sulzer，1776：105

Myzus persicae（Sulzer）：Hori，1929：99；Shinji，1941：959；Shinji，1944：531；Palmer，1952：340；Cottier，1953：281；Eastop，1958：55；Tao，1963：171；Paik，1965：67；Takahashi，1965：67；Eastop，1966：465；Tao，1967：11；Miyazaki，1971：126；Zhang *et* Zhong，1983：312；Remaudière *et* Remaudière，1997：127；Zhang，1999：456.

特征记述

无翅孤雌蚜　体卵圆形，体长 2.20mm，体宽 0.94mm。活体淡黄绿色、乳白色，有时赭赤色。玻片标本淡色，头部、喙节 IV＋V、触角节 V 和 VI 原生感觉圈前后、节 VI 鞭部端半部、胫节端部 1/4、跗节、腹管顶端、尾片及尾板稍深色。头部表面粗糙、有粒状结构，背中区光滑，侧域粗糙；胸部背板有稀疏弓形纹；腹部背片有横皱纹，有时可见稀疏弓形纹，背片 VII、VIII 有粒状微刺组成的网纹。气门肾形关闭，气门片淡色。中胸腹岔无柄。体背毛粗短，尖锐，长为触角节 III 直径的 1/3～2/3；头部有额瘤毛每侧 4 根，头背毛 8～10 根；前胸背板有毛 8 根，中胸背板有毛 14 根，后胸背板有毛 10 根；腹部背片 I～VIII 毛数：8 根，10 根，8 根，12 根，8 根，6 根，8 根，4 根。中额微隆起，额瘤显著，内缘圆形，内倾。触角 6 节，节 III～VI 有瓦纹；全长 2.10mm，为体长的 0.80 倍；节 III 长 0.50mm，节 I～VI 长度比例：24：16：100：80：64：30＋108；节 I～VI 毛数：5 根，3 根，16 根，11 根，5 根，3＋0 根，节 III 毛长为该节直径的 1/4～1/3。喙端部达中足基节，节 IV＋V 长为基宽的 1.60～1.80 倍，为后足跗节 II 的 0.92～1.00 倍。后足股节长 0.73mm，为触角节 III 的 1.50 倍。后足胫节长 1.30mm，为体长的 0.59 倍，毛长为该节直径的 0.70 倍；股节端半部及跗节有瓦纹；跗 I 毛序：3，3，2。腹管圆筒形，向端部渐细，有瓦纹，端部有缘突；长 0.53mm，为体长的 0.20 倍，为尾片的 2.30 倍，稍长于触角节 III，与节 VI 鞭部等长。尾片圆锥形，近端部 2/3 收缩，有曲毛 6 或 7 根。尾板末端圆形，有毛 8～10 根。生殖板有短毛 16 根。

以上记述的是在夏寄主上的无翅孤雌蚜，而春季在桃树上的个体体毛稍长；腹管稍短，亚端部无膨大，腹部节 I～V 常有小缘瘤各 1 对，背片 VII、VIII 小中瘤更明显。体黄绿色，有翠绿色背中线和侧横带。

有翅孤雌蚜　体长 2.20mm，体宽 0.94mm。活体头部、胸部黑色，腹部淡绿色。玻片标本头部、胸部、触角、喙、股节端部 1/2、胫节端部 1/5、跗节、翅脉、腹部横带和斑纹、气门片、腹管、尾片、尾板和生殖板灰黑色至黑色，其他部分淡色。腹部背片 I 有 1 行零星狭小横斑，背片 II 有 1 个背中窄横带，背片 III～VI 各横带融合为 1 个背中大斑，背片 VII、VIII 各有 1 个背中横带；背片 II、IV 各有大缘斑 1 对；腹管前斑窄小，

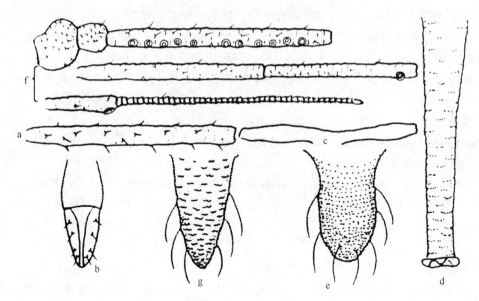

图 299　桃蚜 *Myzus persicae*（Sulzer）

无翅孤雌蚜（apterous viviparous female）

a. 触角节Ⅲ（antennal segment Ⅲ）；b. 喙节Ⅳ＋Ⅴ（ultimate rostral segment）；c. 中胸腹岔
（mesosternal furca）；d. 腹管（siphunculus）；e. 尾片（cauda）。

有翅孤雌蚜（alate viviparous female）

f. 触角（antenna）；g. 尾片（cauda）。

腹管后斑大并与背片Ⅷ横带相接。背片Ⅷ背中有 1 对小中瘤。节间斑明显。触角 6 节，全长 2.00mm，为体长的 0.78～0.96 倍；节Ⅲ长 0.46mm，节Ⅰ～Ⅵ长度比例：20：16：100：83：67：31＋110；节Ⅲ有小圆形次生感觉圈 9～11 个，在全长外缘排成 1 行。后足股节长 0.66mm，为触角节Ⅲ的 1.40 倍；后足胫节长 1.30mm，为体长的 0.59 倍，毛长为该节直径的 0.69 倍。腹管长 0.45mm，为体长的 0.20 倍，约等于或稍短于触角节Ⅲ。尾片长为腹管的 0.47 倍，有曲毛 6 根。尾板有毛 7～16 根。其他特征与无翅孤雌蚜相似。

生物学　寄主植物为桃 *Amygdalus persica*、李 *Prunus salicina*、杏 *Armeniaca vulgaris*、萝卜 *Raphanus sativus*、白菜 *Brassica rapa* var. *glabra*、辣椒 *Capsicum annuum*、茄 *Solanum melongena*、苋菜 *Amaranthus tricolor*、花生 *Arachis hypogaea*、燕麦 *Avena sativa*、菘蓝（板蓝根）*Isatis indigotica*、岩白菜（温室）*Bergenia purpurascens*、鸡冠花 *Celosia cristata*、毛叶木瓜（木本藤）*Chaenomeles cathayensis*、茼蒿 *Chrysanthemum coronarium* 叶、刺菜 *Cirsium* sp.、蜡梅（蜡梅）*Chimonathus praecox*、山楂树 *Crataegus pinnatifida*、曼陀罗（蔓陀螺）*Datura stramonium*、大豆 *Glycine max*、指甲花 *Impatiens* spp.、牵牛（喇叭花）*Ipomoea nil*、苦荬菜 *Ixeris polycephala*、莴笋 *Lactuca sativa*、独行菜 *Lepidium apetalum*、番茄（西红柿）*Lycopersicon esculentum*、天女木兰 *Magnolia sieboldii*、山荆子（山定子）*Malus baccata*、白兰 *Michelia alba*、列当（温室）*Orobanche coerulescens*、人参 *Panax ginseng*、

红蓼（东方蓼）*Polygonum orientale*、月季 *Rosa chinensis*、瓜叶菊（温室）*Senecio cineraria*、芝麻 *Sesamum indicum*、白芥 *Sinapis alba*、龙葵 *Solanum nigrum*、马铃薯 *Solanum tuberosum*、高粱 *Sorghum bicolor*、丁香 *Syringa oblata*、夜来香 *Telosma cordata*、大果榆（黄榆）*Ulmus macrocarpa*、鸡树条（鸡树条荚迷）*Viburnum opulus*。其他地区记载的寄主植物有甘蓝 *Brassica oleracea* var. *capitata*、芸薹（油菜）*Brassica rapa* var. *oleifera*、芥菜 *Brassica juncea*、芜青 *Brassica rapa*、花椰菜 *Brassica oleracea* var. *botrytis*、烟草 *Nicotiana tabacum*、枸杞 *Lycium chinense*、棉 *Gossypium* sp.、蜀葵 *Althaea rosea*、甘薯 *Dioscorea esculenta*、蚕豆 *Vicia faba*、南瓜 *Cucurbita moschata*、甜菜 *Beta vulgaris*、厚皮菜 *Beta vulgaris* var. *cicla*、芹菜 *Apium* sp.、茴香 *Foeniculum vulgare*、菠菜 *Spinacia oleracea*、三七 *Panax pseudoginseng* var. *notoginseng* 和大黄 *Ligularia duciformis* 等多种经济植物和杂草。

桃蚜是多食性蚜虫，是桃、李、杏等的重要害虫，幼叶背面受害后向反面横卷或不规则卷缩，使桃叶营养恶化，甚至变黄脱落。蚜虫排泄的蜜露滴在叶片上，诱致煤病，影响桃的产量和品质。桃蚜也是烟草的重要害虫，又名烟蚜，烟株幼嫩部分受害后生长缓慢，甚至停滞，影响烟叶的产量和品质。十字花科蔬菜、油料作物芝麻、油菜及某些中草药常遭受桃蚜的严重为害。温室中多种栽培植物也常严重受害，所以又叫温室蚜虫。桃蚜还能传播农作物多种病毒病。本种是常见多发害虫。桃蚜的重要天敌有异色瓢虫、七星瓢虫、龟纹瓢虫、双带盘瓢虫、六斑月瓢虫、四斑月瓢虫、十三星瓢虫、多异瓢虫、二星瓢虫、狭臀瓢虫、十一星瓢虫、素鞘瓢虫、食蚜斑腹蝇、黑带食蚜蝇、大绿食蚜蝇、普通草蛉、大草蛉、小花蝽、蚜茧蜂和蚜霉菌等，其中以寄生蜂最为重要。

分布　内蒙古（乌兰浩特、扎兰屯）、辽宁（朝阳、海城、辽阳、旅顺、千山、沈阳、铁岭、熊岳、营口）、吉林（公主岭、前郭尔罗斯蒙古族自治县、兴城、左家）、黑龙江（绥化）。中国广布，世界广布。

(267) 黄药子瘤蚜 *Myzus varians* Davidson，1912（图 300）

Myzus varians Davidson，1912：404.

Myzus tropicalis Takahashi，1923：1.

Myzus clematifoliae Shinji，1924：343.

Macrosiphum sumomocola Monzen，1929：202.

Myzus tropicalis Takahashi；Zhang *et* Zhong，1983：315.

Myzus varians Davidson；Miyazaki，1971：126；Zhang *et* Zhong，1983：314；Remaudiére *et* Remaudiére，1997：128；Lee *et al*.，2002：167.

特征记述

无翅孤雌蚜　体卵圆形，体长 2.10mm，体宽 1.10mm。活体蜡白色，触角节间黑色。玻片标本身体淡色，触角节Ⅲ～Ⅵ端部及节Ⅵ感觉圈附近、喙顶端、足跗节及腹管端部 1/6～1/4 黑色。体表光滑，头背面有小圆形突起，中域光滑，腹面有微刺组成横纹；头部、胸部背面微显皱纹，腹管后几节背片有瓦纹。气门不规则形，气门片淡色。节间斑淡色微明显。中胸腹岔有短柄，淡色。体背毛粗短，棒状，腹面毛长约为背毛的 3.00 倍；头部有中额毛 1 对，额瘤毛 3～4 对，头背毛 4 对；前胸背板有中、侧、缘毛各1对，中胸背板有中侧毛3或4对，缘毛1或2对，后胸背板有中侧毛6根，缘毛2～4根；腹部背片Ⅰ～Ⅵ各有中毛4根，缘毛2根，背片Ⅶ、Ⅷ各有刚毛4根；背片Ⅷ毛长0.03mm；头顶毛、腹部背片Ⅰ缘毛、背片Ⅷ毛长分别为触角节Ⅲ直径的0.52倍、0.20倍、0.73倍。中额不明显，额瘤隆起，顶端圆形，内倾。触角6节，细长，节Ⅰ、Ⅱ有小圆形突起，其他节有瓦状纹；全长2.10mm，约等于体长；节Ⅲ长0.47mm，节Ⅰ～Ⅵ长度比例：21：15：100：73：66：（24＋146）；触角毛短，节Ⅰ～Ⅵ毛数：6或7根，4或5根，13～16根，8～10根，4～7根，（2～4）＋（1或2）根；节Ⅲ毛长为该节直径的0.25倍。喙短粗，端部达中足基节，节Ⅳ＋Ⅴ短锥形，顶钝，长为基宽的1.90倍，为后足跗节Ⅱ的1.20倍；有原生刚毛3对，次生刚毛1或2对。足光滑；后足股节长0.56mm，为触角节Ⅲ的1.20倍；后足胫节长1.00mm，为体长的0.49倍，毛长为该节中宽的0.70倍；跗节Ⅰ毛序：3，3，2。腹管长筒形，有微刺突瓦纹，有缘突和切迹；长0.50mm，为体长的0.24倍，为尾片的2.60倍，与触角节Ⅲ约等长。尾片舌状，有小圆突横纹，有长曲毛6或7根。尾板末端圆形，有毛11～15根。生殖板淡色，短毛8～10根。

生物学　寄主植物为黄独（黄药子）*Dioscorea bulbifera*、桃*Amygdalus persica*、山桃*A. davidiana*和大叶铁线莲*Clematis* sp. 等，国外记载为害女萎*C. apiifolia*等铁线莲属植物。在老叶背面及嫩梢为害，被害叶向反面纵卷呈双筒形。

分布　辽宁（北镇、建昌、沈阳）、北京、河北、浙江、山东、台湾；朝鲜，日本，

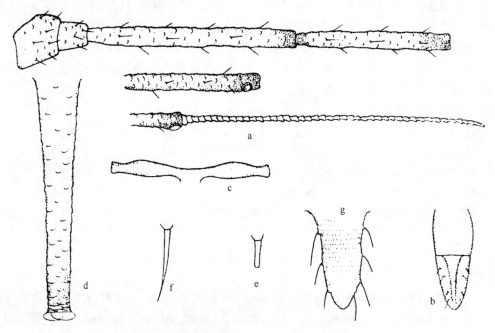

图300　黄药子瘤蚜 *Myzus varians* Davidson

无翅孤雌蚜（apterous viviparous female）

a. 触角（antenna）；b. 喙节Ⅳ＋Ⅴ（ultimate rostral segment）；c. 中胸腹岔（mesosternal furca）；d. 腹管（siphunculus）；e. 体背毛（dorsal hair of body）；f. 体腹面毛（ventral hair of body）；g. 尾片（cauda）。

美国，欧洲。

100. 新弓翅蚜属 *Neotoxoptera* Theobald，1915

Neotoxoptera Theobald，1915：31. **Type species**：*Neotoxoptera violae* Theobald，1915 nec Pergande，1900 = *Micromyzus oliveri* Essig，1935.

Indoidiopterus Chakrabarti *et al*.，1972：387.

Neotoxoptera Theobald：Miyazaki，1971：133；Zhang *et* Zhong，1983：303；Remaudière *et* Remaudière，1997：133；Zhang，1999：459；Lee *et al*.，2002：170.

属征　头部粗糙，额瘤发达，向前突出呈"凹"形。中额稍隆起。有翅孤雌蚜触角节Ⅲ～Ⅴ有突出的次生感觉圈。翅脉明显镶黑边。胫节有蜡孔。腹管管状，平滑，近中部膨大，两端稍小。尾片圆锥形。寄主植物有百合科 Liliaceae 的葱 *Allium fistulosum*、山韭 *A. senescens*，堇菜科 Violaceae 的堇菜 *Viola verecunda* 和石竹科 Caryophyllaceae 的繁缕 *Stellaria media* 等。

世界已知 8 种，中国已知 4 种，本志记述 1 种。

(268) 葱蚜 *Neotoxoptera formosana*（Takahashi，1921）（图 301）

Fullawayella formosana Takahashi，1921：29.

Micromyzus alliumcepa Essig，1936：72.

Micromyzus fuscus Richards，1956：203.

Neotoxoptera formosana（Takahashi）：Miyazaki，1971：133；Zhang *et* Zhong，1983：303；Remaudière *et* Remaudière，1997：133；Lee *et al*.，2002：171.

特征记述

无翅孤雌蚜　体卵圆形，体长 2.00mm，体宽 1.10mm。活体黑色或黑褐色，有光泽。玻片标本头部及前胸骨化黑色；中胸背板有侧斑及缘斑；腹部淡色，无缘斑，背片Ⅶ、Ⅷ各有 1 个横带。触角节Ⅰ、Ⅱ、Ⅵ及节Ⅲ～Ⅴ端部、足基节、股节端部 3/4、胫节端部及跗节黑；喙节Ⅳ＋Ⅴ、尾片后半部、尾板、生殖板灰色；腹管淡色。体表有淡色大型网纹，头部背面有粗刻点横纹，体背斑上有小刺突瓦纹。气门三角形关闭，气门片突起，深色骨化。中胸腹岔有短柄。体背毛短，钝顶；头部有头顶毛 3 对，头背毛 4 对；腹部背片Ⅰ～Ⅶ分别有中、侧毛各 1 或 2 对，缘毛 2 对；背片Ⅷ有短刚毛 2 对，毛长为触角节Ⅲ直径的 1/5。中额稍隆，额瘤隆起外倾，有粗糙小突起。触角 6 节，细长，节Ⅲ～Ⅵ有瓦纹；全长 1.90mm，约等于或稍短于体长，节Ⅲ长 0.71mm，节Ⅰ～Ⅵ长度比例：17：15：100：66：60：（25＋92）；触角毛短钝，节Ⅰ～Ⅵ毛数：7 或 8 根，4 或 5 根，16～18 根，10～13 根，9 根，（2 或 3）＋（0 或 1）根；节Ⅲ毛长为该节直径的 0.19 倍。喙粗短，端部达中足基节，节Ⅳ＋Ⅴ长 0.10mm，与后足跗节Ⅱ约等长；有原生刚毛 3 对，次生短刚毛 2 或 3 对。足细长；后足股节长 0.59mm，为触角节Ⅲ的 1.20 倍；后足胫节长 0.97mm，为体长的 0.48 倍，毛长为该节直径的 0.67 倍；跗节Ⅰ毛序：2，2，2。腹管光滑，花瓶状，中部膨大，端部收缩；长 0.28mm，为体长的 0.14 倍，为尾片的 2.20 倍。尾片长瘤状，有小刺突构成横纹，有刚毛 3 对。尾板末端圆形，有刚毛 4 对。生殖板椭圆形，骨化，有 12～14 根后缘毛，前部有稍长刚毛 1 对。

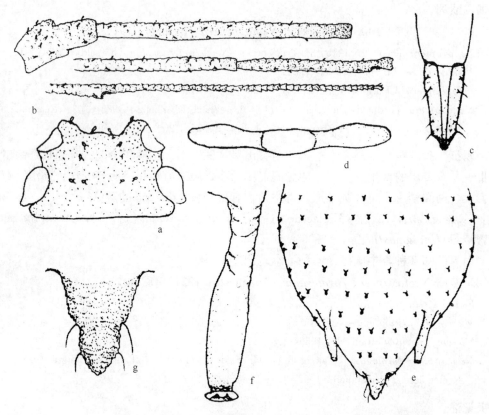

图 301　葱蚜 *Neotoxoptera formosana*（Takahashi）

无翅孤雌蚜（apterous viviparous female）

a. 头部背面观（dorsal view of head）；b. 触角（antenna）；c. 喙节Ⅳ＋Ⅴ（ultimate rostral segment）；

d. 中胸腹岔（mesosternal furca）；e. 腹部背面观（dorsal view of abdomen）；f. 腹管（siphunculus）；

g. 尾片（cauda）。

生物学　寄主植物为葱 *Allium fistulosum* 和韭菜 *A. tuberosum*，国外记载尚可为害洋葱 *A. cepa* 和其他葱属植物。在葱叶上为害。受干扰有自行掉落的习性。在中国台湾全年孤雌生殖，1～2月发生最多，可造成一定危害。

分布　辽宁（营口）、北京、河北、四川、台湾；朝鲜半岛，日本，美国，加拿大。

101. 圆瘤蚜属 *Ovatus* van der Goot, 1913

Ovatus van der Goot, 1913：84. **Type species**：*Aphis insitus* Walker, 1849＝*Ovatus mespili* van der Goot, 1913.

Ovatophorodon Aizenberg, 1966：133.

Ovatus van der Goot：Miyazaki, 1971：115；Zhang *et* Zhong, 1983：302；Remaudière *et* Remaudière, 1997：135；Zhang, 1999：461；Lee *et al.*, 2002：172

属征　额瘤圆，内倾，高于中额。触角长于身体，节Ⅲ无次生感觉圈，节Ⅲ毛长为该节直径的 0.40～0.90 倍。腹管圆筒形，向端部渐细或渐膨大，有瓦纹。有翅孤雌蚜腹部背片中域无骨化斑。取食梨亚科 Pomaceae、唇形科 Lamiaceae 及菊科 Compositae

植物。

世界已知 14 种，中国已知 2 种，本志记述 2 种。

种 检 索 表

（无翅孤雌蚜）

腹管端部灰黑色，其他部分淡色；中胸腹岔有短柄；触角节Ⅲ毛长为该节直径的 1/5 ·················
··· **山楂圆瘤蚜 *O. crataegarius***

腹管漆黑色；中胸腹岔无柄；触角节Ⅲ毛长为该节直径的 1/3 ·············· **苹果瘤蚜 *O. malisuctus***

(269)　山楂圆瘤蚜 *Ovatus crataegarius*（Walker, 1850）（图 302）

Aphis crataegaria Walker, 1850: 46.

Aphis melissae Walker, 1852: 1045.

Aphis menthae Walker, 1852: 1045.

Ovatus menthae（Walker）: Tao, 1963: 166; Tao, 1966: 21.

Ovatus crataegarius（Walker）: Heinze, 1960: 826; Doncaster, 1961: 50; Paik, 1965: 61; Eastop, 1966: 469; Miyazaki, 1971: 115; Zhang *et* Zhong, 1983: 302; Remaudière *et* Remaudière, 1997: 135; Zhang, 1999: 461; Lee *et al*., 2002: 173.

特征记述

无翅孤雌蚜　体长卵形，体长 2.00mm，体宽 0.96mm。活体淡绿色至深绿色。玻片标本淡色，无斑纹。触角淡色，各节间处及节Ⅵ褐色；喙顶端、胫节端部及跗节黑色，尾片、尾板及腹管端部灰黑色，其他部分淡色。头部前缘有小刺突及横纹，腹面前部有小刺突，背中域光滑，其他部分有横纹；胸部背面有横曲纹或纵曲纹，腹面有横网纹；腹部背片Ⅰ～Ⅵ光滑或有模糊三角横纹，背片Ⅶ、Ⅷ有瓦纹，各节缘域有明显鳞状瓦纹。气门大肾形至圆形，关闭，气门片表面粗糙。节间斑淡色不明显。中胸腹岔有短柄。体背毛短小，钝顶，不明显；头部有中额毛 1 对，额瘤毛 3 对，头部背面毛 4 对；后胸背板及腹部背片Ⅰ～Ⅳ各有毛 8～10 根，背片Ⅴ～Ⅷ各有毛 3 或 4 根；头顶毛、腹部背片Ⅰ缘毛、背片Ⅷ毛长分别为触角节Ⅲ直径的 0.36 倍、0.18 倍、0.28 倍。中额稍隆，额瘤甚明显突起，内倾，呈高馒头状，有粗糙圆形微突起，额中缝可见。触角 6 节，有瓦纹，内缘突起呈锯齿状，全长 1.90mm，为体长的 0.98～1.00 倍；节Ⅲ长 0.47mm，节Ⅰ～Ⅵ长度比例：18：16：100：70：70：26＋113；节Ⅰ～Ⅵ毛数：5 或 6 根，4 或 5 根，14～16 根，6～8 根，5 或 6 根，3＋2 根，节Ⅲ毛长为该节直径的 1/5。喙粗大，端部超过中足基节，节Ⅳ＋Ⅴ长圆锥形，两缘平直，长为基宽的 3.10 倍，为后足跗节Ⅱ的 1.40 倍；有原生刚毛 3 对，次生刚毛 2 对，偶有 4 对。足有微瓦纹，后足股节长 0.52mm，为触角节Ⅲ的 1.10 倍；后足胫节长 0.96mm，为体长的 0.49 倍，毛长为该节直径的 0.59 倍；跗节Ⅰ毛序：3，3，3。腹管长筒形，逐渐向端部细，有瓦纹，顶端有 2 或 3 行网纹，有明显缘突和切迹；长 0.46mm，为体长的 0.23 倍，为尾片的 3.00 倍，与触角节Ⅲ约等长。尾片圆锥形，中部及端部稍有收缩，有微刺横纹；长 0.15mm，有长毛 4～6 根。尾板半圆形，有长毛 9～12 根。生殖板半圆形，有短刚毛 10～12 根。

有翅孤雌蚜　体长卵形。活体头部与前胸绿色，后胸黑色，腹部绿色。玻片标本头部、胸部褐色，腹部淡色，无斑纹。触角灰黑色，喙、足及腹管淡色，喙端部、股节顶端及胫节端部 1/6 深褐色；尾片、尾板灰色。体表光滑，微有横纹，体缘稍显瓦纹。气门肾形，半开放至关闭，气门片稍骨化。体背毛短小、钝顶，不明显，背片 Ⅷ 有毛 3 或 4 根。触角 6 节，全长 1.90mm，为体长的 0.95 倍；节 Ⅲ 长 0.38mm，节 Ⅰ～Ⅵ长度比例：21：17：100：82：82：29＋177；节 Ⅲ～Ⅴ 分别有微突起的圆形次生感觉圈：46～52 个、29～33 个、10～15 个。喙端部达中足基节。后足股节长 0.50mm，为触角节 Ⅲ 的 1.30 倍；后足胫节长 1.10mm，为体长的 0.58 倍。翅脉正常。腹管长筒形，长 0.32mm，为尾片的 2.30 倍，为触角节 Ⅲ 的 0.85 倍。尾片有长毛 6 或 7 根。尾板有毛 9～13 根。其他特征与无翅孤雌蚜相似。

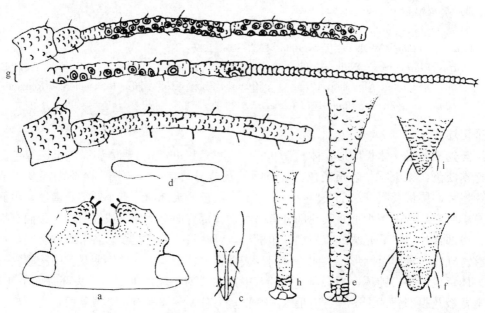

图 302　山楂圆瘤蚜 Ovatus crataegarius（Walker）

无翅孤雌蚜（apterous viviparous female）

a. 头部背面观（dorsal view of head）；b. 触角节 Ⅰ～Ⅲ（antennal segments Ⅰ～Ⅲ）；c. 喙节 Ⅳ＋Ⅴ（ultimate rostral segment）；d. 中胸腹岔（mesosternal furca）；e. 腹管（siphunculus）；f. 尾片（cauda）.

有翅孤雌蚜（alate viviparous female）

g. 触角（antenna）；h. 腹管（siphunculus）；i. 尾片（cauda）.

生物学　原生寄主为山楂 Crataegus pinnatifida、苹果 Malus pumila、海棠花 M. spectabilis、榅桲 Cydonia oblonga 和木瓜 Chaenomeles sinensis 等；次生寄主为薄荷 Mentha canadensis 和地笋 Lycopus lucidus 等。山楂圆瘤蚜是山楂等果树和中草药薄荷的害虫。以卵在山楂、苹果等果树枝条上越冬，3 月间果树发芽时孵化，4 月下旬至 6 月上旬有翅迁移蚜迁向薄荷和地笋等植物叶背面，同时继续在山楂等果树上为害，4～7 月分散在山楂、苹果、海棠和木瓜等幼叶背面为害。被害叶不卷缩。5～10 月为害薄荷和地笋。10～11 月发生雌蚜和有翅雄蚜，交配后，在山楂等枝条上产卵越冬。

分布　辽宁（葫芦岛、千山、沈阳、铁岭、熊岳）、黑龙江（哈尔滨、帽儿山）、北京、河北、江苏、浙江、甘肃、新疆、台湾；朝鲜，俄罗斯，日本，印度，美国，加拿大，欧洲。

(270)　苹果瘤蚜 *Ovatus malisuctus*（Matsumura，1918）（图303）

Myzus malisuctus Matsumura，1918：16.

Aphis japonica Essig et Kuwana，1918：70.

Myzus japonicus Monzen，1929：53.

Myzus takahashii Strand，1929：22.

Myzus chaenomelis Dzhibladze，1951：225.

Ovatus malisuctus Matsumura：Hori，1929：91；Shinji，1941：939；Shinji，1944：528；Takahashi，1965：61；Zhang et Zhong，1983：305；Remaudière et Remaudière，1997：135；Zhang，1999：453；Lee et al.，2002：174.

特征记述

无翅孤雌蚜　体纺锤形，体长1.50mm，体宽0.75mm。活体绿褐色、红褐色或黄色微带绿色，有斑纹。玻片标本污灰褐色。额部、各胸节缘域、腹管后部背片灰黑色，腹管前部背片淡色。触角节Ⅰ、Ⅱ、Ⅴ、Ⅵ及节Ⅳ端部、喙节Ⅲ～Ⅴ、股节端半部、胫节端部1/5～1/4、尾片及尾板灰黑色；腹管及跗节漆黑色。体表粗糙，有深色不规则曲纹；头部背面前缘和后部及腹面粗糙。缘瘤不明显。气门肾形关闭，腹部节Ⅵ、Ⅶ气门间距明显短于节Ⅴ、Ⅵ气门间距。中胸腹岔两臂分离。体背毛甚短，腹部背片Ⅰ～Ⅷ各有中毛1对，缺侧毛，背片Ⅲ～Ⅴ各有缘毛1对；头顶毛、腹部背片Ⅰ毛、背片Ⅷ毛长为触角节Ⅲ直径的0.38～0.54倍。中额微隆，额瘤显著。触角6节，全长0.88mm，为体长的0.53～0.55倍；节Ⅲ长0.21mm，节Ⅰ～Ⅵ长度比例：33：23：100：65：52：33+116；触角毛淡色钝顶，节Ⅲ毛长为该节直径的1/3。喙端部可达中足基节，节Ⅳ+Ⅴ长0.10mm，为基宽的2.20～2.40倍，为后足跗节Ⅱ的1.10～1.30倍，有次生刚毛1对。足短；后足股节有瓦纹，长0.41mm，为触角节Ⅲ的2.00倍；后足胫节长0.66mm，为体长的0.44倍，后足胫节毛长为该节直径的0.50倍；跗节Ⅰ常有毛2根，有时3根。爪基部毛与爪等长，尖端弯曲。腹管长圆筒形，顶端向内，边缘有深锯齿，长0.31mm，为体长的0.21倍，为触角节Ⅲ的1.40～1.50倍。尾片圆锥形，基部不收缩，长0.13mm，与基宽约相等，有曲毛6或7根。尾板半圆形，有毛9～13根。生殖板大，末端圆形，突出，有毛14～18根。

有翅孤雌蚜　体长1.60mm，体宽0.68mm，活体红褐色。玻片标本头部、触角、喙节Ⅲ～Ⅴ、胸部、足、翅脉、腹部斑纹、气门片、腹管、尾片、尾板及生殖板灰黑色至黑色；转节、股节基部、胫节中部及其他部分淡色。腹部背片Ⅰ有细短中带，背片Ⅱ、Ⅲ有时各有1横行小斑，背片Ⅳ、Ⅴ各有中斑、侧斑相愈合的宽长横带，背片Ⅵ、Ⅶ各有中斑形成宽短横带，各带有时中断，夹杂有淡色部分，背片Ⅴ、Ⅵ横带愈合为背中大斑；背片Ⅱ～Ⅳ缘斑大，腹管后斑明显，腹管前斑缺。体背斑纹上有微刺突组成的瓦纹。气门肾形开放，腹部背片Ⅵ、Ⅶ气门片最大，颜色最深。触角6节，全长1.30mm，为体长的0.80倍；节Ⅲ长0.36mm，节Ⅰ～Ⅵ长度比例：18：14：100：

49：40：23＋118；节Ⅲ毛长为该节直径的 0.19 倍；节Ⅲ～Ⅴ分别有次生感觉圈：23～27 个、4～8 个、0～2 个，节Ⅲ次生感觉圈分散于全长。腹管长 0.24mm，为触角节Ⅲ的 0.67 倍，为尾片的 2.20 倍。尾片圆锥形，有毛 6 或 7 根。尾板有毛 9 或 10 根。其他特征与无翅孤雌蚜相似。

生物学　寄主植物为苹果 *Malus pumila*、花红（沙果）*M. asiatica*、海棠花 *M. spectabilis*、山荆子（山丁子）*M. baccata*、杏 *Armeniaca vulgaris* 和梨 *Pyrus* sp. 等。在苹果属和梨属植物叶片背面为害，幼芽、幼叶背面边缘部分首先受害，沿叶片背面边缘纵卷，呈双筒形，幼枝节间缩短。为害盛期为 5～6 月，常使幼枝端部 16cm 内的幼叶全部卷缩，影响果树开花结果，是苹果、海棠的重要害虫。

分布　辽宁（沈阳）、吉林（安图）、黑龙江、北京、山东、江苏、广西、云南；朝鲜半岛，日本。

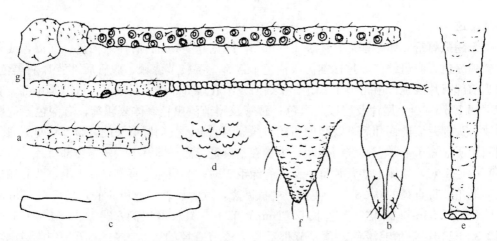

图 303　苹果瘤蚜 *Ovatus malisuctus*（Matsumura）

无翅孤雌蚜（apterous viviparous female）

a. 触角节Ⅲ（antennal segment Ⅲ）；b. 喙节Ⅳ＋Ⅴ（ultimate rostral segment）；c. 中胸腹岔（mesosternal
furca）；d. 腹部背斑纹（dorsal scleroite of abdomen）；e. 腹管（siphunculus）；f. 尾片（cauda）。

有翅孤雌蚜（alate viviparous female）

g. 触角（antenna）。

102. 疣蚜属 *Phorodon* Passerini，1860

Phorodon Passerini，1860：27. **Type species**：*Aphis humuli* Schrank，1801.

Phorodon Passerini：Miyazaki，1971：114；Zhang *et* Zhong，1983：298；Remaudière *et*
Remaudière，1997：137；Zhang，1999：465；Lee *et al.*，2002：175.

属征　额瘤显著，高于中额，瘤上有指状突起，长大于宽。触角节Ⅰ内端甚突出。复眼有眼瘤。无翅孤雌蚜触角节Ⅲ无次生感觉圈；有翅孤雌蚜触角节Ⅲ、Ⅳ有次生感觉圈。有翅孤雌蚜腹部背片中域有 1 个大斑。腹管管状或膨大。尾片圆锥形。原生寄主为蔷薇科 Rosaceae 植物，次生寄主为桑科 Moraceae 的葎草 *Humulus scandens* 等。

世界已知 5 种，中国都有分布，本志记述 3 种。

种 检 索 表
（无翅孤雌蚜）

1. 触角节Ⅲ毛长约为该节直径的 3/5 ·· **大麻疣蚜 P. cannabis**
   触角节Ⅲ毛长为该节直径的 1/5～1/4 ·· 2
2. 腹管长曲管形；喙端部达后足基节；中胸腹岔有短柄 ··················· **葎草叶疣蚜 P. humuli foliae**
   腹管长管形；喙端部达中足基节；中胸腹岔两臂分离 ················· **葎草疣蚜 P. humuli japonensis**

（有翅孤雌蚜）

1. 触角全长为体长的 0.57 倍；喙长为后足跗节Ⅱ的 1.50 倍 ················· **大麻疣蚜 P. cannabis**
   触角全长为体长的 0.85 倍；喙节Ⅳ＋Ⅴ长为后足跗节Ⅱ的 2.10 倍 ·································
   ·· **葎草疣蚜 P. humuli japonensis**

（271） 大麻疣蚜 *Phorodon cannabis* Passerini，1860 （图 304）

> *Phorodon cannabis* Passerini, 1860：34.
>
> *Phoradon asacola* Matsumura, 1917：405.
>
> *Capitophrus cannabifoliae* Shinji, 1924：357.
>
> *Paraphorodon omeishanensis* Tseng *et* Tao, 1938：195.
>
> *Paraphorodon cannabis* Passerini：Zhang *et* Zhong, 1983：276.
>
> *Phorodon cannabis* Passerini：Remaudière *et* Remaudière, 1997：137；Zhang, 1999：463；Lee *et al.*, 2002：176.

特征记述

无翅孤雌蚜 体长卵形，体长 2.40mm，体宽 0.97mm。活体蜡白色。玻片标本淡色，无斑纹。触角节Ⅴ端部及节Ⅵ、喙端部、胫节端部、跗节、尾片及尾板灰褐色至灰黑色，其他部分淡色。体表粗糙，有明显曲纹，形状多样；体侧有不规则乳头形突起；头前部有小圆形刺突，中域光滑。气门不明显。节间斑不明显。中胸腹岔无柄。体背毛短粗，顶端球状或锤状，毛基隆起稍骨化；腹部腹面毛长尖；头部有头顶毛 2 根，额瘤毛 8 根，头背毛 8 根，腹面有球顶毛 8 根；前、中、后胸背板各有中毛：4 根、4 根、6 根，侧毛：2 根、6 根、6 根，缘毛：2 根、6 根、2 根；腹部背片Ⅰ～Ⅵ各有中毛：4 根、4 根、6 根、6 根、4 根、4 根，侧毛：4 根、4 根、6 根、6 根、4 根、6 根，背片Ⅰ～Ⅴ各有缘毛 4 根，背片Ⅵ有缘毛 2 根，背片Ⅶ有毛 14 根，排为 2 列，背片Ⅷ有毛 7 根。中额平直，额瘤隆起呈指状，与触角节Ⅱ等长。触角 6 节，节Ⅰ、Ⅱ光滑，节Ⅲ～Ⅵ有瓦纹，节Ⅰ端部内缘明显隆起呈指状；全长 1.30mm，为体长的 0.57 倍；节Ⅰ～Ⅵ长度比例：22：21：100：70：62：31＋137；触角毛锤状，顶端球状，节Ⅰ～Ⅵ毛数：4 根、4 根、5～8 根、3 或 4 根、2 或 3 根、2＋0 根，节Ⅲ毛长为该节直径的 0.65 倍。喙端部达中足基节，节Ⅳ＋Ⅴ长为基宽的 2.10 倍，为后足跗节Ⅱ的 1.60 倍；有原生刚毛 2 对，次生刚毛 3 对。后足股节长为触角节Ⅲ的 1.50 倍；后足胫节长为体长的 0.35 倍；毛长为该节中宽的 0.70 倍；跗节Ⅰ毛序：3，3，3。腹管长圆筒形，基部稍宽，微有瓦纹，有缘突，微有切迹；长为中宽的 11.50 倍，为触角节Ⅲ的 2.10 倍，为体长的 0.27 倍，为尾片的 3.30 倍。尾片圆锥形，端部尖细，有微刺突瓦纹，有长曲毛 5 或 6 根。尾板末端圆形，有毛 9 或 10 根。生殖板有钝毛约 13 根。

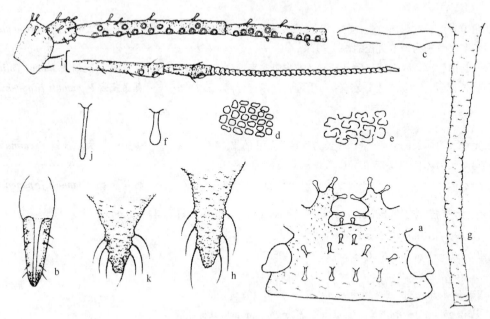

图 304　大麻疣蚜 *Phorodon cannabis* Passerini

无翅孤雌蚜 （apterous viviparous female）

a. 头部背面观 （dorsal view of head）；b. 喙节 Ⅳ＋Ⅴ （ultimate rostral segment）；c. 中胸腹岔 （mesosternal furca）；d. 前、中胸背斑纹 （dorsal scleroite of pronotum and mesonotum）；e. 腹部背斑纹 （dorsal scleroite of abdomen）；f. 体背毛 （dorsal hair of body）；g. 腹管 （siphunculus）；h. 尾片 （cauda）。

有翅孤雌蚜 （alate viviparous female）

i. 触角 （antenna）；j. 体背毛 （dorsal hair of body）；k. 尾片 （cauda）。

有翅孤雌蚜　体长卵形，体长 2.20mm，体宽 0.90mm。活体头部、胸部灰褐色，腹部蜡白色。玻片标本头部、胸部、体表斑纹、触角、喙节 Ⅳ＋Ⅴ、股节端部 2/3、胫节端部 1/4、跗节、腹管、尾片、尾板及生殖板深褐色至黑色，其他部分淡色。腹部背片 Ⅰ、Ⅱ个别中、侧毛有毛基斑，背片 Ⅲ中、侧毛基斑扩大为断续横带，背片 Ⅳ～Ⅵ中、侧斑愈合为 1 个背中大斑，仅节间有淡色部分；背片 Ⅰ、Ⅴ各有小缘斑，背片 Ⅱ～Ⅳ及 Ⅵ各有大缘斑，背片 Ⅶ各斑相连为横带横贯全节，背片 Ⅷ有小窄横带。节间斑明显，腹部节 Ⅰ～Ⅴ侧节间斑扩大为横带。体表光滑，头部、胸部稍有纵纹或横纹，体缘及腹部背片 Ⅳ～Ⅷ有刺突构成瓦纹。体背毛短钝，头部有毛 20 根，腹部背片 Ⅰ有中、侧、缘毛各 6 根、2 根、4 根，背片 Ⅱ～Ⅳ分别有中、侧、缘毛各 6 根，背片 Ⅴ有中、侧、缘毛各 4 根，背片 Ⅵ有中、侧、缘毛各 4 根、6 根、4 根，背片 Ⅶ有中、侧、缘毛各 6 根、4 根、4 根，背片 Ⅷ有毛 7 根，大致排列为 2 行。触角 6 节，有瓦纹，全长 1.50mm，为体长的 0.57 倍；节 Ⅰ～Ⅵ长度比例：20∶17∶100∶62∶56∶28＋121；节 Ⅲ～Ⅴ分别有小圆形次生感觉圈：12～26 个，2～10 个，0～2 个，节 Ⅲ次生感觉圈分布于全节。喙端部超过前足基节，节 Ⅳ＋Ⅴ粗短，长为基宽的 2.30 倍，为后足跗节

Ⅱ的1.50倍。翅脉正常，稍有昙。腹管细长，中部渐细，端部稍膨大，光滑，缘突前有1个清楚的环状缺刻，其上有2或3行网纹。尾片有长毛6或7根。尾板有毛10～14根。生殖板有短毛13根。其他特征与无翅孤雌蚜相似。

生物学　寄主植物为大麻（线麻）*Cannabis sativa* 和葎草 *Humulus scandens*。常在7～9月大量为害，盖满叶片背面及幼嫩茎，有时老茎也被此蚜盖满。该种是大麻的重要害虫。天敌有黑带食蚜蝇和蚜茧蜂等。

分布　辽宁（沈阳）、吉林（公主岭）、黑龙江（哈尔滨、绥化）、河北、山东、陕西、甘肃；韩国，日本，欧洲。

(272) 葎草疣蚜 *Phorodon humuli japonensis* Takahashi, 1965（图305）

Phorodon humuli japonensis Takahashi, 1965：39.

Phorodon humuli japonensis Takahashi：Zhang *et* Zhong, 1983：298；Remaudière *et* Remaudière, 1997：137；Zhang, 1999：467.

特征记述

无翅孤雌蚜　体卵圆形，体长1.90mm，体宽0.92mm。活体蜡白色至淡绿色。玻片标本淡色，无斑纹；各附肢淡色，触角节Ⅴ端部及节Ⅵ、胫节端部、跗节、喙顶端、尾片及尾板灰褐色至灰黑色。体表较光滑，稍有纵、横曲纹，头背前部有小圆形刺突，腹部体缘有曲纹，背片Ⅵ、Ⅶ缘域有瓦纹，背片Ⅷ有微刺组成瓦纹。气门圆形关闭至半月形开放，气门片稍骨化隆起，节间斑不明显。中胸腹岔两臂分离。体背毛短粗，钝顶，腹面毛长尖；头部有中额毛1对，额瘤毛4对，头背毛4对；前胸背板有中、侧、缘毛各1对，中胸、后胸背板各有中毛2对、侧毛3对、缘毛3对；腹部背片Ⅰ～Ⅳ各有中毛2对，侧毛、缘毛各1对，背片Ⅴ、Ⅵ各有中、侧、缘毛各1对；背片Ⅶ有毛6根，背片Ⅷ有毛4根；头顶毛、腹部背片Ⅰ毛、背片Ⅷ毛长分别为触角节Ⅲ直径的0.71倍、0.25倍、0.77倍。中额平直，额瘤隆起呈指状，与触角节Ⅱ约等长。触角6节，节Ⅰ端部内缘隆起，各节有瓦纹；全长1.20mm，为体长的0.66倍；节Ⅲ长0.31mm，节Ⅰ～Ⅵ长度比例：23：19：100：64：60：31+106；触角毛短，钝顶，节Ⅰ～Ⅵ毛数：9或10根，4或5根，13根，5～8根，5根，（2或3）+（0～2）根，节Ⅲ毛长为该节直径的1/4。喙端部达中足基节，节Ⅳ+Ⅴ长0.11mm，为基宽的2.20倍，为后足附节Ⅱ的1.60倍；有原生刚毛3对，次生刚毛1对。后足股节长0.48mm，为触角节Ⅲ的1.60倍，稍短于节Ⅲ、Ⅳ之和；后足胫节长0.87mm，为体长的0.47倍，毛长为该节端部直径的0.76倍；跗节Ⅰ毛序：3，3，2。腹管长圆筒形，基部稍宽，微有瓦纹，有缘突、切迹，缘突前方有1个环形缺刻，其上有网纹3行；长0.48mm，为体长的0.25倍，为尾片的0.48倍，稍短于触角节Ⅲ、Ⅳ之和。尾片圆锥形，有横行微刺突，有长曲毛5或6根。尾板末端圆形，有毛6～9根。生殖板有毛9或10根。

有翅孤雌蚜　体椭圆形，体长2.30mm，体宽0.85mm。活体头部、胸部黑色，腹部叶绿色。玻片标本头部、胸部黑色，腹部淡色，有斑纹。触角、喙节Ⅳ+Ⅴ、股节端部2/3～3/4、胫节端部、跗节、腹管、尾片、尾板及生殖板黑色。腹部背片Ⅰ～Ⅲ中、侧斑零星分布，背片Ⅳ～Ⅵ中、侧斑愈合为1个大背斑，背片Ⅱ～Ⅴ各有大缘斑，背片

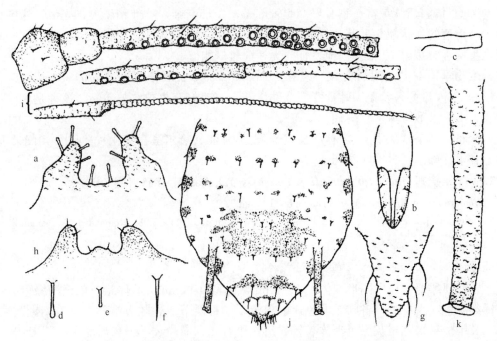

图 305　葎草疣蚜 *Phorodon humuli japonensis* Takahashi

无翅孤雌蚜（apterous viviparous female）

a. 头顶及头顶毛（vertex and hair of head）；b. 喙节Ⅳ＋Ⅴ（ultimate rostral segment）；c. 中胸腹岔（mesosternal furca）；d. 头顶毛（cephalic hair）；e. 体背毛（dorsal hair of body）；f. 体腹面毛（ventral hair of body）；g. 尾片（cauda）。

有翅孤雌蚜（alate viviparous female）

h. 头顶及头顶毛（vertex and hair of head）；i. 触角（antenna）；j. 腹部背面观（dorsal view of abdomen）；k. 腹管（siphunculus）。

Ⅰ、Ⅵ缘斑甚小，背片Ⅶ有 1 个宽横带，背片Ⅷ有 1 个窄横带。节间斑明显黑褐色。体背毛尖锐，腹部背面毛与腹面毛等长。中额稍隆，额瘤显著隆起呈短指状。触角 6 节，全长 1.90mm，为体长的 0.85 倍；节Ⅲ长 0.51mm，节Ⅰ～Ⅵ长度比例：17：12：100：62：56：24＋108；节Ⅲ有毛 14～20 根，毛长为该节直径的 0.45 倍；节Ⅲ、Ⅳ分别有大小圆形次生感觉圈：14～26 个，0～7 个，节Ⅲ次生感觉圈分散全节。喙端部达前、中足基节之间，节Ⅳ＋Ⅴ长 0.14mm，为后足跗节Ⅱ的 2.10 倍。足细长，胫节光滑，股节有瓦纹及卵状体；后足股节长 0.66mm，为触角节Ⅲ的 1.30 倍；后足胫节长 1.30mm，为体长的 0.57 倍；跗节Ⅰ毛序：3，3，2。翅脉正常。腹管长 0.40mm，为体长的 0.17 倍。尾片长 0.16mm，有长曲毛 7 根。尾板有毛 11～13 根。其他特征与无翅孤雌蚜相似。

生物学　原生寄主为梅 *Armeniaca mume* 和李 *Prunus salicina*；次生寄主为葎草 *Humulus scandens* 和啤酒花 *H. lupulus* 等。在叶片背面和嫩梢为害，8、9 月发生较多。

分布　辽宁（千山、沈阳）、吉林、黑龙江（哈尔滨）、北京、河北、山东、甘肃；

朝鲜半岛，俄罗斯，日本。

(273) 葎草叶疣蚜 *Phorodon humulifoliae* Tseng *et* Tao, 1938 (图 306)

Phorodon humulifoliae Tseng *et* Tao, 1938: 205.

Phorodon humulifoliae Tseng *et* Tao: Tao, 1990: 234; Remaudière *et* Remaudière, 1997: 137; Zhang, 1999: 466.

特征记述

无翅孤雌蚜 体椭圆形，体长 2.12mm，体宽 1.13mm。活体淡黄色。玻片标本体淡色，无斑纹。触角节 Ⅰ、Ⅵ 褐色，节 Ⅲ～Ⅴ 淡色；喙淡色，节 Ⅲ～Ⅴ 褐色，顶端黑色；足淡褐色，跗节黑色；腹管褐色；尾片、尾板及生殖板淡色。体表粗糙，头部背面及腹面布满小圆形粗颗粒突起，胸部背板、腹部背片及腹面有粗双线波纹，背片Ⅶ缘域及背片Ⅷ布满粗颗粒突起。气门小圆形开放，气门片淡色。无节间斑。中胸腹岔淡色，有短柄，横长 0.21mm，为触角节 Ⅲ 的 0.62 倍。体背毛粗，短棒状，胸部及腹部背片Ⅰ～Ⅷ背毛极短，几乎不可见，腹面毛粗，尖锐，长于背毛；头部有中额毛 1 对，额瘤毛 4 对，头背毛 3 或 4 对；腹部背片Ⅷ有毛 2 对；头顶毛长 0.025mm，为触角节 Ⅲ 中宽的 0.71 倍，腹部背片Ⅰ毛长 0.004mm，背片Ⅷ毛长 0.023mm。中额平，额瘤显著

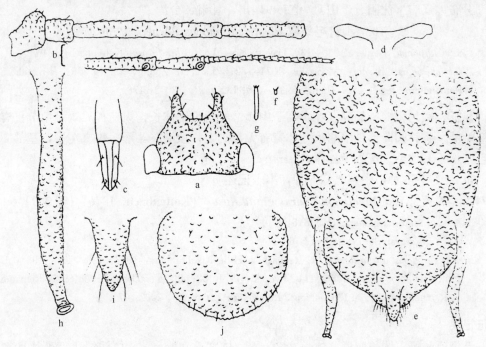

图 306 葎草叶疣蚜 *Phorodon humulifoliae* Tseng *et* Tao

无翅孤雌蚜 (apterous viviparous female)

a. 头部背面观 (dorsal view of head)；b. 触角 (antenna)；c. 喙节Ⅳ＋Ⅴ (ultimate rostral segment)；d. 中胸腹岔 (mesosternal furca)；e. 腹部背面观 (dorsal view of abdomen)；f. 体背毛 (dorsal hair of body)。

有翅孤雌蚜 (alate viviparous female)

g. 头顶毛及腹部背片Ⅷ毛 (cephalic hair and dorsal hair on abdominal tergite Ⅷ)；h. 腹管 (siphunculus)；

i. 尾片 (cauda)；j. 生殖板 (genital plate)。

隆起，呈锥状。触角 6 节，粗糙，节Ⅰ端部外缘隆起，各节有明显瓦纹；全长 0.19mm，为体长的 0.56 倍；节Ⅲ长 0.34mm，节Ⅰ～Ⅵ长度比例：22：19：100：52：46：30＋83；触角毛粗，短棒状，节Ⅰ～Ⅵ毛数：6～8 根，4 或 5 根，13～16 根，4～11 根，5 或 6 根，（2 或 3）＋（1～3）根，末节鞭部顶端有毛 3 或 4 根，节Ⅲ毛长 0.008mm，为该节中宽的 0.20 倍。喙粗大，端部达后足基节，节Ⅳ＋Ⅴ长楔状，长 0.12mm，为基宽的 2.40 倍，为后足跗节Ⅱ的 1.80 倍，有原生毛 2 或 3 对，次生毛 1 对。足各节粗糙，有瓦纹；后足股节长 0.53mm，为触角节Ⅲ的 1.60 倍；后足胫节长 0.91mm，为体长的 0.43 倍，胫节外缘毛钝顶，内缘毛尖锐，长毛长为该节最宽直径 的 0.68 倍；跗节Ⅰ毛序：3，3，2。腹管长曲管状，略似香蕉形，基部 3/4 有粗糙刺突 组成瓦纹，端部 1/4 细小光滑，顶端有刻纹，有明显缘突和切迹；长 0.53mm，为体长 的 0.25 倍，为尾片的 3.30 倍。尾片宽锥状，长 0.16mm，为基宽的 1.40 倍，有细毛 6 根。尾板末端尖圆形，有细毛 18～20 根。生殖板圆囊形，有钝毛 12～16 根。

生物学　寄主植物为李 *Prunus salicina*、杏 *Armeniaca vulgaris*、刺榆 *Hemiptelea davidii*、葎草 *Humulus scandens* 和菽麻 *Crotalaria juncea*。中国台湾记录为葎草， 在叶片上为害。

分布　辽宁（沈阳、千山）、北京、四川、甘肃、台湾。

103. 稠钉毛蚜属 *Pleotrichophorus* Börner, 1930

Pleotrichophorus Börner，1930：138. **Type species**：*Aphis glandulosus* Kaltenbach，1846.

Pleotrichophorus Börner：Miyazaki，1971：82；Zhang *et* Zhong，1983：335；Remaudière *et* Remaudière，1997：137；Zhang，1999：468；Lee *et al*.，2002：176.

属征　额稍粗糙，额瘤存在，高于中额。触角长于体长，无翅孤雌蚜触角节Ⅲ有次 生感觉圈。腹管圆筒形，不膨大。体背有无数刚毛，顶端漏斗形。喙末端尖，基部 2 根 刚毛甚长于其他毛。寄主为蒿属 *Artemisia* spp. 植物。

世界已知 58 种，中国已知 5 种，本志记述 1 种。

（274）萎蒿稠钉毛蚜 *Pleotrichophorus glandulosus*（Kaltenbach，1846）（图 307）

Aphis glandulosus Kaltenbach，1846：170.

Myzus pilosus van der Goot，1912：68.

Pleotrichophorus glandulosus（Kaltenbach）：Hille Ris Lambers，1953：126；Tao，1963：165； Paik，1965：58；Tao，1966：14；Miyazaki，1971：82；Zhang *et* Zhong，1983：335；Remaudière *et* Remaudière，1997：138；Zhang，1999：468；Lee *et al*.，2002：177.

特征记述

无翅孤雌蚜　体长卵形，体长 2.20mm，体宽 1.00mm。活体浅绿色，玻片标本淡 色，无斑纹；触角节Ⅲ端部至节Ⅵ、喙顶端黑褐色，足胫节端部及跗节灰褐色，其他附 肢淡色。体表光滑，腹管后几节背片微显瓦纹。气门圆形关闭，气门片淡色。节间斑不 明显。中胸腹岔无柄，淡色。体背多毛，雄花蕊形、钉状或顶端扇形，腹面毛，细尖锐 头部有中额毛 1 对，额瘤毛 2 对；头背长毛 16 根；前胸背板有毛 26～28 根；腹部背面 多毛，背片Ⅰ有毛 39～46 根，其他各节背毛整齐排列为 2 行；背片Ⅷ有毛 6 或 7 根； 头顶毛、腹部背片Ⅰ毛、背片Ⅷ毛长分别为触角节Ⅲ直径的 1.70 倍、1.20～1.30 倍、

1.20～1.30 倍。中额稍隆，额瘤隆起外倾。眼瘤显著。触角 6 节，细长，有瓦纹；全长 2.60mm，为体长的 1.20 倍；节Ⅲ长 0.55mm，节Ⅰ～Ⅵ长度比例：19：20：100：79：69：26+170；触角毛粗短、头状，节Ⅰ～Ⅵ毛数：5 或 6 根，4 或 5 根，11～19 根，7～14 根，6～10 根，（3 或 4）+（3 或 4）根，节Ⅲ毛长为该节直径的 0.31 倍；节Ⅲ有小圆形次生感觉圈 1 或 2 个，分布于基部。喙粗短，端部达中足基节，节Ⅳ+Ⅴ尖圆锥状，长为基宽的 1.80 倍，为后足跗节Ⅱ的 0.92 倍，有原生短刚毛 3 对，次生长刚毛 2 对。足较光滑，股节及胫节微有瓦纹；后足股节长 0.65mm，为触角节Ⅲ的 1.20 倍；后足胫节细长，长 1.20mm；为体长的 0.55 倍，毛长为该节直径的 0.94 倍；跗节Ⅰ毛序：3，3，3。腹管细长管状，有瓦纹，向基部及端部稍粗，有缘突及淡色切迹；长 0.50mm；长为基宽 8.10 倍；为体长的 0.23 倍，为触角节Ⅲ的 0.91 倍，为尾片的 1.90 倍。尾片长圆锥形，顶钝，有小尖刺突组成横纹，有曲毛 5 根。尾板末端圆形，有长短毛 17～22 根。生殖板淡色，有毛 12～14 根。

有翅孤雌蚜　体长卵形，体长 2.50mm，体宽 0.95mm。玻片标本淡色，胸部稍骨化，头背单眼周围骨化，腹部背片Ⅱ～Ⅵ有小缘斑。触角节Ⅰ、Ⅱ及节Ⅲ灰色，其他各节黑色。腹部背片Ⅱ～Ⅵ有灰褐色节间斑。体背多毛，呈雄花蕊状，在腹部背面各节整齐排列成 2 行，背片Ⅰ～Ⅳ各有毛 25～30 根，背片Ⅴ～Ⅷ毛数：19 根，12 根，9 根，6～8 根；头顶毛、腹部背片Ⅰ毛、背片Ⅷ毛长分别为触角节Ⅲ直径的 1.10 倍、0.60 倍、1.10 倍。触角 6 节，全长 2.80mm，为体长的 1.10 倍；节Ⅲ长 0.67mm，节Ⅰ～Ⅵ长度比例：18：13：100：84：81：27+175；节Ⅲ有圆形次生感觉圈 10～14 个，分布于基部 3/4。喙端部达前、中足基节之间，节Ⅳ+Ⅴ长 0.11mm，长为基宽的 1.60 倍，为后足跗节Ⅱ的 0.84 倍，有长短刚毛 3 或 4 对。后足股节长 0.70mm，为触角节Ⅲ的 1.20 倍；后足胫节长 1.40mm，为体长的 0.56 倍。翅脉正常，脉粗，黑色。腹管

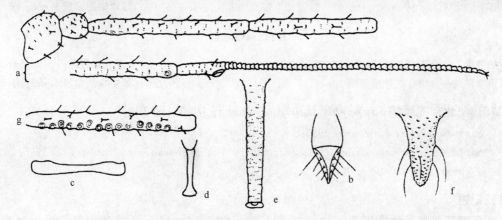

图 307　萎蒿稠钉毛蚜 *Pleotrichophorus glandulosus* (Kaltenbach)

无翅孤雌蚜 (apterous viviparous female)

a. 触角 (antenna)；b. 喙节Ⅳ+Ⅴ (ultimate rostral segment)；c. 中胸腹岔 (mesosternal furca)；d. 体背毛 (dorsal hair of body)；e. 腹管 (siphunculus)；f. 尾片 (cauda)。

有翅孤雌蚜 (alate viviparous female)

g. 触角节Ⅲ (antennal segment Ⅲ)。

细长管形，长 0.40mm，为体长的 0.16 倍。尾片有毛 5 根。尾板有毛 16～18 根。其他特征与无翅孤雌蚜相似。

生物学 寄主为蒌蒿 *Artemisia selengensis*、蒙古蒿 *A. mongolica*、水蒿 *Artemisia* sp.、黄蒿 *Artemisia* sp. 等蒿属植物，全年在蒿属植物叶片上生活，以卵在叶片背面越冬。春季第 3 代出现有翅孤雌蚜。

分布 辽宁（千山、沈阳）、北京、河北、浙江、湖南、甘肃；朝鲜，俄罗斯，日本，美国，加拿大；欧洲。

104. 扎圆尾蚜属 *Sappaphis* Matsumura, 1918

Sappaphis Matsumura, 1918：18. **Type species**：*Sappaphis piri* Matsumura, 1918.

Lachnaphis Shinji, 1922：787.

Sappaphis Matsumura；Miyazaki, 1971：196；Zhang *et* Zhong, 1983：264；Remaudière *et* Remaudière, 1997：142；Zhang, 1999：477；Lee *et al.*, 2002：179.

属征 尾片宽圆形或半圆形。无翅孤雌蚜触角节Ⅲ无次生感觉圈。腹气门肾形。有翅孤雌蚜腹部背面有黑斑或横带，触角节Ⅲ、Ⅳ或节Ⅲ～Ⅴ有微突起的次生感觉圈。寄生在梨属 *Pyrus*、蒿属 *Artemisia* 及毛茛属 *Ranunculus* 植物上。

世界已知 8 种，中国已知 6 种，本志记述 3 种。

种 检 索 表

（无翅孤雌蚜）

1. 触角节Ⅲ有次生感觉圈 ……………………………………………………… 梨北京圆尾蚜 *S. dipirivora*
   触角节Ⅲ无次生感觉圈 ……………………………………………………………………………… 2
2. 节间斑明显；中胸腹岔两臂分离；腹管长为基宽的 1.50 倍 ………………… 梨扎圆尾蚜 *S. piri*
   节间斑不明显；中胸腹岔有短柄；腹管长与基宽约等长 ……………… 梨中华圆尾蚜 *S. sinipiricola*

（有翅孤雌蚜）

触角节Ⅲ～Ⅴ分别有次生感觉圈 22～28 个，2 或 3 个，0 个 ………… 梨北京圆尾蚜 *S. dipirivora*
触角节Ⅲ～Ⅴ分别有次生感觉圈 39～45 个，11～15 个，0～9 个 ……… 梨中华圆尾蚜 *S. sinipiricola*

(275) 梨北京圆尾蚜 *Sappaphis dipirivora* Zhang, 1980 （图 308）

Sappaphis dipirivora Zhang, 1980：55.

Sappaphis dipirivora Zhang；Zhang *et* Zhong, 1983：266；Remaudière *et* Remaudière, 1997：142；Zhang, 1999：480.

特征记述

无翅孤雌蚜 体卵圆形，体长 2.70mm，体宽 1.90mm。活体黄绿色（叶背寄生）或金黄色（根部寄生），腹部有翠绿色斑，后部几节有灰黑色横带。玻片标本淡色，头顶微显骨化，腹部背片Ⅶ、Ⅷ有横带。触角节Ⅴ灰黑色，节Ⅵ深黑色，其他节淡色；喙节Ⅲ～Ⅴ、腹管、胫节端部灰黑色，足跗节、尾片、尾板及生殖板黑色。体表有网纹，腹管后几节有瓦纹，头顶有皱褶。气门圆形关闭，气门片微骨化。节间斑淡褐色。腹部背片Ⅳ～Ⅵ有淡色缘蜡片。中胸腹岔淡色，无柄或两臂分离，有时不明显一丝相连。体背多长毛，头部背面有毛百余根，腹部背片Ⅷ有毛19或20根；毛长0.09mm，约为触角节Ⅲ直径的2.00倍。额瘤不明显，中额微隆，中间稍内凹。触角6节，有瓦纹，全长1.10mm，约为体长的0.38倍；节Ⅲ长0.32mm，节Ⅰ～Ⅵ长度比例：29：29：100：53：69：31+57；触角有长曲毛，节Ⅰ～Ⅵ毛数：12～14根，11～13根，47～51根，21～29根，34～41根，7或8+0根；节Ⅲ毛长为该节直径的1.60倍，节Ⅲ有小圆形次生感觉圈2～5个，分布于基部。喙粗大，端部达中足基节，节Ⅳ+Ⅴ长锥形，长为基宽的2.20倍，与后足跗节Ⅱ约等长，有次生长毛2对。足粗大多毛，股节有细瓦纹；后足股节长0.63mm，为触角节Ⅲ、Ⅳ之和的1.30倍；后足胫节光滑，长0.95mm，为体长的0.35倍，毛长为该节直径的0.78倍；跗节Ⅰ毛序：3，3，2。腹管圆筒形，基部宽大，向端部渐细，有瓦纹、缘突和切迹，无刚毛，长为基宽的1.50倍。尾片宽圆形，有粗刺突横纹，有长毛25～31根。尾板半圆形，有长毛71～92根。生殖板骨化，长方形，端部平，有长毛百余根。

有翅孤雌蚜　体椭圆形，体长1.80mm，体宽0.90mm。活体绿色，有横带斑纹。玻片标本头部、胸部黑色，腹部淡色，有斑纹。触角、喙、足、腹管、尾片及尾板黑色。腹部背片Ⅱ、Ⅲ各有1个窄横带；背片Ⅳ～Ⅵ各有1个宽横带，背片Ⅰ～Ⅴ有大缘斑，背片Ⅶ、Ⅷ横带横贯全节。前胸、腹部节Ⅰ～Ⅵ有大馒头状缘瘤。气门圆形开放，气门片黑色。头部背面多长毛，腹部背片中缘毛多，侧毛少；背片Ⅷ有1排14根毛。触角6节，有瓦纹，节Ⅲ长0.38mm；节Ⅰ～Ⅵ基部长度比例：18：18：100：59：52：30；节Ⅲ有长毛66根，毛长为该节直径的1.10倍；节Ⅲ、Ⅳ分别有突起次生感觉圈：22～28个，2或3个。翅脉正常，脉粗，微有镶边。腹管管状，基部与中部约等宽，有瓦纹，端部有2或3行网纹，长0.14mm，约为基宽的3.00倍。尾片有长毛20根。尾板半圆形，有长毛59根。

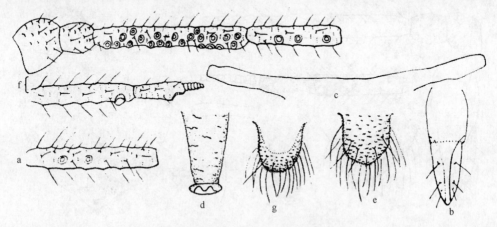

图308　梨北京圆尾蚜 *Sappaphis dipirivora* Zhang

无翅孤雌蚜（apterous viviparous female）

a. 触角节Ⅲ（antennal segment Ⅲ）；b. 喙节Ⅳ+Ⅴ（ultimate rostral segment）；c. 中胸腹岔（mesosternal furca）；d. 腹管（siphunculus）；e. 尾片（cauda）。

有翅孤雌蚜（alate viviparous female）

f. 触角（antenna）；g. 尾片（cauda）。

生物学 原生寄主植物为梨 *Pyrus* sp.；次生寄主植物为艾蒿 *Artemisia argyi*、香蒿 *Artemisia* sp. 和冰草 *Agropyron cristatum*。4～6月在梨嫩叶背面叶缘部分为害，叶片沿叶缘向反面卷缩肿胀，叶脉变粗变红。在次生寄主根部取食。

分布 辽宁（沈阳）、北京、甘肃。

（276）梨扎圆尾蚜 *Sappaphis piri* Matsumura, 1918 〔图 309〕

Sappaphis piri Matsumura, 1918：18.

Lachnaphis yomogi Shinji, 1922：729.

Anuraphis artemirhizus Shinji, 1924：354.

Anuraphis piricola Okamoto *et* Takahashi, 1927：139.

Anuraphis noshi Shinji, 1944：471.

Sappaphis piri Matsumura：Tao, 1962：98；Tao, 1964：121；Paik, 1965：100；Miyazaki, 1971：196；Remaudière *et* Remaudière, 1997：142；Zhang, 1999：481；Lee *et al.*, 2002：179.

特征记述

无翅孤雌蚜 体卵圆形，体长 2.42mm，体宽 1.68mm。玻片标本头部黑褐色、胸部及腹部淡色，有黑色斑纹。触角节Ⅲ、Ⅳ淡色，节Ⅰ、Ⅱ及Ⅴ、Ⅵ黑色，喙各节黑褐色，足全部淡褐色，股节及胫节端部褐色，腹管、尾片、尾板和生殖板黑色。腹部背片Ⅵ中域有横带，有时模糊不清，背片Ⅶ、Ⅷ各有横带，横贯全节。体表有微瓦纹，背斑上有瓦纹。腹部背片Ⅶ有时有1个透明中瘤，直径大于气门。气门圆形开放，气门片黑褐色。前胸及腹部背片Ⅰ～Ⅴ各有淡褐色节间斑1对，有时缺。中胸腹岔淡色，两臂分离，臂长 0.14mm，为触角节Ⅳ的 0.79 倍。体背多细毛，尖锐，腹部腹面多毛，长于背毛；头部有头顶毛及头背毛70余根；前胸背板有中侧毛11或12对，缘毛14或15

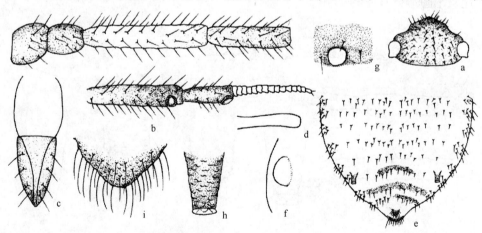

图 309 梨扎圆尾蚜 *Sappaphis piri* Matsumura

无翅孤雌蚜 （apterous viviparous female）

a. 头部背面观 （dorsal view of head）；b. 触角 （antenna）；c. 喙节Ⅳ＋Ⅴ （ultimate rostral segment）；d. 中胸腹岔 （mesosternal furca）；e. 腹部背面观 （dorsal view of abdomen）；f. 体缘瘤 （marginal tubercle of body）；g. 腹部背片Ⅶ中瘤 （spinal tubercle on abdominal tergite Ⅶ）；h. 腹管 （siphunculus）；i. 尾片 （cauda）。

对；腹部背片Ⅰ～Ⅴ各有中侧毛15～22根，背片Ⅵ、Ⅶ各有中侧毛10～12根，背片Ⅰ、Ⅷ各有缘毛25～28对，背片Ⅱ～Ⅵ各有缘毛33～42对，背片Ⅷ有毛11～14对，毛长0.06～0.07mm，为触角节Ⅲ最宽直径的1.30～1.50倍。中额隆起，额瘤不隆；头盖缝延伸至头背中部。触角6节，光滑，多尖锐毛；全长1.09mm，为体长的0.45倍；节Ⅲ长0.28mm，节Ⅰ～Ⅵ长度比例：26：27：100：62：73：39＋59；节Ⅰ～Ⅵ毛数：14～16根，12～17根，50～60根，32～48根，31～49根，6～13＋0根，节Ⅵ鞭部顶端有毛2或3根；节Ⅲ长毛长0.06mm，为该节最宽直径的1.20倍。喙端部达中足基节，节Ⅳ＋Ⅴ楔状，长0.15mm，为基宽的1.90倍，为后足跗节Ⅱ的1.10倍；有原生长毛3对，次生长毛3对。足股节外缘有曲纹，其他部分光滑；后足股节长0.52mm，为触角节Ⅲ、Ⅳ之和的1.20倍；后足胫节长0.88mm，为体长的0.36倍，毛长0.07mm，为该节最宽直径的0.85倍；跗节Ⅰ毛序：3，3，3。腹管短筒状，有瓦纹，长0.13mm，为基宽的1.50倍，为尾片的1.20倍。尾片半圆形，粗糙，布满大刺突，有细长毛22～29根。尾板末端圆形，有毛68～88根。生殖板横椭圆形，有长毛82～88根。

生物学 原生寄主植物为梨 *Pyrus* sp.；次生寄主植物为艾蒿 *Artemisia argyi*。在原生寄主叶片为害，在次生寄主根部取食。

分布 辽宁（沈阳）、台湾；俄罗斯，韩国，日本。

(277) 梨中华圆尾蚜 *Sappaphis sinipiricola* Zhang, 1980 （图310）

Sappaphis sinipiricola Zhang, 1980：55.

Sappaphis sinipiricola Zhang：Zhang *et* Zhong, 1983：265；Remaudière *et* Remaudière, 1997：142；Zhang, 1999：482.

特征记述

无翅孤雌蚜 体卵圆形，体长2.50mm，体宽1.70mm。活体赤褐色（叶背寄生）或金黄色（根部寄生），被白粉。玻片标本淡色，无斑纹。触角节Ⅵ黑褐色，其他节淡色；喙节Ⅳ＋Ⅴ、足跗节、尾片、尾板及生殖板灰黑色；腹管及足各节淡色。体表有网纹，头背有小颗粒状纹，腹管后部几节有瓦纹。前胸、腹部节Ⅰ～Ⅵ有淡色馒头状缘瘤。气门圆形关闭，气门片淡色。节间斑不明显。中胸腹岔有短柄，淡色。体背多长曲毛；头部背面有毛百余根；前胸背板有中侧毛46根，缘毛8对；腹部背片满布长毛，背片Ⅷ有毛34～44根；头顶毛长0.07mm；头顶毛、腹部背片Ⅰ毛、背片Ⅷ毛长分别为触角节Ⅲ直径的1.30倍、1.10～1.20倍、1.10～1.20倍。额瘤不明显，中额微隆，头顶中部稍内凹。触角6节，光滑粗短，全长0.96mm，约为体长的0.38倍，节Ⅲ长0.30mm，节Ⅰ～Ⅵ长度比例：22：24：100：56：56：29＋41；触角有长曲毛，节Ⅰ～Ⅵ毛数：9～12根，9～11根，42～59根，26～31根，30～36根，4～（6＋0）根；节Ⅲ毛长为该节直径的1.40倍。喙粗大，端部达中足基节，节Ⅳ＋Ⅴ长0.15mm，为基宽的2.20倍，为后足跗节Ⅱ的1.20倍，有刚毛5或6对。足粗短，光滑；后足股节长0.50mm，为触角节Ⅲ、Ⅳ之和的1.10倍；后足胫节长0.77mm，为体长的0.31倍，毛长为该节直径的0.93倍；跗节Ⅰ毛序：3，3，2。腹管短筒形，光滑，有缘突和切迹；长0.11mm，与基宽约等长，为尾片的1.70倍，有长刚毛3或4根。尾片宽圆锥形，长与基宽相等，有长曲毛 21～29 根。尾板末端圆形，有毛 82～92 根。生殖板骨化，有毛 70 余根。

有翅孤雌蚜　体椭圆形，体长 2.50mm，体宽 0.97mm。玻片标本头部、胸部黑色，腹部淡色，有黑色斑纹。触角、足、喙、腹管、尾片、尾板及生殖板黑色，足股节基部淡色。腹部背片 Ⅰ～Ⅲ 有零星中斑，背片 Ⅳ、Ⅴ 有中侧横带，背片 Ⅰ～Ⅴ 各有大缘斑，背片 Ⅶ、Ⅷ 有横带横贯全节。气门圆形开放，气门片黑色。体背长毛尖锐；头部多毛，有头顶毛 12～14 根，头背毛 56～62 根；前胸背板有中侧毛 16～20 根，缘毛 6～8 对；腹部背片 Ⅰ 有中侧毛 42～46 根，背片 Ⅱ～Ⅴ 有中侧毛各 20～24 根，背片 Ⅰ～Ⅴ 各有缘毛：25～27 根，35～37 根，35～37 根，34～38 根，21～24 根；背片 Ⅵ～Ⅷ 各有中侧缘毛：50～52 根，33～35 根，22 或 23 根。中额及额瘤微隆。触角 6 节，全长 1.00mm，为体长的 0.41 倍；节 Ⅲ 长 0.32mm，节 Ⅰ～Ⅵ 长度比例：22：21：100：58：61：26+34；节 Ⅲ 有长毛 68～87 根，毛长为该节直径的 1.20 倍；节 Ⅲ～Ⅴ 分别有大小圆形稍突起次生感觉圈：39～45 个，11～15 个，0～9 个，分布于各节全长。翅脉正常，各脉微有黑色镶边。腹管短管形，光滑，端部有 2 或 3 行网纹，缺刚毛，长 0.09mm，为基宽的 1.70 倍。尾片有长曲毛 20～24 根。尾板有毛 59～62 根。生殖板横卵形，有毛 70 余根。

生物学　原生寄主植物为梨 *Pyrus* sp. 和杜梨 *P. betulaefolia*；次生寄主植物为艾蒿 *Artemisia argyi* 和猪毛蒿 *A. scoparia*。4～6 月在原生寄主嫩叶背面叶缘部分为害，沿叶缘向背面卷缩变红。在次生寄主根部取食。

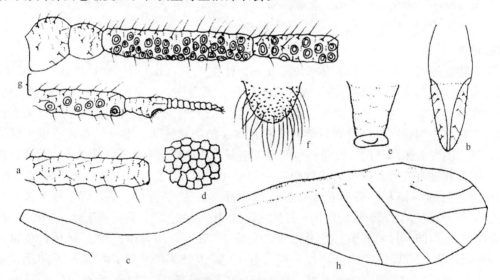

图 310　梨中华圆尾蚜 *Sappaphis sinipiricola* Zhang

无翅孤雌蚜（apterous viviparous female）

a. 触角节 Ⅲ（antennal segment Ⅲ）；b. 喙节 Ⅳ+Ⅴ（ultimate rostral segment）；c. 中胸腹岔（mesosternal furca）；d. 体背网纹（dorsal polygonal reticulations）；e. 腹管（siphunculus）；f. 尾片（cauda）。

有翅孤雌蚜（alate viviparous female）

g. 触角（antenna）；h. 前翅（fore wing）。

分布　辽宁（沈阳）、北京、河北、河南、湖南、甘肃。

105. 半蚜属 *Semiaphis* van der Goot，1913

Semiaphis van der Goot，1913：105. **Type species**：*Aphis dauci* Fabricius，1775.

Semiaphis van der Goot：Miyazaki，1971：188；Zhang *et* Zhong，1983：284；Remaudière *et* Remaudière，1997：142；Zhang，1999：483；Lee *et al.*，2002：179.

属征　中额及额瘤存在，不发达。触角 5 或 6 节，一般为体长的 0.50 倍。无翅孤雌蚜触角节Ⅲ一般无次生感觉圈，有翅孤雌蚜触角节Ⅲ、Ⅳ，偶在节Ⅴ有次生感觉圈。腹管短，约为体长的 0.05 倍，短于尾片，无缘突。尾片舌状、锥状或三角状，有毛 5～7 根。取食凤仙花属 *Impatiens*、李氏禾属 *Leersia* 及伞形科 Apiaceae 植物。

世界已知 18 种，中国已知 4 种，本志记述 1 种。

(278) 胡萝卜微管蚜 *Semiaphis heraclei*（Takahashi，1921）（图 311）

Brachycolus heraculei Takahashi：1921：60.

Semiaphis lonicerae Shinji，1939：39.

Semiaphis heraclei（Takahashi）：Takahashi，1924：50；Miyazaki，1971：189；Zhang *et* Zhong，1983：286；Remaudière *et* Remaudière，1997：143；Zhang，483；Lee *et al.*，2002：179.

特征记述

　　无翅孤雌蚜　体卵形，体长 2.10mm，体宽 1.10mm。活体黄绿色至土黄色，被薄粉。玻片标本淡色，有灰黑色斑纹。头部灰黑色，有淡色断续背中缝；前胸背板中斑与侧斑愈合为中断横带，有时与缘斑相接；腹部背片Ⅶ、Ⅷ有背中横带。触角、喙及足大致为灰黑色，触角节Ⅲ、Ⅳ及喙节Ⅱ淡色，触角节Ⅴ和Ⅵ、胫节端部 1/6～1/5、跗节、腹管黑色，尾片、尾板、生殖板灰褐色。体表光滑，头背前部有曲纹，后部微有皱纹，前胸背板有皱纹，腹部背片Ⅶ、Ⅷ有横网纹。缘瘤不明显。中胸腹岔两臂分离。体背毛短尖；头部背面有毛 12 根，额瘤腹面有毛 1 或 2 根；前胸背板有中毛 2 或 3 根，中胸背板有中毛 9～12 根，后胸背板有中毛 6 根，胸部各节有缘毛 2 对；腹部背片Ⅰ、Ⅱ各有中、侧毛 6 根，背片Ⅲ～Ⅴ及Ⅷ各有中、侧毛 4 根，背片Ⅵ、Ⅶ各有中、侧毛 2 根；背片Ⅰ～Ⅶ各有缘毛 1 对；头顶毛、腹部背片Ⅰ毛、背片Ⅷ毛长分别为触角节Ⅲ直径的 0.73 倍、0.67 倍、0.73 倍。中额及额瘤平，微隆。触角 6 节，有瓦纹，全长 0.85mm，为体长的 0.41 倍；节Ⅲ长 0.81mm，节Ⅰ～Ⅵ长度比例：18：17：100：30：28：23＋58；各节有短尖毛，节Ⅰ～Ⅵ毛数：5 或 6 根，4 根，5～7 根，3 或 4 根，2 根，2＋0 根，节Ⅲ毛长为该节直径的 0.53 倍。喙端部超过中足基节，节Ⅳ＋Ⅴ两缘稍隆起，长 0.11mm，为基宽的 1.90 倍，为后足跗节Ⅱ的 0.89 倍；有原生刚毛 2 对，次生刚毛 3 对。后足股节长 0.40mm，等于触角节Ⅲ、Ⅳ之和；后足胫节长 0.64mm，为体长的 0.31 倍，毛长约为该节直径的 0.81 倍；跗节Ⅰ毛序：3，3，3。腹管短弯曲，无瓦纹、无缘突和切迹；长 0.08mm，至少为中宽的 0.50 倍，为尾片的 0.48 倍。尾片圆锥形，中部不收缩，有微刺状瓦纹，长 0.16mm，有细长曲毛 6 或 7 根。尾板末端圆形，有长毛 11 或 12 根。

　　有翅孤雌蚜　体长 1.60mm，体宽 0.72mm。活体黄绿色，被薄粉。玻片标本头部、胸部黑色，腹部淡色，稍有灰黑色斑纹，背片Ⅷ基部 1/6 淡色。触角、股节端部 4/5 黑色。腹部背片Ⅱ～Ⅳ缘斑大，背片Ⅴ～Ⅵ缘斑甚小，背片Ⅶ、Ⅷ有横带横贯全节。中额突起，额瘤突起但不高于中额。触角 6 节，全长 1.10mm，为体长的 0.68 倍；节Ⅲ长 0.38mm，节Ⅰ～Ⅵ长度比例：16：13：100：37：29：23＋73；节Ⅲ～Ⅴ分别有稍隆起的小圆形至卵形次生感觉圈：26～40 个，6～10 个，0～3 个；节Ⅲ次生感觉圈分散于全长。喙端部不达中足基节。后足股节长 0.39mm，稍长于触角节Ⅲ；后足胫节长 0.75mm，为体长的 0.46 倍。翅脉正常。腹管长 0.06mm，为尾片的 0.42 倍。尾片长 0.13mm，有毛 6～8 根。尾板有毛 10～16 根。其他特征与无翅孤雌蚜相似。

生物学　原生寄主为黄花忍冬 *Lonicera chrysantha*、新疆忍冬（桃色忍冬）*L. tatarica*、金银花 *L. japonica* 和红花金银忍冬（红花金银木、金银木）*L. maackii* var. *erubescens* 等多种忍冬属植物；次生寄主为芹菜 *Apium* sp.、茴香 *Foeniculum vulgare*、芫荽 *Coriandrum sativum*、胡萝卜 *Daucus carota* var. *sativa*、野胡萝卜 *D. carota*、白芷 *Angelica dahurica*、当归 *Angelica sinensis*、防风 *Saposhnikovia divaricata*、香根芹 *Osmorhiza aristata*、水芹 *Oenanthe javanica* 和窃衣 *Torilis scabra* 等多种伞形科植物。胡萝卜微管蚜是芹菜、胡萝卜、茴香、芫荽等伞形花科蔬菜和白芷、当归、防风等伞形花科中草药以及中草药金银花的重要害虫。

　　主要为害伞形花科植物嫩梢，使幼叶卷缩，降低蔬菜和中草药产量和品质。茴香苗

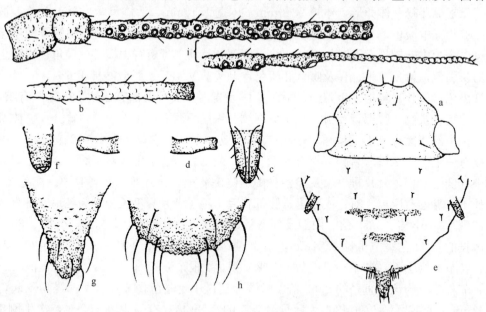

图 311　胡萝卜微管蚜 *Semiaphis heraclei*（Takahashi）

无翅孤雌蚜（apterous viviparous female）

a. 头部背面观（dorsal view of head）；b. 触角节Ⅲ（antennal segment Ⅲ）；c. 喙节Ⅳ＋Ⅴ（ultimate rostral segment）；d. 中胸腹岔（mesosternal furca）；e. 腹部背片Ⅴ～Ⅷ（abdominal tergites Ⅴ～Ⅷ）；f. 腹管（siphunculus）；g. 尾片（cauda）；h. 尾板（anal plate）。

有翅孤雌蚜（alate viviparous female）

i. 触角（antenna）。

被害后常卷缩呈乱发状。胡萝卜苗常受害成片枯黄。金银花等忍冬属幼叶背面常被蚜虫盖满，畸形卷缩。该种以卵在忍冬属多种植物枝条上越冬，早春越冬卵孵化，4、5月间严重为害忍冬属植物，5～7月严重为害伞形花科蔬菜和中草药植物，10月间发生有翅性母和雄蚜由伞形花科植物向忍冬属植物上迁飞。10～11月雌、雄蚜交配，并产卵越冬。在金银花等忍冬属植物上防治应掌握越冬卵完全孵化，幼叶尚未卷缩的有利时机。在伞形花科植物上防治要在受害卷叶前施药防治。

分布　内蒙古（加格达奇）、辽宁（海城、沈阳、铁岭）、吉林（安图、敦化）、黑龙江（伊春）、北京、河北、天津、浙江、福建、山东、河南、云南、甘肃、青海、新疆、台湾；朝鲜半岛，俄罗斯，日本，印度尼西亚，印度，夏威夷。

106. 谷网蚜属 *Sitobion* Mordvilko, 1914

Sitobion Mordvilko, 1914: 65. **Type species**: *Aphis avenae* Fabricius, 1775＝*Aphis granaria* Kirby, 1798.

Anameson Mordvilko, 1914: 164.

Aphidiella Theobald, 1923: 52.

Macrosiphum（*Neomacrosiphum*）Basu *et al.*, 1976 nec van der Goot, 1915: 59.

Macrosiphum（*Neomacrosiphum*）Raychaudhuri *et al.*, 1980 nec van der Goot, 1915: 47

Sitobion Mordvilko: Remaudière *et* Remaudière, 1997: 144; Lee *et al.*, 2002: 182.

属征　额瘤低，外倾；中额小，明显突起。触角等于或长于体长，节Ⅲ毛通常短于该节基宽的 0.50 倍；触角节Ⅲ有次生感觉圈。跗节Ⅰ毛序：3，3，3。腹管细长，圆柱状，缘突发达，端部网纹至多分布于全长的1/4。尾片指状或长舌状，淡色或暗色，基部有时缢缩，长约为腹管的 0.50 倍，有毛 7～20 根。

世界已知 100 种，中国已知 7 种，本志记述 3 种。

种 检 索 表
（无翅孤雌蚜）

1. 腹管长度小于尾片的 2.20 倍 ·· 荻草谷网蚜 *S. miscanthi*
   腹管长度大于尾片的 2.50 倍 ··· 2
2. 触角节Ⅲ次生感觉圈分布于近基部 1/4；喙节Ⅳ＋Ⅴ短于或等于后足跗节Ⅱ ·····················
   ·· 月季长管蚜 *S. rosivorum*
   触角节Ⅲ次生感觉圈分布于近基部 3/4；喙节Ⅳ＋Ⅴ长于后足跗节Ⅱ ········· 白苏长管蚜 *S. perillae*

（有翅孤雌蚜）

1. 触角节Ⅲ有次生感觉圈 8～12 个 ·· 荻草谷网蚜 *S. miscanthi*
   触角节Ⅲ有次生感觉圈多于 20 个 ·· 2
2. 触角全长为体长的 1.30 倍；节Ⅲ有圆形次生感觉圈 23～31 个 ············· 白苏长管蚜 *S. perillae*
   触角全长为体长的 0.80 倍；节Ⅲ有圆形次生感觉圈 40～45 个 ·········· 月季长管蚜 *S. rosivorum*

(279) 荻草谷网蚜 *Sitobion miscanthi* (Takahashi, 1921)（图 312）

Macrosiphum miscanthi Takahashi, 1921: 8.

Macrosiphum eleusines Theobald, 1929: 177.

Macrosiphum avenae (Fabricius)：Zhang et Zhong，1983：360；Zhang，1999：432.

Sitobion miscanthi (Takahashi)：Remaudière et Remaudière，1997：146.

特征记述

无翅孤雌蚜 体长卵形，体长 3.10mm，体宽 1.40mm。活体草绿色至橙红色，头部灰绿色，腹部两侧有不甚明显的灰绿色斑。玻片标本淡色，触角、喙节Ⅲ及节Ⅳ＋Ⅴ、足股节端部 1/2、胫节端部、跗节、腹管黑色；触角节Ⅰ～Ⅲ有时骨化灰黑色，尾片、尾板及生殖板淡色。体表光滑；腹部背片Ⅵ～Ⅷ及腹面明显有横网纹，缘域有环形纹。体背毛粗短，钝顶；腹面多长尖毛；头顶毛 2 对，头部背毛 4 对；前胸背板中、侧、缘毛各 1 对；腹部背片Ⅰ有中侧缘毛共 8 根，背片Ⅱ～Ⅵ各有缘毛 3 或 4 对，中毛2 对，侧毛 1 或 2 对；背片Ⅶ有毛 6 根，背片Ⅷ有毛 4 根，毛长为触角节Ⅲ直径的 1/3；头顶毛与其约等长，腹部背片Ⅰ缘毛长为其 0.67 倍，腹面毛长为背毛 2.00 倍以上。无缘瘤。气门圆形关闭，有时开放，气门片稍骨化。节间斑分布于侧域，明显褐色。中胸腹岔有短柄。中额稍隆，额瘤显著外倾。触角 6 节，细长，节Ⅰ～Ⅳ光滑，节Ⅴ～Ⅵ具明显瓦纹；全长 2.70mm，为体长的 0.88 倍；节Ⅲ长 0.79mm，节Ⅰ～Ⅵ长度比例：14：11：100：62：47：16＋94；触角毛短，钝顶，节Ⅰ～Ⅵ毛数：9～11 根，4 根，20～26 根，11～15 根，10 或 11 根，3＋2 根，末节鞭部顶端有毛 3 根；节Ⅲ毛长为该节直径的 0.50 倍；节Ⅲ基部有小圆形次生感觉圈 1～4 个。喙粗大，端部超过中足基节，节Ⅳ＋Ⅴ圆锥形；长 0.13mm，为基宽的 1.80 倍，为后足跗节Ⅱ的 0.77 倍，有原生刚毛 2 对，次生长刚毛 2 对。足长大，光滑，有粗短钝毛；后足股节长 0.99mm，为触角节Ⅲ的 1.30 倍；后足胫节长 1.60mm，为体长的 0.52 倍，毛长为该节直径的 0.66倍；跗节Ⅰ毛序：3，3，3。腹管长圆筒形，端部 1/4～1/3 有网纹 13 或 14 行，有缘突和切迹；长 0.74mm，为触角节Ⅲ的 0.94 倍，为体长的 0.24 倍。尾片长圆锥形，近基部 1/3 处收缩，有圆突构成横纹；全长 0.37mm，为腹管的 0.50 倍，有曲毛 6～8 根。尾板末端圆形，有长短毛 6～10 根。生殖板有毛 14 根，包括前部毛 1 对。

有翅孤雌蚜 体椭圆形，体长 3.00mm，体宽 1.20mm。玻片标本头部、胸部褐色骨化，腹部淡色，各节有断续褐色背斑，背片Ⅰ～Ⅳ有圆形缘斑，腹管前斑小于后斑，不甚明显，背片Ⅶ、Ⅷ无斑纹。触角、腹管全黑色。气门圆形开放，气门片黑色。节间斑与背斑愈合成黑斑。体背毛较长。触角 6 节，细长，全长 3.00mm，与体等长；节Ⅲ长 0.72mm，节Ⅰ～Ⅵ长度比例：17：14：100：80：61：11＋128；节Ⅲ有毛 30 余根，毛长为该节直径的 0.58 倍；节Ⅲ有圆形次生感觉圈 8～12 个，分布于外缘基部 2/3，排成 1 行，节Ⅴ偶有 1 个圆形次生感觉圈。喙端部不及中足基节。腹管长圆筒状，端部有 15 或 16 行横形网纹。后足股节长 0.91mm，为触角节Ⅲ的 1.30 倍；后足胫节长 1.80mm，为体长的 0.60 倍，毛长为该节直径的 0.77 倍。尾片长圆锥状，有长毛 8 或9 根，尾板有毛 10～17 根。其他特征与无翅孤雌蚜相似。

生物学 主要为害白羊草 *Bothriochloa ischaemum*、马唐 *Digitaria sanguinalis*、画眉草 *Eragrostis pilosa*、红蓼 *Polygonum orientale*、高粱 *Sorghum bicolor*、狼毒 *Stellera chamaejasme*、荻（荻草）*Triarrhena sacchariflora*、玉蜀黍（玉米）*Zea mays*、普通小麦 *Triticum aestivum*、大麦 *Hordeum vulgare*、燕麦 *Avena sativa* 和莜

麦 A. chinensis，在海南岛为害甘蔗 Saccharum officinarum 花穗和未成熟的种子，在浙江为害迟熟连作晚稻稻穗，偶尔为害高粱、玉蜀黍和水稻 Oryza sativa 幼苗。夏季可取食自生麦苗、鹅观草 Roegneria kamoji、荻草、芒 Miscanthus sinensis 和荠菜 Capsella bursa-pastoris 等植物。国外记载尚可为害雀麦 Bromus japonicus、黑麦 Secale cereale、狗牙根 Cynodon dactylon、芒、紫羊茅 Festuca rubra、早熟禾 Poa annua、鸭嘴草 Ischaemum aristtum var. glaucum、郁金香 Tulipa gesneriana、唐菖蒲 Gladiolus gandavensis、红三叶 Trifolium pratense、毛茛 Ranunculus japonicus 和茅莓 Rubus parvifolius 等植物。

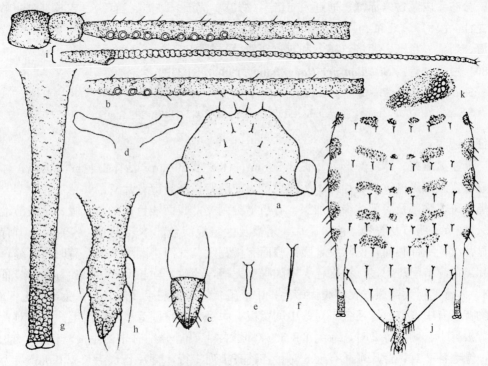

图 312　荻草谷网蚜 Sitobion miscanthi（Takahashi）

无翅孤雌蚜（apterous viviparous female）

a. 头部背面观（dorsal view of head）；b. 触角节Ⅲ（antennal segment Ⅲ）；c. 喙节Ⅳ＋Ⅴ（ultimate rostral segment）；d. 中胸腹岔（mesosternal furca）；e. 体背毛（dorsal hair of body）；f. 体腹面毛（ventral hair of body）；g. 腹管（siphunculus）；h. 尾片（cauda）。

有翅孤雌蚜（alate viviparous female）

i. 触角节Ⅰ～Ⅲ及Ⅳ（antennal segments Ⅰ～Ⅲ，Ⅳ）；j. 腹部背片Ⅱ～Ⅷ（abdominal tergites Ⅱ～Ⅷ）；k. 节间斑与背斑（muskelplatten and dorsal scleroites）。

荻草谷网蚜是麦类作物的重要害虫。曾经长期与麦长管蚜 Macrosiphim avenae 混淆，后经研究发现麦长管蚜仅分布在我国新疆伊犁等地，分布于国内其他地区的麦长管蚜都应为荻草谷网蚜（张广学，1999）。在多数产麦地区发生的几种麦蚜中，大部分以荻草谷网蚜占优势。前期大多在叶正反面取食，后期大都集中在穗部为害。前期易受震动而坠落逃散，受害叶有褐色斑点或斑块。后期在穗部为害，虽受震动也不易坠落。受害后常使麦株生长缓慢，分蘖数减少，穗粒数和千粒重下降，还可传带小麦黄矮病毒病，使小麦后期提早枯黄、棵矮、穗小，造成减产。迟熟连作晚稻稻穗受害后，由于该蚜吸食大量汁液和分泌蜜露引起霉病，千粒重常降低，秕谷粒增加。

在多数产麦区以无翅孤雌成蚜和若蚜在麦株根际和附近土块隙缝中越冬，在背风向阳的麦田中可在麦叶上继续生活。荻草谷网蚜发生消长受天敌影响很大。主要天敌有七星瓢虫、十三星瓢虫、龟纹瓢虫、二星瓢虫、四斑月瓢虫、六斑月瓢虫、双盘带瓢虫、异色瓢虫、小黑瓢虫、小花蝽、华野姬猎蝽、草蛉、食蚜瘿蚊、多种食蚜蝇、蚜茧蜂、恙螨、多种蜘蛛和蚜霉菌等。

分布　内蒙古（赤峰、通辽）、辽宁（海城、沈阳、岫岩、营口）、吉林（公主岭）、黑龙江（漠河）、北京、河北、天津、浙江、福建、广东、四川、陕西、甘肃、宁夏、青海、新疆、台湾；斐济，澳大利亚，新西兰，美国。

（280）白苏长管蚜 *Sitobion perillae* Zhang，1988　（图313）

Sitobion perillae Zhang，1988：146.

Sitobion perillae Zhang：Remaudière *et* Remaudière，1997：146.

特征记述

无翅孤雌蚜　体纺锤形，体长2.50mm，体宽1.10mm。活体白色或淡黄色，体缘明显有宽纵带黑斑纹。玻片标本头部黑色，前胸背板至腹部背片Ⅵ沿体缘有呈"U"形的黑色斑，胸部及腹部体缘斑加深，有粗糙尖刺突；腹面淡色；触角、喙、足股节端部2/3、胫节、跗节及腹管黑色，尾片、尾板及生殖板淡色。体表光滑，腹管后几节背片微显瓦纹，胸部腹面有网状纹，腹部腹面有横瓦纹。气门小圆形关闭，有时有开缝，气门片黑色。节间斑明显，黑褐色。中胸腹岔无柄，淡色，横长0.30mm，为触角节Ⅲ的1/3。体背毛粗大钝顶，腹部腹面多毛；中额毛1对，额瘤毛2或3对，头部背毛5对；前胸背板有中、侧、缘毛各1对；中胸背板有中毛3对，侧毛2对，缘毛3或4对，后胸背板有中、侧毛各2对，缘毛2对；腹部背片Ⅰ～Ⅶ分别有中侧毛2～3对，有时4对，缘毛各2对，背片Ⅷ共有毛3对，各整齐排列1行，背片Ⅷ长毛长0.05mm，为触角节Ⅲ最宽直径的0.95倍；腹部背片Ⅰ缘毛长0.03mm，头顶毛长0.04mm。中额平；额瘤隆起，内缘圆形，内倾，呈"U"形。触角6节，细长，有瓦纹；全长3.37mm，为体长的1.40倍；节Ⅲ长0.84mm，节Ⅰ～Ⅵ长度比例：15：11：100：80：64：23＋109；触角毛短、头状，节Ⅰ～Ⅵ毛数：8根，4或5根，29根，14～21根，10～13根，（3或4）＋（7～9）根，末节鞭部毛尖锐，节Ⅲ毛长0.01mm，为该节最宽直径的1/5；节Ⅲ有圆形次生感觉圈5～13个，分布于基部3/4；原生感觉圈小，有睫。喙端部不达后足基节，节Ⅳ＋Ⅴ楔状，长0.13mm，为基宽的2.00倍，为后足跗节Ⅱ的1.10倍，有毛6～8对，其中次生毛4或5对。后足股节长0.90mm，为触角节Ⅲ的1.10倍；后足胫节长1.96mm，为体长的0.78倍；足各节毛头状，后足胫节长毛为该节中宽的0.69倍；跗节Ⅰ毛序：3，3，3。腹管长管状，顶端1/10有网纹6～9行，其他部分有瓦纹，有缘突和切迹；长0.81mm，为触角节Ⅲ的0.96倍，为尾片的2.90倍。尾片长锥形，长0.28mm，有粗曲毛8或9根。尾板帽状，有毛12～18根。生殖板有钉状毛12根。

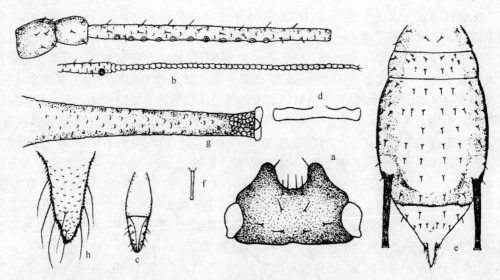

图 313　白苏长管蚜 *Sitobion perillae* Zhang
无翅孤雌蚜（apterous viviparous female）

a. 头部背面观（dorsal view of head）；b. 触角节Ⅰ～Ⅲ及Ⅵ（antennal segments Ⅰ～Ⅲ，Ⅵ）；c. 喙节Ⅳ＋Ⅴ（ultimate rostral segment）；d. 中胸腹岔（mesosternal furca）；e. 中、后胸及腹部背面观（dorsal view of mesonotum, metanotum and abdomen）；f. 体背毛（dorsal hair of body）；g. 腹管（siphunculus）；h. 尾片（cauda）。

有翅孤雌蚜　体长 2.61mm，体宽 1.06mm。玻片标本头部、胸部黑色，腹部背片Ⅰ、Ⅲ～Ⅵ缘域暗黑色，背片Ⅵ有横带，腹管基部及背片Ⅶ和Ⅷ、腹部淡色。体背毛粗短头状，中额毛1对；腹部背片Ⅰ～Ⅵ各有毛5对，排列1行，背片Ⅶ有毛3对，背片Ⅷ有毛2或3对。触角6节，细长，全长 3.48mm，为体长的 1.30 倍；节Ⅲ长 0.85mm，节Ⅰ～Ⅵ长度比例：15：11：100：82：67：26＋110；节Ⅲ有长毛 33～37 根，毛长为该节最宽直径的 1/3；节Ⅲ有圆形次生感觉圈 23～31 个，分布于外缘1排。喙端部不达中足基节，节Ⅳ＋Ⅴ尖锥状，长 0.13mm，为基宽的 2.30 倍，为后足跗节Ⅱ的 1.30 倍；有毛7对，其中次生毛4对。足股节端半部有暗瓦纹。后足股节长 1.02mm，后足胫节长 2.03mm，后足跗节Ⅱ长 0.10mm。翅脉正常。腹管长管状，端部 1/6 有网纹，长 0.67mm。尾片尖锥状，长 0.24mm，有毛8或9根。尾板有毛 22～27 根。其他特征与无翅孤雌蚜相似。

生物学　取食紫苏（白苏子）*Perilla frutescens*、黄花香薷（野苏子）*Elsholtzia flava* 等紫苏属和香薷属植物。

分布　辽宁（鞍山、北镇、本溪）、北京、河北；朝鲜半岛。

(281) 月季长管蚜 *Sitobion rosivorum*（Zhang, 1980）（图 314）

Macrosiphum rosivorum Zhang et Zhong, 1980：357.

Sitobion rosivorum（Zhang）：Remaudière *et* Remaudière, 1997：146；Zhang, 1999：436.

特征记述

　　无翅孤雌蚜　体长 4.20mm，体宽 1.40mm。活体头部土黄色至浅绿色，胸部、腹部草绿色，有时红色。玻片标本淡色，斑纹不明显，有时可见腹管前斑，其他缘斑隐约可见。触角淡色，各节间灰黑色，喙节Ⅲ～Ⅴ、腹管、股节、胫节端部、跗节黑色，尾片及尾板淡色，刺突黑色。体表光滑，腹部背片Ⅶ、Ⅷ及腹部腹面有明显瓦纹。前胸、腹部节Ⅱ～Ⅴ有小圆形缘瘤。气门圆形关闭，气门片稍骨化。节间斑灰褐色。中胸腹岔淡色，有短柄。体背毛短，钝顶，腹面毛尖锐，长为背毛的 3.00 倍；头部有中额毛 1对，额瘤毛 2 或 3 对（其中 1 对在腹面），头背毛 8 根；前胸背板有中、侧、缘毛各 1对；腹部背片Ⅰ～Ⅵ各有中侧毛 6～8 根，背片Ⅰ有缘毛 1 或 2 对，背片Ⅱ～Ⅵ各有缘毛 4 或 5 对；背片Ⅶ有毛 8～10 根，背片Ⅷ有毛 4 或 5 根；头顶毛、腹部背片Ⅰ缘毛、背片Ⅷ毛长分别为触角节Ⅲ直径的 0.27 倍、0.17 倍、0.25 倍。中额微隆，额瘤隆起外倾，呈浅 "W" 形。触角 6 节，细长，节Ⅱ内侧有明显小圆突，节Ⅲ光滑，其他各节有瓦纹；全长 3.90mm，为体长的 0.92 倍；节Ⅲ长 1.10mm，节Ⅰ～Ⅵ长度比例：15：10：100：72：57：14+74；触角毛短，节Ⅰ～Ⅵ毛数：11 或 12 根，4 或 5 根，31～37根，15～21 根，11～14 根，（2 或 3）＋（8～11）根，节Ⅲ毛长为该节直径的 0.30 倍；节Ⅲ有小圆形次生感觉圈 6～12 个，分布于基部 1/4 外缘。喙粗大，多毛，端部达中足基节，节Ⅳ＋Ⅴ短圆锥形，长 0.74mm，为基宽的 1.70 倍，与后足跗节Ⅱ约等长，有长毛 5～7 对。足细长，光滑；后足股节长 1.30mm，为触角节Ⅲ的 1.20 倍；后足胫节长 2.40mm，为体长的 0.57 倍，毛长为该节直径的 0.59 倍。腹管长圆筒形，端部1/8～1/6 有网纹，其他部分有瓦纹，有缘突和切迹；全长 1.30mm，为体长的 0.30 倍，为尾片的 2.50 倍。尾片长圆锥形，有小圆形突起构成横纹，有曲毛 7～9 根。尾板末端圆形，有毛 14～20 根。生殖板淡色，有长短毛 14 或 15 根。

　　有翅孤雌蚜　体长 3.50mm，体宽 1.30mm。活体草绿色，中胸土黄色。玻片标本头部、胸部灰褐色，腹部淡色，稍显斑纹。触角、喙节Ⅳ＋Ⅴ、后足股节端部 1/2、胫节、跗节、腹管深褐色至黑色，尾片、尾板及其他附肢灰褐色。腹部各节背片有中、侧、缘斑，背片Ⅷ有 1 个大宽横带斑。气门圆形半开放。节间斑较明显，褐色。体背毛短，尖锐；头部有背毛 10 根；腹部背片Ⅰ～Ⅶ各有中毛：4 根，4 根，4 根，4 根，4根，2 根，2 根，侧毛：2 根，2 根，2 根，2 根，6 根，2 根，2 根，缘毛：2 根，8 根，10 根，10 根，6 根，2 根，2 根，背片Ⅷ有毛 4 根。触角 6 节，全长 2.80mm，约为体长的 0.80 倍；节Ⅲ长 0.91mm，节Ⅰ～Ⅵ长度比例：17：10：100：57：48：14+67；节Ⅲ有毛 22 根，毛长为该节直径的 0.56 倍；节Ⅲ有圆形次生感觉圈 40～45 个，分布于全节。喙端部达前、中足基节之间，节Ⅳ＋Ⅴ长 0.13mm，为基宽的 1.40 倍，为后足跗节Ⅱ的 0.94 倍，有长刚毛 5 对。后足股节长 1.00mm，为触角节Ⅲ的 1.10 倍；后足胫节长 1.90mm，为体长的 0.55 倍，毛长为该节直径的 0.65 倍；跗节Ⅰ毛序：3，3，3。翅脉正常。腹管端部 1/5～1/4 有网纹；长为体长的 0.22 倍，为尾片的 2.00 倍。尾片长圆锥形，中部收缩，端部稍内凹，长 0.39mm，有毛 9～11 根。尾板馒圆形，有毛 14～16 根。其他特征与无翅孤雌蚜相似。

　　生物学　寄主植物为月季 *Rosa chinensis* 和蔷薇 *Rosa* sp. 等蔷薇属植物。在嫩梢、

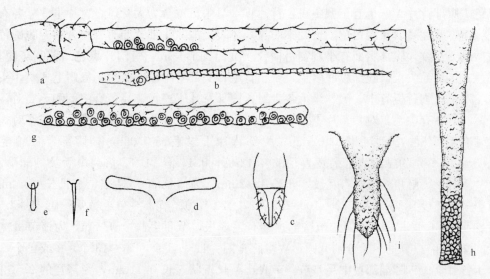

图 314　月季长管蚜 *Sitobion rosivorum*（Zhang）

无翅孤雌蚜（apterous viviparous female）

a. 触角节Ⅰ～Ⅲ（antennal segments Ⅰ～Ⅲ）；b. 触角节Ⅵ（antennal segment Ⅵ）；c. 喙节Ⅳ＋Ⅴ（ultimate rostral segment）；d. 中胸腹岔（mesosternal furca）；e. 体背毛（dorsal hair of body）；f. 体腹面毛（ventral hair of body）。

有翅孤雌蚜（alate viviparous female）

g. 触角节Ⅲ（antennal segment Ⅲ）；h. 腹管（siphunculus）；i. 尾片（cauda）。

花序及叶片背面取食，有时盖满一层。

　　分布　辽宁（岫岩）、北京、浙江、山东、新疆；朝鲜半岛。

107. 花楸蚜属 *Sorbaphis* Shaposhnikov, 1950

Sorbaphis Shaposhnikov, 1950：224. **Type species**：*Sorbaphis chaetosiphon* Shaposhnikov, 1950.

Sorbaphis Shaposhnikov：Miyazaki, 1971：201；Remaudière *et* Remaudière, 1997：147；Zhang, 1999：485；Lee *et al.*, 2002：185.

　　属征　中额及额瘤微隆，呈"W"形。无翅孤雌蚜触角节Ⅲ无次生感觉圈；腹管管状，长于尾片；尾片宽圆形。有翅孤雌蚜腹背片Ⅳ～Ⅵ有 1 个背中大斑；触角鞭部长于基部，节Ⅲ～Ⅴ有次生感觉圈。

　　世界已知 2 种，中国已知 1 种，

（282）毛管花楸蚜 *Sorbaphis chaetosiphon* Shaposhnikov, 1950（图 315）

Sorbaphis chaetosiphon Shaposhnikov, 1950：244.

Sorbaphis chaetosiphon Shaposhnikov：Shaposhnikov, 1956：283；Shaposhnikov, 1964：584；Miyazaki, 1971：201；Zhang *et al.*, 1987：459；Remaudière *et* Remaudière, 1997：147；Zhang, 1999：485；Lee *et al.*, 2002：185.

特征记述

　　有翅孤雌蚜　体椭圆形，体长 1.73mm，体宽 0.64mm。玻片标本头部、胸部黑色，腹部淡色，有黑色斑。触角、喙节Ⅲ～Ⅴ、足、腹管、尾片端半部、尾板及生殖板黑色。腹部背片Ⅰ～Ⅲ有小型中斑，背片Ⅳ～Ⅵ中斑愈合为大背斑，背片Ⅰ～Ⅶ各有大型缘斑，背片Ⅶ、Ⅷ淡褐色，斑纹不明显。体表光滑，头部背面有颗粒分布，腹部背面有微刺突瓦纹，腹部腹面有小刺突密横纹。气门圆形开放，气门片黑色。节间斑明显，褐色。体背毛尖锐，腹部腹面多毛，长于背毛；头部有中额毛1对，额瘤毛5对，头背毛4对；前胸背板有中、侧、缘毛各1对；腹部背片Ⅰ～Ⅳ、Ⅶ各有中、侧毛2对，背片Ⅴ、Ⅵ各有中毛1对，背片Ⅰ、Ⅶ各有缘毛1对，背片Ⅱ～Ⅵ各有缘毛3或4对，背片Ⅷ有毛5根；头顶毛长0.02mm，腹部背片Ⅰ缘毛长0.02mm，腹部背片Ⅷ毛长0.03mm，分别为触角节Ⅲ最宽直径的0.42倍、0.45倍、0.67倍。中额及额瘤隆起，呈"W"形。触角6节，有瓦纹，全长1.32mm，为体长的0.77倍；节Ⅲ长0.44mm，节Ⅰ～Ⅵ长度比例：14∶12∶100∶55∶27∶22＋70；节Ⅰ～Ⅵ毛数：6根，5根，12根，7根，4根，3＋0根，末节鞭部顶端有毛3根，节Ⅲ毛长0.02mm，为该节最宽直径的0.35倍；节Ⅲ～Ⅴ分别有圆形次生感觉圈：41～45个，10～13个，0或1个，分布于各节全长。喙端部达中足基节，节Ⅳ＋Ⅴ长楔状，长0.11mm，为基宽的2.50倍，为后足跗节Ⅱ的1.30倍；有原生毛2对，次生毛1对。足基节及股节端半部有瓦纹，胫节光滑；后足股节长0.54mm，为触角节Ⅲ的1.20倍；后足胫节长0.90mm，为体长的0.52倍，毛长0.03mm，为该节端部最宽直径的0.83倍；跗节Ⅰ毛序：3，3，2。腹管管状，粗糙，有瓦纹，有缘突和切迹；长0.23mm，为尾片的2.80倍，有尖锐毛10根，毛长0.15mm，为中部直径的0.33倍。尾片尖圆形，有粗刺突组成横纹，长0.80mm，为基宽的0.83倍，有毛8根。尾板末端圆形，有毛14根。生殖板椭圆形，

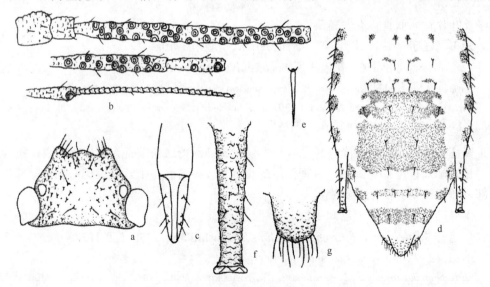

图315　毛管花楸蚜 *Sorbaphis chaetosiphon* Shaposhnikov
无翅孤雌蚜（apterous viviparous female）

a. 头部背面观（dorsal view of head）；b. 触角（antenna）；c. 喙节Ⅳ＋Ⅴ（ultimate rostral segment）；
d. 腹部背面观（dorsal view of abdomen）；e. 体背毛（dorsal hairs of body）；f. 腹管（siphunculus）；
g. 尾片（cauda）。

有尖毛 18 根。

生物学　寄主植物为棠梨 *Pyrus* sp. 和面梨 *Pyrus* sp.。在棠梨叶片背面为害，被害叶向下卷曲并变红；在面梨基部根的上部取食。

分布　辽宁（千山、沈阳）；朝鲜半岛，俄罗斯。

108. 泰无网蚜属 *Titanosiphon* Nevsky, 1928

Titanosiphon Nevsky, 1928：189. **Type species**：*Titanosiphon bellicosum* Nevsky, 1928.

Titanosiphon Nevsky：Remaudière *et* Remaudière, 1997：149；Zhang, 1999：489；Lee *et al.*, 2002：186.

属征　无翅孤雌蚜头部平滑，中额平或微隆，额瘤不发达，外倾。触角节Ⅲ基半部或更多部分有圆形次生感觉圈；有翅孤雌蚜触角节Ⅲ圆形次生感觉圈分布于全节长。跗节Ⅰ毛序：3，3，3。翅脉正常。腹管长管状。尾片长。

世界已知 6 种，中国已知 2 种，本志记述 1 种。

(283) 蒿新梯管蚜 *Titanosiphon neoartemisiae*（Takahashi, 1921）（图 316）

Macrosiphum neoartemisiae Takahashi, 1921：1.

Titanosiphon neoartemisiae（Takahashi）：Remaudière *et* Remaudière, 1997：149；Lee *et al.*, 2002：186.

特征记述

无翅孤雌蚜　体椭圆形，体长 2.51mm，体宽 0.97mm。活体深褐色至黑色。玻片标本头部、前胸褐色，腹部淡色，无斑纹，有时腹部毛基斑暗淡色。触角节Ⅰ、Ⅱ及节Ⅲ基部淡褐色，节Ⅲ～Ⅵ黑色；喙褐色，节Ⅲ～Ⅴ黑褐色；足褐色，股节端部、胫节及跗节黑色；腹管黑色，基部 1/10 淡色；尾片、尾板黑色；生殖板淡色。体表光滑，腹部背片Ⅶ、Ⅷ有小刺突组成瓦纹，腹部腹面有细微瓦纹。气门圆形关闭，气门片稍淡褐色。头胸部节间斑淡色，腹部无节间斑。中胸腹岔淡色，有长柄，柄长为臂长的 0.69倍，横长 0.27mm，为触角节Ⅲ的 0.50 倍。体背有粗尖锐毛，长短不等，腹部腹面多细尖锐毛，长于背毛；头部有中额毛 1 对，额瘤毛 3 对，头背毛 4 对；前胸背板有中毛 2 对，侧、缘毛各 1 对；腹部背片Ⅰ～Ⅶ分别有中侧毛 3 或 4 对，背片Ⅰ有缘毛 1 或 2对，背片Ⅱ～Ⅶ各有缘毛 3 或 4 对，背片Ⅷ有毛 3 对；头顶长毛 0.04mm，与触角节Ⅲ最宽直径约相等，腹部背毛长 0.02～0.05mm。中额平隆，额瘤显著，呈"U"形。触角 6 节，细长，节Ⅰ～Ⅲ光滑，节Ⅳ～Ⅵ有瓦纹，全长 2.37mm，为体长的 0.94 倍；节Ⅲ长 0.54mm，节Ⅰ～Ⅵ长度比例：16：16：100：93：73：28+114；触角毛粗尖，节Ⅰ～Ⅵ毛数：8 或 9 根，4 根，19 或 20 根，12 或 13 根，8 或 9 根，4＋（8～15）根，节Ⅵ鞭部顶端有短毛 4 根，节Ⅲ毛长 0.03mm，为该节最宽直径的 0.63 倍；节Ⅲ有圆形次生感觉圈 8 或 9 个，分布于基部 1/2 膨大处。喙端部达后足基节，节Ⅳ＋Ⅴ长楔形，长 0.16mm，为基宽的 3.10 倍，约等于或稍长于后足跗节Ⅱ，有原生毛 3 对，次生毛 4 对。足光滑，各足基节有瓦纹；后足股节长 0.82mm，为触角节Ⅲ的 1.50 倍；后足胫节长 1.46mm，为体长的 0.58 倍，长毛长 0.05mm，为该节最宽直径的 0.92 倍；跗节Ⅰ毛序：3，3，3。腹管长管形，端部 1/4 光滑，其他部分有微瓦纹，无缘突，有切迹；长 1.15mm，为体长的 0.46 倍，为尾片的 2.90 倍。尾片长锥状，有粗刺突组成瓦纹，长 0.40mm，为基宽的 2.60 倍，有细毛 21 根，长短不等。尾板末端圆形，有毛 22 根。生殖板馒状，有尖锐毛 12 根。

生物学 寄主植物为茵陈蒿 *Artemisia capillaris*。

分布 辽宁（沈阳、铁岭）、黑龙江（哈尔滨），台湾；朝鲜半岛，俄罗斯，中亚。

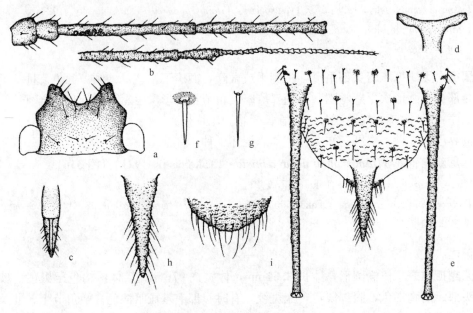

图 316 蒿新梯管蚜 *Titanosiphon neoartemisiae*（Takahashi）
无翅孤雌蚜（apterous viviparous female）

a. 头部背面观（dorsal view of head）；b. 触角（antenna）；c. 喙节Ⅳ＋Ⅴ（ultimate rostral segment）；d. 中胸腹岔（mesosternal furca）；e. 腹部背面观（dorsal view of abdomen）；f. 体背毛及毛基斑（dorsal dorsal hair and hair bearing scleroite of body）；g. 体腹面毛（ventral hair of body）；h. 尾片（cauda）；i. 尾板（anal plate）。

109. 皱背蚜属 *Trichosiphonaphis* Takahashi, 1922

Trichosiphonaphis Takahashi, 1922：205. **Type species**：*Myzus polygoni formosana* Takahashi, 1921.

Trichosiphonaphis Takahashi: Miyazaki, 1971：137；Raychaudhuri, 1980：260；Tao, 1990：236；Remaudière *et* Remaudière, 1997：149；Lee *et al.*, 2002：186.

属征 无翅孤雌蚜体表皱纹显著，有微刺突。头部粗糙，额瘤发达，内缘平行或内倾。有翅孤雌蚜触角节Ⅲ～Ⅴ有次生感觉圈。前翅翅脉正常，后翅仅 1 条斜脉。腹管管状，基部粗大，向端部渐细，基部 2/3 有瓦纹和刺突，被长毛。

世界已知 12 种，中国已知 5 种，本志记述 3 种。主要分布于亚洲东部。

种检索表

（无翅孤雌蚜）

1. 腹管有毛 14～17 根 ·················· **忍冬皱背蚜 *T. lonicerae***

腹管有毛 4～7 根 ·· **蓼皱背蚜** *T. polygoni*

（有翅孤雌蚜）

1. 喙节Ⅳ＋Ⅴ长为基宽的 2.10 倍，为后足跗节Ⅱ的 1.50 倍；尾片有毛 5 根；尾板有毛 13 或 14 根
·· **蓼皱背蚜** *T. polygoni*

喙节Ⅳ＋Ⅴ长为基宽的 3.20 倍，为后足跗节Ⅱ的 1.70 倍；尾片有毛 9 或 10 根；尾板有毛 28～30
根 ·· **蓼叶皱背蚜** *T. polygonifoliae*

（284）忍冬皱背蚜 *Trichosiphonaphis lonicerae* （Uye, 1923）（图 317）

Macrosiphum lonicerae Uye, 1923：4.

Trichosiphonaphis lonicerae (Uye)：Takahashi, 1965：43；Miyazaki, 1971：139；Zhang *et al.*，1987：459；Remaudière *et* Remaudière, 1997：149；Lee *et al.*, 2002：187.

特征记述

无翅孤雌蚜　体卵圆形，体长 1.94mm，体宽 1.2mm。活体黑褐色。玻片标本头部褐色，头顶黑色，胸部及腹部淡色，腹部背片Ⅶ、Ⅷ深色。触角节Ⅰ、Ⅱ缘域及节Ⅵ黑色，其他部分淡色；喙黑色；足淡色，跗节黑色；腹管、尾片及尾板褐色，生殖板淡色。体表粗糙，头部背面及腹面密布粗尖突颗粒，胸部、腹背有粗皱纹，腹部背片Ⅶ、Ⅷ有粗刺突组成瓦纹，腹部腹面有明显细瓦纹。气门圆形开放，气门片黑褐色。中胸腹岔淡褐色，有短柄，单臂横长 0.31mm，为触角节Ⅲ的 0.88 倍。体背毛长短不等，短毛钉状，长毛尖锐，腹部腹面多长尖锐毛；头部中额缺毛，额瘤各侧有 1 对钝顶短毛，毛长 0.02mm，头部背面有长毛 3 对，纵排于中域，后缘外侧有短毛 1 对，长毛长 0.05mm；腹部背片Ⅰ～Ⅵ各有中侧毛 2 或 3 对，各有缘毛 1 或 2 对，各毛长 0.01mm，背片Ⅶ有毛 2 对，背片Ⅷ有长毛 1 对，长毛长 0.04mm，为触角节Ⅲ最宽直径的 1.10 倍。中额微隆，额瘤隆起，呈浅 "W" 形。触角 6 节，粗糙，有瓦状纹，各节内缘呈锯齿状；全长 1.44mm，为体长的 0.74 倍；节Ⅲ长 0.353mm，节Ⅰ～Ⅵ长度比例：25：19：100：69：60：28＋131；触角毛短小，钝顶，节Ⅰ～Ⅵ毛数：4～6 根，4 根，8～10 根，4～7 根，3 根，（2 或 3）＋（1～4）根，节Ⅵ鞭部顶端有毛 2 或 3 根；节Ⅲ毛长为该节直径的 1/3。喙端部达后足基节，节Ⅳ＋Ⅴ长楔形，长 0.13mm，为基宽的 2.50 倍，为后足跗节Ⅱ的 1.10 倍；有原生毛 2 对，次生毛 2 或 3 对。后足股节端部有粗瓦纹，其他部分光滑；后足股节长 0.55mm，为触角节Ⅲ的 1.50 倍；后足胫节长 0.94mm，为体长的 0.50 倍，长毛为该节最宽直径的 0.88 倍；后足跗节Ⅰ毛序：3，3，3，有时 2 根。腹管长管状，有粗刺突组成瓦纹，有缘突和切迹，长 0.45mm，为尾片的 2.50 倍，为体长的 0.23 倍，两缘有长毛 14～17 根，长毛长 0.04～0.06mm，约等于或稍长于端径。尾片宽锥形，长 0.19mm，为基宽的 1.50 倍，有长毛 11～15 根。尾板末端圆形，有毛 13～18 根。生殖板有长毛 22 或 23 根。

生物学　寄主植物为酸模叶蓼（节蓼）*Polygonum lapathifolium*、芦蓼 *Polygonum* sp. 和多种忍冬属 *Lonicera* 植物。

分布　辽宁（沈阳）；日本。

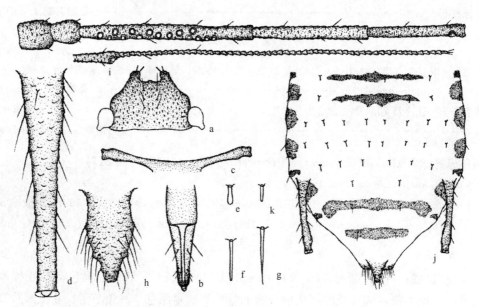

图 317　忍冬皱背蚜 *Trichosiphonaphis lonicerae*（Uye）

无翅孤雌蚜（apterous viviparous female）

a. 头部背面观（dorsal view of head）；b. 喙节 Ⅳ＋Ⅴ（ultimate rostral segment）；c. 中胸腹岔（mesosternal furca）；d. 腹管（siphunculus）；e. 腹部背片 Ⅰ～Ⅵ毛（dorsal hair on abdominal tergites Ⅰ～Ⅵ）；f. 腹部背片 Ⅷ毛（dorsal hair on abdominal tergite Ⅷ）；g. 体腹面毛（ventral hair of body）；h. 尾片（cauda）。

有翅孤雌蚜（alate viviparous female）

i. 触角（antenna）；j. 腹部背面观（dorsal view of abdomen）；k. 体背毛（dorsal hair of body）。

（285）蓼皱背蚜 *Trichosiphonaphis polygoni*（van der Goot，1917）（图 318）

Phorodon polygoni van der Goot，1917：44.

Phorodon ishimikawae Shinji，1941：1.

Trichosiphonaphis ishimikawae（Shinji）：Zhang *et al.*，1987：459.

Trichosiphonaphis polygoni（van der Goot，1917）：Takahashi，1937：205；Miyazaki，1971：141；Remaudière *et* Remaudière，1997：150；Lee *et al.*，2002：188.

特征记述

无翅孤雌蚜　体椭圆形，体长 2.04mm，体宽 1.02mm。活体黄色。玻片标本淡色。触角淡色，末节鞭部褐色；喙节 Ⅳ＋Ⅴ黑色；足淡色，跗节黑色，腹管、尾片及尾板淡色。体表粗糙，头部背面布满粗刺突，前胸背板有微曲纹，中、后胸背板有不规则横纵纹，腹部背片 Ⅰ～Ⅵ粗糙，有粗双刻纹组成的不规则网纹，背片 Ⅶ、Ⅷ有粗瓦纹，腹部腹面有小刺突组成横瓦纹。气门圆形关闭，气门片淡色。中胸腹岔淡色，无柄，单臂横长 0.28mm，为触角节 Ⅲ的 0.93 倍。体背毛少，短小钝顶，胸部各节及腹部背片 Ⅰ～Ⅵ毛极短不甚明显，腹部腹面多长尖锐毛；头部有中额毛 1 对，额瘤毛 2 对，头背毛 4 对；前胸背板有中、侧、缘毛各 1 对；腹部背片 Ⅶ有中毛 1 或 2 对，背片 Ⅷ有毛 1 对；中额毛长 0.01mm，为触角节 Ⅲ中宽的 0.21 倍，背片 Ⅶ、Ⅷ背毛长 0.02mm。中额微隆，额瘤显著内倾。触角6节，粗糙，有瓦纹，全长1.36mm，为体长的0.67倍；节Ⅲ长0.31mm，节Ⅰ～Ⅵ长度比例：27：22：100：67：62：32+130；触角毛粗短，节Ⅰ～Ⅵ毛数：6～8根，3或4根，11～15根，5～7根，（3～5）+（1或2）根；节Ⅲ毛长为该节中宽的0.17倍；原生感觉圈无睫。喙端部超过中足基节，节Ⅳ+Ⅴ楔状，长0.10mm，为基宽的1.80倍，为后足跗节Ⅱ的1.10倍；有原生毛2或3对，次生毛2对，有时1对。足各节粗糙，股节有瓦纹，胫节外缘瓦纹明显；后足股节长0.49mm，为触角节Ⅲ的1.60倍；后足胫节长0.82mm，为体长的0.40倍，毛长为该节最宽直径的0.71倍；跗节Ⅰ毛序：3，3，3或3，3，2。腹管长管状，基部宽大，向端部渐细，粗糙有小刺突组成瓦纹，有4～6根粗短毛分布于中部，无缘突，长0.50mm，为触角节Ⅲ的1.60倍，为尾片的2.50倍，端径0.03mm，为基宽的1/4。尾片锥状，长0.20mm，有细长毛5根。尾板末端圆形，有毛10～18根。

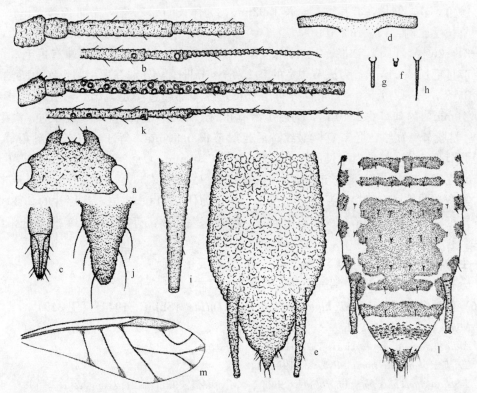

图318　蓼皱背蚜 *Trichosiphonaphis polygoni* (van der Goot)

无翅孤雌蚜 (apterous viviparous female)

a. 头部背面观 (dorsal view of head)；b. 触角 (antenna)；c. 喙节Ⅳ+Ⅴ (ultimate rostral segment)；
d. 中胸腹岔 (mesosternal furca)；e. 腹部背面观 (dorsal view of abdomen)；f. 腹部背片Ⅰ～Ⅵ背毛
(dorsal hair on abdominal tergites Ⅰ～Ⅵ)；g. 腹部背片Ⅶ、Ⅷ背毛 (dorsal hair on abdominal tergites
Ⅶ、Ⅷ)；h. 体腹面毛 (ventral hair of body)；i. 腹管 (siphunculus)；j. 尾片 (cauda)。

有翅孤雌蚜 (alate viviparous female)

k. 触角 (antenna)；l. 腹部背面观 (dorsal view of abdomen)；m. 前翅 (fore wing)。

有翅孤雌蚜　体椭圆形，体长 1.57mm，体宽 0.66mm。活体深绿色。玻片标本头部、胸部黑色，腹部淡色，有黑色斑。触角、喙节Ⅲ～Ⅴ黑色；足基节及股节端半部黑色，胫节褐色，端部深褐色，跗节黑色；腹管、尾片、尾板及生殖板黑色。腹部背片Ⅰ、Ⅱ各有横带，背片Ⅲ～Ⅵ横带愈合为 1 个大背斑，背片Ⅰ～Ⅵ各有独立大缘斑，背片Ⅰ缘斑小，背片Ⅶ有横带横贯全节，背片Ⅷ有窄横带。体表光滑，头部背面有稀疏颗粒分布，腹部背片Ⅶ、Ⅷ有瓦纹，腹部腹面有明显横瓦纹。气门圆形关闭，气门片黑色。体背毛尖锐，腹部腹面多长毛，长为背毛的 2.00 倍；头部有中额毛 1 对，额瘤毛 5～7 对（包括额瘤腹面毛），头背毛 4 对；前胸背板有中、侧、缘毛各 1 对；腹部背片Ⅰ～Ⅴ各有中侧毛 3 或 4 对，背片Ⅵ、Ⅶ各有中侧毛 1 对，背片Ⅰ～Ⅶ各有缘毛 2 对，有时 4 对，背片Ⅷ有毛 2 对；头顶毛长 0.02mm，为触角节Ⅲ最宽直径的 0.55 倍，腹部背片Ⅰ毛长 0.01mm，背片Ⅷ毛长 0.03mm。中额微隆，额瘤显著，内缘圆形，内倾。触角 6 节，细长，有瓦纹，全长 1.92mm，为体长的 1.20 倍，节Ⅲ长 0.48mm，节Ⅰ～Ⅵ长度比例：16 : 13 : 100 : 75 : 63 : 29＋103；节Ⅰ～Ⅵ毛数：8 或 9 根，4 或 5 根，24～26 根，11 或 12 根，7～10 根，4＋（2～5）根，节Ⅵ鞭部顶端有短毛 3 或 4 根，节Ⅲ毛长 0.01mm，为该节中宽的 0.25 倍；节Ⅲ～Ⅴ分别有大小圆形次生感觉圈：28～35 个，5～12 个，0～2 个，分布于全长。喙端部超过中足基节，节Ⅳ＋Ⅴ楔状，长 0.10mm，为基宽的 2.10 倍，为后足跗节Ⅱ的 1.50 倍，有原生毛 2 或 3 对，次生毛 3 对。足股节有瓦纹，胫节有横皱纹；后足股节长 0.50mm，等于或稍长于触角节Ⅲ；后足胫节长 0.97mm，为体长的 0.62 倍，毛长 0.02mm，为该节最宽直径的 0.71 倍；跗节Ⅰ毛序：3，3，2。翅脉正常，各脉镶黑边，顶端翅昙扩大。腹管长管状，端半部膨大，有皱曲纹；有缘突和切迹；长 0.20mm，为体长的 0.13 倍，为尾片的 2.30 倍。尾片宽锥状，有小刺突横瓦纹，有毛 5 根。尾板末端圆形，有毛 13 或 14 根。生殖板圆帽状，有毛 16 根。

生物学　寄主为穿叶蓼 *Polygonum* sp. 等蓼属植物。

分布　辽宁（千山）；朝鲜半岛，俄罗斯，日本。

（286）蓼叶皱背蚜 *Trichosiphonaphis polygonifoliae*（Shinji, 1944）（图 319）

Myzus polygonifoliae Shinji, 1944：536.

Aulacorthum lonicerae Hori, 1938：160.

Trichosiphonaphis horii Miyazaki, 1971：142.

Trichosiphonaphis polygonifoliae（Shinji）：Miyazaki, 1971：142；Zhang *et al.*, 1987：459；
　　Remaudière *et* Remaudière, 1997：150；Lee *et al.*, 2002：188.

特征记述

有翅孤雌蚜　体椭圆形，体长 1.88mm，体宽 0.90mm。活体褐色。玻片标本头部、胸部黑色，腹部淡色，有黑色斑。触角、喙黑色；足胫节基部 3/4 淡色，其他部分黑色；腹管淡色，端部 1/4 黑色；尾片淡褐色，尾板及生殖板黑色。腹部背片Ⅰ、Ⅱ各有窄横带，背片Ⅰ、Ⅱ两缘斑愈合，背片Ⅲ～Ⅳ各有大缘斑，腹管后斑大型，前斑小型，背片Ⅶ宽横带与缘斑愈合，背片Ⅷ有宽横带。体表光滑，头部背面有颗粒分布，斑纹上有小刺突组成瓦纹。气门圆形开放，气门片黑色。体背毛短，尖锐，腹部腹面多毛，长为背毛的 2.00～3.00 倍；头部有中额毛 1 对，额瘤毛 2 对，头背毛 4 对；腹部背片Ⅰ～Ⅶ各有中侧毛 2 或 3 对，缘毛 2 或 3 对，背片Ⅷ有中毛 1 对；头顶毛长 0.01mm，为触角节Ⅲ最宽直径的 1/5，腹部背片Ⅰ缘毛长 0.01mm，背片Ⅷ毛长 0.02mm。中额微隆，额瘤显著外倾。触角 6 节，有粗瓦纹，全长 1.87mm，约等于体长，节Ⅲ长 0.41mm，节Ⅰ～Ⅵ长度比例：17∶17∶100∶73∶50∶22＋173，节Ⅵ鞭部长为基部的 7.90 倍；触角毛粗短，节Ⅰ～Ⅵ毛数：5 根，3 或 4 根，9～12 根，3 或 4 根，3 或 4 根，(2 或 3)＋3 根，节Ⅵ鞭部顶端有短毛 4 根，节Ⅲ毛长为该节最宽直径的 0.20 倍；节Ⅲ有圆形次生感觉圈 15～23 个，分布于基部 4/5；原生感觉圈无睫。喙端部达中足基节，节Ⅰ、Ⅱ粗糙，其他各节光滑，节Ⅳ＋Ⅴ长楔状，长 0.18mm，为基宽的 3.20 倍，为后足跗节Ⅱ的 1.70 倍，有原生毛 3 对，次生毛 2 对。足股节端半部有瓦纹，胫节光滑，端部微有曲纹；后足股节长 0.61mm，为触角节Ⅲ的 1.50 倍；后足胫节长 1.16mm，为体长的 0.62 倍，长毛长为该节最宽直径的 0.70 倍；跗节Ⅰ毛序：3，3，3。翅脉正常。腹管长管状，端部 1/4～1/3 膨大，中部收缩，有瓦纹，无缘突，有短毛 5～7 根，分布于中部，长 0.40mm，为体长的 0.21 倍，为尾片的 2.50 倍。尾片宽锥状，基部 1/2 宽大光滑，端半部渐细，布满粗刺突，有毛 9 或 10 根。尾板末端圆形，有毛 28～30 根。生殖板椭圆形，有长毛 24 根。

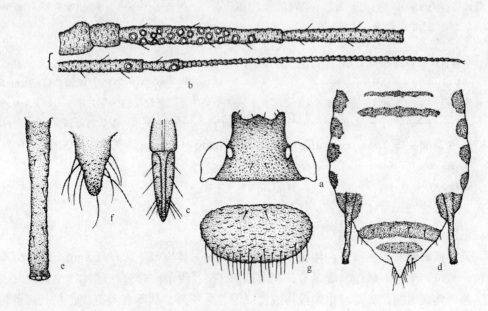

图 319　蓼叶皱背蚜 *Trichosiphonaphis polygonifoliae*（Shinji）
有翅孤雌蚜（alate viviparous female）

a. 头部背面观（dorsal view of head）；b. 触角（antenna）；c. 喙节Ⅳ＋Ⅴ（ultimate rostral segment）；

d. 腹部背面观（背毛省略）（dorsal view of abdomen, not showing dorsal hairs）；e. 腹管（siphunculus）；

f. 尾片（cauda）；g. 生殖板（genital plate）。

生物学　寄主植物为忍冬 *Lonicera japonica*、莫罗氏忍冬 *L. morrowii*、刺蓼 *Polygonum senticosum* 和长柱蓼 *Polygonum* sp.。

分布 辽宁（千山、沈阳、铁岭）；朝鲜半岛，日本。

110. 瘤头蚜属 *Tuberocephalus* Shinji，1929

Tuberocephalus Shinji，1929：39. **Type species**：*Tuberocephalus artemisiae* Shinji，1929.

Heterogenaphis Ivanovskaja，1966：18.

Tuberocephalus Shinji：Miyazaki，1971：102；Zhang et Zhong，1983：290；Remaudière et Remaudière，1997：150；Zhang，1999：491；Lee et al.，2002：189.

属征 无翅孤雌蚜触角节Ⅲ无次生感觉圈，有翅孤雌蚜触角节Ⅲ、Ⅳ有突出圆形次生感觉圈。头顶粗糙，额瘤显著，高于中额。腹管常弯曲成倒"S"形，常有较粗刚毛，毛长为中宽的 3.00～5.00 倍。寄主为李属 *Prunus* 或蒿属 *Artemisia* 植物。

世界已知 10 种，中国已知 7 种，本志记述 3 种。

种 检 索 表
（无翅孤雌蚜）

1. 腹部背面全面深色骨化；头顶毛长于触角节Ⅲ直径的 0.90 倍 ············ **樱桃卷叶蚜 *T. liaoningensis***

   腹部背面非全面深色骨化；头顶毛短于触角节Ⅲ直径的 0.60 倍 ··· 2

2. 背片Ⅷ有毛 2 根；节Ⅲ毛长为该节直径的 0.50 倍 ····················· **欧李瘤头蚜 *T. jinxiensis***

   背片Ⅷ有毛 4 根；节Ⅲ毛长为该节直径的 0.38 倍···················· **桃瘤头蚜 *T. momonis***

（有翅孤雌蚜）

1. 触角节Ⅲ～Ⅴ分别有次生感觉圈：19～30 个，4～10 个，0～2 个；腹管长约为尾片的 2.20 倍 ···
   ··· **桃瘤头蚜 *T. momonis***

   触角节Ⅲ～Ⅴ分别有次生感觉圈：20～25 个，5～8 个，0 个；腹管长约为尾片的 2.56 倍 ·········
   ·· **樱桃卷叶蚜 *T. liaoningensis***

（287）欧李瘤头蚜 *Tuberocephalus jinxiensis* Chang et Zhong，1976（图 320）

Tuberocephalus jinxiensis Chang et Zhong，1976：75.

Tuberocephalus jinxiensis Chang et Zhong：Zhang et Zhong，1983：297；Remaudière et Remaudière，1997：150.

特征记述

无翅孤雌蚜 体椭圆形，体长 1.40～1.80mm，体宽 0.73～1.10mm。玻片标本体淡色，无斑。头部、触角、喙端节、胫节端部 1/4、跗节、腹管、尾片、尾板及气门片灰黑色。体表粗糙，头部有粗颗粒构成横纵网纹，胸部、腹部各节有淡色粒状微刺构成的网纹，体侧缘有微锯齿。气门肾形，关闭或半开放。中胸腹岔两臂分离。体背毛短，尖锐，仅头顶毛钝顶，头部有头顶毛 6～8 根，头背毛 8 根；腹部背片Ⅰ～Ⅴ各有中侧毛 8 或 9 根，背片Ⅳ～Ⅷ各有中侧毛 5 根，4 根，2 根；背片Ⅰ、Ⅶ各有缘毛 2 根，背片Ⅱ～Ⅵ各有缘毛 4～6 根；头顶及腹部背片Ⅰ毛长 0.01mm，为触角Ⅲ直径的 0.33～0.50 倍。中额微隆起，额瘤显著，内缘圆形，外倾。触角 6 节，节Ⅰ、Ⅵ有刺突构成瓦纹，两缘锯齿状；全长 0.71～0.79mm，约为体长的 0.50 倍，节Ⅲ长 0.18mm，节Ⅰ～Ⅵ长度比例：36：28：100：61：43：44＋93；节Ⅲ常有短毛 5 或 6 根，毛长为该

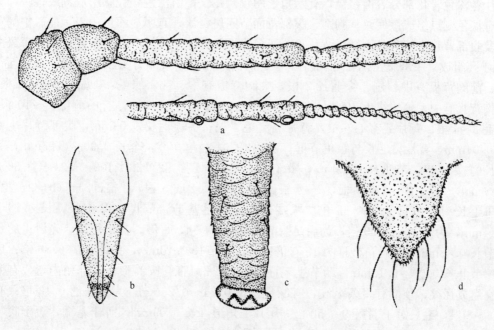

图 320 欧李瘤头蚜 *Tuberocephalus jinxiensis* Chang *et* Zhong

无翅孤雌蚜（apterous viviparous female）

a. 触角（antenna）；b. 喙节Ⅳ＋Ⅴ（ultimate rostral segment）；c. 腹管（siphunculus）；d. 尾片（cauda）。

节直径的 0.50 倍。喙端部达中足基节，节Ⅳ＋Ⅴ长为基宽的 2.00～2.50 倍，为后足跗节Ⅱ的 1.30～1.50 倍，有长短刚毛 3 或 4 对。足股节外缘有微刺突瓦纹，胫节端部有瓦纹；后足股节长 0.36mm，为触角的 0.47 倍；后足胫节长 0.57mm，为体长的 0.34 倍，毛长为该节直径的 0.61 倍；后足跗节Ⅱ长 0.08mm；跗节Ⅰ毛序：3，3，2。腹管短圆筒状，向端部渐细，有微刺突组成的瓦纹，侧缘有微锯齿，有明显缘突和切迹；长 0.15～0.17mm，为体长的 0.10 倍，为尾片的 1.50 倍；有短毛 5 根，毛长为端宽的 1/6～1/5。尾片五角形，尖顶，长 0.11mm，有曲毛 6 或 7 根。尾板末端圆形，有毛 6～8 根。生殖板椭圆形骨化，有短毛 20 余根。

生物学 寄主植物为欧李 *Cerasus humilis*。

分布 辽宁（葫芦岛）。

（288）樱桃卷叶蚜 *Tuberocephalus liaoningensis* Zhang *et* Zhong，1976（图 321）

Tuberocephalus liaoningensis Zhang *et* Zhong，1976：75.

Tuberocephalus liaoningensis Zhang *et* Zhong：Zhang *et* Zhong，1983：292；Remaudière *et* Remaudière，1997：150；Zhang，1999：492；Lee *et al.*，2002：190.

特征记述

无翅孤雌蚜 体卵圆形，体长 1.80～1.90mm，体宽 1.03mm。活体茶褐色。玻片标本体背均匀深褐色，前胸背板前后缘及腹部背片Ⅷ前后缘有淡色部分。触角节Ⅰ、Ⅱ、Ⅴ、Ⅵ以及喙节Ⅲ～Ⅴ、腹管灰黑色。头背有深色粗糙刻点分布；胸部背板、腹部背片各深色骨化部分表面粗糙，有六角形网纹及瓦纹，由深色颗粒状组成刻纹；腹部腹面有淡色刻点组成微横纹。胸部、腹部背面节间斑稍淡，有明显深色边界，前、中胸背板及腹部背片Ⅰ～Ⅵ各侧域、背片Ⅲ～Ⅵ各缘域及背片Ⅴ中域各有节间斑1对，每斑由2～4孔组成。中胸腹岔两臂分离。体背毛稍长，尖锐；头部有头顶毛8根，头背毛8根；前胸背板有中、侧、缘毛各2根，中胸背板有中、侧、缘毛：8根，2根，2根，后胸背板有中、侧、缘毛：6根，2根，4根；腹部背片Ⅰ～Ⅵ各有中侧毛8～10根，缘毛2～4根；背片Ⅶ有毛6根，背片Ⅷ有毛4根；头顶毛长0.03mm，腹部背片Ⅰ毛长0.04mm，背片Ⅷ毛长与触角节Ⅲ直径约相等。触角6节，全长0.90～0.96mm，为体长的0.50倍；节Ⅲ长0.25mm，节Ⅰ～Ⅵ长度比例：32：28：100：52：40：36＋76；节Ⅰ～Ⅵ毛数：4或5根，2～4根，8～14根，4或5根，2根，2＋（0～2）根，节Ⅲ毛长为该节直径的0.44倍。喙端部超过中足基节，节Ⅳ＋Ⅴ细长，长0.13～0.14mm，为基宽的2.50倍，为后足跗节Ⅱ的1.30～1.50倍。各足短粗，光滑；后足股节长0.43mm，为触角节Ⅲ的1.70倍；后足胫节长0.70mm，为体长的0.88倍；后足跗节Ⅱ长0.09～0.10mm，跗节Ⅰ毛序：3，3，2。腹管圆筒形，端部稍内弯，有微刺突组成瓦纹，顶端有多条纵纹，有缘突；长0.23～0.26mm，为体长的0.13倍；有毛6～8根，毛长短于端宽的0.50倍。尾片三角形，长0.09mm，等于基宽，短于腹管的0.50倍，有曲毛6～8根。尾板末端平圆形，有长毛8～11根。

有翅孤雌蚜　体长卵形，体长2.00mm，体宽0.77mm。活体胸部黑色，腹部茶褐色。玻片标本头部、胸部黑色，腹部斑纹灰黑色。触角节Ⅰ和Ⅱ、胫节端部1/7及跗节黑色，触角节Ⅲ～Ⅵ、喙、足、气门片、腹管、尾片、尾板及生殖板灰黑色。体表光滑，斑纹上有粒状微刺组成的网纹。头顶毛长0.02mm，腹部背片Ⅰ毛长0.02mm。触角6节，全长1.30～1.40mm，为体长的0.65倍；节Ⅲ长0.40mm，节Ⅰ～Ⅵ长度比

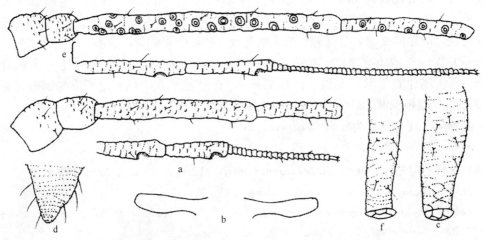

图 321　櫻桃卷叶蚜 *Tuberocephalus liaoningensis* Zhang *et* Zhong

无翅孤雌蚜（apterous viviparous female）

a. 触角（antenna）；b. 中胸腹岔（mesosternal furca）；c. 腹管（siphunculus）；d. 尾片（cauda）。

有翅孤雌蚜（alate viviparous female）

e. 触角（antenna）；f. 腹管（siphunculus）。

例：20：18：100：48：39：31＋80；节Ⅲ有毛 7 或 8 根，节Ⅲ、Ⅳ分别有小圆形次生感觉圈：20～25 个、5～8 个，节Ⅲ次生感觉圈分散于全长。喙节Ⅳ＋Ⅴ长 0.12～0.13mm，为基宽的 2.20 倍。后足股节有瓦纹，长 0.46mm，为触角节Ⅲ的 1.10 倍；后足胫节长 0.93mm，为体长的 0.46 倍；后足跗节Ⅱ长 0.09～0.10mm。翅脉正常。腹管长 0.18～0.20mm，为基宽的 4.00 倍，为体长的 0.10 倍。尾片长 0.08mm，为腹管的 0.39 倍，有曲毛 4 或 5 根。其他特征与无翅孤雌蚜相似。

生物学 寄主植物为樱桃 *Cerasus pseudocerasus*。该种蚜虫在樱桃幼叶背面为害，受害叶纵卷缩成筒形，变红。严重时造成受害叶干枯，影响生长和结果。

分布 辽宁（本溪、沈阳、兴城）、吉林（公主岭）、北京、甘肃；朝鲜半岛。

(289) 桃瘤头蚜 *Tuberocephalus momonis*（Matsumura, 1917）（图 322）

Myzus momonis Matsumura, 1917：402.

Trichosiphoniella formosana Hille Ris Lambers, 1965：198.

Tuberocephalus momonis (Matsumura)：Hori, 1929：402；Miyazaki, 1971：109；Zhang *et* Zhong,
　　1983：295；Remaudière *et* Remaudière, 1997：150；Zhang, 1999：493；Lee *et al*., 2002：191.

特征记述

无翅孤雌蚜 体卵圆形，体长 1.70mm，体宽 0.68mm。活体灰绿色至绿褐色。玻片标本体背骨化，头部背面、头部腹面前端及胸部各节侧域骨化黑色，胸部背板、腹部背片有灰黑色至黑色斑纹。触角节Ⅰ、Ⅱ、Ⅴ、Ⅵ以及喙端部、胫节端部、跗节、腹管、尾片、尾板和生殖板灰黑色至黑色。前、中胸背板及腹部背片Ⅶ、Ⅷ各有 1 个宽带与缘斑相连，横贯全节，各带有时破裂；背片Ⅰ有 1 对中斑或 1 个窄横带分裂为数个小斑，背片Ⅱ～Ⅵ无斑或有零碎小斑，背片Ⅵ有时有破碎的横带。体表粗糙，有粒状刻点组成的网纹，体侧、缘域有微锯齿；腹管后几节背片有横瓦纹。缘瘤不见。气门肾形关闭，气门片粗糙突起，灰黑色至黑色。中胸腹岔两臂分离或一丝相连。体背毛短、钝顶，毛淡色，毛基斑骨化；头部背面有毛 14～16 根；前胸背板有中、侧、缘毛各 2 根，中胸背板有中、侧、缘毛：8 根、8 根、4 根，后胸背板有中、侧、缘毛：4 根、2 根、4 根；腹部背毛排列整齐，背片Ⅰ～Ⅴ分别有毛 16～18 根，背片Ⅵ～Ⅷ分别有毛：10 根、8 根、4 根；体背毛长 0.01～0.02mm，为触角节Ⅲ直径的 0.38～0.96 倍。中额微隆，额瘤圆，内缘圆形，外倾。触角 6 节，有明显瓦纹，边缘有锯齿突；全长 0.65mm，为体长的 0.37～0.41 倍；节Ⅲ长 0.17mm，节Ⅰ～Ⅵ长度比例：36：24：100：51：41：41＋81；节Ⅰ～Ⅵ毛数：3 或 4 根，3 或 4 根，4～8 根，3～5 根，2 或 3 根，2＋1 根；触角毛尖锐，节Ⅲ毛长为该节直径的 0.38 倍。喙端部可达中足基节，节Ⅳ＋Ⅴ长为基宽的 1.70～2.10 倍，为后足跗节Ⅱ的 1.30～1.50 倍，有刚毛 3 对。足短粗，粗糙，有明显瓦纹；后足股节长 0.33mm，为触角的 0.50 倍；后足胫节长 0.48mm，为体长的 0.28 倍，为触角的 0.75 倍，毛长为该节直径的 0.50 倍，长毛与短毛相差 2.00 倍；跗节Ⅰ毛序：3，3，2。腹管圆筒形，有粗刺突组成瓦纹，边缘有微锯齿及明显缘突和切迹，长 0.16mm，为体长的 0.15 倍，为尾片的 1.60 倍；有短毛 3～6 根，毛长约为中宽的 0.25 倍。尾片三角形，顶端尖，有长曲毛 6～8 根。尾板末端圆形，有长毛 5～7 根。

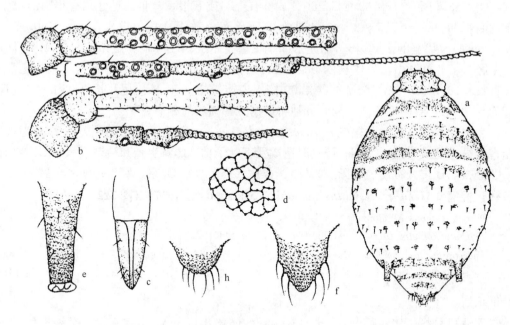

图 322　桃瘤头蚜 *Tuberocephalus momonis* (Matsumura)

无翅孤雌蚜（apterous viviparous female）

a. 整体背面观（dorsal view of body）；b. 触角（antenna）；c. 喙节Ⅳ＋Ⅴ（ultimate rostral segment）；
d. 体背网纹（dorsal polygonal reticulations）；e. 腹管（siphunculus）；f. 尾片（cauda）．

有翅孤雌蚜（alate viviparous female）

g. 触角（antenna）；h. 尾片（cauda）．

有翅孤雌蚜　体长 1.70mm，体宽 0.68mm。玻片标本头部、胸部骨化黑色，腹部淡色，有骨化稍淡斑纹。触角、喙、股节端部 1/2、胫节端部约 1/4、跗节、腹管、尾片及尾板稍骨化灰黑色至灰色。腹部背片Ⅱ～Ⅳ各有缘斑 1 对，腹管前后斑不甚明显，背片Ⅶ～Ⅷ有隐约可见的横带。节间斑较明显，灰褐色。体背光滑，仅头部背面及体缘斑有刻点。触角 6 节，全长 1.00mm，为体长的 0.59 倍；节Ⅲ长 0.35mm，节Ⅰ～Ⅵ长度比例：17：14：100：43：28：26＋67；节Ⅲ有短尖毛 6～8 根，毛长为该节直径的 0.37 倍；节Ⅲ～Ⅴ分别有圆形次生感觉圈：19～30 个，4～10 个，0～2 个，节Ⅲ次生感觉圈分散于全长。翅脉粗黑色。腹管长为体长的 0.10 倍，为尾片的 2.20 倍，有短毛 5 或 6 根。尾片有毛 8～12 根。尾板有毛 8～12 根。生殖板有毛 14～16 根。其他特征与无翅孤雌蚜相似。

生物学　寄主植物为桃 *Amygdalus persica* 和山桃 *A. davidiana* 等。该种蚜虫以卵越冬，在桃树芽苞膨大期孵化。干母为害芽苞，幼叶展开后为害叶片背面边缘，叶片向反面沿叶缘纵卷，肿胀扭曲，被害部变肥厚，形成红色伪虫瘿。有些植株大量叶片被害，部分被害叶变黄或枯萎。

分布　辽宁（朝阳、大连、盘锦、沈阳、铁岭、兴城、熊岳、彰武）、北京、河北、江苏、浙江、江西、福建、山东、河南、甘肃、台湾；朝鲜半岛，俄罗斯，日本。

111. 指网管蚜属 *Uroleucon* Mordvilko，1914

Uroleucon Mordvilko，1914：64. **Type species**：*Aphis sonchi* Linnaeus，1767

Eurythaphis Mordvilko，1914：164.

Megalosiphum Mordvilko，1919：237.

Tritogenaphis Oestlund，1922：114.

Uroleucon Mordvilko：Zhang *et* Zhong，1983：345；Remaudière *et* Remaudière，1997：151；Zhang，1999：498；Lee *et al.*，2002：193.

属征　头部光滑。额瘤发达、外倾，中额微隆。触角节Ⅲ或节Ⅲ、Ⅳ有圆形次生感觉圈。喙节Ⅳ＋Ⅴ等于或稍长于后足跗节Ⅱ。腹部背毛有毛基斑。腹管后斑几乎总存在，腹管前斑有或无，如果有，则小于后斑。腹管圆筒形，明显长于尾片，端部不到1/3处有网纹。活体常暗色、褐色、黑色或暗肉桂色，常有金属光泽。寄主为菊科植物。

世界已知 198 种，中国已知 13 种，本志记述 8 种。

种 检 索 表
（无翅孤雌蚜）

1. 触角节Ⅲ次生感觉圈少于 30 个 ·· 2
   触角节Ⅲ次生感觉圈多于 30 个 ·· 3
2. 触角节Ⅲ有次生感觉圈 19 或 20 个，分布于全长；尾片有毛 11 根 ··········· 山指管蚜 *U. monticola*
   触角节Ⅲ有次生感觉圈 8～13 个，分布于基部 1/2；尾片有毛 29～32 根 ······ 苣荬指管蚜 *U. sonchi*
3. 喙节Ⅳ＋Ⅴ长度小于基宽的 3.00 倍 ·· 4
   喙节Ⅳ＋Ⅴ长度大于基宽的 3.00 倍 ·· 5
4. 触角节Ⅲ有次生感觉圈 60～76 个，分布于全长；尾片有毛 33～41 根 ······ 巨指管蚜 *U. giganteum*
   触角节Ⅲ有次生感觉圈 35～48 个，分散于基部 4/5 外侧；尾片有毛 13～19 根
   ·· 红花指管蚜 *U. gobonis*
5. 触角节Ⅵ鞭部长于节Ⅲ ······················ 乳白风铃草指管蚜 *U. nigrocampanulae*
   触角节Ⅵ鞭部短于节Ⅲ ··· 6
6. 触角节Ⅲ次生感觉圈多于 70 个 ······················ 莴苣指管蚜 *U. formosanum*
   触角节Ⅲ次生感觉圈少于 70 个 ··· 7
7. 头顶毛长为触角节Ⅲ最宽直径的 1.20 倍；节Ⅲ有毛 33～41 根 ······· 头指管蚜 *U. cephalonopli*
   头顶毛长为触角节Ⅲ最宽直径的 0.92 倍；节Ⅲ有毛 24～25 根 ········· 马醉木指管蚜 *U. picridis*

（有翅孤雌蚜）

1. 触角节Ⅵ鞭部长于节Ⅲ ·· 2
   触角节Ⅵ鞭部短于节Ⅲ ·· 3
2. 触角节Ⅲ有次生感觉圈 70～88 个 ······················ 红花指管蚜 *U. gobonis*
   触角节Ⅲ有次生感觉圈 22～30 个 ······················ 山指管蚜 *U. monticola*
3. 触角节Ⅲ次生感觉圈多于 120 个 ······················ 莴苣指管蚜 *U. formosanum*
   触角节Ⅲ次生感觉圈少于 120 个 ··· 4
4. 触角节Ⅲ有毛 35～42 根；腹管长为尾片的 1.95 倍 ············· 头指管蚜 *U. cephalonopli*

触角节Ⅲ有毛 20～22 根；腹管长为尾片的 1.50 倍 ························· **马醉木指管蚜 U. picridis**

(290) 头指管蚜 Uroleucon cephalonopli（Takahashi, 1962）（图 323）

Dactynotus (Uromelan) cephalonopli Takahashi, 1962：80.

Uroleucon cephalonopli（Takahashi）：Remaudière et Remaudière, 1997：156；Lee et al., 2002：200.

特征记述

　　无翅孤雌蚜　体长卵形，体长 4.35mm，体宽 1.82mm。活体黑色，有光泽。玻片标本头部黑色，前、中胸各呈宽横带，节间处淡色，腹部淡色，体背斑纹深黑色。触角、喙、足股节端部 2/3、胫节基部及端部 1/6～1/4、跗节、腹管、尾片、尾板及生殖板黑色。后胸、腹部背片Ⅰ～Ⅵ各有毛基斑 3 或 4 块，侧缘斑 4～8 块；腹管前后有大缘斑；背片Ⅶ、Ⅷ有横带。体表光滑，微有细瓦纹，各毛基斑周围有明显皱纹。气门圆形开放，气门片黑色。节间斑黑褐色。中胸腹岔有柄，边缘深色，单臂横长 0.37mm，为触角节Ⅳ的 0.50 倍。体背毛粗大钝顶，毛基隆起；腹面毛细长尖锐；头部有中额毛 1 或 2 对，额瘤毛 3 对，头背毛 4 对；前胸背板有中、侧、缘毛各 1 对；腹部背片Ⅰ～Ⅴ各有中毛 2 对，背片Ⅵ有中毛 3 或 4 根，背片Ⅶ有毛 1 对；背片Ⅰ～Ⅴ各有侧缘毛 4～8 对，背片Ⅷ有毛 2 或 3 对；头顶毛长 0.08mm，为触角节Ⅲ直径的 1.20 倍，腹部背片Ⅰ、Ⅷ毛长 0.07mm。中额不隆，毛基瘤微隆，额瘤隆起外倾。触角 6 节，节Ⅰ～Ⅲ光滑，节Ⅳ～Ⅵ有明显瓦纹，全长 3.93mm，为体长的 0.90 倍，节Ⅲ长 1.17mm，节Ⅰ～Ⅵ长度比例：13：10：100：58：51：15＋87；触角多粗尖锐毛，节Ⅰ～Ⅵ毛数：5 或 6 根，4 根，33～41 根，11～14 根，10～12 根，（3 或 4）＋（6～8）根；节Ⅲ毛长 0.07mm，为该节直径的 0.69 倍；节Ⅲ有小指状突起的次生感觉圈 39～56 个，分布于基部的 2/3～3/4。节Ⅴ原生感觉圈扁平，有睫，直径不大于次生感觉圈。喙长大，端达后足基节，节Ⅳ＋Ⅴ矛状，长 0.27mm，为基宽的 4.00 倍，为后足跗节Ⅱ的 1.60 倍；有原生毛 2 或 3 对，次生长毛 3 对。足光滑；后足股节长 1.24mm，为触角节Ⅲ的 1.06 倍；后足胫节长 2.41mm，为体长的 0.55 倍，毛长 0.07mm，与该节直径约相等；跗节Ⅰ毛序：5，5，5。腹管长管状，端部 1/4 有网纹，中部有瓦纹，有缘突和切迹；全长 1.20mm，为体长的 0.28 倍，为尾片的 1.50～1.80 倍。尾片长锥状形，全长 0.72mm，有长毛 24～26 根。尾板末端圆形，有毛 13～22 根。生殖板圆形，有深黑色斑，有粗长毛 29 根。

　　有翅孤雌蚜　体长 2.73mm，体宽 1.19mm。玻片标本头部、胸部黑褐色，腹部淡色，毛基斑及斑纹黑褐色。腹部背片Ⅰ～Ⅷ各有中侧域毛基斑及大缘斑，腹部背片Ⅷ有横带。体背毛粗长，尖锐，侧缘毛多于无翅孤雌蚜；腹部背片Ⅷ有毛 4 或 5 根。喙长大，端部超达后足基节。触角 6 节，细长，全长 3.42mm，为体长的 1.25 倍，节Ⅲ长 1.03mm，节Ⅰ～Ⅵ长度比例：16：9：100：59：47：14＋87；节Ⅲ有毛 35～42 根，毛长为该节最宽直径的 0.70 倍，节Ⅲ有指状突起的小圆形感觉圈 78～86 个，分布于全长。足股节微有横纹，胫节光滑，后足股节长 1.05mm，后足胫节长 2.19mm，后足跗节Ⅱ长 0.14mm。翅脉正常，淡色。腹管长管形，端部 1/3 有网纹，基部光滑，中部微

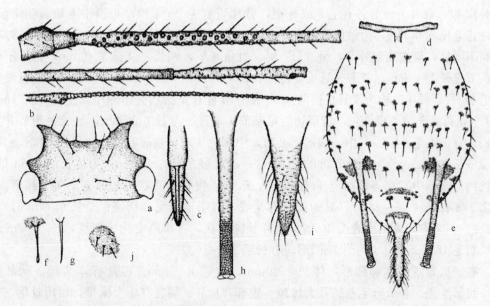

图 323　头指管蚜 *Uroleucon cephalonopli*（Takahashi）

无翅孤雌蚜（apterous viviparous female）

a. 头部背面观（dorsal view of head）；b. 触角（antenna）；c. 喙节 IV + V（ultimate rostral segment）；
d. 中胸腹岔（mesosternal furca）；e. 腹部背面观（dorsal view of abdomen）；f. 体背毛及毛基斑（dorsal
hair of body and hair bearing scleroite）；g. 体腹面毛（ventral hair of body）；h. 腹管（siphunculus）；
i. 尾片（cauda）.

有翅孤雌蚜（alate viviparous female）

j. 缘斑及缘毛（marginal scleroite and marginal hair）.

有瓦纹，缘突不明显，全长 1.06mm，为体长的 0.39 倍，为尾片的 1.95 倍。尾片不规则锥状，基部宽大，基半部收缩，全长 0.54mm，有毛 19～21 根。尾板末端圆形，有毛 18～21 根。生殖板有毛 22～24 根。

生物学　寄主植物为大蓟 *Cirsium* sp.、刺菜 *Cirsium* sp. 和线叶蓟 *Cirsium lineare* 等蓟属植物。

分布　辽宁（沈阳）、浙江、贵州、台湾；朝鲜半岛，俄罗斯，日本。

(291) 莴苣指管蚜 *Uroleucon formosanum*（Takahashi，1921）（图 324）

Macrosiphum formosanum Takahashi，1921：6.

Uroleucon formosanum（Takahashi）：Zhang *et* Zhong，1983：346；Remaudière *et* Remaudière，
　　1997：152；Lee *et al*.，2002：194.

特征记述

无翅孤雌蚜　体纺锤状，体长 3.30mm，体宽 1.40mm。活体土黄色，稍显红黄褐色至紫红色。玻片标本淡色，头顶稍骨化，腹部毛基斑灰黑色，围绕腹管基部有灰黑色大斑。触角、喙、腹管、股节端部 2/5、胫节端部 1/5～1/4 及跗节漆黑色，尾片、尾板淡色。体表光滑，腹部背片 VII、VIII 微有横纹。气门圆形关闭，气门片稍骨化灰褐色。中胸腹岔有短柄。体背毛粗，顶端钝圆形；腹部各节背毛排成 1 排，背片 I～V 各有毛

11～13 根，背片Ⅵ、Ⅶ各有毛 5 或 6 根，背片Ⅷ有毛 2～4 根；头顶中毛短，侧毛长；背片Ⅷ毛长 0.06mm，为触角节Ⅲ直径的 0.94 倍，腹部背片Ⅰ缘毛比背片Ⅷ毛短 1/3。中额不明显，额瘤隆起外倾，呈"U"形。触角 6 节，细长，全长 3.40mm，稍长于体长；节Ⅲ长 1.40mm，节Ⅰ～Ⅵ长度比例：10：7：100：24：26：11＋62；节Ⅲ有硬钝刚毛 25～32 根，毛长为该节直径的 0.60 倍；节Ⅲ有呈指状突出的小次生感觉圈 76～123 个，布满全节。喙细长，端部达后足基节，节Ⅳ＋Ⅴ长 0.17mm，与后足跗节Ⅱ约等长，有长刚毛 7 对，其中，端部毛 2 对，中部毛 4 对，基部毛 1 对。足各节细长；后足股节长 1.10mm，为触角节Ⅲ的 0.81 倍；后足胫节长 2.10mm，为体长的 0.63 倍，毛长约与该节中宽相等；跗节Ⅰ毛序：5，5，5。腹管长管状，基部宽，向端部渐细，端部 1/3 有网纹 16～24 行，其他部分有瓦纹，有明显缘突和切迹；全长 0.74mm，为体长的 0.22 倍，为尾片的 1.30 倍。尾片长圆锥状，有小刺突构成横纹，长 0.57mm，有长短毛 18～25 根。尾板末端圆形，有长毛 16～21 根。

有翅孤雌蚜　体椭圆形，体长 3.10mm，体宽 1.20mm。玻片标本头部、胸部黑色，腹部淡色，各节有毛基斑及大缘斑，腹部背片Ⅶ、Ⅷ各有 1 个横带。触角骨化，节Ⅳ～Ⅵ稍淡；全长 3.60mm，为体长的 1.16 倍；节Ⅲ有小指状次生感觉圈 121～148 个。尾片及尾板各有 16～19 根刚毛。翅脉正常。其他特征与无翅孤雌蚜相似。

生物学　寄主植物为莴苣 Lactuca sativa、苦菜 Ixeridium chinense、丝毛飞廉（老牛错）Carduus crispus、败酱（败酱草）Patrinia scabiosaefolia、菠菜 Spinacia oleracea、蒲公英 Taraxacum mongolicum、泥胡菜 Hemistepta lyrata、滇苦菜 Picris divaricata、苦荬菜 Ixeris polycephala 和苦苣菜 Sonchus oleraceus 等。群集于嫩梢、花序及叶片背面，遇震动易落地。

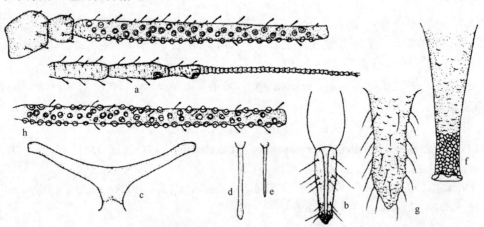

图 324　莴苣指管蚜 Uroleucon formosanum（Takahashi）

无翅孤雌蚜（apterous viviparous female）

a. 触角（antenna）；b. 喙节Ⅳ＋Ⅴ（ultimate rostral segment）；c. 中胸腹岔（mesosternal furca）；d. 体背毛（dorsal hair of body）；e. 体腹面毛（ventral hair of body）；f. 腹管（siphunculus）；g. 尾片（cauda）。

有翅孤雌蚜（alate viviparous female）

h. 触角节Ⅲ（antennal segment Ⅲ）。

分布　内蒙古（赤峰、加格达奇）、辽宁（沈阳、铁岭）、吉林（安图、敦化、抚松、公主岭、吉林、九站）、北京、河北、天津、江苏、福建、江西、山东、广东、广西、四川、台湾；朝鲜，俄罗斯，日本。

（292）巨指管蚜 *Uroleucon giganteum*（Matsumura，1918）（图325）

Macrosiphum giganteum Matsumura，1918：2.

Uroleucon giganteum（Matsumura）：Paik，1965：83；Zhang *et* Liu，1986：240；Remaudière *et* Remaudière，1997：156；Lee *et al.*，2002：200.

特征记述

无翅孤雌蚜　体椭圆形，体长 4.275mm，体宽 1.485mm。活体深绿色。玻片标本头部、前胸背板黑色，中、后胸背板有缘斑，中胸中侧斑呈窄横带，后胸毛基斑明显，腹部淡色，腹管有大型前后缘斑，背片Ⅷ有横带，其他各背片均有毛基斑。触角、喙、足基节、股节端半部、胫节、跗节、腹管、尾片、尾板及生殖板黑色，转节及股节基半部淡色。体表光滑，腹部背面稍有瓦纹，背片Ⅷ粗糙有瓦纹。气门圆形关闭，气门片黑色。节间斑明显，黑褐色。中胸腹岔深褐色，有短柄，单臂横长 0.38mm，为触角节Ⅲ的 1/3。体背毛粗尖，腹部腹面多毛，尖锐，长短不等；头部有中额毛 1 对，额瘤毛 3 对，头背毛 4 对；前胸背板有中毛 2 对，侧、缘毛各 1 对；腹部背片Ⅰ～Ⅳ各有中侧毛 3 或 4 对，背片Ⅴ、Ⅶ各有中毛 2 或 3 对，背片Ⅵ有中毛 1 对，背片Ⅰ～Ⅲ各有缘毛 3 或 4 对，背片Ⅳ～Ⅵ各有缘毛 5～7 对，背片Ⅶ有缘毛 4 对，背片Ⅷ有毛 3 或 4 对；头

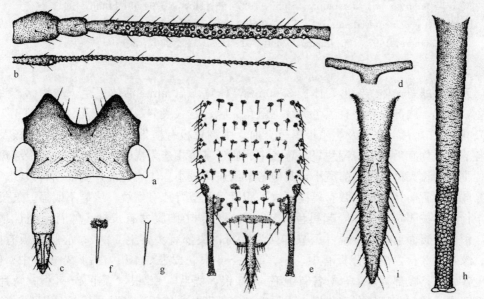

图 325　巨指管蚜 *Uroleucon giganteum*（Matsumura）

无翅孤雌蚜（apterous viviparous female）

a. 头部背面观（dorsal view of head）；b. 触角节Ⅰ～Ⅲ、Ⅵ（antennal segments Ⅰ～Ⅲ、Ⅵ）；c. 喙节Ⅳ＋Ⅴ（ultimate rostral segment）；d. 中胸腹岔（mesosternal furca）；e. 腹部背面观（dorsal view of abdomen）；f. 体背毛及毛基斑（dorsal hair of body and hair bearing scleroite）；g. 体腹面毛（ventral hair of body）；h. 腹管（siphunculus）；i. 尾片（cauda）。

顶毛长 0.10mm，为触角节Ⅲ最宽直径的 1.50 倍；腹部背片Ⅰ毛长 0.08mm，背片Ⅷ毛长 0.08mm。中额平隆，额瘤显著外倾，呈"U"形。触角 6 节，粗大，节Ⅰ～Ⅲ光滑，节Ⅳ～Ⅵ有瓦纹，全长 4.00mm，为体长的 0.49 倍；节Ⅲ长 1.11mm，节Ⅰ～Ⅵ长度比例：18：10：100：68：52：18＋94；触角毛粗长尖锐，节Ⅰ～Ⅵ毛数：10～11根，4 根，23～25 根，14～17 根，9 根，4＋8 根，节Ⅵ鞭部顶端有长毛 4 根，节Ⅲ毛长 0.06mm，为该节最宽直径的 0.83 倍；节Ⅲ有小瘤状突起次生感觉圈 60～76 个，分布于全长。喙端部达后足基节，节Ⅳ＋Ⅴ长楔状，长 0.19mm，为基宽的 2.30 倍，有原生长毛 2 或 3 对，次生长毛 4 对。足光滑。后足股节长 1.44mm，为触角节Ⅲ的 1.30 倍；后足胫节长 2.65mm，为体长的 0.62 倍，长毛长 0.10mm，为该节最宽直径的 1.20 倍；跗节Ⅰ毛序：5，5，5。腹管粗大，长管状，端部 1/5 有网纹 30 行，基部光滑，中部有瓦纹，缘突稍明显，有切迹，长 1.23mm，为体长的 0.29 倍，为尾片的 1.50 倍。尾片粗大，尖锥状，中部膨大，长 0.84mm，有长短毛 33～41 根。尾板末端圆形，有毛 22～28 根。生殖板圆形，有细瓦纹，有毛 18～21 根。

生物学 寄主为益母草 *Leonurus japonicus* 和多种蓟属 *Cirsium* 植物。在叶片背面取食，数量多。

分布 辽宁（本溪）；朝鲜半岛，俄罗斯，日本。

(293) 红花指管蚜 *Uroleucon gobonis*（Matsumura，1917）（图 326）

Macrosiphum gobonis Matsumura，1917：395.

Macrosiphum gobonis Matsumura：Shinji，1927：66；Hori，1929：59；Shinji，1941：84.

Uroleucon gobonis（Matsumura）：Tao，1963：199；Zhang et Zhong，1983：347；Remaudière et
　　Remaudière，1997：156；Zhang，1999：501；Lee et al.，2002：201.

特征记述

无翅孤雌蚜 体纺锤形，体长 3.60mm，体宽 1.70mm。活体黑色。玻片标本头部黑色，胸部、腹部淡色，有黑色斑纹。触角、喙、足（股节基部 2/5 及胫节中部 4/5 淡色）、腹管、尾片、尾板及生殖板黑色。前、中胸背板有横带横贯全节；后胸背板及腹部各节背毛均有毛基斑；背片Ⅶ、Ⅷ各中、侧毛基斑相连为横带；前、中胸背板缘斑最大；腹管后斑大型，腹管前斑小，其他各节缘斑均较小。体表光滑，胸部稍有皱纹，各节缘域及腹管前几节背片微有模糊网纹，腹管后几节背片有横纹。缘瘤不明显。气门圆形至长圆形关闭，气门片隆起黑色。节间斑黑色。中胸腹岔有长柄。体背毛粗，顶端钝，稍长，腹面毛长，尖锐，每节排列为 3 行；头部有头背毛 10 根；前胸背板有中、侧、缘毛各 2 根，中胸背板有中、侧、缘毛：6 根、12 根、4 根，后胸背板有中、侧、缘毛各 4 根；腹部背片Ⅰ～Ⅵ各有中毛 4～6 根，侧毛 4～8 根，缘毛 4～8 根；背片Ⅶ有毛 7 或 8 根，背片Ⅷ有毛 4 根；头顶毛、腹部背片Ⅰ缘毛、背片Ⅷ毛长分别为触角节Ⅲ直径的 1.60 倍、1.40 倍、1.40 倍。中额沟深度为头顶毛长的 1.50 倍，额瘤显著外倾，内缘稍隆。触角 6 节，节Ⅰ～Ⅲ光滑，仅节Ⅰ基部外方有少数四角及五角形网纹，节Ⅳ瓦纹模糊，节Ⅴ～Ⅵ瓦纹明显；全长 3.30mm，为体长的 0.92 倍；节Ⅲ长 1.00mm，节Ⅰ～Ⅵ长度比例：15：11：100：55：57：14＋93；触角毛粗，钝顶，长短不等，长毛长为短毛的 2.00 倍，节Ⅲ长毛长为该节直径的 0.83 倍；节Ⅰ～Ⅵ毛数：

6～8 根，4 或 5 根，25～31 根，11～13 根，7～9 根，（3 或 4）＋4 根；节Ⅲ有小圆形突起次生感觉圈 35～48 个，分散于基部 4/5 外侧；节Ⅴ原生感觉圈无睫。喙端部不达后足基节，节Ⅳ＋Ⅴ长为基宽的 2.60 倍，为后足跗节Ⅱ的 1.20 倍；有原生刚毛 4 根，次生刚毛 6 根。股节端部黑色部分有数个伪感觉圈；后足股节长 1.18mm，为触角节Ⅲ、Ⅳ之和的 0.76 倍，约与腹管等长；后足胫节长 2.20mm，为体长的 0.61 倍，毛长为该节中宽的 0.80 倍；跗节Ⅰ毛序：5，5，5。腹管长圆筒形，基部粗大，向端部渐细，基部 1/2 有微突起和隐约横纹，中部有瓦纹，端部 1/4 有网纹，两缘有微刺突，缘突不明显，无切迹；长 1.20mm，为体长的 0.33 倍，约为触角节Ⅲ的 1.20 倍，为尾片的 1.80 倍。尾片圆锥形，基部 1/4 处稍收缩，有微刺突瓦纹，两缘有微刺，长为触角节Ⅳ的 1.20 倍，有曲毛 13～19 根。尾板半圆形，有微刺突瓦纹，有毛 8～14 根。生殖板有毛 14～18 根。

有翅孤雌蚜　体纺锤状，体长 3.10mm，体宽 1.10mm。玻片标本头部、胸部黑色，腹部淡色，有黑色斑纹。腹部各节背片中毛及侧毛均有小毛基斑，背片Ⅱ～Ⅳ缘斑大楔形，腹管前斑小，腹管后斑楔形，大于其他各节缘斑，背片Ⅶ缘斑小，背片Ⅷ有中横带。触角 6 节，全长 3.20mm，约长于体长，节Ⅲ长 0.91mm，节Ⅰ～Ⅵ长度比例：15：9：100：56：49：15＋102；节Ⅲ有小圆形隆起次生感觉圈 70～88 个，分散于全长。其他特征与无翅孤雌蚜相似。

生物学　寄主植物为牛蒡 *Arctium lappa*、薇术、红花 *Carthamus tinctorius*、关苍术 *Atractylodes japonica* 和苍术（枪头菜）*A. lancea* 等中草药用植物，以及水飞蓟 *Silybum marianum* 和刺菜 *Cirsium* sp. 等蓟属植物。该种是中草药红花、牛蒡及苍术的

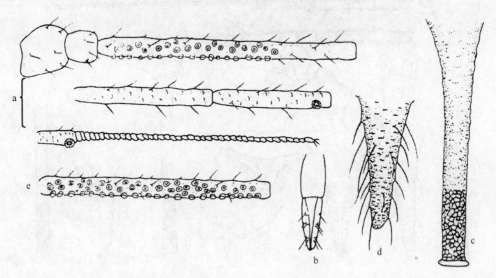

图 326　红花指管蚜 *Uroleucon gobonis*（Matsumura）
无翅孤雌蚜（apterous viviparous female）
a. 触角（antenna）；b. 喙节Ⅳ＋Ⅴ（ultimate rostral segment）；c. 腹管（siphunculus）；d. 尾片（cauda）。
有翅孤雌蚜（alate viviparous female）
e. 触角节Ⅲ（antennal segment Ⅲ）。

重要害虫。在华北和华东常在5～6月大量发生，严重为害红花；蚜虫盖满幼叶背面、嫩茎及花轴，甚至老叶背面，遇震动常坠落到地面上；春、秋两季也常大量发生严重为害牛蒡，有时夏季也大量发生，盖满基叶背面、幼茎和花轴。被害处常出现黄褐色微小斑点，影响中草药产量和品质。

分布 辽宁（鞍山、本溪、朝阳、沈阳、铁岭）、吉林（安图、公主岭、前郭尔罗斯蒙古族自治区、左家）、黑龙江、北京、河北、天津、江苏、浙江、福建、山东、河南、陕西、甘肃、宁夏、新疆、台湾；朝鲜半岛，俄罗斯，日本，印度尼西亚，印度。

（294）山指管蚜 *Uroleucon monticola*（Takahashi, 1935）（图327）

Macrosiphum monticola Takahashi, 1935：502.

Uroleucon monticola（Takahashi）：Remaudiére et Remaudiére, 1997：153；Lee *et al.*, 2002：197.

特征记述

无翅孤雌蚜 体椭圆形，体长2.46mm，体宽1.18mm。玻片标本淡色，无斑纹。触角节Ⅰ、Ⅱ淡色，节Ⅲ、Ⅳ各端半部及节Ⅴ、Ⅵ黑色；喙节Ⅲ～Ⅴ黑色；足股节顶端、胫节端部及跗节黑色，其他部分淡色；腹管黑褐色，基部稍淡；尾片、尾板及生殖板淡色。体表光滑，腹部背片Ⅷ有瓦纹，腹部腹面有细瓦纹。气门肾形半开放，气门片淡色。节间斑不明显。中胸腹岔淡色，有长柄，横长0.24mm，为触角节Ⅲ的0.47倍。体背毛粗，顶端头状，腹部腹面毛多，粗长，尖锐，稍长于背毛；头部有中额毛2对，

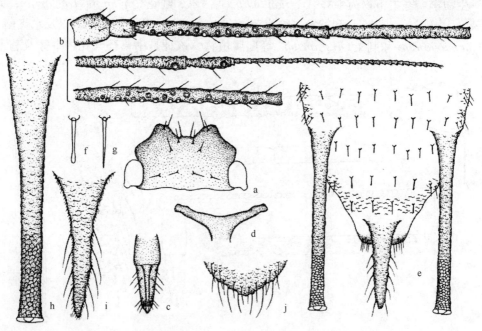

图327　山指管蚜 *Uroleucon monticola*（Takahashi）

无翅孤雌蚜（apterous viviparous female）

a. 头部背面观（dorsal view of head）；b. 触角（antenna）；c. 喙节Ⅳ＋Ⅴ（ultimate rostral segment）；d. 中胸腹岔（mesosternal furca）；e. 腹部背片Ⅳ～Ⅷ（abdominal tergites Ⅳ～Ⅷ）；f. 体背毛（dorsal hair of body）；g. 体腹面毛（ventral hair of body）；h. 腹管（siphunculus）；i. 尾片（cauda）；j. 尾板（anal plate）。

额瘤毛 2 对，头背毛 4 对；前胸背板有中、侧、缘毛各 1 对；腹部背片Ⅰ有中侧毛 5 根，缘毛 2 根，背片Ⅱ～Ⅵ各有中侧毛 8 根，缘毛 8 根；背片Ⅶ有中侧毛 4 根，缘毛 4 根，背片Ⅷ有毛 4 根；头顶毛、腹部背片Ⅰ缘毛、背片Ⅷ毛长 0.03mm，为触角节Ⅲ最宽直径的 0.65 倍。中额微隆，额瘤隆起外倾，呈浅"W"形。触角 6 节，节Ⅰ、Ⅱ光滑，节Ⅲ基部及节Ⅳ～Ⅵ有瓦纹；全长 2.04mm，为体长的 0.83 倍；节Ⅲ长 0.52mm，节Ⅰ～Ⅵ长度比例：20：14：100：71：59：22＋109；触角毛顶端钝或头状，节Ⅰ～Ⅵ毛数：5 根，4 根，14～16 根，7～9 根，7 或 8 根，3 或 4＋3 或 4 根，末节鞭部顶端有毛 4 根，节Ⅲ长毛长 0.03mm，为该节最宽直径的 0.69 倍；节Ⅲ有大小圆形次生感觉圈 19 或 20 个，分布于全长。喙端部超过中足基节，节Ⅳ＋Ⅴ长楔状，长 0.13mm，为基宽的 2.20 倍；有原生毛 3 对，次生毛 3 对。足光滑；后足股节长 0.70mm，为触角节Ⅲ的 1.30 倍；后足胫节长 1.29mm，为体长的 0.53 倍，胫节外缘毛顶端，内缘毛尖锐，毛长为该节最宽直径的 0.89 倍；跗节Ⅰ各有毛 3～5 根。腹管长管状，端部 2/3 有 18～22 行网纹，其他部分有瓦纹，有缘突和切迹；长 0.72mm，为体长的 0.29 倍，为尾片的 1.90 倍。尾片长尖锥状，有小刺突组成横纹，长 0.38mm，有长短粗毛 11 根。尾板末端圆形，有毛 17 根。生殖板圆形，有毛 14 根，包括前部长毛 1 对。

有翅孤雌蚜　体椭圆形，体长 2.51mm，体宽 0.88mm。玻片标本头部、胸部褐色，腹部淡色，无斑纹。触角节Ⅰ、Ⅱ深褐色，节Ⅲ基部淡色，节Ⅲ～Ⅵ黑色；足基节及股节基半部 1/2 淡色，股节端部、胫节及跗节黑色；腹管黑色，基部淡色；尾片、尾板及生殖板淡色。体表光滑，腹部各节缘域及背片Ⅶ、Ⅷ有瓦纹，触角 6 节，全长 2.23mm，为体长的 0.89 倍；节Ⅲ长 0.56mm，节Ⅰ～Ⅵ长度比例：16：12：100：79：70：22＋101；节Ⅲ有毛 14 或 15 根，有大小圆形次生感觉圈 22～30 个，分布于全长。喙端部达后足基节，节Ⅳ＋Ⅴ锥状，长 0.14mm，为基宽的 2.00 倍，为后足跗节Ⅱ的 1.20 倍；有原生毛 3 对，次生毛 4 对。足光滑；后足股节长 0.70mm，后足胫节长 1.43mm，后足跗节Ⅱ长 0.12mm，跗节Ⅰ毛序：3，5，3，有时 5，5，5。翅脉正常。腹管长管状，基部宽大，端部 1/4 有网纹；长 0.67mm。尾片尖锥状，长 0.35mm，有毛 8 或 9 根。尾板末端圆形，有毛 14 或 15 根。其他特征与无翅孤雌蚜相似。

生物学　寄主为菊科植物；国外记载的寄主植物为紫菀属 1 种 *Aster ageratoides* var. *semiamplexicaulis* 和飞蓬属植物 *Erigeron* spp.。

分布　吉林（公主岭），台湾；朝鲜半岛，日本。

(295) 乳白风铃草指管蚜 *Uroleucon nigrocampanulae*（Theobald, 1928）（图 328）中国新记录种

Macrosiphum nigrocampanulae Theobald, 1928：224.

Uroleucon nigrocampanulae（Theobald）：Heie, 1995：75；Remaudiére et Remaudiére, 1997：157.

特征记述

无翅孤雌蚜　体椭圆形，体长 2.78～3.00mm，体宽 1.23～1.50mm。玻片标本头部、胸部深褐色，腹部淡色，有黑褐色斑纹。触角节Ⅰ～Ⅲ、足基节、股节端部 3/4、

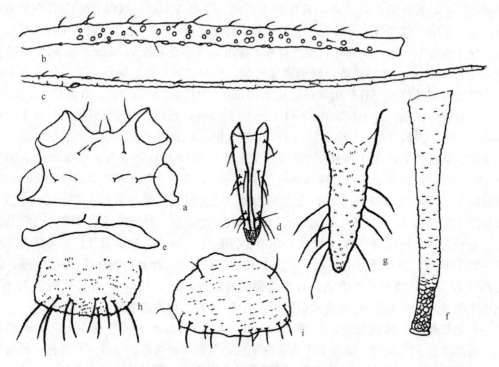

图 328　乳白风铃草指管蚜 *Uroleucon nigrocampanulae*（Theobald）
无翅孤雌蚜（apterous viviparous female）

a. 头部背面观（dorsal view of head）；b. 触角节Ⅲ（antennal segment Ⅲ）；c. 触角节Ⅵ（antennal segment Ⅵ）；d. 喙节Ⅳ＋Ⅴ（ultimate rostral segment）；e. 中胸腹岔（mesosternal furca）；f. 腹管（siphunculus）；g. 尾片（cauda）；h. 尾板（anal plate）；i. 生殖板（genital plate）。

胫节基部和端部 1/3、跗节、腹管黑色；触角节Ⅳ～Ⅵ、喙、尾片、尾板及生殖板黑褐色，其他部分淡色。腹部有腹管后斑，背片Ⅷ有横带。体表光滑，腹部背片Ⅶ、Ⅷ有微瓦纹。气门椭圆形开放，气门片黑色隆起。节间斑小，黑色。中胸腹岔有柄，单臂横长 0.15～0.18mm，为触角节Ⅲ的 0.16～0.18 倍。体背毛粗，钝顶，有褐色毛基斑，有时 2 或 3 个相连；腹部腹面毛细长，尖锐；头部有头顶毛 1 对，额瘤毛 5 对，头背毛 4 对；腹部背片Ⅰ～Ⅵ各有中侧毛 6 或 7 根，背片Ⅶ有中侧毛 3 或 4 根，背片Ⅰ有缘毛 1 对，背片Ⅵ有缘毛 2 对，背片Ⅱ、Ⅶ各有缘毛 3 对，背片Ⅲ～Ⅴ各有缘毛 5 对；背片Ⅷ有毛 4 根；头顶毛长 0.07mm，腹部背片Ⅰ毛长 0.07mm，背片Ⅷ毛长 0.07～0.08mm，分别为触角节Ⅲ最宽直径的 1.40 倍、1.40 倍、1.40～1.60 倍。中额平，额瘤显著外倾，呈"U"形。触角 6 节，节Ⅰ～Ⅲ光滑，节Ⅳ～Ⅵ有微瓦纹，全长 3.58mm，为体长的 1.29 倍；节Ⅲ长 0.94～0.98mm，节Ⅰ～Ⅵ长度比例：25～26：14：100：61～65：50～58：16～18＋111；节Ⅰ～Ⅵ毛数：5 或 6 根，4 或 5 根，24～27 根，10～15 根，7～10 根，（3 或 4）＋6 根，节Ⅵ鞭部顶端有短毛 3 根，节Ⅲ毛长 0.04mm，为该节最宽直径的 0.80 倍；节Ⅲ有小圆形突起次生感觉圈 50～73 个，分布于全长。喙端部超过后足基节，节Ⅳ＋Ⅴ长楔状，长 0.22mm，为基宽的 3.14～3.67 倍；有原生毛 5

或6根，次生毛5根。后足股节长1.11～1.24mm，为触角节Ⅲ的1.18～1.27倍；后足胫节长2.16～2.32mm，为体长的0.77～0.78倍，长毛长0.05mm，为该节中最宽的1.00～1.25倍；跗节Ⅰ毛序：4，4，4。腹管长管状，端部有网纹，占全长的0.20～0.25倍，其他部分有瓦纹，两缘有明显刺突，有缘突和切迹；长0.96～1.16mm，为基宽的5.76～6.21倍，为尾片的2.07～2.09倍。尾片长尖锥状，基部1/3稍缢缩，有小刺突，长0.46～0.56mm，有毛14或15根。尾板末端圆形，有毛16根。生殖板宽椭圆形，有毛14～16根，其中有前部毛2根。

生物学 寄主为菊科Compositae植物。国外记载寄主有风铃草属植物 *Campanula* spp.。

分布 吉林（安图）；俄罗斯，欧洲，亚洲。

(296) 马醉木指管蚜 *Uroleucon picridis*（Fabricius, 1775）（图329）

Aphis picridis Fabricius, 1775：737.

Uroleucon picridis（Fabricius）：Zhang *et al.*, 1987：459；Remaudière *et* Remaudière, 1997：153；Lee *et al.*, 2002：197.

特征记述

无翅孤雌蚜 体椭圆形，体长3.58mm，体宽1.33mm。活体深红褐色。玻片标本头部、前胸深褐色，中、后胸及腹部淡色。触角黑色，喙节Ⅰ、Ⅱ淡色，Ⅲ～Ⅴ黑色；足股节端部1/3、胫节端部1/3及跗节黑色，其他部分淡色；腹管黑色，尾片、尾板淡色，边缘黑色，生殖板褐色。后胸及腹部背片Ⅰ～Ⅷ均有毛基斑，背片Ⅷ有断续窄横带。体表光滑，腹部背片Ⅷ有微瓦纹。前胸每侧有小馒头状透明缘瘤1对，腹部节Ⅱ～Ⅶ各有缘瘤1对，直径小于眼瘤。气门肾形关闭，气门片黑色。节间斑黑色，位于头部及胸部。中胸腹岔淡色，有柄，单臂横长0.33mm，为触角节Ⅲ的0.27倍。体背毛粗，尖锐，长短不等，长毛长为短毛的4.00倍，腹部腹面有长尖毛，不长于背毛；头部有中额毛1对，额瘤毛5对，头背毛3对；前胸背板有中、侧、缘毛各1对；腹部背片Ⅰ～Ⅴ各有中侧毛4对，有时5对，背片Ⅷ有毛3对；头顶长毛0.05mm，为触角节Ⅲ最宽直径的0.92倍，腹部背片Ⅰ背毛长0.09mm，缘毛长0.02～0.06mm，背片Ⅷ长毛长0.08mm。中额平隆，额瘤显著外倾，呈"U"形。触角6节，节Ⅰ～Ⅲ光滑，节Ⅳ～Ⅵ稍有瓦纹，全长3.68mm，约等于体长；节Ⅲ长1.24mm，节Ⅰ～Ⅵ长度比例：10：7：100：52：46：14+68；节Ⅰ～Ⅵ毛数：10～12根，4根，24或25根，10或11根，9或10根，3+7根，节Ⅵ鞭部顶端有短毛4根，节Ⅲ毛长0.04mm，为该节最宽直径的0.75倍；节Ⅲ有圆形突起次生感觉圈55～63个，分布于全长。喙端部达后足基节，节Ⅳ+Ⅴ长楔状，长0.27mm，为基宽的4.00倍，为后足跗节Ⅱ的1.80倍；有原生毛2对，次生长毛5对。足各节光滑；后足股节长1.24mm，与触角节Ⅲ约等长；后足胫节长2.48mm，为体长的0.69倍，长毛长0.05mm，为该节最宽直径的0.85倍；后足跗节毛序：5，5，5。腹管长管状，端部1/5有网纹17行，其他部分粗糙，有瓦纹，两缘有明显刺突，缘突不明显，有切迹；长0.90mm，为体长的0.25倍，为尾片的1.40倍。尾片长尖锥状，有微刺突组成瓦纹，全长0.66mm，有长毛19根。尾板末端圆形，有长短毛22根。生殖板椭圆形，有粗长毛19或20根。

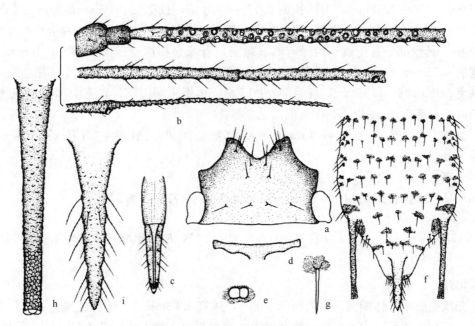

图 329　马醉木指管蚜 *Uroleucon picridis* (Fabricius)
无翅孤雌蚜 (apterous viviparous female)

a. 头部背面观 (dorsal view of head)；b. 触角 (antenna)；c. 喙节 Ⅳ＋Ⅴ (ultimate rostral segment)；
d. 中胸腹岔 (mesosternal furca)；e. 前胸缘瘤 (marginal tubercle on pronotum)；f. 腹部背面观 (dorsal
view of abdomen)；g. 体背毛及毛基斑 (dorsal hair of body and hair bearing scleroite)；h. 腹管 (siphunculus)；i. 尾片 (cauda)。

有翅孤雌蚜　体长 3.64mm，体宽 1.15mm。玻片标本头部、胸部黑色，腹部淡色。腹部各节背片中侧毛基斑明显，背片 Ⅱ～Ⅳ 及Ⅶ各有独立缘斑，腹管前后斑明显，背片背斑Ⅷ淡褐色。体表光滑。体背毛粗，尖锐；头部有中额毛 1 对，额瘤毛 4 对，头背毛 5 或 6 对；腹部背片Ⅷ有毛 5 根。触角 6 节，全长 3.81mm，为体长的 1.10 倍，节Ⅲ长 1.28mm，节Ⅰ～Ⅵ长度比例：10：27：100：48：43：15＋76；节Ⅲ有毛 20～22 根，节Ⅲ有大小圆形次生感觉圈 86～101 个，分布于全长。喙端部达后足基节，节Ⅳ＋Ⅴ长 0.27mm，有原生毛 3 对，次生毛 6 对。腹管长管状，长 0.79mm，为尾片的 1.50 倍。尾片长锥状，长 0.53mm，有毛 16 根。尾板有毛 32 根。其他特征与无翅孤雌蚜相似。

生物学　寄主植物为毛连菜 *Picris hieracioides*、伞花、山柳菊 *Hieracium umbellatum*、苦苣菜 *Sonchus oleraceus*、莴苣属 *Lactuca* spp. 和蒿属 *Artemisia* spp. 植物。

分布　辽宁（沈阳）、吉林（安图、长白、抚松）；朝鲜半岛，俄罗斯，日本，中东，欧洲。

（297）苣荬指管蚜 *Uroleucon sonchi* (Linnaeus, 1767) （图 330）

Aphis sonchi Linnaeus, 1767：533.

Aphis alliariae Koch, 1855：160.

Macrosiphum sonchicola Matsumura，1917：351.

Macrosiphum nickeli Essig，1956：15.

Uroleucon sonchi (Linnaeus)：Remaudière *et* Remaudière，1997：154；Zhang，1999：504；Lee *et al.*，2002：198.

特征记述

无翅孤雌蚜　体长卵形，体长 2.90～3.20mm，体宽 1.00～1.25mm。活体褐色，有光泽。玻片标本头部黑褐色，胸部、腹部淡色。触角节Ⅰ～Ⅲ各顶端、节Ⅳ端半部及节Ⅵ、喙端部、股节端部 1/4、胫节基部及端部、跗节、腹管黑色。腹部各节背片有毛基斑，腹管后斑大于前斑。气门椭圆形开放，气门片黑褐色，隆起。中胸腹岔有长柄，单臂横长 0.13～0.14mm，为触角节Ⅲ的 0.20 倍。体背毛粗长，尖锐；头部有头顶毛 1 对，额瘤毛 3 对，头背毛 4 对；头顶毛、腹部背片Ⅰ缘毛、背片Ⅷ毛长分别为 0.08～0.09mm、0.06mm、0.07～0.08mm，分别为触角节Ⅲ最宽直径的 1.42 倍、0.96 倍、1.25 倍。中额平，额瘤隆起，外倾，呈"U"形。触角 6 节，节Ⅳ端部至节Ⅵ有瓦纹；全长 2.89mm，为体长的 1.00 倍；节Ⅲ长 0.69～0.70mm，节Ⅰ～Ⅵ长度比例：31：16：100：74：70：21＋105；节Ⅰ～Ⅵ毛数：8 或 9 根，4 根，16 或 17 根，10 或 11根，4～7 根，（3 或 4）＋4 根，末节鞭部顶端有毛 3 根，节Ⅲ毛长 0.05mm，为该节最宽直径的 0.75 倍；节Ⅲ有小圆形次生感觉圈 8～13 个，分布于基部 1/2。喙端部达后足基节，节Ⅳ＋Ⅴ长楔状，长 0.15～0.16mm，为基宽的 2.70 倍，有原生毛 3 对，次

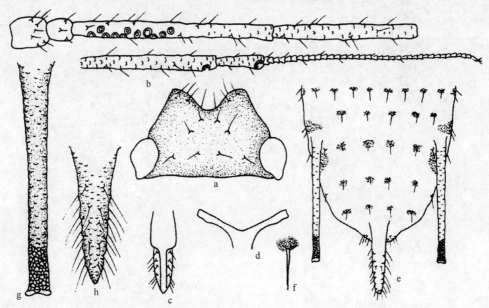

图 330　苣荬指管蚜 *Uroleucon sonchi* (Linnaeus)

无翅孤雌蚜（apterous viviparous female）

a. 头部背面观（dorsal view of head）；b. 触角（antenna）；c. 喙节Ⅳ＋Ⅴ（ultimate rostral segment）；
d. 中胸腹岔（mesosternal furca）；e. 腹部背片Ⅳ～Ⅷ（abdominal tergites Ⅳ～Ⅷ）；f. 体背毛（dorsal hair of body）；g. 腹管（siphunculus）；h. 尾片（cauda）.

生毛 3 或 4 对。后足股节长 1.00～1.08mm，为触角节 Ⅲ 的 1.50 倍；后足胫节长 1.88～1.91mm，为体长的 0.65 倍，毛长 0.05～0.06mm，为该节中宽的 0.92 倍；跗节 Ⅰ 毛序：5，5，5。腹管长管状，基部宽大，端部 1/5 有网纹 16 或 17 行，缘突稍显，有切迹；长 0.82～0.89mm，约为基宽的 5.35 倍，为端宽的 9.49 倍，为尾片的 1.73 倍。尾片尖锥形，有小刺突横纹；长 0.45～0.54mm，约为基宽的 2.29 倍，有毛 29～32 根。尾板末端圆形，有小刺突横纹，有毛 16～20 根。生殖板褐色圆形，有小刺突横纹，有毛 14 根。

生物学 寄主为刺菜 *Cirsium* sp.、苦苣菜 *Sonchus oleraceus* 和苣荬菜 *S. arvensis*。一般在嫩茎、嫩叶及花序上取食。

分布 辽宁（铁岭）、黑龙江（哈尔滨）、河北、甘肃、青海、新疆；俄罗斯，美国，加拿大，全北区。

主要参考文献

陈之瑞，路安民. 1997. 被子植物起源和早期演化研究的回顾与展望. 植物分类学报，35（4）：375-384

冯磊，黄晓磊，乔格侠. 2004. 福建省蚜虫类昆虫多样性研究. 动物分类学报，29（4）：666-674

国家测绘局地名研究所. 1997. 中国地名录——中华人民共和国地图集地名索引. 北京：中国地图出版社：318

马其云. 2003. 中国蕨类植物和种子植物名称总汇. 青岛：青岛出版社：1561

乔格侠，屈延华，张广学，等. 2003. 中国侧棘斑蚜属（蚜科，角斑蚜亚科）地理分布格局研究. 动物分类学报，28（2）：210-220

乔格侠，张广学. 2000a. 中国长斑蚜属研究及新种记述（同翅目：斑蚜科）. 昆虫学报，43（增刊）：164-171

乔格侠，张广学. 2000b. 中国瘿绵蚜科的地理分布（同翅目：瘿绵蚜科）. 动物分类学报，25（3）：298-303

乔格侠，张广学. 2002a. 蚜科长管蚜亚科戏蚜属和蓼蚜属的分类地位订正（同翅目：蚜科，长管蚜亚科）. 昆虫学报，45（5）：641-643

乔格侠，张广学. 2002b. 中国跳蚜亚科分类学研究. 动物分类学报，27（3）：756-767

乔格侠，张广学. 2002c. 中国五节毛蚜亚科分类学研究（同翅目：蚜科）. 动物分类学报，27（4）：756-767

乔格侠，张广学. 2003a. 缢管蚜族分属检索表及中国一新纪录种记述（同翅目：蚜科，蚜亚科）. 昆虫学报，46（3）：345-350

乔格侠，张广学. 2003b. 中国椴斑蚜属研究（同翅目：蚜科：角斑蚜亚科）. 动物分类学报，28（1）：137-140

乔格侠，张广学，钟铁森. 2005. 中国动物志昆虫纲第四十一卷（同翅目：斑蚜科）. 北京：科学出版社：476

任珊珊，姜立云，乔格侠. 2006. 蚜虫系统发育研究进展. 动物分类学报，31（2）：304-310

任珊珊，乔格侠，张广学. 2003. 甘肃省蚜虫类物种多样性研究. 动物分类学报，28（2）：221-227

陶家驹. 1990. 台湾省蚜虫志. 台北：台湾省立博物馆：326

陶家驹. 1999. 中国蚜虫总科（同翅目）名录. 台北：台湾省农业试验所：144

吴征镒，路安民，汤彦承，等，2003. 中国被子植物科属综论. 北京：科学出版社：1209

袁峰，薛增召. 1992. 蚜科一新属一新种记述. 昆虫分类学报，14（4）：269-271

张广学，方三阳. 1981. 红松球蚜新亚种记述. 东北林学院学报，4：15-18

张广学，梁宏斌，张润志. 1999. 中国双尾蚜属种类记述（同翅目：蚜科）. 动物分类学报，24（4）：397-400

张广学，刘丽娟. 1986. 中国蚜总科新纪录. 动物学集刊，4：239-240

张广学，刘丽娟，何富刚，等. 1985. 中国六种蚜虫新纪录. 昆虫学报，28（3）：287

张广学，刘丽娟，何富刚，等. 1986a. 中国蚜属6新纪录. 昆虫学报，29（2）：202

张广学，刘丽娟，何富刚，等. 1986b. 中国毛蚜科4新纪录. 昆虫学报，29：228

张广学，刘丽娟，何富刚，等. 1987. 中国长管蚜亚科19种新纪录. 昆虫学报，30（4）：458-459

张广学，刘丽娟，何富刚，等. 1988. 中国蚜总科六新纪录. 昆虫学报，31（2）：228

张广学，乔格侠. 1996. 中国短痣蚜科新属新种记述（同翅目：蚜总科）. 昆虫分类学报，18（4）：261-264

张广学，乔格侠. 1997. 同翅目：蚜虫类：瘿绵蚜科，短痣蚜科，大蚜科和蚜科. 见：杨星科. 长江三峡库区昆虫. 重庆：重庆出版社：374-384

张广学，乔格侠，钟铁森，等. 1999. 中国动物志昆虫纲第十四卷（同翅目：矿蚜科：瘿绵蚜科）. 北京：科学出版社：356

张广学，田士波，钟铁森. 1990. 中国蚜总科38种新记录. 动物学集刊，7：325-331

张广学，张军，钟铁森. 1990. 中国麦类蚜虫鉴别. 病虫测报，（3）：33-37

张广学，张丽坤，乔格侠，等. 2002. 蚜总科. 见：李子忠，金道超. 茂兰景观昆虫. 贵阳：贵州科技出版社：615

张广学，张润志. 1994. 麦双尾蚜的发生与防治. 昆虫知识，31（4）：248-258

张广学，张万玉. 1993. 中国绵蚜属研究及新种记述. 动物学集刊，10：143-152

张广学，张万玉，钟铁森. 1991a. 双尾蚜属 *Diuraphis* Aizenberg 的分类学研究（同翅目：蚜总科）. 系统进化动物学论文集，121-133

张广学，张万玉，钟铁森. 1991b. 中国四脉绵蚜属研究及新种描述. 动物学集刊，8：205-236

张广学，张万玉，钟铁森. 1993a. 中国长足大蚜属研究及新种记述（同翅目：大蚜科）. 动物学集刊，10：121-141

张广学，张万玉，钟铁森. 1993b. 中国毛斑蚜属的研究及新种记述. 动物学集刊，10：117-120

张广学，张万玉，钟铁森，等. 1993a. 中国蓟马蚜属研究（同翅目：斑蚜科）. 昆虫分类学报，15 (3)：167-172

张广学，张万玉，钟铁森，等. 1993b. 中国卷叶绵蚜属研究及新种记述. 动物学报，39 (4)：368-373

张广学，钟铁森. 1976. 为害果树的瘤头蚜属新种和新记录. 昆虫学报，19 (1)：72-76

张广学，钟铁森. 1979a. 瘿绵蚜属 5 新种和三堡瘿绵蚜属新属新种. 昆虫学报，22 (3)：324-332

张广学，钟铁森. 1979b. 为害经济树木的刻蚜属三新种. 昆虫分类学报，1 (1)：49-54

张广学，钟铁森. 1980a. 绵蚜科二新种. 动物分类学报，5 (4)：392-394

张广学，钟铁森. 1980b. 为害杨柳的粉毛蚜属新种和新记录. 昆虫学报，23 (2)：207-212

张广学，钟铁森. 1980c. 中国长管蚜亚科新种及新亚种记述（Ⅰ）. 昆虫分类学报，2 (1)：53-64

张广学，钟铁森. 1980d. 中国长管蚜亚科新种及新亚种记述（Ⅱ）. 昆虫分类学报，2 (3)：215-225

张广学，钟铁森. 1981a. 斑蚜科一新属及三新种记述. 动物学研究，2 (4)：343-347

张广学，钟铁森. 1981b. 豆蚜复合体研究及二新种二新亚种记述. 动物学集刊，1：39-43

张广学，钟铁森. 1981c. 同翅目：蚜总科. 见：陈世骧. 西藏昆虫. 第一卷. 北京：科学出版社：233-282

张广学，钟铁森. 1981d. 亚麻的一种新害虫——亚麻蚜新属新种. 动物学集刊，1：44-46

张广学，钟铁森. 1982a. 几种蚜虫生活周期型的研究. 动物学集刊，2：7-17

张广学，钟铁森. 1982b. 中国蚜总科新种新亚种记述. 动物学集刊，2：19-28

张广学，钟铁森. 1983. 中国经济昆虫志，第 25 册，同翅目：蚜虫类（一）. 北京：科学出版社：387

张广学，钟铁森. 1988a. 东北蚜蚜科一新种及一新亚种（同翅目：蚜总科）. 动物学集刊，6：145-148

张广学，钟铁森. 1988b. 同翅目：蚜总科. 见：中国科学院登山科学考察队. 西藏南迦巴瓦地区昆虫. 北京：科学
  出版社：167-171

张广学，钟铁森. 1989. 东北长足大蚜属三新种（同翅目：蚜总科）. 动物分类学报，14 (2)：198-204

张广学，钟铁森. 1990. 东北斑蚜科及蚜科新种及新纪录（同翅目：蚜总科）. 昆虫学报，33 (1)：84-88

张广学，钟铁森，张万玉，等. 1990. 中国侧棘斑蚜属研究及新种、新亚种记述（同翅目：斑蚜科）. 动物学集刊，
  8：205-236

张广学. 1999. 西北农林蚜虫志（昆虫纲：同翅目：蚜虫类）. 北京：中国环境科学出版社：563

张丽坤. 2000. 中国蚜科一新纪录属及一新种（同翅目：蚜科）. 中国昆虫科学，7 (4)：311-314

张荣祖. 1995. 我国动物地理学研究的前景——方法论探讨. 动物学报，41 (1)：21-27

张荣祖. 1999. 中国动物地理. 北京：科学出版社：502

张万玉，张广学，田士波. 1995a. 桦蚜属一新种（同翅目：斑蚜科）. 动物分类学报，20 (4)：464-468

张万玉，张广学，田士波. 1995b. 中国毛根蚜属一新种. 昆虫学报，38 (2)：88-91

张万玉，张广学，田士波. 1995c. 中国粗腿蚜属研究及新种描述（同翅目：斑蚜科）. 昆虫学报，38 (2)：
  214，215

张万玉，张广学，钟铁森. 1994a. 中国角斑蚜属 新种和新纪录（同翅目：斑蚜科）. 昆虫学报，34 (4)：473-478

张万玉，张广学，钟铁森. 1994b. 中国绵叶蚜属（同翅目：斑蚜科）研究及新种记述. 动物学报，40 (1)：19-23

张万玉，张广学，钟铁森. 1995. 中国带斑蚜属记述（同翅目：斑蚜科）. 动物分类学报，20 (3)：357-359

赵铁桥. 1995. 系统生物学的概念和方法. 北京：科学出版社：242

郑乐怡. 1987. 动物分类原理与方法. 北京：高等教育出版社：187

中国科学院北京植物研究所. 1974. 中国高等植物图鉴. 北京：科学出版社：1083

周以良. 1997. 中国东北植被地理. 北京：科学出版社：446

朱弘复. 1957. 蚜虫概论. 北京：科学出版社：162

朱弘复. 1987. 动物分类学理论基础. 上海：上海科学技术出版社：185

朱弘复，邓国藩，谭绢杰，等译，1988. 国际动物命名法规（原书第 3 版，1985）. 北京：科学出版社：211

朱弘复，张广学，钟铁森. 1975. 蚜虫的数值分类. 昆虫学报，18 (2)：211-215

Agarwala B K，Ghosh A K. 1985. Monograph on Oriental Aphidoidea，key to the genera and synoptic list. *Mem.*

Zool. Surv. India, 16 (3): 1-118

Akimoto S. 1983. A revision of the genus *Eriosoma* and its allied genera in Japan (Homoptera: Aphididae). *Ins. Mats. N. S.*, 27: 37-106

Akimoto S. 1985. Taxonomic study on gall aphids, *Colopha*, *Paracolopha* and *Kaltenbachiella* (Aphidoidea: Pemphigidae) in East Asia, with special reference to their origins and distributional patterns. *Ins. Mats.*, 31: 1-79

Akimoto S. 1988. The evolution of gall parasitism accompanied by a host shift in the gall aphid, *Eriosoma yangi* (Homoptera: Aphidoidea). *Biol. J. Linn. Soc.*, 35 (3): 297-312

An H S, Park H C. 1993. Taxonomic study of the genus *Yamatocallis* from Korea, with description of a new species. *Korean Journal of Entomology*, 23 (1): 57-63

Aoki S. 1975. Description of the Japanese species of *Pemphigus* and its allied genera. *Ibid.*, 5: 1-56

Aoki S, Moran N A. 1994. *Pemphigus obesinymphae*, a new American aphid species with defenders and swollen nymphs (Homoptera: Aphidoidea: Pemphigidae). *Journal of the New York Entomological Society*, 102 (2): 251- 260

Aoki S, Kurosu U, Shin K Y, et al. 1999. A new soldier-producing species of *Ceratovacuna* (Homoptera: Aphididae, Hormaphidinae) on *Sasa* spp. from Japan and Korea. *Entomological Science*, 2 (4): 511-516

Baker A C. 1920. Generic classification of the hemipterous family Aphididae. *Bull. U. S. Dep. Agric.*, 826: 109

Blackman R L, Eastop V F. 2000. *Aphids on the World's Crops: An Identification and Information Guide*. Wiley, Ltd., Chichester, United Kingdom: 466

Blackman R L, Eastop V F. 2006. *Aphids on the World's Herbaceous Plants and Shrubs*. Wiley, Ltd., Chichester, United Kingdom: 1460

Blackman R L, Eastop V F. 1994. Aphids on the world's trees. An Identification and Information Guide. Wallingford: CAB International: 904

Bodeneimer F S, Swirski E. 1957. *The Aphidoidea of the Middle East*. Jerusalem: The Weizmann Science Press of Israel: 378

Börner C, Heinze K. 1957. *Aphidina-Aphidoidea* sorauer. *Handbuch der pflanzenkr-ankheiten*, 5 (5): 1-322

Börner C. 1952. Europae centralis Aphides. *Mitt. Thur. Bot. Ges.*, 4 (3): 1-488

Börner C, 1930. Beiträge zu einem neuen system der Blattläuse. (1. Mitteilung.). *Arch. Klassifikator. Phylogenet. Entomol.*, 1: 115-194

Brooks D R. 1988. Scaling effects in historical biogeography: a view of space, time and form. *Syst. Zool.*, 27 (3): 237-244

Brown P A, Blackman R L. 1994. Morphometric Variation in the *Geoica utricularia* (Homoptera: Aphididae) species group on *Pistacia* (Anacardiaceae), with descriptions of new species and a key to emigrant alatae. *Syst. Entomol.*, 19 (2): 119-132

Buckton G B. 1876. Monograph of the British Aphides. *London. Rav. Soc.*, 1: 193

Buckton G B. 1879. Monograph of the British Aphides. *London, Rav. Soc.*, 2: 176

Buckton G B. 1881. Monograph of the British aphides. *London. Rav. soc.*, 3: 142

Buckton G B. 1883. Monograph of the British aphides. *London. Rav. Soc.*, 4: 128

Carter C L. 1971. Conifer woolly Aphids (Adelgidae) in Britain. *Forestry Commission Bulletin*, 42: 1-51

Carter C L, Maslen N R. 1982. Conifer Lachnids in Britain. *Forestry Commission Bulletin*, 58: 1-73

Chakrabarti S, Maity S P, Bhattacharya D K. 1982. New and little-known aphids infesting roots of Gramineae in North West Himalaya. *Orien. Ins.*, 16 (1): 99-111

Charkrabarli S, Maity S P. 1978. Aphids of North West India. *Entomon*, 3 (2): 265-272

De Geer C. 1773. Second memoire. Des pucerons. *Mémoires pour servir à l'histoire des insectes*, 3: 19-129

Del Guercio. 1900. Prospetto dell'Afridofauna italica. *Nuove relazioni int. lavori delle R. Staz. di Entomol. Agr. di Firenze Ser. Prima*, 2: 102

Dixon A F G. 1980. Aphid ecology: life cycle, polymorphisms and population regulation. *A. Rev. Ecol. Syst*, 8: 329-353

Eastop V F. 1971. Keys for the identification of *Acyrthosiphon* (Hemiptera: Aphididae). *Bull. Brit. Mus. Ent.*, 26 (1): 1-115

Eastop V F. 1972. A taxinomic review of the species of *Cinara* Curtis occurring in Britain (Hemiptera: Aphididae). *Bull. Brit. Mus. Entomol.*, 27: 101-186

Eastop V F. 1976. A review of *Cinara* subgenus *Cinarella* (Hemiptera: Aphididae). *Bull. Brit. Mus. Ent.*, 35 (1): 1-23

Eastop V F, Hille Ris Lambers D. 1976. *Survey of the World's Aphids*. The Hague: Dr W. Junk b. v. Publ. : 573

Eastop V F, Hille Ris Lambers D. 1987. Key to Subgenera of *Eriosoma* Leach (Aphididae: Homoptera). *Journal of Aphidology*, 1: 1-4

Eastop V F. 1977. Worldwide importante of aphids as virus vector: 3-62. *In*: Harris K F, Maramorosch K. Aphids as Virus Vectors. Academic Press: 559

Fabricius J C. 1775. Systema Entomologiae, Sistens Lnsectorum Classess, Ordines, Genera, Species, odjectis Synomymis, Locis, Descriptioni Bus, Observationibus. Flensburgi et Lipsiae: 832

Foottit R G. 2000. Infraorder Aphidodea. *In*: Maw H E L, Foottit R G, Hamilton K G A. et al. *Checklist of the Hemiptera of Canada and Alaska*. Ottawa: NRC Research Press: 10-40

Ghosh A K. 1982. "Fauna" Part 2. Subfamily Lachninae. *Zool. Survey India*, 1-167

Ghosh A K. 1984. "Fauna" Part 3. Subfamily Pemphiginae. *Zool. Survey India*, 1-429

Ghosh A K. 1986. A conspectus of Aphididae (Homoptera) of Himachal Pradesh in Northwest Himalaya, India. *Zool. Surv. India Tech Monogr.*, 16: 1-282

Gredina E P. 1995. A new genus of aphids (Homoptera, Aphididae, Aphidinae) from Russian Far East. *Far Eastern Entomologist*, 14: 1-4

Heinze K. 1957. Weiter versuche zur iiber-tragung von phytopathogene viren mit blattläusen. *Nachrbl. Deutsch. Iflanzenschutzed*, 9 (2): 22-25

Heie O E. 1967. Studies of fossil aphides (Homoptera: Aphidoidea), especially in the Copenhagen collection of fossils in Baltic amber. *Spolia zool. Mus. Haun.*, 26: 11-273

Heie O E. 1980. The Aphidoidea of Fennoscandia and Denmark, I. *Fanuna Ent. scand.*, 9: 1-236

Heie O E. 1982. The Aphidoidea of Fennoscandia and Denmark, II. *Fanuna Ent. Scand.*, 11: 1-176

Heie O E. 1985. Fossil aphids. *In*: Szelegiewicz H. *Evolution and Biosystematics of Aphids*. Jabolona: Proceedings of the International Aphid Symposium: 10-134

Heie O E. 1986. The Aphidoidea of Fennoscandia and Denmark, III. *Fanuna Ent. Scand.*, 17: 1-314

Heie O E. 1992. The Aphidoidea of Fennoscandia and Denmark, IV. *Fanuna Ent. Scand.*, 25: 1-189

Heie O E. 1994a. Why are there so few aphid species in the temperate areas of the southern hemisphere? *Eur. J. Entomol.*, 91: 127-133

Heie O E. 1994b. The Aphidoidea of Fennoscandia and Denmark, V. *Fanuna Ent. Scand.*, 28: 1-239

Heie O E. 1995. The Aphidoidea of Fennoscandia and Denmark, VI. *Fanuna Ent. Scand.*, 31: 1-217

Heinze K. 1957. Weitere versuche zur über-tragung von phytopathogenen viren mit blattläusen. *Nachrbl Deutsch. Pflanzenschutzd*, 9 (2): 22-25

Hille Ris Lambers D. 1946. The hibernation of *Myzus persicae* Sulzer and some related species, including a new one. *Bull. Entomol. Res.*, 37: 197-199

Hille Ris Lambers D. 1950. Host plants and aphid classification. *Int. Congr. Entomol. Proc.*, 8: 141-144

Hille Ris Lambers D. 1966. New and little known aphids from Pakistan (Homoptera, Aphididae), *Tijds. Entomol.*, 109 (8): 193-220

Hill Ris Lambers D. 1939. Contributions to a monograph of the Aphididae of Europe II. The genera *Dactynotus*

Rafinesque, 1818; *Staticobium* Mordvilko, 1914; *Macrosiphum* Passerini, 1860; *Masonaphis* nov. gen. ; *Pharalis* Leach, 1826. *Temninckia*, 4: 1-134

Holman J. 1974. *Szelegiewicziella chamaerhodi* gen. n. , sp. n. (Homoptera, Aphididae) on *Chamaerhodos erecta* from Mongolia. *Acta entomologica bohemoslovaca*, 71: 239-242

Holman J. 1987. Notes on *Aphis* species from the Soviet Far East, with descriptions of eight new species (Homoptera, Aphididae). *Acta Entomologica Bohemoslovaca*, 84 (5): 353-387

Holman J. 1988. Further aphids of the genus *Aphis* from Mongolia (Homoptera, Aphididae). *Acta Entomologica Bohemoslovaca*, 85 (1): 28-48

Holman J. 1992. Five new species of aphids of the genus *Aphis* (Homoptera, Aphididae) from Mongolia, Russian Federation, Uzbekistan and Iran. *Acta Entomologica Bohemoslovaca*, 89 (1): 49-62

Holman J, Szelegiewicz H. 1964. Description of a new aphid genus from the USSR and Mongolia. *Bull. De L'academie polonaise des sciences ClII*, 12 (8): 351-354

Holman J, Szelegiewicz H. 1971. Notes on aphis species (Homoptera, Aphididae) from Mongolia and the USSR, with descriptions of four new species. *Acta entomologica bohemoslovaca*, 68: 397-415

Holman J, Szelegiewicz H. 1972. Weitere Blattl use (Homoptera, Aphidodea) aus der Mongolei. Fragmenta Faunistica, Warszawa, 20 (4): 1-22

Holman J, Szelegiewicz H. 1974. On some new and little know Mongolian aphids (Homoptera, Aphididae). *Annales Zoologici*, 32: 1-17

Holman J, Szelegiewicz H. 1978. Further aphids of the genus *Macrosiphoniella* (Homoptera, Aphididae) from Mongolia. *Acta Entomologica Bohemoslovaca*, 75 (3): 178-193

Holman J, Lee S, Havelka J. 2006a. A revision of the genus *Macrosiphoniella* del Guercio (Hemiptera : Aphididae) from the Korean peninsula, part I: Subgenera *Asterobium*, *Chosoniella*, *Papillomyzus*, *Phalangomyzus*, *Sinosiphoniella*. *Proceedings of the Entomological Society of Washington*, 108 (1): 174-197

Holman J, Lee S, Havelka J. 2006b. A revision of the genus *Macrosiphoniella* del Guercio (Hemiptera : Aphididae) from the Korean Peninsula, Part II: Subgenus *Macrosiphoniella* (sensu stricto). *Proceedings of the Entomological Society of Washington*, 108 (2): 347-365

International Commission on Zoological Nomenclature. 2000. *International Code of Zoological Nomenclature*, *Fourth Edition*. Tipografia La Garangola, Padova, Italy: 305

Ilharco F A. 1966. A Study on the systematic position of the *Genus Israëlaphis* ESS IG with description of the alate forms and the first instar nymphs of *Israëlaphis Lambersi* Ilharco (Homop+era-Aphidoidea). Separata Da. Agr. Lus, -XXVI-Tomo IV: 257-272

Jiang L Y, Yang H Z, Qiao G X. et al. 2009. Species Diversity, Fauna and Distribution of Aphids in Northeast China. *Redia*, XCII, 199-204

Kaltenbach J H. 1843. Monographie der Familien der Pflanzenläuse (Phytophtires). I. Theil. Die Blatt. -udd Erdläuse (Aphidina et Hyponomeutes). *Aachen XLIII* u. 223

Kim H, Lee W, Lee S. 2006. Two new species of the genus *Aphis* (Hemiptera : Aphididae) on *Veronica nakaiana* and *Vitex negundo*, from Korea. *Entomological News*, 117 (2): 155-166

Lee W K, Seo H Y. 1992. On eighteen aphids tribe Aphidini occurring in Korea with description of a new species Homoptera Aphididae. *Korean Journal of Entomology*, 22 (2): 101-111

Lee S, Kim H. 2006. A fern aphid, *Neomacromyzus cyrtomicola* Lee, new genus and new species (Hemiptera: Aphididae) on *Cyrtomium falcatum* (Dryopteridaceae) in basalt rock caves. *Proceedings of the Entomological Society of Washington*, 108 (3): 493-501

Lee S, Holman J, Havelka J. 2001. *Glyphina betulae* (Hemiptera, Aphididae, Thelaxinae) new to the Far Eastern Asia from Mt. Baekdusan, North Korea. *Korean Journal of Systematic Zoology*, 17 (2): 179-184

Lee S, Holman J, Havelka J. 2002. Taxonomic revision of the genus *Megoura* Buckton (Hemiptera: Aphididae) from the Korean Peninsula with the description of a new species and a key to the world species. *Proceedings of the Entomological Society of Washington*, 104 (2): 447-457

Lee W K, Seo H Y. 1992. Description of two new species and notes on two unrecorded species (Drepanosiphidae: Chaitophorinae) from Korea. *Korean Journal of Entomology*, 22 (4): 251-262

Lee W K, Seo H Y, Hwang C Y. 1993. Taxonomic Study on Pemphigidae (Aphidoidea: Homoptera) from Korea. *Korean Journal of Systematic Zoology*, 9 (2): 237-249

Lee W K, Seo H Y, Hwang C Y. 1994. A taxonomic study on Lachnidae (Homoptera, Aphidoidea) of Korea. *Korean Journal of Systematic Zoology*, 10 (2): 157-187

Miyazaki M. 1971. A revision of the tribe Macrosiphini of Japan (Homoptera: Aphidinae). *Ins. Matsum.*, 34 (1): 1-247

Mordvilko A K. 1908. Tableaus pour servir à la détermination des groupes et des genres des Aphididae Passerini. *Ezegodnik Zoologiceskago Muzeja Imperatorskoj Nauk Sankt Peterburg*, 13: 353-384

Mordvilko A K. 1948. Podotrjad aphidodea tli, ili restitel'nye vši. *In*: Opredeli nasekomych Curopejskoj Casti SSSR. Moakva-Leningrad: 187-226

Ortiz-Rivas B, Andrés M, Martinez-Torres D. 2004. Molecular systematics of aphids (Homoptera, Aphididae), new insights from the long-wavelength opsin gene. *Mol. Phylogenet. Evol.*, 30: 24-37

Paik W H. 1965. *Aphids of Korea*. Seoul National University. Seoul. : 160

Paik W H. 1972. Aphidoidea. *Illustrated Encyclopedia of Fauna and Flora of Korea Vol. 13 Insecta* (5). Samwha Publishing Co. Seoul. : 751

Palmer M A. 1952. *Aphids of the Rocky Mountain Region*. Denver: Thomas Say Foundation: 452

Park H C, Ahn H S. 1994. New and Little Known Species of Subfamily Drepanosiphinae from Korea (Drepanosiphidae: Aphidoidea: Homoptera). *Korean Journal of Zoology*, 37 (3): 297-303

Park H C, Park K J. 1996. A new species of the genus *Periphyllus* (Homoptera: Aphididae: Chaitophorinae) from Korea. *Korean Journal of Systematic Zoology*, 12 (2): 185-188

Park K J, Park H C. 1995. Taxonomy of the genus *Periphyllus* from East Asia: I. (Aphidoidea, Drepanosiphidae). *Korean Journal of Entomology*, 25 (2): 147-154

Pashchenko N F. 1988. Suborder Aphidinea, aphids. *In*: Ler P A. *Key to the identification of insects of the Far East of the USSR*, 2: Homoptera and Heteroptera. Nauka: Leningrad: 546-686

Pashchenko N F. 1994. Aphids of the genus *Aphis* L. (Homoptera, Aphidinea, Aphididae) from plants of the family Rosaceae from the Russian Far East. 5. *Zoologicheskii Zhurnal*, 73 (2): 68-80

Pashchenko N F. 1997a. Aphids of the genus *Aphis* (Homoptera, Aphidinea, Aphididae) from the Russian Far East. Communication 8. *Zoologicheskii Zhurnal*, 76 (8): 900-909

Pashchenko N F. 1997b. Aphids of the genus *Aphis* (Homoptera, Aphidinea, Aphididae) from the Russian Far East. Communication 9. *Zoologicheskii Zhurnal*, 76 (9): 1025-1034

Pashchenko N F. 1998a. Aphids of the genus *Macrosiphoniella* (Homoptera, Aphididae) from the Russian Far East. 1. A key to subgenera and species of the subgenus *Macrosiphoniella* s. str. ; description of two new species. *Zoologicheskii Zhurnal*, 77 (11): 1266-1272

Pashchenko N F. 1998b. Aphids of the genus *Macrosiphoniella* (Homoptera, Aphididae) from the Russian Far East. 2. Description of new species and subspecies from the subgenus *Macrosiphoniella* s. str. *Zoologicheskii Zhurnal*, 77 (12): 1368-1376

Pashchenko N F. 1999a. Aphids of the genus *Macrosiphoniella* (Homoptera, Aphididae) from the Russian Far East 3. *Asterobium*, *Chosoniella*, *Papillomyzus* and *Phalangomyzes*. *Zoologicheskii Zhurnal*, 78 (1): 37-41

Pashchenko N F. 1999b. Aphids of the genus *Macrosiphoniella* (Homoptera, Aphididae) from the Russian Far East. Report 4. *Sinosiphoniella* subgenus. *Zoologicheskii Zhurnal*, 78 (4): 432-441

Pashchenko N F. 2000. A new genus of aphids (Homoptera, Aphididae) from the Russian Far East. *Zoologicheskii*

Zhurnal, 79 (11): 1294-1304

Pashtshenko N F. 1988. New genus and species of the aphid (Homoptera, Aphididae) from the Soviet Far East. *Zoologicheskii Zhurnal*, 67 (10): 1580-1583

Pashtshenko N F. 1993. Aphids of the genus *Aphis* (Homoptera, Aphididae) living on plants of Lamiaceae, Limoniaceae, Onagraceae, Polemoniaceae and Santalaceae in the Russian Far East 4. *Zoologicheskiy Zhurnal*, 73 (10): 41-53

Pashtshenko N F. 1994a. Aphids of the genus *Aphis* (Homoptera, Aphidinea, Aphididae) from the plants of the families Scrophulariaceae, Valerianaceae and Violaceae of the Russian Far East. Report 7. *Zoologicheskii Zhurnal*, 73 (12): 26-37

Pashtshenko N F. 1994b. Aphids of the genus *Aphis* (Homoptera, Aphidinea, Aphididae) living on plants of the family Ranunculaceae from the Russian Far East (5). *Zoologicheskii Zhurnal*, 73 (5): 36-47

Pashtshenko N F. 2000a. Aphids of the genus *Uroleucon* Mordvilko, 1914 (Homoptera, Aphididae) of the Russian Far East. I. Keys to subgenera and to the species of the nominotypical subgenus, descriptions of new taxa. *Entomologicheskoe Obozrenie*, 79 (4): 835-850

Pashtshenko N F. 2000b. New genus and species of aphids (Homoptera, Aphidiidae [Aphididae]) from the Russian Far East. *Zoologicheskii Zhurnal*, 79 (5): 631-634

Pashtshenko N F. 2001. Aphids of the genus *Uroleucon* Mordvilko, 1914 (Homoptera, Aphididae) of the Russian Far East. II. Species of the subgenera *Uroleucon* s. str. and *Lambersius* Olive. *Entomologicheskoe Obozrenie*, 80 (1): 73-80

Patterson C. 1981. Methods of paleobiogeography. *In*: Nelsen C, Rosen D E. *Vicariance biogeography, a critique*. New York: Columbia University Press: 446-489

Passerini G. 1860. Gli Afidi con un prospetto dei generi ed alcune specie nuove Italiane. *Parma*, 1-46

Passerini G. 1861. Additamenta ad indicem Aphidinarum quas hucusque in Italia lectarum. *Atti. Soc. Italiana Sci. Nat. Milano*, 3: 398-401

Passerini G. 1863. Aphididae Italicae hucusque observatae. *Arch. Zool. Anat. Fisiol. Modena*, 2: 129-212

Qiao G X, Zhang G X. 2000. The genus *Cervaphis* from China with description of a new species (Homoptera: Aphidoidea: Greenideidae). *Oriental Insects*, 34: 325-330

Qiao G X, Zhang Y C, Zhang G X. 2004. The genus *Trichaitophorus* Takahashi (Hemiptera: Aphididae: Chaitophorinae) from China with description of a new species. *Oriental Insects*, 38: 283-288

Qiao G X, Zhang G X. 1998. Notes on new genus, new species and new subspecies in Drepanosiphidae from China (Homoptera: Aphidoidea). *Acta Zootax. Sin.*, 23 (4): 368-372

Qiao G X, Zhang G X. 1999. A revision of *Stomaphis* Walker form China (Homoptera: Lachnidae). *Ent. Sin.*, 6 (4): 289-298

Qiao G X, Zhang G X. 2000. A taxonomic review of the genus *Delphiniobium* Mordvilko (Homoptera: Aphidoidea) in China. *Proc. Zool. Soc. Wash.*, 102 (4): 892-900

Qiao G X, Zhang G X. 2002a. A new Chinese record of the genus *Calaphis* Walsh (Homoptera: Aphiddidae: Myzocallidinae). *Acta Zootax. Sin.*, 27 (4): 768-773

Qiao G X, Zhang G X. 2002b. A review of the genus *Symydobius* Mordvilko (Homoptera: Aphiddidae: Myzocallidinae). *Acta Entomol. Sin.*, 75 (4): 241-251

Qiao G X, Zhang G X. 2002c. A revision of *Geoica* Hart, 1894 from China (Homoptera: Aphiddidae: Pemphiginae). *Acta Entomol. Sin.*, 44 (1): 79-87

Qiao G X, Zhang G X. 2002d. Taxonomic study on the new genus *Neobetulaphis* Basu from China (Homoptera: Aphiddidae: Myzocallidinae). *Acta Zootax. Sin.*, 27 (2): 284-289

Qiao G X, Zhang G X. 2002e. The subgenus *Nippocallis* Matsumura of *Tuberculatus* Mordvilko from China, with description of a new species (Homoptera: Aphididae: Myzocallidinae) in China. *Orien. Ins.*, 36: 79-86

Qiao G X, Zhang G X. 2003. The genus *Macropodaphis* Remaudière *et* Davatchi (Homoptera: Aphididae) in China. *Orien. Ins.*, 37: 415-421

Qiao G X, Zhang G X, Cao Y. 2002. A study on *Eulachnus* del Guercio from China, with description of one new species (Homoptera: Aphidoidea: Lachnidae). *Acta Entomol. Sin.*, 45 (1): 102-108

Quednau F W, Lee S H. 2001. An annotated list of drepanosiphine aphids (Hemiptera: Aphidoidea) from Korea. Part I: Saltusaphidinae to Calaphidinae from South Korea with the description of a new species. *Fragmenta Faunistica* (Warsaw), 44 (2): 213-227

Quednau F W, Remaudière G. 1994. Le genre *Myzocallis* Passerini, 1860: Classification mondiale des sous-genres et nouvelles espèces Paléarctiques (Homoptera: Aphididae). *Canadian Entomologist*, 126: 303-326

Raychaudhuri D N. 1980. *Aphids of North-east India and Bhutan*. Calcutta: Zool. Soc: 521

Remaudière G, Remaudière M. 1997. Catalogue of the World's Aphididae. Homoptera Aphidoidea. *INRA*, *Paris*, 473

Remaudière G, Quednau F W. 1988. Description de deux *Pterashenia* nov-veaux et révision des pterastheniinae subfam. nov. (Homoptera: Aphididae), *Ann. Soc. Ent. Fr.* (*N. S.*), 24 (1): 47-57

Remaudière G, Stroyan H L G. 1984. Un *Tamalia* nourveau de californie (USA) Dissussion surles Tamaliinae subfam. nov. (Hom. Aphididae), dos nuevos áfidos de los cereales, en chile. *Agric. tecn.* (*Chile*), 53 (1): 91-92

Richards W R. 1971. A Synopsis of the world fauna of the Saltusaphidinae, or sedge aphis (Homoptera; Aphididae). Memoirs of the Entomological Society of Canada, 80: 1-97

Rosen D E. 1978. Vicariant patterns and historical explanation in biogeograph. *Syst. Zool.*, 27: 159-188

Sanmartín I, Enghoff H, Ronquis F. 2001. Patterns of animal dispersal, vicariance and diversification in the Holarctic. *Biological Journal of the Linnean Society*, 73: 345-390

Shaposhinikov G Kh. 1964. Aphidinea. *In*: Bey Bienko G Y. *Classificattion keys to the insects of European part of the USSR*, 11: 489-616 (In Russian)

Shaposhinikov G Kh. 1985. The main features of the evolution of aphids. *In*: Szelegiewicz, H. *Evolution and Biosystematics of Aphids*. JabolonR: Proceedings of the International Aphid Symposium: 20-99

Shaposhinikov G Kh. 1988. Aphidinea. *In*: Bey Bienko G Y. *Classificattion keys to the insects of Far East USSR*, 546-686 (In Russian)

Shinji O. 1924. New aphids from Morioka. *Zool. Mag.*, 36 (431): 343-372

Smith C F. 1972. Bibliography of the Aphididae of the world. *North Carol. agr. exp. Sta.*, *tech. Bull.*, 216: 1-717

Smith C F, Parron C S. 1978. *An annotated list of Aphididae* (*Homoptera*) *of North America*. Raleigh: Agricultural Experiment Station, North Carolina State Uiversity: 428

Stenseth C. 1987. *Brachycaudus* spp. new to the Norwegian fauna (Homoptera: Aphididae). *Fauna Norv. Ser. B*, 34 (1): 19-21

Szelegiewicz H. 1979. A new aphid genus (Homoptera, Aphididae) from Mongolia. *Polskie Pismo Entomologiczne*, 49 (3): 567-570

Takahashi R. 1918. On three species of plant lice. *Dobuts. Zasshi*, 30: 368-376

Takahashi R. 1923. Aphididae of Formosa II. *Rep. Govt Res. Inst. Dep Agric. Formosa*, 24: 1-173

Takahashi R. 1924. Aphididae of Formosa III. *Rep. Govt Res. Inst. Dep Agric. Formosa*, 10: 11-121

Takahashi R. 1925. Aphididae of Formosa IV. *Rep. Govt Res. Inst. Dep Agric. Formosa*, 16: 1- 65

Takahashi R. 1931. Aphididae of Formosa VI. *Rep. Govt Res. Inst. Dep Agric. Formosa*, 53: 1-127

Tao C C. 1961. Aphid fauna of China, IV. *Science Yearbook of Taiwan Museum*, 4: 35-44

Tao C C. 1962. Aphid fauna of China, V. *Science Yearbook of Taiwan Museum*, 5: 33-82

Tao C C. 1963. Aphid fauna of China, VI. *Science Yearbook of Taiwan Museum*, 6: 104-147

Tao C C. 1964. Aphid fauna of China, VII. *Science Yearbook of Taiwan Museum*, 7: 36-74

Tao C C. 1966. Aphid fauna of China, Ⅷ. *Science Yearbook of Taiwan Museum*, 9: 1-28

Tao C C. 1967. Aphid fauna of China, Ⅹ. *Science Yearbook of Taiwan Museum*, 10: 11-56

Tao C C. 1969. Aphid fauna of China, Ⅺ. *Science Yearbook of Taiwan Museum*, 12: 40-99

Tao C C. 1970. Aphid fauna of China, Ⅷ. *Science Yearbook of Taiwan Museum*, 13: 1-44

Tiffney B H. 1985. Perspectives on the origin of the floristic similarity between eastern Asia and eastern North America. *Journal of the Arnold Arboretum*, 66: 73-94

von Dohlen C D, Moran N A. 2000. Molecular data support a rapid radiation of aphids in the Cretaceous and multiple origins of host alternation. *Biol. J. Linn. Soc.*, 71: 689-717

Yang J Y, Jiang L Y, Qiao G X. 2008. A review of the genus *Anoecia* from China with descriptions of two new species (Hemiptera: Aphididae: Anoeciinae). *Orient. Insects*, 42: 251-268

Zhang L K. 2000. A new species of the genus *Iowana* Hottes (Homoptera: Aphididae) from China. *Entomologia Sinica.*, 7 (4): 311-314

Zhang G X, Qiao G X. 1997a. A study on *Mindarus* Koch in China with descriptions of new species and new subspecies (Homoptera: Mindaridae). *Entomologia Sinica*, 4 (3): 193-196

Zhang G X, Qiao G X. 1997b. Nine new species of Pemphiginae (Homoptera: Pemphigidae) from China. *Entomol. Sin.*, 4 (4): 283-294

Zhang G X, Qiao G X. 1997c. Six new species of *Eriosoma* Leach from China (Homoptera: Pemphigidae). *Zootax. Sin.*, 22 (4): 376-383

Zhang G X, Qiao G X. 1998a. Two new genera, five new species and one new subspecies of Fordinae (Homoptera: Pemphigidae) from China. *Entomol. Sin.*, 5 (1): 1-9

Zhang G X, Qiao G X. 1998b. Two new genera of Macrosiphinae (Homoptera: Aphididae) from China with descriptions of four new species. *Entomol. Sin.*, 5 (3): 233-245

Zhang G X, Qiao G X, Hu Z D, et al. 1999. Study on a new genus *Siciunguis* and three new species from China (Homoptera: Aphidoidea: Pemphigidae: Eriosomatinae). *Acta. Ent. Sin.*, 42 (1): 57-65

Zhang G X, Zhong T S, Qiao G X. 1995. A study on Chinese *Thecabius* Koch, 1857 with descriptions of new species and new subspecies (Homoptera: Pemphigidae). *Entomol. Sin.*, 2 (3): 206-224

Zhang G X, Chen X L, Qiao G X. 1998. A study on the Chinese *Schizaphis* Börner with descriptions of three new species (Homoptera: Aphididae). *Entomol. Sin.*, 41 (4): 401-408

Zhang L K, Qiao G X, Zhang G X. 2001. Study on Chinese *Melanaphis* van der Goot, (Homoptera: Aphiddidae) with descriptions of three new species. *Proc. Ent. Soc. Wash.*, 103 (2): 325-333

中文学名索引

学名索引

A

寄主植物与蚜虫的对应名录

A

Abies alba 欧洲冷杉(银纵)
    Mindarus abietinus abietinus Koch(冷杉纩蚜指名亚种)

Abies fabri(冷杉)
    Cinara matsumurana Hille Ris Lambers(玛长足大蚜)
    Mindarus abietinus abietinus Koch(冷杉纩蚜指名亚种)
    Mindarus japonicus Takahashi(日本纩蚜)

Abies firma(日本冷杉)
    Mindarus japonicus Takahashi(日本纩蚜)

Abies holophylla(杉松(沙松))
    Mindarus abietinus abietinus Koch(冷杉纩蚜指名亚种)
    Mindarus japonicus Takahashi(日本纩蚜)
    Mindarus piceasuctus Zhang *et* Qiao(云杉纩蚜)

Abies homolepis(冷杉属1种)
    Cinara matsumurana Hille Ris Lambers(玛长足大蚜)

Abies nordmanniana(高加索冷杉)
    Mindarus abietinus abietinus Koch(冷杉纩蚜指名亚种)

Acalypha australis(铁苋菜)
    Aphis gossypii Glover(棉蚜)
    Hayhurstia atriplicis(Linnaeus)(藜蚜)

Acanthopanax senticosus(刺五加)
    Toxoptera odinae(van der Goot)(芒果蚜)

Acer ginnala(茶条槭)
    Trichaitophorus ginnalarus Qiaog，Zhang *et* Zhang(茶条槭三毛蚜)

Acer mono(色槭五角枫)
    Periphyllus diacerivorus Zhang(京枫多态毛蚜)
    Periphyllus kuwanaii(Takahashi)(库多态毛蚜)
    Yamatocallis hirayamae Matsumura(枫桠镰管蚜)

Acer nipponicum(日本槭)
    Yamatocallis hirayamae Matsumura(枫桠镰管蚜)

Acer oliverianum(五裂槭)
    Periphyllus kuwanaii(Takahashi)(库多态毛蚜)

Acer sp.(恶魔槭)
    Yamatocallis hirayamae Matsumura(枫桠镰管蚜)

Acer sp.(和峰槭)

Yamatocallis hirayamae Matsumura(枫桠镰管蚜)

Aconitum carmichaeli var. *tripartitum*(深裂乌头)

    Delphiniobium yezoense Miyazaki(瑕夷翠雀蚜)

Aconitum kusnezoffii(北乌头)

    Delphiniobium yezoense Miyazaki(瑕夷翠雀蚜)

Aconitum spp.（乌头属植物）

    Delphiniobium yezoense Miyazaki(瑕夷翠雀蚜)

Aeluropus pungens(小獐毛)

    Tetraneura akinire Sasaki(秋四脉绵蚜)

Aesculus turbinata(日本七叶树)

    Periphyllus koelreuteriae(Takahashi)(栾多态毛蚜)

Ageratum conyzoides(霍香蓟)

    Rhopalosiphum padi(Linnaeus)(禾谷缢管蚜)

Agrimonia pilosa(龙芽草)

    Eriosoma japonicum(Matsumura)(日本绵蚜)

Agropyron cristatum(冰草)

    Sappaphis dipirivora Zhang(梨北京圆尾蚜)

Agropyron spp.（冰草属植物）

    Forda formicaria von Heyden(蚁五节根蚜)

    Rhopalosiphum insertum(Walker)(苹草缢管蚜)

    Tetraneura akinire Sasaki(秋四脉绵蚜)

Agropyrum repens

    Sipha elegans del Guercio(丽伪毛蚜)

Agrostis spp.（剪股颖属植物）

    Forda formicaria von Heyden(蚁五节根蚜)

    Forda marginata Koch(缘五节根蚜)

Alisma sp.（川泽泻）

    Rhopalosiphum nymphaeae(Linnaeus)(莲缢管蚜)

Allium cepa(洋葱)

    Neotoxoptera formosana(Takahashi)(葱蚜)

Allium chinense(荞头)

    Tetraneura akinire Sasaki(秋四脉绵蚜)

Allium fistulosum(葱)

    Neotoxoptera formosana(Takahashi)(葱蚜)

Allium tuberosum(韭菜)

    Neotoxoptera formosana(Takahashi)(葱蚜)

Alnus firma(桤木1种)

    Recticallis alnijaponicae Matsumura(赤杨直斑蚜)

Alnus formosana(台湾桤木(台湾赤杨))

    Recticallis alnijaponicae Matsumura(赤杨直斑蚜)

Alnus hirsuta(辽东桤木)

    Betacallis alnicolens Matsumura(桤木桦斑蚜)

　　　　Recticallis alnijaponicae Matsumura（赤杨直斑蚜）

Alnus japonica（日本桤木）

　　　　Betacallis alnicolens Matsumura（桤木桦斑蚜）

　　　　Recticallis alnijaponicae Matsumura（赤杨直斑蚜）

Alnus matsumurae（松村桤木）

　　　　Betacallis alnicolens Matsumura（桤木桦斑蚜）

Alnus sp.（拟赤杨）

　　　　Betacallis alnicolens Matsumura（桤木桦斑蚜）

Althaea rosea（蜀葵）

　　　　Myzus persicae（Sulzer）（桃蚜）

Amaranthus tricolor（苋菜）

　　　　Aphis gossypii Glover（棉蚜）

　　　　Myzus persicae（Sulzer）（桃蚜）

Amygdalus communis（扁桃）

　　　　Rhopalosiphum nymphaeae（Linnaeus）（莲缢管蚜）

Amygdalus davidiana（山桃）

　　　　Myzus varians Davidson（黄药子瘤蚜）

　　　　Tuberocephalus momonis（Matsumura）（桃瘤头蚜）

Amygdalus persica（桃）

　　　　Brachycaudus helichrysi（Kaltenbach）（李短尾蚜）

　　　　Hyalopterus pruni（Geoffroy）（桃粉大尾蚜）

　　　　Myzus persicae（Sulzer）（桃蚜）

　　　　Myzus varians Davidson（黄药子瘤蚜）

　　　　Rhopalosiphum nymphaeae（Linnaeus）（莲缢管蚜）

　　　　Rhopalosiphum padi（Linnaeus）（禾谷缢管蚜）

　　　　Rhopalosiphum rufiabdominale（Sasaki）（红腹缢管蚜）

　　　　Tuberocephalus momonis（Matsumura）（桃瘤头蚜）

Amygdalus triloba（榆叶梅）

　　　　Brachycaudus cardui（Linnaeus）（飞廉短尾蚜）

　　　　Hyalopterus pruni（Geoffroy）（桃粉大尾蚜）

　　　　Rhopalosiphum nymphaeae（Linnaeus）（莲缢管蚜）

　　　　Rhopalosiphum padi（Linnaeus）（禾谷缢管蚜）

　　　　Rhopalosiphum rufiabdominale（Sasaki）（红腹缢管蚜）

Anacardium occidentale（腰果）

　　　　Toxoptera odinae（van der Goot）（芒果蚜）

Angelica dahurica（白芷）

　　　　Semiaphis heraclei（Takahashi）（胡萝卜微管蚜）

Angelica sinensis（当归）

　　　　Semiaphis heraclei（Takahashi）（胡萝卜微管蚜）

Angelica spp.（白芷属植物）

　　　　Cavariella nipponica Takahashi（日本二尾蚜）

Apiaceae（伞形科植物）

Cavariella aegopodii（Scopoli）（埃二尾蚜）

Cavariella konoi Takahashi（康二尾蚜）

Apium sp.（芹菜）

 Brachycaudus helichrysi（Kaltenbach）（李短尾蚜）

 Cavariella salicicola（Matsumura）（柳二尾蚜）

 Myzus persicae（Sulzer）（桃蚜）

 Semiaphis heraclei（Takahashi）（胡萝卜微管蚜）

Aquilegia viridiflora（耧斗菜）

 Longicaudus trirhodus（Walker）（月季长尾蚜）

Arachis hypogaea（花生）

 Aphis craccivora Koch（豆蚜）

 Myzus persicae（Sulzer）（桃蚜）

Aralia chinensis（楤木）

 Cavariella araliae Takahashi（楤木二尾蚜）

Aralia cordata（土当归）

 Cavariella araliae Takahashi（楤木二尾蚜）

Aralia elata（辽东楤木（刺老牙））

 Cavariella araliae Takahashi（楤木二尾蚜）

Arctium lappa（牛蒡）

 Uroleucon gobonis（Matsumura）（红花指管蚜）

Armeniaca mume（梅）

 Hyalopterus pruni（Geoffroy）（桃粉大尾蚜）

 Myzus mumecola（Matsumura）（杏瘤蚜）

 Rhopalosiphum nymphaeae（Linnaeus）（莲缢管蚜）

 Rhopalosiphum rufiabdominale（Sasaki）（红腹缢管蚜）

 Phorodon humuli japonensis Takahashi（葎草疣蚜）

Armeniaca triloba（榆叶梅）

 Brachycaudus helichrysi（Kaltenbach）（李短尾蚜）

Armeniaca vulgaris（杏）

 Brachycaudus cardui（Linnaeus）（飞廉短尾蚜）

 Brachycaudus helichrysi（Kaltenbach）（李短尾蚜）

 Hyalopterus pruni（Geoffroy）（桃粉大尾蚜）

 Longicaudus trirhodus（Walker）（月季长尾蚜）

 Myzus mumecola（Matsumura）（杏瘤蚜）

 Myzus persicae（Sulzer）（桃蚜）

 Ovatus malisuctus（Matsumura）（苹果瘤蚜）

 Phorodon humuli foliae Tseng *et* Tao（葎草叶疣蚜）

 Rhopalosiphum nymphaeae（Linnaeus）（莲缢管蚜）

 Rhopalosiphum padi（Linnaeus）（禾谷缢管蚜）

 Rhopalosiphum rufiabdominale（Sasaki）（红腹缢管蚜）

Armeniaca vulgaris var. *ansu*（山杏）

 Brachycaudus helichrysi（Kaltenbach）（李短尾蚜）

Arrhenatherum spp.（燕麦草属1种）

 Sipha elegans del Guercio（丽伪毛蚜）

Artemisia argyi（艾蒿（艾））

 Aphis kurosawai Takahashi（艾蚜）

 Coloradoa rufomaculata（Wilson）（红斑卡蚜）

 Cryptosiphum artemisiae artemisiae Buckton（艾蒿隐管蚜指名亚种）

 Cryptosiphum artemisiae linanense Zhang（艾蒿隐管蚜临安亚种）

 Macrosiphoniella hokkaidensis Miyazaki（北海道小长管蚜）

 Macrosiphoniella kuwayamai Takahashi（水蒿小长管蚜）

 Macrosiphoniella oblonga（Mordvilko）（椭圆小长管蚜）

 Macrosiphoniella pseudoartemisiae Shinji（伪蒿小长管蚜）

 Macrosiphoniella sanborni（Gillette）（菊小长管蚜）

 Macrosiphoniella yomogifoliae（Shinji）（艾小长管蚜）

 Sappaphis dipirivora Zhang（梨北京圆尾蚜）

 Sappaphis pyri Matsumura（梨扎圆尾蚜）

 Sappaphis sinipiricola Zhang（梨中华圆尾蚜）

Artemisia atrovirens（暗绿蒿）

 Cryptosiphum artemisiae linanense Zhang（艾蒿隐管蚜临安亚种）

 Macrosiphoniella yomogifoliae（Shinji）（艾小长管蚜）

Artemisia capillaris（茵陈蒿（臭蒿））

 Macrosiphoniella brevisiphona Zhang（短小长管蚜）

 Macrosiphoniella formosartemisiae Takahashi（丽蒿小长管蚜）

 Macrosiphoniella hokkaidensis Miyazaki（北海道小长管蚜）

 Macrosiphoniella pseudoartemisiae Shinji（伪蒿小长管蚜）

 Titanosiphon neoartemisiae（Takahashi）（蒿新梯管蚜）

Artemisia carvifolia（青蒿）

 Macrosiphoniella huaidensis Zhang（怀德小长管蚜）

Artemisia lavandulaefolia（野艾蒿）

 Szelegiewicziella chamaerhodi Holman（蒿四蚜）

Artemisia mongolica（蒙古蒿）

 Acyrthosiphon pareuphorbiae Zhang（猫眼无网蚜）

 Aphis kurosawai Takahashi（艾蚜）

 Coloradoa artemisicola Takahashi（蒿卡蚜）

 Cryptosiphum artemisiae linanense Zhang（艾蒿隐管蚜临安亚种）

 Macrosiphoniella formosartemisiae Takahashi（丽蒿小长管蚜）

 Macrosiphoniella hokkaidensis Miyazaki（北海道小长管蚜）

 Macrosiphoniella huaidensis Zhang（怀德小长管蚜）

 Macrosiphoniella kuwayamai Takahashi（水蒿小长管蚜）

 Macrosiphoniella pseudoartemisiae Shinji（伪蒿小长管蚜）

 Macrosiphoniella sanborni（Gillette）（菊小长管蚜）

 Macrosiphoniella yomogifoliae（Shinji）（艾小长管蚜）

 Pleotrichophorus glandulosus（Kaltenbach）（菱蒿稠钉毛蚜）

Tetraneura akinire Sasaki(秋四脉绵蚜)

Tetraneura yezoensis Matsumura(瑕夷四脉绵蚜)

Artemisia scoparia(猪毛蒿)

Sappaphis sinipiricola Zhang(梨中华圆尾蚜)

Artemisia selengensis(蒌蒿)

Pleotrichophorus glandulosus(Kaltenbach)(蒌蒿稠钉毛蚜)

Artemisia sp.(白蒿)

Coloradoa artemisicola Takahashi(蒿卡蚜)

Macrosiphoniella kuwayamai Takahashi(水蒿小长管蚜)

Macrosiphoniella pseudoartemisiae Shinji(伪蒿小长管蚜)

Macrosiphoniella yomenae(Shinji)(鸡儿肠小长管蚜)

Artemisia sp.(蒿属 1 种)

Aphis acanthoidis(Börner)(飞蓬蚜)

Macrosiphoniella grandicauda Takahashi *et* Moritsu(大尾小长管蚜)

Artemisia sp.(黄蒿)

Aphis kurosawai Takahashi(艾蚜)

Macrosiphoniella abrotani chosoni Szelegiewicz(丽小长管蚜楚孙亚种)

Macrosiphoniella huaidensis Zhang(怀德小长管蚜)

Macrosiphoniella kuwayamai Takahashi(水蒿小长管蚜)

Macrosiphoniella pseudoartemisiae Shinji(伪蒿小长管蚜)

Macrosiphoniella taesonsangsanensis Szelegiewicz(太松山小长管蚜)

Macrosiphoniella yomogifoliae(Shinji)(艾小长管蚜)

Pleotrichophorus glandulosus(Kaltenbach)(蒌蒿稠钉毛蚜)

Artemisia sp.(皮针蒿)

Macrosiphoniella formosartemisiae Takahashi(丽蒿小长管蚜)

Artemisia sp.(水蒿)

Coloradoa artemisicola Takahashi(蒿卡蚜)

Cryptosiphum artemisiae artemisiae Buckton(艾蒿隐管蚜指名亚种)

Macrosiphoniella huaidensis Zhang(怀德小长管蚜)

Macrosiphoniella kuwayamai Takahashi(水蒿小长管蚜)

Macrosiphoniella myohyangsani Szelegiewicz(妙香山小长管蚜)

Pleotrichophorus glandulosus(Kaltenbach)(蒌蒿稠钉毛蚜)

Artemisia sp.(水仙蒿)

Coloradoa rufomaculata(Wilson)(红斑卡蚜)

Artemisia sp.(香蒿)

Cryptosiphum artemisiae artemisiae Buckton(艾蒿隐管蚜指名亚种)

Sappaphis dipirivora Zhang(梨北京圆尾蚜)

Artemisia sp.(亚洲蒿)

Macrosiphoniella yomogifoliae(Shinji)(艾小长管蚜)

Artemisia spp.(蒿属植物)

Macrosiphoniella artemisiae(Boyer de Fonscolombe)(蒿小长管蚜)

Macrosiphoniella dimidiata Börner(分小长管蚜)

    Uroleucon picridis (Fabricius)（马醉木指管蚜）

Arthraxon hispidus（荩草）

    Melanaphis arthraxonophaga Zhang，Qiao et Zhang（荩草色蚜）

Arundo donax（芦竹）

    Rhopalosiphum padi (Linnaeus)（禾谷缢管蚜）

    Rhopalosiphum rufiabdominale (Sasaki)（红腹缢管蚜）

Aster ageratoides var. *semiamplexicaulis*（紫菀属 1 种）

    Uroleucon monticola (Takahashi)（山指管蚜）

Aster tataricus（紫菀）

    Macrosiphoniella yomenae (Shinji)（鸡儿肠小长管蚜）

Astragalus adsurgens（斜茎黄芪（沙打旺））

    Acyrthosiphon pisum (Harris)（豌豆蚜）

Atractylodes japonica（关苍术）

    Uroleucon gobonis (Matsumura)（红花指管蚜）

Atractylodes lancea（苍术（枪头菜））

    Uroleucon gobonis (Matsumura)（红花指管蚜）

Atriplex spp.（滨藜属植物）

    Hayhurstia atriplicis (Linnaeus)（藜蚜）

Avena chinensis（莜麦）

    Sitobion miscanthi (Takahashi)（荻草谷网蚜）

Avena fotua（野燕麦）

    Tetraneura akinire Sasaki（秋四脉绵蚜）

Avena sativa（燕麦）

    Myzus persicae (Sulzer)（桃蚜）

    Rhopalosiphum padi (Linnaeus)（禾谷缢管蚜）

    Schizaphis graminum (Rondani)（麦二叉蚜）

    Sitobion miscanthi (Takahashi)（荻草谷网蚜）

Axonopus spp.（地毯草属植物）

    Tetraneura nigriabdominalis (Sasaki)（黑腹四脉绵蚜）

B

Bergenia purpurascens（岩白菜（温室））

    Myzus persicae (Sulzer)（桃蚜）

Beta vulgaris（甜菜）

    Aulacorthum solani (Kaltenbach)（茄粗额蚜）

    Myzus persicae (Sulzer)（桃蚜）

Beta vulgaris var. *cicla*（厚皮菜）

    Myzus persicae (Sulzer)（桃蚜）

Betula albosinensis（红桦（毛桦））

    Betulaphis pelei Hille Ris Lambers（光腹桦蚜）

    Calaphis similis Quednau（相似长角斑蚜）

    Euceraphis punctipennis (Zetterstedt)（桦绵斑蚜）

  Hamamelistes betulinus（Horvath）（桦五节扁蚜）

  Symydobius fumus Qiao *et* Zhang（昙毛斑蚜）

  Symydobius paucisensorius Zhang，Zhang *et* Zhong（少圈毛斑蚜）

Betula dahurica（黑桦（棘皮桦））

  Calaphis betulicola（Kaltenbach）（居桦长角斑蚜）

  Callipterinella tuberculata（von Heyden）（瘤带斑蚜）

  Symydobius kabae（Matsumura）（黑桦毛斑蚜）

Betula ermanii（岳桦）

  Euceraphis punctipennis（Zetterstedt）（桦绵斑蚜）

  Hormaphis betulae（Mordvilko）（桦扁蚜）

Betula lutea（黄桦）

  Calaphis similis Quednau（相似长角斑蚜）

Betula maximowicziana（王桦）

  Euceraphis punctipennis（Zetterstedt）（桦绵斑蚜）

  Monaphis antennata（Kaltenbach）（触角单斑蚜）

Betula nana（桦属 1 种）

  Betulaphis pelei Hille Ris Lambers（光腹桦蚜）

Betula papyrifera（纸桦）

  Calaphis similis Quednau（相似长角斑蚜）

Betula pendula（垂枝桦（疣桦））

  Calaphis betulicola（Kaltenbach）（居桦长角斑蚜）

  Callipterinella tuberculata（von Heyden）（瘤带斑蚜）

  Glyphina betulae（Linnaeus）（桦雕蚜）

  Hamamelistes betulinus（Horvath）（桦五节扁蚜）

  Monaphis antennata（Kaltenbach）（触角单斑蚜）

Betula platyphylla（白桦）

  Calaphis betulicola（Kaltenbach）（居桦长角斑蚜）

  Calaphis similis Quednau（相似长角斑蚜）

  Callipterinella tuberculata（von Heyden）（瘤带斑蚜）

  Euceraphis punctipennis（Zetterstedt）（桦绵斑蚜）

  Hamamelistes betulinus（Horvath）（桦五节扁蚜）

  Hormaphis betulae（Mordvilko）（桦扁蚜）

  Monaphis antennata（Kaltenbach）（触角单斑蚜）

  Symydobius fumus Qiao *et* Zhang（昙毛斑蚜）

  Symydobius kabae（Matsumura）（黑桦毛斑蚜）

  Symydobius oblongus（von Heyden）（椭圆毛斑蚜）

Betula pubescens（毛枝桦）

  Calaphis betulicola（Kaltenbach）（居桦长角斑蚜）

  Glyphina betulae（Linnaeus）（桦雕蚜）

  Hamamelistes betulinus（Horvath）（桦五节扁蚜）

  Hormaphis betulae（Mordvilko）（桦扁蚜）

Betula sp.（桦木属 1 种）

Hormaphis betulae（Mordvilko）（桦扁蚜）

Tiliaphis coreana Quednau（朝鲜半岛椴斑蚜）

Betula sp.（欧洲白桦）

　　Euceraphis punctipennis（Zetterstedt）（桦绵斑蚜）

Betula sp.（日本樱桦）

　　Euceraphis punctipennis（Zetterstedt）（桦绵斑蚜）

Betula sp.（水桦）

　　Euceraphis punctipennis（Zetterstedt）（桦绵斑蚜）

Betula sp.（土耳其斯坦桦）

　　Euceraphis punctipennis（Zetterstedt）（桦绵斑蚜）

Betula sp.（西南桦）

　　Euceraphis punctipennis（Zetterstedt）（桦绵斑蚜）

Betula sp.（沼桦）

　　Euceraphis punctipennis（Zetterstedt）（桦绵斑蚜）

Betula verrucosa（垂枝桦）

　　Hamamelistes betulinus（Horvath）（桦五节扁蚜）

Bidens cernua（柳叶鬼针草）

　　Pemphigus borealis Tullgren（远东枝瘿绵蚜）

Bidens tripartita（狼杷草）

　　Pemphigus borealis Tullgren（远东枝瘿绵蚜）

Bischofia polycarpa（重阳木）

　　Toxoptera odinae（van der Goot）（芒果蚜）

Boraginaceae（紫草科植物）

　　Brachycaudus cardui（Linnaeus）（飞廉短尾蚜）

Bothriochloa ischaemum（白羊草）

　　Sitobion miscanthi（Takahashi）（荻草谷网蚜）

Brachiaria spp.（臂形草属植物）

　　Tetraneura nigriabdominalis（Sasaki）（黑腹四脉绵蚜）

　　Tetraneura yezoensis Matsumura（瑕夷四脉绵蚜）

Brassica chinensis（青菜）

　　Lipaphis erysimi（Kaltenbach）（萝卜蚜）

　　Brassica juncea（芥菜）

　　Lipaphis erysimi（Kaltenbach）（萝卜蚜）

Myzus persicae（Sulzer）（桃蚜）

Brassica oleracea var. *botrytis*（花椰菜）

　　Brevicoryne brassicae（Linnaeus）（甘蓝蚜）

　　Lipaphis erysimi（Kaltenbach）（萝卜蚜）

　　Myzus persicae（Sulzer）（桃蚜）

Brassica oleracea var. *capitata*（甘蓝）

　　Brevicoryne brassicae（Linnaeus）（甘蓝蚜）

　　Lipaphis erysimi（Kaltenbach）（萝卜蚜）

　　Myzus persicae（Sulzer）（桃蚜）

Brassica rapa（芜青）

    Brevicoryne brassicae（Linnaeus）（甘蓝蚜）

    Lipaphis erysimi（Kaltenbach）（萝卜蚜）

    Myzus persicae（Sulzer）（桃蚜）

Brassica rapa var. *glabra*（白菜）

    Brevicoryne brassicae（Linnaeus）（甘蓝蚜）

    Lipaphis erysimi（Kaltenbach）（萝卜蚜）

    Myzus persicae（Sulzer）（桃蚜）

Brassica rapa var. *oleifera*（芸薹（油菜））

    Brevicoryne brassicae（Linnaeus）（甘蓝蚜）

    Lipaphis erysimi（Kaltenbach）（萝卜蚜）

    Myzus persicae（Sulzer）（桃蚜）

Bromus japonicus（雀麦）

    Rhopalosiphum padi（Linnaeus）（禾谷缢管蚜）

    Schizaphis graminum（Rondani）（麦二叉蚜）

    Sitobion miscanthi（Takahashi）（荻草谷网蚜）

Bromus rigidus（硬雀麦）

    Anoecia haupti Börner（豪短痣蚜）

Bromus spp.（雀麦属植物）

    Forda marginata Koch（缘五节根蚜）

    Forda formicaria von Heyden（蚁五节根蚜）

C

Calamagrostis spp.（拂子茅属植物）

    Forda marginata Koch（缘五节根蚜）

Callitris endlicheri（恩得利美丽柏）

    Cinara tujafilina（del Guercio）（柏长足大蚜）

Callitris priessii（布勒斯美丽柏）

    Cinara tujafilina（del Guercio）（柏长足大蚜）

Callitris rhomboidea（澳洲柏）

    Cinara tujafilina（del Guercio）（柏长足大蚜）

Callitris tasmanica

    Cinara tujafilina（del Guercio）（柏长足大蚜）

Campanula spp.（风铃草属植物）

    Uroleucon nigrocampanulae（Theobald）（乳白风铃草指管蚜）

Cannabis sativa（大麻（线麻））

    Phorodon cannabis Passerini（大麻疣蚜）

Capsella bursa-pastoris（荠（荠菜））

    Acyrthosiphon pisum（Harris）（豌豆蚜）

    Lipaphis erysimi（Kaltenbach）（萝卜蚜）

    Sitobion miscanthi（Takahashi）（荻草谷网蚜）

Capsicum annuum（辣椒）

    Myzus persicae(Sulzer)(桃蚜)

Caragana sinica(锦鸡儿)

    Aphis craccivora Koch(豆蚜)

Carduus crispus(丝毛飞廉(老牛错))

    Capitophorus carduinus(Walker)(飞廉钉毛蚜)

    Uroleucon formosanum(Takahashi)(莴苣指管蚜)

Carduus nutans(飞廉)

    Capitophorus carduinus(Walker)(飞廉钉毛蚜)

Carex arenaria(薹草属 1 种)

    Iziphya bufo(Walker)(蟾蜍依跳蚜)

Carex caryophyllea(薹草属 1 种)

    Iziphya bufo(Walker)(蟾蜍依跳蚜)

    Nevskyella fungifera(Ossiannilsson)(蘑菇聂跳蚜)

Carex ligenrica(薹草属 1 种)

    Iziphya bufo(Walker)(蟾蜍依跳蚜)

Carex meyeriana(乌拉草)

    Nevskyella fungifera(Ossiannilsson)(蘑菇聂跳蚜)

    Thripsaphis ballii(Gillette)(泊蓟马蚜)

Carex sp.(薹草属 1 种)

    Thripsaphis ballii(Gillette)(泊蓟马蚜)

Carthamus tinctorius(红花)

    Uroleucon gobonis(Matsumura)(红花指管蚜)

Castanea crenata(日本栗)

    Moritziella castaneivora Miyazaki(栗苞蚜)

Castanea mollissima(板栗(栗))

    Cervaphis quercus Takahashi(栎刺蚜)

    Lachnus tropicalis(van der Goot)(板栗大蚜)

    Moritziella castaneivora Miyazaki(栗苞蚜)

    Toxoptera odinae(van der Goot)(芒果蚜)

    Tuberculatus(*Nippocallis*)*castanocallis*(Zhang *et* Zhong)(栗斑蚜)

    Tuberculatus(*Nippocallis*)*margituberculatus*(Zhang *et* Zhong)(缘瘤栗斑蚜)

Castanea seguinii(茅栗)

    Tuberculatus(*Nippocallis*)*castanocallis*(Zhang *et* Zhong)(栗斑蚜)

Castanea sp.(栗属 1 种)

    Greenidea kuwanai(Pergande)(库毛管蚜)

Castanopsis fargesii(栲)

    Lachnus quercihabitans(Takahashi)(栲大蚜)

Castanopsis sp.(槠)

    Tuberculatus(*Orientuberculoides*)*capitatus*(Essig *et* Kuwana)(钉侧棘斑蚜)

Celosia cristata(鸡冠花)

    Myzus persicae(Sulzer)(桃蚜)

Celtis australis(南欧朴)

　　　　Shivaphis catalpinari Quednau *et* Remaudière(肖朴绵叶蚜)

Celtis bungeana(黑弹树(小叶朴))

　　　　Shivaphis celti Das(朴绵叶蚜)

　　　　Shivaphis tilisucta Zhang(椴绵叶蚜)

Celtis koraiensis(大叶朴)

　　　　Myzocallis carpini(Koch)(鹅耳枥角斑蚜)

　　　　Shivaphis catalpinari Quednau *et* Remaudière(肖朴绵叶蚜)

　　　　Shivaphis celti Das(朴绵叶蚜)

　　　　Shivaphis tilisucta Zhang(椴绵叶蚜)

　　　　Stomaphis yanonis Takahashi(朴长喙大蚜)

Celtis sinensis(朴树)

　　　　Shivaphis catalpinari Quednau *et* Remaudière(肖朴绵叶蚜)

　　　　Shivaphis celti Das(朴绵叶蚜)

Celtis sp. (澳洲朴)

　　　　Shivaphis celti Das(朴绵叶蚜)

Celtis sp. (美国朴)

　　　　Shivaphis celti Das(朴绵叶蚜)

Celtis sp. (青朴)

　　　　Shivaphis celti Das(朴绵叶蚜)

Celtis sp. (沙朴)

　　　　Shivaphis celti Das(朴绵叶蚜)

Celtis sp. (云南朴)

　　　　Shivaphis celti Das(朴绵叶蚜)

Celtis tetrandra(四蕊朴)

　　　　Shivaphis celti Das(朴绵叶蚜)

Cerasus pseudocerasus(樱桃)

　　　　Brachycaudus helichrysi(Kaltenbach)(李短尾蚜)

　　　　Rhopalosiphum nymphaeae(Linnaeus)(莲缢管蚜)

　　　　Tuberocephalus liaoningensis Zhang *et* Zhong(樱桃卷叶蚜)

Cerasus sp. (甜樱桃)

　　　　Brachycaudus cardui(Linnaeus)(飞廉短尾蚜)

Cerasus sp. (小樱桃)

　　　　Brachycaudus cardui(Linnaeus)(飞廉短尾蚜)

Cerasus yedoensis(樱花)

　　　　Rhopalosiphum nymphaeae(Linnaeus)(莲缢管蚜)

　　　　Toxoptera odinae(van der Goot)(芒果蚜)

Chaenomeles cathayensis(毛叶木瓜(木本藤))

　　　　Myzus persicae(Sulzer)(桃蚜)

Chaenomeles sinensis(木瓜)

　　　　Ovatus crataegarius(Walker)(山楂圆瘤蚜)

Chamaecyparis lawsoniana(美国扁柏(美洲花柏))

　　　　Cinara tujafilina(del Guercio)(柏长足大蚜)

Chamaerhodos erecta（地蔷薇）

    Szelegiewicziella chamaerhodi Holman（蒿四蚜）

Chenopodium album（藜（灰菜））

    Capitophorus evelaeagni Zhang（河北蓟钉毛蚜）

    Hayhurstia atriplicis（Linnaeus）（藜蚜）

Chenopodium glaucum（灰绿藜）

    Hayhurstia atriplicis（Linnaeus）（藜蚜）

Chenopodium spp.（藜属）

    Hayhurstia atriplicis（Linnaeus）（藜蚜）

Chimonathus praecox（蜡梅（腊梅））

Chloris virgata（虎尾草）

    Rhopalosiphum maidis（Fitch）（玉米蚜）

    Tetraneura akinire Sasaki（秋四脉绵蚜）

    Tetraneura nigriabdominalis（Sasaki）（黑腹四脉绵蚜）

Chrysanthemum coronarium（茼蒿叶）

    Myzus persicae（Sulzer）（桃蚜）

Cirsium japonicum（刺蓟）

    Capitophorus evelaeagni Zhang（河北蓟钉毛蚜）

Cirsium lineare（线叶蓟）

    Uroleucon cephalonopli Takahashi（头指管蚜）

Cirsium sp.（刺菜）

    Aulacorthum solani（Kaltenbach）（茄粗额蚜）

    Capitophorus carduinus（Walker）（飞廉钉毛蚜）

    Capitophorus elaeagni（del Guercio）（胡颓子钉毛蚜）

    Myzus persicae（Sulzer）（桃蚜）

    Uroleucon cephalonopli Takahashi（头指管蚜）

    Uroleucon gobonis（Matsumura）（红花指管蚜）

    Uroleucon sonchi（Linnaeus）（苣荬指管蚜）

Cirsium sp.（大刺菜）

    Capitophorus evelaeagni Zhang（河北蓟钉毛蚜）

Cirsium sp.（大蓟）

    Uroleucon cephalonopli Takahashi（头指管蚜）

Cirsium spp.（蓟属植物）

    Uroleucon giganteum（Matsumura）（巨指管蚜）

Citrullus lanatus（西瓜）

    Aphis gossypii Glover（棉蚜）

Citrus reticulata（柑橘）

    Tetraneura akinire Sasaki（秋四脉绵蚜）

Clematis apiifolia（女萎）

    Myzus varians Davidson（黄药子瘤蚜）

Clematis sp.（大叶铁线莲）

    Myzus varians Davidson（黄药子瘤蚜）

Clerodendron bungei（臭牡丹）

　　Tetraneura akinire Sasaki（秋四脉绵蚜）

Compositae（菊科植物 1 种）

　　Brachycaudus cardui（Linnaeus）（飞廉短尾蚜）

　　Uroleucon nigrocampanulae（Theobald）（乳白风铃草指管蚜）

Coriandrum sativum（芫荽）

　　Semiaphis heraclei（Takahashi）（胡萝卜微管蚜）

Cornus cotroversa（灯台树）

　　Rhopalosiphum padi（Linnaeus）（禾谷缢管蚜）

　　Myzus persicae（Sulzer）（桃蚜）

Corylus heterophylla（榛）

　　Paratinocallis corylicola corylicola Higuchi（榛副长斑蚜）

Corylus sieboldiana（日本榛）

　　Pterocallis montanus（Higuchi）（山翅斑蚜）

Corylus sp.（榛子）

　　Tuberculatus（*Nippocallis*）*castanocallis*（Zhang *et* Zhong）（栗斑蚜）

Corylus spp.（榛属植物）

　　Neochromaphis coryli Takahashi（榛新黑斑蚜）

　　Pterocallis heterophyllus Quednau（榛翅斑蚜）

Corynephorus spp.（棒芒草属植物）

　　Forda marginata Koch（缘五节根蚜）

Crataegus pinnatifida（山楂（山里红））

　　Myzus persicae（Sulzer）（桃蚜）

　　Ovatus crataegarius（Walker）（山楂圆瘤蚜）

　　Rhopalosiphum padi（Linnaeus）（禾谷缢管蚜）

Crataegus spp.（山楂属植物）

　　Rhopalosiphum insertum（Walker）（苹草缢管蚜）

Crepis spp.（还阳参属植物）

　　Pemphigus bursarius（Linnaeus）（囊柄瘿绵蚜）

Crotalaria juncea（菽麻）

　　Phorodon humulifoliae Tseng *et* Tao（葎草叶疣蚜）

Cucumis sativus（黄瓜）

　　Aphis gossypii Glover（棉蚜）

Cucurbita moschata（南瓜）

　　Aphis gossypii Glover（棉蚜）

　　Myzus persicae（Sulzer）（桃蚜）

Cucurbita pepo（西葫芦）

　　Aphis gossypii Glover（棉蚜）

Cunninghamia spp.（杉木属植物）

　　Mindarus abietinus abietinus Koch（冷杉纩蚜指名亚种）

Cupressus sp.（柏木属 1 种）

　　Cinara cupressi（Buckton）（柏木长足大蚜）

　　　Cinara tujafilina（del Guercio）（柏长足大蚜）

Cyclobalanopsis glauca（青冈）

　　　Lachnus siniquercus Zhang（辽栎大蚜）

　　　Lachnus tropicalis（van der Goot）（板栗大蚜）

Cyclobalanopsis stenophylloides（台湾窄叶青冈）

　　　Greenidea kuwanai（Pergande）（库毛管蚜）

Cydonia oblonga（榅桲）

　　　Ovatus crataegarius（Walker）（山楂圆瘤蚜）

Cynanchum atratum（白薇）

　　　Aphis asclepiadis Fitch（萝藦蚜）

Cynanchum auriculatum（牛皮消）

　　　Aphis asclepiadis Fitch（萝藦蚜）

Cynodon dactylon（狗牙根）

　　　Rhopalosiphum maidis（Fitch）（玉米蚜）

　　　Rhopalosiphum padi（Linnaeus）（禾谷缢管蚜）

　　　Rhopalosiphum rufiabdominale（Sasaki）（红腹缢管蚜）

　　　Schizaphis graminum（Rondani）（麦二叉蚜）

　　　Sitobion miscanthi（Takahashi）（荻草谷网蚜）

　　　Tetraneura akinire Sasaki（秋四脉绵蚜）

Cynodon spp.（狗牙根属植物）

　　　Tetraneura nigriabdominalis（Sasaki）（黑腹四脉绵蚜）

Cyperaceae（莎草科 1 种）

　　　Iziphya bufo（Walker）（蟾蜍依跳蚜）

Cyperus rotundus（莎草（香附子））

　　　Nevskyella fungifera（Ossiannilsson）（蘑菇聂跳蚜）

　　　Nevskyella similifungifera Qiao et Zhang（拟蘑菇聂跳蚜）

　　　Rhopalosiphum rufiabdominale（Sasaki）（红腹缢管蚜）

　　　altusaphis scirpus Theobald（灯心草跳蚜）

　　　Schizaphis graminum（Rondani）（麦二叉蚜）

　　　Tetraneura yezoensis Matsumura（瑕夷四脉绵蚜）

　　　Thripsaphis ballii（Gillette）（泊蓟马蚜）

Cyperus sp.（高莎草）

　　　Rhopalosiphum padi（Linnaeus）（禾谷缢管蚜）

D

Dactylis spp.（鸭茅属植物）

　　　Forda formicaria von Heyden（蚁五节根蚜）

　　　Rhopalosiphum insertum（Walker）（苹草缢管蚜）

Dahlia pinnata（大丽花（大丽菊））

　　　Aphis fabae Scopoli（甜菜蚜）

　　　Rhopalosiphum padi（Linnaeus）（禾谷缢管蚜）

　　　Tetraneura sorini Hille Ris Lambers（宗林四脉绵蚜）

Datura stramonium（曼陀罗（蔓陀螺））

    Myzus persicae（Sulzer）（桃蚜）

Daucus carota（野胡萝卜）

    Semiaphis heraclei（Takahashi）（胡萝卜微管蚜）

Daucus carota var. *sativa*（胡萝卜）

    Semiaphis heraclei（Takahashi）（胡萝卜微管蚜）

Dendranthema indicum（野菊）

    Macrosiphoniella grandicauda Takahashi *et* Moritsu（大尾小长管蚜）

    Macrosiphoniella sanborni（Gillette）（菊小长管蚜）

Dendranthema sp.（菊属 1 种）

    Macrosiphoniella sanborni（Gillette）（菊小长管蚜）

    Macrosiphoniella yomogifoliae（Shinji）（艾小长管蚜）

Deschampsia caespitosa（发草）

    Atheroides hirtellus Haliday（禾草五节毛蚜）

Deschampsia flexuosa（波状须草）

    Tetraneura ulmi（Linnaeus）（榆四脉绵蚜）

Deschampsia spp.（发草属植物）

    Forda formicaria von Heyden（蚁五节根蚜）

Digitalis spp.（毛地黄属植物）

    Tetraneura akinire Sasaki（秋四脉绵蚜）

Digitaria sanguinalis（马唐（止血马唐））

    Rhopalosiphum padi（Linnaeus）（禾谷缢管蚜）

    Sitobion miscanthi（Takahashi）（荻草谷网蚜）

    Tetraneura akinire Sasaki（秋四脉绵蚜）

    Tetraneura nigriabdominalis（Sasaki）（黑腹四脉绵蚜）

Dioscorea bulbifera（黄药子）

    Myzus varians Davidson（黄药子瘤蚜）

Dioscorea esculenta（甘薯）

    Myzus persicae（Sulzer）（桃蚜）

E

Echinochloa crusgalli（稗）

    Forda marginata Koch（缘五节根蚜）

    Rhopalosiphum maidis（Fitch）（玉米蚜）

    Tetraneura akinire Sasaki（秋四脉绵蚜）

    Tetraneura nigriabdominalis（Sasaki）（黑腹四脉绵蚜）

    Tetraneura sorini Hille Ris Lambers（宗林四脉绵蚜）

    Tetraneura triangula Zhang *et* Zhang（角四脉绵蚜）

    Tetraneura yezoensis Matsumura（瑕夷四脉绵蚜）

Echinochloa phyllopogon（水稗（水稗草））

    Tetraneura akinire Sasaki（秋四脉绵蚜）

Elaeagnus angustifolia（沙枣）

　　　Capitophorus carduinus（Walker）（飞廉钉毛蚜）

　　　Capitophorus elaeagni（del Guercio）（胡颓子钉毛蚜）

　　　Capitophorus evelaeagni Zhang（河北蓟钉毛蚜）

　　　Capitophorus hippophaes javanicus Hille Ris Lambers（蓼钉毛蚜爪哇亚种）

Elaeagnus pungens（胡颓子）

　　　Capitophorus hippophaes javanicus Hille Ris Lambers（蓼钉毛蚜爪哇亚种）

Elaeagnus sp.（大果沙枣）

　　　Capitophorus montanus Takahashi（山钉毛蚜）

Elaeagnus sp.（黄果沙枣）

　　　Capitophorus carduinus（Walker）（飞廉钉毛蚜）

Elaeagnus umbellata（牛奶子）

　　　Capitophorus hippophaes javanicus Hille Ris Lambers（蓼钉毛蚜爪哇亚种）

Eleusine indica（牛筋草）

　　　Tetraneura akinire Sasaki（秋四脉绵蚜）

Eleusine spp.（穆属植物（蟋蟀草属、龙爪稷属））

　　　Tetraneura nigriabdominalis（Sasaki）（黑腹四脉绵蚜）

　　　Tetraneura yezoensis Matsumura（瑕夷四脉绵蚜）

Elsholtzia flava（黄化香薷（野苏子））

　　　Sitobion perillae Zhang（白苏长管蚜）

Elymus arenarius（欧洲滨麦）

　　　Sipha arenarii Mordvilko（剪草伪毛蚜）

Elymus dahuricus（披碱草）

　　　Diuraphis elymophila Zhang（披碱草蚜）

Elytrigia repens（偃麦草）

　　　Tetraneura ulmi（Linnaeus）（榆四脉绵蚜）

Eragrostis cilianensis（大画眉草）

　　　Tetraneura caerulescens（Passerini）（暗色四脉绵蚜）

Eragrostis pilosa（画眉草）

　　　Schizaphis graminum（Rondani）（麦二叉蚜）

　　　Sitobion miscanthi（Takahashi）（荻草谷网蚜）

　　　Tetraneura akinire Sasaki（秋四脉绵蚜）

Eragrostis spp.（画眉草属植物）

　　　Tetraneura yezoensis Matsumura（瑕夷四脉绵蚜）

Erigeron spp.（飞蓬属植物）

　　　Uroleucon monticola（Takahashi）（山指管蚜）

Euonymus europaeus（欧洲卫茅）

　　　Aphis fabae Scopoli（甜菜蚜）

Euphorbia ammak（大戟）

　　　Aphis euphorbiae Kaltenbach（大戟蚜）

Euphorbia cyparissias（柏大戟）

　　　Aphis euphorbiae Kaltenbach（大戟蚜）

Euphorbia sp.（猫儿眼）

Acyrthosiphon pareuphorbiae Zhang(猫眼无网蚜)

F

Fabaceae(豆科植物 1 种)

　　Tiliaphis coreana Quednau(朝鲜半岛椴斑蚜)

Fagopyrum esculentum(荞麦)

　　Macchiatiella itadori(Shinji)(蓼圈圆尾蚜)

Festuca ovina(羊茅)

　　Rhopalosiphum padi(Linnaeus)(禾谷缢管蚜)

Festuca rubra(紫羊茅)

　　Sitobion miscanthi(Takahashi)(荻草谷网蚜)

Festuca sp.(羊茅属 1 种)

　　Tetraneura akinire Sasaki(秋四脉绵蚜)

Festuca spp.(羊茅属植物)

　　Forda marginata Koch(缘五节根蚜)

　　Sipha elegans del Guercio(丽伪毛蚜)

Filago spp.(絮菊属植物)

　　Pemphigus populinigrae(Schrank)(杨叶红瘿绵蚜)

Firmiana platanifolia(梧桐)

　　Toxoptera odinae(van der Goot)(芒果蚜)

Foeniculum vulgare(茴香)

　　Myzus persicae(Sulzer)(桃蚜)

　　Semiaphis heraclei(Takahashi)(胡萝卜微管蚜)

Fortunella margarita(金橘(金桔,温室))

　　Aphis gossypii Glover(棉蚜)

G

Galinsoga parviflora(牛膝菊)

　　Pemphigus immunis Buckton(杨枝瘿绵蚜)

Geum japonicum(日本路边青)

　　Eriosoma japonicum(Matsumura)(日本绵蚜)

Gladiolus gandavensis(唐菖蒲)

　　Rhopalosiphum maidis(Fitch)(玉米蚜)

　　Sitobion miscanthi(Takahashi)(荻草谷网蚜)

Glycine max(大豆)

　　Aphis craccivora Koch(豆蚜)

　　Aphis glycines Matsumura(大豆蚜)

　　Aphis gossypii Glover(棉蚜)

　　Myzus persicae(Sulzer)(桃蚜)

　　Tetraneura akinire Sasaki(秋四脉绵蚜)

　　Tetraneura ulmi(Linnaeus)(榆四脉绵蚜)

Gnaphalium spp.(鼠麴草属植物)

Pemphigus populinigrae(Schrank)(杨叶红瘿绵蚜)

Gossypium hirsutum(陆地棉)

Aphis gossypii Glover(棉蚜)

Gossypium sp.(棉)

Myzus persicae(Sulzer)(桃蚜)

Graminae(禾本科 1 种杂草)

Atheroides hirtellus Haliday(禾草五节毛蚜)

Anoecia haupti Börner(豪短痣蚜)

Grewia biloba(扁担木)

Shivaphis catalpinari Quednau et Remaudière(肖朴绵叶蚜)

Shivaphis celti Das(朴绵叶蚜)

H

Hamamelis japonica(日本金缕梅)

Hormaphis betulae(Mordvilko)(桦扁蚜)

Helianthemum spp.(半日花属植物)

Aphis helianthemi obscura Bozhko(半日花蚜)

Helianthus tuberosus(菊芋(鬼子姜)

Aphis helianthemi obscura Bozhko(半日花蚜)

Hemiptelea davidii(刺榆)

Phorodon humuli foliae Tseng et Tao(葎草叶疣蚜)

Pseudochromaphis coreana(Paik)(刺榆伪黑斑蚜)

Tinocallis takachihoensis Higuchi(刺榆长斑蚜)

Hemistepta lyrata(泥胡菜)

Uroleucon formosanum(Takahashi)(莴苣指管蚜)

Heritiera parvifolia(蝴蝶树)

Toxoptera odinae(van der Goot)(芒果蚜)

Hibiscus syriacus(木槿)

Aphis gossypii Glover(棉蚜)

Hieracium umbellatum(山柳菊)

Uroleucon picridis(Fabricius)(马醉木指管蚜)

Hippophae rhamnoides(沙棘)

Capitophorus elaeagni(del Guercio)(胡颓子钉毛蚜)

Capitophorus hippophaes hippophaes(Walker)(沙棘钉毛蚜)

Hordeum murinum(鼠大麦)

Tetraneura ulmi(Linnaeus)(榆四脉绵蚜)

Hordeum spp.(大麦属植物)

Forda formicaria von Heyden(蚁五节根蚜)

Forda marginata Koch(缘五节根蚜)

Sipha elegans del Guercio(丽伪毛蚜)

Hordeum vulgare(大麦)

Rhopalosiphum maidis(Fitch)(玉米蚜)

Juniperus formosana（刺柏（刺松））
  Anoecia fulviabdominalis（Sasak）（黑腹短痣蚜）
  Cinara pinihabitans（Mordvilko）（居松长足大蚜）
Juniperus pseudosabina（喀什方枝柏）
  Cinara tujafilina（del Guercio）（柏长足大蚜）
Juniperus rigida（杜松）
  Cinara minoripinihabitans Zhang（小居松长足大蚜）
Juniperus virginian（北美圆柏）
  Cinara tujafilina（del Guercio）（柏长足大蚜）

K

Kalimeris indica（马兰）
  Macrosiphoniella yomenae（Shinji）（鸡儿肠小长管蚜）
Koelreuteria bipinnata var. *integrifoliola*（全缘叶栾树）
  Periphyllus koelreuteriae（Takahashi）（栾多态毛蚜）
Koelreuteria paniculata（栾树）
  Aulacorthum solani（Kaltenbach）（茄粗额蚜）
  Periphyllus koelreuteriae（Takahashi）（栾多态毛蚜）
  Toxoptera odinae（van der Goot）（芒果蚜）

L

Lactuca sativa（莴笋）
  Myzus persicae（Sulzer）（桃蚜）
  Uroleucon formosanum（Takahashi）（莴苣指管蚜）
Lactuca spp.（莴苣属植物）
  Myzus lactucicola Takahashi（莴苣瘤蚜）
  Pemphigus bursarius（Linnaeus）（囊柄瘿绵蚜）
  Uroleucon picridis（Fabricius）（马醉木指管蚜）
Lagerstroemia indica（紫薇）
  Macrosiphum euphorbiae（Thomas）（大戟长管蚜）
Lagopsis supina（夏至草）
  Aphis gossypii Glover（棉蚜）
  Cryptomyzus taoi Hille Ris Lambers（夏至草隐瘤蚜）
Lapsana spp.（稻槎菜属植物）
  Pemphigus bursarius（Linnaeus）（囊柄瘿绵蚜）
Larix gmelini（落叶松）
  Adelges japonicus（Monzen）（鱼鳞云杉球蚜）
  Adelges laricis Vallot（落叶松球蚜）
  Cinara cuneomaculata（del Guercio）（楔斑长足大蚜）
  Cinara laricis（Hartig）（落叶松长足大蚜）
  Cinara pilicornis（Hartig）（毛角长足大蚜）
  Cinara pinea（Mordvilko）（松长足大蚜）

　　　Eulachnus pinitabulaeformis Zhang（油松长大蚜）

　　　Pineus cembrae pinikoreanus Zhang *et* Fang（红松球蚜）

Larix laricina（美洲落叶松）

　　　Cinara laricis（Hartig）（落叶松长足大蚜）

Larix leptolepis（日本落叶松）

　　　Cinara laricis（Hartig）（落叶松长足大蚜）

Larix sibirica（新疆落叶松（西伯利亚落叶松））

　　　Cinara laricis（Hartig）（落叶松长足大蚜）

Lathyrus quinquenervius（山黧豆）

　　　Megoura crassicauda Mordvilko（粗尾修尾蚜）

Leonurus japonicus（益母草）

　　　Aphis gossypii Glover（棉蚜）

　　　Cryptomyzus taoi Hille Ris Lambers（夏至草隐瘤蚜）

　　　Uroleucon giganteum（Matsumura）（巨指管蚜）

Lepidium apetalum（独行菜）

　　　Lipaphis erysimi（Kaltenbach）（萝卜蚜）

　　　Lipaphis ruderalis Börner（杂草十蚜）

　　　Myzus persicae（Sulzer）（桃蚜）

Lespedeza bicolor（胡枝子）

　　　Megoura crassicauda Mordvilko（粗尾修尾蚜）

　　　Megoura lespedezae（Essig *et* Kuwana）（胡枝子修尾蚜）

Leymus chinensis（羊草）

　　　Sipha elegans del Guercio（丽伪毛蚜）

　　　Tetraneura yezoensis Matsumura（瑕夷四脉绵蚜）

Libocedrus decurrens（下延香松）

　　　Cinara tujafilina（del Guercio）（柏长足大蚜）

Ligularia duciformis（大黄）

　　　Myzus persicae（Sulzer）（桃蚜）

Lithocarpus pasania（石柯）

　　　Lachnus quercihabitans（Takahashi）（栲大蚜）

Lolium perenne（黑麦草）

　　　Rhopalosiphum maidis（Fitch）（玉米蚜）

　　　Rhopalosiphum padi（Linnaeus）（禾谷缢管蚜）

Lonicera chrysantha（黄花忍冬）

　　　Semiaphis heraclei（Takahashi）（胡萝卜微管蚜）

Lonicera japonica（忍冬（金银花））

　　　Amphicercidus japonicus（Hori）（日本忍冬圆尾蚜）

　　　Semiaphis heraclei（Takahashi）（胡萝卜微管蚜）

　　　Trichosiphonaphis polygonifoliae（Shinji）（蓼叶皱背蚜）

Lonicera maackii（金银忍冬）

　　　Amphicercidus japonicus（Hori）（日本忍冬圆尾蚜）

Lonicera maackii var. *erubescens*（红花金银忍冬（红花金银木、金银木））

    Semiaphis heraclei（Takahashi）（胡萝卜微管蚜）

Lonicera morrowii（莫罗氏忍冬）

    Amphicercidus japonicus（Hori）（日本忍冬圆尾蚜）

    Trichosiphonaphis polygonifoliae（Shinji）（蓼叶皱背蚜）

Lonicera spp.（忍冬属植物）

    Trichosiphonaphis lonicerae（Uye）（忍冬皱背蚜）

Lonicera tatarica（新疆忍冬（桃色忍冬））

    Semiaphis heraclei（Takahashi）（胡萝卜微管蚜）

Lycium chinense（枸杞）

    Myzus persicae（Sulzer）（桃蚜）

Lycopersicon esculentum［番茄（西红柿）］

    Myzus persicae（Sulzer）（桃蚜）

Lycopus lucidus（地笋）

    Ovatus crataegarius（Walker）（山楂圆瘤蚜）

M

Magnolia sieboldii（天女木兰）

    Myzus persicae（Sulzer）（桃蚜）

Malus asiatica（花红（沙果））

    Eriosoma lanigerum（Hausmann）（苹果绵蚜）

    Ovatus malisuctus（Matsumura）（苹果瘤蚜）

Malus baccata（山荆子（山定子））

    Eriosoma lanigerum（Hausmann）（苹果绵蚜）

    Myzus persicae（Sulzer）（桃蚜）

    Ovatus malisuctus（Matsumura）（苹果瘤蚜）

    Rhopalosiphum padi（Linnaeus）（禾谷缢管蚜）

Malus prunifolia（楸子）

    Eriosoma lanigerum（Hausmann）（苹果绵蚜）

Malus pumila（苹果）

    Eriosoma lanigerum（Hausmann）（苹果绵蚜）

    Ovatus crataegarius（Walker）（山楂圆瘤蚜）

    Ovatus malisuctus（Matsumura）（苹果瘤蚜）

Malus soulardi（大鲜果）

    Eriosoma lanigerum（Hausmann）（苹果绵蚜）

Malus spectabilis（海棠花）

    Ovatus crataegarius（Walker）（山楂圆瘤蚜）

    Ovatus malisuctus（Matsumura）（苹果瘤蚜）

Malus spp.（苹果属植物）

    Aphis pomi de Geer（苹果蚜）

    Rhopalosiphum insertum（Walker）（苹草缢管蚜）

Mangifera indica（杧果）

    Toxoptera odinae（van der Goot）（芒果蚜）

Medicago falcata（野苜蓿（黄花苜蓿））

    Acyrthosiphon kondoi Shinji（苜蓿无网蚜）

    Aphis craccivora Koch（豆蚜）

Medicago sativa（紫苜蓿）

    Acyrthosiphon kondoi Shinji（苜蓿无网蚜）

    Aphis craccivora Koch（豆蚜）

    Therioaphis riehmi（Börner）（来氏彩斑蚜）

    Therioaphis trifolii（Monell）（三叶草彩斑蚜）

Medicago sp.（苜蓿）

    Acyrthosiphon kondoi Shinji（苜蓿无网蚜）

    Acyrthosiphon pisum（Harris）（豌豆蚜）

Melilotus alba（白花草木犀）

    Therioaphis riehmi（Börner）（来氏彩斑蚜）

Melilotus officinalis（草木犀（草木栖、野木犀））

    Acyrthosiphon kondoi Shinji（苜蓿无网蚜）

    Acyrthosiphon pisum（Harris）（豌豆蚜）

    Aphis craccivora Koch（豆蚜）

    Therioaphis riehmi（Börner）（来氏彩斑蚜）

    Therioaphis trifolii（Monell）（三叶草彩斑蚜）

Mentha canadensis（薄荷）

    Ovatus crataegarius（Walker）（山楂圆瘤蚜）

Metaplexis japonica（萝藦）

    Aphis asclepiadis Fitch（萝藦蚜）

    Rhopalosiphum padi（Linnaeus）（禾谷缢管蚜）

Metaplexis spp.（萝藦属植物）

    Dysaphis emicis（Mimeur）（白西圆尾蚜）

Michelia alba（白兰）

    Myzus persicae（Sulzer）（桃蚜）

Miscanthus sinensis（芒）

    Sitobion miscanthi（Takahashi）（荻草谷网蚜）

    Tetraneura radicicola Stand（根四脉绵蚜）

Mussaenda pubescens（玉叶金花）

    Toxoptera odinae（van der Goot）（芒果蚜）

N

Nasturitum officinale（水田芥菜）

    Lipaphis erysimi（Kaltenbach）（萝卜蚜）

Nelumbo nucifera（莲）

    Rhopalosiphum nymphaeae（Linnaeus）（莲缢管蚜）

Nerium oleander（夹竹桃）

    Aphis nerii Boyer de Fonscolombe（夹竹桃蚜）

Nicotiana tabacum（烟草）

　　　Aulacorthum solani（Kaltenbach）（茄粗额蚜）

　　　Myzus persicae（Sulzer）（桃蚜）

Nymphaea tetragona（睡莲）

　　　Rhopalosiphum nymphaeae（Linnaeus）（莲缢管蚜）

O

Oenanthe javanica（水芹（水芹菜））

　　　Anoecia fulviabdominalis（Sasak）（黑腹短痣蚜）

　　　Cavariella salicicola（Matsumura）（柳二尾蚜）

　　　Semiaphis heraclei（Takahashi）（胡萝卜微管蚜）

Ophiucos exaltatus（蛇尾草）

　　　Iowana zhangi Zhang（张依阿华蚜）

Oplismenus spp.（求米草属植物）

　　　Tetraneura nigriabdominalis（Sasaki）（黑腹四脉绵蚜）

Orobanche coerulescens（列当（温室））

　　　Myzus persicae（Sulzer）（桃蚜）

Oryza sativa（稻（水稻））

　　　Rhopalosiphum padi（Linnaeus）（禾谷缢管蚜）

　　　Schizaphis graminum（Rondani）（麦二叉蚜）

　　　Sitobion miscanthi（Takahashi）（荻草谷网蚜）

　　　Tetraneura nigriabdominalis（Sasaki）（黑腹四脉绵蚜）

Osmorhiza aristata（香根芹）

　　　Semiaphis heraclei（Takahashi）（胡萝卜微管蚜）

P

Padus racemosa（稠李（臭李子））

　　　Rhopalosiphum padi（Linnaeus）（禾谷缢管蚜）

Panax ginseng（人参）

　　　Myzus persicae（Sulzer）（桃蚜）

Panax pseudoginseng var. *notoginseng*（三七）

　　　Myzus persicae（Sulzer）（桃蚜）

Panicum spp.（黍属植物）

　　　Tetraneura akinire Sasaki（秋四脉绵蚜）

Paspalum spp.（雀稗属植物）

　　　Tetraneura nigriabdominalis（Sasaki）（黑腹四脉绵蚜）

Patrinia scabiosaefolia（败酱（败酱草））

　　　Uroleucon formosanum（Takahashi）（莴苣指管蚜）

Pennisetum alopecuroides（狼尾草）

　　　Tetraneura chinensis Mordvilko（中国四脉绵蚜）

Perilla frutescens（白苏子）

　　　Sitobion perillae Zhang（白苏长管蚜）

Perilla spp.（紫苏属植物）

Sitobion perillae Zhang(白苏长管蚜)

Periploca sepium(杠柳(山桃树))

　Aphis periplocophila Zhang(杠柳蚜)

Phaseolus vulgaris(菜豆)

　Aphis craccivora Koch(豆蚜)

Phragmites australis(芦苇)

　Hyalopterus pruni(Geoffroy)(桃粉大尾蚜)

　Rhopalosiphum padi(Linnaeus)(禾谷缢管蚜)

　Rhopalosiphum rufiabdominale(Sasaki)(红腹缢管蚜)

　Tetraneura brachytricha Zhang *et* Zhang(短毛四脉绵蚜)

　Tetraneura triangula Zhang *et* Zhang(角四脉绵蚜)

Picea abies(挪威云杉)

　Cinara pilicornis(Hartig)(毛角长足大蚜)

Picea asperata(云杉)

　Adelges laricis Vallot(落叶松球蚜)

　Cinara costata(Zetterstedt)(前缘脉大蚜)

　Cinara cuneomaculata(del Guercio)(楔斑长足大蚜)

　Cinara cupressi(Buckton)(柏木长足大蚜)

　Cinara laricis(Hartig)(落叶松长足大蚜)

　Cinara pilicornis(Hartig)(毛角长足大蚜)

　Eulachnus rileyi(Williams)(瑞黎长大蚜)

　Mindarus japonicus Takahashi(日本纩蚜)

　Mindarus piceasuctus Zhang *et* Qiao(云杉纩蚜)

Pinus banksiana(北美短叶松)

　Cinara pinea(Mordvilko)(松长足大蚜)

Picea breweriana(布鲁尔氏云杉)

　Cinara pilicornis(Hartig)(毛角长足大蚜)

Picea engelmanii(恩格曼氏云杉)

　Cinara pilicornis(Hartig)(毛角长足大蚜)

Picea glauca(白云杉)

　Cinara pilicornis(Hartig)(毛角长足大蚜)

Picea jezoensis(鱼鳞云杉)

　Adelges japonicus(Monzen)(鱼鳞云杉球蚜)

Picea koraiensis(红皮云杉)

　Adelges laricis Vallot(落叶松球蚜)

　Cinara pilicornis(Hartig)(毛角长足大蚜)

Picea lijiangensis(丽江云杉)

　Cinara pilicornis(Hartig)(毛角长足大蚜)

Picea orientalis(东方云杉)

　Cinara pilicornis(Hartig)(毛角长足大蚜)

Picea schrenkiana(雪岭云杉)

　Cinara pilicornis(Hartig)(毛角长足大蚜)

Picea sitchensis（北美云杉）

　　Cinara pilicornis（Hartig）（毛角长足大蚜）

Picea sp.（杉）

　　Cinara tuja filina（del Guercio）（柏长足大蚜）

Picea sp.（杉属 1 种）

　　Cinara pilicornis（Hartig）（毛角长足大蚜）

Picea wilsonii（青扦（青千））

　　Cinara costata（Zetterstedt）（前缘脉大蚜）

Picris divaricata（滇苦菜）

　　Uroleucon formosanum（Takahashi）（莴苣指管蚜）

Picris hieracioides（毛连菜）

　　Uroleucon picridis（Fabricius）（马醉木指管蚜）

Pinus tabulae formis（油松）

　　Eulachnus pinitabulae formis Zhang（油松长大蚜）

Pinus armandii（华山松）

　　Cinara pinihabitans（Mordvilko）（居松长足大蚜）

　　Cinara pinikoraiensis Zhang（红松长足大蚜）

　　Cinara formosana（Takahashi）（马尾松长足大蚜）

　　Cinara piniarmandicola Zhang，Zhang *et* Zhong（华山松长足大蚜）

Pinus densata（高山松）

　　Eulachnus rileyi（Williams）（瑞黎长大蚜）

Pinus densiflora（赤松）

　　Cinara pinea（Mordvilko）（松长足大蚜）

Pinus hal pensis（阿勒颇松）

　　Schizolachnus pineti（Fabricius）（松针钝喙大蚜）

Pinus kesiya（思茅松）

　　Cinara formosana（Takahashi）（马尾松长足大蚜）

Pinus koraiensis（红松）

　　Cinara cuneomaculata（del Guercio）（楔斑长足大蚜）

　　Cinara formosana（Takahashi）（马尾松长足大蚜）

　　Cinara minoripinihabitans Zhang（小居松长足大蚜）

　　Cinara pinikoraiensis Zhang（红松长足大蚜）

　　Pineus cembrae pinikoreanus Zhang *et* Fang（红松球蚜）

Pinus leiophylla（光叶松）

　　Cinara watsoni Tissot（瓦氏长足大蚜）

Pinus luchuensis（琉球松）

　　Cinara formosana（Takahashi）（马尾松长足大蚜）

Pinus massoniana（马尾松）

　　Eulachnus drakontos Zhang *et* Qiao（龙细长大蚜）

　　Cinara formosana（Takahashi）（马尾松长足大蚜）

　　Cinara pinea（Mordvilko）（松长足大蚜）

　　Cinara piniarmandicola Zhang，Zhang *et* Zhong（华山松长足大蚜）

　　Cinara pinidensiflorae（Essig *et* Kuwana）（日本赤松长足大蚜）

　　Eulachnus nigricola（Pašek）（黑长大蚜）

　　Eulachnus pinitabulaeformis Zhang（油松长大蚜）

　　Eulachnus rileyi（Williams）（瑞黎长大蚜）

　　Eulachnus thunbergii（Wilson）（黑松长大蚜）

　　Schizolachnus orientalis（Takahashi）（东方钝喙大蚜）

　　Schizolachnus pineti（Fabricius）（松针钝喙大蚜）

Pinus nigra（欧洲黑松）

　　Cinara acutirostris Hille Ris Lambers（尖喙长足大蚜）

Pinus nigra var. *poiretiana*（南欧黑松）

　　Cinara pinea（Mordvilko）（松长足大蚜）

　　Schizolachnus pineti（Fabricius）（松针钝喙大蚜）

Pinus ponderosa（西黄松）

　　Schizolachnus pineti（Fabricius）（松针钝喙大蚜）

Pinus radiata（辐射松）

　　Schizolachnus pineti（Fabricius）（松针钝喙大蚜）

Pinus sp.（松）

　　Cinara tujafilina（del Guercio）（柏长足大蚜）

Pinus sp.（松属 1 种）

　　Cinara pilicornis（Hartig）（毛角长足大蚜）

　　Cinara subapicula Zhang（亚端长足大蚜）

Pinus sylvestris（欧洲赤松）

　　Cinara pinea（Mordvilko）（松长足大蚜）

　　Cinara pinihabitans（Mordvilko）（居松长足大蚜）

Pinus sylvestris var. *mongolica*（樟子松）

　　Cinara acutirostris Hille Ris Lambers（尖喙长足大蚜）

　　Cinara cuneomaculata（del Guercio）（楔斑长足大蚜）

　　Cinara formosana（Takahashi）（马尾松长足大蚜）

　　Cinara laricis（Hartig）（落叶松长足大蚜）

　　Cinara pinea（Mordvilko）（松长足大蚜）

　　Cinara piniphila（Ratzeburg）（喜松长足大蚜）

　　Cinara watsoni Tissot（瓦氏长足大蚜）

　　Eulachnus nigricola（Pašek）（黑长大蚜）

　　Schizolachnus orientalis（Takahashi）（东方钝喙大蚜）

Pinus sylvestris var. *sylvestriformis*（长白松（长白赤松））

　　Cinara formosana（Takahashi）（马尾松长足大蚜）

Pinus tabulaeformis（油松）

　　Cinara formosana（Takahashi）（马尾松长足大蚜）

　　Cinara largirostris Zhang，Zhang *et* Zhong（大喙长足大蚜）

　　Cinara pinea（Mordvilko）（松长足大蚜）

　　Cinara piniarmandicola Zhang，Zhang *et* Zhong（华山松长足大蚜）

　　Cinara pinihabitans（Mordvilko）（居松长足大蚜）

  Cinara piniphila（Ratzeburg）（喜松长足大蚜）

  Eulachnus drakontos Zhang *et* Qiao（龙细长大蚜）

  Eulachnus nigricola（Pašek）（黑长大蚜）

  Eulachnus rileyi（Williams）（瑞黎长大蚜）

  Eulachnus thunbergii（Wilson）（黑松长大蚜）

  Eulachnus tuberculostemmatus Theobald（钉毛长大蚜）

  Schizolachnus orientalis（Takahashi）（东方钝喙大蚜）

  Schizolachnus pineti（Fabricius）（松针钝喙大蚜）

Pinus taiwanensis（黄山松）

  Cinara formosana（Takahashi）（马尾松长足大蚜）

  Cinara largirostris Zhang，Zhang *et* Zhong（大喙长足大蚜）

Pinus thunbergii（黑松）

  Cinara acutirostris Hille Ris Lambers（尖喙长足大蚜）

  Cinara formosana（Takahashi）（马尾松长足大蚜）

  Cinara pinea（Mordvilko）（松长足大蚜）

  Cinara piniarmandicola Zhang，Zhang *et* Zhong（华山松长足大蚜）

  Cinara pinidensiflorae（Essig *et* Kuwana）（日本赤松长足大蚜）

Pinus yunnanensis（云南松）

  Cinara acutirostris Hille Ris Lambers（尖喙长足大蚜）

  Cinara formosana（Takahashi）（马尾松长足大蚜）

  Cinara pinea（Mordvilko）（松长足大蚜）

  Eulachnus thunbergii（Wilson）（黑松长大蚜）

  Eulachnus tuberculostemmatus Theobald（钉毛长大蚜）

  Schizolachnus orientalis（Takahashi）（东方钝喙大蚜）

  Schizolachnus pineti（Fabricius）（松针钝喙大蚜）

Pinus yunnanensis var. *pygmaea*（地盘松）

  Cinara pinea（Mordvilko）（松长足大蚜）

Pistacia mutica（钝黄连木）

  Forda marginata Koch（缘五节根蚜）

Pistacia terebinthus（笃藕香）

  Forda formicaria von Heyden（蚁五节根蚜）

  Forda marginata Koch（缘五节根蚜）

Pisum sativum（豌豆）

  Acyrthosiphon pisum（Harris）（豌豆蚜）

  Megoura crassicauda Mordvilko（粗尾修尾蚜）

Pittosporum tobira（海桐）

  Cavariella araliae Takahashi（楤木二尾蚜）

  Toxoptera odinae（van der Goot）（芒果蚜）

Platycladus orientalis（千头柏）

  Cinara tujafilina（del Guercio）（柏长足大蚜）

Poa annua（早熟禾）

  Sitobion miscanthi（Takahashi）（荻草谷网蚜）

　　　　Tetraneura caerulescens (Passerini)(暗色四脉绵蚜)

　　　　Tetraneura ulmi (Linnaeus)(榆四脉绵蚜)

Poa spp.(早熟禾属植物)

　　　　Forda formicaria von Heyden(蚁五节根蚜)

　　　　Forda marginata Koch(缘五节根蚜)

　　　　Rhopalosiphum insertum (Walker)(苹草缢管蚜)

　　　　Tetraneura akinire Sasaki(秋四脉绵蚜)

Podocarpus henkelii (长叶罗汉松)

　　　　Neophyllaphis podocarpi Takahashi(罗汉松新叶蚜)

Podocarpus macrophylla (罗汉松)

　　　　Neophyllaphis podocarpi Takahashi(罗汉松新叶蚜)

Podocarpus nagi (竹柏)

　　　　Neophyllaphis podocarpi Takahashi(罗汉松新叶蚜)

Podocarpus neriifolius (百日青)

　　　　Neophyllaphis podocarpi Takahashi(罗汉松新叶蚜)

Polygonum delicatulum (小叶蓼)

　　　　Capitophorus hippophaes javanicus Hille Ris Lambers(蓼钉毛蚜爪哇亚种)

Polygonum lapathifolium (酸模叶蓼(节蓼、马蓼))

　　　　Capitophorus hippophaes hippophaes (Walker)(沙棘钉毛蚜)

　　　　Trichosiphonaphis lonicerae (Uye)(忍冬皱背蚜)

Polygonum molle var. *frondosum* (光叶蓼(细叶蓼))

　　　　Capitophorus hippophaes hippophaes (Walker)(沙棘钉毛蚜)

Polygonum orientale (红蓼(大蓼、东方蓼、红草))

　　　　Capitophorus hippophaes javanicus Hille Ris Lambers(蓼钉毛蚜爪哇亚种)

　　　　Myzus persicae (Sulzer)(桃蚜)

　　　　Sitobion miscanthi (Takahashi)(荻草谷网蚜)

　　　　Tetraneura yezoensis Matsumura(瑕夷四脉绵蚜)

Polygonum persicaris (春蓼)

　　　　Capitophorus hippophaes javanicus Hille Ris Lambers(蓼钉毛蚜爪哇亚种)

Polygonum senticosum (刺蓼)

　　　　Capitophorus hippophaes hippophaes (Walker)(沙棘钉毛蚜)

　　　　Capitophorus hippophaes javanicus Hille Ris Lambers(蓼钉毛蚜爪哇亚种)

　　　　Trichosiphonaphis polygonifoliae (Shinji)(蓼叶皱背蚜)

Polygonum sp.(长柱蓼)

　　　　Trichosiphonaphis polygonifoliae (Shinji)(蓼叶皱背蚜)

Polygonum sp.(穿叶蓼)

　　　　Trichosiphonaphis polygoni (van der Goot)(蓼皱背蚜)

Polygonum sp.(库页蓼)

　　　　Macchiatiella itadori (Shinji)(蓼圈圆尾蚜)

Polygonum sp.(蓼属 1 种)

　　　　Capitophorus elaeagni (del Guercio)(胡颓子钉毛蚜)

Polygonum sp.(芦蓼)

    Trichosiphonaphis lonicerae(Uye)(忍冬皱背蚜)

Polygonum sp.（酸蓼）

    Capitophorus hippophaes javanicus Hille Ris Lambers(蓼钉毛蚜爪哇亚种)

    Macchiatiella itadori(Shinji)(蓼圈圆尾蚜)

Polygonum tinctorium（蓼蓝）

    Capitophorus hippophaes javanicus Hille Ris Lambers(蓼钉毛蚜爪哇亚种)

Polypogon spp.（棒头草属植物）

    Tetraneura nigriabdominalis(Sasaki)(黑腹四脉绵蚜)

    Tetraneura yezoensis Matsumura(瑕夷四脉绵蚜)

Populus alba（银白杨）

    Chaitophorus populeti(Panzer)(白杨毛蚜)

    Chaitophorus populialbae(Boyer de Fonscolombe)(白毛蚜)

    Phloeomyzus passerinii zhangwuensis Zhang(杨平翅绵蚜)

Populus alba var. *pyramidalis*（新疆杨）

    Chaitophorus populeti(Panzer)(白杨毛蚜)

Populus baloamifera（脂杨）

    Pemphigus borealis Tullgren(远东枝瘿绵蚜)

Populus beijingensis（北京杨）

    Thecabius beijingensis Zhang(北京伪卷叶绵蚜)

Populus canadensis（加杨）

    Pemphigus populinigrae(Schrank)(杨叶红瘿绵蚜)

    Phloeomyzus passerinii zhangwuensis Zhang(杨平翅绵蚜)

Populus cathayana（青杨）

    Chaitophorus tremulae Koch(欧山杨毛蚜)

    Pemphigus borealis Tullgren(远东枝瘿绵蚜)

    Pemphigus immunis Buckton(杨枝瘿绵蚜)

    Pemphigus matsumurai Monzen(杨柄叶瘿绵蚜)

    Pemphigus populinigrae(Schrank)(杨叶红瘿绵蚜)

    Pemphigus sinobursarius Zhang(柄脉叶瘿绵蚜)

    Pterocomma neimongolense Zhang(内蒙粉毛蚜)

    Thecabius beijingensis Zhang(北京伪卷叶绵蚜)

Populus davidiana（山杨）

    Chaitophorus populeti(Panzer)(白杨毛蚜)

Populus euphratica（胡杨）

    Chaitophorus populialbae(Boyer de Fonscolombe)(白毛蚜)

    Pemphigus immunis Buckton(杨枝瘿绵蚜)

Populus hopeiensis（河北杨）

    Chaitophorus tremulae Koch(欧山杨毛蚜)

Populus italica（意大利杨）

    Chaitophorus leucomelas Koch(白曲毛蚜)

Populus koreana（香杨）

    Pachypappa marsupialis lambesi Aoki(囊粗毛绵蚜兰氏亚种)

Populus laurifolia（苦杨）

　　Chaitophorus populeti（Panzer）（白杨毛蚜）

　　Pachypappa marsupialis lambesi Aoki（囊粗毛绵蚜兰氏亚种）

　　Pemphigus borealis Tullgren（远东枝瘿绵蚜）

Populus maximowiczii（辽杨）

　　Pachypappa marsupialis lambesi Aoki（囊粗毛绵蚜兰氏亚种）

　　Pemphigus matsumurai Monzen（杨柄叶瘿绵蚜）

Populus monilifera（杨属 1 种）

　　Pemphigus matsumurai Monzen（杨柄叶瘿绵蚜）

Populus nigra（黑杨）

　　Chaitophorus leucomelas Koch（白曲毛蚜）

　　Pemphigus immunis Buckton（杨枝瘿绵蚜）

　　Pemphigus matsumurai Monzen（杨柄叶瘿绵蚜）

　　Pemphigus populinigrae（Schrank）（杨叶红瘿绵蚜）

　　Phloeomyzus passerinii zhangwuensis Zhang（杨平翅绵蚜）

Populus nigra var. *italica*（钻天杨）

　　Pemphigus immunis Buckton（杨枝瘿绵蚜）

Populus pseudosimonii（小青杨）

　　Chaitophorus populialbae（Boyer de Fonscolombe）（白毛蚜）

Populus simonii（小叶杨）

　　Chaitophorus populeti（Panzer）（白杨毛蚜）

　　Chaitophorus populialbae（Boyer de Fonscolombe）（白毛蚜）

　　Chaitophorus tremulae Koch（欧山杨毛蚜）

　　Pemphigus borealis Tullgren（远东枝瘿绵蚜）

　　Pemphigus bursarius（Linnaeus）（囊柄瘿绵蚜）

　　Pemphigus immunis Buckton（杨枝瘿绵蚜）

　　Pemphigus matsumurai Monzen（杨柄叶瘿绵蚜）

　　Pemphigus sinobursarius Zhang（柄脉叶瘿绵蚜）

　　Phloeomyzus passerinii zhangwuensis Zhang（杨平翅绵蚜）

　　Pterocomma kormion Zhang，Chen，Zhong *et* Li（树干粉毛蚜）

　　Pterocomma neimongolense Zhang（内蒙粉毛蚜）

Populus sp.（白皮杨）

　　Neopterocomma populivorum Zhang（杨新粉毛蚜）

Populus sp.（木包头杨）

　　Chaitophorus populeti（Panzer）（白杨毛蚜）

Populus sp.（西伯利亚白杨）

　　Phloeomyzus passerinii zhangwuensis Zhang（杨平翅绵蚜）

Populus sp.（杨属 1 种）

　　Stomaphis sinisalicis Zhang *et* Zhong（柳长喙大蚜）

Populus suaveolens（甜杨）

　　Pemphigus populinigrae（Schrank）（杨叶红瘿绵蚜）

Populus tomentosa（毛白杨）

Chaitophorus populeti(Panzer)(白杨毛蚜)

Chaitophorus populialbae(Boyer de Fonscolombe)(白毛蚜)

Populus tremula(欧洲山杨)

Chaitophorus tremulae Koch(欧山杨毛蚜)

Populus trichocarpa(毛果杨)

Pemphigus borealis Tullgren(远东枝瘿绵蚜)

Populus yunnanensis(滇杨(云南白杨))

Pemphigus borealis Tullgren(远东枝瘿绵蚜)

Pemphigus matsumurai Monzen(杨柄叶瘿绵蚜)

Potamogeton distinctus(眼子菜)

Rhopalosiphum nymphaeae(Linnaeus)(莲缢管蚜)

Potentilla bifurca(二裂委陵菜)

Macropodaphis paradoxa Zachvatkin *et* Aizenberg(奇异粗腿蚜)

Potentilla discolor(翻白草)

Aphis lycopicola(Shinji)(地笋蚜)

Prunus cerasifera(樱桃李)

Brachycaudus cardui(Linnaeus)(飞廉短尾蚜)

Cerasus humilis(欧李)

Rhopalosiphum rufiabdominale(Sasaki)(红腹缢管蚜)

Tuberocephalus jinxiensis Chang *et* Zhong(欧李瘤头蚜)

Prunus insititia(乌荆子李)

Brachycaudus cardui(Linnaeus)(飞廉短尾蚜)

Prunus salicina(李)

Brachycaudus cardui(Linnaeus)(飞廉短尾蚜)

Brachycaudus helichrysi(Kaltenbach)(李短尾蚜)

Hyalopterus pruni(Geoffroy)(桃粉大尾蚜)

Myzus persicae(Sulzer)(桃蚜)

Phorodon humuli japonensis Takahashi(葎草疣蚜)

Phorodon humuli foliae Tseng *et* Tao(葎草叶疣蚜)

Rhopalosiphum nymphaeae(Linnaeus)(莲缢管蚜)

Rhopalosiphum padi(Linnaeus)(禾谷缢管蚜)

Rhopalosiphum rufiabdominale(Sasaki)(红腹缢管蚜)

Prunus sp.(红叶李)

Rhopalosiphum nymphaeae(Linnaeus)(莲缢管蚜)

Prunus spp.(李属植物)

Myzus mushaensis Takahashi(穆沙瘤蚜)

Pterocarya stenoptera(枫杨)

Kurisakia onigurumii(Shinji)(枫杨刻蚜)

Punica granatum(石榴)

Aphis gossypii Glover(棉蚜)

Pyrus betulaefolia(杜梨)

Sappaphis sinipiricola Zhang(梨中华圆尾蚜)

Schizaphis piricola（Matsumura）（梨二叉蚜）

Pyrus bretschneideri（白梨）

　　Schizaphis piricola（Matsumura）（梨二叉蚜）

Pyrus communis（西洋梨）

　　Prociphilus kuwanai Monzen（梨卷叶绵蚜）

Pyrus pashia（川梨）

　　Prociphilus kuwanai Monzen（梨卷叶绵蚜）

Pyrus pyrifolia（沙梨）

　　Eriosoma ulmi（Linnaeus）（山榆绵蚜）

Pyrus sp.（梨）

　　Ovatus malisuctus（Matsumura）（苹果瘤蚜）

　　Sappaphis dipirivora Zhang（梨北京圆尾蚜）

　　Sappaphis pyri Matsumura（梨扎圆尾蚜）

　　Sappaphis sinipiricola Zhang（梨中华圆尾蚜）

Pyrus sp.（梨树）

　　Rhopalosiphum padi（Linnaeus）（禾谷缢管蚜）

Pyrus sp.（面梨）

　　Sorbaphis chaetosiphon Shaposhnikov（毛管花楸蚜）

Pyrus sp.（棠梨）

　　Schizaphis piricola（Matsumura）（梨二叉蚜）

　　Sorbaphis chaetosiphon Shaposhnikov（毛管花楸蚜）

Pyrus spp.（梨属植物）

　　Aphis pomi de Geer（苹果蚜）

　　Rhopalosiphum insertum（Walker）（苹草缢管蚜）

Pyrus ussuriensis（花盖梨）

　　Prociphilus kuwanai Monzen（梨卷叶绵蚜）

Q

Quercus acutissima（麻栎（毛栎））

　　Cervaphis quercus Takahashi（栎刺蚜）

　　Diphyllaphis quercus（Takahashi）（栎迪叶蚜）

　　Greenidea hangnigra Zhang（杭黑毛管蚜）

　　Kurisakia querciphila Takahashi（麻栎刻蚜）

　　Lachnus roboris（Linnaeus）（栎大蚜）

　　Tuberculatus（*Acanthocallis*）*acuminatus* Zhang，Zhang *et* Zhong（长尖侧棘斑蚜）

　　Tuberculatus（*Acanthotuberculatus*）*japonicus* Higuchi（日本侧棘斑蚜）

　　Tuberculatus（*Arakawana*）*stigmatus*（Matsumura）（痣侧棘斑蚜）

　　Tuberculatus（*Orientuberculoides*）*capitatus*（Essig *et* Kuwana）（钉侧棘斑蚜）

　　Tuberculatus（*Orientuberculoides*）*fangi*（Tseng *et* Tao）（方氏侧棘斑蚜）

　　Tuberculatus（*Orientuberculoides*）*paiki* Hille Ris Lambers（白云侧棘斑蚜）

　　Tuberculatus（*Orientuberculoides*）*querciformosanus*（Takahashi）（台栎侧棘斑蚜）

　　Tuberculatus（*Orientuberculoides*）*yokoyamai*（Takahashi）（横侧棘斑蚜）

Quercus aliena（槲栎）

 Tuberculatus（*Arakawana*）*stigmatus*（Matsumura）（痣侧棘斑蚜）

Quercus dentata（槲树）

 Greenidea kuwanai（Pergande）（库毛管蚜）

 Tuberculatus（*Acanthocallis*）*quercicola*（Matsumura）（居栎侧棘斑蚜）

 Tuberculatus（*Arakawana*）*stigmatus*（Matsumura）（痣侧棘斑蚜）

 Tuberculatus（*Orientuberculoides*）*capitatus*（Essig *et* Kuwana）（钉侧棘斑蚜）

 Tuberculatus（*Orientuberculoides*）*querciformosanus*（Takahashi）（台栎侧棘斑蚜）

Quercus fabri（白栎）

 Kurisakia querciphila Takahashi（麻栎刻蚜）

 Tuberculatus（*Acanthotuberculatus*）*japonicus* Higuchi（日本侧棘斑蚜）

 Tuberculatus（*Arakawana*）*stigmatus*（Matsumura）（痣侧棘斑蚜）

Quercus griffithii（大叶栎）

 Tuberculatus（*Acanthocallis*）*quercicola*（Matsumura）（居栎侧棘斑蚜）

Quercus liaotongensis（辽东栎）

 Lachnus siniquercus Zhang（辽栎大蚜）

Quercus mongolica（蒙古栎）

 Greenidea hangnigra Zhang（杭黑毛管蚜）

 Greenidea kuwanai（Pergande）（库毛管蚜）

 Lachnus longirostris（Mordivilko）（橡细喙大蚜）

 Lachnus roboris（Linnaeus）（栎大蚜）

 Lachnus siniquercus Zhang（辽栎大蚜）

 Lachnus tropicalis（van der Goot）（板栗大蚜）

 Tuberculatus（*Acanthocallis*）*pappus* Zhang，Zhang *et* Zhong（柔毛侧棘斑蚜）

 Tuberculatus（*Acanthocallis*）*quercicola*（Matsumura）（居栎侧棘斑蚜）

 Tuberculatus（*Arakawana*）*stigmatus*（Matsumura）（痣侧棘斑蚜）

 Tuberculatus（*Nippocallis*）*margituberculatus*（Zhang *et* Zhong）（缘瘤栗斑蚜）

 Tuberculatus（*Orientuberculoides*）*capitatus*（Essig *et* Kuwana）（钉侧棘斑蚜）

 Tuberculatus（*Orientuberculoides*）*kashiwae*（Matsumura）（卡希侧棘斑蚜）

 Tuberculatus（*Orientuberculoides*）*paranaracola* Hille Ris Lambers（蒙古栎侧棘斑蚜）

 Tuberculatus（*Orientuberculoides*）*querciformosanus*（Takahashi）（台栎侧棘斑蚜）

 Tuberculatus（*Orientuberculoides*）*yokoyamai*（Takahashi）（横侧棘斑蚜）

Quercus serrata（枹栎）

 Diphyllaphis quercus（Takahashi）（栎迪叶蚜）

 Greenidea kuwanai（Pergande）（库毛管蚜）

 Tuberculatus（*Arakawana*）*stigmatus*（Matsumura）（痣侧棘斑蚜）

Quercus sp.（大叶柞）

 Tuberculatus（*Nippocallis*）*margituberculatus*（Zhang *et* Zhong）（缘瘤栗斑蚜）

Quercus sp.（栎）

 Lachnus quercihabitans（Takahashi）（栲大蚜）

Quercus sp.（栎树）

 Diphyllaphis quercus（Takahashi）（栎迪叶蚜）

Tuberculatus(*Orientuberculoides*)*paranaracola hemitrichus* Hille Ris Lambers 半毛侧棘斑蚜)

Quercus sp.（栎属 1 种）

 Lachnus roboris(Linnaeus)（栎大蚜）

 Lachnus siniquercus Zhang（辽栎大蚜）

 Lachnus tropicalis(van der Goot)（板栗大蚜）

Quercus sp.（栗子）

 Lachnus roboris(Linnaeus)（栎大蚜）

Quercus sp.（橡树）

 Greenidea sikkimensis Raychaudhuri *et* Ghosh（锡金毛管蚜）

 Lachnus longirostris(Mordivilko)（橡细喙大蚜）

 Tuberculatus(*Acanthocallis*)*pappus* Zhang，Zhang *et* Zhong（柔毛侧棘斑蚜）

 Tuberculatus(*Acanthocallis*)*quercicola*(Matsumura)（居栎侧棘斑蚜）

 Tuberculatus(*Acanthotuberculatus*)*japonicus* Higuchi（日本侧棘斑蚜）

 Tuberculatus(*Orientuberculoides*)*kashiwae*(Matsumura)（卡希侧棘斑蚜）

 Tuberculatus(*Orientuberculoides*)*paranaracola* Hille Ris Lambers（蒙古栎侧棘斑蚜）

 Tuberculatus(*Orientuberculoides*)*paranaracola hemitrichus* Hille Ris Lambers 半毛侧棘斑蚜)

 Tuberculatus(*Orientuberculoides*)*querciformosanus*(Takahashi)（台栎侧棘斑蚜）

Quercus sp.（柞树）

 Lachnus longirostris(Mordivilko)（橡细喙大蚜）

 Symydobius oblongus(von Heyden)（椭圆毛斑蚜）

 Tuberculatus(*Orientuberculoides*)*kashiwae*(Matsumura)（卡希侧棘斑蚜）

 Stomaphis japonica Takahashi（日本长喙大蚜）

Quercus variabilis（栓皮栎）

 Cervaphis quercus Takahashi（栎刺蚜）

 Greenidea kuwanai(Pergande)（库毛管蚜）

 Tuberculatus(*Arakawana*)*stigmatus*(Matsumura)（痣侧棘斑蚜）

R

Ranunculus japonicus（毛茛）

 Sitobion miscanthi(Takahashi)（荻草谷网蚜）

Raphanus sativus（萝卜）

 Brevicoryne brassicae(Linnaeus)（甘蓝蚜）

 Lipaphis erysimi(Kaltenbach)（萝卜蚜）

 Myzus persicae(Sulzer)（桃蚜）

Reynoutria japonica（虎杖）

 Macchiatiella itadori(Shinji)（蓼圈圆尾蚜）

Rhamnus cathartica（药鼠李）

 Macchiatiella itadori(Shinji)（蓼圈圆尾蚜）

Rhamnus davurica（鼠李）

 Aphis glycines Matsumura（大豆蚜）

 Aphis gossypii Glover（棉蚜）

Rhamnus japonica（日本鼠李）

　　　　Macchiatiella itadori（Shinji）（蓼圈圆尾蚜）

Rhamnus ussuriensis（乌苏里鼠李（老鸹眼））

　　　　Aphis glycines Matsumura（大豆蚜）

Rhus chinensis（盐肤木）

　　　　Toxoptera odinae（van der Goot）（芒果蚜）

Ribes alpinum（高山茶藨子）

　　　　Eriosoma anncharlotteae Danielsson（安绵蚜）

Ribes komarovii（长白茶藨子）

　　　　Cryptomyzus ribis（Linnaeus）（茶藨子隐瘤蚜）

Ribes sativum（普通红茶藨子）

　　　　Cryptomyzus ribis（Linnaeus）（茶藨子隐瘤蚜）

Ribes sp.（茶藨子）

　　　　Matsumuraja formosana Takahashi（台湾指瘤蚜）

Ribes sp.（日本茶藨子）

　　　　Hyperomyzus lactucae（Linnaeus）（茶藨子苦菜超瘤蚜）

Ribes spp.（茶藨子属植物）

　　　　Eriosoma ulmi（Linnaeus）（山榆绵蚜）

Robinia pseudoacacia（刺槐）

　　　　Aphis craccivora Koch（豆蚜）

Roegneria kamoji（鹅观草）

　　　　Sitobion miscanthi（Takahashi）（荻草谷网蚜）

Rosa chinensis（月季）

　　　　Aphis gossypii Glover（棉蚜）

　　　　Macrosiphum euphorbiae（Thomas）（大戟长管蚜）

　　　　Macrosiphum rosae（Linnaeus）（蔷薇长管蚜）

　　　　Myzaphis rosarum（Kaltenbach）（月季冠蚜）

　　　　Myzus persicae（Sulzer）（桃蚜）

　　　　Sitobion rosivorum（Zhang）（月季长管蚜）

Rosa rugosa（玫瑰）

　　　　Macrosiphum mordvilkoi Miyazaki（白玫瑰长管蚜）

　　　　Macrosiphum rosae（Linnaeus）（蔷薇长管蚜）

　　　　Myzaphis rosarum（Kaltenbach）（月季冠蚜）

　　　　Rhopalosiphum padi（Linnaeus）（禾谷缢管蚜）

Rosa sp.（白玫瑰）

　　　　Macrosiphum mordvilkoi Miyazaki（白玫瑰长管蚜）

Rosa sp.（多毛蔷薇）

　　　　Myzaphis bucktoni Jacob（布克汤冠蚜）

Rosa sp.（毛绒蔷薇）

　　　　Myzaphis bucktoni Jacob（布克汤冠蚜）

Rosa sp.（蔷薇）

　　　　Sitobion rosivorum（Zhang）（月季长管蚜）

Rosa sp.（犬蔷薇）

Myzaphis bucktoni Jacob(布克汤冠蚜)

Rosa spp.(蔷薇属植物)

 Longicaudus trirhodus(Walker)(月季长尾蚜)

Rubus parvifolius(茅莓)

 Sitobion miscanthi(Takahashi)(荻草谷网蚜)

Rubus sp.(悬钩子)

 Matsumuraja formosana Takahashi(台湾指瘤蚜)

Rumex acetosa(酸模)

 Aphis fabae Scopoli(甜菜蚜)

 Aphis rumicis Linnaeus(酸模蚜)

Rumex japonicus(羊蹄)

 Aphis rumicis Linnaeus(酸模蚜)

Rumex patientia(巴天酸模(洋铁叶))

 Aulacorthum solani(Kaltenbach)(茄粗额蚜)

 Dysaphis emicis(Mimeur)(白西圆尾蚜)

S

Saccharum arundinaceum(斑茅)

 Tetraneura radicicola Stand(根四脉绵蚜)

Saccharum officinarum(甘蔗)

 Melanaphis sacchari(Zehntner)(高粱蚜)

 Sitobion miscanthi(Takahashi)(荻草谷网蚜)

Sagittaria trifolia var. *sinensis*(慈姑)

 Rhopalosiphum nymphaeae(Linnaeus)(莲缢管蚜)

Salix alba(白柳)

 Tuberolachnus salignus(Gmelin)(柳瘤大蚜)

Salix amygdaloides(毛柳)

 Tuberolachnus salignus(Gmelin)(柳瘤大蚜)

Salix babylonica(垂柳)

 Aphis farinosa Gmelin(柳蚜)

 Cavariella salicicola(Matsumura)(柳二尾蚜)

 Chaitophorus saliniger Shinji(柳黑毛蚜)

 Tuberolachnus salignus(Gmelin)(柳瘤大蚜)

Salix chaenomeloides(腺柳(河柳))

 Chaitophorus saliniger Shinji(柳黑毛蚜)

Salix cinerea(灰柳)

 Chaitophorus salicti(Schrank)(柳毛蚜)

Salix fragilis(爆竹柳)

 Tuberolachnus salignus(Gmelin)(柳瘤大蚜)

Salix gordejevii(黄柳)

 Chaitophorus salicti(Schrank)(柳毛蚜)

Salix integra(杞柳)

Chaitophorus saliniger Shinji(柳黑毛蚜)

Salix koreensis(朝鲜柳)

    Tuberolachnus salignus(Gmelin)(柳瘤大蚜)

Salix matsudana(旱柳)

    Aphis farinosa Gmelin(柳蚜)

    Chaitophorus saliniger Shinji(柳黑毛蚜)

    Phylloxerina salicis(Lichtenstein)(柳倭蚜)

    Stomaphis sinisalicis Zhang *et* Zhong(柳长喙大蚜)

Salix matsudana f. *tortuosa*(龙爪柳)

    Aphis farinosa Gmelin(柳蚜)

    Chaitophorus saliniger Shinji(柳黑毛蚜)

Salix matsudana f. *umbraculifera*(馒头柳)

    Chaitophorus saliniger Shinji(柳黑毛蚜)

Salix pseudotangii(山柳)

    Pterocomma pilosum konoi Hori(粉毛蚜科诺亚种)

    Pterocomma salicis(Linnaeus)(柳粉毛蚜)

Salix sachalinensis(龙江柳)

    Cavariella nipponica Takahashi(日本二尾蚜)

Salix schwerinii(蒿柳)

    Chaitophorus saliniger Shinji(柳黑毛蚜)

Salix sp.(光滑柳)

    Tuberolachnus salignus(Gmelin)(柳瘤大蚜)

Salix sp.(剑叶柳)

    Aphis farinosa Gmelin(柳蚜)

Salix sp.(柳)

    Cavariella aegopodii(Scopoli)(埃二尾蚜)

    Cavariella araliae Takahashi(楤木二尾蚜)

    Cavariella konoi Takahashi(康二尾蚜)

    Cavariella nipponica Takahashi(日本二尾蚜)

    Eriosoma yangi Takahashi(杨氏绵蚜)

Salix sp.(柳属 1 种)

    Cavariella salicicola(Matsumura)(柳二尾蚜)

    Stomaphis yanonis Takahashi(朴长喙大蚜)

Salix sp.(青冈柳)

    Tuberolachnus salignus(Gmelin)(柳瘤大蚜)

Salix sp.(西博氏柳)

    Cavariella nipponica Takahashi(日本二尾蚜)

Salix sp.(相柳)

    Aphis farinosa Gmelin(柳蚜)

Salix spp.(柳属植物)

    Pterocomma pilosum pilosum Buckton(粉毛蚜指名亚种)

Salix warburgii(水柳)

    Chaitophorus saliniger Shinji(柳黑毛蚜)

Sambucus willamsii(接骨木)

    Aphis horii Takahashi(东亚接骨木蚜)

    Aulacorthum magnoliae(Essig *et* Kuwana)(木兰沟无网蚜)

Sanguisorba officinalis(地榆)

    Aphis sanguisorbicola Takahashi(地榆蚜)

Sapium sebiferum(乌桕)

    Toxoptera odinae(van der Goot)(芒果蚜)

Saposhnikovia divaricata(防风)

    Semiaphis heraclei(Takahashi)(胡萝卜微管蚜)

Saussurea japonica(风毛菊)

    Macrosiphoniella oblonga(Mordvilko)(椭圆小长管蚜)

Schefflera octophylla(鹅掌柴(鸭母树))

    Cavariella araliae Takahashi(楤木二尾蚜)

Scrophularia ningpoensis(玄参)

    Aphis podagrariae Schrank(剪股颖蚜)

Secale cereale(黑麦)

    Rhopalosiphum padi(Linnaeus)(禾谷缢管蚜)

    Schizaphis graminum(Rondani)(麦二叉蚜)

    Sitobion miscanthi(Takahashi)(荻草谷网蚜)

Secale spp.(黑麦属植物)

    Forda formicaria von Heyden(蚁五节根蚜)

    Forda marginata Koch(缘五节根蚜)

Senecio cineraria(瓜叶菊)

    Myzus persicae(Sulzer)(桃蚜)

Sesamum indicum(芝麻)

    Myzus persicae(Sulzer)(桃蚜)

Setaria italica(粱(谷子、小米))

    Anoecia fulviabdominalis(Sasak)(黑腹短痣蚜)

    Rhopalosiphum maidis(Fitch)(玉米蚜)

    Tetraneura akinire Sasaki(秋四脉绵蚜)

    Tetraneura chinensis Mordvilko(中国四脉绵蚜)

Setaria italica var. *germanica*(粟)

    Rhopalosiphum maidis(Fitch)(玉米蚜)

    Schizaphis graminum(Rondani)(麦二叉蚜)

Setaria spp.(狗尾草属植物)

    Tetraneura nigriabdominalis(Sasaki)(黑腹四脉绵蚜)

    Tetraneura yezoensis Matsumura(瑕夷四脉绵蚜)

Setaria viridis(狗尾草)

    Rhopalosiphum maidis(Fitch)(玉米蚜)

    Schizaphis graminum(Rondani)(麦二叉蚜)

    Tetraneura akinire Sasaki(秋四脉绵蚜)

Silybum marianum（水飞蓟）

    Uroleucon gobonis（Matsumura）（红花指管蚜）

Sinapis alba（白芥（白芥子））

    Myzus persicae（Sulzer）（桃蚜）

    Rhopalosiphum padi（Linnaeus）（禾谷缢管蚜）

Smilax china（菝葜）

    Aleurosiphon smilacifoliae（Takahashi）（菝葜蚜）

Solanum melongena（茄（茄子））

    Aphis gossypii Glover（棉蚜）

    Myzus persicae（Sulzer）（桃蚜）

Solanum nigrum（龙葵）

    Myzus persicae（Sulzer）（桃蚜）

Solanum tuberosum（马铃薯）

    Aulacorthum solani（Kaltenbach）（茄粗额蚜）

    Myzus persicae（Sulzer）（桃蚜）

    Rhopalosiphum insertum（Walker）（苹草缢管蚜）

Sonchus arvensis（苣荬菜）

    Hyperomyzus lactucae（Linnaeus）（茶藨子苦菜超瘤蚜）

    Uroleucon sonchi（Linnaeus）（苣荬指管蚜）

Sonchus oleraceus（苦苣菜（苦苣））

    Hyperomyzus lactucae（Linnaeus）（茶藨子苦菜超瘤蚜）

    Uroleucon formosanum（Takahashi）（莴苣指管蚜）

    Uroleucon picridis（Fabricius）（马醉木指管蚜）

    Uroleucon sonchi（Linnaeus）（苣荬指管蚜）

Sonchus spp.（苦苣菜属植物）

    Pemphigus bursarius（Linnaeus）（囊柄瘿绵蚜）

Sophora alpecuroides（苦豆子）

    Tetraneura ulmi（Linnaeus）（榆四脉绵蚜）

Sophora sp.（槐树）

    Aphis craccivora Koch（豆蚜）

    Megoura lespedezae（Essig *et* Kuwana）（胡枝子修尾蚜）

Sorbaria sorbifolia（珍珠梅）

    Macrosiphum sorbi Matsumura（珍珠梅网管蚜）

Sorbus spp.（花楸属植物）

    Rhopalosiphum insertum（Walker）（苹草缢管蚜）

Sorghum bicolor（高粱）

    Brachycaudus helichrysi（Kaltenbach）（李短尾蚜）

    Melanaphis sacchari（Zehntner）（高粱蚜）

    Myzus persicae（Sulzer）（桃蚜）

    Rhopalosiphum maidis（Fitch）（玉米蚜）

    Rhopalosiphum padi（Linnaeus）（禾谷缢管蚜）

    Schizaphis graminum（Rondani）（麦二叉蚜）

　　　Sitobion miscanthi(Takahashi)(荻草谷网蚜)

　　　Tetraneura akinire Sasaki(秋四脉绵蚜)

　　　Tetraneura chinensis Mordvilko(中国四脉绵蚜)

　　　Tetraneura nigriabdominalis(Sasaki)(黑腹四脉绵蚜)

　　　Tetraneura triangula Zhang *et* Zhang(角四脉绵蚜)

　　　Tetraneura ulmi(Linnaeus)(榆四脉绵蚜)

Spinacia oleracea(菠菜)

　　　Lachnus siniquercus Zhang(辽栎大蚜)

　　　Myzus persicae(Sulzer)(桃蚜)

　　　Uroleucon formosanum(Takahashi)(莴苣指管蚜)

Spiraea salicifolia(绣线菊)

　　　Anoecia similiradiciphaga Qiao *et* Jiang(拟根短痣蚜)

Spodiopogon sibiricus(大油芒)

　　　Tetraneura radicicola Stand(根四脉绵蚜)

Stachys sp.(水苏属植物)

　　　Cryptomyzus ribis(Linnaeus)(茶藨子隐瘤蚜)

Stellera chamaejasme(狼毒)

　　　Sitobion miscanthi(Takahashi)(荻草谷网蚜)

Syneilesis aconitifolia(兔儿伞)

　　　Brachycaudus helichrysi(Kaltenbach)(李短尾蚜)

Syringa oblata(紫丁香(丁香))

　　　Aphis gossypii Glover(棉蚜)

　　　Myzus persicae(Sulzer)(桃蚜)

Syringa sp.(丁香)

　　　Anoecia fulviabdominalis(Sasak)(黑腹短痣蚜)

T

Taraxacum mongolicum(蒲公英)

　　　Aphis taraxacicola(Börner)(蒲公英蚜)

　　　Uroleucon formosanum(Takahashi)(莴苣指管蚜)

Taraxacum spp.(蒲公英属植物)

　　　Pemphigus bursarius(Linnaeus)(囊柄瘿绵蚜)

Taxus cuspidata(紫杉)

　　　Cinara costata(Zetterstedt)(前缘脉大蚜)

Telosma cordata(夜来香)

　　　Myzus persicae(Sulzer)(桃蚜)

Tetrapanax papyrifera(通脱木)

　　　Cavariella araliae Takahashi(楤木二尾蚜)

Thalictrum aquilegifolium(唐松草)

　　　Longicaudus trirhodus(Walker)(月季长尾蚜)

Thalictrum squarrosum(展枝唐松草(猫爪子))

　　　Longicaudus trirhodus(Walker)(月季长尾蚜)

Thermopsis lanceolata(披针叶野决明(苦豆))

    Aphis craccae Linnaeus(大巢菜蚜)

Thuja occidentalis(金钟柏)

    Cinara tujafilina(del Guercio)(柏长足大蚜)

Thuja orientalis(侧柏)

    Cinara tujafilina(del Guercio)(柏长足大蚜)

Tilia amurensis(紫椴)

    Tiliaphis shinae(Shinji)(小椴斑蚜)

Tilia insularis(岛生椴)

    Tiliaphis shinae(Shinji)(小椴斑蚜)

Tilia japonica(华东椴)

    Tiliaphis shinae(Shinji)(小椴斑蚜)

Tilia mandshurica(辽椴(糠椴))

    Tiliaphis coreana Quednau(朝鲜半岛椴斑蚜)

    Tiliaphis shinae(Shinji)(小椴斑蚜)

Tilia maxomowicziana(马克西莫维奇椴)

    Tiliaphis shinae(Shinji)(小椴斑蚜)

Tilia miqueliana(南京椴)

    Tiliaphis shinae(Shinji)(小椴斑蚜)

Tilia mongolica(蒙椴(小叶椴))

    Tiliaphis shinae(Shinji)(小椴斑蚜)

Tilia platyphyllos(阔叶椴)

    Tiliaphis shinae(Shinji)(小椴斑蚜)

Tilia sp.(椴树属 1 种)

    Shivaphis tilisucta Zhang(椴绵叶蚜)

Tilia tuan(椴树)

    Tiliaphis shinae(Shinji)(小椴斑蚜)

    Tuberculatus(*Orientuberculoides*)*paranaracola hemitrichus* Hille Ris Lambers 半毛侧棘斑蚜)

Torilis scabra(窃衣)

    Semiaphis heraclei(Takahashi)(胡萝卜微管蚜)

Toxicodendron verniciflorum(漆)

    Toxoptera odinae(van der Goot)(芒果蚜)

Triarrhena sacchariflora(荻(荻草))

    Melanaphis sacchari(Zehntner)(高粱蚜)

    Sitobion miscanthi(Takahashi)(荻草谷网蚜)

    Tetraneura yezoensis Matsumura(瑕夷四脉绵蚜)

    Tetraneura radicicola Stand(根四脉绵蚜)

Trifolium pratense(红三叶)

    Sitobion miscanthi(Takahashi)(荻草谷网蚜)

    Therioaphis riehmi(Börner)(来氏彩斑蚜)

    Therioaphis trifolii(Monell)(三叶草彩斑蚜)

Trisetum bifidum(三毛草)

　　　　Rhopalosiphum padi（Linnaeus）（禾谷缢管蚜）

Triticum aestivum（普通小麦）

　　　　Anoecia similiradiciphaga Qiao *et* Jiang（拟根短瘤蚜）

　　　　Rhopalosiphum maidis（Fitch）（玉米蚜）

　　　　Rhopalosiphum padi（Linnaeus）（禾谷缢管蚜）

　　　　Rhopalosiphum rufiabdominale（Sasaki）（红腹缢管蚜）

　　　　Schizaphis graminum（Rondani）（麦二叉蚜）

　　　　Sitobion miscanthi（Takahashi）（荻草谷网蚜）

　　　　Tetraneura akinire Sasaki（秋四脉绵蚜）

　　　　Tetraneura nigriabdominalis（Sasaki）（黑腹四脉绵蚜）

　　　　Tetraneura yezoensis Matsumura（瑕夷四脉绵蚜）

Triticum sp.（野麦）

　　　　Tetraneura sorini Hille Ris Lambers（宗林四脉绵蚜）

Triticum spp.（小麦属植物）

　　　　Forda formicaria von Heyden（蚁五节根蚜）

　　　　Forda marginata Koch（缘五节根蚜）

　　　　Rhopalosiphum insertum（Walker）（苹草缢管蚜）

　　　　Sipha elegans del Guercio（丽伪毛蚜）

Tsuga diversifolia（日本铁杉）

　　　　Mindarus japonicus Takahashi（日本纩蚜）

Tulipa gesneriana（郁金香）

　　　　Sitobion miscanthi（Takahashi）（荻草谷网蚜）

Typha orientalis（香蒲）

　　　　Rhopalosiphum nymphaeae（Linnaeus）（莲缢管蚜）

　　　　Rhopalosiphum padi（Linnaeus）（禾谷缢管蚜）

U

Ulmus davidiana（黑榆）

　　　　Chromocallis nirecola（Shinji）（日本绿斑蚜）

　　　　Tinocallis ulmicola（Matsumura）（居榆长斑蚜）

Ulmus davidiana var. *japonica*（春榆）

　　　　Chromocallis nirecola（Shinji）（日本绿斑蚜）

　　　　Eriosoma japonicum（Matsumura）（日本绵蚜）

　　　　Tetraneura akinire Sasaki（秋四脉绵蚜）

　　　　Tetraneura nigriabdominalis（Sasaki）（黑腹四脉绵蚜）

　　　　Tetraneura radicicola Stand（根四脉绵蚜）

　　　　Tetraneura yezoensis Matsumura（瑕夷四脉绵蚜）

Ulmus fulva（糙枝榆）

　　　　Eriosoma lanuginosum dilanuginosum Zhang（榆绵蚜）

　　　　Tetraneura akinire Sasaki（秋四脉绵蚜）

　　　　Tinocallis takachihoensis Higuchi（刺榆长斑蚜）

Ulmus glabra（光榆（山榆））

Tinocallis ulmicola（Matsumura）（居榆长斑蚜）

Tetraneura akinire Sasaki（秋四脉绵蚜）

Tinocallis takachihoensis Higuchi（刺榆长斑蚜）

Ulmus laciniata（裂叶榆（青榆））

Eriosoma japonicum（Matsumura）（日本绵蚜）

Shivaphis tilisucta Zhang（椴绵叶蚜）

Stomaphis japonica Takahashi（日本长喙大蚜）

Tetraneura akinire Sasaki（秋四脉绵蚜）

Tetraneura caerulescens（Passerini）（暗色四脉绵蚜）

Tetraneura sorini Hille Ris Lambers（宗林四脉绵蚜）

Tinocallis takachihoensis Higuchi（刺榆长斑蚜）

Ulmus macrocarpa（大果榆（黄榆））

Myzus persicae（Sulzer）（桃蚜）

Tetraneura akinire Sasaki（秋四脉绵蚜）

Ulmus parvifolia（榔榆）

Eriosoma yangi Takahashi（杨氏绵蚜）

Tetraneura akinire Sasaki（秋四脉绵蚜）

Tetraneura sorini Hille Ris Lambers（宗林四脉绵蚜）

Ulmus pumila（榆树（白榆））

Eriosoma anncharlotteae Danielsson（安绵蚜）

Eriosoma japonicum（Matsumura）（日本绵蚜）

Eriosoma lanuginosum dilanuginosum Zhang（榆绵蚜）

Eriosoma ulmi（Linnaeus）（山榆绵蚜）

Eriosoma yangi Takahashi（杨氏绵蚜）

Sinochaitophorus maoi Takahashi（榆华毛蚜）

Tetraneura akinire Sasaki（秋四脉绵蚜）

Tetraneura asymmachia Zhang et Zhang（异爪四脉绵蚜）

Tetraneura brachytricha Zhang et Zhang（短毛四脉绵蚜）

Tetraneura caerulescens（Passerini）（暗色四脉绵蚜）

Tetraneura chinensis Mordvilko（中国四脉绵蚜）

Tetraneura nigriabdominalis（Sasaki）（黑腹四脉绵蚜）

Tetraneura persicina Zhang et Zhang（桃形四脉绵蚜）

Tetraneura sorini Hille Ris Lambers（宗林四脉绵蚜）

Tetraneura triangula Zhang et Zhang（角四脉绵蚜）

Tetraneura ulmi（Linnaeus）（榆四脉绵蚜）

Tetraneura yezoensis Matsumura（瑕夷四脉绵蚜）

Tinocallis saltans（Nevsky）（榆长斑蚜）

Tinocallis takachihoensis Higuchi（刺榆长斑蚜）

Ulmus sp.（大叶榆）

Tinocallis takachihoensis Higuchi（刺榆长斑蚜）

Ulmus sp.（小叶榆）

Tetraneura asymmachia Zhang et Zhang（异爪四脉绵蚜）

Ulmus sp.（榆属 1 种）

　　Rhopalosiphum padi（Linnaeus）（禾谷缢管蚜）

Ulmus spp.（榆属植物）

　　Chromocallis pumili Zhang（榆绿斑蚜）

Urtica fissa（荨麻）

　　Microlophium carnosum（Buckton）（荨麻小无网蚜）

V

Vallisneria natans（苦草）

　　Therioaphis trifolii（Monell）（三叶草彩斑蚜）

Viburnum opulus（鸡树条（鸡树条荚迷））

　　Myzus persicae（Sulzer）（桃蚜）

Vicia faba（蚕豆）

　　Acyrthosiphon pisum（Harris）（豌豆蚜）

　　Aphis craccivora Koch（豆蚜）

　　Megoura crassicauda Mordvilko（粗尾修尾蚜）

　　Myzus persicae（Sulzer）（桃蚜）

Vicia sepium（野豌豆）

　　Acyrthosiphon kondoi Shinji（苜蓿无网蚜）

　　Acyrthosiphon pisum（Harris）（豌豆蚜）

　　Aphis craccae Linnaeus（大巢菜蚜）

　　Aphis gossypii Glover（棉蚜）

　　Megoura crassicauda Mordvilko（粗尾修尾蚜）

Vicia spp.（野豌豆属植物）

　　Aphis craccivora Koch（豆蚜）

Vigna radiata（绿豆）

　　Aphis craccivora Koch（豆蚜）

Vigna unguiculata（豇豆）

　　Aphis craccivora Koch（豆蚜）

Viola philippica（紫花地丁）

　　Aphis sumire Moritsu（夏蚜）

Vitis vinifera（葡萄）

　　Viteus vitifoliae Fitch（葡萄根瘤蚜）

W

Widdringtonia whytei（非洲柏松属 1 种）

　　Cinara tujafilina（del Guercio）（柏长足大蚜）

Z

Zanthoxylum bungeanum（花椒）

　　Aphis gossypii Glover（棉蚜）

Zanthoxylum nitidum（两面针）

    Cavariella araliae Takahashi(楤木二尾蚜)

Zea mays(玉蜀黍(玉米))

    Aphis gossypii Glover(棉蚜)

    Rhopalosiphum maidis(Fitch)(玉米蚜)

    Rhopalosiphum padi(Linnaeus)(禾谷缢管蚜)

    Sitobion miscanthi(Takahashi)(荻草谷网蚜)

    Tetraneura ulmi(Linnaeus)(榆四脉绵蚜)

Zelkova serrata(榉树)

    Tinocallis ulmicola(Matsumura)(居榆长斑蚜)

其他

花卉1种

    Aphis thalictri atrophum(Zhang)(萎短管蚜)

刺梅

    Myzaphis bucktoni Jacob(布克汤冠蚜)

色盘诱集

    Myzus mushaensis Takahashi(穆沙瘤蚜)

雾社樱花

    Myzus mushaensis Takahashi(穆沙瘤蚜)

管茅

    Thripsaphis caricicola(Mordvilko)(居薹蓟马蚜)

刚草

    Thripsaphis caricicola(Mordvilko)(居薹蓟马蚜)

A

B

C

D

A. 桦扁蚜 *Hormaphis betulae*（Mordvilko，1901）

B. 黑腹短痣蚜 *Anoecia fulviabdominalis*（Sasaki，1899）

C. 楔斑长足大蚜 *Cinara cuneomaculata*（del Guercio，1909）无翅孤雌蚜

D. 楔斑长足大蚜无翅若蚜

E

F

G

H

E. 毛角长足大蚜 *Cinara pilicornis*（Hartig，1841）

F. 松长足大蚜 *Cinara pinea*（Mordvilko，1895）

G. 柳瘤大蚜 *Tuberolachnus salignus*（Gmelin，1790）

H. 瘤带斑蚜 *Callipterinella tuberculata*（von Heyden，1837）

I

J

K

L

I. 桦绵斑蚜 *Euceraphis punctipennis* (Zetterstedt, 1828)

J. 触角单斑蚜 *Monaphis antennata* (Kaltenbach, 1843)

K. 黑桦毛斑蚜 *Symydobius kabae* (Matsumura, 1917)

L. 榛副长斑蚜指名亚种 *Paratinocallis corylicola corylicola* Higuchi, 1972

M. 粉毛蚜指名亚种 *Pterocomma pilosum pilosum* Buckton，1879

N. 艾蒿隐管蚜临安亚种 *Cryptosiphum artemisiae linanense* Zhang，1980 为害状

O. 瑕夷翠雀蚜 *Delphiniobium yezoense* Miyazaki，1971

P. 粗尾修尾蚜 *Megoura crassicauda* Mordvilko，1919